Neu-England 1879: Trotz ihres noch jungen Lebens kennt Clementine Kennicutt das Gefühl der ruhelosen Sehnsucht.

Im Boston der besseren Kreise erzogen, kann sie es kaum erwarten, die Fesseln der puritanischen Enge ihrer Familie abzustreifen. Als sie auf den wohlhabenden, aber gesellschaftlich geächteten Gus McQueen trifft, werden ihre Träume wahr. Und als der Rancher mit den lachenden Augen und den großen Zielen sie zur nächtlichen Flucht auffordert, hat sie bereits gepackt.

Montana 1883: Die große Enttäuschung hat nicht lange auf sich warten lassen. Gus McQueens Ranch ist eine Bruchbude am Ende der Welt, das Leben außerhalb der Zivilisation birgt statt der großen Freiheit und Abenteuer nur große Mühsal – und Clementine erfährt den Zwiespalt des Herzens durch Zach, den Bruder ihres Mannes, tollkühn, gutaussehend und ein dorfbekannter Taugenichts: ihre wirkliche, aber unerfüllbare Liebe. Doch auch an der Grenze der zivilisierten Welt bleibt Clementine ihrer Erziehung treu. Weder das wilde Land noch ihre zwiespältigen Gefühle dürfen ihre Ehe in Gefahr bringen. »Vergiß nie, wie zäh du sein kannst«, diese Worte ihrer Tante beflügeln sie eher.

Sie bricht nun die Tabus der Wildnis von Montana, geht eine Freundschaft mit Erlan, einer jungen ›Braut auf Bestellung‹ aus China ein, hilft Hannah, der Besitzerin des Saloons (und Bordells) im Ort, und stellt sich schützend vor einen Indianer, der von der Dorfmeute gehängt werden soll. Immer wieder kommt sie Zach in die Quere...

Der große Roman über den weiten Westen, die Auseinandersetzung mit einem wilden Land und die Rettung einer großen Liebe durch eine starke Frau.

Penelope Williamson hat Geschichte und Journalismus studiert und danach einige Jahre in einer PR-Agentur gearbeitet, bevor sie 1987 ihr erstes Buch veröffentlichte. Sie lebt heute mit ihrer Familie in Kalifornien. Ihre erfolgreichen Romane sind alle auch als Fischer Taschenbuch lieferbar: ›Aus ruhmreichen Tagen‹ (Bd. 13037), ›Im Herzen des Hochlands‹ (Bd. 13119), ›Manchmal in all den Jahren‹ (Bd. 13038), ›Über den Wolken‹ (Bd. 13120), ›Unter dem Himmel von Notre-Dame‹ (Bd. 13118), ›Die Widerspenstige‹ (Bd. 13039), ›Wagnis des Herzens‹ (Bd. 14681), ›Wege des Schicksals‹ (Bd. 14883). Im Krüger Verlag erschien zuletzt ›Flammen im Wind‹.

Unsere Adresse im Internet: www.fischer-tb.de

Penelope Williamson

Westwärts

Roman

Aus dem Amerikanischen von
Manfred Ohl und Hans Sartorius

Fischer Taschenbuch Verlag

Limitierte Sonderausgabe
Veröffentlicht im Fischer Taschenbuch Verlag,
einem Unternehmen der S. Fischer Verlags GmbH,
Frankfurt am Main, Juni 2003

Von der Autorin autorisierte deutsche Ausgabe
Deutschsprachige Erstpublikation 1995 im
Wolfgang Krüger Verlag, Frankfurt am Main
© Wolfgang Krüger Verlag, Frankfurt am Main 1995
Die amerikanische Originalausgabe erschien unter dem Titel
›Heart of the West‹ im Verlag Simon & Schuster, New York
© by Penelope Williamson 1995
Gesamtherstellung: Clausen & Bosse, Leck
Printed in Germany
ISBN 3-596-50657-3

Für meine Mutter, Bernadine Wegmann Proctor,
und für ihre Mutter, Elizabeth Bonhage Wegmann:

Ihr habt mir den Weg gezeigt ...

Teil 1

1879

Erstes Kapitel

Er kommt nicht, o Gott, er kommt wohl doch nicht!
Clementine Kennicutt ging mit großen Schritten auf dem Teppich hin
und her. Sie trat achtlos auf das flauschige mit peinlicher Sorgfalt gepflegte Muschelmuster. In ihrer Erregung stieß sie mit den Lackspitzen
der Straßenschuhe gegen den langen Rock. Das gestärkte Musselin
raschelte leise in der viel zu stillen Nacht. Oder verriet es flüsternd ihre
Ängste?
Sie eilte durch das dunkle Zimmer zum schwarzen Nußbaumkleider-
schrank, trat vor das Himmelbett mit den blütenweißen Chintzbehän-
gen und der gestärkten Hohlsaumspitze und erreichte schließlich den
Kamin. Auf dem grünen Marmorsims stand eine Leieruhr, deren Pen-
del geräuschlos hin- und herschwang. Sie mußte dicht an das Porzellan-
zifferblatt herangehen und sich vorbeugen, um zu sehen, wie spät es
war.
Zehn Minuten nach Mitternacht. Er hatte sich schon zehn Minuten
verspätet.
Er kommt nicht, er kommt wohl doch nicht . . .
Clementine eilte zum Fenster zurück, durch das ein schwacher Lichtschein in das Zimmer drang. Sie schob die schweren Samtgardinen beiseite und spähte auf die Straße. Der Regen verschmierte die Scheibe, und
die feuchte Luft zauberte Heiligenscheine über die Straßenlaterne.
Mondstrahlen durchbohrten dunkle Sturmwolken. Das schmiedeeiserne
Gitter um den Louisburg Square warf spitze Schatten auf das regenglatte
Kopfsteinpflaster, das einsam und verlassen auf die Fußgänger wartete,
die noch vor Sonnenaufgang hier vorbeikommen würden.
Da! Auf der anderen Seite des Platzes flackerte das Licht einer Kutsche
durch die Äste der Ulmen. Sie drückte das Gesicht an die Scheibe, um
besser zu sehen, doch unter ihrem Atem beschlug das Glas. Sie hob
schnell den Riegel hoch und zog das Fenster auf.

Die Scharniere quietschten laut, und sie erstarrte. Das Herz schlug ihr bis zum Hals. Langsam und vorsichtig öffnete sie das Fenster weiter. Sie hörte den Wind, der ihren wenig damenhaften und fast schon keuchenden Atem übertönte.

Eine Böe blähte die dunkelgrünen Übergardinen und drückte sie gegen die Fensterflügel. Hinter ihr klirrten die Kristallanhänger der Lampen auf dem Kaminsims. Clementine beugte sich weit aus dem Fenster und spürte den kühlen Wind im Gesicht. Er roch nach Regen und Rauch. Die Straße glänzte vor Nässe; sie war immer noch leer.

Er kommt nicht . . .

»Was machst du denn?«

Clementine zuckte zusammen, drehte sich schnell herum und wäre beinahe gestolpert. Das Licht der Kerze im Silberleuchter, den ihre Mutter in der Hand hielt, warf riesige Schatten auf die mit heller Seide bespannten Wände.

Clementines Herz hämmerte gegen die Faust, die sie verwirrt an die Brust gepreßt hatte. »Mama, du hast mich aber erschreckt.«

Die Flamme loderte und zuckte, als Julia Kennicutt den Leuchter hob und ihre Tochter fragend musterte. Sie sah den Wollmantel über dem schlichten kastanienbraunen Straßenkleid, die Lederhandschuhe, die schwarze Biberhaube und die prall gefüllte Reisetasche auf dem Boden neben ihr.

»Du willst weg«, sagte sie. Ihr Blick richtete sich auf die Kerze, die unangezündet auf der Fensterbank stand, und auf die Streichhölzer in dem Porzellanbehälter. »Da ist jemand, mit dem du wegwillst.«

»Mama, bitte verrate mich nicht . . .«

Clementine warf einen schnellen Blick zur offenen Tür. Sie rechnete damit, im nächsten Augenblick ihren Vater dort stehen zu sehen.

Sie hatte Angst vor dem Vater. Er schien sich aufzublähen, wenn er zornig war, und die Luft um ihn herum begann zu zittern. Aber nicht nur davor hatte sie Angst.

»Ich räume alles wieder in den Schrank und lege mich ins Bett«, beteuerte sie. »Niemand außer dir und mir muß je etwas davon erfahren. Nur sag bitte nichts . . .«

Ihre Mutter drehte sich wortlos um. Sie nahm die Kerze mit und schloß die Tür. Das Zimmer lag wieder im Dunkeln.

Clementine sank auf den roten Chintzhocker mit den Rüschen vor dem

Toilettentisch. Die Angst, die sie so haßte, schnürte ihr die Kehle zu. Die grenzenlose Angst war so dick und sauer wie geronnenes ranziges Fett. Von draußen drang ein klatschendes Geräusch herein, und sie drehte schnell den Kopf. Aber es war nur der Wind, der einen Zweig gegen die Straßenlaterne an der Ecke schlug. Sie starrte sehnsüchtig auf das Fenster, obwohl sie wußte, es war alles vorbei. Wenn er jetzt kam, war es zu spät. Ihre Hoffnung schwand, und er würde ohnehin nicht kommen.

Die Tür wurde wieder geöffnet. Clementine stand langsam auf, zog die Schultern hoch und verkroch sich tief in sich selbst. Sie entfernte sich mit ihrer Willenskraft weit weg von dem Schmerz. Clementine wollte sich auf diese Weise gegen den Zorn ihres Vaters wappnen, und deshalb dauerte es einen Augenblick, bis sie sah, daß ihre Mutter ohne ihn zurückgekommen war.

Julia Kennicutt stellte den Kerzenhalter zwischen die Glasfläschchen und die Emailledöschen auf den Toilettentisch. Der Spiegel mit der schräg geschliffenen Kante warf gebrochenes Licht auf die beiden Frauen. Die Mutter wirkte in ihrem weißen Nachthemd und den langen hellen Haaren beinahe jünger als ihre Tochter.

»Clementine ...« Sie hob die Hand, als wollte sie die Wange ihrer Tochter berühren, tat es aber nicht. »Du mußt das mitnehmen.«

Sie nahm Clementines Handgelenk und drückte ihr etwas in die Hand. Es war erstaunlich schwer, und Clementine ließ es beinahe fallen. Es war ein herzförmiges Duftkissen, hübsch verziert mit gestickten Seidenblumen und Spitze. Es verströmte den Duft von Rosen, aber es war zu schwer und zu hart, um mit duftendem Puder oder Kräutern gefüllt zu sein. Clementine wog es in der Hand und hörte das Klimpern von Münzen.

»Es ist nicht viel«, flüsterte ihre Mutter tonlos. »Es sind nicht mehr als hundert Dollar. Aber es wäre immerhin ein Anfang für dich, wenn du eines Tages vor dem Mann davonlaufen müßtest, mit dem du jetzt durchbrennst.«

Clementine blickte auf den Beutel in ihrer Hand. Sie erinnerte sich schwach daran, ihn vor Jahren einmal zwischen der Unterwäsche ihrer Mutter gesehen zu haben. Ein gutes Versteck, denn es war unwahrscheinlich, daß ihr Vater dort herumstöbern würde, und selbst wenn, wäre ein herzförmiges Duftkissen dort nichts Ungewöhnliches.

Sie richtete den Blick wieder auf das weiße Gesicht ihrer Mutter. »Du wolltest das Geld für dich«, sagte Clementine. »Du hast all die Jahre nur auf eine Gelegenheit gewartet, um . . .«

»Nein, nein«, die Mutter schüttelte heftig den Kopf, und die Haare drückten sich ihr an die Wangen. »Ich werde dieses Haus nicht verlassen. Ich habe nicht den Mut dazu.«

Clementine versuchte, ihrer Mutter das Duftkissen wieder in die Hand zu drücken. »Aber du kannst mitkommen . . . Wir gehen nach Montana . . .«

Die ältere Frau stieß einen leisen, ersticktem Schrei aus. »Montana . . . o mein Gott! Du warst schon immer ein seltsames, weltfremdes Kind.« Sie schüttelte langsam den Kopf und lächelte. »Mein Kind, was würde der junge Mann von einem Mädchen denken, das seine Mutter mitnimmt, wenn es durchbrennt? Und ausgerechnet in eine solche Wildnis. Was soll ich zwischen Büffelherden und Indianerhorden tun? Ach, mein Kind . . .« Sie hob die Hand, und diesmal berührte sie die Wange ihrer Tochter. »Du bist so jung. Du glaubst, du wirst große Abenteuer erleben, und das wirst du auch. Obwohl ich vermute, daß es nicht die Abenteuer sein werden, wie du sie dir jetzt erträumst.«

»Aber Mama . . .«

»Psst . . ., hör mir ein einziges Mal zu. Schutz und Sicherheit haben etwas für sich, das kannst du mir glauben. Vor allem im Alter ist die Nähe zu dem Leben, das man immer gekannt hat, von großer Bedeutung. Also, nimm wenigstens das Geld, denn wahrscheinlich wirst du an dem Tag, an dem deine großartigen Abenteuer nicht mehr ganz so großartig sind, jeden Penny brauchen.« Sie zog die Hand zurück und seufzte. »Es ist das einzige, was ich dir geben kann, und selbst das habe ich ihm gestohlen.«

Clementine fühlte die harten Münzen durch die dünne Seide und spürte ihr Gewicht. Mit ihm hielt sie all die Worte in den Händen, die zwischen ihnen immer unausgesprochen geblieben waren. Sie stellte sich vor, wie sie sich die angesammelten Worte aus dem Herzen reißen würde, um sie dieser Frau, ihrer Mutter, anzubieten.

›Es ist das einzige, was ich dir geben kann. Wie Münzen in einem Seidenbeutel, der nach Rosen duftet.‹

»Clementine, dieser Mann, mit dem du davonläufst . . .«

»Er ist nicht wie Vater.«

Sie steckte zögernd das Duftkissen in die Manteltasche und verstaute mit dem Geschenk auch die anderen Worte, von denen sie nicht wußte, wie sie solche Dinge aussprechen sollte.

»Ich bin sicher, er ist ein freundlicher Mann. Er lacht gerne, und er ist ein sanfter Mann.«

Doch Clementine war keineswegs sicher, ob diese Beurteilung der Wahrheit entsprach, denn sie kannte ihn kaum. Genaugenommen kannte sie ihn überhaupt nicht. Außerdem hatte sie das flaue Gefühl, das ihr wie ein Kloß im Magen lag, daß er ohnehin nicht kommen werde, um sie abzuholen. Clementine kniff die Augen zusammen und versuchte zu sehen, wie spät es war. »Du wirst es nicht glauben, Mama. Aber er ist ein Cowboy, ein richtiger Cowboy.«

»Gütiger Himmel . . . ich glaube, weitere Einzelheiten ersparst du mir lieber.« Ihre Mutter versuchte zu lächeln, doch die Hand, die sie Clementine auf den Arm legte, zitterte. »Ganz gleich, was für ein Mann er deiner Meinung nach ist, versprich mir, daß du das Geld vor ihm geheimhältst. Sonst wird er glauben, es gehöre von Rechts wegen ihm und . . .«

Bei dem Rattern von Rädern auf dem Kopfsteinpflaster sprang Clementine auf und rannte zum Fenster. »Schnell, Mama, mach dein Licht aus.«

Ein kleines schwarzes Gig rollte durch die Straße; es tauchte im Schatten unter und im Lichtkreis der Laternen wieder auf. Es war ein schäbiger, schlammbespritzter Wagen, dessen Dach fehlte, doch für Clementine war er wie eine goldene, von weißen Einhörnern gezogene Kutsche. Sie ließ in ihrer Aufregung ein Streichholz fallen und brach ein zweites ab, ehe es ihr gelang, die Kerze anzuzünden. Sie bewegte das Licht zweimal von einer Seite des Fensters zur anderen und löschte es dann.

Sie griff nach der Reisetasche, die schwer an ihrem Arm hing. Sie hatte soviel wie möglich hineingestopft, denn sie konnte sich überhaupt noch nicht vorstellen, was sie in einer Wildnis wie Montana alles brauchen würde. Beinahe hätte sie vor Freude und Erleichterung laut gelacht. Er war gekommen. Ihr Cowboy war doch noch gekommen, um sie mitzunehmen.

Clementine wandte sich vom Fenster ab. Die Schatten machten das Gesicht ihrer Mutter unsichtbar. Doch sie hörte, wie Julia tief Luft holte, als unterdrücke sie alle ihre mahnenden Worte. »Geh und freu dich am Leben, mein Kind«, sagte Julia leise. Sie nahm den Kopf ihrer Tochter zwischen die Hände und drückte ihn. »Geh und werde glücklich.«

Sie verharrten einen Augenblick in dieser unbeholfenen Umarmung, bevor Clementine sich losmachte. An der Tür drehte sie sich noch einmal um. »Leb wohl, Mama«, sagte sie mit klopfendem Herzen zu dieser Frau, die schweigend im Zimmer stand – ein Schatten unter Schatten.

Clementines Füße machten auf dem dicken Läufer des Flurs kein Geräusch. Sie drückte die Reisetasche fest an sich, um zu verhindern, daß sie an die Wandtäfelung schlug. Aber die Dienstbotentreppe war eng und gewunden, und plötzlich verfing sie sich mit der Schuhspitze im Rocksaum. Clementine stolperte und ließ die Tasche fallen, die polternd bis hinunter in die Küche fiel und dort aufging. Döschen und Kästchen, zusammengerollte Batiststrümpfe und ein Fälteleisen rollten unter den großen Küchentisch, hinter den Eiskasten und zwischen Schmalzkübel und Kohlekasten.

Clementine stockte der Atem. Sie hatte genug Lärm gemacht, um ganz Beacon Hill zu wecken, mit Sicherheit aber ihren Vater.

Der Vater . . .

Sie stopfte alles, was sie finden konnte, wieder in die Tasche. In der Hast gelang es ihr nur, eine Schnalle zu schließen.

In den blank polierten Böden der Kupfertöpfe spiegelte sich ihr weißes Gesicht, als sie zur Tür rannte, die zu den Stallungen und den Nebengebäuden führte. Dorthin sollte ihr Cowboy kommen, nachdem er ihr Signal gesehen hatte. Ihre Absätze klapperten auf dem Ziegelsteinboden. Der Beutel mit den Münzen in ihrer Tasche schlug schwer gegen ihren Schenkel.

Der Riegel klemmte, und beim Versuch, ihn zu öffnen, schürfte sie sich die Knöchel auf. Die Tür quietschte und hallte dumpf, wie eine rostige Kette, die gegen eine Wand schlägt, als Clementine sie aufriß. Sie stolperte auf die Veranda und blieb atemlos vor einem großen Mann stehen, den sein hoher, breitkrempiger Hut noch größer machte.

»Mr. McQueen . . .« Sie mußte tief Luft holen. »Hier bin ich!«

Sein Lachen klang jung und unbekümmert, und seine Zähne blitzten weiß unter den herabhängenden Enden des Schnurrbarts. »Ich habe Sie kommen hören, Miss Kennicutt – ich und ganz Boston.« Er nahm ihre Reisetasche, aus der ein Stück von einem Spitzenkorsett und einem Unterrock heraushing, und warf sie in den Wagen. Er reichte Clementine die Hand, um ihr beim Einsteigen behilflich zu sein.

»Warten Sie, da ist noch etwas«, sagte sie und deutete hinter sich. »Dort, hinter dem Abfallkübel, unter den alten Säcken.« Unter den Säcken stand ein großer Kalbslederkoffer mit Messingschlössern und Kupferbändern. Sie hatte alles, was sie unbedingt mitnehmen wollte, nach und nach in dieses Versteck gebracht.

»Was haben Sie denn da drin?« brummte er, während er sich bemühte, den Koffer in dem engen Raum zwischen dem Ledersitz und dem Schmutzbrett des kleinen Wagens zu verstauen, »Ziegel und Pflastersteine?«

»Das ist nur eine Kamera«, sagte sie schnell, weil sie fürchtete, er werde verlangen, daß die Kamera zurückblieb. Womöglich würde er sie vor die Wahl stellen zwischen dem neuen Leben und dem einzigen Teil des alten Lebens, der ihr etwas bedeutete. »Außerdem Glasplatten, Chemikalien und solche Sachen. Dafür ist doch Platz, oder nicht? Der Koffer ist doch nicht zu schwer, oder? Wissen Sie, ich muß unbedingt . . .«

Er drehte sich um und umfaßte ihr Gesicht mit beiden Händen, wie ihre Mutter es getan hatte. Allerdings tat er es, um sie zu küssen. Es war der feste, fordernde Kuß eines Mannes. Dieser Kuß verschlug ihr den Atem. Er flüsterte dicht an ihrer glühenden Wange: »Ich wußte, daß Sie mit mir kommen würden. Ich wußte es einfach.«

Seine starken Hände legten sich um ihre Hüften, und er hob sie in den Wagen. Mit einem Satz war er neben ihr und schlug dem Pferd klatschend die Zügel auf die Hinterhand. Sie verließen mit knirschenden Rädern die Gasse hinter dem Haus, bogen ab und fuhren dann in Richtung Fluß.

Clementine Kennicutt blickte zurück auf das Haus ihrer Kindheit und zum Fenster des Zimmers, das ihr ganzes Leben lang ihr Zuhause gewesen war. Ein Licht flackerte kurz auf und erlosch. Ihre Mutter hob zum flüchtigen, einsamen Abschied die Kerze.

Sie hielt den Blick auf das Fenster gerichtet, bis die Schatten der Ulmen das Haus verschluckten. Dann drehte sie sich aufseufzend um, und vor ihr schwebte der runde volle Mond wie eine Orange über den Mansardendächern von Beacon Hill.

Sie warf den Kopf in den Nacken und lachte leise zum Nachthimmel hinauf.

»Was ist?« fragte der junge Mann neben ihr. Er zog die Zügel an, und das Pferd trabte um die Ecke. Louisburg Square und das Haus ihres Vaters verschwanden für immer vor ihren Blicken, doch der Mond blieb bei ihr.

Sie lachte noch einmal und griff mit beiden Händen nach dem Mond. Aber er blieb gerade außerhalb ihrer Reichweite.

Wenn man das Leben wie die Geschichte eines Romans schreiben könnte, so hatte Clementine oft gedacht, dann wäre es ihr bestimmt gewesen, einen Cowboy zu heiraten.

Wann immer sie ihren Träumen nachhing, war sie es gewesen, die wilde Mustangs in der Prärie jagte, auf einen wild gewordenen Büffel zielte und sich am Ende eines langen Ritts in Dodge City vergnügte. Trotzdem, sogar sie mußte praktisch sein. Selbst in Tagträumen wurden aus kleinen Mädchen keine Cowboys. Aber sie wurden Ehefrauen, und wenn ... nun ja, angenommen, ein Cowboy würde ...

In ihren vernünftigsten Augenblicken wußte Clementine jedoch, daß selbst solche Träume zu weit gingen für ein Mädchen, dessen Vater am Tremont Temple in Boston, Massachusetts, auf der Kanzel stand und das Wort Gottes predigte. Ihr Leben unterschied sich vom Leben eines Cowboys etwa so sehr wie die Sonne vom Mond.

Ihre Eltern hatten aus Gründen der Vernunft und des Geldes geheiratet. Julia Patterson hatte ein Erbe von fünfzigtausend Dollar und ein Haus auf dem Beacon Hill mit in die Ehe und zum Altar gebracht. Reverend Theodore Kennicutt steuerte neben seiner gottesfürchtigen Person den guten alten Bostoner Namen seiner Familie bei. Clementine war ihr einziges Kind, und Reverend Kennicutt kannte seine Pflichten als Vater und Diener Gottes. Töchter waren schwache Geschöpfe, anfällig für Eitelkeit und Labilität. In einem hübschen Gesicht spiegelte sich nicht unbedingt eine reine Seele. Niemand durfte die kleine Clementine verwöhnen, liebkosen oder sich zu sehr mit ihr abgeben.

Manchmal, wenn sie eigentlich ihre Sünden bereuen sollte, wanderten ihre Gedanken weit, weit zurück, soweit sie konnte, sogar in die Zeit, bevor sie das mit den Cowboys gewußt hatte. Sie vermutete, daß sie vier Jahre alt gewesen sein mußte, als ihr Großvater sie eines Tages im

Sommer in die Bleiche mitnahm. Dort entdeckte sie, wie das Leben aussehen konnte.

Großvater Patterson hatte ein freundliches Gesicht, das so rot war wie ein überreifer Apfel. Wenn er laut und dröhnend lachte, hüpfte sein Bauch. Er besaß mehrere Tuchverarbeitungsbetriebe. Eines Tages lud er Clementine und ihre Mutter zu einem Ausflug aufs Land ein, wo er die Bleiche hatte. Es war ein großes Ziegelsteingebäude mit einem rauchenden Schornstein. Im Innern stiegen aus großen brodelnden Kesseln dicke Dampfwolken auf. Unter der hohen Balkendecke liefen wie die Fäden eines Netzes unzählige Rohrleitungen kreuz und quer, von denen es auf Clementines Kopf tropfte. Beißende Dämpfe stiegen ihr in die Nase und trieben ihr Tränen in die Augen. Mama sagte, die Bleiche erinnere sie an die Kessel in der Hölle, und das gefiel Clementine. Der Lärm, der schreckliche Gestank, die Geschäftigkeit, das *Leben*, all das war wunderbar. Selbst wenn sie viele Jahre später über die Fülle nachdachte, die Leben bedeuten konnte, mußte sie immer an den Lärm und die Gerüche in der Bleiche denken. Es hatte ihr dort sehr gut gefallen, und sie wartete ungeduldig darauf, daß sie wieder einmal dorthin gehen würden. Aber das geschah leider nie mehr.

Doch dieser Sommer damals stand irgendwie unter einem besonderen Zauber, denn Mama lächelte viel, und ihr Bauch wurde allmählich so dick wie der von Großvater Patterson. Die Köchin sagte, ihre Mutter habe ein Kind im Leib, aber Clementine glaubte das erst, als Mama eines Tages ihre Hand nahm und sie fühlen durfte, wie das Kind mit dem Fuß gegen den straff gespannten Stoff des gelben Hauskleids ihrer Mutter trat.

Sie lachte erstaunt. »Wie kann denn ein Kind in dich hineinkommen?«

»Still!« sagte ihre Mutter mahnend. »Stell niemals solche ungezogenen Fragen.« Aber sie lachten beide, als das Kind noch einmal trat.

Bei dem Gedanken, wie sie und ihre Mutter gelacht hatten, mußte Clementine immer lächeln. Doch Gedanken haben es an sich, daß sie ineinander übergehen, und so geschah es denn, daß aus dem Lachen manchmal Schreie wurden, polternde Schritte auf dem Flur mitten in der Nacht und zwei Dienstmädchen, die vor der Tür des Kinderzimmers standen und flüsterten, die Frau Pfarrer werde bestimmt sterben, und die arme Clementine sei am Morgen ein mutterloses Kind.

Clementine hatte in jener Nacht wie erstarrt in ihrem Bett gelegen und auf die Schreie der Mutter gelauscht. Sie beobachtete, wie die Schatten verblaßten und das Sonnenlicht durch die gezahnten Blätter der Ulmen im Park drang. Sie hörte das Tschilpen der Spatzen und das Rattern und Klappern des Milchwagens.

Dann wurde ihr bewußt, daß die Schreie verstummten.

›Am Morgen‹, hatten die Dienstmädchen gesagt. ›Am Morgen wird ihre Mutter tot sein, und dann ist sie ein mutterloses Kind . . .‹

Die Sonne war schon seit Stunden aufgegangen, als Reverend Kennicutt zu ihr kam. Der Vater machte ihr zwar manchmal angst, aber Clementine gefiel es, wie er aussah. Er war so groß, daß sein Kopf sicherlich den Himmel berühren mußte. Sein Bart war lang und dicht; er teilte sich, und die Spitzen bogen sich nach oben wie die beiden Henkel eines Milchkrugs. Der Bart war wie seine Haare so glänzend schwarz wie verschüttete Tinte. Auch die Augen des Vaters glänzten, besonders an den Abenden, wenn er ins Zimmer kam, um mit ihr zu beten. Mit seiner tiefen Stimme formte er Worte, und sie klangen wie die Lieder des Windes in den Bäumen. Clementine verstand nicht alle Worte, aber sie liebte ihren Klang. Er sagte ihr, daß Gott jeden Tag die Gerechten und die Sünder richte und er zornig über die Bösen sei. Clementine dachte, der Vater müsse Gott sein, denn er war so groß und ehrwürdig; und sie wollte nichts anderes, als sein Wohlgefallen erringen.

»Bitte, Vater«, sagte sie an diesem Tag und achtete darauf, die Augen demütig gesenkt zu halten, obwohl ihr die Brust schmerzte, weil sie kaum Luft bekam. Sie war nicht sicher, was ›sterben‹ bedeutete. »Bitte, Vater, sag mir, bin ich jetzt ein armes, mutterloses Kind?«

»Deine Mutter ist dem Tode nahe«, erwiderte er vorwurfsvoll. »Und du kannst nur an *dich* denken. Es ist etwas Sündhaftes in dir, Tochter. Soviel Wildheit und Eigensinn, daß ich manchmal um deine unsterbliche Seele fürchte. ›Wenn dein Auge böse ist, soll dein ganzer Leib voll Dunkelheit sein.‹«

Clementine hob den Kopf und ballte die Fäuste. »Aber ich war brav. Ich *war* brav!« Ihr Brustkorb spannte sich, als sie zu ihm aufblickte. »Und meine Augen waren auch brav, Vater. Wirklich.«

Er erwiderte mit einem tiefen, traurigen Seufzen: »Vergiß nicht, Clementine, der Herr sieht alles. Er sieht nicht nur alles, was wir tun, sondern auch das, was in unseren Gedanken und in unserem Herzen ist.

Komm, wir müssen jetzt beten.« Er führte sie in die Mitte des Zimmers und drückte sie auf die Knie. Er hob die große schwere Hand und legte sie auf die schlichte, rauhe Baumwollkappe, die immer Clementines Haare verbarg, um sie vor sündhafter Eitelkeit zu schützen. »Gütiger Gott, wenn du in deiner unendlichen Barmherzigkeit . . .« Er verstummte. Seine Tochter hatte den Kopf nicht im Gebet gesenkt. Seine Finger verstärkten den Druck, aber er sagte sanft: »Deine kleine Schwester ist verschieden, Clementine. Sie ist in das himmlische Paradies eingegangen.«

Sie legte den Kopf unter seiner Hand schief und dachte über die Bedeutung dieser Worte nach. Sie hatte sich den Himmel nie richtig vorstellen können. Aber sie dachte daran, was Mama über die Bleiche und die Kessel der Hölle gesagt hatte, und sie lächelte. »Oh, hoffentlich nicht, Vater. Ich denke doch, daß sie statt dessen in der Hölle ist.«

Der Reverend zog die Hand vom Kopf seiner Tochter, als habe er sich verbrannt. »Was für ein Kind bist du eigentlich?«

»Ich bin Clementine«, sagte sie.

Clementine durfte das Kinderzimmer an diesem Tag nicht verlassen. In der Stunde vor dem Zubettgehen kam ihr Vater noch einmal, um ihr aus der Bibel etwas von einem See aus Feuer und Schwefel vorzulesen und von einem gerechten Zorn ohne Erbarmen, wenn sie starb. Selbst die Engel, die gesündigt hatten, so sagte der Reverend, waren nicht von Gottes Zorn verschont geblieben, sondern in die Hölle hinabgestürzt worden, wo sie bis in alle Ewigkeit litten.

In den folgenden beiden Tagen kam ihr Vater morgens, mittags und abends, um ihr mehr über die Hölle vorzulesen. Aber es war das Zimmermädchen, das Clementine schließlich sagte, daß ihre Mutter am Leben bleiben werde.

Am Morgen der Beerdigung waren alle Spiegel und Fenster des Hauses mit schwarzem Crêpe verhüllt. Blumen füllten den Eingang. Ihr Duft lag erdrückend schwer in der Luft. Ein Leichenwagen brachte den winzigen Sarg zum Friedhof an den alten Kornspeichern. Er wurde von Pferden gezogen, die mit großen schwarzen Federbüschen geschmückt waren. Der kalte schneidende Wind blies Clementine ins Gesicht und trieb totes Laub auf die Grabsteine. Sie wußte inzwischen alles über die Hölle, und die war überhaupt nicht wie Großvaters Bleiche.

Manchmal wanderten ihre Gedanken zu dem Ostertag, an dem Tante Etta und die Zwillinge zu Besuch gekommen waren. Die Vettern waren sieben Jahre älter als Clementine und gerade von einer Reise nach Paris zurück. Dort hatten sie eine kleine Guillotine gekauft. Clementine wollte dieses Wunder unbedingt sehen, denn sie durfte nur wenig eigenes Spielzeug haben, um nicht vom Lernen und Beten abgelenkt zu werden.

Die Vettern boten ihr an zu zeigen, wie die Guillotine funktioniert. Clementine freute sich so sehr über die Beachtung, die sie ihr schenkten, daß sie lächelte. Sie lächelte, bis die beiden die Guillotine auf den Tisch stellten, wo Clementine morgens ihre Grütze aß und Milch trank, und ihrer einzigen Puppe den Kopf abschnitten.

»Bitte hört auf«, sagte sie und bemühte sich, trotz ihrer Wut, höflich zu sein und nicht zu weinen, als sie sah, wie der Porzellankopf blutlos über die weiße Tischplatte rollte. »Ihr tut Matilda weh!« Die Vettern lachten nur, das Blechmesser sauste mit einem schrillen Pfeifen herab, und ein rosiger Arm mit Grübchen am Ellbogen und auf dem Handrücken fiel zu Boden.

Clementine rannte nicht, denn das war verboten. Sie weinte nicht. Mit ihrer gestärkten Schürze und der Kappe ging sie auf die Suche nach jemandem, der die Metzelei beenden würde, geräuschlos durch das große Haus. Ihr kleiner Brustkorb zuckte, und ihre Augen waren groß und starr.

Fröhliches Gelächter drang durch die offenen Flügeltüren des Damenzimmers. Sie blieb auf der Schwelle stehen und war so verzaubert, daß sie die Ermordung ihrer Puppe vergaß. Mama und Tante Etta saßen in weißen Rattanlehnstühlen und hielten die Köpfe über ihre Teetassen gebeugt. Ihre Knie berührten sich beinahe. Tante Etta hatte weiße Lilien mitgebracht, und der schwere süße Duft mischte sich mit dem fröhlichen Lachen und angeregten Geplauder. Sonnenlicht fiel durch die hohen Fenster und vergoldete das Haar ihrer Mutter.

Julia beugte sich vor und faßte ihre Schwester am Arm. »Dann hat Dr. Osgood mit seiner tiefen freundlichen Stimme gesagt: ›Wenn Sie noch länger leben wollen, Madam, dürfen Sie nicht versuchen, noch mehr Kinder zu bekommen. Ich habe Mr. Kennicutt gesagt, wenn er Empfängnisverhütung nicht mit seinem Gewissen vereinbaren kann, dann muß er Abstinenz üben. Jedes andere Verhalten kommt einem

Mord gleich, und auch das habe ich ihm gesagt.‹ O Etta, der gute Doktor hat das verkündet, als sei es eine Tragödie. Wie konnte er ahnen, welch ungeheure Erleichterung es für mich bedeutet?« Julia lachte, aber dann sank sie mit einem unterdrückten Schluchzen in sich zusammen. Tante Etta nahm sie in die Arme. »Welch ungeheure Erleichterung«, wiederholte die Mutter an Tante Ettas üppigem Busen. »Welch ungeheure, ungeheure Erleichterung . . .«

»Schon gut, Julchen, schon gut. Zumindest bleibt dir ab jetzt sein Bett erspart.«

Clementine hatte nicht verstanden, was die beiden sagten. Aber sie wünschte so sehr, Tante Etta sein zu können. Sie wünschte sich leidenschaftlich, die Arme um ihre Mutter legen zu können und sie soweit zu bringen, daß sie lächelte. Sie wollte aber auch Mama sein, wollte gestreichelt, gehalten und getröstet werden, sich sicher und geliebt fühlen. Sie wollte, wollte, wollte . . ., doch es fehlten ihr die Worte, um all die Dinge zu beschreiben, die sie wollte.

Wenn sich Clementine richtig erinnerte, war es damals das erste Mal gewesen, daß sie diese seltsamen Sehnsüchte empfand, die sie öfter überkamen, als sie älter wurde. Sie spürte gewisse Dinge und *wollte* sie, wußte aber nicht, was für Dinge es waren. Manchmal erstickte sie beinahe an dem Aufruhr der Gefühle und Wünsche, die sie nicht in Worte fassen konnte.

Clementine war neun, als sie zum ersten Mal etwas von Cowboys hörte.

Es geschah, als die Köchin ein neues Küchenmädchen einstellte. Sie hieß Shona MacDonald. Shona hatte Haare, die so rot waren wie ein Feuerwehrauto, und ein Lächeln, das in ihrem Gesicht strahlte wie die Sommersonne.

Als sie sich zum ersten Mal sahen, kniete sich Shona auf den Boden und drückte Clementine so fest an sich, daß sie keine Luft mehr bekam. Der Duft von Lavendelwasser stieg Clementine in die Nase, und sie mußte beinahe niesen. Rauhe, von der Arbeit aufgesprungene Hände streichelten ihre Schultern. Dann hob Shona sie hoch und richtete sich bewundernd auf. »Du meine Güte, was bist du für ein hübsches Mädchen«, sagte sie. »Ich habe noch nie solche Augen gesehen. Sie sind wie ein *Loch* in der Dämmerung. Ganz stürmisch grün und dunkel, so voller Geheimnisse und Rätsel.«

Wie gebannt von den fröhlichen Worten und dem strahlenden Lächeln starrte Clementine sie an. Noch nie hatte sie jemand in die Arme genommen, und sie wünschte, Shona würde es noch einmal tun.

Sie lächelte ebenfalls und fragte: »Was ist ein *Loch*?«

»Ein *Loch* ist . . . eine große Pfütze, weißt du?«

Shona lachte. Es war ein Ton wie Rosenblüten – süß und weich. Clementine starrte auf die glänzenden schwarzen Spitzen ihrer Schuhe. Sie fürchtete sich, Shona anzusehen; sie fürchtete sich beinahe zu fragen, aber dann tat sie es doch.

»Glaubst du, du könntest meine Freundin sein?« sagte sie.

Shona nahm sie noch einmal in die starken weichen Arme. »Ach, du armes kleines Ding. Natürlich bin ich deine Freundin.« Clementine wurde es beinahe schwindlig vor Glück bei diesen Worten.

Sonntag nachmittags hatte die Köchin frei. Es war ruhig im Haus zwischen den Gottesdiensten, und Clementine sollte die Stunden im Gebet verbringen. Statt dessen saß sie in der Küche bei ihrer Freundin.

›Meine Freundin.‹

Sie liebte den Klang dieser Worte. Clementine sagte sie sich vor, wenn sie die Dienstbotentreppe hinunterschlich.

›Meine Freundin, meine Freundin . . . Ich gehe, meine Freundin besuchen.‹

Shona las mit Begeisterung billige Romane. Sie verwendete den größten Teil ihres kärglichen Lohns für den Kauf von wöchentlich erscheinenden Wildwestromanen der Reihe *Spannung und Unterhaltung für fünf Cents*. Die Romane waren eine Fundgrube von Träumen, und Shona war bereit, sie an diesen heimlichen Treffen an Sonntagnachmittagen mit Clementine zu teilen.

Clementine saß mit baumelnden Beinen auf dem Mehlkasten und las die Geschichten von Revolver schwingenden Cowboys und wilden Mustangs, von bösen Rinderdieben und skalpierenden Indianern laut vor.

Shona schrubbte die Kupfertöpfe mit einer Paste aus Zitronensaft und Salz. Hin und wieder unterbrach sie ihre Arbeit, betrachtete die Bilder und gab in ihrer kehligen schottischen Aussprache Kommentare dazu ab.

»Und wen interessiert es schon, ob man den Cowboy auf frischer Tat ertappt hat, als er Pferde stehlen wollte? Der Mann ist zu hübsch, um gehängt zu werden. Der braucht eine ordentliche Frau. Eine Frau, die ihn liebt und ihn vom Pfad der Sünde abbringt.«

»Ich glaube, wenn ich groß bin, würde ich gern einen Cowboy heiraten«, sagte Clementine. Bei dieser wunderbaren Vorstellung erschauerte sie.

»Ach, Miss Clementine, würden wir das nicht alle liebend gern? Aber Cowboys sind wie wilde Pferde, wie diese Mustangs. Sie lieben ihre Freiheit mehr als alles auf der Welt. Aber träumen kann man davon, sich so einen Mann mit dem Lasso einzufangen, träumen kann man ruhig davon ...«

Der Duft der Zitronenpaste mischte sich mit den anderen Küchengerüchen von Hefe und Kaffeebohnen und Stockfisch. Aber Clementines Nase befand sich nicht länger in Boston. Sie war in der Prärie und roch die würzigen Kräuter, die Büffelhäute und den Rauch der Holzfeuer, den der Wind aus dem Westen mit sich trug.

Eines Sonntags bekam Shona den ganzen Tag frei, um die Fähre über den Charles River zu nehmen und ihre Familie zu besuchen, die am anderen Ufer lebte. Clementine verbrachte die kostbaren Stunden, die normalerweise in Shonas Gesellschaft vergingen, allein in der Küche. Sie saß mit aufgestützten Ellbogen, das Gesicht zwischen den Fäusten, am Arbeitstisch mit den zahllosen Kerben und betrachtete Shonas Sammlung von Bildkarten berühmter Banditen und Cowboys. Und sie träumte.

Erst als ein Schatten auf die Holzplatte fiel, merkte sie, daß ihr Vater in die Küche gekommen war. Sie versuchte, die Karten unter einem Stapel frisch gewaschener Handtücher zu verstecken. Er deutete nur mit dem Zeigefinger und streckte stumm die Hand aus, bis sie ihm die Karten gab.

Sie starrte auf die Tischplatte, während sich ihr Vater langsam ein Bild von ihrer Sünde machte, indem er eine Karte nach der anderen betrachtete.

»Ich habe darauf vertraut, daß du betest, und statt dessen finde ich dich hier beim Betrachten dieser ... dieser ...« Seine Finger zerknüllten die Karten, und die starre Pappe brach und riß. »Woher hast du sie? Wer hat es gewagt, dir diesen ekelhaften Schund zu geben?«

Clementine hob den Kopf. »Niemand. Ich habe die Karten ... gefunden.«

Die Luft begann zu zittern, als sei ein heftiger Wind in die sonnige Küche gedrungen. »Spruch zwölf, Absatz dreizehn, Tochter.«

»›Der Gottlose verrät sich durch die Sünde seiner Lippen.‹«

»Spruch zwölf, Absatz zweiundzwanzig.«

»›Lügende Lippen sind dem Herrn ein Greuel.‹ Aber ich habe sie gefunden, Vater. Wirklich. Vor der Hintertür. Vielleicht hat sie der Lumpensammler dort liegenlassen. Er sieht sich immer so ekelhaften Schund an.«

Er sagte nichts mehr, sondern wies auf die Dienstbotentreppe. Clementine ging an seinem ausgestreckten Arm vorbei. »Ich habe sie gefunden«, wiederholte sie, und es war ihr gleichgültig, ob ihre Seele wegen dieser Lüge für immer in das Meer aus Feuer und Schwefel verdammt werden würde.

In ihrem Zimmer kniete sich Clementine auf die Bank in der Fensternische und beobachtete die Möwen, die zwischen den Ulmen und über den grauen Schieferdächern kreisten, herabstießen und aufstiegen. Langsam verblaßte der Sonnenschein. Ein Laternenanzünder ging mit seiner langen Stange durch die Straße. Hinter ihm leuchtete ein Lichtpunkt nach dem anderen auf wie eine Kette von Glühwürmchen. Von unten hörte sie das Geräusch einer Tür, die geöffnet und geschlossen wurde, und das Klappern von Absätzen auf den Granitstufen des Dienstboteneingangs. Über dem schmiedeeisernen Geländer tauchte ein schäbiger Strohhut auf, gefolgt von einem dicken roten Zopf, der auf einem verblaßten indischen Schultertuch tanzte. An einer rauhen, von der Arbeit geröteten Hand hing ein billiger Strohkoffer.

»Shona!« Clementine riß das Fenster auf und rief hinter dem grünen und blauen Schultertuch her, das in der Dämmerung verschwand. »Shona!« Sie beugte sich so weit aus dem Fenster, daß ihr die hölzerne Fensterbank in den Magen schnitt. »Ich habe es ihm nicht gesagt! Shona, warte doch, ich habe nichts gesagt!«

Shona wurde schneller; sie rannte beinahe, und der Strohkoffer schlug gegen ihre Beine. Obwohl Clementine immer wieder ihren Namen rief, warf sie keinen einzigen Blick zurück.

»Clementine.«

Sie drehte sich so schnell um, daß sie beinahe von der Bank gefallen wäre. Ihr Vater stand vor ihr. Er hatte den Stock bei sich. »Steh auf und streck die Hände aus, Tochter.«

Diese Strafe gab es für die schwersten Vergehen. Drei Hiebe mit dem Malakkarohr auf die Hände. Es tat schrecklich weh, aber sie hatte es schon öfter überstanden und glaubte, daß sie auch dieses Mal nicht weinen werde. Sie würde nicht weinen, weil es ihr dieses Mal nicht leid tat.

Sie streckte die Hände mit den Handflächen nach oben aus, und sie zitterten nur ganz wenig.

Der Rohrstock wurde gehoben und sauste nach unten. Er fuhr zischend durch die Luft und traf ihre Hand. Clementine schwankte und biß sich beinahe die Lippe blutig. Aber sie schrie nicht. Der peitschendünne Rohrstock hinterließ einen roten, brennenden Striemen.

›Meine Freundin‹, sagte sie bei jedem Schlag zu sich, ›meine Freundin, meine Freundin.‹

Die Worte stiegen in ihr auf wie eine Beschwörung oder wie ein Gebet.

Dann stieß er die Luft aus, die sich in seiner Brust gestaut hatte, und warf mit einer knappen Kopfbewegung die Haare über seinen Augen zurück. »Auf die Knie. Und bitte Gott um Vergebung.«

Ihre Hände brannten. Sie sah ihn stumm und mit großen Augen an.

»Clementine, Tochter . . . Der Allmächtige wendet sich von dir ab, wenn du der Wildheit in deinem Herzen nachgibst.«

»Aber es tut mir nicht leid! Ich würde es wieder und wieder und wieder tun. Es tut mir nicht leid.«

Seine Finger umklammerten den Stock so heftig, daß er zitterte. »Dann streck die Hände aus, denn ich bin noch nicht fertig.«

Sie streckte die Hände aus.

Beim fünften Schlag, bisher hatte es immer nur drei gegeben, platzte die Haut. Sie zitterte am ganzen Körper. Aber sie gab keinen Laut von sich. Wieder und wieder traf der Stock ihre aufgerissenen Hände. Clementine wußte, sie mußte nur schreien oder sagen, daß es ihr leid tue. Doch sie würde nicht nachgeben, sie würde von jetzt ab niemals nachgeben. Und so hob sich der Stock und sauste herab, wieder und wieder und wieder.

»Theo, hör auf! O mein Gott, hör auf, hör auf!«

»Ich kann nicht aufhören. Um ihrer Seele willen darf ich nicht aufhören!«

»Sie ist nur ein Kind. Sieh nur, was du angerichtet hast . . . Sie ist doch nur ein Kind.«

Clementine hörte das Geschrei durch ein lautes Rauschen in den Ohren. Krampfhafte Schauer durchzuckten ihren mageren Körper. Auf ihren Handflächen war die Haut in langen Streifen aufgerissen. Blut quoll daraus hervor und tropfte auf den Teppich mit dem flauschigen Muschelmuster. Sie glaubte, das süße und heiße Blut in ihrer Kehle zu schmecken.

Die Arme ihrer Mutter, der Rosenduft . . . Sie wollte ihr Gesicht an diese nach Rosen duftende Brust pressen, aber es schien, als könne sie sich nicht mehr rühren. Ihr Vater hielt immer noch den Stock umklammert, aber die Tränen liefen ihm in den Bart. Seine Stimme zitterte. »›Du sollst dein Kind mit der Rute züchtigen, und du wirst eine Seele vor der Hölle erretten.‹ Was wäre ich für ein Vater, wenn ich ihr erlauben würde, die Pfade des Bösen einzuschlagen? Sie ist wild und voll Sünde . . .«

»Aber Theo, du gehst zu weit.«

Ein Schluchzen entrang sich seiner Kehle. Der Rohrstock fiel zu Boden, und er sank auf die Knie. Seine Hände hoben sich zum Himmel. »Komm, Tochter, wir müssen beten. Die Hölle ist ein Feuermeer, das niemals gelöscht werden kann. Aber ich werde dir den Weg des Herrn zeigen . . .«

»Es tut mir nicht leid! Es tut mir nicht leid!« schrie Clementine. Aber sie weinte nicht.

»Ich will nicht beten.« Beten wäre das Eingeständnis gewesen, daß es ihr leid tat.

Die Matratze knarrte, und der Gehrock ihres Vaters raschelte, als er das Gewicht verlagerte. Er saß neben ihr auf dem Bettrand. Sie lag mit den Händen über der Decke auf dem Rücken. Ihre Mutter hatte Salbe auf die Wunden getan und sie verbunden, doch selbst die Tränen ihrer Mutter hatten die Schmerzen nicht aufhören lassen. Clementine hatte nicht geweint. Sie hatte sich fest vorgenommen, nie mehr zu weinen.

Er verlagerte das Gewicht noch einmal und seufzte. »Kind, Kind . . .« Er berührte sie nur selten. Jetzt legte er ihr die große Hand auf die Wange. »Was ich getan habe, was ich tue, geschieht aus Liebe. Damit du in den Augen des Herrn als eine reine Seele heranwächst.«

Clementine starrte in das Gesicht ihres Vaters. Sie glaubte ihm nicht, denn wie konnte er sie wirklich lieben, wenn sie böse und voller Wildheit blieb? Und wenn ihr das nicht einmal leid tat?

»Ich will nicht beten«, sagte sie noch einmal.

Er senkte den Kopf. Er schwieg so lange, daß sie dachte, er bete stumm. Schließlich sagte er. »Dann gib mir einen Gutenachtkuß, Tochter.«

Er beugte sich über sie, und sein Gesicht war so dicht vor ihr, daß sie den Duft seiner Rasierseife und die Stärke an seinem Hemd roch. Sie hob den Kopf und berührte mit den Lippen die weichen schwarzen Barthaare auf seiner Wange. Sie legte sich in die Kissen zurück und rührte sich nicht, bis er das Zimmer verlassen hatte. Dann fuhr sie sich mit dem Handrücken so lange über den Mund, bis ihre Lippen brannten.

Sie zog eine geknickte und zerknüllte Bildkarte unter dem Kopfkissen hervor. Immer und immer wieder versuchte sie, die Karte mit den verbundenen Fingerspitzen glattzustreichen.

Ein Cowboy lächelte sie mit strahlenden blauen Augen an. Ein Cowboy mit einem Fransenhemd und einem riesigen Hut. Er schwang ein Lasso mit einer Schlinge über dem Kopf, die so groß war wie ein Heuhaufen.

Clementine sah ihn so lange und so eindringlich an, daß es ihr vorkam, als müsse sie sich nur etwas mehr anstrengen, um ihn lebendig und lachend hierher zu beschwören.

Die Tür ging auf, und er stand in ihrem Zimmer . . .

»Du bist jetzt eine erwachsene Frau.«

Clementines Mutter sagte das an dem Tag zu ihrer Tochter, als sie sechzehn wurde. An diesem Morgen durfte Clementine die Haare zu einem dicken Knoten am Hinterkopf aufstecken.

›Du bist jetzt eine erwachsene Frau . . .‹

Sie betrachtete aufmerksam das Gesicht im Spiegel des Toilettentischs. Aber sie sah nur sich selbst.

Ab nun gibt es keine Hauben mehr, dachte sie mit einem plötzlichen Lächeln. Sie rümpfte die Nase, nahm die Haube, die sie am Tag zuvor getragen hatte, und warf sie ins Feuer: Keine Hauben mehr, und sie war erwachsen. Sie drehte sich auf den Zehenspitzen und tanzte lachend durch das Zimmer.

Es war ihr Geburtstag, der Tag vor Weihnachten, und sie gingen in eine

Photogalerie, um sich aufnehmen zu lassen. Sie machten einen Familienausflug daraus, und ihr Vater kutschierte den neuen schwarzen Brougham selbst. Die Dächer und Baumwipfel trugen alle weiße Häubchen. Die frostige Winterluft machte die Nase gefühllos und rötete die Wangen, und es roch nach den Festtagen – nach Holzfeuern, gerösteten Maronen und Zweigen aus Immergrün. Sie kamen am Stadtpark vorbei, wo Kinder auf vereisten Pfaden Schlitten fuhren. Ein Mädchen mußte gegen eine Baumwurzel gestoßen sein, denn der Schlitten hielt mit einem Ruck an, während sie einen Purzelbaum schlug und wie ein riesiger Schneeball, aus dem der blaue Rock und rote Strümpfe leuchteten, über den Boden rollte. Das helle, weithin hallende Lachen klang bis zum niedrigen Winterhimmel, und Clementine wünschte sich, dieses Mädchen zu sein. Sie wünschte es sich traurig und voll unerfüllter Sehnsucht. Sie war nie Schlitten gefahren, nie auf dem Jamaica Pond Schlittschuh gelaufen und hatte nie Schneebälle geworfen. Aber jetzt war sie zu alt, war eine erwachsene Frau. Clementine mußte in diesem Augenblick an all das denken, was sie im Leben bereits versäumt hatte, und an alles, was sie jetzt versäumte.

Ihr Vater wartete an einer Straßenkreuzung, um einem Bierwagen die Vorfahrt zu lassen. In dem Eckhaus stand eine Frau mit einem kleinen Jungen in einem großen verglasten Erker. Die Hand der Frau lag auf der Schulter des Jungen, und sie blickten auf die tanzenden Schneeflocken. Ein Mann erschien plötzlich hinter ihnen. Die Frau hob den Kopf und wandte ihm liebevoll das Gesicht zu. Clementine hielt den Atem an, denn sie glaubte, der Mann werde die Frau am Fenster und vor den Augen der ganzen Welt küssen.

»Clementine«, ermahnte sie die Mutter. »Starr nicht auf die Leute! Eine Dame tut so etwas nicht.«

Clementine lehnte sich schuldbewußt an das lederne Rückenpolster und seufzte. Ihre Seele war wund und aufgerieben von einem ruhelosen Sehnen. In ihrem Leben fehlte etwas. Etwas fehlte, fehlte, fehlte. Die Unruhe quälte sie Tag und Nacht. Sie wäre lieber tot, abgestorben und trocken wie ein Baum im Winter gewesen, der scheinbar nie mehr Blätter treibt, als von dieser ständigen Sehnsucht nach unbekannten, namenlosen Dingen gequält zu werden. Aber die Sehnsucht nach dem, was in ihrem Leben fehlte, ließ sie nicht zur Ruhe kommen.

Die Stanley Addison Photogalerie befand sich im obersten Stockwerk eines braunen Sandsteinhauses in der Milk Street. Mr. Addison war kein vornehmer Herr. Er trug eine gestreifte, geschmacklos grüne Weste und einen Papierkragen. Sein Schnurrbart war so dünn, daß es aussah, als sei er mit Tusche auf die Haut unter der Nase gemalt. Doch Clementine nahm kaum Notiz von ihm. Sie bestaunte die Beispiele seiner Kunst, die Photographien und Ferrotypien, die an den braunen Wänden der Galerie hingen.

Sie ging langsam durch den Raum und betrachtete aufmerksam jedes Porträt: Herren mit ernsten Mienen und in großspurigen Posen, Schauspielerinnen und Opernsängerinnen in phantasievollen Kostümen, Familienbilder mit Vater, Mutter und den Kindern wie Orgelpfeifen ...

Plötzlich blieb sie stehen und begann unwillkürlich, leise vor sich hin zu summen.

Da war ein Cowboy, aber ein richtiger, kein kostümierter wie auf den Bildkarten. Er trug silberbeschlagene *Chaparejos*, ein Fransenhemd aus Leder und um den Hals ein großes, geknotetes Taschentuch. Er saß breitbeinig auf einem Heuballen und hatte die Stiefel soweit auseinandergestellt, als sei er mehr daran gewöhnt, auf einem Pferd zu sitzen. Über einem Knie hing ein zusammengerolltes Lasso, und auf den Oberschenkeln lag ein Gewehr. Der Mann mußte stolz auf seine Waffen sein, denn er trug an einem breiten Ledergurt um die Hüfte zwei Revolver mit perlenbesetzten Griffen. Ein dichter langer Schnauzbart fiel bis über die Mundwinkel und verbarg die Lippen. Die breite Hutkrempe warf dunkle Schatten über die Augen. Er sah wild und jung aus, leidenschaftlich und edel. Er schien so ungezähmt zu sein wie das Land, über das er ritt.

Clementine bestürmte Mr. Addison mit Fragen. Sie wollte wissen, wie eine Photographie entstand. Sie wollte selbst eine Aufnahme machen. Sie achtete nicht auf das finstere Gesicht ihres Vaters, und ihr entging, daß Mr. Addison vor Verlegenheit rot wurde und stotterte, als er die Familie in seinen, wie er sagte, ›Kamera-Raum‹ bat, wo er ihre Porträts aufnehmen wollte.

Der Raum faszinierte Clementine noch mehr als die Galerie. Ein riesiges Fenster war in das Dach geschnitten worden und sorgte für ein gleichmäßiges helles Licht. Entlang der Wände standen bemalte Wandschirme, auf denen Gärten, überwachsene Spaliere und Terrassen mit

Säulen dargestellt waren. Es gab sogar ein Bild mit ägyptischen Pyramiden. Zwischen den Wandschirmen standen Spiegel in unterschiedlichen Größen und eine große, mit Zinnfolie bespannte Tafel auf Rädern.

Die Kamera, ein großer Holzkasten mit einem akkordeonähnlichen Balg, war auf ein fahrbares Stativ montiert. Clementine ging um den Apparat herum und versuchte herauszufinden, wie er funktionierte. Sie lächelte Mr. Addison schüchtern an und fragte unsicher, ob sie einmal durch das große starre Auge der Kamera blicken dürfe.

Er errötete und stolperte beinahe über seine eigenen Füße, als er ihr zeigte, wie das gemacht wurde. Clementine drückte das Auge an eine Öffnung an der Oberseite des Kastens und sah Reverend Kennicutt und seine Ehefrau.

Der Wandschirm im Hintergrund zeigte ein vornehmes Wohnzimmer. Ihr Vater nahm auf einem fransenbesetzten Stuhl Platz, seine Frau Julia stellte sich hinter ihn. Sie legte ihm die Hand auf die Schulter, und er hielt sie mit seiner Hand fest, als fürchte er, sie werde aus dem Raum fliehen, wenn er sie nicht daran hinderte. Eine große Palme in einem Blumentopf sorgte für eine dekorative Wirkung, denn die Wedel wölbten sich wie ein großer grüner Schirm über die beiden Köpfe.

Als Clementine ihre Eltern durch die Linse der Kamera sah, erschien es ihr, als seien die beiden weit weg und nicht von dieser Welt. Oder aber ihre Eltern seien immer noch auf der Welt, sie selbst sei jedoch an einem anderen Ort. Ihr Vater bewegte ungeduldig die Füße, was seine Würde beeinträchtigte. Er fühlte sich sichtlich unbehaglich. Die Palmwedel warfen Schatten über das Gesicht ihrer Mutter. Sie war schön.

Clementine wußte, sie sah wie ihre Mutter aus. Sie hatten die gleichen hellblonden Haare und dunkelgrüne Augen. Sie erweckten beide den Eindruck, zerbrechlich wie Porzellan zu sein.

Eine junge Frau und eine erwachsene Frau.

Clementine versuchte, im Gesicht ihrer Mutter die Frau zu sehen, die sie einmal sein würde. Es gab so viele Fragen, die sie dieser Frau stellen wollte.

Warum hast du gelacht, als der Arzt sagte, du könntest keine Kinder mehr bekommen? Wolltest du nie am Fenster stehen und das Gesicht einem Mann zuwenden, damit er dich küßt? Gibt es leere Stellen in dir, Sehnsüchte, für die du keine Worte hast?

Clementine wollte Photographien vom Gesicht ihrer Mutter machen und sie dann lange betrachten, um Antworten auf diese Fragen zu finden.

»Miss Kennicutt, ich glaube, Ihr Vater wird ungeduldig.«

Clementine verließ den Platz hinter der Kamera und stellte sich zu ihren Eltern neben die Palme. Sie war sich der Kamera bewußt, sah mit ihrem Auge und hielt Abstand zu den Eltern. Selbst als Mr. Addison sie bat, näher heranzurücken, achtete sie darauf, daß nichts von ihr, nicht einmal der Ärmel oder der Saum ihres Kleides den Mann und die Frau berührte, die ihr das Leben geschenkt hatten.

Mr. Addison befestigte Stützen hinter ihren Köpfen, um ihnen das Stillhalten zu erleichtern. Dann verschwand er in einer Art Schrank, und ein scharfer, beißender Geruch, der an medizinischen Alkohol erinnerte, erfüllte den Raum. Wenige Augenblicke später tauchte er wieder auf. Er bewegte sich fahrig und sprunghaft wie ein Kaninchen. Er trug ein rechteckiges flaches Holzkästchen, das er in eine Öffnung der Kamera schob. »Heben Sie bitte das Kinn, Mrs. Kennicutt. Äh, Reverend, wenn Sie bitte an Ihrer Weste zupfen könnten. Jetzt atmen Sie alle tief ein und halten den Atem an ... anhalten, anhalten ... Miss Kennicutt, wenn ich Ihnen ein Lächeln entlocken könnte?«

Clementine lächelte nicht. Sie wollte sich alles genau merken, was er tat, um es zu verstehen. Ihr eindringlicher Blick glitt von dem wundersamen Holzkasten zu den Dekorationen aus Pappmaché und den bemalten Wandschirmen. Eine wachsende Erregung erfüllte sie, bis sie glaubte zu summen wie die neuen Telefone in der Halle des Tremont House Hotels.

Sie begann in diesem Augenblick zu ahnen, zu begreifen und zu wissen, was sie vom Leben wollte. Und so kam es, daß Clementine Kennicutt ein Jahr später, als sie ein Cowboy aus Montana auf einem Hochrad anfuhr, bereit für ihn war.

Es wäre nie zu dem Zusammenstoß gekommen, wenn sich nicht ein Rad am schwarzen Brougham ihres Vaters gelockert hätte. Das Rad begann zu wackeln, als sie in die Tremont Street einbogen, und bald schwankte das ganze Gefährt bedrohlich. Ihr Vater fuhr an den Straßenrand, um Clementine aussteigen zu lassen. Sie befanden sich bereits ganz in der Nähe vom Tremont House Hotel, wo Clementine ihre Mutter und Tante

Etta zum Tee treffen sollte. Deshalb erlaubte der Vater, daß sie sich ohne seine Begleitung zu Fuß auf den Weg machte.

Clementine ging langsam und genoß den schönen Tag. Die Markisen der Geschäfte schützten die Fußgänger vor der ungewöhnlich heißen Februarsonne. Aber die Wärme des vielversprechenden Frühlings lag auch in der leichten Brise und fühlte sich auf Clementines Haut so samtig und weich wie Milch an. Eine Walzermelodie drang klimpernd durch die offenen Türen eines Klaviergeschäfts. Clementine mußte sich zusammennehmen, um nicht dem fröhlichen Drang nachzugeben, auf dem Gehweg zu tanzen.

Vor dem Schaufenster einer Putzmacherin blieb sie stehen und blickte sehnsüchtig auf ein Frühlingshäubchen aus weißem Reisstroh. Eine lange leuchtend rote Feder zog den Blick auf sich und wurde seitlich von einer Spange gehalten. Clementine wußte, eine Dame hätte die Feder vulgär gefunden, aber ihr gefiel sie. Der Hut war auffällig und schillerte so bunt wie ein Pfau. Er schien der ganzen Welt zu verkünden: »Seht her, *ich* bin schön!«

Aus einem anderen Geschäft drang der köstliche Duft von Schokolade und Süßigkeiten. Clementine folgte dem Duft, bis sie vor einer Pralinenpyramide stand. Seufzend drückte sie die Nase an das Schaufenster. Sie bekam nie Geld, das sie für sich ausgeben konnte, sonst wäre sie in den Laden gegangen und hätte sich ein Dutzend dieser Köstlichkeiten gekauft. Sie hätte langsam eine Praline nach der anderen gegessen und zuerst den Schokoladenüberzug abgeleckt, bevor sie auf die weiche süße Füllung biß.

Plötzlich hörte sie das aufgeregte Bimmeln der Pferdebahn, es folgte ein Schrei und wütendes Schimpfen. Aus den Augenwinkeln sah sie etwas Helles blitzen. Es waren die Speichen eines riesigen Zweirades, das sich einen Weg durch den dichten Verkehr auf der Straße suchte.

Sie hatte einmal in der Zeitung so ein Wunderding gesehen. Es war ein Hochrad oder ein Fahrrad, wie man es inzwischen nannte. Die Hersteller behaupteten, man könne damit an einem Tag eine größere Entfernung zurücklegen als auf dem besten Pferd. Als Clementine das Hochrad jetzt sah, fragte sie sich staunend, wie es jemandem überhaupt gelang, im Sattel zu bleiben.

Das riesige Vorderrad war etwa mannshoch. Durch ein gebogenes Metallrohr war damit ein kleineres, etwa tellergroßes Rad verbunden. Der

Radfahrer saß auf einem winzigen Ledersattel über dem großen Rad und trat heftig in die Pedale. Den Mund unter dem Schnauzbart hatte er weit geöffnet. Bei dem Tumult, den er auf seinem tollkühnen Gefährt hervorrief, konnte Clementine nicht sagen, ob er einen Entsetzensschrei ausstieß oder ob er lachte. Alles wich bei seinem Anblick vor ihm aus. Fahrzeuge und Fußgänger machten ihm eilig den Weg frei.

Er schnitt einer Pferdebahn den Weg ab. Die Pferde scheuten und wieherten. Der Kutscher läutete noch immer stürmisch die Glocke, als der Fahrradfahrer schon längst an ihm vorbeigefahren war. Es kam fast zu einem Zusammenstoß mit einem leichten Zweispänner, in dem eine elegante Dame saß, und dann rammte er einen Wagen der Straßenreinigung. Durch den Aufprall geriet der Wagen auf den Gehweg; die Sprinkler beschrieben einen nicht beabsichtigten Halbkreis und besprühten die Passanten vor Harrisons Textilwaren.

Wie durch ein Wunder war das Hochrad nicht umgefallen, obwohl der Mann auf dem Sattel inzwischen wie ein betrunkener Matrose schwankte. Es fuhr gegen einen hochstehenden Pflasterstein, rollte weiter, geriet aber aus der Bahn und landete schließlich auf dem Gehweg. Der Fahrradfahrer verfehlte um Haaresbreite den Stand eines Peitschenverkäufers, streifte das hintere Ende eines Karrens, auf dem Maronen geröstet wurden, und kam geradewegs auf Clementine Kennicutt zu.

Sie wollte davonlaufen, aber ihre Beine gehorchten ihr nicht. Es kam ihr nicht in den Sinn zu schreien, denn sie hatte gelernt, unter allen Umständen ihre Würde zu wahren. Deshalb stand sie einfach da und starrte auf das riesige Rad, das geradewegs auf sie zurollte, als hätte es jemand gezielt auf sie losgelassen.

Der Mann sah die junge hübsche Dame und versuchte ihr auszuweichen, indem er das Rad im letzten Augenblick herumriß. Die Reifen rutschten quietschend über die Granitplatten. Clementine roch den erhitzten Gummi, bevor der Fahrer über die Lenkstange schoß und auf sie flog. Er warf sie auf den Rücken, und sie bekam keine Luft mehr.

Ihr Brustkorb schmerzte, als sie erschrocken versuchte zu atmen. Sie starrte mit weit aufgerissenen Augen auf die Unterseite der Markise des Süßwarengeschäfts. Die grünweiß gestreifte Leinwand blähte sich verschwommen über ihr.

»Ach du liebe Zeit!«

Das Gesicht eines Mannes nahm ihr die Sicht auf die Markise und warf einen Schatten über sie. Es war ein hübsches Gesicht mit lachenden Lippen, die ein dichter langer Schnauzbart umrahmte, der so braun war wie Ahornsirup.

»Ach du liebe Zeit«, rief er noch einmal. Er schob sich den großen, weichen grauen Hut aus der Stirn, und Clementine sah seine hellbraunen Haare, deren Spitzen von der Sonne blond gebleicht waren. Er wirkte wie ein kleiner Junge, der geschlafen hat und beim Aufwachen nicht sofort weiß, wo er ist. Clementine hatte den merkwürdigen Wunsch, ihm die Wange zu tätscheln, um ihn zu trösten.

Dabei war alles seine Schuld; schließlich war er über das Vorderrad des Hochrads gesegelt und auf sie gefallen.

Sie richtete sich auf und stützte sich dabei auf den Ellbogen. Er faßte sie am Arm. »Langsam . . . Seien Sie vorsichtig«, sagte er, aber im nächsten Augenblick stand sie wieder auf den Beinen, denn er hob sie hoch. Sie spürte die Kraft seiner starken Hände, und ein Schauer lief ihr über den Rücken.

»Danke für Ihre Hilfe, Sir.« Der schlichte schwarze Strohhut war über ihr rechtes Auge gerutscht. Er rückte ihn zurecht. Sie wollte sich auch dafür bedanken, vergaß es jedoch, als sie in seine Augen blickte. Sie waren so blau wie der Sommerhimmel und strahlten sie an.

»Es tut mir leid, daß ich Sie umgeworfen habe«, sagte er.

»Wie? O nein, bitte . . . Es ist nichts passiert.«

Sein Mund verzog sich zu einem Lächeln, das sein Gesicht jungenhaft und übermütig machte. »Ihnen vielleicht nicht . . . und mir auch nicht. Aber sehen Sie sich mein armes Fahrrad an.«

Die Speichen des großen Rades waren verbogen, und der rote Gummireifen lag im Rinnstein. Doch Clementine würdigte das Hochrad kaum eines Blickes.

Ich träume, dachte sie. Bestimmt träume ich, denn wie soll ein Cowboy den Weg nach Boston, Massachusetts, finden?

Seine Hose hatte Nieten. Er trug Lederstiefel mit aufgeprägten Mustern und hohen Absätzen. Das blaue Flanellhemd stand am Kragen offen, und um den kräftigen, sonnengebräunten Hals hatte er ein rotes Taschentuch geschlungen. Es fehlten nur die silbernen Sporen, zwei Revolver mit perlenbesetzten Griffen und das Lasso, und es wäre der Cowboy auf Shonas Bildkarte gewesen.

Er trat mit der Stiefelspitze gegen den Reifen und schüttelte den Kopf, obwohl er immer noch lächelte. »Die Dinger sind bockiger als ein Mustang aus Montana.«

»Montana . . .«

Vor Staunen verschlug es ihr den Atem. Er sprach seltsam gedehnt und schleppend. Seine dunkle Stimme ging ihr durch und durch wie die Orgel in der Kirche ihres Vaters. »Was ist ein Mustang?«

»Ein wildes Pferd, das den ganzen Tag über die Prärie galoppiert, auf der Stelle wenden kann und ganz wild ist.«

Seine Art zu lächeln, dachte sie, paßt gut zu seinen Augen. Sie blickte in die lächelnden Augen, während er mit langen geschickten Fingern das Tuch um den Hals aufknotete. Er nahm das Tuch ab und beugte sich vor. Mit einer Ecke des weichen Baumwolltuchs entfernte er etwas von ihrem Gesicht. Die Berührung war so sanft wie das Gefühl einer Feder auf Seide.

»Schmierfett«, sagte er.

»Oh!« Sie schluckte so heftig, daß dabei ein seltsames Geräusch in der Kehle entstand. »Sind Sie wirklich . . .?«

»Als ich mich das letzte Mal gezwickt habe, hat es weh getan. Also nehme ich an, daß ich wirklich bin.«

»Ich meine, ob Sie wirklich ein Cowboy sind«, sagte sie und lächelte.

Clementine hatte keine Ahnung, was mit ihrem Mund geschah, wenn sie lächelte. Der Mann starrte sie wie erstarrt und mit angehaltenem Atem an, als hätte er einen Schlag auf den Kopf bekommen. »Ich, äh . . . ich bin . . . ach du liebe Zeit.«

»Wenn Sie ein Cowboy sind, wo haben Sie dann die silbernen Sporen, die *Chaparejos*, das Lederhemd mit den Fransen und die zwei Revolver mit den perlenbesetzten Griffen?«

Er legte den Kopf zurück und lachte laut und fröhlich. »Ich habe mit meinem Onkel gewettet, daß ein Viehtreiber wie ich in Boston ein Fahrrad fahren kann, ohne aus dem Sattel zu fallen. Wenn ich den ganzen Kram angezogen hätte, würde ich wie ein Greenhorn beim ersten Viehtrieb aussehen.«

»Sie bringen mich zum Lachen, wenn ich Sie so reden höre.« Sie lachte allerdings nicht, sondern sah ihn verträumt an.

Er wurde ernst und blickte sie drei langsame, laut klopfende Herzschläge lang an. Es überraschte sie, daß er das Pochen ihres Herzens nicht hören konnte.

Dann legte er den Finger auf die Stelle, wo das Fett gewesen war. »Dieser Onkel von mir, er hat eine ganze Fabrik voller Fahrräder. Er veranstaltet morgen eine Vorführung, ein Rennen. Irgendwie habe ich mich überreden lassen, da mitzumachen. Warum kommen Sie nicht mit und sehen sich an, wie ich mich noch mehr lächerlich mache?«

Sie hatte noch nie irgendein Rennen gesehen, und sie dachte, Rennen müßten etwas Wunderbares sein. Ihr Vater würde ihr selbstverständlich niemals erlauben, eine so vulgäre Veranstaltung zu besuchen, erst recht nicht mit einem Mann, der für die Familie Kennicutt ein Fremder war. »Wir kennen uns überhaupt nicht.«

»Gus McQueen.« Er zog schwungvoll den großen Westernhut und machte eine tiefe, übertrieben höfliche Verbeugung, die für einen Mann seiner Größe trotzdem seltsam anmutig wirkte. »Ich besitze eine Ranch mit ein paar hundert mageren Kühen mitten im Regenbogenland. Außerdem habe ich einen zwanzigprozentigen Anteil an einer Silbermine, die außer Dreck und Schlamm bisher nichts gebracht hat. Ich glaube, man könnte also sagen, daß meine Aussichten von der vielversprechenden Art sind, und meine Herkunft ist ... na ja, nicht unbedingt respektabel, aber soweit ich weiß, sitzt zumindest niemand aus meiner Familie gerade im Gefängnis.«

Er senkte den Blick und betrachtete den Hut in seinen Händen. Er drehte die weiche Krempe zwischen den Fingern. »Was mich angeht, so behaupte ich nicht, ein Heiliger zu sein. Aber ich lüge nicht und betrüge nicht beim Kartenspielen, ich trinke keinen Whiskey und bin nicht hinter lockeren Frauen her. Ich habe nie mein Brandzeichen dem Kalb eines andern aufgedrückt, und wenn ich mein Wort gebe, dann halte ich es. Und ich ...« Seine Finger legten sich fest um die Hutkrempe, als suche er nach Worten, um ihr klarzumachen, daß in ihm mehr steckte als der Cowboy, den sie sah. Er konnte nicht wissen, daß sie das, was sie sah, wundervoll fand.

Aber als er sie anblickte, lag das Lachen wieder in seinen Augen. »Im allgemeinen bin ich keiner dieser derben Kerle, die in Anwesenheit einer Dame fluchen, selbst wenn Sie es geschafft haben, mir in drei Minuten ebenso viele Flüche zu entlocken.«

Sie versuchte, entrüstet zu wirken, während sie vor Entzücken am liebsten in die Hände geklatscht und Luftsprünge gemacht hätte. »Sie sind ungerecht, Sir, mir die Schuld an Ihren Sünden zuzuschieben.«

»Aber es ist alles Ihre Schuld, Miss, absolut. Denn mir ist im ganzen Leben noch kein hübscheres Mädchen als Sie begegnet. Und wenn Sie lächeln ... wenn Sie lächeln, du meine Güte, dann sind Sie wirklich bezaubernd.«

Er war das Wunder! So wie er redete, und sein Lachen, das wie ein inneres Leuchten sein Gesicht strahlen ließ, und so wie er einfach war: groß, breitschultrig und stark, stand er als der Cowboy ihrer Träume vor ihr.

»Jetzt wissen Sie, wie ich heiße«, sagte er. »Warum lassen Sie nicht Gerechtigkeit walten und sagen mir Ihren Namen?«

»Wie? Ach so, Clementine ... Clementine Kennicutt.«

»Werden Sie morgen mitkommen und mir beim Rennen zusehen, Miss Clementine Kennicutt?«

»O nein, nein ... ich könnte niemals ...«

»Natürlich können Sie.«

Eine seltsame, prickelnde Erregung stieg in ihr auf. Sie lächelte ihn nicht noch einmal an, sie wollte es nur.

»Um welche Zeit findet denn das Rennen statt, Mr. McQueen?« hörte sie sich fragen.

»Genau um die Mittagszeit.«

»Wissen Sie, wo die Kirche in der Park Street ist, von hier gerade eine Straße weiter?« Ihre Tollkühnheit machte sie ganz benommen. Clementine fühlte sich leichter als Luft und glaubte zu schweben. »Ich treffe Sie morgen um elf an den Ulmen vor der Kirche in der Park Street.«

Er setzte den Hut wieder auf und sah sie unter der Krempe hervor an.

»Also ich weiß nicht, ob das so ganz richtig ist«, sagte er. »Ich meine, daß ich nicht Ihren Vater kennenlerne und ihn um Erlaubnis bitte, Ihnen richtig den Hof machen zu dürfen.«

»Er würde Ihnen die Erlaubnis dazu niemals geben, Mr. McQueen.« Sie unterstrich ihre Worte durch energisches Kopfschütteln. Die Enttäuschung schnürte ihr die Kehle zu, und sie konnte kaum atmen. »Niemals. Niemals.«

Er musterte sie nachdenklich und strich sich mit dem Daumen über den Schnauzbart. Sie wartete und blickte mit großen, ruhigen Augen zu ihm auf. Clementine wollte dieses Rennen sehen, und sie wollte noch andere Dinge, die mit ihm zu tun hatten. Bereits beim Gedanken daran krampfte sich ihr vor Aufregung der Magen zusammen. Sie wollte ihn wiedersehen, mit ihm reden und ihn zum Lachen bringen.

»Ich nehme an«, sagte er schließlich, »wir werden es so machen müssen, wie Sie es wollen.«

Er streckte die Hand aus, und sie drückte sie. Seine Hand war groß und rauh, und ihre verschwand darin. Er rieb mit dem Daumen über ihre Handfläche, als wisse er von den Narben, die ihr Handschuh verbarg, und versuche, sie auszulöschen. »Nur noch eins . . . Werden Sie mich heiraten, Miss Clementine Kennicutt?«

Sie zuckte zurück und entzog ihm die Hand. Etwas Unsichtbares traf sie an der Brust. Es bohrte sich wie ein Pfeil in ihr Herz. Es schmerzte und hinterließ eine bedrohliche Leere.

»Sie machen sich über mich lustig.«

»O nein, das niemals. Es ist nicht so, daß ich keinen Spaß an einem guten Scherz hätte. Im Leben gibt es zuviel Schmerz und Trauer, als daß man nicht hin und wieder Witze darüber machen müßte. Aber wenn es wirklich schlimm kommt . . .« Er lächelte plötzlich. »Sagen wir, wenn ich die Rinder durch einen kalten Nordsturm treibe und der Schnee mir wie mit Nadeln ins Gesicht sticht, oder wenn der Wind über die Prärie heult wie eine verlorene Seele in der Hölle, dann überstehe ich das alles nur dank der Träume, die ich im Kopf habe. Etwa der Traum von jemandem, der zu Hause auf mich wartet, während das Feuer brennt, und auf dem Herd etwas kocht, das appetitlich duftet. Sagen wir, ein Mädchen mit hellblonden Haaren und großen grünen Augen . . .« Er verstummte, als er sie ansah, und obwohl sie errötete, konnte sie den Blick nicht von ihm wenden.

Er schüttelte staunend den Kopf. Seine Augen lächelten sie immer noch an. »Glauben Sie mir, wenn es um meine Träume geht, Miss Clementine Kennicutt, bin ich ein sehr, sehr ernster und zuverlässiger Mensch.«

»Träume . . .?« wiederholte sie und bewegte kaum die Lippen.

Er zog den Hut. »Bis morgen, Miss Kennicutt.«

Mr. McQueen hob so mühelos das zerbeulte Rad aus dem Rinnstein, als wiege es nicht mehr als ein Federkissen. Sie sah ihm nach, während er davonging. Sie beobachtete, wie die Leute ihm den Weg freimachten, sie stellte glücklich lächelnd fest, daß sein grauer Westernhut über schwarzen Zylindern und Melonen schaukelte, und wartete, bis nichts mehr von ihm zu sehen war.

Clementine ging wie betäubt die breiten Granitstufen des Tremont House hinauf und betrat durch das Säulenportal das Hotel. Kein Gentleman fragt ein Mädchen, das er kaum kennt, das er überhaupt nicht kennt, ob sie seine Frau werden will. Ein Gentleman kennt eine junge Dame schon immer, und seine Eltern kennen die Eltern der fraglichen Dame schon immer. Ein Gentleman trägt einen Gehrock und einen Zylinder, und er fährt nicht auf einem verrückten Fahrrad durch die Straßen. Ein Gentleman . . .

Die Stimme ihrer Mutter war zwar niemals laut, aber sie drang durch das kultivierte Flüstern und das Rascheln der Seide in der Hotelhalle an ihr Ohr. »Clementine, was um alles in der Welt ist denn mit dir los? Dein Hut sitzt schief, dein Gesicht ist *schmutzig*, und sieh dir das an, der Ärmel deiner neuen Jacke hat einen Riß.«

Clementine blinzelte und sah, daß ihre Mutter und Tante Etta vor ihr standen. »Ich bin von einem Fahrrad angefahren worden.«

»Gütiger Himmel!« Julia Kennicutt stieß die Luft aus, und Tante Etta atmete hörbar ein. »Diese Teufelsdinger sind noch der Tod von uns allen«, murmelte Julia, und ihre Schwester stimmte ihr zu. »Sie sollten verboten werden. Nur ein Verrückter kann auch nur daran denken, sich auf ein . . . ein *Fahrrad* zu setzen.«

Solche vulgären Ausdrücke aus dem Mund ihrer Mutter! Clementine war so schockiert, daß sie beinahe lächeln mußte. »Er ist kein Verrückter«, sagte sie und lachte schließlich doch. Ihr Lachen war laut und sehr unschicklich. Es war außerdem schockierend, denn es kam von einem Mädchen, das kaum einmal lachte. »Er ist ein Cowboy.«

Der große Zeiger der Uhr am eckigen weißen Turm der Kirche in der Park Street zeigte, daß es noch fünf Minuten bis elf war. Clementine zog den Mantelkragen enger um sich. Es war kälter als am Vortag. Die großen Ulmen warfen dunkle Schatten auf den Gehweg, und von der Bucht wehte eine steife Brise.

Sie ging an dem schmiedeeisernen Zaun entlang, der die Straße vom Friedhof trennte. Sie warf noch einmal einen Blick auf die Turmuhr. Eine lange, qualvoll lange Minute war vergangen.

Sie beschloß, ein kleines Spiel zu versuchen. Sie würde am Zaun bis zum Friedhofseingang starr und hoch aufgerichtet wie eine Ägypterin gehen, und wenn sie sich umdrehte, würde er da sein . . .

»Miss Kennicutt!«

Ein klappriger, offener zweirädriger Wagen hielt mit einem lauten Quietschen der Räder neben ihr an, und sie blickte in das sonnengebräunte, lächelnde Gesicht eines Mannes unter dem breiten Rand eines großen grauen Hutes.

»Sie sind da«, sagte er. »Ich war unsicher, ob Sie kommen würden.«

»Ich war auch nicht sicher, daß Sie kommen würden.«

Lachend sprang er vom Wagen und half ihr beim Einsteigen. »Verzeihen Sie bitte das schäbige Fahrzeug«, sagte er, als er auf den Sitz neben ihr kletterte. »Mein Onkel hat fünf Söhne, und es sind nie genug Wagen für alle da. Na los, du alter Klepper!« trieb er das Pferd an, und der Wagen setzte sich so schnell in Bewegung, daß sie instinktiv ihren Hut festhielt. Der Ruck brachte sie aus dem Gleichgewicht, und sie fiel gegen ihn. Er war kräftig und überraschend warm. Sie erstarrte und rückte schnell, so weit sie konnte, von ihm ab, bis sie mit dem Arm und der Hüfte die Eisenstange um den Sitz spürte.

Seine Augen strahlten sie an. »Wahrscheinlich will ich das überhaupt nicht wissen, aber wie alt sind Sie eigentlich, Miss Kennicutt?«

Clementine blickte verwirrt auf die behandschuhten Hände, die sie im Schoß verkrampft hatte. Sie dachte daran zu lügen, aber er hatte gesagt, er sei ein ehrlicher Mann, und sie wollte sich seiner Achtung würdig erweisen.

»Siebzehn . . . aber sagen Sie«, Clementine drehte den Kopf dorthin, wo das gefaltete Dach des Wagens gewesen wäre, wenn er eins gehabt hätte, »wo ist denn Ihr Fahrrad?«

»Ich habe es meinem Onkel überlassen, mir ein Fahrrad einzufangen und zu satteln. Ich sage mir, wenn er will, daß ich bei dem Rennen mitmache, dann kann er auch den ›Gaul‹ stellen.«

»Sie bringen mich zum Lachen, Sir . . . so wie Sie reden.«

»Na ja, bisher habe ich es nur geschafft, daß Sie zweimal gelächelt haben. Aber ich werde es weiter versuchen, bis . . .« Er blickte so nachdrücklich auf ihren Mund, daß sie sich auf die Unterlippe beißen mußte, damit er nicht sah, wie sie zitterte. »Bis ich es schaffe, daß Sie mich wieder anlächeln.«

40

Sie zwang sich, den Blick von ihm zu wenden, aber versuchte unauffällig, ihn aus den Augenwinkeln zu beobachten.

Er trug diesmal Sachen, die sich besser für das Radfahren eigneten: eine blaue Kniebundhose, gelbe Gamaschen und eine kurze, braune zweireihige Jacke. Unter der dünnen Samthose zeichneten sich deutlich die starken und muskulösen Oberschenkel ab. Wahrscheinlich war für einen solchen Mann Fahrradfahren eine harmlose Sache.

Sie wollte ihm so vieles sagen, und ihr lagen so viele Fragen auf der Zunge. Aber die Frage, die ihr dann über die Lippen kam, war so dumm, daß sie errötete. »Ist es wahr, was man über Montana sagt? Kann man wirklich von einem Ende zum anderen reiten, ohne auf einen Zaun zu stoßen?«

Er lachte, wie sie es nicht anders erwartet hatte. Aber es störte sie nicht, denn sie mochte sein Lachen. »Ich nehme an, hier und da stößt man auf einen Viehzaun. Und es gibt sehr hohe Berge, die einen zum Anhalten zwingen.«

Sie hatte von solchen Bergen gelesen, doch es war ihr nie gelungen, sie sich vorzustellen. Clementine kannte nur die steilen Felsen und die niedrigen Moränenhügel, die sich um die Salzsümpfe in der Umgebung von Boston erhoben.

Sie erreichten eine sehr befahrene Durchgangsstraße. Er richtete seine Aufmerksamkeit auf den Verkehr, und so konnte sie ihn ungestört etwas genauer betrachten. Er war so groß, daß er den ganzen Sitz des Wagens auszufüllen schien. Eine Art fröhliches Glänzen ging von ihm aus wie bei einem brandneuen Kupferpenny. »Was führt Sie den weiten Weg hierher nach Boston, Mr. McQueen?«

Er drehte den Kopf, und ihre Blicke trafen sich. Sie hatte vergessen, daß seine Augen so blau und klar waren.

So blau wird auch der Himmel von Montana sein, dachte Clementine.

»Meine Mutter lag lange im Sterben«, erwiderte er. »Sie wollte mich vor ihrem Tod noch einmal sehen, also bin ich gekommen. Aber am Ende der Woche werde ich wieder gehen.«

»Das tut mir leid«, sagte sie und fügte hastig hinzu, damit er sie nicht falsch verstand, »ich meine, das mit dem Tod Ihrer Mutter tut mir leid.«

Ein Schatten zog über sein Gesicht wie Wolken über die Sonne. »Ich habe sie und Boston verlassen, als ich siebzehn war, so alt, wie Sie jetzt sind, und ich war noch nie gut im Schreiben.«

»Sind Sie durchgebrannt?«

Er warf ihr einen Blick zu und schnalzte mit der Zunge, um das Pferd um einen Eiswagen herumzulenken, der ihren Weg kreuzte. »Ich glaube, so könnte man sagen. Ich wollte Elefanten sehen.« Als sie ihn verständnislos anblickte, lachte er. »Ich wollte die Wunder des großen Wilden Westens sehen, Indianer und Büffel, Grizzlybären und die Goldflüsse.«

Auch sie sehnte sich nach solchen Wundern! Doch es schien alles außer ihrer Reichweite zu liegen, und daran würde sich auch in Zukunft nichts ändern. »Und waren sie so wunderbar, wie Sie geglaubt hatten, ich meine, die Elefanten?«

Sie beobachtete ihn, während er einen Augenblick nachdachte. Er hatte etwas Aufregendes an sich und besaß ein strahlendes Licht, das tief in ihrem Innern etwas in Bewegung setzte.

»Montana ist von einer Größe, die vielen Menschen angst macht. Aber es ist nicht so groß, daß man nicht findet, was man sucht, wenn man weiß, wonach man sucht.« Ihre Blicke trafen sich wieder, und die Bewegung in ihrem Innern wurde stärker. »Manchmal, Miss Kennicutt, braucht ein Mensch nur einen Ort, zu dem er sich flüchten kann.«

Clementine wußte nicht, wonach sie suchte. Vermutlich nach den fehlenden Dingen, aber die hätte sie selbst vor sich nicht in Worte fassen können. Sie wußte nur, daß sie sich in diesem Augenblick lebendig fühlte. Der Wind hatte eine salzige Schärfe, die Spätwintersonne sprenkelte die Markisen und ließ die Schaufenster schimmern, und sie würde in Begleitung eines Mannes, eines richtigen Cowboys, ein Radrennen sehen.

Er hielt das Pferd mitten auf der Straße an, ohne auf die Rufe und Schreie zu achten, die von den Wagen und Karren hinter ihnen kamen, die nicht weiterfahren konnten. Er wandte sich ihr zu. Um seine Augen lagen immer noch die Lachfältchen, aber sein Mund war ernst. »Gestern habe ich Ihnen einen meiner Träume erzählt. Wie wäre es, wenn Sie mir jetzt einen von Ihren erzählen. Wovon träumen Sie, Miss Kennicutt?«

Sie war plötzlich atemlos, als sei sie gerade auf den Gipfel eines seiner hohen Berge in Montana geklettert. »Ich weiß nicht«, sagte sie. Aber natürlich wußte sie es. Sie träumte von ihm. Sie hatte ihr ganzes Leben lang von ihm geträumt.

»Ich bin fünfundzwanzig Jahre alt«, sagte er und blickte ihr forschend in die Augen. »Und ich bin zu meiner Zeit ziemlich weit herumgekommen. Wenn ein Mann soviel von der Welt gesehen hat wie ich, dann weiß er sofort, was er will, wenn es ihm über den Weg läuft.« Er strich mit dem Daumen über ihre Wange. Sein Lächeln machte sie noch atemloser, als sie es schon war. »Oder je nachdem, wenn er es *überfährt*. Ich finde, Sie und ich, wir passen zusammen. Ich könnte mir die Zeit nehmen, um Sie zu werben und Ihnen zu zeigen, daß wir zusammengehören. Aber entweder sehen Sie es jetzt, ich meine, daß das mit uns richtig ist, oder Sie sehen es nicht. Glauben Sie mir, keine Blumensträuße und Ständchen werden etwas an der Wahrheit ändern.«

Sie staunte darüber, daß er von Träumen sprechen konnte und im selben Atemzug alle Zweifel zur Seite schob. Sie hatte noch nie im Leben auf einem Pferd gesessen, doch in diesem Augenblick hatte sie das Gefühl, einen dieser Mustangs zu reiten, die den ganzen Tag galoppieren und auf der Stelle wenden konnten und ganz wild waren.

Sie drehte den Kopf weg, und ihr Herz pochte so laut, daß sie sich fragte, ob er es höre. »Daran kann ich noch nicht denken«, sagte sie.

Der salzige Wind trug ihr seine Worte zu. »Sie denken bereits daran, Miss Kennicutt. Ich weiß es, Sie sind bereits auf halbem Weg nach Montana.«

Zweites Kapitel

Sie hatten geheiratet. Die junge Frau stand am grasbewachsenen Schiffsanlegeplatz und blickte auf die desolate Reihe verwitterter Häuser und lieblos gezimmerter Schuppen, die eine Stadt, nämlich Fort Benton in Montana, darstellten.

Clementine wollte sich nicht erlauben, enttäuscht zu sein. Sie hatte auch bisher noch keinen ›Elefanten‹ gesehen, doch sie vermutete, daß Elefanten, aus der Nähe betrachtet, stinkende, schmutzige Kolosse waren.

Das Dampfschiff hatte sie und ihr Gepäck kaum abgesetzt, als Gus erklärte, er müsse sich sofort um einen Wagen bemühen, der sie in das Regenbogenland bringen werde, denn das war eine kaum befahrene Strecke.

»Warte hier auf mich, Clementine«, sagte er und deutete auf den Boden, als sei sie zu dumm, um zu wissen, was er mit ›hier‹ meinte. Zu allem Überfluß fügte er hinzu: »Rühr dich nicht von der Stelle.«

Sie wollte gerade fragen, ob sie wenigstens im Schatten auf der anderen Straßenseite warten könnte, aber er ging bereits mit großen Schritten davon. Sie folgte ihm mit den Blicken, als er die Straße überquerte und in der gähnenden Toröffnung eines Mietstalls verschwand.

Ja, das war Gus McQueen, ihr Mann. Manchmal, wenn sie ihn ansah, spürte sie ohne jeden Grund ein schmerzliches Ziehen in der Brust. Sie vermutete, daß der Anblick dieses großen, starken und lachenden Mannes schuld daran war.

Ein ablegender Dampfer zog eine Weile ihre Aufmerksamkeit auf sich. Sie vertrieb sich die Zeit damit, die pechschwarzen Rauchwolken aus den beiden Schornsteinen auf dem weiten Weg zum Himmel zu verfolgen. Aber sie hatte den Eindruck, daß diese Wolken eher auf der Erde bleiben würden. Die riesigen Schaufeln des Rades am Heck wühlten das kaffeebraune Wasser auf, das ans Ufer klatschte und den Gestank von toten Fischen und faulenden Pflanzen mitbrachte. Der Raddampfer steuerte mit schrillem Pfeifen und zischendem Dampf zur Flußmitte, und ihr Interesse richtete sich wieder auf die andere Seite der staubigen Straße.

Sie waren sechs Wochen unterwegs gewesen, um dieses Nichts von einer Stadt zu erreichen.

Vor einigen der schäbigen Häuser hingen Schilder. Sie konnte einen Kramladen erkennen, ein Hotel mit einer morschen Veranda und einen Laden, der Sättel und Pferdegeschirr verkaufte. Die hohe Scheinfassade des Kramladens bot auf dieser Seite am Ufer den einzigen Schatten.

Erstaunt stellte Clementine fest, daß Frauen auf den Planken der Anlegestelle auf und ab spazierten. Manche waren allein, aber die meisten gingen zu zweit Arm in Arm und unterhielten sich lachend. Sie waren zum großen Teil herausgeputzt, trugen auffallende Hüte mit Straußenfedern und Seidenblumen und Kleider mit langen, gefältelten und gerüschten Schleppen in bunten Regenbogenfarben. Clementine betrachtete die hübsche Szene sehnsüchtig und auch etwas neidisch. Ihr schwarzseidener Sonnenschirm schien die ungewöhnlich warme Frühlingssonne geradezu auf ihren Kopf zu lenken. Schweißtropfen sammelten sich zwischen den Brüsten, und sie schien mittlerweile am ganzen Körper verschwitzt zu sein. In dem Batisthemd, der langen Flanellunterhose, dem Korsett mit den Stahlstäbchen, dem mit Daunen gefütterten und gesteppten Unterrock mit zwei Volants, dem Baumwolljäckchen und dem hellbeigen Reisekostüm aus Serge mit der samtbesetzten ärmellosen Jacke glaubte sie, bald zu ersticken.

Sie blickte ungeduldig zu dem Mietstall und hoffte, Gus werde endlich auftauchen. Aber sie sah ihn nicht. In dieser langweiligen Stadt gab es bestimmt keine Indianer oder Bankräuber. Warum also die Vorsicht? Warum sollte sie ›hier‹ warten? Sie konnte sich nicht vorstellen, daß es etwas schaden würde, wenn sie über die Straße ging und sich ein paar Augenblicke in den Schatten des Kramladens stellte, der ihr eine wohltuende Erleichterung verschaffen würde. Natürlich würde sie das Gepäck nicht aus den Augen lassen.

Clementine mußte die Röcke heben, um einen Weg zwischen den Pferdeäpfeln und Kuhfladen auf der breiten, ausgefahrenen Straße zu finden. Als sie auf den Gehsteig trat und den Kopf hob, sah sie auf der

Veranda des Hotels einen Mann in einem geflochtenen Schaukelstuhl sitzen. Er starrte sehr unhöflich auf ihre Beine. Sie ließ den Rock sinken, obwohl die ausgetretenen Planken schmutzig von getrocknetem Lehm und Spucke waren. Wenigstens hatte ihr Reisekleid nur eine kurze Schleppe. Sie ging auf den Schatten des Kramladens zu, als sie feststellte, daß sich daneben ein Saloon befand. Neugierig spähte sie über die halbhohen Schwingtüren. Durch den Tabakrauch hindurch sah sie das in Fleischfarben gemalte Bild einer üppigen, völlig nackten Frau. An der Theke vor dem Bild lehnten Männer. Sie hatten das Gewicht auf ein Bein verlagert und standen leicht vorgebeugt nebeneinander wie angebundene Pferde. In diesem Saloon drängte sich wahrhaftig eine bunte Mischung. Die Männer sahen alle so aus, als seien sie geradewegs Shonas Wildwestromanen entstiegen: Soldaten in blauer Uniform, Minenarbeiter in ihrer Arbeitskluft und Berufsspieler in schwarzen Anzügen mit weißen Rüschenhemden. Die Luft, die über den Schwingtüren herausdrang, stank nach verschüttetem Whiskey und Schweiß. Dem Klirren von Glas an Glas folgten dröhnendes Gelächter und unanständige Witze. Clementine dachte beklommen, daß es wahrscheinlich selbst in Montana nicht richtig sei, wenn eine Dame ihre Augen und Ohren zu lange einer solchen Szene aussetzen würde.

Als sie sich umdrehte, spürte sie, daß etwas ihren Rock festhielt. Sie blickte nach unten und stellte fest, daß sich das Rädchen einer Spore in der Schleppe verfangen hatte. Ihr Blick wanderte langsam von dem glänzenden Stiefel aufwärts. Neben ihr stand der Mann, den sie auf der Hotelveranda gesehen hatte.

Er muß Kundschafter bei der Armee sein, dachte Clementine mit einem flüchtigen Blick auf seine langen blonden Haare, das gefranste Lederhemd und eine Dolchscheide, die mit Messingknöpfen beschlagen war. Aber der blonde Spitzbart war fleckig von Tabak, und als er den Hut zog, stellte sie fest, daß er schwarze Fingernägel hatte.

»Guten Tag, Madam«, sagte er.

»Guten Tag«, erwiderte sie mit einem höflichen Nicken. Natürlich kannten sie sich nicht, doch Gus hatte ihr bereits erklärt, daß die Leute im Westen freiere Sitten hatten. Sie zog leicht an der Schleppe. »Ich fürchte, Sir, Ihre Sporen haben sich in meinem Rock verfangen.«

Er blickte hinunter und machte übertrieben überraschte große Augen. »Tatsächlich. Ich bitte um Verzeihung.«

Er bückte sich und löste das Rädchen mit den scharfen Spitzen von dem Stoff. Dabei hob er ihren Rock unanständig weit hoch. Als er sich wieder aufrichtete, grinste er. »Ihnen scheint es eine Spur zu heiß zu sein, wenn ich das sagen darf.« Er legte ihr die Hand unter den Ellbogen. »Wie wäre es, wenn ich Ihnen etwas Kühles und Feuchtes bestelle, um das Feuer in Ihren hübschen Wangen . . .«

»Laß sie los!«

Clementine drehte sich um und sah ihren Mann, der so schnell näherkam, daß die verwitterten Planken unter seinem Gewicht knarrten.

»Ich habe gesagt, du sollst sie loslassen, verdammt noch mal!«

Gus pflanzte sich vor dem Mann auf. Seine Hände hingen locker an den Seiten, aber sein Körper war hoch aufgerichtet und wie eine Feder gespannt. In seinen Augen blitzte eine Kälte, die sie noch nie gesehen hatte. Auch den Revolver, den er trug, hatte sie noch nie gesehen. Das Halfter hing schwer an dem Patronengurt um seine Hüften.

Sie versuchte, den Arm aus dem Griff des Mannes zu befreien, aber er hielt sie noch fester. Er lachte spöttisch und spuckte seinen Kautabak auf die Stiefelspitze von Gus. »Du hast dich in mein Revier verirrt, Cowboy«, sagte er, und seine Stimme, die vorher so freundlich geklungen hatte, wurde kalt. »Ich habe die Dame zuerst entdeckt.«

»Die *Dame* ist meine Frau.«

Die Männer starrten sich an. Die Spannung wuchs, und in der Luft lag eindeutig die Drohung von Gewalt.

Der Mann wandte jedoch plötzlich den Blick von Gus ab. »Mein Fehler«, sagte er und ließ Clementine los. Dann trat er zurück und hob in einer entschuldigenden Geste die Hände.

Gus packte Clementine am Arm und zog sie so unvermittelt auf die Straße hinunter, daß sie zusammenzuckte. »Ich hatte dir gesagt, du sollst dich nicht von der Stelle rühren, Clem. Glaubst du, du kannst dich darüber hinwegsetzen, damit meine Zunge oder mein Revolver nicht aus der Übung kommen?«

Sie stemmte sich gegen ihn, machte sich los und zwang ihn, sich umzudrehen und sie anzusehen. Ein Wagen fuhr schnell an ihnen vorbei. Seine Räder wirbelten eine Staubwolke auf.

»Du hast mir einen Befehl gegeben, Mr. McQueen, und bist davonstolziert. Wenn du noch so freundlich gewesen wärst und mir den Grund genannt hättest, warum ich . . .«

Er beugte sich vor und rief: »Du willst den Grund wissen? Es ist mitten am Nachmittag, Zeit für die Parade der Flittchen. Jede Frau, die um diese Zeit durch die Front Street geht, muß damit rechnen, für eine von denen gehalten zu werden. Willst du, daß die Leute *das* von dir denken, Clementine? Ich meine, daß du ein Flittchen bist?«

Er ballte die Fäuste, aber sie holte scheinbar unbeeindruckt tief Luft. Vor ihm würde sie sich nicht so fürchten wie vor ihrem Vater.

»Du hast dich immer noch nicht klar ausgedrückt. Was ist ein ›Flittchen‹?«

Gus sah sie einen Augenblick stumm an, dann verflog sein Zorn. Er zog sie an sich und legte ihr die großen Hände auf den Rücken. »Ach Clementine, du bist ein solcher Unschuldsengel. Ein ›Flittchen‹ ist ein gefallenes Mädchen. Eine Frau, die ihren Körper an einen Mann verkauft, der bei ihr nur seine Befriedigung sucht.«

Sie spürte ein leises Beben in seinem Körper, und plötzlich begriff sie, daß er mehr besorgt als zornig gewesen war. Der Gedanke, daß auch er Angst haben konnte, irritierte sie.

»Ich wußte nichts von diesem Brauch im Westen, von einer ›Flittchen-Parade‹.«

»Clementine.« Er nahm ihre Hände und hielt sie fest. »Dieses Wort darfst du niemals benutzen, nicht einmal mir gegenüber.«

»Wie soll ich diese Frauen denn sonst nennen?«

»Du solltest überhaupt nichts von der Existenz solcher Frauen wissen.«

»Aber wir sind in Schwierigkeiten geraten, weil ich nichts von ihnen weiß. Du mußt doch einsehen, daß Unwissenheit in einer solchen Lage nicht hilft. Ich bin kein Kind mehr, Mr. McQueen, ich bin eine erwachsene Frau.«

Er wurde wieder böse. Sie sah es an seinen geröteten Wangen und an der pulsierenden Ader an seinem Hals.

»Ich will nicht mitten auf der Straße stehen und mich mit dir über das Benehmen sittenloser Frauen unterhalten. Komm mit.« Er drehte sich um und ging davon. »Ich habe im Hotel ein Zimmer für uns bestellt.«

Sie trugen das Gepäck in das Hotel mit der altersschwachen Veranda. Kaum waren sie auf dem Zimmer, erklärte Gus, er müsse noch einmal weg, um den Fuhrmann ausfindig zu machen, der angeblich am nächsten Morgen ins Regenbogenland aufbrach. Er zog den Hut tief in die Stirn, nahm den Schlüssel und ging zur Tür.

»Du willst mich doch nicht allen Ernstes hier einschließen«, sagte sie. Die Worte klangen nicht laut, aber trotzdem wie ein Aufschrei.

Er drehte sich um. Von ihm ging etwas aus, das nichts mit dem zu tun hatte, was auf der Straße vorgefallen war. Sie empfand diese Spannung auch in sich. In diesem Augenblick schien alles in ihr bis zum Zerreißen gespannt. Er war nicht der lebendig gewordene Cowboy einer Bildkarte. Er war ein Mann, inzwischen sogar ihr Ehemann. Aber plötzlich wurde ihr bewußt, daß sie ihn überhaupt nicht kannte. Während sie in sein sonnengebräuntes Gesicht und in die himmelblauen Augen blickte, dachte sie, daß sie ihn sehr gern kennenlernen würde.

Er hob plötzlich die Schultern, seufzte und warf den Schlüssel auf den Tisch. »Ich wollte nicht abschließen, damit du nicht hinaus kannst, sondern damit das Gesindel nicht hereinkommt. Es gibt hier nicht viele anständige Frauen, und manche Männer vergessen manchmal ihr gutes Benehmen.«

Ihre Blicke begegneten sich. Er mußte schlucken, und dann saugte er sich mit seinen Augen an ihren Lippen fest. Ihr Mund fühlte sich an, als stünde er in Flammen. Sie mußte sich beherrschen, um nicht mit der Zungenspitze darüberzufahren oder die Finger auf die Lippen zu legen.

Nimm mich in die Arme, wollte sie plötzlich zu ihm sagen, küß mich!

»Warum machst du dich inzwischen nicht frisch?« sagte er mit belegter Stimme. Dann schloß sich hinter ihm die Tür.

Clementine drückte die Faust auf den Mund. Ihr war plötzlich heiß und kalt.

Das Zimmer hatte die Größe einer Pferdebox. Es war nur ein Teil eines größeren Raums, den Holzrahmen abtrennten, die mit Leinwand bespannt waren. Eine der Trennwände reichte bis zur Mitte des einzigen Fensters im Raum. Zwischen der Leinwand und dem Fenster in der Nische war ein breiter Spalt. Sie hörte, wie sich auf der anderen Seite Männer bewegten und unterhielten. Die Leinwand war einmal rot gewesen, inzwischen aber zu staubigem Rosa verblaßt. Als einer der Männer an die Wand trat, sah sie durch den Spalt einen braunen Flanellärmel.

Sie seufzte und blickte neugierig durch die staubigen Scheiben auf die ›Flittchen‹, von deren Existenz sie eigentlich keine Ahnung haben durfte. In ihrem bunten Putz und den gerüschten Schleppen promenierten sie wie Paradiesvögel auf dem Gehsteig. ›Gefallene Mädchen‹ hatte Gus diese Frauen genannt, die sich außerhalb des geheiligten Ehebettes an Männer verkauften.

Das Ehebett.

Sie blickte in die Ecke auf das roh gezimmerte Bett mit seiner mottenzerfressenen grauen Armeedecke und dem klumpigen Strohsack.

Zwischen Mann und Frau gab es Intimitäten, die über Küsse und Umarmungen hinausgingen: sein Bett mit ihm teilen, bei ihm liegen, eins mit ihm werden.

›Ich bin die Freude meines Geliebten, und ihn verlangt nach mir.‹ Worte, heimlich geflüsterte Worte, die heiligen, feierlichen Worte der Schrift waren alles, was sie über die körperliche Liebe wußte. Sie war seine Frau, aber noch hatte es für sie kein ›Ehebett‹ gegeben.

Die Bahnfahrt von Boston nach Saint Louis hatten sie auf harten Holzbänken verbracht, Knie an Knie mit einer deutschen Einwandererfamilie. Wegen der schwankenden, stinkenden Petroleumlampe und des Geruchs nach fetter Wurst und Sauerkraut war Clementine die ganze Zeit übel.

In Saint Louis verbrachten sie dann eine Nacht im Hotel, allerdings in getrennten Zimmern, denn sie waren noch nicht Mann und Frau. Am nächsten Morgen wurden sie von einem Richter getraut. Vom Amtsgericht gingen sie sofort zur Anlegestelle und bestiegen den Raddampfer, der sie den Missouri aufwärts nach Fort Benton bringen sollte.

Es war die erste Fahrt des Dampfers in diesem Jahr. Dank des milden Winters begann der Schiffsbetrieb über einen Monat früher als gewöhnlich. Saint Louis lag erst einen Tag hinter ihnen, als der Kapitän den Rauch eines Konkurrenten entdeckte und die Fahrt zu einem Rennen wurde, um herauszufinden, wer im schwierigen Wasser schneller vorankam. Dabei galt es, den Eisschollen und den entwurzelten Bäumen auszuweichen, die in der reißenden Strömung trieben. Sie legten nur an, um Feuerholz aufzunehmen, und fuhren sogar nachts; dabei mußten sie die Fahrrinne im Schein von Laternen ausloten.

Clementine hatte eine riesige Büffelherde gesehen, die wie ein undeutlicher dunkler Fleck am Horizont aufgetaucht war. Einmal hatten feindliche Indianer auf sie geschossen. Gus sagte, es seien die Sioux, die erst drei Jahre zuvor General Custer am Little Big Horn niedergemetzelt hatten. Aber die Indianer waren zu weit weg, und Clementine konnte nicht einmal die Federn ihres Kopfschmucks sehen. Die Schüsse trafen ins Wasser und knallten wie harmlose Feuerwerkskörper.

In der Sicherheit des Flußdampfers fand Clementine das alles sehr aufregend. Es war, als erlebe sie ein Abenteuer aus einem von Shonas Romanen. Gus war dabei weniger ihr Ehemann als ihr Gefährte. Er war der erfahrene Kundschafter, sie die unermüdliche Entdeckerin.

Die Nächte verbrachten sie mit den Arbeitern in einem großen Raum, in dem Holz lagerte, oder auf Pritschen auf dem zweiten Deck unter einem luftigen Dach aus Segeltuchplanen – ihre Nächte waren niemals ungestört.

»Ich dachte, du wolltest dich frisch machen.«

Sie drehte sich erschrocken um, denn sie hatte nicht gehört, daß die Tür geöffnet wurde. Gus schloß sie mit dem Stiefelabsatz. Er kam zu ihr, bis sie nur noch eine Handbreit voneinander entfernt waren. Noch nie war sie sich seiner als Mann, seiner Größe und der harten männlichen Stärke deutlicher bewußt gewesen. Sie dachte an das Bett in der Ecke, ihr Ehebett. Sie versuchte vergeblich zu schlucken. Ihr Mund war so trocken wie die staubige Straße vor dem Fenster.

»Würdest du etwas für mich tun, Clem?«

Sie nickte stumm. Sie konnte nicht einmal atmen. Im Nebenzimmer räusperte sich ein Mann und spuckte aus. Ein anderer Mann fluchte schrecklich. Dann hörte man einen dumpfen Schlag, als sei ein Stiefel an eine Wand geworfen worden, und noch einen Fluch.

»Würdest du deine Haare für mich lösen?«

Ihre Hände zitterten, als sie die Arme hob, um die schlichte, schwarze Filzhaube abzunehmen, die keine Federn schmückten. Er nahm sie ihr ab und warf sie auf das Bett, ohne den Blick von ihr zu wenden. Sie zog eine Nadel nach der anderen heraus, und das Haar fiel ihr in dicken Locken auf die Schultern. Sie schüttelte den Kopf, und es legte sich weich bis über den Rücken. Es reichte ihr bis zur Taille.

Er fuhr mit den Fingern hindurch, hob es hoch, ließ es fallen und betrachtete es, während es durch seine Finger glitt. »Du hast Haare wie flüssiges Gold, Clementine, und sie sind auch genauso weich. Alles an dir ist so weich. So weich und fein.«

Er senkte den Kopf, und sie dachte: Er wird mich küssen.

Er hatte sie schon geküßt, doch sie wußte, dieser Kuß würde anders sein. Er würde zu etwas führen, das sie für immer verändern, das sie zeichnen würde wie ein Brandmal.

›Laß ihn mich küssen mit den trunkenen Lippen meines Mundes, denn seine Liebe ist süßer als Wein.‹

O ja, genau das wollte sie! Sie wollte ihn lieben.

»Clementine.«

Sie versuchte zu lächeln und das Zittern in den Beinen zu unterdrücken.

»Ja . . .« Aber in ihrem Erfahrungsschatz gab es keine Worte, mit denen sie ihm hätte sagen können, was sie wollte.

Er bewegte die Hand nicht mehr, da er ihr Zittern und Schweigen als Widerstand deutete. »Du bist vor dem Gesetz meine Frau, Clem. Ich habe ein Recht darauf.«

»Ich weiß, ich weiß.« Sie schloß die Augen.

›Laß ihn mich küssen mit den trunkenen Lippen meines Mundes . . . Laß ihn mich küssen . . .‹

Einer der Männer nebenan benutzte den blechernen Nachttopf. Man hörte ein Klatschen und Spritzen, und dann ein unmanierliches anderes Geräusch, das nur auf der Toilette angebracht war. Clementine zuckte zusammen und wurde über und über rot, da die entsetzlichen Geräusche nicht aufhörten, die klangen wie das Nebelhorn in der Bucht von Boston.

»Ach du Schande«, stöhnte Gus, als es nebenan endlich still wurde. Er schenkte ihr ein strahlendes Gus-McQueen-Lächeln. Dann senkte er den Kopf, aber er rieb nur seine Nasenspitze an ihrer Nase.

»Ein Mann darf keine Dame heiraten und sie dann zum ersten Mal an einem solchen Ort lieben, wo man praktisch durch die Wand spucken kann. Ich will, daß es schön für dich ist und anständig, wie es zwischen Mann und Frau sein sollte.«

Er fuhr mit der Hand durch ihre Haare und hob sie an den Mund, als wollte er sie trinken. Ihr stockte der Atem, und sie begann zu zittern.

»Ich weiß, du hast Angst, Clem. Aber ein Mann erwartet nicht, daß eine so wohlerzogene Frau wie du das leichtnimmt, was im Schlafzimmer vor sich geht. Ich glaube, wenn ich mein ganzes Leben lang auf dich gewartet habe, kann ich auch noch eine Weile länger warten. Es wird mich nicht umbringen, wenn ich zuerst noch ein bißchen um dich werbe.«

Sein Atem ging so schnell wie der ihre, und er bebte innerlich genau wie sie.

Clementine dachte, er kann mich ebensogut im Bett umwerben, aber sie sagte es nicht. Sie war eine wohlerzogene Dame und ahnte nichts von dem, was im Schlafzimmer zwischen Mann und Frau vor sich geht.

»Mein Gott, Jeb!« sagte nebenan jemand mürrisch. »Jetzt stinkt es hier wie in einem Kuhstall.«

Sein Kopf fiel nach vorne und stieß beinahe mit ihrem Kopf zusammen. Er lachte. Sie liebte sein Lachen. »Ich glaube, hier sind mehr ›Elefanten‹, als du jemals gehofft oder geglaubt hast kennenzulernen«, sagte er und lachte so ungezwungen, daß sein Atem weich und warm ihren Hals streifte.

»Das macht mir nichts aus«, erwiderte sie leise. Sein Atem an ihrem Hals ließ sie erbeben, und etwas prickelte mehr und mehr, bis sie sich auf die Unterlippe beißen mußte, um nicht laut aufzustöhnen.

»Natürlich macht es dir etwas aus. Aber es wird besser, du wirst schon sehen. Es wird in Zukunft alles eher so sein, wie du es gewöhnt bist.« Seine Hand strich sanft, ach so sanft über ihren Nacken bis zu den Schultern. »In der ersten Nacht zu Hause werde ich dich erst richtig zu meiner Frau machen.«

»Leg ihm einen Nickel zwischen die Ohren!« befahl die Maultiertreiberin. »Und hör auf wie ein Esel zu grinsen, der einen Kaktus frißt.« Gus McQueen preßte die Lippen zusammen, aber er hatte Lachfalten um die Augen, als er eine Fünfcentmünze aus der Westentasche zog. Er schlenderte zu dem Tier an der Spitze des Gespanns, beugte sich vor und legte dem Maultier die Münze zwischen die langen Ohren. Die sechzehn Maultiere standen grau und so bewegungslos, als seien sie ausgestopft, mitten in der Prärie von Montana.

Seine junge Frau sah zu. Sie saß neben der Maultiertreiberin auf dem Sitzbrett des Wagens. Wenn man nicht genau hinsah, konnte man nicht erkennen, daß eine Frau das Gespann kutschierte. Ihr Gesicht war so braun und verwittert wie Sattelleder. Sie trug Stiefel in Männergröße, und ihre Hose starrte vor Schmutz, Flecken und Fett. Auf ihren kurzgeschnittenen Haaren saß ein zerbeulter weicher Filzhut, dessen breite Krempe über der Stirn mit ein paar Dornen hochgesteckt war. Es war der schmierigste Hut, den Clementine je gesehen hatte.

Die Frau schlüpfte betont umständlich aus den Ärmeln ihres Öltuchmantels und schob ihn nach unten. Dann rollte sie die Ärmel ihres groben Leinenhemdes hoch. Ihr Arme waren so knotig wie Männerarme und dick wie Baumstämme. Sie streifte die Lederhandschuhe von den Händen und spuckte in die bärentatzengroßen Handteller. Langsam hob sie die geflochtene Lederpeitsche aus der Halterung.

Nickel Annie behauptete, sie sei etwas Besonderes, denn sie fuhr als einzige Frau in Montana ein Maultiergespann. Ihr Wagen war für schwere Ladungen und schwieriges Gelände gebaut. Jetzt war er vollbeladen mit Bergwerksgeräten, Möbeln, Fässern, einem Bündel säuerlich riechender Büffelhäute und einem Klavier. Das Klavier war für die einzige Spelunke in Rainbow Springs, die einzige Stadt im Regenbogenland, bestimmt. Annie nannte die acht Paar Maultiere ihre Babys. Aber sie kutschierte wie ein Mann unter lautem Fluchen und Peitschenknallen.

Nickel Annie umfaßte den bleigefüllten Peitschenstiel aus Hickoryholz mit beiden Händen. Sie schob den Priem von einer Backe in die andere und sah Clementine grinsend an. »Seid ihr beiden bereit?«

»Bereit?« sagte Gus McQueen. »Ich warte schon so lange, daß ich Moos angesetzt habe.«

Clementine preßte die Lippen zusammen, um nicht laut zu lachen. Ein Falke schwebte in der Luft, und das Summen des ewigen Winds füllte ihre Ohren. Plötzlich bewegte sich der Arm der Frau so schnell rückwärts und vorwärts, daß Clementine die Bewegung nur verschwommen wahrnahm. Siebeneinhalb Meter geflochtene Peitschenschnur entrollten sich und knallten wie ein Feuerwerkskörper am vierten Juli. Die Fünfcentmünze wirbelte hoch in die Luft, höher und höher, bis sie wie ein Regentropfen in der Sonne glänzte. Gus versuchte, sie aufzufangen, doch es gelang ihm nicht. Die Maultiere standen da, ohne sich zu rühren.

»Und deshalb«, sagte die Maultiertreiberin mit einem Grinsen, das ihr Gesicht in zwei Hälften teilte und die braunen Zähne enthüllte, »nennt man mich Nickel Annie.«

»Ach, und ich dachte die ganze Zeit, es käme daher, daß du so billig bist«, erwiderte Gus. Clementine legte die Hand auf den Mund, weil sie lächelte.

»Ein Nickelfuchser!« Annie warf den Kopf zurück und lachte laut. »Ein Nickelfuchser!« Wieder einmal spuckte sie braunen Tabaksaft, dann griff sie nach den Zügeln. Der Wagen setzte sich mit einem Ruck in Bewegung. Clementine hielt sich schnell am Sitz fest, um nicht kopfüber auf die Steine, in das hohe Eisenkraut und Präriegras zu fallen. Gus sprang wieder auf sein Pferd und ritt neben ihnen.

»Bring mir meinen Nickel wieder, Cowboy«, sagte Annie nach längerem Schweigen.

»Es ist mein Nickel.«

»Nein, nicht mehr. Den habe ich mir ehrlich verdient. Außerdem kommt es mir irgendwie nicht richtig vor, einen Nickel einfach mitten in der Prärie liegenzulassen, wo irgendein Unschuldiger darüber stolpern und sich das Bein brechen kann. Stell dir vor, ein Karnickel könnte ihn verschlucken, weil es ihn für eine Distel hält, und Bauchgrimmen davon bekommen. Ein Indianer könnte ihn finden und sich von dem Geld vollaufen lassen und wie ein Wilder alle möglichen Leute skalpieren, und am Ende wären wir alle tot wie General Custer. Je länger ich darüber nachdenke, desto mehr bin ich der Meinung, Cowboy, du bist es Mensch und Tier schuldig, mir meinen Nickel zu holen.«

Clementine blickte auf die Fahrspuren hinter ihnen, die als Straße galten. Der Wind trieb die Staubfahne auseinander, die der Wagen aufwirbelte. Nichts wies auf die Stelle hin, an der das Fünfcentstück gelandet war.

Gus wendete sein Pferd mit einem gespielten Seufzen. Er drückte sich den Hut in die Stirn, schob die Stiefel weit in die Steigbügel und verkürzte die Zügel. Scheinbar unvermittelt, sie hatte nicht gesehen, daß Gus etwas getan hätte, fiel das Pferd in Galopp.

Gus lehnte sich seitlich tief aus dem Sattel, und seine Hand fuhr durch das hohe Gras. Er hatte sich kaum wieder aufgerichtet, als er das Pferd so scharf wendete, daß es auf die Hinterhand stieg. Er galoppierte zurück, an ihnen vorbei und warf Nickel Annie die Münze zu, die sie in der Luft auffing. Sie biß darauf und stopfte sie in die Tasche ihrer Lederhose. Gus ritt weiter und verschwand hinter einem mit staubgrauem Salbei bewachsenen Hügel.

Clementine sah ihm sehnsüchtig nach. Er ritt mit Hilfe der Oberschenkel und der Spitzen der Sporen, und sie war sehr stolz auf ihn, auf ihren Mann, ihren Cowboy.

Sie war allerdings nicht ganz sicher, ob es ihr gefiel, daß er einfach davonritt und sie in Gesellschaft der vulgären Nickel Annie allein ließ. Sie hatte das Gefühl, die Maultiertreiberin stellte sie ständig auf die Probe. Bisher hatte sie jedesmal traurig versagt.

»Man braucht ein mutiges Herz, um in dieses Land zu kommen und sich ihm zu seinen Bedingungen zu stellen«, hatte Annie einmal gesagt und Clementine damit indirekt zu verstehen gegeben, ihr Herz sei bei weitem nicht mutig genug.

Normalerweise lenkte Annie das Gespann, indem sie auf dem hintersten linken Maultier ritt. An diesem Tag hatte sie sich dafür entschieden, zusammen mit Clementine auf dem Wagen zu fahren. Der Sitz war nichts als ein ungehobeltes Brett, das zwischen die hohen Seitenwände des Wagens genagelt worden war.

Clementine klammerte sich auf ihrem Platz hoch über dem Boden so fest an das rauhe Holz, daß die Knöchel an ihren Händen weiß hervortraten. Der Weg war holprig und von tiefen Fahrspuren durchzogen. Der Wagen schaukelte und schwankte wie ein Ruderboot bei hohem Seegang. Sie begriff inzwischen, warum man diese Wagen ›Rückgratbrecher‹ nannte. Sie spürte jede Meile in allen ihren Knochen.

Meilen . . .

Sie hatten in der Woche seit ihrer Abfahrt aus Fort Benton endlos viele Meilen zurückgelegt: Flache Meilen durch olivgrünen Salbei und wogendes Gras. Aber jetzt lagen die steilen Berge, die bisher nur undeutliche Höcker in der Ferne gewesen waren, direkt vor ihnen. Die Ebene hob sich wie die Brandung am Meer zu spitzen und runden Kämmen, die mit Kiefern bewachsen waren, und sank zu tiefen, felsigen, von Gestrüpp überwucherten Tälern ab, in denen noch Schnee lag.

Ein heftiger Windstoß versetzte ihr einen Stoß und trieb ihr den Staub ins Gesicht, der wie tausend Nadeln stach. Es war kalt. Die Sonne versteckte sich hinter Wolken, die dick und wollig wie eine Pferdedecke waren. Am Tag zuvor hatte die Sonne heiß und grell geschienen. Clementine hatte noch nie im Leben so geschwitzt. Noch immer spürte sie die Reste vom Schweiß des Vortages klebrig und rauh auf der Haut. Sie vermutete, daß sie auch nach Schweiß roch, aber bei dem scharfen Gestank, der von den ungegerbten Büffelhäuten und von Nickel Annie ausging, die sich wahrscheinlich jahrelang nicht gewaschen hatte, konnte sie den eigenen Schweiß nicht riechen.

Auf der Ranch am Weg, wo sie die Nacht verbracht hatten, war kaum Gelegenheit gewesen, sich zu waschen. Das Haus war eigentlich nur ein Schuppen gewesen. Als sich Clementine vor dem Abendessen, das aus gekochten Kartoffeln und Dosenmais bestand, waschen wollte, fand sie im Waschtrog nur ein bißchen schaumige Brühe und in einer leeren Sardinendose einen Rest Seife von der Größe ihres Daumennagels. Das zerschlissene Handtuch war schwarz wie das Innere eines Kohlenkastens. Die Betten waren nicht weniger schrecklich – roh gezimmerte Pritschen mit Matratzen aus grobem Sackleinen und mit Präriegras gestopft, mit ›Montana-Daunen‹, wie Gus lachend gesagt hatte. Die Wand hinter den Betten war fleckig von zerquetschtem Ungeziefer.

Clementine schauderte es jetzt noch, wenn sie daran dachte. Ein Windstoß wirbelte eine neue Staubwolke auf und trieb sie in ihr Gesicht. Sie wischte sich Stirn und Wangen mit einem schmutzigen Taschentuch und leckte den Präriestaub von den Zähnen. Sie wußte bereits, daß sie Montana hassen würde, weil niemand und nichts hier sauber sein konnte. Aber sie war nicht enttäuscht, denn sie hatte den Cowboy ihrer Träume gefunden, und er war ihr Mann.

Ihr Mann . . .

Sie sah ihn in der Ferne durch schlanke Pappeln reiten. Er saß groß und lässig im Sattel der hellbraunen Stute, die er in Fort Benton gekauft hatte. Wenn sie ihn ansah, stieg eine prickelnde Wärme in ihr auf. Er war ein besonderer Mann mit seinem Lächeln, seinem Lachen und seiner klangvollen dunklen Stimme. Mit dem sonnengebräunten Gesicht und den hellbraunen Haaren, die von der Sonne gebleicht waren, sah er aus, als sei er in Gold getaucht.

»Eine unendliche Weite aus Gras, Clementine«, hatte er ihr mit diesem leuchtenden Blick gesagt, den er immer bekam, wenn er von seinem Traum sprach: Er wollte seine ›Rocking R‹ zu einer Rinderranch ausbauen, wie die Welt sie noch nicht gesehen hatte. »Montana ist eine unendliche Weite aus Gras, und man braucht es sich praktisch nur zu nehmen.« Wenn er vom Regenbogenland sprach, von seiner wilden Schönheit und der weiten offenen Prärie, spürte sie so etwas wie Musik in ihrem Blut.

›Eine unendliche Weite aus Gras . . .‹

Sie hätte nie geglaubt, daß es so etwas gab, ohne es mit eigenen Augen gesehen zu haben. Montana war ein endloses Panorama von wogendem Gelb und Grün, durch das unablässig der Wind fuhr. Alles schien nach Salbei zu riechen. Sie hob den Blick zu den Bergen, die schwarz und grau vor ihnen aufragten und deren Gipfel schneegekrönt waren. Dieses Land hatte etwas Grenzenloses. Gus nannte es ›Ellbogenfreiheit für das Herz‹. Doch das ganze Land war wie der Himmel so wild und ungezähmt, daß sie es manchmal doch mit der Angst zu tun bekam.

Die Lederpeitsche zischte zweimal durch die Luft und knallte wie ein Gewehrschuß über dem Kopf eines Maultiers, das faul im Geschirr ging, und riß es aus seiner Apathie.

»Hüh, Annabell!« schrie Annie. »Hüh, du gottverdammtes Hurenvieh!«

Clementine mußte sich große Mühe geben, nicht zu lächeln, obwohl sie zu spüren glaubte, daß ihr die Ohren glühten. Die Maultiertreiberin war alles andere als kultiviert. Nickel Annie war stolz auf ihre dröhnende Stimme und ihr loses Mundwerk. Sie prahlte damit, daß sie die Maultiere mit ihren Flüchen wirkungsvoller antreiben könne als mit der Peitsche.

Annie zog eine Rolle Kautabak aus dem Stiefel und biß mit ihren maultierähnlichen Zähnen ein Stück ab. Sie kaute eine Weile darauf herum und spuckte dann aus. Clementine erstarrte, als der braune Saft an ihrem Gesicht vorbeischoß und klatschend auf der Wagendeichsel landete. Aber zum ersten Mal zuckte sie nicht zusammen.

»Du hast gestern gesagt«, begann Annie mit einer Stimme, die sanft genug war, um ein kleines Kind in den Schlaf zu wiegen, »daß dein Vater Pfarrer an irgendeinem Tempel in Boston ist.«

Ein trockener Busch der allgegenwärtigen Steppenhexe löste sich von einem Stein, rollte davon und erschreckte ein Steppenhuhn. Der Vogel flog mit einem eigenartig schwirrenden Geräusch auf, doch Clementines Blick folgte seinem Flug nicht. Sie wußte aus bitterer Erfahrung sehr wohl, Annie baute sie sozusagen wie die Zielscheibe auf einem Jahrmarkt auf, um sie mit einer Bemerkung zielsicher so zu treffen, daß Clementine über und über rot werden würde.

»Ja, am Tremont Tempel. Waren Sie vielleicht schon einmal dort?« fragte sie mit ihrem Beacon-Hill-Salon-Lächeln. Sie war entschlossen, sich gegen diese vulgäre Frau auf ihre Weise zu behaupten.

Annie zog die Lippen breit und entblößte ihre vom Tabak verfärbten Zähne. »Na ja, der Vater von Gus ist ja auch so einer, der Bibelsprüche klopft, aber wahrscheinlich weißt du das schon. Der alte Jack McQueen!« Sie lachte anzüglich. »Ein Wanderprediger ist er, der Vater von Gus. Nicht so einer wie deiner, der seine Predigten in einer richtigen Kirche hält. Sogar in einem Tempel . . .« Sie lachte so laut, als sei es ein vortrefflicher Witz. Dann sagte sie schmunzelnd: »Also mir ist im Laufe der Jahre an Söhnen von Predigern etwas Komisches aufgefallen. Sie sind alle entweder Gauner oder haben sich in ihrer Rechtschaffenheit wie in einer Schlinge gefangen. Dazwischen gibt es nichts.«

Clementine blickte auf die Wagenspuren, die sich vor ihnen wie schmale Bänder durch die Prärie zogen. Gus hatte ihr nicht gesagt, daß sein Vater ein Pfarrer war. Eigenartig, daß er es nicht für nötig gehalten hatte, diese Gemeinsamkeit ihrer Väter zu erwähnen. »Mr. McQueen ist ein guter Mann«, sagte sie laut, wünschte aber sofort, sie hätte es nicht getan, denn es klang ganz danach, als wollte sie sich selbst davon überzeugen, daß Gus in keiner Hinsicht ihrem selbstgerechten Vater glich.

Annie lachte leise. »O ja, dein Mann, dein Gus ist ein wahrer Heiliger. So wie das Wort Gauner auf seinen Bruder zutrifft.«

Sie blickte mit einem selbstzufriedenen Grinsen auf Clementines vom Wind gerötetes Gesicht. »Gus hat dir doch sicher von seinem Bruder erzählt. Sie sind Partner auf der ›Rocking R‹. Jedem gehört die Hälfte, und jeder versucht, sie so zu führen, als gehöre ihm der ganze Laden. In Rainbow Springs sind schon Wetten darauf abgeschlossen worden, wie lange das noch gutgeht. Du kannst es mir glauben, es gibt keine zwei Schneeflocken, die verschiedener sind als Gus McQueen und Zach Rafferty.«

Kein Wort! Er hatte ihr kein Wort davon gesagt. Erst am Vortag hatte er ihr vorgeworfen, sie sei zugeknöpft, weil es ihr so schwerfiel, über ihre Gedanken und Gefühle zu sprechen. Dabei hatte er selbst Geheimnisse. Er hatte seine Ranch so oft in den herrlichsten Farben beschrieben – die saftigen Wiesen mit den Blumen inmitten von steilen Bergen und hohen bewaldeten Hügeln. Er hatte aber kein einziges Mal erwähnt, daß er die Ranch mit seinem Bruder teilte.

Sie fragte sich, ob dieser Bruder jünger oder älter war als Gus und warum sie nicht denselben Namen trugen. Aber es war Sache ihres

Mannes, ihr diese Dinge zu sagen. Hinter seinem Rücken über ihn und seinen Bruder zu sprechen, wäre Verrat an ihm gewesen, häßlicher Klatsch, wie ihre Mutter gesagt hätte. Clementine beschloß, sich in Schweigen zu hüllen und Nickel Annie schmoren zu lassen.

Die große Wagenachse knarrte, die Eisenreifen der Räder knirschten auf dem steinigen Boden, und der Wind wimmerte. Clementine räusperte sich. »In welcher Hinsicht sind die Brüder verschieden?«

Nickel Annies Gesicht wurde ganz faltig, als sie grinste. Sie spuckte noch mehr Tabaksaft klatschend auf die Wagendeichsel und richtete sich auf eine lange Unterhaltung ein, indem sie die Schultern etwas nach vorne hängen ließ. »Es fängt schon damit an, daß Gus als Kind bei seiner Mama war und sich diesen gewissen Ostküstenschliff zugelegt hat, während Rafferty im Westen herumgezogen und so wild wie eine Wanderratte aufgewachsen ist. Man könnte vielleicht sagen, daß Gus zahm ist und Rafferty nicht.«

Annie lachte, und es klang boshaft, als sie sagte: »Und dann ist da Raffertys Lebenswandel, den Gus nicht ausstehen kann. Das Trinken, Kartenspielen und Huren – besonders das Huren. Na ja, es mag ja sein, daß Gus nur der Neid quält. Das erklärt vielleicht auch, warum er dich geheiratet hat. Trotz aller Rechtschaffenheit ist er schließlich auch nur ein Mann, und alle Männer denken mit dem Ding zwischen ihren Beinen. Eine echte Lady, wie du es bist, ist hier jedenfalls so selten wie eine Sonnenblume im Winter.«

Clementine vermutete, daß das ein Kompliment sein sollte – vielleicht auch nicht. Sie lernte allmählich, daß die Menschen hier einen seltsamen Stolz auf ihre ungeschliffenen Manieren hatten, mit denen sie prahlten wie mit Orden und Medaillen.

»Danke«, sagte sie etwas steif.

»Keine Ursache. Weißt du, hier in dieser Wildnis sind Frauen entweder Huren, oder sie sind wie ich und halten alle Männer für falsche Fünfziger. Ich frage dich, was für einen Sinn hat es, mit so einem ins Bett zu gehen? Aber du kannst dich darauf gefaßt machen, daß alle Cowboys, Schafhüter und Goldsucher, die Wölfe und die Maulwürfe, alles, was es hier so an Männern gibt – sie werden meilenweit reiten, um dich zu bestaunen. Schließlich bist du eine große Seltenheit. Es gibt keinen Mann hier, der nicht viel dafür geben würde, die Köchin, Haushälterin, Wäscherin und Sklavin für alles zu bekommen, die du für deinen Mann sein wirst. Jawohl, Kleines, Sklavin, Zuchtstute und Betthase! Man stelle sich das vor! Das alles in den gestärkten Klamotten einer richtigen Lady. Bei allen Heiligen, ein solches Wunder ist überhaupt nicht zu fassen.« Sie lachte laut. »Schätzchen, du bist nicht nur eine Seltenheit, du bist der Inbegriff aller Männerträume!« Annie machte eine Pause, und sofort hörte man wieder den Wind heulen.

Ein Maultier bewegte die langen Ohren und schnaubte. Clementine blieb stumm und bewegungslos.

Ich lasse mich von ihr nicht provozieren, schwor sie sich. Sie war charakterfest und würde es unter Beweis stellen, daß sie sich nicht aus der Fassung bringen lassen würde.

»Ach ja«, fuhr Annie mit einem übertriebenen Seufzen fort, »Zach Rafferty wird es bestimmt nicht gefallen, wenn er feststellt, daß sein Bruder eine Frau auf die Ranch bringt, die dort alles zivilisierter haben will. Aber die wirkliche Überraschung wartet auf Gus.«

»Was meinen Sie damit?« fragte Clementine gegen ihren Willen.

Nickel Annie beugte sich so weit vor, daß ihr stinkender Atem Clementines Gesicht traf. »Mrs. McQueen. Du bist die Überraschung! Weil du unter deinem ganzen tugendhaften, schüchternen und süßen Gehabe, das du nach außen zeigst, eine heißblütige Frau bist, die nur darauf wartet, so richtig loszulegen. Aber das sieht Gus nicht ... noch nicht.«

»Ich habe keine Ahnung, wovon Sie reden«, sagte Clementine und machte einen verkniffenen Mund, weil sie log. Nickel Annie hatte irgendwie die Wildheit, das Böse in ihr gesehen. So wie ihr Vater es gesehen hatte. So wie Gus es nicht gesehen hatte und nie sehen würde, wenn es nach ihr ging.

»Ich bin nicht so, wie Sie gesagt haben.« Sie strich den braunen Rock über den Knien glatt. Sie vergewisserte sich, daß die Haarnadeln und der dicke Haarknoten im Nacken noch richtig saßen. Sie fühlte sich irgendwie unsicher.

› ... heißblütig.‹

»Und was Mr. Rafferty angeht, so wird er sich damit abfinden müssen, daß sein Bruder verheiratet ist.«

Nickel Annie lachte schallend. »Zum Teufel, bei Zach Rafferty gibt es so etwas wie ›Abfinden‹ nicht!«

Sie kampierten in dieser Nacht unter einer Esche am Wegrand, in die
der Blitz eingeschlagen hatte. Nickel Annie machte zum Abendessen
dicke Bohnen und Mais aus der Dose. Sie zeigte Clementine, wie man in
einer Bratpfanne Brötchen backt. Clementine setzte sich zum Essen auf
die Wagendeichsel in einigem Abstand von Annie und Gus und dem
stinkenden Feuer aus Salbei und Büffelfladen. Sie ließ die Beine baumeln und sah zu, wie die Spitzen ihrer geknöpften schwarzen Ziegen-
lederstiefeletten wie Wagenräder parallele Spuren im hohen Präriegras
hinterließen. Aber von diesen Spuren würde bestimmt bald nichts mehr
zu sehen sein. Das Land war so leer und endlos, daß Hunderte junger
Frauen wie sie darin verschwinden konnten, ohne eine Spur zu hinterlassen.
Der Gedanke an diese Einsamkeit beunruhigte, ja erschreckte sie. Sie
wollte sich aber keine Angst einjagen lassen. Nachdenklich stellte sie
den leeren Teller ab, stand auf und streckte die Hände nach oben, wie
um nach einem Stück Himmel zu greifen. Sie seufzte und versuchte
bewußt, sich an den Gestank der brennenden Büffelfladen und verschwitzten Maultiere zu gewöhnen.
Als Clementine sich umdrehte, stellte sie fest, daß Gus sie beobachtete.
Er saß auf einem Holzklotz und hielt den Kaffeebecher zwischen den
Händen. Der Kaffee dampfte, und da die breite Hutkrempe einen Schatten über sein Gesicht warf, konnte sie nicht erkennen, was er dachte.
Clementine hatte festgestellt, daß Gus manchmal ins Brüten geriet,
wenn er nicht lächelte oder lachte und mit Worten seinen Träumen
nachhing. Er hatte seit Stunden kein Wort gesagt, und Nickel Annie
war nach dem morgendlichen Anfall von Redseligkeit ebenfalls verstummt.
Es war ohnehin die stille Zeit des Tages, wenn die Erde den Atem anzuhalten schien und geduldig auf den Übergang vom Licht zur Dunkelheit
wartete. Schwarze Trauerränder säumten die dicken weißen Wolken,
und sogar der Wind hatte sich gelegt.
Clementine setzte sich neben Gus auf den Holzklotz. In ihrem engen
Rock mit den Schleifen und dem geschnürten Mieder mit dem festen
Korsett, das eng um ihre Hüften lag, war das nicht so einfach. Sie
wünschte, sie hätte mit der Kamera die verkohlten, knorrigen Äste des
Baumes festhalten können, die sich dunkel in den fahlen Himmel reck-
ten. Aber dazu hätte sie das kleine Zelt aufbauen müssen, um die Platte

nach dem Belichten sofort zu entwickeln. Eigentlich könnte sie es tun, denn das Zelt befand sich im Gepäck. In Wirklichkeit hatte sie jedoch Angst davor, was Gus dazu sagen würde. Es war vermutlich klüger, ihn nach und nach an den Gedanken zu gewöhnen, daß seine Frau ein Stekkenpferd hatte, das die meisten Leute für ungewöhnlich, bei einer Frau sogar für unschicklich halten würden.

»Ich bin keine Heilige!« sagte Nickel Annie unvermittelt und so laut, daß Clementine zusammenzuckte. »Verdammt, ich bin keine Heilige, und ich bin eine Frau, die ihre Schulden immer beglichen hat, aber auch weiß, wie sie auf ihre Kosten kommt.«

Annie sprang auf und stapfte zum Wagen. Sie stellte sich mit einem Bein auf die Radnabe und hob ein Fäßchen aus dem Wagen. Sie rollte es mit der Stiefelspitze ans Feuer, stellte es auf und kauerte sich davor.

Aus der tiefen Tasche ihres Mantels brachte sie einen Stichel und einen Nagel zum Vorschein. Mit dem Stichel verschob sie eines der Eisenbänder und bohrte mit dem Nagel ein kleines Loch in das Faß. Ein dünner Strahl einer braunen Flüssigkeit schoß hervor. Clementine stieg sofort der starke Geruch von Whiskey in die Nase. Annie griff nach dem Kaffeebecher, schüttete den Satz aus und stellte den Becher unter das Loch. Der Whiskey floß in den Blechbecher.

Annie warf einen vielsagenden Blick über die Schulter auf Clementine und Gus. »Wir im Frachtgeschäft nennen das ›Verdunsten‹.«

»Anständige Leute würden es Stehlen nennen«, erwiderte Gus spöttisch.

»Ich nehme an, du willst damit sagen, daß du nichts davon willst. Schließlich bist du einer von den Maßvollen und Ehrlichen ... Mrs. McQueen ist eine vornehme Dame und die Tochter eines Pfarrers. Sie wird ihre frommen Lippen bestimmt nicht mit dem Teufelszeug verunreinigen wollen.«

Annie sah Clementine höhnisch an. »Gus McQueen, du hast dir eine ziemlich zugeknöpfte Frau geangelt.« Der Whiskey erreichte den Becherrand und floß über. »Aber das ist ganz gut so«, sagte Annie, während sie das Loch mit einem abgebrochenen Streichholz verschloß und den Faßreifen geschickt zurück an seinen Platz klopfte. »Die Gesetze der Natur erlauben ohnehin nicht, daß zuviel von dem Zeug ›verdunstet‹.«

Sie trank einen ordentlichen Schluck, schüttelte sich und schmatzte genußvoll. Gus beobachtete das Spiel mit verkniffenem Mund, als wolle er etwas sagen. Aber die Worte schienen so unerfreulich zu sein, daß sie ihm nicht über die Lippen kamen. Clementine mußte unwillig Annie recht geben. Gus hatte sich in diesem Augenblick wirklich mit seiner Ehrbarkeit wie in der Schlinge eines Lassos gefangen. Er glich keineswegs dem Mann mit den lachenden Augen, der, von allen Regeln des Anstands befreit, vom Hochrad in ihr Leben geflogen war.

Es lag eine gewisse Gereiztheit in der Stille, die entstanden war. »Ich glaube, ich möchte doch etwas von dem Kaffee«, sagte Clementine, um das Schweigen zu beenden. Bis jetzt konnte sie dem Gebräu nichts abgewinnen, das nach dem Geschmack der Leute im Westen so stark sein mußte, daß, wie Gus sagte, ›ein Hufeisen darauf schwamm‹.

Gus legte ihr die Hand auf die Schulter und stand auf. »Ich mach das schon.«

Sie sah zu, wie er den Kaffee aus dem großen, vom Feuer geschwärzten Eisentopf goß. Als er ihr den Becher gab, berührten sich ihre Finger. Die Wärme vom Kaffee und die Berührung waren wohltuend. Sie lächelte ihn an. »Danke, Mr. McQueen.«

»Du könntest vielleicht versuchen, mich beim Vornamen zu nennen, Clementine.«

Ihr Lächeln erstarb. »Das werde ich bestimmt tun, ich verspreche es. Laß mir nur noch ein wenig Zeit.«

Er sagte nichts. Aber er griff nach einem Zweig und stieß ihn in die Flammen. Sie verstand ihre Halsstarrigkeit nicht. Sie sehnte sich nach der Intimität seiner Berührung. Trotzdem brachte sie selbst noch nicht einmal die Intimität auf, ihn beim Vornamen zu nennen. Warum war das so? Vielleicht sah sie darin eine Möglichkeit, einen kleinen Teil ihres neugefundenen Wesens als Frau noch eine Weile für sich und losgelöst von ihm zu behalten.

Sie drehte den Becher in der Hand und blickte in den Kaffee, der dunkel und ölig war. In ihrem Kopf hörte sie ihren Vater auf der Kanzel:

»Frauen, dient euren Ehemännern, wie ihr dem Herrn, eurem Gott, dient.«

Sie hatte im Grunde ihr ganzes Leben gegen den Vater gekämpft. Aber jetzt wollte sie nicht auch noch gegen ihren Ehemann kämpfen. Trotzdem tat sie es bereits.

›In der ersten Nacht zu Hause werde ich dich erst richtig zu meiner Frau machen‹, hatte Gus gesagt. Das waren die Worte eines Mannes, der etwas in Besitz nehmen wollte.

Bald würden sie auf seiner Ranch sein, und dann wollte er ihren Körper zu der Art Vergnügen benutzen, wie es die ›Flittchen‹ gegen Geld taten. Beim Gedanken daran empfand sie einen seltsamen Schmerz. Das erinnerte sie an einen Regentag, als sie sich nach draußen geschlichen, Schuhe und Strümpfe ausgezogen und barfuß im Garten gespielt hatte. Während sie im nassen glitschigen Schlamm stand, der butterweich und glatt war, behaglich die Zehen krümmte und spürte, wie die feuchte Erde dazwischen hochquoll, überkam sie eine so beglückende Lust, daß sie verblüfft die Zähne zusammenbeißen mußte, um nicht laut zu stöhnen.

Clementine sah ihren Mann verstohlen an. Seine Unterarme lagen auf den Oberschenkeln. Er starrte ins Feuer. Sie fragte sich, ob er auch an die erste Nacht dachte. An die erste Nacht vom Rest ihres Lebens im Regenbogenland, an die erste Nacht, in der er sie ganz zu seiner Frau machen würde ...

Mit einem stummen Seufzen zog sie den Kragen ihres Mantels enger. Die Luft war still und schwer, und sie roch seltsam bedrohlich wie kaltes Metall.

Etwas traf ihr Handgelenk und dann ihre Wange. Winzige glitzernde Schneeflocken fielen mit sanftem Zischen in die Flammen. Sie hob den Kopf und blickte in einen Himmel voll Schnee. »Oh«, rief sie begeistert. »Es schneit!«

Gus streckte die Hand aus. »Diesen nassen Schnee nennen wir Cowboys ›Grasbringer‹.«

Nickel Annie rülpste und schwenkte ihren halbleeren Becher ›verdunsteten‹ Whiskey in Clementines Richtung. »Zum Teufel, es wird wahrscheinlich noch zwei oder drei Schneestürme geben, bevor es wirklich Frühling wird. Selbst dann muß der Winter noch nicht vorüber sein. Das ist Montana! Heute eine heiße Hölle, und morgen schneit es wie verrückt. Im letzten Jahr hatten wir sogar noch am vierten Juli Schnee. Montana ist ein gottverdammtes Land.«

Der Schnee fiel inzwischen immer dichter. Clementine streckte die Zunge heraus und lachte wie ein Kind, als ihr der kalte feuchte Schnee in den Mund fiel.

»Clementine . . .« Sie drehte sich um und sah, daß Gus sie verwirrt
ansah. Verlegen murmelte er: »Gehen wir schlafen.«
Gus hängte eine Laterne an die Wagendeichsel und entrollte die
Soogans, dicke gewebte Steppdecken, die er in Fort Benton gekauft
hatte.
Er kniete im Gras nieder und breitete die Soogans unter dem hohen
Wagenkasten aus. Sie blickte auf seinen starken breiten Rücken. »Es
war wunderbar, was du heute gemacht hast«, flüsterte sie ihm zu. »Wie
du das Fünfcentstück vom Sattel aus aufgehoben hast, ohne daß dein
Pferd dabei langsamer werden mußte.«
Er schwieg. Sein Ellbogen lag auf dem gebeugten Knie, und er blickte
mit zusammengepreßten Lippen auf die Decken. Dann fuhr er sich mit
einem Seufzer über das Gesicht. »Es war nicht derselbe Nickel. Es war
ein anderer aus meiner Tasche.« Im trüben Licht der Laterne sah sie,
daß er lächelte. Er stand auf und legte ihr die Hände um die Taille. »Wie
hätte ich etwas so Kleines wie eine Münze zwischen dem hohen Gras
und den Steinen finden sollen?«
Sie lehnte sich in seinen Armen an ihn und blickte zu ihm auf. »Wahrscheinlich glaube ich einfach, daß du alles kannst.«
Er drückte ihren Kopf an seine Brust. »Das darfst du nie . . . niemals
glauben.«
Clementine erschauerte. Seine Antwort hatte ihr nicht gefallen, und
der Anflug von Besorgnis in seiner Stimme ebenfalls nicht. Gus war ihr
Cowboy. Er sollte keine Zweifel haben. Seine Sicherheit sollte für sie
beide reichen.
Gus blies die Laterne aus. Sie zogen Stiefel und Schuhe aus und krochen
angekleidet unter die Decken. Dann nahm er sie in die Arme und
drückte seinen starken Körper an sie. Ihre Haare bewegten sich unter
seinem Atem, der heiß an ihren Hals drang. Seine Lippen streiften über
ihre Wange und suchten ihren Mund. Sie glitten zuerst sanft, dann
immer drängender auf ihren halb geöffneten Lippen hin und her. Sie
spürte ein seltsames heißes Prickeln und schmiegte sich enger an
ihn.
Er zog sanft ihren Kopf zurück. »Clementine, nicht hier . . .«
Es klang gepreßt, und seine Arme schlossen sich enger um sie. Er
drückte sie an seine Brust. Ihre Wange lag auf der rauhen Wolle seiner
Jacke. Sie roch nach Präriestaub und Holzrauch. Clementine fühlte, wie

sie seine Härte mit ihrer Weichheit durchdrang. Ein leichtes Beben erfaßte ihn.

Er ließ sie schwer atmend los und drehte sie in seinen Armen, so daß sie ihm den Rücken zuwendete. Er faßte nach ihren Händen und berührte vorsichtig mit dem Daumen die alten Narben.

»Wann wirst du mir endlich sagen, wie du dazu gekommen bist?« flüsterte er ihr ins Ohr.

Er hatte Clementine das mindestens schon ein dutzendmal gefragt, seit er die Narben zum ersten Mal gesehen hatte. Doch wenn sie ihm von der Strafe ihres Vaters erzählen würde, hätte sie ebensogut nackt vor ihn hintreten können. Und das hatte sie auch noch nicht getan.

Sie spürte sein Seufzen warm im Nacken. »Wie soll ich dich kennenlernen, Kleines, wenn du nicht mit mir reden willst?«

Sie wollte nicht, daß er sie kennenlernte, denn sie schien all ihre Schwächen und Fehler mit in die Ehe gebracht zu haben. Im Gegensatz zu ihr hatte Gus McQueen nie vorgegeben, etwas anderes zu sein als das, was er war: ein guter Mann, ein anständiger Mann, der für sie sorgen und der sie beschützen würde.

Er glaubt, eine junge Dame aus vornehmem Haus geheiratet zu haben, die immer eine tugendhafte, gehorsame Ehefrau sein wird. Er wünscht sich eine zurückhaltende, ordentliche Ehefrau. Eine echte Dame. Er hat keine Ahnung, wie ich wirklich bin.

»Clementine . . .«

»Ich möchte jetzt schlafen, Mr. McQueen«, sagte sie und glaubte, er werde seine Arme zurückziehen. Aber das tat er nicht.

Hinter dem Feuerschein war die Dunkelheit undurchdringlich. Ein Kojote heulte. Es war ein hohes Jaulen, das einsam klang. Clementine fuhr sich mit der Zunge über die Lippen und schmeckte ihn.

Sie lagen geschützt und warm unter den Decken. Er schlief. Sein Arm lag auf ihrer Hüfte, seine Hand ruhte auf ihrem Leib. Sie spürte ihn von den Füßen über die Knie bis zur Brust, die sich an ihren Rücken drückte.

Vor wenigen Augenblicken hatte sie über den Schnee gelacht. Jetzt empfand sie eine traurige Sehnsucht, eine enttäuschende Leere, die sie nicht verstand. In ihr begann eine Angst zu wachsen, die so unendlich und wild war wie der Himmel von Montana. Sie hatte Angst, daß sie die Einsamkeit aus dem Haus ihres Vaters mitgebracht hatte.

Drittes Kapitel

Gus McQueen hielt das Pferd einen Augenblick an und blickte über das Tal, das sein Zuhause war.

Er empfand eine beruhigende Freude, als er das Wort ›Zuhause‹ in Gedanken aussprach. Der Himmel war klar und blau und erstreckte sich bis ans Ende der Welt. Die kupferne Sonne warf einen Schein auf den Regenbogenfluß, der sich durch die saftigen Wiesen mit den Teppichen blaßvioletter und rosa Wildblumen wand. Meile um Meile wogte üppiges, saftiges Gras bis zu den baumbestandenen Bergen und den verwunschenen Hügeln mit den Kiefernwäldern. Das Regenbogenland wirkte an diesem Tag beinahe liebenswert und friedlich, nicht so wild und grausam, wie es wirklich war. Gus wußte sehr wohl, hier herrschte die Einsamkeit, die jeden bei dem kleinsten Anzeichen von Schwäche überfallen konnte.

Er wandte den Blick vom Horizont ab und sah seine Frau an. Sie saß auf dem hohen harten Wagensitz, als sei er ein Thron. Ihr blasses Gesicht war vom Wind gerötet, die vornehmen Kleider waren staubig und fleckig. Aber so wie ein Cowboy ein gutes Pferd daran erkannte, wie es sich bewegte und den Kopf hielt, so bestand kein Zweifel an Clementines Qualitäten. Sie war eine Dame.

Clementine . . .

Selbst das Echo ihres Namens in seinem Kopf weckte seine Leidenschaft. Er dachte daran, wie sie an jenem Abend, als es schneite, ihr lachendes Gesicht zum Himmel gehoben hatte. Das Verlangen nach ihr hatte ihn beinahe um den Verstand gebracht. Sein Körper glühte und wollte sie, aber er hatte sich beherrscht. Seine Grundsätze hatten damals wie so oft den Sieg über seine Gefühle davongetragen.

Es hatte getaut. Im Frühling hielt sich der Schnee im Gegensatz zum Winter nicht lange, wenn die Schneewehen höher werden konnten als das Dach des Hauses. Dann wurde es so kalt, daß einem der Atem in der

Brust gefror. Der Winter in Montana konnte über eine Frau den Sieg davontragen und sie wie Korn zwischen Mahlsteinen zermalmen. Der Winter und der Wind.

Leidenschaft und Angst kämpften in seiner Brust, als er seine Frau ansah. Sie war wertvoller als das Land. Er hätte nie geglaubt, daß er das einmal von einer Frau denken würde. Sie nahm einem Mann den Atem. Ihr Haar war golden wie das Licht der aufgehenden Sonne, ihre Augen waren grün und schimmerten wie das Präriegras im Frühling. Alles an ihr war zart und zerbrechlich wie edles, hauchdünnes Porzellan.

Man sollte sie unter eine Glasglocke stellen, dachte er, damit sie nicht zerbricht und ihre Reinheit nicht beschmutzt wird.

Der Winter und der Wind. Gus McQueen wußte, was Montana einer Frau antun konnte, und erschauerte.

In diesem Augenblick drehte sie den Kopf und sah, daß er sie beobachtete. Sie verzog den Mund zu einem scheuen Lächeln. Das Lächeln entfachte jedesmal sein körperliches Verlangen. Manchmal schämte er sich deshalb.

»Dein Regenbogenland gefällt mir, Mr. McQueen«, sagte sie. »Es ist wirklich so schön, wie du gesagt hast.«

Ein Stein schien ihm vom Herzen zu fallen. Bis zu diesem Augenblick war ihm nicht bewußt geworden, was er die ganze Zeit befürchtet hatte. Es bestand die Gefahr, daß sie zurückwollte, nachdem sie gesehen hatte, wohin er sie brachte. Er hatte gefürchtet, daß sie zurück in die Zivilisation, nach Boston und zu dem gewohnten Leben wollte. Er lächelte sie strahlend an. Sie konnten hier im Regenbogenland glücklich werden – er und Clementine, trotz aller Gefahren und Widerstände.

»Wenn du das hier schön findest, Clementine«, sagte er und lachte aus Freude am Leben und aus Freude über sie, »dann warte, bis du die Ranch siehst.«

Nickel Annie gab einen Laut von sich wie ein Schwein am Futtertrog. »Ha, die Ranch! Das ist der schönste Ort auf der Welt, um sich zu Tode zu arbeiten.«

Clementine mußte sich zusammennehmen, um vor Aufregung nicht auf dem Holz hin und her zu rutschen: Wochen waren vergangen, in denen ihr der unaufhörliche Wind Tag um Tag ins Gesicht geblasen hatte, so daß sich ihre Haut rauh und wund anfühlte; der Wind, der an ihren Haaren und den Kleidern gezerrt und ihr den Mund mit Staub gefüllt hatte. Wochen litt sie nun schon, in denen sie die Nächte entweder auf der harten Erde oder auf klumpigen, von Ungeziefer wimmelnden Matratzen in einer trostlosen Ranch am Wegrand verbracht hatte, Wochen, in denen sie wie ein Spatz auf dem Sitz des Frachtwagens saß, der rumpelnd und holpernd und schaukelnd Meile um Meile zurücklegte, während sie aufpassen mußte, daß Nickel Annies Anzüglichkeiten oder ihre Tabakbrühe sie nicht trafen. Es waren lange Wochen gewesen mit Tagen und Nächten und Meilen, die irgendwie ertragen werden mußten. Und nun lag das alles endlich beinahe hinter ihr!

In den letzten Tagen waren sie durch Wälder mit Tannen und Lärchen gefahren, deren lange Äste mit den dichten Nadeln die Sonne filterten und den Wind abhielten. Die Schönheit der Natur hatte Clementine tief berührt. Am Vortag hatten sie auf einem Paß gletscherbedeckte Berge überquert und ein weites Tal überblickt, das sich wild und leer wie der Himmel von Montana unter ihnen ausbreitete. Gus hatte sie auf einen Hügel hingewiesen, der in der Prärie aufragte und wie ein Hut aussah.

»Am Fuß dieses Hügels liegt Rainbow Springs, und auf der anderen Seite dahinter ist meine Ranch ... unsere Ranch«, verbesserte er sich.

Bei diesen Worten wurde ihr warm, und sie lächelte.

»Der Hügel hat dem Regenbogenland seinen Namen gegeben«, fuhr er fort. »Man erzählt, daß vor langer Zeit ein Indianermädchen während einer großen Hungersnot ihren Geliebten verlor. Er hatte gejagt, um die Angehörigen seines Stammes zu ernähren, und nichts für sich zurückbehalten. Am Morgen nach seinem Tod trug sie die Leiche auf den Hügel. Dort tanzte sie tagelang vor Kummer und Leid und weinte so sehr, daß ihre Tränen wie Regen auf das Tal fielen, während die Sonne schien. Ein Regenbogen entstand, und im nächsten Sommer wurde das Büffelgras höher als ein Krieger auf seinem Pferd und dichter als das Fell eines Grizzlybären. Ihr Volk hatte von da an Nahrung im Überfluß.« Er legte den Kopf schief und sah sie mit lachenden Augen an. »An der Geschichte mag durchaus etwas Wahres sein.«

Clementine interessierte es nicht, ob es eine wahre Geschichte war. Die Geschichte war traurig und schön. Sie dachte daran, während der Hügel größer wurde, während sie auf dem gewundenen Weg, der den Flußbie-

71

gungen folgte, durch das Tal fuhren. Endlich, endlich sah sie die Blechdächer von Rainbow Springs in der Sonne glänzen. Hier war Gus zu Hause, und von jetzt an auch sie. Es war ihre Heimat.

Pappeln und Espen säumten den Fluß, wo er sich um den Hügel wand, auf dem das Indianermädchen um den Geliebten getrauert hatte. Am gegenüberliegenden Ufer stand ein brauner Wigwam in der Sonne. Clementine suchte nach Zeichen von Leben, nach einem Indianermädchen und ihrem Mann. Doch der Wigwam wirkte unbewohnt. Auch die breite Straße – breit genug, damit ein Maultiergespann Platz zum ›Manövrieren‹ hatte, wie Nickel Annie sagte – lag verlassen. Sie endete am Hang des großen Hügels, den aufgegebene Minenschächte wie Pockennarben überzogen.

Mit einem Berg Blechdosen und leeren Flaschen begann das, was man sich, wie Clementine inzwischen gelernt hatte, in Montana unter einer Stadt vorstellte. Es folgten einzelne verwitterte Blockhäuser mit rostigen Blechdächern. Zwei dieser Häuser trugen Schilder: ›Best in the West Casino‹ und ›Sam Woo – Gemischtwarenhandel‹. Beide Schilder stammten offenbar von demselben Künstler, denn die Großbuchstaben hatten die gleichen geschwungenen Schnörkel.

Am meisten beeindruckte Clementine jedoch der Schlamm. Die Hufe der Maultiere machten saugende und schmatzende Geräusche im breiigen Schlamm. Der Wagen versank beinahe bis zu den Radnaben, und Clementines Rock war bald über und über mit roten Schlammspritzern bedeckt. Nickel Annie fluchte und schwang die Peitsche klatschend über den Köpfen der Tiere, die den schweren Wagen mühsam zogen. ›Gumbo‹ nannte man diese Art Schlamm. Er war rot, klebrig und roch nach Sümpfen und Wildnis.

Der Wagen hielt schließlich vor einem Mietstall. Zu dem Stall gehörte auch eine Schmiede. Im Schatten der Esse arbeitete ein Mann mit einem struppigen langen Bart und einem Hängebauch unter der Lederschürze an einem Deckel für einen Sarg.

Gus sprang vom Pferd. Im Haus fiel eine Tür laut ins Schloß. Eine Frau in einem gerafften Rüschenkleid, das so leuchtete wie künstliche Veilchen, eilte herbei. Sie hob die Röcke und hüpfte über den Steg aus Brettern und Planken. Dabei sah man ihre roten Schuhe, einen rosa- und fliedergestreiften Unterrock und feuerrote Seidenstrümpfe.

»O Annie, du bist ein Schatz!« rief die Frau lachend, noch bevor sie den

Wagen erreicht hatte. »Da ist es endlich! Du hast mein Klavier gebracht!«

Als die Frau Gus sah, blieb sie so unvermittelt stehen, daß sie beinahe gestolpert wäre, und ließ die Röcke sinken. Eine flammende Röte überzog ihre Wangen, während sie sich ein paar Haare aus dem Gesicht strich. Sie hatte kastanienrote Haare. Aber Clementine fand, daß ihr Gesicht für rote Haare und ein violettes Kleid wie geschaffen war. Sie hatte Grübchen, und sie war frech und verführerisch.

»Ach, Gus McQueen«, sagte sie mit einer Stimme, die wie die eines jungen Mannes im Stimmbruch klang. »Cowboy, du warst so lange weg, daß sogar ich dich vermißt habe.«

Gus ging an ihr vorbei, als sei sie unsichtbar.

Clementine kletterte mit seiner Hilfe von dem hohen Wagen und benutzte dabei das Rad und die Nabe als Stufen. Die Frau war auf die andere Seite gegangen und hatte Nickel Annie umarmt. Sie stellte sich gerade auf das Rad, um ihr Klavier in Augenschein zu nehmen, ohne darauf zu achten, daß man die roten Quasten an ihren Schuhen und die feuerroten Seidenstrümpfe sah.

Clementine fand die Frau in dem violetten Kleid faszinierend. Sie wußte, ihre Mutter hätte ein solches Kleid vulgär gefunden. Es war ihr nie erlaubt gewesen, etwas anderes als elegante Grau- oder Brauntöne zu tragen. Clementine überlegte, wie sie in einem so auffallenden Kleid aussehen und wie sie sich darin fühlen würde.

»Allmächtiger, wenn das nicht Gus McQueen ist!« Der Schmied kam schwerfällig zu ihnen herüber. Die Lederschürze klatschte gegen seine Schienbeine. Er grinste. »Wie geht's, Cowboy?« Er lachte dröhnend und schlug Gus mit seiner riesigen Hand auf die Schulter. »Wir haben dich seit Urzeiten nicht mehr gesehen.«

»Wie geht's, Jeremy? Für wen ist denn die Kiste?« fragte Gus und wies mit dem Kinn auf den Sarg. Er stand auf einem Sägebock und war aus Kiefernbrettern gemacht, die oben breit und unten schmal waren. Der Sarg war für einen großen Mann bestimmt.

»MacDonald, dieser Schotte, hat sich umbringen lassen«, erwiderte der Schmied. Clementine hatte Gus die Hand auf den Arm gelegt und spürte, wie er sich entspannte, als habe er sich vor der Antwort gefürchtet. »Man hat ihn mit einem Schuß im Rücken auf der Weide im Norden gefunden. Wir vermuten alle, daß Iron Nose und seine Männer es getan haben. Der arme Kerl hat sie wahrscheinlich dabei erwischt, wie sie seine Frühjahrskälber eingefangen haben. Als er es verhindern wollte, haben sie ihm eine Kugel in den Leib gejagt. Ein paar von uns sagen, es wäre Zeit, daß wir einen Trupp zusammenstellen, um die Verbrecher aufzuspüren und an einen Baum zu hängen.« Die Blicke des Schmieds waren zwischen Gus und Clementine hin- und hergewandert wie ein Ball an einem Gummizug. Nun sah er Gus an. Seine Augen waren klein und blaß wie Kürbiskerne, und man konnte deutlich die Frage darin lesen, die er nicht stellte.

Gus legte Clementine den Arm um die Taille. »Jeremy, ich möchte dich mit meiner Frau bekannt machen. Jeremy gehört der Mietstall, betreibt die Schmiede und ist bei Bedarf auch noch Leichenbestatter.«

Clementine nickte höflich. »Guten Tag, Mr. . . .« Sie konnte nicht einfach ›Jeremy‹ zu ihm sagen.

Der Schmied starrte sie mit offenem Mund an. Als er ihn schloß, hörte man das Klicken seiner wenigen Zähne. »Du machst wohl Witze, Gus. Du hast dir eine Frau mitgebracht. Also wirklich, das ist eine Überraschung!«

»Willkommen in Rainbow Springs, Mrs. McQueen.« Die Frau im violetten Kleid war zu ihnen getreten, und Clementine drehte sich beim Klang der tiefen Stimme nach ihr um.

Clementine sah, daß die Röte im Gesicht der Frau teilweise von der Schminke herrührte. Sie lächelte freundlich, aber in ihren kaffeebraunen Augen lag eine Spur Wachsamkeit und Verletzlichkeit, als sie den Blick von Clementine abwandte und Gus ansah.

Gus spannte den Arm um Clementines Taille an und zog sie weg. »Ich bin gleich wieder da, Jeremy«, sagte er, faßte Clementine am Ellbogen und zog sie mit sich. »Komm, Clementine.«

Die Stimme der Frau klang jetzt trocken und spöttisch, als sie sagte: »Manche Leute haben Manieren wie ein wild gewordener Esel.«

Clementines Schuhe versanken im Schlamm. Sie bemühte sich, mit der einen Hand die Röcke zu heben, während sie versuchte, sich auf einer der Planken in Sicherheit zu bringen, die scheinbar wahllos verteilt waren. »Warte, Mr. McQueen. Ich bleibe im Morast stecken.«

»Daran kannst du dich gleich gewöhnen, Clem«, sagte er über die Schulter. »Es wird bis Juni so bleiben.«

»Willst du mir nicht wenigstens sagen, wohin du so eilig gehst und warum du so unhöflich zu der Frau bist?«

»Ich stelle meine Frau doch nicht der Hure dieser Stadt vor.«

Die Hure . . .

Clementine hätte sich am liebsten umgedreht und noch einmal einen Blick auf die Frau geworfen. Sie sah in Gedanken das auffallende, violette Seidenkleid vor sich.

Die wenigen Häuser der Stadt bestanden alle aus behauenen Baumstämmen. Nur der Saloon war etwas herausgeputzt. Er hatte weiß gestrichene Rahmen um die Fenster, und über der großen Doppeltür hingen Hirschgeweihe. Im Vorbeigehen sah Clementine dahinter inmitten von Espen und Kiefern ein anderes Haus. Es war zweistöckig, hatte weiß gestrichene Bretter, und der Giebel war mit geschnitzten Rosetten und Ornamenten geschmückt. Außerdem hatte es eine Veranda mit einem gedrechselten Geländer. »Wer wohnt in dem Haus dort?« fragte sie.

»Du hast sie gesehen. Hannah Yorke ist die Besitzerin des ›Best in the West‹ und die Hure. *Mrs.* Yorke nennt sie sich, obwohl ich mein Pferd mit Haut und Haaren fresse, wenn sie mit einem der Männer verheiratet war, mit denen sie im Bett gelegen hat. Vergiß sie, Clementine. Du wirst mit ihr bestimmt keinen Umgang haben wollen.«

Es muß etwas einbringen, dachte Clementine, wenn man seinen Körper an Männer verkauft. Nach all den armseligen Hütten, in denen sie unterwegs die Nächte verbracht hatten, fürchtete sie allmählich, es könnte sich herausstellen, daß ihr Mann auch in einem solchen Schuppen hauste. Aber bestimmt, dachte sie, muß unser Haus mindestens genauso hübsch sein wie das der Hure.

Gus blieb plötzlich stehen. »Hier ist der Laden«, sagte er und wies auf ein niedriges Haus mit einem einzigen Fenster. Eine der Scheiben war zerbrochen, und die Öffnung war mit einem Sack zugestopft; die anderen Scheiben waren so schmutzig, daß Clementine vom Innern nur das schwache Licht einer flackernden Laterne sah. »Warum gehst du nicht hinein und siehst dich um? Ich muß noch einmal zurück und einen Wagen mieten, damit wir zur Ranch fahren können. Wenn du etwas findest, was dir gefällt, dann sagst du Sam Woo, er soll es auf die Rechnung setzen.«

Clementine beobachtete, wie ihr Mann mit großen Schritten durch den Morast zum Stall und zu Nickel Annies Frachtwagen zurückging. Er hatte sie nur deshalb hierher zu dem Laden gebracht, damit sie nicht

75

durch den Kontakt mit der Hure beschmutzt werden würde. Dabei wirkte die Frau überhaupt nicht verworfen, sondern nur fröhlich und vielleicht sogar etwas schüchtern.

Clementine blieb stehen und sah, wie Hannah Yorke aufgeregt um den Wagen herumlief. Nickel Annie und der dicke Schmied kämpften mit dem Klavier. Sie versuchten, ein Seil darumzulegen, damit man es mit der Winde aus dem Wagen heben konnte. Das heitere, silberhelle Lachen der Frau, das an Glöckchen erinnerte, mischte sich mit Annies herzlichem, dröhnendem Gelächter.

Sie sind Freunde, dachte Clementine. Hannah Yorke, die Hure, Nickel Annie, das Mannweib, und Jeremy, der dicke zahnlose Schmied.

Während Clementine ihnen zusah und ihr fröhliches Lachen hörte, wurde sie traurig und spürte wieder einmal so etwas wie Neid. War es denn wirklich ihr Schicksal, immer nur von weitem zuzusehen? Warum durfte sie nicht am Leben teilnehmen wie die anderen?

Clementine drehte sich seufzend um und stieg die zwei ausgetretenen Stufen zum Laden hinauf. Die Tür stand bereits einen Spalt offen. Sie drückte vorsichtig dagegen. Dabei stieß die Tür gegen ein paar Kuhglocken, die laut bimmelnd ihre Ankunft verkündeten. Clementine sah sich nach einem Fußabstreifer um, erkannte aber sofort, daß es sinnlos gewesen wäre, die Schuhe zu säubern. Der unebene Boden aus großen alten Faßdauben war beinahe so schmutzig wie die Straße.

Sie hob die Röcke, um über die hohe Schwelle zu steigen, und blickte in den Laden. Drei Männer starrten sie wie ein Gespenst an. Zwei der Männer wärmten sich den Rücken an einem schwarzen bauchigen Ofen. Der eine war eine richtige Bohnenstange mit großen ernsten Eulenaugen und einem eingefallenen zahnlosen Mund. Der andere Mann war klein und rund. Sein Kopf war völlig kahl, aber dafür hatte er einen langen dichten Bart, der ihm bis zur Mitte der Brust reichte und so verblichen war wie altes Wachs. An ihren Kleidern hing roter Lehm, und sie trugen genagelte Schuhe. Clementine hielt sie für Goldsucher.

Die Ladentheke bestand aus ungehobelten Brettern, die auf zwei Fässern lagen, die vermutlich einmal gepökeltes Fleisch oder Heringe enthalten hatten. Dahinter stand offensichtlich Sam Woo, der in Schnörkelschrift auf dem Ladenschild als der Besitzer angekündigt wurde. Er blickte sie durch eine Brille an, die ein grüner Augenschirm zum größten Teil verbarg. Er hatte ein flaches Gesicht und einen tintenschwarzen Schnurrbart, der so spärlich und starr war, daß er an eine Bürste erinnerte.

Als Clementine über die Schwelle stieg, schienen die drei Männer gleichzeitig zu seufzen.

»Ich will . . .«, begann der große magere Mann.

». . . verdammt sein«, sagte der kleine Dicke.

»Nur das nicht«, murmelte Sam Woo.

Clementine nickte ihnen höflich zu. Sie war schüchtern und verlegen.

Der Chinese legte die Handflächen aneinander und verneigte sich. Dabei baumelte sein langer Zopf in Höhe der Hüfte hin und her. »Sam Woo heißt Sie in seinem bescheidenen Laden willkommen, Madam. Meine armselige Wenigkeit fühlt sich geehrt. Sagen Sie mir, wie ich Ihnen dienen kann.«

Clementine befeuchtete sich die Lippen mit der Zungenspitze und schluckte. »Ich möchte mich heute nur einmal umsehen, vielen Dank. Ich weiß noch nicht genau, was ich alles brauchen werde.« Sie wies auf die beiden Goldsucher. »Bitte bedienen Sie die beiden Herren weiter.«

Sam Woo verneigte sich noch einmal. Als er sich aufrichtete, blitzten seine Brillengläser im trüben Licht. Unter den neugierigen Blicken der Männer wurde es Clementine unbehaglich, und sie wandte sich ab. Sie tat, als interessiere sie sich für einen eisernen Vogelkäfig, in dem noch Federn eines sicher längst verendeten Kanarienvogels lagen. Nach einem langen verlegenen Schweigen steckten die Männer die Köpfe zusammen und beugten sich über einen Katalog mit Eselsohren, der aufgeschlagen auf der Theke lag.

Clementine hatte noch nie so viele Dinge beisammen gesehen, die nichts miteinander zu tun hatten. Sie rümpfte die Nase beim Geruch von Kohlenöl und Sattelseife, Stockfisch und verschimmelten Käselaiben. Ein Schachspiel lag auf einem Stapel Bratpfannen, die unsicher auf ein paar Schmalzeimern balancierten. Messinglaternen hingen neben den Unaussprechlichen für Männer, kleine Büchsen mit einer roten Paste standen neben Bonbondosen. Etwas streifte ihren Kopf und verfing sich in ihrer Haube. Als sie aufblickte, sah sie eine altmodische Krinoline an der Decke hängen.

Auf der Theke entdeckte sie neben einer Schachtel Rosenseife eine Waage, die, wie sie aus Shonas Romanen wußte, zum Wiegen von Goldstaub benutzt wurde. Sie trat näher, der Rosenduft stieg ihr in die Nase und versetzte sie zurück in das Haus am Louisburg Square. Sie sah das Gesicht ihrer Mutter vor sich und umklammerte den Beutel mit den Münzen, den sie immer noch ganz unten in der Manteltasche bei sich trug.

Clementine sah sich in dem Laden mit seinen übervollen, uralten und verstaubten Regalen um. Ihr Blick schweifte von dem schmutzigen Fenster zu dem Schlamm auf dem Fußboden. Die Wände waren so roh, daß sich an manchen Stellen noch die Rinde in weichen grauen Fetzen löste. Von der flackernden Öllampe stieg fettiger, übelriechender Rauch auf, und irgendwo hörte sie Ratten oder Schlangen oder anderes schreckliches Ungeziefer im offenliegenden Gebälk herumkriechen. Sie war mitten in der Wildnis, in einer Welt des Nirgendwo und Nichts, und so fern von Boston, daß sie den Rückweg niemals allein finden würde. Sie hatte ein flaues Gefühl im Magen und kam sich plötzlich sehr einsam vor. Zum ersten Mal hatte sie wirklich Angst bei dem Gedanken an das, was sie getan hatte.

Sie nahm irgendwie wahr, daß der dicke Goldsucher sehr laut redete, ja beinahe schrie. Zuerst drang der eigenartige Klang seiner Stimme in ihr Bewußtsein, denn sie war hoch und klang wie eine rostige Pumpe. Was er sagte, schien so erschreckend, daß sie ihr Elend vergaß und näher zur Theke ging, um besser zu hören.

»Das ist nicht legal, Sam«, sagte der dicke Mann und stieß mit dem krummen Zeigefinger auf den Katalog, um seinen Worten Nachdruck zu verleihen. »Du kannst keine Sklavin kaufen. Weißt du nicht, daß wir vor einer Weile nur deshalb einen Bürgerkrieg geführt haben, um klarzumachen, daß wir alle freie und gleiche Bürger der Vereinigten Staaten sind? Selbst die Schwarzen sind jetzt frei. Die Indianer, na ja – die sind nicht ganz gleichberechtigt und Frauen auch nicht. Aber frei sind sie alle – sozusagen. Verdammt, Nash, hast du deine Zunge verschluckt? Erklär dem Mann, was ich zu sagen versuche.«

Der magere Goldsucher zog den Katalog unter dem Finger des anderen hervor und hielt ihn in das graue Licht des Fensters. »Er sagt, du kannst dir keine Frau kaufen, Sam, nicht einmal eine chinesische. Wieviel kostet sie überhaupt?«

»Das versteht ihr nicht. Ich heirate sie, also bezahle ich ihrem Beschützer einen Brautpreis, eine Art umgekehrte Mitgift, könnte man sagen.«
Sam Woo beugte sich über die Theke und deutete auf das Bild eines Mädchens in einem hochgeschlossenen Kleid. Clementine sah, daß der Katalog nur Holzschnitte von Frauenköpfen enthielt. »Die da«, sagte Sam Woo. »Gefällt sie euch, he? Sie ist ein hübsches Ding, nicht wahr? Sie würde mich tausend Dollar kosten.«
»Tausend Mäuse? Allmächtiger!«
Der große dünne Mann riß sich den Hut vom Kopf und schlug damit dem Kleinen auf den Bauch. Eine Staubwolke stieg auf. »Paß auf dein loses Maul auf, Pogey.«
Der dicke Mann öffnete den Mund, um zu protestieren, als sein Blick auf Clementine fiel.
Er starrte sie an. Er zupfte sich zuerst an einem Ohr und dann am anderen. Seine Ohren waren so groß und rund wie Nickel Annies Pfannkuchen. »Madam, ich will nicht neugierig sein«, sagte er zu ihr. »Aber sind Sie eines der neuen Mädchen von Mrs. Yorke? Ich frage nur, weil ich so sicher wie das Amen in der Kirche noch nie ein lockeres Mädchen gesehen habe, das so aussieht wie Sie! Verd...!« rief er, als ihm der andere noch einen Schlag mit dem Schlapphut verpaßte.
»Warum zum Teufel haust du mich dauernd, Nash?«
»Paß auf, was du sagst, du alte Sau.«
»Aufpassen, was ... zum Teufel.« Er rieb sich den Bauch und blickte traurig und anklagend zur Decke. »Warum kann ich nicht einmal einen Furz lassen, ohne daß du gleich eine Erklärung dazu abgeben mußt und mir eine Strafpredigt hältst?«
»Ich sage, hier ist eine Dame. Ich sage, ein Herr sollte in Anwesenheit einer Dame nicht fluchen.«
»Allmächtiger Gott! Was ist schon eine Unterhaltung, wenn man sie nicht mit ein oder zwei Flüchen würzt?«
»Ich sage, wenn es dich irgendwo juckt, wo es unhöflich ist, sich zu kratzen, dann kratzt du dich eben nicht.«
»Du redest Quatsch, weißt du das, Nash? In all der Zeit, die ich dich kenne, habe ich bei dir auch nicht eine Spur von Vernunft erlebt. Was aus meinem Mund kommt, versteht auch eine Dame. Und das ist mehr, als man über das sagen kann, was aus deinem Mund kommt. Du heulst wie ein verdammter Kojote den Mond an, aber nicht ein einziges Mal ist

aus deinem großen Mund ein Satz herausgekommen, der einen gottverdammten Sinn ergeben hätte!«

»Jeder mit einem Gehirn, das größer ist als eine Erbse, versteht, was ich meine. Ich sage, du sollst dich benehmen, Pogey, mehr nicht.«

Was immer Pogey darauf erwidern wollte, blieb ungesagt, denn in diesem Augenblick bimmelten die Kuhglocken, weil die Tür aufging.

Eine Indianerin stand auf der Schwelle. Auf ihrer Hüfte hielt sie ein etwa zweijähriges Kind, und auf dem Rücken trug sie in einem Körbchen einen Säugling. Über einer langen Lederhose und Mokassins, die mit bunten Stachelschweinborsten und Glasperlen besetzt waren, trug sie ein einfaches rotes Baumwollkleid. An ihrem Hals hing ein kleines goldenes Papistenkreuz. Sie war jung, beinahe selbst noch ein Kind. Doch ihr rundes Gesicht mit der kupferfarbenen Haut wirkte ängstlich. Unsicher blickte sie von einem der Männer zum anderen.

»Bitte, Mr. Sam«, sagte sie und machte zwei zögernde Schritte in den Laden. »Können Sie mir Dosenmilch für mein Baby geben? Es ist krank, und meine Brust gibt nicht mehr genug her.«

Pogey sah die Indianerin finster an und zupfte an seinem riesigen Ohr. »Wieso läßt du so was wie die überhaupt rein, Sam?«

»Ich lasse sie nicht rein.« Sam Woo eilte hinter der Theke hervor, hob die Schürze und tat so, als seien die Indianerin und ihre Kinder Hühner, die er verscheuchen wollte. »Ohne Geld keine Milch, Squawmädchen, hörst du? Kein Geld, keine Milch. Raus, raus, raus!«

Die Indianerin drehte sich schnell um. Sie riß die Tür auf, stieß dabei fast mit Gus McQueen zusammen und rannte auf die schlammige Straße.

Gus sah ihr flüchtig nach. Dann trat er in den Laden und schloß die Tür hinter sich. Sein Blick fiel auf die Gruppe an der Theke. »Na, Jungs, ich sehe, ihr habt euch meiner Frau vorgestellt.«

Sam Woo verzog langsam die Lippen zu einem Lächeln. »Es ist mir eine große wunderbare Freude, Sie kennenzulernen, Mrs. McQueen.«

»Also, ich will . . .«, Nash grinste über das ganze Gesicht.

». . . verdammt sein«, ergänzte Pogey.

Gus beugte sich vor und sah Nash fragend an. »Was zum Teufel hast du mit deinen Zähnen gemacht?«

»Oh!« Nash legte schnell die Hand auf den Mund und versuchte, etwas zu sagen.

Pogey stieß ihm mit dem Ellbogen in die Rippen. »Du kannst selbst ohne Zähne im Mund kein vernünftiges Wort von dir geben. Ich will es ihm sagen . . . Nash und ich, wir haben eine Runde Karten mit dem Angeber gespielt, der an einem Tisch im Saloon scheinbar Wurzeln geschlagen hat. Wir haben Nashs neues Gebiß gegen einen Herz*flush* gesetzt und dann eine Kreuzzwei gezogen. Aber wir bekommen seine Zähne wieder zurück, jetzt, wo wir . . .« Er stöhnte, weil sein Partner ihn heftig mit dem Hut auf den Bauch geschlagen hatte. »Äh, darüber reden wir später mit dir, Gus.«

Gus sah die beiden Männer aufmerksam an. Aber als sie nur stumm grinsten, sagte er achselzuckend zu Clementine: »Wir sollten uns auf den Weg machen. Ich habe alles auf den Wagen geladen, Clementine, und wir haben noch zwei gute Stunden bis zur Ranch.« Er legte ihr die Hand auf den Rücken und schob sie in Richtung Tür.

»Es war mir ein Vergnügen, so viele meiner neuen Nachbarn auf einmal kennenzulernen«, sagte Clementine und lächelte.

Die Tür schloß sich unter dem Geläut der Kuhglocken hinter ihnen. Im Laden breitete sich Stille aus, eine so tiefe Stille, daß man hörte, wie der Zwieback auf dem Boden des Fasses knackte.

»Das Land wird zahm, Pogey«, sagte Nash nach einer Weile und schüttelte traurig den Kopf.

»Zahm wie eine Katze, die mit Sahne gefüttert wird.« Pogey zupfte an seinem Ohr und seufzte. »Raus mit der Flasche, Sam. Wir müssen uns vollaufen lassen, um diesen Schock zu verkraften.«

»Da möchte man ja am liebsten Rotz und Wasser heulen«, sagte Nash. »Erst kommen die Weiber, und dann gibt es im Handumdrehen Zäune und Schulen.« Er schüttelte sich. »Und Teegesellschaften und kirchliche Veranstaltungen.«

»Nur das nicht«, murmelte Sam Woo und holte eine Flasche Whiskey unter der Theke hervor. Die Männer dachten schweigend über die traurige Tatsache des Näherrückens der Zivilisation nach.

»Ich dachte, Gus ist nach Boston, um seine sterbende Mutter noch einmal zu sehen«, sagte Nash nach einer Weile.

Pogey seufzte tief. »Er hat seine Mutter verloren und eine Frau gefunden.«

»Ein Prachtexemplar von Frau.«

»Eine Frau von der Sorte, die Ingwerplätzchen ißt und Limonade trinkt.«

»Nur das nicht«, murmelte Sam Woo, trank direkt aus der Flasche und gab sie in Pogeys wartende Hand weiter.

»Ich frage mich, ob Zach es schon weiß«, sagte Nash.

»Nur das nicht«, murmelte Sam Woo noch einmal.

Clementine trat mit hochgehobenen Röcken auf die Straße. Die Indianerin, die mit ihrer schweren Last durch tiefen Schlamm waten mußte, war noch nicht weit gekommen.

»Warte!« rief Clementine. »Bitte warte!«

Gus packte sie am Arm. »Was zum Teufel willst du mit ihr?«

»Die Indianerin ... wir müssen ihr Geld geben. Sie muß Dosenmilch kaufen.«

Er schüttelte energisch den Kopf. »Sie ist die Squaw von Joe Proud Bear. Wenn er will, daß sie etwas zu essen hat, kann er es ihr verschaffen. Es überrascht mich, daß er ihr nicht ein paar von meinen Rindern bringt.«

»Aber das Baby ...«

»Wenn sie Geld hätte, würde sie es nicht für Milch ausgeben. Sie würde sich bei Sam Woo sinnlos betrinken.«

Sein Griff schmerzte, aber Clementine spürte es kaum. Die Indianerin hatte sie gehört und kam zurück, allerdings langsam, als spüre sie die Gefahr, als habe sie Angst vor Gus und seinem Zorn.

»Das verstehe ich nicht«, sagte Clementine.

»Die Saloons dürfen nichts Alkoholisches an Indianer verkaufen, und deshalb versuchen sie, alles in die Hände zu bekommen, was Alkohol enthält. Wenn sie nicht will, daß ihre Kinder hungern, kann sie sich ihre Ration Rindfleisch beim Sheriff abholen. Sie ist ein Halbblut, und Joe Proud Bear auch. Sie sind zwar keine Vollblutindianer, aber sie haben Verwandte, zu denen sie gehen können.«

Die Indianerin hatte im Laden nicht nach Alkohol gefragt, sondern um Milch gebeten.

Ich habe Geld, dachte Clementine plötzlich. Ganze hundert Dollar. Dummerweise ist es in meiner Tasche eingenäht. Ich muß die Nähte mit den Fingernägeln auftrennen.

Sie machte sich von Gus los und begann, die Handschuhe auszuziehen. Das weiche Leder blieb an ihrem Ehering hängen.

Ein lauter Schrei drang durch die Luft. Ein Indianer auf einem gefleckten Pony näherte sich auf der Straße vom Fluß. Das Pferd galoppierte so schnell, daß der rote Schlamm aufspritzte. Er trug eine karierte Hose und ein verblichenes blaues Hemd. Ohne die dicken Kupferringe an seinem Arm und die in seine Zöpfe geflochtenen Eulenfedern hätte er wie ein Cowboy ausgesehen. Er war jung, kaum älter als Clementine. Aber er stieß furchterregende Schreie wie ein Indianer auf dem Kriegspfad aus, und Clementine erstarrte vor Angst.

Gus schob Clementine vorwärts. Sie kletterte gerade auf den Sitz, als der Indianer noch einmal schrie.

Der Mann hatte ein Lasso aus geflochtenem Leder vom Sattel gelöst und schwang es über dem Kopf. Die Schlinge flog durch die Luft, sank über die Schultern der Frau und legte sich eng um das Kind in ihren Armen und das Baby auf ihrem Rücken.

Das Leder spannte sich pfeifend. Der Indianer schlang das Ende schnell um den Sattelknopf, wendete das Pferd und ritt in Richtung Fluß zurück. Er zog die Frau mit den Kindern hinter sich her wie Vieh. Die arme Frau hatte Mühe, um im Schlamm nicht auszurutschen und zu fallen.

»O bitte, unternimm etwas!« rief Clementine. »Hilf ihr doch ...«

Gus rührte sich nicht. Mrs. Yorke, Nickel Annie, Jeremy – sie alle sahen zu und taten nichts.

Gus griff nach den Zügeln und ließ sich auf den Wagensitz fallen. Clementine schwankte. Sie klammerte sich an das Messinggeländer, aber sie rückte von ihm ab.

Die Achsen des niedrigen Wagens knarrten und quietschten, als er sich seinen Weg durch den Schlamm bahnte. Gus schlug mit der Peitsche auf das Pferd ein.

»Clementine«, sagte er, und seine Stimme klang jetzt ruhiger. »Die beiden sind verheiratet, zumindest nach indianischer Sitte. Es steht niemandem von uns zu, sich einzumischen.«

Clementines Finger klammerten sich in den dicken Wollstoff ihres Mantels. Sie schwieg. Die Berge von Blechdosen und Glasflaschen lagen bereits hinter ihnen, der Wigwam ebenfalls. Sie blickte nicht zurück.

»Im Regenbogenland herrschen andere Sitten, Clem. Du mußt lernen, dich damit abzufinden, wenn du hier leben willst.«

»Ich werde mich nicht mit deinen Sitten abfinden, Mr. McQueen, nicht mit allen.«

Er preßte die Lippen aufeinander. »Du wirst das tun, was ich dir sage.«

»Das werde ich nicht.«

Der Wagen zog wie ein Schiff eine breite Spur durch das dicke hellgrüne Büffelgras. Ein eigenartiger warmer Wind war aufgekommen, der nach wildem Senf und Kiefern roch. Der Wind übertönte das Klirren des Pferdegeschirrs und das Knirschen der eisenbeschlagenen Räder auf dem steinigen Boden. Er übertönte den Ruf der erschrockenen Präriehühner und Gus McQueens Schweigen.

Clementine blickte auf das verschlossene Gesicht ihres Mannes. Er preßte immer noch die Lippen zusammen, als spare er seinen Vorrat an Worten auf. Sein Zorn war anders, als sie ihn gewohnt war. Er strafte sie mit Schweigen anstelle von lauten Vorwürfen und Bitten.

Clementine hielt ihre Haube fest, während sie beobachtete, wie der trockene warme Wind seine Hutkrempe umbog und den Mantel gegen seinen Oberkörper drückte. Ihr Blick fiel auf seine Hände, die locker die Zügel hielten. Es waren starke, große Hände. Ihr Mund wurde trocken, und sie spürte eine Spannung in der Brust und wußte, es war Angst. Sie schloß die Hände um die Narben auf den Handflächen.

Er darf mich nicht schlagen. Ich werde nicht zulassen, daß er mich schlägt . . .

Er hob den Kopf und sah, daß sie ihn beobachtete. »Spürst du den Wind, Clementine?«

Sie blinzelte verwirrt. »Wie?«

»Diese Art Wind nennt man ›Chinook‹. Er kann über Nacht allen Schnee schmelzen, der während eines Schneesturms fällt.«

»Ach.« Clementine überlegte, ob er ihr zu zeigen versuchte, daß er nicht mehr wütend auf sie war. Sie warf noch einmal einen Blick auf sein Gesicht. Sie ärgerte sich noch immer über ihn. Doch wenn er bereit war, das Ganze zu vergessen, wollte sie nicht nachtragend sein.

Der Wind war sehr warm. Sie wurde davon ganz traurig und fühlte sich einsam. »Wie lange dauert es noch, bis wir die Ranch erreichen?«

»Wir sind seit einer Viertelstunde auf der Ranch.«

Clementine blickte sich um. Sie sah grünbraune Wiesen und Hügel mit fettem Weidegras. Mit Kiefern bewachsene Berge ragten in den blauen

Himmel, über den weiße Wattewolken zogen. Ein in der Sonne glänzender Fluß floß hell wie Quecksilber zwischen Pappeln, Espen und Weiden dahin. Es war ein reiches Land, ein leeres Land, ein wildes Land. Genau so, wie er es beschrieben hatte. Nein, Gus McQueen hatte ein paar wichtige Einzelheiten ausgelassen.

Sie betrachtete wieder sein Profil: den hartnäckig vorgeschobenen Unterkiefer, den straffen Mund und seine Augen, die so blau waren wie der Himmel von Montana.

»Nickel Annie hat mir von Mr. Rafferty erzählt«, sagte sie, »von deinem Bruder.«

Auf seiner Wange erschien ein roter Fleck, aber er sah sie nicht an. »Ich hätte es dir schon früh genug gesagt.«

»Wann?«

»Jetzt. Ich wollte es dir jetzt sagen. Zach und ich, wir sind frei und ungebunden im Süden aufgewachsen, bis unsere Eltern sich trennten und wir auseinandergerissen wurden. Meine Mutter und ich, wir sind nach Boston gegangen, und Zach . . . ist geblieben. Aber vor drei Jahren haben wir uns wieder getroffen und uns zusammengetan, um die Ranch hier zu bearbeiten.«

Sie wartete. Doch die Quelle, aus der seine Worte kamen, schien wieder versiegt zu sein. »Und was ist mit ihm, mit deinem Bruder?«

»Ich habe es dir doch gesagt. Wir führen zusammen die Ranch.«

»Ist er älter oder jünger?«

»Jünger. Ich war zwölf, und er war zehn, als . . . als Mutter und ich gegangen sind.«

»Dann habt ihr also nicht denselben Vater?«

»Doch, wir sind richtige Brüder. Zach hat nur . . . nun ja, er hat vor einer Weile seinen Namen geändert. Warum, weiß ich nicht. Hier draußen tun Männer das manchmal, wenn sie das Gesetz übertreten haben.«

Ein Rauhfußhuhn, dick wie ein gut gefüttertes Farmhuhn, rannte vor ihnen über den Weg, und das Pferd scheute im Geschirr.

»Siehst du, Clementine«, sagte Gus, »siehst du die blaßvioletten Blumen? Es sind Anemonen. Die Indianer nennen sie ›Erdohren‹. Und die rosa Blumen sind Prärierosen. Die Hühner und Wachteln fressen sie gern. Die Schwarzbären leider auch.«

Clementine blickte nicht auf die Anemonen und nicht auf die Prärierosen. Sie blickte auf ihn, und sie spürte eine schmerzliche Mischung aus Liebe und Enttäuschung. »Du hast einen Mund wie eine Bärenfalle, Mr. McQueen.«

Die Spitzen seines Schnauzbartes zuckten. »Ach . . .«

»Ja«, sagte sie und imitierte seine schleppende Redeweise, so gut sie konnte. »Du schweigst wie ein Grab.«

Er zog die Zügel an. Der Wagen hielt. »Was willst du wissen?«

»Warum hast du mir nicht gesagt, daß dein Vater Pfarrer ist?«

Er lachte. »Weil er es genaugenommen nicht ist. Na ja, er bezeichnet sich als ›Reverend‹, aber ich glaube nicht, daß er von jemandem geweiht worden ist, der dazu berechtigt war, es sei denn, vom Teufel persönlich. Ihm ging es immer nur um seine sehr menschlichen Freuden und um das Geld anderer Leute. Obwohl . . . mit seinen angeblichen Wundern und den frommen Worten kann er den Leuten Gott besser verkaufen als jeder andere.« Er verzog den Mund und schüttelte den Kopf, als sei das, was er gerade gesagt hatte, so unwahrscheinlich, daß er es selbst nicht glaubte. »Hin und wieder behauptet er, ein ›Doktor‹ oder ›Professor‹ zu sein, wenn er Wunderheilmittel oder nicht existierende Goldminen verkauft. Mein Gott, wenn er anfängt zu reden, könntest du schwören, daß er in der Lage ist, einfach alles zu verkaufen.«

Es klang, als sei sein Vater ein Betrüger. Sie konnte sich nicht vorstellen, daß ein solcher Mann einen Sohn wie Gus großgezogen haben sollte. Aber Gus war ja auch bei seiner Mutter aufgewachsen.

»Trotzdem muß er ein intelligenter Mann sein, Mr. McQueen«, sagte sie, denn sie wollte ihn nicht verletzen und spürte, daß er sich schämte. »Zumindest ein Mann mit großer Erfahrung, wenn er ›alles‹ verkaufen kann.«

»Nun ja, er ist Magister der Philosophie, oder zumindest behauptet er das. Er hat sogar ein Stück Pergament mit einem Siegel, um es zu beweisen.« Er schob die Lippen vor und starrte in den leeren Himmel. »Aber ein wirklicher Meister ist er darin, das Bedürfnis der Menschen, an etwas zu glauben, zu seinem Vorteil zu nutzen. Ich nehme an, du begreifst jetzt, daß ich dir nichts von ihm sagen wollte, nachdem ich gesehen hatte, woher du kommst.«

Er brach unvermittelt ab, als sei ihm die Luft ausgegangen. Sie berührte seine Hände, die die Zügel umklammerten. »Mir ist nicht wichtig, woher du kommst, sondern nur, wo du jetzt bist.«

Er senkte den Kopf und blickte auf den Wagenboden. »Ich wollte dir nichts von Zach sagen, weil ich möchte, daß du ihn nicht ablehnst. Aber ich fürchte, daß du ihn nicht mögen wirst. Er ist . . . nun ja, sehr rauh und wild.«

Aus einem unerfindlichen Grund hätte sie am liebsten gelächelt. »Annie hat gesagt, er ist ein Halunke.«

»Es war nicht leicht, etwas anderes zu werden, wenn man bei Reverend Jack McQueen aufwachsen mußte.«

Er schnalzte mit der Zunge, und die braune Stute setzte sich mit einem Ruck in Bewegung. Der Wagen rollte durch das dichte, feuchte Gras. Der Wind wehte immer noch trocken und warm. Gus versank in düsteres Schweigen. Diesmal war er nicht zornig, sondern eher niedergeschlagen.

Sie fragte sich nach dem Grund für das Auseinanderbrechen der Familie McQueen. Warum war Gus mit seiner Mutter nach Boston gegangen und sein Bruder zurückgeblieben? Sie öffnete den Mund, um ihn das alles zu fragen, als Gus halb vom Sitz aufstand und die Hand über die Augen legte. Sie spürte seine Aufregung. Sie hatten gerade den Kamm einer Anhöhe erreicht und sahen, daß vor ihnen auf dem Weg ein Mann ging. Er führte ein Pferd, und über dem Sattel lag etwas, das aussah, als sei es tot.

»Es ist Zach . . . Zach!«

Gus winkte mit seinem Hut und stieß einen lauten Schrei aus. Er trieb das Pferd an, und der Wagen hüpfte und schwankte über die aufgeweichte Erde.

Der Mann blieb stehen und drehte sich um. Er war groß und schlank. Von der Hüfte aufwärts war er nackt. Die breiten Schultern und der muskulöse Oberkörper waren von der Sonne gebräunt. Blut klebte an seiner Haut. Beim Näherkommen sah Clementine, daß im Sattel ein ebenso blutiges Kalb lag.

Gus schlang die Zügel um den Bremsengriff und sprang vom Wagen. Er breitete die Arme aus, um seinen Bruder zu umarmen, überlegte es sich aber anders. »Mein Gott, Zach, du bist beinahe so nackt und blutig wie das Kalb«, sagte er.

Der Mann, sein Bruder, sagte nichts, nicht einmal Guten Tag.

»Du hast sicher gerade mit dir gewettet, daß ich nicht zurückkomme«, sagte Gus und lachte.

Zach Rafferty machte einen Schritt auf den Wagen zu. Jeder Muskel in Clementines Körper spannte sich. Ihr stockte der Atem. Sie hatte noch nie zuvor einen *so* nackten Mann gesehen. Selbst Gus, mit dem sie verheiratet war, hatte sich vor ihren Augen noch nicht nackt ausgezogen. Sie wollte den Blick abwenden, konnte es aber nicht, denn sie fand ihn nicht abstoßend. Schweiß und Blut glänzten auf seiner Haut, verklebten die Haare und liefen ihm langsam über den Bauch. Am Gürtel seiner Hose hinterließen sie einen dunklen Fleck. Der Mann sah gefährlich und wild aus.

Er steckte die Daumen in den Patronengürtel, der um seine Hüften hing. Den staubigen schwarzen Hut hatte er tief in das schmale kantige Gesicht gezogen. Die weiche Krempe verdeckte seine Augen. Er roch nach Blut und den animalischen Ausdünstungen der Geburt. Die Stute schnaubte.

Das Kalb muhte und durchbrach die gespannte Stille. Gus lächelte nicht mehr. Er wies mit dem Kinn auf das Kalb. »Und was ist mit seiner Mutter?«

»Tot«, erwiderte Zach Rafferty. Er hatte einen solchen Südstaatenakzent, daß es klang, als hätte das Wort zwei Silben. »Die Wölfe haben sie erwischt.«

Gus schob die Hände in die Manteltasche und zog die Schultern hoch. »Na ja, ich nehme an, da ich zurück bin, kannst du dir denken, daß Mutter tot ist. Es hat lange gedauert, aber sie ist friedlich gestorben. Wir hatten ein anständiges Begräbnis für sie. Es waren viele Leute da.« Er räusperte sich und strich sich über den Schnurrbart. »Sie hat nach dir gefragt, Zach.«

»Ja, da bin ich sicher.«

Er trat näher an den Wagen, so nahe, daß es Clementine vorkam, als stehe er direkt vor ihr. Die Hutkrempe hob sich etwas, als er darunter hervorspähte, um sie zu mustern. Der Wind zwischen ihnen war wie ein trockener, warmer Atem, der ihr ins Gesicht blies.

Er schob den Hut mit dem Daumen höher, um sie besser zu sehen. Er hatte eigenartige Augen. Sie waren ausdruckslos, kalt und fast gelb. Sie glänzten wie geputztes Messing. »So, und wer ist *sie*?«

Gus zuckte zusammen und blickte verlegen auf Clementine, als habe er sie völlig vergessen. »Meine Frau. Sie ist meine Frau. Clementine Kennicutt. Das heißt, jetzt Mrs. McQueen. Ich habe sie in Boston kennengelernt, und das ist an sich schon eine Geschichte. Du wirst über mich lachen, wenn ich sie dir erzähle, Zach . . .«

Der Mann senkte den Kopf. Der Hut verdeckte sein Gesicht bis auf den harten Mund.

»Bruder«, sagte er, »was hast du bloß wieder angestellt?«

Viertes Kapitel

Clementine saß auf dem Wagen und starrte auf das Haus ihres Mannes, das kein Haus, sondern eine Hütte war – eine verwitterte Hütte aus behauenen Baumstämmen, deren Spalten mit Lehm verschmiert waren. Das Dach bestand aus Grassoden. Es hatte keine Veranda mit einem gedrechselten Geländer, noch nicht einmal ein wackliges Podest vor der Eingangstür.
Sie spürte, daß Gus sie ansah. Clementine versuchte krampfhaft, etwas zu sagen. Aber ihre Lippen wollten sich einfach nicht bewegen. Das Schweigen dauerte an. Man hörte nur das traurige Flüstern des Windes in den Pappeln.
Hundegebell zerriß die Stille. Ein großer Mischlingshund mit einem hellgelben Fell stürmte aus der Scheune. Er sprang und hüpfte wie verrückt um Zach Rafferty herum und winselte glücklich, als er sich hinunterbeugte und ihn hinter den Ohren kraulte. »Mein Gott, Atta«, sagte er und lachte wie ein kleiner Junge, als der Hund ihm mit seiner langen Zunge das Gesicht leckte. »Ich glaube, ich hätte besser meinen Regenmantel angezogen.«
Zach hob den Kopf und sah, daß sie ihn beobachtete. Er griff nach einem Stock, richtete sich auf und warf ihn mit soviel Schwung, daß er zerbrach, als er auf der Erde landete. »Geh und bring ihn mir, du alter krummbeiniger Köter«, rief er. Clementine hörte den Zorn in seiner Stimme und wußte, daß sich sein Ärger gegen sie richtete.
Der Hund rannte unsicher in Richtung Stock. Plötzlich flog eine Elster dicht über ihren Köpfen vorbei, und er jagte statt dessen hinter dem Vogel her.
»Na ja, es bringt nichts, wenn wir den Rest des Tages hier auf dem Wagen sitzen«, sagte Gus schließlich.
Er sprang vom Wagen und wickelte die Zügel um die Radnabe. Er half Clementine beim Aussteigen und stand einen Augenblick stumm vor

ihr. Seine Hände lagen leicht auf ihren Hüften. Wortlos drehte er sich
um und begann, ihr Gepäck abzuladen.

Auf der einen Seite der Koppel stand eine Scheune mit Stallungen. Sie
war sehr viel größer als die Hütte und hatte auch eine Werkstatt mit
Schmiede. Zach Rafferty führte seinen großen grauen Hengst mit dem
neugeborenen Kalb zum Gatter der Koppel. Sein nackter Rücken
glänzte vor Schweiß. Die Muskeln seiner Schultern und Arme spannten
und dehnten sich, als er den obersten Pfahl hob.

Plötzlich drehte er sich um. Ihre Blicke trafen sich, aber Clementine
senkte langsam den Kopf.

Vielleicht ist diese Hütte, *das Haus*, nicht ganz so schlimm, dachte sie,
um sich Mut zu machen.

Zumindest wirkte hier alles ordentlicher als das, was sie auf der langen
Fahrt gesehen hatte. Im Hof lagen keine Berge von Flaschen und Blechdosen, und die Glasscheiben der beiden Fenster, die sie sehen konnte,
waren alle ganz.

Sie hob die schlammbespritzten Röcke und ging energisch auf die Hütte
zu. Über die Tür war ein Hufeisen genagelt. Darüber hingen zwei große
Stierhörner. Um den Schädelknochen zwischen den Hörnern befand
sich ein Stück Leder mit dem Brandzeichen ›Rocking R‹, das Brandzeichen ihres Mannes und seines Bruders. Gus hatte es für sie einmal in
die Erde der Prärie geritzt.

Bei dem Ansturm ihrer Enttäuschung und Empörung verteidigte sie
ihn. Sie sagte sich, er habe nicht gelogen, sondern nur einiges ausgelassen. Seine Schilderungen, seine Begeisterung hatten sich auf die guten
Dinge bezogen, nicht auf die schlechten. Es war nicht seine Schuld, daß
sie mehr erwartet hatte.

Gus ging mit der großen Reisetasche an ihr vorbei. Vor der schiefen
Eingangstür hing ein altes Büffelfell. Er schob es beiseite und hängte es
über einen Nagel. Er zog den Stift aus dem Schließband und drückte die
Tür auf. Die späte Nachmittagssonne versank bereits hinter den Bergen,
deshalb war es in der Hütte dunkel. Aber es roch nicht modrig. Es roch
sogar angenehm. Die Hütte roch nach Leder und Tabak.

Gus zündete eine Petroleumlampe an und richtete den Docht. Clementine schluckte, denn noch eine Enttäuschung erwartete sie hier.

Die Möbel waren aus Kisten und Blechtafeln gezimmert, abgesehen von
einem Tisch auf Holzböcken, auf dem eine braune Wachstuchdecke lag,

und vier kleinen Nagelfässern, die als Hocker dienten. Auf einem Bord über dem Herd standen ein Eisentopf und zwei Bratpfannen. Hier und da waren Stücke von Pferdedecken an die Wände genagelt, doch an anderen Stellen bröckelte der Lehm, und durch die Ritzen drang Licht herein.

Wenigstens der Fußboden war aus Dielen und nicht aus gestampfter Erde wie in so vielen Häusern, in denen sie übernachtet hatten. Trotz des Schlamms im Hof war er sauber und geputzt.

Sie folgte Gus, der ihre Reisetasche in einen anderen Raum trug. Er hatte eine schräge Decke wie ein Holzschuppen. Den größten Teil des kleinen Zimmers nahm ein großes altes Eisenbett ein. Gus hängte ihre Tasche in einer Ecke an die Wand und verschwand sofort durch die Tür nach draußen, als könne er nicht schnell genug von ihr und dem Bett wegkommen.

Sie zog Mantel und Handschuhe aus, nahm die Haube ab und legte alles auf den Tisch. Der Herd stand an der Rückwand der Hütte. Dort befand sich auch ein Waschbecken, das aus alten Petroleumkanistern zusammengelötet war. An einem Nagel neben dem Herd hingen eine Wasserschüssel und ein Spüllappen. Sie nahm den Lappen in die Hand. Er war fadenscheinig, aber sauber.

Ihr wurde bewußt, daß der Bruder von Gus in der Hütte gewohnt hatte, solange Gus weg gewesen war. Die Sauberkeit war ihm zu verdanken, und das erschien ihr seltsam. Denn Sauberkeit war beinahe gleichbedeutend mit Rechtschaffenheit, aber dieser Mr. Rafferty sah aus, als sei er davon meilenweit entfernt.

Mit einem kurzen Blick über die Schulter verließ sie das kleine Schlafzimmer.

Durch ein Fenster hinter dem Spülbecken drang schwaches Sonnenlicht herein. Sie mußte sich auf die Zehenspitzen stellen, um hinausblicken zu können. Sie sah, daß der Fluß hinter der Hütte einen Bogen beschrieb. Die Ufer waren dicht gesäumt mit Weiden und Pappeln. Ein schmaler gewundener Pfad führte hinunter zum Abtritt.

Sie hörte Gus erst, als er an ihr vorbei nach dem Pumpenschwengel griff. Mit einem lauten blechernen Klatschen schoß Wasser in das Becken und spritzte Clementines Rock naß.

»Siehst du, Clementine«, sagte er mit gespielter Fröhlichkeit in der Stimme, »es gibt sozusagen fließendes Wasser im Haus.«

Sie trat beiseite und rieb mit der Hand über die Wasserflecken auf ihrem braunen Reisekleid.

Er legte ihr die Hände auf die Schultern und drehte sie zu sich um. Er hob ihr Kinn und zwang sie, ihn anzusehen. »Es ist wohl nicht gerade ein Palast . . .«

»Ich habe keinen Palast erwartet«, erwiderte sie mit erstickter Stimme. Und obwohl es stimmte, klang es wegen ihrer Enttäuschung wie eine Lüge.

»Aber etwas Besseres hast du schon erwartet.«

Sie versuchte, ihre Lüge durch ein Lächeln zu mildern. »Hier fehlt nur die Hand einer Frau.«

Er ließ ihr Kinn los und strich ihr zärtlich über den Hals. »Ich baue uns im Sommer ein besseres Haus. Zach und ich haben uns mit der alten Hütte nur zufriedengegeben, weil wir zuviel Arbeit auf der Ranch hatten, um an etwas anderes zu denken. Ich kann von Deer Lodge gesägtes Holz kommen lassen.« Er kniff die Augen ein wenig zusammen und begann, wieder zu strahlen, wie immer, wenn er von seinen Träumen sprach. »Und wir können uns Möbel aus einem dieser Wunschbücher aus Chicago kommen lassen. Wir bauen das neue Haus zweistöckig, damit wir viele Schlafzimmer haben. Was meinst du . . .?« Als sie keine Antwort gab, ließ er den Kopf sinken und verstummte. Er rieb sich den Schnurrbart. »Es wird dir hier gefallen, Clementine, du wirst schon sehen. Du wirst glücklich sein.«

»Oh . . .« Ihr war die Kehle wie zugeschnürt, und sie brachte das Wort beinahe nicht hervor. Sie holte tief Luft und sagte mit zitternder Stimme: »Ja . . . Gus, das werde ich.«

Seine Miene hellte sich auf, und er lachte. Es war ein lautes, fröhliches Lachen, bei dem die Töpfe und Pfannen über dem Herd mitklapperten. Er schlang die Arme um sie und zog sie an sich, so daß sich sein Körper fest an sie preßte. Seine Hände glitten über ihren Rücken und wärmten sie. »Du hast mich endlich beim Vornamen genannt. Es war auch Zeit, Clem.«

Sie drückte ihre Wange an seinen Hals und spürte seinen Puls. Er schlug stark und gleichmäßig. Gus war ein guter Mann, ein guter Ehemann, und sie wußte nicht, weshalb sie so lange damit gewartet hatte, ihm die kleine Freude zu machen, ihn bei seinem Vornamen zu nennen.

Sie hob den Kopf und blickte zu ihm auf. Er nahm ihr Gesicht zwischen seine großen Hände und lächelte glücklich. Sie bewegte sich nicht, obwohl ihr Herz immer schneller schlug, aber sie hoffte, er werde sie küssen . . .

»Läßt du nach der langen Fahrt das Pferd einfach im Geschirr stehen?«

Zach stand in der Tür. Er sprach mit seinem Bruder, doch sein Blick richtete sich anklagend auf die Frau seines Bruders.

»Sklaventreiber!« erwiderte Gus mit einem unbekümmerten Lächeln. »Ich war gerade dabei, meine Frau besser kennenzulernen.« Er beugte sich vor, küßte sie schnell und beinahe lachend, dann schob er sie von sich. An der Tür blieb er kurz stehen, und Clementine glaubte ein triumphierendes Blitzen in seinen Augen zu sehen, als er seinem Bruder einen kurzen Blick zuwarf, bevor er an ihm vorbei in den Hof hinausging.

Zach hängte seinen Hut an einen Haken neben der Tür. Er hatte nicht die hellbraunen Haare wie Gus, sondern dunkelbraune, beinahe schwarze Haare. Er hatte sich gewaschen und umgezogen. Die langen Sporen kratzten auf dem Fußboden. Seine Bewegungen hatten etwas Ruheloses und Unberechenbares. Sie hatte das Gefühl, die Beute eines Raubtiers zu sein. Seine Augen waren ihr unheimlich, denn sie schienen sie zu hypnotisieren. In ihnen lag kein Lachen, sondern nur die Härte der Wintersonne.

Es sind gefährliche Augen, dachte Clementine. Sie sind brutal, wild und so unbezwingbar wie das Regenbogenland. Diese Augen wollen mich besiegen und vernichten.

Er blieb so dicht vor ihr stehen, daß sie die Hand hätte ausstrecken und seine Brust berühren können. Der Stoff seines Hemdes hob sich ein wenig, als er tief einatmete. Der blaue Baumwollstoff lag glatt auf seinem Oberkörper. Sein Geruch nach Leder, Seife und Mann schlug ihr angriffslustig entgegen.

Sie wich einen Schritt zurück. Ihr war heiß, sie fühlte sich ihm unterlegen, aber sie wollte ihre Unsicherheit nicht erkennen lassen. Ihr Blick fiel auf den Tisch mit der häßlichen Wachstuchdecke und den vier Fäßchen, die als Hocker dienten. Sie lächelte über das wacklige, improvisierte Sofa aus Kaffeekisten der Marke ›Arbuckle‹ und ein paar Brettern, über denen ein alter gesteppter Soogan als Polster lag.

Unwillkürlich mußte sie ihn wieder ansehen. In seinen gelblichbraunen Augen spiegelten sich ihre Gedanken.

»Sie werden feststellen, daß es hier nicht so viele Chippendalesofas gibt, wie sie in Boston jeder hat«, sagte er so langsam und gedehnt, daß es klang, als würde er seine Stimme durch zähflüssigen Sirup ziehen.

»Und Sie, Mr. Rafferty, werden bald feststellen, daß ich kein verwöhntes Geschöpf bin, das Chippendalesofas braucht, um glücklich zu sein.«

»Wirklich?«

Er hob die Hand. Sie hielt die Luft an, aber sie wich ihm nicht aus. Als er an ihr vorbeigriff, streifte sein Arm ihre Haare. Er nahm etwas von dem Bord über ihrem Kopf – ein Päckchen strohgelbes Papier und einen dicken Baumwollbeutel mit einer gelben Zugschnur und einem aufgedruckten roten Stier.

Er stand direkt neben ihr. Er war so viel größer und stärker und sich seiner Kraft auf männliche Weise bewußt. Seelenruhig schüttete er aus dem Beutel Tabak auf ein Papierchen, leckte den Rand und rollte sich eine Zigarette. Seine Finger waren lang und gebräunt, die Hände hatten Schwielen und Narben.

»Mr. Rafferty«, sagte sie und hob herausfordernd das Kinn. »Sie haben doch sicher nicht vor, hier im Zimmer zu rauchen.«

Seine Hand mit der Zigarette verharrte auf halbem Weg zum Mund. Zwischen den dunklen Augenbrauen erschien eine Falte. »Verdammt, da jetzt eine Dame im Haus ist, muß ich vermutlich auch daran denken, nur noch draußen auszuspucken.«

»Ein Gentleman raucht nicht und spuckt bestimmt nicht in Gegenwart von Frauen auf den Fußboden. Ebensowenig hat er es nötig, seinen Gott zu verfluchen, um seinen Gedanken mehr Anschaulichkeit zu verleihen, ganz gleich, wie ungehobelt diese Gedanken auch sein mögen.«

Clementine hatte das kaum ausgesprochen, als sie auch schon wünschte, ihre Worte zurücknehmen zu können. Sie hatte so überheblich geklungen wie Tante Etta. Sie mußte unwillkürlich lächeln. Tante Etta wäre lieber erstickt, als ein Wort wie ›Spucken‹ über die Lippen zu bringen.

Er hatte sie während ihres Vortrags ungezwungen und aufmerksam gemustert – von den schlammigen Lackspitzen der Straßenschuhe bis zu den Haarnadeln. Sein Mund verzog sich ebenfalls zu dem Anflug eines Lächelns.

»Ich habe schon immer gewußt, daß es einen verdammt guten Grund dafür gibt, daß ich mich nie danach gesehnt habe, nach Boston zu gehen.«

Er steckte die Zigarette zwischen die Lippen und beugte sich über die Flamme der Petroleumlaterne, die Gus angezündet hatte. »Hat mein Bruder Ihnen die Geschichte der Hütte erzählt?« sagte er und blies ihr eine dünne Rauchwolke ins Gesicht. »Und was mit dem Mann geschehen ist, der vor uns hier gelebt hat?«

Sie bewegte die Hand hin und her, um den Rauch zu vertreiben, und unterdrückte ein Husten. Sie wußte nicht so genau, ob ihr das gefallen würde, was sie nun zu hören bekam.

»Der alte Henry Ames war ein Büffeljäger. Man könnte sagen, daß ihn sein Beruf das Leben gekostet hat. Eines Tages hat ihm ein Trupp Rothäute, Indianer von der grausamsten Sorte, einen Besuch abgestattet. Ich nehme an, sie hatten etwas dagegen, daß er ihre Herden dezimierte.« Er machte eine Pause und zog an seiner Zigarette. Seine Stimme bekam einen sanften, gefährlichen Ton. »Sie haben ihn langsam umgebracht . . . mit Tomahawks.«

Clementine hatte das Gefühl, ihre Lunge sei geschrumpft und alles Blut sei aus ihrem Herzen geströmt. »In diesem Haus? Sie haben ihn hier umgebracht?«

»Kommen Sie.«

Sie hätte beinahe laut aufgeschrien, als er sie am Ellbogen faßte und zur hinteren Wand führte, wo über dem Sofa aus Kaffeekisten ein Gewehr auf einem Hirschgeweih lag. Er ließ sie los, und sie legte die Hand auf den braunen Stoff, wo er sie angefaßt hatte. Sie rieb heftig, um die unsichtbaren Abdrücke seiner Finger zu beseitigen.

Er wies auf eine tiefe, halbmondförmige Kerbe in der Wand, direkt unter dem glänzenden geölten Gewehrschaft. »Sehen Sie das?«

»Ja«, sagte sie leise.

»Die Männer, die ihn gefunden haben, waren der Meinung, daß er zuerst die rechte Hand verloren hat, weil er nach seiner alten Büchse greifen wollte, die genau hier an der Stelle hing, wo jetzt die Winchester hängt. Er hat sich tapfer zur Wehr gesetzt, das muß man ihm lassen. Wenn Sie sich umsehen, werden Sie die Kerben von den Tomahawks

sehen, wo die Indianer den armen alten Henry verfehlt und statt dessen
Stücke aus der Wand herausgehauen haben. Zum Teil sind die Treffer
weit unten«, fuhr er fort und sah sie dabei an. »Ich meine, dicht über
dem Fußboden. Ich vermute, am Ende hat er auf Händen und Knien
gekämpft . . . oder vielmehr«, sein Mund verzog sich zu einem gemeinen Lächeln, »auf seinen blutigen Stümpfen.«
Clementine versuchte sich zu beherrschen, doch sie zitterte am ganzen
Körper. Sie preßte die Finger auf die Lippen. Er war häßlich und gemein. Sie haßte ihn und seine gefährlichen gelben Raubtieraugen.
»Gehen Sie!« stieß sie erstickt hervor.
Er verzog den Mund noch ein bißchen mehr und sprach unbeeindruckt
weiter. »Die Indianer haben den armen alten Henry in so viele Stücke
gehauen, daß man ihn in einem Eimer einsammeln mußte, um ihn
begraben zu können.«
»Verschwinden Sie!«
Er beugte sich so weit vor, daß sie seinen warmen Atem spürte. Mit
seinen kalten Augen musterte er sie für zwei lange langsame Herzschläge. »Ich wohne auch hier, verdammt noch mal!«
Er machte auf dem Absatz kehrt und verließ mit großen Schritten die
Hütte. Aber er ging nicht weit. Er lehnte sich mit der Hüfte an den
Pfosten, an dem die Pferde festgebunden wurden, schlug die Füße übereinander, steckte einen Daumen hinter den Patronengürtel und starrte
über den Hof. Die Zigarette hielt er zwischen den Fingern der anderen
Hand. Es war eine entspannte Haltung, doch der Zorn vibrierte in je-
dem harten Muskel seines Körpers.
Sie folgte ihm durch die Tür. »Ich weiß, was Sie vorhaben, aber es wird
Ihnen nie gelingen. Weder Sie noch irgend etwas hier kann mir angst
machen. Das schwöre ich Ihnen, Mr. Rafferty, ich werde nicht davonlaufen.«
Ein Windstoß fuhr heiß und trocken über den Hof. Er lächelte boshaft.
»Ich wette alles, was Sie wollen, daß Sie bereits lange vor dem ersten
Schnee nach Hause zu Ihrer Mama rennen.«
Gus führte gerade die Stute aus den Deichseln des Wagens. Raffertys
Pferd, der große graue Hengst auf der Koppel, schlug mit dem Huf
gegen einen Pfosten und wieherte. Das Pferd paßte zu seinem Herrn: Es
war häßlich und so grau wie eine Ratte, und wahrscheinlich genauso
boshaft.

»Ihr Pferd, Mr. Rafferty«, sagte sie. »Wetten Sie um Ihr Pferd?«

»Was zum Teufel würde ein kleines Mädchen aus Boston mit einem Pferd anfangen wollen?«

Sie drehte den Kopf und blickte in seine gefährlichen Augen. Ein Schauer lief ihr über den Rücken. Er reizte sie. Es gelang ihm, sie zu provozieren, indem er einfach neben ihr stand und dieselbe Luft atmete. Sie mußte zweimal schlucken, bevor sie sprechen konnte. »Ich kann zwar noch nicht reiten, aber ich habe vor, es zu lernen. Gilt die Wette?«

»Na ja, Boston, das hängt natürlich davon ab ...« Er dehnte die Worte und zog sie wie Karamelbonbons in die Länge, um sie zu verspotten. »Was setzen Sie dagegen?«

Sie griff an die Brosche mit der Kamee an ihrem Hals. Beim Gedanken an ihre Tollkühnheit und Verruchtheit wurde ihr beinahe schwindlig. Hatte sie vergessen, daß jede Wette in den Augen Gottes eine Sünde war? Sie betastete das feine Goldfiligran, öffnete den Verschluß und nahm sie vom steifen Samt ihres Kragens. Sie hielt ihm die Brosche unter die Nase. »Ich setze meine Kamee dagegen.«

Er nahm die Zigarette von der Unterlippe, warf sie auf die Erde und zertrat sie mit dem Stiefelabsatz. Er nahm ihr die Brosche ab. Dabei berührten seine schwieligen rauhen Finger ihre Hand. Er fuhr mit dem Daumen langsam über den geschnitzten Achat. »Das ist etwas für Frauen«, sagte er. »Was soll ein Mann damit anfangen?«

»Sie könnten den Schmuck verkaufen«, erwiderte sie, »oder einem Ihrer Flittchen schenken. Ich habe gehört, daß Sie Dutzende solcher Frauen haben. Bestimmt müssen Sie ihnen hübsche Klunker schenken, um sie bei Laune zu halten.«

Er lachte vor Verblüffung. »Als ich das letzte Mal gezählt habe, waren es nur fünf oder sechs. Das Problem ist, sie sind überall im Land verteilt. Sie halten mich ganz schön auf Trab. Ich muß hierhin reiten und dorthin reiten, von dem vielen Reiten ganz zu schweigen, wenn ich bei ihnen bin. Wenn ich zur letzten komme, bin ich normalerweise völlig wundgeritten und schaffe es kaum noch, daß sie am Ende vor Lust stöhnt.«

Clementine erstarrte und spürte, wie ihr die Röte ins Gesicht stieg. Sie verstand nicht alles, was er gesagt hatte, aber sein rohes Lachen ließ keinen Zweifel daran, daß es unanständig und schmutzig war.

Er beugte sich vor, und sein Gesicht kam ihr so nahe, daß sie die feinen Linien um seine Augen sah und die Bartstoppeln. Offenbar hatte er sich am Morgen nicht rasiert.

»Ich brauche keine hübschen Geschenke, damit meine Frauen zufrieden sind. Es sei denn natürlich, Sie reden von *meinen* Klunkern.«

Er packte sie am Handgelenk und drückte ihr die Brosche in die Hand. Ihr Brustkorb hob sich, als sie tief und heftig einatmete. Sie versuchte, die Schauer zu unterdrücken, die sie überliefen. Sie würde ihm nicht zeigen, daß sie seine Berührung abstoßend fand. Diese Befriedigung sollte er nicht haben.

»Also gilt die Wette, Mr. Rafferty? Oder haben Sie Angst, Sie könnten verlieren?«

In seinen Augen loderte etwas auf, als habe jemand ungelöschten Kalk in ein Feuer geworfen. Die Spannung zwischen ihnen war jetzt so groß, daß Clementine nicht erstaunt gewesen wäre, wenn ein Blitz neben ihnen eingeschlagen hätte.

»Wenn Sie heulend davonrennen, Boston . . .« Seine Finger glitten über ihr Handgelenk nach oben bis zum engen Ärmelaufschlag. Dann ließ er sie los. Sie umklammerte die Brosche so fest, daß die harte Nadel ihr ins Handgelenk stach und Blut hervorquoll. »Wenn Sie davonlaufen«, sagte er leise und schleppend, »vergessen Sie nicht, Ihren kleinen Klunker zurückzulassen.«

Gus nahm den Eisentopf und stellte ihn mit einem Knall auf den kleinen Herd. Er hockte sich davor, öffnete die Klappe und wedelte mit dem Hut, um das Feuer anzufachen. »Ich glaube, ein guter Eintopf wäre eine schöne Abwechslung nach den dicken Bohnen und dem Dosenmais.«

Clementine saß auf der Holzkiste und hatte die Hände wie ein Kind unter die Kniekehlen geschoben. Sein Gesicht war von der Hitze gerötet.

»In der Vorratskiste ist ein Sack Kartoffeln«, sagte er. Ihr Blick folgte seiner ausgestreckten Hand zu einer alten Apfelkiste unter dem Wasserbecken. »Am Fluß wachsen wilde Zwiebeln, und wie ich Zach kenne, hängt wahrscheinlich im Brunnenhaus frisches Wild.« Er stocherte mit einem Span im Feuer und warf ihn dann hinein.

»Gus . . .«

Er sah sie wieder an. Sein Gesicht war immer noch gerötet. Er strahlte. Sie wußte, er hörte es gern, wenn sie ihn beim Namen nannte.

Sie holte tief Luft und stieß sie seufzend wieder aus. »Gus, zu Hause, am Louisburg Square, hatten wir Dienstboten.«

Sein Strahlen verschwand so schnell, als sei eine Kerze gelöscht worden, und er preßte die Lippen zusammen. »Tut mir leid, Clem«, sagte er. »Aber die kann es hier für dich nicht geben, noch nicht. Wenn du nicht bleiben willst, Nickel Annie fährt in der nächsten Woche wieder in den Osten.«

»O nein . . .«, sie glitt von der Holzkiste, kniete sich neben ihn und legte ihm die Hand auf die Schulter. »Ich werde hierbleiben, selbst wenn du sagen würdest, wir müssen in einer Höhle leben. Ich versuche, dir nur zu sagen, daß ich leider überhaupt keine Ahnung habe, was ich mit den Kartoffeln und dem Topf anfangen soll.«

Die Spannung war wie weggeblasen. Er griff unter das Becken und holte eine Dose aus der Lebensmittelkiste. Er zog ein Taschenmesser aus der Hosentasche und öffnete es mit einem gut geölten Klicken. Dann hielt er die Dose und das Messer mit einem richtigen Gus-McQueen-Lächeln hoch. »Das ist ein Messer, und das ist eine Dose.« Er stieß das Messer in den Deckel der Dose, und die Luft entwich mit einem lauten Zischen. »Gekochte Tomaten.« Er hielt die Dose an die Nase und schnupperte. »Das nehme ich zurück. Es ist schon wieder der verwünschte Mais.«

Er lachte, und sie ließ sich von ihm anstecken. Das Lachen sprudelte aus ihnen heraus wie Zitronenlimonade aus einer Flasche, die man geschüttelt hat.

Er wurde ganz still und sah sie mit ernsten großen Augen an. Er fuhr mit den Fingern die Form ihrer Lippen nach. »Ich wünschte, ich könnte dir ein großes Haus und Dienstboten geben. Und eines Tages werde ich es auch schaffen, das schwöre ich dir.«

»Ich will weder ein großes Haus noch Dienstboten. Ich will nur dich.«

»Meinst du das wirklich, Clem?«

Unter seiner Liebkosung öffnete sie den Mund und lächelte: »Nur dich, Gus. Nur dich.«

Die Petroleumlampe mit ihrem großen, glockenförmigen Papierschirm warf einen warmen Lichtschein. Auf dem Herd wartete ein Topf mit frischem Kaffee. Clementine war mit sich zufrieden, denn es war ihr gelungen, Brötchen in einer Pfanne zu machen, so wie Nickel Annie es ihr gezeigt hatte. Nun ja, beinahe so . . . unten waren sie leider etwas angebrannt.

Gus saß hemdsärmlig am Tisch und aß mit großem Appetit Brötchen und Mais. Clementine erinnerte sich, daß ihr Vater bei Tisch immer den Gehrock getragen hatte. Wenn sie darüber nachdachte, so hatte sie ihren Vater eigentlich überhaupt nie ohne Gehrock gesehen. Aber Blechteller und Nagelfäßchen als Hocker waren nicht das gleiche wie gestärktes Leinen, Silber und Porzellan und mit Plüsch bezogene Polsterstühle.

Beim Geräusch der Schritte vor der Haustür zuckte Clementine zusammen und blickte, nichts Gutes ahnend, zur Tür. Draußen winselte der Hund, aber Mr. Rafferty brachte ihn mit einem strengen Zuruf schnell zum Schweigen. Ihr Rücken hatte sich verspannt. Sie atmete erst auf, als die Schritte mit dem nächtlichen Zirpen der Grillen und dem heulenden Wind verschmolzen.

Clementine fiel auf, daß sich auch Gus beim Geräusch der Schritte vorsichtig aufgerichtet hatte und die Spannung erst wieder abnahm, als sein Bruder nicht hereinkam.

»Zach hat angeboten, vorläufig in der Scheune zu schlafen«, sagte er.

»Das klingt nicht sehr bequem«, erwiderte sie, obwohl sie das keineswegs mitfühlend meinte. Sie hoffte, er werde dort draußen schlecht schlafen.

Gus zuckte die Schultern und richtete den Blick wieder auf die Tür, die nun Zach Rafferty aus dem eigenen Haus ausschloß. »Er ist daran gewöhnt, unbequem zu schlafen.«

Gus war beinahe ein Jahr weg gewesen, doch soweit Clementine es beurteilen konnte, hatten die Brüder seit seiner Rückkehr nicht mehr als zwei oder drei Sätze gewechselt. Wenn sie sich nicht vertragen hatten, bevor Gus gegangen war, würde ihre Anwesenheit Unstimmigkeiten und Streit ganz bestimmt verschärfen.

Clementine hoffte darauf. Vielleicht würde Mr. Rafferty und nicht sie das Regenbogenland verlassen. Sie blickte ängstlich durch die Schatten, die das Gebälk warf, nach der Kerbe in der Wand. Sie konnte von einem Tomahawk hineingehackt worden sein. Vielleicht stammte sie aber auch von der harmlosen Axt, die den Balken behauen hatte. Sie hätte Gus gern nach dem Mann gefragt, der vorher hier gelebt hatte, um zu erfahren, wie er gestorben war. Aber sie wollte lieber glauben, die Geschichte sei nicht wahr, und Zach Rafferty habe sie erfunden, um ihr Angst einzujagen und sie zu vertreiben.

»Clementine, wir sind nun da. Wir sind auf der Ranch. Und es ist soweit ...« Die Haut über seinen Backenknochen rötete sich. Er überwand nur mit Mühe seine Verlegenheit, aber dann sagte er: »Ich will dich jetzt richtig zu meiner Frau machen, ich meine ... im Bett.«

Sie konnte nicht schlucken, ja noch nicht einmal atmen. Plötzlich war es wirklich, was zwischen ihnen geschehen würde. Und es würde bald geschehen – endlich, endlich. Sie würde mit ihm in dem großen Eisenbett liegen, und er würde sie *richtig* zu seiner Frau machen.

›Ich bin die Freude meines Geliebten, und sein Verlangen gilt mir.‹

Sie würde seine Geliebte werden, und er ihr Geliebter.

Mein Geliebter ...

Das Faß knirschte auf dem Boden, als er aufstand. Er kam herüber und stellte sich hinter sie. Sie bewegte sich nicht, als er begann, die Haarnadeln herauszuziehen. Er strich ungeschickt und doch sehr sanft mit den Händen ihre Haare über den Schultern glatt. Im Raum war es so still geworden, daß sie ihren Atem und das unregelmäßige Klopfen ihres Herzens hörte.

Er beugte sich über sie, um ihr beim Aufstehen behilflich zu sein. Sie legte ihre zitternde, feuchte Hand in die seine. Er führte sie in das Schlafzimmer. Es war kaum groß genug für das Eisenbett. Sie sah die Decken, wie man sie für den Tauschhandel mit den Indianern benutzte, und die Kissen in Bezügen aus alten Mehlsäcken und ...

Sie sah das alles auch wieder nicht.

Clementine spürte Gus hinter sich und hörte seinen Atem. Doch sie brachte es nicht über sich, ihn anzusehen. »Ich ... hm, ich lasse dich ein paar Minuten allein, damit du dich aus ..., nun ja, vorbereiten kannst«, flüsterte er und lachte unsicher.

Sie wartete, bis er die Tür hinter sich geschlossen hatte, erst dann holte sie tief Luft.

Clementine hatte sich nie nackt gesehen. Sie hatte selbst beim Baden ein Unterhemd getragen. Aber diesmal drapierte sie sich nicht das Nachthemd wie ein Zelt um den Kopf, bevor sie die Unterwäsche auszog. Sie streifte Unterrock, Untertaille, Korsett und Unterhemd ab. Bei der langen Unterhose zögerte sie. Doch dann zog sie die Schlaufe des Zugbandes auf und schob die Musselinhose über die Hüften nach unten.

Die Luft drang kalt an die nackte Haut, und sie zitterte. Ihre Brustwarzen zogen sich zusammen und richteten sich auf. Clementine berührte sie flüchtig. Ihre Hände glitten nach unten über den Leib, aber nicht tiefer.

Schnell nahm sie ein frisches Nachthemd und die Haarbürste aus der Reisetasche. Sie zog das Nachthemd über den Kopf. Der dünne Batist glitt wie eine sanfte Liebkosung über ihren Körper.

Auf einer schmalen, hohen Kommode, die ebenfalls aus Kisten gezimmert war, stand ein Tonkrug unter einem gesprungenen, beinahe blinden Handspiegel, der an einem Nagel an der Wand hing. Sie goß kaltes Wasser in die Blechschüssel und wusch sich schnell Gesicht und Hände. Dann rieb sie sich mit dem rauhen Handtuch trocken. Sie legte sich die Haare über die Schulter und griff nach der Bürste. Ihre Finger umklammerten den Griff so fest, daß die Knöchel weiß hervortraten. Die Haarbürste aus Sterlingsilber war mit einem aufwendigen Rosenmuster verziert und trug ihre eingravierten Initialen. Sie war ein Geschenk ihrer Mutter gewesen. Clementine stand deutlich das Bild ihrer Mutter vor Augen, die mit Tante Etta in der Morgensonne saß. Ihre Mutter lachte und weinte, und Tante Etta sagte: »Wenigstens bleibt dir ab jetzt sein Bett erspart.«

Gus klopfte an die Tür. Sie ließ die Bürste sinken und drehte sich um. Unwillkürlich legte sie die Hände über die Brüste.

Die Tür ging langsam auf. Es machte sie schüchtern, daß sie vor ihm stand und nichts außer ihrem Nachthemd trug. Sie wurde sich deutlich ihres Körpers bewußt, der nackten Beine unter dem dünnen Batist. Sie spürte ihre Brüste, die Spannung in den Brustwarzen. Sie fühlte, wie das Blut schnell und heftig gegen den hohen Spitzenkragen pochte. Unbewußt griff sie sich an den Hals.

Er kam zu ihr. Das Licht in seinem Rücken warf einen riesigen Schatten auf sie. Seine Hände umfaßten ihre Arme, und ihre Lippen bebten.

Er blickte auf ihren Mund und flüsterte: »Clementine.« Er stöhnte leise, als er den Kopf senkte und sie küßte.

Er füllte sie mit seinem Atem und seinem Geschmack. Sie zitterte und spürte tief in ihrem Leib eine Wärme, die seltsam und sehr angenehm war. Sie drückte sich an ihn, bog den Kopf zurück und hielt sich an seinen harten Schultern fest. Durch das weiche Flanellhemd spürte sie seine Haut und fühlte seine Leidenschaft wie ein Erdbeben.

Ein heftiger Schauer überlief ihn, und er löste den Mund von ihren Lippen. »Geh ins Bett.«

Die Matratze knisterte, und die Bespannung aus geflochtenem Leder ächzte, als sie sich auf das Bett legte. Sie zog die Decken bis zum Kinn. Das Bettuch war kalt und kratzte an den nackten Beinen.

Sie sah zu, wie er die Stiefel an den Seiten aufschnürte und sie von sich schleuderte. Sie wußte, Männer waren an ihren intimen Stellen anders als Frauen; doch sie hatte noch nie einen nackten Mann gesehen, um zu wissen, worin sie sich unterschieden. Doch er zog sich nur bis auf die weiße Hemdhose aus, bevor er die Decke zurückschlug und sich neben sie legte. Es war so still, daß sie ihren eigenen Atem hörte. Sie fühlte ihren Körper als Last. Die Haut schien zu heiß und für ihre Gefühle viel zu eng.

Er stützte sich auf die Unterarme, beugte sich über sie und liebkoste mit sanften Fingern ihr Gesicht, die Augenbrauen, Wangenknochen, Nase und Mund. Ihr fiel ein, daß sie ihn ebenfalls berühren könnte, und sie tat es. Sie legte den Zeigefinger auf seine Augenbrauen, die dunkler als seine Haare und über der Nase beinahe zusammengewachsen waren, dann strich sie über die starken harten Knochen unter den Augen, die flachen Wangen, die jetzt am Abend rauh waren, und berührte seinen Schnurrbart, der sich weicher anfühlte, als er aussah, wenn er sie küßte. Sie wünschte, er hätte sie jetzt geküßt.

Sein Mund bewegte sich unter ihren Fingern. »Ich will nicht lügen, Clem. Es wird etwas weh tun.«

Sie lächelte, um ihm zu zeigen, daß es ihr nichts ausmachen würde. »Ich habe gehört, Gus, daß es beim ersten Mal schmerzt. Aber ich habe nie verstanden, warum. Was genau willst du tun?«

»Nur das, was alle Ehemänner tun. Nichts Unanständiges.«

Er lag inzwischen halb auf ihr, und sein großer Brustkorb drohte sie zu zerdrücken. Aber trotzdem gefiel es ihr. Es hatte etwas so . . . so Intimes. Er liebte sie, und das allein schien sie mehr zu seiner Frau zu machen, als sie es bis zu diesem Augenblick gewesen war.

Sie flüsterte ihm ins Ohr: »Ich fürchte, das ist wie mit den Kartoffeln und dem Topf. Ich habe auch davon keine Ahnung. Du wirst mir sagen müssen, Gus, was ich tun soll.«

»Ein Mann erwartet von dem Mädchen, das er heiratet, nicht, daß sie all die Tricks der Flittchen kennt, Clementine. Du brauchst nicht mehr zu tun, als ruhig liegenzubleiben. Bleib einfach liegen und entspann dich . . .«

Er streichelte sie, als versuche er, ein noch nicht zugerittenes Pferd zu beruhigen, und sie hätte beinahe gelacht. Sie berührte mit dem Finger seinen Mundwinkel und fuhr über seine Unterlippe. Der Mund eines Mannes wirkte härter, als er war. »Wird es dir auch weh tun?«

Die Frage machte ihn verlegen. Er drehte den Kopf zur Seite. »Dann weißt du es also«, sagte sie, »und es ist für dich nicht das erste Mal.«

Er drückte seinen Kopf auf ihren Hals, und sie konnte sein Gesicht nicht mehr sehen. Er seufzte. »Clementine . . . das ist einfach nichts, worüber ein Mann so ohne weiteres mit seiner wohlerzogenen, süßen und unschuldigen Ehefrau reden kann.«

Sie wünschte, er würde aufhören, das zu sagen und zu denken. Sie mochte wohlerzogen sein, aber mit Sicherheit wollte sie nicht länger ›süß‹ und ›unschuldig‹ bleiben. Sie wollte wissen, was passieren würde. Sie wurde den Gedanken nicht los, daß ihre Mutter vor Erleichterung geweint hatte, als der Arzt ihr sagte, sie dürfe nicht versuchen, noch einmal ein Kind zu bekommen. Selbst Gus hatte sie davor gewarnt, daß es weh tun werde. Und sie hatte gehört, daß die eheliche Pflicht einer Frau etwas war, was man ertragen mußte. Es klang allmählich so schlimm wie die Hiebe mit dem Stock ihres Vaters.

Sie streckte die Arme aus und schloß die Augen. »Du kannst es jetzt mit mir tun. Ich bin bereit.«

Er lachte und drückte die Lippen auf die weiche Stelle zwischen ihrer Schulter und dem Hals. »Ich liebe dich, Clementine. Du bist schön und rein und . . . so gut.«

»Ich bin nicht wirklich rein und gut, Gus.«

»Dann gibst du also zu, daß du schön bist?«

Eine sanfte Röte überzog ihre Wangen. Er küßte sie auf den Mund, und sein leises, rauhes Lachen hüllte sie ein. Sie atmete tief und füllte ihren Kopf mit seinem Geruch.

Er rieb mit der Hand über ihre Brust, drückte sie mit dem Handballen und hob sie dann hoch, wie um zu prüfen, ob sie reif sei. Er preßte die Brustwarze durch den seidigen Batist leicht mit Daumen und Zeigefinger, und eine Hitzewelle durchzuckte sie, spannte ihre Muskeln, bis sie es nicht mehr ertrug. Sie umklammerte sein Handgelenk. Sie glaubte zu sterben, wenn er nicht aufhörte, aber auch dann, wenn er aufhörte. Seine andere Hand legte sich zwischen ihre Beine. Der Schock der Berührung, des Gefühls der Berührung, der köstliche, unerträgliche Schock brachte sie dazu, sich zu wehren und mit den Händen gegen seine Brust zu drücken.

Er keuchte an ihrem Gesicht. »Hab keine Angst.«

»Nein ... es ist nur so ... oh!« Sie stöhnte, als sein Finger gegen ihre weibliche Öffnung stieß, als versuche er, in sie einzudringen. Er wollte in sie hinein! Sie würde nicht einfach ruhig daliegen. Sie konnte es nicht. Eine Spannung, eine Hitze, ein Prickeln, ein Glühen entstand tief unten in ihrem Leib, durchströmte sie und füllte ihre Brust, bis sie nicht mehr atmen konnte und ihr das Blut in den Ohren rauschte.

Seine Haare streiften ihre Wange, als er den Kopf nach unten beugte. Mit einer Hand griff er an die Öffnung seiner Hemdhose, während er mit der anderen den Saum ihres Nachthemdes packte und es über die Hüften schob.

Eine feuchte Hitze breitete sich wie ein Teich zwischen den Beinen aus, als schmelze sie. »Oh, Gus ...«, flüsterte sie, flehte sie noch einmal. Sie wollte etwas, wollte etwas, wollte etwas ...

Er wurde ganz ruhig auf ihr; sein Brustkorb hob und senkte sich schnell, denn er atmete heftig und stoßhaft. Das Licht der Laterne glänzte auf dem Schweiß an seinem Hals. »Es tut mir leid, aber ich muß es jetzt tun, Clem. Ich muß in dich hinein.«

Er tat es. Er schob sein steifes, hartes männliches Ding in sie, und sie hätte beinahe laut aufgeschrien. Aber sie unterdrückte den Schrei, weil sie die Faust auf den offenen Mund preßte. Ihre Augen wurden groß, als er tiefer in sie hineinstieß. Sie hatte das Gefühl, als würde er sie zerreißen. Sie kämpfte gegen die Schmerzen und hob sich ihm entgegen. Er stieß noch einmal in sie, noch einmal, und dann durchlief ein heftiges Zittern seinen Körper. Er richtete den Oberkörper auf, und ein Stöhnen kam ihm über die zusammengepreßten Lippen.

Heftig keuchend sank er auf sie und vergrub das Gesicht in ihren Haaren. Clementine wollte ihm sagen, daß er sie zermalmte, daß sie keine Luft bekam. Es brannte zwischen ihren Beinen, tief in ihrem fraulichen Leib, wo er immer noch war, wo er sie ausdehnte und wohin er vorgedrungen war.

Er nahm sich zurück, rollte auf die Seite und zog sie mit sich, so daß sie Nase an Nase lagen. Das Brennen zwischen den Beinen ließ etwas nach. Sie spürte dort jetzt etwas Heißes, Nasses. Sie fragte sich, ob er etwas in ihr zerrissen habe. Sie hatte das Gefühl zu bluten.

Die Decken lagen inzwischen zusammengeschoben am Fußende des Bettes. Ihr Nachthemd bauschte sich über den Hüften. Die Luft fühlte sich auf der nackten Haut kalt an. Aber sie konnte sich nicht bewegen, nicht einmal, um sich zuzudecken. Sie atmete tief und seufzend. Ihre Kehle war rauh, ihre Brust fühlte sich eng und wund an.

Er fuhr ihr mit gekrümmten Fingern über den Mund und zog sie leicht an der Unterlippe. »Mein Gott, bist du eng. Ich habe . . . ich habe noch nie zuvor eine Jungfrau gehabt. Ich hatte nicht erwartet, daß du so eng sein würdest. Ich nehme an, es hat sehr weh getan, hm?«

»Ja.«

»Ach, Clem.« Er richtete sich auf und nahm ihr Gesicht in seine großen Hände. »Ich wollte dich so sehr, daß ich nicht . . . Ich verspreche dir, beim nächsten Mal bin ich sanfter zu dir, langsamer . . .«

Ihre Augen brannten, und sie schloß sie. Sie wollte weinen, aber nicht wegen der Schmerzen, sondern vor Enttäuschung. Sie hatte geglaubt, dieser Augenblick werde irgendwie alles zwischen ihnen ändern, alles richtig, alles vollkommen machen.

›Von Anbeginn hat Gott sie zum Mann und zur Frau gemacht. Und deshalb wird ein Mann seinen Vater und seine Mutter verlassen und zu seiner Frau halten. Und sie sollen eins sein . . .‹

Eins sein . . .

Er hatte sie und ihren Körper genommen. Sie sollte jetzt eins mit ihm sein. Und doch hatte sie sich nie so allein gefühlt.

Seine Lippen suchten ihren Mund, und sie überließ ihn seinen männlichen Lippen, die nicht so hart waren, wie sie aussahen, sondern warm und tröstlich. Die Enge in ihrer Brust ließ etwas nach.

»Ich liebe dich, Clem«, sagte er und schwieg mit angehaltenem Atem. Sie wußte, worauf er wartete, aber sie blieb stumm. »Ich denke, du könntest dahin kommen, daß du mich auch liebst«, fuhr er fort, als das Schweigen bedrohlich wurde.

Sie öffnete die Augen. Sein Gesicht schwebte über ihr, und er lächelte. Plötzlich dachte sie daran, wie sie ihn das erste Mal gesehen hatte, den Cowboy ihrer Träume. »Ich werde versuchen, dich zu lieben, Gus«, sagte sie. »Ich werde es versuchen.«

Er lachte seufzend. »Clementine . . . du bist immer so ernst.« Er hob ihre Hand hoch und fuhr mit dem Daumen über die Narben, an denen ihr Vater schuld war. »Niemand wird dir jetzt noch weh tun, Clem«, sagte er. Doch sie wußte, daß er log. Sogar er konnte ihr weh tun, ohne daß er es wollte.

Später, in der Stille der Nacht, lag sie neben ihm und lauschte auf seinen tiefen, gleichmäßigen Atem. Sie überlegte, was das für Tricks sein mochten. Konnten die Flittchen mit ihren violetten Kleidern, den roten Schuhen und dem rauhen Lachen etwas dagegen tun, daß es so weh tat? Das Nachthemd bauschte sich immer noch um ihre Hüften. Sie berührte ihren nackten Leib und tastete langsam nach unten, bis die Finger die Haare zwischen den Beinen erreichten. Sie spürte etwas nachklingen, das seltsamerweise mehr Genuß als Schmerz war.

Sie stützte sich auf einen Ellbogen, um Gus zu betrachten. Doch es war zu dunkel, um sein Gesicht zu erkennen. Sie wußte, daß das Lachen selbst im Schlaf um seine Augen herum zu sehen war. Dieses Lachen, das so sehr Teil seines Wesens war und das inzwischen auch Teil ihres Wesens wurde. Ein Leben ohne dieses Lachen konnte sie sich nicht mehr vorstellen. Ihre Hand verharrte in der Luft über seiner Wange. Sie wußte nicht warum, aber sie wollte ihn berühren. Scheu und Zurückhaltung hinderten sie jedoch daran. Es fiel ihr schwer, ihm zu zeigen, was sie empfand, und noch schwerer war es, diese Empfindungen zu verstehen.

Clementine setzte sich langsam auf, schwang die Beine aus dem Bett und stand auf. Ihre Haut war heiß und feucht, und sie hatte ein hohles, leeres Gefühl in der Brust.

Sie tastete im Dunkeln nach dem Wasserkrug und wischte sich mit dem Handtuch die klebrige Feuchtigkeit zwischen den Beinen ab. Dann ging sie leise aus dem Zimmer und durch die Hütte zur Tür. Sie nahm den Mantel vom Haken und zog ihn über das Nachthemd. Die ledernen Türangeln quietschten, und sie schloß die Tür so leise wie möglich hinter sich.

Die stillen Berge warfen lange dunkle Schatten über das Land. Der harte kalte Mond verschwand hinter den Wolken und tauchte kurz darauf wieder auf. Die Pappeln rauschten im leichten, nach Gras duftenden Wind. Der Weg, die Koppel und die Weiden waren mit Mondlicht gesprenkelt. Die Nacht war schön und doch beinahe unheimlich. Sie empfand eine Einsamkeit, die gleichzeitig traurig und kostbar war.

Der Mond lockte sie, und sie ging auf den Hof hinaus. Sie schlug den Weg zur Koppel ein. Ihre Füße versanken im kühlen Schlamm, und kalte Schauer liefen ihr über den Rücken. Ein heftiger Windstoß blies ihr ins Gesicht. Sie blieb stehen, denn sie hörte die nächste, noch stärkere Böe auf sich zukommen. Es klang fast so dunkel und dumpf wie Donner. Als der Wind durch die dichten Pappeln jagte, wurde ein summendes Heulen daraus. Sie hörte, wie der Wind ihren Körper traf. Es war, als wollte er sie von der Erdoberfläche fegen. Irgend etwas in ihr wollte zurück oder mit dem Wind die Stimme erheben.

Ein Wolkenschleier legte sich um den Mond, und das Land versank in Dunkelheit. Der Wind erstarb und hinterließ eine Stille, die in sich selbst ein Geräusch war. Sie hörte tief in ihren Ohren ein Brausen, das nicht von dieser Welt zu sein schien.

Ein Kojote brach mit seinem Heulen den Bann. Ein kalter Schauer lief ihr über den Rücken. Sie hatte in Shonas Romanen gelesen, daß die Indianer Tierlaute nachahmten und damit Signale gaben, wenn sie sich mit ihren Skalpiermessern an die Siedlungen der Weißen heranschlichen.

Ein trockener Zweig knackte, etwas im Busch raschelte. Ein stummer Schrei stieg in ihrer Kehle auf und nahm ihr die Luft. In der Dunkelheit glühte etwas auf ... und der Wind trug den Geruch von Tabak mit sich.

Die Wolken zogen weiter und enthüllten den Mond. Die Umrisse seines Körpers zeichneten sich klar und dunkel vor dem schwarzen Hintergrund ab. Er stand so bewegungslos wie die Kiefern. Doch sie wußte, er sah sie. Er hatte sie die ganze Zeit beobachtet.

Der glühende rote Punkt beschrieb einen Bogen, leuchtete heller und

sprühte Funken. Der Schatten bewegte sich und kam näher. Sie drehte sich schnell um und rannte zur Hütte. Sie warf die Tür hinter sich zu und lehnte sich zitternd mit fest geschlossenen Augen dagegen.
Sie preßte die zitternde Faust an die Brust, um ihr Herz zu beruhigen.
Er hat damit geprahlt, daß die Frauen bei ihm vor Lust stöhnen ...

Warme Luft und der Geruch von billigem Whiskey und altem Schweiß schlug Zach Rafferty entgegen. Er ließ die Tür mit einem lauten Knall hinter sich zufallen, und alle drehten sich nach ihm um. Alle, bis auf die Frau mit den leuchtend roten Haaren, die am Tisch neben dem Ofen saß und Solitär spielte.
Er hängte den Patronengurt an das Elchgeweih unter dem Schild ›Schußwaffen sind hier abzulegen‹. Er ging in Richtung Bar und wich dabei einer Pfütze aus.
»Guten Abend, Saphronie«, sagte er zu der Frau, die den Fußboden putzte. Ein etwa dreijähriges Mädchen klammerte sich an ihren Rock. Es blickte mit großen blauen Augen zu Rafferty auf und verzog den Mund um den Daumen, an dem es lutschte, zu einem Lächeln. Zach fuhr dem Kind mit der Hand durch die blonden Locken, zupfte an seinem Ohr, und wie durch Zauberei erschien eine Münze in seiner Hand.
»Sieh mal an, kleine Patsy, du hast ja Nickel in den Ohren.«
Das Mädchen nahm das Fünfcentstück und lachte glücklich. Die Frau senkte den Kopf und murmelte etwas. Ihr Atem bewegte kaum den schweren schwarzen Netzschleier vor ihrem Gesicht.
Zach warf eine Fünfundzwanzigcentmünze auf die Bar mit den klebrigen Ringen der Gläser. »Den Guten, Shiloh«, sagte er zu dem Mann hinter der Theke, »nicht den Fusel aus dem Faß.«
Der Mann schüttelte den Kopf und lachte, denn sie wußten beide, daß die Flaschen unter der Theke nichts anderes enthielten als das Faß auf dem Holzklotz hinter der Bar. Es war alles nur billiger Whiskey.
Shiloh zog den Kork mit den Zähnen heraus und stellte die Flasche vor Rafferty hin, damit er sich selbst eingießen konnte. Er schob mit einer Handbewegung die Münze in die Geldschublade.
Zach legte noch einmal fünfundzwanzig Cents auf die Theke. »Gieß dir auch einen ein, Shiloh.«
Das runde schwarze Gesicht verzog sich zu einem breiten Lächeln. »Ich

sage nicht nein, Sir, denn ich möchte Ihre Gefühle nicht verletzen, indem ich ablehne. Nein, das möchte ich nicht.«

Shiloh goß sich ein und hob das Glas. »Zum Wohl.«

»Zum Wohl«, sagte Rafferty. Er kippte das halbe Glas auf einmal hinunter und schüttelte sich. Jemand hatte Cayennepfeffer in den Whiskey getan, um ihm Feuer zu geben. Das Gesöff brannte beim Schlucken in der Kehle. Aber nachdem es im Magen war, beruhigte es sofort die Nerven, die so gespannt waren wie die Saiten einer Geige.

Zach drehte sich um und lehnte sich mit dem Rücken an die Bar, um das aufregende Geschehen im ›Best in the West Casino‹ zu verfolgen.

Der Wind heulte unter den Rinnen des Blechdachs, und es zog überall. Die beiden Messinglampen mit den roten Glasschirmen, die an zwei Balken hingen, quietschten und schwankten und verbreiteten ein gespenstisches Licht. An der Wand gegenüber stand ein neues Klavier, dessen Tasten stumm zu grinsen schienen.

Saphronie war mit dem Aufwischen fertig und leerte jetzt die Spucknäpfe in einen Eimer. Ihre Tochter hing ihr immer noch am Rock. Rafferty überlegte, wie hungrig er wohl sein müßte, bevor er zu so etwas bereit wäre. Vermutlich gar nicht so hungrig, denn wenn er es sich genau überlegte, hatte er Schlimmeres getan. Im roten Licht verlieh der schwarze Schleier der Frau etwas Geheimnisvolles, Exotisches. Sie sah aus wie ein Haremsmädchen in einem billigen Zirkus. Er hatte das Gesicht unter dem Schleier einmal gesehen. Er wußte, was man ihr angetan hatte. Es hatte ihn traurig gemacht.

Zwei der Mädchen rekelten sich auf Stühlen und langweilten sich. Da es normalerweise drei waren, mußte eine wohl mit einem Kunden im Hinterzimmer sein. Nur ein Tisch war besetzt; dort spielten drei Männer Poker. Offenbar waren sie ganz vertieft in ihr Spiel, denn sie redeten nicht. Einer verriet durch seinen auffälligen Anzug, daß er Berufsspieler war.

Shiloh hatte seine Fiedel bereits aufgehängt, und deshalb tanzte niemand. Das einzige Geräusch kam von einem Schafhirten mit einem schwarzen Zylinder und seiner Sonntagslatzhose. Er stand am anderen Ende der Bar und führte Selbstgespräche, weil sich niemand mit ihm unterhalten wollte. Schafhirten waren in einem Rindergebiet ungefähr so willkommen wie eine Hure im Wohnzimmer eines Pfarrers.

Rafferty beschloß, sich damit zu amüsieren, daß er Mrs. Yorke beobachtete. Die unnahbare, verführerische Mrs. Yorke, die sich immer große Mühe gab, ihn zu ignorieren.

Eines der Mädchen – er glaubte, sie hieß Nancy – stand auf und schlenderte zu ihm herüber. Ihre Lippen waren so rot wie ein Feuerwehrwagen. Sie verzog sie zu einem müden Lächeln. »Fühlst du dich heute abend einsam, Rafferty?«

Er schüttelte den Kopf und lächelte, um die Ablehnung weniger schroff wirken zu lassen. Sein Blick richtete sich wieder auf Hannah Yorke. Sie mußte ihr Spiel verloren haben, denn sie mischte die Karten. Ihre schlanken weißen Hände bewegten sich anmutig wie die Flügel einer Taube. Sie hatte Augen, die einen Mann erregten, und flammend rote Haare, die ins Blut gingen.

Der Schafhirte stieß sich von der Theke ab und zog den Gürtel hoch. Nancy sah ihn kommen und verschwand sofort. Einen Augenblick später stieg Rafferty der Gestank ungewaschener Wolle in die Nase, und eine Stimme, die wie ein rostiges Gartentor klang, drang an seine Ohren. »Wenn Sie sich für die Hannah aufsparen, Mister, dann können Sie es gleich vergessen.«

Rafferty drehte sich um und blickte in ein Gesicht, das von Wind und Sonne vertrocknet war. »Ach ja«, sagte er. »Und wieso, bitte?«

»Sie hält auf sich, die Hannah Yorke. Sie läßt keinen Mann mehr in ihr Bett, nicht für Geld und gute Worte. Man sagt, noch vor zwei Jahren ist sie drüben in Deadwood auf den Strich gegangen. Jetzt hat sie ein Vorhängeschloß zwischen den Beinen und ist zu fein, um ›Guten Tag‹ zu sagen.« Er seufzte. »Verdammt blöd! Was für eine Verschwendung bei einer so guten Hure.«

Rafferty entblößte die Zähne zu einem Lächeln. Aber der Schafhirte sah seine zornigen Augen und wurde blaß. Er blinzelte und fuhr sich mit der Hand über den Mund. »Das war nicht so gemeint, Mister. Nur so dahergeredet.« Er wich einen Schritt zurück und dann noch einen. »Es war nicht so gemeint . . .« Er wankte so weit zurück, bis er wieder an seinem alten Platz stand. Dort murmelte er wieder vor sich hin.

Zachs Blick fiel wieder auf Mrs. Hannah Yorke. Die Lampen warfen einen roten Schein auf ihre weißen Schultern und ließen ihre Haare feurige Funken sprühen. Sie wußte, daß er sie beobachtete, daß er sie wollte. Trotzdem saß sie dort drüben und spielte Solitär, als sei sie ganz allein auf der Welt. Und als sei sie damit völlig zufrieden.

Er hatte seit Monaten mit all seinem Charme erfolglos versucht, in das Bett dieser Frau vorzudringen. Vielleicht hatte der Schafhirte recht, und ein direkteres Vorgehen war angebracht.

Er stellte das Glas behutsam auf die Theke. »Gib mir eine Flasche, Shiloh.«

»Sicher doch.« Der Barmann holte unter der Theke eine leere Flasche hervor, füllte sie aus dem Fäßchen und verkorkte sie mit den Zähnen. Dann fragte er Rafferty, ob er sie einwickeln sollte.

»Nein, danke. Gute Nacht, Shiloh.«

»Gute Nacht, Cowboy.«

Rafferty steckte die Flasche in die Manteltasche und nahm beim Hinausgehen seinen Revolver mit. Er blickte nicht zu Hannah Yorke hinüber, und wie immer beachtete sie ihn nicht.

Ein vorwurfsvolles Muhen begrüßte Rafferty am Anbindepfosten. Im Lichtschein, der durch die Fenster des Saloons fiel, blickte ein braunweißer Kopf mit traurigen Augen zu ihm auf. Rafferty hängte seufzend den Patronengurt über die Schulter und ging in die Hocke, um das Kalb hinter den braunen Ohren zu kraulen. »Ich habe dich mitgenommen und dir gesagt, ich würde nicht lange bleiben. Du bist schlimmer als eine Frau, weißt du das? Du blökst schon, nur wenn ich kurz mal einen trinke.«

Er nahm das Kalb auf die Arme und richtete sich auf. Er ging um den Saloon herum und zu dem zweistöckigen weißen Holzhaus dahinter. An das Haus war ein kleiner Pferdestall angebaut. Dort stand an diesem Abend kein Pferd, aber es gab genug Stroh, um dem Kalb ein Lager für die Nacht zu machen.

Als das geschehen war, ging Zach nicht zur Haustür, sondern nahm die seitliche Treppe nach oben. Er drückte auf die Klinke und stellte ohne Überraschung fest, daß die Tür verschlossen war. Er zog einen kleinen Bohrer und ein Stück gebogenen Draht aus der Tasche. Das Schnappschloß öffnete sich kurz darauf mit einem leisen Klicken, und er war im Haus.

Als er in einem kleinen Wohnzimmer stand, wartete er, bis sich seine Augen an die Dunkelheit gewöhnt hatten. Auf dem dicken Orientteppich machten seine Stiefel kein Geräusch, als er durch die Tür in das Schlafzimmer trat. Er zündete eine Lampe mit einem bauchigen Glasschirm an, die einen sanften gelben Lichtschein verbreitete. Sein Blick glitt über weiße Tüllgardinen, die leuchtend roten Übergardinen, über die rote Seidentapete, rote Samtkästchen, über einen mit Pfauenfedern beklebten Wandschirm und einen zierlichen schwarzen Lackschreibtisch, der mit Rosen, Ranken und Goldornamenten verziert war.

Er hängte den Patronengürtel an einen Pfosten des Bettes, dessen geschnitztes Kopfteil Schleifen und Blumen zeigte, und warf den Hut auf den Kopf eines Porzellanhundes, der auf einem niedrigen Tischchen neben dem Kamin hockte. Er zog den langen Mantel aus und ließ ihn auf eine schwarze Roßhaarliege fallen. Die Whiskeyflasche stellte er auf einen Papiermaché-Tisch neben dem Bett und warf sich auf die Federmatratze, die so dick war, daß sie unter seinem Gewicht ächzte. Er schüttelte die bestickten Kissen auf, legte sie sich hinter Kopf und Rükken und schlug die Stiefel mit den Sporen auf der Überdecke mit Perlstichstickerei übereinander. Er zog Papier und Tabak aus der Tasche, rollte sich eine Zigarette und zündete sie an.

Dann verschränkte er die Arme hinter dem Kopf und wartete. Er zwinkerte dem Amor aus Keramik zu, der auf der drapierten Decke auf dem Kaminsims stand.

Er mußte nicht lange warten. Er hörte, wie unten die Haustür geöffnet wurde und ihre Absätze auf dem Boden der Diele klapperten. Dann dämpfte der Teppich ihre Schritte, und Lampenlicht erhellte das angrenzende Wohnzimmer.

Ihr Schatten kam zuerst über die Schwelle.

Im schwachen Licht waren ihre Augen zwei schwarze Höhlen in einem Gesicht, das so weiß wie ein Birkenstamm war. Ihre Lippen sahen aus, als seien sie mit Blut verschmiert. Sie zog eine kleine Pistole mit einem Elfenbeingriff aus der Tasche ihres violetten Kleids und zielte auf seinen Bauch. »Stehen Sie auf, Mister«, sagte sie mit einer rauchigen Stimme, die ihn erregt hätte, wenn er es nicht bereits gewesen wäre. »Ganz langsam und ruhig.«

Er stand langsam und ruhig auf. Trotzdem verfing sich das Rädchen einer Spore in der fein genähten Decke und riß ein Loch hinein. Die kleine Pistole in ihrer Hand war eine zweischüssige Waffe und konnte aus dieser Entfernung tödlich sein.

»Gehen Sie in die Mitte des Zimmers.« Sie bewegte die Pistole, um ihm zu zeigen, wohin er sich stellen sollte.

Er ging dorthin, aber er konnte nicht verhindern, daß seine Mundwinkel zuckten. »Wollen Sie mich mit dem blöden Ding begrüßen, Mrs. Yorke, oder mich damit erschießen?«

Der Keramik-Amor auf dem Kaminsims hinter ihm zersprang in tausend Stücke. Der Knall dröhnte in seinen Ohren, und er lachte. Er hatte den Luftzug der Kugel gespürt, als sie an seiner Wange vorbeigeflogen war. Aber er hatte sich nicht um Haaresbreite bewegt. »Sie haben danebengeschossen«, sagte er.

Sie richtete den Lauf der Pistole seitlich und tiefer, bis sie genau auf seine Männlichkeit zielte. »Ich schieße niemals daneben, Cowboy.«

Er zog an der Schnalle seines Gürtels und ging auf sie zu. »Und ich auch nicht. Ich heiße Zach, Liebling.«

Fünftes Kapitel

Der Wind stand direkt auf die Hütte. Die Wände ächzten und bebten. Der Wind war etwas Beständiges. Er kam auf und legte sich, kam auf und legte sich. Clementine versuchte, im Rhythmus des Windes zu atmen. Sie fürchtete, der Wind werde sie irgendwann zum Wahnsinn treiben.

Sie bearbeitete einen Ballen Teig, knetete und drückte ihn. Er drang weich, warum und klebrig zwischen ihren Fingern hervor und machte sie eigenartig unruhig. Sie schlug mit der Faust auf den Teig und blickte zu ihrem Mann am anderen Ende des Tischs. Der saure Geruch des Biers, das sie anstelle von Hefe benutzt hatte, stieg ihr unangenehm in die Nase. Es half alles nichts, denn draußen heulte der Wind.

Sie sah ihn an und spürte einen heißen Schmerz in ihrer Brust, als hätte sie das Korsett zu eng geschnürt.

Seine nackten Unterarme lagen auf der abgenutzten braunen Wachstuchdecke, und er schob sich das letzte Stück Pfannkuchen in den Mund. Er hatte einen ganzen Stapel vertilgt. Er hatte den Hut aus dem verschwitzten Gesicht geschoben. Sein Kragen lag aufgeknöpft auf dem schmuddeligen Rand seiner Hemdhose. Er sah groß, roh und so durch und durch männlich aus, wie er da an dem Tisch saß. Clementine hatte nicht gewußt, daß Männer so wie er aussehen und so wie er sein konnten.

Gus hob den Kopf; ihre Blicke trafen sich, und er lächelte. Die eigenartige, prickelnde Unruhe in ihr legte sich zwar etwas, doch die Erinnerung daran klang nach wie ein Schmerz vom Vortag.

Er stand auf, und der Faßhocker schabte über den Fußboden. »Wie wäre es, wenn ich dir noch etwas von meinem berühmten Hufeisenkaffee eingieße?« fragte er. Seine Stimme klang überlaut in der kleinen Hütte.

Sie schob sich eine Haarsträhne aus den Augen, und dabei entstand eine

Mehlspur auf ihrer Wange. Sie beobachtete seine Hände, als er den Kaffee einschenkte. Sie waren rauh, schwielig und stark. Es waren Hände, die ihren Körper bearbeiteten, wie sie den Teig bearbeitete, und die sich bemühten, sanft und geduldig zu sein, wenn sie Clementine nachts berührten.

Ein Gentleman . . .

Ihr Vater war ein Gentleman, aber seine einzige Berührung, an die sie sich erinnerte, waren die Hiebe mit dem Stock.

Gus schüttete eine Menge Dosenmilch in den Kaffee und reichte ihr den Blechbecher. Dabei ließ er seine Hände flüchtig auf ihren Händen liegen. Ein typisches Gus-McQueen-Lächeln bedachte sie mit einem Strahlen wie der Sonnenaufgang, und seine Augen lachten. »Ich muß dir eine Milchkuh kaufen, damit du immer frische Milch für deinen Kaffee hast . . . vielleicht auch ein paar Hühner.«

»Wenn du nicht aufpaßt, dann verwöhnst du mich«, sagte Clementine. Sie hatte nicht die leiseste Ahnung, wie man eine Kuh melkt. Und Hühner? Was würde sie mit den Hühnern anstellen müssen, damit sie Eier legten? Aber wenn andere Frauen solche Dinge gelernt hatten, würde sie es auch können.

Sie spürte den Blick ihres Mannes auf sich gerichtet. Seine Augen hatten sich zu zwei Schlitzen verengt. Er schien zu vibrieren. Sie kannte diesen Blick. Sie wußte, er sah den Körper einer Frau, die ihm gehörte, und er wollte sie haben.

Sie wandte sich ab und blätterte mit klopfendem Herzen in ihrem Kochbuch. Sie stellte es gegen den Schmalztopf. An ihren Fingern klebte der trocknende Teig, und sie hinterließen Flecken und auf den Seiten. Sie hörte, wie Gus hinter ihr seufzend den Atem ausstieß.

Das Buch hieß *Leitfaden für die Hausfrau*. Es enthielt Anweisungen für verheiratete Frauen. Montags waschen, dienstags bügeln, mittwochs backen und die Fußböden schrubben. Erst am letzten Freitag des Monats würde sie sich hinsetzen und ein wenig ausruhen können, denn der Tag war laut Buch dazu vorgesehen, um das Silber zu putzen und die Kristallüster zu säubern. Selbst Clementine wußte, daß Blechlöffel nicht geputzt werden mußten, und sie bezweifelte, daß es im Westen von Montana auch nur einen einzigen Kristallüster gab.

Jede Seite enthielt Sprüche für den Tag. An diesem Tag riet man ihr: ›Es ist besser, ein Ding hundertmal zu tun, als hundert Dinge gleichzeitig.‹

Das erschien ihr albern, besonders, wenn man hundert Dinge zu tun hatte. Das Buch mit seinem schulmeisterlichen Ton ärgerte sie. Aber der Wind und überhaupt alles machte sie an diesem Tag gereizt und unruhig.

Sie hatte das Buch aus der Küche ihres Elternhauses am Louisburg Square mitgenommen. Damals hatte sie geglaubt, sie könnte es bei ihren Abenteuern in der Wildnis von Montana brauchen. Das war sehr weitsichtig gewesen. Doch die Rezepte, die es enthielt, duldeten keine Unerfahrenheit. Das Brot, das sie am Vortag gebacken hatte, war so hart wie das Holzbrett auf Nickel Annies Wagen geworden.

Sie stellte den gekneteten Teig zum Gehen hinten auf den Herd. Dann schob sie den Eintopf an eine Stelle mit größerer Hitze und goß Wasser nach. In drei Stunden würde sie den Tisch für das Mittagessen decken. Es war Montag, und eigentlich hätte sie waschen müssen. Sie konnte am nächsten Tag waschen, aber wann sollte sie dann bügeln? Es gab so viel zu tun . . .

Sie wollte die Kamera aus dem Koffer holen, damit sie Gus nicht unter die Augen kam. Sie würde die Hütte photographieren, die Pappeln und die dunklen Berge, die das Tal umgaben und die mit ihren weißen, schneebedeckten Gipfeln aussahen wie ein Nonnenchor. Aber die Wäsche wartete, dann kam das Bügeln, danach das Kochen und das Backen.

Gus hatte sich hinter sie gestellt, und sie erstarrte. Sie wollte, daß er sie berührte, wollte es aber auch nicht. Er legte den Arm um sie und fuhr mit dem Finger langsam über die mehlbestäubte Wange. »Eine Frau, die bis zu den Ellbogen ins Backen vertieft ist, hat etwas, das einen Mann wirklich auf andere Gedanken bringt . . .« Er verstummte, und sein Atem drang warm an ihren Nacken. Sie spürte die Hitze und das Drängen in ihm und lehnte sich zurück.

»Du riechst gut«, sagte er.

»Ich rieche nach Bier.«

Er summte und drückte den Mund an ihren Nacken. »Bier ist gut.«

Er drehte sie um, so daß sie sich gegenüberstanden. Ihre Brüste spannten sich, und die Brustwarzen richteten sich unter seinen Fingern auf. Sie entzog sich ihm. »Doch nicht am hellichten Tag. Das gehört sich nicht«, sagte sie, obwohl sie wollte, daß er sie ins Schlafzimmer trug, auf das große Eisenbett legte und eins mit ihr wurde.

»Ich wollte dich nur küssen. Du willst doch, daß ich dich küsse, nicht wahr, Clementine? Gib es zu. Und wenn du ehrlich bist, dann willst du, daß ich dich nicht nur küsse.«

»Vielleicht . . .« Sie senkte den Kopf, um zu verbergen, daß sie errötete. Allmählich gefiel ihr, was er nachts im Bett mit ihr tat, obwohl sie nicht sicher war, warum sie es mochte, oder ob sie es überhaupt wirklich mochte. Er weckte in ihr eine fiebrige Unruhe, eine Hitze im Blut, aber danach fühlte sie sich innerlich leer, irgendwie traurig und einsam.

Er stieß ein lautes Seufzen aus, das zum größten Teil gespielt war. »Vermutlich sollte ich wieder hinausgehen und den Weidezaun reparieren.«

Er nahm seine Arbeitsstiefel, die zum Trocknen vor dem Herd standen, setzte sich auf die Holzkiste und zog sie an den Lederschlaufen über die Füße. Trockene Erdklümpchen rieselten auf den Küchenboden. Es hatte am Vortag heftig geregnet, und vom Grasdach war nasser Lehm heruntergetropft. Sie hatte Stunden damit verbracht, den Boden zu putzen, und nun machte Gus ihn schon wieder schmutzig.

Sie wies mit dem Finger auf den Schmutz. »Wenn du den Boden selbst geschrubbt hättest, Gus, würdest du besser aufpassen, wo du mit deinen dreckigen Schuhen hintrittst.«

Er blickte überrascht auf. »Wieso bist du denn heute so ge . . .«

Ein lautes Geheul unterbrach ihn mitten im Wort. Es war ein langgezogenes, hohes Jaulen und klang, als heulten hundert einsame Kojoten gleichzeitig.

Clementines Blick richtete sich unwillkürlich auf die Kerbe in der Wand. Die Angst schnürte ihr die Kehle zu und nahm ihr den Atem.

Indianer . . .

Das Heulen verstummte, und einen Herzschlag lang war alles still. Dann begann der wilde Lärm direkt vor der Tür. Clementine hatte nur den einen Gedanken: Weglaufen! Aber sie war wie gelähmt und konnte sich nicht von der Stelle rühren.

»Was zum Teufel . . .?« Gus stampfte mit den Füßen auf, um schneller in die Stiefel zu kommen. Er legte Clementine die Hände auf die Schultern. »Es klingt, als wollte uns jemand ein Ständchen bringen, obwohl das in unserer Hochzeitsnacht hätte geschehen sollen und nicht eine Ewigkeit später.«

Er riß die Tür auf und schob Clementine vor sich her nach draußen. Sie glaubte, ihn lachen zu hören, doch bei all dem Gejohle und Geheul war sie nicht sicher.

Pogey und Nash, die beiden alten Goldsucher, tanzten im Hof herum, und der Schlamm spritzte unter ihren genagelten Schuhen. Dazu machten sie Begleitmusik mit klappernden Blechdosen an langen Schnüren und einer verstimmten Fiedel.

Als sie die Zuschauer bemerkten, brachen sie ab und grinsten. Sie schienen stolz auf den gelungenen Überfall, aber auch etwas schuldbewußt, wie zwei Füchse, die in den Hühnerstall eingedrungen sind.

Gus legte Clementine den Arm um die Taille und sagte lachend: »Es ist schon vorgekommen, daß empörte Bürger Halunken für diese Art Ruhestörung geteert und gefedert haben.«

Pogey fuhr sich mit den schmutzigen Fingern durch den Bart, während er Gus demonstrativ von Kopf bis Fuß musterte. »Der Cowboy sieht sehr zufrieden aus mit seinem neuen Ehestand, findest du nicht, Nash? Geradezu unverschämt zufrieden, könnte man sagen.«

Nash nickte ernst. Die großen Eulenaugen in seinem knochigen Gesicht wirkten so unschuldig, als könnten sie kein Wässerchen trüben. »›Zufrieden‹, richtig, nach dem Wort habe ich gesucht. Zufrieden wie ein Frosch mit dem Bauch voller Mücken.«

»Zufrieden wie eine Biene im Klee.«

»Zufrieden«, sagte Nash, »zufrieden wie ein totes Schwein im rosa Schlamm.«

Pogey schüttelte ärgerlich den Kopf. »Wie zum Teufel kann ein Schwein zufrieden sein, wenn es tot ist? Und wer hat jemals etwas von ›rosa‹ Schlamm gehört? Du redest nur Unsinn, Nash. Dein Kiefer macht klapp-klapp, deine Zunge macht flapp-flapp, und es gelingt dir nie, daß auch nur ein vernünftiges Wort dabei herauskommt. Glaubst du, die Sonne geht morgens nur auf, um dich krächzen zu hören?«

Nash nahm den Schlapphut vom Kopf und schlug Pogey damit auf den Bauch. »Halte deine Zunge im Zaum. Du hattest versprochen, heute ausnahmsweise nicht zu fluchen.«

Pogey blickt auf die Spitzen seiner schäbigen Schuhe. Er zog an seinem langen Ohrläppchen und sah Clementine verstohlen von der Seite an. »Ich glaube, ich bin es nicht gewöhnt, eine echte Lady um mich herum zu haben.«

Clementine hatte die Arme auf dem Rücken verschränkt. Sie stand aufrecht und mit hoch gehobenem Kinn vor den zwei Spaßvögeln. Sie wirkte noch damenhafter, obwohl ihr das nicht bewußt war. »Danke, Mr. Pogey, daß Sie so große Rücksicht auf die Empfindlichkeiten eines Neuankömmlings nehmen.« Sie verblüffte die beiden, indem sie strahlend lächelte. »Ich freue mich, Mr. Nash, daß es Ihnen gelungen ist, Ihre Zähne zurückzubekommen.«

Nash starrte sie verblüfft an. »Hm? Oh!« Er nahm das Gebiß heraus und betrachtete es, als habe er nicht damit gerechnet, es in seinem Mund zu finden.

Pogey kratzte sich das Kinn unter dem Bart. »Na ja, zum Teu . . ., also wir haben Ihnen ein kleines Hochzeitsgeschenk mitgebracht, Mrs. McQueen.«

Die Männer waren mit einem alten Esel gekommen, der angebunden vor der Hütte stand. Der Esel trug zwei kleine Körbe. Aus einem nahm Pogey ein in Leinen eingeschlagenes Päckchen. Er grinste über beide Ohren, als er es Clementine gab.

Es fühlte sich weich an, als sie es langsam auspackte. Der Geruch von blutigem Fleisch stieg ihr in die Nase. Das Stück Fleisch war dick, flach und schwarz. Blut tropfte auf ihren grauen Satinrock. Es sah aus wie die Zunge eines riesigen Tieres.

Sie versuchte, ihren Abscheu nicht zu zeigen. »O . . . vielen Dank, die Herren.«

Gus sah sie mit lachenden Augen an. »Es ist ein Biberschwanz, Clementine. Man macht Suppe daraus. Für die Trapper ist das eine große Delikatesse.«

»Ich . . . ich bin sicher, das Fleisch schmeckt köstlich.« Clementine überlegte, ob es in ihrem Buch ein Rezept für Biberschwanzsuppe gab. Bei dem Gedanken mußte sie beinahe laut lachen.

Nash ging zu dem Korb auf der anderen Seite des Esels und brachte einen Tonkrug mit einem Korkstopfen zum Vorschein. »Wir wissen, daß du nicht trinkst, Gus. Deshalb haben wir unsere Erfrischung selbst mitgebracht.«

»Steht nicht hier draußen im Schlamm herum«, sagte Gus lachend. »Kommt herein.«

Die beiden alten Männer folgten Gus durch die Tür und hinterließen auf dem Fußboden noch mehr Dreckspuren. Clementine wollte es nicht sehen. Sie freute sich, daß jemand zu ihnen gekommen war, um sie zu besuchen. Sie bezweifelte, daß noch viele andere Leute auf die Ranch kommen würden, denn es gehörte nicht viel Phantasie dazu, sich vorzustellen, was alle im Regenbogenland über sie dachten. Sie war eine Außenseiterin, eine zerbrechliche Dame, die keinen Mumm in den Knochen hatte. Deshalb machte man sich über sie lustig. Manchmal hatte sie das Gefühl, daß selbst die Berge und der Wind über sie lachten.

Gus füllte sich einen kleinen Blechbecher mit selbstgebrautem Bier. Er trank jeden Mittag zum Essen zwei Becher davon. Abends, wenn Clementine das Geschirr abwusch, ging er mit einem Becher hinaus und beobachtete den Sonnenuntergang. Bier galt in Montana nicht als Alkohol.

Die Männer setzten sich an den Tisch. Die Hütte schien zu klein für den starken Geruch der Goldsucher. Sie trugen nicht nur die gleichen Sachen wie Nickel Annie, sondern schienen sich wie sie auch nie zu waschen. Clementine legte den Biberschwanz ins Spülbecken. Sie hoffte, Gus werde nicht erwarten, daß sie daraus wirklich eine Suppe kochte.

Pogey hob den Whiskeykrug. »Zum Wohl, Cowboy! Das hat mich vielleicht umgehauen, als du uns das hübscheste Mädchen, das Rainbow Springs je gesehen hat, als deine Frau vorgestellt hast.«

Nash rieb sich die Hakennase und lachte schallend. »Jawohl, Pogey war so überrascht, daß ihm die Augen wie einem Frosch hervorgequollen sind.«

Pogey schlug seinem Partner mit dem Krug gegen die knochige Brust. »Stopf dir das zwischen die Lippen, du altes Schandmaul. Manche Männer machen den Mund auf, wenn sie etwas zu sagen haben. Du machst ihn auf, weil du glaubst, du müßtest *immer* etwas sagen.«

Clementine begriff, daß die Leute in Montana ihre eigene Art im Umgang miteinander hatten. Dazu gehörten Fluchen und Whiskeytrinken. Sie beobachtete Nash, der den Zeigefinger um den Henkel legte, den Krug auf den angewinkelten Ellbogen stellte, den Mund an die Öffnung führte und den Arm hob. Er trank lange und sichtlich mit großem Genuß. Als er den Krug absetzte, verzog er den Mund, als seien ihm die Lippen mit einer Schnur zusammengebunden. Er schluckte, schüttelte sich und schmatzte. »Warum hackst du so auf mir herum, Pogey? Nie-

mand erwartet, daß man stumm wie ein ausgestopfter Vogel herum-
sitzt, wenn man zu Besuch ist.«

»Aber es erwartet auch niemand, daß man wie ein lebender Vogel singt
oder wie eine Ente schnattert. Gib mir den Krug, bevor du alles aus-
trinkst.«

Clementine ging zu dem niedrigen Kaffeekisten-Sofa und setzte sich
auf die wattierte Decke. Ihr Satinrock raschelte in der Stille. Sie beugte
sich vor und schlang die Arme um die angezogenen Knie. Sie wünschte,
Gus würde etwas sagen, aber er brütete plötzlich mit zusammengekniffenen Augenbrauen vor sich hin. Er saß da, hielt den Becher zwischen
den großen Händen und starrte in das dunkle Bier.

»Ich nehme an, Sie sind schon sehr lange Freunde«, sagte sie zu den
beiden alten Goldsuchern, um das Schweigen zu beenden.

Pogey fuhr sich mit dem Ärmel über den Mund. »Ich löffle mit diesem
Kerl schon seit beinahe fünfzig Jahren Suppe aus einem Topf.«

Die beiden sind demnach wie miteinander verheiratet, dachte Clementine. Das ständige Schimpfen war offenbar nur eine Form der Zuneigung, die sich im Laufe der Zeit und durch gemeinsame Erinnerungen
entwickelt hatte. Sie versuchte, sich vorzustellen, wie sie und Gus in
fünfzig Jahren miteinander umgehen würden. Aber es gelang ihr nicht,
ihre gemeinsame Zukunft über den nächsten Becher Bier und den Sonnenuntergang hinaus zu sehen. »Und wie kommt es, daß Sie hier in
Rainbow Springs sind?«

Nash grinste. Er freute sich, daß sie auf dem Weg zu einer Unterhaltung waren. »Na ja, wir sind eines Tages hier vorbeigekommen. Pogey
hatte Durst, und da haben wir beschlossen, uns die Kehle im ›Best in the
West‹ etwas anzufeuchten. Wir haben angefangen, Karten zu spielen,
und wie es der Teufel will, haben wir einem alten Gauner eine Silbermine abgewonnen. Der Trottel hätte es besser wissen müssen, als zu
versuchen, einen vierten Buben zu ziehen, nachdem Pogey drei Königinnen auf dem Tisch liegen hatte.« Er lachte leise und schüttelte den
Kopf. »Wir haben die Mine ›Die Vier Buben‹ genannt, um uns immer
daran zu erinnern, daß wir uns beim Kartenspielen nicht genauso
dumm verhalten wie der Kerl, der uns reinlegen wollte.«

Er schwieg und sah Clementine treuherzig an. In seinem Blick lag so
etwas wie Verstehen. Sie hatte plötzlich das Gefühl, er wisse um die
schmerzenden, leeren Stellen in ihrem Herzen und um ihre Kindheit,

die sie dazu getrieben hatte, Gus zu heiraten und ihm hierher in die Wildnis zu folgen. Sie glaubte, er könne ihr sagen, was ihr fehlte und wo sie es finden werde.

Nash blinzelte und wandte den Blick ab. Sie sah nur noch einen alten Mann, der Silber schürfte, der nach Schweiß roch und gerne redete.

»Da fällt mir übrigens ein, Gus, warum wir hergekommen sind.«

»Halleluja!« rief Pogey. »Endlich kommst du zur Sache.«

Nash blickte seinen Partner mit großen traurigen Augen an. »Du gehst mir auf die Nerven mit deinem Gemecker. Immer behauptest du, ich würde zuviel reden. Glaubst du, ich kann nicht mit wenigen Worten ›zur Sache‹ kommen? Wenn du es kurz und knapp willst, dann werde ich von jetzt an kurz und knapp sein. Ich sage über die ganze verdammte Geschichte nur noch ein einziges kurzes und knappes Wort!« Er sah Gus an, leckte sich die Lippen und holte tief Luft. »Glück.«

Gus schüttelte lachend den Kopf. »Was?«

»Da siehst du, Pogey, was geschieht, wenn man kurz und knapp ist. Man wird nicht verstanden.«

»Du wirst nicht verstanden, weil du nicht vernünftig redest. Laß mich es ihm sagen, sonst erfährt er es doch nie.« Pogey stützte sich mit den Ellbogen auf den Tisch und beugte sich vor. »Du kennst ›Die Vier Buben‹?«

»Das denke ich schon«, sagte Gus. »Abgesehen davon, daß Nash gerade davon geredet hat, bin ich an der Mine angeblich mit zwanzig Prozent beteiligt, weil ich euch seit zwei Jahren die Ausrüstung und das Essen bezahle. Bis jetzt waren es leider nur zwanzig Prozent von dem Geröll und der Gangmasse.«

»Na ja, ich hatte allmählich auch schon geglaubt, in dem Loch wäre ungefähr soviel Saft wie im Schwanz eines Toten . . . au!« Er sah Nash wütend an, der ihm den Krug in den Magen gerammt hatte. Dann wurde er über und über rot. »Entschuldigung, Mrs. McQueen.«

»Ich werde es jetzt erzählen«, sagte Nash. »Damit der Missis deine dreckigen Reden erspart bleiben. Wir stochern also im Geröll herum, und da stößt Pogey auf eine Quarzader, die vielversprechend aussieht. Da sind wir zu Sam Woo gegangen und haben uns . . .«

»Dynamit geholt«, fuhr Pogey fort. »Wir haben Sam gesagt, er soll es auf deine Rechnung setzen, Gus. Ich hoffe, du hast nichts dagegen.«

Gus winkte ab. »Warum soll ich etwas dagegen haben? Die ›Rocking R‹ ist schon so verschuldet, daß es auf ein paar Dollar mehr nicht ankommt.«

»Das haben wir uns auch gesagt.« Pogey trank einen ordentlichen Schluck Whiskey und stellte den Krug auf seinem dicken Bauch ab. »Wir haben ein Stück von dem Quarz abgesprengt und zum Prüfbüro drüben in Butte Camp geschickt. Und zum Teufel noch mal, es hat sich herausgestellt, daß es Silber enthält.«

Nash zog einen kleinen flachen Stein aus der Westentasche. Er glänzte wie ein neues Zehncentstück, als er ihn Gus in die Hand gab. »Da, wo das herkommt, ist noch eine ganze Menge mehr. Es sieht aus, als ob die Ader überhaupt nicht mehr aufhört.«

Gus rieb das Silber zwischen den Fingern. Clementine zuckte erschrocken zusammen, als er aufsprang und einen lauten Freudenschrei ausstieß. Er nahm sie in seine Arme und tanzte mit ihr um den Tisch.

Als er sie losließ, wurde ihr schwindlig. Ihre Wangen glühten, und die Haare hatten sich aus dem straffen Knoten im Nacken gelöst. Gus strahlte wie ein kleiner Junge. »Hier, das ist für dich, Clem!« rief er und warf ihr den Silberbrocken zu.

So gefiel ihr Gus am besten. Das war der Gus, der träumte und lachte. Diesen Gus würde sie eines Tages lieben können. Sie hielt den Stein an das Fenster und staunte über den Glanz.

»Ich verstehe nicht . . . Was ist das?«

»Ein Prüfkorn.«

»Aber was heißt das?« Der Stein lag warm in ihrer Hand. »Sind wir reich?«

Gus klatschte in die Hände und lachte. »Das heißt, daß wir vielleicht zu zwanzig Prozent reich sind.«

»Die Sache ist nur, daß Zeug ist nicht alles hochwertiges Silber«, sagte Nash. »Es ist harter Stein, und es wird teuer werden, das Silber abzubauen.«

Gus setzte sich wieder auf den Hocker. Er war ruhiger geworden, doch seine Augen glänzten noch immer. »Das heißt, man braucht die richtigen Maschinen, um durch den Fels an die Adern heranzukommen. Und man braucht Mahlwerke und Chemiker, um aus dem Erz Metall zu machen. Das können wir nicht selbst tun. Man muß die Mine an ein Konsortium verpachten.«

Pogey riß die Augen auf. »Was?«

»Ein Konsortium ist eine Gruppe von Geldgebern. Männer mit dem Geld, das man braucht, um einen solchen Betrieb zu finanzieren. Es funktioniert folgendermaßen: Du verpachtest die ›Vier Buben‹ an ein Konsortium gegen einen Anteil am Ertrag der Mine. Du erhältst gewissermaßen einen Prozentsatz vom Gewinn.«

Nash bekam große Augen. »Hm . . . also, wir haben irgendwie gehofft, Gus, daß du das für uns machst. Wir haben uns gesagt, mit deiner gebildeten Art kommst du besser mit den Geldleuten in Butte Camp und Helena zurecht.« Nash seufzte traurig. »Es ist nicht leicht, reich zu sein. Es ist schon jetzt alles schwierig für uns geworden. Dabei haben wir noch nicht einmal mit dem Reichsein angefangen. Es hat einmal eine Zeit gegeben, da konnte ein Mann einen Salbeibusch ausreißen, Gold im Wert von einem Dollar zwischen den Wurzeln in seine Pfanne schütteln und zufrieden nach Hause gehen.«

Pogey warf sich in die Brust und hakte die Daumen in die schwarzen Hosenträger. »Also, mir gefällt das Gefühl, reich zu sein. Manche Leute, die es nicht besser wissen, sagen vielleicht, es sei schwierig. Die anderen von uns, die mit ihrem Kopf etwas anfangen, die nennen es Fortschritt.«

»Ich glaube, ich könnte nach Butte Camp hinüberreiten und mit ein paar von diesen großen Gesellschaften reden«, sagte Gus. »Aber das muß warten, bis wir das Vieh zusammengetrieben haben.«

»Richtig, mit den Rindern solltest du dich beeilen«, sagte Nash. »Sonst tragen die Kälber, die jetzt von deinen Kühen gesäugt werden, das Brandzeichen von irgendeinem Viehdieb.«

»Ja«, sagte Pogey und nickte ernst. »Dieser Iron Nose ist ein wahrer Zauberkünstler mit dem Brandeisen.« Er beugte sich zu Gus hinüber und senkte die Stimme zu einem Flüstern, als stünden die Viehdiebe an den Fenstern. »Hast du gehört, was mit dem armen alten MacDonald passiert ist? Es ist davon die Rede, daß für gewisse Rothaut-Rinderdiebe eine besondere Veranstaltung stattfinden soll.« Er machte eine Faust und hob sie in die Luft, als ziehe er eine Schlinge zu. »Es gibt Leute, die sagen, wir sollten gleich mit Joe Proud Bear anfangen. Andere meinen, wir warten ab, bis er uns zu seinem Papa führt, dann können wir die ganze Familie hängen.«

Bei der Erwähnung von Indianern richtete sich Clementines Blick unwillkürlich auf die Kerbe in der Wand. Sie überlegte, wie MacDonald gestorben war. Hatten sie ihn mit dem Tomahawk in Stücke gehackt? Dann fiel ihr ein, daß Jeremy gesagt hatte, der Mann sei erschossen worden.

Seit Clementine in Montana lebte, hatte sie Angst vor den Indianern. Wenn sie nachts neben Gus lag, wurde der Wind, der leise in den Pappeln rauschte, zum Rascheln von nackten Füßen im Gras vor dem Fenster. Doch sie mußte auch an die Indianerin und an ihre beiden Kinder denken, die von ihrem Mann wie ein Stück Vieh mit dem Lasso eingefangen und davongezerrt worden war, und keiner in Rainbow Springs hatte etwas getan, um der Frau zu helfen – auch sie nicht.

Sie legte Gus die Hand auf den Arm. »Dieser junge Indianer«, sagte sie, »hat Frau und Kinder. Wenn er stiehlt, tut er es vielleicht, damit sie etwas zu essen haben. Es ist nicht richtig, daß normale Bürger das Recht selbst in die Hand nehmen. Dafür sind Gerichte, Richter und Geschworene da.«

»Ihr aus den Städten versteht das nicht. An den Verladebahnhöfen gibt es Viehzüchter, die alles, was vier Hufe hat, billig aufkaufen und keine Fragen stellen. Sie verfrachten das Vieh nach Chicago und streichen große Gewinne ein. Es sind dieselben Viehzüchter, die alle Gerichte, Richter und Geschworenen gekauft haben, Clementine. Sie lassen die Rinderdiebe seit Jahren laufen, weil sie die gestohlenen Rinder noch billiger kaufen können. Ein Mann muß sein Eigentum schützen, sonst ist er ein Schwächling und kann hier nicht leben.«

»Viehdieben hat man immer zuerst die Schlinge um den Hals gelegt und dann Gericht über sie gehalten«, sagte Pogey. »Und die Gauner, von denen wir reden, sind Verräter, widerliche Halbblütige. Außerdem sagen die meisten, daß eine Rothaut kein Recht auf ein Gerichtsverfahren hat.«

»Es sind Wilde, die man nicht mit uns vergleichen kann.« Gus nahm Clementine am Arm und zog sie an sich, als könnte er sie damit zwingen, auf seiner Seite zu stehen. »Mach dir darüber keine Sorgen, Clem. Das ist Männersache und hat nichts mit dir zu tun.«

»Aber es hat etwas mit mir zu tun. Was du vorhast, ist nicht richtig . . .«

»Genug!« Er schlug mit der flachen Hand auf den Tisch. Dabei warf er ihr Rezeptbuch um, und das Mehl wirbelte auf. »Genug von Rinderdieben«, sagte er etwas ruhiger. »Ich mach das, was getan werden muß. Und du überläßt das mir.«

Sie befreite sich aus seinem Griff und schluckte eine ärgerliche Bemerkung. Er hatte gewissermaßen das Recht, sie zurechtzuweisen. Sie hatte sich vor anderen Männern mit ihm gestritten. Er war ihr Mann und mußte wissen, was richtig war. In diesem Fall konnte sie ihm jedoch nicht zustimmen. Es fiel ihr sehr schwer, sich zu fügen.

Gus griff wieder nach seinem Becher Bier, das er kaum angerührt hatte. »Habt ihr irgendwann in den letzten drei Tagen meinen Bruder in Rainbow Springs gesehen?« fragte er schließlich, nachdem das Schweigen fast unangenehm geworden war.

Pogey räusperte sich. »Gesehen nicht gerade. Wir haben ihn gehört, das heißt, von ihm gehört.«

Gus starrte auf den Tisch. »Ich habe gehört, im ›Best in the West‹ gibt es ein neues Mädchen.«

»Du meinst Nancy? Nein, die genügt Raffertys Ansprüchen nicht. Ihre Zähne stehen nicht nur so weit vor, daß sie einen Apfel durch ein Schlüsselloch essen könnte, sie ist auch so abgenutzt wie ein Paar Cowboystiefel . . . Entschuldigung, Mrs. McQueen. Nein, nein, die ganze Zeit, während du in Boston gewesen bist, war bis auf Rafferty jeder Mann im Regenbogenland hinter Hannah Yorke her und hat sich eine Abfuhr geholt. Dann, am letzten Freitag, kommt Rafferty einfach in den Saloon, sieht sie an, und ich will verdammt sein, wenn sie nicht weich geworden ist. Seitdem verläßt er nicht mehr ihr Bett, als wollte er alles nachholen, was er bis jetzt versäumt hat . . . Entschuldigung, Mrs. McQueen.«

Gus verzog kaum den Mund unter dem dichten Schnurrbart. Ein Schatten fiel über sein Gesicht. Clementine mußte ihn nicht ansehen, um zu wissen, was er dachte. Sein Bruder sündigte mit Mrs. Yorke, einer Frau, die violette Seidenkleider und rote Schuhe trug. Mr. Rafferty schlief mit Hannah Yorke, der Hure.

»Ich glaube, wir sollten uns auf den Weg machen«, sagte Nash. Er stand auf und zog seinen Gürtel hoch. »Beweg deinen Hintern, Partner.«

Pogey trennte sich rülpsend und kratzend von seinem Platz auf dem Nagelfäßchen und schwankte leicht, als er sich aufgerichtet hatte. Die beiden Männer verabschiedeten sich und zogen Gus noch einmal mit seinem ›Ehestand‹ auf, während sie durch die Tür gingen.

Clementine beobachtete sie im Schatten unter dem Dachvorsprung. Gus begleitete sie bis zur Koppel. Pogey ritt auf dem Esel mit dem Senkrücken, und Nash ging zu Fuß. Der Krug mit dem Whiskey wechselte zwischen ihnen hin und her. Sie sahen nicht aus wie die Besitzer einer Silbermine. Clementine überlegte, ob der Reichtum die beiden verändern würde.

Der alte Hund hob müde den Kopf und sah ihnen nach. Aber er verließ seinen Platz im Schatten der Scheune nicht. Er lag dort stundenlang flach auf dem Bauch und preßte die Schnauze zwischen die Vorderpfoten. Er wartete auf Zach, der seit Tagen verschwunden war und Mrs. Yorke, der Hure, den Hof machte. Der Hund war zur Begrüßung einmal um Clementine herumgegangen und hatte sie beschnuppert. Seither beachtete er sie nicht, als rechne auch er nicht damit, daß sie lange bleiben würde. Der Hund hatte ein merkwürdig verschleiertes Auge. Gus sagte, er sei von einer Klapperschlange gebissen worden und hätte eigentlich daran sterben müssen. Statt dessen sei er nur auf dem einen Auge blind oder zumindest beinahe blind.

Gus kam nicht zur Hütte zurück, sondern ging auf die Seite der Scheune, wo der Wagen stand. Er murmelte etwas davon, er müsse Jeremy den Wagen zurückbringen oder ihn kaufen. Clementine wußte, was er vorhatte. Er fuhr in die Stadt, um seinen Bruder zurückzuholen, bevor dieser Mr. Rafferty sie alle in Verruf und noch mehr Schande über die Familie brachte, die jetzt auch ihre Familie war.

Das dunstige Morgenlicht war der Sonne gewichen. Die Wiesen im Tal wogten im Wind. Clementine roch das süße grüne Gras. Sie hob den Kopf und beobachtete einen einsamen Habicht, der am Himmel Kreise zog. Der Himmel, der blaue Himmel. Die unendliche Leere des Himmels betäubte sie und machte sie benommen.

Sie hob die Röcke und ging durch den schlammigen Hof zu Gus. Sie spürte, wie ihr die Berge mit den dichten Kiefernwäldern über die Schulter blickten. Der Wind, der Himmel und die Berge machten sie unruhig. Sie lockten, sie erhoben Anspruch auf sie und machten ihr angst. Sie weckten in ihr die gleiche Art Ruhelosigkeit wie Gus nachts im Bett. Und neben der Ruhelosigkeit gab es immer noch die leeren, hallenden Räume in ihrem Herzen, die gefüllt werden mußten. Die Sehnsüchte ihrer Kindheit waren ihr nach Montana gefolgt, oder Clementine hatte sie mitgebracht.

»Gus?

Sie schrie beinahe und erschreckte sie damit beide. Sie umklammerte die Kamee-Brosche an ihrem Hals und spürte das leichte, verräterische Flattern tief hinten in der Kehle.

»Du willst mich doch nicht allein hier lassen.«

Die Kette des Geschirrs hatte sich verschlungen, und er war gerade dabei, den Knoten zu lösen. Es dauerte einen Augenblick, bis er sich nach ihr umblickte. Seine breiten Schultern verdeckten die Sonne, durch seine Haare zogen sich Goldfäden. Sein Mund und seine Augen waren angespannt und verrieten den Zorn.

»Natürlich nicht. Es ist für dich zu gefährlich.«

Sie atmete tief ein und langsam wieder aus. »Dann zieh ich mich schnell um.«

»Beeil dich. Ich will vor dem Dunkelwerden wieder hier sein.«

Sie wollte gerade zur Hütte gehen, als er sie zurückhielt. »Clementine, du darfst dich nie mehr gegen mich stellen.«

Sie biß die Zähne zusammen, um den inneren Aufruhr zu unterdrücken, der sie zu ersticken drohte.

»Es sieht nicht gut aus, wenn du mir so rundheraus widersprichst. Es sieht aus, als wäre ich nicht der Herr im Haus.«

Sie stand wie erstarrt vor ihm und versuchte, das innere Zittern zu beruhigen. Sie würde sich nicht entschuldigen, und sie würde auch nicht zugeben, daß er recht hatte. Statt dessen sagte sie: »Ich muß meinen Hut und die Handschuhe holen.«

Sie drehte sich um und ging hoch aufgerichtet über den Hof. Dabei spürte sie, daß er sie mit wütenden Blicken durchbohrte. Sie mußte die Zähne zusammenbeißen, um nicht laut zu schreien.

In dem kleinen Schlafzimmer mit der schrägen Decke machte sie sich zurecht, damit sie sich in der Stadt sehen lassen konnte. Der Wind und das Tanzen mit Gus hatten ihre Frisur durcheinandergebracht. Sie hängte die Brennschere in den Glaszylinder der Lampe. Während sie heiß wurde, wusch sie sich Gesicht und Hände. Der gesprungene Spiegel zeigte ihr ein Gesicht, das vom Wind geschlagen zu sein schien, von der Sonne verbrannt war und nach dem Streit mit Gus verbittert wirkte.

Ihr Mantel hing an einem Haken neben dem improvisierten Kleiderschrank. In dem Mantel befand sich das herzförmige Kissen, das tief in seiner Tasche verborgen war. Sie nahm den Beutel heraus und hielt ihn in der Hand. Sie spürte das Gewicht und hörte das Klimpern der Münzen.

Sie würde Gus nicht verlassen, soviel wußte sie bereits. Aber sie hatte es satt, sich ständig Sorgen darüber zu machen, was schicklich oder passend sei. Sie wollte nicht länger daran zweifeln, ob sie eine gute Ehefrau war. Sie war eine erwachsene Frau, und es mußte ihr erlaubt sein, eigene Gedanken zu haben. So, wie die Waldläufer und Trapper, die vor ihr in diese unbekannte Wildnis gekommen waren, wollte auch sie ihre Spuren vergessen.

Sie trennte mit einem großen Messer den Saum des Beutels an einer Stelle auf und nahm eine goldene Fünfdollarmünze heraus. Dann sah sie sich in der Hütte nach einem geeigneten Platz um, wo sie den Rest verstecken konnte.

Der Cowboy lag nackt auf ihrem Bett. Er war groß, schlank und stark.

Es lag auf ihrem Bett und beobachtete sie mit seinen wilden goldenen Augen. Hannah Yorke lag in dem warmen Wasser der Zinkbadewanne. Sie erhob sich betont langsam und stieg so verführerisch, wie sie es gelernt hatte, aus der Wanne. Das Wasser lief ihr sanft über die Haut. Es war wie eine Liebkosung, so wie seine Hände, die sie erst vor kurzem liebkost hatten. Duftender Dampf vertrieb den Geruch nach abgestandenem Whiskey und Sex. Es war spät am Vormittag, und die Sonne schien durch die Marquisettevorhänge vor dem Schlafzimmerfenster, setzte die roten Seidenwände in Flammen und verlieh ihrer Haut einen weichen rosa Schimmer.

Sie spürte seinen Blick, während sie sich abtrocknete. Sie zitterte, aber das lag an der kühlen Frühlingsluft, vielleicht aber auch ein wenig an seinen eigenartigen gelblichbraunen Augen. Er war wild wie Joe Proud Bear und Iron Nose und so ungezähmt wie ein Wolf. Seinem Wesen nach war er wie ein Raubtier und ein Einzelgänger, für den es nur die eigenen Regeln gab.

Sie zog einen seidenen japanischen Morgenmantel an und setzte sich auf das Sofa, um ihre lockigen dichten Haare zu bürsten. Sie ringelten sich um ihre Handgelenke und lagen seidenweich auf ihren Händen. Ihre Brüste hoben und senkten sich langsam. Sie stießen gegen die glatte Seide. Er beobachtete sie, und sie wußte, das Weibliche, das sie freizügig seinen Blicken bot, erregte ihn. Ein wohliges Prickeln überlief sie. Ihre Haut spannte sich in Erwartung und Erinnerung an seine Leidenschaft.

Hannah streckte die Beine aus und stieß die Zehen in den dicken Orientteppich. Sie liebte das Schlafzimmer, obwohl es mit den roten Seidentapeten und dem verschnörkelten Himmelbett aussah, als gehöre es in ein Bordell. Bevor sie das Haus gekauft hatte, war es ein Bordell gewesen. Jetzt war es jedoch nur noch ein Zimmer in einem Haus, in *ihrem* Haus, und sie lebte allein darin. Nach fünfzehn Monaten in Rainbow Springs war der Cowboy der erste Mann, den sie in ihr Leben, in ihr Bett gelassen hatte.

Eine anständige Frau, das wußte sie, würde denken, Hannah Yorke sei durch ihr altes Leben unrettbar verdorben. Vielleicht stimmte das auch. Sie hatte ihm zwar lange widerstanden, doch in Wahrheit . . . in Wahrheit hatte sie den Cowboy haben wollen, seit sie ihn zum ersten Mal gesehen hatte. Sie hatte von Anfang an gewußt, daß sie ihn oder daß er sie haben würde. In den vergangenen drei Tagen hatten sie sich gefunden und es miteinander getrieben, als wäre die Liebe durch sie beide erst entdeckt worden.

In Wahrheit . . .

Hannah versuchte, sich nicht mehr selbst zu belügen. Vor langer, langer Zeit hatte sie geglaubt, nichts könnte ihr Herz berühren, ganz gleich, was sie tat, ganz gleich, was ihr angetan wurde.

Das waren Lügen, alles Lügen. Alle Tage und Nächte ihres Lebens hatten sie berührt.

Wenn sie aufhörte, sich die Haare zu bürsten, und den Kopf drehte, dann würde sie ihr Spiegelbild in dem großen Spiegel mit dem gekehlten Goldrahmen sehen, der auf dem Toilettentisch stand, und dann würde sie das Gesicht und die Augen einer Hure sehen.

Als wollte sie sich beweisen, daß sie stark genug sei, um das zu ertragen, hob sie den Kopf und blickte in den Spiegel. Sie sah ihr Gesicht und dahinter das Spiegelbild des Mannes auf dem Bett.

Ihre Blicke trafen sich im Glas. Der beinahe brutale Ausdruck der Leidenschaft auf seinem Gesicht erschreckte und erregte sie, und sie wandte den Blick ab.

Der Cowboy kümmerte sich nicht um zerbrechliche Dinge wie Herzen.

Er liebte sie mit einem so verzweifelten Hunger, als könnte er am nächsten Tag sterben.

»Komm her!« sagte er . . . befahl er ihr.

Weil sie es so wollte, reagierte sie nicht. Statt dessen ging sie zum Toilettentisch mit dem goldgerahmten Spiegel. Auf dem Tisch lag ein Schal mit langen Fransen. Darauf stand eine Porzellandose mit Kokosbutterzäpfchen in Borwasser. Bei dem starken, süßsauren Geruch wurde ihr beinahe übel. Sie legte die Hände auf ihrem Leib und war sicher, daß sie die Leere dort spüren konnte. Das, was sie und der Cowboy in ihrem Bett taten, würde nicht zu einem Kind führen.

Neben der Dose lag unter einem Glassturz ein Sträußchen Wachsblumen von einem Hochzeitskuchen. Die Veilchen waren einmal leuchtend violett und die weißen Rosen so makellos wie der erste Winterschnee gewesen. Inzwischen hatten die Veilchen eine fahle braunrote Farbe, und die Rosen waren vergilbt. Ihre Finger glitten über das glatte Glas. Nichts, nicht einmal ein Glassturz, konnte etwas vor den Verwüstungen der Zeit bewahren. Die Jahre vergingen, und Erinnerungen verblaßten wie Blumen. Deshalb zwang sie sich Tag für Tag, diese Blumen anzusehen, sie zu berühren und sich daran zu erinnern, daß sie niemals Lügen glauben durfte – selbst den eigenen nicht.

Sie drehte sich um und blickte zu dem Mann auf ihrem Bett. Er war jung, sah gut aus und wartete auf sie. Sie lächelte, als sie zu ihm hinüberging.

»Hannah«, sagte er voll Leidenschaft in der Stimme.

Sie setzte sich neben ihn. Er richtete sich auf, und sie beugte sich hinunter, bis ihre Lippen sich trafen. Sein Kuß war gierig. Der Geruch seiner Haut stieg ihr in die Nase. Sie überließ sich der Hitze, dem Mann und der Lust. Er stieß die Zunge in ihren Mund, und sie schlang die Arme um seinen Hals. Sie liebte das Gefühl, ihn unter ihren Händen zu spüren, die harten, glatten Muskeln unter der warmen elastischen Haut. Hannah wehrte sich nicht gegen den Wunsch, ihren Körper an seinen zu pressen und ihn an sich zu drücken.

Er zog sie sanft neben sich auf das Bett. Sein Mund und seine Hände glitten tief unten über ihren Leib. Sie hatte auf der Innenseite des Oberschenkels eine tätowierte Rose. Seine feuchte heiße Zunge fuhr die Umrisse jedes Blütenblatts nach, leckte am gebogenen Stiel und verschwand in den dichten Haaren.

Lust ...

Sie hatte vergessen, daß Lust nicht nur verkauft, sondern auch geschenkt werden konnte. Zwei Jahre lang war sie ein Mädchen im
Rotlichtviertel gewesen. Sie war in Deadwood auf den Strich gegangen
und hatte ein Zimmer gemietet, das diesen Namen kaum verdiente und
in dem außer einem Bett kaum etwas war. Ihr Name war in das Holz
über der Tür eingebrannt gewesen. Natürlich nicht ihr richtiger Name,
sondern der, unter dem sie gearbeitet hatte ... Rosie.

Die Tätowierung faszinierte ihn, doch er fragte sie nicht danach. Sie war
es nicht gewohnt, daß ein Mann nicht ihre Lebensgeschichte hören
wollte, nicht erfahren wollte, daß sie im Grunde keine richtige Hure sei,
sondern das Mädchen von nebenan, das Mädchen, das man hatte sitzenlassen.

Er kam wieder nach oben, um sie auf den Mund zu küssen. Und sie
schmeckte sich auf seiner Zunge. Sie liebte seinen Körper, sein Gewicht. Ihre Brust zog sich genußvoll zusammen. Es war so lange her,
daß ein richtiger Liebhaber sie in den Armen gehalten hatte, daß sie mit
Zärtlichkeit berührt worden war.

Plötzlich konnte sie das Gefühl der überwältigenden Zärtlichkeiten
nicht mehr ertragen. Sie löste ihren Mund von seinen Lippen und rang
nach Luft.

»Was willst du hier, Rafferty?«

»Du meinst, du hast es noch nicht herausgefunden? Dann muß ich mir
wohl größere Mühe geben.« Er leckte die Mitte ihrer Wange, wo sich
eine halbmondförmige Falte bildete, wenn sie glücklich war. »Du hast
ein Lächeln, für das ein Mann in die Hölle gehen würde, Liebling.«

»Du mußtest dafür nicht in die Hölle gehen, sondern nur bis Rainbow
Springs.«

Er rollte von ihr herunter, legte ihr einen Arm unter den Rücken und
drückte sie an sich. Er griff nach ihrer Brust und streichelte die Brustwarze, bis sie sich aufrichtete und hart wurde. Er berührte sie gern. Das
hatte sie schon in der ersten Nacht herausgefunden. Sie wußte bald,
irgendwann hatte ihm eine Frau beigebracht, es gut zu machen.

»Du bist seit drei Tagen hier«, sagte sie. Ihre Finger fuhren durch die
Haare auf seiner Brust. »Das ist um diese Jahreszeit sehr lange, um von
einer Ranch wegzubleiben.«

Sein Oberkörper bewegte sich unter ihrer Hand, als seufzte er, obwohl sie nichts hörte. »Mein Bruder hat sich aus Boston eine Frau mitgebracht. Da draußen bei uns ist das Leben zu einer Abstinenzlerhölle geworden. Ich habe sofort begriffen, wie es laufen würde. ›Putz dir die Schuhe ab, bevor du hereinkommst, nimm im Haus den Hut ab, iß, als wärst du nicht hungrig, und sag nicht Scheiße, selbst wenn es stinkt . . .‹«

Was er sagte, war gemein, aber sie hörte eine Spur Besorgnis darin. Die Rückkehr seines Bruders nach Rainbow Springs beunruhigte sie ebenfalls; vielleicht, weil Mrs. McQueen nur die Vorbotin einer ganzen Schar respektabler, lästiger Anstandsdamen war, die bald in Rainbow Springs einfallen würden. Sie würden entsetzt mit dem Zeigefinger auf Hannah Yorke deuten und sie als eine ›Schande‹ für die Stadt, als eine ›gefallene Frau‹ bezeichnen.

Nun ja, Hannah Yorke war eine gefallene Frau, aber sie war allein wieder aufgestanden. Sie hatte Geld, und es machte ihr nichts aus, daß sie es mit dem Saloon verdiente, einem ehemaligen Bordell mit Hinterzimmern für die Kunden. Die respektablen Ehefrauen mit ihren gerümpften Nasen konnten alle zum Teufel gehen, auch Mrs. McQueen. Hannah Yorke gefiel es, ihr eigenes Geld zu haben und ihren eigenen Weg zu gehen. Besonders jetzt, nachdem sie leben konnte, ohne jeden Abend auf dem Rücken liegen zu müssen.

Sie legte sich ein paar seiner Brusthaare um ihren Finger und zog fest genug daran, um die Haut mit hochzuziehen. Er zuckte nicht mit der Wimper. »Die neue Frau deines Bruders ist eine echte Lady«, sagte sie. »Ein bißchen Kultiviertheit würde dir ganz gut tun, Cowboy.«

»O ja, sie ist so steif und vornehm wie ein Spitzenvorhang. Natürlich wird sie für uns hier draußen in der Wildnis genauso nützlich sein.«

Sie betrachtete seine schwielige Hand mit den langen Fingern, die ihre Brust liebkosten. Ihr gefiel es, wie die Hand aussah, wenn er sie berührte. Sie war so stark und schlank, so dunkel auf ihrer blassen Haut.

»Aber sie hat wirklich ein hübsches Gesicht«, sagte sie.

»Ich hoffe nur, Gus ist damit zufrieden, ihr hübsches Gesicht anzusehen . . .« Er stützte sich auf einen Ellbogen, beugte sich über sie und verzog die Lippen zu einem gemeinen Lächeln, das ganz und gar Zach

Rafferty war. »Ich kenne nämlich Frauen wie sie. Und ich prophezeie ihm, an sechs von sieben Tagen wird er nicht mehr dürfen, als sie anzusehen.«

Er hatte genug geredet. Er legte sich auf sie, und sie spürte, wie er sich hart und heiß zwischen ihre Schenkel preßte. Sie spreizte die Beine und zog sich zurück, um ihn in sich aufzunehmen. Sie preßte die Finger in seine Schultern. Er drang tief in sie ein. Er konnte es gut, ein langsames Stoßen und Zurückziehen, bis die Welt versank, bis Hannah nur noch das heftige Klopfen ihres Herzens wahrnahm und ihren keuchenden Atem, der sie auf dem Weg zum Gipfel ihrer Lust begleitete.

Sechstes Kapitel

Clementine blieb unter den lauten Kuhglocken von Sam Woos Laden
stehen und wartete, bis sich ihre Augen an das Halbdunkel gewöhnt
hatten. An diesem Tag roch es nach geräuchertem Fleisch, neuen Schuhen und Essig, der aus dem Spund eines Holzfasses tropfte.
Sam Woo lehnte über der Theke; zwischen seinen Ellbogen lag der
offene Brautkatalog. Der grüne Schirm und die Brille verbargen die
obere Hälfte seines Gesichts, aber Clementine sah, daß er den Mund
verzog. Möglicherweise lächelte er, möglicherweise zog er aber auch
eine Grimasse der Verzweiflung.
»Guten Tag, Mrs. McQueen!« Er wirkte mit dem steifen Papierkragen
und den Ärmelschonern aus schwarzem Satin fast so korrekt wie ein
Büroangestellter. »Was für eine große, was für eine wundervolle Überraschung!«
Clementine hatte den Verdacht, daß es für Mr. Woo keineswegs eine
Überraschung war, sie zu sehen. Denn sobald sie am späten Morgen die
Ranch verlassen hatten, war durch einen unsichtbaren Telegrafen die
bevorstehende Ankunft von Gus McQueen und seiner jungen Ehefrau
in Rainbow Springs angekündigt worden.
»Guten Tag, Mr. Woo«, sagte sie und nickte steif, um einen plötzlichen,
peinlichen Anfall von Schüchternheit zu überdecken. »Ich . . .«, sie
suchte in der Tasche ihrer enganliegenden Schoßjacke. »Ich habe einen
Brief aufzugeben, und mein Mann sagt, Sie könnten . . .«
»Ihn für Sie abschicken. Aber natürlich, natürlich.«
Sam Woo nahm mit einer schnellen Bewegung den grünen Augenschirm ab und ersetzte ihn durch eine spitz zulaufende blaue Stoff-
mütze. Er ging in eine Art vergitterten Kasten, der sich an einem Ende
der Theke über einem vergilbten Plakat für ›Rosebud Whiskey‹ befand.
Clementine schob ihren Brief unter dem Gitter hindurch.
Sie hatte das Gesicht ihrer Mutter in Gedanken vor sich gesehen, als sie

139

ihr am Abend zuvor von Gus, von der Ranch und dem erschreckenden Wunder ›Montana‹ schrieb. Doch sie wußte, nur die Augen ihres Vaters würden ihre Nachricht sehen, denn die Dienstboten hatten Anweisung, alle Korrespondenz zu ihm zu bringen. Vielleicht würde er den Brief lesen. Wahrscheinlicher war, daß er ihn ungeöffnet ins Feuer warf.

Sam Woo schob die Brille auf die Nasenspitze und spähte darüber hinweg. Als er die Adresse auf dem Umschlag sah, nickte er und sagte: »Massachusetts, hm? Das wird Sie zwei Dollar kosten.«

»Zwei Dollar!«

»Weiterleitungsgebühren. Jemand muß den Brief nach Helena bringen, damit er auf die Postkutsche in Richtung Osten kommt. Helena und die Postkutsche sind weit weg, Mrs. McQueen.«

»Welcher jemand?«

Er zuckte die Schultern. »Jemand, den ich damit beauftrage.«

»Mr. Woo, Sie sind ein hervorragendes Beispiel für die Habsucht und den Einfallsreichtum der Yankees.«

Er verbeugte sich tief, als habe sie ihm ein Kompliment gemacht. Vermutlich war es das auch, denn bestimmt hatte ihn noch nie jemand als ›Yankee‹ bezeichnet.

Mr. Woo ist ein seltsamer kleiner Mann, dachte sie. Trotz all seiner Bemühungen ist und bleibt er ein Fremder.

Sie waren beide Außenseiter, die nie ganz hierher gehören würden und niemals dorthin zurückkonnten, woher sie gekommen waren.

»Haben Sie sich eine Braut ausgesucht, Mr. Woo?« fragte sie.

Er schüttelte den Kopf. Sein langer Zopf baumelte auf den Schultern hin und her. »Noch nicht, noch nicht. Bald ist es soweit, sobald ich tausend Dollar gespart habe.«

»Das dürfte nicht lange dauern, wenn Sie noch mehr Briefe zur Beförderung bekommen.« Sie schob das Fünfdollarstück unter dem Gitter durch. »Nehmen Sie sich davon Ihre unglaublichen Weiterleitungsgebühren. Und ich möchte noch einiges kaufen.«

Sam Woo biß auf das Goldstück und hielt es dann ans Licht, als fürchte er, es sei Falschgeld. »Woher haben Sie das?«

»Ich habe eine Bank ausgeraubt, bevor ich aus Boston weggegangen bin. Ich hätte bitte gern fünf Pfund Mehl und ein Pfund braunen Zucker. Außerdem brauche ich einen Eimer Schmalz und mehrere Dosen Mais und Tomaten. Frische Eier . . .«

»Keine Eier, tut mir leid.«

»Und Milch in Dosen. Ich brauche viel Milch.«

Sie sah an seinen Augen, daß er allmählich begriff, was es mit dem Einkauf auf sich hatte. »Großer Gott, nur das nicht! Weiß Mr. McQueen davon?«

»Noch nicht, aber ich bin sicher, daß es ihm jemand sagen wird.«

»Ich nicht, Madam.« Er schüttelte lachend den Kopf. Sein Lachen war ein weiches, trillerndes Kichern und klang wie das Lachen eines Kindes. »Meine Wenigkeit, dieser bescheidene Chinese, liebt die Indianer nicht, aber er ist auch nicht verrückt, nein, nein . . . nur das nicht.«

Er wechselte die Kopfbedeckung und trug nun wieder den grünen Augenschirm des vielbeschäftigten Geschäftsmannes. Er räumte eine fast leere Kerzenkiste völlig aus und packte die gewünschten Dinge hinein, wobei er in einer Mischung aus Englisch und Chinesisch vor sich hin murmelte.

Clementine blickte sich im Laden um und suchte nach Neuzugängen in Mr. Woos buntem Sortiment. Sie sah das übelriechende Bündel Büffelhäute, das sie von Nickel Annies Wagen kannte, Gläser mit Traubengelee, einen gehäkelten Vorleger . . .

Als sie über den Faßdaubenboden ging, um sich den Vorleger näher anzusehen, knirschte Asche unter ihren Schuhen. Sie stellte fest, daß der Aschenkasten des bauchigen Ofens überquoll. Offenbar hatte ihn Mr. Woo seit Wochen nicht mehr geleert. Sie würde die Männer nie verstehen: Wie konnten sie sich in manchen Dingen so große Mühe geben, Tag und Nacht schuften und dann in anderen so nachlässig sein?

Sie fand den Vorleger schön. Durch das Gewebe eines Jutesacks waren mit der Häkelnadel Kattunreste in Rot, Gelb und Grün gezogen worden, die einen großen Strauß Frühlingstulpen bildeten. Im Haus ihres Vaters waren die Teppiche alle dick und teuer und hatten unaufdringliche, geschmackvolle Farben. Sie wußte, ihre Mutter hätte den Vorleger wahrscheinlich ›vulgär‹ gefunden, aber Clementine gefiel er.

Sam Woo trat mit der gefüllten Kerzenkiste zu ihr. »Es ist eine gute Sache, Mrs. McQueen, die Sie vorhaben. Aber klug ist es nicht. Die Cowboys haben drüben in Jeremys Mietstall gerade ein Treffen. Sie wollen einen Trupp zusammenstellen und . . . jemanden hängen.«

Er übergab ihr die Kiste, und sie schwankte unter dem Gewicht. Sie glaubte, er werde anbieten, sie an ihrer Stelle zu tragen. Aber er kniff die Augen zusammen und zog sich hinter die Theke zurück.

An der Tür blieb Clementine stehen. »Mr. Woo, warum sind Sie nicht bei dem Treffen?«

»Nur das nicht, meine Wenigkeit, dieser Chinese, ist nicht verrückt«, sagte er. Allerdings lachte er diesmal nicht.

Es war ein kühler Tag, obwohl die Sonne bereits hoch am Himmel stand, und Clementine bekam von der Anstrengung, die es bedeutete, mit ihrer Last durch den Schlamm zu waten, schnell rote Wangen. Ihr Atem ging schnell und flach.

Sie blieb stehen, um sich etwas auszuruhen. Die Kiste stellte sie zwischen die knorrigen Wurzeln einer Esche. Ihre Arme schmerzten. Der Schweiß rann ihr über den Hals in das Mieder. Die lange Flanellunterhose klebte feucht an den Beinen und juckte.

Sie sah sich um. Der Hügel mit der hutförmigen Spitze, der dem Regenbogenland seinen Namen gegeben hatte, ragte schroff in den blauen Himmel. Die trockenen Hänge waren übersät mit grauem Geröll, das die Eingänge der Minen kenntlich machte. Die meisten waren aufgegeben. Neben einem der größeren Geröllhaufen erkannte sie eine Tafel mit der gemalten Aufschrift ›Vier Buben‹. Ein verrottetes Holzgeländer umgab ein Loch in der roten Erde und eine baufällige, handbetriebene Förderwinde. Die Mine sah nicht aus, als würde sie in absehbarer Zeit ein Vermögen hergeben.

Ihr Blick wanderte zu dem Wigwam, der fahl in der Frühlingssonne leuchtete. Der Fluß befand sich zwischen ihr und dem Wigwam. Er strömte schnell und laut unter der wackligen Brücke aus Steinen und alten Holzbohlen hindurch, bevor er in einem weiten Bogen um ein Espenwäldchen floß. Jeder in Rainbow Springs konnte sie sehen, wenn sie die Brücke überquerte und auf den Wigwam zuging.

Ein Prickeln lief über ihren Rücken. Clementine drehte den Kopf und blickte über die Schulter zurück. Die morastige Straße lag verlassen. Der Wagen, auf dem sie mit Gus gekommen war, stand einsam vor dem Mietstall. Das zweiflüglige Schiebetor des Schuppens war geschlossen. Gus und Jeremy und die anderen Männer von Rainbow Springs waren alle da drin und planten einen Lynchmord.

Sie wischte sich mit dem Taschentuch den Schweiß von der Stirn, holte tief Luft, hob die schwere Kiste hoch und machte sich wieder auf den Weg.

Clementine bog von der Straße ab und lief einen schmalen Pfad entlang, der durch den kleinen Friedhof der Stadt führte. Die grob gezimmerten Holzkreuze standen mit einer Ausnahme alle schief und waren verwittert. Über dem neuen Kreuz hing ein Paar Stiefel in Männergröße. Sie mußte nicht langsamer gehen, um den eingebrannten Namen zu lesen. Sie wußte, wer dort begraben lag – der Schotte MacDonald, den die Rinderdiebe getötet hatten.

Sie näherte sich der Brücke. Sie hatte inzwischen eine Gänsehaut, als seien die Blätter der Espen tausend zwinkernde Augen, die sie beobachteten. Zach Raffertys schleppende Stimme schien wie eine Kriegstrommel in ihrem Blut zu hallen: ›Die Indianer haben den armen alten Henry in so viele Stücke gehauen, daß man ihn in einem Eimer einsammeln mußte, um ihn begraben zu können.‹ Im Geist sah sie Joe Proud Bear, der durch die Straße galoppierte. Sein Lasso pfiff und zischte durch die Luft . . .

Als Clementine auf die Brücke trat, blieb sie mit dem Absatz in einem gespaltenen Balken hängen. Ihr Knie gab nach, und sie wäre beinahe gestrauchelt. Ein merkwürdiger Laut drang aus ihrem Mund. Es klang wie der Todesschrei eines erstickenden Vogels.

Sei nicht albern, ermahnte sie sich. Niemand wird dich am hellichten Tag unter den Augen von ganz Rainbow Springs umbringen.

Sie ging langsam auf den Wigwam zu. Sie konnte das gescheckte Pferd nirgends entdecken und atmete erleichtert auf.

Der Wind hatte sich gelegt. Eine blasse Rauchspirale stieg in die Luft. Die Espen bebten in der Sonne wie silberne Regentropfen. Sie warfen gesprenkelte Schatten auf eine alte Decke aus Büffelhaut, die vor dem Wigwam auf der Erde lag, und auf das kleine Kind, das darauf saß.

Clementine blieb am Rand der Decke stehen und versuchte, durch den Spalt in das kegelförmige Zelt zu spähen. Die sonnenverblaßte Büffelhaut war mit eigenartigen Gestalten bemalt.

»Hallo?« rief sie vorsichtig.

Niemand antwortete. Das Kind steckte sich vier Finger in den Mund und blickte mit großen dunklen Augen zu ihr auf.

Clementine stellte die Kiste mit den Lebensmitteln ins Gras und kniete sich neben das Kind. Die Büffeldecke roch unangenehm nach Holzrauch und ranzigem Fett. Über dem Feuer brodelte ein Topf, der an einem Dreifuß hing.

»Na, wie geht es dir, mein Kind?« fragte sie übertrieben freundlich. Es war schwer zu sagen, doch sie vermutete, daß das Kind ein Mädchen war. Sie beugte sich weit vor, bis ihre Nasen dicht beieinander waren, und sah in dem billigen kleinen Spiegel mit einem Papierrücken, der an einem Lederband um den Hals des Kindes hing, ihr eigenes Gesicht. Das Kind hatte dicke Backen, aber einen jämmerlich mageren Körper. Es trug eine lange Hose aus Wildleder und einen blauen Baumwollkittel, der liebevoll mit Glasperlen und gefärbten Stachelschweinborsten verziert war.

»Wo ist deine Mama?« fragte Clementine. Das Kind sah sie an, ohne mit der Wimper zu zucken, obwohl in einem Augenwinkel eine Fliege kroch. Clementine verscheuchte sie. »Ma-ma«, sagte sie noch einmal.

Das Kind nahm die Finger aus dem Mund und deutete in Richtung Fluß. Clementine richtete sich langsam auf und kämpfte dabei mit ihrem engen, schweren Satinrock.

Die Mutter des Kindes kam mit großen Schritten auf sie zu. Sie trug eine weite Jacke aus rotem Deckenstoff, die ihr bis zu den Knien reichte, und darunter hohe, gefranste Mokassins. Sie waren mit Perlen, Stachelschweinborsten, Elchzähnen und roten Stoffstückchen verziert. Die Mokassins waren schön und noch viel bunter als der Vorleger in Sam Woos Laden. Sie trug einen Ledereimer, aus dem Wasser tropfte.

Als die junge Frau Clementine fast erreicht hatte, blieb sie zögernd stehen. Sie blickte sich schnell um. Ihr langes glattes Haar flog durch die Luft. Es glänzte blauschwarz in der Sonne.

»Was wollen Sie?«

»Ich habe Dosenmilch für Ihr Baby gebracht.«

Die Indianerin ging an Clementine vorbei und stellte den Eimer am Feuer ab. Ihr Gesicht war ausdruckslos.

»Es ist gestorben.«

»Oh . . . das tut mir sehr leid.« Es klang oberflächlich und sinnlos. Doch Clementine wußte nicht, was sie sonst hätte sagen sollen.

Die junge Frau zuckte die mageren Schultern, aber Clementine sah den Schmerz in ihren Augen. »Mein Mann würde Sie hier nicht sehen wollen«, sagte sie leise.

Clementine nickte. Sie bekam plötzlich vor Angst einen trockenen Mund. Sie machte einen Schritt zur Seite und stieß dabei gegen einen Pfahl des Dreifußes. Der Topf schwankte, und etwas von der Flüssigkeit schwappte ins Feuer. Im Topf kochte ein dicker Eintopf mit viel Fleisch. Sie hoffte um Joe Proud Bears willen, daß es sich um Wild handelte.

Clementine blickte auf und stellte fest, daß die Indianerin sie mißtrauisch ansah. »Warnen Sie Ihren Mann. Er soll aufhören, mit Iron Nose zu den Rinderherden zu reiten, sonst werden sie ihn fangen und hängen.«

Die dunklen Augen der jungen Frau wurden groß. »Joe hat diesen weißen Mann nicht umgebracht, und sein Vater war es auch nicht. O ja, sie stehlen vielleicht hin und wieder ein paar Rinder, aber . . .«

Ihr Kopf fuhr herum, denn man hörte Pferdegetrappel. Das gescheckte Pferd tauchte zwischen den Espen auf, durchquerte den Fluß direkt an der Biegung. Funkelnde Wassertropfen spritzten in der Luft.

Die Indianerin faßte Clementine am Arm und schob sie in Richtung Brücke. »Gehen Sie.«

Clementine kam nicht weit. Der Indianer hatte sie schnell eingeholt. Er brachte das Pony mit einem heftigen Ruck der Zügel zum Stehen. Dabei bespritzte es Clementines Rock mit Schlamm. Er sprang aus dem Sattel und versperrte Clementine den Weg. Seine Frau rief ihm etwas zu. Er schrie in seiner harten, gutturalen Sprache etwas zurück. Clementine blieb wie angewurzelt stehen. Der Mann wirkte an diesem Tag noch mehr wie ein Wilder. Er trug Knochen auf der Brust und hatte sich mit Fettfarben die Stirn und die Wangen in roten und ockergelben Streifen bemalt. Die Kupferarmreifen glühten in der Sonne wie Feuer. Er war sehr jung, doch er hatte das zornige und haßerfüllte Gesicht eines alten Kriegers.

Er starrte Clementine mit funkelnden dunklen Augen an, zu denen die langen, dichten Wimpern, die eher zu einem jungen Mädchen gepaßt hätten, einen seltsamen Gegensatz bildeten. Clementines Magen krampfte sich zusammen, und ihr Mund wurde trocken.

»Ah, die weiße Frau macht einen Höflichkeitsbesuch, wie?«

Seine Frau streckte ihm die Hand entgegen, als flehe sie ihn an, sie zu verstehen oder ihr zu vergeben.

»Joe, nicht . . . sie hat Milch für das Baby gebracht.«

Er lachte hart und bitter und musterte Clementine mit zusammengekniffenen Augen. Er bewegte die Lippen so heftig, daß die Federn auf
seinem Kopf zitterten. Er beugte sich weit vor und spuckte auf ihr Mieder.

»Das ist für Ihre Wohltätigkeit.«

Clementine konnte nur dastehen und zittern. Die Stelle, wo die Spucke
sie getroffen hatte, brannte, als habe er durch alle Schichten ihrer Kleider hindurch die nackte Haut getroffen.

Er verzog den Mund zu einem bösen Lächeln. Er beugte sich noch
einmal vor, so weit, daß sie ihn roch – Holzrauch und ranziges Fett, wie
die Decke aus Büffelhaut. Er hob die Hand. Sie richtete sich auf und
wurde starr wie ein Pfahl. Er griff nach einer Locke ihrer Haare, die
unter der Hutkrempe hervorsah. Sie zuckte zusammen, als er sie zwischen die Finger nahm und dabei leise, seltsame Geräusche von sich
gab.

»Hübsche Haare, weiße Frau. Wie sonnengereiftes Gras. Es würde sich
gut als Schmuck an meiner Kriegskeule machen.«

Sie wich so abrupt zurück, daß sie beinahe gefallen wäre, und er lachte.
In diesem Augenblick kam ihr die strenge Erziehung ihrer Kindheit zu
Hilfe. Sie ließ sich nicht aus der Fassung bringen, auch nicht von diesem
Wilden, sondern hob stolz das Kinn und wandte ihm den Rücken zu. Sie
versuchte, so würdevoll wie möglich zu gehen, obwohl sie in Wirklich-
keit davonrennen wollte.

Hannah Yorke saß in ihrem geflochtenen Schaukelstuhl auf der Veranda
des weißen Hauses und sah den Wolken nach, die über die große blaue
Leere des Himmels von Montana segelten. Der Wind war ausnahmsweise nur ein leiser Hauch, der das Espenlaub bewegte. Zum ersten Mal
in diesem Jahr lag die Wärme des Sommers in der von der Sonne durch-
fluteten Luft.

Sie trug an diesem Nachmittag ein Kleid, das so glühendrot war wie der
Klatschmohn im Frühling. Leise summend, legte sie die Hände in den
Schoß und genoß das Gefühl der glatten, gerippten Seide auf der Haut
und freute sich über das leuchtende Rot. In der Bergarbeiterstadt in
Kentucky, wo sie aufgewachsen war, hatte jahrein, jahraus eine dicke
Rußschicht über allem gelegen. Erst als sie von zu Hause wegging,
stellte sie fest, daß die Welt nicht nur aus Grautönen bestand.

Hannah hob die Hände über den Kopf und gähnte. Sie war etwas träge nach den letzten Tagen im Bett. Bei dem Gedanken an den Cowboy lächelte sie wehmütig. Sie würde es bestimmt bedauern, ihn zum Liebhaber genommen zu haben. Aber noch war es nicht soweit – nicht heute. Sie war ein wenig traurig, denn wenn er sie liebte, brachte er sie dazu, alles zu vergessen. Aber es war eine gute Art von Traurigkeit. Hannah war so lange unglücklich und unzufrieden mit der Welt gewesen. Und vor allem so verdammt einsam.

Von ihrem Schaukelstuhl auf der Veranda konnte sie Rainbow Springs überblicken. Sie beobachtete, wie sich die Männer in Jeremys Mietstall versammelten, und wußte, was sie vorhatten. Sie kamen einzeln und warfen schnell einen Blick über die Schulter, ehe sie in dem Schuppen verschwanden.

Es gefiel den Männern, ihre albernen Spiele zu spielen und sich wichtig vorzukommen. Diese Männer waren eigentlich alle noch Kinder, aber sie glaubten, sie seien richtige Männer.

Hannah Yorke kannte sie gut. Die meisten grüßten die Hure, wenn sie ihr auf der Straße begegneten. Einige wenige taten es nicht.

Wenn Rainbow Springs wuchs und immer mehr von seiner Bedeutung als eine ordentliche Stadt erfüllt war, würde auch die Zahl der Einwohner wachsen, die sich zu fein vorkamen, um die Hure zu grüßen. Eines Tages, das wußte Hannah, würde sie hier nicht mehr erwünscht sein.

Hannah sah Gus McQueen und seine Frau auf dem Wagen in die Stadt kommen. Mrs. McQueen trug die Art Kleid, in der man Leichen aufbahrte. Es war ein teures Sonntags-Ausgehkleid. Der graue Satin war von bester Qualität und mit Besatz und Schleppe aus burgunderfarbener Ripsseide. Man brauchte ein Fälteleisen, und es kostete Stunden, so viele Falten in einen Rock zu bügeln. Hannah beobachtete, daß die junge Frau in Sam Woos Laden ging. Dabei fielen ihr die eleganten geknöpften Lederschuhe auf, als sie die Schleppe hob, und der schlichte schwarze Filzhut, der genau mit der richtigen Neigung auf ihrem Kopf saß. Diese Mrs. McQueen hielt sich so gerade, als habe sie einen Besenstiel verschluckt. Doch um der Wahrheit die Ehre zu geben, sie hatte etwas Würdevolles an sich, das Hannah liebend gerne auch besessen hätte.

O ja, Mrs. McQueen war eine vierzehnkarätige Dame. Hannah war nicht ganz sicher, aber sie glaubte, die junge Frau zu hassen. Sie bestand nur aus Förmlichkeit, guter Herkunft und besten Manieren.

Etwa zehn Minuten später kam Mrs. McQueen aus dem Laden heraus. Sie trug eine schwere Kiste, die mit blauen Dosen gefüllt war. Dosenmilch?

Hannah stellte den Fuß fest auf, um den Schaukelstuhl anzuhalten, und setzte sich gerade. Sie sah, daß die Frau von Gus McQueen aus der Stadt hinaus, über den Friedhof zur Brücke und zum Wigwam der Indianer auf der anderen Seite des Flusses ging. Man mußte tollkühn sein, um, nur mit Dosenmilch bewaffnet, allein in ein Nest von Viehdieben zu marschieren.

Als Joe Proud Bear zwischen den Bäumen hervorgaloppierte, sprang Hannah erschrocken auf. Instinktiv wollte sie einen Warnschrei ausstoßen, aber es gelang ihr gerade noch, ihn zu unterdrücken. Sie war nicht so dumm, sich in eine solche Sache einzumischen. Außerdem hatte es dieses vornehme Ding verdient, daß ihr der Indianer einen gewaltigen Schrecken einflößte. Wie konnte man auch nur so dumm sein?

Trotzdem atmete Hannah erleichtert auf, als sie sah, daß Mrs. McQueen das Lager unversehrt verließ und mit den feinen Lederschuhen würdevoll und zielstrebig durch den roten Schlamm kam. Am Boot Hill blieb sie lange Zeit stehen. Sie zog ein Taschentuch hervor und wischte sich damit das Oberteil ihres Kleides ab. Hinterher ballte sie das weiße Batisttuch zusammen und warf es in hohem Bogen weg, als sei es beschmutzt. Sie strich sich die blonden Haare glatt und näherte sich mit langsamen, gemessenen Schritten der Stadt.

Hannah wußte nicht genau, was sie dazu veranlaßte, daß sie auf dem hölzernen Gehsteig vor ihrem Gartentor stand und darauf wartete, daß Gus McQueens vornehme Frau an ihr vorbeiging. Hannah hatte schon vor langer Zeit begreifen müssen, was es bedeutete, eine Hure zu sein und ein Leben am Rand der Gesellschaft und Legalität zu führen. Sie hatte sich schließlich damit abgefunden, diesen Preis zu zahlen. Nur ein Schwachkopf würde glauben, die Welt habe sich geändert, weil sie an diesem Morgen ausnahmsweise einmal glücklich aufgewacht war.

Mädchen zur Unterhaltung, leichtes Mädchen, Freudenmädchen, jedermanns Mädchen.

›Wie geht's, bestellen Sie mir etwas zu trinken, Mister?‹

Wenn die Nacht angenehm und er nett ist, überläßt du dich vielleicht dem Traum, und sei es auch nur einen Augenblick lang, du seist das Mädchen eines Mannes, der dich liebt.

Hannah Yorke machte sich deshalb vorsichtshalber darauf gefaßt, daß die junge Frau angesichts der Schande, die die Anwesenheit der sündigen Hannah Yorke darstellte, entsetzt die Röcke heben und davonrauschen werde.

»Guten Tag, Mrs. McQueen.«

»Guten Tag, Mrs. Yorke«, erwiderte Clementine ruhig und höflich.

Hannah staunte. Die ehrbare Dame meinte das offenbar auch noch ehrlich. Wußte sie nicht, daß Hannah so wenig eine echte Witwe war wie ein Ring von der Losbude auf dem Jahrmarkt echtes Gold enthielt? Mrs. Yorke gehörte jedem Mann und keinem.

Plötzlich stellte Hannah fest, daß sie nicht recht wußte, was sie als nächstes tun sollte. Sie konnte kaum eine Dame wie Mrs. McQueen zum Tee ins Haus bitten.

O Hannah, daß der Cowboy so gut im Bett war, muß dir den Verstand geraubt haben ...

Es war absolut lächerlich zu glauben, sie könnte die Bekannte dieser jungen wohlerzogenen und respektablen Frau werden.

Doch an diesem Tag hatte Hannah Mut. Irgendwie war alles anders. Der verrückte Cowboy war daran schuld. Wie auch immer, sie wollte wissen, wie es war, sich mit einer echten Dame wie Mrs. McQueen zu unterhalten. Vielleicht würde sie sich dann selbst eher wie eine Dame vorkommen, so wie eine Silbermünze, die man in der Hand hielt, einem das Gefühl geben konnte, reich zu sein.

»Ich habe gesehen, was Sie gerade getan haben«, sagte Hannah und versuchte es mit einem Lächeln. »Das war sehr nett von Ihnen.«

Die schön geschwungenen Augenbrauen auf der hohen Stirn zogen sich zusammen. »Ich bin zu spät gekommen. Das Kind ist tot.«

In diesem Augenblick beschloß der Wind, wieder zu wehen. Eine Böe fuhr über sie hinweg, zerrte an den Baumwipfeln und versuchte, den Hut vom Kopf der jungen Frau zu reißen. Sie hielt ihn mit einer Hand fest; bei dieser Bewegung rutschte der Ärmel nach oben und enthüllte ihr zartes Handgelenk. Voll Neid sah Hannah, daß ihre Haut blaß und makellos glatt war.

»Sie halten sich besser von Joe Proud Bear fern«, riet ihr Hannah, und es klang fast vorwurfsvoll. »Er haßt alle Weißen.«

»Es heißt, er schließt sich seinem Vater an und sie stehlen Rinder.«

Hannah zuckte die Schultern. Gus McQueen und Rafferty verkauften die meisten ihrer Rinder an die Regierung. Die Regierung hatte es übernommen, Fleisch kostenlos an die Indianer in den Reservaten zu verteilen. Doch jeder wußte, daß nur ein Drittel der an die Agenten der Regierung verkauften Rinder in die Mägen hungriger Rothäute wanderte. Die Rancher bekamen ihr Geld, die Agenten nahmen sich ihren Teil, und den Indianern blieb von dem wenigen, was übrig war, ein Drittel. Sie hatten Land, auf dem nicht viel wuchs und wo ihnen verboten war zu jagen. Es war nicht gerecht, aber so war eben das Leben.

Mrs. McQueens düsterer Blick richtete sich auf den Wigwam. Sie hatte seltsame Augen, so graugrün wie das Meer. In diesen Augen gab es unsichtbare, geheimnisvolle Tiefen.

»Sie treffen sich gerade im Mietstall«, sagte Hannah. »Sie wollen den jungen Mann aufhängen. Sie wollen alle aufhängen, wenn sie die Indianer beim Rinderdiebstahl erwischen.«

Und Ihr Gus wird ganz vorne reiten und den Trupp anführen, dachte Hannah und schwieg. Ihr war es gleichgültig, was mit den Indianern geschah. Es hätte Mrs. McQueen ebenfalls gleichgültig sein sollen. Aber richtige Damen wie Mrs. McQueen konnten es sich offenbar leisten, nett zu sein.

»Joe Proud Bear weiß, was er riskiert. Wenn ein Mann unbedingt ertrinken will, findet er selbst in der Wüste die Möglichkeit dazu«, fügte Hannah nach einer kurzen Pause hinzu.

»Aber was soll seine Frau dann tun? Sie hat das Kind und ist noch so jung. Sie ist beinahe selbst noch ein Kind.«

»Machen Sie sich keine Sorgen wegen der Squaw. Sie ist nicht so zart, wie sie aussieht. Und ich wette, daß sie kaum jünger ist als Sie.«

Die graugrünen Augen richteten sich auf Hannah. »Und wie alt sind Sie?«

Die Frage verblüffte Hannah so sehr, daß es ihr einen Augenblick den Atem verschlug. Sie spürte, wie sie die Lippen zusammenpreßte und sich die Falten um den Mund tiefer eingruben. Sie spürte, wie ihre Haut schlaff wurde und die Sonne die winzigen Fältchen um die Augen hervortreten ließ. Sie hatte das Gefühl, daß all das, was jeder Mann, jede

Enttäuschung, jedes gebrochene Versprechen in ihr zurückgelassen hatten, wie Schweißtropfen, wie Tränen auf ihrem Gesicht zu sehen war, damit die junge Frau, dieses Mädchen, sie verhöhnen und bemitleiden konnte. Das Mitleid war am schlimmsten von allem.

Sie erwiderte mit ihrem liebenswürdigsten Lächeln: »Ich bin erst neunundzwanzig, deshalb interessiere ich mich noch nicht für den Friedhof. Und wenn es darum geht, einen Mann zufriedenzustellen ... es gibt Leute, die sagen, ein begabter Mund ist einem jungen Ding allemal überlegen.«

Hannah erwartete, die junge Frau werde über ihre schockierende, ordinäre Bemerkung entsetzt sein. Aber Mrs. McQueen war so verdammt unschuldig, daß sie wahrscheinlich genausoviel verstanden hätte, wenn Hannah chinesisch gesprochen hätte. Sie sah Hannah ruhig mit ihren geheimnisvollen, unergründlichen Augen an. Dabei hatte Hannah plötzlich das unangenehme Gefühl, als könnte die junge Frau mehr sehen, als Hannah ihr zeigen wollte, womöglich mehr, als Hannah selbst sah.

»Ich weiß nicht, was mich dazu gebracht hat, so unhöflich zu sein«, sagte Mrs. McQueen. »Es ist nur so, daß die Leute hier älter zu sein scheinen, als sie aussehen.«

Das liegt daran, daß das Leben in der Wildnis jeden schnell alt werden läßt, dachte Hannah. Das Altwerden fängt im Herzen an. Das Herz kann tot und begraben sein, noch ehe man dreißig ist. Hannah lief ein Schauer über den Rücken. Diese junge Frau brachte sie auf merkwürdige Gedanken.

»Sie sollten gehen, Mrs. McQueen. Rainbow Springs mag zwar keine ehrenhafte Stadt sein, aber sie hat auch ihre Regeln. Man sollte nicht sehen, daß Sie mit jemandem wie mir reden.«

»Ich rede, mit wem ich will«, erwiderte Mrs. McQueen, und obwohl das kindisch und naiv war, hatte ihr Kinn dabei etwas Eigenwilliges, das Hannah überraschte. Sie sah die junge Frau plötzlich mit anderen Augen und überlegte, ob sie sich vielleicht ein falsches Bild von ihr gemacht hatte.

Sie war eigentlich keine klassische Schönheit. Auffallend waren nur ihre Augen, die weit auseinanderstanden und erstaunlich groß waren. Und der Mund – eine volle, etwas kleinere Oberlippe, die nicht ganz mit der sehr sinnlichen aufgeworfenen Unterlippe zusammentraf. Die porzellanhafte Zerbrechlichkeit und das Rühr-mich-nicht-an-Benehmen standen eindeutig im Widerspruch zu diesem Mund. Mit diesem Mund konnte man auf dem Strich in Deadwood ein Vermögen verdienen.

Im Augenblick schien dieser Mund etwas sagen zu wollen, hatte aber so große Mühe, es hervorzubringen, daß Hannah lächeln mußte.

»Ich überlege, Mrs. Yorke...« Sie brach ab, holte tief Luft und begann noch einmal. »Das heißt, wäre es möglich, falls es Ihnen nicht zu große Umstände macht... würden Sie mir erlauben, Sie irgendwann einmal zu photographieren?«

Das Lächeln verschwand von Hannahs Gesicht. Von Nickel Annie wußte sie, daß Gus McQueens junge Frau einen ganzen Koffer voll photographischer Ausrüstung mitgeschleppt hatte, doch sie hatte es nicht geglaubt. Oh, sie konnte sich gut die reichen, vornehmen Eltern von Mrs. McQueen vorstellen, wie sie mit morbider Neugier ihr Bild betrachteten.

›Liebe Mama, lieber Papa! Es gibt viele arme, gefallene Frauen wie sie hier im Westen. Sie nennen sich leichte Mädchen, und sie sind eine Schande für unser ganzes Geschlecht, das sie entehrt haben.‹

Hannah richtete sich auf und sah die junge Frau wachsam und mißtrauisch an. »Weshalb wollen Sie mich photographieren?«

»Sie haben ein interessantes Gesicht.« Sie lächelte. »Guten Tag, Mrs. Yorke. Es war nett, mit Ihnen zu plaudern. Vielleicht können wir uns bald einmal wiedersehen.«

Hannah war sprachlos. Sie konnte nur nicken, als Mrs. McQueen die Schleppe hob und auf dem Holzsteg davonging. Ihr Satinrock raschelte leise, und die Absätze klickten gemessen. Ja, so bewegte sich eine Dame. Nach ein paar Schritten drehte sie sich jedoch plötzlich um und kam zurück. Sie hielt ihren Hut fest, damit der Wind ihn nicht davontrug.

»Haben Sie Spaß an Ihrem Klavier?« rief sie über das Rauschen der Blätter hinweg.

Hannah schluckte, als müsse sie verhindern, daß ein Stein in ihrer Kehle nach oben stieg. »Ich habe noch niemanden gefunden, der spielen kann. Shiloh, mein Barmann, spielt nur die Fiedel.«

»Mein Vater war der Meinung, daß Musik, Tanzen und Singen den Charakter verdirbt und zu Weltlichkeit und Sünde führen kann. Aber ich würde Ihr neues Klavier gerne einmal hören. Ja, ich würde es wirklich gerne hören, Mrs. Yorke.«

Sie drehte sich um und ging mit anmutigen, damenhaften Schritten zu Sam Woos Laden.

Hannah mußte lachen, denn sie stellte sich plötzlich vor, wie sie einen musikalischen Nachmittag im ›Best in the West‹ veranstaltete, über dessen Schwelle keine ehrbare Frau jemals einen Fuß gesetzt hatte. Sie würde Spitzendeckchen auflegen und Ingwergebäck und Limonade servieren; die Damen würden alle die Hüte auf- und die Handschuhe anbehalten, mit kleinen Schlucken Tee aus zierlichen Porzellantassen trinken und höflich klatschen, wenn der Pianist ein Musikstück beendet hatte. Natürlich dürfte es nichts Frivoles sein, nein, nein, das würde zu weit gehen, sondern etwas Ernstes und Erhebendes.

Hannah stellte plötzlich fest, wie sich ihre Augen mit Tränen füllten. Irgend etwas blieb ihr im Hals stecken; es schmerzte.

Aber tief im Herzen war plötzlich ein neues Gefühl, eine Mischung aus Traurigkeit und Glück. Es dauerte einen Augenblick, bis sie begriff, daß es Hoffnung war.

»Ich habe dir schon einmal gesagt, Cowboy, das kleine Biest gehört in den Stall.«

Rafferty rekelte sich auf dem Stuhl. Er legte die Stiefel mit den Sporen auf der Tischplatte übereinander, verschränkte die Hände hinter dem Kopf und grinste unter der Hutkrempe. »Es gibt hier alle möglichen kleinen Biester. Hast du ein bestimmtes im Sinn?«

»Das vierbeinige.« Hannah deutete auf das braunweiße Kalb, das mit gespreizten Beinen dastand und aussah, als werde es im nächsten Augenblick den Fußboden des Saloons wässern. Die kleine Patsy hatte ein Bein über seinen Rücken geschwungen und versuchte, es zu reiten.

»Hab doch ein Herz, Liebling«, sagte Rafferty. Seine tiefe Stimme und der schleppende Tonfall zeigten ihn unverwundbar gegen ihre Argumente. Der Whiskey schenkte seiner Zunge noch mehr Sicherheit. Mit den Bartschatten auf den Wangen und den langen dunklen Haaren, die lockig über seinen Kragen fielen, wirkte er gefährlich, aber leider auch unwiderstehlich. Das wußte er. »Das arme kleine Kälbchen hat sich so einsam in deinem Stall gefühlt, in dem nicht einmal ein Karrengaul steht, um ihm Gesellschaft zu leisten.«

»Shiloh wird noch kündigen, weil ich ihm gesagt habe, er muß dem

Kalb die Mutter ersetzen, mit dem Lutschbeutel und weiß Gott noch was.«

Rafferty legte den Kopf zurück und blickte von unten zu dem Barmann, der hinter der Theke stand und Gläser abtrocknete. »Das macht ihm doch nichts aus oder, Shiloh?«

»Nein, Sir. Es macht mir nichts aus. Solange man sich um das Kleine kümmert, ist es keine Last.«

Raffertys Kopf fiel wieder nach vorne, und er lachte zufrieden.

Hannah ballte die Hände zu Fäusten, um sich gegen das Lachen zu wehren. Es war so schön wie Gold und genauso verführerisch, um es besitzen zu wollen.

Was würdest du damit tun, du sentimentale Närrin, fragte sie sich ärgerlich. Soll ich es zusammen mit den Blumen von der Hochzeitstorte unter dem Glassturz aufbewahren?

Doch er lümmelte sich groß und schlank auf dem Stuhl und lächelte sie unbekümmert an. Wieder überkam sie das eigenartige weiche Gefühl, und die Welt erschien ihr plötzlich hell, jung und verheißungsvoll.

Hannah versuchte fast in Panik, wieder einen klaren Kopf zu bekommen. Sie würde es sich nie verzeihen, wenn sie sich in den Cowboy verliebte.

»Wenn das kleine Biest in meinen Saloon pinkelt, Zach, dann bringe ich *dir* den Putzlappen und den Eimer.« Sie drehte sich gespielt wütend um und brachte schnell die Theke zwischen sich und den großen Cowboy mit dem übermütigen Lächeln. Sie zog die Geldschublade auf und gab sich den Anschein, als zähle sie die Einnahmen des Vortags, obwohl sie sich im Grunde überhaupt nicht dafür interessierte. Sie wußte, Shiloh würde sie niemals betrügen.

Hannah spürte den erstaunten Blick des Barmanns auf sich gerichtet, und ihr entging auch nicht, daß es um seine Mundwinkel zu zucken begann. Er wußte natürlich, wo sie die letzten drei Tage und Nächte gewesen war, was sie getan hatte und warum. Sie und Shiloh waren seit Deadwood zusammen, und er kannte sie in- und auswendig. Manchmal gelang es ihr, sich selbst etwas vorzumachen; bei Shiloh schaffte sie das nie.

Sie warf ihm einen Blick zu, der, wie sie hoffte, glühend genug war, um Speck zu braten. »Sag es nicht.«

Er hielt ein Glas ans Licht, blies darauf und polierte es. »Schönes Wetter haben wir heute, Miss Hannah. Die Sonne scheint, scheint immer länger, und der Schlamm wird im Handumdrehen trocknen. Wahrscheinlich wird das Geschäft dann bessergehen.«

Sonne hin, Sonne her, zur Zeit kamen nur wenige Männer in den Saloon. Selbst der Berufsspieler war entweder zu fetteren Weidegründen gezogen, oder er schlief irgendwo seinen Rausch aus. Hannah kam gerade zu dem Schluß, daß im Augenblick niemand in Rainbow Springs unternehmungslustig genug sei, um in ihren Saloon zu kommen, als die Tür des Hinterzimmers aufging. Ein übler Geruch drang heraus, dem der Schafhirte folgte. Er knöpfte seine Hose zu und murmelte wie immer vor sich hin. Dicht hinter ihm erschien Saphronie. Sie starrte auf den Boden und hielt den zusammengeknüllten Schleier in der Hand, den sie üblicherweise vor dem Gesicht trug.

Ohne die Tätowierung wäre sie eine ganz normale junge Frau gewesen. Ihre Haare und Augen waren so braun wie das Fell von Präriehunden. Sie hatte eine blasse, fast mädchenhafte Haut. Doch die Tätowierung – vier dunkelblaue Tropfen, die sich von der Unterlippe bis zur Kinnspitze zogen – verlieh ihr eine Häßlichkeit, die eigenartigerweise fast schon wieder an Schönheit grenzte. Es fiel schwer, Saphronie *nicht* anzusehen.

Saphronie hielt den Blick auf die Schuhe gerichtet, während sie langsam drei Silberdollar auf die Theke legte. Die schweren Münzen klirrten auf dem zerkratzten Holz. Hannah warf eine in die Geldschublade. Wenn ein Mädchen mit einem Mann ins Hinterzimmer ging, behielt es zwei Dollar für sich, und Hannah bekam einen Dollar als Miete.

Es war eine bessere Abmachung, als die meisten Saloons sie mit ihren hübschen Bedienungen trafen. Dafür verlangte Hannah, daß sich die Mädchen an ihre Regeln hielten. Wer versuchte zu betrügen, wurde auf der Stelle entlassen. Und sie stellte niemals eine Jungfrau ein. Die Frauen konnten verwitwet, geschieden oder gefallen sein, aber ein niedliches junges Ding, das seine Unschuld verlieren wollte, mußte das woanders als im ›Best in the West‹ tun. Außerdem durften die Frauen nicht trinken. Wenn ein Mann einem Mädchen etwas zu trinken bezahlte, bekam es kalten Tee, der sah genauso aus wie Whiskey, aber sie blieben nüchtern. Nichts war erbärmlicher als eine saufende Hure.

Hannah sah Saphronie aufmerksam an, aber nicht wegen der Tätowierung. Die heruntergezogenen Mundwinkel und die tiefen Schatten unter den Augen sagten deutlich genug, wie es dem Mädchen zumute war. Hannah goß einen doppelten Whiskey ein und drückte Saphronie das Glas in die zitternde Hand. Saphronie ging nicht allzu häufig ins Hinterzimmer, und jedesmal, wenn sie es tat, war es für sie wie eine Vergewaltigung. Sie mußte sich wie eine abgetakelte Hure an die widerlichsten Männer verkaufen – Maultiertreiber, Trapper und Wolfsjäger. Hannah hatte Saphronie eingestellt, um den Saloon sauberzuhalten; das andere war ihre freie Entscheidung. Aber Saphronie mußte drei Tage putzen, um soviel zu verdienen, wie ihr zehn Minuten im Hinterzimmer einbrachten.

Ihr Problem bestand darin, daß sie sehr lange brauchte, um über ihre Scham- und Schuldgefühle hinwegzukommen. Saphronie trank den Whiskey in zwei Zügen und starrte auf die Flasche. Hannah seufzte und goß ihr noch etwas ein. Wenn sie so weitermachte, verschenkte sie an Whiskey, was sie gerade als Miete eingenommen hatte.

»Hat er dir weh getan, Liebes?« fragte sie sanft.

Saphronie schüttelte den Kopf. Sie trank einen Schluck, und ihre Zähne schlugen gegen das Glas. »Er hat mir die ganze Zeit ins Gesicht gestarrt, ohne mit der Wimper zu zucken. Und hinterher hat er gesagt...« Ihre Lippen zitterten. Sie preßte die Faust an den Mund und verdeckte dabei auch die Tätowierung. »Er hat gesagt, er hätte es noch nie mit einem Monster gemacht.«

Hannah tätschelte ihr den Arm. Aber sie kam sich sofort dumm vor und wurde verlegen. »Niemand zwingt dich, mit solchen Männern ins Hinterzimmer zu gehen.«

»Solche Männer sind die einzigen, die mich haben wollen.« Saphronie blickte auf ihre Tochter, die es gerade geschafft hatte, auf das Kalb zu klettern, wenn auch verkehrt herum. Das Kalb hob den Kopf und muhte. Saphronies Gesicht hellte sich auf, und sie lächelte. »Ich muß der kleinen Patsy ein besseres Leben ermöglichen.«

Hannah seufzte wieder. Die kleine Patsy... Sie war süß und hübsch wie ein Engel, aber leider das Ergebnis eines Besuchs im Hinterzimmer, wie der, von dem ihre Mutter gerade zurückkam. Saphronie konnte hoffen und huren, vielleicht auch ein wenig sparen, doch für die kleine Patsy würde es nie etwas Besseres geben. Das arme Kind würde ihr Leben da beenden, wo es begonnen hatte: im Hinterzimmer eines heruntergekommenen Saloons in einer namenlosen staubigen Stadt.

156

Hannah sagte sich gerne vor, das ›Best in the West‹ sei eine Stufe besser als andere Lokale dieser Art. Sie hatte sich große Mühe gegeben, es gemütlich zu machen und sich hübsche Dinge einfallen lassen, wie die Zirkusplakate an den Wänden und die Spucknäpfe aus richtigem Porzellan. Für die meisten Männer in der Gegend war es in gewisser Hinsicht das einzige Zuhause, das sie kannten. Sie benahmen sich auch so. Sie kamen frisch gewaschen und ließen sich die Haare schneiden, um im Saloon einen zu trinken, mit einem der Mädchen zu tanzen oder, wenn sie es sich leisten konnten, ins Hinterzimmer zu gehen.

Aber der Teil von Hannahs Wesen, der sich nicht belügen ließ, wußte, was billig und schäbig und sündig war. Sie hatte arme, aber rechtschaffene Eltern gehabt. Das wenige, das sie besaßen, war immer sauber und gepflegt. Hannah Yorke war damals ebenfalls innerlich und äußerlich sauber. Sie würde nie die erste Nacht vergessen, die sie nicht zu Hause, sondern in einem schmuddeligen Gasthaus in Franklin verbrachte. Mein Gott, sie hatte Wanzen im Bett gefunden und wäre am liebsten gestorben. Sie saß später dann die ganze Nacht auf einem Stuhl und schämte sich darüber, wie tief sie gesunken war. Damals wußte sie nicht, daß es noch tiefer abwärts ging und daß sie den Weg dorthin finden würde.

Etwa in ein schäbiges Zimmer in dem Bordell von Deadwood, wo der Name ›Rosie‹ in das Holz über der Tür eingebrannt war. In einer Ecke stand ein Bett, in einer anderen ein Ofen, und daneben lag ein Bündel Anmachholz. An der Wand aus Baumstämmen stand eine kleine Kommode mit einer Waschschüssel. Die andere Wand bestand nur aus einer Segeltuchbahn, die ihr Zimmer vom nächsten trennte. Das Zimmer war heiß im Sommer und kalt im Winter, und es stank das ganze Jahr hindurch nach Haaröl, billigem Eau de Cologne und Sex.

An den meisten Tagen trug sie nichts außer einem grellbunten Morgenmantel. Am Fuß des Bettes lag eine alte rote Decke, die sie beim Schlafen über sich zog. Tagsüber legte sie ein Stück Wachstuch darüber, um zu verhindern, daß ihre Freier die Decke mit den Stiefeln schmutzig machten. Die Männer, die zu ihr kamen, zogen nie die Stiefel aus. Sie zogen überhaupt nichts aus, sondern nahmen nur die Hüte ab und nannten sie immer ›Madam‹.

›Wie geht es Ihnen, Madam? Woher kommen Sie, Madam? Ich hätte es gerne so, Madam. Wenn Sie bitte . . .‹

Am frühen Nachmittag, bevor die Männer kamen, lag sie auf dem Bett und starrte auf die Dachbalken, die Wasserflecken hatten und mit Spinnweben überzogen waren. Heiße, salzige Tränen stiegen in ihr auf, quollen aus den Augenwinkeln und liefen ihr in die Ohren.

Ich werde nicht weinen, sagte sie sich immer und immer wieder, bis sie eines Tages tatsächlich nicht mehr weinte.

Sie wurde so müde, so müde und hatte kaum noch die Kraft aufzustehen und sich zwischen den einzelnen Männern zu waschen.

Wenn nicht dieser alte verrückte Goldsucher gestorben wäre und ihr seine Ledersäckchen voll mit Goldstaub vermacht hätte, wäre es ihr in dem letzten Winter in Deadwood bestimmt gelungen zu sterben.

Doch wenn sie sich jetzt im Saloon, in *ihrem* Saloon umsah, empfand sie eine Art wehmütigen Stolz auf die roten Lampen, die Porzellanspucknäpfe, das Klavier, das stumm die weißen und schwarzen Zähne bleckte, weil niemand spielen konnte, die angegilbten Plakate und die Hirschgeweihe an den Wänden. Es war nicht viel, aber es gehörte alles ihr, und sie war niemandem etwas dafür schuldig. Auch sie gehörte sich selbst und war niemandem etwas schuldig. Sie war wieder Hannah Yorke, nicht mehr ›Rosie‹, und sie würde nicht als alte kranke Hure in einer stinkenden Gosse sterben, auch wenn nur ein glücklicher Zufall sie davor bewahrt hatte. Was geschehen war, war geschehen, und sie vergaß es am besten.

Doch die Zeit war keine Sanduhr, die man umdrehen konnte, um zu sehen, wie die Sandkörner wieder zurückrieselten. Die Jahre in Deadwood hatten Narben in ihrem Herzen hinterlassen.

»Die ganze Stadt redet darüber, daß Sie etwas mit Zach Rafferty angefangen haben«, sagte Saphronie. Ihr Blick richtete sich sehnsüchtig auf die Flasche. Hannah stellte sie weg.

»Die ganze Stadt sollte lernen, sich um ihre eigenen Angelegenheiten zu kümmern.«

Saphronie beugte sich vor und senkte die Stimme und fragte neugierig: »Na und, wie ist er?«

Hannah wollte ihn nicht ansehen, aber sie tat es trotzdem. Vor ihm stand eine halbvolle Whiskeyflasche. Er hatte den Hut mitten auf den Tisch gelegt und warf nacheinander ein ganzes Blatt Spielkarten hinein. Er trank und vertrieb sich die Zeit, bis sie fertig war und wieder mit ihm zurückgehen würde in das Schlafzimmer mit den roten Seidentapeten und dem großen Federbett. Er war wild, unberechenbar und gefährlich. Er würde ihr das Herz brechen. Das taten solche Männer immer.

»Er ist nicht anders als alle Männer«, sagte sie wegwerfend. »Hast du nichts zu tun?«

Saphronie wurde über und über rot. Sie schob das leere Glas so heftig über die Bar, daß es auf dem Holz klirrte. »Danke für den Whiskey. Ich weiß, was Sie vom Trinken halten. Ich meine, Sie erlauben den anderen Mädchen nie . . .«

Hannah griff nach der Hand der jungen Frau und drückte sie. »Tu es nicht mehr, Saphronie.«

Sie zog ihre Hand zurück. »Ich muß es tun, Mrs. Yorke, für die kleine Patsy.«

In diesem Augenblick ging die Tür auf. Mit der frischen Luft drang ein Sonnenstrahl herein. Sporen kratzten über den Boden. Saphronie drehte sich um, Hannah hob den Kopf und sah überrascht, daß Gus McQueen in ihren Saloon kam.

Siebtes Kapitel

Sieh an, sieh an, dachte Hannah Yorke und lachte stumm. Hier kommt der ehrenwerte Gus McQueen. Er steigt tief in die Hölle hinab, um seinen verlorenen Bruder nach Hause zu holen.

Der arme Gus. Ein rechtschaffener Mann wie er empfand seinen wilden, zuchtlosen Bruder wahrscheinlich die meiste Zeit als eine schwere Prüfung. Aber er hatte mehr Mut und weniger Vernunft, als sie ihm zugetraut hätte. Rafferty war angetrunken. Sich mit ihm anzulegen, war etwa so, als greife man mit bloßen Händen nach einer Klapperschlange.

Gus McQueen erinnerte sie immer an einen zahmen, goldbraunen Bären. Das lag an seiner Größe und an der drolligen Art, wie er sich bewegte. Er blieb stehen, damit sich seine Augen an das Halbdunkel gewöhnen konnten. Seine Augen waren tiefblau, wie der vom Wind blankgefegte Himmel, und der Blick, mit dem er den Raum durchbohrte, war kalt genug, daß man mitten im Sommer hätte frieren können.

Hannah trat hinter der Bar hervor. Sie griff in die Tasche ihres Rocks und schloß die Finger um den Elfenbeingriff der kleinen Pistole, die sie immer bei sich trug. Bei den hohen Frachtkosten würde sie nicht zulassen, daß Tische oder Stühle zu Kleinholz gemacht wurden. Blut ließ sich von einem unlackierten Holzfußboden nie leicht entfernen.

Gus ging zu seinem Bruder hinüber. »Da bist du ja«, sagte er.

»Ja«, sagte Rafferty und zog das Wort in die Länge. »Ja, hier bin ich.«

»Auf der Ranch wartet die Arbeit.«

Rafferty warf eine Kreuzkönigin durch die Luft in Richtung Hut. »Komm wieder, wenn ich nicht beschäftigt bin.«

Gus fing die Karte in der Luft auf und zerknüllte sie in seiner großen Hand. »Du bist blau«, sagte er, und man hörte den Ekel in seiner Stimme.

»Noch nicht, aber ich gebe mir Mühe, es zu werden.« Raffertys lange Finger hatten sich zur Faust geballt. Jetzt griff er nach dem Hals der Flasche und goß sich den Whiskey in den offenen Mund.

Gus starrte auf seinen Bruder. In seinem Gesicht kämpften Abscheu und Zorn miteinander. Hannah bedauerte ihn in diesem Augenblick beinahe. Es war hart, jemanden zu lieben, sich um ihn zu bemühen und trotz allem dem anderen gleichgültig zu sein.

»Wir hätten schon vor einer Woche mit dem Zusammentreiben für das Brennen anfangen sollen«, sagte Gus.

»Du bist beinahe ein Jahr weggeblieben, und plötzlich ist dir die Ranch wieder das Wichtigste im Leben. Entschuldige, wenn ich in Hinblick auf deine Wünsche nicht auf dem laufenden bin.«

»Sie war auch deine Mutter. Du hättest mitkommen können.«

»Ich habe nie eine schriftliche Einladung zu dieser Feier bekommen.« In Raffertys Wangen stieg eine Röte, die nicht nur vom Alkohol kam.

»Geh, Gus, du ärgerst mich, und wenn ich mich ärgere, fange ich an zu schwitzen. Und Schwitzen ist eine Verschwendung von gutem Whiskey.«

Einen Augenblick sagte keiner der beiden Männer etwas, aber die Spannung stieg.

Gus riß sich den Hut vom Kopf, fuhr sich mit den Fingern durch die Haare und setzte den Hut mit einer heftigen Bewegung wieder auf.

»Hör zu, ich weiß, daß du stinksauer auf mich bist, und ich gebe zu, daß du vielleicht Grund dafür hast. Aber das ist keine Entschuldigung, um die Ranch zu vernachlässigen, dich sinnlos zu besaufen und wie ein dummer Junge hier in der Stadt die Zeit zu vertun.«

»Falls es dir entgangen sein sollte, Rainbow Springs ist keine ›Stadt‹ wie Boston.« Rafferty machte eine weitausholende Bewegung mit der Whiskeyflasche. »Mehr als das hier gibt es nicht.« Er sah seinen Bruder mit zusammengekniffenen Augen an. »Was ärgert dich eigentlich wirklich, Gus? Hängt dir deine Ehe vielleicht schon wie ein Mühlstein um den Hals? Warum gehst du nicht nach Hause zu deiner Frau und läßt mich bei meiner?«

»Deine Frau?« Gus richtete den Blick auf Hannah. Er musterte sie von Kopf bis Fuß und verzog höhnisch den Mund. »An deiner Stelle würde ich nicht so laut solche Ansprüche auf Mrs. Yorke erheben, kleiner Bruder. Für drei Dollar ist sie jedermanns Frau.«

Es überraschte selbst Hannah, wie schnell Rafferty vom Stuhl aufsprang. Gus wich einen Schritt zurück, blieb aber entschlossen stehen. Er drehte den Kopf etwas zur Seite und reckte das Kinn. »Willst du mich verprügeln, Zach? Bitte, nur zu.«

Rafferty atmete hörbar aus. »Ich schlage mich nicht mit dir.«

Er kippte die Spielkarten auf den Tisch, warf die Bänder in den Hut und setzte ihn auf. Dann griff er nach der Whiskeyflasche und nahm noch einen Schluck. Gus stand schwer atmend und mit geballten Fäusten daneben. Hannah konnte es ihm irgendwie nicht verübeln, daß er jemanden verprügeln wollte. Wahrscheinlich war das die längste Unterhaltung, die er seit Jahren mit seinem Bruder gehabt hatte. Aber es war ungefähr so, als wollte er einen Stier überreden, auf einen Baum zu klettern.

Rafferty machte einen Schritt in Richtung Tür. Gus packte ihn am Arm und zog ihn herum. »Du wirst dich mit mir schlagen müssen, wenn ich dir die Zähne einschlage.«

Rafferty grinste und hob die Whiskeyflasche zum Mund. Gus war mit seiner Faust schneller.

Die Wucht des Schlages traf Rafferty unvorbereitet. Er taumelte gegen den Tisch, der unter seinem Gewicht wegrutschte. Rafferty ging mit einem Knall zu Boden, bei dem die Fensterscheiben vibrierten. Irgendwie hielt er die Flasche immer noch in der Hand, obwohl ihm der meiste Whiskey über Gesicht und Hemd spritzte. Er hielt die Flasche in die Luft und lachte.

Hannah wartete nicht ab, um zu sehen, ob er mit der Flasche in der Hand ausholen würde. Sie zog die Pistole aus der Tasche und drückte ab. Der Schuß hallte wie Donner an einem heißen Nachmittag. Die Flasche barst in seiner Hand. Glassplitter und funkelnde Whiskeytropfen regneten auf ihn herab.

Rafferty blickte auf den gezackten Hals aus braunem Glas in seiner Hand. »Scheiße!« sagte er und lachte schallend. Auch Hannah konnte sich das Lachen nicht verkneifen.

Die beiden lachten immer noch, als er sich die Glassplitter vom Hemd wischte, während Gus sie wütend anstarrte. Hannah dachte, sie fände Gus McQueen wahrscheinlich sehr viel netter, wenn er nicht jedesmal den größten Wert darauf legen würde, in ihr eine Hure aus Deadwood zu sehen.

Sie lächelte ihn liebenswürdig an. »Wenn Sie jemanden zusammenschlagen müssen, Mr. McQueen, dann tun Sie das draußen und nicht in meinem Saloon.«

Rafferty zog sich am Tisch in die Höhe und drückte den Handrücken an die aufgeplatzte Lippe. Er blickte auf das Blut und dann auf Hannah, als hätte sie ihm den Schlag versetzt.

»Mein Gott«, sagte er und schüttelte den Kopf. »Irgendwann schießt du mit dem Ding daneben und bringst einen Menschen um.«

»Wenn ich beschließe, jemandem eins auf den Pelz zu brennen, werde ich es dich wissen lassen.« Sie machte eine Bewegung mit der Pistole. »Raus hier! Tragt eure Meinungsverschiedenheiten draußen aus.«

»Schon gut, schon gut. Ich gehe ja schon. Zum Teufel, wozu die ganze Aufregung?« Er ging lässig zur Tür. Gus warf Hannah noch einen letzten verächtlichen Blick zu und folgte ihm.

Die Tür fiel hinter Rafferty zu. Gus drückte sie mit dem Handrücken auf und lief geradewegs in eine geballte Faust, die ihm einen gezielten Schlag in den Magen versetzte.

Gus krümmte sich stöhnend. Er holte keuchend Luft und stieß sie keuchend wieder aus. Er hob den Kopf und starrte seinen Bruder an. »Ich dachte . . . du wolltest . . . dich nicht mit mir prügeln.«

Rafferty stand breitbeinig vor ihm. Er verlagerte das Gewicht auf die Fußballen. Seine Hände hingen locker an den Seiten. Die braungelben Augen lachten, funkelten aber gleichzeitig auch verächtlich. »Na und, ich habe nur wieder einmal gelogen.«

Gus richtete sich auf und sprang mit einem so zornigen Schrei vorwärts, daß Hannah hinausrannte. Sie hätte sich einen Kinnhaken eingehandelt, wenn sie sich nicht gerade noch rechtzeitig geduckt hätte. Sie drückte sich an die Schwingtüren und sah dem Kampf zu.

Gus holte aus und traf Zach seitlich am Kopf. Der Treffer riß ihm den Hut herunter. Rafferty taumelte rückwärts. Er revanchierte sich bei seinem Bruder wieder mit einem Schlag in die Magengrube, der wie ein Axthieb in feuchtes Holz klang. Die beiden Brüder hielten sich fest umklammert und fielen rückwärts vom Gehsteig. Sie rangen ächzend miteinander, landeten beinahe in dem wassergefüllten Pferdetrog und rammten den Anbindebalken. Das morsche Holz splitterte.

Sie saßen schließlich keuchend im Schlamm zwischen den Holzsplittern und grinsten sich an. Aber dann ging der Kampf erst richtig los.

Sie schlugen mit den Fäusten zu, man hörte Stöhnen und sah Blut fließen. Es dauerte nicht lange, bis die Rauferei Zuschauer anzog wie der Mist die Fliegen. Die Männer aus dem Mietstall kamen herüber, um zuzusehen. Sam Woo tauchte aus seinem Laden auf und eilte herbei. Mrs. McQueen folgte ihm dicht auf den Fersen. Hannah hatte sie noch nie so schnell laufen sehen – sie rannte beinahe.

Eine Dame, dachte Hannah, würde bei diesem brutalen Schauspiel Ekel und Entsetzen empfinden, vielleicht sogar ohnmächtig werden. Aber Hannah spürte ein Prickeln und wußte, es war eine sehr sinnliche, animalische Erregung. Ihr Rafferty kämpfte hart und männlich. Sie bewunderte seinen geschmeidigen, gefährlichen Körper, die rohe Gewalt seiner Schläge und die Wildheit in seinen Augen. Er war bei dem Kampf wie bei der Liebe rücksichtslos. Er ging bei allem aufs Ganze.

Gus landete einen Treffer auf Zachs Auge und einen anderen in seine Rippen. Rafferty fiel schwer, aber locker gegen die Wand des Saloons. Mit einem Satz sprang er wieder auf und versetzte Gus einen Schlag ins Gesicht. Gus wurde zurückgeschleudert. Aus Nase und Mund flossen Blut und Speichel. Er schwankte und schüttelte den Kopf. Aber schon traf ihn der nächste Haken.

Eine zierliche Hand in einem schwarzen Handschuh umklammerte Hannahs Arm. »Bringen Sie die beiden dazu aufzuhören«, flehte Mrs. McQueen.

»Schätzchen, niemand bringt die Jungs dazu aufzuhören, bis einer von beiden k. o. geschlagen ist. Sie sind so wild, daß sie den allmächtigen Gott persönlich zusammenschlagen würden, falls er hier auftauchen würde und brüderliche Liebe predigen sollte.«

Clementine McQueen hob die Schleppe, preßte die Lippen zusammen und ging damenhaft um die beiden Kampfhähne herum.

Die beiden hatten inzwischen viel Dampf abgelassen und schnauften wie Lokomotiven an einer Steigung. Sie hielten sich schwankend umklammert, ihre Schläge waren kurz und schwach. Clementine ging zum Trog, und Hannah dachte, sie wollte die Männer vielleicht mit Wasser abkühlen, als wären sie ein paar kämpfende Kater. Statt dessen bückte sie sich, hob ein Stück des gesplitterten Anbindepfostens auf und hob es hoch über ihren Kopf.

Sie zielte auf den Kopf ihres Schwagers und traf ihn an der Schulter. Es war kein harter Schlag, aber Zach wurde auf sie aufmerksam. Er drehte sich auf unsicheren Beinen um, als sie gerade wie ein Amateurboxer zu dem nächsten Schlag ausholte. Allerdings umklammerte sie noch immer das Holz und schlug es Rafferty direkt zwischen die Beine. Er ging stumm in die Knie, preßte beide Hände auf die sehr empfindliche Stelle und krümmte sich. Dabei stieß er pfeifend den Atem aus.

Mrs. McQueen stand mit dem Holz in der erhobenen Hand vor ihrem Schwager. Hannah schloß aus ihrem Gesichtsausdruck, daß sie ihm einen Schlag auf den Kopf versetzen wolle. Aber sie ließ das Holz fallen und wich zurück. Eine flammende Röte überzog ihr Gesicht. Sie atmete schwer und fuhr sich mit der Zunge über die feuchten Lippen.

Gus stand schwankend da und drückte sein Halstuch an die blutende Nase. Er prüfte vorsichtig, ob er noch alle Zähne im Mund hatte. Zach war es gelungen, sich auf Hände und Knie zu stützen. Er erbrach Ströme von Whiskey. Mrs. McQueen sah ihn mit unverhülltem Abscheu an.

Gus machte einen Schritt auf seinen Bruder zu. Hannah hielt ihn zurück. Das Hemd hing ihm in Fetzen am Leib. Auf seinen Muskeln glänzten Schweiß und Blut – soviel Blut, daß es aussah, als komme er gerade vom Schweineschlachten. Sein Gesicht war so geschwollen, daß sie lächeln mußte.

»Schätzchen«, flötete sie. »Ihre vornehme Frau hat Ihrem Bruder gerade die Eier irgendwo in die Nähe der Rippen geschlagen. Wenn er keine Sterne mehr sieht und wieder zu Atem kommt, wird er jemanden umbringen wollen. Ich nehme an, Sie sollten Ihre vornehme Frau auf dem schnellsten Weg nach Hause bringen.«

Gus nickte, wischte sich das Blut von Mund und Nase und nickte noch einmal.

Hannahs Blick richtete sich auf Mrs. McQueen. Sie wirkte sehr zufrieden mit sich.

»Ich hoffe, es tut ihm weh«, sagte Clementine zu Hannah. Sie sprach nicht von ihrem Mann.

Rafferty kniete immer noch im Schlamm und würgte.

»Und wie weh es ihm tut.« Hannahs Lächeln war eher ein Grinsen. Und dann lächelte die vornehme junge Frau ebenfalls. Es war das Lächeln weiblicher Macht. Es kam nicht oft vor, daß es einer Frau gelang, einen Mann in die Knie zu zwingen.

»Die Vorstellung ist zu Ende, Leute«, sagte Hannah und drängte die Zuschauer in Richtung des Saloons. Sie hoffte nicht zu Unrecht, die Männer würden sich an die Bar stellen, über den Kampf reden und ihn mit ihrem teuren Fusel begießen.

Dann kauerte sie sich neben ihren besiegten Helden. Das feuerrote Kleid schleppte über den Schlamm. Der Whiskey war aus ihm heraus. Inzwischen würgte er nur noch trocken. Sie legte ihm die Hand auf den zuckenden Rücken.

»Benimm dich nicht wie ein kleines Kind, Zach. Außer deinem Stolz hat sie nichts verletzt.«

Er richtete sich vorsichtig auf, streckte die Beine aus und lehnte sich gegen den Trog. Er legte beide Hände auf die schmerzende Stelle zwischen den Beinen und stieß langsam mit zusammengebissenen Zähnen den Atem aus.

»Scheiße!«

Sie lachte.

Er sah sie mit einem blutunterlaufenen Auge an, das andere schwoll gerade zu.

»Worüber lachst du denn, zum Teufel? Ich hätte mich überhaupt nicht mit ihm geprügelt, wenn er dich nicht eine ›Hure‹ genannt hätte.«

»Mein Gott, Zach, ich bin eine Hure. Daß ich mich nicht mehr verkaufe, spielt doch keine Rolle! Eine Frau kann ihrer Vergangenheit nicht entrinnen. Und ein Cowboy wie du sollte das inzwischen kapiert haben. Danke, Shiloh«, sagte sie, denn der Barmann erschien gerade mit einer neuen Flasche Whiskey. Rafferty nahm sie ihm aus der Hand und trank so gierig, daß ihm der Alkohol aus den Mundwinkeln lief. Der scharfe Whiskeygeruch mischte sich mit dem Geruch von Schlamm, Blut, Schweiß und Gewalt.

Sie beobachtete die Muskeln an seinem sehnigen gebräunten Hals, während er schluckte. »Was dein großer Bruder sagt, interessiert mich nicht. Er ist mir gegenüber immer so steif. Ich nehme an, das liegt daran, daß nichts an ihm in meiner Gegenwart steif wird. Er gesteht sich nicht gerne ein, daß er Schwächen hat wie jeder andere Mann auch. Du bist eine schwere Prüfung für ihn, Zach, und ein ständiges Ärgernis. Aber das kommt nur daher, daß ihm etwas an dir liegt. Er hat auch seine guten Seiten. Das mußt du zugeben.«

Rafferty fuhr sich mit dem Ärmel über das Gesicht. »Zum Teufel, ich weiß, daß er seine guten Seiten hat. Aber das heißt nicht, daß er sie mir dauernd unter die Nase reiben muß.« Er verlagerte das Gewicht auf die andere Seite und stöhnte. »Ich glaube, ich bleibe eine Weile hier sitzen.«

»Im Schlamm?«

»Ja, der Schlamm ist angenehm. Er ist so weich.«

Hannah setzte sich neben ihn. Ihr Rock hatte Schlamm- und Blutspritzer; die Flecken würden nie verschwinden. Aber zum Teufel – sie war reich und konnte sich eine ganze Wagenladung Kleider leisten. Dieser Cowboy war mehr wert, als sie zuerst geglaubt hatte. Sie würde ihn eine Weile behalten.

Er legte dankbar den Kopf an ihre Schulter, und sie flüsterte: »Es war lieb von dir, Rafferty, daß du meine Ehre verteidigt hast. Das hat bisher noch niemand getan.«

»Scheiße, Hannah!« Er wurde vor Verlegenheit rot. Ohne sie anzusehen, stahl er ihr schon wieder ein kleines Stück ihres Herzens. Sie hatte schon immer eine Schwäche für Männer gehabt, die vor Verlegenheit rot werden konnten.

Hannah stützte sich auf ihre ausgestreckten Arme und sah zum Himmel hinauf. Es war, als blicke sie auf eine tiefe blaue Schale. Nichts konnte so blau und endlos und leer sein wie der Himmel von Montana. Sie fühlte sich erstaunlicherweise glücklich. Sie wollte eigentlich lachen, doch ihre Augen füllten sich mit Tränen.

Sie hörte das Quietschen einer Wagenachse und das Klirren von Pferdegeschirr. Sie richtete sich auf und sah Gus McQueen und seiner Frau nach, als sie die Stadt verließen.

Die vornehme Dame hat an diesem Nachmittag hier alles ziemlich in Aufregung versetzt, dachte Hannah staunend. Zuerst hat sie sich mit den Indianern eingelassen, dann mit einer Hure geplaudert und schließlich den starken Zach auf die Knie gezwungen. Es scheint beinahe, als hätte sie beschlossen, alles, was unerfahren und ahnungslos an ihr ist, an einem einzigen Tag loszuwerden.

Hannah sah Rafferty an. Er beobachtete ebenfalls, wie Gus mit seiner Frau davonfuhr. Sein Gesicht war so geschwollen, daß man schwer sagen konnte, was er dachte. Er schwieg wie der blaue Himmel über ihnen.

Clementine preßte einen Umschlag aus rohen Kartoffeln auf die Schwellung unter seinem rechten Auge. Gus zuckte zusammen und holte stöhnend Luft.

»Au! Verd . . .«

»Wenn du die Behandlung nicht ertragen kannst, solltest du dich so benehmen, daß du sie nicht brauchst.«

»Hm. Du fängst an, wie eine richtige Ehefrau zu klingen, Clementine«, murmelte er undeutlich mit aufgeplatzten Lippen. »Auuuu . . . Paß auf, sonst könnte noch jemand auf den Gedanken kommen, du liebst mich . . . autsch!« Er griff nach ihrem Handgelenk und zog die Hand mit der Kompresse von seinem Gesicht. »Es war nicht so, wie du denkst.«

Sie warf die Kompresse auf den Tisch. Sie landete auf dem braunen Wachstuch. Ihr Mann, der sich selbst als Abstinenzler rühmte, stank wie eine ganze Kneipe. »Ich erlebe, daß du dich mit deinem Bruder vor dem Saloon dieser Frau, die du verachtest, prügelst, und du hast die Unverschämtheit zu behaupten, es sei nicht so, wie ich denke.«

»Weil es nicht so war. Ich bin nur hineingegangen, damit Zach aufhört, mit dieser Hannah Yorke . . . auuu! Ich wollte ihn mit nach Hause bringen, wo es Arbeit für ihn gibt.«

Er saß an dem alten Tisch. Jetzt stand er unsicher auf und ging vorsichtig in der kleinen Hütte hin und her. Er bewegte sich steif wie ein alter Mann. Sein Gesicht war noch blutig und verquollen. Es tat ihr weh, ihn anzusehen. Sie verstand nicht, warum er sich mit seinem Bruder vor dem Saloon geprügelt hatte.

Und sie verstand sich selbst nicht. Sie hatte nach einem Stück Holz gegriffen, einen Mann damit zusammengeschlagen und war auch noch froh darüber gewesen. Nein, mehr als froh, sie hatte triumphiert.

»Mein Bruder wird von Tag zu Tag unverantwortlicher«, murmelte Gus ärgerlich. »Whiskey, Frauen und Karten, das ist alles, wofür er sich interessiert.«

Clementine wollte nicht über Mr. Rafferty reden. Dieser Mann beunruhigte sie. Leider faszinierte er sie, obwohl sie nicht wollte, daß er überhaupt eine Wirkung auf sie hatte. Sie wollte, daß er so schnell wie möglich aus ihrem Leben verschwand.

»Vielleicht will er nicht gerettet werden«, sagte sie. »Vielleicht ist es das beste für euch beide, du zahlst ihm seinen Teil an der Ranch aus und läßt ihn davonreiten.« In sein Verderben, fügte sie stumm hinzu.

Gus fuhr sich mit den Fingern durch die Haare und griff sich an den Kopf. Er seufzte und ließ die Schultern hängen. »Das verstehst du nicht. In dem letzten Sommer, den Zach und ich als Kinder zusammen waren, weißt du, was mein Bruder da gemacht hat?« Er nahm die Kompresse und legte sie sich vorsichtig auf den Kopf. Er hatte Schmerzen, aber sie bedauerte ihn nicht. Nach einer Weile sprach er leise und mit sichtlicher Mühe weiter. »Er hat gelernt, den Leuten die Taschen auszuräumen. Verstehst du, Clementine, während der Alte ... Er zog damals mit einer Seelenrettungsaktion den Mississippi hinauf und hinunter ... während also unser Vater vor den Leuten stand und mit viel ›Halleluja‹ und ›Amen‹ betete, ging Zach unbemerkt durch die Menge und bestahl die Leute ... meistens waren es nur billige, vergoldete Uhren und rostige Pennies. Aber es gab Zeiten, da war es nur seinen kümmerlichen Nebeneinkünften zu verdanken, daß wir abends nicht hungrig zu Bett gingen.« Er stöhnte und warf die Kompresse wieder auf den Tisch. »Mein kleiner Bruder ... hat immer für uns alle gesorgt.«
Er machte eine Pause und ließ den Kopf sinken.
»O Gus, es würde mir nie in den Sinn kommen, dich oder deinen Bruder wegen etwas zu verurteilen, das geschehen ist, als ihr noch Kinder gewesen seid.«
Er stöhnte und betastete sich vorsichtig den Bauch. »Ja, aber du mußt das verstehen. Ich habe nie für etwas anderes getaugt, als zu träumen, mir Geschichten auszudenken und mich in meiner Traumwelt zu verstecken. Mein Bruder war anders. Er ist zum Kämpfen geboren ... er ist so zäh wie Büffelleder. In dem letzten Sommer, er war damals erst zehn ... eines Abends kommt der Alte nach Hause ... wir schliefen damals in einem Zelt ... also er kommt herein, riecht nach Whiskey und nach Blut. Außerdem fehlte ihm ein Auge. Zach war bei ihm und ... sein Hemd war schwarz vor Blut, in seinen Haaren klebte getrocknetes Blut, und er hatte es an den Händen. Der Alte sitzt blutend im Zelt und jammert: ›Der Saukerl hat mir mein Auge ausgestochen.‹ Zach packt derweilen unsere Siebensachen zusammen und schlägt das Zelt ab. Nur einmal hat er zu dem Alten gesagt, er soll still sein.«
Gus verstummte, als sei es das Ende der Geschichte.
Clementine schwieg.
Sie konnte ihm nicht so recht folgen.
»Eine Woche später«, fuhr Gus unvermittelt fort, »habe ich in einer

anderen Stadt in der Zeitung einen Bericht über einen Falschspieler gelesen. Man hatte ihn tot aufgefunden. Jemand hatte ihn mitten ins Herz gestochen.«

Clementine brauchte eine Weile, bis sie begriff, was das eine mit dem anderen zu tun hatte, und dann konnte sie es nicht glauben. »Willst du damit sagen, dein Vater . . . «

»Großer Gott, nein! Nicht der Alte.« Er stöhnte wieder, aber vielleicht lag es nicht nur an den Schmerzen. »Das würdest du wissen, wenn du ihm begegnest. Er ist vielleicht ein Betrüger, ein Dieb, und er geht mit den Frauen anderer Männer ins Bett. Er spielt mit gezinkten Karten, aber beim kleinsten Anzeichen von Gewalt läuft er wie ein Präriehuhn davon.«

Jetzt verstand Clementine, obwohl sie nicht verstehen wollte. Sie wollte nicht daran denken, welchen verzweifelten Mut und welches Entsetzen ein Zehnjähriger empfunden haben mußte, um einen erwachsenen Mann mit einem Messer zu erstechen. Sie wollte nicht daran denken, welche Spuren das in einem Jungen hinterlassen mußte, selbst wenn er zäh wie Büffelleder war.

»Gus, vielleicht . . . «

»Mein kleiner Bruder ist noch nie vor etwas davongelaufen.«

Sie legte ihm die Hand auf den Arm. »Wenn er so etwas getan hat, wenn er den Spieler umgebracht hat, dann wollte er vielleicht das Leben deines Vaters retten. Vielleicht hatten die beiden Dinge auch nichts miteinander zu tun. Ich meine, was du in der Zeitung gelesen hast, und das mit dem ausgestochenen Auge deines Vaters.«

Gus murmelte: »Ja, vielleicht . . . Kurz danach, kurz nachdem Vater das Auge verloren hatte, haben wir uns getrennt. Mama sagte, sie werde in den Norden fahren und ihre Verwandten besuchen. Sie hat mich mitgenommen und meinen Bruder zurückgelassen. Sie wußte natürlich, daß sie nicht wiederkommen würde. Zach mag zwei Jahre jünger sein als ich, aber er muß schon alt geboren worden sein, denn er hat immer für uns gesorgt und sogar gestohlen, wenn es sein mußte. Und wir, Mama und ich, wir haben ihn im Stich gelassen. Wir haben ihn im Stich gelassen, und es war niemand da, der für ihn gesorgt hätte.«

Sie blickte in sein geschwollenes Gesicht und spürte sein schlechtes Gewissen und auch . . . Angst. Wie immer erschreckte es sie, Angst bei ihm zu entdecken. Ihr Cowboy hätte eigentlich in jeder Hinsicht ein

Held sein müssen. Aber inzwischen kannte sie ihn etwas besser und wußte, daß er sich davor fürchtete zu versagen. Er hatte Angst, nicht der Mann zu sein, der er seiner Meinung nach sein sollte.

»Ich bin es ihm schuldig, Clementine. Ich kann ihn nicht ein zweites Mal enttäuschen.«

»Nein, Gus«, sagte sie. »Du wirst ihn nicht enttäuschen. Schließlich ist er dein Bruder.«

Das Licht verblaßte allmählich. Sie nahm die Petroleumlaterne vom Haken an der Decke. Als sie den Papierschirm hob, um die Laterne anzuzünden, hörte sie Gus zuerst schnauben, dann leise und schließlich laut lachen.

Sie sah ihn mit dem Streichholz in der Hand erstaunt an. »Was hast du?«

»Ich mußte gerade an das Gesicht von Zach denken, als du ihm das Holz zwischen die Beine gestoßen hast.« Er lachte, aber diesmal war es kein echtes Lachen. Seine Schultern zuckten, er schnaufte und wimmerte, weil ihm vom Lachen alle Prellungen und Schürfwunden im Gesicht schmerzten. »Mein Gott ... mein Gott ... Ich glaube, wenn er sich soweit erholt hat, daß er hier auftaucht, wird er es sich zweimal überlegen, bevor er dir zu nahe kommt.«

Clementine biß sich auf die Unterlippe. Sie wollte lächeln, dachte aber, daß sie es eigentlich nicht tun sollte. Gus hörte auf zu lachen. Er sah sie staunend an. Sie wußte, was er dachte. Sie hatte etwas getan, das sich nicht besonders gut mit seiner Vorstellung von dem vertrug, was eine wohlerzogene Dame tun würde.

Sie pumpte Wasser in das Becken, um die Kartoffeln zu kochen, und dachte dabei an die Hausarbeiten, die am nächsten Tag auf sie warteten. Zuerst mußte sie waschen. Sie hatte kein einziges frisches Unterhemd und keine Unterhose mehr. Der Lampenschirm war schwarz von Ruß und mußte gründlich geputzt werden. Sie hatten schon wieder beinahe kein Brot mehr. Vielleicht würde sie versuchen, süße Hafermehlkekse zu backen, von denen Gus ihr erzählt hatte.

Er war zur Tür gegangen und blickte über den Hof. In den Strahlen der untergehenden Sonne bekamen seine hellbraunen Haare eine Farbe wie Honig. Er hatte es schwer und wollte doch nur das Beste. Jetzt tat ihm alles weh, aber er hatte seinen Bruder nicht besiegt. Ihr Cowboy war kein Held, aber bei seinem Anblick wurde ihr weich ums Herz. Sie dachte, sie müßte Gus lieben, aber das Gefühl sollte eigentlich stärker sein, denn richtige Liebe war wie ein Zauber, gefährlich und feurig, wie ein Blitz in einer heißen schwarzen Sommernacht. Wenn man jemanden liebt, dann sollte man das Gefühl haben, den Blitz in der Hand zu halten.

Clementine schüttelte bei diesen Gedanken den Kopf über sich. ›Den Blitz in der Hand halten . . .‹ Wer kann das überleben, dachte sie und lachte stumm. Sie konnte nur hoffen, daß Gott nicht auf ihre dummen Träume achtete, sonst würde er wahrscheinlich auf der Stelle einen Blitz durch das Grasdach der alten Hütte schleudern und sie zu den Huren in die Hölle verbannen, in das Meer des ewigen Feuers.

Die Hure . . .

Würde Hannah Yorke in die Hölle kommen? Wenn es nach ihrem Vater ging, bestimmt. Aber ihr Vater würde nie nach Rainbow Springs kommen. Er wußte auch nichts von ›Liebe‹. Clementine überlegte, ob Hannah einen der vielen Männer liebte, mit denen sie für Geld und zum Vergnügen ins Bett ging. Auch das hätte Clementine nicht denken sollen. Sie sollte sich daran erinnern, daß Mrs. Yorke eine schamlose Dirne war. Sie durfte vielleicht für Hannah Yorkes Seele beten, aber natürlich aus sicherer Entfernung, damit der Makel nicht auf sie abfärbte.

Clementine stellte mit Genugtuung fest, daß ihr Vater mit seinen Vorschriften weit weg war. Er konnte ihr nichts mehr vorschreiben. Und so brachte Clementine den Mut auf, sich einzugestehen, daß sie Hannah Yorke Fragen stellen wollte, sehr intime Fragen, die ihr aber auf der Seele brannten, seit sie mit Gus verheiratet war.

›Verraten Sie mir, was Sie empfinden, wenn Sie mit einem Mann zusammen sind. Hoffen Sie vielleicht, daß einer kommen wird, der Sie mit echter Liebe und mit einem Ehering aus der Hölle befreit, eine Hure zu sein? Oder ist das Leben einer Hure schöner als Waschen, Kochen und Kinder großziehen?‹

»Clementine?«

Sie ließ beinahe den Kochtopf fallen und hielt ihn gerade noch an einem Henkel fest, so daß er kippte und das Wasser in das Becken floß. Ihr wurde bei der Vorstellung am ganzen Körper heiß, daß Gus ihre Gedanken hätte erraten können . . .

»Komm her, Clem«, sagte er und winkte sie zu sich. »Sieh dir den Sonnenuntergang an.«

Clementine ging mit ihm auf den Hof hinaus. Sie standen nebeneinander und sahen zu, wie die Sonne zwischen den hohen Gipfeln der Berge versank. Der Wind wehte wieder. Er war kalt und roch nach dem Schnee des letzten Winters und dem Schlamm des Frühlings. Der Himmel hatte die Farbe von kaltem harten Messing – die Farbe seiner Augen.

Nicht der Augen ihres Mannes.

Sie wollte Gus den Arm um die Hüfte legen. Sie wollte sich an ihn lehnen, ihr Gesicht an seinen Hals drücken und seine warme, salzige Haut küssen. Doch sie hielt sich zurück; die erste Berührung konnte nicht von ihr ausgehen. Aber er berührte sie nicht. Plötzlich fühlte sie sich sehr allein. Gus und alles um sie herum schien mit ihr nichts oder nur wenig zu tun zu haben.

»Clementine . . .«

Sie sah den Hunger eines Mannes in seinen Augen, und sie begriff allmählich, wie sie ihn stillen konnte. Aber sie sah auch die Sehnsucht und die Hoffnung seiner Seele, und sie zitterte bei dem Gedanken, ob es ihr je gelingen werde, diese Sehnsucht zu stillen und die Hoffnung zu erfüllen.

Irgend etwas fehlt mir, dachte sie. In meinem Herzen gibt es nur eine große Leere.

Vielleicht war es aber auch so, daß man vor langer Zeit etwas Kaltes in ihr Herz gepreßt hatte. Und jetzt lag es hart und gefühllos in ihrer Brust. Wie sollte sie mit dieser Last einen Mann wie Gus lieben, der aus Angst vor der Kälte und Härte des Lebens in die falsche Hoffnung seiner Träume geflüchtet war?

Draußen in der Prärie heulte ein Kojote. In seinem Ruf liegt Einsamkeit, dachte Clementine, eine verzweifelte Einsamkeit, die den Tod ruft.

Achtes Kapitel

Clementines Rücken protestierte heftig, als sie sich bückte, um das letzte nasse Hemd aus der Wanne zu nehmen. Sie blieb einen Augenblick vornübergebeugt stehen, denn sie glaubte, daß sie sich nicht mehr aufrichten konnte. Ihr ganzer Körper schmerzte. Und auf dem Herd in der Küche kochte noch ein Kupferkessel mit Bettwäsche. Die Bettwäsche mußte gespült, ausgewrungen und zum Trocknen aufgehängt werden.

Sie richtete sich stöhnend auf und blies seufzend die Luft gegen die Krempe des alten Huts, den sie sich von Gus hatte geben lassen und als Schutz vor der grellen Sonne trug. Stolpernd ging sie zu dem Seil, das zwischen zwei großen Pappeln gespannt war. An ihren Schuhen klebten Erdklumpen. Die Füße waren so schwer wie Blei. Der Saum ihres nassen Rocks hing im Schlamm. Fäden und Löcher in der rotbraunen Baumwolle verrieten, wo sie die eleganten Rüschen und die Schleppe abgerissen hatte.

Ihre Mutter hatte immer betont, eine Dame müsse stets auf ihr Aussehen größten Wert legen. Doch alle Hauben aus Boston waren als Schutz vor der Sonne nutzlos, und die Schleppen an den Röcken dienten nur dazu, Schmutz und Schlamm gleichmäßig auf dem Fußboden in der Hütte zu verteilen.

Im Haus ihres Vaters am Louisburg Square hatte man die schmutzige Wäsche montags einer Wäscherin übergeben, die sie eine Woche später, in Papier eingepackt und nach Seife und Stärke duftend, am Dienstboteneingang wieder ablieferte. Bevor Clementine es sich in den Kopf gesetzt hatte, mit einem Cowboy durchzubrennen und ihm in diese gottverlassene Wildnis zu folgen, hatte sie nie die schmutzige und schweißtreibende Arbeit gewürdigt, die es kostete, ein sauberes und gepflegtes Aussehen zu besitzen.

Sie mußte das Feuer im Herd in Gang halten, um zahllose Kessel Wasser zu kochen; dann schleppte sie den schweren Kessel vom Herd und schüttete das heiße Wasser in den Waschbottich; sie tauchte die Arme bis zu den Ellbogen in die Seifenlauge und mußte schrubben, ohne Ende schrubben. Sie durfte nicht jammern, wenn sie sich auf dem Waschbrett die Haut von den Knöcheln abschürfte; die seifigen Kleider kamen schließlich in einen anderen Zuber mit kochendem Wasser. Dort wurden sie mit dem Besenstiel umgerührt, um sie zu spülen. Schließlich mußte sie mit letzter Kraft das kochendheiße Wasser aus der nassen, tropfenden Wäsche wringen – mit den zarten Händen.

Sie blickte auf die feuerrote Haut und staunte, daß keine Flammen aus den brennenden Handgelenken hervorschossen. Die Haut, die sie sich nicht auf dem Waschbrett abgeschürft hatte, war von dem heißen Wasser und dem Natron im Seifenpulver wund und aufgerissen.

Die Wäscheleine hatte Gus so hoch gespannt, daß die Hirsche sich nicht mit dem Geweih darin verfangen konnten. Deshalb mußte Clementine wie eine Artistin zum Aufhängen der Wäsche auf mehrere übereinandergestellte Zwieback-Kisten steigen. Als sie gerade ein Hemd über die Leine warf, schlug es ihr der Wind klatschend ins Gesicht. Sie kämpfte in ohnmächtigem Zorn mit den Tränen und suchte verzweifelt nach den Wäscheklammern, die sie durch die Öffnung ihres Mieders gesteckt hatte. Es gelang ihr sogar, das Hemd ordentlich glattzuziehen. Fast schluchzend klammerte sie es schließlich an der Leine fest.

Der nächste Windstoß traf sie jedoch heimtückisch von vorn. Sie schwankte und griff vergebens nach der Wäscheleine. Die Kisten rutschten unter ihr weg, und sie landete mit solcher Wucht im aufspritzenden Schlamm, daß die Zähne laut aufeinanderschlugen.

Clementine saß einen Augenblick keuchend im Morast. Über ihr flatterte tropfend die nasse Wäsche. Mühsam stand sie auf und fuhr sich mit dem Ärmel über das Gesicht. Dabei schmierte sie sich nasse Erde auf den Mund. Ein kleiner Klumpen Schlamm fiel vom Hutrand auf das Mieder. Sie sah an sich hinunter und schüttelte den Kopf. Sie war von Kopf bis Fuß mit Schlamm bedeckt. Bestimmt gab es in ganz Massachusetts nicht soviel Schlamm wie hier auf der Ranch.

Alle glaubten, sie sei eine vornehme Dame und es fehle ihr der Mumm, um hier draußen zu überleben. Sie würde es ihnen beweisen! Stolz blickte sie auf ihr Werk. Sie hatte ihre Unterwäsche und die Hemden von Gus gewaschen. Jetzt würde sie an die Bettwäsche gehen!

Clementine hielt gerade den leeren Zuber in beiden Händen, als der verwünschte Wind mit boshafter Wucht zu einem erneuten Angriff heranbrauste. Die erste Böe fuhr in die nasse Wäsche, peitschte sie unbarmherzig und riß sie von den Wäscheklammern. Der Wind pfiff und heulte, Clementines Wäsche flatterte durch die Luft und landete im Schlamm.

Der Wäschezuber fiel ihr aus den wunden Händen. Clementine schwankte im Wind, als sie die Fäuste ballte. Ein wütender Aufschrei entrang sich ihrer Brust. Sie machte ihrer Wut so laut und hemmungslos Luft, daß ihr die Kehle schmerzte.

»Ich halte das nicht aus!«

Der Wind erstarb so plötzlich, wie er aufgekommen war. Die Berge warfen spöttisch das Echo ihrer Worte zurück.

Ein Häher flog über sie hinweg und lachte sie aus. Clementine stand mit erhobenen Fäusten im Schlamm und wartete auf den nächsten Windstoß. Sie wartete und wartete . . ., aber nichts rührte sich. Sogar der Wind verspottete sie.

Clementine ließ die Wäsche liegen, wohin der Wind sie getrieben hatte, und lief mit Tränen in den Augen davon.

Sie kletterte über den Zaun aus Baumstämmen, der das Weideland von der Ranch trennte. Sie ging am Flußufer entlang, doch nach einer Weile bog der Pfad in ein Wäldchen. Hier standen hohe Lärchen und dunkle Kiefern. Der Häher war ihr gefolgt und hüpfte krächzend von Ast zu Ast.

Vor ihr lag eine kleine, mondförmige Wiese. Sie blieb stehen und atmete tief und langsam die samtige Luft aus und ein.

Ein aromatischer Duft lag über dem Gras. Die Wiese war mit Blumen übersät. Die winzigen rosa Blüten, weiße Blüten, Zinnkraut und fröhliche gelbe Blüten, die wie kleine Sonnenblumen aussahen, schienen sie fröhlich anzulachen. Die Sonne hing am strahlend blauen Himmel und verwöhnte das wogende Gras mit schimmerndem Licht. Alte, knorrige Weiden standen am Fluß und warfen zarte Schatten auf das Wasser, das wie flüssiges Silber glänzte.

Bei diesem paradiesischen Anblick wünschte sich Clementine, das alles mit ihrer Kamera einzufangen und festzuhalten.

Ja, sie würde sofort die Wiese mit ihrer Kamera aufnehmen!

Als sie die Hütte erreichte, rannte sie beinahe. Das Dunkelzelt, die

Kamera und die Platten hatte sie bereits in kleine, handliche Taschen gepackt. Trotzdem stolperte sie und schwankte unter dem Gewicht. Die Griffe schnitten ihr in die wunden Handflächen, doch das merkte sie kaum. Die im Hof verstreute Wäsche nahm sie überhaupt nicht wahr. Ihr Rock blieb an einem Holzsplitter hängen, als sie über den Zaun kletterte. Ein Stück Stoff wurde herausgerissen und blieb am Balken hängen, aber auch das fiel ihr nicht auf.

Sie erreichte keuchend die Wiese. Die Haare hingen ihr in feuchten Strähnen ins Gesicht. Doch sie summte glücklich vor sich hin, als sie die Kamera und das Dunkelzelt aufbaute.

Sie bestrich eine Glasplatte mit einer dünnen Schicht Albumin und überzog sie dann mit dem Kollodium. Ihre Augen brannten, als ihr der Ätherdunst ins Gesicht stieg, während die Lösung trocknete. Im Schutz des Dunkelzelts legte sie die Platte in ein Silberbad, um sie lichtempfindlich zu machen. Die Lösung hinterließ schwarze Flecken an ihren wunden Händen. Ihre Mutter hatte sie immer ermahnt, Handschuhe zu tragen, wenn sie diesem ›übelriechenden, unsauberen Zeitvertreib‹ nachging. Aber das vergaß sie immer, denn es konnte ihr nie schnell genug gehen.

Clementine mußte sich jetzt tatsächlich beeilen und die empfindliche Platte belichten, bevor sie trocknete. Sie trug die Platte in ihrem Holzkästchen zurück zur Kamera. Sie legte sich das schwarze Tuch über den Kopf, wählte als Motiv den Fluß mit den Weiden und stellte Blende und Brennweite der Kamera ein. Sie schob die Kappe auf die Linse und klappte die Mattscheibe zurück, um die Platte einzulegen.

In diesem Augenblick erschien der Elch zwischen den Bäumen. Er bewegte sich schwerfällig und hob langsam die langen Beine mit den gespaltenen Hufen. Die mächtigen Schaufeln schwankten, als seien sie selbst für seinen starken braunen Hals zu schwer. Als er den Kopf zum Wasser senkte, schnaubte er laut. Er streckte die riesige Zunge aus dem Maul und trank schlürfend.

Geh nicht weg!

Clementine schob das flache Holzkästchen mit der Platte vorsichtig in die Kamera, um kein Geräusch zu machen. Aber ihr Herz schlug vor Aufregung so laut, daß sie glaubte, der Elch müsse es hören.

Das Riesentier hob den Kopf. Vielleicht lauschte er, vielleicht witterte er. Vielleicht war er aber auch ein eitler Elch, dem der Gedanke gefiel, auf einem Photo verewigt zu werden. Aus welchem Grund auch immer, er hob den großen, seltsamen Kopf und blieb bewegungslos am Ufer stehen.

Clementine zog mit angehaltenem Atem den Schieber zurück und nahm die Kappe von der Linse.

Zach ging den Pfad am Wald entlang. Er schlenderte gemächlich und führte seinen Grauen am Zügel. Das Kalb folgte ihm wie ein Hündchen dicht auf den Fersen. Zach blickte auf das Tier und tat, als sei er angewidert. Das dumme Vieh hielt ihn wahrscheinlich für die Mutter.

Er ritt nicht, weil sein Pferd ein Hufeisen verloren hatte. Die meisten Cowboys wären ärgerlich gewesen, zu Fuß gehen zu müssen. Ihm machte es Spaß, obwohl er das nie zugegeben hätte. Ihm gefiel das weiche Nachgeben der Erde unter den Stiefeln. Und er mochte den Geruch. Die Erde war fruchtbar und reif wie der Geruch bei der Liebe mit einer willigen Frau.

Er öffnete die Augen weit, atmete tief ein und ließ die Erde und den Himmel in sich eindringen. Er liebte das Land. Er liebte seine Wildheit und die süße, traurige Einsamkeit. Er liebte es, wie sich die Berge mit dem weiten leeren Himmel verbanden, wie die Sonne das Büffelgras mit Goldstaub überzog, wie der Wind heulte und in seinem Schmerz und seiner Einsamkeit alles peitschte. Dieser Wind war so wild wie ein Tier und so unerbittlich wie die Zeit.

Er blieb auf einer Anhöhe über der Talsenke mit der Hütte, der Scheune und den Weiden der ›Rocking R‹ stehen. Das lange Gras wurde an den Spitzen schon trocken. Der Wind trug ihm den süßen Geruch zu. Es gab gutes Heu in diesem Jahr. Er und Gus würden im nächsten Monat mähen, um es als Winterfutter für die Reitpferde in die Scheune einzufahren. Das gehörte zu den Arbeiten, die im Einklang mit den Jahreszeiten anstanden. Die Arbeit gab den Tagen eine natürliche Ordnung und verlieh Rafferty das Gefühl, hierher zu gehören.

Lange Zeit war sein Zuhause nichts als eine Satteldecke gewesen. Lange hatte ihm nichts gehört. Er hatte nur sich. Jetzt gehörte er dem Land. Aber das machte ihm ebenso große angst. Es gefiel ihm nicht, daß er soviel Anteilnahme für etwas aufbrachte, das er verlieren konnte.

Im Hof wartete außer seinem alten Hund niemand, um ihn zu begrüßen. Er kauerte sich neben den Hund und kraulte ihn hinter den Ohren, bis das Kalb eifersüchtig wurde und sich dazwischendrängte.

Er sah die Wäsche, die unter der durchhängenden Leine verstreut lag, und lächelte. Es war viel Arbeit gewesen, die Hemden von Gus und diese weichen, weißen Frauensachen zu schrubben – viel Arbeit, die noch einmal getan werden mußte.

Er lächelte immer noch, als er das Pferd in die Scheune führte. Er löste die Gurte, packte den Sattel am Horn und hob ihn mit Schwung vom Rücken seines Hengstes. Er rieb dem Grauen das Fell trocken und bürstete die verkrustete Erde von den Fesseln und entfernte ihm die Schlammspritzer vom Bauch.

»Moses, du bist ein Vielfraß von einem alten Gaul«, sagte er und schüttete eine Dose Hafer in den Trog. »Du hast im Stall von Mrs. Yorke über eine Woche auf der faulen Haut gelegen, und jetzt hast du nichts anderes im Sinn, als zu fressen.« Das Pferd schnaubte in den Hafer, und Rafferty schlug ihm klatschend auf die Hinterhand. Er hängte sich die Satteltaschen über die Schulter und verließ die Scheune.

Am Anbindebalken klopfte er sich den Schlamm und den Mist von den Stiefeln. Der Schnappriegel war offen, aber trotzdem zögerte er an der Tür. Er überlegte, ob er anklopfen sollte.

»Verdammt, Gus. Du mit deiner vornehmen Frau kannst mir gestohlen bleiben!« murmelte er leise und drückte die Tür auf.

In der Hütte roch es nach abgestandenem Dampf und nach Seife. Es schien niemand dazusein. Mitten auf dem Fußboden stand in einer Pfütze ein Bottich mit grauem Wasser. Ein Kessel mit Bettwäsche auf dem Herd war übergekocht. Die Seifenlauge stand als dicke Brühe auf der Herdplatte. Das Feuer war ausgegangen. Er hob den Deckel der Holzkiste. Sie war leer.

Er nahm sein Hochzeitsgeschenk für Gus aus der Satteltasche. Er war immer noch nicht sicher, ob er es ihm geben würde. Gus sollte nicht glauben, daß er sich mit der Frau abgefunden hatte. O nein, er würde nicht nachgeben!

Auf dem Boden lag ein Vorleger, den er nie gesehen hatte. In einer Kaffeekanne auf dem Tisch stand ein Strauß Blumen – blaue Glockenblumen und rosa Katzenpfötchen. So etwas gab es in den Restaurants von Chicago oder San Francisco. Und diese Frau hatte Vorhänge aufgemacht. Sie bestanden aus gebleichten Mehlsäcken, aber ›Boston‹ hatte angefangen, sie mit einer Bordüre gelber Vögel zu besticken. Er schlug den breiten Hut auf den Oberschenkel, während er ihr Werk aufmerksam betrachtete. Vermutlich sollten es Finken sein. Die ordentlichen feinen Stiche waren zart und weiblich, wie man es vermutlich in einem Mädchenpensionat lernte. Er drehte sich um und starrte auf die geschlossene Schlafzimmertür.

Dieser Raum war jetzt ihr Heiligtum. Er lachte und ging ganz bewußt hinein. Auch hier hatte sie ihre Spuren hinterlassen. Er betrachtete ihre Sachen, rührte sie aber nicht an: eine silberne Haarbürste, ein Stück feine Badeseife, die Wildrosenduft verströmte, eine grüne ledergebundene Bibel mit einem goldenen Schloß. Zwei Photographien in Silberrahmen. Die eine zeigte einen Mann mit einem schwarzen Bart und den Augen eines Fanatikers, die andere eine zarte Frau mit hellen Haaren und einem traurigen Mund.

An einem Haken an der Wand hing ihr Nachthemd. Er hob es hoch. Seine schwieligen Finger blieben an dem zarten Batist hängen. Er drückte das Gesicht daran. Es roch ebenfalls nach Rosen und nach ihrem Frauenduft.

Er trat zum Fenster und starrte auf die Wäsche im Hof. Er stand lange unbeweglich dort.

Plötzlich war er draußen vor der Hütte und folgte ihren Spuren. Seine Stiefel verursachten auf den Kiefernnadeln kein Geräusch. Er erreichte die Wiese und sah den großen Elch. Überrascht blieb er stehen. Elche kamen zwar an den Fluß, doch üblicherweise sah man um diese Jahreszeit keines dieser großen Tiere hier unten im Tal. Dann entdeckte er sie.

Die Hälfte ihres Oberkörpers verschwand unter einer Art schwarzer Haube.

Verdammt, wenn das keine Kamera war!

Der Elch nahm seine Witterung auf und watete durch den Fluß davon. Sie kam unter dem schwarzen Tuch hervor und lachte. Sie zog einen flachen, rechteckigen Holzkasten mit einem Metallrahmen aus der Kamera. Er machte neugierig einen Schritt vorwärts und trat dabei ungewollt auf einen trockenen Zweig.

Sie erschrak und preßte ängstlich eine Hand an die Brust. Sie blickte ihn mit großen verwirrten Augen an. Dann sah er, daß sie ihn jetzt erst erkannte und gleichzeitig wütend wurde. Sie rang um ihre Fassung, doch ihre Stimme klang kühl und beherrscht.

»Wie können Sie es wagen, sich wie ein wilder Indianer anzuschleichen!«

Er sagte nichts, sondern ging einfach auf sie zu. Sie sah ihn an; ihre Augen wurden größer, und ihre Nasenflügel blähten sich. Etwa eine Handbreit vor ihr blieb er stehen. Ihr Gesicht war von der Sonne leicht gerötet; nur um die Lippen waren zwei Linien, die sich strafften und weiß hervortraten.

Sie versuchte, um ihn herumzugehen. Er versperrte ihr den Weg. Sie hielt den Atem an, und er erwiderte mit seinem charmantesten Lächeln: »Warum wollen Sie sich denn davonstehlen, Boston? Keine Angst, ich habe heute meine Sonntagsmanieren hervorgeholt.«

Sie senkte den Kopf und schien entschlossen, ihr Zittern durch reine Willenskraft zu unterdrücken. »Würden Sie mich freundlicherweise von Ihrer abstoßenden Nähe befreien?« Sie machte noch einmal Anstalten, um ihn herumzugehen. Diesmal hinderte er sie nicht daran. »Ich habe weder Zeit noch Lust, mit Ihnen zu scherzen oder Beleidigungen auszutauschen.«

»Ja, das sehe ich«, sagte er und folgte ihr so dicht auf den Fersen, daß ihre Schatten miteinander verschmolzen. »›Abstoßende Nähe‹ ist für meine Ohren eine zahme Beleidigung. Die Leute hier neigen mehr zu ›Schweinehund‹ und ›Hurensohn‹, wenn sie scherzen. Was machen Sie da?«

»Ich entwickle jetzt das Negativ.«

Sie war vor einer Art Zelt stehengeblieben, das im Schatten der Lärchen auf einem Dreifuß stand. Es war aus gummiertem Segeltuch gemacht und hatte etwa die Größe eines Heuballens. Die Vorderseite stand offen. Er sah darin ein kleines Schränkchen mit Schubladen und Brettchen mit Flaschen, Trichtern und Bechern. Sie legte den Holzkasten neben eine große, offenbar mit Wasser gefüllte Schale und begann, die Zeltklappe zuzuknöpfen. Dabei sagte sie über die Schulter: »Das ist ein sehr schwieriger und heikler Vorgang. Deshalb wäre ich Ihnen dankbar, wenn Sie mich in Frieden lassen würden, bis ich fertig bin.«

In die Klappe waren drei schmale Säcke eingearbeitet, die wie Kleiderärmel herunterhingen. Sie warf den alten Hut auf die Erde, steckte die Arme durch zwei dieser Ärmel und den Kopf durch den dritten. Einen

182

Augenblick später tauchte ihr Kopf wieder auf. »Öffnen Sie unter keinen Umständen das Zelt«, sagte sie, und ihr Kopf verschwand wieder in der Öffnung.

Er lehnte sich an den Stamm einer Lärche und betrachtete ihre Rückseite. Ihr Kleid hatte eine häßlich braune Farbe. Außerdem sah es völlig verdreckt aus, als hätte sie sich damit im Schlamm gewälzt. Dämpfe stiegen aus dem Zelt. Es roch wie im Wagen eines Mannes, der Wundermedizin verkaufte.

Wie auch immer, sie war ein arrogantes kleines Luder. Wenn er an den überheblichen Bostoner Ton dachte, als sie sagte: ›Ich entwickle jetzt das Negativ‹, ärgerte er sich. Sie tat so, als sei er zu dämlich, um die gleiche Luft wie sie zu atmen.

Sie blieb lange mit den Armen und dem Kopf im Zelt. Er hörte platschende Geräusche und ein gemurmeltes: ›O nein!‹

Verbarg sich unter all der Förmlichkeit und dem eng geschnürten Korsett vielleicht doch Temperament?

Schließlich kam ihr erhitztes, feuchtes Gesicht wieder zum Vorschein. Sie setzte den Hut auf und ging vom Schatten in die Sonne. Sie hielt eine Glasplatte hoch.

Da stand sie in ihrem schlammbespritzten, zerrissenen Kleid im Gras, hatte einen alten Hut von Gus auf dem Kopf und wirkte trotzdem wie eine Dame. Ihr Aussehen erinnerte an raschelnde Seide und leise Musik an einem kalten Wintertag. Sie hatte helle Haare, blasse Haut und Knochen, die so zerbrechlich wie dünnes Eis zu sein schienen. Sie atmete leise seufzend aus. Ihre sinnlichen Lippen waren feucht und beinahe leidenschaftlich geöffnet.

Er überlegte, ob sie nachts im Bett auch so aussah, wenn Gus sie nahm. Neugierig blickte Zach ihr über die Schulter, um zu sehen, was es mit dem . . . Wie hatte sie gesagt? Dem ›Negativ‹ auf sich hatte, das sie so rosig und aufgeregt machte.

Sie drehte sich um und hielt schützend die Platte vor ihre Brust. Er sah, daß ihre Hände rot und aufgesprungen waren und schwarze Flecken hatten.

»Ich nehme an, das Entwickeln ist nicht allzu gut gegangen, wie?«

Sie hob die Nase, und obwohl sie gut einen Kopf kleiner war als er, gelang es ihr irgendwie, kühl auf ihn herabzublicken. »Danke, das Photo ist ganz gut geworden.«

»Und warum darf ich es dann nicht sehen?«

Er streckte die Hand aus, und nach kurzem Zögern gab sie ihm die Platte. »Seien Sie vorsichtig. Sie ist noch feucht. Ich habe sie noch nicht gelackt. Also passen Sie bitte auf, damit sie keine Kratzer bekommt. Und vergessen Sie nicht, es ist ein Negativ«, sagte sie. »Hell und Dunkel müssen Sie sich natürlich umgekehrt vorstellen.«

»*Natürlich ...*«, wiederholte er spöttisch.

Ein geisterhafter Elch stand auf einer Wiese in einer violetten Hölle. Doch Rafferty hatte das Gefühl zu erkennen, daß die mächtigen, gespannten Muskeln des fluchtbereiten Tieres bebten. Er glaubte, jede kleine Welle im Fluß zu sehen und wie sich das Laub und das Gras im Wind bewegten.

Etwas an dem Bild versetzte ihm einen Stich. Das war sein Elch, seine Wiese, sein Land, verdammt noch mal! Er fühlte sich gestört, als sei sie in einen Bereich vorgedrungen, der ihm gehörte und der zu persönlich und mit zu vielen Gefühlen besetzt war, um ihn mit einem anderen zu teilen.

»Ich habe noch nie zuvor ein Tier photographiert«, sagte sie, und etwas von der Leidenschaft, die er in ihrem Gesicht gesehen hatte, lag in ihrer Stimme. »Es ist schwierig, ein Tier soweit zu bringen, daß es lange genug still hält, um es aufnehmen zu können. Aber das Licht ist heute so hell und so klar, daß es nur zehn Sekunden gedauert hat ...« Sie brach ab. »Es ist ein Elch«, fügte sie dann hinzu.

Er schnaubte geringschätzig und gab ihr die Platte zurück. »Wie Sie meinen.«

Sie schob das Negativ in einen Holzschlitz in ihrem Zelt. Ihre Bewegungen waren steif. Sie preßte die Lippen so fest zusammen, daß ihr Kinn zitterte.

Er hatte ihre Gefühle verletzt ... die arme Kleine.

Sie begann, Flaschen wegzuräumen und Schalen mit übelriechendem Wasser auszugießen. Er legte den Arm auf die Spannschnur und sah ihr zu.

»Im allgemeinen sieht man Elche erst spät im Sommer hier unten im Tal«, sagte er. »Dann wäre er natürlich in der Brunft. Verstehen Sie, was ich meine? Ein Elchbulle, der ganz scharf und heiß auf eine hübsche Elchkuh wäre.« Er kam mit dem Kopf dicht an ihren Kopf heran, und sie erstarrte. Sein Mund war so nahe an ihrem Gesicht, daß sich einzelne ihrer Haare unter seinem Atem bewegten. Er roch ihren Duft: eine ungewöhnliche Mischung aus Chemikalien und Schlamm, wilden Rosen und Frau. »Bullen in der Brunft können sehr gefährlich sein. Es ist schon vorgekommen, daß zwei bis zum Tod miteinander kämpfen, wenn sie hinter derselben Kuh her sind.«

Sie wich einen Schritt zurück und wischte sich die Hände am Rock ab. Ihr Gesicht war gerötet. Aber als sie ihn musterte, waren ihre Augen ruhig und klar wie ein Bergsee. Sie sah ihn so lange an, daß er spürte, wie ihm die Wärme in die Wangen stieg.

»Sie tragen eine Blume am Hut«, sagte sie schließlich.

Auf dem Rückweg war er an einem Teppich blühender Camassien vorbeigekommen, die sich anmutig im Wind bewegten. Aus der Laune des Augenblicks heraus hatte er eine der duftenden Blumen abgerissen und an das silberbeschlagene Band seines Stetson gesteckt. Das hatte er völlig vergessen, und nun kam er sich irgendwie albern vor.

»Haben Sie etwas gegen Blumen?« fragte er.

»Nein . . .« Ihre Lippen bebten, und dann lächelte sie und strahlte über das ganze Gesicht. »Es ist nur . . . es ist nur so ein wunderbarer optischer Gegensatz, verstehen Sie? Eine hübsche kleine Blume am Band eines zerbeulten alten Hutes über einem finsteren Gesicht mit einem blauen Auge und einer geschwollenen Lippe.« Sie biß sich auf den Mund, um nicht laut zu lachen. »Mr. Rafferty, erlauben Sie mir, Sie zu photographieren?«

Er starrte sie an. Seine Augen richteten sich auf ihren Mund. Sie hatte vielleicht das Gesicht einer Dame, aber eindeutig den Mund einer Hure. Ihre Lippen waren voll und üppig und für die Sünde wie geschaffen. Er riß die Camassie vom Hut, zerdrückte sie und warf sie in die Luft. Der Wind erfaßte die schmalen Blütenblätter und wirbelte sie wie eine blaue Wolke über das Gras.

Die Luft schien vor Spannung zu knistern, während er stumm in ihr Gesicht blickte und sie seinen Blick ebenso stumm erwiderte. Sie hatte weit auseinanderstehende und große grüne Augen. Sie waren wie das Moos, das im Schatten am Flußufer wuchs, weich und sanft.

»Warum können Sie mich nicht leiden?« fragte sie.

Sein Blick richtete sich wieder auf ihren Mund, und er spürte, wie seine Lippen antworteten: »Ich will, daß Sie gehen.«

»Warum?«

»Weil Sie . . . alles zerstören«, sagte er, wünschte aber gleich, er hätte geschwiegen. Es war für ihn und Gus mühsam genug gewesen, die Ranch in Gang zu bringen, ohne daß dabei eine Frau zwischen ihnen stand. Ehe er es verhindern konnte, wurde ihm bewußt, daß er den Gedanken zugelassen hatte: ›Ohne daß dabei eine Frau zwischen uns stand.‹

»Pech für Sie, Mr. Rafferty. Ihr Wunsch wird sich nicht erfüllen.«

Sie stand hochaufgerichtet und zart wie eine junge Weide vor ihm. Es war, als hätten sich ihre Blicke ineinander verschlungen, denn sie konnten sich nicht mehr voneinander lösen. Eine Minute verging, in der nichts gesagt, aber alles verstanden wurde. Er kämpfte mit dieser Frau um das Land, das er liebte, und um das Herz und die Treue seines Bruders, den er nicht verlieren wollte.

Er fühlte sich seltsam unsicher auf den Beinen, als er sich abwandte. Er ging unruhig auf der Wiese hin und her. Er hatte die Daumen in den Patronengurt gehakt und kickte mit den Stiefelspitzen gegen Grasbüschel. Von Zeit zu Zeit warf er einen Blick auf sie, während sie mit geübten Bewegungen die Kamera und das eigenartige kleine Zelt abbaute.

Er stand neben ihr, als sie bereit war zu gehen. Er beugte sich vor, um eine Tasche zu tragen, als sie die Hand danach ausstreckte. Ihre Hand legte sich um den Griff, und seine Hand schloß sich um ihre.

Er blickte auf ihren Kopf und auf die Rundung ihres gespannten Rükkens.

»Ich trage meine Ausrüstung immer selbst«, sagte sie mit gepreßter Stimme.

Er ließ los und richtete sich auf. »Wie Sie wollen.«

Sie ging stolpernd und schwankend unter dem Gewicht davon; ihre Absätze hoben den Rocksaum hoch. Er spürte noch den Druck ihrer Hand gegen seine Handfläche. Seine Haut glühte, als hätte er die Hand an einem kalten Wintermorgen zu nahe an den Herd gehalten.

Er machte größere Schritte, um sie einzuholen. Seine Stiefel hinterließen raschelnd Streifen im Gras. Während sie stumm nebeneinander gingen, musterte er sie aufmerksam. Obwohl sie bis zum Hals zugeknöpft war, konnte er sehen, daß sie keinen sehr fraulichen Körper hatte. Sie hatte das kleine Gesäß und die schmalen Hüften eines Jungen, eine eng geschnürte Taille und kleine Brüste. Die Ärmel des Kleids waren bis zu den Ellbogen aufgerollt. Die zarte Haut an ihren Armen war von Kratzern übersät. Sie hatte Sonnenbrand.

Er mußte sich wirklich keine große Mühe geben, sie zu vertreiben. Montana tat das bereits für ihn. Das Land war zu rauh und zu hart. Es würde sie vernichten. Es würde sie mit den Fäusten der Wildnis treffen und zermalmen, wie er es mit der Blume getan hatte.

Sie hatte nichts dagegen, als er ihr die Taschen abnahm und über den Zaun hob. Er stieg vor ihr hinauf und streckte, ohne zu überlegen, die Hand aus, um ihr behilflich zu sein. Und sie gab ihm ihre Hand, ohne zu zögern.

Flüchtig – so flüchtig, daß er sich hinterher fragte, ob er es sich eingebildet hatte – blickten sie sich in die Augen, und ein unsichtbarer Lichtstrahl blitzte auf. Er spürte die Hitze durch die Haut bis ins Mark, ja sogar in seinen Atem drang sie ein.

Clementine stand bereits auf der anderen Seite des Zauns, aber er hielt ihre Hand immer noch fest. Ihre zarten Arme waren so zerbrechlich wie der Flügel eines Vogels. Sie hatte eine warme Haut. Ihre Handfläche war rauh, viel zu rauh. Er drehte sie um und sah weiße, wulstige Narben, die sich wie Packschnur um die Haut zogen.

»Jemand hat Sie mit dem Riemen geschlagen«, sagte er und erschrak, daß man seiner Stimme die Betroffenheit anhörte.

Sie befreite sich aus seinem Griff und schloß die Hand. »Es war ein Stock.«

»Wieso?« Er sah, wie ihr Herz schlug; es war ein beinahe unmerkliches Pulsieren an ihrem Hals dicht über der Kamee. »Was haben Sie getan, daß Sie jemand mit dem Stock dafür bestraft hat?«

»Es war nicht ›jemand‹, es war mein Vater«, erwiderte sie. »Er hat mich dabei entdeckt, wie ich Bildkarten berüchtigter Banditen aus dem Wilden Westen betrachtete. Ich sollte eigentlich wie sonst nur drei Schläge dafür bekommen, aber ich weigerte mich, mein Vergehen einzusehen und zu bedauern. Deshalb schlug er mich, ohne aufzuhören. Aber ich glaube, am Ende hat er mehr gelitten als ich. Er hat geweint, ich nicht ...«

Sie richtete sich auf und hob das Kinn, als erwarte sie, daß er sich über sie lustig machen würde. Er wußte, er sollte es tun, denn er würde sie nicht dadurch loswerden, daß er nett zu ihr war.

Aber er konnte es nicht, solange sie so stolz und verletzlich vor ihm stand. Ganz ungeschoren wollte er sie jedoch nicht davonkommen lassen. Er verzog den Mund zu einem provozierenden Lächeln. »Ich bin selbst ein- oder zweimal geschlagen worden, weil ich verbotene Bilder angesehen habe. Allerdings waren es nicht die Bilder berüchtigter Banditen aus dem Wilden Westen.«

Er war verblüfft, als er das Interesse in ihren Augen bemerkte. O Gott, sie war so jung und so unschuldig.

»Was für Bilder waren es denn, Mr. Rafferty?«

»Natürlich die Bilder nackter Frauen aus dem Wilden Westen.«

Er sah, wie ihr die flammende Röte vom Hals dicht über der Kameebrosche in das Gesicht stieg. Sein Lächeln wurde boshaft. »Neugier ist eine gefährliche Sache«, sagte er.

»Oh! Sie sind . . .«

»Ich bin was?«

Sie erwiderte nichts, sondern lief schnell davon und ließ die Taschen stehen. Er griff danach und hatte sie mit ein paar Schritten eingeholt.

»Was bin ich?«

»Es besteht kein Zweifel daran, daß Sie sehr genau wissen, was Sie sind, Mr. Rafferty. Warum sollte ein Mann wie Sie Komplimente hören wollen?«

Er lachte laut, und zu seiner Überraschung begann sie ebenfalls zu lachen. Er mochte ihr Lachen; es paßte gut zu ihrem Mund.

Als sie den Hof erreichten, blieb sie wie angewurzelt stehen. Sie blickte auf die Wäsche im Schlamm und wurde wieder über und über rot.

Der Wind riß ihr mutwillig den Hut vom Kopf und trieb ihn auf die Koppel zu. Rafferty fing ihn auf und brachte ihn zurück. Er hielt ihn ihr entgegen wie einen Blumenstrauß, aber sie nahm ihm den Hut nicht ab. Sie stand ganz still und sah ihn an, obwohl er nicht ganz sicher war, daß sie ihn wirklich sah.

Er setzte ihr den Hut vorsichtig auf den Kopf. »›Sie haben den Wind gesät und werden den Sturm ernten‹«, zitierte er, griff nach einer verirrten Haarsträhne und legte sie ihr hinter das Ohr. Seine rauhen Finger verfingen sich in ihrem Haar, so wie sie an ihrem Nachthemd hängengeblieben waren. Sein Handrücken streifte ihren Hals, wo das Blut heftiger pulsierte als zuvor. Ein Schauer lief über die blasse Haut, und er hörte, daß ihr der Atem stockte.

Sie wich vor ihm zurück und begann, die Stelle an ihrem Hals zu reiben,
wo er sie berührt hatte. Schließlich verschränkte sie die Arme vor der
Brust.

»Ich . . . ich staune wirklich über Sie, Mr. Rafferty. Allerdings weniger
über Ihre Bildung als über Ihren Mut. Sie wagen es, unter den Augen
des Himmels das Wort Gottes in den Mund zu nehmen?«

»Zum Teufel, ja! Ich kann ganze Kapitel und Verse auswendig hersagen,
ohne ein einziges Wort zu vergessen. Und mich hat der zornige Blitz des
HERRN noch nicht getroffen. Eine frevelhafte und sündige Haltung,
nicht wahr, Boston?«

Sie gab einen leisen Laut von sich. Er glaubte, sie werde wieder lachen,
und wartete mit angehaltenem Atem.

In diesem Augenblick kam sein alter Hund um die Ecke der Scheune. Er
lief bellend hinter einem Kaninchen her. Das Gebell machte die Welt
für Rafferty wieder groß, so daß sie nicht länger nur aus einer kleinen
Frau mit hellen Haaren und grünen Augen bestand.

Sie begann, die schmutzige Wäsche einzusammeln und in die Blechwanne zu werfen. »Morgen werde ich alles noch einmal waschen«, sagte
sie und sah ihn so zornig an, als wollte sie ihm den Zuber mitsamt der
Wäsche an den Kopf werfen.

»Und morgen wird der Wind wieder wehen, und am Tag darauf ebenfalls . . . beinahe jeden Tag, den ganzen Sommer lang. Wenn der Winter
kommt, wird es allerdings so kalt sein, daß Ihre Wäsche zu Eis erstarrt.
Aber nun ja, wenn der Winter kommt, werden Sie nicht mehr da
sein.«

»Ihr Bruder hat mir das Reiten beigebracht. Wenn der Winter kommt,
werde ich Ihren großen grauen Hengst reiten.«

Gerade hatte er noch mit ihr gelacht und sie beinahe gemocht. Jetzt zog
sich ihm vor Ärger und Empörung der Magen zusammen. Er wußte
nicht, woher diese Gefühle kamen oder was sie zu bedeuten hatten. Er
wollte nicht, daß sie reiten lernte. Er wollte, daß sie verschwand.

»Wenn zwei spielen, kann nur einer gewinnen«, sagte er. »Sie werden
es nicht sein.«

»Doch.«

»Nein, denn Sie gehören nicht hierher! Wir haben alle Ihresgleichen
schon erlebt. Sie kneifen den Hintern zusammen und verziehen den
Mund, wenn der Wind auch nur flüstert. Sie sind so steif, daß Sie beim

Gehen knarren. Sie sind nicht nur nutzlos, Sie sind eine Strafe. Wenn Sie ein Kalb wären, würde es sich nicht lohnen, Sie zu schlachten.«

Sie preßte die Lippen zusammen und drehte sich so heftig um, daß ihr der Rock um seine Beine flog. Er stellte zu seiner Verblüffung fest, daß er ihr folgte.

An der Tür der Hütte blieb sie plötzlich stehen. Sie hielt einen geflochtenen Kranz aus Süßgras und weißem Salbei in der Hand, der mit Vogelfedern und getrockneten Blumen geschmückt war. Der Kranz war vorher nicht da gewesen. Das bedeutete, daß sie während der letzten Stunde Besuch gehabt hatte, der ungesehen bleiben wollte.

»Es ist ein Traumring«, sagte er. »Man soll ihn über das Bett hängen. Durch den Ring kommen gute Träume. Die Squaw von Joe Proud Bear hat so etwas eine Zeitlang gemacht, um sie zu verkaufen. Aber niemand wollte sie haben. Ich nehme an, es ist ihre Art, sich für die Dosenmilch zu bedanken.«

»Oh! Woher wissen Sie das?«

»Das ganze Regenbogenland weiß es. Und es gibt nicht viele, die Ihre Bostoner Salon-Mildtätigkeit besonders wohlwollend beurteilen.«

Ihre Wangen färbten sich rot. »Sie täuschen sich in mir. Sie täuschen sich alle, und ich werde es Ihnen beweisen.«

»Wie? Indem Sie Indianer besuchen, weil Sie glauben, das sei etwas, von dem *wir* glauben, daß eine Dame es nicht tun würde?«

»Aber ich bin überhaupt nicht deswegen ...« Ihr Gesicht war nicht nur rot, sondern flammend rot. Sie holte krampfhaft Luft. »Sie sind grausam.«

»Montana ebenfalls.«

Sie musterte ihn wie draußen auf der Wiese mit ihren klaren Augen, die einen Teil seines Wesens zu berühren schienen, von dessen Vorhandensein er nichts geahnt hatte. Langsam drehte sie sich um und ging mit dem Traumring in die Hütte. Als sie sein Geschenk für Gus sah, blieb sie stehen – zwei aus Elchgeweih geschnitzte Kerzenleuchter, die poliert waren, so daß sie wie Elfenbein schimmerten. »Du meine Güte«, sagte sie mit einem seltsamen leisen Lachen.

Sie trat an den Tisch und nahm einen Leuchter in die Hand. Sie fuhr zart mit den Fingern darüber, als sei sie blind und müsse die Dinge berühren, um sie zu sehen.

Er kam in die Hütte, blieb an der Tür stehen und stemmte eine Stiefelsohle gegen die Schwelle. Er beobachtete sie unter der Hutkrempe, die seine Augen verbarg. »Ich nehme an, heute ist für Sie der Tag der Geschenke«, sagte er. Eine Frau wie sie war vermutlich an große Silberkandelaber gewöhnt, die über und über mit Schleifen und ähnlichem Plunder verziert waren.

Sie drehte sich um. Ihre Augen waren dunkel vor Überraschung und Vorsicht. »Sind die von Ihnen?«

Er zuckte die Schultern. »Es kommt nicht jeden Tag vor, daß sich mein großer Bruder eine Frau nimmt.«

»Wirklich hübsch«, murmelte sie und lächelte. Es war ein zärtliches Lächeln, so sanft und schwer wie der Wind in einer warmen Nacht. Das Lächeln traf ihn wie eine Faust in den Magen, und sein Herz setzte einen Schlag aus.

Er sah sie benommen an. Er konnte nicht denken, nicht einmal atmen. Es hatte mit einem Ziehen in der Brust angefangen, als er sie bei ihrer ersten Begegnung so zugeknöpft und verängstigt auf dem Wagen sitzen sah. Und hier in der Hütte bezwang sie ihn mit ihrem Lächeln.

Er sah zu, wie sie die Kerzenhalter auf dem Tisch zurechtrückte. Sie stellte die Leuchter zu beiden Seiten der Kaffeekanne mit den rosa und blauen Blumen. Die Kerzenhalter paßten in die Hütte, aber sie war hier fehl am Platz – diese zierliche Frau mit den blonden Haaren, den grünen Augen und dem Mund einer Hure.

Es durchzuckte ihn wie ein Blitz. Sein Körper reagierte so heftig, daß es sich seiner Kontrolle entzog. Er wollte sie küssen, aber auf seine Art. Er würde sie mit seiner Leidenschaft erobern, und sie sollte sich ihm hingeben. Von ihm konnte sie lernen, wirklich geliebt zu werden – stürmisch, ekstatisch, hemmungslos. Aber nicht hier, nicht in einem Bett mit bestickten Kissen und einer Federmatratze, sondern auf der Erde mit Lärchen- und Kiefernnadeln als Kissen, unter dem blauen Himmel und einem warmen Wind, der über ihre nackte, glühende Haut strich. Sie sollte im entfesselten Stöhnen, Saugen und Keuchen der Liebe das rauschende Wasser im Fluß übertönen. Er wollte sie dazu bringen, daß sie den überheblichen Bostoner Anstand vergaß. Sie sollte sich in seinen Armen winden und unter seinem starken Körper vor Lust schreien. Er wollte sie beherrschen, sie als Mann besitzen und erreichen, daß sie ihn mehr begehrte, als ihr Verstand, ihr Herz, ihr Körper das ertragen konnten . . .

O Gott, dachte er erschrocken, als er sich umdrehte und durch die Tür hinaus in den Hof wankte, sie hat mich schon um den Verstand gebracht: Ich will die Frau meines Bruders verführen ...

Der Donner grollte in den Bergen, als Gus McQueen die Axt hoch über den Kopf hob und zuschlug. Das Eisen spaltete das Holz mit einem Geräusch, das von dem wolkenschweren Himmel widerhallte. Er hob die Axt noch einmal und lauschte. Er wartete nicht auf den nächsten Donnerschlag, sondern auf das rhythmische Hämmern von Metall, das auf Metall schlug, das aus der Schmiede drang.

In der roten Glut hinter der offenen Tür der Werkstatt tanzten Schatten. Bei dem aufziehenden Gewitter war es zu heiß, um ein Hufeisen zu schmieden. Aber vielleicht will sich mein Bruder als Vorgeschmack auf die Hölle an diese Art Hitze gewöhnen, dachte Gus kopfschüttelnd und runzelte die Stirn. Er mußte sich vermutlich damit abfinden, daß Zach nicht vom Weg der Sünde und der Verdammnis abzubringen war.

Gus schlug die Axt in den Hackklotz und stützte sich schwitzend vor Anstrengung auf den Stiel. Er wischte sich die Stirn trocken, die sich jedoch dadurch nicht glättete. Er dachte daran, über den Hof zu gehen und die Luft zwischen ihm und seinem Bruder zu bereinigen, aber diesmal mit Worten, nicht mit Fäusten. Nach kurzem Überlegen entschied er sich dagegen. Doch dann bewegten sich seine Stiefel wie von selbst in Richtung Schmiede.

Zachs Hengst war direkt hinter der Tür angebunden. Gus fuhr ihm mit der Hand über den Rücken, während er um ihn herumging. Die Hitze und der stechende Geruch von heißem Eisen und Schweiß schlugen ihm entgegen. Sein Bruder stand am Schmiedefeuer und wendete ein Stück Eisen auf den glühenden Kohlen. Rotes Licht lag auf seinen dunklen Haaren, ließ die kantigen Wangenknochen glänzen und warf tiefe Schatten auf die hohlen Wangen. Er sah aus wie ein Teufel, der aus der Hölle kam und sich unterwegs geprügelt hatte. Das blaue Auge und die blutig verkrustete Lippe schienen die stolzen Trophäen seiner Sünden zu sein.

Zach nahm die Anwesenheit seines Bruders mit einem Blick, aber ohne ein Wort der Begrüßung zur Kenntnis. Er bewegte das Stück Eisen schnell über die Kohlen. Sie sahen beide schweigend zu, wie es sich erhitzte, zuerst rot und dann gelb wurde. Die aufgeplatzte Haut an den

Knöcheln der Hand, mit der Zach die Zange hielt, heilte bereits ab. Gus stieß mit der Zungenspitze gegen den geschwollenen Oberkiefer, wo ihn die Faust seines Bruders getroffen hatte.

Etwas Kaltes und Feuchtes berührte seine Hand. Das Kalb beschnupperte ihn wie ein kleiner Hund.

»Warum willst du ein Kalb zum Haustier machen?« fragte er. Es waren die ersten Worte seit der Schlägerei.

Sein Bruder stand am Blasebalg. Die Luft fuhr fauchend ins Feuer, und die Funken stoben weit auseinander. Orangefarbenes Licht zuckte über sein Gesicht und ließ die blauen Flecken noch deutlicher hervortreten. Seine Augen waren rot und geschwollen und lagen tief in den Augenhöhlen. Seinem Gesicht nach zu urteilen, hatte er Unmengen von Whiskey getrunken.

»Willst du, daß ich es schlachte?« fragte Zach.

»Ich möchte nur nicht erleben, daß dir das Herz bricht, wenn es im Herbst mit den anderen zum Schlachten geschickt wird.«

»Ich glaube, ich habe kein so weiches Herz, wie du vermutest, großer Bruder.«

»Aber dein Gesicht sieht irgendwie weich geklopft aus, kleiner Bruder.«

Zach blickte durch den schwarzen Rauch der Esse zu ihm auf. Der Schweiß tropfte aus seinen Haaren, die ihm in die Stirn hingen. Er verzog die Mundwinkel zu einem angedeuteten Lächeln, das die schwachen Linien um seinen Mund vertiefte. »Du solltest erst einmal dein Gesicht ansehen.«

Gus blickte hilflos auf seinen Bruder. Was sollte er nur tun? Verzweiflung und Zorn, Neid und Bewunderung quälten ihn.

Er lehnte sich mit der Hüfte an eine Werkbank neben der Esse. Er sah Zach gerne bei der Arbeit zu, bei jeder Arbeit – beim Einfangen der Kälber, beim Zureiten der Mustangs, beim Schmieden eines Hufeisens. Er bewegte sich sicher, scheinbar mühelos und geschmeidig. Doch unter allem lag immer eine Spannung, die selbst den gewöhnlichsten Momenten eine gewisse Härte verlieh. Wenn sie nach einem langen Tag abends vor der Hütte saßen und gemeinsam einen Krug Bier tranken, musterte Gus in der Dämmerung manchmal das kantige Profil seines Bruders und mußte an einen Colt denken, dessen Abzug nicht ganz in Ordnung war und deshalb jeden Augenblick losgehen konnte.

»Ich habe im Sägewerk in Deer Lodge Holz bestellt«, sagte Gus. »Wir müssen uns vor dem Winter ein größeres Haus bauen.«

Zach legte das weißglühende Eisen über das spitze Ende des Ambosses. Die Hammerschläge hallten ohrenbetäubend. Er schlug mit solcher Kraft zu, daß die Muskeln an seinem Arm und auf dem Rücken deutlich hervortraten. »Ich gehe hier nicht weg, Gus.«

»Wer hat etwas davon gesagt, daß du gehen sollst?«

In Wirklichkeit lebte Gus in der ständigen Angst, sein Bruder werde eines Tages einfach auf und davon gehen. Er war ein zu unruhiger Geist, um sich an einem Ort festzusetzen. Es gab Zeiten, wenn Gus die Ranch kritisch mit seinen Augen sah und die Wirklichkeit mit den Träumen verglich. In solchen Augenblicken gestand er sich ein, daß sie auf der ›Rocking R‹ eine jämmerlich kleine Rinderherde hatten. Sie waren arme Schlucker und konnten es sich nicht einmal leisten, gute Männer anzuheuern, um die Herde zusammenzutreiben, sondern mußten sich mit hergelaufenen Tagedieben begnügen. Das Leben auf der Ranch bestand aus einer endlosen Folge von Rinderbrennen, Rindertreiben, Heumachen und Pferdezureiten. Sie waren noch weit davon entfernt, reiche Rinderbarone zu sein.

Gus hatte aber noch andere Träume als Reichtum und ein Leben im Luxus. Er wollte seinen Bruder dazu bringen, daß er seine Träume teilte. Aber darüber konnte er nie mit ihm sprechen. Zach war verschlossen wie ein Grab. Schon als Junge hatte er nie gewußt, was Zach eigentlich dachte. *Cimarrones* sagte man in Texas über Rinder oder Männer, die sich von ihresgleichen fernhielten. Gus hielt seinen Bruder für einen *Cimarron*.

»Wir vertragen uns schon, wir drei«, sagte Gus, »du, ich und Clementine. Die Ranch wird uns vielleicht viel abverlangen, und wir müssen alle schwer arbeiten. Das ist jedoch mit Sicherheit besser, als ständig auf Achse zu sein, um überhaupt etwas Geld zu verdienen.« Gus versuchte, an dem verschlossenen Gesicht seines Bruders zu erkennen, was er dachte. Doch er sah nur diese bedrohliche Spannung und den Schweiß der schweren Arbeit. Die Hitze des Feuers und das drohende Gewitter machten die Luft zu einer dicken, dampfenden Suppe. Gus wischte sich mit dem Halstuch den Schweiß von der Stirn. »Wir können ein großes Haus bauen. Ich nehme an, du wirst irgendwann auch heiraten wollen«, fügte er hinzu und wünschte sofort, es nicht getan zu haben. Er hatte die schreckliche Vorstellung, Zach könnte Hannah Yorke als seine Frau auf die Ranch bringen.

Zach stellte den Hammer auf den Amboß und beugte sich vor. Sein Gesicht war dicht vor dem seines Bruders. Sie sahen sich in die Augen. Gus erlebte wie schon oft, daß Zachs Augen kalt und ausdruckslos wie Messing wurden. Draußen zuckte in der Nähe ein greller Blitz, dem sofort ein krachender Donnerschlag folgte. Gus wußte bereits, bevor sein Bruder etwas erwiderte, daß Zach seine Gedanken so genau kannte, als hätte er sie ausgesprochen.

»Ich möchte, daß du begreifst, Mrs. Yorke verdient ihr Geld damit, daß sie Whiskey verkauft und nicht sich selbst.«

Im ›Best in the West‹ wurden außer Whiskey noch andere Dinge verkauft, aber Gus hielt den Mund. Das heißt, er hielt ihn beinahe. Er konnte nicht einfach die Augen davor verschließen, daß sein Bruder eine Beziehung mit einer Hure hatte. Ein Besuch in der Stadt jeden Monat oder so, nun ja, er konnte einsehen, daß ein gesunder Mann in seinem Alter gewisse Bedürfnisse hatte. Aber eine Woche und einen Tag! Zach war acht Nächte hintereinander bei dieser Frau geblieben. Das war eine Sünde.

»Aber sie hat sich verkauft«, sagte er deshalb vorwurfsvoll. »Ich meine, selbst Mrs. Yorke müßte zugeben, daß sie es in der Vergangenheit getan hat.«

»Jetzt tut sie es nicht mehr.«

Gus überlegte, wie Zach das bezeichnen würde, was diese Frau in der vergangenen Woche getan hatte. Sie hatte gehurt, selbst wenn dabei kein Geld im Spiel gewesen war. Es verwirrte ihn jedoch, daß sich sein Bruder so loyal gegenüber einer Hure verhielt, die er kaum kannte und ganz sicher nicht als anständige Frau respektieren konnte.

Er seufzte und hob die Schultern. »Also gut, Zach. Vielleicht hat sie sich ja geändert«, sagte er mit einem gezwungenen Lächeln. Er würde auch damit leben können, daß sein Bruder eine Beziehung mit der Hure von Rainbow Springs hatte. Das bedeutete jedoch nicht, daß er den Hut ziehen würde, wenn er der Frau begegnete. Mit Sicherheit würden er und Clementine diese‹ Frau nicht sonntags zum Essen einladen.

Zach richtete sich wieder auf. Wie immer konnte er die Gedanken seines Bruders lesen. Er hob den Hammer in die Luft, und seine Mundwinkel verzogen sich zum Anflug eines Lächelns. »Du wirst mir doch keine

Moralpredigten halten wollen, großer Bruder, nur weil du eine ›anständige Frau‹ geheiratet hast?«

Clementine . . .

Bereits der Gedanke an sie ließ Gus strahlen. Die Heirat war die einzige
spontane Entscheidung in seinem Leben gewesen. Er hatte sich in das
siebzehnjährige, unschuldige Mädchen auf der Stelle verliebt. Deshalb
hatte er sie dazu überredet, ihre Familie zu verlassen. Er hatte sie, ohne
nachzudenken, hierher auf die armselige Ranch gebracht. Das war ein
Fehler, vielleicht sogar eine Sünde gewesen.

Aber, o Gott, er war verrückt nach ihr! Er brauchte sie.

Clementine . . .

»Ich liebe sie, Zach.« Gus schlug sich mit der Faust auf die Brust. »Ich
liebe sie so sehr, daß es wie ein ständiger Schmerz ist. Verstehst du das?
Genau hier, in meinem Herzen.«

Er kam sich albern vor. Männer sprachen nicht von ihren Herzen und
von Liebe.

Der Hammer schlug klingend auf den Amboß. Zachs Gesicht war noch
bleicher geworden. Mit einer heftigen Bewegung packte er das Hufeisen
mit der Zange und warf es in die glühenden Kohlen.

Gus fuhr sich verlegen über die schweißnasse Stirn.

»Zach . . .«

Er wollte seinem Bruder sagen, daß er ihn bewunderte, daß er ihn
brauchte. Aber Männer sprachen nicht über solche Dinge.

»Du weißt mehr über das Zureiten und den Viehauftrieb, als ich jemals
lernen werde.« Er packte seinen Bruder am Arm. Zachs Hemdsärmel
war naß vom Schweiß. Seine Muskeln spielten.

»Clementine und ich, wir brauchen dich.«

Zach befreite sich aus dem Griff und drehte ihm den Rücken zu. Gus
wollte sich aber nicht von ihm mit Schweigen abfertigen lassen. Die
Heirat war bestimmt nur deshalb ein wunder Punkt, weil sie so unerwartet gekommen war. Zach würde sich nach einer Weile sicherlich
damit abfinden.

»Ich nehme an, du hast von dem Treffen bei Jeremy gehört«, sagte er,
um das Thema zu wechseln. »Ich habe den anderen gesagt, daß wir auf
dich zählen können.«

Zach drehte sich um und schüttelte ärgerlich den Kopf. »Ich habe das
Gefühl, daß eine Menge Aufhebens um die paar Indianer gemacht

wird«, sagte er mit gerunzelter Stirn. »Zum Teufel, sie schlachten nur ab und zu ein paar Rinder, um etwas zum Essen zu haben. Ich finde, die Großzügigkeit können wir uns eigentlich leisten, die Indianer nicht verhungern zu lassen.«

»Was ist mit MacDonald? Er hat für seine Großzügigkeit eine Kugel in den Rücken bekommen.«

»Joe Proud Bear hat ihn mit Sicherheit nicht umgebracht, und ich glaube, Iron Nose war es auch nicht.« Er drehte sich um und bearbeitete wieder den Blasebalg. Dann wendete er das Hufeisen im Feuer. »Wenn du mich fragst, dann solltet ihr in den eigenen Reihen nach dem Schuldigen suchen. MacDonald und Horace Graham haben sich seit Monaten um ein Stück Schwemmland gestritten. Jetzt ist MacDonald tot, und Grahams Rinder stehen auf dieser feuchten Wiese und fressen sich dick und fett.«

»Graham hat eine Frau und fünf Kinder. Er liest beim Gottesdienst die Psalmen. Er trinkt nicht, spielt nicht und hurt auch nicht herum, wie andere, von denen ich reden könnte.« Gus war außer sich. »Zach, willst du dich vor allen Leuten hinstellen und ihn beschuldigen, er hätte seinen Nachbarn von hinten erschossen?«

Zach warf seinem Bruder einen spöttischen und verächtlichen Blick zu, während er das Eisen wieder auf den Amboß legte. »Du solltest es besser wissen. Ein Mann kann in einem Atemzug beten und im nächsten töten.«

Gus trat gegen die rostige Kette und Hufeisennägel, die auf dem Boden lagen. »Ganz gleich, wer wen erschossen hat, wir können den Indianern diese Diebstähle nicht durchgehen lassen, sonst fallen die Rinderdiebe bald in Scharen über das ganze Regenbogenland her. Verdammt, Zach, Iron Nose und sein Sohn stehlen unsere Rinder!«

»Sie sind nicht die einzigen! Die Hälfte der Rancher in diesem Gebiet haben ihre Herden mit einem großen Lasso und den Kälbern anderer Leute angefangen.«

Die Hammerschläge vibrierten in seiner Brust und in seinem Bauch, als Gus zusah, wie Zach das Hufeisen formte. Ja, das war sein geschickter Bruder, der alles über Rinder wußte und wahrscheinlich auch die Methoden kannte, ein Brandzeichen zu ändern oder eine Kuh zu stehlen.

Gus fragte sich nicht zum ersten Mal, ob Rinderdiebstahl das Problem mit dem Gesetz war, das seinen Bruder dazu gebracht hatte, den Namen zu ändern.

Aber darüber, was Zach getan hatte und was ihm alles in der Zeit zwischen ihrer Trennung und dem Zusammentreffen neun Jahre später bei einem Rindertrieb in West Texas widerfahren war, darüber sprachen sie nie. Diese Jahre hatten seinen kleinen Bruder in vielen Dingen, die Gus nicht ganz verstand, noch härter und verschlossener gemacht.

Nun ja, wie gut konnte man jemanden wirklich kennen? Wieviel wußte man über diese Stelle tief im Innern eines Menschen, wo er wirklich lebt? Trotz all der gemeinsamen Stunden ihrer Kindheit, der gemeinsamen Kämpfe, Träume und Sünden hatte er seinen Bruder niemals wirklich *gekannt*.

Von allen Erinnerungen an die gemeinsame Kindheit quälte Gus jedoch der folgenschwere Abschied am meisten. An jenem Tag brannte die Sonne auf das Deck des Flußdampfers. Schwarze Hafenarbeiter sangen ihre seltsamen Lieder, während sie Baumwollballen auf einen offenen Karren warfen. Es roch nach Jute und Zuckerrohr. Zach stand barfuß auf dem grauen, verwitterten Kai und hatte die Hände tief in den Taschen seiner zerlumpten Hose vergraben. Auf seinem Gesicht lag ein Ausdruck, der Gus sein Leben lang wie ein Alptraum verfolgen würde. Zach schien genau zu wissen, daß seine Mutter und sein Bruder nicht zurückkommen würden.

Es blitzte; der Donner hallte durch die offene Tür und brachte den Geruch von Holzrauch und Regen. Zach warf das Hufeisen zum Abkühlen in den Wassertrog. Es zischte, und eine Dampfwolke stieg auf.

Sie hatten nie über den Tag am Kai in Natchez sprechen können, als nur einer von ihnen aus der Armut gerettet wurde, und der andere im Elend zurückbleiben mußte.

Gus atmete langsam ein, um den bitteren Schmerz der Erinnerung zu lindern. Er legte die Fäuste in den Rücken und lehnte sich zurück. Seine gequetschten Rippen ließen ihn stöhnen.

»Mein Gott, ich bin völlig kaputt. Wenn ich mich das nächste Mal mit dir prügeln will, dann versuch bitte energischer, es mir auszureden. Wir werden zu alt für diese Art Blödsinn.«

Zach warf ein Locheisen auf die Werkbank und verzog den Mund.

»Aber eine Prügelei ist mit Sicherheit besser als alles andere . . .«

Gus legte seinem Bruder den Arm um die Schulter. »Ich habe heute nachmittag die Arbeit ruhen lassen und bin Angeln gegangen. Komm, wir wollen sehen, ob meine Frau gelernt hat, eine Forelle zu braten, ohne daß sie schwarz wie Stiefelleder wird.«

Zach griff nach einer Handvoll Nägel. »Geh schon vor«, sagte er mit abgewandtem Gesicht. »Ich will noch das Hufeisen annageln.«

»Nein, ich warte«, sagte Gus und schüttelte mit Nachdruck den Kopf. »Ich warte auf dich.«

Sie hatten beinahe die Tür der Hütte erreicht, als es anfing zu regnen. Sie standen nebeneinander und sahen zu, wie der Wind den Regen in grauen Schleiern vor sich hertrieb, wie er das Gras auf den Boden drückte und die Pappeln peitschte wie Fahnen im Wind. Bäume und Berge waren nur noch verschwommene schwarze Silhouetten vor dem silbernen Himmel.

Das hier ist unser Land und unsere einzige Hoffnung, dachte Gus. Er spürte Zachs Nähe und wußte, daß er ihm vertrauen konnte. Gemeinsam würden sie dieses Land zur größten und besten Ranch von Montana machen.

Vielleicht, dachte er, ist es nicht wichtig, daß ich meinen kleinen Bruder nicht ganz verstehen kann. Aber das eine weiß ich, Zach läßt sich durch nichts unterkriegen. Dort wo jeder verletzlich ist, dort wo ein Mensch lebt, war Zach McQueen, oder Rafferty oder wie immer er sich nannte, niemals besiegt worden.

Zach würde niemals besiegt werden.

Neuntes Kapitel

»Sie dürfen sich nicht bewegen, Mr. Montoya, während ich Sie aufnehme.«

Die kleinen Silberringe am Sombrero des jungen Mannes klingelten, als er lachte. »Haben Sie das gehört, Boß? Ihre Frau hat gesagt, sie wird mich auf den Arm nehmen!«

Er warf sich in Pose, legte eine Hand an die rote Schärpe um seine Hüfte und verlagerte das Gewicht auf ein Bein. Seine Hose war mit silbernen *Conchas* geschmückt, und die Stiefel waren mit Blumen verziert. Die ›Rocking R‹ hatte ihn angeheuert, um beim Zusammentreiben der Rinder zu helfen. Clementine war ganz aufgeregt. Für sie sah der junge Mexikaner so aus, als sei er geradewegs aus den Bildkarten ihrer Kindheit über den Rio Grande gekommen.

Unter dem schwarzen Tuch konnte sie die Ungeduld von Gus zwar nicht sehen, aber hören. Hinter ihr scharrten Stiefel und wirbelten Staub auf. Er schlug sich klatschend mit der zusammengerollten Peitsche auf den Schenkel.

»Könntest du dich beeilen, Clem?« rief er schließlich. »Die Rinder kriegen ihre Brandzeichen nicht vom Photographieren. Die Sonne steht schon so lange am Himmel, daß der Tau beinahe getrocknet ist.«

Der Morgendunst hatte sich tatsächlich bereits weitgehend in der Sonne aufgelöst. Clementine stellte die Linse entsprechend ein, aber sie würde sich bei der Aufnahme nicht beeilen.

Nein, das werde ich nicht, dachte sie trotzig.

Clementine mußte sich ständig gegen seine Ungeduld wehren. Sie widersetzte sich ihm und stellte seine Geduld auf die Probe, so wie sie sich ihrem Vater widersetzt und seine Geduld auf die Probe gestellt hatte, um sich an ihm zu rächen. Nur deshalb war es ihr überhaupt gelungen, das Photographieren zu lernen und schließlich sogar eine eigene Kamera zu bekommen. Die Narben an den Händen verhalfen ihr zum Sieg über ihren Vater, und jetzt würde sie sich nicht von Gus ein schlechtes Gewissen machen lassen. Photographieren war keine Sünde.

Clementine atmete noch einmal tief durch. Der Gestank nach Rindern war schier unerträglich. Obwohl die Männer das Lager ein ganzes Stück vom Korral entfernt aufgeschlagen hatten, waren der Lärm und die verpestete Luft überwältigend.

Die Kühe brüllten laut, wenn sie aus den Canyons und den Kiefernwäldchen an den Hängen getrieben wurden. Die Männer pfiffen und johlten und knallten mit den langen Peitschen, bis sich die Herde muhend und stampfend im Kreis bewegte. Ein Staubschleier verdunkelte die Sonne. Die Hufe donnerten über die Erde, bis Clementine das Zittern unter den Sohlen ihrer Schuhe spürte. Die Ohren schmerzten von dem Lärm.

Die Rinder an sich waren nicht besonders schön. Ihr struppiges Fell war so rot wie vertrocknete Äpfel. Ein weißes Dreieck auf der Stirn erweckte den Anschein, als seien sie dort unbehaart. Es waren Kurzhornrinder, obwohl Clementine nicht verstand, wie sie zu diesem Namen kamen, denn sie hatten lange geschwungene spitze Hörner. Es waren störrische, schreckhafte dumme Tiere. Clementine mochte sie nicht, und das schien auf Gegenseitigkeit zu beruhen. Bis zum Mittagessen hatten sich die Rinder etwas beruhigt. Doch sobald Clementine in ihre Nähe kam, wurden sie unruhig und liefen mit hochgehobenen Schwänzen durcheinander. Gus sagte, es liege an ihrem langen Rock, der beim Gehen raschelte und im Wind flatterte. Mr. Rafferty sagte boshaft und spöttisch, die Rinder könnten den Geruch der ›Boston-Stärke‹ nicht ertragen, der von ihr ausgehe.

Mr. Rafferty ...

Die Kühe mochten vielleicht den Geruch und ihren flatternden Rock nicht, aber dieser Mann war wirklich unerträglich. Sie haßte ihn. Schon seine Anwesenheit brachte Clementine ständig durcheinander. Sie konnte die Gefühle, die er in ihr weckte, nicht alle benennen oder einordnen. Zwei davon kannte sie allerdings schon viel zu gut: Angst und Verwirrung.

An dem Abend, als er mit dem Geschenk, den Kerzenleuchtern, aus Rainbow Springs zurückgekommen war, hatte es ein schreckliches Gewitter gegeben. Blitze zuckten über den dunklen Himmel, und der

Donner dröhnte so laut, als reiße der Himmel auf, um sie alle in den Regenfluten zu ertränken. Rafferty trat in die Hütte, und ein Blitz schien einzuschlagen. Feuer schien zu seinem Wesen zu gehören. Er war gefährlich. Er glühte und brachte sie zum Glühen.

Er hatte sie mit seinen Blicken verfolgt, als sie das Abendessen zubereitete. Seine seltsamen gelben Augen funkelten im trüben Licht der Petroleumlampe. Seine Augen schossen Blitze, bis es ihr vorkam, als stehe sie splitternackt in einem heftigen Gewitter. Sie wollte ihn anschreien, damit er endlich aufhörte, sie so unhöflich anzustarren. Aber natürlich tat er das alles nur, um sie zu reizen, um ihr Angst zu machen und sie zu verwirren. Und er hatte Erfolg. O ja, schließlich flüchtete sie vor ihm ins Schlafzimmer und schloß die Tür vor seinen Augen. Sie lehnte sich zitternd an die Wand und preßte die Faust auf den Mund, um den Aufschrei ihrer gefolterten Gefühle zu unterdrücken.

Dieser Mann war hemmungslos. Er überließ sich all dem, was man sie zu hassen gelehrt hatte, der Sünde, dem Laster und der Leidenschaft. Er trank, spielte und hurte. Womöglich hatte er als Kind sogar einen Mann getötet. Er war so gefährlich wie ein Raubtier.

Doch jedesmal, wenn sie es wagte, seinen Blick zu erwidern, zuerst in jener Nacht und seitdem immer wieder, schien sie ein Blitz zu treffen, und sie glaubte, in Flammen zu stehen.

›Und er sagte zu ihnen, ich habe Satan wie einen Blitz vom Himmel herabstürzen sehen.‹

Rafferty war ein Blitz ...

Clementine legte noch einen Ast auf das gefährlich schwankende Bündel in ihrem Arm und hielt den Stapel mit dem Kinn fest. Ein Splitter ritzte ihren Hals. Sie unterdrückte einen Fluch.

Clementine schloß zitternd vor Wut die Augen. Sie stand mit einem Armvoll Anmachholz auf einer Kuhweide mitten in der Prärie und kämpfte um den letzten Rest Selbstbeherrschung, um nicht völlig aus der Haut zu fahren.

›Wer Gott flucht, wird Sünde auf sich laden.‹

Vor drei Monaten hatte sie nicht einmal die Worte gekannt, mit denen man Gott verfluchen konnte. Dank des Unterrichts, den sie von Nickel Annie und Rafferty erhalten hatte, lagen ihr inzwischen weit mehr Gotteslästerungen auf der Zunge als Gebete.

Sie war auf halbem Weg zum Küchenwagen, als sie mit der Schuhspitze an einem verrotteten Baumstumpf hängenblieb und der Länge nach hinfiel. Die Äste und das Treibholz vom Fluß rollten über den Boden.

Sie blieb einen Augenblick still liegen und rang nach Luft. Dann drehte sie sich auf den Rücken und blinzelte, um den Staub aus ihren Augen zu vertreiben.

Der Staub und die Hitze hatten dem morgendlichen Wind die Schärfe genommen. Die Sonne brannte heiß und trocken auf sie nieder.

Es war in der vergangenen Woche so warm gewesen, daß sich das Tal von einer Schlammpfütze in ein Staubloch verwandelt hatte. Es war ein hartes Land, so unbarmherzig hart wie die Erde, auf der sie völlig erschöpft lag.

Clementine blieb einfach liegen und ließ sich von der Sonne das Gesicht verbrennen. Sie sah den Wolken zu, die über den schimmernden blauen Himmel segelten, und dachte an zu Hause.

Sie hatte sich nie Gedanken darüber gemacht, wie die Kohlenkästen im Haus am Louisburg Square gefüllt wurden. Nun ja, sie konnte sich vage an einen Kohlenträger erinnern, der auf seinem gebeugten Rücken Kohlensäcke von seinem Karren in den Küchenkeller schleppte. Wenn sie jetzt ein Feuer haben wollte, mußte sie das Holz dafür selbst holen. Das alles war inzwischen kein so großartiges Abenteuer mehr. Sie kämpfte ständig mit der Müdigkeit und hatte immer wieder Angst. Sie war im wahrsten Sinne des Wortes völlig durcheinander. Hier in dieser Wildnis hatte sich alles, was sie war, alles, was sie für richtig und gut hielt, grundsätzlich verändert. In ihrer Verwirrung ließ sie buchstäblich alles fallen, so wie gerade eben das Anmachholz. Doch unter dem alten zerbeulten breiten Hut, den sie jetzt trug, unter dem sonnenverbrannten Gesicht war sie immer noch die alte Clementine. Ihre Sehnsüchte ließen nicht nach, und die Furien ihrer geheimen Träume ließen sie nicht zur Ruhe kommen.

Beim Viehtrieb legten sie das Brennholz in eine Kuhhaut, die wie eine Hängematte unter dem Küchenwagen hing, und brachten es so von einem Lager zum anderen. Squaw-Holz nannte man es, denn es ließ sich leicht aufsammeln, ohne daß man dabei die Axt zum Spalten brauchte.

Squaw-Holz . . .

Clementine dachte an die Frau von Joe Proud Bear. Sie fragte sich, ob die Indianerin ihren Mann und seine brutale, lassoschwingende Männlichkeit ebenso haßte wie sie diesen Mr. Rafferty.

Und sie dachte an Hannah Yorke, die lachende Frau mit dem violetten Kleid und den roten Schuhen, die den Männern ihren Körper anbot und dafür verachtet wurde. Clementine überlegte, ob auch diese beiden Frauen in den langen und einsamen Stunden vor dem Morgengrauen aufwachten und von einer namenlosen Unruhe und Sehnsucht erfüllt waren. Kannten auch sie die Leere und Kälte im Herzen, die alles Leben zu vernichten drohte? Hatten sie sich damit abgefunden, daß es keine Erfüllung der geheimen Wünsche geben durfte?

Clementine legte den Unterarm über die Augen und verschloß dem Himmel die Türen zu ihrer Seele. Mit den an Stadtgeräusche gewohnten Ohren lauschte sie dem unvertrauten Wiegenlied der Insekten, die im hohen Gras zirpten, und dem Fluß, der mit den Felsen und den Bäumen zu reden schien. Aber die Sonne war heiß, ein Zweig drückte sich in ihren Rücken, und deshalb stand sie stöhnend wieder auf.

Sie griff nach ein paar Ästen und trug sie zum Feuer. Sie brach einen dürren Zweig entzwei und warf ihn in die Flammen. Sie schüttete Bohnen in den Kessel, der am Dreifuß hing, und füllte den Kessel bis zum Rand mit Wasser. Als Köchin mußte sie dafür sorgen, daß die Männer bei der schweren Arbeit etwas Anständiges zu essen bekamen. An diesem Tag würde es Bohnen mit Speck, Sauerteigkrapfen und Kaffee geben. Das gab es jeden Tag . . .

Es war ein kleiner Trupp: Gus und sein Bruder, der junge Mexikaner, der Palo Montoya hieß, und Pogey und Nash, die beiden alten Goldsucher. Die beiden lustigen Käuze halfen beim Viehtrieb, denn sie sahen so lange kein Silber aus ihrer Mine, bis Gus Zeit fand, nach Butte Camp zu reiten und mit möglichen Geldgebern zu sprechen, die ein Konsortium bilden und die ›Vier Buben‹ pachten und den Silberabbau betreiben sollten.

Die Männer brachen auf, sobald sich der erste helle Streifen über den Hügeln zeigte, und trieben die Kühe in einen provisorischen Korral aus Seilen, der jeweils neu aufgebaut wurde. Um zehn kamen sie zum Mittagessen zurück und fingen den Rest des Tages die Kälber aus der Herde heraus, um sie mit dem Brandzeichen der ›Rocking R‹ zu versehen. Nachdem die Bohnen auf dem Feuer standen, fand Clementine, es sei noch Zeit, um ein paar Aufnahmen zu machen, bevor die Männer ins Lager kamen. Die erste Aufnahme, die Sattelpferde mit dem Kochfeuer im Vordergrund, war mißlungen. Die Pferde bewegten sich ständig und sahen auf dem Negativ wie schattenhafte Ungeheuer aus. Der blaue Rauch, der vom Feuer in die Bäume aufstieg, und von dem sie sich eine große Wirkung versprochen hatte, war überhaupt nicht zu sehen. Sie photographierte anschließend den Küchenwagen, und es wurde ein gutes Bild. Es war ein alter Wagen, dessen Plane fehlte. Die Stäbe und Stangen, die nackt in den Himmel ragten, wirkten wie das verwitterte Gerippe eines Mammuts. Danach machte sie noch eine Aufnahme von einem spät geborenen Kalb, das am Euter der Mutter trank. Als sie das Kalb mit dem seltsam großen Kopf und den spindeldürren Beinen auf der Platte sah, mußte sie lächeln. Die Luft im Entwicklungszelt war heiß und voller chemischer Dämpfe. Sie fixierte gerade das Negativ, als sie hörte, wie jemand nach ihr rief.

Die Stimme klang im ersten Augenblick wie die Stimme ihres Vaters. Clementine erschrak, rang nach Luft und mußte husten. Die Chemikalien brannten ihr in der Kehle. Die alte Angst vor dem männlichen Zorn und der Strafe war so groß, daß sie daran zu ersticken glaubte. Ihre Hände zitterten. In ihrer Aufregung schüttete sie zuviel Kaliumcyanid in das Fixierbad und verdarb dadurch das Negativ.

Sie zog den Kopf aus dem Zelt zurück und knöpfte die Klappe zu. Dann ging sie zu Gus und dem Feuer. Sie ballte die Hände zu Fäusten. Ihre Finger drückten sich auf die alten Narben.

Ich werde mich vor ihm nicht fürchten wie vor meinem Vater, schwor sie sich. Ich werde keine Angst vor ihm haben.

Und doch war die Angst da. Sie lastete schwer auf ihrer Brust und stand ihr als Schweiß auf der Stirn.

Die Bohnen waren gequollen, aber nicht angebrannt. Das Wasser war übergekocht und hatte beinahe das Feuer gelöscht. Gus schlug ärgerlich die Lederhandschuhe gegen sein Bein.

»Wo sind die Krapfen?«

»Ich habe vergessen, welche zu machen.« Sie wischte sich die silbrige Chemie an der Schürze aus Sackleinen ab. »Ich war beschäftigt und habe . . . es vergessen.«

»Clementine, ich werde dir diese verdammte Kamera wegnehmen, wenn . . .«

»Das wirst du nicht!« erwiderte sie so heftig, daß er sie verblüfft ansah. Sie wollte an ihm vorbei, blieb aber stehen. »Ich bin nicht mit meinem Vater verheiratet! Siehst du meine Hände, Gus?« schrie sie ihn an und hielt ihm die Hände vor das Gesicht. »Du wolltest wissen, wie ich zu den Narben gekommen bin. Sie stammen von meinem Vater. Er hat mich blutig geschlagen, weil ich mich seinen Vorschriften nicht unterworfen habe!« Ihre Augen funkelten, als sie wiederholte: »Ich bin nicht mit meinem Vater verheiratet.« Sie schlug ihm mit der Faust auf die Brust und unterstrich jedes Wort mit einem Schlag. »Ich ... bin ... nicht ... mit ... meinem ... Vater ... verheiratet!«

Er packte sie am Handgelenk. »Was zum Teufel ist mit dir los?«

Er ließ sie los, als er hörte, daß Palo Montoya mit klingelnden Silberglöckchen angeritten kam. Ihm folgten Pogey und Nash und Mr. Rafferty. Sein Pferd hatte Schaum vor den Nüstern. Der halbblinde Hund rannte neben ihm her.

Rafferty hielt das Pferd an und musterte die beiden kurz. Dann verzog er spöttisch den Mund. Es schien ihn zu freuen, daß sie und Gus sich stritten.

»Ich nehme an, das ist unvermeidlich, wenn man sich mit einem Kaktus ins Bett legt«, sagte er. »Man wird an Stellen gestochen, von deren Vorhandensein man bis dahin überhaupt nichts ahnte.«

Nur der junge Mexikaner lachte.

Clementine befreite sich aus dem Griff ihres Mannes und ging an ihm vorbei zum Küchenwagen. »Ich werde jetzt den Speck braten.«

Die Männer nahmen sich von den Bohnen. Sie aßen im Stehen und tranken becherweise heißen Kaffee. Das Gemurmel ihrer Stimmen drang an Clementines Ohren, doch es verstummte, als sie ans Feuer trat. Selbst Nash aß, ohne ein Wort zu sagen. Gus sah so wütend aus, als könnte er anstelle der Bohnen seinen Hut kauen.

Clementine bückte sich über das Feuer und stellte auf einem Dreifuß eine Pfanne mit Speckstreifen über die Flammen.

Du hast kein Recht, mir alles zu verbieten, was mir wichtig ist, sagte sie ihm stumm. Dazu hast du kein Recht, kein Recht ...

»Ich habe mich entschlossen, Mr. McQueen«, sagte sie laut in das angespannte Schweigen, »meine besten Aufnahmen von diesem Viehtrieb an eine der Zeitschriften in den großen Städten zu schicken.« Sie richtete sich auf und sah die Männer trotzig an. »Ich glaube, niemand, nicht

207

einmal ein Mann, hat ein solches Ereignis schon einmal photographiert.« Gus bewegte sich nicht. Mit einem Schauer schuldbewußter Freude fuhr sie fort. »Aber ich werde noch viele andere Dinge festhalten müssen. Ich dachte daran, heute nachmittag eine Aufnahme von einer männlichen Kuh zu machen.«

Pogey verschluckte sich und spuckte einen Mundvoll Kaffee ins Feuer. Nash fiel der Unterkiefer so weit herunter, daß ihm die oberen Zähne folgten. Clementine vermied es, Mr. Rafferty anzusehen, obwohl sie seinen gespannten Blick während ihrer Rede heiß am ganzen Körper spürte.

Ihre ganze Aufmerksamkeit richtete sich auf Gus. Verblüfft sah sie, daß er den Oberkörper nach hinten bog und schallend lachte. »Eine ›männliche‹ Kuh!« rief er und lachte.

Er rieb sich die Augen, ging zu ihr, faßte sie am Arm und zog sie hoch. Er fuhr ihr liebevoll mit dem Finger über die Stirn. »Ach Clem«, sagte er zärtlich, »du bist von einer süßen Unschuld.« Er lachte wieder, drehte sich um und deutete mit dem Finger auf den jungen Mexikaner. »Montoya, was sitzt du hier herum? Du schaufelst Bohnen in dich hinein und grinst über meine Frau. Wer ist draußen und kümmert sich um die ›männlichen‹ Kühe?«

Palo trocknete sich das Gesicht mit seinem roten Halstuch und überspielte seine Verlegenheit. Er stellte Teller, Becher und Löffel klappernd in die Holzwanne und ging zu den Sattelpferden. Sein Silberzeug klirrte wie Musik. Er hatte einen wiegenden Gang, den Clementine faszinierend fand.

Diesmal achtete sie jedoch kaum auf den jungen Mexikaner. Sie hatte sich auf eine Auseinandersetzung vorbereitet, aber durch den plötzlichen Stimmungsumschwung war alles irgendwie plötzlich anders. Sie bückte sich, rührte mit einem Holzlöffel in der Pfanne, damit der Speck nicht verbrannte, legte ein paar Zweige ins Feuer und hob die Kaffeekanne hoch, um festzustellen, ob sie leer war. Sie wich wegen der Hitze der prasselnden Flammen ein paar Schritte zurück und stieß gegen Rafferty.

»Oho, nicht so stürmisch!«

Er legte den Arm um sie, um zu verhindern, daß sie fiel. Sie riß sich los und stellte fest, daß sie sozusagen allein mit ihm war. Pogey und Nash sattelten ausgeruhte Pferde, und Gus ging zum Fluß hinunter.

»Was wollen Sie?« fragte Clementine. Sie schämte sich, weil ihre Stimme hörbar zitterte. Solange er wußte, daß sie sich fürchtete, würde er sie noch mehr einschüchtern.

Seine gefährlichen Augen richteten sich auf ihr Gesicht. »Sie bekommen bereits Blasen von der Sonne und dem Staub. Ich habe immer etwas Öl in der Satteltasche und dachte, Sie wollen sich vielleicht die wunden Stellen damit einreiben.«

Er hielt ihr eine kleine, eckige braune Flasche hin. Als Clementine sie ihm nicht aus der Hand nahm, zog er den Kork mit den Zähnen heraus und goß etwas Öl auf seine Handfläche. Sie zuckte zusammen, als er nach ihrem Arm griff, aber sie blieb stehen. Er verrieb das Öl zuerst auf der einen Hand, dann auf der anderen und dann soweit auf ihren Unterarmen, wie es das enge Band der gestärkten Manschetten zuließ.

Sie sah verblüfft zu, wie seine rauhen Finger in Kreisen ihre Haut massierten. Sie mochte es nicht, daß er sie berührte. Sie mußte alle Muskeln anspannen, um ein Zittern zu unterdrücken. Doch das Öl war kühl und angenehm. Es roch schwach nach Oliven.

Sie hoben beide gleichzeitig die Köpfe, und ihre Blicke trafen sich. »Sie sollten sich auch das Gesicht einreiben«, sagte er nach einer kurzen Pause, ohne den Blick von ihr zu wenden.

»Ja . . . ja, vielen Dank.« Sie nahm ihm die Flasche aus der Hand und steckte sie in die Schürzentasche. »Das mach ich später.«

Seine plötzliche Freundlichkeit beunruhigte Clementine, denn sie war mehr daran gewöhnt, daß er sie roh und unverschämt behandelte. Sie drehte sich um und zwang ihn mehr oder weniger zum Gehen. Er tat es, und sie seufzte erleichtert auf.

Nach einer Weile sah sie, daß er zu Gus gegangen war. Die beiden Brüder unterhielten sich und gingen dabei langsam an den Bäumen vorbei zur Flußbiegung, wo sie den Korral und die am Morgen zusammengetriebenen Rinder sehen konnten. Dort blieben sie stehen. Sie hatten die Ellbogen angewinkelt und die Hände in die Gesäßtaschen gesteckt.

Seltsam, sie hatte immer Gus für den Größeren gehalten. Jetzt stellte sie fest, daß Rafferty ebensogroß war wie sein Bruder. Er bewegte sich lässig und sehr sicher.

Er sieht wirklich gut aus . . .

Als dieser Gedanke ihr unfreiwillig durch den Kopf zuckte, runzelte sie die Stirn. Das war etwas, was eine Dame niemals bemerken sollte.

In der Pfanne zischte und brutzelte das heiße Fett und lenkte ihre Aufmerksamkeit von Rafferty ab. Sie legte den Speck mit der Gabel auf einen Teller und wußte, sie hätte ihn eigentlich Gus und Rafferty bringen müssen. Die Männer hatten heute nur Bohnen gehabt. Als Köchin war sie eine Versagerin. Ihr Triumph, der sie beflügelt hatte, als sie sich Gus widersetzte, verwandelte sich in Scham. Sie würde den beiden Männern den Speck bringen und sich bei Gus entschuldigen.

»Ich dachte, wir sollten ein paar gute Zuchtstiere kaufen«, sagte Gus gerade zu seinem Bruder, als Clementine näherkam. »Vielleicht Durhams, um unsere Herde aufzubessern.«

Rafferty zertrat seinen Zigarettenstummel im Staub. Er verzog spöttisch einen Mundwinkel. »Womit sollen wir sie bezahlen, Gus, vielleicht mit Kuhfladen? Nur davon, Bruderherz, haben wir im Augenblick mehr als genug.«

Clementine sah, daß Gus diese Antwort verletzte. Er drehte sich wortlos um und ging mit hängenden Schultern auf den Korral zu.

»Sind Sie jetzt zufrieden mit sich, Mr. Rafferty?« sagte sie, als sie hinter ihm stand. Da es aussah, als habe er nicht vor, sie zu beachten, stellte sie den Teller mit dem Speck ins Gras, griff nach seinem Arm und zog ihn herum.

Aber als er sie ansah, war sie auf die Glut in seinen Augen nicht gefaßt. Sie hatte wieder das erschreckende Gefühl, keine Luft mehr zu bekommen. Er hatte die Hemdsärmel bis zum Ellbogen hochgerollt. Ihre Hand umfaßte seinen nackten Arm. Die Welt schien immer mehr zu versinken, bis es nur noch das Gefühl seiner glatten warmen Haut gab.

Sie ließ ihn los und wischte sich die Hand am Rock ab. »Kommen Sie sich besonders großartig vor«, sagte sie, »wenn Sie auf den Träumen Ihres Bruders herumtrampeln wie eine ... wie eine wildgewordene Herde Rinder?«

»Sie!« Er stieß ihr den ausgestreckten Finger gegen die Stirn. »Sie wissen überhaupt nicht, wovon Sie reden.«

Sie schlug seine Hand weg. »Vielleicht tauge ich nichts und bin nur ein Ärgernis, aber zumindest weiß ich einen Traum zu würdigen. Sie sind sein Bruder, er braucht Sie! Aber was hat er von Ihnen?«

Rafferty kniff die Augen zusammen. Es hätte sie nicht überrascht, wenn er sie ebenso brutal zusammenschlagen würde wie einen Mann. Aber sie würde nicht klein beigeben.

»Nun, Mr. Rafferty? Was tragen Sie zu der Ranch bei? Sie verbringen die meisten Tage und Nächte in der Stadt und trinken! Wenn Sie sich einmal gnädigerweise hier blicken lassen, dann spotten Sie über das, was Gus für die Ranch zu tun versucht . . .«

Die Worte blieben ihr im Hals stecken, als er einen Schritt auf sie zukam. Sie sah, wie sich unter seinem linken Ohr ein Schweißtropfen bildete, an der pulsierenden Halsschlagader entlanglief und im offenen Kragen des blauen Hemds verschwand.

»Ach zum Teufel!« rief er plötzlich, drehte sich um und ging in Richtung Sattelplatz.

Sie legte beide Hände auf die Stirn und spürte ihr Herz schlagen.

O mein Gott, was ist nur mit mir los?

Im Laufe des Tages wurde es noch wärmer.

Clementine fand, daß ihr die Sonne in Boston nie so heiß vorgekommen war. Und dann der Staub. Er klebte auf dem schweißnassen Gesicht und brannte in den Augen. Er kitzelte in der Nase und setzte sich in den Kleidern fest. Wenn sie sich bewegte, stieg der Staub wie bei einem Mehlsack auf.

Es war zu heiß zum Photographieren, selbst wenn sie das gewagt hätte, obwohl Gus so verärgert darüber war. Er hatte ihr von Anfang an befohlen, sich von den Tieren fernzuhalten. Doch da kein Wind wehte, der ihren Rock flattern ließ, so daß sie die Rinder scheu machte, sah sie keinen Grund, nicht zuzusehen, wie die Männer die Tiere aus der Herde herausfingen und ihnen das Brandzeichen aufdrückten.

Je näher sie dem Korral kam, desto dichter wurde der Staub. Er lag auf jedem Blatt, auf jedem Grashalm, so daß es aussah, als sei die Welt grau und blaß. Plötzlich umschwärmte sie eine Wolke Mücken, und im Handumdrehen war sie über und über verstochen. Sie wollte auf der Stelle umkehren und sich am kühlen Fluß in Sicherheit bringen, aber das wäre feige gewesen. Sie wollte sich nicht vertreiben lassen. Um sich schlagend, kämpfte sich Clementine ihren Weg durch die blutgierigen Insekten.

Der Gestank und Lärm verrieten ihr, daß sie ihr Ziel erreicht hatte, auch wenn sie durch den Staubschleier die Rinder nur undeutlich sah, die muhend und brüllend im Kreis liefen. Clementine ging zu dem großen Feuer, aus dem die Griffe der Brenneisen ragten.

Gus kam mit einem abgekühlten Eisen herbei und runzelte die Stirn, als er sie sah. »Geh zum Lager zurück, Clementine. Das ist nichts für die Augen einer Dame. «

»Ich will aber hierbleiben. «

Ich will es verstehen, damit ich deine Träume teilen kann, wollte sie sagen. Ich habe solche Angst, daß ich das wilde Land und das harte, grausame, barbarische Leben hier nie verstehen werde.

Aber es fiel ihr schwer, ihm gegenüber von ihren Gedanken und Gefühlen zu sprechen.

Sie dachte schon, er werde sie wegschicken, aber Nashs Ruf: »Heißes Eisen!« lenkte ihn ab.

Der junge Mexikaner zerrte ein steifbeiniges Kalb durch den Korral zum Feuer. Die Schlinge des Lederlassos lag um den Hals des Kalbs, das andere Ende war um das Horn von Palos Sattel gewickelt. Die Mutterkuh trottete hinterher. Sie muhte ängstlich und schüttelte die Hörner.

Die Zähne des jungen Mannes blitzen weiß im dunklen Gesicht. »Braten Sie uns heute abend ein paar Prärieaustern, Senora McQueen?« rief er ihr zu.

Sie winkte lächelnd zurück, ohne recht verstanden zu haben, was er meinte.

Palo zog das widerstrebende Kalb zu Pogey und Nash. Sie packten es am Fell, stießen ihm die Beine unter dem Körper weg. Es sank wie ein Heuballen auf die Seite. Palo löste die Schlinge, und Nash und Pogey hielten das sich wehrende Tier am Boden. Das panische Blöken verwandelte sich in Schmerzensgebrüll, als Gus ihm mit einem scharfen Messer das eine Ohr aufschlitzte, ihm etwas zwischen den Hinterbeinen abschnitt und in einen Blecheimer warf. Dann packte er das Brenneisen mit beiden behandschuhten Händen und drückte es auf die rote Flanke des Kalbs. Es gab ein zischendes Geräusch, ein weißes Rauchwölkchen stieg auf. Das Kalb schrie jämmerlich.

Clementine drehte sich um. Sie wankte, machte drei Schritte, beugte sich vor und mußte sich übergeben.

Sie blieb zuckend stehen und rang nach Luft. Der Gestank ließ sie noch einmal würgen. Sie schluckte, um einen neuen Anfall von Übelkeit niederzukämpfen.

Ein Pferd wieherte. Sie hob den Kopf und sah verschwommen zuerst einen Sattel, dann einen staubigen Stiefel in einem Steigbügel und schließlich eine Hand, die eine hölzerne Feldflasche und ein blaues Halstuch hielt.

Clementine nahm Flasche und Tuch wortlos entgegen. Mit dem lauwarmen Wasser spülte sie sich den Mund und spuckte es aus wie ein tabakkauender Maultiertreiber seinen Priem. Sie befeuchtete das Halstuch und wischte sich das Gesicht ab. Dabei sah sie ihn nicht ein einziges Mal an.

Sie reichte ihm die Feldflasche. Ein anderes Kalb muhte laut. Die heiße Luft trug ihr den Gestank von verbranntem Fell zu. Sie schloß die Augen.

»O bitte, sagen Sie mir . . . tut ihnen das nicht schrecklich weh?« stieß sie fast schluchzend hervor. Die Worte brannten ihr in der Kehle.

»Was glauben Sie denn? Wenn Sie es nicht ertragen können, Boston, gehen Sie nach Hause.«

»Ich bin zu Hause«, sagte sie. Doch es war gelogen, und er wußte es.

Sie hörte Schritte hinter sich und dann die Stimme von Gus. »Wann fängst du endlich an, das zu tun, was man dir sagt, Clem? Verstehst du jetzt, was ich damit gemeint habe, als ich sagte, das ist nichts für die Augen einer Dame? Geh zurück ins Lager.«

»Nein. Ich bleibe hier.« Sie hob den Kopf. Die Krempe von Raffertys staubigem schwarzen Hut verbarg den größten Teil seines Gesichts. Sie konnte seine Augen nicht sehen. »Ich bleibe«, sagte sie noch einmal, aber diesmal zu ihm.

Rafferty legte zwei Finger an den Hut, und es war beinahe wie ein Salut. Er klatschte die Zügel gegen den Hals des Pferdes und wendete es auf der Stelle. »Das Brennen tut ihnen nicht sehr weh«, rief er ihr über die Schulter zu. »Nur das Fell und ein bißchen Haut werden dabei versengt.« Er trieb das Pferd mit den Knien an und trabte zum Korral zurück.

Clementine blieb stehen, obwohl sie es nicht ertragen konnte, Gus bei dieser Folter zuzusehen. Es mußte für die Kälber schmerzhaft sein, sonst hätten sie nicht laut geschrien. Nach einer Weile fand sie es besser, Palo und Atta Boy, den alten Hund, zu beobachten. Obwohl der Hund beinahe blind war, rannte er geschickt zwischen den aufgeregten

Rindern hin und her, fand unfehlbar ein Kalb ohne Brandzeichen und trieb es auf das schwingende Lasso des jungen Mexikaners zu. Aus den Augenwinkeln sah sie auch Rafferty. Aber sie starrte geradeaus, denn sie würde nicht zu diesem Mann hinübersehen. Sie würde es nicht tun. Nein, das würde sie nicht.

Aber Kopf und Augen gehorchten ihr nicht.

Mit langen geschickten Fingern zog er die Lederschlinge zurecht. Dann schwang er in weichen Kreisen das Lasso durch die Luft. Seine Muskeln spannten sich geschmeidig, wenn sein Arm wie mit einer Peitsche zuschlug. Und das Lasso flog zielsicher durch die Luft, glitt wie durch ein Wunder über ein rennendes Kalb und legte sich um seine Hinterbeine. Blitzschnell schlang er das Ende des Lassos um das Sattelhorn. Er spannte die Schenkel, als er sich in den Steigbügeln aufrichtete, während sich das Pferd nach vorne warf und die Vorderbeine in den Staub stemmte. Das Leder spannte sich, das Kalb fiel auf den Boden und war bereit für das Brandeisen.

Sie glaubte plötzlich zu wissen, wie er nackt aussah und wie er sich in ihren Armen anfühlen würde.

Der sündhafte Gedanke verschlug Clementine den Atem. Aber sie konnte es nicht verhindern, sie konnte nicht verhindern, daß sie ihn ansah.

Er drehte den Kopf und bemerkte, daß sie ihn beobachtete. Ihre Blicke trafen sich. Das Blut schoß ihr ins Gesicht. Ihre Haut wurde heiß und fühlte sich wund an. Die Kleider folterten sie, als seien sie aus Disteln gemacht. Ohne den Blick von ihr zu wenden, ließ er das Lasso wieder kreisen. Das nächste Kalb warf den Kopf hoch, muhte laut und rannte davon.

»Verdammt, hast du das gesehen?« rief Pogey. »Zach hat einen Wurf verpatzt. Das erste Mal, daß ich erlebe, daß er einen Wurf verpatzt.«

»Es sind Stiere.«

Clementine verstand ihn nicht. »Wie?«

Rafferty stand mit einer vollen Schöpfkelle am Wasserfaß. Sie stützte sich in sicherer Entfernung von ihm mit den Händen im Rücken auf den Tisch. Gus hatte eine Zeltbahn über den hinteren Teil des Kochwagens gelegt. Das schützte sie vor der Sonne, aber es verhinderte auch jede Luftbewegung. Deshalb bildete sich unter der Plane Dampf wie in einem Wasserkessel. Der Schweiß lief ihr langsam über den Körper. Sie konnte den Schweiß riechen. Und sie konnte *ihn* riechen: Leder, Pferd und Männerschweiß.

»Stiere«, wiederholte er. »Stiere sind das, was vornehme Damen als ›männliche‹ Kühe bezeichnen . . .« Er machte eine Pause und trank. Das Wasser floß ihm aus den Mundwinkeln über den Hals. Sie beobachtete, wie sich die gestrafften Halsmuskeln beim Trinken bewegten. Als er die Schöpfkelle absetzte und feststellte, daß sie ihn ansah, errötete Clementine.

Er wischte sich mit dem Handrücken über die Lippen. »Ich denke, wenn Sie photographieren wollen, sollten Sie wissen, was ein Stier ist und was nicht. Kühe sind genau gesagt weiblich, und das heißt, sie haben Euter. Ein Euter mit Zitzen ist aber nicht das, was vornehme Leute wie Sie als ›männliches Fortpflanzungsorgan‹ bezeichnen. Die Stiere dagegen, die sind männlich, also haben sie mit Sicherheit ein entsprechendes Organ. Aber wir kastrieren die Kälber, das heißt, ihnen ist dadurch die Möglichkeit zur Fortpflanzung genommen worden . . . He, ist Ihnen das peinlich, Boston? Ihre Wangen werden so rot.«

Ihre Wangen waren heißer als ein Brandeisen, aber sie sah ihm offen in die spöttischen Augen. »Sie schaffen es vielleicht, daß ich rot werde, Mr. Rafferty. Aber es gehört mehr dazu als Ihr unanständiges Gerede, um mich von hier zu vertreiben.«

»Der Tag ist noch nicht vorbei, und ich kann noch unanständiger werden.«

»Das bezweifle ich nicht, denn Sie haben ein gewisses Talent dafür. Verständlicherweise sind Sie stolz darauf, denn Sie haben so wenige Talente, und die wenigen sind nicht sehr groß.«

Er lachte, während er eine zweite Kelle Wasser aus dem Faß schöpfte. Er deutete mit dem Griff der Kelle auf sie. »Wissen Sie, trotz all Ihres vornehmen Getues und Ihrer hochtrabenden Reden haben Sie eine ganz schön spitze Zunge. Ich wette, Gus hatte davon keine Ahnung, als er Sie geheiratet hat. Er konnte vulgäre Frauen noch nie ausstehen.«

Clementine wollte mit ihm nicht über Gus sprechen. Sie war entschlossen, ihn in Zukunft nicht mehr zu beachten. Sie wollte, daß er sie in Ruhe ließ. Er sollte sich auf sein Pferd setzen, von der ›Rocking R‹ und aus dem Regenbogenland verschwinden und zur Hölle reiten, aus der er gekommen war.

Sie griff unter die Essenskiste und zog einen Sack Kartoffeln hervor. Als sie ihn auf den Tisch stellte, hörte sie ein lautes Zirpen und erstarrte. Sie haßte Ungeziefer, aber hier im Westen schien es allgegenwärtig zu sein. Ständig quälten sie Mücken, Fliegen und Flöhe. Außerdem gab es diese schrecklichen schwarzen Käfer, die ihr nachts aus dem Grasdach ins Gesicht und in die Haare fielen. Sie schauderte beim Gedanken daran. In diesem Augenblick zirpte das Insekt wieder. Eine Heuschrecke mußte in den Wagen gesprungen sein; im Gras wimmelte es von riesigen Heuschrecken.

Sie setzte das Messer an eine Kartoffel und beobachtete, wie sich die braune Schale in Spiralen löste. Sie war sich immer noch seiner Anwesenheit bewußt und beobachtete ihn aus den Augenwinkeln.

Er hatte den Hut abgenommen und sich das Wasser über den Kopf gegossen. Das nasse Hemd klebte an seinem Rücken. Sie richtete den Blick tiefer, auf seinen Revolver. Er war blauschwarz und sah gefährlich aus. Er steckte in einem offenen Lederhalfter, das über einen dicken Patronengürtel geschlungen und mit einem Lederriemen am Oberschenkel festgebunden war. Die Waffe wirkte zu schwer für seine schmalen Hüften. Doch er trug sie scheinbar mühelos. Sie gehörte ebenso zu ihm wie die Stiefel und der Hut. Gus hatte ihr gesagt, wenn Cowboys sich überhaupt die Mühe machten, eine Pistole zu tragen, dann hing sie an einem Gürtel in Höhe der Hüfte. Nur Gesetzeshüter und Schurken, die sich als Revolverhelden fühlten, trugen sie unterhalb der Hüfte und banden das Halfter am Oberschenkel fest. Sie zweifelte keinen Augenblick daran, zu welcher Kategorie dieser Mr. Rafferty gehörte. Sie traute ihm sogar zu, daß er ein Mitglied der James-Bande gewesen war, die Züge und Postkutschen ausgeraubt und unschuldige Bankkassierer auf der Straße erschossen hatte.

Er sah sich plötzlich nach ihr um, und sie zuckte erschrocken zusammen. Ein Schildpattkamm löste sich aus dem Knoten in ihrem Nacken und rutschte über das Mieder in die staubigen Falten ihres Rocks. Eine Haarsträhne fiel auf ihre Schulter, und ein paar Haare klebten an ihrem verschwitzten Gesicht. Sie hielt die Kartoffel und das Messer in den Händen und rieb den Kopf am Oberarm, um die Haare zurückzustreifen.

Plötzlich stand er vor ihr. Sie zitterte heftig. »Halten Sie still«, sagte er. »Ich werde Sie nicht skalpieren.«

Er löste den dicken Haarknoten. Kämme und Nadeln fielen auf den Tisch. Jeder Muskel und jeder Nerv ihres Körpers war zum Zerreißen gespannt. Ihr Bauch krampfte sich so heftig zusammen, daß ihr schwindlig wurde.

In Gedanken mochte dieser Mann sie erregen und faszinieren, aber ihr Körper blieb wenigstens vernünftig genug, seine Berührung als abstoßend zu empfinden.

Er riß eine Franse von seinen *Chaparejos* und band ihr damit die Haare aus dem Gesicht. Sie stellte sich vor, daß seine Hände ihre Haare so geschickt, gezielt und beinahe zart anfaßten wie das Lasso.

»Das schickt sich nicht«, sagte sie mühsam, denn ihr war die Kehle wie zugeschnürt.

Es schickte sich wirklich nicht, daß sie ihm erlaubte, sie zu berühren, auch wenn es in aller Unschuld geschah. Denn er . . . denn sie . . .

Er trat zurück und musterte sie von Kopf bis Fuß. Seine Augen und der harte Mund verrieten ihn nicht. Sie kam sich verletzlich vor, als sie mit gelösten Haaren, die nur mit einem Lederriemen zurückgebunden waren und ihr über den Rücken fielen, vor ihm stand. Aber bei diesem Mann hatte sie immer ein seltsames Gefühl. Er machte sie unsicher, auch wenn jede Haarnadel an ihrem Platz steckte.

Sie drehte sich energisch um. Die halbgeschälte Kartoffel in ihrer Hand färbte sich bereits braun. Auf dem alten Tisch mit den Schrammen waren plötzlich helle Blutstropfen wie verstreute Rosenblätter. Der Messergriff klebte vor Blut. Plötzlich spürte sie einen klopfenden Schmerz im Handballen. Irgendwann mußte sie sich geschnitten haben.

Sie hörte das Geräusch seiner Stiefel, als er ging, und sie stieß erleichtert den Atem aus. Nachmittags kamen die Männer hin und wieder ins Lager zurück, um frische Pferde zu holen und sich am Wasserfaß abzukühlen. Aber sie wußte, er war aus einem anderen Grund gekommen. Er wollte sie quälen.

Er hinterließ eine tiefe Stille, die nur vom Zirpen der Heuschrecke durchbrochen wurde. Sie warf die Kartoffel in den Kochtopf und riskierte einen Blick über die Schulter. Er war nicht weg, sondern stand am Feuer und sah sie unverwandt an. Unter der straffen Haut traten die Wangenknochen noch stärker hervor.

Unsicher tastete sie nach dem Sack und einer Kartoffel. Raffertys Hand bewegte sich blitzschnell. Etwas explodierte mit einem ohrenbetäubenden Knall, sie sah eine Stichflamme. Die Heuschrecke zirpte. Ein pfeifender Luftzug drückte ihr auf ein Ohr. Der Sack zerriß. Kartoffelstücke trafen sie an der Brust und prallten gegen den eisernen Kochtopf. Clementine schrie und hob schützend die Arme vor das Gesicht und ihren Kopf.

Er kam näher. Aus dem Lauf seines Revolvers stieg dünner Rauch. Sie wich entsetzt vor ihm zurück und stieß gegen den Tisch. Er blieb vor ihr stehen; der Revolver war auf ihre Brust gerichtet.

Clementine keuchte. »Sie haben versucht, mich zu erschießen.«

Sein Lachen verblüffte sie so sehr, daß sie zusammenzuckte. »Wenn ich versucht hätte, Sie zu erschießen, Boston, dann wären Sie tot.«

Er stieß den Revolverlauf in die Reste des Kartoffelsacks. Mit der anderen Hand hob er etwas hoch, das sie zuerst für einen dicken, geflochtenen Lederriemen hielt. Erst, als er es ihr vor das Gesicht hielt, sah sie, daß es eine Schlange war.

Es war eine große Schlange mit schuppiger, olivgrüner Haut und runden braunen Flecken. Der Schwanz bestand aus harten hornigen Schalen, die sich ineinanderschoben. Der Kopf fehlte. Rafferty hatte ihn mit seinem Revolver weggeschossen.

Sie schrie noch einmal und wich soweit sie konnte vor der Schlange zurück. Die Tischkante drückte sich in ihren Rücken. Sie wollte davonlaufen, aber Rafferty hatte sie in die Enge getrieben.

Er hielt die Schlange zwischen zwei Fingern und ließ sie vor ihren starren, weit geöffneten Augen hin- und herpendeln. Ihre Finger faßten zitternd an die Kamee. Als ihr bewußt wurde, was sie tat, zwang sie sich, den Arm an der Seite herabhängen zu lassen. Sie ballte die Hand zur Faust und versuchte, tief Luft zu holen, als könnte sie durch das Einatmen ihre Fassung wiedergewinnen.

»Tun Sie das . . . Ding . . . weg«, flüsterte sie.

Er schnalzte mit der Zunge. »Ekelhaft, nicht wahr? Elf Klappern.«

Es ist nur eine Schlange, sagte sie sich. Nun ja, eine giftige Klapperschlange, aber sie ist tot.

Sie wollte sich von diesem Mann nicht quälen lassen. Die Befriedigung gönnte sie ihm nicht.

Clementine richtete sich auf und hob den Kopf. »›Elf Klappern‹, Mr. Rafferty? Du meine Güte, ich bin beeindruckt. Sie können ja bis ›elf‹ zählen.«

Er verzog den Mund zu einem angedeuteten Lächeln. »Das ist nur eines meiner nicht sehr großen Talente. Aber wenn Sie weiter soviel Gift versprühen, werde ich Sie vielleicht doch erschießen, so wie diese Klapperschlange. Vielleicht . . .«, fuhr er nachdenklich fort, während er den Revolver in das Halfter steckte. Die Worte kamen ihm so zähflüssig aus dem Mund wie der Zuckerhirsesirup, den Gus über seine Pfannkuchen schüttete. »Vielleicht bringe ich Sie aber auch langsam und in aller Ruhe nach Indianerart um.«

Die Bewegung, mit der er ein langes Messer aus dem Stiefel zog, war so schnell, daß Clementine sie kaum wahrnahm. Sie erschrak, als die lange spitze Klinge in der Sonne blitzte. Er schnitt damit den Bauch der Schlange auf. Schwarze Flüssigkeit quoll hervor und tropfte in den Staub. Ihr Kiefer schmerzte, weil sie die Zähne fest zusammenbiß, und ihre Muskeln verkrampften sich, weil sie versuchte, nicht zu zittern. Sie sah ihn mit weit aufgerissenen Augen an, um zu beweisen, daß sie tapfer war, daß sie alles ertrug, was dieses Land ihr zumutete, und daß sie sich nicht vor Angst verkriechen oder um Gnade flehen würde.

Er sah sie so lange an, daß die Welt im Klopfen ihres Herzschlags unterging. Aber sie würde nicht vor ihm zusammenbrechen. Nein, das nicht.

»Ach zum Teufel, Boston. Ich sollte nicht . . .« Er räusperte sich verlegen. »Übrigens, die Haut wird sich gut als Band um Ihren Hut machen. Das Fleisch schmeckt gebraten sehr gut.«

»Dann essen Sie es. Und wenn Gott gütig ist, wird es Sie vergiften.«

Sobald sie die Worte ausgesprochen hatte, wünschte Clementine, sie könnte sie zurücknehmen. Es hatte so kleinlich und gemein geklungen. Er warf die Schlange zwischen die Kartoffelstücke und den zerfetzten Sack auf den Tisch und drehte sich mit einem leisen Fluch um.

Sie starrte auf die Schlange und dachte an den Hund, der nach einem Schlangenbiß beinahe blind geworden war. Rafferty mochte brutal und gewalttätig sein, aber er hatte sie vor einem ähnlichen Schicksal, wenn nicht sogar vor dem Tod bewahrt. Eine gute Erziehung, hatte ihre Mutter stets gesagt, darf man nie vergessen. Clementines Erziehung ließ keine schlechten Manieren oder Undankbarkeit zu.

»Mr. Rafferty?« rief sie tonlos und unsicher. Sie räusperte sich. »Ich muß mich bei Ihnen dafür bedanken, daß Sie mir das Leben gerettet haben.«

Er drehte sich um. Er hielt das Messer immer noch in der Hand. Er sah so wild und gefährlich aus wie die Indianer in ihrer Phantasie.

»Vergessen Sie es.« Er wischte das Messer an den *Chaparejos* ab und steckte es wieder in den Stiefel. »Es war nur eine Prärieklapperschlange und keine Diamantklapperschlange. Sehr wahrscheinlich wären Sie an einem Biß nicht gestorben. Jedenfalls nicht, solange jemand da gewesen wäre, der das Gift ausgesaugt hätte.«

»Trotzdem, ich muß mich bei Ihnen bedanken.«

Seine Hutkrempe beschrieb einen Bogen wie eine fragend hochgezogene Augenbraue. »Sie *müssen*? Sie sind doch wirklich ein halsstarriges kleines Ding, nicht wahr? Also gut, ich nehme Ihre Entschuldigung an.«

»Entschuldigung? Seit wann ist ein höflicher Dank eine Entschuldigung? Sie sind derjenige, der . . .« Sie brach ab, weil ihr plötzlich bewußt wurde, daß er sie neckte. Er verhöhnte sie nicht, sondern neckte sie, wie es ein Freund vielleicht getan hätte. Der Gedanke verwirrte sie.

Sie sahen sich an, und zwischen ihnen entstand ein Schweigen voller Gefühle, die so tückisch waren wie Treibsand. Sie haßte und fürchtete ihn, doch sie empfand ein seltsames, verbotenes Glücksgefühl, wenn sie nur an ihn dachte.

Der Bann wurde gebrochen, als Gus ins Lager galoppierte. Rafferty ging ihm entgegen. Die beiden sprachen miteinander, allerdings so leise, daß Clementine es nicht hörte. Einmal richtete er den Blick auf sie, und sie drehte den Kopf so schnell zur Seite, daß sie ganz benommen wurde. Doch sie war sich unangenehmerweise seiner Gegenwart bewußt, bis er sich auf das Pferd von Gus schwang und davonritt.

Sie blickte auf die Schlange . . . die Prärieklapperschlange. Sie fuhr mit dem Finger über die schuppige Haut. Sie erwartete, daß sie so schleimig wie ein Fisch sein würde. Aber sie war trocken, glatt und kühl. Sie fühlte sich so an, wie sich in ihrer Vorstellung der Lauf eines Revolvers anfühlen würde.

Gus trat zu ihr und stieß einen leisen Pfiff aus. »Ganz schön groß«, sagte er. »Soll ich sie für dich enthäuten?«

Sie schluckte, weil ihr Mund so trocken wie Watte war. In ihrem Kopf überschlugen sich wirre Gedanken, die etwas mit Schlangen und Revolvern zu tun hatten und einem Mann, der schnell und gefährlich genug

war, mit beidem richtig umzugehen. »Mr. Rafferty ist ein guter
Schütze.«

»Er kann aus zweihundert Meter Entfernung ein Loch in einen Silberdollar schießen.«

Clementine hörte den Stolz in seiner Stimme und die aufrichtige Bewunderung. Sie blickte in sein offenes, sonniges Gesicht. Eine Welle der
Zuneigung stieg in ihr auf. Sie war diesem Mann, ihrem Ehemann,
gegenüber so ungerecht gewesen und hatte ihn für ihre eigenen, ent-
täuschten Erwartungen verantwortlich gemacht. Sie hatte ihn für den
Verrat an ihrer Erziehung verantwortlich gemacht, der Montana für sie
bedeutete.

Sie legte ihm die Hand auf den Arm. »Gus . . . es tut mir leid, daß ich
vergessen habe, Krapfen zu machen, und daß es mir dort unten bei dem
Korral schlecht geworden ist.« Er drehte sich um und sah sie an, doch
sie wandte den Kopf ab. »Ich fürchte, ich werde nie eine gute Ranchers-
frau werden.«

»Ach Clementine.« Seine vertrauten, starken Arme legten sich um sie.
»Glaubst du, mir liegt soviel an diesen blöden Krapfen?« Er nahm ihr
Gesicht zwischen seine Hände und sah ihr in die Augen. »Es genügt,
daß ich dich habe, Clem, daß wir einander haben.«

Ihr Kopf sank nach vorne, und sie legte das Gesicht an seine Brust. Sie
drückte sich an das weiche rote Hemd und spürte mehr, als daß sie es
hörte, das ruhige Schlagen seines Herzens. Trotz all seiner Träume war
Gus McQueen fest in der Erde verwurzelt und so zuverlässig wie die
Erde selbst, nicht leer und weit und endlos wie der Himmel. Er machte
ihr keine Angst, er lockte sie nicht in gefährliche Abgründe und berührte auch nicht diese einsamen Bereiche tief in ihrem Innern, wie der
Himmel es konnte.

»Es genügt, daß wir einander haben«, wiederholte Gus noch einmal.

Sie preßte ihr Gesicht fester an seine Brust und verschloß vor dem
Himmel die Augen.

Zehntes Kapitel

Vom Kochfeuer stoben Funken in den blaugrauen Abendhimmel. Es war wieder Wind aufgekommen, der den Staub vertrieb und den gemütlichen Duft von Kaffee und brennendem Pappelholz verbreitete. In der Ruhe des Feierabends konnte Clementine beinahe vergessen, was davor gewesen war: der Staub, die Hitze und die Gewalt.

Wegen ihrer Röcke hatte sie einen Platz auf einem Baumstumpf gewählt. Gus saß vor ihr auf der Erde und lehnte mit dem Rücken an ihren Knien. Er zwirbelte den Schnurrbart, während er sein Buch studierte und zu schätzen versuchte, wie viele Rinder sie durch die Schneestürme, Raubtiere und durch Iron Nose verloren hatten.

Die anderen benutzten ihre Sättel und das zusammengerollte Bettzeug als Rückenlehnen. Pogey und Nash redeten ununterbrochen. Wenn sie glaubten, Gus merke es nicht, gossen sie schnell Whiskey aus einer Flasche in ihren Kaffee. Rafferty saß abseits. Er rauchte und putzte seinen Revolver.

Nash hatte sich auf das Thema Klapperschlangen gestürzt und kaute darauf herum wie ein Terrier auf einem Pantoffel. »Ich habe von Klapperschlangen gehört, die sich die seltsamsten Plätze ausgesucht haben, um der Sonne zu entgehen«, sagte er. »Aber ein Kartoffelsack, das übertrifft einfach alles. Es ist viel wahrscheinlicher, daß man eine Schlange unter der Decke findet, wenn man sie am wenigsten brauchen kann. Ich erinnere mich, in Missouri, in dem Jahr mit den vielen Heuschreckenschwärmen . . .«

»Du willst mir wohl einen Bären aufbinden«, sagte Pogey und streckte die Beine in Richtung Feuer aus.

»Ich schwöre bei Gott, es ist die reine Wahrheit«, widersprach Nash und schlug über seinem Herzen ein Kreuz. »Das war damals, neunundfünfzig. In diesem Sommer gab es so viele Heuschrecken, daß sie alles gefressen haben, was grün war. Eine alte Frau ist mit einem grünen

Kleid aus dem Haus gegangen, und sie haben es ihr bis auf die Haut abgefressen.« Er lachte leise und kratzte sich durch den grauen Bart am Unterkiefer. »Na ja, bei dem Geräusch, das so eine große Heuschrecke macht, kann man sie durchaus für eine Klapperschlange halten. Nachdem also tagein, tagaus nur von Schlangen geredet worden war, und niemand etwas anderes als Heuschrecken gefunden hatte, kann man mir eigentlich nicht vorwerfen, daß ich ein bißchen nachlässig geworden bin. Eines Abends habe ich mich hundemüde in die Decke gewickelt, ohne mich um Schlangen zu kümmern. Und verdammt noch mal, da höre ich so ein Zirpen. Ein Grashüpfer, denke ich . . . bis ich spüre, wie mir etwas Kaltes über den Bauch rutscht.« Er machte eine Pause und blickte in die Runde am Feuer, um wie ein Wanderprediger auf das ›Amen‹ der Gemeinde zu warten.

»War es eine Klapperschlange?« fragte Clementine, um ihm den Gefallen zu tun. Sie stützte das Kinn auf die gefalteten Hände, um ihr Lächeln zu verbergen.

»Sie können Ihr letztes Hemd darauf wetten, daß es eine Klapperschlange war, noch dazu eine Diamantklapperschlange, so groß und lang wie Ihr Gus und mit Giftzähnen so dick wie die Hauer von einem Keiler. Ich schwöre bei allen Heiligen, aber es ist die reine Wahrheit. Das Vieh rollt sich wie ein Lasso auf meiner Brust zusammen und schläft ein. Ich liege da, Stunde um Stunde, und der Schweiß läuft mir herunter wie heißes Fett. Dann wird es Morgen. Sie wacht auf. Ich . . ., also ich habe die ganze Nacht kein Auge zugemacht, und wir starren uns in die Augen. Ich denke, ich bin dem Tod so nahe, daß ich schon mal anfangen kann, Harfe zu spielen . . .«

Nash machte wieder eine Pause und wartete auf sein nächstes Stichwort. Clementine hörte in der Stille das Glöckchen am Hals eines Sattelpferdes und den leisen Chor der Kühe: Widerkäuen, leises Muhen und die Geräusche zufriedener Mägen. »Und was haben Sie gemacht, Mr. Nash?«

»Ihr den Kopf abgebissen, bevor sie mich beißen konnte!« rief er und schlug sich auf die Schenkel. Er zwinkerte mit seinen kleinen braunen Augen. »Das war natürlich in meiner Jugend. Damals war ich noch schneller.«

Pogey hatte ungeduldig zugehört. Er verdrehte die Augen. »Das einzige, was bei dir jemals schnell war, ist deine Zunge und etwas, von dem ich hier nicht reden will, was die Damen im ›Best in the West‹ aber alle bestätigen können.«

Nash räusperte sich, und die anderen lachten – bis auf Clementine. Sie wußte nicht, was an der Bemerkung so lustig war, wollte aber auch nicht fragen.

Beim Gedanken an den Saloon und das sündige Treiben dort richteten sich ihre Augen auf Mr. Rafferty. Seine langen Finger glitten beinahe liebevoll über das ölige Metall. Er mußte ihren Blick gespürt haben, denn er hob den Kopf. Er sah sie auf die übliche unergründliche Art an. Aber dann verzog er den Mundwinkel zu einem noch unergründlicheren Lächeln, wobei er ein kleines Grübchen in der Wange bekam.

Sie riß sich von seinem Anblick los, legte den Kopf zurück und blickte mit weit geöffneten Augen in den Himmel. In der unendlichen Leere blinkte ein einziger Stern. In einer Stunde würde der Himmel mit Sternen übersät sein. Hier draußen leuchteten sie so hell und so nah, daß es ihr immer vorkam, als sei sie nicht unter, sondern zwischen ihnen als ein Stern, den die dunkle Nacht gefangenhielt.

»Sieht nach einer ruhigen Nacht aus«, sagte Nash.

»Ruhig für wen?« erwiderte Pogey. Er riß ein Stück Tabak ab und schob es in den Mund. »So, wie du schnarchst, würde ein toter Indianer unser Lager finden.«

»Wenn er nicht schon tot wäre, würde ihn dein Gestank mit Sicherheit umbringen.«

»Du behauptest, ich stinke?«

»Schlimmer als ein Stinktier.«

Pogey hob den Arm und schnupperte an dem verschwitzten Hemd unter der Achselhöhle. Er zuckte die Schultern. »Ich rieche nichts. Außerdem wird weder Gestank noch Lärm Indianer anlocken. Wir haben hier in der Gegend schon so lange keine Angst mehr vor den Indianern gehabt, daß ich überhaupt nicht mehr weiß, wie das ist. Es hat einmal eine Zeit gegeben, da waren die Schwarzfüße die brutalsten Indianer, die man sich vorstellen kann. Damals hatte man keine Haare mehr auf dem Kopf, wenn sie einen gesehen haben. Aber die Pocken, das Feuerwasser und die Soldaten haben sie erledigt. Heute ist beinahe nichts mehr von ihrem Stolz übrig.«

»Ich vermute, Sie haben zu Ihrer Zeit viele Indianer gesehen, Mr. Pogey«, sagte Clementine.

Pogey warf sich in die Brust, und seine Backen blähten sich, aber Nash war schneller. »Wenn Sie einen Fachmann zu diesem Thema befragen wollen, dann bin ich Ihr Mann. Nehmen wir zum Beispiel Sitting Bull. Der heimtückischste Indianer, den ich je gesehen habe, war Sitting Bull. Ich glaube, man kann sagen, ich war eine Weile beinahe mit ihm befreundet. Wir haben zusammen die Friedenspfeife geraucht, bevor er sich für den Kriegspfad entschieden hat.«

Pogey spuckte den Tabaksaft in einem hohen Bogen in den Staub. »Verdammt, Nash, wenn du auch nur die Hälfte von den Dingen gemacht hättest, dann wärst du tausend Jahre alt. Du bist nie näher als hundert Meilen an Sitting Bull herangekommen . . .«

Nash rief beleidigt: »Behauptest du, ich sei ein Lügner?«

»Ich behaupte, du biegst dir die Wahrheit zurecht, so wie es dir gefällt. Du bist überhaupt nie in die Nähe eines heimtückischen Indianers gekommen, wenn man von Iron Nose absieht. Sogar von ihm hast du bis jetzt nur die Hinterhand seines Pferdes gesehen und trotzdem gezittert wie ein kleiner Hund im Regen.«

»Soweit ich mich erinnere, warst du damals dabei, und ich habe nicht gesehen, daß du weniger gezittert hast als ich.« Pogey lachte, und es war wie ein Geständnis. Der Streit war damit beigelegt. »Ich will nicht sagen, daß Iron Nose *nicht* ein heimtückischer Indianer ist.«

»Er ist ein Quinteron«, sagte Pogey, »ein Mischling«, erklärte er, als Clementine ihn verständnislos ansah. »Das heißt, er hat von beiden Seiten weißes Blut in sich. Aber das Blut der Rothaut in seinen Adern fängt an zu kochen, wenn er wütend wird. Er ist so unberechenbar, daß ihn sogar die Indianer aus dem Stamm ausgeschlossen haben. Bei einem Kampf hat ihm jemand die Nase abgebissen, und irgendein Schmied hat ihm eine neue gemacht. Ich nehme an, seit der Zeit ist er nicht mehr derselbe.«

»Weil er die Nase verloren hat, ist er nicht nur störrisch wie ein Esel, sondern richtig unberechenbar«, stimmte Nash bereitwillig zu. »Nach der Sache mit der Nase hat er den Büffeljäger in der Hütte kleingehackt, in der Sie jetzt wohnen . . .«

Pogey trat ihm mit dem Stiefel gegen das Schienbein. »Steck dir einen Korken in den Mund, du Holzkopf. Siehst du nicht, daß du der Missis Angst einjagst?«

Also stimmte die Geschichte . . .

Clementine hatte sich eingeredet, das mit dem Büffeljäger sei zu schrecklich, um wahr zu sein. Sie spürte wieder die beklemmende Angst, und es fiel ihr schwer, ruhig zu bleiben. Sie sah Mr. Rafferty nicht an, denn er würde ihre Angst bestimmt bemerken. Und diese Genugtuung wollte sie ihm nicht verschaffen.

Gus klappte sein Buch zu, stand auf und streckte sich. »Mach dir deshalb keine Sorgen, Clementine. Abgesehen vom Rinderstehlen hat es in der Gegend seit mehr als zwei Jahren keine ernsthaften Feindseligkeiten mit den Indianern mehr gegeben.«

Sie zwang sich aufzustehen, das Geschirr einzusammeln und in den kleinen Holzbottich zu legen. Sie wollte nicht allein zum Fluß hinuntergehen, aber sie mußte es tun, bevor es zu dunkel wurde. Sie hätte Gus gerne gebeten mitzukommen. Aber es wäre ihr beinahe lieber gewesen, von Iron Nose skalpiert zu werden, als Mr. Rafferty zu zeigen, daß sie Angst hatte.

Am Fluß war es sehr viel dunkler. Verkrüppelte Weiden und dichte Wildpflaumenbäume warfen ihre Schatten auf das Ufer. Die blühenden Bäume und schwere weiße Blütendolden, die Würgkirschen hießen, wie Gus gesagt hatte, erfüllten die Luft mit ihrem süßen Duft. Wenn sie reif sind, hatte er gesagt, würden dicke rote Beeren an den Bäumen hängen, und sie könnte Marmelade und Kuchen daraus machen. Sie hatte allerdings nicht die leiseste Ahnung vom Kuchenbacken.

Der Abend wirkte ruhig, aber in Wirklichkeit herrschte ein ziemlicher Lärm. Frösche quakten laut, eine Elster zeterte, und das Wasser im Fluß plätscherte. Clementine sehnte sich nach einem erfrischenden Bad. Auf den Haaren und dem Gesicht lag Staub, die Haut unter dem Korsett juckte. Es kam ihr vor, als sei sie nie mehr richtig sauber gewesen, seit sie Boston verlassen hatte. Bei dem Gedanken mußte sie lächeln.

Sie hatte gerade den letzten Teller abgewaschen, als ihr auffiel, daß die Frösche schwiegen. Selbst der Fluß war still. Sie hielt den Atem an und lauschte angespannt. Sie hörte Schritte im Gras und das leise Rascheln von Laub.

Im Gebüsch knackte es; die Zweige teilten sich, und ein Mann tauchte vor dem lavendelblauen Himmel auf. Sie wäre kopfüber ins Wasser gefallen, wenn er sie nicht an der Schulter festgehalten hätte.

»Vorsicht, Boston, Sie sind heute abend so schreckhaft wie ein Pferd im Gewitter.«

Sie riß sich von ihm los und fiel beinahe doch noch in den Fluß. »Sie haben mich erschreckt, Mr. Rafferty«, sagte sie tonlos. »Aber ich bin sicher, daß Sie genau das wollten.«

»Sie unterstellen mir immer alle möglichen bösen Absichten bei meinen bescheidenen und vergeblichen Versuchen, den Gentleman zu spielen. Angenommen, ich hätte nur die Absicht gehabt, Ihnen beim Abwaschen zu helfen?« Er verstummte. Im Weidendickicht raschelte es laut, diesmal auf der anderen Seite des Flusses. Er hob den Kopf. Seine Nasenflügel bebten wie bei einem Hund, der Witterung aufnahm. Er beugte sich über sie, daß sie seinen warmen Atem auf ihrer Wange spürte. »Psst. Riechen Sie ihn?«

Sie roch überhaupt nichts, weil sie nicht atmen konnte. Sie konnte auch kaum etwas hören, denn ihr Herz schlug laut. Sie haßte ihre Schwäche und versuchte, durch Willensanstrengung stark und ruhig zu bleiben. Doch die Angst – vor Indianern und wilden Tieren, vor dem Wind und der Einsamkeit – schien das Los der Frauen in Montana zu sein.

»Er ist groß«, flüsterte Rafferty, und wieder traf sie sein warmer Atem. Ein Schauer lief ihr über den Rücken. Die feinen Haare in ihrem Nakken richteten sich auf.

»Wer?« fragte sie, ebenfalls flüsternd.

Er brachte seine Lippen dicht an ihr Ohr. Jetzt spürte sie nicht nur die Wärme, sondern auch die Feuchtigkeit seines Atems. »Ein Grizzlybär. Wahrscheinlich hat er Hunger.«

Clementine erinnerte sich an eine Abbildung in einem von Shonas Romanen: ein großes, zottiges Tier mit Zähnen und Krallen, die so lang und so scharf wie Säbel waren.

Auch wenn er sie auslachen würde, fragte sie leise: »Fressen Grizzlybären . . . Menschen?«

Sein Kinn streifte ihre Haare, als er nickte. »Das kommt vor. Aber wahrscheinlich hat er es auf die Kirschen abgesehen.«

Sie fragte sich, wie es möglich war, daß die Bäume gleichzeitig blühten und Früchte trugen. Aber dann raschelte es wieder, und sie konnte keinen klaren Gedanken mehr fassen. Sie drückte sich näher an ihn heran. »Ihr Revolver?« fragte sie leise.

»Der würde nichts nützen«, flüsterte er. »Ein Schuß würde ihn höchstens noch mehr reizen. Man braucht eine doppelläufige Schrotflinte, um einen Grizzly aufzuhalten. Sonst hilft nur Beten . . .«

Die Zweige knackten und wurden auseinandergeschoben. Clementine wollte fliehen, aber sie prallte gegen Rafferty. Er legte schützend die Arme um Clementine, und sie drückte sich hilfesuchend an ihn.

In diesem Augenblick watschelte ein Biber über das steinige Ufer und glitt mit einem lauten Klatschen seines flachen breiten Schwanzes ins Wasser. Wie betäubt starrte sie auf die gekräuselte Wasseroberfläche, die der tauchende Biber hinterließ, bis sie spürte, wie sich Raffertys Brust unter ihr bewegte. Er lachte.

Sie wollte an ihm vorbei und stolperte in ihrer Hast über einen Stein. Er hielt sie fest. Sie zitterte, und nur seine Hand verhinderte, daß sie auf die Steine stürzte.

»Lassen Sie mich los«, stieß sie tonlos hervor.

»Höre ich da Boston-Stärke knistern?«

Sie schob ihn mit beiden Händen von sich. Sie hatte es ihm so leicht gemacht, sie zum Narren zu halten.

›Fressen Grizzlybären ... Menschen?‹

Er mußte ein erstaunliches Maß an Selbstbeherrschung besitzen, da er nicht auf der Stelle schallend gelacht hatte.

Sie bückte sich nach einem Blechteller, nahm ihn aus dem Holzbottich und warf ihn Rafferty an den Kopf. Sie verfehlte ihn knapp und traf statt dessen einen Baum. Er lachte wieder.

»Mein Gott, Boston, Sie können ja nicht einmal zielen.«

»Fahr zur Hölle, du gemeiner Hund, du arrogantes Schwein!«

»Fluchen können Sie auch nicht. Aber selbst ein dummer Cowboy wie ich versteht einen zarten Wink.«

Er zog den Hut und schlenderte gelassen und grinsend davon, als hätte er sich nach einem Anstandsbesuch höflich verabschiedet.

Sie starrte ihm mit geballten Fäusten nach. Wenn sie im Haus ihres Vaters die Beherrschung verloren hatte, war sie dafür immer bestraft worden. Zorn war eindeutig kein Gefühl, das sich eine wohlerzogene junge Dame leisten durfte. Aber es hatte ihr so gutgetan, ihm den Teller an den Kopf zu werfen. Sie wünschte, er käme zurück, damit sie es noch einmal versuchen und ihn dabei vielleicht treffen könnte.

Gus erschien plötzlich. Er hob den Teller auf und hielt ihn ihr entgegen. Sie konnte seinen Gesichtsausdruck nicht erkennen, doch sein Schweigen verriet ihr, daß er zumindest Zeuge vom Ende ihres Wutausbruchs geworden war.

»Ich wünschte, ihr beide würdet euch größere Mühe geben, wie vernünftige Menschen miteinander auszukommen«, sagte er schließlich.

Sie riß ihm den Teller aus der Hand und warf ihn zu dem anderen Geschirr, obwohl Staub, Erde und Laub daran klebten. Ihr Zorn war verflogen. Sie preßte den Handrücken an ihre heiße Wange.

»Kann ich dich nicht lieben«, fragte sie, »ohne ihn *auch* mögen zu müssen?«

Er nahm ihre Hand und drückte sie an seinen Mund. Seine Lippen waren warm, und sein weicher Schnurrbart streichelte sie. »Liebst du mich denn, Clementine? Das hast du noch nie zuvor gesagt.«

Ich weiß es nicht, wollte sie rufen. Ich glaube es. Ich versuche, dich zu lieben, aber ich habe solche Angst, solche Angst . . .

Sie konnte ihm nicht erklären, daß sich ihre Gefühle für ihn irgendwie mit dem vermischten, was sie für Montana empfand, und auf eine seltsame Weise, die sie kaum verstand, auch mit ihren Gefühlen für seinen Bruder. Wie konnte sie ihm erklären, daß sie ihr Wesen, ihre weiblichen Geheimnisse, Ängste und Hoffnungen für sich behalten wollte, wenn sie all das, was sie eigentlich zu sein glaubte, nicht ausleben und sich nicht eingestehen durfte?

Weil sie mit ihm über all das nicht sprechen konnte, sagte sie: »Ich hätte gern, daß wir bald ein Kind bekommen.«

Er lachte leise und nahm sie in seine Arme. »Ich gebe mir die größte Mühe, Clem.«

Vielleicht war es bereits geschehen. Sie kannte keine der Anzeichen, und es war ihr zu peinlich, Gus danach zu fragen. In einem dunklen Winkel ihrer Erinnerung hörte sie die Stimme ihrer Mutter: ›Solch ungehörigen Fragen stellt man nicht.‹

Sie legte den Kopf zurück, stellte sich auf die Zehenspitzen und drückte ihr Gesicht an sein Gesicht. Es begann mit einem zarten Kuß. Dann drückte er die Lippen fester auf ihren Mund, und ihre Lippen öffneten sich. Sie preßte die plötzlich schmerzenden Brüste an seinen Oberkörper, während er an ihrem Mund saugte. Sie schlang die Arme um seine breiten Schultern und spürte seine Erregung. Doch als sie sich ihm leise stöhnend anbot, schob er sie von sich.

»Nicht hier, Clem«, keuchte er. »Einer von den anderen könnte uns überraschen.«

Sie starrte auf den Boden und schämte sich. Sie war froh, daß er im Dunkeln ihr Gesicht nicht sehen konnte.

»Natürlich nicht, Gus. Es schickt sich nicht.«

Er stieß zitternd den Atem aus. »Nein . . . es war meine Schuld. Es ist nur . . . je mehr ich von dir habe, um so mehr will ich von dir. Ich kann nicht genug davon bekommen . . ., dich zu berühren«, fügte er schnell hinzu. Doch sie wußte, was er hatte sagen wollen. Er konnte nicht genug von dem bekommen, was sie nachts im Bett taten. Das war bestimmt etwas Sündiges.

›Wer die Fleischeslust sät, wird die Verderbnis des Fleisches ernten.‹

Das Ehebett war für die Fortpflanzung da, nicht für die Lust. Aber auch wenn es sündhaft sein mochte, so blieb sie nicht still und damenhaft in ihrem Ehebett liegen, sondern keuchte, stöhnte und wand sich in seinen Armen wegen der Dinge, die er mit ihrem Körper tat, und wegen der Gefühle, die sie dabei hatte.

Lust . . .

O ja, was ein Mann mit seinen Lippen, seinen Händen und dem Teil seines Körpers, der ihn zum Mann machte, einer Frau antun konnte, das verschaffte ihr Genuß. Es war Lust.

Clementine fand diese Gedanken so peinlich, daß sie es nicht ertragen konnte, ihren Mann anzusehen. Sie wandte ihr heißes Gesicht ab, während er den Holzbottich aufhob und ihn unter den Arm klemmte. Sie achtete darauf, daß sie ihm nicht zu nahe kam, als sie zusammen zurück zum Lager gingen. Aber sie sehnte sich sündhaft und zügellos danach, daß er sie wieder küßte. Sie wollte, daß er sie hier, sofort, auf die harte Erde legte und sie dazu brachte, zu keuchen, zu stöhnen und sich in seinen Armen zu winden.

Inzwischen war das letzte Tageslicht am Himmel verblaßt. Das Feuer war zu einem Häufchen weißer Asche heruntergebrannt. An der Deichsel des Kochwagens hing eine von Nachtfaltern umschwärmte Laterne und verbreitete ein schwaches Leuchten. Mit Einbruch der Nacht war es kühl geworden. In der Luft lag noch der Geruch von brennendem Pappelholz.

Nash und Pogey spielten Poker und benutzten Bohnenkerne als Einsätze. Sie blickten kaum auf, als Clementine und Gus zurückkamen. Rafferty lag mit dem Kopf auf dem Sattel ausgestreckt auf seiner Decke.

Der Hund hatte sich zu seinen Füßen zusammengerollt. Sie dachte, er schlafe, bis sich die Hutkrempe bewegte und sie seine Augen sah.
Unbewußt legte sie die Finger auf den Mund. Ihr Gesicht glühte, als sei es verbrannt. Sie erinnerte sich an das Gefühl seiner starken Arme, die sich schützend um sie legten.

Eine Woche später stand sie am Weidezaun. Sie hatte den Kopf gehoben und blickte auf den weiten Himmel und über das Tal, als sei es das Gelobte Land.
Er sah sie und fand, sie wirke zerbrechlich und schmerzlich verloren, als sie in dem großen wogenden Grasmeer stand.
Manchmal wollte er den Lauf der Welt anhalten und sie bis in alle Ewigkeit ansehen.
Er beobachtete, wie der Wind mit einer Haarsträhne spielte, die sich gelöst hatte, wie sich der weite Rock an ihre Schenkel preßte und wie der alte Hut von Gus einen Schatten auf ihr hübsches Gesicht warf.
»Guten Morgen«, sagte er.
Sie drehte sich so schnell herum, daß sie im nassen Gras beinahe ausgerutscht wäre und sich schnell am Zaun festhalten mußte, um nicht zu fallen. Sie schob sich mit dem Handrücken den Hut aus dem Gesicht und seufzte.
»Liegen Sie nachts wach und denken sich solche Überfälle aus, Mr. Rafferty?«
Er setzte sich seitlich in den Sattel und legte ein Bein um das Horn. Er zog Tabak und Papier aus der Tasche seiner Lederweste und begann, sich eine Zigarette zu drehen.
Wenn sie ahnen würde, woran er dachte, wenn er in der Nacht wach lag . . .
Er zündete am Daumennagel ein Streichholz an, hatte aber Mühe, es ruhig zu halten. »Was paßt Ihnen denn diesmal nicht an mir, Boston?«
»Die Art, wie Sie sich immer an mich heranschleichen.«
»Ich habe mich nicht angeschlichen«, sagte er mit der Zigarette im Mund. »Zum Teufel, ich habe genug Lärm gemacht, um einen Ackergaul scheu zu machen. Es liegt an Ihren Ohren. Wahrscheinlich würden Sie nicht einmal hören, wenn unter Ihrem Hut eine Ladung Sprengstoff

losginge.« Er sah sie mit zusammengekniffenen Augen durch den Rauch der Zigarette an. »Dem Gerücht nach können Sie sich ein Pferd aussuchen.«

»Mir wäre es lieber, Gus würde es . . .«

»Er ist beschäftigt. Welches gefällt Ihnen?«

Sie schluckte und richtete sich auf. Dann drehte sie sich um. Die Pferde standen am anderen Ende der Weide. Ein Falke flog in geringer Höhe über sie hinweg. Sein Schatten glitt lautlos über das wogende Gras, aber die Herde setzte sich aufgeschreckt in Bewegung und präsentierte sich Clementine mit wehenden Schweifen und Mähnen und silbernen Hufen im feuchten Gras. Es waren schöne Pferde, Falben, Braune, Füchse, Rappen und Schimmel.

»Was ist mit dem Geschecken?« sagte sie.

Der Geschecke? Großer Gott!

Er musterte das Pferd, auf das sie deutete. Es war ein Pinto, der nur wenige schwarze Flecken hatte, die auf dem weißen Rumpf und den ebenso weißen Flanken wie Farbspritzer wirkten.

»Der gefällt Ihnen doch nur, weil er so auffällig ist.«

Sie sah ihn entschlossen an. »Den will ich, Mr. Rafferty.«

»Jawohl, Mrs. McQueen.«

Er beugte sich vor, um sein Lächeln zu verbergen, als er zum Lasso griff. Es wußte, das Pferd, das sie sich ausgesucht hatte, konnte ungeheuer störrisch sein. Es hatte die häßliche Angewohnheit, den Kopf zu senken und zu bocken, sobald man im Sattel saß.

Sie öffnete das Gatter und ging mit ihm auf die Weide. Er legte es darauf an, sie zu beeindrucken, als er das Lasso schwang und es sich elegant um den Hals des Pinto legte. Er führte das Pferd zu ihr und sah zu, wie sie versuchte, sich mit ihm anzufreunden.

Der Pinto bewies tatsächlich seinen Sinn für Überraschungen und strafte Rafferty Lügen. Er schien plötzlich lammfromm zu sein und beschnupperte Clementine mit geblähten Nüstern, während sie ihm den Hals streichelte. Sie brachte tief in der Kehle eine Art Schnurren hervor, das sehr erotisch wirkte, und sagte dem Pferd mit süßer Stimme, was für ein hübsches Tier es sei und wie sie zusammen schnell wie der Wind über die Prärie stürmen würden.

Sie hob den Kopf und sah Rafferty mit einem so aufrichtig glücklichen Lächeln an, daß er den Blick abwenden mußte.

»Ich mag ihn! Hat er einen Namen?«

Er hatte mehrere Namen, von denen allerdings keiner für die Ohren einer Dame geeignet war. »Warum geben Sie ihm keinen Namen?« sagte er. »Schließlich haben Sie ihn ausgesucht.«

Sie strahlte noch mehr, als hätte jemand eine ganze Kiste Kerzen angezündet. »Gut, dann werde ich ihn Gayfeather nennen.«

Rafferty schnaubte verächtlich. »Wenn ich ein Pferd wäre, und jemand würde mir so einen Namen anhängen, würde ich eine tiefe Schlucht suchen und mich hinunterstürzen.«

»Haben Sie Glück, daß Sie kein Pferd sind. Sonst würde ich Sie nämlich ›Stachelbeere‹ nennen.« Sie lachte und zog die Nase kraus, und ihre Zähne blitzten weiß hinter den feuchten Lippen.

Er blickte so lange auf ihren Mund, daß es ihr bewußt wurde und ihr der Atem stockte. Ihre Blicke trafen sich, und wieder geschah es – der unsichtbare Blitz zuckte, fesselte sie und brachte die Welt zum Stillstand.

Diesmal brach er den Bann. Er schlug sich mit dem losen Ende des Lassos heftig auf den Oberschenkel. »Kommen Sie, Boston. Wir wollen ihn satteln, ich habe nicht den ganzen Tag Zeit.«

Sie hatte Zaumzeug und Sattel mitgebracht und über den Zaun gelegt, damit es nicht naß wurde. Rafferty staunte und fragte sich, wo zum Teufel Gus einen ›Damensattel‹ aufgetrieben hatte.

»Allmächtiger«, sagte er. »Ich habe schon Flicken in Hosen gesehen, die größer waren als dieses winzige Stückchen Leder.«

So klein der Sattel auch war, es kostete sie große Mühe, ihn zu tragen. Die langen Gurte schleppten im Gras, und sie ließ zweimal das Halfter fallen, bevor sie es dem Pinto überstreifen konnte, der ständig den Kopf bewegte. Rafferty unternahm nichts, um ihr zu helfen.

Glücklicherweise, dachte er, ist das Gras dick und weich.

Er zweifelte nicht daran, daß sie sehr schnell Bekanntschaft mit dem Gras machen würde, wenn ihr zarter kleiner Hintern den zierlichen kleinen Sattel berührte.

Er grinste, als er beobachtete, wie sie versuchte aufzusitzen. Der Pinto erinnerte sich wieder an sein wahres Wesen und machte kurze Sprünge, während sie auf einem Bein hinter ihm her hüpfte und sich krampfhaft darum bemühte, den Sattel zu erklimmen.

Wie Rafferty vorausgesehen hatte, bockte das Pferd, sobald es ihr Gewicht spürte, und sie flog in einem hohen Bogen durch die Luft. Sie landete auf dem Gesicht, und ihre zierliche Nase bohrte sich in die weiche Erde. Beim Aufstehen trat sie auf ihren Hut.

Der Pinto schnaubte, scheute und wich zurück. Die Zügel glitten ihr aus der Hand, und sie hüpfte hinter ihm her, um ihn festzuhalten. »Verflixt noch mal!« rief sie. Es war nicht gerade ein Aufschrei, aber dicht davor. »Bleib doch stehen, du dummes Vieh.«

»Ich muß Ihnen bei Gelegenheit beibringen, anständig zu fluchen.«

Sie zeigte ihm die Zähne. »Mr. Rafferty, würden Sie freundlicherweise zur Hölle fahren, wo Sie hingehören?«

Er erwiderte ihr giftiges Lächeln. »Eine solche Perle von einem Pferd will natürlich seinen Spaß haben. Sie hätten sich einen netten friedlichen Gaul aussuchen sollen wie zum Beispiel meinen Moses. Er ist sanft wie ein Lamm.«

»Und im Winter gehört er mir.«

Er hätte beinahe laut gelacht. Es gefiel ihm, daß sie ihre Krallen an ihm schärfte.

Clementine gab nicht auf. Aber sie hatte kaum das Bein um das Sattelhorn gelegt, als der Pinto bockte und sie wieder im Gras landete.

Er blickte auf sie hinunter und schüttelte gespielt traurig den Kopf. »Ich glaube, Hannah wird mit Ihrer Brosche sehr gut aussehen. Werden Sie es diesmal schaffen, etwas länger oben zu bleiben?«

Sie stand langsam auf und stöhnte leise. Sie wischte sich die Hände am Rock ab und erwiderte mit hoch erhobenem Kopf: »Sie werden schon sehen.«

Das Pferd versuchte es wieder mit kurzen Sprüngen, sobald sie den Fuß in den Steigbügel stellte. Aber irgendwie schaffte sie es, in den Sattel zu kommen. Dann klammerte sie sich an das Sattelhorn. Ihr Hut flog durch die Luft, allerdings ohne sie. Der Pinto buckelte und bockte ein paarmal, beruhigte sich dann und senkte den Kopf, um an einem Büschel Gras zu zupfen. Sie sah Rafferty triumphierend an. Ihre Augen, dachte er, sind grüner als das Büffelgras nach dem ersten Frühlingsregen. Ihr Haar war so hell wie die Wintersonne. Außer den Pferden, dem Tabak und dem nach Kiefern duftenden Wind roch er sie.

»Nicht schlecht für den Anfang«, sagte er mit rauher Stimme. Ihm schienen Glassplitter im Hals zu stecken. »Aber versuchen Sie beim

nächsten Mal, oben zu bleiben, ohne sich an das Horn zu klammern.«
Er beugte sich aus dem Sattel und hob ihren Hut auf. »Noch besser
wäre, Sie geben auf, Boston. Haben Sie schon eine Fahrkarte in den
Osten gekauft?«

Sie nahm ihm den Hut aus der Hand und setzte ihn auf. »Ich habe die
Absicht zu bleiben, Mr. Rafferty . . . um jeden Preis.« Sie lächelte, und
diesmal zuckte er zusammen.

Ihre Pferde standen so nah beisammen, daß sich die Steigbügel berührten – so nah, daß ihr Atem seinen Mund erreichte. Ihre Lippen waren
von der Sommersonne und dem Wind aufgesprungen. Er wollte sie mit
seiner Zunge befeuchten.

»Vielleicht haben Sie ja Lust, eine Weile auf mir zu reiten, nachdem Ihr
Pferd gezähmt ist.«

Sie richtete den Blick auf ihre Hände. Sie umklammerten die Zügel, als
könne der Pinto immer noch bocken.

»Nein, Mr. Rafferty, ich habe keine Lust, auf Ihnen zu reiten. Ich
werde nie Lust dazu haben.«

Elftes Kapitel

Ende Juni machte sich Clementine eines Morgens auf den Weg zum Fluß. Sie wollte für das Abendessen Forellen angeln.

Der Pfad führte durch ein Pappelwäldchen zu der Stelle, wo es Forellen gab. Dort floß das Wasser langsamer um eine kleine Insel und zwischen großen Felsbrocken hindurch, staute sich und bot den großen Fischen an den tiefen Stellen Schutz. Über der Wasseroberfläche tanzte eine Wolke kleiner blauer Fliegen. Von den Pappeln segelten flauschige weiße Samen wie Schnee durch die Luft. Es war ein heißer schwüler Tag.

Auf der kleinen Insel wuchs eine Weide direkt am Wasser. Die langen Zweige neigten sich bis zum Boden, und die schmalen Blätter zitterten im leichten Wind. Unter dem Baum konnte sie im Schatten sitzen und angeln.

Clementine setzte sich auf einen Baumstamm, den die Biber gefällt hatten. Sie zog Stiefel und Strümpfe aus, hob den Rock, nahm die Angel und watete durch den Fluß. Das eiskalte Wasser nahm ihr den Atem. Lachend rannte sie zu der kleinen Insel.

Das weiche Gras fühlte sich unter den nackten Fußsohlen so kühl und glatt an wie die Seidendecke auf ihrem Bett in Boston. Sie setzte sich unter die Weide. Dann befestigte sie den Köder am Haken, wie Gus es ihr gezeigt hatte, und warf die Leine mit großem Schwung in das tiefe Wasser hinter den glatten Felsen.

Das gleißende Sonnenlicht, das sich im Fluß brach, blendete Clementine, und sie schloß die Augen. Hammerschläge hallten durch die feuchte, schwere Luft. Gus baute ihr das versprochene neue Haus.

Die Hitze und das einschläfernde Murmeln des Wassers machten sie müde. Ihr entspannter Körper wurde ihr bis hin zu den Muskeln und den Sehnen auf eine neue Art bewußt. Das Herz pumpte mit gleichmäßigen Schlägen Blut durch die Adern, die Luft drang in die Lungen,

Arme und Beine waren von Lebenskraft erfüllt. Sie fühlte sich lebendig, jung und erfüllt von einer Leichtigkeit, die sie froh und glücklich machte. Am liebsten wäre sie wie der Habicht, der hoch über ihr kreiste, durch den endlosen blauen Himmel geschwebt.

Ihre Hand glitt von der Brosche am Hals langsam über das Mieder bis zu dem Samtband um die Taille. Sie fühlte die vollen Brüste, die sich fast schmerzhaft an den dünnen Batist des Unterhemds preßten. Eine spürbare Schwere tief innen in ihrem Leib und die Wärme zwischen den Beinen ließen sie wieder einmal über diesen geheimnisvollen Körper staunen, der unabhängig von ihrem Bewußtsein, ihrem Denken und Fühlen ein eigenes Leben hatte. Sie glaubte, deutlich wahrnehmen zu können, wie ein Kind in ihr heranwuchs.

Als sie die Hand auf den Leib legte, tauchten bruchstückhafte Erinnerungen auf wie die Bilder eines Stereoskops – schwere Schritte, die Schreie ihrer Mutter und das Getuschel der Dienstboten vor dem Kinderzimmer; Fenster und Spiegel waren mit schwarzem Crêpe verhängt, ein kalter Wind blies totes Laub über Grabsteine. Die Hand ihres Vaters legte sich schwer auf ihren Kopf, als sie beteten ... beteten ... beteten.

O Gott, wie hatte ihre Mutter geschrien!

Aber nur das Kind war tot, die Mutter blieb am Leben. Als der Arzt ihrer Mutter später sagte, daß sie kein Kind mehr haben dürfe, hatte sie erst vor Erleichterung gelacht und dann geweint.

Clementine hatte ihrer Mutter so viele Fragen stellen wollen, es aber nie gewagt.

Es gab nur zwei ehrbare und verheiratete Frauen in der Nähe. Das heißt, ein paar Stunden Fahrt mit dem Pferdewagen waren zu einem Besuch notwendig. Sie hatte Gus unter dem Vorwand ihrer durchaus verständlichen Einsamkeit gebeten, sie zu diesen Frauen zu bringen. Auf der langen Fahrt hatte sie sich die Fragen überlegt, die sie ihnen stellen wollte.

Mrs. Weatherby lebte über einer Schlucht mit einem rauschenden Bach in einer Erdhütte, die in den Hang eines dicht bewaldeten Hügels gegraben worden war. Mr. Weatherby war Schafhirte, und in der Hütte roch es beißend nach Wolle und schimmelndem Papier. Die Weatherbys hatten die Wände gegen die Feuchtigkeit mit alten Zeitungen beklebt.

»Ich lese laut«, erklärte Mrs. Weatherby. »Ich lese alles, was auf den Wänden steht, damit ich den Wind nicht hören muß.«

Mrs. Weatherby war so rund und blaß wie ein Suppenkloß. Der Wind hatte sie im Laufe der vergangenen zwanzig Jahre um den Verstand gebracht. Sie hörte in seinem Seufzen und Stöhnen ihre beiden toten Kinder, die nach ihr riefen, und manchmal auch ihre Mutter, die bereits vor zwanzig Jahren gestorben war. Als sich Clementine mit ihr über Boston unterhalten wollte, begann Mrs. Weatherby, etwas aus der Zeitung an der Wand über ihren Köpfen vorzulesen. Es war eine Werbeanzeige für Magenbitter.

Als sie gingen, schenkte der Schafhirte Clementine wertvolle Gemüsesamen. Ihre freundlichen Abschiedsworte gingen im heulenden Wind unter. Die Frau des Schäfers vergrub sich wie ein Maulwurf in der dunklen feuchten Hütte. Von ihr konnte Clementine keinen vernünftigen Rat erwarten.

Mrs. Graham war die Frau eines Rinderzüchters. Sie stand mit beiden Beinen fest auf der Erde von Montana und war so ausdauernd und stark wie ein Baum. Sie trug eine Bibermütze wie die Trapper und kaute Tabak wie Nickel Annie. Ihre gerötete Haut war faltig und verwittert. Neben Mrs. Graham standen wie Orgelpfeifen ihre fünf Kinder. Diese Frau, dachte Clementine, wird bestimmt die Zeichen bevorstehender Mutterschaft kennen.

Ihre Erwartungen schienen sich zu erfüllen, als Mrs. Graham sie ins Haus bat und ihr in einer blauweißen Tasse Tee anbot. Doch als Clementine auf die vielen Kinder zu sprechen kam, unterbrach sie Mrs. Graham sofort angriffslustig.

»Ich kenne Frauen wie Sie. Mir ist sofort aufgefallen, wie Sie meinen Mann angesehen haben.«

»Wie bitte?« fragte Clementine überrascht, denn sie hatte kaum einen Blick auf den unscheinbaren Mr. Graham mit seinem ebenso unscheinbaren Cowboyhut und den verwaschenen Jeans geworfen.

Mrs. Graham stellte klirrend die Tasse ab und richtete sich stolz auf. »Kein Mann weit und breit sieht so gut aus wie mein Tom. Glauben Sie, ich weiß das nicht? Und damit Sie es gleich wissen, wenn ich Sie einmal dabei erwische, daß Sie ihm zu nahe kommen, dann kratze ich Ihnen die Augen aus.«

Clementine hatte die Grahams ebenso unwissend über Schwangerschaft und Geburt verlassen, wie sie gekommen war. Wer würde ihr jetzt diese wichtigen Fragen beantworten?

Während Clementine den Schwimmer nicht aus den Augen ließ, der auf dem Wasser tanzte, dachte sie, es werde vermutlich das beste sein, mit Gus darüber zu reden. Er drang schließlich nachts dort in sie ein, wo eines Tages ein Kind herauskommen mußte. Aber als sie sich die entsprechenden Fragen überlegte, sprach sie in Gedanken unwillkürlich zu seinem Bruder, auch wenn er immer so brutal und unverschämt direkt war. Dieser Mann wußte alles über das Leben. Gus hatte einmal behauptet, die Welt zu kennen, aber sein Bruder wußte wirklich über alle Höhen und Tiefen dieser Welt Bescheid. Clementine dachte, es werde ihr vermutlich nichts anderes übrigbleiben, als Rafferty zu bitten, sie aufzuklären. Er würde es mit Freuden tun, ohne auch nur einen rücksichtsvollen Gedanken an ihre Unschuld zu verschwenden.

Da Clementine so intensiv an ihn dachte, überraschte es sie nicht, als er plötzlich am Ufer auftauchte und zu ihr herübersah.

Die Sonne stand als große, glühend heiße Kugel am Himmel. Es hatte in der Nacht geregnet, und die Erde dampfte. Man kam sich vor wie in einer Schwitzhütte, wie die Indianer sie hatten. Zach ritt am Fluß entlang. Sein Hund lief hinter dem Hengst her. Als er die Frau seines Bruders auf der kleinen Insel sah, saß er ab und band das Pferd an einem Kirschbaum fest.

Sie drehte sich um, und ihre Blicke trafen sich über dem Wasser. Sie bewegte sich nicht, und man hätte glauben können, sie habe auf ihn gewartet.

Er sah ihre Stiefel und Strümpfe am Ufer. Sie hatte sich Kinderreitstiefel aus Rindsleder gekauft. Die Schäfte waren rot gefärbt, und die Kappen hatten Messingspitzen. Ihre Anpassungsfähigkeit beeindruckte ihn. Sie verzichtete inzwischen auf ihre eleganten Stadtschuhe und bevorzugte praktische Dinge. Anstelle der hübschen Hauben trug sie jetzt immer einen alten Hut von Gus auf dem Kopf. Das Hutband war aus der Haut der Schlange gemacht, die er getötet hatte, als wollte sie sich vor aller Welt damit brüsten, daß sie vor einer Klapperschlange ebensowenig Angst hatte wie vor einem bockigen Pferd und es auch mit allem anderen in diesem Land aufnehmen könnte, was sich ihr in den Weg stellen mochte.

Grundsätzlich hatte sie sich jedoch nicht geändert, und er konnte sich auch nicht vorstellen, daß sie sich jemals ändern würde. Clementine trug die Haare noch immer zu einem Knoten im Nacken aufgesteckt, der für ihren schlanken Hals viel zu schwer zu sein schien. Auch auf damenhafte Kleidung legte sie nach wie vor größten Wert. Ihre langen Röcke streiften raschelnd über den Boden: In der Hütte klang es wie das Flüstern von Verliebten. Auch die hauchdünnen weißen Strümpfe, die neben den Stiefeln lagen, gehörten dazu. Der Anblick der zarten, sinnlichen Weiblichkeit ließ ihn jedoch unwillkürlich seufzen und etwas beklommener atmen.

Er zog Stiefel und Socken aus und legte nach kurzer Überlegung auch den Patronengurt ab. Er wollte einmal mit ihr zusammen sein, ohne daß Angst und Spannung in der Luft lagen. Sie sollte lächeln und vielleicht sogar ein wenig lachen. Er wollte sich mit ihr wie ein Bruder mit der Schwester, wie ein Mann mit einer Frau unterhalten ...

Nein, das konnte es zwischen ihnen nie geben! Warum war er so verrückt, an eine Freundschaft mit ihr zu glauben? Ein Mann wurde nicht der Freund einer Frau, deren Lächeln, deren Anblick bereits genügte, um ihn in Erregung zu versetzen.

»Bleib hier!« sagte er zu dem alten Atta. Der Hund schien zu lachen, aber Zach wußte, er mußte in der Hitze hecheln. »Bleib hier!« wiederholte er noch einmal. Mit einem leisen Winseln legte sich Atta ans Ufer.

Zach watete durch das Wasser und setzte sich neben der Frau seines Bruders in das weiche Gras. Aber in ihrer Nähe überschlugen sich seine Gedanken. Er fand nicht die richtigen Worte oder ihm fehlte der Mut, sie auszusprechen. Ihre Blicke trafen sich kurz, aber sie senkte schnell wieder die Augen.

»Guten Tag, Mr. Rafferty«, sagte sie.

Die förmliche Begrüßung bedeutete nicht viel, aber von dieser eigensinnigen Frau hatte er bis jetzt wenig mehr Entgegenkommen erlebt. Sie legte die Hände um die angezogenen Knie. Trotz der Hitze war ihr Kleid vom Hals bis zur Taille zugeknöpft. Immerhin hatte sie die langen Ärmel aufgekrempelt. Die Haut an der Unterseite ihrer Arme war unglaublich blaß und zart. Wieder einmal konnte Zach seinen Bruder nicht verstehen. Was hatte sich Gus bloß dabei gedacht, diese ahnungslose junge Frau, die eigentlich noch ein Kind war, hierher in die Wildnis zu holen? Clementine in Montana war so absurd wie ein Kolibri in einem Spatzennest.

Sie gönnte ihm keinen zweiten Blick. Trotz der äußeren Ruhe spürte Zach eine gewisse Spannung, als sei sie sich noch nicht im klaren darüber, ob sie bleiben oder vor ihm davonlaufen sollte.

Er beugte sich vor und zog an der Angelschnur. »Was für einen Köder benutzen Sie?«

»Pökelfleisch.«

»Dann werden Sie nichts fangen. Die Forellen wollen Schmeißfliegen.«

Bei seinen Worten sprang eine schwarz getupfte Forelle aus dem Wasser und schnappte nach einer Fliege. Sie starrte auf die Wellen, die der Fisch hervorrief. Er konnte ihre Gedanken lesen, als seien sie ihr auf die Stirn geschrieben. Sie stellte sich vor, wie sie eine der dicken haarigen Fliegen auf den Angelhaken spießte. Aber Zach wußte sehr wohl, daß sie den Ekel überwinden und auch das tun würde. Clementine scheute vor nichts zurück, das mußte er ihr lassen. Sie stellte sich mit klarem Kopf und eisernem Willen allen ihren Ängsten und überwand sie.

Mit einer Ausnahme. Der Angst vor ihm stellte sie sich nicht, und er glaubte, den Grund dafür zu kennen.

»Clementine . . .«

Zum ersten Mal sprach er sie mit ihrem Vornamen an. Es war ein überwältigendes, süßes Gefühl.

Er suchte ihre Augen, und diesmal wich sie seinem Blick nicht aus. Ihre Lippen öffneten sich, als wolle sie etwas sagen. Er tauchte in die unergründlichen Tiefen ihrer Augen und schien das Atmen vergessen zu haben. Er mußte blinzeln, und vor seinen Augen verschwamm alles, als habe er sich zu schnell auf der Stelle gedreht. Er bewegte sich nicht und holte tief Luft.

»Was haben Sie früher gemacht?«

Er mußte beinahe husten, als die Luft in seine Lunge strömte. »Früher?«

Sie ließ die verschränkten Hände an den Beinen nach unten gleiten und umfaßte die nackten Zehen. Der Anflug eines Lächelns umspielte ihre Lippen. Sie sah mit den weißen und schlanken Füßen wie ein verwöhntes Mädchen aus. »Ich meine, vor Montana.«

Er freute sich absurderweise darüber, daß sie sich offenbar so sehr für ihn interessierte, daß sie mehr über ihn wissen wollte, und wurde verlegen. Das Blut stieg ihm ins Gesicht. »Ich habe die meiste Zeit Rinder getrieben. Das heißt, man sitzt bei glühender Sonne und erstickendem Staub den ganzen Tag im Sattel, ißt Abend für Abend gekochte Bohnen und schläft mutterseelenallein auf der nackten Erde.«

»Hm . . .« Sie schob die samtige Unterlippe etwas vor, worauf ihm der Mund trocken wurde. »Ich glaube, das hat Ihnen gefallen.«

»O nein!« Er schüttelte lachend den Kopf. Er riß einen Kleestengel ab und drehte ihn zwischen den Fingern. »Das Reiten in der Nacht, ja, das hat mir gefallen.« Er sah sie an. Sie erwiderte seinen Blick so ruhig und klar, daß es ihm einen Stich durch das Herz gab.

»Einige Nächte werde ich nie vergessen«, sagte er. »Man blickt zum Himmel auf und denkt, wenn man für jeden Stern, den man sieht, einen Dollar hätte, dann wäre man reich. Und die Luft . . . sie schmeckt besser als der Whiskey im Bauch. In solchen Nächten vergeht die Zeit wie im Flug. Nichts belastet einen, und man ist mit dem Klirren der Sporen allein auf der Welt. Manchmal war es so still, daß ich meinen Herzschlag gehört habe. Ich schwöre es Ihnen!«

Die Einsamkeit wurde so groß, daß einem die Tränen über die Wangen liefen, wenn man es zuließ. In solchen Augenblicken überkam einen Mann das Gefühl, auf ein Ziel zuzusteuern. Die Einsamkeit erinnerte ihn an den leeren Magen, der nicht nur mit Bohnen und Speck gefüllt werden wollte, und an seinen Körper, der sich nach einer Frau sehnte. Zu all dem kam aber auch die alte Sehnsucht nach einem Zuhause, nach einem Ort, an den er gehörte. Aber er wußte, das alles würde die Sehnsucht nicht stillen. Es war da noch etwas, das Zach bis zu diesem Augenblick nicht hatte in Worte fassen können.

Er hob den Kopf. Sie sah ihn mit halb geöffneten Lippen und dunklen Augen an. Er wehrte sich nicht mehr gegen die heftige Leidenschaft, und er glaubte, in ihren Augen dasselbe Verlangen zu sehen – vielleicht war es auch nur so, daß er es nicht hätte ertragen können, es nicht zu sehen.

Ein lautes Heulen zerriß die gespannte Stille.

Mit leicht geröteten Wangen drehte sie sich um und deutete mit der zierlichen Hand zum Ufer. »Ihr armer Hund«, murmelte sie. Atta legte den Kopf zurück und heulte noch einmal wie ein Kojote bei Vollmond. Um ihre Lippen spielte ein Lächeln. »Ich glaube, er ist einsam.«

Zach stieß langsam den angehaltenen Atem aus. »Sie wollen ihn bestimmt nicht hier haben. Er hat sich in Kuh...mist gewälzt und stinkt gottserbärmlich.«

»Stinkt wie die Pest?« fragte sie herausfordernd und ging auf sein Spiel ein. Jetzt lächelte sie, aber das strahlende Lächeln verschwand viel zu schnell wieder.

»Stinkt wie ein Faultier«, erwiderte er, und zu seiner Freude lachte sie laut auf.

»Stinkt wie faule Eier.«

Atta knurrte. Am Flußufer raschelte etwas im Gebüsch. Zach sah aus dem Augenwinkel unter den Blättern graues Fell und hielt die Luft an. Normalerweise entfernte sich ein Wolf nicht von seinem Rudel.

Clementine neben ihm bewegte sich, aber sie hatte den Wolf nicht entdeckt. Sie hob den Kopf und sah ihn an, dann blickte sie zur Seite. Ihre Brüste hoben und senkten sich in einem Seufzer.

»Mr. Rafferty, ich...«

Er legte ihr die Hand auf den Mund und ließ den Wolf nicht aus den Augen, der steifbeinig auf sie zulief. »Still, Boston.«

Clementine drehte verblüfft den Kopf und holte Luft. Erst dann sah sie den Wolf. Sie erstarrte, stieß aber keinen Schrei aus. Zach dachte an seine Büchse, die viel zu weit weg am Sattel hing. Der Wolf war eindeutig ein Einzelgänger, den das Rudel ausgestoßen hatte. Er lief so steifbeinig, als seien seine Beine Stöcke. Die Rippen traten unter dem grauen struppigen Fell überdeutlich hervor. Er bleckte die Zähne, gab aber keinen Laut von sich. Speichel tropfte ihm aus dem Maul.

»Atta, sitz!« rief Zach, aber der Hund rannte laut bellend am Ufer entlang auf den Wolf zu. Als sie sich aufeinanderstürzten, verknäulten sich kurz die grauen und hellen Felle, Zähne schnappten, und dann jaulte Atta vor Schmerz auf und rannte mit eingezogenem Schwanz davon.

Mit unterdrücktem Knurren sprang der Wolf in den Fluß und kam geradewegs auf sie zu.

Zach warf Clementine zu Boden und legte sich auf sie. Schon hatte der Wolf die Insel erreicht und schüttelte das nasse Fell. Als er angriff, hob Zach eine Hand und packte die Bestie am Hals, während er mit der anderen das Messer zog. Blutige Zähne schnappten nach seinen Augen. Speichelfäden und Schaum tropften ihm ins Gesicht, und er roch den stinkenden Atem. Der Wolf zuckte und röchelte unter seiner Hand, als Zach blitzschnell zustieß.

Blut schoß hervor, lief über seine Hände und auf Clementines Gesicht.

Sie gab keinen Laut von sich, obwohl sie sich mit Armen und Beinen unter ihm aufbäumte. Er warf den toten Wolf zur Seite und riß sie hoch. Er zog sie in den tiefen Fluß und drückte ihr den Kopf unter Wasser. Sie tauchte keuchend und hustend wieder auf. Dann rieb sie sich wie besessen das Gesicht und die Haare. »Waschen Sie es ab!« stieß sie seltsam beherrscht hervor. »Waschen Sie alles ab . . .«

Er tauchte sie noch zweimal unter und überzeugte sich dann davon, daß der Fluß den Speichel und das Blut davongetragen hatte. Sie zitterte am ganzen Leib, und die Haare klebten ihr am Kopf. Die Lippen waren bläulichweiß. Er hob die Hände und wollte sie streicheln.

»Clementine . . . o Gott, Clementine, hat er dich gebissen?«

Sie schüttelte den Kopf. Als ihre Augen sich auf ihn richteten, wurde sie ruhig. Die grünen, dunklen Tiefen zogen ihn in ihren Bann. Er umfaßte ihren Kopf mit beiden Händen, und mit einem leisen verzweifelten Stöhnen drückte er seinen Mund auf ihre Lippen.

Er küßte sie leidenschaftlich und verzweifelt. Er war zu stürmisch und wollte den Druck seiner Lippen dämpfen, aber er wollte sie mehr als alles auf der Welt. Ihr Mund war heiß und schmeckte nach Himmel und Hölle, verriet ihm aber auch ihr Einverständnis.

Die Luft um sie herum begann zu knistern. Die innere Glut ließ ihn noch einmal stöhnen. Mit einer Hand klammerte sie sich an seine Haare, die andere schloß sich um seine Hüfte. Ihre Lippen bewegten sich hungrig und suchend. Sie öffnete den Mund vor seiner Zunge. Er trank sie und ließ sich von dem Geschmack und dem Duft berauschen. Er preßte sie an sich, ließ sie sein Verlangen spüren, erbebte unter ihrem Zittern, schluckte ihr Stöhnen, und dann gelang es ihm irgendwie aufzuhören.

Er riß sich von ihrem Mund los und schob sie von sich. Er rang nach Luft. Das Herz schlug ihm bis zum Hals.

Sie legte eine zitternde Faust auf die geschwollenen Lippen und wandte sich ab, als würde sie zerbrechen, wenn sie ihn noch einmal ansah. Er sah die weißen Knöchel auf ihrem Mund . . . ihre wundervollen, süßen Lippen. Er wollte sie wieder küssen. Er wollte sie langsam entkleiden,

sie auf den Boden legen und sie überall küssen. Er wollte sie küssen, bis
sie leise stöhnend und zitternd sich ihre Lust eingestehen würde.

Er wollte sich mit ihr vereinigen, immer und immer wieder, bis er vor
Erschöpfung für alle Zeit hier liegenbleiben würde.

Er hob die Hand, um sie zu berühren, denn er konnte keinen Augenblick länger warten.

»Clementine . . .«

Sie drehte sich um und schlug ihm mit solcher Wucht ins Gesicht, daß
sein Kopf zur Seite flog. Als sie noch einmal zuschlagen wollte, packte
er sie am Arm.

Sie sahen sich keuchend an, und wieder entstand die glühende Spannung wilder, ungezügelter Leidenschaft.

»Faß mich nicht an!« rief sie und wollte sich losreißen. Da sah er das
Blut. An der Unterseite ihres Arms klaffte eine Wunde. Das Entsetzen
packte ihn mit solcher Wucht, daß er schwankte.

»Du hast doch gesagt, daß er dich nicht gebissen hat!« rief er voll Angst,
aber noch ganz im Bann des ungestillten Verlangens. »Also was ist? Hat
er dich gebissen, ja oder nein?«

»Ich weiß es nicht! Ich weiß es nicht! Warum . . .?« Schaudernd wollte
sie sich von ihm losreißen. »O mein Gott, ich hasse dich!«

Er ließ sie los, aber dann nahm er ihr Gesicht in beide Hände. »Clementine, sieh mich an. Ich muß es dir sagen. Der Wolf hatte die Tollwut!«

Sie schüttelte entsetzt den Kopf. »O nein«, flüsterte sie. »Was soll ich
nur tun?« Er verstand die Frage und auch ihre Angst, aber er wußte,
beides hatte nichts mit dem tollwütigen Wolf zu tun.

Er hob sie hoch und nahm sie auf die Arme. Sie wehrte sich gegen ihn,
aber er sagte leise: »Beweg dich nicht, ich bringe dich zur Hütte zurück.«

Ihr Kopf lag still an seinem Hals, als er mit ihr durch das Wasser watete
und zum Pferd ging.

Gus hatte gerade begonnen, die erste Seite des Gebälks mit Brettern zu
vernageln, als sie am Waldrand erschienen. Er ließ den Hammer fallen
und lief unsicher über das frisch gemähte Heu auf sie zu.

»Clementine!« Gus blieb atemlos vor ihnen stehen. Er sah das Blut an
ihrem Arm und wurde leichenblaß. »Zach, was ist . . .?«

»Ein tollwütiger Wolf hat sie am Fluß angefallen«, erwiderte Zach und

ritt an seinem Bruder vorbei. Er brachte es nicht über sich, Gus in die
Augen zu sehen, während seine Frau vor ihm im Sattel saß und sich
vertrauensvoll an ihn lehnte.

Er trug Clementine in die Hütte und legte sie auf das Sofa. Gus blieb in
der Tür stehen. »Glaubst du wirklich, er hat sie gebissen?«

»Nein, ich bin mir nicht sicher.«

Zach hatte sie heftig in das Wasser gestoßen und mehrmals untergetaucht. Die Wunde war tief und gezackt und konnte von einem scharfen
Stein oder einem Ast stammen . . . oder von Zähnen.

Er wollte nach dem Messer greifen, als ihm einfiel, daß es noch in dem
Wolf steckte. Er drehte sich um. »Gus, gib mir deinen Dolch.«

Zach mußte durch den Raum gehen und Gus das Messer aus der
Scheide ziehen. Sein Bruder starrte ihn mit glasigen Augen an. In sei-
nem Kopf lief er bereits vor der Gefahr davon. Das hatte Gus schon als
Junge getan.

»Der Wolf kann keine Tollwut gehabt haben, Zach. Du hast gesagt, er
hat euch am Fluß angegriffen. Tollwütige Tiere meiden das Wasser.«

»Dieser Wolf nicht. Er ist über den Fluß gekommen, um uns anzugreifen.«

»Ich reite nach Deer Lodge und hole vorsichtshalber den Doktor.« Gus
blieb jedoch hilflos stehen. »Ich meine, er hatte wahrscheinlich nicht die
Tollwut, denn tollwütige Tiere haben Angst vor Wasser. Und du hast
auch gesagt, daß du nicht sicher bist, ob er sie gebissen hat.«

Zach preßte die Lippen zusammen und schwieg. Er sagte nicht, daß kein
Arzt ihr helfen konnte. Er öffnete mit dem Schürhaken die Herdklappe
und kauerte sich davor. Dann warf er Holz auf das Feuer. Als die Flammen hochschlugen, hielt er die Messerklinge ins Feuer.

Zwei Tage bis nach Deer Lodge, zwei Tage zurück . . . und der Knochenflicker dort war ohnehin so gut wie nutzlos. Die meiste Zeit lag er
stockbetrunken im Bett. Es würde einen ganzen Tag dauern, um ihn
soweit auszunüchtern, daß er wieder einen klaren Gedanken fassen
konnte.

»Ich weiß, was die Indianer in solchen Fällen tun«, sagte er. »Sie brennen die infizierte Wunde mit einem rotglühenden Eisen aus.«

Er warf einen Blick über die Schulter. Clementine lag auf dem Sofa. So,
wie sie aussah, hätte sie sich ebensogut nach der Hitze draußen einfach

nur ausruhen können. Aber die gerunzelte Stirn und die schmalen Lippen verrieten ihre Spannung. Gus stand noch immer in der Tür und verlagerte das Gewicht von einem Fuß auf den anderen.

»Gus«, sagte Zach. »Du mußt mir ...«

»Nein!« Gus wich zurück und schüttelte den Kopf. »Nein, nein, das kann ich nicht ...«

»Sie ist deine Frau, Bruder.«

Es klang, als müßte sich Gus übergeben. Er drehte sich um und lief davon.

Clementine blickte Zach ruhig und klar an. »Du mußt es an seiner Stelle tun«, sagte sie.

Er hielt das Messer tiefer in die Flammen. Seine Hand zitterte. Ein Augenblick des Schweigens verging. Draußen hörten sie einen lauten Hammerschlag, dann war bis auf das Knistern des brennenden Holzes wieder alles still.

»Mr. Rafferty, erzähl mir nicht, daß es nicht unerträglich weh tut, sondern nur die Haare und ein bißchen Haut versengen wird.«

Er schüttelte den Kopf, brachte aber kein Wort über die zusammengepreßten Lippen. Er reichte ihr einen vollen Becher Whiskey.

»Ich weiß wirklich nicht, ob ich es wagen kann, das Teufelszeug über meine damenhaften Lippen zu bringen«, sagte sie und sah ihn mit großen, glänzenden Augen an.

»Trink das!« Seine Stimme klang gepreßt. »Weiß Gott, es tut mir leid.«

Er legte ihr die Hand unter das Kinn und sah sie ernst an.

»Das Messer, Boston, das Messer wird heiß genug sein, um Leder zu verbrennen. Ich werde es in die Wunde drücken, bis zehn zählen und dann noch einmal bis zehn zählen. Die Schmerzen werden größer sein als beim Einbrennen, schlimmer, als man es sich überhaupt vorstellen kann.«

Ihre Lippen zitterten, und sie schluckte krampfhaft. »Manchmal«, flüsterte sie, »glaube ich, daß ich dich hassen muß ... so wie jetzt. Aber du bist immer wirklich ehrlich zu mir gewesen. Das darf sich niemals ändern.«

Seine Finger fuhren ihr zärtlich über den Nacken. Er lächelte sie an, und ohne daß es ihm bewußt wurde, lächelte er liebevoll und gequält.

»Trink, dann wirst du mich noch mehr hassen, denn ich muß dir den Arm festbinden, bevor ich die Wunde ausbrenne.«

Sie schluckte noch einmal. »O . . . ja, natürlich.«

Als er das Messer aus dem Feuer nahm, glühte es weiß. Sie beobachtete ihn mit dunklen und von Alkohol und Angst verschwommenen Augen. Er tat genau das, was er ihr beschrieben hatte. Er drückte das glühend-heiße Messer tief in die Wunde und hielt es dort, während das Fleisch zischte und ihr Arm trotz der Fessel zuckte. Er wartete darauf, daß sie schreien würde, und mußte selbst einen Aufschrei unterdrücken, der ihm in der Kehle saß. Aber sie gab keinen Laut von sich, sondern atmete nur stoßweise durch die Nase ein und aus. Erst als er ihr den Arm losband, verlor sie das Bewußtsein. Inzwischen zitterte er so heftig, daß es ihm kaum gelang, den Knoten zu lösen.

Er brauchte lange, um die Wunde zu verbinden, denn sein Zittern wollte nicht aufhören, und er konnte den Blick nicht von dem bleichen, leblosen Gesicht wenden. Als er den Verband angelegt hatte, nahm er sie auf die Arme und trug sie in das Schlafzimmer. Er legte sie behutsam auf das Bett.

Vorsichtig schob er eine Haarsträhne zur Seite, die auf ihren blonden Wimpern lag. Dann wich er zurück, bis er an der Wand stand.

Die Luft verursachte ihm Schmerzen auf der Haut. Jeder Herzschlag hämmerte qualvoll in seiner Brust. Er sah sie an. Ihre langen Haare breiteten sich wie ein strahlender Fächer über das Kopfkissen. Beim Anblick der sanften, kindlich unschuldigen Rundung ihrer Wangen überlief ihn ein kalter Schauer. Sie hatte die weichen, vollen Lippen etwas geöffnet.

Mit angehaltenem Atem glitt sein Blick zu der weißen Stirn. Alles, was er von ihr sah, erschien ihm so vollkommen und unerreichbar, daß er den Verstand zu verlieren glaubte.

Etwas war mit ihm geschehen, seit er auf der kleinen Insel im Fluß ihr Gesicht berührt und sie geküßt hatte. Während er jetzt an der Wand lehnte und nicht mehr zu atmen wagte, wußte er, daß irgendwo in seinem Innersten etwas unwiderruflich aufgebrochen war.

Und draußen stand sein Bruder und hämmerte ohne Unterlaß. Er hämmerte, hämmerte, hämmerte . . .

Das fahle Blau des Abends breitete sich bereits im Zimmer aus, als sie wieder die Augen aufschlug. Ihr Blick sprach von einer anderen Welt, aber er richtete sich kurz auf ihn, bevor er zum Fenster wanderte. Ihre Lippen bewegten sich und hauchten ein einziges Wort. Es klang wie: »Blitz . . .«

Sie bewegte sich nicht, und er glaubte, sie sei wieder eingeschlafen. Noch immer hörte er das Hämmern seines Bruders, obwohl es bestimmt schon zu dunkel war, um noch einen Nagel zu sehen. Er dachte, die Gefahr sei vorüber und er könnte sie allein lassen, aber er blieb unbeweglich stehen.

Der aufgehende Mond warf sein Licht durch das Fenster, und ihr Gesicht schimmerte wie Silber. Die Wunde in ihm wurde größer, blutete heftiger, schmerzte.

O Gott, die Schmerzen . . .

Eine Ewigkeit schien zu vergehen, dann bewegte sie den Kopf und durchbohrte ihn mit ihren Augen.

»Komm zu mir, Zach.«

Die Beine versagten ihm fast den Dienst, als er an das Bett trat. Er beugte sich über sie. Sie hob die Hand, griff nach seinem Hemd und zog ihn tiefer zu sich hinunter. Bebend glaubte er einen Augenblick lang, sie werde ihn küssen, und er war überzeugt, daß sein Herz aufgehört hatte zu schlagen.

Aber sie wollte nur seine Augen sehen. »Wie lange dauert es, bis man tot ist, wenn man sich infiziert hat?«

Er wollte sie berühren, aber es war ihm nicht erlaubt. Als er ihren Namen flüsterte, lag darin seine ganze Qual. »Clementine . . .«

Ihr Griff wurde fester. »Wie lange dauert es?«

»Ich weiß es nicht . . . Tage . . . vielleicht eine Woche.«

»Wenn ich wie der Wolf verrückt werde«, sagte sie, »dann mußt du mich erschießen.«

Sein Atem klang wie ein ersterbendes Röcheln. »Mein Gott, Clementine . . .«

Sie schüttelte den Kopf. »Ich will nicht mit Schaum vor dem Mund und tollwütig sterben. Zach! Bitte . . . gib mir die Gnade, erschieße mich wie die Schlange.«

Für jemanden, den ich liebe, kann ich das tun, dachte er.

Der alte Hund mit dem hellen Fell kam nicht zurück.

Drei Wochen lang ritt Zach Tag für Tag durch die Umgebung, um ihn zu suchen, wenn es die Arbeit auf der Ranch erlaubte. Er nahm dabei immer seine Winchester mit.

Clementine wußte es genau, als er den Hund gefunden hatte. Eines Nachmittags beobachtete sie vom Schlafzimmerfenster, wie Zach auf den Hof ritt, und sie sah es an seiner Haltung: Er saß bewegungslos und in sich gekehrt auf dem Hengst.

Beim Absitzen kam das kleine verwaiste Kalb herbeigelaufen, aber er verscheuchte es. Gus sprach ständig davon, daß dieses mutterlose Kalb im Herbst geschlachtet werden sollte. Es war eine Art Prüfung, die Gus seinem Bruder auferlegte. Es war eine Herausforderung wie die Suche nach Atta, die sich Zach selbst gestellt hatte.

Zach verschwand in der Scheune. Sie wollte nicht mit ihm sprechen.

Im Gegensatz zu Gus hatte Zach nie versucht, sie zu schonen oder zu verwöhnen. Er hatte ihr inzwischen auch gesagt, daß es ein paar Wochen dauern könnte, bis die Tollwut bei ihr ausbrach. Anfangs dachte sie ständig daran. Die Angst saß ihr wie ein würgender Kloß in der Kehle. Aber die Sonne ging auf und unter, die Tage verstrichen. Sie mußte waschen und kochen, das Haus saubermachen und konnte nicht ständig mit dem Gedanken an den drohenden Tod leben.

Der Kuß auf der Insel . . .

Der Gedanke daran war unerträglich, aber noch schlimmer waren die Gefühle, die Zach in ihr ausgelöst hatte. Das wollte sie nicht für den Bruder ihres Mannes empfinden. Der Kuß machte ihr mehr Angst als die Vorstellung zu sterben.

Clementine wollte nicht zu ihm gehen, aber ihre Füße trugen sie wie von selbst über den Hof zur Scheune. Es war ein stürmischer Tag. Dunkle Wolken jagten über den Himmel. Der Wind heulte durch das Tal. Die Pappeln neigten sich stöhnend unter seiner Wucht. Die Wellen im Fluß wurden vom Sturm gepeitscht. Auch in ihr entfachte er eine so wilde Unruhe, daß sie nicht länger daran zweifelte, ein Opfer der Tollwut zu sein.

Durch das offene Tor der Scheune fiel nur wenig Licht. Eine Schwalbe flog dicht an Clementine vorbei zu ihrem Nest im Gebälk. Im Innern war die Luft kühl und feucht. Stroh raschelte, und ein Pferd wieherte leise. Sie hatte sich noch nie bis zum Stall vorgewagt, wo Zach schlief, wenn er auf der Ranch war und nicht bei der Frau im veilchenblauen Kleid und den roten Schuhen.

Im Augenblick stand er vor der Schmiede auf der anderen Seite. Er hatte einen Vorderhuf des grauen Hengstes auf seinen Oberschenkel gelegt und entfernte mit einem Hufkratzer Schlamm und kleine Steine. Unwillkürlich mußte sie an den Tag denken, als sie ihn zum ersten Mal gesehen hatte. Er war halbnackt gewesen. Sein Oberkörper war rot vom getrockneten Blut des neugeborenen Kalbs. Er hatte sich im Hof niedergekauert, seinen Hund hinter den Ohren gekrault und fröhlich wie ein Junge gelacht. Damals hatte sie ihn gehaßt, aber noch mehr als ihn hatte sie den Dreck, die Hütte mit dem undichten Dach und den heißen, unerbittlichen Wind verabscheut. Jetzt tat er ihr leid. Mit einer gewissen Genugtuung dachte sie, daß es ihm nicht gefallen würde, wenn sie ihn bemitleidete.

Clementine blickte auf seinen vorgebeugten Rücken und sah durch das dünne karierte Baumwollhemd die Muskeln. Ihr gefielen die weichen dunklen Locken, die über den Kragen fielen. Ihr gefiel ... wie er war.

»Du hast ihn gefunden«, sagte sie.

Er schwieg so lange, daß sie glaubte, er werde ihr keine Antwort geben. Aber schließlich richtete er sich auf und sah sie an. In seinen Augen lagen weder Trauer noch Schmerz. Sie waren kalt und blickten ausdruckslos und hart. Wenn er etwas empfand, dann waren seine Gefühle so tief vergraben, daß niemand sie entdecken würde.

»Er war inzwischen schon alt und eigentlich völlig nutzlos«, sagte er, und seine Stimme klang ebenfalls gefühllos. »Außerdem war er blind. Ich hätte ihn schon längst töten sollen.«

»Hast du ihn wie die Schlange erschossen?«

Er zuckte gleichgültig mit der Schulter, aber seine Lippen wurden noch etwas schmaler. »Das war ich ihm schuldig.«

Sie holte tief Luft. Es roch nach Heu, Mist und Pferdeschweiß. Sie nickte kurz, drehte sich um und verließ ihn.

Wenn er Atta erschossen hatte, dann würde er auch ihr gegenüber sein Versprechen halten.

Gus tat so, als habe es den Tag am Fluß nie gegeben.

Er redete ständig mit ihr über das Haus. »Es wird zwei Schlafzimmer haben, Clem. Das brauchen wir, wenn die Kinder kommen. Wir können natürlich immer wieder Zimmer anbauen, falls das Dutzend voll werden sollte.«

Auch über die Zukunft der Ranch sprach er gern. »Mir ist gleich, was Zach sagt. Aber wir werden es nie zu was bringen, wenn wir unsere Herde nicht mit erstklassigem Blut aufbessern. Ich lasse mir aus Chicago Züchterkataloge kommen.«

Nur einmal streifte er andeutungsweise das Thema, als er über die Gefahren in der Wildnis von Montana sprach. »Ich kann nicht jede Minute in deiner Nähe sein, Clem. Du wirst deshalb lernen müssen, mit dem Colt zu schießen. Ich möchte, daß du ihn von jetzt an immer dabei hast, wenn du das Haus verläßt.«

Gus schien zu glauben, er müsse nur oft genug über die Zukunft sprechen, damit es eine Zukunft gab.

Aber an dem Tag, als sein Bruder Atta gefunden hatte, verschwand der verträumte Ausdruck von seinem Gesicht.

An diesem Nachmittag beobachtete er sie stumm bei ihren Pflichten, während sie das Essen kochte und anschließend das Geschirr abwusch. Gus schien zu erwarten, daß ihr jeden Augenblick der Schaum vor den Mund trat und sie sich zuckend auf dem Boden wälzen würde.

In der Nacht trommelte der Regen auf dem Grasdach. Es blitzte und donnerte. Clementine wachte irgendwann auf und sah, daß er sich über sie beugte und sie aufmerksam betrachtete. Er war nicht so hart gegen sich wie sein Bruder. Für ihn gab es Gefühle, und es gelang ihm nicht, sie zu verbergen.

Sie legte ihm den Arm um den Hals, zog seinen Kopf zu sich und küßte ihn auf den Mund.

Sie spürte, wie er innerlich bebte. Er berührte seine Lippen, wo noch eben ihr Mund gewesen war.

»Warum hast du mich geküßt?«

»Warum bist du mitten in der Nacht wach und siehst mich an?«

»Was wolltest du mit deinem Kuß erreichen?«

»Vermutlich habe ich die Tollwut und bin verrückt. Jetzt bekommst du es auch. Wir können beide zusammen den Verstand verlieren.«

»Hör auf damit, Clementine.«

Sie legte ihm die Hand auf die Wange. »Du bist mein Mann. Ich liebe dich.«

Ich muß dich lieben. Ich werde dich lieben.

Er senkte den Kopf und drückte sein Gesicht an ihren Hals. Seine Worte wurden von den Haaren gedämpft. »So lange habe ich darauf gewartet, daß du das sagst. Jetzt hast du es gesagt, und ich kann an nichts anderes denken als daran, daß du vielleicht sterben wirst.«

»Ich werde nicht sterben«, erklärte sie voller Überzeugung, denn das glaubte sie wirklich. Der Tod war ihr fremd und weit entrückt.

Ihre Hände glitten über seine breiten Schultern und den starken Rükken. Sie schlang die Arme um seine Hüfte und drückte ihn fest an sich. Dann flüsterte sie ihm leidenschaftlich ins Ohr: »Erzähl mir, wie es sein wird, Gus. Erzähl mir, wie wir die Ranch zu der besten von ganz Montana machen werden. Erzähl mir von dem Haus, das du baust, und sag mir, wie glücklich wir dort leben werden ... du, ich und die vielen Kinder, die wir bekommen. Erzähl es mir noch einmal.«

Sie hielt den Atem an und wartete auf seine Worte. Aber sie hörte nur den Wind und den trommelnden Regen auf dem Dach und das Tropfen der undichten Stellen. Sein Oberkörper weitete sich, als er Luft holte, und sie hörte, wie er mit seinen Worten Träume erschuf. Sie drückte ihn fest an ihr Herz, als könnte sie die Einsamkeit durch die Kraft ihres Willens vertreiben.

»Gus, erzähl mir die Geschichte, du weißt schon ... du reitest durch einen Schneesturm. Im Haus wartet auf dich ein warmes Feuer, das Essen steht auf dem Herd und ...«

»... ich sinke in die Arme einer Frau mit Haaren, die so blond sind wie ein Weizenfeld im August, und die Augen hat wie ein Wald in der Abenddämmerung.«

»Ja ...«

Das Gefährliche an Träumen ist, dachte Clementine, daß sie manchmal in Erfüllung gehen.

Draußen zuckte ein greller Blitz, und er hob den Kopf. Erinnerungen stürmten auf sie ein. Sie sah ihn wieder wie vor vier Monaten, als sie noch eine andere gewesen war. Sein gut geschnittenes Gesicht mit dem kräftigen Kinn, einem großen Mund und einem Schnurrbart, der nicht zu dicht und zu lang war, um sein Lächeln zu verstecken. Und auch diese lachenden Augen, die noch immer so blau wie der Himmel von Montana wirkten.

Ja, sie konnte ihn lieben. Sie würde alles daransetzen. Sie wollte nicht zulassen, daß sie noch einmal an jenen Tag und an die Insel im Fluß dachte.

Zwölftes Kapitel

Clementine hob den Kopf und blickte auf das Grasdach der Hütte. Rosa Phlox hatte sich dort ausgesät und war über Nacht aufgeblüht.

Ein Dach aus Blüten, dachte sie und lächelte.

Der Sturm der letzten Nacht war vorüber, und die Sonne stand an einem unwirklich blauen Himmel. Abgesehen vom Wind würde es ein wundervoller Tag werden.

Clementine war mit einem Korb zur Wiese im Süden der Hütte gegangen, weil dort die Walderdbeeren reif waren. Sie wollte sie pflücken, bevor die Eichelhäher und Spechte alle geerntet hatten. Der süße Saft hatte ihr die Finger, Lippen und die Zunge rot gefärbt. Die Erdbeeren schmeckten so, wie die Blüten auf dem Dach dufteten. Aber ihr war leicht übel, vermutlich, weil sie zu viele frische Beeren gegessen hatte.

Langsam schlenderte sie zur Hütte zurück. Sie hörte Stimmen und blieb vor der Tür stehen. Gus und Zach ritten um diese Zeit meist hinter den Rindern her, die sich im Grenzgebiet der nächsten Ranch befanden.

»Bist du sicher, Zach, daß er die Tollwut hatte? Also, ich meine, du hast ihn nicht nur erschossen, weil er zu...«

»Er hatte Tollwut.«

Gus seufzte. »Was meinst du, müßten sich inzwischen nicht auch bei ihr schon Anzeichen zeigen?«

»Du meine Güte, Bruder, woher soll ich das wissen? Sie war immer schon so verrückt wie Popcorn in der Pfanne.«

Clementine trat bewußt laut über die Schwelle. Die beiden Männer saßen am Tisch und tranken Kaffee. Mit ihr kam der süße Duft von Phlox in den Raum. Gus zuckte zusammen, als er sie plötzlich vor sich sah. Er betrachtete sie aufmerksam, als suche er nach den ersten Anzeichen des drohenden Wahnsinns.

Clementine ging an Zach vorbei und sah ein verräterisches Funkeln in seinen Augen. Da wußte sie, daß er sie schon vor der Hütte bemerkt hatte.

›Sie war immer schon so verrückt wie Popcorn in der Pfanne . . .‹

Es machte Clementine verlegen, wenn er sich über sie lustig machte. Gus tat das sehr selten, und bei ihrem Vater hatte es das nie gegeben. Sein Spott war seltsam intim, und sie wußte nicht, ob ihr das gefiel.

Clementine spürte die Augen der beiden Männer auf sich gerichtet, als sie den Korb mit den Erdbeeren in das Waschbecken stellte. Sie drehte sich schnell um und stemmte die Hände in die Hüften. »Warum starrt ihr mich so an?«

»Ach nur so«, murmelte Gus, blies auf den heißen Kaffee und trank einen Schluck.

»Dein Mund ist ganz rot von den Beeren, Boston«, sagte Zach, aber seine Augen funkelten nicht mehr.

Ein Windstoß ließ die Tür schlagen. Clementine drehte sich wieder um. In diesem Augenblick fiel ein großes matschiges Stück Gras, das der Sturm in der Nacht durchweicht hatte, in den Korb und auf die Erdbeeren.

»Ach verflixt, dieses blöde Dach!« rief Clementine. Als sie diesen zahmen Fluch in ihrer klaren, korrekten Aussprache hörte, hätte sie beinahe laut aufgelacht, denn er klang selbst für sie lächerlich.

Ein Blick über die Schulter zeigte ihr, daß die Männer sie schon wieder anstarrten, aber schnell die Köpfe sinken ließen.

Sie nahm den Korb, bleckte die Zähne und knurrte wie Tante Ettas bissiger Terrier. So ging sie auf die beiden zu. Am Tisch hob sie den Korb hoch und schüttete ihrem Mann die Mischung aus Matsch und Erdbeeren auf den Kopf.

Es entstand ein verblüfftes Schweigen. Erdbeeren und Erde fielen Gus vom Kopf auf die Schultern und dann auf den Tisch. Er sah sie mit aufgerissenen Augen an. Er hätte nicht erschrockener sein können, wenn sie sich tatsächlich in eine tollwütige Bestie verwandelt hätte.

Das Lachen schien aus ihrem Bauch zu kommen. Sie preßte die Lippen zusammen, schlug die Hände vor das Gesicht und sank auf das Sofa. Sie konnte das Lachen nicht mehr unterdrücken. Es brach laut und ungestüm wie Freude und Staunen aus ihr heraus.

Sie lachte und lachte. Sie wiegte sich vor und zurück. Sie hob die Füße und strampelte in die Luft. Ihre Haare lösten sich, ihr Gesicht wurde rot. Ihr Lachen hallte durch die Hütte.

Sie lehnte sich atemlos an die Lehne des Sofas. Mit Tränen in den Augen sah sie ihren Mann an, den Dreck und die Erdbeeren, die ihn schmückten. Sie schlug sich die Hand auf den Mund.

Gus wischte sich ein paar Erdbeeren von der Stirn. »Das finde ich nicht komisch, Clem«, murmelte er.

Sie schnaubte wenig damenhaft und begann wieder zu lachen.

Zach räusperte sich. Er sah sich mit gerunzelter Stirn in der Hütte um und blickte dann auf sie. Gus richtete sich auf. »Clementine, sag mal, bist du . . .«

Prustend vor Lachen sprang sie auf und lief hinaus.

Sie rannte, als seien tausend Teufel hinter ihr her. Noch nie in ihrem Leben war sie so gerannt. Sie hob den Rock und lief so schnell, wie sie nur konnte. Der Wind wehte ihr die Haare aus dem Gesicht, ihre Beine trugen sie immer schneller und schneller, bis sie kaum noch den Boden berührte und beinahe glaubte, darüber hinwegzufliegen.

Sie rannte bis zu ihrem Lieblingsplatz. Als sie die Wiese erreichte, wo das Büffelgras kniehoch stand und die Weiden sich weit über den Fluß neigten, ließ sie sich ins Gras fallen und freute sich über das Lachen. Es schien, als habe sie ihr ganzes Leben lang auf einen Anlaß gewartet, zu lachen. Jetzt lachte sie und konnte nicht mehr aufhören.

Das helle Sonnenlicht zwang sie, die Augen zu schließen. Das Gras schien unter den heißen Strahlen und dem Wind zu zittern und zu beben. Seltsame Gefühle regten sich in ihrem Leib. Sie legte die Hand auf den Bauch. Vielleicht sollte sie jetzt, nachdem sie von der Tollwut verschont geblieben war, Gus sagen, daß sie möglicherweise ein Kind bekommen würden.

Clementine drehte sich um, drückte das Gesicht ins Gras und vergrub die Finger tief in den von Wurzeln durchzogenen Boden. Sie fühlte sich wie das Gras mit der roten Erde von Montana verwachsen. Aber ihre Wurzeln reichten nicht tief genug, konnten herausgerissen werden, wenn sie nicht vorsichtig war. Sie riß ein Grasbüschel aus, wie um sich zu beweisen, daß das Entwurzeln mühelos war. Sie warf das Gras beiseite und drückte das Gesicht auf die nackte Erde. Sie roch die Fruchtbarkeit und spürte die Kühle.

Diese Erde, ja, das ist Montana, dachte sie, von ihren Gefühlen überwältigt.

Clementine haßte alles hier. Montana war zu groß, zu wild und so hart. Manchmal glaubte sie, zermalmt zu werden. Dann wieder . . . wenn sie über die Prärie blickte und sich vorstellte, auf einem Indianerpony über das endlose Grasland zu reiten, immer weiter zu reiten, bis sie am Ende der Welt ihren Schatten eingeholt hatte, wenn sie zum blauen Himmel aufblickte und sich vorstellte, wie ein Adler dort oben zu schweben, die Flügel auszubreiten und sich vom Wind durch das unendliche, leere Blau tragen zu lassen, immer höher und höher zu steigen bis zur Sonne, dann . . . ja, dann liebte sie Montana.

Ihre Finger berührten die feuchte Erde. Sie wollte nicht fliehen, sie suchte Sicherheit und Zugehörigkeit. Sie sehnte sich nach Wurzeln. Sie wollte Kinder, Gus sollte sie lieben. Sie träumte von einem anständigen und ehrbaren Leben.

Sie hoffte auf Frieden in ihrem Herzen.

Sie legte die Hände auf die weiche Erde. Sie haßte Montana, sie hatte Angst vor dem Land, doch sie liebte es leidenschaftlich.

Clementine legte den Kopf ins kühle weiche Gras und schlief ein. Als sie wieder erwachte, hatte sich der Wind gelegt. Die Sonne stand hoch am Himmel und brannte heiß. Sie setzte sich benommen auf, reckte und streckte sich. Die Glieder schmerzten, trotzdem spürte sie wie ein Echo eine seltsame prickelnde Erregung. Sie hatte ihrem Mann die Erdbeeren und den Schlamm auf den Kopf geschüttet, und sie hatte gelacht. Dann war sie davongerannt und hatte den Vormittag verschlafen – das alles war ungehörig. Clementine wußte, sie sollte Schuldgefühle haben, aber statt dessen empfand sie nur Staunen und eine Zufriedenheit wie manchmal, nachdem Gus mit ihr geschlafen hatte.

Langsam ging sie den Weg zurück, den sie vor vielen Stunden entlanggerannt war. Sie glaubte beinahe, die Nadeln der Lärchen auf die Erde fallen zu hören. Die Sonne schien ihren Körper wie Butter zu schmelzen. Als Clementine über den Weidezaun stieg, sah sie im Hof einen leichten, zweirädrigen dunkelblauen Wagen und eine Frau, die mit Gus sprach. Die Frau trug ein rotes Kleid. Es war so rot wie die Walderdbeeren, und ihre Haare erinnerten an altes Kupfer. Die Farbe war so unecht wie ihre Tugend, die schon vor langer Zeit den Glanz der Reinheit verloren hatte.

Clementine beobachtete die beiden einen Augenblick lang in der flimmernden Hitze. Gus hatte sich steif aufgerichtet und die Hände in die Hüften gestemmt. Er war ärgerlich.

Als Clementine sich ihnen näherte, hörte sie ihn fluchen. Hannah Yorke sah sie fragend an.

»Clementine!« rief Gus. »Geh sofort ins Haus . . .«

»Warten Sie, Mrs. McQueen.« Die Frau kam auf sie zu und legte ihr die Hand auf den Arm, ließ sie jedoch sofort wieder fallen, als Clementine sichtlich erstarrte. »Eine der Frauen, die für mich arbeiten . . . ihre kleine Tochter ist gestern an Masern gestorben. Die Frau will uns in ihrer Verzweiflung nicht erlauben, das Kind zu begraben. Ich dachte, wenn Sie ein Photo von der kleinen Patsy machen, dann hat die Frau eine Erinnerung an ihre Tochter. Vielleicht wird ihr das über den Tod hinweghelfen. Ich weiß, es ist eine schreckliche Zumutung und ich . . .« Sie blickte auf Gus und verzog voll Bitterkeit den Mund. »Saphronie ist vielleicht nur eine Hure, wie Sie sagen, Mr. McQueen, aber sie hat ihre Tochter genauso geliebt wie jede gute Mutter.«

»Natürlich werde ich mitkommen«, sagte Clementine. Sie hatte noch nie ein totes Kind photographiert, aber sie wußte, daß das durchaus üblich war. Vor ungefähr zehn Jahren hatte man die Grabsteine mit Photographien der Verstorbenen geschmückt, die auf Blech aufgezogen waren. »Ich muß nur meine Ausrüstung holen.«

Gus stellte sich ihr in den Weg und sah sie wütend an. »Wenn du glaubst, ich würde dich in Begleitung der Hure nach Rainbow Springs fahren lassen, dann hast du dich geirrt.«

»Gus, wie kannst du nur so grausam sein? Eine Frau hat ihr Kind verloren, ihr *Baby*. Wenn ich etwas tun kann, um ihr in ihrem Schmerz zu helfen . . .«

Er packte sie am Arm. »Ich verbiete es dir, Clem!«

Sie hob den Kopf und rief: »Du tust mir weh!«

Er ließ sie los, wiederholte aber noch einmal: »Du wirst nicht nach Rainbow Springs fahren!«

»Doch«, erwiderte sie. »Ich werde mit Mrs. Yorke fahren. Ich werde in ihr Haus gehen und das tote Kind photographieren. Du wirst mich nicht daran hindern.«

Clementine und die Frau mit den roten Schuhen sprachen auf der Fahrt in die Stadt nicht miteinander. Die Schuhe waren Clementine aufgefallen, als Hannah Yorke den Rock hob und in den Wagen stieg. Auch jetzt sah sie die Schuhe, die diese Frau breitbeinig wie ein Mann auf den Boden stellte, während sie den Wagen über die holprige Straße kutschierte. Es waren die Schuhe einer Hure, aber Clementine konnte den Blick nicht von ihnen wenden.

Mrs. Yorke fuhr bis zum Gartentor ihres Hauses, das mit dem gedrechselten Verandageländer und den Schnitzereien ganz bestimmt das schönste Haus im ganzen Regenbogenland war. Sie half Clementine wortlos beim Tragen der Ausrüstung, machte sie jedoch auf die Treppenstufen aufmerksam, damit sie nicht stolperte.

Clementine blieb auf der Veranda stehen und bestaunte das schöne Haus. In einem großen Schaukelstuhl aus Rattan lagen hübsche, blau geblümte Kissen. Über der Eingangstür zog eine bleiverglaste Lampe mit blauem, rotem, gelbem und grünem Glas, die alle Farben des Regenbogens auf das weiß gestrichene Holz warf, die Aufmerksamkeit auf sich. An den Fenstern hingen dünne Spitzenvorhänge, und die Scheiben schmückten gepreßte Farnzweige. Clementine staunte über Hannah Yorkes Reichtum und folgte ihr zögernd in das Haus der Sünde.

Im Innern war es kühl, und es duftete aufdringlich nach Maiglöckchenparfüm. Ein grüner Glasperlenvorhang versperrte kaum den Blick in das Wohnzimmer. Clementine sah schwere weinrote Samtvorhänge mit Fransenvolants, ein mit Goldbrokat bezogenes Sofa, das eine medaillonförmige Lehne hatte, und einen Teppich mit Blattmuster. Sie folgte Mrs. Yorke nach oben. Der Flur im ersten Stock war mit rotem Flockpapier tapeziert und wurde von zwei Öllampen mit Fransenschirmen nur schwach erleuchtet. Clementine mußte unwillkürlich an andere Häuser mit anderen Menschen denken, die sie aus einem anderen Leben kannte. Das alles erinnerte sie an die Annehmlichkeiten und an den Luxus, vor dem sie geflohen war, ohne ganz zu begreifen, was sie damit alles aufgab.

Sie kamen an Zimmern mit geschlossenen Türen und blitzenden Glasgriffen vorbei. Das Haus war viel zu groß für eine alleinstehende Frau. Nun ja, Mrs. Yorke wohnte nicht immer allein hier. Clementine versuchte, sich Zach in diesem Haus vorzustellen. Zach war ihr selbst für die einfache Hütte zu wild und unzivilisiert erschienen.

Unwillkürlich dachte Clementine daran, wie er mit dieser Frau nackt in einem Bett lag. Eine Hitzewelle überflutete sie, und wieder einmal wurde ihr der eigene Körper seltsam bewußt. Sie spürte, wie sich beim Gehen ihre Schenkel berührten und wie sich die Brüste unter der Kleidung spannten. In ihrem Leib geriet etwas in Bewegung wie ein stiller See, dessen Oberfläche sich plötzlich unter einem heftigen Windstoß kräuselt.

»Sie ist dort drin«, sagte Mrs. Yorke, und Clementine zuckte zusammen. Sie wurde rot, denn sie glaubte, ihre sündigen Gedanken wären ihr an der Nasenspitze abzulesen – vor allem von dieser Frau, die die Sünde verkörperte.

Sie betraten ein kleines Schlafzimmer. Es roch nach Kampfer und Hirschhornsalz. Dahinter lag jedoch unverkennbar der erstickend süßliche Geruch des Todes.

Das Kind lag unter einer bunten, mit Blumenkörben bestickten Steppdecke auf einem einfachen Eisenbett. Der kleine goldblonde Kopf hinterließ auf dem Spitzenkissen kaum einen Abdruck. Bis auf das Ticken einer Standuhr und das leise Geräusch eines Schaukelstuhls, dessen Kufen unermüdlich auf dem Holzboden hin- und herwippten, war es still.

Mrs. Yorke kniete sich vor die Frau im Schaukelstuhl und legte ihr hilflos die Hand auf das Knie. Die Frau hatte die Hände vor das Gesicht geschlagen. »Saphronie, ich bin mit Mrs. McQueen gekommen. Sie hat sich freundlicherweise bereit erklärt, ein Photo von der kleinen Patsy zu machen.«

Die Frau stieß ein unterdrücktes Schluchzen aus. Clementine drehte sich, von Mitleid erfaßt, zur Seite und betrachtete das tote Kind auf dem Bett.

Sonnenstrahlen fielen durch die dünnen Spitzenvorhänge und brachen sich an der roten Glaslampe auf dem kleinen Nachttisch neben dem Bett. Das Licht warf einen rosa Schimmer auf die blassen Wangen. Patsy war ein hübsches Mädchen. Es schien einfach nicht möglich, daß die Kleine wirklich tot sein sollte.

Clementine wurde plötzlich schwindlig, und sie spürte dieselbe Übelkeit wie nach den Erdbeeren. Das alles hier machte ihr mehr zu schaffen, als sie für möglich gehalten hätte. Sie hatte nicht geahnt und sich nicht vorstellen können, wie es sein würde. Der Kummer der Frau über den

Verlust, den Hannah Yorke ihr auf der Ranch schilderte, hatte ihr Mitgefühl geweckt, aber nur auf eine sehr abstrakte Weise, so wie man reagiert, wenn man vom Unglück eines Fremden hört. Jetzt spürte sie den Schmerz der Frau beinahe so deutlich, als sei es ihr eigener.

Wie kann sie das ertragen, dachte Clementine beklommen. Wie kann eine Frau überhaupt den Tod ihres Kindes ertragen?

Sie holte tief und langsam Luft. Sie konzentrierte sich auf die Aufgabe, die sie hierhergeführt hatte, und sah sich aufmerksam um. Wenn man die Vorhänge zurückzog, fiel genug Licht durch die beiden großen Fenster, und sie mußte keinen Magnesiumdraht abbrennen, der ein flaches und kaltes Bild ergeben würde. Clementine wollte eine zarte und weiche Aufnahme, damit das Kind eher lebendig und schlafend wirkte.

Mit gebrochener, unsicherer Stimme begann die Frau, ein Kinderlied zu singen.

Clementine drehte sich erstaunt um und hätte vor Schreck beinahe laut aufgeschrien. Die Frau hatte die Hände vom Gesicht genommen und hielt den Kopf hoch. Ihr Gesicht . . . ihr Gesicht war von Tätowierungen schrecklich entstellt. Dunkelblaue Tränen schienen ihr über den Mund und das Kinn zu laufen.

Die Frau schaukelte, sang und weinte. Hannah Yorke stand auf und trat neben Clementine. »Brauchen Sie Hilfe?«

Clementine blinzelte und mußte mehrmals schlucken, ehe sie tonlos erwiderte: »Nein, nein danke. Ich brauche keine Hilfe.«

O wie schrecklich, dachte sie, das entstellte Gesicht, die arme, arme Frau . . .

Sie mußte sich zwingen, die Frau nicht unhöflich anzustarren. »Ich werde das Photo auf Blech aufziehen. Dann kann sie es auf dem Grabstein befestigen«, sagte Clementine zu Mrs. Yorke und begann, die Kamera aufzubauen und das kleine Zelt, das ihr die Dunkelkammer ersetzte. Die Frau schien sie nicht zu sehen. Sie schaukelte und sang, schaukelte und sang.

»Ich werde ihr auch einen Papierabzug machen, den sie immer bei sich tragen kann . . .« So sehr sie auch dagegen ankämpfte, die Frage kam ihr wie von selbst über die Lippen. »Du meine Güte, was ist denn mit ihrem Gesicht geschehen?«

»Das haben Indianer getan.«

Clementine zuckte heftig zusammen.

»Komantschen haben sie als Kind aus einem Planwagen geraubt und an die Mohawen verkauft. Die Mohawen tätowieren ihre Mädchen am Kinn und an den Armen. Sie ritzen die Haut mit spitzen Knochen und reiben Farbe in die Wunden. Tätowierungen gelten bei ihnen als Zeichen von Schönheit.« Sie legte den Kopf schief und sah Clementine aufmerksam an, als zögere sie, noch mehr zu sagen. Die Frau schaukelte und sang unbeeindruckt weiter. Hannah senkte die Stimme und flüsterte: »Die Komantschen sind mit ihr ›über die Prärie gezogen‹, wie sie das nennen, und haben sie erst danach verkauft. Ich denke, auch eine Dame wie Sie wird erraten, was das heißt.«

Clementine nickte. O ja, das konnte sie sich gut vorstellen.

»Ein Mohawe hat sie als seine Squaw zu sich genommen. Als unsere Soldaten sie befreiten, haben sie ihn und das Kind umgebracht, das sie von dem Indianer hatte. Leider liebte sie den Mann inzwischen, auch wenn er ein Mohawe war, und das Kind natürlich auch. Als sie zurückkam und ihre Verwandten das Gesicht sahen und erfuhren, was ihr widerfahren war, wollte die Familie nichts mehr mit ihr zu tun haben.«

»Aber das war doch alles nicht ihre Schuld«, erwiderte Clementine und blickte unwillkürlich wieder auf die Frau und das entstellte Gesicht, das durch den Kummer und die Trauer noch maskenhafter wirkte. Die Soldaten hatten ihr erstes Kind getötet, und jetzt hatte sie ihr Töchterchen wieder verloren. Es schien ungerecht, daß eine Frau solche Tragödien erleben mußte.

»Die Frage nach der Schuld ändert nichts an dem, was ist«, sagte Mrs. Yorke ruhig, als hätte sie Clementines Gedanken erraten. »Jede Frau, die freiwillig oder auch nicht freiwillig mit einem Indianer schläft, gilt danach als Hure. Kein Weißer wird sie heiraten, niemand wird ihr eine Stelle geben. Sie darf weder Hüte verkaufen noch als Serviererin in einem Gasthaus ihren Lebensunterhalt verdienen. Sehen Sie Saphronie an und sagen Sie mir, wie sich das ändern läßt.«

Clementine blickte nicht länger auf die Frau mit dem entstellten Gesicht und dem tragischen Leben; sie sah Hannah Yorke an.

Die gepuderten Wangen waren gerötet. Mrs. Yorke schüttelte den Kopf und hob mit Nachdruck den Zeigefinger. »O nein! Kommen Sie mir nicht mit Gefühlen, die ich nicht habe. Ich bin weder ihre Wohltäterin noch die eines anderen Menschen. Saphronie erledigt die Dreckarbeiten, die keiner machen will. Und ich bekomme jedesmal, wenn sie mein Hinterzimmer benutzt, einen von den drei Dollar, die ihr das einbringt. Was immer sie gewesen sein mag, als sie die Indianer verließ – heute ist sie einfach eine Hure, und niemand fragt nach den Gründen. So, und ich denke, jetzt wissen Sie auch, was ich bin.«

»Ich weiß, was Sie sind, Mrs. Yorke«, sagte Clementine.

Sie erwiderte Hannahs zornigen Blick, aber dann ließ sie den Kopf sinken und zog langsam die weichen, hellen Ziegenlederhandschuhe aus – Handschuhe, mit denen sie die Narben verdeckte, die vom Rohrstock ihres Vaters stammten. Er hatte ihr auf die Finger geschlagen, weil sie Bildkarten betrachtet hatte. Wenn er sie jetzt in diesem Haus der Sünde sehen würde, wenn er wüßte, daß sie mit einer gefallenen Frau über Dinge wie ein ›Hinterzimmer‹ sprach, über etwas, von dem sie überhaupt nichts wissen sollte, dann wäre sie für ihn für immer und ewig der Verdammnis anheimgefallen.

Ihre Mutter hatte Clementine darüber aufgeklärt, wie ein Mädchen seine Tugend beflecken konnte. ›Wenn du mit einem jungen Mann sprichst, den deine Familie nicht kennt, wenn du sein Lächeln erwiderst und seine Küsse, dann . . .‹

›Wenn ein Mädchen seine Tugend verliert, dann ist das so wie mit Teer. Auch wenn sie nur die Fußspitze in die schwarze, weiche Masse taucht, bleibt sie darin hängen. Es gibt kein Zurück mehr. Sie ist für alle Zeiten besudelt.‹

Clementine hatte deshalb immer geglaubt, Frauen würden zu Huren und in Schande geraten, weil die Sünde in ihnen sie dazu trieb und ihnen das sinnliche Verlangen der Männer gefiel.

›Schütze mich, o Herr, vor der Fleischeslust der Sündigen!‹

Aber Saphronie mit dem schrecklich entstellten Gesicht hatte nicht gesündigt. Man hatte sich an ihr vergangen. Und wie war das mit Hannah Yorke und den roten Schuhen? Welcher ›Teer‹ hatte sie befleckt und so tief sinken lassen, daß sie zur Befriedigung der Männer ihr Hinterzimmer vermietete?

Clementine sah die beiden Frauen an – Saphronie hatte wieder die Hände vor das Gesicht geschlagen, Hannah kniete neben dem Schaukelstuhl und legte der weinenden Frau tröstend die Hand auf den Rücken – und spürte, wie etwas endgültig von ihr abfiel. In diesem Augenblick verlor sie ihre Jugend und ihre Unschuld.

Sie ballte die Hände zu Fäusten und drückte die Finger auf die Narben. Sie rebellierte gegen die Tragödie, auf die sie hier gestoßen war. Ihr Zorn galt Männern wie ihrem Vater, die so etwas erst ermöglichten. Clementine konnte sich sehr gut vorstellen, wie Reverend Theodore Kennicutt hoch oben auf seiner Kanzel stand und mit dem ehrbaren Finger auf Saphronie deutete. Er bezeichnete sie als Hure, weil sie mit einem Indianer ein Kind hatte, und verurteilte sie damit zu einem Leben im Bordell, wo sie fremden Männern ihren Körper verkaufen mußte. Aber Clementines Zorn galt auch Männern wie Zach, die ihre Lust mit Frauen in diesen Häusern befriedigten, ohne auch nur einen Gedanken an die Seelen und Herzen in den weiblichen Körpern zu verschwenden, die ihr Verlangen weckten.

Ihr Zorn galt den tugendhaften Frauen, zu denen sie gehörte, die ihresgleichen für etwas verurteilten, das Männer den Frauen antaten.

»Brauchen Sie wirklich keine Hilfe?«

Clementine sah in Hannah Yorkes Gesicht die Erschöpfung einer schlaflosen Nacht voller Tränen. Diese Frau war erwachsen. Bestimmt hatte auch sie einen Mann geliebt und verloren. Sie hatte die Gebote Gottes und die Gesetze der Menschen übertreten. Jetzt mußte sie lebenslänglich dafür bezahlen. Diese Frau schämte sich für das, was sie war, und verteidigte doch stolz die Stellung, die sie sich erarbeitet hatte. Hannah Yorke unterschied sich in nichts von jeder anderen Frau, auch nicht von ihr, der tugendhaften Dame aus Boston.

Saphronie hatte aufgehört zu singen. Das Ticken der Standuhr schlug den Takt zu der lastenden Stille. Clementine dachte: die Tragödien der Menschen hüllen sich in das Schweigen, das niemand hören will.

Erst als Clementine auf der Veranda das Entwickeln der Photos vorbereitete, sprachen die beiden Frauen wieder miteinander.

Clementine nahm bereits das empfindliche Papier und befestigte es auf der belichteten Platte. Sie hatte den Belichtungsrahmen direkt in die Sonne gestellt. »Es wird bei dem hellen Licht wohl kaum eine halbe Stunde dauern, bis wir ein Bild haben«, sagte sie. Da sie vor dem Rahmen kniete, mußte sie den Kopf verdrehen, um Hannah anzusehen. Clementine lächelte verlegen. »Vermutlich werden Sie es kaum glauben, aber ich habe wirklich Erfahrung darin.«

Hannahs Mund wirkte verkniffen. »Daran zweifle ich nicht. Sie sind vielleicht naiv, aber dumm sind Sie bestimmt nicht! Ich frage mich nur, warum eine echte Dame, eine kluge junge Dame ihrem Mann die Stirn bietet und ihren Ruf aufs Spiel setzt, nur um einer unwürdigen Hure die Trauer zu erleichtern.«

»Sie haben mich darum gebeten.«

»Sie hätten mir ins Gesicht spucken können. Sie hätten es tun sollen! Ihr Gus hat es gewissermaßen getan.«

Clementine blickte zu dem Fenster hinauf, hinter dem Kinderliedchen gesungen wurden und herzzerreißendes Schluchzen den Tod nicht besiegen konnte. »Die arme Frau dort oben . . . ist nicht nur eine . . .« Sie brachte das vulgäre Wort nicht über die Lippen, auch wenn Hannah Yorke es ständig im Mund führte, und blickte auf den großen Holzrahmen. Sie wurde rot und sagte tonlos: »Sie ist eine Mutter. Welche Sünden Sie beide auch begangen haben, Sie sind Frauen wie ich.«

Nein, das klang aus ihrem Mund falsch. Es klang selbstgerecht, wenn sie in dieser Art über ›Sünde‹ sprach. Sie wollte schnell etwas erklärend hinzufügen, aber dann sah sie zu ihrem Kummer, daß in Hannah Yorkes Augen Tränen standen.

Clementine stand auf. »Mrs. Yorke, bitte, ich wollte nicht . . .«

Hannah wich vor ihr zurück. Die Tränen liefen ihr über die Wangen. Sie preßte die Hand auf den Mund, drehte sich um und lief so schnell über den Dielenboden, daß ihre Absätze wie Kastagnetten klapperten. An der Tür blieb sie stehen und sagte über die Schulter: »Kommen Sie ins Haus, wenn Sie hier draußen fertig sind? Ich möchte Ihnen eine Erfrischung anbieten, während das . . .« Sie hob hilflos die Schultern und wartete auf ihre Antwort.

Clementine dachte an Teer, an die Narben auf ihren Händen, an den Preis, den Frauen bezahlen mußten, wenn sie sich über die Regeln des Anstands hinwegsetzten und wenn sie die Gesetze Gottes und der Männer mißachteten, die sich diese Gesetze ausdenken durften, und hob den Kopf. »Ich würde sehr gerne etwas Kühles trinken, Mrs. Yorke.«

Hannah schnitt zwei Stück Apfelkuchen ab. Sie würde beim besten Willen keinen einzigen Bissen hunterbringen, denn ihr Magen war wie zugeschnürt. Ihre Hände zitterten, während sie die Limonade aus Zitronenpulver umrührte.

Als sie das Wohnzimmer betrat, waren ihre Schritte so unsicher wie die eines neugeborenen Fohlens. Sie fand den Raum plötzlich häßlich und überladen mit Gipsbüsten, Kissen, Nippes und Vasen. Als sie das Haus übernommen hatte, hingen an den Wänden noch aufreizende Bilder, und auf einer Tafel stand in großen Buchstaben:

›Wenn du es einfach willst, Cowboy, kostet es drei Dollar! Wenn du es auf französisch lieber hast, dann zahlst du fünf Dollar!‹

Hannah glaubte noch immer, den sauren Geruch nach Whiskey zu riechen, die ungespülten Spucknäpfe und den Schweiß der Männer. Sie konnte noch soviel Duftgras verbrennen, im Salon des früheren Bordells roch es immer noch nach den alten Sünden.

Clementine saß auf dem Goldbrokatsofa und blickte auf das große Bärenfell, das vor dem vernickelten Ofen lag. Als Hannah ins Zimmer kam, hob sie den Kopf und sah sie unsicher lächelnd an. Es war ein heißer Tag, und sie hatte das förmliche schwarze Kleid bis unter das Kinn zugeknöpft, aber trotzdem wirkte sie taufrisch wie eisgekühltes Sodawasser. Ihre tadellose Haltung und die selbstverständliche Höflichkeit machten sie wieder zu der ehrbaren Dame aus Boston, die sie war. Sie hatte schon als kleines Mädchen gelernt, daß man beim Tee Hut und Handschuhe anbehielt, nie den Löffel in der Tasse ließ, zu welcher Stunde ein Höflichkeitsbesuch abgestattet wurde und wie man eine Einladung in makelloser Schönschrift beantwortete. Hannah Yorke dagegen hatte mit zwölf ihre ersten Schuhe bekommen, und von Hut und Handschuhen war damals noch lange nicht die Rede gewesen.

Hannah stellte das Tablett mit den Limonadengläsern und dem Kuchen auf einen ovalen Mahagonitisch. Eines der Gläser schwankte, und die prickelnde Zitronensäure stieg ihr in die Nase. Sie drückte einen Finger gegen den Nasenflügel, um nicht niesen zu müssen, und schnaubte statt dessen laut. »Entschuldigen Sie«, murmelte Hannah und reichte Clementine die Limonade mit einer Serviette. »Sie ist leider nicht aus richtigen Zitronen...« Hannah nahm ihr gegenüber Platz und wünschte sich insgeheim ans andere Ende der Welt.

Clementine entfaltete die Serviette und breitete sie auf ihren Schoß. Bewundernd fuhr sie mit dem Finger über die feinen irischen Stickereien. »Wie hübsch. Haben Sie das gemacht?«

»Ach du meine Güte«, erwiderte Hannah viel zu laut. »Ich wüßte nicht einmal, wie man eine Nadel halten muß.«

Clementine hob das Glas an die Lippen und trank einen kleinen Schluck. »Mrs. Yorke . . .«

Hannah beugte sich vor und machte eine wegwerfende Handbewegung. Dabei stieß sie beinahe ihr Glas um. »Sagen Sie doch einfach Hannah zu mir. Das ganze Getue mit der ›Mrs.‹ ist doch nur eine Lüge. Na ja, einmal hätte ich beinahe geheiratet, aber jemand hatte mich leider nicht darüber aufgeklärt, daß man das Heiligtum verschlossen halten muß, bis der Ring am Finger steckt.« Ihr Lachen klang gekünstelt, denn es war eine abgedroschene Geschichte. Jede Hure erzählte sie mehr oder weniger ähnlich. In ihrem Fall entsprach sie zufälligerweise sogar der Wahrheit.

Clementine sah Hannah so aufmerksam an, daß sie sich unter ihrem Blick wie ein zerhackter Wurm wand. »Ich möchte Ihnen eine Frage stellen«, sagte Clementine in ihrer korrekten Aussprache, die Hannah in den Ohren schmerzte, weil ihr Kentucky-Dialekt dann noch abscheulicher klang. »Ich möchte Sie nicht mit dieser gewagten Frage beleidigen, aber ich . . .« Sie verstummte und fuhr sich mit dem Finger unter den hohen Kragen um den Hals. Dann wurde sie rot.

In Clementines Welt sprachen Damen der besseren Gesellschaft nicht von ›Beinen‹, sondern von ›Gliedern‹. Sie vermieden es sogar, einem Klavier ›Beine‹ zuzugestehen. In dieser Welt badeten die Frauen im Unterhemd und schliefen mit ihren Ehemännern, von vielen Lagen Stoff geschützt. Aber es gab keine Anstandsregeln für ein höfliches Gespräch mit einer ehemaligen Hure und Puffmutter.

Hannah hatte Mitleid mit ihr und sagte schnell: »Gus ist nie bei mir gewesen.« Als Clementine sie schockiert ansah, mußte sie laut lachen. »Das wollten Sie also nicht fragen.«

Clementine schüttelte langsam den Kopf. »Ich bin froh, daß Gus und Sie nie . . .« Sie wurde schon wieder rot und ließ den Kopf sinken. »Mrs. Yorke . . . Hannah . . .«

»Wollen Sie wissen, wie ein so hübsches Mädchen wie ich in solche Umstände geraten ist?«

»O nein, das wollte ich nicht wissen . . . Aber ich gebe zu, daß ich mir darüber Gedanken gemacht habe . . .« Hannah sah belustigt, wie Clementine mit den Regeln des Anstands rang, weil ihre ach so menschliche Neugier mehr wissen wollte.

»Bei mir war das keine große Tragödie wie bei Saphronie. Ich habe eben dummerweise auf die verliebten Worte zu vieler Männer gehört. So, was wollen Sie mich fragen, Mrs. McQueen? Hier im Regenbogenland werden Sie feststellen, daß wir den Alkohol unverdünnt trinken, und wenn wir reden, dann mischen wir auch keine Höflichkeiten in unsere Worte.«

Clementine hob den Kopf und sah Hannah in die Augen. »Wie weiß eine Frau, wann sie ein Kind bekommt?«

Ein Kind! Diese Frau hat alles. Sie wurde geboren, um *alles* auf dieser Welt zu haben. Jetzt bekommt sie auch noch ein Kind . . .

Hannahs Eifersucht flammte so heftig und unvermittelt auf, daß sie einen Stich im Herzen spürte. Es verschlug ihr die Stimme, und sie glaubte deutlich zu spüren, wie ihr das Blut aus dem Gesicht wich.

Clementine stellte die Limonade auf den Tisch und machte Anstalten aufzustehen. »Ich weiß natürlich, wie unhöflich es von mir ist, ein so unanständiges Thema anzuschneiden. Aber Sie haben mich gebeten, offen zu sein. Ich dachte nur, daß Sie vielleicht einige Erfahrung mit diesem Zustand haben . . .«

»Gütiger Himmel, erstens führen wir nicht gerade ein ›anständiges‹ Gespräch.« Hannah eilte zum Sofa, nahm Clementine bei den Händen und drückte sie wieder auf den Sitz. Ihr Blick fiel auf die vier Hände. Ihre waren weiß und weich, weil sie sorgfältig darauf achtete, daß sie so blieben. Clementine trug teure Handschuhe. »Ich habe viele dieser ›Zustände‹ erlebt. Meist handelte es sich dabei leider nur um ein anderes Wort für ›Fehltritt‹.«

Clementines Augen wirkten so unschuldig und sehr, sehr jung. »Sie hatten also ein Baby?«

»Ich . . ., ach du meine Güte, nein! Diesen einen Fehler habe ich nie gemacht«, erwiderte Hannah. Das war gelogen. »Aber in meinem Geschäft hatte ich mit vielen Hur . . . Frauen zu tun, denen das passiert ist. Beim Bettler und beim König geschieht im Grunde dasselbe, wenn es darum geht, was in einem Bett passiert und was daraus entsteht, wenn Männer und Frauen, na Sie wissen schon! Sagen Sie mir, wann hatten Sie zum letzten Mal Ihren Fluch, mein Kind?« Als Clementine sie verwirrt anstarrte, lächelte sie freundlich. »Wann hatten Sie zum letzten Mal Ihre Blutungen?«

»Oh . . .«, Clementine wurde zum dritten Mal rot. »Nicht mehr nach dem ersten Mal, als Gus und ich . . . ich meine, seit ich hier bin.«

Hannah lächelte bitter. In der Hütte eines Bergmanns gab es keine Privatsphäre. Hannah Yorke war keusch, aber nicht unwissend herangewachsen. In den Nächten war sie aufgewacht, weil der dünne Vorhang vor dem Bett der Eltern die Geräusche nicht dämpfte, wenn sie miteinander schliefen. Hannah hatte ihrer Mutter bei der Geburt von zwei toten Kindern geholfen, und ein kleiner Bruder lebte kaum ein Jahr, bevor er starb. An Hochzeiten, Geburten und Beerdigungen kamen die Frauen aus der Nachbarschaft zusammen. Hannah hatte ihrer Mutter immer beim Kochen geholfen und mitangehört, wie die Frauen über ihre Männer und ihr Eheleben sprachen, über Schwangerschaften und die Monatsregel ihrer Körper.

»Wenn Sie keine Blutungen mehr hatten, nachdem Sie zum ersten Mal mit Gus ... geschlafen haben, dann sind Sie demnach ... im vierten Monat.« Sie musterte die schlanke Taille von Clementine. »Man müßte eigentlich schon etwas sehen.«

Clementine blickte an sich herunter. »Ich habe schon zugenommen.«

Hannah lachte laut. »Mein Kind, Sie werden noch sehr viel mehr zunehmen, bevor alles vorbei ist. Ihr Leib wird sich aufblähen wie ein toter Frosch.«

Clementine strahlte. »Ach, das macht nichts, denn ich wünsche mir so sehr ein Kind. Aber Mrs. Yorke ... Hannah, woher weiß man es?«

Hannah mußte schlucken, doch sie überwand tapfer ihre Eifersucht. »Wird Ihnen morgens übel, und haben Sie manchmal plötzlich Schwindelanfälle?« Sie lächelte wohlwollend, als Clementine eifrig nickte. »Ihre Brüste müßten weich und die Brustwarzen dunkler werden – so etwa wie Blaubeeren.«

Clementine starrte auf ihr Mieder, als könnte sie durch das Kleid und das Baumwollhemd sehen. Sie legte die Hand auf die Brust und lächelte. »O ja! Das stimmt. Ich dachte, das sei, weil Gus ...« Sie verstummte und wurde zum vierten Mal über und über rot.

Hannah spitzte die Lippen, um nicht zu lachen. »Bald werden Sie weniger angenehme Dinge erleben. Ach, da fällt mir ein ... eine Frau hatte in den ersten sechs Monaten Blähungen, daß es sich anhörte wie bei einer Lokomotive an einer Steigung.«

»Ach du meine Güte!« rief Clementine mit hochrotem Gesicht, aber herzlich lachend. In diesem Augenblick wußte Hannah, daß sie zum ersten Mal in ihrem Leben eine Frau kennengelernt hatte, die sie als Freundin ins Herz schließen konnte.

Aber Clementine ist eine Dame, und ich . . .

»Erzählen Sie mir mehr«, bat Clementine. »Erzählen Sie mir alles.«

Hannahs Dialekt wurde noch ausgeprägter, als sie von den Wehen sprach, vom Platzen der Fruchtblase und dem Stillen eines Babys. Aber sie erzählte nichts von der Hure, die gestorben war, nachdem sie Blausäure getrunken hatte, um abzutreiben. Sie sagte auch nichts von der Opiumsüchtigen, die ein spastisches Kind zur Welt gebracht hatte, und auch nichts von der Kakaobutter und der Borsäure auf ihrem Frisiertisch – ihrem Mittel, um eine Schwangerschaft zu verhindern. Sie hütete sich davor, von ihrem kleinen Jungen zu sprechen, der geboren wurde, als sie so allein und voller Angst gewesen war. Er hatte in einem Bordellzimmer Bekanntschaft mit der Welt gemacht.

Hannah dachte später, daß es auf einen Außenstehenden seltsam gewirkt hätte zu erleben, wie eine Frau aus Montana einer Frau aus Boston die wesentlichen Dinge über Schwangerschaft und Geburt erklärte. Als Hannah ihr alles gesagt hatte, stand Clementine auf und bedankte sich so höflich, als hätte ihr Hannah das Rezept für den Apfelkuchen gegeben.

Sie gingen hinunter auf die Veranda. Das Photo in dem Rahmen war eine violette Fläche, auf der man sonst nichts sah. Aber Clementine verschwand in dem kleinen Zelt, und als sie wieder hervorkam, hielt sie ein Bild in Sepiatönen von Saphronies Tochter in den Händen. Es roch nach Chemikalien und Firnis.

Clementine zog das Photo auf einen Karton mit einem hübschen Blumenornament. Hannah blickte ihr über die Schulter. Die Sonnenstrahlen vergoldeten es wie die Erinnerung.

»Sie war ein hübsches Mädchen«, murmelte Clementine.

»Ja, das war sie . . .«

An das Gesicht ihres Jungen, an sein geliebtes kleines Gesicht konnte sie sich nur noch undeutlich erinnern, aber seinen Geruch würde sie nie vergessen. Es war der Babygeruch nach Milch und Puder und weicher, feuchter Haut.

»Ich hoffe, daß Saphronie uns jetzt erlauben wird, die arme Kleine zu beerdigen.«

Sie hoben beide wie auf Kommando den Kopf. Ein Wagen näherte sich. Gus hielt vor dem Tor. Er schlang die Zügel um die Bremse, sprang herunter, öffnete das Tor und kam entschlossen auf sie zu.

Hannah sah ihn kommen und dachte, sie habe sich in ihm geirrt. Gus McQueen hatte vielleicht seine Vorurteile, aber er war auch fair. Er hatte seiner Frau genug Zeit gelassen für das Photo, bevor er kam, um sie abzuholen.

Er blieb vor den Stufen stehen, stemmte die Hände in die Hüften und sah zu ihnen hinauf. Er war zornig, aber noch etwas anderes zeigte sich auf seinem Gesicht.

Vielleicht ist es Unsicherheit, dachte Hannah. Vielleicht begreift er langsam, daß seine junge Frau nicht ganz so gefügig und formbar ist, wie er es sich wünscht ...

»Bist du fertig, um mit mir nach Hause zu kommen, Clem?«

Sie sah ihn ruhig an. Wenn sie Angst vor ihm hatte, dann zeigte sie es nicht. »Ja, Mr. McQueen. Ich bin fertig.«

Gus half seiner Frau nicht, die Ausrüstung zum Wagen zu tragen. Er ging zurück und wartete auf dem Kutschbock auf sie, als könnte ihn bereits die gefährliche Nähe zu dem ehemaligen Bordell in den Rachen der Sünde ziehen.

»Ich werde Sie nicht noch einmal belästigen«, sagte Hannah, als sich Clementine zum Gehen wandte. »Ihr Gus hat recht. Man sollte Sie nicht in meiner Gesellschaft sehen.«

Clementine verließ mit hoch erhobenem Kopf die Veranda. Ihr Rock strich über den Boden, die Schuhe klapperten.

An den Stufen blieb sie stehen, drehte sich um und sagte: »Mrs. Yorke, wenn ich Sie besuchen möchte, dann werde ich das auch tun.«

Sie zügelte das Pferd und ritt im Schritt weiter. Die Luft, die, wie man sagte, besser als Whiskey schmeckte, füllte ihre Lunge. Nach dem Galopp spürte sie, wie auch bei dem Pferd die Muskeln zitterten und das Blut durch die Adern pulsierte. Auf dem Pferderücken dahinzugaloppieren, war wie ein donnernder Flug über die weite Ebene gewesen.

Clementine folgte der alten Büffelroute, die im Laufe der langen Jahre vom Regen tief ausgewaschen worden war. Sie löste sich aus dem Schatten der Kiefern und erreichte eine Schlucht. Die Sonne schien warm auf ihren Rücken. Ein blökendes Kalb störte die Stille, und dann hörte sie einen Mann leise fluchen.

Die Kiefern und Lärchen warfen lange Schatten über den Eingang der Schlucht. Dort, wo die Sonne nicht hinkam, lag noch Schnee. Der nasse Boden gab unter den Pferdehufen nach.

Zach kniete am Rand einer alten Büffelsuhle und säuberte den Kopf des Kalbs mit seinem Halstuch. Er beschimpfte das Tier, aber er tat es mit einer so freundlichen Stimme, wie Clementine sie an ihm überhaupt nicht kannte. Das Kalb hatte sich offenbar zu weit in den Schlamm vorgewagt, und Zach hatte es gerettet. Wer von den beiden jetzt schmutziger war, konnte man kaum sagen.

Clementine glaubte zunächst, er habe sie nicht bemerkt, aber er wirkte keineswegs überrascht, als sie rief: »Seit wann suhlen sich erwachsene Männer mit Kälbern wie Schweine im Dreck?«

Er stand langsam auf, drehte sich um und wischte sich den Schlamm aus dem Gesicht. Mit seinem tiefen Bariton machte er Musik aus den Worten, als er antwortete: »Das ist aber wirklich herzlos, Boston, so etwas zu sagen. Ich dachte, du hättest mehr Mitgefühl für so ein armes Kalb.«

Sie lachte laut. Der Tag war einfach wundervoll.

Er kam zu ihr und sah sie wachsam und durchdringend an, wie es seine Art war. Er trat so nahe an das Pferd heran, daß ihre Stiefelspitze seinen Oberkörper berührte. Er hob den Kopf, und sie glaubte, er werde lächeln, aber sein Blick fiel auf den Revolver, den Gus ihr gegeben hatte.

»Was willst du denn damit?«

»Mich schützen!«

Er wiegte bedächtig den Kopf. »Du glaubst wohl, wenn dich etwas bedroht, dann kannst du das Schießeisen ziehen und alles und jeden in die Flucht jagen.«

»Ich bin vielleicht nicht in der Lage, den Kopf einer Klapperschlange zu treffen, aber . . .«

»Ich wette, du kannst noch nicht einmal die Wand einer Scheune treffen, auch wenn du den ganzen Tag darauf zielst.«

Manchmal war er wirklich gemein zu ihr. Das heißt, im Grunde war er das immer. Sie war aber auch nicht nett zu ihm. Dann wieder, wie jetzt, machte er sich über sie lustig oder er lächelte sie an. Dabei blitzten seine Augen, und sie vergaß alle Vorsicht.

Clementine lachte, beugte sich vor und zog übermütig an seinem Hut. »Was soll es diesmal sein, ein Wettschießen? Du riskierst ständig Wetten, die du verlierst, und im nächsten Winter bist du pleite.«
»Na, du bist heute morgen ja so übermütig wie ein junges Pferd, das der Hafer sticht, Boston.« Er lächelte und sah sie langsam nickend an. »Willst du dich vielleicht nicht nur über mich lustig machen? Ich möchte dir etwas zeigen, wenn du genug Geduld hast.«
Manchmal ließ er sich von ihr bezaubern, und dann vergaß *er*, vorsichtig zu sein.

Sie ritten schweigend nebeneinander. Man hörte nur das Schnauben der Pferde und das knarrende Leder der Sättel, die unter dem Gewicht der Reiter nachgaben. Der Weg führte durch Pappeln, Kiefern und hohe Lärchen. Die Sonne fiel nur gedämpft durch die Zweige. Schließlich erreichten sie eine hochgelegene Grasebene. Dort blühte gelber Salbei, und es wehte ein heißer Wind.
Clementine spürte, daß er sie ansah, und drehte den Kopf, obwohl sie wußte, es war unklug, sich seinem Blick zu stellen. Seine Augen erinnerten sie an Gewitterwolken im Sommer – dunkel, bedrohlich und unberechenbar.
Schnell blickte sie wieder geradeaus. Manchmal schien er wild und roh, grausam und der Sünde ergeben. Es gab aber auch Zeiten, da überraschte er sie mit seinem heldenhaften Mut und seiner Anständigkeit, so daß sich alles in ihr schmerzlich nach diesem Mann sehnte. Dann wollte sie sein Herz und seine Gedanken kennen. Sie wollte in ihn hineinkriechen und die Welt mit seinen Augen sehen. Er nahm sie gefangen und beschäftigte sie wie ein Traum, der beim Erwachen Ruhelosigkeit und Enttäuschung hinterläßt, so daß man wieder einschlafen möchte, um weiterzuträumen.
Sie merkte im ersten Augenblick nicht, daß er anhielt und aus dem Sattel sprang. Er kam zu ihr und faßte beim Absitzen mit beiden Händen um ihre Hüfte.
Der Druck seiner Hände, sein Bein an ihrem Rock, die Nähe seines Gesichts, sein Mund . . . die Gefahr nahm zu.
Obwohl die Sonne heiß auf das vertrocknete Präriegras schien, lief ihr ein Schauer über den Rücken.
Mitten im endlosen Grasmeer stand eine riesige Lärche. Wie ein Weih-

nachtsbaum war sie mit Ketten, Bärenklauen, roten Stoffstreifen, seltsam geformten Steinen und Knochen behängt.

»Auf dieser Ebene haben die Indianer gejagt«, sagte er. »Und das ist ein heiliger Baum. Die Indianer machten dem Großen Geist Geschenke, damit er ihnen viel Wild gab und ihre Pfeile die Beute trafen.«

Clementine fühlte sich zu dem majestätischen Baum hingezogen. Als sie unter den ausladenden Zweigen stand und den Kopf hob, war es wie unter der hoch gewölbten Decke in der Kirche ihres Vaters – ein stiller, zum Himmel strebender und endloser Raum. Aber hier fühlte sie wirklich etwas Besonderes, eine uralte Kraft, die Schutz gewährte und Geborgenheit schenkte.

Jemand hatte den Baum jedoch entweiht. Auf dem Stamm hatte sich ein Mann namens ›Timory‹ im Jahr 1869 mit einem Messer und Teer verewigt.

Sie kniete nieder und legte die Hand auf das häßliche Schandmal. »Ich muß mit meiner Ausrüstung wieder hierherkommen«, sagte sie. »Aber ich werde den Baum so photographieren, daß man dies hier nicht sieht.«

»Warum? Dieser Baum gehört nicht mehr den Indianern, sondern den Weißen, wie das Land, auf dem er steht. Wenn du das nicht zeigst, Boston, dann lügst du.«

Sie sah ihn überrascht an und staunte darüber, daß er soviel von Photographie verstand. Es machte sie unsicher, denn es wäre sehr viel einfacher gewesen, in ihm nur den rücksichtslosen und gefühllosen Mann zu sehen, für den es keine Gesetze gab und der mutwillig sündigt.

Die Eindringlichkeit, mit der er sie ansah, machte ihr angst. Ihr Blick fiel auf seine Hand, die einen der niedrigen Zweige umfaßte. Seine langen, starken Finger konnten gefährlich und fordernd sein. Leidenschaftlich.

Er griff unter ihren Arm und half ihr beim Aufstehen. Dann faßte er sie um die Hüfte und drückte die Hand auf ihren Rücken. Sie holte tief Luft. Der Salbei und das von der Sonne heiße Gras machten sie benommen.

Er ging mit ihr zu Fuß weiter, und sie sah plötzlich, daß sie an einem Abgrund standen. Tief unter ihnen zog sich ein enger Canyon entlang. Das Gras, das auf seiner Sohle wuchs, wogte im Wind. Der Canyon

wand sich durch graue Steilwände und langgestreckte braunrote Fels-
rücken, auf denen verkrüppelte Kiefern wuchsen.

Dann entdeckte sie einen Schädel.

Es schien ein Rinderschädel zu sein, aber er war doch irgendwie anders.
Sie sah schließlich verblüfft die Gerippe – im Gras lagen unzählige
gebleichte Knochen.

»Büffel sind ziemlich dumm«, hörte sie Zachs Stimme neben sich. »Außerdem sehen sie nicht gut. Wenn sie erst einmal losstürmen, bleiben
sie nicht mehr stehen. Als die Indianer noch hier jagten, haben sie
ganze Büffelherden in den Abgrund getrieben.«

»Wie schrecklich.« Sie fand den Gedanken beklemmend, daß die armen
dummen Tiere so grausam in den Tod getrieben wurden.

»Genauso schrecklich ist es, mit einem Karabiner in einem Eisenbahn-
wagen zu stehen und Büffel wie Holzenten auf dem Jahrmarkt abzu-
knallen.«

»Hast du das getan?«

Er schob den Hut in den Nacken. »Ja, und ich schäme mich daran zu
denken, wenn ich sehe, daß es jetzt fast keine Büffel mehr gibt.«

Diese Empfindsamkeit hatte sie bei ihm noch nicht erlebt. Seine rauhe,
harte Schale schien ein wenig aufgesprungen zu sein und den Mann zu
zeigen, der er wirklich war.

Von der Sohle des Canyon erklang ein seltsames tiefes Grunzen herauf,
das von den Felsen widerhallte. Clementine hielt mit der einen Hand
den Hut und beugte sich neugierig vor. Direkt unter ihnen stand ein
riesiger Büffel. Er war allein.

»Sieh doch, Zach!« flüsterte sie aufgeregt und hielt sich an seinem Arm
fest. Zum ersten Mal in all den Monaten sah sie einen Büffel aus der
Nähe.

Das riesige Tier mit dem massigen Kopf und den dünnen Beinen wirkte
sowohl häßlich als auch anmutig und überwältigend. Sie staunte über
den buckligen Rücken und das zottige kaffeebraune Fell. Sein langer
Bart streifte das Gras. Die gebogenen Hörner waren so dick wie
Äste.

»Er ist wundervoll!«

»Ihr vornehmen Bostoner würdet sagen, er ist vom alten Adel. Diese
Büffel aus den Wäldern überwintern hier in der Nähe. Sie sind größer
und dunkler als die Büffel, die man im Osten in der Prärie sieht.«

»Wie schade, daß ich meine Kamera nicht dabeihabe.« Als sie sich umdrehte, sah sie gerade noch, wie er mißbilligend die Stirn runzelte. Da er sie an diesen einmaligen Platz geführt hatte, glaubte sie sein Verständnis zu haben, aber sie hatte sich geirrt und mußte mit ihrer Enttäuschung kämpfen. »Du bist wie Gus«, murmelte sie. »Auch du glaubst, ich sollte den ganzen lieben Tag lang nur kochen, waschen und aufräumen.«

»Meinetwegen könntest du deine Zeit mit Sticken vertun. Ich meine, man sollte dem Büffel Achtung entgegenbringen und ihn nicht auf ein Stück Pappe kleben, damit ihn alle anstarren können. Niemand ahnt, wie er einmal ausgesehen hat. Er ist nicht mehr so stark wie einst, Boston. Er ist alt und krank. Siehst du nicht die Rippen durch das Fell? Büffel leben in Herden, und er ist hier im Canyon allein. Er ist der letzte seiner Herde und wird wohl kaum den nächsten Sommer erleben.«

»Mein Photo würde dir helfen, dich an ihn zu erinnern«, erwiderte sie trotzig, aber auch betroffen.

»Vielleicht möchte ich mich nicht an ihn erinnern, so wie er jetzt aussieht. Vielleicht würde mich das eher traurig machen.«

Er hatte recht. In diesem Canyon schien der Tod sein Reich zu haben. Dort unten befand sich der Friedhof einer vergangenen Zeit. Der Büffel stand inmitten der Skelette seiner Herde, die der Wind zu einem stummen Tanz einlud. Sein dumpfer Schrei klang bereits wie das ferne Echo aus einer anderen Welt, die auch sein Ziel war.

Clementine hob traurig den Kopf. Vor ihr zogen in der Ferne flache Wolken über die gezackten Gipfel der Berge, die dunkel und drohend in den Himmel ragten. Das Land war so groß und weit. Kein Herz konnte seine endlose Weite umfassen, und es war zu wild, um es zu lieben.

Sie stand unter dem hohen Himmel von Montana und kam sich so allein und hilflos vor. Die Einsamkeit verband sie schmerzlich mit diesem letzten Büffel, der bereits aus einer anderen Zeit zu kommen schien.

Ohne nachzudenken, sprach sie aus, was ihr Herz empfand. »Das Land hier und der Himmel . . . es gleicht einem Mann, der sich eine Frau unterwerfen möchte.«

»Du wirst es dir unterwerfen, Boston, und vermutlich wirst du auch uns bezwingen.« Er verzog spöttisch die Lippen, und sein Lächeln traf sie mitten ins Herz. »Das heißt, wenn es mir nicht gelingt, dich von hier zu vertreiben.«

Sie schüttelte den Kopf. Sie wollte sich das Land nicht unterwerfen, aber sie wollte es auch nicht verlassen. Und auf keinen Fall würde sie sich ihm unterwerfen!

Sie wandte sich ab. Sie konnte ihn nicht länger ansehen. Aber die Wildnis bot ihrem Blick kein Entkommen, denn sie weckte nur die Ruhelosigkeit und die Sehnsucht nach dem Unerreichbaren.

»Glaubst du an Gott, Zach?«

Er schwieg lange. Seine Augen blickten auf die Bäume und das Gras. Aber im Gegensatz zu ihr, das wußte sie, hatte er vor dem Land keine Angst. Er liebte es leidenschaftlich.

»Sieh dir das an«, sagte er schließlich. »Man kann nicht anders, als zu spüren, daß da etwas ist. Nimm es mit deinen Augen, deinem Atem und allen Poren deiner Haut in dich auf . . . die ganze Schönheit und Wildheit, dann wirst du dich im Einklang mit den Bergen, der Prärie und dem Himmel fühlen. Irgendwie bist du ein Teil davon.«

Eine leichte Röte überzog sein Gesicht, und in seinen Augen lag eine unaussprechliche Sehnsucht. »Weißt du, Boston, ich glaube, wer all das erschaffen hat, ob du ihn nun ›Gott‹ oder den ›Großen Geist‹ nennst, muß einen Grund dafür gehabt haben.«

Sie beugte sich mit angehaltenem Atem vor. »Was für einen Grund, Zach?«

Sie glaubte zu sehen, daß ein Lächeln seine Lippen umspielte, als er antwortete: »Liebe.«

Das Wort war ausgesprochen und ließ sich nicht mehr vertreiben.

Sie holte langsam und tief Luft. Der Schmerz in ihrer Brust war unerträglich. Bei seinen nächsten Worten klopfte ihr das Herz bis zum Hals.

»Weißt du, was es bedeutet, wenn jemand dich liebt?«

Sie wollte die Hände auf die Ohren pressen und ihn anschreien: ›Du irrst dich, du irrst dich!‹

Sie hatte ihn gehaßt, weil er sich irrte. Er war dem Laster verfallen, er war niederträchtig und gemein. Etwas anderes gab es für ihn nicht. Sie durfte es nicht zulassen.

»Clementine . . .«

»Nein, ich will es nicht wissen«, stieß sie tonlos hervor und wich vor ihm zurück. Sie hatte Angst vor seinen leidenschaftlichen und wilden Blicken, denn sie entzündeten in ihr das schreckliche Verlangen. Sie schlang die Arme um den Oberkörper und begann, heftig zu zittern. »Ich möchte nicht davon sprechen. Ich möchte es nicht.«

Er verzog leicht die Lippen. Es war nur der Anflug eines Lächelns. »Trotz deiner zarten Hände und Füße, Boston, hast du einen eisernen Willen. Ich glaube, du denkst, man kann dich nicht für etwas zur Rechenschaft ziehen, was du nicht ausgesprochen hast. Deshalb läßt du es mich an deiner Stelle aussprechen ...«

Ihr ganzer Körper spannte sich, aber sie wußte nicht mehr, ob es sie zu ihm zog oder von ihm weg. Sie hatte Angst, er würde etwas tun, sie berühren, sie umarmen, denn dann wäre sie verloren.

»Du liebst jemanden, Clementine, wenn du dich nach jemandem sehnst, wenn du ihn brauchst, nicht nur im Bett, sondern in deinem Leben. Dann bist du sogar bereit, alles hinter dir abzubrechen ...«

»Ich bekomme ein Kind von deinem Bruder!«

Sie schrie die Worte so laut, daß sie wie ein Peitschenknall von den Felsen, aus dem Canyon und vom Himmel widerhallten. Sie sah, wie das Blut langsam aus seinem Gesicht wich, wie seine Augen dunkel und leer wurden. Mit diesem Satz hatte sie das einzige gesagt, was ihn aufhalten konnte, weil es ihn mehr als alles andere traf.

Er sah sie starr an. Der Schmerz in ihrer Brust nahm ihr den Atem. Ihre Wünsche waren stark, aber sie hatte Angst vor ihnen. Als der Schuß durch die Luft hallte, glaubte sie im ersten Augenblick, ihr Herz sei zersprungen.

Es folgten noch mehr Schüsse, die wie Feuerwerkskörper krachten. Zach zögerte nicht lange, sondern rannte zu seinem Hengst. Der lange Rock hinderte Clementine, aber sie folgte ihm, so schnell sie konnte.

»Bleib hier!« rief er ihr zu, als er auf dem Pferd saß. Er schlug dem Hengst mit dem Hut auf den Rücken; Moses galoppierte davon und war im nächsten Augenblick zwischen den Bäumen verschwunden.

Clementine brauchte länger, bis sie auf Gayfeather saß, doch dann ritt sie hinter ihm her. Sie mußte sich ducken und an den Pferdehals klammern, um nicht von den Ästen aus dem Sattel gerissen zu werden. Der Gescheckte folgte Moses im gestreckten Galopp.

Als Zach sein Pferd schließlich zügelte, hätte Gayfeather es beinahe gerammt. Gayfeather stolperte, brach seitlich aus, und Clementine hatte alle Mühe, ihn zu beruhigen. Zach sah sie nicht an. Er blickte mit unbewegtem Gesicht angestrengt nach vorne. Die Luft schien plötzlich vor Spannung zu knistern.

Durch die Bäume sah Clementine eine Lichtung. Sie hörte einen Mann etwas rufen; ein anderer antwortete und lachte höhnisch.

Zach zog die Büchse aus dem Sattelgurt und legte sie quer über die Schenkel. Er hatte den Finger am Abzug und trabte auf die Lichtung zu.

Als sie ins Sonnenlicht kamen, schloß Clementine geblendet die Augen.

»Allmächtiger . . .«, hörte sie Zach.

Ein Mann hing an einem dicken Ast. Die Augen quollen ihm aus dem verzerrten, violettroten Gesicht. Die Zunge hing aus einem Mund, der sich zu einem stummen Schrei geöffnet hatte.

Clementine würgte es, und sie glaubte zu ersticken. Etwa ein Dutzend Männer standen unter dem Erhängten. Sie sahen verdutzt die Reiter an, die sie unerwartet bei ihrem Werk überrascht hatten. Clementine starrte ungläubig auf die Gesichter und sah Jeremy, den Schmied, Horace Graham, Weatherby, den Schafhirten, Pogey und Nash und andere, die sie nicht kannte.

Dann sah sie Gus.

Auf der Lichtung brannte ein Feuer, in dem Brandeisen lagen. Der Rauch trieb langsam auf sie zu. Es stank nach Blut und Innereien. Im Gras lagen geschlachtete Rinder . . .

. . . und zwei tote Männer, die noch die Gewehre in den Händen hielten. Zwei hatten sie lebend gefangengenommen. Der eine baumelte inzwischen an dem Ast, der andere war ein junger Indianer – Joe Proud Bear. Er saß auf seinem Pferd. Sie hatten ihm die Hände auf dem Rücken gefesselt, Gus hielt die Schlinge in der Hand und ritt auf ihn zu.

»Nein!« rief Clementine und zog ungeschickt den Revolver aus dem Gurt. »Laß ihn leben . . .«

Dreizehntes Kapitel

Zach packte Clementine am Handgelenk. »Willst du deinen Mann erschießen?«

»Laß es nicht zu!« stieß sie heftig hervor. Er drückte ihre Hand so fest, daß sie den Revolver fallen lassen mußte. Aber sie sah ihn entschlossen an. Seine Augen blieben völlig unbewegt. »Du kannst das verhindern. Er hat eine Frau und ein Kind. Niemand sollte sterben müssen, nur weil er ein Rind gestohlen hat.«

Zach wandte den Blick nicht von ihr. Als er sprach, klang seine Stimme so sanft und ruhig, wie sie es noch nie bei ihm erlebt hatte, aber er sprach laut genug, daß man ihn auf der ganzen Lichtung hörte. »Laßt den Indianer laufen.«

Eine Ewigkeit schien vergangen zu sein, seit sie die Lichtung erreicht hatten, obwohl es nur wenige Sekunden waren. Gus und die anderen bewegten sich nicht. Joe Proud Bear schien der Meinung zu sein, eine Kugel im Rücken sei besser, als langsam von der Schlinge erwürgt zu werden. Er beugte sich vor, trat seinem Pferd in die Flanken und galoppierte im Schutz der Bäume davon.

»Er flieht!« rief Horace Graham, riß sein Pferd herum und griff nach seinem Revolver.

Ein Schuß ließ die Luft erzittern; vor Horace und seinem Pferd wirbelte die Erde auf, und Zach lud bereits wieder seine Winchester. Der Pulverrauch trieb an Clementines Gesicht vorbei.

»Ich will niemanden töten«, sagte er mit derselben kalten und sanften Stimme. »Aber es kommt immer wieder zu Unfällen . . .«

Joe Proud Bear war im Wald verschwunden. Man hörte die Hufe seines Pferdes im Gehölz bald nicht mehr. Auf der Lichtung war es totenstill.

Gus trieb sein Pferd an, aber er wollte nicht den Indianer verfolgen. Er ritt auf Zach und seine Frau zu.

»Bist du verrückt geworden, Zach?« rief er. »Wir haben sie auf frischer Tat ertappt.«

»Es gibt hier keine Büffel mehr. Die Indianer können nicht mehr jagen.«

Gus ballte zornig die Faust. »Was redest du da?«

Zach schüttelte den Kopf. »Bring deine Frau nach Hause. Sie hätte das nicht sehen sollen. Ich werde deinen Freunden helfen, die Toten zu begraben.«

Gus drehte langsam den Kopf und durchbohrte Clementine mit seinem Blick. Er war außer sich vor Wut.

Clementine riß ihr Pferd herum und setzte es in Trab. Sie verließ die Lichtung, um weder Gus noch den Erhängten zu sehen. Sie wollte den Geruch von Pulverdampf und Blut vergessen.

Sie hörte hinter sich Hufschläge und begann zu zittern. Sie zog an den Zügeln und glitt aus dem Sattel. Es war heiß, aber ihre Hände und Füße waren kalt. Sie glaubte, sie müsse würgen und sich übergeben, als habe man sie erhängt.

Als Gus sie erreichte, sprang er vom Pferd. »Ist dir übel?«

Sie schüttelte den Kopf.

Er nahm den Hut ab, fuhr sich durch die Haare und setzte den Hut wieder auf. »Was ist los?«

»Ich ...«, sie legte den Handrücken auf den Mund und schmeckte Blut.

Er legt sich nachts auf mich, er kann so zärtlich sein, und dann erhängt er kaltblütig einen Mann, weil er Rinder stiehlt. Das ist also der lachende Gus McQueen mit den strahlenden blauen Augen ... der Cowboy meiner Träume!

»Ich ... ich kenne dich nicht mehr.«

Er stieß zornig die Luft aus und wollte sich abwenden, tat es aber nicht, sondern beugte sich so drohend über sie, wie ihr Vater es getan hatte. Er versuchte, sie mit seiner Größe und Kraft einzuschüchtern.

»Wie lange willst du mir noch die Stirn bieten?« rief er, bis zum äußersten gereizt. »Wie oft soll ich dir noch sagen, daß die Sache mit diesem Viehdieb Iron Nose nichts für Frauen ist, aber du erscheinst dort, wo du nichts zu suchen hast, und machst mich vor allen lächerlich.« Er lachte bitter. »»Du bist mein Mann‹, sagst du. ›Ich liebe dich.‹ Und dann siehst du mich an und machst einfach, was du willst.«

»Ich bin nicht dein Besitz, Gus«, erwiderte sie gepreßt.

»Zum Teufel, nein. Du bist meine Frau, Kleine, und . . .«

»Und ich bin nicht deine ›Kleine‹. Ich bin erwachsen. Ich habe einen Verstand. Meine Gedanken und Gefühle gehören mir!« Sie klopfte sich auf die Brust. »Mir, verstehst du? Das alles hat nichts mit dir zu tun. Du kannst mir nicht vorschreiben, wie ich mein Leben leben soll.«

Er schlug ihr ins Gesicht. Er war groß und stark, seine Wut und Empörung verliehen dem Schlag Kraft. Sie fiel gegen ihr Pferd, das wiehernd zur Seite sprang. Clementine schwankte, rang nach Luft und fiel auf den Rücken.

Gus war mit einem Satz neben ihr. »O Gott, Clem. Du meine Güte, es tut mir leid, das wollte ich nicht . . .« Er streckte ihr die Hand entgegen und wollte ihr beim Aufstehen helfen, aber sie stieß ihn beiseite und kam keuchend auf die Beine. Eine Seite ihres Gesichts war flammend rot.

Er hob betroffen die Hand, als wolle er sie streicheln, um alles ungeschehen zu machen. »Ich wollte dich nicht schlagen . . .«

»Du hast mich geschlagen.«

Sie tastete nach dem Steigbügel und ließ ihn nicht aus den Augen, bis sie im Sattel saß.

»Clementine!« rief er ihr nach, aber sie hörte ihn nicht, wollte ihn nicht hören. Gayfeathers Hufe trugen sie schnell wie der Wind davon.

Sie saß zusammengekauert auf einem Hocker, aber sie weinte nicht. Sie weinte nie.

Ihr Gesicht glühte. Die Tränen, die nicht fließen wollten, brannten ihr in den Augen. Die Schluchzer stiegen auf, und Clementine unterdrückte sie. Draußen hämmerte Gus. Er arbeitete an dem Haus. Vermutlich hatte er sich inzwischen eingeredet, sie habe sich das alles selbst zuzuschreiben. Vielleicht hatte er sogar recht.

›Du sollst deinem Mann treu und gehorsam dienen.‹

Aber ihr Zorn auf ihn ließ sie nicht zur Ruhe kommen.

»Clementine?«

Sie richtete sich auf und drehte sich um.

Zach stand in der Tür. Er starrte wütend auf ihr Gesicht, drehte sich auf dem Absatz um und wollte über den Hof zu der Wiese gehen, wo Gus das Haus baute.

»Nein!« rief sie und rannte hinter ihm her. Als sie ihn eingeholt hatte, hielt sie ihn am Ärmel fest. »Laß ihn, bitte . . .«

»Du bist schwanger, und er schlägt dich ins Gesicht. Ich sollte ihn dafür umbringen!«

»Er ist mein Mann. Ich gehöre zu ihm, nicht zu dir, Zach . . . nicht zu dir.«

Sie bemerkte die Qual in seinen Augen, bevor er den Kopf senkte, damit sie sein Gesicht unter der Hutkrempe nicht mehr sah. »Niemand mischt sich in die Angelegenheiten anderer«, sagte er. »Das ist einfach nicht richtig. Du wolltest, daß ich meinen Bruder zur Ordnung rufe, daß ich ihn daran hindere, das zu tun, was er für gerecht und richtig hält. Das habe ich getan. Ich habe es für dich getan, denn du hast mich darum gebeten. Das ändert alles, Clementine, ob es dir nun gefällt oder nicht.«

»Bitte . . .«, flüsterte sie. »Bitte, geh nicht so weit, daß ich zwischen euch beiden wählen muß. Es ist nicht . . . das am Fluß auf der Insel, das war nicht richtig. Es war eine Sünde. Ich bin mit deinem Bruder verheiratet. Nur Gott kann diese Verbindung lösen, aber, verstehst du . . . ich will Gus zum Mann haben.«

Seine Lippen wurden schmal. »Du weißt nicht, was du willst.« Er sah sie durchdringend an. Sie bemühte sich darum, langsamer zu atmen. Sie wollte nicht zittern. »Ich werde dich nicht zwingen, zwischen ihm und mir zu wählen. Aber das tue ich seinetwegen, und es hat nichts mit dir zu tun. Trotzdem wirst du eines Tages nicht mehr ausweichen können, Boston . . . ich meine, vor dir selbst. Nur darum geht es hier. Du hast die Freiheit zu entscheiden, was für ein Mensch du sein willst, und du mußt den Mut aufbringen, es auch zu sein.«

Er drehte sich halb um, blieb aber stehen und hob den Zeigefinger. »Noch etwas, Boston. Richte nie, *nie* wieder eine Waffe auf einen Mann . . .«

»Aber ich wollte niemanden töten! Ich wollte in die Luft schießen, um sie daran zu hindern, den Indianer zu töten.«

Er seufzte und schüttelte den Kopf. Er fuhr ihr zart mit dem Finger über die Stelle, wo sein Bruder sie geschlagen hatte. »Wenn du einen Revolver ziehst, dann mußt du auch bereit sein zu töten. Wenn du eine Waffe in die Hand nimmst, dann mußt du auch stark genug sein, um sie zu tragen. Verstehst du, was ich dir sagen will?«

Sie drückte die Faust auf die Lippen, schloß die Augen und nickte. Er sagte ihr, daß sie sich wie ein Kind benommen hatte und langsam erwachsen werden mußte.

»Wirst du dich mit Gus aussöhnen?« fragte er leise. Er strich ihr noch immer sanft über die Wange.

Sie nickte noch einmal.

»Dann geh und söhne dich mit ihm aus.«

Sie ging an ihm vorbei auf das neue Haus zu. Das Hämmern hatte aufgehört.

Ihre Füße waren schwer wie Blei, und ihr Herz ebenfalls. In der Ferne donnerte es. Sie blickte über die Schulter auf die Berge. Gewitterwolken ballten sich um die Gipfel, die sie wie ängstliche Mütter an sich zu drücken schienen.

Clementine hatte gesagt, daß sie zu Gus gehörte. Ja, so mußte es sein, denn Gott wollte es so.

›Die Frau soll dem Mann untertan sein . . . er soll über die Frau herrschen . . . er soll herrschen . . .‹

Aber Clementine wollte nicht wie ihre Mutter in ständiger Angst leben. Ihre ängstliche Mutter, die ihr Kind nie an sich gedrückt hatte wie die Berge die Wolken. Ihre arme Mutter hatte Münzen gesammelt und auf diese Weise versucht, ihre Tochter vor den Schmerzen zu bewahren, die eine erwachsene Frau ertragen mußte.

Ihre Mutter hatte ihr alles erdenkliche Glück gewünscht und ihr zur Flucht verholfen, aber sie hatte ihr nicht gesagt, wie sie das Glück finden sollte.

Clementine betrat das neue Haus durch das, was einmal der Hintereingang werden sollte. Hier würde sie vermutlich für den Rest ihres Lebens mit Gus wohnen. Alles roch nach Holz und Schweiß. Er saß auf einem Sägebock und hatte die Hände zwischen die Knie geschoben. Als er ihre Schritte hörte, hob er den Kopf. Es zuckte um seine Lippen, und er starrte zu Boden.

Sie wußte, auch das würde vorübergehen. Sie hatte sich ihm geöffnet. Er war ihr Mann, und sie würde mit der Zeit auch lernen, ihn zu lieben. Aber im Augenblick empfand sie nur eine grenzenlose Leere. Sie fühlte nichts, überhaupt nichts.

Sie ging zu ihm und legte ihm die Hand auf die Schulter. Sie strich langsam über das weiche rote Hemd.

Er blieb mit hochgezogenen Schultern sitzen. Aber er schlang die Arme um ihre Hüfte und drückte sie an sich. Er vergrub seinen Kopf in ihren Brüsten. Seine Stimme klang gepreßt, als er gegen das starre Mieder sprach. »Ich schwöre, ich werde dir nie wieder weh tun, Clem. Ich liebe dich. Ich liebe, liebe dich, liebe dich . . .«

Sie blickte durch die Küchenwand, die bis jetzt nur aus Balken bestand, hinaus in den Hof. Als sie Zach dort sah, glaubte sie, in Stücke zu zerbrechen. Das, was von ihr übrigblieb, würde nie mehr zusammenpassen.

Sie hob die Hand über den Kopf ihres Mannes, und ihre Finger griffen in seine von der Sonne gebleichten Haare. »Psst . . ., es ist ja gut«, murmelte sie, um ihn . . . und sich zu trösten.

Im August hingen die Süßkirschen dunkel und saftig an den weit ausladenden Bäumen unten am Fluß. Die Tage waren heiß und ruhig; es roch nach Staub und trockenem Gras. Endlich wehte auch kein Wind mehr.

An diesem Tag, als die Sonne unbarmherzig auf das Grasdach der Hütte brannte, befand sich Clementine nebenan im kühlen, steinernen Brunnenhaus. Sie blickte fasziniert auf eine Eule, die sich langsam von Violett über Rot und Rosa schließlich Goldbraun färbte.

Sie summte zufrieden vor sich hin. Das war ihr gelungen. Der Abzug wies keine einzige Unschärfe auf und hatte viele Lichtwerte und klare Kontraste. Mit einer Zange bewegte sie das Bild in der Fixierlösung. Ja, das fensterlose Brunnenhaus mit den Quellwassertrögen war eine ideale Dunkelkammer.

Sie hörte Gus im Hof und öffnete die Tür. »Gus, komm her und sieh dir das an!«

Sein Schatten verdunkelte den Raum, als er durch die kleine Tür trat. »Du solltest nicht auf dem nassen Boden knien«, sagte er.

Sie sah ihn strahlend an und stand auf. Der vorgewölbte Leib machte jede ihrer Bewegungen beschwerlich, und die Knie knackten laut. Sie blies eine feuchte Haarsträhne aus ihrem Gesicht. »Ich habe die große graue Eule photographiert, die jeden Nachmittag neben der Scheune auf dem Baumstumpf sitzt. Stell dir vor, sie saß die ganze Zeit da und sah mich an, während ich die Kamera aufbaute und sie photographierte.«

Gus betrachtete das Photo und schwieg. Auf seinem Schnurrbart und der Hutkrempe lag roter Staub. Er roch nach Schweiß, Pferden und Sonne.

»Ich dachte, du würdest heute nachmittag mit deinem Bruder die Mustangs zusammentreiben.«

»Und ich dachte, du würdest mit dem Einkochen der Marmelade fertig werden.«

Ärgerlich preßte sie die Lippen zusammen und biß sich auf die Zunge, um diesem unsensiblen Mann keine scharfe Antwort zu geben. Sie wässerte schweigend den Abzug und hängte ihn zum Trocknen auf eine Leine. Stumm verließ sie das Brunnenhaus. Das gleißende Sonnenlicht nach der dunklen feuchten Kühle tat ihr weh.

Gus blieb an ihrer Seite. »Ich wollte in die Stadt fahren und dich fragen, ob du etwas brauchst.« Sie gab ihm keine Antwort. »Du hast noch Zeit zum Nachdenken«, sagte er. »Ich muß einen Splint in einem Wagenrad erneuern, bevor ich fahre.«

Er ging in Richtung Scheune und sie zur Hütte. Als sie die Tür öffnete, schlug ihr der übersüße Geruch von kochenden Kirschen und Zucker entgegen. Auf dem Tisch standen die vielen Töpfe und Krüge noch immer so, wie sie alles hatte stehen- und liegenlassen, als sie die graue Eule auf dem Baumstumpf entdeckte und wußte, daß sie nicht noch einen Tag verstreichen lassen konnte, wenn sie den Vogel photographieren wollte.

Clementine sah das Durcheinander, ballte die Fäuste, drehte sich auf dem Absatz um und ging wieder hinaus. Sie lief über den Hof und an Gus vorbei, der den Wagen aus der Scheune geholt hatte. Er rief ihr etwas zu, aber sie beachtete ihn nicht, sondern ging schneller.

Sie blieb erst dort stehen, wo das Büffelgras so dicht wuchs wie ein Fell. Ihr Kopf glühte in der Sonne. Sie hatte ihren Hut vergessen.

Clementine setzte sich ins Gras, zog die Knie an und legte das Kinn darauf. Sie stellte sich vor, das Gras sei so hoch, daß man sie nicht mehr sehen konnte und sie für immer dort bleiben würde.

Unbeweglich blieb sie sitzen und lauschte auf das Rascheln der Grashüpfer. Dann streckte sie die Beine aus und stützte sich auf die Ellbogen. Sie ließ den Kopf rückwärts ins Gras sinken und blickte in den endlosen blauen Himmel.

»Clementine?«

Blinzelnd drehte sie sich um und sah über sich das rote verschwitzte Gesicht ihres Mannes. »Ich habe dich gerufen«, sagte er. »Du hast mir keine Antwort gegeben.«

»Ich will allein sein.« Sie wußte, daß die Worte ihn verletzen würden, aber es war ihr gleichgültig. Vielleicht wollte sie ihn verletzen. Manchmal schien sie ihn bewußt mit ihren häßlichsten Seiten zu konfrontieren.

Sie bewegte sich nicht und wartete darauf, daß er gehen werde. Aber er setzte sich neben sie, legte die Hände zwischen die Beine und drückte die Knie gegen die Ellbogen.

»Ich habe dich vorhin nicht kritisiert, Clem . . . das war wirklich nicht meine Absicht. Na ja, ich will nicht abstreiten, daß ich anfangs etwas dagegen hatte, wenn du überall herumgelaufen bist und photographiert hast, anstatt deine Pflichten zu erledigen. Aber ich habe versucht, dich zu verstehen. Mir ist klar, daß dir manchmal alles zuviel wird und du dich einsam fühlst, wenn du den ganzen Tag allein in der Hütte stehst und dich nur mit Kochen und Aufräumen beschäftigst.«

Clementine schloß die Augen. Sonnenflecken tanzten hinter ihren Lidern. Ein Insekt zirpte laut. Gus bewegte sich, und sie sah ihn an. Er blickte auf den Fluß, wo die Sonne das Laub der Weiden golden sprenkelte. Seine Hände verkrampften sich.

»Warum, Clem, stößt du mich jedesmal zurück, wenn ich versuche, dir nahe zu kommen? Es genügt nicht, daß wir nachts miteinander schlafen. Wir müssen auch tagsüber miteinander reden und . . .«

Sie setzte sich auf, zog die Beine an und schlang die Arme darum. »Ich weiß nicht, was du von mir erwartest«, erwiderte sie.

»Ich möchte, daß du wirklich meine Frau bist . . . die Frau meiner Seele, meines Herzens . . . und meine Geliebte.«

Das kann ich nicht sein, wollte sie rufen. Denn ich weiß nicht, was das ist. Wie soll ich dir etwas geben, was überhaupt nicht in mir ist?

Er riß einen Grashalm ab und zog ihn durch die Finger. »Wir müssen lernen, miteinander zu reden, oder diese Ehe wird niemals leicht für uns werden.«

Panik erfaßte sie. Was sollte sie Gus sagen? Worüber sollte sie mit ihm sprechen?

Dein Bruder bringt mich durcheinander. Er weckt in mir Vorstellungen und Wünsche, die besser im dunklen bleiben würden. Aber selbst wenn ich das nicht will und versuche, es zu beenden, geht etwas zwischen uns vor, und du würdest mich hassen, wenn du das wüßtest. Wenn du mich haßt, dann möchte ich sterben, denn ich brauche dich, Gus. Ich brauche dich wirklich . . . mehr, als du dir vorstellen kannst.

Er stand auf und wollte gehen.

»Gus!« rief sie und schloß wegen der grellen Sonne halb die Augen. Er war so groß – so groß wie die Bäume und die Berge. Er war so groß wie der Cowboy, den sie immer hatte heiraten wollen. »Bei uns zu Hause in Boston haben wir nie miteinander gesprochen. Bei uns wurde nur immer gebetet.«

»Ich bin nicht dein Vater.«

Sie stieß den Atem aus, um den Schmerz in ihrer Brust etwas zu verringern. Die Angst wich trotzdem nicht. »Nein, ich weiß.« Sie streckte die Hand aus, als wollte sie ihn daran hindern zu gehen. »Ich kann nicht einfach über das reden, was ich empfinde. Die Worte bleiben mir im Hals stecken, als sei dort ein Damm.«

Er nahm ihre Hand und setzte sich wieder neben sie. »Clementine . . . ich möchte doch nur, daß du glücklich bist. Etwas anderes habe ich nie gewollt.« Mit dem Daumen streichelte er ihren Handrücken. »Aber ich glaube, du bist . . . nicht glücklich.«

Sie blickte in seine offenen blauen Augen. In solchen Augenblicken bewunderte sie ihn und verachtete sich. »Das stimmt nicht, Gus. Ich bin glücklich, vor allem jetzt, wo wir ein Kind bekommen. Ich möchte viele Kinder . . . mindestens ein Dutzend.«

Sie drückte seine Hand, ließ sie aber gleich wieder los. »Sicher, es war schwer für mich, als ich hier ankam und feststellte, daß ich in einer Blockhütte mit einem Grasdach leben sollte. Überall nur Schlamm und Dreck.« Sie versuchte zu lächeln, aber ihre Kehle war wie zugeschnürt, und das Sprechen tat weh. »Der Dreck saß einem selbst zwischen den Zähnen, und man schmeckte ihn sogar beim Essen. Trotzdem, Gus, ich war weniger unglücklich als ängstlich und . . . ahnungslos. Das alles hat sich geändert.«

Er lachte kurz und bitter. »Sicher, der Schlamm ist getrocknet, und jetzt kannst du dich über den Staub beklagen.«

»Das ist ungerecht, ich habe mich nicht beklagt.« Sie zog sich wieder in sich selbst zurück, wo er sie nicht sehen und sie nicht verletzen konnte. Solche Gespräche halfen nicht. Sie hätte sich nicht darauf einlassen sollen. Gus glaubte, er habe eine tugendhafte, gehorsame Frau geheiratet, eine echte Dame. Er würde nie begreifen, was sich unter der Seide und dem Korsett befand.

»Ich hätte dich nicht hierherbringen sollen«, sagte er.

Sie wandte den Kopf ab. Vielleicht würde es ihm irgendwie gelingen, eine Scheidung zu erreichen. Er würde sie nach Boston zu ihrem Vater zurückschicken. Nein, das würde er nie tun. Er war stolz darauf, daß er immer zu seinem Wort stand, und ein Ehegelübde war eine Verpflichtung vor Gott. Trotzdem, wenn er die Wahrheit auch nur ahnte, dann würde sich alles für ihn ändern. Dann wäre auch sie nur einer seiner hoffnungslosen, unwirklichen Träume.

»Du sprichst von Angst«, sagte er tonlos. »Dann will ich dir sagen, ich habe Angst, dir nichts gut genug zu machen, so gut, wie du es gewohnt warst. Ich fürchte, daß ich nie sein kann, was du willst.«

Clementine hatte zu Zach gesagt, daß Gus der Mann sei, den sie wollte. Das stimmte. Das stimmte wirklich.

Aber als sie ihn ansah und es ihm sagen wollte, damit er es glauben konnte, verschob sich etwas in ihrem Bewußtsein, und sie sah die leidenschaftlichen gelben Augen, die sich nach ihr verzehrten, und den harten Mund, der von ›Liebe‹ gesprochen und sie einmal geküßt hatte.

Sie klammerte sich an seine Hand, als sei sie dabei zu ertrinken. »Aber Gus, du bist der Mann, den ich haben will. Ich bin eine Enttäuschung für dich. Ja, ich bin jung und ahnungslos, aber ich war nie so töricht zu erwarten, daß es nicht hin und wieder schwere Zeiten geben würde. Wir haben gelobt, in guten und in schlechten Zeiten zusammenzustehen. Ich bin bereit, deine Schwächen mit deinen guten Seiten auf mich zu nehmen, wenn du mir gegenüber ebenso verständnisvoll bist.«

Er führte ihre Hände an seinen Mund und drehte sie, damit er ihre Handflächen . . . die Narben küssen konnte. Sein Mund war warm, und die Barthaare fühlten sich daunenweich an. Er lächelte, und sie spürte seinen Atem auf ihrer Haut. »Meinst du es wirklich ernst mit den vielen Kindern?«

»O ja, Gus, ich meine es ernst.«

Er lachte leise. »Immerhin, auf diesem Gebiet scheine ich nicht zu versagen.«

Er legte ihr die Hand auf den gewölbten Leib. Das Kind spürte offenbar die Zuwendung und bewegte sich. Clementine lachte. »Oh! Hast du es gefühlt, Gus? Es bewegt sich.«

Sie nahm seine Hand und legte sie so, daß auch er die Bewegungen des Kindes spürte. Er sah ihr tief in die Augen und lächelte. »Es wird alles gut werden, meine Kleine«, sagte er.

Sie erwiderte das Lächeln. »Ja, Gus. Es wird alles gut werden.«

Clementine hatte gelogen. Sie wußte, es würde nicht ›alles gut werden‹.

Sie saß am Fenster, aber sie sah nicht das Farbenspiel der untergehenden Sonne, sondern starrte auf ihre Hände. Die alten Narben schmerzten und schienen sie anzuklagen, denn sie hatte ihren Mann belogen wie früher ihren Vater. Die Angst von damals erschien ihr im nachhinein fast harmlos, denn sie hatte nicht verstanden, was ihr Vater von ihr wollte. Wenn er ihr die Strafen Gottes androhte, von ihr Demut und blinden Gehorsam forderte, wußte sie nur, sie mußte ihm die Stirn bieten.

Beinahe hätte sie laut gelacht. In ihrem kindlichen Trotz war es ihr gelungen, im Haus am Louisburg Square ein Stück Freiheit und Unabhängigkeit zu erringen. Anfangs hatte sie es nicht bemerkt, aber jedesmal, wenn die Spannungen zunahmen, erreichte ihre Mutter, daß Clementine Tante Etta besuchen durfte. Ihr Vater stimmte stillschweigend zu, denn er wollte keine Wiederholung der Tragödie.

Meist erschien Clementine verstört und mit rotgeweinten Augen bei ihrer Tante. Sie verkroch sich in eine Ecke und starrte wie jetzt stundenlang vor sich hin.

Tante Etta ließ ihre Nichte in Ruhe, und Clementine kehrte erst wieder nach Hause zurück, wenn sie es wollte. So kam es, daß sie manchmal mehrere Tage blieb.

Tante Etta hatte einen großen Garten mit vielen Rosen, die sie mit Hingabe pflegte. Überall im Haus duftete es, aber am schönsten war der kleine Pavillon neben dem Brunnen an der Gartenmauer. Dort fühlte sich Clementine geborgen. Sie liebte den Sommer, wenn die rosa Kletterrosen sie vor allen Blicken verbargen und sie ungestört ihren Träumen nachhängen konnte.

Eines Abends setzte sich Tante Etta neben sie und griff nach ihrer Hand. Sie betrachtete lange die Handfläche und sagte dann: »Weißt du eigentlich, daß diese Linien Zukunft und Vergangenheit verraten?«

»Wie ist das möglich?« hatte Clementine ungläubig gefragt.

Tante Etta lachte. »Mein Arthur, Gott habe ihn selig, hat mir solche Dinge erzählt, wenn er von seinen langen Fahrten nach China zurückkam.«

Onkel Arthur war Kapitän zur See gewesen. Clementine konnte sich kaum an ihn erinnern, denn er war mit seiner ›Blue Bird‹ im Gelben Meer untergegangen, als sie noch ein Kind war. Tante Etta wußte durch ihn viel von der Welt, auch wenn sie selbst nie weit gereist war.

»Weißt du, Kleine«, sagte sie damals, »mit den Händen gestalten wir unser Leben, und die Linien verändern sich durch das, was wir *tun*. Aber bei den meisten Menschen graben sie sich mit dem Älterwerden nur tiefer in die Hand ein.« Sie nickte nachdenklich und sagte lachend etwas sehr Erstaunliches: »Deine Narben durchkreuzen die Linien. Du hast dein Schicksal bereits verändert.«

Clementine hatte diesen Satz nicht verstanden, aber nie vergessen. Noch unverständlicher waren Tante Ettas nächste Worte: »Wer soviel Mut hat und das Schicksal herausfordert, mein Kind, der muß auch seine Angst überwinden und die Wahrheit suchen.«

Während Clementine niedergeschlagen am Fenster saß, hörte sie diese Mahnung wieder wie ein Echo. Tante Etta, die als Witwe in dem schönen alten Haus wie in einem Gefängnis lebte, hatte ihr die Augen dafür geöffnet, daß den Frauen im wahrsten Sinne des Wortes die Hände gebunden waren. Und plötzlich verstand sie, warum Tante Etta ihr damals den größten Wunsch erfüllt, eine Kamera und die dazugehörige Ausrüstung gekauft und den alten Mr. Newman beauftragt hatte, ihre Nichte in die Kunst der Photographie einzuführen.

Clementine hob den Kopf und sah in die goldene Abendsonne. Sie lächelte. »Ich werde mit meiner Kamera nach der Wahrheit suchen«, flüsterte sie erleichtert, und sie wußte, daß sie nicht gelogen hatte.

Ja, es würde alles gut werden ...

Vierzehntes Kapitel

Das dunkelbraune Kleid, das Hannah Yorke angezogen hatte, schleppte über den gewachsten Boden und raschelte dabei wie trockene Blätter. Sie blieb vor dem Spiegel über dem Mahagonitisch im Flur stehen. Sie betrachtete ihr Gesicht und runzelte die Stirn. Dann sah sie aufmerksam die Krähenfüße um ihre Augen an und entspannte bewußt die Lippen. Ohne Rouge wirkte ihre Haut schlaff und fahl. Das Leben forderte seinen Tribut, und das Alter zeigte ihr in gespenstischer Klarheit die Zukunft.

Sie stieß seufzend den Atem aus. Ihr Brustkorb schmerzte unter dem eng geschnürten Korsett. Der hochgeschlossene Kragen der Polonaisejacke schien ihr die Luft zu nehmen. Sie hatte sich zwar die Achselhöhlen mit Rosenwasser betupft, aber sie spürte bereits, wie ihr der Schweiß aus allen Poren drang.

Bei Gott, sie war so aufgeregt wie ein Schulmädchen vor ihrem ersten Rendezvous. Natürlich war sie in ihrer Jugend mit vielen Männern ausgegangen und hatte die meisten für das Privileg ihrer Gesellschaft auch zur Kasse gebeten. Aber Hannah konnte sich beim besten Willen nicht daran erinnern, wann sie das letzte Mal in ein ehrbares Haus eingeladen worden war.

Die Einladung zum Fest machte im Regenbogenland die Runde. Die ›Rocking R‹ feierte den Einzug in das neue Ranchhaus, und gleichzeitig sollte es der Startschuß für den Rindertrieb im Herbst werden. Die Gäste kamen aus einem Umkreis von hundert Meilen, alles anständige und ehrbare Leute, und niemand war eine Saloon-Besitzerin wie sie. In einem schwachen Augenblick hatte Hannah versprochen zu kommen, aber jetzt überkam sie wirklich und wahrhaftig Angst.

Man würde ihr natürlich die kalte Schulter zeigen. Die tugendhaften Frauen der Schafhirten und Rinderzüchter würden sie wie die Pest meiden. Bei ihrem Auftauchen runzelten die tugendhaften und ehrbaren

Frauen mit Sicherheit die Stirn und verzogen den Mund. Alle würden ihr abweisend den Rücken zuwenden. Natürlich kamen zu dem Fest auch Männer, die ihr außerhalb des Saloons nicht gern begegneten. Sie saß bei diesen Männern am Tisch, wenn sie Karten spielten, sie tranken ihren Whiskey und verschwanden mit einem der Mädchen im Hinterzimmer.

Hannahs Hände zitterten, als sie den schwarzen Leinenhut aus dem Schrank holte. Sie befestigte ihn mit einer Haarnadel, um die roten Haare so gut wie möglich darunter zu verbergen. Dann zog sie den schwarzen Musselinschleier vor das Gesicht.

›Hannah, du bist verrückt‹, sagte sie zu der schwarz verschleierten Fremden im Spiegel.

Bevor sie der Mut völlig verließ, ging sie hinaus auf die Veranda. Die hohen Espen schimmerten silbern im Licht der späten Morgensonne. Die Blätter schienen für Augenblicke vergoldet zu sein. Wildgänse flogen keilförmig über den Himmel. Es war zwar erst Anfang September, und noch gab es lange und warme Tage, aber die Gänse kündigten bereits den kommenden Winter an.

Hannah schlug mit dem Fuß nervös den Rhythmus zu den hellen Tönen eines Klaviers, die aus den offenen Türen des Saloons drangen. Sie hatte endlich jemanden gefunden, der Klavier spielen konnte. Sie nannten den Mann ›Doc‹. Hannah wußte nichts über ihn; sie kannte nicht einmal seinen Namen. Aber sie würde ihm keine Fragen stellen. Er war ausgelaugt und hatte den gehetzten Blick eines Menschen, der vor etwas davonläuft. Nun ja, alle hier liefen entweder vor etwas davon oder etwas nach.

Da Shiloh beim Fest aufspielen würde, hatte Annie an diesem Tag die ganze Verantwortung. Sie war das zuverlässigste der Mädchen. Sie würde wahrscheinlich jeden vierten Dollar, den sie einnahm, für sich behalten. Hannah hatte sich damit bereits abgefunden. Das war der Preis für einen freien Tag. Ja, sie sehnte sich wahrhaftig danach, einmal nicht den Gestank von Alkohol, Tabak und Schweiß zu riechen. Jeder Mensch brauchte ab und zu einen Ferientag.

In das Klimpern des Klaviers und das Gelächter aus dem Saloon mischte sich das Knirschen von Wagenrädern.

Zach fuhr in dem hübschen dunkelblauen Wagen vor, den sie sich öfter bei Jeremy, dem Schmied, mietete. Er sprang übermütig vom Kutschbock und schlang die Zügel um den Zaunpfosten. Wie ein typischer Cowboy, der die meiste Zeit im Sattel sitzt, kam er breitbeinig den Weg entlang, aber er hatte sich verwandelt. Er trug eine gestreifte Hose, eine weinrote Weste und darunter ein blütenweißes Hemd mit steifem Kragen und eine schmale schwarze Schleife. Als er Hannah sah, verschwand das Lächeln von seinem Gesicht.

Er blieb vor den Stufen stehen, stemmte die Hände in die Hüften, die ohne den Revolvergurt seltsam nackt aussahen, und rief: »Wie bist du denn angezogen?«

Hannah hob das Kinn, das allerdings etwas zitterte. »Das ist ein anständiges Kleid.«

»›Anständig‹ ist das falsche Wort. Für ein Begräbnis wäre es vielleicht akzeptabel.«

»Du zwingst mich, zu diesem Fest zu gehen. Willst du mir etwa auch noch vorschreiben, was ich anziehen soll?«

Er kam zu ihr auf die Veranda. Trotz seiner Wildheit sah er wirklich gut aus. »Wir besuchen deine Familie und deine Freunde, Zach. Ich werde an deiner Seite stehen und die Hand auf deinen Arm legen«, Hannah errötete und fügte etwas leiser hinzu: »Du . . . du sollst dich mit mir nicht schämen müssen.«

»Glaubst du im Ernst, die Leute denken, ich kenne dich wegen deiner Tugend?«

Das schmerzte. Nicht nur der Schleier, sondern auch ihre Tränen ließen sein kantiges Gesicht vor ihren Augen verschwimmen. Aus einer verschlossenen Ecke ihres Herzens kamen ihr die Worte über die Lippen. »Im Bett bin ich gut genug für dich, und mehr willst du von mir nicht. Du wirfst dich in meine weichen und offenen Arme, wenn dir der Sinn danach ist.«

»Hör auf, du weißt genau, daß das nicht stimmt. Und rede nicht so dummes Zeug. Du klingst wirklich wie eine . . .«, er verstummte, aber sie sprach es aus.

»Eine Hure.«

Er schob die Finger in die Taschen und drehte sich mit einem lauten Seufzen um. Sie wollte ihn in die Arme nehmen, seine Lippen küssen und die sonnengebräunten Wangen, die an diesem Morgen wirklich einmal glatt waren. Fast rechnete sie damit, daß er sie einfach stehenlassen und ohne sie davonfahren würde. Sie hätte es nicht anders verdient, und den ehrbaren Leuten auf dem Fest wäre ihre sündhafte Anwesenheit erspart geblieben.

Aber Zach ging nicht. Er sah sie von der Seite an. Sein Gesicht schien so hart, kalt und unbewegt wie Granit.

»Wenn du in Sack und Asche erscheinst, macht dich das in den Augen der Leute auch nicht zu einer ehrbaren Frau«, sagte er. »Oder willst du deinen Saloon verkaufen und mich heiraten? Willst du vielleicht zu mir auf die Ranch ziehen und in der Hütte wohnen, Marmelade einkochen, meine Hemden waschen und jedes Jahr schwanger werden?«

Die Enden seiner Schleife tanzten im Wind. Sein Atem roch nach Rum.

»Machst du mir einen Heiratsantrag, Cowboy? Wenn ja, dann sollte ich dich bestrafen und ihn annehmen.«

Es gab keine Hure weit und breit, die nicht von dem Tag träumte, an dem ein Mann in ihrem traurigen Leben erschien, sie in die Arme nahm und vor den Traualtar führte, um sie auf wunderbare Weise zu einer anständigen und tugendhaften Dame zu machen, zu einer Mutter mit vielen Kindern . . .

Aber selbst für ein Kind hätte Hannah das alles nicht aufgegeben, was sie jetzt besaß, die Zeit zurückgedreht und das Leben einer verheirateten Frau geführt. Ein Mann würde ihr Leben nur schwieriger machen, und darauf konnte sie verzichten. Er würde ihr vorschreiben, was sie tun und lassen sollte. Gewiß, es gab Dinge, nach denen sie sich manchmal sehnte: nach einem Mann, der sie morgens anlächelte, wenn sie mit dem Frühstück erschien, wenn seine saubere Wäsche auf ihrer Leine im Wind flatterte, und nach einem Kind, das an ihrer Brust lag . . . danach, noch einmal ein Baby zu haben, es zu riechen, zu wickeln und die kleinen Ärmchen zu spüren, die sich ihr um den Hals legten.

O ja, sie sehnte sich danach, zu lieben und geliebt zu werden.

Hannah, du bist verrückt. Wie viele Jahre und wie viele Männer brauchst du noch, um zu begreifen, daß die Liebe nur so lange anhält, wie das Bett knarrt?

Noch einmal reckte sie das Kinn. »Wieso glaubst du eigentlich, mich so gut zu kennen?«

»Du redest im Bett.« Er lachte und machte ein freches Jungengesicht. »Du und deine lose Zunge lassen mich nicht schlafen.«

Bei seinen anzüglichen Worten mußte sie lachen, aber trotzdem war ihre Unsicherheit noch da, so wie der Rum in seinem Atem. »Wenn du nicht aufpaßt, Zach, werde ich dich eines Tages heiraten«, sagte sie mit belegter Stimme. »Dann wird es dir leid tun, aber dann laß ich dich nicht mehr los.«

Er legte ihr die Hand in den Nacken, hob ihren Kopf hoch und schob den Schleier beiseite, um ihr in die Augen zu sehen.

»Was mit uns beiden auch geschehen mag, Hannah, ich werde mich nicht beklagen.« Er küßte sie und flüsterte in ihren offenen Mund: »Zieh ein Tanzkleid an, Schatz.«

Was sollte sie tun? Sie wurde immer schwach, wenn er beim Küssen ›Schatz‹ zu ihr sagte.

»Haben Sie Tanzschuhe an, Mrs. McQueen?«

Clementine hob den Rock und zeigte ihm die französischen Lackschuhe. Sie drückten etwas, denn ihre Füße waren in den Sommermonaten ebenso geschwollen wie der Bauch. »Und was ist mit Ihnen, Mr. McQueen?« fragte sie lächelnd und ging auf das Spiel ein. »Kann ein O-beiniger Cowboy wie Sie überhaupt tanzen?«

Gus lachte, stampfte wie ein Musiker mit den Füßen, und die silbernen Sporen klirrten rhythmisch. Das machte auf dem Holzboden einen beachtlichen Lärm, und Clementine lachte laut, als er in die Luft sprang und die Hacken zusammenschlug, sich dann aber am Bett festhalten mußte, um nicht das Gleichgewicht zu verlieren. Ihr neues Bett war aus weiß lackiertem Eisen mit Messingknöpfen. Sie liebte das Bett und all die anderen neuen Sachen: die Nußbaum-Frisierkommode mit einer Marmorplatte und den dazu passenden Waschtisch, die rosa geblümte Porzellanwaschschüssel, die sie sich aus dem Katalog von Altman und Stern bestellt hatten, und die blauen Baumwollvorhänge am Fenster. Clementine hatte sie eigenhändig genäht. Über dem Bett hing der Traumring, den Joe Proud Bears Frau ihr geschenkt hatte, damit gute Träume ihnen die Nächte verschönten.

Jetzt stand ihr Mann vor ihr und versuchte zu tanzen und mit seinen Sporen Musik zu machen.

Als er sah, daß sie ihn bewunderte, warf er sich in Pose und reckte den Oberkörper mit der weißen Wildlederweste. Das rote Seidenhalstuch und das strahlende Gesicht würde sie nie vergessen.

»Was meinst du?« fragte er.

»Alles ist schön. Das Haus ist schön, und du bist schön.« An diesem Tag war sogar Montana schön, denn der Wind hielt sich in Grenzen. Die Sonne stand strahlend am Himmel, und weiße Wattewolken trieben durch das endlose Blau.

Er trat zu ihr, griff nach ihrer Hand und flüsterte: »Ich möchte dich glücklich machen.«

»Du machst mich glücklich, Gus ...«

»Ich möchte dir noch viel mehr bieten. In drei oder vier Jahren, das schwöre ich, werde ich dir das größte Haus weit und breit bauen ... mit zwei Stockwerken und einem riesigen Wohnzimmer.« Er lachte leise. »Und wir bekommen ein Klosett mit Wasserspülung, damit wir nicht jeden Morgen durch das nasse Gras zum Abtritt hinaus müssen. Wie findest du das, Clem?«

Sie hob seine Hand an ihren Mund und küßte seine Finger. Er machte sie immer glücklich, wenn er wie heute lachte und bereits hinter dem nächsten Traum herjagte.

Durch das offene Fenster hörten sie die krächzende Stimme eines alten Mannes. »Allmächtiger! Soll hier nicht irgendwo ein Fest sein? Wo zum Teufel sind denn alle?«

Dann hörte man ein Klatschen, als schlage ein Hut auf einen dicken Bauch, und jemand schimpfte: »Hör auf zu fluchen, du verdammter Kerl. Wir sind noch nicht richtig da, und schon fängst du an, Radau zu machen.«

Gus zwinkerte Clementine zu und legte ihr den Finger auf den Mund. »Hast du die beiden Landstreicher etwa auch zu unserem Fest eingeladen, Mrs. McQueen?« fragte er laut genug, daß man es draußen hören konnte.

Clementine unterdrückte ein Lachen. »Sie sind ohne Einladung gekommen.«

Gus stöhnte übertrieben und laut. »Na ja, dann werde ich die Herrschaften wohl oder übel begrüßen müssen.«

Sie lächelten sich an, und Clementine folgte ihm in das Wohnzimmer. An der Tür blieb sie stehen, um sich das neue Haus noch einmal in aller Ruhe anzusehen, bevor es von den Gästen in Beschlag genommen würde. Es war bestimmt nichts Besonderes: ein weißer Kasten mit vier Zimmern und einem Blechdach. Gus jammerte immer wieder, es bleibe weit hinter allem zurück, was sie als Kind gewöhnt gewesen sei, und doch fühlte sie sich hier bereits mehr zu Hause als in Boston. Im Haus ihres Vaters roch es nach Bienenwachs, die Fußböden glänzten, und alles war sehr fromm. Das Wohnzimmer hier roch nach Kiefernholz und atmete Hoffnung.

Sie trat in die Küche. Sie duftete bereits nach dem Sauerteig, der zum Gehen auf dem neuen Platz über dem blitzenden vernickelten Herd stand, der, Gott sei Dank, auch ein Wasserschiff hatte. Daneben prunkte, o Wunder, eine Waschmaschine mit einer Holzkurbel zum Auswringen der Wäsche.

Sie hörte Gus, der ihr zurief, daß die Gäste eintrafen. Etwas beklommen legte sie die feuchten Hände auf den gewölbten Leib. Sie hatte ihr bestes Wollkleid so gut es ging abgeändert, damit die Schwangerschaft nicht sofort ins Auge fiel. Trotzdem konnte sie das Korsett nicht mehr richtig schnüren, und das machte sie unsicher.

Clementine trat auf die Veranda, die das Haus an drei Seiten umgab, und freute sich über das weiße gedrechselte Geländer. Über der Feuergrube, in der ein ganzer Stier gebraten wurde, stieg dünner Rauch auf. In der Luft lag der Geruch von Heu, das zum Trocknen am Rand der Wiese in großen Puppen stand, die aus der Ferne wie riesige Brotlaibe aussahen. Clementine legte schützend die Hand über die Augen und blickte über den Hof. Vor Überraschung hielt sie die Luft an.

Kutschen und Wagen und Reiter näherten sich auf dem Weg und über die Prärie ihrem kleinen Haus. Gus hatte ihr gesagt, daß zu einem Fest so gut wie alle im Regenbogenland erscheinen würden, aber sie hatte es ihm nicht geglaubt. Die Leute ritten viele Meilen weit, hatte er erklärt, und machten sich lange vor Sonnenaufgang auf den Weg, um mittags am Ziel zu sein. Sie trugen ihren Sonntagsstaat und brachten Töpfe mit Erbsensuppe, Schweinehaxen, Steaks, Kuchen und Apfelmus als Verpflegung mit.

Mrs. Graham umklammerte den Arm ihres Mannes, als fürchte sie, jede der anwesenden Frauen werde sich auf ihren Horace stürzen und ihn vor ihren Augen verführen. Auch Mrs. Weatherby war erschienen. Ihr ohnehin weißes Gesicht war durch eine Schicht Mehlpuder, der durch den Schweiß und die Hitze rissig wie ein Flußdelta wirkte, noch weißer geworden.

Clementine erkannte Mr. Carver. Ihm gehörte die Ranch im bergigen Land hinter dem Büffel-Canyon. Er war vor zehn Jahren nach Montana gekommen, hatte aber bis jetzt noch keine Zeit gefunden, seine Frau aus

Philadelphia zu holen. Sam Woo stieg gerade zusammen mit Shiloh vom Wagen. Er hatte in der Woche zuvor beim Poker seine ganzen Ersparnisse verloren, mit denen er sich eine chinesische Frau hatte kaufen wollen. Shiloh hatte seine Fiedel unter den dicken Arm geklemmt.

Jeremy trug ausnahmsweise nicht seine Lederschürze. Die Cowboys fühlten sich mit ihren neuen, unbequemen Stiefeln und den harten Zelluloidkrägen sichtlich unbehaglich. Die Schafhirten trugen weiche Schafwollwesten und Glöckchen an ihren Hüten, die bei jedem Schritt läuteten. Goldsucher und Glücksritter erkannte man an neuen roten Flanellhemden und frisch gestutzten Bärten.

Clementine entdeckte zwei bekannte Gesichter. Pogey versuchte, seinem Partner ein blaues Halstuch um den Arm zu binden. Nash wollte davon nichts wissen. Gus hatte Clementine diese Sitte erklärt. Beim Tanzen gab es immer zu wenig Frauen. Deshalb tanzten auch Männer zusammen. Derjenige mit einem Halstuch um den Arm mußte die Frau spielen.

Nash riß Pogey das Tuch aus der Hand, warf es auf die Erde und trat mit den Stiefeln darauf. »Ich werde diesmal nicht die dumme Kuh sein, basta! Wieso glaubst du überhaupt, daß ich mit einem steifen alten Kerl, wie du es bist, tanzen möchte?«

»Allmächtiger!« Pogey blickte flehend zum Himmel auf. »Du tanzt doch mit jedem, der dich auffordert.«

Nash schnaubte. »Da irrst du dich, ich habe schließlich meine Grundsätze. Außerdem bin ich nicht der Richtige, um die Frau zu spielen. Jeder weiß, daß ich ein Draufgänger bin!«

»Auf wen willst du denn hüpfen? Manchmal bist du so verdreht wie ein Stier mit einem Euter. Du redest und redest und hörst nicht mehr auf. Kein Wunder, daß sich jeder vernünftige Mann in deiner Gesellschaft nach einem Revolver sehnt, um sich ein Loch in den Kopf zu schießen, damit er sich dein dummes Gerede nicht mehr anhören muß . . .«

Nash riß sich den Hut vom Kopf und hielt ihn Pogey vor das Gesicht. »Halt gefälligst den Mund. Hier kommt eine Dame.«

»Hm?« Pogey drehte sich um. Als er Clementine sah, zog er den Hut und machte eine so tiefe Verbeugung, daß sein langer gelber Bart die Knie berührte. »Mrs. McQueen . . . Sie sehen heute schöner aus als ein rotes Kälbchen.«

Die Kälber, die Clementine bisher gesehen hatte, waren alles andere als
schön, aber sie mußte trotzdem über das gutgemeinte Kompliment lächeln.

»Wie geht es, Mr. Pogey, Mr. Nash?«

Nash lachte. Pogey verzog das Gesicht, zupfte sich am Ohr und setzte
den Hut wieder auf. »Ich würde ja gerne mit ›gut‹ antworten, Ma'am,
aber es wäre gelogen.« Er fuhr sich mit der Hand über den glatten Hals.
»Meine Kehle ist so ausgedörrt, daß ich noch nicht einmal spucken
kann.«

»Er will sagen . . .«, kam Nash ihm zu Hilfe, als er Clementines fragenden Blick sah, ». . . ihm fehlen nämlich die Worte, und außerdem ist er
immer so wehleidig, aber kurz und gut, er hat Durst.«

Clementine lachte. »Ach so! Bitte, die Herren, hier entlang.«

Sie führte die beiden Goldsucher zu zwei Fässern, die im Schatten einer
riesigen Pappel standen. Gus hatte eine ganze Woche gebraucht, um
von getrockneten Äpfeln aus Washington, die wie Perlen auf Schnüren
aufgezogen waren und faltig wie altes Sattelleder aussahen, Apfelwein
zu machen.

Clementine füllte einen Blechbecher und reichte ihn Pogey. Das Getränk roch säuerlich und eindeutig nach Äpfeln, aber er musterte den
Becher kritisch. »Ist das alkoholfrei?«

Nash seufzte laut. »Wozu die überflüssige Frage? Du bist doch sonst
nicht so schwer von Begriff. Glaubst du, daß ein Abstinenzler wie Gus
richtigen Alkohol in seinen Apfelsaft gemischt hat?«

Clementine gab auch Nash einen Becher. »Probieren Sie erst einmal,
Mr. Nash. Vielleicht werden Sie angenehm überrascht sein.«

Beide Männer tranken vorsichtig einen kleinen Schluck und verzogen
dabei die Gesichter, als hätte man sie gezwungen, Lebertran zu trinken.
Nash schluckte als erster und bekam große Augen. Pogey mußte husten, als er getrunken hatte, und unterdrückte ein Grinsen, während er
sich über den Bart wischte. »Ja, wirklich ein guter Tropfen!«

Clementine biß sich lachend auf die Lippen. Sie hatte Zach dabei beobachtet, wie er sechs Flaschen Whiskey in eines der Fässer schüttete, als
Gus gerade nicht aufpaßte. Sie wußte, ihr Mann würde nicht erbaut von
diesem Streich sein.

Sie beugte sich vor und sagte verschwörerisch: »Hören Sie, Mr. Nash
und Mr. Pogey, verraten Sie das Geheimnis nicht, aber ich übertrage

Ihnen hiermit die Verantwortung dafür, daß nur die Herren, die Apfelwein mit Schuß trinken wollen, ihre Becher aus diesem Faß füllen.«

»Wie? Ach so, ja, ja.« Pogey nickte so heftig, daß sein Bart auf und ab tanzte.

Nash legte die Hand aufs Herz. »Ma'am, diese Verantwortung werden wir gerne übernehmen, und uns können Sie bestimmt trauen. Wir werden nichts verraten. Man könnte uns an den Marterpfahl binden, die Zunge abschneiden und nackt durch die Prärie schleifen ...«

Pogey schlug ihm den leeren Becher gegen den Bauch. »Sei endlich still und gib mir noch einen Becher von dem guten Apfelwein.«

In diesem Augenblick sah Clementine, daß Gus auf sie zukam. Sie lief ihm schnell entgegen. Er ging um den Tanzboden herum – ein großes Stück Leinwand, das auf einer ebenen Stelle im Hof lag. Die Brüder hatten kleine Kiefern gefällt und Laternen im Kreis darum aufgehängt, denn die Leute würden die ganze Nacht hindurch tanzen.

»Hast du meinen Apfelsaft probiert, Clem?« fragte er fröhlich.

»Ja ..., ich ...«, sie überlegte fieberhaft, wie sie ihn von diesem heiklen Thema ablenken könnte, und sah plötzlich, daß ein paar Cowboys lässig auf der Leinwand standen und Tabak kauten. Sie deutete auf die Männer und rief: »O Gus, sag diesen Leuten, daß sie nicht auf den Tanzboden spucken sollen.«

Gus lachte und legte den Zeigefinger an den Hut. »Zu Befehl, Ma'am.«

In ihrem Rücken hörte sie einen Wagen anrollen und drehte sich um. Die Sonnenstrahlen, die von dem neuen Blechdach reflektiert wurden, blendeten Clementine, und sie legte die Hand über die Augen.

Zach saß auf dem leichten dunkelblauen Wagen und hielt die Zügel in der Hand. Er sah so ... so anders aus. Er erinnerte mehr an einen Bankier als an einen Bankräuber und wirkte beinahe, als lasse er sich vielleicht doch zähmen. Neben ihm saß Hannah in einem rosagestreiften Kleid mit einem skandalös tiefen Ausschnitt. Das bonbonfarbene Kleid hatte zu allem Überfluß noch gerüschte Ärmel. Ihr Hut war mit rosa Stoffpflaumen und leuchtend roten Seidenlilien überladen. Die Haare hatte sie zu zwei langen Zöpfen geflochten, die ihr über die weißen Schultern fielen. Sie hielt einen spitzenbesetzten rosa Sonnenschirm in den schlanken Händen.

Zach sprang vom Kutschbock und reichte Hannah beim Aussteigen die Hand. Er lächelte, und der Blick, den die beiden tauschten, war nicht für Außenstehende bestimmt. Clementine mußte schlucken. In ihrer Verwirrung stolperte sie.

Ein Blick zur Seite zeigte Clementine, daß die anderen Frauen, die sich auf der Veranda versammelt hatten, den dunkelblauen Wagen mit finsteren Blicken bedachten. Dann drehten sie sich ostentativ um und verschwanden im Haus.

Auch Hannah sah es und wurde unter dem Rouge blaß.

»Mrs. Yorke . . . Hannah.« Clementine begrüßte sie mit ausgestreckten Händen, aber der Schmerz in der Brust und das plötzliche trockene Gefühl im Mund machten es ihr schwer, die Worte über die Lippen zu bringen. Sie vermied es, Zach auch nur zufällig anzusehen. »Ich freue mich, daß Sie gekommen sind.« Sie drückte Hannahs leicht zitternde Hand. »Warum haben Sie Saphronie nicht überreden können mitzukommen?«

Hannah schüttelte den Kopf, seufzte und fächelte sich mit der Hand Luft zu. »Ach du meine Güte, was glauben Sie denn? Ich konnte mich kaum selbst dazu überreden. Am liebsten würde ich mich in einem Mauseloch verkriechen.«

Hannah lächelte, und ihre Grübchen zeigten sich auf den Wangen. Dann lachte sie, und zu ihrer großen Überraschung lachte Clementine ebenfalls. Sie erinnerte sich an ihren ersten Tag in Rainbow Springs und daran, wie Hannah, Jeremy und Nickel Annie miteinander gelacht hatten, als sie das Klavier vom Wagen heben wollten. Damals hatte Clementine voll Neid gesehen, daß die drei Freunde waren. Jetzt dachte sie verblüfft: Wir sind auch Freundinnen, Hannah und ich.

Hannah schloß energisch den Sonnenschirm und drehte sich um. Sie holte etwas unter der Sitzbank des Wagens hervor – einen wunderschön genähten Quilt. Sie gab ihn Clementine und sagte: »Wenn ein Mann und eine Frau ihr neues Heim beziehen, dann ist es bei uns zu Hause üblich, daß ihre Freunde ihnen ein Geschenk machen.«

»Oh, ich weiß nicht, was ich sagen soll . . .«, Clementine fuhr bewundernd über den Quilt. Die winzigen, kaum sichtbaren Stiche verrieten die hervorragende Handarbeit. Die bunten Farben erinnerten sie an Wiesenblumen. »Natürlich möchte ich mich bei Ihnen bedanken«, beendete sie, völlig überwältigt von dieser Überraschung, den Satz.

›Ihre Freunde machen Ihnen ein Willkommensgeschenk . . .‹
Ja, sie hatte eine Freundin.
Hannah strahlte, aber plötzlich wurde ihr Gesicht ernst und wachsam
wie bei einem Hund, der die Peitsche seines Herrn fürchtet.
Gus kam mit verkniffenem Gesicht auf sie zu. »Verflucht, Zach, ich
habe dir doch gesagt, daß du sie nicht herbringen sollst!«
»Wenn ich mich recht erinnere, Bruder«, erwiderte Zach mit dieser
sanften, aber eiskalten Stimme, die Clementine unwillkürlich auf seine
Hüfte blicken ließ, wo er üblicherweise den Revolver trug, »stand mein
Name auf der Besitzurkunde neben deinem.«
Clementine nahm Hannah den Quilt aus den Armen und gab ihn Gus.
»Sieh dir dieses schöne Geschenk von Mrs. Yorke an. Wäre es nicht das
beste, du bringst das hinein, bevor es Flecken bekommt?«
Er sah sie zornig an. »Clementine, wenn du glaubst . . .«
»Bitte, Gus, und dann versuchen wir alle deinen köstlichen Apfelwein.
Einverstanden?«
Sein Schnurrbart zitterte, als wollte er noch weiter schimpfen, aber
dann drehte er sich auf dem Absatz um und ging mit großen Schritten
zum Haus zurück. Clementine atmete erleichtert auf. Sie wußte, Gus
hatte etwas sehr Verletzendes über Hannahs Vergangenheit sagen wollen. Dann hätten sich Zach und Gus geprügelt. Es hätte äußere und
innere Verletzungen gegeben.
Als Clementine sich umdrehte, hielt Hannah eine Wassermelone in den
Händen. »Das ist von Nickel Annie«, sagte sie etwas unsicher, aber sie
lächelte tapfer. »Sie hat die Melone in einer Eierkiste und in eine Fahne
gewickelt aus Fort Benton mitgebracht. Es tut ihr sehr leid, daß sie nicht
selbst kommen kann.«
Clementine war sprachlos, als Hannah ihr die Melone wie ein Baby in
den Arm legte. Sie war sehr groß und an einem Ende schon etwas gelb.
Vor Verlegenheit richtete sie den Blick nun doch auf Zach, aber er lächelte Hannah aufmunternd zu.
»He, Shiloh!« rief er plötzlich und hob die Hand. »Worauf wartest du?
Stimm deine Fiedel und laß uns tanzen!«
»Willst du die Kleine zum Tanz verführen, Cowboy?« rief Shiloh grin-
send zurück und deutete auf Clementine.
»Ach was, ich habe mir eine Frau mitgebracht!« Lachend legte er Han-
nah den Arm um die Taille und zog sie zur Tanzfläche.

Shiloh setzte sich mit gekreuzten Beinen auf ein Faß. Er griff nach dem Bogen, schlug mit dem Fuß den Takt und hob den Kopf ... und erstarrte mitten in der Bewegung. Das Lachen und die fröhlichen Gespräche brachen plötzlich ab, als im Norden an einer Kurve des Wegs ein Trupp Indianer auftauchte.

Es waren etwa ein Dutzend Männer auf gescheckten Indianerpferden. Ungefähr ebenso viele Frauen und Kinder folgten ihnen zu Fuß. Sie führten Pferde, die mit Stangen und Gepäck beladen waren. Ein paar halbverhungerte Hunde sprangen bellend vor der Gruppe her.

An der Spitze der Indianer ritt ein Mann mit einem roten Baumwollhemd. Er trug Jeans wie die Weißen und darüber einen Lendenschurz. In seinen geflochtenen Haaren steckte eine weiße Feder. Trotz der Hitze trugen Frauen und Kinder und selbst die meisten Männer alte Umhänge, die bis zum Kinn zugeschnürt waren.

»Chinook ...«, hörte Clementine Zach seinem Bruder zuflüstern, der mit dem Quilt in der Hand wieder aus dem Haus gekommen war. »Sie entfernen sich normalerweise nicht sehr weit von ihrem Gebiet.«

»Die sehen ziemlich zerlumpt aus«, murmelte Gus. »Ich glaube, sie werden keinen Ärger machen ... wenn sie klug sind. Wir sind ihnen zahlenmäßig weit überlegen.«

Zach legte den Kopf schief und sagte spöttisch: »Aha, du meinst also, ich soll mit ihrem Häuptling ein kleines Palaver halten, bevor wir ihre Frauen und Kinder erschießen.«

Die Indianer verließen den Weg und ritten auf die Wiese. Die Zeltstangen hinter den Packpferden holperten über den unebenen Boden. Ein Kind begann zu weinen und wurde von seiner Mutter streng zur Ordnung gerufen. Die Hunde bellten nicht mehr. Über der Ranch lag ein bedrohliches Schweigen. Sogar die Pappeln bewegten sich nicht.

Clementine drückte die Wassermelone an sich und kämpfte mit der alten Angst. Sie fürchtete sich vor den Indianern. Wenn sie die Augen schloß, sah sie Saphronies entstelltes Gesicht vor sich, und sie mußte an Iron Nose denken. Er war von Gus und den Männern nicht gefangen und gehängt worden. Er war frei und würde sich eines Tages bestimmt rächen. Iron Nose und Joe Proud Bear waren mit ihren Familien in den unwegsamen Bergen im Westen untergetaucht. Nur ein brauner Kreis im Gras erinnerte an den Wigwam am Rainbow River, in dem sie gelebt hatten.

Der Häuptling hob beide Hände und drehte dann die Handfläche seiner linken Hand nach unten.

»Das ist das Zeichen für Frieden«, sagte Gus, und Clementine hörte die Erleichterung in seiner Stimme. »Ich habe Zach gleich gesagt, daß sie nicht kämpfen wollen.«

Zach antwortete mit derselben Geste. Die beiden Männer verständigten sich mit noch ein paar Zeichen und wechselten ein paar Worte, die Clementine nicht hörte. Sie sah fasziniert, wie Zach Auge in Auge mit dem Indianer stand. Trotz der eleganten Kleidung wirkte er in diesem Augenblick ebenso gefährlich und unberechenbar wild wie der Mann mit der weißen Feder im Haar.

Zach rollte sich und dem Häuptling eine Zigarette. Dann drehte er sich um und hob die Hand. Shiloh setzte den Bogen an die Geige, und die heiteren Töne von ›Little Brown Jug‹ durchbrachen die Stille. Ein Indianerjunge begann fröhlich zu springen und zu tanzen.

Zach kam langsam zurück. »Sie sind auf Büffeljagd und wollen im Südosten, im Gebiet der Crow, Pferde stehlen«, sagte er zu Gus. »Ich habe sie aufgefordert, zum Fest zu bleiben.«

Clementine richtete sich erschrocken auf, aber Gus legte ihr begütigend die Hand auf die Schulter. »Es ist besser so, Clem, sonst können wir morgen der Hälfte unserer Rinder nachjagen.«

Clementine würde ihre Angst vor den Indianern nie überwinden – Gefangenschaft, Vergewaltigung, Versklavung durch die Indianer. Diese Ängste beherrschten jede weiße Frau, auch sie, schon bevor sie in den Westen gekommen war. In ihrer Vorstellung schlichen sich diese Wilden lautlos in der Nacht mit Tomahawks und Skalpiermessern in den blutigen Händen zum Schlafzimmerfenster. Aber das waren wirklich Phantasiegestalten auf Ansichtskarten im Vergleich zu den verwitterten und eher zerlumpten Indianern auf der abgemähten Wiese. Wenn in dieser Gegend ein Mann mit seiner Familie durch die Ranch zog, dann wurden sie zum Essen eingeladen und aufgefordert, sich auszuruhen, denn das Land war zu groß und so endlos, um jemanden abzuweisen und davonzujagen.

»Ja . . . ich verstehe, daß man sie zum Bleiben auffordern muß«, murmelte Clementine.

Sie spürte Zachs Augen auf sich gerichtet, denn sie wußte inzwischen, ohne sich davon überzeugen zu müssen, wenn er sie ansah. Sein Blick machte sie atemlos, und ihr Herz begann wie immer schneller zu schlagen. Eine verwirrende Unsicherheit überkam sie, für die sie keinen Namen hatte.

Jetzt wollte sie seinen Blick bewußt erwidern, und obwohl sie auf die ungebändigte Kraft seiner gelben Augen vorbereitet war, schwankte sie leicht, als sie das schwelende Feuer darin sah. Tonlos fragte sie ihn: »Wie heißt der Häuptling?«

»White Hawk.«

Clementine ging allein auf die Wiese. Der Häuptling war ein großer Mann mit breiten Schultern, und er besaß eine angeborene Würde. Er hatte ein faltiges Gesicht, eine lange, messerscharfe Nase und volle, nach unten gezogene Lippen.

»Mr. White Hawk«, sagte sie. »Sie und Ihr Stamm sind hier willkommen.«

Der Häuptling sah sie mit unbewegtem Gesicht an. Dann stieß er einen tiefen Laut aus und deutete auf ihren vorgewölbten Leib, dann auf die Wassermelone, die sie völlig vergessen hatte. Zu ihrem Erstaunen bedeutete er ihr in einer kleinen Pantomime, sie habe eine Wassermelone verschluckt, und wies wieder auf ihren Bauch. Sie wurde rot, aber sie mußte ebenfalls lachen. Schnell preßte sie die Lippen zusammen, um den Häuptling nicht zu beleidigen.

Sie reichte ihm die Melone und deutete auf das Messer an seiner Hüfte.

»Vielleicht wollen Sie die Melone selbst schlucken.«

Clementine stand mit ihren französischen Lackschuhen in der heißen Septembersonne auf der Wiese und aß mit White Hawk die Melone. Der Saft tropfte ihr süß und klebrig über die Finger.

Du nimmst dir alles, hatte Zach gesagt, mit deinen Augen, deinem Atem und allen deinen Poren.

Sie blickte von dem Indianer zu den abweisenden, ehrfurchtgebietenden Bergen, und etwas in ihr brach auf. Es füllte sie und floß gleichzeitig aus ihr heraus. Einen wundervollen Augenblick lang war sie White Hawk, die Heuhaufen und Shilohs Tanzmusik.

Sie war Montana.

Der rosagestreifte Rock schwang hin und her wie eine Glocke, während sie sich im Kreis drehte und man darunter einen violetten Unterrock und die roten Schuhe sah.

Gus runzelte die Stirn. Diese Frau . . . diese Frau hatte nicht einmal Luft holen können, seit Shiloh zum Tanz aufspielte. Sie schwebte von einem Mann zum anderen. Wer von den Männern noch nicht mit ihr getanzt hatte, wartete mit klirrenden Sporen und stampfenden Stiefeln an der Seite.

Aber wenn Zach nichts dagegen hat, daß beinahe jeder Mann seine Hure in die Arme nimmt, dachte Gus und verzog verächtlich den Mund, dann muß ich mich wohl kaum darüber aufregen.

Er fand es ohnehin sehr erstaunlich, daß sein Bruder, dieser Frauenheld, es bereits einen ganzen Sommer bei einer Frau aushielt. Immerhin konnte man inzwischen sagen, daß Zach beim Sündigen Hannah die Treue hielt.

Gus stand mit verschränkten Armen vor dem Verandageländer. Er warf einen mißmutigen Blick durch die offene Tür in die Küche, wo Clementine verschwunden war, um ein paar der endlosen Aufgaben rund um das Essen zu erledigen. Er hätte gern mit seiner Frau getanzt, aber vermutlich war es nicht schicklich für eine Frau in diesem Zustand, in der Öffentlichkeit wie ein junges Mädchen herumzuspringen. Hannah Yorkes Brüste hoben und senkten sich im Rhythmus der Musik und quollen beinahe aus dem skandalösen Kleid hervor, das sie trug. Diese Brüste waren wie zwei saftige Pfirsiche, nur sehr viel größer.

Gus fluchte leise und richtete sich auf. Er zog das Halstuch fester und fuhr sich über den Schnurrbart. Dann bahnte er sich mit den Ellbogen einen Weg durch die Cowboys, Schafhirten und Goldsucher, bis er vor ihr stand.

Er lächelte verkniffen und fragte: »Möchtest du mit mir tanzen, Hannah?«

Sie musterte ihn mißtrauisch, aber dann lächelte sie verständnisvoll und erwiderte lachend: »Natürlich, Gus«, und reichte ihm den Arm. Shiloh sah es und spielte einen Walzer.

Zum ersten Mal war Gus dieser Frau wirklich sehr nahe. Sie lag weich und warm in seinen Armen und roch betörend nach Rosen. Er versuchte, nicht auf ihre Brüste zu starren und auch nicht auf ihre Lippen . . . auf diese vollen, sinnlichen Lippen.

Männer sind offenbar wirklich anfällig für die Sünde, dachte er verwirrt, denn diese Frau erregte ihn. Das sollte nicht sein, und er wollte es nicht, aber bei Gott, ihm wurde heiß, wenn sie sich so verführerisch an ihn drückte. Verlegen wartete er auf das Ende des Walzers, um sich von ihr zu lösen.

Als Gus leicht benommen Hannah von der Tanzfläche zu seinem Bruder führte, kämpfte er immer noch um seine Kontrolle. Kein Zweifel, diese Frau hatte seine Leidenschaft entflammt, aber er würde über die Sünde triumphieren. Er würde sich nicht zu einer Dummheit hinreißen lassen.

Gus lächelte erleichtert, als er Clementine neben Zach stehen sah. Sie schienen sich vor dem neuen weißen Holzgeländer wie für ein Photo aufgestellt zu haben. Seine Frau beachtete Zach jedoch überhaupt nicht. Er hätte ebensogut am anderen Ende der Welt sein können. Eine Zeitlang hatte es den Anschein gehabt, als müßten sich Clementine und Zach nur sehen, um wie zwei Wildkatzen übereinander herzufallen. Jetzt sprachen sie kaum miteinander, und Gus fiel auf, daß sie es vermieden, sich auch nur anzusehen. Es schmerzte ihn, daß die beiden Menschen, die ihm am wichtigsten waren, vermutlich immer Feinde sein würden.

Vielleicht besänftigte es Zach etwas, daß Gus seinen Stolz soweit überwunden hatte, um mit Hannah zu tanzen. Immerhin verstand er die Schwäche seines Bruders für diese Frau etwas besser, nachdem er selbst ihre Macht sozusagen am eigenen Leib zu spüren bekommen hatte.

»Shiloh hat wirklich den Rhythmus im Blut . . .«, begann Gus, aber er verstummte, denn Zach blickte an ihm vorbei auf den Weg, der zur Stadt führte. In seinen Augen lag plötzlich ein Ausdruck, der Gus einen Schauer über den Rücken jagte.

Langsam drehte er sich um, und ihm blieb im wahrsten Sinne des Wortes der Mund offenstehen.

»Gelobt sei der Herr, Amen«, hörte er Zach intonieren, und es klang wie ein Echo aus seiner Jugend. »Wenn mich nicht alles täuscht, kommt da der einäugige Jack McQueen.«

Fünfzehntes Kapitel

Das Maultier, auf dem Jack McQueen saß, hatte ein schmutziggraues Fell. Der Vater betrachtete seine Söhne mit seinem einen Auge und rief: »Gelobt sei Gott, denn er hat meine Gebete erhört. Ich habe meine beiden verlorenen Söhne wiedergefunden!«

»Was willst du hier?« knurrte Gus. Der Vater seiner Erinnerung war größer und stärker, aber das Gesicht des Mannes hatte sich kaum verändert. Unter dem einnehmenden Lächeln war es tückisch und verschlagen. Und dann die hellen blauen Augen . . . ein blaues Auge. Gus wußte, er schämte sich. Er sollte inzwischen erwachsen und unabhängig sein, aber er würde sich immer schämen, etwas mit einem Betrüger wie Jack McQueen zu tun zu haben.

Offenbar spielte Jack McQueen wieder einmal den Seelenretter, denn er trug einen speckigen schwarzen Frack, eine abgetragene Hose und vergilbte Beffchen.

›Man muß sich immer ärmlicher kleiden als die Schäfchen, die man hütet‹, hatte er seinen Söhnen schon als Kinder eingeschärft. ›Vor allem Frauen werden einem armen, frommen Diener des Herrn bereitwilliger ihre Börse und ihre Herzen anvertrauen.‹

Der arme, aber augenscheinlich fromme Reverend McQueen holte so tief Luft, daß sich sein Brustkorb weitete. Er sah sich um und musterte die Cowboys und Goldsucher, die zur Musik eines riesigen schwarzen Fiedelspielers fröhlich über die Tanzfläche wirbelten. Sein Blick richtete sich auch auf die langen Tische, auf denen genug zu essen stand, um alle Indianer im Land satt zu machen. Dann legte er den Kopf schief, sah Gus an und verzog das faltige Gesicht zu einem verschlagenen und belustigten Lächeln. Gus kannte diesen Blick. Jedesmal, wenn sein Vater Unruhe stiftete und seinen Spaß dabei haben wollte, machte er dieses Gesicht.

»Es freut mich zu sehen, daß es dir gutgeht, Gustavus. Der Herr ist mit dir«, psalmodierte er im Predigerton, der ganz im Einklang mit seinen Beffchen stand. Wenn Jack McQueen Wunderheilmittel verkaufte, kamen ihm die schwierigsten lateinischen Ausdrücke glatt über die Lippen; wenn er Karten spielte, wurde er zu einem guten Kumpel, der es faustdick hinter den Ohren hatte, und nahm mit seinem aalglatten Getue alle für sich ein. Wenn er Anteile einer nicht existierenden Goldmine verkaufte, war er der reiche und absolut vertrauenswürdige Geschäftsmann von der Ostküste mit Sachverstand und unschätzbaren Kenntnissen.

»Gewiß doch, ich bin überwältigt und glücklich. Ich freue mich, daß ich dich leibhaftig vor mir sehe, mein lieber Junge«, sagte er jetzt. »Und wie geht es meiner lieben treuen Frau, deiner Mutter?«

»Sie ist tot.«

»Der Wille des Herrn geschehe!« Der Reverend nahm den verbeulten Zylinder vom Kopf. Die langen dunklen Haare fielen ihm glatt wie einem Indianer auf die Schultern und glänzten ölig. Sie verbargen die Narben eines abgeschnittenen Ohrs – eine Jugendsünde und die Strafe dafür, daß er ein Pferd gestohlen hatte. Zumindest hatte Jack ihnen das einmal erzählt, aber ihr Vater erfand alle möglichen Geschichten, um im Lügen nicht aus der Übung zu kommen.

»Herr, du unser allmächtiger Gott ...« Er hob das eine Auge zum Himmel, und sein Gesicht wurde ganz sanft und traurig, als lasteten alle Sünden dieser Erde auf seinem Herzen. »Wir beten für die Seele unserer lieben Verstorbenen Stella McQueen, ›Knochen von meinem Knochen, Fleisch von meinem Fleisch‹, und in den Augen Gottes leider eine Sünderin. Sie hat ihren sie liebenden Mann verlassen und das unschuldige Leben verstoßen, das ihrem Leib entsprungen war. Habe Erbarmen mit ihr, großer gütiger Gott. Erhöre unser Flehen. Und sollte sie durch das Wunder deiner grenzenlosen Gnade ihre Sünden bereuen, dann schließe sie in deine heiligen Arme, Amen.«

Er setzte den Zylinder wieder auf. Eine Träne glänzte in seinem Auge, und ein gütiges, sanftes Lächeln umspielte seine Lippen. »Hat sie vor ihrem Tod leiden müssen?«

Gus erfaßte ein so heftiger Zorn, daß er beinahe daran erstickt wäre. »Was willst du hier?«

»Ach, Gustavus, das ist eine andere und lange Geschichte. Auch ein Beispiel dafür, wie der Herr für die Seinen sorgt. Ich bin im Dienste

Gottes durch Missouri geritten ... und ich sage dir, in diesem Teil des Landes sind die Menschen wirklich alle gottlos und der Sünde verfallen. Aber an mich erging der Ruf, die Heilige Schrift in Deadwood zu predigen. Der Herr erschien mir im Traum. Er sprach von einer Stadt der Sünde, einer Stadt mit Seelen, die zur Umkehr bereit sind ...«

»Mit vielen Saloons«, ließ sich spöttisch eine Stimme vernehmen. »Wo man beim Pokern um Goldstaub spielt.«

Gus sah seinen Bruder an. Zach lehnte am Holzgeländer; er hatte die Arme ausgestreckt und die Hände flach an das glatte Holz gelegt. Seine Augen wirkten so durchtrieben und hinterhältig wie das eine seines alten Vaters.

Der Reverend würdigte seinen jüngeren Sohn keines Blickes, aber Gus bemerkte, daß unter der schwarzen Augenklappe ein Nerv zu zucken begann. »Wie gesagt, ich war in Deadwood, und eines Tages führte mich meine Mission in ein Haus der Sünde – natürlich im Dienst des Herrn. Dort unterhielt ich mich mit einem jungen Mexikaner, der mir erzählte, daß er im Frühjahr beim Rindertrieb für einen Rancher namens Gus McQueen gearbeitet hatte. Mein Verstand sagte mir, daß es dich nur einmal gibt, mein Junge, und deshalb bin ich mit meinem Maultier auf einen kleinen Besuch herübergekommen«, erklärte er, als liege Missouri gerade um die nächste Ecke und nicht mehrere hundert Meilen entfernt.

Er klopfte seinem Maultier den Hals und sah dann seinen anderen Sohn an. Er zog die struppigen schwarzen Brauen über der Hakennase zusammen und sagte: »Ich gebe zu, ich hätte nicht gedacht, daß ich dich auch hier finden würde, Zacharias.«

»Das Leben ist voll süßer Überraschungen.«

Der Reverend spitzte die Lippen. »Ein Mann kann einen Sohn haben, aber nur der Herr kann uns zu Seinem Ebenbild machen. Gott gab dir Ohren, um zu hören, und ein Herz, um zu verstehen. Aber als du dich von mir abgewendet hast, bist du vom Pfad der Tugend abgewichen.«

»Amen, Reverend. Nun ja, wir können nicht alle gerettet werden, sonst wäre die Hölle überflüssig.«

Jack McQueen ballte die Faust und hob sie zum Himmel. »Gott läßt Seiner nicht spotten!« rief er mit donnernder Stimme, und Gus spürte, wie Clementine neben ihm zusammenzuckte. »Wenn du Sein Tun leugnest, dann wirst du Seine strafende Hand nicht erkennen, mein Sohn, auch wenn sie dich zermalmt!«

Er ließ die Faust sinken und sah Hannah an, die ihn halb lachend, halb staunend beobachtete. Sein Auge zollte ihr den angemessenen Tribut, und sie lächelte. Dann blickte er zu Clementine.

»Der Mexikaner sagte, daß du geheiratet hast, Gustavus. Das gütige Schicksal hat mich durch viele Gefahren geführt, und so kann ich endlich deine hübsche Frau begrüßen, meine Tochter im Herrn.«

Der große, hagere Mann mit den langen Beinen glitt vom Maultier. Er war tatsächlich jemand, der die Aufmerksamkeit aller auf sich zog. Gus beobachtete seine Frau, um zu sehen, ob sie sich beeindrucken ließ. Sein Vater lächelte und verströmte seinen ganzen Charme. Er nahm ihre Hand und führte sie an die Lippen. »Wo findet man noch eine tugendhafte Frau?« fragte er mit tiefer Stimme, die viele Frauen um ihre Tugend gebracht hatte. »Denn sie ist weit mehr wert als Gold und Edelsteine.«

Clementine betrachtete ihn aufmerksam. Ihr Blick konnte bis ins Innerste eines Menschen dringen. Sie entzog ihm ihre Hand und sah ungläubig ihren Mann an.

»Ist das wirklich dein Vater, Gus?«

»O Herr, vor Deinem Angesicht sind wir alle nur armselige Würmer, die im Staub kriechen. Wir ringen um das Leben und suchen das Glück.«

»Gelobt sei Gott!« antwortete die versammelte Gemeinde.

»O Herr, hilf uns armen Sündern. Hilf uns, Du gütiger und barmherziger Gott, die Botschaft Deines Sohnes Jesus Christus stets in unseren Herzen zu tragen.«

»Gesegnet sei Jesus Christus!« murmelte die Gemeinde.

Das Fest erreichte mit der improvisierten Erweckungsversammlung seinen Höhepunkt oder seinen Tiefpunkt, je nachdem, wie man es betrachten wollte. Shilohs Geige mußte schweigen, und alle Stimmen lobten den Herrn. Reverend Jack McQueen stand auf einer Kiste und predigte in seinem dröhnenden Baß so laut und inbrünstig, daß er selbst die Engel im Himmel zu Gott bekehrt hätte.

Gus lief unruhig hinter der Menge auf und ab. Er wollte nicht dort sein, wo er war, aber er wagte auch nicht, den Platz zu verlassen.

Die einzige Konkurrenz für seinen Vater stellte im Augenblick das Faß Apfelwein dar, von dem Gus eigentlich nicht wissen sollte, daß er mit Whiskey versetzt war. Das Faß ersetzte den verlorenen Seelen wie Pogey, Nash und Zach, dem hartgesottenen Bruder von Gus, die Kneipe.

»Der Herr, unser Hirte, beschütze uns vor dem Rachen des Löwen und der Tatze des Bären.«

»Gelobt sei Gott! Lobet Seinen Namen!«

O ja, er ist nicht schlecht, dachte Gus. Das konnte er schon immer. Seine Beschreibung der Hölle ließ jeden Sünder erbleichen. Sein Segen würde selbst den Teufel bekehren.

Gus sah sich nach Clementine um. Sie hatte sich von allen entfernt und stand auf der Veranda, um den Gottesdienst aus gebührender Ferne zu beobachten. Bestimmt verglich sie Reverend Jack McQueen mit ihrem Vater, der seine Predigten in Boston von der hohen Kanzel einer großen Kirche hielt.

Eine Hand legte sich plötzlich auf seine Schulter, und er drehte sich um. Er war so verblüfft, daß er stolperte, und Zach mußte ihn stützen. »Erinnerst du dich?« fragte er mit vom Alkohol verglasten Augen. »Der Alte spielt den Prediger besser, als Jesus Christus persönlich es könnte, und treibt die armen Seelen zum Bekenntnis ihrer Sünden, um sie aus den Fängen des Satans zu retten. Ich glaube, ich sollte die Taschen der guten Leute inspizieren, damit sich der ganze Aufwand auch wirklich lohnt.«

Gus seufzte gequält. »Was will er hier?«

Sein Bruder nickte in Richtung Kiste. »Er scheint uns die neuesten Nachrichten aus der Hölle zu bringen.«

»Er bringt die neuesten Nachrichten aus der Hölle. Du weißt doch, was geschehen wird! Er wird hier in der Gegend jede verheiratete Frau verführen, im Saloon wird es wegen seiner gezinkten Karten bald zu Mord und Totschlag kommen, und Hannah wird ihm schließlich eigenhändig eine Kugel in den Bauch jagen.« Er lachte unsicher und fügte leicht gehässig hinzu: »Es sei denn, er hat sie dir vorher ausgespannt. Jeder Witwe mit einer kleinen Pension wird er ihr Geld abluchsen . . .«

»Aber der bewußten Witwe wird es gefallen, solange er sie umschwirrt«, sagte Zach. Dabei grinste er wie ihr Vater, und Gus schüttelte sich beinahe vor Abscheu.

»Wir müssen ihn auf sein Maultier setzen und nach Norden, Süden,
Westen oder in irgendeine Richtung schicken, auf jeden Fall weit weg
von hier.«
Der Zylinder wurde für Spenden herumgereicht. Selbst aus der Entfernung hörten sie das Klimpern der Münzen.
»Es sind unsere Freunde und Nachbarn«, klagte Gus. »Er nimmt unseren Freunden das Geld ab.«
Zach hob die Schultern und zündete sich eine Zigarette an. »Sollen wir
ihn umlegen? Ich weiß nicht, wie wir es sonst verhindern können. Und
vergiß nicht, wenn er feststellt, daß du willst, daß er verschwindet, wird
er hierbleiben, nur um dich zu ärgern.« Er blies den Rauch in die Luft.
»Vermutlich will er uns einen Sumpf verkaufen oder eine Silbermine, in
die man viel investieren muß. Er wird uns als seinen Söhnen das Geschäft unseres Lebens anbieten. Aber wenn der Alte feststellt, daß seine
Kinder auf die alten Tricks nicht mehr hereinfallen, wird er sich leich-
terer Beute zuwenden und irgendwann weiterreiten.«
»Hoffentlich . . .«, murmelte Gus.
Die Predigt erreichte einen glühenden Höhepunkt und damit auch das
Finale. Shiloh begann zu singen, und alle anderen stimmten ein:
»Stern, auf den ich baue . . .«
Gus griff in die Weste, um auf seiner Taschenuhr nach der Zeit zu
sehen. »Wir könnten jetzt mit dem Zureiten der Mustangs beginnen«,
sagte er. »Bevor er den Hut noch einmal herumgehen läßt.« Er suchte
in seinen Taschen. Er wußte doch ganz genau, daß seine . . .
Zach zog die vernickelte Taschenuhr aus seiner Weste und ließ den
Deckel aufspringen. »Drei Uhr«, sagte er.
Gus sah seine Uhr in den flinken Fingern seines Bruders und wußte
nicht, ob er lachen sollte, aber es war alles einfach zu bitter. »Er wird
uns das Leben zur Hölle machen. Ich weiß es genau . . .«
Sein Bruder verzog spöttisch die Lippen. Er schob Gus die Uhr wieder in
die Westentasche, wohin sie gehörte. »Ich wollte nur sehen, ob ich es
noch kann.«

»Weshalb sucht man dich?«
Zach sah seinem Vater in das eine Auge und erwiderte kaltblütig: »Mich
sucht man nicht, Reverend. Ich bin so unschuldig wie ein guter Purita-
ner.«

318

»Natürlich, natürlich, mein lieber Junge, und ich bin noch nicht trocken hinter den Ohren.« Er verzog den Mund und legte den Kopf schief. »Hat es jemand vielleicht auf dich abgesehen und möchte dich mit einer Kugel aus dem Weg schaffen? Warum solltest du dich sonst in der Wildnis verstecken, noch dazu unter einem Namen, den ich noch nie gehört habe, Mr. Rafferty?«

»Vielleicht möchte ich, daß mich niemand mit dir verwechselt.«

»Dann könntest du von Glück reden, mein lieber Junge.«

Zach lachte höhnisch und beugte sich über das Gatter. Ein brauner Mustang mit weißen Fesseln stürmte bockend und steigend auf der abgetrennten Koppel herum und versuchte vergeblich, seinen Reiter abzuwerfen. Zach bemerkte, daß Gus mit White Hawk ihnen gegenüber stand und so tat, als beobachte er den Kampf zwischen Mensch und Tier. In Wirklichkeit ließ er jedoch seinen Vater nicht aus den Augen.

Der Reverend legte die Ellbogen auf die obere Querstange und stellte den Fuß auf die untere. Zach musterte ihn aus den Augenwinkeln. Jack McQueen war inzwischen fünfzig, und das sah man ihm an. Blaue Äderchen zeigten sich auf seiner Nase, und die Haut hing schlaff über den vorstehenden Wangenknochen. Sein Bauch quoll über den Hosenbund. Zach hatte einmal erlebt, daß ein Mann sich die Hand gebrochen hatte, als er versuchte, seinem Vater die Faust in den Magen zu schlagen. Jetzt wäre seine Faust darin wie in einem weichen Kissen verschwunden.

Jack McQueen spürte seinen Blick und errötete leicht. Ärgerlich zog er die Hose über den Bauch. »Ihr zwei habt euch eine hübsche Gegend hier ausgesucht«, sagte er, und die Falten um seine Augen vertieften sich, als er bissig lächelte. »Und es gibt in diesem weiten Land offenbar eine stattliche Herde Schafe, die nur darauf warten, gerettet zu werden. Vielleicht schlage ich hier, natürlich metaphorisch, meine Zelte auf und wirke im Namen des Herrn.«

»Sag das nicht, wenn Gus es hört. Du wirst ihm das Fest verderben.«

Der Reverend lachte tief und lange. »Du gefällst mir, mein Junge. Du hast Format. Wirklich schade, daß du nicht bei mir geblieben bist, anstatt mich so plötzlich allein auf dem trocknen sitzen zu lassen. Schließlich hast du alles, was du kannst, von mir gelernt.«

Ja, dachte Zach, ich habe von dir gelernt, die anderen zu betrügen und zu bestehlen, bevor sie es bei mir versuchen können.

»Als du alt genug warst, um einen Harten in der Hose zu haben, konntest du schon einen Mustang einreiten, Taschen leeren und so knallhart mit gezinkten Karten spielen, daß selbst ich versucht war, an die Glücksgöttin zu glauben. Und das alles tatest du sozusagen mit links. Aber schließlich hatte ich dich zu meinem Ebenbild gemacht, wie es in der Heiligen Schrift heißt. Du bist mein Werk, Zacharias.«

Das ist die Wahrheit, dachte Zach, auch wenn du die Wahrheit normalerweise meidest wie die Pest.

Zach trug Jack McQueen in sich; er war ein Teil von ihm. Das hatte nichts mit der Gnade Gottes zu tun, sondern würde einfach im Laufe der Zeit offenkundig werden. Eines Tages würde Zach in den Spiegel blicken und seinen Vater darin sehen. Das Leben, das er nach eigenen Vorstellungen leben, und der Mann, zu dem er werden wollte, würden eines Tages vorbei sein.

Nichts würde davon übrigbleiben.

Seine Mutter hatte es gewußt. Als sie an Deck des Dampfbootes stand und er immer kleiner wurde, während sich das schlammige Wasser zwischen sie schob, hatte sie ihm in die Seele geblickt und dort nichts gesehen, was sich mitzunehmen lohnte, und erst recht nichts, was Grund genug für eine Rückkehr gewesen wäre.

»Ich verstehe wirklich nicht«, hörte er seinen Vater vorwurfsvoll sagen, »warum du einfach auf und davon bist . . . wie ein Dieb in der Nacht, du entschuldigst den Ausdruck, aber du verstehst sicher, was ich meine. Scheinbar täuschte ich mich damals in der Annahme, du und ich, wir seien Partner.«

Partner . . . mein Gott!

»Ich konnte nicht schnell genug von dir wegkommen!«

»Du verletzt mich, Zacharias.« Der alte Mann verzog betroffen das Gesicht. Aber bei Jack McQueen wußte man nie, was aufrichtig und was gespielt war. »Mein Vater hat mich verprügelt, bis ich nicht mehr laufen konnte«, fuhr er fort. »Aber ich habe euch beiden nie auch nur eine Ohrfeige gegeben. Ich habe euch behandelt, als hättet ihr etwas Vernünftiges im Kopf und könntet euren Verstand im Leben auch gebrauchen. Ich gebe zu, daß ich bei Gustavus schon immer gewisse Zweifel hatte, aber ich habe alles getan, was ein Vater für seine Söhne tun kann:

Ihr habt von mir gelernt, wie man spielt, wenn man es zu etwas bringen will.«

»Wir haben von dir gelernt, wie man betrügt, wenn man es zu etwas bringen will.«

»Aber darum geht es doch! Sag nicht, daß auch du mich enttäuschst.«

Der Cowboy saß jetzt fest im Sattel und konnte den Kastanienbraunen lenken. Er gab ihm die Sporen, und Staub wirbelte auf. Gus johlte mit den Männern auf der anderen Seite und klatschte Beifall.

Clementine und Hannah kamen kurz aus dem neuen Haus, aber sie wollten sich das Zureiten der Mustangs nicht ansehen. Hannah lachte, und Clementine blieb stehen. Der Wind drückte ihr den Rock gegen den vorgewölbten Leib. Sie schob sich eine blonde Locke aus der Stirn. Zach mußte sie einfach ansehen. Wo immer sie auftauchte, verzauberte sie ihn, und er vergaß für den Augenblick alles, was ihn gerade beschäftigte.

Die Stimme seines Vaters klang unangenehm in seinem Ohr. »Gustavus ist verrückt, sich so eine Frau zu nehmen. Ich wette, er muß sie jedesmal verführen, wenn er mit ihr schlafen will. Diese Rothaarige ist mehr nach meinem Geschmack. Sie ist schlank und hat Feuer und ist bestimmt gut im Bett.«

»Hannah gehört mir.«

Sein Vater lachte. »Ich wette, sie gehört nicht nur dir, Zacharias. Unser gnädiger Gott hat solche Frauen nicht nur für einen Mann erschaffen. Übrigens, ich habe gelogen, als ich sagte, das sei ein schönes Stück Land hier. Selbst ein Dummkopf sieht auf den ersten Blick, daß man davon kaum leben kann. Gustavus sieht das natürlich nicht. Er glaubt bestimmt, daß ihr bald in Dollars schwimmen werdet. Aber du weißt so gut wie ich, ein kalter Winter oder ein trockener Sommer, und ihr seid pleite. Du bleibst nur, weil du eigensinnig bist.« Er lachte boshaft. »Außerdem hast du dich schon immer verpflichtet gefühlt, deinem braven Bruder ein paar seiner Illusionen zu bewahren.«

»Richtig, Reverend«, sagte Zach, aber seine Stimme klang drohend. Der alte Mann hatte Gus selten gelobt oder ihm erlaubt, auf etwas stolz zu sein. Gus war die treibende Kraft auf dieser Ranch. Ein schlechtes Jahr konnte sie vielleicht in Schwierigkeiten bringen, aber ohne seinen Bruder hätte es die Ranch nicht gegeben. »Ich bleibe bei ihm.«

»Natürlich, du bist so lange der gute Junge, bis er dich eines Tages mit seiner Frau im Bett überrascht.«

Zach bewegte sich nicht. Der Kastanienbraune stieg überraschend, bäumte sich hoch auf und brach seitlich aus. Der Cowboy flog durch die Luft und landete mit einem dumpfen Aufprall im Staub.

Als Achtzehnjähriger hatte Zach Pferde wie diesen Braunen für fünf Dollar zugeritten. Einmal, an einem späten heißen Nachmittag, hatte man ihm einen Rappen gegeben. Er hatte die größten Hufe, die man sich vorstellen konnte. Einer der Männer, die den ganzen Tag am Zaun standen, meinte, ein Pferd mit solchen Hufen könnte nicht geritten werden, aber Zach hatte nur gelacht.

Er glaubte, das Steißbein werde ihm mitten durch das Gehirn getrieben, aber er schaffte es, auf dem verdammten Hengst sitzenzubleiben, bis er ausgepumpt den Kopf hängen ließ. Da rief Zach lachend dem Mann zu: »Na, ich dachte, er kann nicht geritten werden!« Er hatte kaum ausgesprochen, als der Hengst mit allen vier Beinen in die Luft sprang. Zach lag im nächsten Augenblick flach auf dem Rücken und biß die Zähne zusammen, um nicht laut über den Schmerz in der ausgerenkten Schulter zu schreien.

Der Mann kam herüber und beugte sich grinsend über ihn. Er schien sich so zu freuen, als hätte er gerade die erste Wette seines Lebens gewonnen. »Vielleicht wirst du jetzt lernen, Kleiner, niemals ein Pferd oder einen Menschen zu unterschätzen.«

Zach hatte vergessen, wie gefährlich es war, seinen Vater zu unterschätzen. Auch mit einem Auge erkannte Jack McQueen auf den ersten Blick, wozu andere viele Jahre brauchten.

Zach umklammerte den Zaun so fest, daß die Adern und Sehnen an seinen Handgelenken hervortraten. »Du elender Schweinehund«, knurrte er.

»Du wirst schon wieder verletzend, aber diesmal ist es nicht meine Schuld. ›Du sollst nicht begehren die Schönheit ihres Leibes und dich nicht betören lassen von ihren Blicken.‹ Wenn nur du hinter *ihr* her wärst, dann würde ich sagen, dem armen Jungen wird die Schande erspart bleiben, von seinem eigenen Bruder zum Hahnrei gemacht zu werden. Aber ich habe bemerkt, wie sie dich ansieht. Es ist ihr noch nicht richtig bewußt. Wenn sie es erst einmal begreift, dann wird sie die Röcke schneller für dich heben als . . .«

Zach drehte sich um, packte seinen Vater mit beiden Händen am Frack und zog ihn hoch, bis sie sich Auge in Auge anstarrten. »Wenn ich nicht schon wüßte, daß es auf dieser Welt Menschen gibt, die nichts als Unheil stiften, dann würde ich es durch dich lernen.« Er spannte noch einmal die Muskeln an, dann lockerte er seinen Griff und ließ seinen Vater los. Er strich den zerknitterten Frackaufschlag glatt und sagte leise und kalt: »Du behältst deine Gedanken für dich, und vor allem hältst du den Mund! Wenn du jemals versuchst, ihr Schwierigkeiten zu machen, dann bringe ich dich um.«

Jack McQueen verzog verächtlich den Mund. »Soviel Aufregung, lieber Junge, für nichts. Du erwartest doch nicht im Ernst, daß ich dir glaube, du würdest dein eigen Fleisch und Blut töten. Du bist ein harter Bursche, aber so hart bist du nicht.«

Zach wartete mit der Antwort lange genug, um zu sehen, wie sein Vater unsicher wurde und der Nerv unter der Augenklappe zu zucken begann. Dann lächelte er bösartig.

»Sag das dem Mann, der dir das Auge ausgestochen hat.«

Der Mustang wieherte und trat donnernd gegen die Stangen der Koppel.

Reverend Jack legte die Hand um den Mund und rief über den stauberfüllten Platz: »Der Hengst ist zu stark für dich, Gustavus!«

Die beiden Brüder standen nebeneinander und sahen zu, wie vier Männer versuchten, das widerspenstige Pferd zu satteln. »Er ist verpfuscht«, murmelte Zach. »Jemand hat heute bereits versucht, ihn einzureiten, und es nicht geschafft.« Der Mustang war rötlichgelb wie ein Puma und genauso wild.

Gus wurde blaß beim Anblick des Hengstes. Gus war ein guter Reiter, aber er hatte nicht viel für Pferde übrig, und insgeheim fürchtete er sich vor den wirklich wilden.

Zach sah die Angst im Gesicht seines Bruders an der gespannten Haut über den Wangenknochen und den unruhigen Augen. »Die Sonne geht bald unter«, rief er. »Wir sollten ihn loslassen und mit dem Zureiten für heute Schluß machen.«

»Ein Mann«, sagte der Reverend laut genug, daß die anderen Zaungäste es hörten, »sollte sich nicht in den Sattel setzen, wenn er Angst hat, abgeworfen zu werden, sagt ein weises Sprichwort.«

Gus starrte mit zusammengekniffenen Augen auf den Mustang und sah nur die geballte Kraft und die Muskelpakete. Zach ärgerte sich über seinen Bruder. Manchmal konnte man ihn so leicht reizen.

»Du gibst ständig damit an, daß du alles reiten kannst, was ein Fell hat«, erwiderte Gus. »Vermutlich hast du schon Schwielen, weil du dir so oft selbst auf die Schulter schlägst.« Er wies mit dem Kinn auf den Mustang. »Warum versuchst du es nicht mit ihm?«

»Der Hengst taugt nichts. Es lohnt sich nicht, ihn zuzureiten.« Zach hatte nie mit seinen Reitkünsten geprahlt, aber das sagte er nicht.

»Ein Mann«, sagte Jack McQueen, »muß sich manchmal zu seiner Schande eingestehen, daß er einen Schwächling gezeugt hat. ›Seid stark, denn die Welt gehört nicht den Schwachen‹, sagt der Herr. Ich dagegen habe mehr Verständnis für die menschlichen Schwächen. Du mußt vor mir nicht den starken Mann spielen, Gustavus.«

Zach wollte auf den Hengst zugehen, um ihn loszubinden, aber Gus hielt ihn fest.

»Warte . . .«

»Wie oft hast du schon erlebt, daß der Alte aus reiner Bosheit Unfrieden gestiftet hat? Warum läßt du dich von ihm anstacheln?«

Gus ließ den Kopf hängen. »Du weißt, warum. Also gut, ich habe Angst, und vermutlich ist es schwerer, wenn man Angst hat. Du verstehst das natürlich nicht, weil du dich im ganzen Leben nie vor etwas gefürchtet hast. Aber diesmal werde ich es ihm beweisen. Ich will es mir selbst beweisen.«

»Was beweisen, verdammt noch mal? Daß du verrückt bist?«

Gus schob ihn mit zusammenpreßten Lippen beiseite.

»Ach, zum Teufel . . .«, sagte Zach und folgte ihm.

Der Mustang war mit einem Lasso um den Hals dicht an einen Zaunpfosten gebunden. Zwei Männer standen breitbeinig rechts und links neben ihm und zogen ihm den Kopf mit dem Zaum nach unten. Selbst so gebändigt schien er jeden Augenblick bereit zu explodieren; er hatte die Ohren flach angelegt und blähte schnaubend die Nüstern. Gus würde sich den Hals brechen, und Zach war inzwischen so wütend, daß er fand, sein Bruder habe es nicht anders verdient.

Zach löste das Lasso, griff nach dem linken Kinnriemen und zog den Kopf des Mustangs zu sich. Die anderen Männer brachten sich schnell vor den gefährlichen Hufen in Sicherheit.

Zach fuhr dem Mustang über die schaumbedeckten Nüstern. »Ruhig, Kleiner«, flüsterte er. »Ganz ruhig.« Das Pferd schnaubte wild, und der Schaum flog ihm ins Gesicht.

Gus näherte sich dem Mustang mit der Reitpeitsche und blitzenden Sporen von der Seite. Der Mustang schlug mit dem rechten Hinterhuf aus. Gus zog den Hut tiefer in die Stirn, als glaube er wirklich, er werde ihn nach diesem Abenteuer noch tragen.

Zach sah ihn kopfschüttelnd an. »Möchtest du nicht deine hübsche weiße Weste ausziehen, großer Bruder? Du willst sie dir doch bestimmt nicht schmutzig machen.«

Gus lächelte ihn verkrampft und unsicher an, aber Zach vermied es, ihm noch einmal in die Augen zu sehen. »Unterstellst du mir, kleiner Bruder, daß er mich abwerfen wird?«

»Ja, du wirst nicht lange im Sattel sitzen.«

Gus griff nach den Zügeln und drehte den Steigbügel für den Stiefel zurecht. »Halte dich am Gurt fest«, sagte Zach so leise, daß nur sein Bruder ihn hörte.

Gus nickte und griff nach dem Gurt. Der Mustang schnaubte und tänzelte.

Die Brüder sahen sich an. Gus wirkte so verletzt und verwirrt wie als kleiner Junge, wenn sein Vater ihn nicht mit Schlägen, sondern mit Worten bestraft hatte, die mehr schmerzten als Ohrfeigen. Gus hatte damals nicht begriffen, warum es in der Welt grundlose Brutalität und Grausamkeit gab, und er begriff es auch jetzt nicht. Er glaubte noch immer, es gebe eine Möglichkeit, seinen Vater dazu zu bringen, ihn zu lieben.

Zach holte tief Luft und sagte noch einmal: »Gus, du mußt es nicht tun.«

»Für dich war schon immer alles viel einfacher«, stieß sein Bruder gepreßt hervor. »Du bist nicht nur viel härter im Nehmen als wir alle, du weißt es auch noch. Es ist zum Kotzen . . .«

»Halt keine Vorträge, und setz dich endlich auf den verdammten Gaul.«

Zach ließ den Kinnriemen los und riß dem Mustang die Augenbinde vom Kopf, sobald Gus mit dem rechten Fuß den Steigbügel berührte. Das Pferd machte einen Satz, und Gus wurde mit solcher Wucht in den Sattel geschleudert, daß Zach seine Zähne klappern hörte. Der Mustang warf wiehernd den Kopf hoch und krümmte den Rücken wie einen gespannten Bogen.

Gus flog wie ein Pfeil durch die Luft.

»Was soll ich damit nur machen?«

Clementine schnitt den Blaubeerkuchen in kleine Stücke und blickte stirnrunzelnd auf den großen Topf mit gekochten Bohnen in Hannahs Armen. »O je . . .« Mrs. Grahams Bohneneintopf war offenbar ungenießbar und fand keine Abnehmer. Natürlich war das nicht weiter verwunderlich, denn schließlich aßen die Männer im allgemeinen sieben Tage in der Woche morgens, mittags und abends Bohnen. »Vielleicht sind White Hawk und seine Sippe daran interessiert.«

Hannah schüttelte den Kopf. »Ich habe sie ihm bereits angeboten. Er hat auf die Bohnen gedeutet, auf seinen Bauch, wieder auf die Bohnen, und sich vorgebeugt, als müsse er sich übergeben.«

Clementine unterdrückte ein Lachen und warf schnell einen Blick durch die offene Küchentür nach draußen, um sich davon zu überzeugen, daß keine der Frauen und vor allem nicht Mrs. Graham gehört hatte, was Hannah sagte. Sie mußte sich deshalb keine Sorgen machen. Sobald Hannah die Küche verließ, erschienen die Frauen wieder. Wenn Hannah in die Küche kam, verschwanden die Frauen.

Sie waren wie Wellen, die anbranden und zurückweichen. Und wie Wasser rieben sie Hannah langsam, aber sicher auf. Im Laufe des Tages lachte sie immer seltener.

»Clementine . . .«, Hannah stellte den Topf mit den Bohnen auf den neuen Eichentisch. »Ich möchte mich bei Ihnen bedanken, daß Sie so freundlich zu mir sind. Ich weiß, daß es nicht einfach für Sie ist.« Sie wies mit dem Kopf zur offenen Tür. »Diese Frauen werden Ihnen nie verzeihen, daß Sie sich auf meine Seite gestellt haben.«

Clementine blickte auf den Kuchen und leckte sich den blauen Saft von den Fingern. »Ach, Hannah, es ist so einsam hier draußen, daß ich manchmal hinaus zu den Rindern gehe und mit ihnen rede, nur um etwas anderes als den Wind zu hören.«

Hannah wollte Clementines Hand ergreifen, hielt mitten in der Bewegung inne und tat es dann doch. Ihre Hände lagen einen Augenblick auf dem weißen Wachstuch. »Auch ich fühle mich hin und wieder einsam«, murmelte sie.

Clementine schnitt das nächste Stück Kuchen ab. Von draußen hörten sie das Johlen der Männer, die Gus anfeuerten.

»Hannah, glauben Sie, daß . . . Mr. Rafferty und Sie . . . ich meine, werden Sie jemals heiraten?«

Hannah wickelte sich eine Locke um den Zeigefinger. Sie wurde bis über beide Ohren rot. »Komisch, daß Sie das fragen, denn wir haben heute morgen darüber gesprochen . . . das heißt, mehr die Sache umkreist wie Katzen den heißen Brei. Irgendwie schrecken wir beide vor dem Gedanken an traute Häuslichkeit zurück, als hätten wir ein Gespenst gesehen.«

Clementine wurde es plötzlich flau im Magen, als hätte sie zuviel Obst gegessen. Sie wollte nicht daran denken, daß Hannah und Zach . . .

»Ich finde, eine Heirat verändert alles«, sagte Hannah. »Seien wir doch ehrlich, als Hausfrau hat man eine Menge schwere Arbeit. Wie soll eine Frau, die abends todmüde ist, ihren Mann im Bett in Schwung bringen, ganz zu schweigen davon, selbst in Schwung zu kommen.«

Ich werde sie nicht fragen, dachte Clementine, nein, das kann ich nicht . . .

»Wollen Sie damit sagen, daß Sie, wenn Sie mit einem Mann . . .?«

Hannah lachte. »Wie kann man es nicht? Wenn man erst einmal richtig loslegt und glaubt, es nicht mehr auszuhalten . . . na ja, Sie kennen ja das Gefühl.«

Es wurde still in der Küche. Clementine hob den Kopf und stellte fest, daß Hannah sie musterte. »Ach, *das* Gefühl«, murmelte sie.

Plötzlich hörten sie, daß sich das Lachen und Johlen draußen in erschrockenes Rufen verwandelte. Beide Frauen liefen wortlos zur Tür und warfen dabei die neuen gedrechselten Stühle um.

Hannah war als erste draußen und schob Clementine ins Haus zurück. »Sie bringen ihn hierher.«

»Wen?« fragte Clementine mit klopfendem Herzen.

Drei Männer trugen Gus ins Haus. Er war staubig und blutete an der Stirn.

»Wo soll er hin?« fragte Horace Graham, als hätten sie einen Sack Mehl und nicht einen bewußtlosen Mann, dessen Gesicht totenblaß war.

»Hier entlang«, antwortete Clementine so ruhig wie möglich. In diesem Land durfte eine Frau niemals eine Szene machen, wenn ihr Mann von einem Pferd abgeworfen worden war. Sie hätte damit seiner Männlichkeit geschadet, die er mit dem Zureiten unter Beweis gestellt hatte. Der Mann erwartete von seiner Frau, daß sie verstand, weshalb er das Risiko einging, sich das Genick zu brechen. Als sie jetzt auf das leblose Gesicht blickte, wollte sie Gus besorgt an sich drücken, aber sie war auch wütend. Sie würde nie begreifen, warum Männer so tollkühne und verrückte Dinge taten.

Die Männer legten Gus auf das neue Sofa, das zu den Polstermöbeln gehörte, die sie aus Chicago hatten kommen lassen. Für das Sofa hatten sie ein gutes Reitpferd verkauft. Staub fiel auf den flaschengrünen Damast, und wenn Clementine nicht zugegriffen hätte, wäre der feine Stoff von den Sporen aufgeschlitzt worden. Sie schob vorsichtig ein besticktes Kissen unter seinen Kopf.

Die Männer umringten sie und gaben ihr gute Ratschläge – sie sollte ihm einen Essigumschlag machen oder einen Schluck Whiskey einflößen, damit er wieder zu Bewußtsein kam.

»Er wird es überleben«, sagte der eine, auf den sie gewartet hatte. »Geht jetzt bitte wieder raus und laßt ihm etwas Ruhe.«

Zach kniete sich vor das Sofa. Er legte Gus mit einer beinahe väterlichen Geste die Hand auf die Haare. Es dauerte nicht lange, und Gus schlug stöhnend die Augen auf. Die beiden sahen sich an. In ihren Blicken lag etwas, das Clementine nicht verstand. Es gehörte offenbar zu dem Spiel, das sie ständig miteinander spielten: ein Scheingefecht mit Hieben und Stößen, bei dem manchmal auch Blut floß. Das alles gehörte in einen Bereich der Männer, den Clementine nicht ausloten konnte. Manchmal glaubte sie, alle Männer zu hassen, und vor allem diese beiden.

»Hast du ihn zugeritten?« murmelte Gus.

Zach schüttelte den Kopf.

»Worauf wartest du? Mach ihn zahm, den Teufel!«

»Gus . . .«

»Hast du Angst, kleiner Bruder?«

»Ja, natürlich habe ich Angst. Wer will schon freiwillig ins Gras beißen?«

Gus richtete sich mühsam auf. »Lügner, verdammter Lügner. Geh raus und reite ihn zu. Geh!«

Zach stützte die Hände auf die Knie und richtete sich auf. Er ging hinaus, ohne seinen Bruder noch einmal anzusehen. Die Cowboys, die vor der Tür standen, folgten ihm zur Koppel.

»Leg ihm deine langen Beine zweimal um den Bauch!« rief einer. »Dann bleibst du vielleicht im Sattel.«

Gus setzte sich auf und griff nach Clementines Hand. »Hilf mir aufstehen, Clem. Das muß ich sehen. Dieser Hurensohn ist immer so verdammt kaltblütig.«

Sie schwankte unter seinem Gewicht, als er sich schwer auf ihre Schulter stützte. Er torkelte, stöhnte und rang keuchend nach Luft. »Oh, dieser Hurensohn . . .«, fluchte er vor sich hin.

»Gus, was soll das alles?« fragte Clementine gereizt, denn sie hatte ihn noch nie so fluchen gehört. Er zitterte, aber die Schwäche schien tief in seinem Innern zu liegen und hatte offenbar nur wenig damit zu tun, daß er von dem Hengst abgeworfen worden war. »Manchmal bist du richtig halsstarrig.«

Gus verzog schmerzlich die Lippen. »Wenn Zach mit ihm fertig ist, wird der Hengst lammfromm sein. Willst du das nicht auch sehen?«

»Nein«, erwiderte Clementine und hätte ihn am liebsten losgelassen. Aber er war noch zu schwach, um sich aufrecht zu halten, und klammerte sich an sie. Als sie auf die Veranda traten, stand sein Vater vor dem Geländer.

»Ich dachte immer, du kannst nur reden, aber wie ich sehe, hast du ja wirklich Mumm in den Knochen, Junge«, rief er. »Vielleicht habe ich dir doch unrecht getan.«

Gus wurde über und über rot. Er richtete sich mit schmerzverzerrtem Gesicht auf und ging ohne Clementines Hilfe weiter. »Na los, sehen wir uns an, wie mein Bruder so etwas macht.«

Die untergehende Sonne warf einen goldenen Glanz über das Land, und ihre Strahlen schimmerten im tiefen Blau des Himmels. Über der Koppel hing eine Staubwolke. Ein fahles Pferd lag mit zusammengebundenen Beinen auf der Erde.

Clementine hatte für das Zureiten nicht viel übrig. Sie fand es abstoßend und für Mensch und Tier gleichermaßen entwürdigend. Ein Mustang wollte frei und ungezähmt durch die Prärie galoppieren. Wie konnte man von einem solchen Tier erwarten, daß es einen Mann auf dem Rücken trug? Und doch wurde es mit roher Gewalt dazu gezwungen. Ein Cowboy klammerte sich so lange am Haltegurt fest und stieß dem gepeinigten Wildpferd die Sporen in die Seiten und peitschte ihm die Flanken, bis es die Lektion gelernt hatte: Gehorchen, gehorchen, gehorchen, oder es setzte blutige Strafen.

Zach betrat die Koppel und befahl den Männern, das Gatter hinter ihm offenzulassen. »Laß ihn los!« rief er dem Mann zu, der das Lasso hielt, mit dem die Beine des Mustangs zusammengebunden waren.

Der Hengst sprang in einer Staubfontäne auf. Schaum stand ihm vor dem Maul. Die blutroten Nüstern schnaubten zornig.

Zach klopfte ihm den zitternden Hals und sprach leise, beinahe liebevoll auf ihn ein. Die sanften Töne klangen seltsam aus dem Mund dieses Mannes. Er redete immer noch, als er plötzlich dem Mustang ein Ohr verdrehte, blitzschnell den Stiefel in den Steigbügel schob und sich in den Sattel schwang.

Der Hengst blieb vor Überraschung und Schmerz wie erstarrt stehen und explodierte dann wie ein Vulkan. Er bäumte sich auf, sprang, stieg vorne und hinten, machte Riesensprünge zur Seite und galoppierte wie verrückt im Kreis, so daß Zach wie eine leblose Holzpuppe durcheinandergeschüttelt wurde.

»Mein kleiner Bruder braucht den Gurt nicht«, murmelte Gus stolz, aber auch neidisch. »Er sitzt wie angewachsen im Sattel.«

Zach gewann den Kampf. Sie hatte es gewußt, aber es bekümmerte sie, daß auch dieses Wildpferd sich seinem Willen beugen mußte. Der Mustang schlug noch ein letztes Mal nach allen Seiten aus und blieb dann stehen. Schaumflocken hingen an seiner Brust. Das verschwitzte Hemd des Reiters klebte an seinem Körper, und der Schweiß tropfte ihm von den Haaren. Mensch und Pferd rangen so laut keuchend nach Luft, daß es weh tat, es mitanzuhören.

Clementine stellte sich vor, mit Zach auf dem Mustang zu sitzen und in die wilden, menschenleeren Berge zu reiten, wo niemand sie finden würde. Unter den majestätischen Gipfeln würden sie am Lagerfeuer sitzen und die Sterne betrachten. Dann würde sie den Mut aufbringen, ihm das zu sagen, was sie sonst nie über die Lippen brachte ...

Als hätte er ihre Gedanken gehört, gab er dem Mustang leicht die Sporen. Wo eben noch das Pferd gestanden hatte, hing im nächsten Augenblick nur eine Staubwolke in der Luft. Der Mustang schoß wie ein Pfeil durch das Gatter aus der Koppel. Das Donnern seiner Hufe verhallte im weichen Gras.

Sechzehntes Kapitel

Gus lachte und griff übermütig nach den Schneeflocken, die wie Daunen vom Himmel schwebten. »Es wird nicht lange schneien!« rief er. »Vermutlich wird es noch einmal warm werden, bevor der Winter wirklich einsetzt.«

»Ich habe nichts gegen Schnee!« erwiderte Clementine und ließ die Schneeflocken in ihren offenen Mund fallen. Am liebsten hätte sie sich wie ein Kind auf der weißen Decke gewälzt.

»Clementine . . .«

Er warf einen Blick über die Schulter, wo Pogey und Nash in Mänteln aus Büffelfell auf grauen Eseln saßen, und sah sie ernst an. Er nahm sie in die Arme und küßte sie lange.

Clementine holte lachend Luft, als er sie losließ, und hielt sich an seinem dicken Wollmantel fest. Er schob ihr mit dem Handrücken behutsam den Schnee aus dem Gesicht, und sein Blick fiel auf ihren Bauch, der sich deutlich unter dem weichen Kleid abzeichnete. Sie hatte sich nur ein braunes Umschlagtuch über die Schultern gelegt, um ihn zu verabschieden.

Er legte die Hand auf ihren Leib. Das Kind strampelte, als spüre es die Berührung des Vaters. »Ich mache mir Sorgen um dich, Clem.«

»Dazu besteht kein Grund. Hannah sagt, ich bin gesund und stark.« Sie lächelte und fügte augenzwinkernd hinzu: »Obwohl mir Pogey in seiner netten Art erklärt hat, daß ich wie eine aufgeblasene Kröte aussehe.«

»Ich werde auf jeden Fall den Arzt mitbringen, wenn wir durch Deer Lodge kommen«, erwiderte er. »Selbst wenn ich ihn mit dem Revolver vor mir hertreiben muß.«

»Ja, Mr. McQueen. Du hast wie immer recht.«

Auch sie wollte einen Arzt in der Nähe haben, wenn es soweit war, aber das würde bestimmt noch eine Weile dauern. Clementine fühlte sich inzwischen so unförmig, als hätte sie ein Dutzend Wassermelonen gleichzeitig verschlungen. Sie hatte keinem Menschen, auch Hannah nicht, gestanden, wie sehr sie sich vor der Geburt ihres Kindes fürchtete. Sie hatte Alpträume. Im Traum sah sie ihre Mutter, die sich vor Schmerzen krümmte und nicht aufhören konnte zu schreien. Sie schrie noch, als man sie in den Sarg legte und in der kalten Erde des Friedhofs begrub. Aber anscheinend hörte nur Clementine ihre Schreie . . .

»Und wenn etwas geschieht, dann weißt du, was du tun mußt.«

»Ja, Mr. McQueen.«

Es war kalt, aber nicht deshalb lief ihr ein Schauer über den Rücken. Gus hatte auf dem Dach des neuen Hauses eine Feuerglocke aufgehängt, die weithin hallte, wenn man sie läutete. Zach wohnte jetzt allein in der alten Hütte und würde sie hören. Die Glocke bot ihr Sicherheit, war aber auch gefährlich. Clementine traute Zach zu, sie vor Indianern, Wölfen und Bären zu beschützen. Aber wer sollte sie vor ihm schützen? Wie sollte sie sich vor sich selbst schützen?

Wenn Gus bisher nach Butte Camp geritten war, um Verhandlungen wegen der Silbermine zu führen, hatte sie ihn immer begleitet; aber diesmal war sie durch die Schwangerschaft einfach zu schwerfällig und unbeweglich.

Gus hatte im Laufe von sechs Monaten eine Gruppe von Investoren für die ›Vier Buben‹ gefunden. In dieser Woche sollten alle Verträge unterzeichnet werden. Im Frühjahr wollten sie mit dem Abbau beginnen. Die Geldgeber nannten sich das ›Vier-Buben-Konsortium‹. Sie würden die Mine von Pogey und Nash pachten. Es war vereinbart, daß die beiden die Hälfte des Gewinns von allem abgebauten und geschmolzenen Erz mit einem Silbergehalt von mindestens fünfundzwanzig Prozent erhielten. Pogey und Nash sollten Gus zwanzig Prozent ihrer Einnahmen überlassen. Es sah nicht so aus, als würden sie bald reich werden. Gus hatte ihr gesagt, man brauche eine Goldmine, um eine Silbermine in Gang zu halten.

Er legte ihr den Daumen auf die Unterlippe, die noch rot von seinem Kuß war. »Ich habe inzwischen gelernt, daß ich dir dann am wenigsten trauen kann, wenn du: ›Ja, Mr. McQueen‹ sagst.« Ernst fügte er hinzu: »Ich weiß, daß ihr beiden euch so gut vertragt wie zwei Wildkatzen in einem Sack, aber versprich mir, daß du Zach um Hilfe rufst, wenn es notwendig ist.«

»Ja, ja, ich verspreche es«, beteuerte sie, obwohl sie entschlossen war, Zach nur zu rufen, falls Iron Nose mit Skalpiermessern und Tomahawks das Haus stürmen würde. Es beruhigte sie, daß fast die ganze Wiese zwischen ihnen lag. Es mochten Tage vergehen, bis sie sich einmal sahen. Das war auch besser so, denn wenn er sich von ihr fernhielt, mußte sie nicht an das Sehnen in ihrem Herzen denken, das sie bei seinem Anblick jedesmal überkam.

»Allmächtiger!« schnaubte Pogey und stieß wie eine Lokomotive weiße Dampfwolken aus. »Werden wir in dieser Woche noch aufbrechen, Gus? Mein Hintern ist schon im Sattel festgefroren. Ich könnte nicht einmal einen fahren lassen, selbst wenn ich es wollte.«

Nash schlug ihm gegen den Bauch, wobei eine kleine Schneelawine von seinem Hutrand rutschte. »Hör auf zu fluchen, Kumpel!«

»Was soll ein Mann in diesem Wetter anderes tun als fluchen? Bei der Kälte sehnt sich sogar die gläubige Seele nach der warmen Hölle.«

»Das soll Kälte sein?« höhnte Nash. »Ich erinnere mich noch an den Winter zweiundfünfzig. Da war es so kalt, daß dir die Spucke gefror, bevor sie den Boden erreicht hatte. Die Haare brachen ab, wenn man sich auf der Brust kratzte, und die Eiszapfen waren länger als . . .«

»Ha! Wenn ein Huhn gackert, ist nicht immer ein Ei gelegt. Wer hat dich darum gebeten, gleich einen Vortrag über das Thema ›Kälte‹ zu halten?«

»Ein Mann kann viel lernen, wenn er die Ohren offenhält und schweigt.«

»Ich muß gehen«, sagte Gus. »Die zwei werden mit ihren hitzigen Worten den Schnee schmelzen, und wir werden in einer Sintflut ertrinken.« Er warf einen Blick auf das Schneegestöber. »Etwas Gutes hat der Schnee. Reverend Jack wird sich in ein Loch verkriechen und den ganzen Winter über trinken. So bleibt uns die Peinlichkeit erspart, daß er Predigten hält und bei unseren Freunden und Nachbarn abkassiert.«

Clementine klopfte ihm den Schnee von den Schultern. »Ich glaube, dein Bruder hat recht. Wir sollten euren Vater am besten überhaupt nicht beachten.«

»Oh, es gibt also etwas, worin ihr euch einig seid.« Lachend zog er sie noch einmal an sich und küßte sie ein letztes Mal. »Ich bringe dir aus Butte eine Überraschung mit.«

»Was?« fragte sie neugierig. »Was bringst du mir mit?«

Er lachte. »Wenn ich es dir jetzt verrate, dann ist es keine Überraschung mehr, Clem.«

Sie sah ihm nach, bis er im Schneetreiben verschwunden war. Es schneite stärker. Große, weiche Flocken tanzten um ihren Kopf, und ihr Gesicht und die Haare wurden naß. Clementine zog das Umschlagtuch fester um sich. Es war kalt, und sie fror. Im Haus warteten die täglichen Pflichten, aber sie blieb unschlüssig stehen.

Das Kind in ihrem Leib bewegte sich. Bis zum Vortag hatte sie das Gefühl gehabt, ihr Bauch stoße direkt ans Kinn, aber seit dem Aufwachen an diesem Morgen fühlte sie sich seltsam leicht. Das Kind kam ihr jetzt fremd vor; es schien sich bereits von ihr gelöst zu haben.

Sie holte tief Luft. Sie roch die Kälte, die ihr in der Nase schmerzte, und den Rauch, der als blaue Säule aus dem Kamin aufstieg. Im Haus war es warm und trocken. Sie hob den Kopf, ließ den Schnee auf ihr Gesicht fallen und schmeckte ihn auf den Lippen. Es war so schön, den tanzenden Flocken in der Luft zuzusehen. Plötzlich mußte sie laut lachen und streckte die Arme aus, als seien es Flügel, die sie mit den wattigen Wolken davontragen würden.

Hinter ihr knackte plötzlich ein Ast. Das Herz schlug ihr vor Panik bis zum Hals. Langsam drehte sie sich um.

Zach kam mit großen Schritten über die Wiese auf sie zu. Er zog einen roten Schlitten, der mit Holz beladen war, hinter sich her. Im weißen Schneegestöber wirkte er wild und schön und beängstigend. Sein Gesicht mit den klaren kantigen Linien unter der dunklen Haut wirkte so kalt wie ein Stein. Der schwarze Hut verdeckte seine Augen. Sie wußte nicht, ob er auch sie musterte.

Beim Näherkommen schien seine Wildheit ihr unerträglich zu werden. Silbernes Zaumzeug und gut geölte Zügel lagen über seiner Schulter. Als er vor ihr stand, nahm er die Sachen herunter und hielt sie ihr hin.

Clementine nahm sie nicht. »Was ist das?« fragte sie, obwohl sie es wußte. Es war das Zaumzeug von Moses.

»Der erste Schneefall, und du bist noch hier.«

»Ich habe genug Zaumzeug. Ich brauche es nicht.«

Er warf Zaumzeug und Zügel auf das Feuerholz. »Ich gebe dir nicht nur den Zügel, sondern damit symbolisch auch das Pferd.«

»Ich will dein Pferd nicht. Es ist groß und häßlich und es beißt.«

»Stimmt nicht.« Er trampelte im Schnee und schüttelte sich. »Du machst es einem Mann schwer, Boston. Du verletzt seinen Stolz. Ich war früher nicht immer so ehrlich und habe mein Wort gehalten, aber zu dieser Wette möchte ich stehen.«

Sie schwiegen beide. Clementine wollte ihn berühren, nur berühren. Sie konnte seine Augen nicht sehen, spürte sie jedoch wie eine Liebkosung auf sich gerichtet. »Möchtest du immer noch, daß ich gehe?«

»Ja.« Die Antwort drang durch die weiße Wolke seines Atems.

»Warum?«

Einen Augenblick lang erwiderte er nichts, aber sie sah, wie sich sein Brustkorb hob und wieder senkte. Seine Stimme klang rauh, als er sagte: »Du weißt, weshalb, Boston. Und dafür solltest du in der Hölle schmoren.«

Etwas in ihr zerbrach. Die Bruchstücke ihres Wesens gerieten wieder in Bewegung und fügten sich auf eine Weise zusammen, wie es nicht hätte geschehen dürfen.

Dieser Mann füllte nicht die Leere in ihrem Herzen, er vergrößerte sie. Er besänftigte nicht die Furien ihrer Seele, er weckte sie. Und doch brauchte sie ihn wie der Adler den Wind zum Fliegen und der Büffel das Gras zum Weiden. Sie brauchte ihn wie der Donner bei einem Gewitter den Blitz. Es gab ihn, und es mußte ihn in ihrem Leben geben.

Trotz allem konnte er ihr nie, niemals gehören.

Sie hob den Kopf und schob mit den Fingerspitzen seinen Hut zurück, damit sie seine Augen sehen konnte. Aber diese Augen verrieten ihr nichts. Wie immer waren sie hart und kalt wie die Wintersonne. Hätte er sie in Boston mit dem Hochrad angefahren, hätte sie nie den Mut gehabt, mit ihm zu fliehen, denn seine Augen hätten ihr angst gemacht.

»Ich will deinen Hengst nicht, Zach.«

»Du wirst ihn verdammt noch mal nehmen.«

Sie wich einen Schritt zurück, dann noch einen und blieb stehen. Sie griff in den Schnee und formte einen Schneeball. »Ich will ihn nicht haben, verdammt noch mal!« rief sie und zielte auf seinen Kopf.

Der Schneeball traf ihn an der Brust. Er machte ein so verblüfftes Gesicht, daß sie laut gelacht hätte, wenn ihr nicht eher danach zumute gewesen wäre zu schreien, zu schreien, weil der Schmerz in ihrer Brust unerträglich war.

335

Sie beugte sich vor, um den nächsten Schneeball zu formen, aber schon landete einer in ihrem Gesicht. Sie spuckte und schüttelte sich den Schnee von den Augen und den Haaren.

»Du wirst ihn nehmen!« rief er.

Sie warf ihren Schneeball und traf ihn am Kinn. »Das werde ich nicht!« Sie lachte leise, als sie sah, wie er sich schüttelte, weil der Schnee in den offenen Kragen seines Mantels gerutscht war.

Er machte einen Schritt auf sie zu. Sie drehte sich um und lief davon.

Aber sie war unförmig und schwerfällig. Er hatte sie schnell eingeholt. Er legte ihr die Hände auf die Schultern und drehte sie um, so daß sie sich gegenüberstanden. Der gewölbte Bauch schuf einen natürlichen Abstand zwischen ihnen, aber das half wenig. Wo er sie berührte, glühte sie. Und dort, wo sie von ihm berührt werden wollte, glühte sie noch mehr. Ihre feuchten Lippen schmeckten das Eis und die Hitze der Erinnerung.

Er blickte auf ihren Mund. Er senkte den Kopf und legte die Hand an ihr Gesicht. Mit dem Daumen fuhr er über ihr Kinn. Ihr Atem hüllte sie wie eine Wolke ein. Der Schnee rieselte unbeirrt kalt und lautlos auf sie herab. Sie sah, wie er lächelte, als er sagte: »Du wirst es ...«

»Ich werde nicht.« Sie schloß die Augen und öffnete halb den Mund. Dann wartete sie, wartete, wartete ...

Sie hörte, wie er Luft holte; dann löste er sich von ihr. Als sie die Augen wieder aufschlug, war er bereits gegangen.

Clementine legte die letzte Kette aus Popcorn über die Zweige, trat zurück und bewunderte ihr Werk. Es war ein schöner Weihnachtsbaum. Er reichte bis zur Decke. Sie hatte ihn mit vielen Kerzen, buntem Papier, Bändern und Spitze geschmückt. Der würzige Duft war wundervoll.

Trotzdem machte sie der Baum nicht fröhlich. Sie drehte sich um und blickte auf die Eisblumen am Fenster. Es war ein grauer, stiller und kalter Tag. Die dunklen Wolken kündigten noch mehr Schnee an. Clementine legte die Hände auf den Rücken und verzog vor Schmerz das Gesicht. Sie streckte sich vorsichtig und warf einen Blick auf die Uhr an der Wand neben dem Kamin. Es war fast drei Uhr, und es würde bald dunkel werden.

Seufzend lehnte sie die Stirn an die eisige Fensterscheibe. Gus hatte schon vor über einer Woche zurück sein wollen. Sie machte sich Sorgen, und sie fühlte sich einsam. Die Einsamkeit war wie die Kälte, die sich von der Glasscheibe auf sie übertrug. Es war der Tag vor Weihnachten, und sie hatte Geburtstag. Das Kind konnte jederzeit kommen. Sie fühlte sich aufgedunsen, und alles tat ihr weh. Niemand hätte an einem solchen Tag allein sein sollen.

Unruhig ging sie vom Fenster zum Feuer. Sie hielt die Hände an die Flammen, aber die Wärme tröstete sie nicht. Auf den Kaminsims hatte sie eine Glasschale mit Kiefernzapfen und Hagebutten gestellt. Der Geruch erinnerte sie an frühere Weihnachten. Als sie vor zwei Jahren sechzehn geworden war, hatte Tante Etta sie alle zum Essen eingeladen. Am Nachmittag kam es zu dem schicksalhaften Besuch in Stanley Addisons Photogalerie. Danach konnte sie vor Aufregung und Begeisterung kaum stillsitzen.

An jenem Tag hatte sie auch ihre Haare zum ersten Mal aufgesteckt und war ohne die Kappe aus dem Haus gegangen. Wohin sie auch ging, in Spiegeln, Fensterscheiben, sogar in den Glaskugeln, die an Tante Ettas Weihnachtsbaum hingen, sah sie ihr Spiegelbild und staunte. War dieses erwachsene Mädchen wirklich die kleine Clementine? Dann versammelte sich die Familie im Wohnzimmer vor dem Weihnachtsbaum, und alle tranken aus hauchdünnen, hohen Gläsern Glühwein. Clementine hätte so gern auch ein Glas gehabt, aber ihr Vater hatte streng den Kopf geschüttelt.

Plötzlich wurde Clementine bewußt, daß ihr jetzt niemand mehr verbieten würde, Glühwein zu trinken, wenn sie das wollte. Der Gedanke machte sie froh, denn er bedeutete Freiheit.

Freiheit, stellte sie in diesem Augenblick fest, schmeckte wie Wein.

Sie verließ das Feuer, und plötzlich durchzuckte sie vom Bauch bis zum Rücken ein heftiger Schmerz. Ihr Blick richtete sich ängstlich auf die Uhr. Es waren genau sieben Minuten vergangen.

Clementine holte langsam und tief Luft, um den Schmerz zu dämpfen und ihre Furcht zu besänftigen. Sie biß sich auf die Lippen und blickte auf das Glockenseil neben der Eingangstür. Vielleicht waren es doch Scheinwehen. Vielleicht kam Gus noch vor Einbruch der Dunkelheit mit dem Arzt zurück. Clementine schleppte sich zum Fenster. Es schneite wieder. Sie sah kaum noch das Verandageländer.

Drei Minuten später verkrampfte sich ihr Leib schon wieder. Der
Schmerz war so heftig, daß sie die Faust an den Mund preßte, um nicht
laut aufzuschreien. Aber noch größer als der Schmerz war ihre Enttäuschung. Sie glaubte sich von ihrem Körper verraten und gedemütigt.
Wie konnte er ihr das antun? Warum sollte sie das Kind ohne seinen
Vater und ohne Arzt zur Welt bringen? Ihr Blick richtete sich wieder auf
das Seil. Nur er war da.

Zach . . .

Er erschien drei- oder viermal am Tag und vergewisserte sich, daß alles
in Ordnung war. Meist hatte er den Hut tief ins Gesicht gezogen, stand
auf der Veranda und sagte nichts. Er sah anders aus in dem Schaffell-
mantel und den *Chaparejos* aus Ziegenfell. Wenn der Wind heftig blies,
band er das Halstuch über den Hut, damit die Krempe über den Ohren
lag. Bei jedem anderen hätte das komisch ausgesehen, aber bei ihm
nicht.

Mit Rücksicht auf sie verließ er die Ranch nur selten, und dann immer
nur kurz. Er vergewisserte sich, daß die Rinder nicht erfroren oder
verhungerten, und kam wieder zurück. Trotzdem arbeitete er ständig.
Clementine beobachtete ihn hinter den Vorhängen ihres Wohnzim-
mers. Er hackte Feuerholz, das er an beiden Häusern bis zu den Dächern
aufschichtete. Er besserte den Zaun des Korrals aus und verbrachte viele
Stunden in der Scheune, wo er Zaumzeug reparierte oder in der
Schmiede Hufeisen und Werkzeug hämmerte. Nach der Arbeit verschwand er in seiner Hütte. Sie sah den Rauch seines Feuers in die Luft
steigen. Abends fiel das Licht der Lampen durch das Fenster der Hütte.
Manchmal sah sie ihn vor der Tür, und einmal lehnte er mit der Whiskeyflasche in der Hand am Anbindebalken vor seiner Hütte.

Nur wenn es sein mußte, erschien er im Haus bei ihr. Er brachte ihr
Holz für das Feuer und leerte den Aschenkasten im Herd.

Es machte sie unruhig, wenn er ins Haus kam. Alles roch dann nach
ihm – diese besondere Mischung aus Pferd, Leder und Schweiß. Der
Geruch hing noch lange, nachdem er gegangen war, in den Räumen.
Trotz ihrer Scheu ließ sie ihn nicht aus den Augen. Sie prägte sich
seinen Gang ein, wenn er durch die Küche lief. Sie sah, wie er den Kopf
hielt, wenn er das Feuer schürte und das Wasser auffüllte. Sie wußte
bald sehr genau, wie sich seine Haare über den Kragen im Nacken legten und wie die starken Handgelenke aus den Handschuhen hervorka-

men, wenn er nach einem Stück Holz griff. Sie gewöhnte sich nicht daran, daß er den Hut immer so tief in die Stirn zog, daß sie seine Augen nicht sehen konnte.

An diesem Tag hatte er sie mit dem Weihnachtsbaum überrascht, den er in einem Kübel voll Flußsand im Wohnzimmer aufstellte. Die Höflichkeit hätte es verlangt, daß sie ihm wenigstens eine Tasse Kaffee anbot, aber sie brachte die Worte einfach nicht über die Lippen und atmete erleichtert auf, als er gegangen war.

Wieder durchzuckte sie der stechende Schmerz. Sie hielt die Luft an und blickte zur Uhr – wieder waren sieben Minuten vergangen. Clementine konnte sich der Wahrheit nicht länger verschließen: Das waren Wehen. Nur ein Cowboy war in der Nähe, der ihr bei der Geburt helfen konnte. Er wußte zwar Bescheid, wenn es darum ging, ein Kind zu machen, aber davon, wie man es zur Welt brachte, hatte er keine Ahnung. Dieser seltsame Cowboy hatte dunkle, schlanke Hände, die schon viele Frauen berührt hatten. Aber er hatte noch keine Frau auf diese Weise angefaßt, wie er Clementine würde anfassen müssen. Sie wagte kaum, diesen Mann anzusehen, weil er leidenschaftliche und verbotene Gefühle in ihr weckte. Trotzdem würde sie vor seinen sinnlichen gelben Augen die unsinnlichste und erschreckendste Prüfung ihres Lebens bestehen müssen.

Clementine versuchte, langsam und tief zu atmen. Sie würde nicht in Panik geraten, das hatte sie sich geschworen. Ihr Blick richtete sich wieder auf das Seil. Wenn sie die Glocke läutete, würde er sofort kommen. Aber es würden noch viele Stunden bis zur eigentlichen Geburt vergehen. Sie fuhr sich mit dem Finger über die alten Narben. Also gut, sie würde tun, was getan werden mußte. Doch sie konnte es nicht ertragen, ihn in diesem Haus zu haben. Hier sollte er sie nicht sehen . . . so wie er sie sehen würde, nicht in dem Haus, das ihr Mann für sie gebaut hatte.

Clementine zog sich mit großer Sorgfalt an, als wolle sie einen Höflichkeitsbesuch machen. Sie setzte die schwarze Biberhaube auf. Dann griff sie nach den langen schwarzen Handschuhen und legte sich den Reisemantel um. Den hatte sie auch auf ihrer Flucht getragen. Unter seinen weiten Falten verschwand der dicke Bauch.

Die Wolken schienen sie zu erdrücken, als sie das Haus verließ. Es schneite inzwischen noch heftiger. Auf der Veranda mußte sie stehenbleiben, bis die nächste Wehe abgeklungen war. Sie klammerte sich an das Geländer und biß die Zähne zusammen.

Der Schnee verhüllte die Welt. Zögernd verließ sie die Veranda und wagte sich in den Sturm hinaus. Der eisige Wind trieb ihr die Schneeflocken ins Gesicht. Im nächsten Augenblick befand sie sich im heftigen Schneetreiben. Sie sah die Hütte nicht und drehte sich um. Auch das neue Haus war verschwunden. Panik erfaßte sie. Sie hätte die Feuerglocke läuten sollen. Sie hätte ihren Stolz überwinden müssen.

Sie holte tief Luft und blickte auf den Schnee. Undeutlich sah sie die vereisten Abdrücke seiner Stiefel.

Erleichtert blieb sie noch einen Augenblick im Schneesturm stehen und überließ sich dem Glücksgefühl, das sie erfaßte.

Dann folgte sie seinen Spuren.

Zach riß die Tür auf. Er kniff die rot geränderten Augen zusammen, als der Schnee ihm ins Gesicht stob. Trotzdem hatte er die Frau erkannt, die vor ihm stand – die Frau seines Bruders.

Auf der dunklen Pelzhaube lagen silberne Schneeflocken. Das schmale ovale Gesicht war blaß, aber ihre Lippen waren weich und sehr rot. Am liebsten hätte er sie geküßt. Er hatte genug Whiskey getrunken, um sie zu küssen.

Er tat es nicht, sondern schob die Hände in die Hosentaschen und lehnte sich an den Türrahmen. »Bei allen guten Geistern!« rief er spöttisch. »Sehe ich recht? Meine vornehme Schwägerin macht mir einen Besuch!«

»Guten Tag.« Ihr Rücken schien wie erstarrt, und sie wäre nicht überrascht gewesen, wenn der Wind sie wie klirrendes Eis zerbrochen hätte.

»Der Tag ist vorbei. Du bist so dumm wie ein Huhn. In diesem Sturm kann man sich verirren, wenn man sich auch nur einen Schritt vor die Tür wagt!« Er schüttelte den Kopf und seufzte. In ihrer Nähe hatte er immer das Gefühl, auf seine Manieren achten zu müssen, und doch gelang es ihm nie. Er fühlte sich verpflichtet, sie als die Dame zu behandeln, die sie war, und ihr zu beweisen, daß er ein richtiger Gentleman sein konnte, der er nicht war.

Der Schnee wirbelte um sie herum, aber beide blieben wie angewurzelt stehen. In seinen Ohren pochte das Blut.

»Ich habe mich nicht verirrt«, sagte sie schließlich. »Ich bin dort, wo ich hin wollte.«

Er verstand nicht, was sie damit meinte, aber er würde sie mit Sicherheit nicht danach fragen. Er wich einen Schritt zurück, und plötzlich wurde ihm bewußt, daß er nicht gerade anständig aussah. Das Hemd hing ihm über die Hose, und er hatte sich seit drei Tagen nicht mehr rasiert. Vermutlich hätte er auch nicht soviel trinken sollen.

Er gab sich einen Ruck und fügte sich in das Unvermeidliche. So, als sei nichts, lächelte er sie an und sagte: »Wunderbar, komm herein und mach es dir bequem.« Er wollte sich gerade noch spöttisch verbeugen, als er sich an die Whiskeyflasche erinnerte, die er in der Hand hielt. Er trank einen großen Schluck und sah sie dann mit zusammengekniffenen Augen an. Ihr blieb nichts anderes übrig, als zu schweigen.

Für den Bruchteil einer Sekunde glaubte er, Angst in ihren Augen zu sehen.

»Du bist betrunken«, murmelte sie.

»Nein«, erwiderte er. »Ich kann noch stehen, und ich sehe dich nicht doppelt. Außerdem fühle ich mich auch nicht wie ein Kater in einer warmen Nacht. Also bin ich nicht betrunken.«

Er setzte die Flasche wieder an die Lippen, als würde die Situation dadurch einfacher. Er wollte rülpsen, fand jedoch, das wäre zu weit gegangen. Weiß Gott, sie trieb ihn zur Verzweiflung. Erst wollte er sie beeindrucken, dann fand er es klüger, sie abzuschrecken.

Clementine klopfte den Schnee von den Stiefeln, schloß die Tür und kam herein. Sie roch nach nasser Wolle und wilden Rosen. Langsam nahm sie den Mantel ab und hängte ihn an den Haken. Dann zog sie die Handschuhe aus und hob die Arme, um die Pelzmütze vom Kopf zu nehmen. Ihre Brüste waren unter dem Kleid ebenso deutlich zu erkennen wie der dicke, schwangere Bauch.

Zach hatte Mühe zu atmen. Am liebsten hätte er sie in die Arme genommen. Er sehnte sich nach ihr wie ein Verdurstender nach Wasser. Es störte ihn nicht, daß sie das Kind seines Bruders im Leib trug. Er liebte sie. Aber er haßte sie, weil sie seine Liebe weckte, obwohl sie hoffnungslos und falsch war.

Er musterte sie mit zusammengekniffenen Augen. Sie hatte sich abgewandt und stand mit leicht gebeugtem Rücken vor der Wand. Sie wirkte so zart und verletzlich.

»Clementine . . .« Er hob die Hand und wollte sie ihr auf die Schulter legen, ließ sie aber wieder sinken. »Warum hast du nicht die Glocke geläutet, wenn du etwas brauchst?«

Sie drehte sich um und sah ihn mit großen, ernsten Augen an. »Weil ich es nicht ertrage, dich im Haus zu haben.«

Seine Lippen wurden schmal. »Na gut, wünsch mich zum Teufel«, murmelte er und nahm wieder einen Schluck aus der Flasche, damit sie nicht sah, wie ihre Worte ihn verletzt hatten. Der Whiskey brannte ihm in der Kehle, und er hätte beinahe gehustet. Plötzlich verschwamm alles vor seinen Augen, und er mußte sich am Tisch festhalten.

Dann sah er, daß sie seltsam lächelte und dabei sanft den Mund öffnete. »Ach, Zach«, flüsterte sie so leise, daß er sich vorbeugen mußte, um sie zu verstehen. »Welche Frau besitzt den Mut, ihr Herz von einem Blitzstrahl treffen zu lassen?«

Er schüttelte den Kopf und dachte, sie habe ›Haus‹ und nicht ›Herz‹ gesagt. Trotzdem verkrampfte sich alles in ihm. Er glaubte, vor Schmerz und Sehnsucht zu ersticken.

Clementine stieß plötzlich einen leisen Schrei aus, wich einen Schritt zurück und starrte auf den Boden. Eine hellgelbe Flüssigkeit floß über die Dielen, und der Saum ihres grauen Wollkleids wurde dunkel von der Nässe. Eher verblüfft als verlegen sah sie Zach an.

Zach war wie vom Donner gerührt und kämpfte mit dem nackten Entsetzen. »Allmächtiger!« murmelte er.

Sie wollte etwas sagen, aber in diesem Augenblick durchzuckte sie wieder eine Wehe. Ihr Körper verkrampfte sich, sie zitterte am ganzen Leib und stöhnte leise. Er sah, wie sich ihr Bauch zusammenzog.

»Allmächtiger . . .«, flüsterte er sichtlich betroffen.

Sie keuchte, und er atmete ebenfalls flach und schnell, als empfinde er ihre Schmerzen.

»Du siehst«, sagte sie schließlich, »das Kind kommt . . .«

»Allmächtiger!« sagte er zum dritten Mal, aber diesmal klang es bestürzt. Er wich zurück, bis er gegen den Tisch stieß. Dann schüttelte er den Kopf und versuchte, sein wild klopfendes Herz zu beruhigen. »Hör auf, Boston«, murmelte. »Warte, bis Gus mit dem Arzt hier ist.«

Sie mußte unwillkürlich lachen. Er war in Panik, und sie lachte. »O Zach . . . die Geburt eines Kindes kann man nicht aufhalten, wenn es soweit ist.«

Er stellte langsam die Whiskeyflasche auf den Tisch und schob sich die Haare aus der Stirn. »Aber ich kann nicht ... ich weiß nicht ... o verdammt noch mal! Wie soll ich dir helfen?«

Sie lächelte noch immer, aber jetzt sah er ihre Angst deutlich in den Augen. »Du kannst mir glauben, wenn mir der gnädige Gott eine andere Hebamme angeboten hätte als einen betrunkenen, ungehobelten Wüstling von einem Cowboy, hätte ich sie bestimmt nicht abgelehnt.«

Es wurde still in der Hütte. Man hörte nur das zischende Öl in den Lampen und den Schneesturm draußen. Clementine schloß die Augen und unterdrückte einen Aufschrei. Zach geriet wieder in Panik.

»Sag mal, darfst du überhaupt stehen? Ich meine, wäre es nicht besser, du würdest liegen?«

»Nein, danke«, erwiderte sie nach einer Weile und sprach wieder so förmlich, daß er sie am liebsten geschüttelt hätte.

»Wie lange wird es ... noch dauern?«

»Ach, ich glaube, es werden noch ein paar Stunden vergehen.«

Stunden ...

Er sank auf dem Hocker zusammen und drückte die Finger an die geschlossenen Augen. In seinem Kopf dröhnte und hämmerte es wie wild.

»O Gott ...«

Er hob den Kopf und sah sie wie versteinert an. »Das werde ich dir nie verzeihen.«

»Na so was, mein lieber Zach, ich glaube, du hast tatsächlich Angst.«

»Angst ...«, er schluckte, zwang sich aber zu einem schiefen Lächeln. »Angst ist nicht das richtige Wort. Ich komme mir vor, als würde ich splitternackt in einer Schlangengrube stehen.«

Sie war so zart, so sanft, wie er sie noch nie erlebt hatte. Ihre Augen waren tiefe Seen, in denen er ertrinken wollte.

»Weißt du noch, als ich in das Regenbogenland kam?« fragte sie. »Du hattest einem Kalb zur Geburt verholfen, nachdem seine Mutter von den Wölfen getötet worden war.«

»Es ist nicht dasselbe, Boston.«

»Es ist auch nicht viel anders«, erwiderte sie und ahmte seine schleppende Redeweise nach.

Sie richtete sich auf und hob das Kinn. Ihre kleine Nase wirkte plötzlich sehr energisch und selbstsicher. Wenn sie dieses Gesicht machte, war sie immer die höfliche Dame mit den guten Manieren; aber jetzt rührte ihn ihr Mut. Am liebsten hätte er sie in die Arme genommen und an die Brust gedrückt, um ihre Schmerzen zu vertreiben. Sie war selbst fast noch ein Kind und sollte ihr erstes Baby bekommen. Draußen tobte ein Schneesturm, sie war allein und auf einen ungehobelten, betrunkenen Wüstling von einem Cowboy angewiesen.

Er stand auf, trat zu ihr und sah ihr ernst in die Augen. »Ich bin nicht betrunken«, sagte er und legte ihr die Hand an die Wange. »Ich habe dir nur etwas vorgespielt, um dich zu ärgern.«

»Ich weiß.«

Er lachte leise. »Selbst wenn ich stockbetrunken wäre, hätte mich der Anblick der Pfütze auf dem Boden auf der Stelle so nüchtern wie ein Schwein im Eichenwald gemacht.«

Sie unterdrückte ein Lachen. »Wie nüchtern werden Schweine im Eichenwald?«

Er lachte, und seine Panik wich langsam. »Nicht so nüchtern wie eine Eule.«

Jetzt lachte sie ungezwungen und drückte die Wange an seine Hand.

»Nüchterner als eine gebratene Gans«, setzte er das Spiel fort. »Aber nicht so nüchtern wie der Teufel in der Hölle.«

»Du bist wirklich ein Märchenonkel!« rief sie lachend. Aber im nächsten Augenblick krümmte sie sich unter einer neuen Wehe.

Er nahm ihre Arme, und sie lehnte sich an ihn. Die Krämpfe dauerten lange, und er spürte sie deutlich. Die Intimität war fast zuviel für ihn, doch gleichzeitig empfand er eine unendliche Zärtlichkeit für sie. Als die Zuckungen nachließen, flüsterte er in ihre Haare: »Es stimmt, ich habe schon viele Kälber und Fohlen geholt.« Er seufzte und fügte dann noch leiser hinzu: »Und ich weiß, es wird dabei Blut fließen, und es wird sehr schmerzhaft sein. Scham und . . . Zartgefühl müssen wir fürs erste vergessen, Boston.«

»Ich weiß, Zach«, erwiderte sie tapfer. »Und in dieser Nacht habe ich keine Angst vor dir, und vor mir auch nicht.«

»Ruhig, ganz ruhig, mein Kind.« Er verrieb mit beiden Händen Öl auf
ihrem Leib. Ihre Muskeln zitterten und spannten sich. »Tief atmen,
Kleines. Alles wird gut . . . bald hast du es geschafft . . .«
Clementine hielt das eiserne Bettgestell so fest umklammert, daß ihre
Knöchel weiß wurden. Keuchend hob sie den Kopf und starrte ihn mit
blutunterlaufenen Augen an. »Zach, du redest mit mir, als sei ich ein
dummes Pferd, das du zureiten willst. Ich bitte dich nicht zu vergessen,
daß ich *kein* Pferd bin.«
»Ach, du bist so klein und zierlich. Wie könnte ich das vergessen?«
Er wartete, bis sie keuchend, stöhnend und zitternd die nächste Wehe
überstanden hatte. Die Wehen folgten jetzt so kurz und heftig aufeinander, daß ihr kaum Zeit blieb, dazwischen wieder zu Atem zu kommen.
»Ich dachte, wenn ich mit dir rede, ist es einfacher für dich. Du läßt dir
viel Zeit mit deinem Kind. Findest du das Warten wirklich so
schön?«
Sie warf ihm einen wütenden Blick zu und stieß mit zusammengepreßten Zähnen hervor: »Geh zum Teufel mit deinen Predigten!«
»Die Worte beim Fluchen hast du schon beinahe im Griff, Boston, dir
fehlt nur noch der richtige Ton. Du kannst eben sagen, was du willst, es
klingt immer wohlerzogen.«
Sie schnaufte, wimmerte, zuckte, und er lächelte sie unbekümmert an,
obwohl er in Wirklichkeit vor Angst verging.
Das dauerte nun schon ganze sechzehn Stunden. Ihr Brustkorb hob und
senkte sich so heftig, daß er fürchtete, ihr Herz werde es bald nicht
mehr verkraften. Sie war in Schweiß gebadet. Sie hatte sich schon
längst bis auf das Unterhemd ausgezogen, das inzwischen über ihre
Hüfte hochgerutscht war. Sie spreizte die angewinkelten Beine weit und
zitterte vor Erschöpfung.
Sie war mutig und schön, und er liebte sie jenseits aller Lustgefühle
mehr denn je – so sehr, daß er für seine völlig neuen Gefühle keine
Worte mehr fand.
Aber wenn das Kind nicht bald kam, würde sie sterben.
Er befeuchtete ihre trockenen, aufgesprungenen Lippen und legte ihr
ein feuchtes Tuch auf die Stirn.
Hilf, o Gott, betete er stumm immer wieder. Bitte hilf ihr, o Gott. Es
war eine verzweifelte Litanei.

Er hatte sich noch nie in seinem Leben an Gott persönlich gewandt, aber jetzt betete er. Gewissermaßen lag er auf den Knien und hob flehend die Hände. Sein Gott war eine stille Kraft, die in das Wirken der Natur nicht eingriff. Deshalb betete Zach zu Clementines Gott in der grünen Bibel mit dem goldenen Verschluß. Dieser Gott strafte und machte Vorschriften. Zach fand, daß ein solcher Gott in dieser Lage auch Erbarmen haben müßte. Deshalb betete er für sie und für seinen Bruder. Sich schloß er vorsichtshalber in das Gebet nicht ein.

Clementine bäumte sich auf, und ihr Leib zog sich krampfhaft zusammen. Sie klammerte sich an die Eisenstäbe, bis ihre Halsmuskeln wie weiße Seile hervortraten. Sie biß die Zähne aufeinander und verzog vor Schmerzen die Lippen.

Hab Erbarmen, Gott, hab Erbarmen, bitte . . .

Sie stöhnte, bäumte sich noch einmal auf, und dann löste sich ein Schrei aus ihrer Kehle, der ihn erschauern ließ. Er warf das nasse Laken auf den Boden und kniete vor ihr nieder. Zwischen ihren Beinen sah er den Kopf des Kindes. Tränen traten ihm in die Augen.

Hab Erbarmen Gott, bitte, bitte . . .

»Es kommt, Boston. Ich kann den Kopf sehen!« rief er erstickt und auch erleichtert. Ihr Bauch spannte sich, der Rücken zuckte, und sie preßte die Fersen auf die Matratze. »Ich sehe den Kopf deutlicher. Allmächtiger Gott, du mußt pressen, Kleines. Es kommt, Liebste, noch mehr pressen, noch mehr . . .«

Bei all dem Stöhnen, Keuchen und Drücken richtete sie sich auf, um selbst etwas zu sehen. »Wie sieht es aus?«

»Wie ein Baby.« Er nahm ihre Hand, führte ihr die Finger zwischen die gespreizten Beine und legte sie auf die weichen Haare. »Hier, spürst du es . . .«

Sie lächelte unter Schmerzen und holte krampfhaft Luft. »Oh, ja ich . . .«

»Ja . . .«, er drückte seine Lippen auf ihre schweißnassen Knie.

Sie sank zuckend zurück und preßte und schrie. Langsam kam der Kopf hervor und dann der Teil einer Schulter. Die Nabelschnur lag um den Hals des Kindes. Aber ehe Zach deshalb in Panik geraten konnte, legte er den Zeigefinger darunter und zog sie vorsichtig über den kleinen Kopf. Plötzlich glitt das Kind blutig und naß in seine wartenden Hände.

Zachs Herz setzte einen Schlag aus. Er war überwältigt von Ehrfurcht und grenzenlosem Staunen.

Er entfernte das Blut mit den Fingern aus dem winzigen Gesicht und lachte, als der Kleine laut und durchdringend zu schreien anfing. Dann legte er Clementine ihren Sohn auf den Bauch. Das Baby war so faltig, so winzig und dünn. Es schrie und strampelte empört mit den Beinchen.

Zach dachte, vermutlich hat es Angst, weil es so unsanft aus dem warmen Mutterleib gestoßen worden ist. »Sieh ihn dir an«, flüsterte er und empfand eine große, zärtliche Liebe für dieses kleine Wesen. »Siehst du, das ist dein Sohn, Boston.«

Sie versuchte, sich wieder aufzurichten. Er stützte sie mit seinem Arm. Sie lachte und weinte vor Glück und Erleichterung. »O Zach . . . ist es nicht ein Wunder?«

Die langen Haare klebten schweißnaß an ihrem Kopf. Ihr Gesicht war blaß und eingefallen. Die aufgesprungenen Lippen bluteten. »Ja«, flüsterte er überwältigt. »Ja, es ist ein Wunder.«

Er durchtrennte die Nabelschnur und legte die Nachgeburt in einen Eimer, um sie später zu begraben. Mit dem Wasser, das seit Stunden auf dem Ofen stand, wusch er zuerst das Kind und danach Clementine. Er berührte ihren nackten Körper, die Brüste, den Leib und auch ihr Geschlecht. Jedesmal, wenn er den Kopf hob, sah er ihre Augen groß und dunkel auf sich gerichtet. Aus ihnen sprach ein Gefühl, für das es keine Worte gab.

Er hatte nichts Geeignetes, um das Kind einzuwickeln, und nahm schließlich eines seiner Flanellhemden. Der Kleine konnte zwar weniger strampeln, aber am Schreien hinderte es ihn nicht.

Er legte Clementine das zappelnde Bündel in die Arme und setzte sich neben sie auf das Bett. Sie blickten beide auf das krebsrote Gesichtchen und den schreienden winzigen Mund. Das Baby kniff die Augen fest zusammen.

»Er mag mich nicht«, sagte sie tonlos.

»Vielleicht hat er nur Hunger.«

Clementine fuhr sich vorsichtig mit der Zunge über die geschwollenen Lippen.

»Ich weiß nicht, wie ich ihn stillen soll.«

Er ballte die Fäuste, um nicht ihr Gesicht zu umfassen und die blutenden Lippen liebevoll zu küssen. »Ich glaube, du mußt ihm nur ein wenig helfen. Alles andere kann er selbst.«

Clementine knöpfte das Hemd auf, das er ihr anstelle des Unterhemds übergestreift hatte, und legte das Baby an die Brust. Durch das Fenster fiel Licht in die Hütte, und ihre Haut war plötzlich goldgelb wie die Sonne. Der Sturm war vorüber. Die hellen Strahlen brachen durch die Wolken. Die Welt draußen war weiß und rein.

Zach sah, wie sich ihre Brustwarze aufrichtete. Das Baby drehte das Köpfchen, und seine Lippen schlossen sich darum. »Oh!« rief sie leise. »Er saugt aber gierig.«

Zach bewunderte den Kleinen. Die durchsichtigen Augenlider schienen nicht größer als der Nagel seines kleinen Fingers. Er hielt die Fäustchen dicht neben dem Kopf. Das rosa Mündchen saugte hungrig.

»Ich wünschte, es wäre mein Sohn«, murmelte er. Die Worte kamen ihm unbewußt über die Lippen, aber er nahm sie nicht zurück.

Clementine sah ihn an, und er verbarg seine Gefühle nicht vor ihr. Ihre Augen umschlossen ihn sanft, Tage wurden zu Nächten, Schnee wich dem Frühling. Der ewige Kreislauf endete und begann aufs neue, als sie seine Hand nahm.

Sie ließ den Kopf sinken. »Ich liebe Gus«, flüsterte sie.

Ihre Hand auf seiner Hand war wie die Sonne, die den Schatten vertreibt. Er wagte nicht zu atmen, damit sie, die ganze Welt und die Berührung ihrer Hand nicht verschwinden würden.

»Ich liebe Gus«, wiederholte sie lauter. »Er ist nicht nur mein Mann, sondern er ist anständig und von Grund auf gut und treu. Ich habe vor Gott gelobt, ihn zu lieben.« Ihre Stimme versagte, und sie mußte sich räuspern. »Als er mit mir auf seinem Fahrrad zusammenstieß und ich ihn zum ersten Mal gesehen habe, da war er wie aus einem Traum . . . meinem Traum.« Mit Tränen in den Augen fuhr sie fort: »O Gott, wie hätte ich es wissen können? Wie? Verstehst du, in diesem Augenblick war er derjenige, der dir am ähnlichsten war.«

Sie schwieg und drückte seine Hand. »Zach, von Anfang an bist du es gewesen. Von dir habe ich geträumt, weil dir mein Herz gehört und ich dich auch liebe.«

Er blickte auf ihre Hände – seine waren dunkel und groß, ihre weiß und klein. Sie schmiegte sich an ihn; ihr Blut schien in ihn zu fließen, ihr Herz schien in seiner Brust zu schlagen, als habe sie ihm seine Seele genommen. Dieser Augenblick war sinnlicher und schöner als alles in seinen Phantasien, wenn er sie in seinem Bett hatte und mit ihr schlief.

Sie ließ seine Hand los, und die Berührung wurde zu einer Erinnerung, die schmerzlicher war als alles andere, weil sie bis in die Tiefe seines Wesens vorgedrungen war. Noch nie war die Welt so leer gewesen.

»Clementine . . .«

»Nein.« Sie nahm noch einmal seine Hand und drückte ganz kurz seine Finger an ihre Lippen. »Man kann uns nicht für etwas verantwortlich machen, was wir nicht aussprechen. Sag es also nicht. Einer von uns beiden muß immer darauf achten, es nicht auszusprechen. Diesmal bist du es.«

Er sagte nichts. Ein Mann wie er konnte ohnedies nicht über etwas sprechen, was es nicht gab. Die Frau in dem Bett würde nie seine Frau sein. Ihm blieben nur seine Sehnsucht und Worte, die nicht ausgesprochen wurden, um danach geleugnet zu werden.

Er schob ihr das Kissen in den Rücken, strich ihr die feuchten Haare aus dem Gesicht und versuchte um ihretwillen zu lächeln. »Du solltest jetzt schlafen.«

»Wirst du hier sein, wenn ich aufwache?«

»Ich verlasse dich nicht, Clementine.«

Er blieb neben dem Bett sitzen und sah sie an. Als sie tief eingeschlafen war, beugte er sich über sie und küßte sie. Er flüsterte ihren Namen und wußte, daß er sie mehr als alles auf der Welt liebte.

Aber Clementine war und blieb die Frau seines Bruders.

Clementine schlug die Augen auf, und ihr Blick fiel auf ihn. Lange sahen sie sich nur stumm an. Dann flüsterte sie: »Fröhliche Weihnachten, Mr. Rafferty.«

Sie lachten beide leise. Dann bewunderten sie das Baby, das in ihrer Armbeuge schlief, und waren glücklich.

Clementine betrachtete ihren Sohn. Er hatte ein rundes Köpfchen und ein faltiges Gesicht. Trotzdem fand sie ihn wunderschön und liebte ihn so sehr, daß es weh tat. Er war so zart, leicht und fast so körperlos wie ein Sonnenstrahl. Dieses unglaublich winzige, verletzliche und hilflose Wesen machte ihr angst.

»Du meine Güte, was soll ich nur tun?« rief sie erschrocken. »Ich weiß nicht, wie ich eine Mutter sein soll. Ich wußte noch nicht einmal, wie ich ihn stillen sollte.«

Zach streichelte das Baby mit dem Zeigefinger. Dann sah er sie an und streichelte sie mit seinen Augen. »Ich denke, du kannst alles tun, wozu du dich entschließt, Boston. Du bist bis zum ersten Schnee hiergeblieben, bis zum Anfang des Winters, und du wirst länger bleiben.«

Hundegebell und Stimmen hallten durch die kalte Luft. Zach trat ans Fenster. »Es ist Gus«, sagte er. »Der Arzt ist auch dabei.« Zach öffnete das Fenster und winkte seinem Bruder. Sein Atem wurde zu weißen Wolken.

Clementine sah durch das Fenster, wie ihr Mann mit dem Arzt über die Wiese auf die Hütte zuritt. Der Arzt wirkte in seinem gelben karierten Wollmantel wie ein gelber Riesenvogel mit gesträubten Federn. Eine goldene Uhrkette hing auf seinem dicken Bauch, der den Sattel fast bis zum Knauf füllte. Auf dem Kopf trug er eine der englischen Jagdmützen, die nicht nur vorne einen Schild hatten, sondern auch hinten.

»Ein komischer Kauz«, sagte Zach und schüttelte den Kopf. »Mit so einer Mütze auf dem Kopf weiß man nicht, ob er kommt oder geht.«

Er wich ihrem Blick aus, aber sie ließ es nicht zu. Sie waren von jetzt an auf ewig miteinander verbunden. Alles . . . und nichts hatte sich zwischen ihnen verändert. Sie wollte noch einmal in seine Augen blicken und seine Liebe sehen.

›Ich gehöre meinem Geliebten, und er will nur mich . . .‹

Aber Zach blickte hinaus und sah sie nicht mehr an, denn sein Bruder war wieder da.

Gus kam aufgeregt herein und brachte einen Schwall kalter Luft mit in die Hütte. Er sah seinen Sohn im Arm seiner Frau und strahlte glücklich. »Teufel, Teufel . . .«, rief er lachend und außer sich vor Freude. »Teufel, Teufel . . .«

Clementine sah das strahlende Gesicht ihres Mannes und glaubte, das Herz werde ihr in zwei Teile gerissen. Ja, er war genau so, wie sie zu Zach gesagt hatte: Gus war gut, anständig und treu. Sie hatte ihm gerade seinen ersten Sohn geschenkt. Sie konnte ihn niemals verlassen. Dafür gab es viele Gründe.

Sie reichte ihm das Baby, und er nahm es unbeholfen entgegen. Gus blickte auf das Kind, dann auf Clementine und schließlich auf seinen Bruder.

»Zach ... du meine Güte, Zach ... ich weiß nicht, was ich sagen soll.«

Zach zuckte mit den Schultern. »Ach, Bruder, es war nicht viel anders als bei einem Kalb.«

Clementine wartete mit angehaltenem Atem darauf, daß sich seine gefährlichen, aber auch so zarten Augen auf sie richten würden. Und wirklich, er sah sie an, und einen Herzschlag lang war die harte Schale, hinter der er sich verbarg, aufgebrochen.

So kurz und glühend wie einen Blitz sah sie seine Liebe.

Teil 2

1883

Siebzehntes Kapitel

Die Postkutsche schwankte und holperte schwerfällig auf der von tiefen Furchen durchzogenen Straße entlang. Ein Windstoß traf das von Wind und Wetter mitgenommene Gefährt auf der Seite und ließ die alten Ledervorhänge wehen. Der heiße Wind blies durch die offenen Fenster dicke Staubwolken auf die acht Männer und die junge Chinesin, die dichtgedrängt auf den harten, mit Roßhaar gepolsterten Bänken saßen.

Die junge Chinesin schloß die Augen, denn der rote Staub brannte wie Feuer, schlug sie jedoch sofort wieder auf, als ihr der scharfe Geruch von Whiskey in die Nase stieg. Der fremde Teufel, der ihr gegenübersaß, schwenkte lächelnd eine braune Flasche vor ihrem Gesicht. Dabei zeigte er unhöflicherweise seine Zähne. Der Whiskey schwappte auf ihren Schoß und auf die prall mit Post gefüllten Ledersäcke unter ihren Füßen.

»Du Durst, Chinamädchen? Du-urst?« brüllte er, als sei sie taub.

Erlan, die Lieblingstochter des Hauses Po, machte ein Gesicht, das so ausdruckslos war wie eine Maske, wie sie in chinesischen Opern getragen werden, und ließ sich auf diese Weise ihren Ekel nicht anmerken. Wie so viele *Fon-kwei* war der Mann im Gesicht behaart, hatte eine Nase wie ein Pavian und stank auch so.

Sie richtete den Blick auf ihren Schoß und schwieg. Obwohl sie nicht unhöflich gewesen war, nichts gesagt und nichts getan hatte, wurde sofort die Leine um ihren Hals wieder einmal mit einem warnenden Ruck angezogen.

Das Halsband und die Leine waren das Schlimmste, was man ihr angetan hatte.

Die ganze Tragödie hatte ihre Mutter ausgelöst, die etwas so Schreckliches, so Schändliches und Entehrendes getan hatte, daß sie dafür hatte sterben müssen. Die Tat war so ungeheuerlich und schmachvoll gewesen, daß Erlan, ihre Tochter, ebenfalls bestraft werden mußte. Und deshalb hatte sie ihr Vater in seinem Zorn und in seiner Rachsucht für hundert Tael Silber an einen Sklavenhändler aus Futschou verkauft.

Der Sklavenhändler hatte Erlan vergewaltigt. Sie wehrte sich, zerkratzte ihm die Brust mit ihren langen, kirschroten Fingernägeln, die gekrümmt und scharf waren wie Adlerkrallen. Er hatte wenig Freude an ihr gehabt. Doch als er ihr die Ohrringe aus kostbarer weißer Jade wegnahm, die der Vater ihr an dem Tag geschenkt hatte, als sie eine Frau geworden war, da weinte Erlan zum ersten Mal.

Der Sklavenhändler brachte sie zusammen mit anderen Sklavinnen und Vertragsarbeitern in den Laderaum eines Schiffes, dessen Ziel Gumsam war, das Land der goldenen Berge. Sie wurden auf der langen Fahrt über das große Meer wie *Ma-Jong*-Steine in einem Holzkasten auf dicht übereinanderliegende schmale Pritschen gepackt. Erlan lag ganz unten. Bei schlechtem Wetter lief Erbrochenes an der Wand neben ihrem Kopf herunter. Die Laternen, die tranig nach Walöl stanken, schwankten, wenn das Schiff schlingerte. Die Ratten waren so frech, daß sie sich auf Erlans Brust setzten und sie mit Augen ansahen, die im trüben Halbdunkel wie Lichter von Geistern glühten. Auch einer der Matrosen hatte sie sich genommen. Als sie sich gegen ihn wehrte, zerbrach er ihre Reisschale. Von da an mußte sie darum kämpfen, wenigstens ein paar Handvoll von dem Brei zu bekommen, der auf dem Boden des Gemeinschaftstopfes klebte. In der Nacht nach der Mißhandlung durch den Matrosen träumte Erlan, sie sitze mit ihrer Mutter im Garten ihres Vaters auf der steinernen Schildkrötenbank im Schatten des Banjanbaums. Sie tranken warmen Reiswein und aßen kandierte Ingwerscheiben. Beim Aufwachen weinte Erlan zum zweiten Mal.

Als sie endlich das Schiff verließen und Erlan mit ihren gebundenen Füßen das Land der *Fon-kwei* betrat, taumelte und schwankte sie wie betrunken. Das matt schimmernde weiße Tageslicht blendete, aber die Luft schmeckte frisch und würzig wie eine kalte Melone, und die Berge waren in der Tat golden, wie es in den Geschichten erzählt wurde. Einer der Matrosen sagte ihr, sie seien in San Francisco. In dieser Stadt gebe es ein richtiges chinesisches Dorf, fügte er mit einem verächtlichen Lachen hinzu.

Man brachte Erlan in ein Haus, das dem Hipyee Bund gehörte, der mit

Sklavinnen handelte. Dort wurde sie gebadet. Ein Mann untersuchte sie von Kopf bis Fuß so eingehend, daß sie vor Scham rot wurde.

»Der Kerl in Futschou hat dich ruiniert!« schrie der Mann Erlan wütend an und schlug ihr ins Gesicht, als sei das ihre Schuld. »Ich hätte vierhundert *Fon-kwei*-Dollar für deine Unschuld bekommen können.« Er musterte sie, und sein spärlicher weißer Bart zitterte. »*Aiya*, man hat mich betrogen! Du bist bestimmt bereits achtzehn, und deine Goldlilien sind eine Schande. Sie sind so groß wie Flossen, jawohl, größer als kaiserliche Dschunken. Du bist nicht die Eine unter Tausend, die er mir versprochen hat, sondern eine von tausend. Ich werde dich an ein Bergarbeiterlager verkaufen. Frauen sind dort so knapp, daß die Männer jede heiraten, selbst eine alte Frau mit Füßen wie ein Trampeltier.«

Er hatte ihr die Bordelle in der Straße der Huren gezeigt, wo Mädchen wie Erlan dünne weiße Arme durch vergitterte Fenster streckten und wie verirrte kleine Katzen traurige, klagende Rufe ausstießen. Der Mann sagte ihr, wenn sie sich nicht mit ihrem Schicksal abfinde und in ein Bergarbeiterlager gehe, würden hundert Männer am Tag sie haben.

Erlan dachte, sie müsse sich bestimmt verhört haben. Man würde sie doch bestimmt nicht einem ganzen *Lager* zur Frau geben. Aber sie stellte keine Fragen. Was der Blinde nicht sieht, so sagt das Sprichwort, das kann der Blinde nicht fürchten.

Der Mann übergab sie einem *Bock-tow-doy*, einem der Männer, die dafür sorgten, daß die Gesetze des Bundes befolgt wurden. Falls er einen Namen hatte, so kannte Erlan ihn nicht. Er sagte ihr, sie müsse ihn »Meister« nennen.

Der Meister nahm sie sich. Als Erlan sich wehrte, verprügelte er sie mit einem Stock. Er legte sie an die Leine, damit sie lernte, gehorsam zu sein. Danach weinte Erlan zum dritten Mal.

Die Götter wußten, daß die Leine das Schlimmste war, was man ihr angetan hatte. Erlans Stolz litt weit mehr darunter als ihr zarter Hals, denn die Leine zeigte der ganzen Welt etwas, das sie vor sich selbst noch immer leugnen wollte: Sie war eine Sklavin.

Erlan saß so ruhig wie möglich in der schaukelnden Kutsche und erduldete das Halsband und die Leine. Sie wußte, der Meister mußte irgendwann mit seinen Quälereien aufhören. Der Kaufmann Sam Woo aus Rainbow Springs, Montana, hatte achthundert Dollar für sie bezahlt. Für eine erwürgte Braut würde Sam Woo keine Verwendung haben und sein Geld zurückfordern.

Der weiße Teufel, der ihr den Whiskey angeboten hatte, zog die Leder- vorhänge zurück und spuckte zum hundertsten Mal in ebenso vielen Minuten eine schwarze Flüssigkeit in hohem Bogen aus dem Winkel seines Mundes, der nur als schmaler Schlitz die struppigen Barthaare teilte. Der Wind, der durch das Fenster drang, war heiß, trocken und roch seltsam aromatisch wie frisch lackiertes Holz. Erlan vermutete, daß der Geruch von den olivgrauen Büschen kam, die auf den Hügeln und im hohen, vertrockneten Gras wuchsen.

In ihrer Heimat Futschou gab es viele Buchten und regenreiche Täler. Jetzt war dort die Zeit des Monsuns. Die Luft war so heiß wie hier, aber sie dampfte vor Feuchtigkeit. Eine Dunstglocke lag über den Hügeln mit den Teesträuchern und Bambushainen. An den Ufern des Min schim- merten die Reisfelder smaragd- und jadegrün unter der verschleierten Sonne.

Aber hier in diesem fremden Land war alles braun und grau. Die Bäume mit ihren dunklen, klauenartigen Ästen und scharfen Nadeln erinner- ten sie an Drachen. Von anderen Bäumen, die im nie nachlassenden Wind rauschten, lösten sich flauschige Flocken, die wie Watte aussahen. Ein rauschender Fluß schäumte und sprudelte auf seinem Weg durch hohes Gras, das nicht grün war, sondern so blaßgelb wie die Strohhüte der Bauern. Es war ein gemartertes, wildes Land, dem jede Harmonie und Sanftheit fehlte. In der Nähe ihrer Heimatstadt gab es Berge, die jedoch in keiner Hinsicht diesen hohen, zackigen und zerklüfteten Gip- feln glichen, die versuchten, Löcher in den Himmel zu bohren.

Plötzlich wurde ihre Sehnsucht nach den roten Säulen und den Dächern mit den grün glasierten Ziegeln ihres Lao-chia so groß, daß sie die Lippen zusammenpressen mußte, um ein Schluchzen zu unterdrücken. Der Meister faßte die Leine fester und zog ihren Kopf herum.

Sein Gesicht war so ausdruckslos wie die Gesichter der steinernen Wächter an den Gräbern ihrer Ahnen. Doch sie las die Mahnung in seinen Augen: Füge dich, Erlan. Sie durfte nichts tun, nichts sagen und sich nichts anmerken lassen.

Erlan hob das Kinn und warf dem Meister einen Blick zu, der deutlich machte, daß er nichts als ein Stück Dreck für sie war. Ihr Vater war ein mächtiger Mann. Andere Kaufleute verneigten sich respektvoll vor dem

Reichtum der Familie Po und ihrer erhabenen Vorfahren. Und Erlan war die Lieblingstochter ihres Vaters. Sie war . . .

Erlan war jetzt eine Sklavin.

Eine Sklavin . . .

Die Lieblingstochter des Hauses Po unterschied sich in nichts mehr von dem Kind eines Bauern, das seine Eltern für ein paar Schnüre *Käsch* verkauft hatten.

Aus Protest gegen die Leine, die sie an den Meister fesselte, drehte Erlan den Kopf in die andere Richtung und blickte aus dem Fenster. Ein riesiger Vogel mit regenbogenfarbenem Gefieder brach aus dem Gestrüpp hervor und flog mit langsam schlagenden Flügeln in den Himmel auf. Der weiße Teufel mit dem behaarten Gesicht zog einen Revolver aus dem Gürtel und schoß. Der Vogel wurde von der Kugel getroffen, und es regnete rote, goldene und blaue Federn.

Der Knall brach sich dröhnend an den Holzbrettern der Kutsche. Der Meister zuckte zusammen, als habe ihn ein Skorpion gestochen. Sein Gesicht wurde so weiß wie der Bauch eines Karpfens. Er haßte die fremden Teufel, aber er fürchtete sie auch. Sein Geist unterwarf sich ihrem Geist. Erlan stellte zufrieden fest, daß der Meister, der sie an der Leine hielt, seinerseits Herren hatte, deren Willkür er fürchten mußte.

Der Teufel mit dem behaarten Gesicht beugte sich über sie und lächelte. Dabei entblößte er wieder unhöflich seine braunen Zähne, die schlecht und faulig rochen.

»Wilder Truthahn«, sagte er. »Schmeckt gut.«

Wer würde den schönen Vogel essen, den er tot am Wegrand zurückgelassen hatte?

Erlan hatte bis jetzt keine Bauern in diesem Land gesehen. Es war leer und verlassen wie ein vergessenes Grab.

Die Kutsche bog schaukelnd um eine Kurve, und Erlans Augen bot sich ein seltsamer Anblick. Aus dem Tal ragte steil ein großer, hutförmiger Hügel auf, der weder mit Gras noch mit Bäumen bewachsen war und wie ein dicker Pickel auf der Haut der Täler und Wiesen wirkte. Auf dem Hügel stand ein schwarzer Turm, der so aussah wie das Skelett einer ausgebrannten Pagode und gespenstisch in den rauchverhangenen Himmel ragte.

»Das ist der Förderturm der Silbermine ›Vier Buben‹. Vor wenigen Jahren war das hier nichts als ein unbedeutender Fleck in der Landschaft. Sieh es dir an, Chinamädchen! Das Silber hat aus Rainbow Springs inzwischen eine richtig blühende Stadt gemacht.«

Trotz der Leine beugte sich Erlan weiter vor, um besser zu sehen. Die Sprache des Teufels mit dem haarigen Gesicht war so ganz anders als die gepflegte Aussprache, die man in den Missionsschulen lernte und die ihre Mutter Erlan beigebracht hatte. Sie hatte Schwierigkeiten, ihn zu verstehen. Aber das Wort »Silber« hatte sie gehört.

Der Silberberg war ein häßlicher, narbiger grauer Hügel. Auf der nackten, unfruchtbaren Erde standen in seinem Schatten verwitterte Holzhäuser, die armseliger aussahen als die Hütten von Bettlern.

Ein mit Gestein randvoll beladener Wagen überholte sie und nahm Erlan den Blick. Der Kutscher schwang brüllend die lange Peitsche über den Rücken der Maultiere. Sie hörte durch das Rattern der Räder auf dem harten und ausgefahrenen Boden ein dumpfes, rhythmisches Klopfen.

»Das Geräusch kommt von dem Pochwerk, mit dem das Erz zerkleinert wird«, sagte der fremde Teufel und tätschelte ihr das Knie.

Der Schock der Berührung lenkte Erlans Aufmerksamkeit unvermittelt wieder in das Innere der Postkutsche. Der Meister neben ihr zischte leise wie eine wütende Gans.

Die *Fon-kwei* sind wirklich barbarisch, dachte Erlan. Sie berühren sich unhöflicherweise ständig. Sogar Fremde drücken sich die Hand, schlagen sich auf den Rücken, nehmen den Arm von Frauen und legen ihnen die Hand auf den Rücken.

Das Berühren war ein unverzeihliches Eindringen in den persönlichsten Bereich eines Menschen. Wußten das diese Barbaren nicht?

Der behaarte Teufel grinste sie an. Er hatte offensichtlich keine Ahnung, daß er sich ständig danebenbenahm.

»Du nicht sprechen amerikanisch, he?« Sein Blick richtete sich auf den Meister. »Wie ist es mit dir? Du sprechen amerikanisch, Chinamann? Sag mir, in welches Puff du sie bringst. Vielleicht besuche ich sie einmal. Ich habe gehört, eure chinesischen Mädchen sind anders gebaut als unsere. Ihr Schlitz soll quer sein und so eng wie ein Spatzenloch.«

Der Meister lächelte den haarigen Teufel unterwürfig an, wie er es nur bei den *Fon-kwei* tat. »Sie heiraten«, sagte er in seiner schlechten Aussprache.

360

»Verdammt.« Der behaarte Mann stieß durch seine faulen Zähne einen lauten Pfiff. »Was für eine Verschwendung!«

Mit dem Wind drang ein entsetzlicher Gestank in die Kutsche, und Erlan wurde fast übel. Die Pferde waren langsamer geworden, als sie in die Stadt einfuhren. Hunde und Schweine wühlten in Bergen von leeren Konservendosen, Knochen und verfaulenden Abfällen. Auf dem getrockneten Lehm der Straße lagen alle möglichen Dinge: ein alter Stiefel, ein Wasserkessel mit einem Loch im Boden, ein Hocker, dem ein Bein fehlte. Sie fuhren an einer Reihe Blockhäuser vorbei, deren halbhohe Pendeltüren sich bewegten. Aus dem Innern drang laute blecherne Musik, und man hörte Gelächter.

Wie fremd das alles war, wie fremd und erschreckend. Als Kind hatte sich Erlan oft danach gesehnt, mehr von der Welt zu sehen als das, was sich ihrem Blick von der hohen Gartenmauer ihres Lao-chia bot. Sie hatte sich Abenteuer gewünscht, wie sie die Suppenverkäufer auf dem Markplatz erzählten. Wie oft hatte ihre Mutter sie damals gewarnt: »Überlege dir gut, was du dir von den Göttern wünschst, denn sie könnten dir deine Wünsche erfüllen.«

Die Kutsche hielt in einer Staubwolke und mit quietschenden Rädern an. Der Kutscher rief mit seiner rauhen Stimme: »Wir sind da, Leute, wir sind in Rainbow Springs!«

Der Meister reichte ihr einen roten Schleier. Als Erlan ihm den Schleier nicht aus der Hand nahm, zog er ihr den Kopf an der Leine so weit herum, daß sie ihm in die Augen blicken mußte und die Warnung darin sah: Füge dich, Erlan. Füge dich, so wie sich der Bambus dem Wind beugt und deshalb niemals bricht.

Sie nahm den Schleier und legte ihn über den Kopf. Ihr Schicksal schien damit endgültig besiegelt.

Rot war eine Farbe der Freude, eine Farbe für Hochzeiten. Früher einmal hatte sie diesen Tag mit der unschuldigen Freude eines Kindes erwartet. In ihren Träumen verließ sie das Haus ihres Vaters in einer rotlackierten Sänfte auf einem Thron, den rote Seidenvorhänge umgaben. Ihr hübscher junger Bräutigam erwartete sie am Mondtor seines Hauses. In der Hand hielt er den Schlüssel, der ihre Sänfte aufschließen würde, und vielleicht ... o ja, vielleicht war es auch der Schlüssel zu ihrem Herzen. Ihre einzige Sorge bestand darin, ob sie den erlauchten Ahnen ihres Bräutigams bald einen Sohn schenken würde.

Erlan fuhr mit den Handflächen über das rauhe blaue Baumwollkleid, das der Mann vom Sklavenbund ihr gegeben hatte. In ihren Träumen hatte sie ein Hochzeitsgewand aus roter, prächtig bestickter Seide getragen und einen Kopfputz aus Gold, Lapislazuli und Jade. In ihren Träumen war alles anders gewesen.

Füge dich, Erlan . . .

Sie saß unter dem roten Schleier in tiefer innerer Gelassenheit auf der Bank der Kutsche. Der Meister zog an der Leine. Sie hörte das dumpfe Geräusch der ledernen Postsäcke, die auf die Erde fielen, und sie spürte das Schwanken der leerer und leichter werdenden Kutsche. Es war Zeit, dem Mann gegenüberzutreten, der sie als seine Frau gekauft hatte.

Nach so vielen Stunden in der Enge der Kutsche taumelte sie auf den kleinen, gebundenen Füßen. Ein Schwindelgefühl erfaßte sie, und der rote Schleier verschwand, denn ihr wurde schwarz vor den Augen. Erlan preßte die Fingernägel in die Handflächen und hoffte, der Schmerz werde verhindern, daß sie ohnmächtig wurde. Sie mußte ihren Ahnen Ehre machen; sie durfte vor dem Fremden, der ihr Mann sein würde, keine Schwäche zeigen.

»Ehrwürdiger Herr«, sagte der Meister und grinste verächtlich, denn der Kaufmann Sam Woo war eindeutig kein »ehrwürdiger Herr«. »Ich bringe Euch dieses unwürdige Mädchen als Eure Braut.«

Erlan spähte unter dem Rand des Schleiers hervor und sah die untere Hälfte ihres Bräutigams. Sie hatte die weißen Schuhe mit dicken Papiersohlen und das Seidengewand eines Chinesen erwartet. Statt dessen sah sie eine gestreifte Hose, wie die Barbaren sie trugen, und glänzende, spitze Stiefel. Trotzdem verneigte sie sich anmutig vor ihm, so wie es die Tradition verlangte. Sie senkte den Kopf, hielt den Rücken gerade, das rechte Knie senkte sich beinahe auf die Straße, und sie berührte mit beiden Händen leicht die linke Hüfte.

Gütige Kwan Yin, betete Erlan, laß ihn zumindest jung und hübsch anzusehen sein.

Er nahm ihr den Schleier ab. Das war ein Verstoß gegen die Sitten. Der Bräutigam durfte das Gesicht der Braut vor der Hochzeit nicht sehen; doch Erlan konnte auch dieser Bruch der Tradition nicht mehr aus der Fassung bringen. Sie hielt den Kopf nicht gesenkt, wie es sich schickte, sondern hob ihn langsam, um dem Kaufmann Woo ins Gesicht zu sehen.

O ihr tückischen und grausamen Götter! Er ist auch noch alt und häßlich!

Sam Woo sah sie durch eine Brille an, deren Gläser so dick waren wie Nudeln aus Schanghai. Die Jahre hatten um seine Augen und um den Mund tiefe Falten in das Gesicht gegraben. Im vergeblichen Bemühen, sein fliehendes Kinn zu verbergen, hatte er sich einen schütteren Bart wachsen lassen. Erlan konnte nicht erkennen, ob seine Stirn dem Kinn entsprach, denn er trug einen topfartigen Hut wie all die Barbaren.

Füge dich, Erlan ...

Sie mußte sich fügen. Sie mußte jedes Gefühl aus ihrem Herzen verbannen, bis es so leer war wie eine ausgehöhlte Kürbisflasche.

Zwei Frauen standen wie Dämonen neben dem Kaufmann Woo. Die eine war klein und dünn wie ein Geist und hatte Haare, die so blaßgelb waren wie der Mond. Die Haare der anderen hatten eine bemerkenswerte Farbe. Sie waren so tiefrot wie der Saft der Betelnuß. Nein, sie leuchteten wie die glühenden Kohlen, die sich in der glänzenden Bronze eines Kohlebeckens spiegelten.

Eine Gruppe Neugieriger hatte sich auf der Straße versammelt, um die Ankunft der Postkutsche zu beobachten. Erlan sah andere Chinesen. Sie trugen die grob gewebten knielangen Baumwolljacken, die weiten blauen *Schmo* und die breitkrempigen, spitzen Strohhüte von Bauern. Die *Fon-kwei* mit ihren Hemden aus Matratzenstoff und den groben Baumwollhosen waren allgegenwärtig. Mehrere wiesen mit den Fingern auf Erlan. Sie fragte sich, was sie getan hatte, um eine so verächtliche Geste zu verdienen.

Dann fiel ihr Blick auf einen Mann. Wie gebannt sah Erlan ihn an. Selbst unter den großen fremden Teufeln wirkte er wie ein Riese. Wie die anderen Barbaren starrte auch er sie unhöflich an. Er war nicht gerade hübsch. Obwohl er jung war, wirkten die kräftigen Gesichtsknochen – oder das, was sie unter den dichten Barthaaren auf seinen Wangen und an seinem Kinn sehen konnte – hart und kantig wie eine alte Axt. Etwas erschreckend Starkes ging von ihm aus. Aber dann lächelte er, und obwohl er die Zähne zeigte, gefiel ihr sein Lächeln, denn es war sanft und zart wie Flötenmusik, und ihr wurde plötzlich warm ums Herz.

Die Leine um ihren Hals wurde fester gezogen, und sie bekam keine

Luft. Ohne zu überlegen, hob sie die Hand. Sie griff an das Leder und versuchte, das Halsband zu lockern.

Der junge Riese kam auf sie zu. Sein Gesicht verzog sich zu einer wütenden Fratze. Erlan wich ängstlich zurück.

»Er hat sie an der Leine!« schrie der Riese. »Das Schwein hat sie an die Leine gelegt wie einen Hund!«

Der Meister stellte sich vor Erlan. Der Riese schlug ihm die Faust in den Magen. Er landete auf allen vieren auf der staubigen Straße und krümmte sich im Kot von Pferden und Hunden.

Er war jedoch schnell wieder auf den Beinen. Seine Hand fuhr zitternd in den Ärmel seines *Chang-fu,* wo er ein kleines Beil versteckt hatte, die Waffe seiner Zunft. »*Ta ma*!« stieß er zwischen den Zähnen hervor. Doch feige wie er war, wagte er nicht, den Riesen anzugreifen. Statt dessen mußte Erlan dafür büßen.

Er schlug Erlan mit der harten Hand auf die Wange, und es knallte wie eine Peitsche. Sie wäre gestürzt, wenn der junge Riese sie nicht von hinten an den Schultern festgehalten und gestützt hätte. Der Schmerz war so groß, daß ihr die Tränen in die Augen traten und alles verschwamm. Sie blinzelte und sah zu ihrem Erstaunen, daß die Feuerfrau plötzlich vor dem Meister stand. Sie zielte mit einer kleinen Pistole auf sein Gesicht.

»Wenn du etwas anderes wagst, als zu atmen, Chinamann«, sagte sie mit einer Stimme wie heißer Rauch, »dann verlierst du deine Nase.«

Erlans Bräutigam trat verlegen von einem Bein auf das andere und rang die Hände: »Großer Gott, Mrs. Yorke! Mr. Scully, bitte! Was tun Sie da?«

Ein fremder Teufel, der so dick war wie ein Reishändler, kam mit seinem großen Bauch wichtigtuerisch herbei. »Also, Hannah, sei ein Schatz«, sagte er kopfschüttelnd. »Warum steckst du deine Pistole nicht wieder ein? Die Chinesen sollen sich um ihre Angelegenheiten selbst kümmern.« Er drehte sich um, und der siebenzackige Stern, den er auf der Brust trug, blitzte in der Sonne. Der Stern war ein so schlechtes Omen, daß Erlan schnell den Blick anwandte. Sie brauchte nicht noch mehr Unglück.

»Laß sie los, junger Mann!« sagte der Dicke und richtete den Blick auf den Riesen hinter Erlan. »Habe ich nicht gerade die Sirene zum Schichtwechsel gehört? Du willst doch nicht einen Tag von deinem Lohn abgezogen bekommen.«

Erlan wurde plötzlich bewußt, daß der Riese sie immer noch festhielt. Seine Hände fühlten sich schwer und warm auf ihren Schultern an. Die Berührung war zwar seltsam, aber nicht unangenehm. Sie legte erschöpft den Kopf an seine Brust, und er hüllte sie in seine Wärme ein wie ein mächtiger, aber freundlicher Drache, der sie mit seinem Leib vor der Welt schützte.

»Die verfluchte Sirene ist mir verdammt egal«, sagte er in der dröhnenden seltsamen Sprache, an die sie sich noch nicht gewöhnt hatte. Aber am Ton seiner Stimme hörte sie seinen Drachenzorn. »Dieser gelbe Schweinehund zerrt eine Frau an der Leine herum. Das ist eine Schande! Auch in dieser verdammten Stadt gibt es ein Gesetz, das es ihm verbietet, Menschen wie Tiere zu behandeln.«

Der dicke Mann rieb sich das Kinn mit einer Hand, die wie eine Bärentatze aussah. »Wenn es ein Gesetz gibt, das so etwas verbietet, habe ich noch nie davon gehört.«

Die Feuerfrau hielt die kleine Pistole unter das Doppelkinn des dicken Mannes. »Sheriff Dobbs, Sie sind ungefähr so nützlich wie ein Maultier mit drei Beinen. Warum gehen Sie nicht in Ihr Büro, nehmen die Fliegenklatsche, kratzen sich den Rücken und überlassen es mir und Mrs. McQueen, die Angelegenheit hier in Ordnung zu bringen?« Sie blickte über die Schulter auf den Kaufmann Woo. »Tut mir leid, Sam, aber Sie werden das Mädchen nicht eher heiraten, bis wir davon überzeugt sind, daß sie wirklich dazu bereit ist.«

»Großer Gott!«

Der Dicke zog den Gürtel höher. »Also, Hannah ... nun sei ein Schatz!«

»Kommen Sie mir nicht mit Ihren plumpen Anbiederungen, sonst schieße ich Ihnen ein Loch in die Stirn.« Sie wandte sich Erlan zu, und ihr Gesicht wurde freundlicher. »Komm mit, mein Kind ...«

Der Meister hob entsetzt die Hand. »*Tsao ni, Lo mo!*« schrie er mit schriller Stimme. »Das Chinamädchen bleibt hier ...«

Die Mondfrau trat vor und stellte sich zwischen Erlan und den Meister. »Bitte gehen Sie beiseite, Mister«, sagte sie kühl und schob sich eine hellblonde Strähne aus der Stirn. Sie sah ihn ruhig an, und Erlan war verblüfft, als der *Bock-tow-doy* nachgab.

Die Hände des Riesen lagen immer noch schwer und warm auf ihren Schultern. Sie hatte ein seltsames Gefühl, so als sei ein Vogel in ihrer Brust gefangen, der mit den Flügeln gegen den Käfig ihrer Rippen schlug und verzweifelt versuchte, sich zu befreien.

Der junge Riese drehte sie sanft um. Behutsam durchschnitt er mit einem Messer das enge Halsband. Seine Stimme klang sanft, als er sagte: »Geh mit Mrs. Yorke. Ich vertraue ihr. Sie wird sich um dich kümmern. Aber denk daran, Kleine: Amerika ist ein freies Land. Hier kann dich niemand zwingen, etwas zu tun, was du nicht willst.«

Erlan schwieg, doch sie konnte den Blick nicht von seinen Augen wenden. Sie hatte noch nie solche Augen gesehen. Sie waren so dunkelgrau wie ein Regenhimmel. In ihnen lag eine seltsame Mischung aus Stärke und Sanftheit. Erlan hatte den absurden Wunsch, ihn zu berühren, um festzustellen, ob dieser Mann nicht unwirklich war. Sie streckte sogar die Hand nach ihm aus. Doch ihr wurde noch rechtzeitig klar, was sie im Begriff war zu tun, und sie ließ die Hand wieder sinken.

Erlan zwang sich, den Blick von ihm abzuwenden, und ließ sich von den beiden Dämonen in Frauengestalt davonführen. Sie mußte jedoch ihre ganze Willenskraft aufbieten, um sich nicht umzudrehen und ihm einen letzten Blick zuzuwerfen.

Erlan schwankte auf ihren winzigen Goldlilien, als sie sich einen Weg durch den Schmutz auf der Straße bahnten. Hier stank es schlimmer als auf dem Karren des Mannes, der die Nachtgeschirre leerte. Im Reich der Mitte hatte jeder von *Mei-kwok* gehört, dem schönen Land Amerika, wo angeblich das Gold in solchen Mengen auf der Straße lag wie der Büffeldung auf einem Reisfeld. Aber auf diesen Straßen lagen nur Pferdeäpfel. Irgendein Dummkopf mußte sie für Gold gehalten haben.

Direkt vor ihr türmte sich ein dampfender, von Fliegen umschwirrter Haufen Pferdeäpfel. Erlan hob das Kleid und stieg mit ihren hohen Holzschuhen in kleinen, schwankenden Schritten darüber hinweg.

»Mein Gott!« rief die Feuerfrau. »Clem, hast du ihre Füße gesehen? Man hat ihr das angetan, was diese Heiden mit den Füßen ihrer armen Mädchen machen.«

Erlan spürte die heiße Röte in den Wangen, als auch die Mondfrau stehenblieb und entsetzt auf ihre Goldlilien starrte.

Nun ja, ihre Füße waren nicht so, wie sie hätten sein sollen. Aber gerade diese Frau sollte nicht mit dem Finger darauf weisen, dachte Erlan empört, denn schließlich hatte sie selbst Füße, die so groß waren wie Sampans. Erlan konnte wirklich nichts dafür, daß ihre Mutter ihr einen schlechten Dienst erwiesen hatte, als sie der Fußbinderin nicht erlaubte, den letzten Schnitt durchzuführen. Deshalb waren Erlans Füße nicht zarte und winzige geschwungene Gebilde, sondern sie waren mindestens doppelt so lang, wie sie sein sollten. Nachdem Erlan alt genug war, um solche Dinge zu verstehen, hatte sie sich Sorgen gemacht, daß die unvollkommenen Goldlilien ihren Wert als Braut verringern würden. Es spielte keine Rolle, wie reich oder schön sie war; kein Mann würde ein Mädchen mit großen Füßen heiraten.

Erlan dachte an die ältere Schwester, deren Füße so vollkommen und winzig waren, daß sie keinen Schritt tun konnte, ohne sich auf eine Sklavin zu stützen. Sie hatte Erlan verspottet und sie ein Mädchen mit Entenfüßen genannt. Aber wie hätte sie sich jetzt mit so winzigen Füßen in diesem rauhen Land bewegen sollen?

Das rauhe Land . . .

Erlan blickte die Straße hinunter zu dem hutförmigen Hügel. Dahinter erstreckte sich weites, einsames Land, wo das trockene Gras im Wind wogte. Es reichte bis zu den gewaltigen, zerklüfteten Bergen, die in den grenzenlosen Himmel ragten. Das riesige, leere Land erschreckte sie, und plötzlich fühlte sie sich schwerelos. Nur ihre winzigen Füße verhinderten, daß sie wie ein Papierdrachen hinauf, immer weiter hinauf in den endlosen Himmel stieg.

»Du wirst das Land anfangs hassen.«

Die Worte kamen von der Mondfrau und rissen Erlan aus ihren Gedanken. Sie vergaß alle Bescheidenheit, drehte den Kopf, sah die Frau an und staunte. Ihre Haut schien so zart wie Kirschblüten zu sein, und ihre Haare waren an manchen Stellen so hell, daß sie durchsichtig wie Mondstrahlen schimmerten. Ihr Blick richtete sich auf das weite Land. Und als sie sprach, schien ihre Stimme aus der Unendlichkeit zu kommen, als habe sie die Weite in ihr Innerstes aufgenommen und heile sie dort wie eine Wunde.

»Für mich ist Montana männlich, denn es ist durch und durch ein Männerland, und du wirst es so hassen, wie nur eine Frau einen Mann hassen kann. Du wirst den Wind hassen, den Dreck und den schrecklichen kalten Winter. Du wirst seine rohe Kraft, seine Gesetzlosigkeit und Gewalttätigkeit hassen. Und dann, eines Tages, wirst du erkennen, daß du es bei all dem Haß leidenschaftlich liebst. Du wirst es so lieben, wie nur eine Frau einen Mann lieben kann ...«

Die Mondfrau kehrte wieder in die Wirklichkeit zurück und schüttelte den Kopf. »Was rede ich da?« Ihr Blick wurde freundlich und besorgt, als sie Erlan ansah. »Ich werde rührselig und philosophisch, und du verstehst kein Wort von dem, was ich sage.« Sie wies auf die Tür eines weitläufigen Gebäudes mit einer breiten Veranda und bedeutete Erlan, der Feuerfrau zu folgen. »Wir gehen erst einmal in Hannahs Hotel und überlegen, was zu tun ist.«

Als Erlan die Stufen zum Hotel hinaufstieg, schaukelte das Aushängeschild knarrend im Wind. Aus den Kiefernholzdielen quoll in dicken Klumpen Harz hervor, und die ungestrichenen Wandbretter waren voller Astlöcher. Die Feuerfrau ging hinter eine hohe Theke und kam mit einem Schlüssel zurück. Erlan folgte den beiden seltsamen Frauen durch einen Gang und in ein kleines Zimmer. Darin standen ein schlichtes Eisenbett, eine Kiefernholzkommode und ein Waschständer.

Durch das Fenster fiel ein Streifen Sonnenlicht über den nackten Fußboden. Erlan stellte sich unbewußt in die Sonne. Sie schob die Hände in die Ärmel ihres *Chang-fu* und wartete.

Die beiden Frauen redeten miteinander. Erlan bekam Kopfschmerzen bei dem Versuch, dem schnellen Gespräch zu folgen. Deshalb gab sie es auf und ließ die Worte über sich hinwegfließen wie Wellen über den Sand. Erlan hatte sich nie einsamer gefühlt als in diesem Augenblick, während sie in dem kargen Zimmer stand und durch das Fenster Flüche, Peitschengeknall und der Gestank von Pferdeäpfeln hereindrang. In Gedanken beschäftigte sie sich mit dem unbarmherzigen, leeren Himmel, unter dem sie jetzt leben sollte.

Die beiden berieten, was mit ihr zu tun sei, als hätten sie über ihr Schicksal zu entscheiden. Erlan würde den Kaufmann Woo heiraten – das war ihr Schicksal. Es war ihr Schicksal seit jenem Tag, an dem ihr Vater sie für hundert Tael Silber verkauft hatte. Vielleicht war es ihr Schicksal seit jener Nacht gewesen, als ihre Mutter als Konkubine in das Haus Po gekommen war und ihren alten Vater so in Liebesglut gebracht hatte, daß er Erlan, sein letztes Kind, zeugte. Zu seiner Enttäuschung war es wieder nur eine wertlose Tochter.

Die Feuerfrau erinnerte Erlan an ihre Mutter. Natürlich nicht im Aussehen, sondern in ihrem Wesen, das dominant *Yin* war – dunkel, weiblich und erdverbunden. Ihre rauhe Stimme schwebte wie Rauch in der Luft, und sie formte die Worte mit den langsamen, fließenden Bewegungen ihrer Hände. Mit den gefärbten roten Haaren und ihrem gelben Kleid wirkte sie wie ein schillernder Goldkarpfen in einem Gartenteich.

Im Gegensatz dazu trug die Mondfrau ein Kleid aus tiefroter Seide; es hatte die gleiche Farbe wie die Banner an Neujahr. Ihr Gesicht war verschlossen und kühl. Obwohl sie hübsch und zart war wie die gemalten Blumen eines Seidenfächers, hatte sie viel *Yang* in sich. Erlan vermutete, daß sie in ihrem Herzen das geschliffene Schwert eines Kriegers trug.

In diesem Augenblick rieb sich die Mondfrau mit der Handfläche den Leib, und Erlan sah, daß er sich leicht wölbte. Die Frau war guter Hoffnung. Doch sie trug keine goldenen Armreifen, die verrieten, daß sie einen Ehemann hatte.

Also müssen diese beiden Frauen Töchter der Freude sein, dachte Erlan. Sie befanden sich hier wahrscheinlich in einem Freudenhaus, und die Frau mit den feurigen Haaren war vermutlich die Alte Mutter.

Erlan öffnete den Mund, um zu sprechen. Doch sie war so lange stumm gewesen, daß ihre Stimme versagte und ihre Worte wie ein Quaken klang. »Ich bitte tausendmal um Verzeihung, *Lo-mo* . . .«

Die Feuerfrau zuckte zusammen und legte die Hand an die Brust. »Ach du meine Güte, hast du mich erschreckt!« Sie lachte, und es klang so melodisch wie das Läuten von Jadeglöckchen. »Du mußt uns sicher für sehr unhöflich halten, daß wir so einfach über deinen Kopf hinweg reden. Wir haben aber nicht damit gerechnet, daß du unsere Sprache sprichst, nachdem du noch nicht lange hier bist.«

Erlan blickte beschämt auf den Saum ihres *Chang-fu*. Sie hatte nicht beabsichtigt, daß die fremden Frauen das Gesicht verloren, nur weil sie schwieg. »Dieses dumme Mädchen versteht nur manches«, sagte sie. »Und spricht noch weniger.«

Die Feuerfrau trat lächelnd zu Erlan. In ihren Wangen entstanden zwei kleine Mondsicheln. »Ich heiße Hannah, und das ist Clementine.«

Erlan verneigte sich und berührte die Brust mit den Fingerspitzen. »Erlan . . . in Eurer Sprache bedeutet das Taglilie.«

»Taglilie! Was für ein hübscher Name.« Sie nahm Erlan bei der Hand, ging mit ihr zum Bett, setzte sich und zog sie neben sich. Die Berührung der Frau war sanft, aber kraftvoll. Erlan sah die blauen Adern unter ihrer milchweißen Haut.

Auch Clementine kam herüber und setzte sich auf das Bett. Trotz ihrer ungebundenen Füße bewegte sie sich mit der Anmut und der Eleganz eines Drachenschiffs. Ihre Augen waren so dunkelgrün wie das aufgewühlte Meer, und als sie sich auf Erlan richteten, sah sie tiefe Strömungen darin.

»Warum hat dir der Chinamann ein Halsband umgelegt?«

Erlan errötete vor Scham und wandte den Blick ab. »Um mich Gehorsam zu lehren«, erwiderte sie leise mit gepreßter Stimme.

»Dann ist es also nicht dein Wille, Sam Woo zu heiraten?«

Mein Wille . . .

Es war der Wille meines Vaters, mich zu verkaufen. Meine Pflicht ist es zu gehorchen. Das Schicksal, so hatte er ihr einmal gesagt, hat vier Füße, acht Hände und sechzehn Augen. Wie konnte da eine unwürdige Tochter, die von all diesen Dingen nur ein Paar hatte, darauf hoffen, dem Schicksal zu entrinnen?

»Das verstehe ich nicht«, sagte Erlan. Sie erwiderte den Blick der Frau und sah, daß sich hinter der Maske der Gelassenheit starke Gefühle verbargen.

»Du bist keine Sklavin, Erlan. Niemand kann dich zwingen, Mr. Woo zu heiraten.«

»Aber was soll aus mir werden, wenn ich ihn nicht heirate?«

»Es gibt nicht nur Schiffe, die nach Osten segeln, sondern auch welche nach Westen.«

Eine unendliche Sehnsucht erfüllte Erlans Brust. Sie sah, wie sie in einer Sänfte an den hohen Mauern ihres Hauses entlanggetragen wurde, bis sie das Tor erreichte. Dort erwartete sie ihr Vater. Sein goldbesticktes Gewand schimmerte in der Sonne, aber es verblaßte vor seinem strahlenden Lächeln. »Meine Tochter«, sagte er, »wie sehr hat mein Herz getrauert. Ich hätte dich niemals fortschicken sollen . . .« Aber das war nur ein Traum, der sich verflüchtigte wie Tau in der Morgensonne. Erlan war entehrt und von ihrem Vater und damit von ihrer ganzen Sippe ausgestoßen. Am Mondtor würden keine roten Banner zu ihrer Begrüßung flattern, wenn sie nach Hause kam.

»Mich erwartet dort nichts«, erwiderte sie, und die Wahrheit schmerzte
so sehr, daß sie beinahe laut aufschluchzte.

Hannah drückte ihr die Hand. »Du mußt nicht nach China zurückgehen, mein Kind. Aber du mußt auch nicht Sam Woo heiraten. Du
könntest vielleicht eine Wäscherei aufmachen. Dazu braucht man nicht
viel Geld. Oder du legst einen Gemüsegarten an. Es gibt einen Chinesen, der ein Stück Land auf der anderen Seite des Flusses bearbeitet,
und er behauptet, er könnte doppelt soviel verkaufen wie er anbauen
kann.«

Erlan schüttelte den Kopf. Der Schmerz steckte wie eine Fischgräte in
ihrem Hals. »Ich muß den Kaufmann Woo heiraten.«

Früher einmal wäre sie voll Freude und tugendhaftem Gehorsam zu
dem Mann gegangen, den die Familie ihr bestimmt hatte. Jetzt, wo die
Götter ihr einen anderen Weg wiesen, durfte sie nicht weinen. Ihrem
Schicksal zu trotzen, würde bedeuten, sich noch mehr zu entehren.
Alles andere konnte sie vielleicht ertragen, aber Ehrlosigkeit nicht. Sie
würde schon jetzt tausend Leben brauchen, um die Schande ihrer Mutter zu sühnen.

»Bist du wirklich sicher?« fragte die Frau, die Hannah hieß.

»Ja, ich werde den Kaufmann Woo heiraten.«

Es klopfte an der Tür, und sie hob erschrocken den Kopf. Hannah öffnete. Vor der Schwelle stand der Kaufmann Woo. Über dem Arm trug
er einen gefalteten *Chang-fu* aus rotem Satin, der mit fliegenden goldenen Kranichen bestickt war. Er sagte etwas zu Hannah, aber so leise,
daß Erlan es nicht hören konnte. Nach Hannahs Antwort sah man ihm
die Erleichterung an. Hinter ihm stand der *Bock-tow-doy*. Er machte
ein finsteres Gesicht, das Erlan schlimme Folgen androhte, falls sie
nicht gehorchen sollte.

»Sieh mal«, sagte Hannah, als sie wieder zum Bett trat. »Sam hat dir
ein neues Kleid für die Hochzeit gebracht.« Hannah legte das rote Gewand auf das Bett und nahm den Krug vom Waschständer. Erlan sah zu,
wie sie den Krug aus einem zugedeckten Blechgefäß mit heißem Wasser
füllte. Der Kaufmann Woo und der Meister ließen Erlan nicht aus den
Augen, bis Hannah die Tür schloß.

»Der Bezirksrichter ist nur heute nachmittag in der Stadt«, sagte sie.
»Er erledigt seine Aufgaben in der Hotelbar. Wir haben Sam bereits
gesagt, daß er dich gesetzlich, also auf amerikanische Weise heiraten

muß. Du wirst nicht seine Sklavin sein, mein Kind, ganz gleich, was der windige Spitzbube da draußen sagt. Du wirst Sams Ehefrau sein, und das bedeutet keinesfalls, daß du ihm gehörst. Verstehst du das?«

»Ja, ich verstehe es«, log sie.

Ihr Blick richtete sich wieder auf die Mondfrau, die still neben ihr saß und deren meergrüne Augen groß und tief und unruhig waren. Sie rieb sich mit der Hand den leicht gewölbten Leib.

Erlan machte sich Gedanken über den Vater des Kindes. Wenn die Mondfrau doch keine Tochter der Freude, sondern eine verheiratete Frau war, dann hatte die Heiratsvermittlerin womöglich keinen freundlichen, jungen Mann für sie ausgesucht. Möglicherweise gab es hier im Land der *Fon-kwei* aber auch keine Heiratsvermittlerinnen, und die Frau hatte ihren Bräutigam selbst ausgewählt.

Ihre Blicke trafen sich, und Erlan glaubte, in den Meeraugen Trauer zu sehen. Vielleicht herrschte auch hier das Schicksal wie in China, und freie Entscheidungen waren nur eine Illusion.

»Würdest du dich gern ungestört waschen?« fragte die Frau freundlich.

Erlan schluckte und nickte. »Ja, bitte.«

Sie wartete, bis sie allein war, bevor sie das Hochzeitsgewand berührte. Der rote Satin fühlte sich glatt und kühl unter ihren Fingerspitzen an. Die Kraniche waren in winzigen, verschlungenen Stichen mit goldenen Seidenfäden gestickt – Rot und Gold, die Farben des Glücks.

Doch es würde keinen Wahrsager geben, der den günstigsten Tag für die Hochzeit bestimmte, keine Mondkuchen und kein Feuerwerk, um die bösen Geister zu vertreiben.

Erlan ging zum Waschstand. Aus dem Krug stieg Dampf auf. Sie goß etwas in die Schüssel, und als sie aufblickte, sah sie ihr Gesicht in dem kleinen Spiegel an der Wand.

Sie hatte sich nicht mehr im Spiegel gesehen, seit sie das Haus der Familie Po in Futschou verlassen hatte. Es war Erlan, die ihr entgegenblickte, aber irgendwie eine andere Erlan. Sie berührte das Glas und erwartete, das Gesicht werde verschwimmen und verschwinden wie die Spiegelung in einem Teich.

Es gab keinen Reispuder, um ihre Haut weiß zu machen. Aber bis auf den roten Fleck auf ihrer Wange, wo der Meister sie geschlagen hatte, war sie ohnehin blaß genug. Sie war wie ein Mädchen frisiert und steckte die Haare für die Hochzeit zum Knoten einer verheirateten Frau auf. Es gab keine Dienerin, die ihr dabei behilflich gewesen wäre, kein Jasminöl, um den Haaren Glanz zu verleihen.

Anstelle der Jadeohrringe, die ihr der Sklavenhändler gestohlen hatte, trug sie Messingohrringe, die höchstens eine kleine Schnur *Käsch* wert waren. Der Verlust der Ohrringe schmerzte sie immer noch so sehr, daß ihr jedesmal die Tränen kamen, wenn sie daran dachte. Darüber hinaus hatte er ihr auch die goldenen Phönix-Kämme weggenommen, die sehr viel wertvoller gewesen waren, – und ihre Jungfräulichkeit, die überhaupt nicht mit Geld zu bezahlen war.

Erlan preßte die Hände an das Gesicht und zog die Schultern hoch. Am liebsten hätte sie Tränen aus Blut geweint.

»Es ist also nicht dein Wille, Sam Woo zu heiraten?«

Mein Wille . . .

Die Worte hallten in ihrem Kopf wie Steine, die man in einen Brunnen wirft. Bisher war ihr ganzes Leben nur darauf ausgerichtet gewesen, ihren Ahnen Ehre zu machen, ihrem Vater zu gehorchen und sich auf den Tag vorzubereiten, an dem sie ihren Bräutigam erfreuen und ihrer Schwiegermutter dienen würde. Sie hatte nur daran gedacht, wie sie gefallen, wie sie dienen könnte.

Mein Wille . . . mein Wille . . .

Wie würde es sein, nur sich selbst zu dienen, nur sich selbst zu erfreuen? Das war ein neuer Gedanke, und er erschreckte Erlan. Deshalb begrub sie ihn schnell tief in ihrem Herzen.

Sie wusch den Staub der Reise ab, so gut sie konnte, und vertauschte den groben blauen *Chang-fu* aus Baumwolle mit dem roten und goldenen Hochzeitsgewand. Der hohe Kragen verbarg die Spuren, die das Halsband hinterlassen hatte.

Der Meister erwartete sie im Flur. Er musterte sie, nickte knapp und befahl ihr mit einer Geste vorauszugehen. Vielleicht fürchtete auch er, ohne die Leine, die sie an ihn fesselte, könnten sich ihre Goldlilien von der Erde lösen, und sie würde in den endlosen Himmel von Montana davonschweben.

Aus der Hotelhalle drang ihr Stimmengewirr entgegen. Sie hörte Hannahs und Clementines Stimmen und einen Mann. Erlan trat aus dem dunklen Gang in das Licht, das durch die offene Doppeltür fiel, und plötzlich stand der Riese wieder vor ihr.

»Ich will es aus ihrem eigenen Mund hören«, sagte er.

Er war der größte Mann, den sie jemals gesehen hatte. Ihr Blick wanderte von den Messingknöpfen an seinem blaugestreiften Hemd nach oben, immer weiter nach oben. Die Haut über seinen hohen flachen Wangenknochen war flammendrot. Die Haare in seinem Gesicht und auf dem Kopf waren von einem kräftigen Braun wie frisch gepflügte Erde. Wieder staunte sie über seine Augen. Sie waren so weich und sanft wie Regenwasser.

Diese Augen richteten sich jetzt auf Erlan, und sie spürte, wie ihr Herz schneller schlug.

»Du willst Sam Woo wirklich heiraten?« fragte er.

Ihr Mund war trocken; sie mußte zweimal schlucken, bevor sie etwas erwidern konnte, und dann erstickte sie beinahe an den Worten.

»Ja, ich will ihn heiraten«, sagte sie schließlich mit einer Stimme, die sie selbst nicht kannte. Die Worte hallten in ihrem Körper, als fielen immer mehr Steine in den tiefen Brunnen ihres Herzens.

Ich will . . . will . . . will . . .

»Ich will es«, wiederholte sie, als würde die Lüge irgendwie dadurch zur Wahrheit, daß Erlan sie zweimal aussprach.

Ein anderer Mann trat zu ihnen. Er war jünger und schlanker als der Riese und hatte ein scharf geschnittenes Gesicht wie ein Falke. Seine Augen waren ebenfalls grau. Aber es war ein härteres, intensiveres Grau, so wie die Farbe von Steinen auf dem Grund eines flachen Teichs.

Er legte dem jungen Riesen die Hand auf den Arm. »Laß es gut sein, Jere. Wir kommen ohnehin schon zu spät zur Arbeit, und du hast es gehört. Sie heiratet ihn aus freiem Willen.«

Der Riese schüttelte die Hand des anderen Mannes ab. Sein Gesicht wurde dunkel vor Zorn. Trotz seines sanften Wesens, dachte Erlan, hat er ein aufbrausendes Temperament.»Ich gehe nicht, bevor ich ganz sicher bin.«

»Bitte«, sagte Erlan. »Sie beschämen mich.«

Sie wandte sich mit solcher Heftigkeit ab, daß sie mit ihren winzigen gebundenen Füßen beinahe gefallen wäre. Sie sah den Kaufmann Woo in einer offenen Tür stehen. Er wartete auf sie. Er hatte seinen Barbarenhut abgenommen, und sein rasierter Kopf wirkte keineswegs abstoßend. Er hatte eine hohe, kräftige und glatte Stirn. In seinen Zopf, dessen Ende in der Westentasche steckte, hatte er ordentlich ein schwarzes Seidenband geflochten. Seine Augen funkelten hinter den dicken Brillengläsern. Sie glaubte nicht, daß sie ihn jemals werde lieben können.

Sie betraten einen Raum, in dem sich Männer vor einer langen Holztheke drängten und schäumendes Bier aus großen Gläsern tranken. Die Dielen unter den Füßen der Männer glänzten, und ein säuerlicher Geruch ging von ihnen aus. Erlan sah das alles nur undeutlich durch einen Schleier von Tränen, für die sie den Tabakrauch verantwortlich machte.

Sam Woo führte sie zu einem Mann, der sich auf einem Stuhl räkelte und die Füße auf den Tisch gelegt hatte. Er stellte sein Glas ab und fuhr sich mit dem Handrücken über den Mund. Auch er hatte einen runden Kopf und eine Glatze, aber über seiner Oberlippe wuchsen die Haare so dicht wie bei einem Fuchsschwanz.

»Na so was, Chinamann«, sagte er und spuckte in einen mit Sägemehl gefüllten Holzkasten. Der Boden um den Kasten war bereits braun verfärbt. »Wie ich sehe, hast du beschlossen, doch das Band der heiligen Ehe zu schließen.«

Er stand schwerfällig auf und griff nach einem Buch. Erlan achtete nicht auf die Worte, die er sprach. »Sagen Sie *ja*«, forderte er sie einmal auf.

»Ja«, wiederholte sie gehorsam, obwohl ihre Wangen sich starr und seltsam kalt anfühlten.

Und schon beendete der Mann die Zeremonie mit den Worten: »Sie dürfen die Braut jetzt küssen.«

Die fremden Teufel klatschten in die Hände und machten dabei genug Lärm, um ein ganzes Heer böser Geister auch ohne Feuerwerkskörper zu vertreiben. Erlan blickte auf den Saum ihres roten Seidengewandes. Sie zitterte heftig. Es war wie das Aufschäumen der Wogen bei einem Taifun.

Als Sam Woo seinen Mund auf den ihren preßte, war es ekelhaft. Seine Lippen waren trocken wie Reispapier.

Der Wind zerriß den dichten Rauchschleier, der über dem Hügel hing, als die Brüder Scully auf der Straße zur Silbermine hinaufstiegen. Sie waren vor weniger als einem Monat vom Schiff aus England und direkt

nach Rainbow Springs gekommen, um im Land der unbegrenzten Möglichkeiten ihr Glück zu suchen. Bisher beschränkte sich die Suche
darauf, für drei Dollar am Tag in Zehnstundenschichten in der Mine
Silber zu schürfen.

Die Brüder sprachen üblicherweise nicht viel; sie hatten beide ein ruhi-
ges Wesen. Jeres Schweigen war das Schweigen eines Mannes, der
zufrieden und im Einklang mit sich lebte; Drew war ein Mann, der zu
stolz war, um seine Gefühle zu zeigen.

Doch die Ankunft der Postkutsche um die Mittagszeit hatte Jere Scullys
Seelenfrieden gestört.

»Sie wollte ihn nicht heiraten«, sagte er im langgezogenen Tonfall ihrer
Heimat Cornwall. »Man hat gesehen, daß sie es nicht wollte.«

Sein Bruder seufzte ungeduldig. »Du meine Güte, sie hat dir doch klar
und deutlich gesagt, du sollst dich um deine eigenen Angelegenheiten
kümmern. Sie ist hineingegangen und hat ihr »Ja, ich will« vor dem
Richter gesagt, und soweit ich gesehen habe, hat sie niemand mit dem
Revolver dazu gezwungen. Hast du geglaubt, sie würde lieber mit dir
davonlaufen, als bei Leuten ihrer Art zu bleiben? Sag mal, Jere, wolltest
du sie denn heiraten?«

»Vielleicht.«

Drew schlug seinem Bruder den Sack, den er auf dem Rücken trug, an
den Kopf. »Du mußt total verblödet sein, wenn du auch nur daran
denkst, eine Chinesin zu heiraten. Und du kennst das Mädchen nicht
einmal. Ihr habt kaum ein Wort miteinander gesprochen.«

»Hast du ihre Stimme gehört? Sie war wie Musik. Es klang, als wollte
sie im nächsten Augenblick anfangen zu singen.«

Drew schüttelte den Kopf, obwohl er zugeben mußte, daß die Kleine
hübsch war. Ihre Augen waren dunkel und glänzten wie Kieselsteine,
und sie hatte einen vollkommen geschwungenen Mund. Aber er selbst
zog eine andere Art Frau vor: eine mit roten Haaren und regenbogen-
farbigen Unterröcken, lockenden Augen und einem kehligen Lachen.
Eine Frau, die leidenschaftlich liebte und gefährlich lebte.

Eine Frau wie Mrs. Hannah Yorke.

Er dachte daran, wie sie den Derringer aus der Tasche gezogen und dem
Chinesen gedroht hatte, ihm die gelbe Nase abzuschießen. Mein Gott,
war sie schön und draufgängerisch.

Bislang beachtete ihn Mrs. Hannah Yorke allerdings nicht.

Meist saßen er und Jere und die anderen Kumpel im Grandy Dancer, einem Saloon am Fuß des Hügels, der einem Iren gehörte. In der letzten Woche waren sie zur Abwechslung einmal in das ›Best in the West‹ gegangen. Dort hatte er Hannah zum ersten Mal gesehen. Aber weiter als: »Ich freue mich, Ihre Bekanntschaft zu machen, Lady«, war er nicht gekommen – weder an jenem Abend noch danach.

Es hieß, sie hätte vor noch nicht allzu langer Zeit in einem Bordell gearbeitet. Da ihr das ›Best in the West‹ gehörte, wurde sie von den ehrbaren Bürgern der Stadt wohl kaum als ehrbare Frau angesehen. Aber sie war auch die Besitzerin des größten Hotels der Stadt und einiger billiger Pensionen – einschließlich der, in der die beiden Brüder wohnten. Das konnte nur bedeuten, daß sie reich war. Wenn er sie also haben wollte, bedeutete das nicht einfach, daß er ihr drei Dollar bezahlte, um sein Vergnügen mit ihr zu haben.

Drew Scully lächelte beim Gedanken an diese Herausforderung. Er würde Hannah Yorke haben. Er würde sie in seinem Bett haben oder in der Hölle. Der Tag würde kommen, wenn sie ihm in die Augen blicken und seinem Werben erliegen mußte – und zwar bald.

Doch sein Lächeln verschwand, als er kurze Zeit später den Kopf hob und den Förderturm der ›Vier Buben‹ vor sich aufragen sah – der schwarze, skelettartige Metallturm, in dem das Erz aus den Stollen heraufgeholt und die Arbeiter hinuntergefahren wurden.

Den Hang des Hügels durchzogen tiefe Rinnen, in denen die Erzabfälle erstarrt waren, die in flüssigem Zustand ausgekippt wurden. Überall lagen riesige Haufen schwarzer Schlacke und Felsgestein. Der Himmel über dem Hügel war von einem wäßrigen Blau, und die Berge schienen zum Greifen nahe.

Drew wünschte, er hätte einen Grund, an diesem Tag in die Berge zu reiten – einen Grund, alles andere zu tun als das, was er bald tun mußte: zehn Stunden in der Dunkelheit der Erde ausharren.

Sie wichen einem Wagen voll zerkleinertem Erz aus, der den Hügel hinabrollte, und kurz darauf einem anderen, der mit Stützbalken beladen hinauffuhr. Jere hob grüßend die Hand. Die Maultierkutscher erwiderten seinen Gruß mit einem Strom sehr einfallsreicher Flüche. Drew blickte seinen Bruder stolz lächelnd an. Als er den Blick erwiderte, verschwand sein Lächeln.

»Drew, hast du . . .«

377

»Es ist alles in Ordnung. Also halt die Klappe.« Aber es war keineswegs alles in Ordnung.

Das rhythmische Stampfen des Pochwerks dröhnte in Drews Kopf. Er spürte tief in seinem Bauch die ersten Anzeichen der Spannung. Er spürte auch, daß Jere ihn beobachtete, und versuchte tapfer, seinen Schritten Schwung zu geben. Doch er konnte seinen Bruder so wenig täuschen wie sich selbst. Er trug die nackte Angst in sich wie eine tödliche Krankheit.

Als sie die Steigerhütte erreichten, wo ihnen die Arbeit zugeteilt wurde, waren die Muskeln an seinem Hals so straff gespannt wie Bogensehnen. Während er im Umkleideraum eine schmutzige Hose anzog und sie mit einem Stück Schnur um die Hüfte band, war ihm die Kehle wie zugeschnürt, er konnte kaum noch schlucken. Er schlüpfte in ein Hemd, das er ausziehen würde, sobald sie unten im Schacht waren, und sofort trat ihm der Schweiß aus allen Poren. Schließlich setzte er einen Filzhelm auf – der Filz war mit Baumsaft getränkt worden, der ihn nach dem Trocknen starr und fest machte –, und in seinem Kopf begann das Blut zu rauschen.

Er ging mit Jere zum Schacht. Auf den Metallplatten unter dem Stahlgerüst spürte er das Vibrieren der Pumpen und der Winden. Inmitten von Dampfwolken glitten Eisenkäfige in die Erde, als würden sie in den Tiefen der Hölle verschwinden. Die Angst bahnte sich einen Weg durch seine Brust nach oben und drohte, ihn zu ersticken.

Drew verschwand schnell hinter einem Karren mit Holz und erbrach sein Frühstück. Er kniete auf dem Boden, preßte den Kopf an das rauhe Holz, und seine Brust verkrampfte sich. Wenn er sich so übergab, spie er mit dem Essen, das ihm schwer im Magen lag, auch all seine Angst aus. An diesem Tag war es leider nicht so.

Er kam hinter dem Karren hervor und erwiderte den Blick seines Bruders mit einer Grimasse, die man zur Not als Lächeln deuten konnte. Doch er wußte, daß er leichenblaß war. Er schob die Hände tief in die Taschen, um zu verbergen, daß sie zitterten. Der Schweiß lief ihm in Bächen am ganzen Körper hinunter, als er beobachtete, wie der rote Zeiger auf der Anzeigetafel sich drehte, während der Korb wieder nach oben kam. Er sah zu, wie sich das Stahlseil um die große, sich zur Mitte hin verjüngende Rolle legte. Dann traten er und Jere in den Käfig, und der Fahrstuhlführer läutete, um ihre Abfahrt anzuzeigen.

Die Schwärze verschluckte sie.

Die Angst war jetzt ein stummer Schrei in seinem Kopf. Er rang keuchend nach Luft, und das Geräusch erfüllte den ratternden Korb wie das Zischen einer Dampfpumpe. Licht flammte auf. Jere zündete mit einem Streichholz die Kerze an seinem Helm an. Das half ihm etwas, denn nun konnte er wenigstens die nach oben sausenden Wände des Schachts sehen, statt der undurchdringlichen Schwärze.

Er versuchte, durch die Nase zu atmen, hatte aber das Gefühl, seine Lunge sei geschrumpft. Die Luft war so dick wie schwarze Wolle und roch nach der Erde tief unten. Vielleicht stürzt der verdammte Förderkorb ab, dachte er, und erlöst mich endlich aus meinem Elend.

Drew hatte gehört, daß das vorkam. Er hatte von Körpern gehört, die beim Sturz gegen die felsigen Wände prallten, bis sie in der Grube mit dem heißen Wasser landeten, das am Grunde jedes Schachts stand. Es gab eigens kleine Greifhaken, mit denen die Überreste eines Mannes eingesammelt wurden, wenn so etwas passierte. Man wickelte die Stücke in grobe Leinwand und legte sie in hölzerne Kerzenkisten, um sie nach oben zu bringen. Dort kamen sie in den Sarg und wurden in der Erde zur letzten Ruhe gelegt, die ihr Leben gefordert hatte.

Seltsamerweise hatte Drew keine Angst vor dem Tod, nicht einmal vor einem so schrecklichen, gräßlichen Tod wie diesem. Er fürchtete sich nicht vor den unterschiedlichen Arten, durch die ein Mann in einer Mine sterben konnte. Nein, er fürchtete sich vor der Mine. Er hatte panische Angst vor der schweren lastenden Dunkelheit und der Erde, die ihn umschloß, die preßte und drückte, die ihn gefangenhielt und erwürgte . . .

Der Korb hielt mit einem Ruck an, und Drew stieg mit zusammengebissenen Zähnen und schlotternden Knien in den Hauptstollen der Sohle sechs. Das Herz in seiner Brust klopfte, sein Brustkorb hob und senkte sich wie ein Blasebalg.

Jere begrüßte, wie es seine Art war, den Vorarbeiter mit einem fröhlichen Lächeln. »Wie geht's, Boß?«

»Ihr kommt zu spät«, erwiderte der Vorarbeiter barsch. Casey O'Brian hatte ein Gesicht wie eine Ratte: Nase, Mund und Kinn liefen alle an einem Punkt unter den kleinen, eng stehenden Augen zusammen. Jetzt musterte er die Brüder mit diesen verschlagenen Augen, und die ganze untere Gesichtshälfte zuckte, als hätte er dort auch Barthaare wie eine

Ratte. »Und weil ihr zu spät kommt, wollt ihr beiden heute bestimmt die Trasse an der Westwand vortreiben.«

Drew hatte dem Vorarbeiter am Tag zuvor gesagt, daß die Auszimmerung dort in einem schlechten, sehr gefährlichen Zustand war. Das Gewirr massiver Stützbalken, die das tonnenschwere Felsgestein über ihren Köpfen abstützten, würde nicht mehr lange halten. Die Ständer knackten und ächzten schon seit Tagen, und die Ratten rannten unruhig auf dem Boden herum. Ratten spürten immer, wenn das Gebälk nachgab.

Drew wußte, der Vorarbeiter wartete nur darauf, daß er etwas über das schwache Stützwerk sagte, damit er dumme Sprüche klopfen und böse Bemerkungen über Drews Mut und Männlichkeit machen konnte. Bergarbeiter sollten stolz auf die Knochenarbeit unter gefährlichen Bedingungen sein, durch die sie ihren Lebensunterhalt verdienten, als mache sie das irgendwie zu Rittern.

»Hast du etwas auf dem Herzen, Junge?« sagte O'Brian zu Drew. »Spuck es aus.«

Drew verzog den Mund zu einem harten Lächeln. »Ich wollte vorschlagen, daß Sie sich verpissen, Sir. Aber ich lasse es doch lieber sein.«

O'Brians Unterkiefer spannte sich, und er ballte die Fäuste, aber er sagte nichts. Die Scullys waren nicht nur große Männer; sie waren auch die besten Arbeiter im ganzen Hügel. Jeder Steiger hätte sich viel gefallen lassen, nur um sie in seiner Kolonne zu haben. Sie bohrten die Löcher schneller als jeder andere Zweiertrupp. Der eine hielt den Bohrer, der andere trieb ihn mit dem schweren Vorschlaghammer in den harten Fels, um das Sprengloch vorzubereiten.

Meist übernahm Drew das Sprengen. Er schob die Dynamitstäbe in die Bohrlöcher, stampfte die Ladung vorsichtig fest, legte die Zünder und setzte die Lunte in Brand. Die anderen Bergleute waren alle der Meinung, Drew habe im Umgang mit dem Dynamit Nerven wie Stahl. Niemand außer seinem Bruder wußte, daß ihm bereits der Aufenthalt unter Tage zwischen der erdrückenden Erde und dem Fels so große Angst bereitete, daß ihm der Gedanke, vom Dynamit in Stücke gerissen zu werden, kaum noch etwas ausmachte.

Sie gingen schweigend durch den Stollen zur Westwand. Drew konzentrierte sich auf die Kerze am Helm seines Bruders, auf die Figuren, die der Rauch in der Luft bildete. Er stellte sich vor, wie er die Angst in sich unterdrückte, so wie er das Dynamit in die Bohrlöcher preßte. Das half etwas, aber trotzdem stand ihm der Angstschweiß auf dem Gesicht, und der stumme Schrei steckte ihm immer noch in der Kehle.

Nach den Sprengungen am Morgen war die Luft dick vom Staub und dem Geruch von verrottetem Holz. Es war heiß. So heiß wie in einem Ofen oder in einer der chinesischen Wäschereien. Die Brüder zogen beim Gehen die Hemden aus. Am Ende der Schicht würden sie den Schweiß wie aus Eimern aus den Stiefeln kippen.

Rolf Davies, ihr Handlanger, wartete bereits auf sie. Er saß auf einem Bohrerkasten vor der Wand. Seine Aufgabe war es, das Werkzeug in Ordnung zu halten; er mußte dafür sorgen, daß die Bohrer – oder Bullenschwänze, wie die Bergleute sie nannten – scharf waren, daß sich an den glatten Hammerstielen keine Splitter bildeten und die Hämmer festsaßen. Als er Drew sah, verzog er das sommersprossige Gesicht zu einem breiten Grinsen.

»Stimmt es, daß Sie zu dem Steiger gesagt haben, er soll sich verpissen?«

Drew schüttelte den Kopf und lachte. Er fragte sich, wie die Neuigkeit so schnell bis zum Ende des Stollens vorgedrungen sein konnte.

Jere fuhr dem Jungen mit der großen Hand durch die struppigen, karottenroten Haare. »Ich rate dir davon ab, meinen kleinen Bruder als Vorbild zu nehmen. Weißt du nicht, daß er hängen wird, noch bevor er zwanzig ist?« sagte er lachend, und als er Rolfs ungläubiges Gesicht sah, fügte er hinzu: »Das stimmt, Hand auf's Herz.«

»Ach, Sie machen sich über mich lustig!« Rolf versetzte Jere einen gespielten Boxhieb auf den muskulösen Bauch. Dann blickte er bewundernd zu Drew auf. »Würden Sie mir irgendwann beibringen, wie man eine Ladung setzt, Sir? Irgendwann, wenn O'Brian nicht in der Nähe ist.«

»Sicher«, sagte Drew achselzuckend. Was er in den Augen des Jungen sah, machte ihn verlegen. Es kam ihm besonders albern vor, daß ihn ein Junge, der nicht viel jünger war als er selbst, »Sir« nannte. Drew war erst neunzehn, doch er wußte, daß ihn sein knochiges, scharfkantiges Gesicht älter aussehen ließ. Und tief in seinem Innern, tief in seinem aufgewühlten Innern dachte Drew, er sei niemals jung gewesen.

Er dachte daran, wie er selbst etwa halb so alt gewesen war wie Rolf. Damals hatte sein Vater abends häufig über das Kupferbergwerk geredet und darüber, wie sehr er es haßte. Aber am nächsten Tag war er wieder eingefahren und haßte die Arbeit beim Nachhausekommen von neuem. Drew hatte sich geschworen, daß sein Leben anders verlaufen würde.

Und er hatte versucht, es anders zu machen. Er war überzeugt, der Weg zu einem besseren Leben liege darin, daß er etwas aus sich machte. *Wissen* war die Voraussetzung dafür, daß ein Mann nicht im Bergwerk arbeiten mußte. Drew erklärte deshalb der Familie, er werde zum Unterricht im Pfarrhaus gehen. Darauf nannte ihn sein Vater einen jämmerlichen Feigling und einen faulen Nichtsnutz. Aber die Angst vor einem Leben im Bergwerk war größer als die Angst vor dem Gürtel des Vaters. Er ging zum Unterricht, bis sein Vater ums Leben kam, weil die Sohle sieben der Kupfermine einstürzte und ihn lebend unter sich begrub.

Er war zwölf und Jere fünfzehn; sie waren die beiden einzigen Jungen im arbeitsfähigen Alter in der großen hungrigen Familie. So hatte der Vater durch seinen Tod Drew schließlich doch in den Schacht gezwungen, um Felsen zu sprengen und Erz abzuräumen.

Die Kumpel hatten offenbar noch eine Zeitlang nach dem Einsturz gelebt – sein Vater und die anderen eingeschlossenen Arbeiter. Die Rettungsmannschaft konnte in den ersten zwei Tagen der Räumarbeiten das Klopfen eines Hammers hören. Danach verstummte es.

Drew fragte sich oft, ob sein Vater am Ende Angst gehabt hatte: Angst vor der beklemmenden Dunkelheit und der Erde, die ihn erdrückte. Aber er glaubte es nicht. Sein Vater war vermutlich mit einem Fluch auf das Bergwerk gestorben, war nicht erstickt an den stummen Schreien, durch die ein Mann etwas von seiner Männlichkeit verlor.

Jeres Muskeln glänzten im rauchigen, flackernden Licht der Öllaternen, als er den Bohrer mit einem letzten Schlag des schweren Hammers tiefer in den Fels trieb und das Bohrloch auf Metall traf. In der eintretenden Stille hörte Drew durch das Klingen in seinen Ohren das Tropfen von Wasser, das Knarren von Holz und sein Keuchen. Aber inzwischen war es das Keuchen nach harter Arbeit und nicht das Keuchen der Angst.

Beinahe fröhlich packte er feuchte Erde um den Zünder des letzten Dynamitstabs.

»Sprengung!« rief er laut, damit alle den Stollen räumten und sich in den Schacht zurückzogen. Rolf Davies sammelte eilig Bohrer und Hämmer ein.

Drew schnitt ein Stück Zündschnur ab, das kürzer war als der kürzeste Zünder in den Bohrlöchern, und hielt ein Streichholz daran. Damit würde er die Zündschnüre der fünfundzwanzig Bohrlöcher in Brand setzen. Gleichzeitig diente es ihm als Warnung: Wenn das Feuer bis zu seiner Hand herunterbrannte, war es Zeit zu rennen.

Die Brüder zündeten die Sprengladungen gemeinsam. Sie arbeiteten mit geübtem Können und schafften die fünfundzwanzig in weniger als zwanzig Sekunden. Als Drew die Zündschnur in Brand setzte, schrie Jere: »Feuer!«

Jere griff nach den Laternen und ging mit schnellen Schritten durch den Stollen davon. »Wozu die Eile, Brüderchen?« rief Drew ihm lachend nach, der langsam, ganz bewußt etwas zu langsam folgte. »Wir haben noch jede Menge Zeit.«

Der Schacht beschrieb ein paar Kurven, ehe er im Stollen endete. Sie umrundeten die letzte Ecke und sahen die Kerzen der anderen Bergleute vor sich. Als sie in den Lichtkreis traten, hielten sie sich die Ohren zu, und im nächsten Moment hörte man das gedämpfte Knallen der explodierenden Sprengladungen. Die Luft zitterte, und die Druckwellen erreichten ihre Körper. Aus dem Stollen drang der süßliche Geruch des Dynamits, Rauch verdunkelte das Licht der Kerzen und Laternen.

Nur der Steiger hatte sich nicht die Ohren zugehalten, denn er zählte. »Wie viele?« fragte er, als die Explosionen verstummten.

»Fünfundzwanzig«, erwiderte Jere.

»Eine Kleinigkeit«, fügte Drew grinsend hinzu.

O'Brian nickte. Sie waren alle losgegangen. Aber schließlich waren die Brüder Scully zu gut, um Blindgänger zu hinterlassen – Bohrlöcher mit Dynamit, das nicht explodierte, bis irgendein anderer Kumpel zufällig mit dem Pickel darauf hackte und sich selbst in die Luft sprengte.

O'Brian ging ohne ein weiteres Wort in seinem rattenartigen Gang zwischen den Lorengeleisen davon. Drew machte eine obszöne Geste hinter ihm her. »Das war ordentliche Arbeit, Jungs!« sagte er und imitierte die quiekende Stimme des Steigers. Er verneigte sich tief und beschrieb mit dem Arm einen großen Halbkreis. »Zu gütig, Eure Lordschaft, vielen Dank.«

Die anderen Kumpel lachten. Jere sah ihn grinsend an und schüttelte den Kopf. »Ich mache den Tee heiß.«

Drew wartete, bis alle Männer, auch sein Bruder, in der Dunkelheit verschwunden waren. Sie gingen zum Ende eines ausgeräumten Gangs, wo sie sich jeden Tag zum Essen versammelten. Nachdem er allein war, zog er ein Stück Kautabak aus seinem Stiefelschaft.

Er nannte sie Pansy. Sie war eines der Maultiere des Gespanns, das die sechs, mit jeweils einer Tonne Erzgestein gefüllten Loren von dort, wo es abgebaut wurde, zum Förderschacht zogen, wo es nach oben gebracht wurde. Die Bergleute machten Witze darüber, daß die Maultiere besser behandelt würden als sie, denn sie hatten geräumige unterirdische Ställe und bekamen zweimal am Tag frisches Wasser und besonders gutes Futter. Doch Drew lachte nie mit den anderen. Niemand hatte die Maultiere gefragt, ob sie nicht lieber oben in der Sonne und in sauberer Luft wären. Ein Mensch konnte sich wenigstens der Illusion hingeben, er habe eine Wahl.

Pansy war schon so lange im Schacht, daß ihr Fell grün geworden war. Sie liebte Kautabak. Drew brachte ihr jeden Tag ein Stück und kraulte sie hinter den Ohren, während sie kaute. Manchmal wollte er mit ihr reden, aber er tat es dann doch nicht.

Als er zu den anderen kam, reichte Jere ihm einen Becher Tee. »Wo warst du denn?« fragte Jere etwas zu beiläufig.

»Ich habe gepinkelt«, log er und biß in seinen ›Brief von zu Hause‹ – eine cornische Fleischpastete mit Zwiebeln und Kartoffeln. »Ich hatte nicht das Gefühl, daß du mir dabei die Hand halten müßtest, großer Bruder.«

Die beiden saßen in einiger Entfernung voneinander und aßen im flackernden Licht einer einzigen Kerze, die in einer in den Fels geschlagenen Nische stand. Drew dachte an Pansy, das Maultier, das vermutlich hier unten sterben würde, ohne noch einmal die Sonne gesehen zu haben, ohne daß ihm der Wind noch einmal durch die borstige Mähne fahren würde. Er dachte daran, wie die Berge aussahen, wenn sie zum Förderturm hinaufstiegen. Dort auf den Gipfeln waren Stille und Einsamkeit nicht das Werk von Dunkelheit und schwerer Erde, sondern von Licht, Sonne und Wind. Er überlegte, wie es sein würde, sich auf ein Pferd zu schwingen, durch die Hügel und über die Prärie zu reiten, und immer weiter zu reiten, bis zum Rand des Himmels.

Drew wünschte, er hätte diese Unruhe und Sehnsucht nicht. Er wünschte, er wäre mehr wie Jere, der schwer arbeitete, viel trank, der sich prügelte und lachte, und der sich vom Leben nichts anderes wünschte.

Drew spürte den Blick seines Bruders und hob den Kopf.

»Ich habe mir gedacht . . .«, sagte Jere und verschluckte das letzte Wort, weil er den Staub, den er den ganzen Nachmittag eingeatmet hatte, heraushusten mußte.

»Du hast dir etwas gedacht, tatsächlich!« sagte Drew und zwang sich zu einem Lächeln. »Muß ich mir deshalb jetzt Sorgen machen?«

»Ich habe mir gedacht, wir sollten es mit einer Farm versuchen. Es gibt hier so viel freies Land, das man sich nur zu nehmen braucht. Wir sollten hier aussteigen und Farmer werden.«

Drew fragte sich, woher sie nach Meinung seines Bruders das Geld bekommen würden, um eine Farm zu bearbeiten. Im Bergwerk verdienten sie drei Dollar am Tag. Ein Dollar ging für Unterkunft und Verpflegung in der billigen Pension ab, und jeder behielt etwas für Whiskey und andere Vergnügungen zurück. Den Rest schickten sie ihrer Mutter und den Schwestern nach Cornwall. Jeden Monat traf ein Brief von ihr ein, den der Vikar nach ihren Angaben schrieb. Darin rief sie den Segen Gottes auf sie herab, weil sie die Familie Scully vor dem Armenhaus retteten.

Außerdem verstanden sie überhaupt nichts von Landarbeit.

»Du scheinst tatsächlich schwachsinnig geworden zu sein«, sagte Drew grob. »Zuerst willst du etwas mit einer Chinesin anfangen, und jetzt redest du davon, Bauer zu werden. Woher sollen die Mäuse für das Saatgut und den Pflug, eine Egge und ein Ochsengespann, einen Steinschlitten, eine Sämaschine und einen Garbenbinder kommen? Kannst du mir das verraten?«

»Woher weißt du das alles? Da mußt du doch genau wie ich darüber nachgedacht haben.«

Drew legte mit lautem Klappern den Deckel auf ihren Suppenbehälter.

»Wenn man erst einmal in den Schacht einfährt, bleibt man auch dort.«

»Du redest wie unser Vater.«

Drew verzog die Lippen zu einem höhnischen Lächeln. »Ich vermute, Vater wußte, wovon er redet, großer Bruder. Denn wo ist er jetzt?

Begraben unter einer Tonne Fels auf der Sohle sieben einer Kupfermine. «

Es trat Stille ein, als die anderen Männer sich für einen Halbstunden-
schlaf auf einem Holzstoß ausstreckten.

Jere zog ein Taschenmesser und ein Stück Holz aus der Tasche und
begann zu schnitzen. Er machte ständig kleines Spielzeug und schenkte
es den Kindern anderer Arbeiter. Drew saß da und beobachtete, wie ein
Tropfen Wachs nach dem anderen an der Kerze herunterlief und erstarrte. Die Balken über seinem Kopf knarrten und ächzten. Im staubigen
Halbdunkel glänzten die Augen einer Ratte.

Wenn man einmal in den Schacht einfährt, bleibt man auch . . .

Die Brüder zogen sich zum Schutz vor der kühlen Nacht trockene Hemden an, während sie im Schacht darauf warteten aufzufahren. Die
anderen Männer lachten und redeten lärmend von dem Bier, das sie im
Grandy Dancer trinken würden. Aber Drew konnte nur daran denken,
daß er wieder eine Schicht durchgestanden hatte, ohne daß einer der
Kumpel gesehen hatte, was für ein Feigling er in Wirklichkeit war.

Rolf Davies saß bereits allein auf einer Ladung Erz im Förderkorb. Auf
dem Schoß hielt er einen Kasten mit stumpfen Bohrern. Drew sah den
bewundernden Blick, den der Junge ihm zuwarf, und sie lächelten sich
zu, als der Mann an der Winde die Gittertür zuschlug, das Klingelzei-
chen gab und den Förderkorb in Bewegung setzte . . .

. . . und das Stahlseil mit einem Knall riß, der so laut wie ein Gewehrschuß klang.

Das lose Seil peitschte gegen Gestein und Holz, während es im Schacht
nach oben verschwand, und der Förderkorb stieß gegen Gestein und
Holz, während er in die Tiefe sauste. Rolf schrie und schrie, bis er mit
einem lauten Klatschen in der Grube mit dem kochendheißen Wasser
landete. Dann hallte nur noch das Echo seiner Schreie durch den
Schacht, bis es schließlich von der schwarzen Erde geschluckt
wurde.

Der Fahrstuhlführer zog mit bleichem Gesicht neunmal am Klingelzug.
Oben würde jetzt die Alarmsirene die Stille der Nacht zerreißen.

Tränen brannten in Drews Augen. Er atmete flach die dünne Luft. Beschämt senkte er den Kopf, starrte auf die Erde und die Steine, wo nur
die Dunkelheit seine Schwäche sah.

Achtzehntes Kapitel

An diesem Nachmittag umspielte ein weicher, warmer Wind Erlans Gesicht, als sie an der Seite des Kaufmanns Woo, mit dem sie nun verheiratet war, durch die Doppeltür des Hotels nach draußen trat.

Sie ging mit trippelnden Schritten über die rissigen Planken des Gehwegs, die von der Spucke vieler Menschen braun gefärbt waren. Einer ihrer winzigen geschnitzten Holzschuhe verfing sich an einer hochstehenden Kante, und sie stolperte. Woo legte ihr die Hand unter den Ellbogen und stützte sie, zog aber die Hand schnell wieder zurück.

Er hatte noch kein einziges Wort mit ihr gesprochen.

Erlan vermutete, daß er sie zu seinem Haus brachte. Sie machte sich keine großen Hoffnungen. Die Gebäude in Rainbow Springs bestanden alle aus grauen, verwitterten oder frisch geschälten Baumstämmen. Es würde hier mit Sicherheit keine Dächer mit grünen Ziegeln und keine roten Säulen geben, die sie an das Haus der Familie Po erinnerten und an alles, was sie verloren hatte.

Die Straße verlief kerzengerade und führte in das weite Land. Am fernen Horizont traf sie sich mit dem unendlichen Himmel. Erlan überlegte, ob die bösen Geister in Amerika vielleicht weniger mächtig waren als in China, so daß die Straßen keine Kurven und Windungen beschreiben mußten, um sie zu täuschen und von den Menschen abzulenken. Sie wollte Kaufmann Woo danach und nach vielen anderen Dingen fragen, aber solange er das Wort nicht an sie richtete, war es ihr nicht erlaubt zu sprechen.

Woo blieb schließlich vor einem niedrigen Blockhaus mit einem Blechdach stehen. Erlan warf nur flüchtig einen Blick darauf. In der Nähe stand dichtgedrängt eine Gruppe chinesischer Männer. Einige waren barfuß, andere trugen nur staubige Strohsandalen an den nackten Füßen. Sie hatten die weiten Hosenbeine bis zu den Knien aufgerollt. Ihre Beine waren sonnengebräunt und so dünn wie Eßstäbchen.

Keiner der Chinesen war so unhöflich, sie anzustarren. Doch sie warfen
ihr alle unter den hohen Strohhüten verstohlen Blicke zu. Die Männer
traten unruhig von einem Fuß auf den anderen und flüsterten hinter
vorgehaltener Hand. Es klang wie eine Schar knabbernder Mäuse in der
Reiskiste.

»Eine Schönheit! Eine Schönheit mit Lilienfüßen!«

»Ich werde dich lieber gleich an ein Bergarbeiterlager verkaufen«, hatte
der Sklavenhändler in San Francisco gesagt. »Frauen sind dort so knapp,
daß die Männer jede heiraten, selbst eine alte Frau mit Füßen wie ein
Trampeltier.«

Erlan stand bewegungslos vor dem Haus. Ihre Hände verschwanden in
den weiten Ärmeln. Sie umklammerte verunsichert ihre Arme. Aus
einem großen, höhlenartigen Gebäude auf der anderen Straßenseite
drang das helle Geräusch eines Hammers herüber, der auf Metall
schlug. Die Schläge schienen ihren Magen zu treffen. Sie biß die Zähne
zusammen, um nicht vor Angst aufzustöhnen.

Die Tür hinter ihr öffnete sich knarrend, und sie hörte das Läuten von
Glocken. Woo machte ihr den Weg frei, damit sie vor ihm über die
Schwelle treten konnte. Sie mußte auf ihren Goldlilien hüpfen, um die
beiden ausgetretenen Stufen zu überwinden. Sie trat in einen Raum,
der mit so vielen Dingen angefüllt war, daß ihr schwindlig wurde, als sie
einen Blick auf das Durcheinander warf.

Kerzenhalter und Kisten. Ein Faß, in dem Strohbesen steckten; ein
anderes voller Zwiebeln, Stränge von Kautabak und aufgerollte Seile,
Blecheimer und Blechlöffel. Sie entdeckte auch vertraute Dinge, wie
etwa einen Satz *Ma-Jong*-Steine und eine rote Seidenlaterne, und anderes, was sie noch nie gesehen hatte: einen Mantel aus einem glatten
gelben Material und alle möglichen Werkzeuge.

Regalbretter bogen sich unter wacklig übereinandergestapelten Blechdosen. Auf dem schiefen Fußboden standen kleine Holzfässer, und es
gab in dem Laden stapelweise gebündelte Felle. Durch ein Fenster mit
kleinen Scheiben fiel in Streifen staubiges Sonnenlicht in den vorderen
Teil des langen Raums. Die Ecken verschwanden im Dunkel und wirkten, als hätte dorthin seit Jahren niemand mehr einen Blick geworfen.

Aus einem Faß an der Tür stieg ein scharfer Geruch. Erlan beugte sich
vor, um besser zu sehen, wich aber schnell wieder zurück. In dem Faß

lagen große blutige Fleischstücke in Salzlake. Ein handgeschriebener Zettel verkündete: »Frischer Bär, vor einer Woche geschossen.«

Kaufmann Woo räusperte sich. Erschrocken drehte sich Erlan so schnell um, daß sie auf ihren Goldlilien schwankte. Er hielt eine schäbige braune Decke hoch, die in einer Türöffnung hing. Sie ging an ihm vorbei in einen anderen, dunklen Raum.

Ein Streichholz flammte auf. Er hielt es an eine Lampe und richtete den Docht. Als er den Zylinder zurück in den Ring stellte, ließ er ihn beinahe fallen.

Sie befanden sich in einer Küche mit einem Tisch, zwei Stühlen und einem runden Eisenofen, dessen Rauchrohr durch ein Loch im Blechdach nach außen führte. Der Raum hatte kein Fenster. Er war eng, vollgestopft und roch nach gekochtem Kohl. Von der Decke hing ein Streifen Papier, an dem Fliegen klebten.

Woo hängte die Lampe an einen Haken an der Wand und stellte sich so dicht vor Erlan, daß sein Oberkörper bei einem tiefen Atemzug ihre Brust berührt hätte. Sie dachte an die Hochzeit und an das Gefühl seiner Lippen auf ihrem Mund. Sie hatte große Mühe, einen Schauer zu unterdrücken.

»Hast du heute schon gegessen?« fragte er. Es war eine angebrachte chinesische Begrüßung. Er sprach das harte, gutturale Yueh der Kantonesen.

Sie gab ihm die traditionelle Antwort im Mandarin der Oberschicht. »Mir geht es gut.«

Er sah sie stirnrunzelnd an. »Mrs. Yorke hat gesagt, du kannst amerikanisch sprechen. Was für eine große, wunderbare Überraschung. Gut für das Geschäft. Von jetzt ab sprichst du nur amerikanisch, auch mit mir. Auf diese Weise kannst du üben.«

Auf diese Weise müssen sich deine dummen Bauernohren nicht bemühen, mein Chinesisch zu verstehen, dachte Erlan, ohne jedoch eine Miene zu verziehen, und nickte nur gehorsam.

Er trat einen Schritt zurück und sagte mit großer Geste: »Bitte setz dich. Deine Goldlilien müssen schmerzen.«

Erlan setzte sich langsam auf einen der beiden Stühle. Wenn sie allein gewesen wäre, hätte sie laut gestöhnt. Ihre Füße waren tatsächlich wund. Nach all den Tagen und Nächten in der holpernden, schaukelnden Kutsche fühlte sie sich so steif wie eine alte Frau.

Der Kaufmann stellte eine ganze Reihe köstlicher Gerichte vor sie auf den Tisch. Zu ihrer Schande stellte sie fest, daß ihr das Wasser im Mund zusammenlief. Sie dankte der gütigen Kwan Yin, daß ihr Mann bei der Übernahme barbarischer Sitten wenigstens vor dem Essen halt machte.

Erlan dachte mit Schaudern an die Stationen, an denen die Postkutsche auf ihrem Weg die Fahrt unterbrochen hatte. Es waren grob gezimmerte Holzschuppen, wo die Pferde gewechselt wurden und die Fahrgäste ein Stück zähes Fleisch bekamen, das zwischen den beiden Hälften eines feuchten, bitteren Brötchens lag, und Blechbecher voller Kaffee, der ölig genug war, um damit eine Truhe zu lackieren. Einmal war ihnen ein Teller verdorbenes Schweinefleisch mit Maisklößen vorgesetzt worden. Die Maisklöße erinnerten sie wehmütig an Hirsepfannkuchen. Es war alles ungenießbares Essen gewesen, das sie in einer unbeschreiblich schmutzigen Umgebung hinunterwürgen mußte. Außerdem waren diese amerikanischen Gerichte so nahrhaft wie die mit ausgekochten Knochen zubereitete Wassersuppe eines Bettlers.

Aber das hier . . . das war wirklich ein Festmahl für die Götter: Schüsseln mit eingelegtem Kohl, Ingwer und Lotuswurzeln; Dampfbrötchen, Ente in Pflaumensoße; eine kalte Creme aus grünen Bohnen und eine Schale Melonenkerne; dampfende Fleischbällchen, *Lo-mein* und schneeweißer Reis. Erlan aß trotz ihres Hungers nur wenig, aber es schmeckte ihr so gut, daß der Magen plötzlich laut knurrte.

Das Klappern des Ofentürchens rettete sie aus der peinlichen Lage. Woo legte Holz auf das Feuer. Er mußte zuerst einen Wok und einen Bambusdampftopf beiseite schieben, um Platz für den Wasserkessel zu schaffen. Im Licht der Lampe blitzte ein scharfes Messer auf einem Hackklotz. Er mußte das Hochzeitsmahl selbst zubereitet haben; sie bezweifelte, daß er Dienstboten hatte. Wenn er sie nicht nur im Bett, sondern auch in Haus und Küche brauchte, dann würde er enttäuscht sein. Sie konnte zwar Kraniche mit feineren Stichen sticken als an dem Gewand, das er ihr geschenkt hatte, und sie konnte einer *Pi-pa* hübsche Musik entlocken, aber sie war eine schlechte Köchin. Sie konnte nicht einmal eine Schale Reissuppe zubereiten.

Erlan musterte unter sittsam gesenkten Augenlidern den Mann, den sie geheiratet hatte. Er kniete vor dem offenen Ofentürchen und stocherte mit einem Schürhaken im rauchenden Holz. Seine kleinen Hände waren die eines Jungen, doch sie hatten Altersflecken; die Haare seines dünnen Barts waren hart und starr wie die Zähne eines Ebenholzkammes. Sein rasierter Kopf glänzte im Lampenlicht. Er hatte jedoch immerhin einen sehr langen Zopf, der ihm Ehre machte.

Sam Woo drehte den Kopf um, und seine Brillengläser funkelten. Er lächelte ihr unsicher zu.

Das machte ihr Mut, und sie fragte: »Wie ist dein ehrenwerter Name?«

»Mein Name ist jetzt Sam. Du wirst mich Sam nennen. Ich werde dich Lily nennen.«

»Lily ist ein guter amerikanischer Name«, fuhr er fort, als sie schwieg.

»So amerikanisch wie der vierte Juli und Yankee-doodle-Dandy? Es gab früher ein Freudenmädchen, das eine Zeitlang bei Mrs. Yorke gearbeitet hat. Sie hat sich ›Lili‹ genannt.«

Die Scham brannte in Erlans Brust. Sie hatte einmal geglaubt, sie werde einen gebildeten Mann aus guter Familie heiraten. Statt dessen mußte sie einem alten Bauern aus Kanton gehorchen, der ihr den Namen eines Freudenmädchens geben wollte. Aber sie mußte aufhören, daran zu denken, wer sie war. Ihr Vater hatte sie verkauft, an einen *Sklavenhändler* verkauft. Erlan dachte wieder an die gequälten Gesichter, die in der Straße der Huren durch die Fenstergitter geblickt hatten. Wie leicht hätte eines dieser Gesichter ihr eigenes sein können.

Sie senkte den Blick, öffnete die Hände, die geballt in ihrem Schoß lagen, und strich über den blutroten Satin. Ein Angstschauer durchlief sie.

»Wer sind diese Männer vor der Tür?«

Er stand auf und rieb sich den Staub von den Händen. »Es gibt in Montana nicht viele chinesische Frauen. Deshalb sind sie neugierig, verstehst du? Sie beneiden mich Unwürdigen um eine so junge und schöne Frau.«

»Vielleicht beneiden sie dich um deinen Reichtum, darum, daß du mich dummes Mädchen kaufen konntest.«

Er brummte zustimmend. »Die erbärmlichen Wichte könnten alle zusammen nicht einmal eine Schnur Kupfer*kaesch* aufbringen. Sie suchen im Abfall und graben nach Erz in den ausgeräumten Stollen am Hügel, die der weiße Mann nicht mehr braucht. Es ist ihnen nicht erlaubt, in der Silbermine zu arbeiten.«

Erlan verstand nicht alles, was er sagte, denn viele der Wörter waren ihr unbekannt. Sie konnte sich nicht vorstellen, daß jemand freiwillig in einem Loch tief in der Erde arbeiten wollte, und sie begriff nicht, daß es den Männern verboten war, in der Mine zu arbeiten. »Warum ist es ihnen nicht erlaubt?«

»Weil sie Chinesen sind.« Er sah sie durch die Brille an. Sie glaubte, er werde weitersprechen und sie vielleicht in ein Geheimnis einweihen, oder ihr möglicherweise auch einen geheimen Kummer anvertrauen. Doch er zuckte die Schultern. »Du wirst es verstehen, wenn du eine Weile hier bist.«

Sie wollte es nicht verstehen; sie wollte nicht lange genug hierbleiben, um es zu verstehen. Plötzlich erschrak sie bei dem Gedanken, daß es vielleicht Jahre dauern würde, bevor sie nach Hause zurückkehren konnte. Zwischen ihr und ihrem Haus in Futschou lagen jetzt so viele tausend *Li*, weites Land und ein großes Meer – und die hohe Mauer aus verratener Tugend und verlorener Ehre. Diese Mauer war breiter und länger als die Große Mauer, die ganz China umgab.

Erst als er ihr ein kleines, in rote Seide gewickeltes Kästchen auf den Schoß legte, merkte sie, daß er vor ihr stand. »Das ist für dich«, sagte er.

Erlan schlug die Seide zurück und war gegen ihren Willen etwas aufgeregt, weil sie ein Geschenk bekam. Sie öffnete das Kästchen und sah zwei kleine zusammengeklappte Blätter aus Gold. In das eine Blatt war ein Mond und in das andere ein Stern eingraviert.

»Es ist ein Medaillon«, sagte er. Er zeigte ihr, wie sie es mit den Fingerspitzen öffnen konnte. »Siehst du ... das ist Sam Woo ... mein Photo. Mrs. McQueen hat es gemacht. Sie hat mich abgelichtet«, sagte er und lachte verlegen.

Sein Gesicht wurde ernst. »Du trägst es hier«, fuhr er in seinem rauhen Kantonesisch fort. Er berührte ihren Hals, wo sich der geschwungene Knochen unter dem Stehkragen ihres Gewands befand. Ihr Puls schlug heftig. Sie staunte, daß er es nicht merkte. Er nahm ihr das Medaillon aus den zitternden Fingern. Er schloß es mit einem Klicken und befestigte es ihr mit einer Nadel direkt über dem Herzen an die Brust.

»Ich bin unwürdig, ein so schönes Geschenk zu bekommen«, sagte sie. Ihr wurde bewußt, was für ein seltsamer Anblick das war – das *Fonkwei*-Medaillon an ihrem roten Hochzeitsgewand.

Das Pfeifen des Wasserkessels ließ sie beide zusammenzucken. Er lachte kurz und ging eilig hinüber, um den Kessel vom Feuer zu nehmen. Sie sah zu, wie er Teeblätter in zwei Porzellanschalen streute, Wasser darüber goß, die Deckel auf die Schalen legte und sie in Kupferschalen stellte. Eine bekam sie, die andere schob er an seinen Platz auf der anderen Seite des Tischs, und dann setzte er sich.

Er nahm den Deckel ab und legte beide Hände um die Porzellanschale. Dann hob er sie hoch. Sie folgte seinem Beispiel. Der Dampf des Drachenquellen-Tees duftete süß und sanft nach Blütenblättern.

»Trink aus«, sagte er und leerte seine Schale bis auf den letzten Tropfen. Damit war für ihn das Mahl beendet.

Sie trank einen Schluck. Er sah sie über den Rand seiner Porzellanschale unverwandt an. In seinen Augen lag etwas, das sie schon früher bemerkt hatte. Die bitteren Erinnerungen umklammerten ihr Herz. Sie glaubte, wieder die groben Hände zu spüren, die sie betasteten, speichelnasse Lippen, und dann ein Schmerz wie von einem Messer, das sie zerteilte, ein schweres Gewicht, das sich auf ihren Leib legte und sie zu zerdrücken drohte . . .

Ein Schrei stieg in ihrer Kehle auf und blieb dort stecken. Die Haut ihrer Brust spannte sich.

Sam Woo stand plötzlich auf, trat neben sie und nahm eine leere Reisschüssel vom Tisch. Sie legte ihre beiden Eßstäbchen ordentlich nebeneinander. »Danke, daß du meine unwürdige Tafel mit deiner Anwesenheit beehrst hast«, sagte er.

Er strich ihr mit dem Handrücken über die Wange, während sie bewegungslos sitzen blieb. Man hatte sie gelehrt, immer heiter und gelassen zu wirken, doch bei dem Gefühl seiner Hand, die über ihre Wange und an ihrem Hals nach unten glitt, wollte sie schreien. Sie versuchte, ruhig zu atmen; es gelang ihr nicht.

Der Schrei . . . der Schrei steckte in ihrer Kehle, würgte sie, und sie konnte nicht, nein, diesmal konnte sie nicht . . .

»Jetzt«, sagte der Kaufmann Woo mit belegter Stimme, »werde ich mich zu dir legen.«

In ihrem Innern zerbrach etwas. Erlan sprang auf und stieß ihn von sich. Der Tisch glitt über den Boden; Schüsseln und Platten rutschten, fielen herunter und zerbrachen. Sie wich zurück, bis sie gegen den Ofen stieß. Sie spürte die Hitze durch den dicken, gesteppten Satin und machte einen kleinen Schritt zur Seite. Der Schrei, der in ihrer Kehle steckte, flatterte wie ein verzweifelter Vogel.

»Komm mir nicht zu nahe!« rief sie.

Der Schrei war so laut, so laut ...

Er kam trotzdem auf sie zu. Sein Gesicht war hart vor Zorn und Gier. Seine Brillengläser funkelten im trüben Licht. Sie tastete hinter sich; ihre Finger fanden das Messer.

Der Schrei explodierte in ihrem Kopf und verdunkelte ihren Blick.

Sie hob verzweifelt das Messer, stieß zu und verfehlte nur knapp sein Gesicht.

Er wich zurück und rief: »Großer Gott!«

Der Schrei in ihrer Kehle wurde etwas leiser. Sie spürte, wie sie stoßweise atmete, spürte, wie sich Worte bildeten und aus ihrem Mund hervordrangen.

»Vergib dem unwürdigen Mädchen, aber ich kann nicht zulassen, daß du mich berührst«, sagte sie.

Es waren höfliche Worte, angemessene Worte. Sie würde bis zu ihrem Tod eine pflichtbewußte, gehorsame Tochter sein. Doch sie würde und konnte nicht zulassen, daß ein Mann ihr noch einmal Gewalt antat. Lieber würde sie sterben.

Ja, sterben, sterben, sterben ... das war der einzige ehrenvolle Ausweg.

Woo starrte seine Frau an; seine Lippen spannten sich über den Zähnen. Es war unvorstellbar, daß eine Frau ihren Herrn und Ehemann angriff, daß sie ihm ihren Körper verweigerte.

»Es gibt nichts zu vergeben«, sagte er steif, »wenn du das gefährliche Ding da auf der Stelle aus der Hand legst.«

Das Messer blitzte noch einmal. Er schnaubte verächtlich und stöhnte überrascht auf, als er sah, daß sie das Messer umdrehte und an ihre Kehle hielt.

»Bleib, wo du bist!«

Er holte tief und langsam Luft. Das Öl in der Lampe schwelte. Im Ofen zischte ein Stück feuchtes Holz.

Er machte einen Schritt auf sie zu. Sie stieß das Messer durch Haut und Fleisch, und hellrotes Blut spritzte in die Luft.

Drew verließ den Tresen mit zwei Blechbechern Bier, die er in einer Hand hielt.

Er wartete, während ein Mann Tabaksaft zielsicher in einen Blechnapf spuckte, bevor er die Gefahrenzone passierte. Er wehrte die Hände eines Mädchens ab und wich dem Ellbogen eines Billardspielers aus. Jere erwartete ihn an einem Tisch an der Rückwand. Er machte ein langes Gesicht.

Drew gab seinem Bruder wortlos den Bierbecher in die Hand. Er sagte nichts, als Jere ihn in einem Zug beinahe völlig leerte. Sie waren beide niedergeschlagen.

Drew setzte sich und stöhnte dabei stumm. Er fühlte sich todmüde und hundeelend, und in seinem Innern wühlte ein quälender Schmerz. Er war kein Mann, der sich abends sinnlos betrank, weil er nicht gerne am nächsten Morgen mit einem gewaltigen Brummschädel aufwachte. Doch jetzt wünschte Drew, er hätte auch noch Whiskey bestellt – eine ganze Flasche. Wenn er sich heute nicht vollaufen ließ, würde er am nächsten Morgen schreiend aufwachen.

Er würde schreien wie Rolf Davies.

Ihm traten die Tränen in die Augen, und er hielt sie krampfhaft zurück. Um Gottes willen – er konnte sich nicht daran erinnern, wann er zum letzten Mal geweint hatte. Der Tod des Jungen hatte die jahrelang unvergossenen Tränen freigesetzt. Sie füllten immer wieder seine Augen und verstopften ihm die Kehle. Er haßte sich deswegen, und er verachtete sich wegen seiner Feigheit.

Als Drew endlich aus dem Korb in die frische Nachtluft getreten war, hatte er geweint. Die Luft war herb und prickelnd wie Apfelwein, der frisch aus einem kalten Keller kam. Er sog sie tief in sich ein, schmeckte sie auf der Zunge und in der Lunge, aber dann kamen ihm die Tränen.

Als er später in Lukes Barbierladen in der Badewanne saß, waren ihm noch mehr Tränen über die Wangen gelaufen, wie Regen über eine Fensterscheibe, und hatten sich mit dem Schweiß und dem Dampf vermischt. Seine Brust zitterte unter der Anstrengung, die es ihn kostete, nicht laut zu schluchzen.

Jetzt schüttelte er den Kopf, um die Gedanken an das Bergwerk und den Tod zu vertreiben. Er sah sich im ›Best in the West‹ um. Der Saloon beeindruckte ihn mit seinen roten Tapeten, dem lackierten Fußboden,

den mit Diamantstaub glitzernden Spiegeln und den Mädchen in den kurzen Röcken und Seidenstrümpfen.

Doch das Grandy Dancer war eher sein Fall. Es war schäbig wie eine Absteige für einen halben Penny; der Boden war mit Sägemehl bestreut, und die Wände waren so von Kugeln durchlöchert, daß der ganze Schuppen nicht mehr wetterfest war. Es gab dort so verwässerten Whiskey, daß man das Gefühl hatte, Flußwasser mit Beigeschmack zu trinken. Aber die Luft vibrierte vor Spannung, als könnte jeden Augenblick die Hölle losbrechen. Es war eine Bergarbeiterkneipe, wo man fünfundzwanzig Cents für einen Whiskey auf die Theke warf und den leeren Bierbecher auf das Holz knallte, damit man einen kostenlosen Schluck zum Nachspülen bekam. So feierte ein Kumpel, daß er wieder eine Schicht unter Tage überlebt hatte.

Das ›Best in the West‹ war ganz anders. Die meisten der Gäste schienen Cowboys oder Schafhirten zu sein. Drew fragte sich, was sie wohl nach der Arbeit feierten. Von welchen Dämonen, die nur der Alkohol vertreiben konnte, wurden sie verfolgt?

Er drehte den Becher in der Hand und sah zu, wie das Bier über den Rand schwappte. Er trank einen Schluck und spürte, wie sich der Alkohol in ihm ausbreitete und die gedrückte Stimmung vertrieb. Der Lärm weckte zumindest die Illusion von Fröhlichkeit. Er lauschte auf das Klicken der Chips und das Klacken der Billardkugeln, das Klatschen von Karten und auf das sinnliche Lachen lockerer Frauen und die blechernen Töne des Klaviers.

Seinen Augen bot sich ein seltsamer Anblick. Eine Frau, deren Gesicht wie das einer Witwe hinter einem dichten schwarzen Schleier verborgen war, tanzte mit einem Mann, der sie anstelle einer Hand mit einem Eisenhaken umarmte . . . Ja, nach Montana kamen merkwürdige Leute – die Ausgestoßenen, der Abschaum und die Ruhelosen, auch die Draufgänger und die Mutigen. Drew wollte nicht darüber nachdenken, zu welcher Kategorie er gehörte.

»Ich hätte sie nicht gehen lassen dürfen, damit sie ihn heiratet«, sagte Jere plötzlich.

Drews Augen unter den dichten Lidern richteten sich langsam auf seinen Bruder. »Du kaust immer noch darauf herum? Dazu ist es viel zu spät. Sie gehört jetzt ihm. Er wird sie gut behandeln. Du weißt, Sam Woo ist ein anständiger Kerl.«

»Nein, ich hätte nicht zulassen dürfen, daß sie ihn heiratet, Drew.«

»Du willst sie doch nur selbst haben.«

Es hieß, daß die Männer der Scullys ganz plötzlich liebeskrank werden konnten – zumindest hatte das ihr Vater immer behauptet. So war es auch gewesen, als er zum ersten Mal ihre Mutter gesehen hatte. Er glaubte, ein Vorschlaghammer hätte ihn mitten ins Herz getroffen. Drew lachte jedesmal vor sich hin, wenn er an die Geschichte dachte. Wenn man ihren Vater dazu gebracht hatte, daß er genug trank, dann erzählte er auch, daß er seine spätere Frau zum ersten Mal gesehen hatte, als sie splitternackt in einer kleinen Bucht geschwommen war. Drew fand, bei diesem Anblick habe keineswegs das Herz seines Vaters den Ausschlag gegeben, sondern andere Körperteile.

»Ich bekomme sie doch.«

»Ja . . .«, sagte Drew gedankenverloren. Aber dann drehte er sich um. Was er auf dem Gesicht seines Bruders sah, gefiel ihm nicht. »Jere, du bist danebengestanden und hast zugesehen, wie sie Sam Wood geheiratet hat, und jetzt sitzt du da, so naß wie ein Frosch auf einem Stein und verkündest, daß du sie doch bekommen wirst.«

Der hartnäckige Ausdruck von Jeres Gesicht veränderte sich nicht. Er hob den Becher und trank den letzten Rest Bier.

»Sie ist eine Chinesin«, fuhr Drew nachdenklich fort. »Wahrscheinlich gibt es ein Gesetz, das so eine Ehe verbietet. Von dem Gesetz, das verbietet, sich mit der Frau eines anderen Mannes einzulassen, ganz zu schweigen.«

»Dann finden wir eben einen Ort auf der Welt, wo es keine verdammten Gesetze gibt.«

Drew hob beide Hände. »Allmächtiger! Jere, du redest, als würde sie dich auch wollen.«

»Sie wird mich wollen!«

Drews Hände fielen auf den Tisch und ballten sich zu Fäusten. Er konnte ebensogut auf den Vorschlaghammer einreden wie auf seinen dickköpfigen Bruder.

Jeres Kinn war auf die Brust gesunken. Er starrte in den leeren Becher.

Eine Bewegung hinter der Theke lenkte Drew von seinem Bruder ab. Der Barmann hatte eine schmale Tür geöffnet und redete mit jemandem dahinter. Drew verrenkte sich den Hals, doch die breiten Schultern des Mannes nahmen ihm den Blick. Er sah nur eine Art Rollpult und ein Stück von einem leuchtend grünen Rock.

Der Barmann zog die Tür zu, und Drew spürte, wie ihn die Enttäuschung überfiel. Aber dann ging die Tür auf, und Hannah Yorke erschien hinter der Theke.

Drews Herz schlug schneller. Ja, sie war Rauch, Feuer und lange Beine, die einen Mann dazu bringen konnten, daß er wie Dynamit explodiert.

Er holte tief Luft und rutschte auf dem Stuhl hin und her.

Jere neben ihm lachte leise. »Aha, wer kann jetzt nicht mehr stillsitzen? Du starrst sie an, als wäre sie die Gans für einen fetten Weihnachtsbraten.«

Drew stützte sich mit beiden Händen auf der Tischplatte ab und schob den Stuhl zurück. Jere legte ihm die Hand auf den Arm. »Wohin willst du, kleiner Bruder?«

»Ich glaube, die Dame könnte etwas zu trinken vertragen.«

»Die Dame hat einen Saloon mit allem, was das Herz begehrt, wenn ihr danach zumute ist, etwas zu trinken. Und sie hat bereits einen Mann, der ihr eingießt.«

Drews Kiefermuskeln spannten sich, aber er sank wieder auf den Stuhl zurück. »Ich weiß, es heißt, sie hat einen Liebhaber.«

»Ja, so heißt es.«

»Und wo ist er? Nach allem, was wir von ihm gesehen haben, muß dieser Mann ein Gespenst sein.«

Jere hob das Kinn. »Sieht der dort drüben vielleicht wie ein Gespenst aus?«

Drews Blick glitt über die Männer, die an der Bar standen. An einem Cowboy mit einem staubigen schwarzen Stetson blieb er hängen. Der Mann hatte die ausgebleichte schwarze Hose in seine abgetragenen Stiefel gesteckt. Er wirkte gefährlich und gewalttätig, sah aber mit seinem harten Mund gut aus.

»Der? Der lehnt doch schon seit mindestens zehn Minuten an der Theke, und sie hat ihn nicht ein einziges Mal angesehen.«

»Es ist die Art, wie sie ihn *nicht* ansieht.«

Der Mann trug den Revolver tief an der Hüfte und hatte ihn am Oberschenkel festgeschnallt. Das paßte zu allem anderen, was Drew über

Hannah Yorkes Liebhaber gehört hatte. Er war ein ehemaliger Rancher, der monatelang verschwand und, wie manche Leute sagten, als Begleitschutz für die Postkutschen von Wells Fargo ritt. Andere behaupteten, er sei ein Schatzjäger.

Womit er auch seinen Lebensunterhalt verdiente, er sah nicht aus wie ein Mann, der seine Geliebte kampflos aufgab.

»Zum Teufel!« sagte Drew und stand auf.

Sie stand jetzt vor der Theke und redete mit dem Barmann, der ihr und sich einen Doppelten aus einer Flasche eingoß, die so teuer war, daß sie ein Etikett hatte. Drew kam langsam näher und betrachtete sie. Der starke Schwung der Wangen, die kleine Stupsnase, die sinnlichen Lippen, der tiefe Ausschnitt über den Brüsten, die so elfenbeinweiß waren wie Sommerwolken, verschlugen ihm den Atem. Sie hatte eine Schulter entblößt, als hätte ein Mann gerade den Träger am Kleid heruntergezogen, um sie auf die zarte Schulter zu küssen.

Hannah drehte den Kopf, als Drew neben sie trat. Ihre Lippen machten eine kleine Bewegung, die nicht ganz ein Lächeln war, obwohl sich dabei die Mondsichel-Grübchen in ihren Wangen vertieften.

»Ach, . . . Mr. Scully, nicht wahr?« sagte sie mit einer Stimme, die so leicht und dunkel war wie Holzrauch. »Was bringt Sie denn hierher in das ›Best in the West‹?«

»Sie, Ma'am«, antwortete er.

Hannah zog spöttisch eine Augenbraue hoch. Die Brauen waren tiefrot und wirkten wie Schnittwunden über den Augen. »Aber, aber . . .« Sie schüttelte den Kopf, und es war wie eine Flamme, die nach ihm züngelte. »Sie sind keiner, der normalerweise mit der Tür ins Haus fällt!«

»In der Grube nennt man die Dinge beim Namen.«

Ihr Gesicht wurde etwas sanfter, und mit Wehmut in der Stimme erwiderte sie: »Ja, ich weiß . . . Mein Vater war Kumpel.« Sie schwieg einen Augenblick und zog leicht die Schultern hoch. »Er ist bei einem Unglück im Stollen umgekommen, als ich zehn war.«

»Ich war zwölf, als mein Vater verschüttet wurde.«

Sie sah ihn erstaunt an, und ihre Lippen öffneten sich. Sie hatte einen verletzlichen Zug um den Mund, der nicht zu ihrem sicheren Benehmen paßte. Plötzlich wußte Drew, daß er sich belogen hatte, als er versuchte, sich einzureden, es gehe ihm nur um die Befriedigung seiner

399

Gefühle. In diesem Augenblick traf ihn wie seinen Vater ein Vorschlaghammer mitten ins Herz.

Er wußte sehr wohl, die braven Leute in der Stadt hielten Hannah Yorke für eine schlechte Frau, und nach ihren Maßstäben war sie das vielleicht auch. Aber vielleicht brauchte sie nichts anderes als einen Mann, der sie liebte, der sie nachts in den Armen hielt und sie liebevoll verwöhnte. Sie spielte ganz gut die Rolle einer harten Frau, der das Leben nichts mehr anhaben konnte, aber Drew wußte, sie war nicht hart. Vielleicht mußte man ein Schwindler sein wie er, um ihre Lüge zu durchschauen.

»Darf ich Ihnen etwas zu trinken bestellen, Mrs. Yorke?« sagte er.

Sie hatte den Kopf bereits wieder gedreht. Ihr Blick richtete sich auf den Cowboy mit dem staubigen schwarzen Stetson am anderen Ende der Bar. Der Gesichtsausdruck des Mannes veränderte sich nicht. Er sah sie unbewegt an, doch ihr Gesicht begann zu leuchten, als sei in ihrem Innern eine Flamme entzündet worden.

»Ich habe gelernt, Mrs. Yorke, daß eine Dame höflich genug ist, eine Antwort zu geben, wenn ein Herr sie etwas fragt.«

Sie zuckte zusammen und drehte sich um. Das Lächeln, das nicht für ihn bestimmt war, lag noch auf ihrem Mund. »Oh . . . Vielen Dank. Nein, danke, Mr. Scully . . . Ich wollte gerade gehen. Nancy wird vielleicht . . .«

Er legte ihr die Hand auf den Arm. Ihre Haut war weich und warm. Ihr Duft stieg ihm in die Nase – süß und sommerlich wie die Blumensträußchen, die man auf dem Jahrmarkt am Michaelstag verkaufte. »Ich will meine Zeit nicht mit einem Ihrer Mädchen verbringen, sondern mit Ihnen.«

Hannah blickte vielsagend auf die Hand, die sie berührte. Die Hand war narbig und hatte blaue Flecken von den Hammerschlägen, die den Bohrer verfehlt hatten. Unter den Fingernägeln sah man den Schmutz der Grube als schwarze Ränder.

Seine Hartnäckigkeit ging so weit, daß er sie nicht losließ.

Ihr Blick richtete sich auf sein Gesicht, und er sah ihr in die Augen. Es waren dunkelbraune Augen. Ihre Brust hob sich, und sie gab einen leisen Laut von sich, der wie ein Seufzen war. Aber dann hörte sie, wie die Schwingtüren des Saloons hinter ihrem Cowboy zuschlugen.

Im nächsten Augenblick stellte Drew fest, daß sie sich von ihm abwandte und sich die Türen noch einmal bewegten. Gleich darauf pendelten sie auch hinter Drews Rücken. Er verwünschte sich, weil er sich soweit erniedrigte, dieser Frau auch noch nachzusteigen.

Der abnehmende Halbmond warf nur wenig Licht. Doch der Wind strich durch die Espen und trug Drew, der im dunklen Schatten des Saloons stand, die Stimme des Cowboys zu. »Ich habe gesehen, wieviel du heute abend zu tun hast, Hannah. Deshalb reite ich nach Hause.«

Sie hatte den Mann am Ende des Gehsteigs eingeholt. Sie lehnte sich an ihn, drückte sich an seinen Körper. Sie sagte etwas mit ihrer rauchigen Stimme – vielleicht bat und flehte sie. Er ließ sich überreden und gab nach.

Der Cowboy legte den Arm um ihre Taille, und als sie in die Straße einbogen, die zu ihrem Haus hinter dem Saloon führte, berührten sich ihre Hüften. Er beugte den Kopf hinunter auf die weiße Schulter, die das Kleid freiließ, und sie lachte. Das Lachen war sinnlich und leise wie ein Hauch.

Und es klang ein ganz klein wenig traurig.

Erlan sah zu, wie Sam Woo sich auszog. Er legte den Frack ab und hängte ihn über einen Haken an der Wand. Dann kam die graue Brokatweste mit den Perlmuttknöpfen an die Reihe und schließlich das Hemd mit dem gestärkten Kragen. Selbst im trüben Licht der Petroleumlampe sah sie, daß er einen schmalen Oberkörper und eine Hühnerbrust hatte. Er hob den Kopf, und ihre Blicke trafen sich. Dann starrte er auf ihren Verband und machte ein finsteres Gesicht.

Sie betastete den dicken Verband um ihren Hals. Die Wunde klopfte, obwohl sie nicht viel tiefer als die Haut ging. Aber stark geblutet hatte sie. Der Gedanke daran, was sie beinahe getan hätte, ließ sie immer noch zittern. Eine Seele hatte viele Leben, aber Erlan hatte nur dieses eine; und im Augenblick klammerte sie sich mit derselben Heftigkeit daran, mit der sie es hatte beenden wollen.

Trotzdem hatte sie das Messer mit ins Schlafzimmer gebracht und in Reichweite neben ihr Kissen gelegt.

Sie stand auf ihrer Seite des Bettes, ihr Mann stand auf der anderen. Er musterte sie wachsam mit dem säuerlichen Gesicht eines bezahlten Totenklägers. Es war eine Schande, einen anderen Menschen soweit zu bringen, daß er Selbstmord beging. Wenn Sam Woo sie mit Gewalt genommen und sie sich danach umgebracht hätte, wäre er entehrt gewesen. Ehrlosigkeit und Schande mußte man mehr fürchten als Tiger und Drachen oder böse Geister.

»Ich werde dich nicht anrühren«, sagte er und fuhr sich mit der Zunge über die Lippen. Er verneigte sich höflich: »Aber es gibt nur ein Bett.«

»Das dumme Mädchen hat nichts dagegen, es mit dir zu teilen.« Erlan schlug sittsam die Augen nieder. In Wirklichkeit fühlte sie sich vor Erleichterung ganz benommen und war überglücklich, noch am Leben zu sein, ohne daß die Kühnheit ihre Ehre zerstört hatte. »Und sie dankt ihrem Mann für seine Zurückhaltung.«

»Du wirst nicht versuchen, mich . . . ?« Er wies auf das Messer.

Sie verbarg die Hände in den Ärmeln und überkreuzte die Finger, um die lauschenden Ohren der Götter zu täuschen. »Nicht, solange du dich an dein Versprechen hältst, mich nicht anzufassen.«

Er seufzte vor Erleichterung so heftig, daß seine Barthaare zitterten. Plötzlich fand Erlan das ganze Drama ungeheuer komisch. Sie mußte sich auf die Zunge beißen und die Hand auf den Mund legen, um nicht laut zu lachen.

Der Mann war beinahe so dumm wie sie. Beim Anblick ihres Blutes war sie ohnmächtig geworden, und als sie aufwachte, sah sie, daß ihr Woo mit zitternden Händen Ingwerumschläge um den Hals legte und die Götter verwünschte, weil sie ihn mit einer Verrückten als Frau geschlagen hatten. Als sie die Augen öffnete und sich aufsetzte, ohne aber das Messer loszulassen, wich er mit einem entsetzten Aufschrei zurück, als sei sie tot gewesen und wieder zum Leben erwacht. Beim Gedanken daran konnte Erlan das Lachen kaum noch zurückhalten. Sie mußte jedoch längere Zeit ohne Bewußtsein gewesen sein, denn Sam Woo hatte nicht nur ihre Wunde verbunden, sondern auch die Scherben vor dem Herd zusammengeräumt und den Fußboden saubergemacht.

Er drehte ihr inzwischen den Rücken zu und zog ein Nachthemd an. Danach legte er den Zopf ordentlich um den Kopf und setzte eine Schlafmütze auf. Erlan zog das Hochzeitsgewand aus, nicht aber die Jacke, die sie darunter trug, um ihre Brüste flachzudrücken, damit man sie nicht für ein Freudenmädchen hielt.

Sie setzte sich vorsichtig auf das Bett, und die Matratze knisterte. Die Grasfüllung raschelte und erfüllte das Zimmer mit dem Geruch von

Sommer und Sonne. Erlan hatte ihren Goldlilien an diesem Tag viel abverlangt, und ihre Füße waren wund. Sie hätte gern neue Binden angelegt, aber das war etwas zu Intimes, um es vor diesem Mann zu tun. Sie rieb sich die schmerzenden Muskeln der Beine und unterdrückte ein Stöhnen.

»Soll ich dir die Waden massieren?«

Sein Angebot überraschte Erlan, und sie sah ihn mißtrauisch an. Die älteste Schwester hatte ihr immer die Waden massiert, besonders in der ersten Zeit, nachdem man mit dem Binden ihrer Füße angefangen hatte. Wie hatte sie gelitten, als die vier kleineren Zehen unter die Fußsohle gelegt und die Sohle in Richtung Ferse gebogen wurde, bis ihre Füße beinahe einen Halbkreis beschrieben.

Woo drehte sich um, und Erlan griff nach dem Messer.

»*Amitabha*!« rief er und hob die Arme. »Ich verspreche, ich werde dir nur die Waden massieren.«

Sie schnaubte leise. »Jeder weiß, daß ihr Kantonesen lügt.«

Er wies mit dem Finger auf sie. Bei dieser Geste der Verachtung stöhnte sie laut. »Und du . . . .«, stieß er hervor. »Du bist ein toter Geist!«

Zu behaupten, jemand sei ›ein toter Geist‹, war die schlimmste aller Beschimpfungen. Es überraschte Erlan, daß die Götter ihn deshalb nicht auf der Stelle erschlugen. »Auswurf einer Schildkröte«, murmelte sie leise, aber nicht leise genug, so daß er es hörte.

Er starrte sie mit gerunzelten Augenbrauen an und spitzte die Lippen. Sie erdolchte ihn mit ihren wütenden Blicken. Er verdrehte die Augen und suchte Trost bei den Unsterblichen.

»Kennst du nicht das Sprichwort, du dummes Ding, das sagt: ›Wenn die Katze die Reisschale umwirft, haben die Hunde ein Festmahl‹? Ich habe mir eine Frau gekauft, damit ich Söhne bekomme, die meinen Grabstein fegen, wenn ich einmal nicht mehr da bin. Weißt du nicht, wie Söhne gemacht werden?«

»Ich weiß es, mein ehrwürdiger Mann.«

»Dann denk darüber nach.«

»Ja, mein ehrwürdiger Mann. Ich werde darüber nachdenken.«

Er kroch ins Bett und drehte an der Messingschraube der Lampe, bis das Zimmer im Dunkeln lag. Die rauhen Bettücher raschelten, als er sich ausstreckte und zudeckte. Sie legte sich ebenfalls hin, richtete sich aber im nächsten Augenblick wieder auf.

»Bitte, zünde ein Streichholz an«, sagte sie mit sanfter Stimme.
Ein Streichholz kratzte, und die Lampe flammte wieder auf. Er hielt sie
hoch. »Was gibt es? Blutet dein Hals wieder. Wenn du mir stirbst . . .
He, was machst du da?«
Erlan kroch auf allen vieren vor dem Bett und blickte darunter. Sie
sah zwar Staubbälle, die so groß waren wie Chrysanthemen, aber kei-
nen getrockneten Kürbis unter der Stelle, an der ihr Kopf liegen
würde.
»Es ist kein Kürbis unter dem Bett«, sagte sie.
Er seufzte. »Wir sind in Amerika. Kürbisse sind hier nicht nötig.«
»Und was wird die Geister vertreiben und sie daran hindern, mich zu
ersticken?«
»Ha! Soll das die Klage eines Mädchens sein, das versucht hat, sich mit
dem Messer umzubringen?« Er klopfte mit der Hand auf die Matratze
und lächelte sogar. »Komm wieder ins Bett und schlaf, mein Kind. In
Amerika gibt es keine Geister.«
Wieder lag das Zimmer im Dunkeln. Die Holzwand ächzte und knarrte
im Wind. Ihr Hals schmerzte, und ihr tat alles weh. Der verwünschte
Kutscher hatte keinen Stein und keine Furche der Straße ausgelassen,
um sie zu foltern. Selbst während Erlan still dalag, spürte sie noch das
ständige Schaukeln der Kutsche, als sei es ihr ins Blut übergegangen.
Sie holte tief Luft und rieb mit den Handflächen die Brüste und seitlich
ihren Körper, bis die Hände auf dem Leib zur Ruhe kamen.
Als ein Onkel vor zwei Jahren heiratete, hatte Erlan geholfen, die Braut
ins Hochzeitsgemach zu bringen. Sie erinnerte sich an das Bett mit dem
Baldachin und den Vorhängen aus roter Seide. Auf dem roten Satin-
überwurf lagen Rosenblätter und Babyschuhe in allen Farben des
Regenbogens. Doch am deutlichsten erinnerte sie sich an ein kleines
weißes Seidentuch, das auf einem Ebenholztablett lag und darauf war-
tete, die Jungfräulichkeit der Braut zu bezeugen.
Bei ihr würde es kein Blut auf weißer Seide geben. Drei Männer hatten
sie bereits gehabt, was bedeutete da noch einer?
Doch, es machte ihr etwas aus . . .
Erlan drückte die Faust an den Mund. Sie würde es nicht ertragen, daß
ein Mann ihr noch einmal antat, was die anderen getan hatten.
Es war das schlimmste Schicksal, das einen Mann treffen konnte, ohne
Söhne zu sterben. Da sie sich weigerte, mit ihm zu schlafen, würde sich

Kaufmann Woo am nächsten Morgen bestimmt bei dem Meister beschweren. Der würde sie wieder zurückschleppen zu dem Mann vom Sklavenbund, und man würde sie entweder ins Bordell schicken oder sie von neuem verkaufen – diesmal an ein Bergarbeiterlager. Die Männer dort würden genau das tun, was die anderen getan hatten.

Die Hunde würden ein Festmahl haben ...

»Du willst Sam Woo wirklich heiraten?« hatte der Riese gefragt.

Was wäre passiert, wenn sie »nein« gesagt hätte? Hätte der *Fon-kwei* sie mitgenommen? Wenn er es getan hätte, würde er erwarten, daß sie dafür mit ihm schlief? Bestimmt, denn so waren nun einmal die Männer. Erlan versuchte sich vorzustellen mit ihm zu schlafen, doch es gelang ihr nicht. Der Riese war ein fremder wilder Teufel, auch wenn er schöne graue Augen hatte, die so weich und sanft schimmerten wie Regenwasser. Er hatte ein häßliches, behaartes Gesicht, und er war zu groß – so groß wie ein Wasserbüffel, das Arbeitstier der Bauern, welches sich nur dazu eignet, den Pflug zu ziehen oder das Wasserrad zu drehen. Er hätte sie zermalmt, erstickt und wie eine Axt gespalten.

Ihre Gedanken wanderten weiter, und die Erinnerungen nahmen sie wieder gefangen: Etwas Hartes, ein schweres Gewicht, das sie niederpreßte, blindes Dunkel und eine Kälte tief innen – so kalt, alles so kalt.

Sie haßte die Schändung der Frauen durch die Männer. Ehefrauen, Konkubinen, Freudenmädchen – sie fragte sich, wie eine Frau lernte, das zu ertragen, wie eine Frau es immer wieder ertragen konnte, ohne sterben zu wollen. Wie eine Frau wie sie ...

Ihre Mutter ...

Heiße Tränen rannen ihr aus den Augenwinkeln und tropften auf das Laken. Sie preßte leise schluchzend die Faust auf den Mund.

Wenn im Reich der Mitte eine Tochter geboren wurde, legte der Vater des Kindes mehrere Fässer Reiswein in den Keller. Hatte das Mädchen das heiratsfähige Alter erreicht, war der Wein alt genug, um bei der Hochzeit getrunken zu werden.

Der Teehändler Po Lung-Kwon hatte bereits drei Ehefrauen, fünf unvollkommene Töchter und den Keller voller Wein, als er die junge Konkubine Tao Hua in sein Bett nahm, weil er hoffte, endlich einen Sohn zu zeugen.

Es war natürlich allein Schuld der Konkubine, daß sie den dringend benötigten Erben nicht gebar. Als zwei Jahre vergingen, und Tao Hua immer noch nicht empfangen hatte, rechneten die drei Frauen des Teehändlers damit, daß Tao Hua trotz ihrer Jugend und Schönheit verstoßen würde. Es kam aber anders. Der Kaufmann Po erschien häufiger denn je bei ihr. Die schöne Tao Hua entzog seinem alten Körper alle Kraft und machte ihn schwach und nutzlos für die anderen Frauen.

Im dritten Jahr gab es endlich Anzeichen dafür, daß Tao Hua ein Kind erwartete. Die Frauen verbargen ihre Eifersucht hinter einem Lächeln. Und als Tao Hua von einer unvollkommenen Tochter entbunden wurde, verbargen sie ihr Lächeln hinter Strömen von Tränen. Sie triumphierten, denn bestimmt würde der Patriarch die wertlose Konkubine jetzt wegschicken.

Statt dessen kam er zurück in ihr Bett, sobald sie wieder in der Lage war, ihn zu empfangen. Die Frauen stimmten darin überein, daß es für sie keine Hoffnung mehr gab. Der Patriarch war in seine junge Konkubine vernarrt. Obwohl er am Abend seines Lebens stand, fand er bei ihr offenbar all die Stärke und Männlichkeit, die ihm sein Name verhieß: Lung-Kwong, feuriger Drache.

Die eifersüchtigen Ehefrauen verstanden einfach nicht, welche Reize Tao Hua besaß. Widerwillig gaben sie zu, daß sie das Gesicht einer Schönheit ersten Ranges hatte. Aber sie hatte viel zu große Füße. Schlimmer noch, sie war von den Sitten der *Fon-kwei* verdorben. Sie hatte die ersten vierzehn Jahre ihres Lebens in der Missionsschule von Futschou verbracht und dort nicht nur die Sprache der Teufel gelernt, sondern auch die fremde Religion angenommen. Sie war nichts als ein Mädchen vom Land mit Füßen wie ein Trampeltier, klagten die Frauen, und doch benahm sie sich wie eine Mandschu-Prinzessin. Es war jedoch verblüffend, wie sie alle ihre Konkurrentinnen in den Schatten stellte.

Die Mitglieder der Sippe Po lebten in zehn Höfen unter den Dächern ihrer Vorfahren. Die Männer der großen Sippe bewohnten die äußeren Höfe, deren Betreten den Frauen untersagt war. Die Töchter des Hauses Po blieben mit ihren Müttern in den inneren Höfen. Dort lernten sie die Kunst, ein Heim zu gestalten, und bereiteten sich darauf vor, einmal vollkommene Ehefrauen zu werden.

Zu Erlans frühesten Erinnerungen gehörte, daß sie auf der Sandelholztruhe saß und zusah, wie sich ihre Mutter für den Besuch des Patriarchen schönmachte. Tao Hua puderte ihre Wangen, bis sie weißer waren als Schnee, und schminkte ihre Lippen rot wie Kirschen. Mit *Wu-mu*-Gel verlieh sie ihren Haaren den Glanz von taufrischem Moos und frisierte sie kunstvoll in Form einer Lotosblüte. Dann steckte sie in das mitternachtschwarze Haar ein große, vollkommen geformte Päonienblüte. Die Luft, die eine junge Sklavin mit sanften Bewegungen des Fächers bewegte, trug Erlan den süßen Duft der rosaroten Blume zu.

Manchmal saß Erlan neben ihrer Mutter auf dem großen Bett aus Rosenholz. Tao Huas grünes Gewand lag ausgebreitet wie ein riesiger Fächer auf dem blauseidenen Bettüberwurf. Tao Hua färbte sich die Fingernägel rosa, indem sie Blütenblätter von Rosen darauf zerrieb, und brachte ihrer Tochter Englisch bei. In dieser Sprache unterhielten sie sich, wenn sie in dem Haushalt mit drei eifersüchtigen Ehefrauen und vielen Spioninnen allein waren. Erlan lernte auch die Macht der Schönheit einer Frau kennen – und die Macht, die Tao Hua in dem großen Rosenholzbett ausübte.

Erlan sah ihren Vater nur selten. Doch jeder dieser kostbaren Augenblicke war für immer so in ihre Erinnerung eingegraben wie der Drache im Jadesiegel der Familie.

Sie erwartete den Patriachen im Garten. Sie saß auf einem Porzellanhocker am Lotusteich und wartete darauf, daß er kam, um seine Vögel, die kleinen braunen Lerchen in Bambuskäfigen, an die frische Luft zu bringen. Dann saßen sie nebeneinander und beobachteten die Goldkarpfen im Teich. Erlan redete und redete und betrachtete sein geliebtes Gesicht in der Hoffnung, ein Lächeln darauf zu entdecken. Ihr Vater rauchte die silberne Wasserpfeife und beantwortete nachsichtig ihre kindlichen Fragen über die Welt jenseits der hohen Gartenmauern.

Einmal wagte sie es, ihn zu fragen: »Wer ist Eure Lieblingstochter, Vater?«

Er lächelte, berührte sie an der Wange und fuhr mit dem Finger die Rundung ihres Kinns nach. »Das bist du, Erlan. Siehst du die Taglilien, die ich im Garten gepflanzt habe? Jedesmal, wenn ich sie ansehe, erinnern sie mich an dich.«

Aber wann immer sie sich darüber beschwerte, daß sich die älteste Schwester über ihre viel zu großen Füße lustig machte, oder ihr die erste Frau befahl, ihre Stickerei noch einmal zu machen, sagte er nur: »Du mußt lernen dich zu fügen, meine Tochter. Nur durch Fügsamkeit kann eine Frau Vollkommenheit erreichen.«

Erlan verbrachte viele Stunden im Wachturm in der Gartenmauer, wo der Wächter die Zeit mit seiner Holzklapper anzeigte. Von dort sah sie die roten und grünen Ziegeldächer der Stadt, die wie Wellen waren, und dazwischen das Gedränge auf den engen *Hutungs* mit den fliegenden Händlern, den Rikschas und Sänften. Hinter den Dächern erhoben sich anmutige Pagoden an den Hängen der mit Bambus oder Teesträuchern bewachsenen Hügel. Der schwarze und grüne *Oolong*, der in die Länder der *Fon-kwei* verschickt wurde, hatte das Haus Po reich gemacht.

An Tagen, an denen sich der Dunst in der Sonne auflöste, konnte sie den Fluß sehen und die großen Dschunken. Sie hatten geflochtene Segel, und auf ihrem Bug waren große runde Augen gemalt, um die bösen Flußgeister zu vertreiben. Erlan war zu weit entfernt, um die Fischer mit ihren Netzen und die Bambusmatten zu sehen, auf denen der Kuttelfisch trocknete. Sie sah auch nicht die Ballen Ziegeltee mit dem Drachensiegel des Hauses Po, die an den Kais darauf warteten, in fremde, exotische Länder verschifft zu werden.

Im vierten Monat von Erlans siebzehntem Lebensjahr weihte Tao Hua ihre Tochter in ein Geheimnis ein. Sie bedeutete Erlan zu schweigen, indem sie den Finger auf den Mund legte, und führte sie in einem Geheimgang durch die verbotenen Höfe. Sie blieben vor einem kleinen runden Fenster stehen, das hinter einem Holzgitter verborgen war. Durch das Fenster sah man in einen Raum, in dem Gäste empfangen wurden. Erlan stockte der Atem angesichts der Schätze, die sie dort sah – mit Gold und Silber eingelegte Kabinette, pfirsichblütenfarbiges, ochsenblutrotes und spiegelschwarzes Porzellan, kostbar geschnitzte Lackwandschirme und -truhen, Cloisonné-Vasen und tibetische Wandteppiche. Alles funkelte und glänzte im Licht dutzender Bohnenöl-Lampen.

Der Raum war leer, doch bald darauf wurde eine Tür geöffnet, und ein Diener führte zwei *Fon-kwei* herein. »Sie kommen aus Amerika«, flüsterte Tao Hua. »Sie wollen mit dem Patriarchen einen Vertrag abschließen. Es geht um sechs Schiffsladungen Tee im Jahr im Tausch gegen viele Tael Silber.«

Erlan sah ihre Mutter voll Überraschung und mit neuen Augen an. Ihr wurde klar, daß Tao Hua nicht zum ersten Mal hinter dem Gitter stand und beobachtete und belauschte, was in diesem Raum vor sich ging. Der Patriarch mußte das wissen, denn selbst seine Favoritin hätte niemals gewagt, unerlaubt in die verbotenen Höfe vorzudringen. Erlan erinnerte sich, daß sie einmal dazugekommen war, als der Vater ihrer Mutter ein Dokument in der Sprache der *Fon-kwei* gezeigt und sie gefragt hatte, was es enthielt. Jetzt verstand Erlan auch, weshalb die Mutter ihr beibrachte, Englisch zu sprechen und zu lesen. Tao Huas Macht als Frau und ihr Wert für den Patriarchen beruhten nicht nur auf den Kenntnissen im großen Rosenholzbett.

Die fremden Teufel gingen neugierig in dem Raum herum. Sie betrachteten die Rollbilder und nahmen unhöflicherweise eine Vase vom Tisch, ein Keramikpferd von einem anderen, als wollten sie feststellen, ob es sich wirklich um kostbare alte Gegenstände handelte.

»Ich würde alles für einen Whiskey geben«, sagte der eine Mann. Er hatte einen dicken Bauch und ein ausdrucksloses Gesicht mit leeren Augen wie ein Wasserbüffel. »Aber ich vermute, wir werden noch mehr von diesem verdammten Tee bekommen.«

»Schließlich sind wir doch wegen des Tees hier«, erwiderte der andere. Es war ein junger Mann mit kurzen Locken, die heller leuchteten als gehämmertes Gold. Er hatte blaue Augen und ein strahlendes Lächeln. »Widersprich dem Alten nur nicht. Denk daran, für diese Leute ist es das Wichtigste, ihr Gesicht zu wahren.«

Erlan war ganz aufgeregt, weil sie beinahe jedes Wort verstanden hatte, und wandte sich ihrer Mutter zu. Aber was sie sagen wollte, blieb ihr im Hals stecken. Tao Hua blickte wie gebannt auf den jungen goldhaarigen fremden Teufel, und der Ausdruck auf ihrem Gesicht . . .

Erlan kannte den Ausdruck. Mit dieser Gier beugte sie sich über eine Schachtel kandierter Früchte und versuchte zu entscheiden, welche Köstlichkeit sie als nächstes in den roten Mund stecken sollte.

Zwei Wochen später schlossen die Wächter des Hauses Po die Favoritin Tao Hua in ihren Räumen ein. Die Konkubine schrie und flehte, den Patriarchen sehen zu dürfen, doch er kam nicht. Die Wächter stellten Wandschirme vor die Tür, und niemand durfte zu ihr.

Eine Nacht, einen Tag und noch eine Nacht saß Erlan auf dem Porzellanhocker im Garten. Sie beobachtete die Goldkarpfen im Teich und atmete langsam und vorsichtig die Luft, die erfüllt war vom süßlichen

Duft der Päonien. Sie hörte, wie die Schreie ihrer Mutter schwächer und schwächer wurden, bis sie im Gesang der Lerchen in den Zypressen, dem Läuten der Glocken in den Pagoden und den Rufen der Händler vor der Gartenmauer untergingen.

Am zweiten Tag kam die Hauptfrau des Patriarchen eine Stunde nach Sonnenaufgang über den kiesbestreuten Gartenweg. Die großen Königsfischer-Federn in Tai Tais Haaren bewegten sich sanft in der leichten Brise. Sie blickte boshaft und zufrieden auf die Tochter der Konkubine.

Erlan war jenseits von Stolz und Würde. Sie verneigte sich tief vor der älteren Frau, und ihre Stimme versagte fast, als sie flehend fragte: »Was hat sie getan? Bitte, sag es mir. Was hat sie getan?«

»Diese *Shuey-kee*!« fauchte Tai Tai und blähte sich vor Selbstzufriedenheit auf wie eine Kröte. Erlan stand vor Schreck und Zorn zitternd auf. Ein *Shuey-kee* war ein Wasserhuhn, aber mit diesem Wort bezeichnete man auch die schlimmste Art Prostituierte – eine Frau, die sich mit ausländischen Barbaren einließ. »Diese *Shuey-kee* hat das Haus Po verraten und es mit einem weißen Teufel getrieben.«

Das war ein so entsetzliches Verbrechen, daß Erlan es sich einfach nicht vorstellen, daß sie es nicht glauben konnte. Doch dann dachte sie an das Gesicht, mit dem ihre Mutter durch das Holzgitter auf den fremden Teufel mit den goldenen Haaren gestarrt hatte.

Diesem Gedanken folgte ein anderer, bei dem ihr der Atem stockte. »Was . . . was wird er mit ihr tun?«

»Es ist bereits geschehen. Man hat ihr die rote Schnur geschickt.«

Die rote Schnur, mit der sie sich erhängen mußte, um der Schande einer Hinrichtung zu entgehen.

Inzwischen war es wohl geschehen. Erlans Mutter hatte sich auf die Sandelholztruhe gestellt, ein Ende der roten Seidenschnur am Baldachinrahmen des großen Rosenholzbettes festgeknüpft und sich das andere Ende um den schlanken Hals geschlungen. Dann hatte sie einen Schritt in die Luft und den nächsten in die Schattenwelt getan.

In Erlans Kopf entstand plötzlich ein seltsames, lautes Summen wie das Zirpen von tausend Zikaden. Und sie hatte schneidende Schmerzen in der Brust, weil sie vergaß zu atmen.

Das Begräbnis. Was war mit dem Begräbnis?

Die Frauen, die immer eifersüchtig auf Tao Hua gewesen waren, würden nichts unternehmen, um dafür zu sorgen, daß ihre Mutter ein ordentliches Begräbnis bekam. Also fiel diese Aufgabe Erlan zu, und es gab viel zu bedenken. Sie mußte ein weißes Trauergewand und weiße Hanfschuhe anziehen. Im Hof mußten blaue und weiße Banner aufgehängt werden. Man würde Gebäck verbrennen, um Tao Hua den Weg in die Unterwelt zu erleichtern.

»Und du, du nichtswürdiges kleines Schildkrötenei«, fuhr Tai Tai fort, »du wirst weggeschickt.«

Erlan hörte es kaum. Es gab soviel, soviel zu bedenken, aber bei dem Summen im Kopf fiel ihr das Denken schwer.

»Wer wird dafür sorgen, daß sie einen weißen Sarg bekommt?« fragte sie laut.

Tai Tais geschminkter Mund verzog sich zu einem grausamen Lächeln.

»Die *Shuey-kee* hat einen Sarg bekommen. Sie hat die rote Schnur nicht benutzt, und deshalb hat man sie lebendig in ihren Sarg eingeschlossen.«

Erlan legte die Hand auf den Mund, als aus dem Summen in ihrem Kopf ein stummer Schrei wurde. Heftiges Schluchzen würgte sie und drohte hervorzubrechen. Aber sie würde vor der Feindin ihrer Mutter nicht weinen. Sie richtete sich hoch auf und hob den Kopf. »Laß mich allein«, sagte sie.

Tai Tai machte ein beleidigtes Gesicht, sagte aber nichts. Sie drehte sich um und ging davon. Ihre Goldlilien hinterließen zierliche Spuren im Kies.

Erlan wartete, bis Tai Tai im Pavillon der Frauen verschwunden war. Dann machte sie sich auf die Suche nach ihrem Vater.

Sie wartete hinter dem Marmorschirm in der Halle der Ahnen. Sie wußte nicht genau, was sie tun, was sie sagen sollte. Sie hatte nur den einen Gedanken, ihn um Verzeihung zu bitten. Sie wollte ihm versprechen, daß sie alles tun würde, was notwendig war, um die Ehre ihrer Mutter wiederherzustellen, wenn er sie nur nicht wegschickte.

Die Kerzen flackerten auf dem rotgoldenen Altar, und ihr Licht wurde tausendfach von den dicken Goldstickereien der Altardecke zurückgeworfen. Laternen in zarten Farben schaukelten in der warmen Sommerluft und flüsterten: »*Shuey-kee* ... *Shuey-kee* ...« Das Räucherwerk duftete so stark, daß Erlan kaum noch Luft bekam.

Endlich kam er. In seinem langen Drachengewand wirkte er so unnah-

bar wie ein Kaiser, aber das Gesicht war das Gesicht ihres Vaters, den sie
so sehr liebte. Sie wartete, bis er seine Verbeugungen vor den Ahnen-
tafeln beendet hatte. Dann lief sie in die Halle, warf sich ihm zu Füßen
und drückte die Stirn auf den harten Steinboden. Als er nichts tat und
nichts sagte, wagte sie es, den Kopf zu heben ... und zitterte vor Angst,
als sie das vor Wut verzerrte Gesicht sah.
»Du wagst es!« schrie er und versetzte Erlan einen Fußtritt, so daß sie
über den Fußboden rutschte. »Du wagst es, dich mir zu nähern, Tochter
einer Hure?« Er hob die geballte Faust zum Himmel: »Ich verfluche
dich und verstoße dich in alle Ewigkeit aus dem Land der Geister!«
Dann war er verschwunden, und sie blieb allein in der Halle zurück, wo
nur die Ahnen Zeugen ihrer Schande waren.
Am nächsten Tag trug man Erlan in einer Sänfte zu dem Haus des
Sklavenhändlers.

Weit jenseits der Gartenmauern ihres Hauses, sehr viel weiter, als sie
jemals hatte gehen wollen, lag Erlan nun neben ihrem schlafenden Ehemann. Auf der anderen Seite der knarrenden Wand aus Baumstämmen
heulte ein einsames Tier. Der Duft von Päonien füllte das Zimmer.
»Mutter«, flüsterte Erlan dem Geist zu, der zwischen Dunkelheit und
Licht schwebte. »Warum hast du etwas so Schändliches getan?« Sie
wußte nicht genau, welche der Schändlichkeiten sie meinte. Tao Hua
war eine *Shuey-kee* gewesen und hatte mit einem Barbaren geschlafen,
sie war nicht mutig genug gewesen, die rote Schnur zu benutzen und
mit ihrem freiwilligen Tod etwas von ihrer verlorenen Ehre wiederherzustellen.
»Mutter ...«, flüsterte Erlan noch einmal. Doch der Geist gab keine
Antwort, und der Duft der Päonien verflog.
Die Tränen auf Erlans Wangen waren schon lange getrocknet. Sie hatte
zum vierten und letzten Mal geweint.

Er kam heftig und lange in ihr.
Hannah sank auf ihm zusammen; ihre Brust hob und senkte sich mit
seiner Brust, sie keuchten und stöhnten. Sie murmelte seinen Namen
an seinem Mund, als er sie endlich atmen ließ.
Eine Hand lag auf ihrem Gesäß, und er begann, sie sanft zu liebkosen.
Sie lag auf ihm. Sie spannte die inneren Muskeln ihrer Oberschenkel

an, drückte ihn und zog den Augenblick in die Länge, denn das Ende machte sie immer traurig – traurig und einsam.

Die Liebe dauerte niemals länger, als bis zu diesem einen süßen Augenblick. Das war das Problem – ihr Problem. Die Männer wollten niemals mehr, als ihren Hunger stillen. Aber eine Frau verzehrte sich danach, geliebt zu werden, und deshalb war sie nie zufrieden. Was ein Mann wollte, und das, wonach eine Frau sich sehnte, war nie dasselbe.

Er zog ihren Mund zu sich für einen langen Kuß, der nach Whiskey schmeckte. Als er seinen Mund von ihren Lippen löste, fühlten sie sich nackt an. Und sie war allein und immer noch nicht befriedigt. Sie wollte, daß er sie wirklich liebte. Sie wollte hören, wie er die Worte sagte, die das bezeugten, die zärtlichen Worte.

Hannah richtete den Oberkörper auf und hielt dabei immer noch das tief in sich fest, was sie je von ihm haben würde.

Durch das Fenster fiel schwaches Mondlicht ins Zimmer. Die Strahlen verwandelten seinen Oberkörper, seinen ganzen Leib in Silber. Seine Augen glänzten wie zwei goldene Münzen in einem Brunnen. Ihre Hände glitten über seinen Körper, und sie genoß es, ihn zu fühlen. Sie blickte unverwandt auf sein Gesicht. Es war sehr schön. Es war stark und doch so grausam.

»Was ist?« fragte er.

Sie fuhr mit dem Finger die Linien seiner Lippen nach. »Ich dachte gerade, wie gut du hier in meinem Bett aussiehst.«

Er lächelte seltsam und entblößte dabei die Zähne. »Ja, aber ich würde gerne wissen, wer sonst noch darin gelegen hat, während ich weg war.«

Sie wollte ihn schlagen, doch er hielt ihr Handgelenk fest. Er starrte sie an und zog dann ihre Faust an seine Lippen. »Tut mir leid, das hätte ich nicht sagen sollen.«

Sie entzog ihm die Hand. »Nein, das hättest du nicht tun sollen.«

Die Matratze senkte sich, und die Bettücher raschelten leise, als sie aufstand.

Hannah warf sich schnell den seidenen Morgenmantel über und zündete eine Lampe an. Sie trat ans Fenster, doch in dem nachtschwarzen Glas sah sie nichts als ihr Gesicht. Die Vorhänge bewegten sich, als habe eine Hand sie berührt.

Dieser junge Mann, der im ›Best in the West‹ so kühn auf sie zugekom-

men war und ihr etwas zu trinken bestellen wollte ... etwas an ihm ließ
sie nicht los. Vielleicht lag es daran, daß er ein Bergarbeiter war wie ihr
Vater. Sein Vater war auch bei einem Grubenunglück ums Leben gekommen. Das Schicksal hatte ihn ebenso aus der Bahn geworfen wie
sie. Vielleicht hatte sie deshalb flüchtig geglaubt, er sehe in ihr nicht die
Hannah Yorke von heute, sondern das junge Mädchen, das sie einmal
gewesen war. Das junge Mädchen mit den vielen Träumen und verlok-
kenden Hoffnungen.

Drew Scully ...

Sie flüsterte stumm seinen Namen und fühlte sich deshalb beinahe
schuldig. Er besaß die härtesten, kältesten Augen, die sie jemals gesehen hatte.

Hinter ihr lag Zach und bewegte sich nicht.

»Ich dachte, wir hätten uns vor langer Zeit darauf geeinigt, keine ge-
genseitigen Besitzansprüche zu stellen«, sagte sie und sprach dabei zu
ihrem undeutlichen weißen Spiegelbild in den Fensterscheiben.

»Ich komme seit vier Jahren in dieses Haus, Hannah, und in dieses Bett.
In all der Zeit habe ich nie mit einer anderen Frau geschlafen.«

Sie zwang sich zu einem Lachen und wandte sich vom Fenster ab.

»Mein Gott, wir zwei sind beinahe so gut wie verheiratet.«

Er sagte nichts, sondern lag nur groß, schlank und schön in ihrem Bett.
Der nachdenklich nach unten gezogene harte Mund, die wilden goldenen Augen – wenn er so aussah, wollte sie ihn gleichzeitig verletzen und
heilen. Aber beides lag nicht in ihrer Macht.

Hannah drehte sich um und ging zum Toilettentisch.

Er stieß einen Seufzer aus, den Seufzer eines Mannes, der sagte: ›Ich
werde die Frauen nie verstehen.‹

»Streiten wir uns, Hannah?«

»Nein. Gieß mir einen Whiskey ein, bitte ...«

Sie streckte die Hand nach der Haarbürste aus, doch die Glasglocke hielt
ihren Blick gefangen. Sie fuhr mit der Hand über die glatte Oberfläche.
Selbst im sanften Licht der Petroleumlampe wirkten die Wachsblumen
ihres Hochzeitskuchens alt und vergilbt. Sie waren eine bittere Erinnerung an die Zeit, als sie zum ersten Mal einen Mann geliebt hatte.
Zwischen ihrem ersten Mann und Zach hatte es andere Liebhaber gegeben, und sie vermutete, es würden noch mehr kommen. Aber inzwischen war sie immerhin schon dreiunddreißig, und die Leere in ihrem

414

Leib wurde zu einem Loch in ihrer Seele. Sie wollte noch ein Kind. Sie hoffte auf jemanden, den sie lieben konnte und der sie nicht verlassen würde. O Gott, warum gestand sie es sich nicht ein: Sie wollte einen Mann, der blieb. Sie suchte eine Beständigkeit von der Art, wie goldene Eheringe sie verhießen.

Sie warf Zach einen Blick über die Schulter zu, und ihr Herz schien zu brechen.

Hannah, du warst schon immer hoffnungslos dumm. Seit wann reicht es dir nicht mehr, ihn einfach eine Nacht lang zu lieben?

Doch die Nächte mit ihm wurden weniger, und die Abstände dazwischen größer. Anfangs hatte er das Tal nur für ein paar Wochen verlassen. Jetzt waren es Monate. Er ritt für Wells Fargo und behauptete, er und sein Bruder brauchten das Geld, um die Ranch in Gang zu halten. Oder es gab eine Herde Rinder, die er irgendwohin treiben mußte, oder ein Pferd, das irgendwo abzuholen war. Vielleicht lag es in seinem Wesen, nicht bleiben zu können. Aber er hatte ihr nicht ein einziges Mal gesagt, warum er wirklich immer wieder ging. Und *sie* war es nicht, die ihn wieder zurückbrachte.

Obwohl er diesmal länger als sechs Monate weg gewesen war, hatte sie ihm geglaubt, als er sagte, er habe nicht mit einer anderen Frau geschlafen. Na ja, er war so wild auf sie gewesen, daß es bereits zweimal geschehen war, noch bevor sie im Bett lagen. Das Problem war, daß sie ihn so gut kannte. In vieler Hinsicht waren sie sich inzwischen als Freunde näher denn als Liebende. Hannah wußte sehr wohl, daß er irgendwann auf die Idee gekommen war, wenn er ihr treu sei, dann sei er auch der einen Frau treu, die er liebte und niemals haben konnte.

Die eine Frau, die er wirklich liebte.

Clementine . . .

Hannah schüttelte den Kopf und war wütend auf sich und wütend auf ihn. Und sie war traurig – seinetwegen. Mein Gott, wie konnte sie eifersüchtig auf Clementine sein? Clementine war schließlich ihre beste Freundin.

Hannah wußte nicht mehr, wann sie es zum ersten Mal vermutet hatte; vielleicht war es schon im ersten Sommer gewesen. Es war nichts, was sie sagten, nichts, was sie taten, aber sie spürte es, wann immer die beiden zusammen waren. Die Luft begann vor Spannung zu zittern.

Das Atmen wurde so schwer wie vor einem Gewitter. Ein wilder Sturm mit Donner und Blitz tobte hinter den Bergen – zu weit entfernt, um etwas zu sehen, aber heftig genug, um es zu spüren. Die beiden liebten sich – ein anderes Wort gab es dafür nicht. Es war, als hätten sie nicht zwei getrennte Herzen und Seelen, sondern ein Herz, eine Seele, die irgendwie auseinandergerissen und gezwungen worden war, eine Ewigkeit nach der fehlenden Hälfte zu suchen. Und nun hatten sie sich endlich im anderen wiedergefunden.

Clementine und Gus . . . Sie waren ein anderes Paar. Sie liebten sich gewissermaßen auch, oder besser gesagt, sie hätten ein Liebespaar werden können . . . werden sollen.

Ihre Finger umklammerten den Bürstenstiel. Zum Teufel! Hatte sie es nicht selbst klar und deutlich gesagt? Sie war nicht die Art Frau, die einen Mann heiraten sollte. O nein, nicht Hannah Yorke.

Es waren ihre eigenen Worte: ›Die gute alte Hannah liebt ihren Spaß und ihre Freiheit. Die gute alte Hannah kann sehr gut für sich selbst sorgen, und kein Mann wird sie jemals an die Leine legen . . .‹

Allerdings hatte sich herausgestellt, daß sich die gute Hannah in den schlechten und einsamen Zeiten nicht selbst in die Arme nehmen konnte. Und diese Hannah würde in all ihrer Einsamkeit nie eine glückliche Familie abgeben.

Sie hob den Kopf und betrachtete die ›gute alte Hannah‹ im goldgerahmten Spiegel. Das Lampenlicht war gerade besonders freundlich, aber irgendwann würden die Falten kommen. Auch noch soviel Erdbeercreme würde das Altern auf Dauer nicht verhindern.

Der Spiegel zeigte ihr auch Zach. Auf seinem flachen Bauch stand ein Glas Whiskey. Sein Gesicht verschwand hinter dem Zigarettenrauch. Er war nach vier Jahren immer noch stark und schön. Wieder einmal lag er in ihrem Bett.

Vier Jahre . . .

Sie sollte jetzt Schluß machen, sollte ihn verlassen, bevor er sie verließ, und doch brachte sie es einfach nicht über sich. Es war wie am Heiligabend in ihrer Kindheit. Sie träumte immer davon, was sie alles haben wollte – Puppen, Bilderbücher und ein hübsches rosa Kleid mit Rüschen und Spitzen –, und wußte doch ganz genau, daß ihre Mutter kaum genug Geld zusammengespart hatte, um wenigstens den Fuß ihres Strumpfs mit Kandiszucker und einem Apfel zu füllen. Trotzdem hatte sie ihre Träume. Und so war sie immer die ganze Nacht wach geblieben, hatte sich gewünscht, der Morgen werde nie kommen. Sie hatte in ihrer Hilflosigkeit versucht, den Augenblick hinauszuzögern, und sich trotz besseren Wissens an ihre Hoffnung geklammert.

Zachs Blick begegnete ihr im Spiegel. »Komm her«, sagte er.

Sie lächelte verführerisch – sie hatte dieses Lächeln im Bordell von Deadwood gelernt und geübt – und ging zu ihm. Dabei öffnete sie den seidenen Morgenmantel und ließ ihn langsam fallen.

Er griff nach ihrer Hand und zog sie neben sich auf das Bett. »Hannah . . .«

»Nein«, flüsterte sie und legte ihm den Finger auf den Mund. »Sag nichts. Liebe mich, Zach. Liebe mich . . .«

Neunzehntes Kapitel

Das Bärenfellgras blühte an dem Morgen, als er nach Hause kam. Clementine sah ihn vom Küchenfenster aus: Ein Mann, der geruhsam und mit langen Steigbügeln auf einem großen Grauen ritt.

Vor ihm lag die Ebene unter einem Schleier aus lila Grasblüten, und über ihm wölbte sich der Himmel. Sie ging durch die Tür hinaus auf die Veranda und betastete nervös die Kamee an ihrem Hals. Sie spürte ihr Herz, das im Rhythmus der Pferdehufe klopfte, während er auf sie zuritt.

Am verwitterten Weidezaun zog er die Zügel an, und ihr Blick richtete sich auf sein Gesicht. In ihren Augen veränderte es sich beinahe nicht. Seit sie ihn das erste Mal gesehen hatte, staunte sie über die scheinbar harten Lippen, fürchtete sie die scharfen Kanten von Stirn und Kinn und ärgerte sich über den schwarzen Stetson, der seine Augen beschattete. Etwas in ihr bewegte sich, löste sich auf und verschwand – der Schmerz seiner Abwesenheit.

Dann sprang er auch schon auf den Boden, kam auf sie zu, und sie ging ihm entgegen. Clementine rannte nicht, aber ihre Schritte wurden immer schneller. Sie lächelte, sie strahlte ihn an und lachte. Ja, sie lachte wirklich, und wenn sie ihn nicht so sehr geliebt hätte, wäre sie in seine Arme gesunken.

Wenn sie ihn nicht so sehr geliebt hätte ...

»Wie geht's, Boston?« sagte er und blieb stehen.

Sie erwiderte nichts, sondern lächelte nur.

Und so standen sie mit hängenden Armen voreinander und sahen sich über den Raum hinweg an, der sie trennte. Der Raum war so breit wie der Schatten seines Bruders.

Sie wandte sich ab und suchte Halt im Vertrauten: die Pappeln und die Lärchen, der alte Hackklotz und das frische Heu, das bis hinunter zur Hütte zum Trocknen lag. Wind kam auf und roch schwer und süß nach

Sommer. Er wehte ihr über die Haare, fing sich in ihrem Rock und bauschte ihn um ihre Beine. Sie hob eine Hand, um die übermütigen Locken an den Kopf zu drücken. Die andere legte sie beschützend auf ihren Leib.

Ihr Blick richtete sich rechtzeitig wieder auf sein Gesicht, um den Ausdruck nackter Verzweiflung in seinen Augen zu sehen, bevor sie ausdruckslos wurden.

Moses, der alte graue Hengst, schob schnaubend den Kopf zwischen die beiden und stieß ungeduldig gegen ihre Brust.

»He, Alter!« sagte Zach und versuchte vergeblich zu lächeln. »Das ist keine Art, eine Dame zu begrüßen.«

Da Clementine den Mann nicht berühren konnte, streichelte sie den struppigen grauen Pferdehals. »Warum reibst du ihn nicht ab und kommst in die Küche? Ich setze Kaffeewasser auf . . .«

Die Worte blieben ihr im Hals stecken, als sie den Kopf hob und in sein Gesicht blickte.

»Es ist *so schön*, dich wieder zu Hause zu haben«, flüsterte sie und erlaubte sich mutig, wenigstens dieses eine Mal, die Sehnsucht in ihrem Herzen und in den Augen sichtbar werden zu lassen. »Bitte, Zach, verlaß uns nicht mehr.«

Bitte verlaß *mich* nicht mehr . . .

»Ich bleibe hier.«

Der Wind riß ihr eine Locke von der Stirn und wehte sie ihr über den Mund. Zach löste sie von den Lippen, und seine Finger berührten dabei leicht ihre Haut. Sie schloß langsam die Augen und überließ sich der zarten Berührung, die gestohlen, unehrenhaft und gefährlich war.

Seine Finger glitten über ihre Wange bis zum Hals, bis dorthin, wo ihr Puls klopfte.

»Ich bleibe«, sagte er noch einmal, »solange ich es ertragen kann.«

Clementine legte frisches Holz auf das Feuer und stocherte mit einem Ast in der Glut. Sie hörte das Kratzen der Sporen auf der Veranda, und ihr Herz blieb stehen. Dann schlug es wieder, aber sehr viel schneller.

Sie legte mit lautem Klappern den Deckel zurück auf den Herd und blickte auf. Ihr Gesicht war von der Hitze des Feuers gerötet, und das Sonnenlicht, das durch die offene Tür fiel, blendete sie.

Er lehnte am Türrahmen. Das Gewicht hatte er auf eine Seite verlagert, einen Daumen im Patronengürtel verhakt, und hielt den Hut in der Hand. Es überraschte und erschreckte sie jedesmal, wenn sie ihn nach einer Zeit der Trennung wiedersah. Ganz gleich, wie friedlich das Land um ihn herum wurde, ganz gleich, wieviel Wildnis verschwand, er wirkte immer frei, gesetzlos und unzähmbar.

Zach richtete sich auf, warf den Hut über einen Haken an der Wand und ging wortlos zum Waschbecken. Nur die Luft bewegte sich, als er an ihr vorbeiging.

Sie pumpte Wasser in eine blaugetupfte Kaffeekanne und warf dabei schnell einen Blick über die Schulter. Als er sich über das Waschbecken beugte, legte sich das weiche, verblaßte blaue Hemd fest an seinen Rücken. Das gewölbte Rückgrat und das Spiel der Muskeln, die breiten Schultern, die dichten, dunklen Haare, die sich über dem Hemdkragen ringelten, kurz, sein ganzes Wesen, das sich in der Selbstverständlichkeit einer einfachen Bewegung zeigte, machte sie glücklich.

Tief in ihrem Herzen begann es zu beben. Sie versuchte, das Zittern zu unterdrücken, verschränkte die Arme und umfaßte die Ellbogen.

Er trocknete sich das Gesicht ab, strich die Haare mit den Händen zurück und drehte sich um. Ihre Blicke trafen und trennten sich im selben Atemzug.

Er nahm einen roten Apfel – inzwischen kamen nach Rainbow Springs frische Äpfel aus Washington – aus der Glasschale, die mitten auf dem Küchentisch stand, und biß hinein. Der Saft lief ihm aus dem Mundwinkel, und er leckte ihn ab. Clementine sah es und dachte daran, wie es sein würde, wenn sie die Lippen auf die Stelle drückte, wo gerade seine Zunge gewesen war.

Sie drehte sich heftig um und griff nach der Kaffeekanne. Sie hätte die Kanne beinahe fallenlassen, als sie laut klirrend gegen den Pumpenschwengel schlug.

Clementine nahm eine Handvoll gemahlenen Kaffee aus der Mühle, warf ihn ins Wasser und stellte die Kanne auf den Herd. Er ging in der Küche auf und ab und aß den Apfel. Das Geräusch war zu laut in dem stillen Raum, und der Apfelduft war zu süß. Er betrachtete die Photographien, die auf dem Regal an der hinteren Küchenwand standen. Gus hatte das Regal gezimmert, um Konservendosen und Eingemachtes darin aufzubewahren, aber sie hatte ihre neuesten Photos dort aufgestellt – nicht, um ihren Mann zu provozieren oder um ihm zu trotzen, sondern um zu sagen: »Das bin ich.«

Zach betrachtete eingehend die Photographien und verzog leicht mißbilligend den Mund. Wie Gus fand auch er sich nicht mit ihrer anderen Liebe ab, wenn auch nicht aus demselben Grund. Zach war rasend eifersüchtig auf alles, was sie photographierte, eifersüchtig auf das wilde rauhe Land, das er als *sein* Land betrachtete. Er wollte sein Regenbogenland nicht mit anderen teilen. Die anderen kamen mit Sägen und fällten die Lärchen und Kiefern, sie kamen mit Repetiergewehren und erlegten die letzten Dickhornschafe und Büffel, und sie benutzten Dynamit, um die zerklüfteten Hügel mit Minenschächten zu durchlöchern und mit schwarzen Schlackenhaufen zu verunstalten.

»Du hast einen Adler im Flug aufgenommen«, sagte er schließlich, und aufrichtige Bewunderung lag in seiner Stimme.

Sie trat zu ihm, wagte sich näher an ihn heran, als sie es hätte tun sollen.

»Ich habe ihn von der Felswand über dem Büffelcanyon aufgenommen.« Auf dem Photo warf die Felswand dunkle Schatten über das helle, vom Wind plattgedrückte Gras. Doch das Sonnenlicht zeichnete jede Feder auf den gewaltigen Adlerschwingen nach und verewigte so die Silhouette des Vogels in einsamer Majestät vor dem leeren Himmel.

»Sie haben dort in der Nähe einen Horst gebaut«, sagte Clementine. Sie spürte den Mann neben sich, als strahle er Wärme ab.

»Ich weiß, Boston.« Er drehte den Kopf und durchbohrte ihr Herz mit seinen Augen.

Sie schwiegen beide, während ihre Erinnerungen in den gleichen Bahnen liefen. Sie konnte an den Fingern abzählen, wie oft sie in den vier Jahren, die sie ihn kannte, wirklich allein mit ihm gewesen war. Doch die stärkste Erinnerung war die an den Tag über dem Büffelcanyon, als sie Montana mit seinen Augen gesehen und angefangen hatte zu verstehen, warum er es so leidenschaftlich liebte.

In ihrer wachsenden Unsicherheit redete sie, redete unaufhörlich, häufte Worte wie Steine aufeinander und baute einen Schutzwall gegen die Flut der Gefühle, die sie umtosten.

»Es gibt eine wunderbare neue Erfindung, die es möglich macht, Dinge in Bewegung aufzunehmen. Es ist eine so empfindliche Emulsion, daß man für die Belichtung der Platte nur einen kurzen Moment braucht.

Außerdem muß man die Platte nicht sofort entwickeln. Es ist deshalb nicht mehr notwendig, das verflixte Dunkelzelt ständig mitzuschleppen . . .«

Sie verstummte. Die Spannung zwischen ihnen stieg, wurde heiß und schwer wie der *Chinook*, der über die Berge kam. »S-sieh mal«, sagte sie und deutete auf ein anderes Photo. »Hier ist ein . . . neugeborenes Kalb.« Das Kalb stand auf unsicheren Beinen und hatte das Maul zu einem Muhen geöffnet. »Und hier ist Gus, der einen Mustang reitet.«

Zach lachte. »Du mußt wirklich ganz schön schnell sein, wenn du meinen Bruder noch im Sattel erwischt hast.«

Er griff nach dem Bild, und dabei streifte sein Arm sie seitlich. Er erstarrte mitten in der Bewegung. Sie spürte seinen Atem warm wie eine Liebkosung an ihrem Hals. Sie wußte nicht mehr, wie es gekommen war, daß sie so dicht neben ihm stand. Ihre Haut brannte an der Stelle, wo er sie berührt hatte.

Eine Wolke verdeckte die Sonne, und in der Küche wurde es dunkler. Der Kaffee auf dem Herd begann zu brodeln. Der böige Wind fuhr durch die Pappeln und ließ sie seufzen.

Sein Arm fiel herunter. Er wich zurück, atmete schneller, und seine Brust hob und senkte sich deutlich sichtbar. Unbewußt drückte sie die Finger an die Stelle, wo er sie berührt hatte. Er folgte der Bewegung mit den Augen; dann blickte er auf und sah sie an. Der Kaffee war durch den Perkolator gelaufen, und der Wind legte sich plötzlich. Sie hörte nur noch ihren und Zachs rauhen Atem wie einen Sommersturm.

Lautes Freudengeheul zerriß die Stille.

»Gus . . .«, sagte Clementine. »Er . . . er muß dein Pferd gesehen haben.«

Sie drehte sich um und trat ans Fenster. Gus war früh am Morgen mit der Mähmaschine und den beiden Rotbraunen auf der Heuwiese im Süden der Ranch gewesen. Jetzt kam er zurück; er saß auf dem einen Pferd und führte das andere am Zügel. Es lahmte. Die Mähmaschine brachte er nicht mit. Er ritt ohne Sattel. Vor ihm saß ihr Sohn Charlie.

Wie immer, wenn Gus ihren Sohn mitnahm und wieder gesund zurückbrachte, war Clementine mehr als erleichtert. Sie wußte, Gus war sehr verantwortungsbewußt mit dem Jungen, doch sie traute ihm nicht zu, daß er so gut auf Charlie aufpaßte wie sie selbst. In der Wildnis von Montana lauerten viele Gefahren: tollwütige Wölfe, Klapperschlangen, Schwarzbären und Kojoten. Charlie konnte sich leicht im hohen Gras verirren oder in den Fluß fallen. Das jüngste Kind der Grahams war im Frühjahr beim Schwimmen ums Leben gekommen. Den Fluß fürchtete Clementine am meisten.

Gus hob Charlie vom Pferd. Der Dreieinhalbjährige lief auf seinen kräftigen Beinchen unter dem Pferd herum und redete laut mit seinem Vater. Clementine stockte der Atem, als die Stute das Gewicht verlagerte und dabei den Vorderhuf beinahe auf Charlies Fuß gestellt hätte. Die Gefahren schienen endlos. Doch Charlie war nicht mehr ihr Baby, und wie Gus immer wieder sagte, konnte sie ihn nicht für alle Zeiten beschützen. Sie verlor ihn allmählich; sie verlor ihn an Montana, an das Land, das er mit der Natürlichkeit liebte, mit der er die windbewegte Luft atmete, durch das hohe Gras rannte und unter dem gewaltigen Himmel lachte.

Und sie verlor Charlie an seinen Vater, an die Männerwelt, in der Mustangs zugeritten, Viehdiebe gehängt und Kälber gebrannt wurden. Die rauhen Männer gehörten ganz selbstverständlich zu diesem Land, und trotzdem waren sie ihr nach vier Jahren, in denen sie voll Unbehagen darin gelebt hatte, immer noch ein Rätsel.

Eines Tages würde sie Charlie ganz an diese Welt verloren haben. Sie dachte an die Adler, die am Himmel über dem Büffelcanyon schwebten. Ihr Sohn würde aufwachsen und sich danach sehnen, fliegen zu können. Er würde den Versuch wagen, es zu tun, auch wenn er sich dabei das Genick brach.

»Er wächst schnell, Boston.«

Bei Zachs Worten, einem Echo ihrer Gedanken, wandte sie den Blick vom Fenster. Er lehnte wieder in der offenen Tür, und der Hut warf einen Schatten über sein Gesicht. Doch der Schatten konnte weder die zusammengepreßten Lippen noch die pochende Ader über seinem Halstuch verbergen.

Gus führte die beiden Pferde zur Scheune. Charlie deutete auf das Haus und sagte etwas. Gus warf lachend den Kopf zurück. Er bückte sich und hob seinen Sohn hoch in die Luft. Die Sonnenstrahlen glänzten auf den beiden blonden Köpfen.

In Clementine zerbrach etwas unter einer Flut von Schuld und

Schmerz. Sie fragte sich, was für eine Frau das war, die ihren Mann immer dann am meisten liebte, wenn sie ihn in ihrem Herzen betrog.

Gus war immer zärtlich zu ihr. Aus seinem Flüstern nachts sprach nur Liebe, und es war schön, ihn zu hören, denn es tröstete ihr Herz. In seinen Armen war es so leicht, sich von der Stärke seiner Gefühle mitreißen zu lassen und sich einzureden, das sei genug. Er brauchte sie, und genau das wollte Clementine. Dafür schenkte sie ihm alles, ihren Körper und ihre Liebe. Doch es gab Abstufungen, so viele Abstufungen der Liebe. Gus würde sie nie wirklich in Ekstase versetzen.

Sie brachte Worte hervor, ohne genau zu wissen, was sie sagte. »Das ist unser Charlie. Inzwischen kann er keine Minute mehr stillsitzen. Wenn ich Hausarbeiten mache, binde ich ihm eine Schafglocke um den Bauch, damit er nicht davonläuft, sobald ich ihm den Rücken kehre. Außerdem redet er sehr viel mehr, seit du ihn das letzte Mal gesehen hast. Ich weiß manchmal nicht, *wer* ihm seine vielen Fragen beantworten soll. ›Weißt du, wozu die Fischkiemen da sind? Warum verlieren die Lärchen im Herbst die Nadeln und die Kiefern nicht?‹ . . .« Sie verstummte. Hinter ihr spürte sie nur Schweigen.

Sie drehte sich um und stieß gegen seine Brust. Er hielt sie an den Schultern fest. Eine Stille legte sich über die Küche, das Gefühl des atemlosen Wartens. Sie wagte nicht zu atmen, während das Gefühl in ihrem Inneren wuchs und wuchs.

Sein Griff wurde fester, aber dann schob er sie von sich. Er wirkte so ausgebrannt wie nach einem Fieber.

»Du siehst, warum ich gehen muß«, sagte er rauh. »Verstehst du, warum ich diesmal nicht mehr hätte wiederkommen sollen?«

»Nein!« Sie hob die Hand, und er wich vor ihr zurück.

Sie ließ die Hand sinken. Er umfaßte ihr Kinn. Sein Gesicht kam ihrem so nahe, daß die feuchte Wärme seines Atems ihre Lippen streifte, als habe er sie bereits geküßt.

Sein Griff wurde härter, schmerzhaft. Sein Mund kam noch näher, bis er ihre Lippen beinahe berührte. Nicht weiter.

»Es bringt mich beinahe um, dich zu lieben.«

Dann war er weg, und sie stand allein mitten in ihrer Küche und hörte die tiefen Stimmen der Brüder; Gus lachte, und Charlies Stimme überschlug sich, als er schrie: »Zach, Zach! Ich habe Papa beim Mähen

helfen wollen. Aber die blöde Daisy ist in ein Loch getreten und hat
jetzt ein lahmes Bein. Papa hat mir gezeigt, wie das mit dem Lasso geht,
aber er hat gesagt, du kannst das besser. Zeigst du es mir, Zach? Jetzt
gleich, jetzt gleich! Zeig es mir jetzt gleich! Bitte . . .«
Auf dem Küchentisch lag ein halb gegessener Apfel, der an den Rändern
bereits braun wurde.

Die Hühner rannten flatternd und gackernd über den Hof. Zach legte
die Hand unter Charlies Arm. Er verstärkte die Kraft des Jungen durch
seine eigene und zeigte ihm das rhythmische Kreisen des Seils. Das
kleine Lasso wirbelte über dem blonden Kopf.
Ein dickes braunes Huhn brach aus der Schar aus, und Zach lenkte den
Arm des Jungen auf das Ziel.
»Okay, jetzt laß es fliegen.«
Das Seil schwebte durch die Luft und fiel klatschend auf die Erde. Eine
kleine Staubwolke stieg auf. Das Huhn flatterte mit den Flügeln, und
braunrote Federn wirbelten durch die Luft.
»Mist«, murmelte Zach. Das verdammte Huhn wurde vor Angst beinahe verrückt. Wahrscheinlich würde es nach diesem Schreck nie mehr
ein Ei legen.
»Daneben.« Charlie schob schmollend die Unterlippe vor. »Ich treffe
immer nur daneben.«
»Man braucht eben Übung. Na los, jetzt wickeln wir das Lasso wieder
auf. Ich will sehen, wie du die Schlinge machst, und dann versuchen wir
es noch einmal.«
Der Junge sah zu, wie Zach die kurze Leine einholte. Er verfolgte mit
seinen Blicken jede Bewegung, ahmte jede Geste nach. Er bewunderte
Zach, denn er war ein richtiger Cowboy.
Zach hörte Schritte hinter sich und drehte sich um. Clementine kam so
energisch aus dem Haus und auf sie zu, daß ihr der Rock um die Füße
wirbelte. Die Sonne vergoldete ihr Haar. Sie war so schlank und anmutig wie die Weiden am Fluß.
»Was macht ihr zwei hier eigentlich?« rief sie kopfschüttelnd.
»Sieh mal, Mama!«
Charlie schwang das Lasso, und durch einen unglaublichen Zufall fing
er tatsächlich das dicke Huhn, das immer noch durch den Hof rannte.
Sein Hals brach mit einem lauten Knacken.

Die anderen Hühner hörten sofort auf zu gackern und zu flattern, als seien ihre Flügel und Schnäbel vor Schreck erstarrt. Zach und der Junge starrten auf das Huhn, das plötzlich zwischen dem Hühnerfutter und roten Federn tot im Staub lag.

»Mist!« sagte Charlie, und seine Piepsstimme klang laut in der Stille.

Zach grinste achselzuckend. »Ich habe vergessen, daß kleine Kinder große Ohren haben.«

»Du hast vergessen . . .« Sie stemmte die Arme in die Hüften, seufzte tief und schob dabei die Lippen vor. Zachs Blick hing an ihrem Mund. »Du bist noch nicht einmal eine Stunde wieder zu Hause, und schon glaubt mein Sohn, er sei ein aufgeblasener, rücksichtsloser und fluchender . . . Cowboy!«

»Du wirst hier draußen aus ihm keinen spießigen Gentleman machen, Boston.«

»Aber ich werde auch keinen Wilden aus ihm machen, Zach.«

Er kniff die Augen zusammen. Er mochte sie wirklich nicht, wenn sie ihre Bostoner Allüren bekam.

Charlie zupfte an seinem Hosenbein. »Mama ist böse.«

Zachs Hand lag auf dem Kopf des kleinen Jungen. Seine Haare waren weich und noch eine Spur heller als ihre. »Sie ist nicht böse auf dich, Kleiner, sondern auf mich.«

»Warst du unartig?«

»Ja, das war ich.«

Seine Lippen verzogen sich zu einem Lächeln, das leicht spöttisch wirkte. Er sprach zu dem Jungen, doch er sah sie dabei an. »Aber ich werde dir ein Geheimnis verraten: Sie mag mich so.«

»He, kleiner Bruder!« rief Gus. Er kam von der Scheune, nachdem er die Pferde im Stall versorgt hatte, und lächelte glücklich.

Clementine errötete, und ihre Hände zuckten wie eine Forelle am Angelhaken. Sie hob das tote Huhn auf. Sie sagte so leise, daß nur Zach es hörte, und ihre Stimme klang erstickt: »Er wird meinen Sohn von mir weglocken, nicht wahr? Verdammtes Montana. Er läßt nicht zu, daß ich auch nur einen winzigen Teil von dir habe, und jetzt wird er mir auch noch meinen Sohn wegnehmen.«

»Wer? Gus? Wovon zum Teufel redest du?« fragte Zach, aber sie lief bereits zum Haus zurück.

427

Gus sah ihr nach und schüttelte langsam den Kopf. »Habt ihr beiden euch schon wieder in den Haaren? Ihr seid wie zwei Kater in einem Sack. Schafft ihr es denn nie, wie zwei erwachsene Menschen miteinander auszukommen?«

Zach drehte sich achselzuckend um. Er sah, daß Clementine versucht hatte, am Zaun einen Gemüsegarten anzulegen – mit Karotten, Bohnen und Kürbissen. Doch der Wind hatte das meiste verwüstet, und was übriggeblieben war, welkte in der heißen Sonne dahin. Im hohen Unkraut zirpten die Heuschrecken.

Manchmal, dachte er, ist Gus so blind, daß er nicht einmal ein Wildschwein in einer Schneewehe aufspüren könnte.

Er hätte seinen Bruder am liebsten geschüttelt und ihm ins Gesicht geschrien: ›Du großer dummer Trottel. Ich will deine Frau! Beim Essen, Atmen und im Bett denke ich nur daran, wie es mit ihr wäre. Und wenn du nicht ein so riesengroßer Dummkopf wärst, würdest du das sehen.‹

Er schloß die Augen. Er haßte sich, weil er so etwas auch nur dachte. Es besudelte seine Gefühle für sie. Er liebte sie mit einem Gefühl, das an Anbetung grenzte. Er wollte sie lieben, nicht nur mit ihr schlafen. Selbst in seinem von Saloons und Spucknäpfen verschmutzten Bewußtsein waren das zwei verschiedene Dinge.

Eine kleine dreckige Hand schob sich in die seine. »Zach, üben wir noch ein bißchen mit dem Lasso?«

Er blickte auf das kleine Gesicht mit den weit auseinanderliegenden, etwas mandelförmigen Augen, die dunkelgrün waren wie eine Kiefer im Winter, und er sah ihr Gesicht und ihre Augen. Der Junge war ganz und gar Clementine.

Zach vermied es immer noch, seinen Bruder anzusehen, als er das Lasso zusammenrollte und Charlie in Richtung Haus schob. »Versuch es mit dem Anbindebalken«, sagte er, und es klang wie ein Krächzen. »Die Hühner deiner Mutter läßt du von jetzt ab besser in Ruhe. «

Damit ging er davon, ohne genau zu wissen wohin. Aber Gus folgte ihm, und schließlich lehnten sie, die Arme auf den obersten Balken gelegt, nebeneinander am Zaun und blickten über ihr Land.

Rotweiße Rinder grasten auf den graubraunen Hügeln; im jungen Fell der Kälber sah man deutlich die frischen Brandzeichen. Sein Bruder roch nach Maschinenöl und dem Schweiß schwerer Arbeit. Die Gerüche mischten sich mit den andern Gerüchen des Monats Juni: süßer Klee und frisches Heu.

»Du bist gerade wieder rechtzeitig zu Hause, um mir beim Mähen und Heumachen zu helfen«, sagte Gus.

Zach verzog das Gesicht, und sein Bruder lachte zu laut.

Zu Hause . . .

Ihn erfaßte die schmerzliche Rastlosigkeit, die ihn als Junge so oft gequält hatte. Er erinnerte sich, daß er sie am stärksten empfunden hatte, wenn er über Landstraßen und auf den sonnenheißen Straßen der Städte im Süden gelaufen war. Dann spähte er in die Fenster von Farmhäusern und Hütten, die ihm nicht gehörten. Meist waren es die Häuser armer Familien gewesen. Doch in seiner Erinnerung sah er hinter den Fenstern mit Samtvorhängen einen Familienvater, der mit der Pfeife im Mund in einem Ohrensessel am Feuer saß. Die Abendzeitung raschelte in seinen Händen. Zu seinen Füßen saß ein kleiner Junge und kaute auf dem Federhalter, während er Hausaufgaben machte. In seiner Erinnerung trat eine Frau ins Zimmer, strich dem Mann liebevoll mit der Hand über die Schultern und beugte sich vor, um die Haare des Jungen zu zerzausen. Zach erinnerte sich, daß es für ihn nie solche Berührungen gegeben hatte. Dann wurde die Sehnsucht, alles in diesem Zimmer zu besitzen – von dem grünen Farn auf dem Blumenständer bis zum Gefühl der mütterlichen Hand in den Haaren –, so stark, daß er sie fast schmeckte. Die Sehnsucht schmeckte so bittersüß wie eine mit Zucker bestreute Zitrone.

Zach riß sich von den Erinnerungen los, die nicht einmal richtige Erinnerungen, sondern nur Erinnerungen an Träume waren. Er lehnte sich an den Zaun und blickte auf ein anderes Haus, das nicht sein Haus war. Die Sonne schien auf das Blechdach und blendete ihn. Er kniff die Augen zusammen.

Clementines Sohn schwang das Lasso dicht vor dem Anbindebalken und verfehlte ihn. Doch Zach wußte, der Tag würde kommen, an dem der Junge nichts mehr verfehlte. Er spürte, wie seine Unruhe sich in Schmerz verwandelte, denn er wußte, daß er das wahrscheinlich nicht erleben würde.

Clementine trat aus dem Haus, als wollte sie seine Qualen steigern. Sie hatte eine Schürze umgebunden und die Taschen mit Maisschrot gefüllt. Sie warf die Körner den Hühnern vor, die er und ihr Sohn noch vor kurzem über den ganzen Hof gescheucht und in Panik versetzt hatten. Sie war schön, auf die zerbrechliche Art schön, die einen Mann dazu brachte, sich zu fragen, ob diese Schönheit gemacht war, um zu überdauern. Er fragte sich, ob es so etwas Schönes überhaupt geben sollte.

Zu Hause . . .

Alles, was er sich wünschte, war hier, und alles gehört seinem Bruder.

Neben ihm legte Gus die Hände um das warme Holz und stieß sich vom Zaun ab. Zach spürte den Blick seines Bruders auf sich gerichtet. Er mußte nicht hinsehen, um zu wissen, daß in den Augen schmerzliche Verwirrung lag. Gus spürte, daß etwas zwischen ihnen nicht in Ordnung war, und konnte nicht verstehen, was. Zach schwor sich zum tausendsten Mal, daß er alles unternehmen werde, was in seinen Kräften stand, damit Gus niemals den wahren Grund erraten würde.

Sie ging zurück ins Haus und nahm den Jungen mit sich. Zach versuchte, das sandige Gefühl in seinem Mund loszuwerden und Worte zu finden, um die Distanz zwischen ihm und seinem Bruder zu überbrükken.

»Der Schnee in den Bergen war schon geschmolzen, als ich durchgeritten bin«, sagte er.

»Und das Gras ist dünn in diesem Jahr«, erwiderte Gus. »Es könnte sein, daß uns eine Dürre bevorsteht.«

»Es war in diesem Sommer schon so heiß, daß die Hölle mit solchen Temperaturen bestimmt nicht mithalten kann«, sagte Zach.

»Und wahrscheinlich wird es nur noch schlimmer werden.«

»Da wir gerade von schlimmer reden. Ich habe in Rainbow Springs gehört, daß der Alte wieder in der Stadt sein soll.«

Gus schwieg betroffen, runzelte die Stirn, sein Schnurrbart zitterte, und Zach lächelte. Jack McQueen hatte sich vor zwei Jahren im Regenbogenland sehr unbeliebt gemacht, und seitdem hatten sie nichts mehr von ihm gesehen oder gehört – bis jetzt. Gus rieb sich an ihrem Vater wund wie an einem zu engen Stiefel. Das Wissen, daß sich sein Bruder nun wieder mit diesem Ärgernis herumschlagen mußte, bereitete Zach großes Vergnügen.

In diesem Augenblick tauchte Charlie in der Küchentür auf und schlug sie mit einem lauten Knall hinter sich zu. Er lief mit einem großen

Becher zum Schweinestall, der in Zachs Abwesenheit entstanden war. Der Kleine mußte sich auf die Zehenspitzen stellen, um den Inhalt des Bechers durch die Öffnung in den Futtertrog zu kippen. Die Schweine quiekten, und Charlie lachte.

»Ich habe uns ein paar Ferkel gekauft, während du weg warst«, sagte Gus.

Zach lächelte seinen Bruder schief an. »Ja, ich höre es.«

Er wartete darauf, daß sie noch einmal herauskam, und er wurde ungeduldig, als das nicht geschah. Die Sehnsucht, bei ihr zu sein, sie anzusehen und mit ihr zu sprechen, war ständig da, ganz gleich, ob die Hälfte einer Wiese sie voneinander trennte oder tausend Meilen. Doch andererseits war es auch wie eine Folter, bei ihr zu sein und sie nicht berühren zu dürfen. Deshalb ging er fort, wenn er es nicht länger ertragen konnte. Und wenn er das Alleinsein nicht länger aushielt, kam er wieder zurück.

Die beiden Brüder hatten sich nicht von der Stelle bewegt. Sie blieben draußen vor dem Haus, als wollten sie dort Wurzeln schlagen. Als wollten sie den Stürmen trotzen, die ihnen drohten, weil sie es wagten, sich der Wirklichkeit zu widersetzen, der Wildnis und den Menschen, die es in dieses harte Land verschlagen hatte. Der rauhe Zaun drückte in Zachs Rücken, der warme Wind blies ihm ins Gesicht. Das Gras unter den Stiefeln war frühlingsweich, und es gehörte auch ihm. Zumindest stand sein Name auf dem Vertrag. Aber wer hatte den Vertrag mit der Wahrheit unterzeichnet? Welchen Preis mußten sie dafür bezahlen?

Zach sah seinen Bruder von der Seite an. Er wunderte sich nicht zum ersten Mal über die Laune des Schicksals, die ihn und seinen Bruder vor sieben Jahren wieder zusammengeführt hatte.

»Hast du jemals darüber nachgedacht, Gus«, sagte er laut, »wie seltsam es ist, daß sich unsere Wege in einem so großen und leeren Land wieder gekreuzt haben?«

Gus lächelte ihn strahlend an. »Das ist überhaupt nicht seltsam. Als ich beschlossen hatte, dich zu suchen, dachte ich sofort, daß ich dich bei einem Rinderauftrieb finden würde. Das Cowboyfieber hatte dich bereits gepackt in diesem ... in diesem Sommer, als Ma und ich weggegangen sind. Du hast die ganze Zeit davon geredet, daß du Cowboy werden willst.«

Hatte er das getan? Die Antwort war unwichtig, denn er wußte natürlich, daß Gus, wenn es ihm dreckig ging, einen sinnlosen Wunsch aufgreifen und eines der Luftschlösser daraus bauen würde, mit denen er sich schon immer den eigenen Kopf vernebelt hatte. Nein, der einzige Traum, den Zach als Junge gehabt hatte, war tief in seinem Innern verborgen, wo er nicht zerstört werden konnte.

Was würde sein Bruder sagen, wenn er wüßte, daß alles, was Zach jemals wirklich gewollt, von dem er jemals geträumt hatte, ein Zuhause war.

»Was ist aus diesem Traum geworden, Zach?«

Zach sah ihn an, und das Blut stieg ihm ins Gesicht. Dann begriff er, daß Gus in Gedanken immer noch bei dem Rinderauftrieb war, und er lachte unsicher. »Nichts. Ich habe ihn ausgelebt. Und es hat nicht lange gedauert, bis ich herausgefunden habe, daß ein Rinderauftrieb nicht gerade die leichteste Art ist, sein Geld zu verdienen.«

»Und was ist mit der Ranch?«

Er gab vor, Gus falsch zu verstehen. »Du scheinst ohne mich ganz gut zurechtzukommen. Deshalb habe ich mir gedacht, ich fange ein paar Mustangs ein und treibe sie bis zum Herbst hinüber nach Dakota. Ich habe gehört, die Armee dort kauft und bezahlt Spitzenpreise.«

»Zach, du bist doch gerade erst zurückgekommen.« Gus machte eine Pause und kaute auf den Spitzen seines Schnurrbarts. Zach vermutete, daß er eine Möglichkeit suchte, das Gespräch in die von ihm gewünschte Richtung zu lenken. Er nahm den Hut ab und fuhr sich mit den Fingern durch die Haare. »Mein Gott, findest du nicht, es ist langsam an der Zeit, mit dem Herumziehen aufzuhören, erwachsen und seßhaft zu werden?«

Zach hätte beinahe laut gelacht. Glaubte Gus, es *gefalle* ihm, auf dem Wagenkasten einer schaukelnden Postkutsche zu sitzen, sich mit durchgehenden Pferden und halb betrunkenen Kutschern herumzuschlagen, sich im Sommer Mund und Nase vom Staub verkleben zu lassen und sich im Winter den Hintern abzufrieren, auf dem nackten Boden zu schlafen und ungenießbares Essen hinunterzuschlingen? Ausgerechnet Gus sagte ihm, er solle erwachsen und seßhaft werden!

Gus legte ihm die Hand auf die Schulter, nahm sie jedoch sofort wieder weg, als Zachs Muskeln sich spannten. »Clem und ich, wir brauchen dich. Wir ... brauchen dich hier bei uns, das ist alles.«

Zach blickte in das Gesicht seines Bruders – in die himmelblauen Augen, die er von ihrem Vater hatte, auf die goldbraunen Haare, die das Erbe ihrer Mutter waren, und auf das Lächeln, das ganz und gar Gus war.

Warum mußtest du sie heiraten, Bruder, dachte er gequält. Wir zwei sind so gut zurechtgekommen ...

In Wirklichkeit waren sie überhaupt nicht miteinander ausgekommen. Sie waren einfach zu verschieden. Es war, als hätten sie das Leben durch die entgegengesetzten Enden eines Teleskops betrachtet. Wie die meisten Träume von Gus war die Idee von der Ranch, die ihnen beiden gehörte, zu großartig und zu schön, um wahr zu sein.

Gus seufzte, um das Schweigen zu durchbrechen. »Dann bleib wenigstens bis nach dem vierten Juli hier. Die Stadt hat in diesem Jahr große Dinge vor.«

Charlie kam schon wieder aus der Küchentür heraus. Er drückte den Becher an seine Brust. Er ging bereits zum sechsten Mal zum Schweinestall. Was immer Clementine gerade kochte, es schien im Augenblick mehr für die Schweine bestimmt zu sein.

Ein Schwein stieß heftig gegen die Holzwand seines Stalls und quiekte laut. Charlie ließ den Becher fallen und rannte zu seinem Vater. »Papa, das Schwein ist wütend!« rief er.

Die Schweine machten eine Menge Lärm, zuviel Lärm. Gus setzte den kleinen Jungen auf seine Schultern, und sie gingen hinüber zum Stall, um nachzusehen.

Die Schweine, eine Sau und ein Eber, waren rosa und hatten schwarze Flecken, borstige Rücken, runde Bäuche und große Schlappohren. Der Eber stand mit gespreizten Beinen mitten im Stall. Er verdrehte die Augen und quiekte so durchdringend, daß die Haut am Rüssel flatterte. Die Sau versuchte aufzustehen. Sie stemmte sich auf die Vorderbeine, schwankte und fiel mit dem Rüssel voran wieder ins Stroh.

Gus hielt Charlie fest, der aufgeregt auf seinen Schultern herumrutschte, und beugte sich über die Stallwand. »Sie sehen aus, als wären sie ...«

»Betrunken«, sagte Zach, und er lachte schallend. Das tat ihm gut, und es wirkte befreiend.

»Sie haben Hunger!« schrie Charlie seinem Vater ins Ohr. »Du mußt sie füttern.«

Der Lärm lockte auch Clementine aus dem Haus. Als sie Charlie sicher in den Armen ihres Mannes sah, verlangsamte sie ihre Schritte. Sie beugte sich ebenfalls über die Stallwand, um sich die bedauernswerten Schweine anzusehen.

Die Sau stand endlich auf allen vieren, aber sie schwankte immer noch gefährlich. Aus dem Trog stieg der hefige Geruch von Bier auf.

Clementine stemmte die Arme in die Hüften, schnupperte verblüfft und richtete den Blick anklagend auf Zach.

Er hob lachend die Arme, als wollte sie ihn im nächsten Augenblick erschießen. »He, sieh nicht *mich* an! *Du* hast doch Charlie das viele Bier in die kleinen unschuldigen Hände gedrückt.«

Clementine verzog den Mund und blähte die Backen. Sie legte die Hand auf den Mund, aber trotzdem mußte sie kichern. »Er hat immer wieder gesagt ›Mehr . . . mehr. Sie wollen noch mehr.‹ Ich dachte, ihr zwei wollt euch betrinken.«

Charlie kreischte vor Lachen und zog seinen Vater an den Haaren.

»Ich nehme an, sie werden es überleben«, sagte Gus und lachte. »Aber sie haben morgen früh bestimmt einen Kater.«

Der Eber hob den Kopf und trompetete wie ein Elch, bevor er wie ein Kartoffelsack ins Stroh fiel. Sie alle lachten wieder.

»Ich muß aus dem Garten ein paar Karotten für das Abendessen holen«, sagte Clementine etwas später. »Als Beilage für das Huhn, das es so unerwartet gibt. Du ißt doch mit uns, Zach, nicht wahr?«

Er lächelte sie unbekümmert an. »Ich vermute, nachdem ich sechs Monate mit dem Essen an den Poststationen geübt habe, wird mein Magen auch das verkraften können, was du kochst.«

»Ach, du bist wirklich gemein!«

Clementine schlug die Sahne so heftig, daß die Gabel laut in der Holzschüssel klapperte. Ihre Röcke gerieten dabei in Bewegung, und sie drehte die schmalen Hüften. Die Abendsonne fiel schräg durch das Küchenfenster und warf einen goldenen Schein auf ihre Wangen. Es duftete köstlich nach dem frischgebackenen Apfelkuchen, den es als Nachtisch geben sollte, und darunter entdeckte er ihren persönlichen Duft. Nur der böige Abendwind und die klappernde Gabel durchbrachen die Stille.

Zach wollte nicht hier sein. Es war viel zu leicht, so zu tun, als sei das seine Küche und seine Frau. Er hielt die Whiskeyflasche über die Kaffeetasse und füllte sie bis zum Rand. Er trank sie leer und versuchte, die Sehnsucht zusammen mit dem Alkohol hinunterzuschlucken. Er achtete nicht darauf, daß sein Bruder mißbilligend die Stirn runzelte. Manchmal konnte man einfach nichts anderes tun als trinken, um die große Einsamkeit zu vertreiben.

Zach hatte die Beine ausgestreckt und einen Arm um die Stuhllehne gelegt. Gus saß ihm gegenüber auf der anderen Seite des Tischs. Er stützte sich auf die Ellbogen und hatte die Hände über der Kaffeetasse wie zum Gebet gefaltet. Clementine stand zwischen ihnen an der Stirnseite und schlug die Sahne für den Kuchen. Ohne das ständige Geplapper des Jungen war es in der Küche eindeutig zu still. Charlie war nach dem anstrengenden Tag schon beim Essen eingeschlafen und zu Bett gebracht worden. Die Pfeilspitzen, mit denen er gespielt hatte, lagen auf der Wachstuchtischdecke verstreut, und der scharfkantige Obsidian glänzte im verblassenden Licht.

Clementine machte eine Pause und strich die Schürze über dem leicht vorgewölbten Leib glatt. Bei dem Gedanken, daß sie wieder ein Kind erwartete, fühlte sich Zach mehr als niedergeschlagen. Vor kaum einem Jahr wäre sie bei einer Fehlgeburt beinahe gestorben, und nun war sie schon wieder schwanger. Zach verzog den Mund zu einem trübsinnigen Lächeln und mußte sich eingestehen, er wäre ebensowenig fähig, Clementine nicht anzurühren, wenn sie sein Bett teilen würde.

Wenn sie sein Bett teilen würde . . . Gott, wenigsten ein einziges Mal. Wenn er sie nur einmal haben könnte!

An seinen Gefühlen für sie war vieles edel und rein, aber keusche Liebe zu einer Frau, das war einfach nicht seine Art. Er wollte sie spüren, er wollte ihre Haut schmecken, ihren Mund . . .

»Hast du auf dem Weg hierher Hannah besucht?« fragte Gus plötzlich.

Die Gabel verstummte, und es herrschte plötzlich vollkommene Stille. »Ja, ich habe sie gesehen«, sagte Zach.

Er spielte mit dem Henkel seiner Kaffeetasse. Hannah war ihre beste Freundin, doch er ahnte, daß es ihr sehr schwerfiel, den Gedanken zu ertragen, daß er eine andere Frau liebte, mit einer anderen Frau schlief.

Gut, dachte er mißmutig, ich hoffe, du leidest, wenn du dir mich und sie im Bett vorstellst. Denn ich leide ebenso, wenn ich mir dich und meinen Bruder im Bett vorstelle.

Er trank noch mehr Whiskey, um den Gedanken zu verscheuchen, denn sonst sah es aus, als benutze er Hannah nur, um Clementine zu bestrafen. Das stimmte nicht. Er mochte Hannah – liebte sie vielleicht –, und er hatte immer versucht, so gut zu ihr zu sein, wie es seinem Wesen entsprach.

Gus verzog mißbilligend den Mund, und zwischen seinen Augenbrauen bildete sich eine senkrechte Falte. »Du solltest sie heiraten, Zach. Es ist nicht richtig, daß du . . . daß du sie regelmäßig besuchst, wie du es nun schon seit Jahren tust. Man wird sie nie für eine ehrbare Frau halten, solange du sie nicht heiratest.«

»Hannah hält nicht viel vom Heiraten. Und ich auch nicht.«

Und das Ganze geht dich nichts an, Bruder, sagte er Gus mit den Augen. Gus preßte die Lippen zusammen und schwieg.

Zach dachte an die letzte Nacht. Er und Hannah, sie fürchteten beide das Alleinsein, und deshalb klammerten sie sich aneinander. Am Anfang war es so schön gewesen, wenn sie miteinander schliefen, und sie hatten viel und unbeschwert gelacht. Aber ab irgendeinem Punkt hatte das alles nicht mehr genügt.

Er dachte an den Minenarbeiter und überlegte, ob dieser junge Mann ihm Hannah wegnehmen werde.

Der Gedanke an den Mann führte dazu, daß er an die Mine dachte, und er sagte: »Gestern abend hat es in den ›Vier Buben‹ ein Unglück gegeben. Das Kabel am Förderkorb ist gerissen, und dabei ist ein fünfzehnjähriger Hilfsarbeiter ums Leben gekommen.«

Clementine holte erschrocken Luft, und die Gabel schlug dumpf gegen die Schüssel.

Gus runzelte die Stirn und meinte achselzuckend: »Wir haben keinen Einfluß darauf, wie die Gesellschaft die Mine betreibt, Zach. Das weißt du.«

»Doch, Gus«, erwiderte Clementine. »Ich habe dir gesagt, wir sollten die Anteile verkaufen.«

Er schlug so heftig mit der Hand auf den Tisch, daß das Geschirr klapperte. »Ich habe dir gesagt, daß du dich da raushalten sollst!«

Sie bekam dunkelrote Flecken auf den Wangen und umfaßte den Gabelstiel so fest, daß ihre Knöchel weiß hervortraten.

Zach mußte die Kaffeetasse mit beiden Händen festhalten, um zu verhindern, daß er sie zu Fäusten ballte. Ihn erfaßte ein unbändiger Zorn, daß jemand es wagte, so mit ihr zu reden. Es war gleichgültig, daß er keine Ansprüche auf sie hatte, oder daß der Mann, der das gesagt hatte, ihr Ehemann war. Auf einer Ebene, die sehr viel tiefer lag, gehörte sie *ihm*.

Gus und seine Frau sahen sich lange wütend an. »Ich will, daß wir die Anteile verkaufen«, sagte sie und wandte sich an Zach. »Sag ihm, er soll verkaufen.«

»Verkauf sie«, sagte Zach.

Gus sah seinen Bruder an. »In dieser Sache hast du nichts zu sagen.«

Zach holte tief Luft und stieß sie mit einem Seufzen aus. Er wußte, sein Bruder war nur verärgert, weil er so wenig Geld von der Minengesellschaft bekommen hatte. Pogey und Nash standen laut Vertrag zwar die Hälfte aller Gewinne aus dem Erz mit einem Silbergehalt von mindestens fünfundzwanzig Prozent zu, doch das Konsortium achtete darauf, daß genug wertlose Felsbrocken untergemischt wurden, und deshalb tauchten in den Büchern selten einmal fünfundzwanzigprozentige Erträge auf. Natürlich fiel dabei für Gus mit seinem Anteil von zwanzig Prozent an Pogeys und Nashs Gewinnen kaum etwas ab.

Trotzdem träumte Gus immer noch davon, reich zu werden und sich durch das Silber ein gutes Leben zu machen. Deshalb hörte er nicht gern, daß in ›seiner‹ Mine ein fünfzehnjähriger Junge tödlich verunglückt war.

»Mit dem Geld, das uns die Mine einbringt, können wir uns im Herbst noch mehr Zuchtbullen kaufen.«

»Du hast große Pläne, Bruder, nicht wahr? In der Stadt war die Rede davon, daß du dich darum bemühst, in die Territorialversammlung gewählt zu werden.«

Gus bekam einen hochroten Kopf, doch er schüttelte ihn heftig. »Nein, das ist nichts als Gerede. Ich weiß nicht, wie es mit dir ist, Zach, aber ich will ein Vermögen machen, solange ich noch jung bin, damit ich im Alter nicht mehr arbeiten muß. Was hast du denn vor, wenn du zu klapprig bist, um Mustangs zuzureiten und Kälber mit dem Lasso zu fangen?«

»Wahrscheinlich werde ich mich erschießen.«

Er schob den Stuhl zurück und griff nach der halbleeren Whiskeyflasche. »Ich glaube, ich gehe früh schlafen. Wir haben alle eine schwere Woche vor uns, wenn wir das ganze Heu für den Winter machen wollen.«

»Willst du nichts von dem Kuchen?« fragte Gus.

Zach hielt seinem Bruder die Whiskeyflasche vor das Gesicht und lächelte, um ihn zu ärgern. »Whiskey ist ein besserer Nachtisch.«

»Zach . . .«, Gus stand auf. Er steckte die Hände in die Taschen und blickte auf seine Stiefelspitzen. »Es stimmt, was ich vorhin gesagt habe. Ich habe dich damals nicht einfach ›zufällig‹ getroffen. Ich habe dich gesucht. Wirklich gesucht . . . Ich habe vier Jahre gebraucht, um dich zu finden.«

Zach sah seinen Bruder überrascht an. Clementine wischte sich die Hände an der Schürze ab, ohne einen Blick auf die beiden zu werfen.

»Es ist schön, dich wieder zu Hause zu haben«, sagte Gus mit belegter Stimme. »Vielleicht denkst du darüber nach, ob du diesmal nicht hierbleibst.«

»Es ist schön, zu Hause zu sein«, sagte Zach, ohne damit etwas zu versprechen. Aber auch so fühlten sich die Worte in seinem Mund wie bitterer Staub an.

Zwanzigstes Kapitel

Clementine zog die Augenbrauen zusammen und betrachtete mißtrauisch die hellbraune Flüssigkeit. Erlan bemerkte es und musterte beklommen ihr eigenes Glas. Sie waren zu Gast im Haus der Feuerfrau, und deshalb mußten sie aus Höflichkeit dieses Getränk, was immer es auch sein mochte, bis zum letzten Tropfen austrinken.

Erlan roch verstohlen an ihrem Glas. Das Getränk duftete nach Lilien, also würde es vielleicht nicht allzu schlecht schmecken. Aber es zischte wie eine Schlange.

»Was ist das für ein Teufelszeug?« fragte Clementine.

Erlan biß sich auf die Lippen, um nicht zu lächeln. Sie hatte in den Augen der Mondfrau ein Lachen aufblitzen gesehen.

Auch Hannah Yorkes Augen funkelten. Sie stemmte beide Hände in die Hüften. »Du weißt verdammt gut, daß es Sarsaparilla ist, Clementine – ein harmloses Getränk für Damen. Du hast überhaupt keinen Grund, deine Bostoner Nase zu rümpfen.«

»Ja, aber ich verstehe nicht, warum du mich mit diesem Abstinenzlerzeug vergiften willst?« erwiderte Clementine und ahmte spöttisch die tiefe Stimme und schleppende Sprechweise der Feuerfrau nach. Es klang in Erlans Ohren, als habe sie beim Reden den Mund voller Bohnen. »Bring den Rosebud, Hannah, wir wollen uns betrinken!«

Die Feuerfrau ging lachend zu einem lackierten Schreibtisch und kam mit einer braunen Flasche zurück. Sie holte drei Gläser und goß zwei Fingerbreit von dem *Fon-kwei*-Getränk, das man ›Whiskey‹ nannte, in jedes Glas.

Erlan trank vorsichtig einen Schluck. Es schmeckte bitter und kribbelte sehr viel stärker als Reiswein in ihrem Bauch. Sie trank noch einmal und dann noch einmal. Es brannte und schmeckte eigentlich nach nichts. Sie nahm mutig einen großen Schluck, verzog entsetzt den Mund und hatte plötzlich das Gefühl, in ihrem Magen flatterten

Schmetterlinge. Als sie wieder Luft bekam, stellte sie fest, daß der Whiskey erstaunlich entspannend wirkte, wenn er nicht mehr so schrecklich im Mund brannte.

Erlan warf einen verstohlenen Blick auf die beiden Frauen, die ihr gegenüber auf dem Goldbrokatsofa saßen. Kaufmann Woo hatte Erlan gewarnt und ihr gesagt, sie würde im Land der weißen Teufel niemals akzeptiert werden. Die Leute würden sich über sie lustig machen und über ihre Goldlilien lachen. Er schien überrascht und war insgeheim vielleicht sogar erfreut, als Hannah Yorke seine Frau zu sich nach Hause einlud. Nun ja, so hatte Kaufmann Woo erklärt, Mrs. Yorke sei früher einmal ein Freudenmädchen gewesen und gehöre selbst zu den Ausgestoßenen.

Erlan neigte den Kopf und sagte zu ihrer Gastgeberin: »Ich fühle mich geehrt, daß ich zu einem Besuch eingeladen worden bin.«

Hannah bekam tiefe Grübchen in den Wangen, als sie lächelte. »Clementine und ich, wir dachten, du mußt dich inzwischen schrecklich einsam fühlen und dich nach der Gesellschaft von Frauen sehnen, nachdem du doch jetzt verheiratet bist . . .«

Auch Clementine lächelte und trank einen Schluck aus ihrem Glas. Erlan fand es schön, daß das gute Benehmen von ihr verlangte, diesem Beispiel zu folgen. Der ›Whiskey‹ schmeckte eigentlich nicht übel.

Hannah sah die Mondfrau mit übertriebenem Staunen an. »Mein Gott, Clementine, ich weiß nicht, was über dich gekommen ist!« rief sie kopfschüttelnd. »Du sitzt in aller Ruhe auf meinem Sofa und trinkst das Teufelszeug wie Wasser. Stell dir vor, was Gus sagen würde . . .«

»Was er nicht weiß, macht ihn nicht heiß.« Clementine hob den Finger. »Und wage nicht, bei Zach etwas davon verlauten zu lassen.«

»Nein, ich verspreche es.« Hannah legte einen Finger auf den Mund und schlug ein Kreuz über ihrem Herzen. Erlan sah interessiert zu. Es mußte eine Methode der *Fon-kwei* sein, die Ohren der lauschenden Götter zu täuschen. Das durfte sie nicht vergessen.

Hannah goß ihnen allen Whiskey nach. Erlan trank einen großen Schluck. »Auch Kaufmann Woo wird nichts davon erfahren«, sagte sie. »Ich verspreche es.« Sie legte den Zeigefinger auf die Lippen und machte ein Kreuzzeichen über ihrem Herzen.

Ein leichter Wind wehte durch das offene Fenster und bewegte die Fransen der Decke auf dem geschnitzten Tisch und den großen Farn auf dem

Blumenständer. Erlan gefiel das Haus, obwohl es sich sehr von allem unterschied, was sie gewohnt war. In Rainbow Springs, wo die ganze Welt unharmonisch war, wo selbst die Straßen gefährlich gerade verliefen, erschien ihr dieses Haus wie ein Lotus in einem mit Unkraut bewachsenen Teich. Vielleicht lag es daran, daß hier eine Frau allein lebte und die Atmosphäre völlig *Yin* war. Sie überlegte, wie es wäre, Hannah Yorke zu sein, nur sich selbst gefallen zu müssen und niemandem zu dienen. Der Gedanke beunruhigte sie, und sie schob ihn mit einem stummen Seufzer beiseite.

Clementine stellte das Glas auf den Teetisch. »Ach, Erlan, beinahe hätte ich es vergessen.« Sie griff nach einem eckigen Päckchen, das neben ihr auf dem Sofa lag. »Es ist das Photo, das ich von Sam und dir bei eurer Hochzeit gemacht habe.« Der starre braune Umschlag knisterte, als sie es auspackte. Darunter kam bunt bedrucktes Papier zum Vorschein. »Der Rahmen ist übrigens von Hannah.«

Erlan packte das Geschenk aus und verneigte sich tief. »Tausendmal tausend Dank. Es ist wirklich einer Kaiserin würdig.«

Sie blickte staunend auf das Bild in dem Silberrahmen. Da stand sie in ihrem Hochzeitsgewand mit den fliegenden Kranichen. Ihr Gesicht wirkte so starr wie eine Opernmaske. Kaufmann Woo neben ihr trug seine Barbarenjacke mit den Schwalbenschwänzen. Er schien mit seiner Braut zufrieden zu sein, aber das war schließlich, bevor sie zum Messer gegriffen hatte.

»Ich meine, Clementine«, sagte Hannah, »das solltest du öfter tun. Du solltest Aufnahmen von Leuten bei ihrer Hochzeit oder bei anderen Anlässen wie Geburtstagen und so weiter machen. Dann könntest du sie verkaufen. Denk an all die vielen kleinen Dinge, die du dir mit deinem eigenem Geld gönnen könntest.«

Clementine faltete das braune Papier zusammen und legte es behutsam neben ihrem leeren Glas auf den Tisch. »Gus hat seinen Stolz und könnte es nie ertragen, daß seine Frau arbeitet, um sich Annehmlichkeiten leisten zu können, die er, wie er glaubt, mir bieten müßte.«

Hannah schnaubte. »Meistens sehe ich, daß er dir nicht einmal das Allernötigste bietet. Ich habe noch nicht erlebt, daß sein Stolz soweit geht, dir die schwere Arbeit auf der Ranch zu erleichtern.«

Clementine sah ihre Freundin streng an. »Fang nicht wieder damit an, Hannah. Gus ist gut zu mir. Das weißt du.«

Es herrschte Schweigen. Erlan konnte tiefe Strömungen in diesem Schweigen fühlen, denn es sprach von Dingen, die nie ausgesprochen worden waren, von zu gefährlichen Geheimnissen, um sie mit einem anderen zu teilen.

Hannah zuckte die Schultern und reckte das Kinn, als könnte sie sich, wie Erlan dachte, in ihren Stolz wie in ein Gewand hüllen. Sie hob das Glas. »Ich möchte einen Toast ausbringen! Ich möchte auf das trinken, was ich immer bewundern und niemals sein werde – eine wirkliche Dame.«

»Hannah!« Clementine errötete und schüttelte den Kopf. »Manchmal bist du wirklich unmöglich.«

Die beiden Frauen lächelten sich an und beruhigten damit die gefährlichen unausgesprochenen Gefühle. »Wenn dir das Photo gefällt, Erlan«, sagte Hannah, »wird Clementine dir noch einen Abzug machen, damit du ihn deiner Familie nach China schicken kannst.«

Erlan ließ bekümmert den Kopf sinken. Sie konnte weder Hannah noch Clementine in die Augen blicken. Sie mochte die beiden und hoffte darauf, sich mit ihnen anzufreunden, aber dann mußten sie früher oder später auch von ihrer Schande erfahren. Wie sollte sonst eine vertrauensvolle Freundschaft entstehen?

»Danke für das freundliche Angebot. Aber ich habe keine Familie mehr. Meine Mutter ist tot, und mein Vater hat mich verstoßen.« Erlan legte die Handflächen aneinander und zwang sich, den Kopf zu heben. Sie überwand sich sogar, den beiden in die Augen zu blicken. »Er hat mich für hundert Silbertael an einen Sklavenhändler in Futschou verkauft.«

»Wie schrecklich! Aber weshalb hat er so etwas getan?« Clementine saß plötzlich im Sessel neben ihr und nahm ihre Hand. Erlan fühlte die *Yang*-Kraft dieser Frau, ihren Kampfgeist, und das tröstete sie.

»Meine Mutter trug das grüne Gewand einer Konkubine, aber der Patriarch verstieß sie nicht, nachdem sie ihm nur eine wertlose Tochter geboren hatte. Anstatt ihm seine Freundlichkeit durch Ehrerbietigkeit und absoluten Gehorsam zu vergelten, entehrte sie das Haus Po und brachte Schande über die Ahnen, indem sie mit einem ... einem anderen Mann schlief. Man schickte ihr die rote Schnur, damit sie ihrem Leben selbst ein Ende setzte. Doch sie befleckte die Reinheit ihres Geistes noch weiter und machte in ihrer Feigheit keinen Gebrauch davon.

Der Patriarch war gezwungen, sie in einem Sarg lebendig zu begraben. Und so ist ihre Schande zu meiner geworden und ihre Ehrlosigkeit zu meiner.«

Hannah schauderte: »Mein Gott, das ist die schrecklichste Geschichte, die ich jemals gehört habe.«

Der Whiskey löste irgendwie Erlans Zunge. Sie hatte nicht alles erzählen wollen, aber nun war es heraus. Beklommen starrte sie auf ihre Hand, die Clementines schlanke weiße Finger immer noch umfaßt hielten. Beide Hände wirkten beinahe körperlos. Doch Erlan spürte die Kraft im Griff der anderen Frau.

Hannah war herübergekommen und stand neben dem Sessel. Sie legte Erlan sanft die Hand auf die Schulter. Die Sitte, andere zu berühren, war doch nicht so unangenehm. »Hast du einen Kavalier in China zurückgelassen?«

»Einen . . . Kavalier?«

»Einen jungen Mann, der dir gefallen hat, jemand, den du eines Tages vielleicht einmal heiraten wolltest.«

»In China gibt es so etwas wie einen Kavalier nicht. Ehen werden von Tai Tai, der ersten Frau, arrangiert. Ein Mädchen sieht seinen Ehemann nicht, bevor er am Hochzeitstag ihren roten Schleier lüftet.«

Hannah lachte. »Ich wette, das führt nicht selten zu einer sehr interessanten Hochzeitsnacht.«

Erlan verbarg ihr Lächeln hinter der Hand. »Natürlich sagen alle Mädchen, daß sie sich einen Mann mit einem guten Herzen wünschen. Aber in Wirklichkeit möchte keine Braut unter der Seidendecke des Hochzeitsbettes eine alte welke Wurzel finden, die nicht einmal ein Taifun zum Leben erwecken könnte. Alle jungen Frauen hoffen auf Erregung und Leidenschaft nicht nur in dieser Nacht.«

Erlans Lächeln verschwand, als sie die Verblüffung auf den Gesichtern von Clementine und Hannah sah. Sie wurde schrecklich verlegen. Sie kam sich wie eine Seiltänzerin vor, die versuchte, ihren Weg durch die seltsamen Sitten und Bräuche dieses Landes zu finden, und dabei ständig in Gefahr geriet, einen falschen Schritt zu tun.

»Ich habe Anstoß erregt«, sagte sie entschuldigend.

Hannah schnaubte und gluckste, als versuche sie, ihr Lachen zu unterdrücken. Doch dann lachte sie schallend, und Clementine stimmte ein. Die beiden Frauen sahen sich an und lachten noch lauter.

Hannah trocknete sich die Tränen. »Oh, Clem, stell dir das nur vor! ›Erregung und Leidenschaft und eine Wurzel unter der Decke!‹«

Als sie wieder zu Atem gekommen war, fragte Hannah: »Aber was ist, wenn ein Mädchen nicht bereit ist zu heiraten?«

Erlan freute sich, daß sie offenbar doch nicht gegen die guten Sitten verstoßen hatte.

»Heiraten und Kinder bekommen sind das Glück einer Frau. Natürlich findet sich nicht für jedes Mädchen ein Mann. Wenn eine Familie viele Töchter hat, und die Sippe ist arm, werden die jüngeren oft als Konkubinen verkauft oder als Freudenmädchen.«

»Eine Hure zu sein, ist weiß Gott kein angenehmes Leben«, sagte Hannah. »Ich vermute, in China ist das nicht anders. Aber ich glaube, ich wäre lieber ein Freudenmädchen, als mit einem Mann verheiratet zu werden, den ich nie vorher gesehen habe. Was ist, wenn er sich als ein bösartiger Tyrann erweist?«

»Selbst der niedrigste Bauer benimmt sich unter seinem eigenen Dach wie ein großer Kriegsherr. So sind Männer eben. Als Frau gleicht man den braunen Lerchen, die mein Vater in Käfigen hält. Wir vertauschen nur einen Käfig mit einem anderen.«

Die beiden Frauen schwiegen, und Erlan fragte sich wieder, ob sie etwas Falsches gesagt habe. Sie hob den Kopf und stellte fest, daß Clementine sie nachdenklich mit ihren ruhelosen Meeresaugen ansah, und Erlan dachte: Sie versteht mich! Sie versteht alles. In einem anderen Leben waren wir vielleicht Schwestern . . .

»Mach dir nichts aus dem, was Hannah sagt«, erklärte Clementine. »Sie redet ständig von den Vorteilen, nicht verheiratet zu sein. Aber eines Tages wird sie einen Mann finden, der sie braucht. Sie wird für ihn sorgen, und dann wird auch sie sich wie wir bereitwillig in den Käfig sperren lassen.«

Hannah lachte. »Ich und für einen Mann sorgen? Ha! Soweit kommt es noch . . .« Sie fuhr mit dem Finger über Erlans Wange. »Sieh nur, wie rauh deine arme Haut bereits ist. Wenn du bei diesem Wind und dem Alkalistaub nicht aufpaßt, trocknet deine Haut völlig aus. Ich mache dir einen Topf Hautcreme. Dir auch, Clementine. Du kannst sie mitnehmen, wenn du zum Fest am vierten Juli wieder herkommst.«

Hannah streichelte Erlans Wange. Eine seltsame und köstliche Zufriedenheit erfüllte sie, und ein Kribbeln breitete sich in ihr aus wie nach dem Whiskey. Sie fragte höflich: »Was ist eigentlich der vierte Juli, von dem alle reden?«

Jeder im Regenbogenland trat am vierten Juli schon am frühen Morgen aus dem Haus und schnupperte in die Luft.
Die alten Hasen schworen, daß es am vierten Juli manchmal geschneit hatte. Die meisten anderen waren Neulinge, die das weder erlebt hatten noch besonderen Wert darauf legten, es zu erleben. Aber das Wetter in Montana konnte mit vielen anderen Überraschungen aufwarten, um ein Fest zu verderben: heulender Wind, peitschender Regen und faustgroße Hagelkörner, um nur einige zu nennen.
Die Leute im Regenbogenland öffneten also auch am Morgen des Unabhängigkeitstages 1883 vorsichtig die Türen, schnupperten in den Wind und stellten zu ihrer Erleichterung fest, daß eine leichte, nach Salbei duftende Brise wehte und die Sonne buttergelb schien. Es würde für das Fest am Nachmittag gutes Wetter geben.
Rainbow Springs war keine gesetzlose Stadt mehr wie noch vor vier Jahren. Im vergangenen Winter war es offiziell eine richtige Stadtgemeinde geworden und gab sich, wie der alte Pogey sagte, ›so großstädtisch wie eine billige Hure in einem französischen Seidenkleid‹. Seit einiger Zeit war sogar die Rede von Straßenbeleuchtung. Nash verkündete bereits, daß Samstag abends in den ersten fünf Minuten nach Einbruch der Dunkelheit jede Straßenlaterne, die dieses Namens würdig war, ›abgeschossen wird, nur weil sie sich als Zielscheibe bietet‹.
Das Silber hatte Rainbow Springs verändert. Die ›Vier Buben‹-Mine hatte sich als eine beständige Erwerbsquelle erwiesen. Sie lockte Leute in die Siedlung, die einmal nur aus ein paar Häusern an der Straße nach Westen bestanden hatte, darunter auch vornehme Männer, die nach Macht hungerten, wie die Direktoren und Ingenieure; aber auch Männer mit harten Fäusten und großem Durst wie die Bergleute, die den Fels sprengten und das Silbererz förderten, und die Maultierkutscher, die das wertvolle Gestein zur Schmelze in Butte brachten. Es kamen Leute, die zur Kirche gingen und in der Stadt Wurzeln schlugen, wie Metzger, Bäcker und Sattler.
Viele waren Ausländer. Sie sprachen einen seltsamen Dialekt, hatten merkwürdige Sitten und waren begierig, die Vorteile zu nutzen, die der

Westen zu bieten behauptete. Meist waren es Iren oder Leute aus Wales oder Cornwall, die in der Mine arbeiteten und in ihrer unmittelbaren Nachbarschaft, die man Klein-Dublin nannte, in schäbigen Behausungen und Pensionen lebten. Und es gab die Chinesen. Sie suchten auf den alten Claims nach Gold oder bearbeiteten die Silbererzabfälle, an denen das ›Vier Buben‹-Konsortium kein Interesse mehr hatte. Die Chinesen bauten ihre Hütten am Stadtrand und am anderen Flußufer, wo immer noch ein Kreis nackter Erde im Gras an einen längst verschwundenen Wigwam erinnerte.

Es herrschte in Rainbow Springs inzwischen eine Gediegenheit wie nie zuvor. Die meisten Gebäude bestanden zwar immer noch aus roh behauenen Baumstämmen, doch das Holz für einige, etwa für die Miner's Union Bank, stammte aus dem Sägewerk. Die mehr oder weniger zufällig um den Hügel entstandenen Straßen hatten Namen erhalten. Es gab sogar hölzerne Straßenschilder für Leute, die gebildet genug waren, sie lesen zu können. Bei Luke, dem Barbier, konnte man seine eigene Schale mit Rasierseife in einem Regal vorrätig haben. Man legte plötzlich Wert auf Beständigkeit. Man vertraute darauf, daß der Kunde am nächsten Tag und in der nächsten Woche und in der Woche darauf noch dasein würde, um sie zu benutzen.

Die meisten der alten Bewohner erkannten die Zeichen der Zeit; sie nannten die Veränderungen ›Fortschritt‹ und stellten sich darauf ein. Jeremy – früher auch als Schlangenauge bekannt – legte sich einen Nachnamen zu, der zu dem großen neuen Schuppen paßte, den er 1881 bauen ließ. Über den doppelten Schiebetüren war ein Schild mit leuchtendroten Buchstaben angebracht: *›Smiths Mietstall. Unterbringung und Beschlagen von Pferden. Fahrzeuge zu vermieten und zu verkaufen.‹*

Sam Woo führte in seinem Laden jetzt neben Säcken mit Saatgut, Scheren zur Schafschur und Lassos aus Rindsleder auch Dynamit, Sprengkapseln und Zünder. Nickel Annie hatte die Überlandfahrten aufgegeben und arbeitete mit ihren Maultieren nur noch für die ›Vier Buben‹. Hannah Yorke hatte das ›Best in the West‹-Casino innen völlig neu ausgestattet. Mit großen Spiegeln in vergoldeten Rahmen, einer Messingstange an der Bartheke und gewachsten Dielen wirkte es jetzt wie eine der eleganten Lasterhöhlen, die man in San Francisco oder vielleicht sogar in New York City fand.

Es gab in Rainbow Springs inzwischen auch eine Schule. Sie war rot gestrichen, hatte einen Fahnenmast auf dem Schulhof und auf dem Dach eine Kupferglocke.

Manche Leute empfanden die Schule als etwas übertrieben. »Das Land«, sagte Pogey an dem Tag, an dem die Schule ihre Pforten öffnete, zu seinem Freund Nash bei einer Flasche Whiskey in Sam Woos Laden, »das Land ist hinter unserem Rücken zahm geworden.«

»So zahm wie ein Huhn, dem man den Hals umgedreht hat.«

»So zahm wie eine Kröte in der Sonne.«

»So zahm wie ein zahnloser Kojote.«

»Großer Gott, was soll aus uns werden?« seufzte Sam Woo.

Am vierten Juli 1883 trat nach dem Mittagessen ein Grubenarbeiter aus seiner Pension in Klein-Dublin. Er stemmte die Arme in die Hüften, legte den Kopf zurück und atmete tief die warme Luft ein, die nach Salbei duftete.

»Ein schöner Tag«, sagte Jere laut zu sich selbst. »Ein schöner Tag, um sich zu amüsieren.« Jere freute sich darauf, den Unabhängigkeitstag zu feiern, denn die Leute von Cornwall hatten einen starken Drang nach Unabhängigkeit.

Er entdeckte die kleine Meg Davies, die mit einem Strohkorb voller Blumensträußchen am Arm die staubige Straße entlangkam, und er winkte sie zu sich.

»Wollen Sie ein paar Blumen für Ihre Freundin kaufen, Mr. Scully? Es kostet Sie nur fünf Cents«, sagte sie und versuchte zu lächeln. Sie schaffte es nicht ganz. Ihre roten Haare waren so straff zu Zöpfen geflochten, daß sie seitlich von ihrem Kopf abstanden wie Tassenhenkel. Ihre Wangen und die Nase waren mit Sommersprossen wie mit Zimtstaub gesprenkelt. Aber ihre Augen waren dunkel vor Trauer; sie konnte den Tod ihres Bruders Rolf nur schwer verwinden. Das Unglück hatte sie alle sehr mitgenommen.

Jere beugte sich vor, um die Blumen im Korb genauer zu betrachten. »Was hast du da?«

»Glockenblumen, Vergißmeinnicht und Wicken. Ich habe sie heute morgen frisch gepflückt. Welche gefallen Ihnen am besten?«

Jere konnte keine Blume von der anderen unterscheiden. Er kannte nur Rosen. »Dann nehme ich die kleinen blauen«, sagte er.

Meg Davies nahm ein blaues Sträußchen aus dem Korb und ließ Jeres Fünfcentmünze geschickt in ihre Schürzentasche fallen. »Haben Sie eine Freundin, Mr. Scully?«

Jere sah sich auf der Straße um, dann beugte er sich so tief hinunter, daß ihre Nasen sich beinahe berührten. Er legte den Finger auf den Mund. »Ja, aber verrate es niemandem.«

Das kleine Mädchen nickte, und ihre Augen blitzten vergnügt. »Ich werde es niemandem . . . oh, da kommt Ihr Bruder!« rief sie und rannte kichernd davon.

Jere nahm schnell die Melone ab, warf das Sträußchen hinein und setzte den Hut wieder auf. Dann drehte er sich fröhlich lächelnd um. »Es wird aber auch Zeit, Drew . . .«

Beim Anblick seines herausgeputzten Bruders bekam er große Augen. Drew trug einen braunen, großkarierten Anzug, ein Hemd mit einem steifen weißen Kragen und eine gelbe Krawatte. »Allmächtiger! Du siehst aus wie ein Pfingstochse!«

Drew rümpfte die Nase. »Und wer stinkt hier schlimmer als ein Matrose beim Landgang, he?«

Jere rieb sich verlegen mit der großen rauhen Hand die Wange. »Das ist das Hautöl, mit dem ich mich nach dem Rasieren eingerieben habe. Meinst du, das ist zuviel? Vielleicht sollte ich noch einmal hineingehen und es abwaschen . . .«

Drew nahm ihn lachend am Arm und zog ihn mit sich in Richtung Stadt. »Komm, großer Bruder. Auf uns wartet Bier, das getrunken werden will, und es warten Frauen, die verführt werden wollen. Ohne uns wird das Fest nicht anfangen.«

Das Fest fand am Stadtrand auf einer Wiese am Fluß statt. In der Luft lag der Geruch nach zertretenem Gras, Schießpulver und Brathühnern. Die Kapelle der Bergarbeitergewerkschaft schmetterte eine blechern klingende Version von *Ich hab mein Herz an dich verloren*. Die Musiker mußten gegen das patriotische Flattern dutzender Fahnen, das Krachen von Feuerwerkskörpern, das Klirren von Hufeisen und das Geschrei von Kindern anspielen, die in einem großen Wassertrog nach Äpfeln tauchten.

»Sieh mal da drüben«, sagte Drew und wies auf eine Holzplattform, in deren Mitte ein etwa zwei Meter hoher Granitblock lag. »Sie veranstalten später den Hammerwettbewerb. Sollen wir mitmachen?«

»Was? In unseren besten Sonntagssachen?«

»Wenn wir gewinnen, wird es nicht darauf ankommen, wie wir angezogen sind.«

Jere schob den Finger hinter den steifen Papierkragen. Ihm trat bereits jetzt der Schweiß auf die Stirn. Die Sonne brannte auf den schattenlosen Platz. Die geschäftstüchtige Mrs. Yorke hatte unter den Pappeln ein Zelt aufgestellt, wo Shiloh Bier und Sarsaparilla verkaufte.

Kaum dachte Jere an die Frau, da sah er sie schon. Viele Bewohner von Rainbow Springs, darunter auch Hannah Yorke, standen staunend um den neuen Löschwagen, der mitten auf der Wiese die Aufmerksamkeit auf sich zog. An diesem Tag trug Hannah ein mit cremefarbener Spitze gerüschtes Kleid und wirkte so appetitlich wie Marzipankonfekt.

Auch Drew hatte sie entdeckt. Sein Gesichtsausdruck veränderte sich schlagartig. So hatte er schon als kleiner Junge die Augen halb geschlossen, wenn er etwas sah, was er haben wollte und entschlossen war, es auch zu bekommen. Kein Mensch konnte so hartnäckig sein wie Drew, wenn er sich in etwas verrannt hatte. Er schreckte dann vor nichts zurück.

Jere seufzte. In diesem Fall würde sich sein Bruder eine Menge Schwierigkeiten einhandeln. Hannah Yorke gehörte zu den Frauen, die einen Jungen wie Drew vernaschten, das Unverdauliche ausspuckten und anschließend noch genauso hungrig waren wie zuvor.

Jere griff nach Drews Arm. »Ich könnte ein Bier brauchen.«

Drew drehte nicht einmal den Kopf herum. »Ach ja?«

Jere lächelte kopfschüttelnd und zog energisch am Arm seines Bruders. »Ja, ein Bier wäre gut. Ein schönes Bier, um sich die Kehle anzufeuchten.«

Drew ließ sich nicht ablenken, aber dann schüttelte er sich plötzlich und sagte lachend: »Also gut, ich hol dir ein Bier. Es wäre falsch, wenn sie glauben würde, ich könnte nicht warten.«

Während Drew das Bier holte, schlenderte Jere zu dem Löschwagen hinüber. Die leuchtend rote Farbe glänzte, als sei sie noch nicht trocken. Die Männer der Freiwilligen Feuerwehr in ihren roten Hemden platzten beinahe vor Stolz. Die Messingpumpe glänzte bis hin zu den Schlauchanschlüssen. Jere blieb einen Augenblick am Rand der Menge stehen und wandte sich dann ab. Der Fluß zwischen den Bäumen glitzerte und blendete ihn, aber plötzlich entdeckte er Erlan.

Er gelang ihm, in ihre Nähe zu kommen, bevor sie ihn entdeckte. Jedesmal, wenn er in den Laden kam, verschwand Erlan in einem dunklen Hinterzimmer und überließ es Sam Woo, ihn zu bedienen. Deshalb hatte er seit dem ersten Tag kein Wort mehr mit ihr gesprochen. Diesmal hob sie den Kopf wie ein erschrecktes Reh und sah sich ängstlich um, als wollte sie fliehen. Aber sie blieb zitternd stehen. Ihre Hände verschwanden in den Ärmeln des blauen, abgesteppten Kleids mit dem Stehkragen. Sie blickte starr auf die Erde.

»Guten Tag, Mrs. Woo«, sagte er leise, um sie nicht zu erschrekken.

»Guten Tag, Mr. Scully«, sagte sie zu dem Gras unter ihr.

Er blickte auf sie hinunter und brachte plötzlich kein Wort mehr hervor. Sein Blick glitt über den anmutigen Schwung ihres Rückens; er staunte über ihren zarten Nacken und versank dann gleichsam in ihrem rabenschwarzen Haar. Er mußte daran denken, daß er einmal in einem Buch das Bild eines wilden schwarzen Schwans gesehen hatte, der auf einem See vor einem Märchenschloß schwamm. Erlan erinnerte ihn an diesen Schwan – ein zartes Geschöpf, das nicht von dieser Welt war. Ein seltsames Gefühl breitete sich in seiner Brust aus. Er hatte das Bedürfnis, sie zu beschützen und sich um sie zu kümmern.

Er trat einen Schritt näher. Sie duftete frisch und grün wie ein Sommerapfel.

»Mrs. Woo . . .«

Erlan hob den Kopf. Ihre Augen waren so dunkel und undurchdringlich wie Kohlenpech.

»Ja, Mr. Scully?«

Er riß sich den Hut vom Kopf und zerdrückte beinahe die Krempe. Ihre Augen wurden groß, als sie die blauen Vergißmeinnicht auf seinem Kopf sah. Sie begann zu lächeln, hielt sich jedoch im letzten Moment die Hand vor den Mund.

Die Röte stieg ihm ins Gesicht, aber er konnte nicht anders, er mußte über sich selbst lachen. Er nahm das Sträußchen von seinem Kopf und verbeugte sich tief. »Die sind für Sie. Hübsche Blumen für eine hübsche Dame.« Er verwünschte sich. Seine Worte hatten so dämlich geklungen wie von einem verliebten Schuljungen.

Sie nahm die Blumen entgegen, und dabei berührten sich ihre Finger. Ein seltsamer Schauer lief ihm über den Rücken. Sie schien etwas Ähnliches empfunden zu haben, denn sie zitterte, öffnete die Lippen und stieß hörbar den Atem aus.

»Es sind hübsche Blumen«, sagte sie mit ihrer lieblichen, melodischen Stimme. Sie wandte den Blick ab und bewegte die Lippen, als würde sie lächeln. »Vielen Dank, mein *Anjing-juren.*«

Er versuchte, die chinesischen Worte zu wiederholen, entstellte sie dabei und mußte darüber lachen. »Und was heißt das? Es ist doch nichts, was dem guten Ruf meiner Mutter schadet, oder?«

Sie sah ihm wieder in die Augen, und auf ihrer Stirn erschien eine kleine Falte. »O nein, das dürfen Sie nicht denken . . . Es ist eine Anrede, die große Achtung zum Ausdruck bringt . . .«

»Hm. Wenn Sie es sagen.« Er trat noch einen Schritt näher. Ihr Körper spannte sich, aber sie wich nicht zurück. Er senkte die Stimme und berührte sie mit Worten, so wie er sie mit den Händen berührt hatte: »Und wie darf ich Sie dann nennen? Was ist zum Beispiel eine Anrede, die tiefe Zuneigung ausdrückt?«

Sie schien ernsthaft darüber nachzudenken, und die Falte zwischen den Augenbrauen vertiefte sich. Er stellte sich vor, er würde die Lippen auf diese Falte drücken und sie durch seine Küsse zum Verschwinden bringen. »Ich werde Ihnen erlauben, mich *Mei Mei* zu nennen, wenn Sie das wollen. Das bedeutet ›kleine Schwester‹.«

In der Nähe krachte ein Feuerwerkskörper, und der Geruch von verbranntem Pulver stieg ihnen in die Nase. Er atmete tief ein und versuchte, den Druck in seiner Brust loszuwerden, der immer stärker wurde.

Die Kapelle begann einen lauten Marsch, und sie drehten sich beide erleichtert um, denn nun brauchten sie sich nicht mehr anzusehen. In den Blasinstrumenten spiegelte sich das Sonnenlicht. Die Gesichter der Musiker waren vor Anstrengung gerötet.

Gegen seinen Willen mußte er sie noch einmal ansehen. Ihre Haut hatte die Farbe von altem Elfenbein. Ihre Blicke trafen sich. Jere wünschte, er könnte ihre Gedanken erraten. Er wußte, daß man an seinem Gesicht ablesen konnte, was er für sie empfand. Doch dagegen hatte er nichts. Sie sollte es wissen.

»In China sieht ein Mann die Frau eines anderen nicht so an«, sagte Erlan mit leichtem Vorwurf in der Stimme. »Er spricht auch nicht so . . . mit ihr. Er spricht überhaupt nicht mit ihr.«

»Und was sollen wir dann tun? Sollen wir das, was zwischen uns ist, vergessen, nur weil wir uns zur falschen Zeit am falschen Ort getroffen haben? Sie hätten ihn nicht heiraten sollen, aber das ist nichts, was sich nicht ändern ließe.«

Ein Junge mit einer Wunderkerze in der Hand rannte vorbei. Sie zischte und knisterte und versprühte kleine Sterne.

Ihre Brust hob sich in einem stummen Seufzen. »In Futschou, wo ich herkomme«, sagte sie, »steht eine Pagode. Sie ist tausend Jahre alt, aber ihre Zeit auf der Erde hat gerade erst begonnen. Vielleicht wird es für uns eine andere Zeit und einen anderen Ort geben, mein *Anjing-juren*. Aber nicht in diesem Leben.«

»Zur Hölle mit ...«

Sie legte ihm die Finger auf den Mund und brachte ihn zum Schweigen. Er griff nach ihrem Gelenk und hielt die Hand fest, damit er sie küssen konnte. Als er sie losließ, sank ihr Arm seitlich hinunter. Sie krümmte die Finger, als wollte sie seinen Kuß für immer festhalten.

Doch in ihren Augen blitzte etwas auf – Zorn vielleicht oder Angst. »Sie verstehen das nicht«, sagte Erlan ernst. »Eine Chinesin versucht nicht, ihr Schicksal zu ändern. Sie opfert ihre Ehre nicht ihrem Herzen.« Sie hob die Hand, und er glaubte, sie werde ihn noch einmal berühren, doch sie ließ sie wieder sinken. »Die Götter haben nicht zufällig ein großes Meer zwischen unseren Völkern geschaffen, ein Meer, das zu groß ist, um es mit einer Brücke zu überspannen. Sie und ich, wir sind zu verschieden. Uns kann keine Brücke verbinden.«

Erlan drehte sich um und ging. Sie bewegte sich auf ihren winzigen Füßen, als gehe sie über glühende Kohlen. Die Hüften schwangen etwas, aber sie hielt Kopf und Rücken gerade. Er blickte nach unten und sah das Sträußchen Vergißmeinnicht im Gras liegen. Er wußte, sie hatte es nicht zufällig fallen lassen. Dadurch, daß sie ein so schlichtes, einfaches Geschenk zurückwies, wies sie ihn zurück.

Jeres Hände ballten sich zu Fäusten. Er würde nicht aufgeben. Er würde sie nicht aufgeben, nicht seine Gefühle für sie, und nicht das, was sie, wie er hoffte, eines Tages für ihn empfinden konnte. Es kümmerte ihn nicht, wie groß das Meer zwischen ihnen war. Er würde es schaffen, eine Brücke darüber zu bauen. Er wollte die Brücke überqueren, und wenn es sein mußte, auf Knien.

Der Mann schlug mit dem fünfzehn Pfund schweren Hammer mit solcher Wucht auf den Bohrer, daß die Holzplattform vibrierte. Granitstaub wirbelte auf, und das Klingen von Stahl auf Stahl hallte von den fernen Hügeln wider.

»Also wirklich«, sagte Hannah Yorke, die ihren weißen Spitzensonnenschirm drehte und die staubige Luft vor ihrem Gesicht mit einem Papierfächer in Bewegung hielt. »Ich muß gestehen, es läßt mich nicht kalt zu sehen, wie ein halbnackter Mann auf einen Felsen einschlägt. Mein Gott, wie sich seine Muskeln wölben und vor Schweiß glänzen, und wie die Adern aus der Haut hervortreten . . .« Sie lachte leise. »Also, da wird mir ganz anders.«

Die Röte stieg Clementine ins Gesicht, aber sie lachte. »Hannah! Wie kannst du so etwas sagen! Du bist unverbesserlich.«

»Mama, warum schlägt er einen großen Nagel in den Stein?«

Clementine setzte ihren aufgeregten Sohn auf die andere Hüfte. »Das ist kein Nagel, mein Schatz, sondern ein Bohrer. Aber du mußt brav sein und hier bei mir bleiben.«

»Ich kann aber nichts sehen!« schrie Charlie. »Ich will etwas sehen!«

»Er erinnert mich ein an ungezähmtes, wildes Tier.«

Diese Bemerkung kam von Miss Luly Maine, der neuen Lehrerin. Aber sie blickte nicht etwa gebannt auf den Bergarbeiter ohne Hemd, der im Wettlauf mit der Uhr einen Stahlbohrer in den Granitblock schlug, sondern auf den noch angezogenen Drew Scully. Er hatte sich feingemacht und trug den geschmacklosesten karierten braunen Anzug, der Hannah je unter die Augen gekommen war. Er wartete mit seinem Bruder auf den Zweier-Wettbewerb. Auf die Sieger wartete eine Prämie von zwanzig Dollar.

Miss Luly Maine war siebzehn. Sie hatte glänzende, kastanienbraune Haare, wasserblaue Augen, und sie reichte einem Mann etwa bis zur Brust. Hannah fragte sich oft, wie so ein kleines Ding mit einem Klassenzimmer voller Raufbolde fertig wurde, die nicht viel kleiner und jünger waren als sie selbst. Aber der Beruf einer Lehrerin gehörte zu den wenigen respektablen Dingen, mit denen eine unverheiratete Frau hier im Westen ihren Lebensunterhalt verdienen durfte. Die meisten Leute, auch Hannah, glaubten jedoch, daß ein junges Mädchen nur Lehrerin wurde und hierherkam, um sich einen Mann zu angeln.

Eine Zeitlang waren im ›Best in the West‹ Wetten darauf abgeschlossen worden, wie lange ein süßes kleines Ding wie Miss Luly Maine an einem Ort allein bleiben werde, wo es zwanzigmal mehr Männer gab als Frauen. Aber als ein Monat, dann drei Monate und schließlich neun Monate vergingen und ihr siebenundzwanzig Anträge gemacht und abgelehnt worden waren, wuchs in der Stadt der Verdacht, Miss Luly Maine sei eine der unverbesserlichen Frauen, die mit ihrem Beruf verheiratet waren.

Doch im Augenblick hätte Hannah jeden Penny auf ihrem Konto bei der Miner's Union Bank gewettet, daß die kleine Lehrerin bereits die Hochzeitsglocken läuten hörte. Sie ließ Drew Scully nicht mehr aus den Augen.

Hannah bewegte den Fächer so heftig, daß sich die Krempe ihres feinen weißen Strohhuts hob. Plötzlich gefiel ihr der Wettkampf gar nicht mehr.

»Das sieht doch den Männern wieder einmal ähnlich«, sagte sie ungehalten. »Tag für Tag schlagen sie Bohrer in den Felsen, und kaum haben sie einmal frei, verbringen sie ihre Zeit damit, *Bohrer in einen Felsbrokken zu schlagen.* Ich vermute, Männer müssen sich eben ständig mit andern Männern messen, um zu sehen, wer der Stärkste ist.«

»Oh, ich finde das sehr aufregend«, sagte Luly seufzend. Ihre verschleierten Augen hingen immer noch an Drew Scully. »Es ist eine Demonstration von Können und Mut.«

Eher eine Demonstration von Muskeln, behaarter Männerbrust und Dummheit, dachte Hannah. Sie schloß den Fächer mit einem lauten Klicken.

Hinter ihnen explodierte ein Dynamitfeuerwerkskörper, aber die Menge war so auf den Wettbewerb konzentriert, daß kaum jemand Notiz davon nahm. Die Kumpel arbeiteten jetzt zu zweit und wechselten alle drei Minuten die Position. Der eine schlug mit dem Hammer zu, und der andere, der den Bohrer festhielt, hob ihn nach jedem Schlag etwas an und drehte ihn, um zu verhindern, daß er im Loch steckenblieb, und die beiden dadurch kostbare Sekunden verloren. Von einem Schlauch, der in einem Faß hing, rann Wasser in das Loch, um den Bohrstaub herauszuspülen. Die beiden Männer, die in fünfzehn Minuten das tiefste Loch in den Granit gebohrt hatten, erhielten die Siegesprämie: ein Goldstück mit dem Doppeladler.

Ein Mann mit einer großen Nickeluhr in der Hand rief: »Ende!«, und der Bergarbeiter mit dem Hammer tat den letzten Schlag. Das Echo von Stahl auf Stahl verhallte im Lärm der explodierenden Feuerwerkskörper und der Blechmusik. Der Zeitnehmer spülte das Bohrloch noch einmal mit dem Schlauch und maß die Tiefe. »Fünfundfünfzig!« verkündete er. Die Zuschauer applaudierten höflich. Mit ›fünfundfünfzig‹ gewann man keinen Preis. Der Rekord stand bis jetzt bei ›siebenundsechzig‹.

Während sich die Brüder Scully auf ihre Runde am Granitblock vorbereiteten, suchte sich Hannah unauffällig einen anderen Platz, so daß sie etwas vor Miss Luly Maine stand und ihr, wenn sie den Sonnenschirm öffnete, den Blick versperrte. Die kleine Lehrerin sah in ihrem weißen Satinkleid mit den roten und blauen Bändern so adrett und hübsch aus wie die Fahnen an den Kiefernmasten, die im Kreis um die Wiese standen. Hannah kam sich neben ihr so spröde und abgenutzt vor wie ein alter Stiefel.

Das junge Mädchen warf Hannah von der Seite verstohlene Blicke zu. Hannah lächelte zufrieden, denn Miss Luly Maine wurde merklich unsicher. Sie wußte nicht so recht, was sie von Hannah halten sollte. Sie war die Besitzerin eines Saloons, eine der leichtlebigen und lockeren Frauen, vor denen der Pfarrer Miss Maine gewarnt hatte. Aber gleichzeitig war sie die Freundin von Clementine, die natürlich durch und durch respektabel war. Mrs. McQueen war die Frau eines Ranchers, Vorsitzende des Gesellschaftsvereins für Damen und die Tochter einer angesehenen Bostoner Familie. Deshalb konnte sich die junge Lehrerin nie entscheiden, ob sie Hannah Yorke schneiden oder sie zu Tee und Ingwergebäck einladen sollte.

»Kennen Sie Mr. Scully?« fragte Hannah beiläufig.

Die Wangen des jungen Mädchens glühten, und sie lächelte schüchtern. »Wir sind natürlich nicht offiziell miteinander bekannt gemacht worden, aber ich habe ihn schon öfter in der Stadt gesehen. Er hat mir zugelächelt und den Hut gezogen.«

In diesem Augenblick zog er nicht nur den Hut, er zog das Jackett, die Weste, die Krawatte und sogar das Hemd aus. Er streckte die Arme, rollte die Schultern und ließ die kraftvollen Brustmuskeln spielen. Miss Luly Maine seufzte, und beinahe wäre Hannah ihrem Beispiel gefolgt. Es war nicht so, daß sie den jungen Mann für sich haben wollte. Wenn überhaupt, dann verdiente das arme Mädchen ihr Mitleid. Die kleine

Schullehrerin war bis über beide Ohren verliebt und glaubte vermutlich, verrückt zu werden, wenn sie ihre Gefühle noch länger für sich behalten mußte.

Hannah wußte aus eigener Erfahrung, wozu diese Gefühle führen konnten – zu einem Sträußchen Wachsblumen, das von einer Hochzeitstorte stammte und unter einer Glasglocke verblaßte; zu schrecklichen Erinnerungen an ein Bordell in Deadwood, wo in das Holz über der Zimmertür der Name ›Rosie‹ eingebrannt war.

Jere Scully wählte sorgfältig den Punkt, wo sie den Granitblock anbohren würden. Da das Los ihnen den letzten Platz zugewiesen hatte, waren alle guten Stellen natürlich bereits benutzt. Drew entrollte ein Leinenbündel und nahm einen frisch geschärften Bohrer heraus. Er stellte zu seiner Zufriedenheit fest, daß Hannah Yorke ihn ansah. Er grinste flüchtig, und sie reagierte darauf mit einem gespielt hochmütigen Blick. Und er . . . er besaß die Frechheit, ihr zuzuzwinkern! Als wäre sie ein süßes junges Ding wie Miss Luly Maine, das weiche Knie und Herzflattern bekam, nur weil ihr ein hübscher junger Mann schöne Augen machte, obwohl er in Wirklichkeit unter ihre Röcke wollte.

Er wandte den Blick nicht von Hannah, während er sich auf die Fersen kauerte. Seine Hose spannte sich über den gespreizten Schenkeln. Er umfaßte den Bohrer dicht unterhalb des Kopfs. Sein Bruder stand neben ihm und hob den Hammer hoch. Der Zeitnehmer berührte Jere an der Schulter, und er schlug mit dem Vorschlaghammer auf den kleinen Bohrerkopf. Die Spitze drang mit einem lauten, metallischen Klang in den Granit. Miss Luly Maine zuckte zusammen, als habe sie den Schlag abbekommen.

Nach drei Minuten berührte der Zeitnehmer Jere wieder an der Schulter. Er warf den Hammer weg, kauerte sich nieder und umfaßte den Bohrer, während Drew seinen eigenen Hammer packte, auf die Beine sprang und zuschlug, ohne aus dem Rhythmus zu kommen.

»Leg los, Junge!« schrie jemand.

Miss Luly Maine stieß einen lauten, bebenden Seufzer aus, und Hannah schob den Unterkiefer vor. Jetzt ärgerte sie sich wieder über die Lehrerin, obwohl sie zugeben mußte, daß Drew einen prachtvollen Anblick bot, wenn er den fünfzehn Pfund schweren Hammer schwang. Er war nicht so breitschultrig wie sein Bruder, sondern eher sehnig als muskulös. Aber die Stärke und Kraft seiner Muskeln war unverkenn-

bar. Die Plattform zitterte, und die Luft schien unter seinen mächtigen
Schlägen zu erbeben. Der Hammer hob sich und fiel, hob sich und fiel,
trieb den Bohrer tiefer und tiefer in den unnachgiebigen, harten Stein.
Der Rhythmus der Hammerschläge ging Hannah ins Blut, und ein
warmes, schweres Gefühl breitete sich in ihr aus.
Es ist der Rhythmus, in dem das Kopfteil eines Messingbetts gegen die
Wand stößt, dachte sie, der Rhythmus einer Frau, die immer und im-
mer wieder vor unerträglicher Lust laut schreien möchte.
Das Gefühl wurde so intensiv, daß Hannah erleichtert war, als der Zeitnehmer Drew an der Schulter berührte, und die Brüder wieder die
Plätze tauschten.
Jere warf den Kopf zurück, um den Schweiß abzuschütteln, der ihm in
die Augen rann, und er schnaufte vor Anstrengung, als er den schweren
Vorschlaghammer hoch in die Luft hob. Etwas oder jemand am Fluß
schien seine Aufmerksamkeit auf sich zu ziehen, denn er warf einen
flüchtigen Blick in diese Richtung. Aber die Ablenkung genügte, um
sich auf seinen Schlag auszuwirken. Der Hammer sank ohne Verzöge-
rung nach unten. Doch er traf den Bohrerkopf nicht in der Mitte,
sondern rutschte seitlich ab und traf die Hand, die ihn festhielt.
Der Hammer hob sich sofort wieder im Schwung nach oben und verharrte in der Luft, während Jeres Augen vor Entsetzen groß wurden.
Die Menge heulte auf, und Drew zitterte, denn der Schmerz mußte so
plötzlich wie explodierendes Dynamit in sein Bewußtsein gedrungen
sein. Aber er warf den Kopf hoch und schrie seinen Bruder an: »Schlag
zu, verdammt noch mal! Schlag zu!«
Jere schlug zu.
Dickes rotes Blut quoll aus Drews geballter Hand. Trotzdem hielt er den
Bohrer fest, hob ihn an und drehte ihn nach jedem Schlag. Das Blut
rann in das Loch und wurde vom Wasser herausgespült. Die Pfützen
um den Granitblock färbten sich langsam rosa. Hannahs Brust schien
zum Zerreißen gespannt. Ihr war nicht bewußt, daß sie den Atem anhielt, bis der Zeitnehmer mit blassem Gesicht Jere an der Schulter
berührte. Drew war an der Reihe, den Hammer zu schwingen.
Jere zögerte, doch Drew war bereits auf den Beinen und umklammerte
seinen Hammer. Er hob ihn hoch. Blut lief über seinen Arm. Er schlug
zu, er trieb den Bohrer tiefer und tiefer, obwohl bei jedem Schlag ein
brennender Schmerz seinen Arm durchzucken mußte. Hannah war so

angespannt, daß sie am ganzen Körper zitterte, während sie beobachtete, wie ihm die Schweißperlen in kleinen Bächen über die Brust rannen.

Die Brüder tauschten noch einmal die Plätze. Die letzten drei Minuten schienen eine Ewigkeit zu dauern. Um Drew Scullys Mund hatten sich tiefe weiße Falten gebildet, sein Blick wirkte glasig. Hannah grub die Fingernägel tief in die Handfläche, als könne sie ihm dadurch etwas von seinen Schmerzen nehmen.

»Fünfzehn Minuten!« rief der Zeitnehmer schließlich, und Hannah stieß heftig den angehaltenen Atem aus. Die Menge bejubelte den Mut und die Willenskraft, die es die Brüder Scully gekostet hatte, die Zeit überhaupt durchzuhalten.

Der Zeitnehmer spülte das blutige Wasser aus dem Bohrloch und steckte den Maßstock hinein. Die Zuschauer verstummten und hielten den Atem an. »Siebzigeinhalb!« rief er, und die Menge brach in lautes Jubelgeschrei aus. Einige schossen sogar mit den Pistolen in die Luft.

»Luly ist weg, um den Arzt zu holen.«

Hannah fuhr herum und sah Clementine an. Sie errötete, als sei sie dabei ertappt worden, daß sie etwas Verbotenes tat. Clementines Gesicht war so blaß wie der Granitstaub auf der Plattform. Hannah sah auf ihrer Stirn und den glatten goldenen Haaren rote Spritzer. Sie mußte ebenfalls etwas von Drew Scullys Blut abbekommen haben.

»Mama, der Mann blutet!« verkündete Charlie.

Clementine drehte den Kopf und preßte die zitternden Lippen auf die Wange des Jungen. »Ja, er blutet. Komm, wir wollen hinunter zum Fluß gehen. Vielleicht sehen wir ein paar Forellen.«

Die Brüder Scully standen zu beiden Seiten des Zeitnehmers. Er hob ihre Arme hoch und erklärte sie damit sie zu den Siegern. Im nächsten Moment sackte Drew zusammen. Sein Kopf hing schlaff herab, sein Gesicht wurde weiß und wächsern.

»Machen Sie Platz!« rief jemand. »Der Arzt kommt!«

Dr. Corbett war so lang und dünn wie eine Bohnenstange und häßlich dazu. Aber er war jung und kein Alkoholiker, und diese beiden Eigenschaften waren bei Ärzten im Westen von Montana selten zu finden. Er war neu in Rainbow Springs, doch Hammerwettbewerbe kannte er. Er verzog beim Anblick der Blutspritzer auf der Plattform und dem Granit keine Miene. »Sie hätten vernünftig genug sein sollen aufzuhören«, sagte er nur, als er flink auf die Plattform sprang, sich neben Drew kniete und seine Tasche öffnete.

Die Lehrerin, die den Arzt begleitet hatte, blieb unsicher unten stehen und biß sich auf die Unterlippe. Hannah vermutete, daß Miss Luly Maine zu schüchtern und unschuldig und vor allem viel zu gut erzogen war, um sich einem Mann zu nähern, mit dem sie nicht offiziell bekannt gemacht worden war, selbst wenn er in den letzten Zügen lag.

Auch Hannah Yorke war gut erzogen, aber unschuldig war sie mit Sicherheit nicht. Sie schob sich zwischen den Männern hindurch, die sich vor ihr um die Plattform drängten. Drew hob den Kopf, warf sich mit einem Ruck die Haare aus der Stirn, und ihre Blicke trafen sich mit der Wucht eines Hammers, der aus dem Felsen Funken schlägt.

Er sah so krank und verletzlich aus, wie er mit der blutenden Hand auf der Plattform kniete. Sie wollte etwas tun – ihn verprügeln, weil er ein solcher Dummkopf war, oder seinen Kopf an ihre Brust legen und ihn mit liebevollen Worten und sanften Küssen trösten – und das zeigte, daß sie noch dümmer war als er.

Statt dessen sagte Hannah mit rauchiger Stimme: »Ich nehme an, Mr. Scully, wenn Sie noch den Hammer halten konnten, ist Ihre Hand nicht ganz hinüber.«

Er lächelte. »Keine Angst, Mrs. Yorke, ich kann noch mehr aushalten.«

»Sie sind ein Dummkopf, Mr. Scully.«

»Aber ein Dummkopf, der zwanzig Dollar reicher ist.«

Sein Bruder drückte ihm einen Becher Bier in die unverletzte Hand, und Drew trank ihn aus. Der Arzt untersuchte die Quetschungen und bewegte die Finger, um festzustellen, ob etwas gebrochen war. Drew fluchte über die grobe Behandlung und entzog dem Mann die Hand. »Verschwinden Sie, Sie Knochenflicker. Ich hatte schon schlimmere Verletzungen.«

Was für ein Mann, dachte Hannah. Er kann froh sein, wenn er nicht das Bewußtsein verliert, aber er prahlt und ist so rauflustig wie ein Stier.

Mit der Erfahrung ihrer dreiunddreißig Jahre eines harten, schweren Lebens sah sie Drew Scullys Jugend so deutlich wie seinen Drei-Dollar-Anzug von der Stange. Doch sein ungebrochener Mut reizte sie.

Sein ungebrochener Mut . . .

Manchen Männern fiel es leicht, mutig zu sein, denn sie hatten nur
selten Angst. Aber mit dem unfehlbaren Gespür einer Leidensgenossin
ahnte sie, daß Drew Scully Angst kannte. Er kannte die Angst so gut
wie sie die Männer. Er kannte ihren Geschmack, und er wußte, daß die
Angst am Stolz eines Menschen nagte und langsam seine Seele zerfraß,
wie Wassertropfen auf Dauer einen Stein aushöhlten.

Der Arzt entschied sich dafür, die verletzte Hand zu verbinden, und
schickte danach seinen undankbaren Patienten zum Teufel. Männer
drängten sich um Drew, schlugen ihm auf dem Rücken und wollten ihm
etwas zu trinken bezahlen. Aber er ließ Hannah nicht aus den Augen
und löste sich aus der Gruppe.

Er kam zu ihr herüber. »Würden Sie mich gesundpflegen, Mrs. Yorke?«
fragte er. »Ich könnte die Dienste eines Engels gut brauchen.«

»Sie brauchen etwas anderes, Mr. Scully, etwas, das Sie zur Vernunft
bringt. Außerdem bin ich kein . . .«

»Engel«, beendete er ihren Satz und lächelte. Diesmal war es kein
selbstsicheres Grinsen, sondern ein zögerndes, sanftes Lächeln, bei dem
sie das Gefühl hatte, selbst den Verstand zu verlieren.

Er ging in die Knie, stützte sich mit der gesunden Hand ab und sprang
von der Plattform. Dann lehnte er sich gegen das Holz und legte ihr den
Arm um die Hüfte. Dabei richtete er es so ein, daß sie plötzlich zwischen seinen Beinen stand. Dieser plumpe Trick amüsierte sie, aber sie
war schockiert, weil sie es geschehen ließ. Ihr Leib drückte sich an seinen, als er mit der Hand über ihren Rücken fuhr und sie näher
heranzog. Sie holte tief Luft und atmete seinen Geruch ein.

Obwohl ihre Gesichter nur um Haaresbreite voneinander entfernt zu
sein schienen, konnte sie ihn nicht ansehen. Ihr Blick wanderte zum
Erfrischungszelt, wo sich Zach gerade von der improvisierten Bartheke
abwandte. Er trug in jeder Hand einen Becher Bier. Ihre Blicke trafen
sich über die Wiese mit dem zertretenen Gras hinweg und durch den
Dunst der Feuerwerkskörper. Hannah erstarrte in der lockeren Umarmung des jungen Mannes.

Schwielige Finger faßten sie am Kinn und zogen ihren Kopf herum. Sie
blickte in Augen von der harten grauen Farbe des Feuersteins, den die
Indianer früher für ihre Pfeilspitzen benutzt hatten. Es waren alte
Augen.

»Wenn du mit mir zusammen bist, Mädchen«, sagte er leise, und seine Stimme war so hart wie seine Augen, »dann siehst du *mich* mit deinen hübschen braunen Augen an und nicht ihn.«

Sie stieß Drew mit solcher Gewalt von sich, daß sein Kopf in den Nakken fiel. »Sie irren sich gewaltig, Mr. Scully. Ich bin nicht mit *Ihnen* zusammen. Meinetwegen können Sie in die Hölle fahren, und zwar allein!«

»Ach ja.« Er lächelte wieder, und das Lächeln war unwiderstehlich. »Oft genug und genügend viele Frauen meinten, ich soll zur Hölle fahren. Wenn es nach ihnen geht, dann werde ich mit Sicherheit dort landen.«

Er fuhr ihr mit dem verbundenen Handrücken über die Wange. »Dann einen schönen Tag noch, Mrs. Yorke«, sagte er und ging einfach davon. Sie starrte ihm schnaubend vor Wut und tief in ihrem Stolz getroffen nach.

Aus dem Augenwinkel sah sie blaue und rote Bänder und drehte den Kopf zur Seite. Miss Luly Maine stand neben ihr. Das Kinn des jungen Mädchens bebte, aber sie hob entschlossen den Kopf. Sie raffte die Röcke, als sei die Erde plötzlich besudelt, und ging ebenfalls. Das Schwingen ihrer Tournüre war beredter als alle Worte.

Hannah sah ihr nach. Sie wollte die Lehrerin zurückrufen, aber sie wußte, das würde nichts nützen. Wenn man siebzehn ist, gibt es nur gute Mädchen und schlechte Mädchen und keine Mädchen dazwischen.

Hannah aber war jedermanns Mädchen . . . und keines Mannes Mädchen . . .

Vor ihren Augen verschwamm alles, und sie blinzelte ärgerlich. Sie richtete den Blick über die Wiese zum Fluß, der sich zwischen den Espen und Pappeln hindurchwand und wie Flitter glänzte. Was hätte sie nicht darum gegeben, noch einmal siebzehn zu sein. Sie wollte rein und unschuldig sein und ein Herz haben, das nicht so oft gebrochen und wieder zusammengeflickt worden war, daß es wie das letzte Whiskeyglas in der hinterletzten Kneipe aussah. Sie wollte noch einmal neu anfangen, mit einem Leben, das leer und glänzend vor ihr lag wie der Fluß.

Und in dem am Ende die wahre Liebe auf sie wartete.

Einundzwanzigstes Kapitel

Erlan kniete am Ufer und setzte ein Papierschiffchen ins Wasser. Dabei bat sie den Flußgott, ihr einen Herzenswunsch zu erfüllen. Sie dachte daran, wie oft sie, den Rücken gegen die warmen Steine gedrückt, die Arme um die angezogenen Knie geschlungen, auf der hohen Gartenmauer des Hauses in Futschou gesessen und davon geträumt hatte, ihre geheimen Wünsche dem fernen, geheimnisvollen Fluß anzuvertrauen. Genau das tat sie nun.

Der Fluß unterschied sich sehr von dem Min, der trüb, schlammig und gelb wie die Haut eines alten Mannes war. Das Wasser dieses Flusses war so klar, daß sie die Steine auf seinem Grund erkennen konnte. Weiße daunige Flocken sanken wie Schnee von den hohen Bäumen am Ufer herab. Die Blätter der anderen silbrigen Bäume glänzten, wenn das Licht darauf fiel, und sie zitterten, selbst wenn sich kaum ein Lüftchen regte.

Erlan richtete sich auf und atmete tief die Luft ein. Sie füllte ihre Nase mit dem Geruch von Fluß und Gras. Feuerwerkskörper knallten, und die Glocke des neuen Löschwagens klang von weitem wie ein Bronzegong. Der Lärm erinnerte sie an die Neujahrsfeierlichkeiten zu Hause. Es hatte immer Feuerwerkskörper gegeben, Raketen, die explodierten und sich zu Sternen und Blüten aus buntem Licht entfalteten. Der Feuerzauber beschwor am dunklen Firmament Drachen, die sich am Himmel wanden und grüne Flammen spien. Sie würde auch nie das köstliche Festessen vergessen. Es gab dampfende Fleischklößchen und lange Reisnudeln für ein langes Leben, Mondkuchen und glückbringende Orangen . . .

Noch vor kurzem hätten die Gedanken an zu Hause geschmerzt, aber jetzt entlockten sie ihr nur ein Lächeln. Erlan konnte es ertragen, an das Haus in Futschou zu denken, denn sie glaubte fest daran, daß sie es eines Tages wiedersehen würde.

Doch ihr Lächeln verschwand, als sie an den *Anjing-juren* dachte, an ihren sanften Riesen. Als sie vorhin am Fluß entlanggegangen war, hatte sie ihn mit einem großen Hammer auf der Holzplattform gesehen. Als besäßen ihre Füße einen eigenen Willen, hatten sie sich in seine Richtung bewegt. Aber Erlan hatte sich standhaft gezwungen, am Ufer zu bleiben. In diesem Leben wollte es das Schicksal, daß sie und er wie Mond und Sonne über den unendlichen Himmel zogen. Es gab keine Hoffnung, jemals zusammenzukommen. Obwohl Erlan glaubte, ihn mit der Zeit lieben zu können, machte er ihr noch immer Angst. Er war so groß und so anders.

In Gedanken verloren ging Erlan weiter um die Flußbiegung. Eine Frau kniete am steinigen Ufer. Vor ihr stand ein Kind. Sie hatte ihm gerade mit einem weißen Tuch das Gesicht abgewaschen. Erlan sah, daß die Frau das Tuch ins Wasser tauchte und begann, auch ihr eigenes Gesicht zu waschen. Bei Erlans nächsten Schritten rollten unter ihren Goldlilien ein paar Kiesel die Böschung hinunter und fielen klatschend ins Wasser. Die Frau drehte sich um. Erlan lächelte und verbeugte sich, als sie Clementine erkannte.

»Guten Tag, liebe Freundin.«

»Ach Erlan, ich habe dich auf der Wiese überhaupt nicht gesehen . . .« Clementine stand auf und mußte dabei mit ihrem langen grünen Rock kämpfen. Mit zitternden Fingern schob sie sich ein paar Haare aus der Stirn und steckte sie unter den gebogenen Rand ihres Strohhuts. Ihr Gesicht war bleicher als die weißen Flocken, die in der Luft schwebten.

Erlan fragte besorgt: »Bist du krank?«

»Nein, nein. Dort drüben hat es einen Verletzten gegeben, und es ist Blut geflossen . . .« Sie strich sich noch einmal mit zitternder Hand über die Stirn. »Eigentlich war es nichts. Ich bin albern, aber . . .« Sie schauderte. »O Gott, manchmal hasse ich dieses Land. Ich hasse es!«

Erlan spürte, daß jemand an ihrem Kleid zog. Sie blickte hinunter in das Gesicht des Jungen, das so hell und rund war wie ein Mondkuchen. »Du hast komische Augen«, sagte Charlie. »Sie werden nach außen so schmal.«

Clementine legte ihrem Sohn die Hand auf den Kopf und drückte ihn an ihre Knie. »Sei still, Charlie. So etwas sagt man nicht. Das ist unhöflich.«

Hinter den Bäumen rannten ein paar Mädchen mit einem Drachen vorbei. Am Schwanz des Drachen waren Spielkarten und Pfeifen befestigt, so daß er summte und pfiff. Charlie machte sich los und lief den Mädchen hinterher.

Clementine wollte ihm folgen. Doch sie sah, daß die anderen Kinder ihn mitspielen ließen und ihm sogar die Drachenschnur in die kleinen Hände gaben. Der Drachen stieg und sank in der leichten Brise. Charlie lachte glücklich.

»Er ist schon ein großer Junge«, sagte Erlan.

Clementine drehte sich um. Jetzt lächelte sie. »Aber ich fürchte, er ist zu wild.«

Sie gingen langsam nebeneinander am Ufer entlang und folgten den Kindern, die vom Drachen vorwärtsgezogen wurden. Clementine zitterte nicht mehr und hatte sogar ein paarmal gelächelt. Aber Erlan spürte, daß tief in ihrem Innern der Kampf immer noch tobte, der ihre Seele erschütterte.

In dieser Frau hausen zu viele Geister, dachte Erlan, die sie hierhin und dorthin ziehen und ihr keine Ruhe lassen.

»Was hast du denn für seltsame Schuhe an?« fragte Clementine.

Erlan hob das Kleid, damit man ihre neuen Schuhe besser sah. »Gefallen sie dir? Man nennt das ›Krocketsandalen‹.«

Erlan hatte die Leinenschuhe in einer Ecke des Ladens entdeckt. Auf dem Schuhkarton stand, sie hätten ›vulkanisierte‹ Gummisohlen. Manche der englischen Worte kannte sie nicht, aber sie stellte fest, daß die Schuhe sehr bequem waren. Sie streckte die gebogenen, deformierten Zehen und rieb sie an dem weichen Leinen. »Ich lasse meine Füße groß werden . . .«

Sie hatte die Binden allmählich gelockert und gönnte ihren Goldlilien jeden Abend ein Kräuterbad, um die Schwielen und Knochen wieder weich und biegsam zu machen. Der Vorgang war sehr schmerzhaft. Beim Gehen schwollen ihre Füße jedesmal an, bis sie so dick waren wie Melonen. Die verkrüppelten Zehen würden sich nie ganz strecken, und wahrscheinlich würde sie immer einen Gang haben wie ein betrunkener Matrose. Aber ihre Füße wurden von Tag zu Tag breiter, und sie spürte, wie sie insgesamt stärker wurde. Ihre körperlichen und geistigen Kräfte wuchsen.

Erlan wies mit dem Kinn auf die Wiese, wo die Kapelle spielte und Paare sich im Kreis drehten. Sie klatschten in die Hände, stampften rhythmisch auf der festen Erde, und die Röcke der Frauen wirbelten durch die Luft. »Vielleicht werde ich eines Tages tanzen wie diese Damen. Wie nennt man das – Poker?«

»Polka.« Clementine lächelte plötzlich wieder. »Du scheinst heute glücklich zu sein, Erlan.«

»Vielleicht ist es richtiger zu sagen, daß ich in meinem Herzen ruhig bin. Ich habe aufgehört, mein Schicksal zu verfluchen, und entschieden, was ich tun werde.«

»Willst du nach Hause fahren?«

»Nein, ich werde bleiben. Aber später werde ich nach Hause fahren.«

Erlan hatte viele Stunden damit verbracht, über ihr Schicksal nachzudenken. Sie hatte lange Spaziergänge unternommen, nach denen ihr die Goldlilien und der Kopf schmerzten. Manchmal schien es, als müsse sie sich an ihren wirren Gedanken festklammern. Sie sehnte sich nach Futschou, nach ihrem Vater, den Schwestern, nach Cousinen und Tanten. Gütiger Himmel, sie sehnte sich sogar nach den drei Frauen ihres Vaters. Sie konnte sich nicht mit einem Schicksal abfinden, das von ihr verlangte, alle diese Menschen nie mehr wiederzusehen. Doch dann fragte sie sich, ob sie nicht den See zum Mond bringen wollte. Vielleicht war es ihr bestimmt, das Leben im Exil, in diesem fremden Land zu verbringen. Vermutlich hatten sie die Götter als Strafe für die Schande ihrer Mutter hierher verbannt. Erlan erinnerte sich an ein Sprichwort, das sie aus dem Mund ihres Vaters einmal gehört hatte: ›Viele Wege der Ehre führen aus einem Wald der Schande.‹

Erlan suchte nach Worten, um sich ihrer Freundin verständlich zu machen. »Wir Chinesen glauben, es genügt nicht, geboren zu werden, es genügt nicht zu leben. Deshalb frage ich mich: Was ist wichtig? Ich weiß: Ehre ist wichtig, Ehre und Hoffnung.« Sie blickte in Clementines eigenartige Augen, die groß und eindringlich waren und in denen ruhelose, wechselhafte Strömungen wogten. »Ich werde eines Tages nach Hause gehen, weil ich es muß. Ich kann den Gedanken nicht ertragen, daß ich die grünen Ziegeldächer und die roten Säulen des Hauses in Futschou nie mehr sehen soll. Aber auch Ehre ist dabei im Spiel, denn die Schande meiner Mutter wird über alle künftigen Generationen kommen, die aus mir hervorgehen. Ich muß an den Ort meiner Ahnen zurückkehren und eine Möglichkeit finden, ihre Schande zu sühnen. Bis dahin habe ich mein Gesicht verloren. Ich darf den Kopf nicht mehr heben.«

»Aber es erscheint mir ungerecht, dich für etwas verantwortlich zu machen, was sie getan hat.«

Erlan zuckte die Schultern. So war es nun einmal. Man war an seine Ahnen gebunden, und sie an ihre Nachkommen. Was der einzelne tat, betraf die Ehre aller. Erlan würde zu ihrem Vater zurückgehen und ihn um Versöhnung bitten, damit Tao Hua in der Welt der Geister Frieden fand. Wie sie das anfangen sollte, wußte sie nicht. Doch sie konnte nicht zulassen, daß sie aus Unwissenheit oder Furcht auf dem Weg der Pflicht stolperte.

Erlan stellte fest, daß Clementine sie ernst ansah. »Also mußt du um der Ehre und der Hoffnung willen nach Hause«, sagte Clementine. »Aber weshalb bleibst du dann jetzt hier?«

»Weil ich auch eine Ehrenschuld dem Kaufmann Woo gegenüber habe. Er hat den Brautpreis im Vertrauen darauf bezahlt, daß er damit eine gute Frau bekommen würde, die ihm Söhne für sein Alter schenkt. Hoffnung – ohne Hoffnung könnte ich nicht leben. Aber ich könnte auch nicht mit der Schande leben, nicht alle meine Schulden beglichen zu haben.«

Hoffnung und Ehre . . .

Clementine legte die Hand auf den Leib. »Hoffnung und Ehre. Ja, ich verstehe . . . Ich glaube, ich kann das nachvollziehen. Zumindest verstehe ich, warum dir dieser Gedanke innere Ruhe schenkt.«

»Warst du nach deiner Hochzeit nicht mehr zu Hause?« fragte Erlan nach einer Weile, denn seit dem Tag, an dem sie zusammen Whiskey getrunken hatten, wußte Erlan, daß Clementine mit ihrem Cowboy davongelaufen und ihm nach Montana gefolgt war.

Clementine schüttelte den Kopf. »Nein, nicht ein einziges Mal. Ich habe Briefe geschrieben, aber sie wurden nie beantwortet. Ich glaubte, nach Charlie . . . nachdem mein Vater erfuhr, daß er einen Enkelsohn hatte, würde er sich erweichen lassen und mir verzeihen. Aber in meinem Herzen weiß ich, daß er das niemals tun wird.«

»Auch mein Vater wird mir vielleicht niemals verzeihen. Die Götter geben uns nicht immer das, was wir wollen.«

Clementines Blick suchte ihren Sohn. Ihr Mann war inzwischen bei dem Jungen und den Mädchen mit dem Drachen. Ein fröhlicher, lachender Mann. Seine Augen hatten die Farbe von blauem Porzellan. Erlan mochte ihn. Aber vor seinem Bruder, der bei ihm war, hatte Erlan Angst, denn er war zu hart, zu roh und zu wild. Er war zu sehr ein Teil der einsamen Berge, der endlosen leeren Prärie und des unendlichen Himmels. Außerdem hatte er seltsame gelbe Augen. Sie waren gefährlich, kalt und grausam, wie die Augen eines Adlers.

»Nein, wir bekommen nicht immer, was wir wollen«, sagte Clementine leise mit belegter Stimme, ohne den Blick von ihrem Mann und ihrem Sohn zu wenden. »Aber manchmal ist das, was wir wollen, auch nicht richtig . . . oder unmöglich, weil wir uns damit zu weit von der Wirklichkeit entfernen.«

Erlan beobachtete, wie sich bei den letzten Worten Clementines Blick auf ihren Schwager richtete und er sofort reagierte. Einen kurzen Augenblick lang liebten sie sich mit den Augen. Es war wie ein Blitz, der über den stürmischen Himmel zuckt, ein wildes Sehnen nach etwas, das ihnen die Götter nie zugestehen würden.

Erlans Brust hob sich in einem stummen, traurigen Seufzen, und sie dachte: Clementine, Hannah und mein *Anjing-juren* –, sie sind alle gleich.

Die Menschen hier kamen Erlan manchmal wie Kinder vor, die sich nicht damit abfinden konnten, daß ihre ganze Auflehnung und ihr Zorn auf die Götter so bedeutungslos waren wie Regentropfen, die ins Meer fallen. Eine Seele konnte sich ihrem Schicksal so wenig widersetzen wie Gras dem Wind.

Clementine drehte sich um und streckte die Hand aus. Die quälende Unruhe hatte sie wieder erfaßt, und der Grund dafür war ihr Schwager mit dem unbezähmbaren Geist und den Adleraugen.

»Wir packen bald unseren Picknickkorb aus. Willst du nicht mit uns essen?« fragte Clementine, um ihre Verlegenheit zu überspielen.

Erlan neigte den Kopf: »Das wertlose Mädchen fühlt sich geehrt, daß du sie einlädst. Sie . . .«

Zach trat zu ihnen, und Erlan spürte, wie Clementine erstarrte, als sein Schatten zwischen sie fiel.

»Sie bedankt sich für deine Freundlichkeit«, fuhr Erlan fort, »aber sie muß Kaufmann Woo suchen, denn sie hat ihm etwas Wichtiges zu sagen.«

Clementine drückte ihr die Hand und zwang sich zu lächeln. »Über Hoffnung und Ehre?«

»Ja«, antwortete Erlan ernst. »Sowohl über seine Hoffnung und Ehre als auch über die des wertlosen Mädchens.«

Erlan fand es eigenartig, daß die Chinesen von Rainbow Springs mit chinesischen Dingen dazu beitrugen, das Fest der weißen Teufel zu feiern – mit Zimbeln und Gongs, bemalten Seidenlaternen und Drachenbannern –, sogar Körbe mit rot gefärbten, glückbringenden Eiern gab es. Es erschien ihr seltsam und traurig, den Unabhängigkeitstag in einem Land zu feiern, in dem ein Mann, weil er Chinese war, nicht die Erde pflügen oder in einer Mine nach Silber graben durfte. Ein Chinese konnte sich in diesem Land noch nicht einmal eine Frau nehmen, es sei denn, er kaufte sich eine Sklavin vom Geheimbund.

Die Chinesen hatten eine Ecke der Wiese in einiger Entfernung von den weißen Teufeln mit Beschlag belegt. Auch dort herrschte geschäftiges Treiben. Erlan hörte das Rasseln der *Fan-tan*-Bohnen und *Ma-Jong*-Steine. Es duftete appetitlich nach den vielen in Sojaöl gebratenen Enten, kochendem grünen Tee und heißem Reiswein. Wenn Erlan die Augen schloß, konnte sie beinahe glauben, im Hof des Hauses in Futschou zu sein.

Plötzlich sprang eine Gruppe Kinder – Teufelskinder – um sie herum. Sie hielten sich an den Händen, bildeten einen Kreis und schlossen Erlan darin ein. Sie sangen und tanzen um sie herum:

»›Ein Chinamann, ein Chinamann aß Reis aus seinem Topf! Aber ein Indi-aaner, ein Indi-aaner skalpierte ihm den Zopf!‹«

Lachend und johlend rannten sie auf der Suche nach einem neuen Opfer davon.

Erlan blieb zitternd vor Angst stehen. Es war nur ein Spiel, sagte sie sich, nur ein Kinderspiel. Die Kinder hatten es nicht böse gemeint. Doch in diesem Augenblick wußte Erlan, sie würde niemals hierher gehören. Selbst wenn sie tausend Jahre alt wurde, selbst wenn ihre Knochen in dieser roten Erde lagen, bis sie ausgebleicht und verwittert wie Treibholz waren, würde sie nicht hierher gehören. Deshalb bezeichneten sich die Chinesen, die nach Amerika kamen, als Reisende, selbst wenn sie für immer blieben.

Schließlich entdeckte sie Kaufmann Woo. Er saß abseits von den anderen auf den Wurzeln eines alten Baums und rauchte eine Wasserpfeife. Die anderen Chinesen mochten Woo nicht, denn er versuchte mit allen Mitteln, ein Amerikaner zu sein. Er redete wie die weißen Teufel und trug einen schwarzen Barbaren-Anzug, an dessen Jackenaufschlag er an diesem Tag eine amerikanische Flagge gesteckt hatte. Aber Erlan wußte inzwischen, auch er versuchte, den See zum Mond zu bringen. Er durfte nicht einmal den Laden besitzen, auf den er so stolz war. Die amtlichen Papiere trugen Hannah Yorkes Namen.

Sein faltiges, braungelbes Gesicht blieb völlig ausdruckslos, als Erlan sich ihm näherte. Seit dem Abend, an dem sie versucht hatte, sich die Kehle durchzuschneiden, war die Mauer zwischen ihnen so hoch geworden wie die Mauer um die Verbotene Stadt.

»Da bist du ja«, sagte er, aber nicht in seinem harten Kantonesisch. »Wo bist du gewesen?«

»Ich bin gelaufen.«

Er brummte. »Laufen, laufen, immer nur laufen. Das ist alles, was du tust. Du bist schlimmer als ein buddhistischer Mönch. Es ist ein Wunder, daß dir deine Goldlilien nicht weh tun.«

»Sie werden dadurch kräftiger.«

Er brummte wieder und zuckte die Schultern. Er klopfte die Asche aus seiner Pfeife, nahm eine frische Prise aus der Tabaksdose und stopfte sie in den Pfeifenkopf. Er zog lange am Mundstück. Das Gurgeln und Sprudeln und der würzige Geruch des Tabaks weckten bei Erlan bitter-süße Erinnerungen an ihren Vater.

»Ich möchte«, sie bemühte sich, das richtige Wort zu finden, »einen Handel abschließen. Ich möchte mit dir einen Handel abschließen.«

Er hob den Kopf und sah sie an. Dabei traten ihm vermutlich wegen des Rauchs Tränen in die Augen. »Du willst diesmal vermutlich *mir* den Hals abschneiden, anstatt dir. Damit ich nicht in Schande leben muß, soll ich deiner Meinung nach sterben.«

Sie hätte beinahe gelächelt. Er war alt genug, um ihr Vater zu sein, und er war nicht hübsch. Aber es wäre eitel und oberflächlich, nur auf Äußerlichkeiten zu achten, dem eine Bedeutung beizumessen. In Wirklichkeit mochte sie ihn ganz gern.

Sie kniete sich vor ihn ins Gras und setzte sich auf die Fersen. Sie saßen sich Auge in Auge gegenüber; ihre Knie berührten sich beinahe. »Das ist mein Vorschlag: Du wirst mir einen Dollar am Tag dafür bezahlen, daß ich im Laden arbeite, koche und die Zimmer sauberhalte.«

Auf diesen Teil des Handels war Erlan sehr stolz. Sie sah vor sich, wie sie Harmonie in Woos Leben brachte. Im Augenblick war alles nur ein einziges Chaos, und das mußte so sein, wenn die *Yang*-Kraft der bestimmende Einfluß war. Sam Woo gehörte zu den Leuten, die nie einen alten Besen wegwarfen, die nie ein Körnchen Reis verschwendeten. Alles lag in den Ecken, und die Unordnung wurde Tag für Tag größer. Erlan dagegen wollte den Warenbestand des Ladens aufnehmen und die Dinge nach ihrem Zweck im Leben ordnen. Sie würde die Staubflocken unter dem Bett entfernen und die Küche gründlich schrubben. Sie würde sich sehr darum bemühen, keinen klumpigen Reis zu kochen und jeden Tag eine Schale davon vor die Statue der Küchengöttin stellen. Diese Pflicht war dummerweise vernachlässigt worden, und das hatte zweifellos viele böse Geister angezogen.

»Ich werde arbeiten, und du wirst mich dafür bezahlen«, sagte sie. »Einen amerikanischen Dollar am Tag.«

Kaufmann Woo tat so, als erwäge er ihren Vorschlag, und strich sich über den spärlichen Kinnbart. Erlan vermutete, daß er insgeheim über sie lachte. »Und was bekomme ich bei diesem Handel«, fragte er, »außer Bauchschmerzen und leeren Taschen?«

Sie biß sich auf die Unterlippe, um ihr Lächeln zu unterdrücken, und senkte bescheiden den Kopf. »Meine Pflichtversäumnisse sind in der Tat schwerwiegend.« Sie strich das Kleid über den Oberschenkeln glatt, riß einen Grashalm ab und warf ihn weg. Sie sah ihn nicht an. »Es wird mir eine große Freude sein, dir einen Sohn zu schenken.«

So, es war heraus, und die Worte hinterließen keinen bitteren Geschmack in ihrem Mund.

Zumindest, dachte Erlan, besitze ich dann die Würde, die Mutter des Sohnes eines Mannes zu sein – schließlich ist das der Grund, weshalb ich als Frau geboren worden bin.

Sie würde Woo einen Sohn schenken, und ihr Sohn würde ihr Ehre machen.

Sie hatte erwartet, daß ihr Mann sich über diesen Teil ihres Vorschlags freuen würde, denn ohne Nachkommen war er dazu verurteilt, für alle Zeiten durch die Schattenwelt zu irren. Aber er saß nur wie erstarrt da und sagte nichts.

In der Ferne hörten sie den seltsamen, mißtönenden Lärm der Blechinstrumente. Feuerwerkskörper knallten, und in der Nähe verfluchte ein Chinese die Götter und die *Fan-tan*-Bohnen.

»Was willst du mit dem Geld tun, das ich dir zahle?« fragte Woo schließlich.

»Ich werde es in ein Kästchen unter unser Bett legen, wo die Kalebasse sein sollte, um uns vor den bösen Geistern zu schützen. Wenn ich genug habe, werde ich dir meinen Brautpreis zurückzahlen und mit einem Schiff nach Hause zurückkehren.«

Die Schiffspassage kostete sechshundert Dollar, und Woo hatte achthundert Dollar für sie bezahlt. Soviel Geld zu verdienen, würde viele Tage dauern – und viele Nächte.

Er wickelte sorgsam den Schlauch der Wasserpfeife um den Behälter. Sie beobachteten beide die Bewegungen seiner Finger, die vom Alter braun und faltig waren. Seine Augen hinter den dicken runden Brillengläsern bewegten sich nicht.

Sein Brustkorb schien sich nur mühsam zu weiten, als er tief Luft holte.

»Ich weiß, was du von mir denkst: Ich bin ein Knoblauchfresser aus Kanton.« Er sprach jetzt in dem ungeschliffenen Kantonesisch. »Und du . . .« Er machte eine Handbewegung in ihre Richtung. »O ja, du bist so stolz, so vornehm und überheblich mit deinem Mandarin-Gehabe. Du bist in einem Haus mit rotem Satin und silbernen Eßstäbchen geboren, ich in einer Hütte mit Lehmwänden und einem Strohdach. Meine Mutter hat mich, ihren vierten Sohn, morgens auf einer alten Reisstrohmatte bekommen und war am Nachmittag wieder auf dem Feld, um zu hacken. Ha, ich sage ›Feld‹! In Wirklichkeit war es nicht einmal so groß wie ein Handtuch.«

Er lachte plötzlich hart und bitter – diesen Ton hatte sie noch nie von ihm gehört. »Eine einzige deiner goldenen Haarnadeln hätte meine Familie ein ganzes Jahr lang ernährt. Für uns gab es nur eine Schale wäßriger Reissuppe am Tag oder, wenn wir Glück hatten, einen Hirsekuchen. Ich kann mich nicht daran erinnern, daß mein Bauch, als ich ein Junge war, einmal *nicht* vor Hunger aufgebläht gewesen wäre wie ein toter Fisch.«

Sein Blick richtete sich wieder auf Erlan, und die Bitterkeit, die sie in seiner Stimme gehört hatte, verdüsterte jetzt seine Augen. »Du sehnst dich nach dem, was du verloren hast. Mir dagegen ist es gleichgültig, ob ich die gelbe Erde von China noch einmal sehe.«

Sie schluckte schwer, denn in ihrer Kehle saß plötzlich ein dicker Kloß. Er wollte etwas von ihr, doch sie wußte nicht, was. Aber darauf kam es nicht an. Sie hatte ohnehin nichts zu geben.

»Ich kann an meiner Hoffnung nichts ändern«, sagte sie. »Doch ich kann und ich werde meine Ehrenschuld begleichen. Ich werde dir einen Sohn schenken.«

Er beugte sich vor, bis sein Atem ihr Gesicht streifte. Er roch nicht nach Knoblauch, sondern nach Tabak und nach amerikanischem Bier. Sie konnte die Poren seiner Haut sehen, aus denen die struppigen Barthaare wuchsen, aber sie sah auch die Falten um seinen Mund, die sein Lächeln hervorrief. »Du wirst mit mir Wolken und Regen machen?« fragte er.

»Ich . . .« Erlan kam sich vor wie eine Akrobatin, die auf einem Bambusrohr ging. Flüchtig bestürmten sie dunkle Gedanken an einen feuchten Mund und tastende Finger, an etwas das brutal in sie eindrang . . .

Erlan schloß die Augen und versuchte, das Entsetzen zu vertreiben, das sie lähmte, und den Schrei zu unterdrücken, der in ihrer Kehle aufstieg.

Alle verheirateten Frauen tun es, dachte sie. Ich werde nicht daran sterben.

Woo hatte ein gutes Herz. Wenn sie ihn darum bat, würde er versuchen, sanft zu sein. Es würde nicht so schlimm werden, nicht so schlimm wie bei den anderen.

Sie zwang sich, die Augen wieder zu öffnen, und das Zittern hörte auf. Sie zupfte unruhig am Gras. »Es gibt etwas, das du wissen mußt. Nachdem mein Vater mich verkauft hatte, wurde ich . . . gezwungen, Demütigendes zu erdulden.«

Erlan rechnete damit, daß er entsetzt oder enttäuscht sein würde zu erfahren, daß er gebrauchte Ware gekauft hatte. Statt dessen tätschelte er ihren Arm, als sei ihr Geständnis völlig unwichtig.

»Das ist keine große Überraschung«, sagte er. »Du warst wie ein geprügelter Hund, der sich krümmt und windet, wenn er den Stock sieht.« Er strich ihr leicht mit den Fingerspitzen über die Wange und lächelte. »Ich werde dir nicht weh tun, Lily.«

Sie sah ihm in die Augen und entdeckte darin den Hunger, der sie immer noch erschreckte, aber auch eine Freundlichkeit, die sie tröstete.

Sie ließ den Kopf sinken, richtete den Oberkörper auf und berührte mit der Stirn dreimal die Erde. Mit dieser Geste bewies sie ihm die Folgsamkeit und Loyalität, die sie ihm als seine Frau und als zukünftige Mutter seines Sohnes von nun an bis zu dem Tag entgegenbringen würde, an dem sie ihn verließ und in das Haus in Futschou zurückkehrte.

Er hätte sie daran hindern können. Erlan glaubte, er werde es verhindern, denn es war nicht amerikanisch, daß eine Frau vor ihrem Mann einen Kotau machte. Aber er hinderte sie nicht daran.

Der Tisch, den man auf der Plattform aufgebaut hatte, bog sich unter dem Gewicht der Kuchen. Es gab Apfelkuchen mit Zimt, Makronenkuchen, Walnußkuchen, Torten und Käsekuchen. Auf dieser Plattform war Drew Scully vor kurzem die Hand verletzt worden, aber jemand war so umsichtig gewesen, Sägemehl auf das Blut zu streuen.

Die Kuchen sollten vom Gesellschaftsverein der Damen von Rainbow Springs versteigert werden. Ein Mann, der einen Kuchen erwarb, hatte damit nicht nur etwas erworben, um die Lust nach Süßigkeiten zu stillen, sondern sicherte sich für die Dauer des großen Feuerwerks am Abend die Gesellschaft der Dame, die den Kuchen gebacken hatte. Die Einnahmen würden der Schule zugute kommen, um Bücher für den Unterricht, für Schulbänke und Miss Luly Maines Gehalt von fünfundzwanzig Dollar im Monat zu bezahlen. Natürlich hatten alle ehrbaren Damen von Rainbow Springs für eine so gute Sache Kuchen gebakken.

Und leider, dachte Hannah Yorke, war ich wieder einmal ziemlich dumm . . .

Sie war weder ehrbar noch eine Dame und würde es auch niemals sein. Trotzdem war sie im Morgengrauen aufgestanden, um ihren Teil zu der ›guten Sache‹ beizutragen. Das Ergebnis war ein Melassekuchen mit Rosinen. Es war der einzige Kuchen, den sie backen konnte. Die Frauen der Bergarbeiter erinnerten sich immer dann an das alte Rezept, wenn sie weder Geld für richtigen Zucker noch für kandierte Früchte hatten.

Als Hannah nun die Köstlichkeiten der anderen Damen sah, kam ihr der Melassekuchen – er war nicht richtig aufgegangen, schief und in der Mitte auch noch zusammengefallen – völlig fehl am Platz vor, und die

Frau mit einer zweifelhaften Vergangenheit, die ihn gebacken hatte, ebenfalls.

Hannahs Hände in den weißen Spitzenhandschuhen umklammerten immer fester die Kuchenplatte aus Eierschalenporzellan. Es war ein Wunder, daß sie nicht zerbrach. Von dem süßen Duft der vielen Kuchen wurde ihr beinahe übel. Alle Damen von Rainbow Springs, die *ehrbaren* Damen, standen zugeknöpft und starr vor Mißbilligung zwischen ihr und der Plattform.

Aber bevor Hannah mehr als einen Schritt getan hatte, verstellte ihr Zach den Weg.

Er hielt einen halbleeren Bierbecher in der Hand und machte ein mürrisches Gesicht. »Ich habe gehört, dein neuer Galan hat gerade zwanzig Dollar gewonnen«, sagte er. »Meinst du, ich muß zuerst die Bank ausrauben, wenn ich ein ... ein Stück von deinem Kuchen kaufen will?«

Sie errötete schuldbewußt. »Mr. Scully ist nicht mein Galan. Er ist nur ... also Zach, sei doch vernünftig! Er bedeutet mir nichts.«

»Wer weiß.«

Er hatte einen gemeinen Zug um den Mund, doch sie sah in seinen Augen, daß er verletzt war. Sie glaubte, seine Eifersucht müsse den quälenden Aufruhr in ihrem Herzen beruhigen, aber so war es nicht. Und die Worte entschlüpften ihr, bevor sie es verhindern konnte. »Zach ... fragst du dich eigentlich jemals, ob es vielleicht nicht so entsetzlich traurig sein sollte, wenn man verliebt ist?«

Er starrte auf den Fluß und die Pappeln. »Bist du das, Hannah? Bist du traurig?«

Sie biß sich auf die Lippe und schüttelte den Kopf.

»Es hat dich nie etwas daran gehindert, mich zu verlassen«, sagte er.

»Nein. Und das ist doch das Problem! Es hat keinen von uns je etwas daran gehindert, den anderen zu verlassen.«

Es ist aus mit uns, dachte Hannah, und wir wissen es beide. Aber wir haben beide nicht den Mut, uns das einzugestehen.

Großer Gott, sie konnte nicht einmal den Gedanken ertragen, ihn zu verlieren und wieder allein zu sein – allein und ungeliebt.

Sie beugte sich vor und lächelte verführerisch. Dieses Lächeln hatte bei ihm bisher immer gewirkt. »Ach, was reden wir da? Vielleicht sind wir beide ein wenig gereizt. Das liegt an der Hitze und an dem Gedränge. Was hältst du davon, wenn wir mit dem Kuchen nach Hause gehen und unser eigenes Feuerwerk veranstalten?«

Er lüftete den Hut, und das Lächeln, mit dem er sie ansah, war kaum mehr als ein Zucken der Lippen. »Nein danke, Liebling. Ich habe plötzlich keine Lust mehr auf etwas Süßes.«

Hannah sah ihm den Tränen nahe nach, als er davonging. Sie hatte doch nur ganz harmlos ein bißchen geflirtet. Er hatte daraus sofort den Schluß gezogen, daß sie Drew in ihrem Bett haben wollte, noch bevor der Abend vorbei war. Zach glaubte vermutlich wie alle anderen auch, daß eine Frau, die einmal eine Hure gewesen war, mit ihrer Tugend alle Skrupel verloren hatte.

Wie alle anderen auch ...

Hannah erkannte, daß die um die Plattform versammelten Damen endlich Notiz von ihr genommen hatten. Ein Kopf nach dem anderen drehte sich nach ihr um, und das fröhliche Geplauder war verstummt. Hannah zwang sich, mit hoch erhobenem Kopf auf die ehrbaren Frauen von Rainbow Springs zuzugehen.

Plötzlich überkam sie der Drang, etwas wirklich Schlimmes zu tun. Vielleicht sollte sie ihren Busen entblößen, damit die tugendhaften Ehemänner, die bislang nur auf Spekulationen angewiesen waren, etwas zu sehen bekamen. Vielleicht sollte sie den ehrbaren Frauen einmal erklären, was ein Mann erwartet, wenn er es ›französisch‹ haben will. Dann wüßten sie ihre Zungen zu etwas Besserem zu gebrauchen, als zu tratschen und spitze Bemerkungen über die ach so verworfene Hannah zu machen.

Ehrbare Damen, dachte Hannah, schüttelte sich und reckte abrupt das Kinn.

Die Tugend bei den anderen schien in ihr immer die Hure zum Vorschein zu bringen. Inzwischen gab es nichts mehr, dessen sie sich schämen mußte. Sie war eine der reichsten Frauen der Stadt. Ihr Hotel, die billigen Pensionen und das ›Best in the West‹ waren reine Goldgruben. Aber die Ungerechtigkeit blieb an ihr haften, als sei sie lebenslänglich gebrandmarkt. Keiner der Männer, die einen Saloon besaßen, wurde geschnitten, weil er sein Geld auf diese Weise verdiente.

Man nannte sie immer noch ›die Hure der Stadt‹, obwohl sie hier nie als Hure gearbeitet hatte. Aber sie schlief mit einem Mann ohne einen

Ring am Finger, der das sanktioniert hätte, und das machte sie in den Augen der Bewohner von Rainbow Springs zu einer gefallenen Frau. Sobald ein Mädchen von dem hohen Sockel tugendhafter Weiblichkeit gestürzt war, blieb sie für immer unten im Schlamm der Sünde. Der Weg zurück glich dem Versuch, einen eingefetteten Mast zu erklettern.

Sie hatte Clementine beinahe erreicht, als sich eine Frau mit einem runden, fleckigen Gesicht zwischen sie drängte. Die Frau warf Hannah einen vernichtenden Blick zu und wandte sich dann an Clementine. »Mrs. McQueen, ich hoffe doch sehr, daß Sie diese schamlose Person nicht zu unserer Kuchenversteigerung eingeladen haben.«

Clementine sagte nichts, sondern zog nur hochmütig die Augenbrauen hoch, um ihre Überraschung darüber anzudeuten, daß jemand es wagte, ihre Entscheidung in Zweifel zu ziehen. Hannah hätte beinahe laut gelacht.

Eine andere Frau trat zu ihnen. Sie war faltig wie eine Dörrpflaume und hatte einen verkniffenen Mund. »Als uns der Vorschlag gemacht wurde, Sie einzuladen, unserem Verein beizutreten, Mrs. McQueen, äußerten einige Damen wegen Ihrer Bekanntschaft mit dieser liederlichen Person lauten Protest. Wir ließen uns in Anbetracht von Mr. McQueens Stellung in der Gemeinde und Ihren Verbindungen in Boston überreden, diese moralische Entgleisung Ihrerseits zu übersehen. Wenn Sie jedoch . . .«

»Wenn Sie jedoch nicht bereit sind, sich zu korrigieren«, fiel ihr die andere ins Wort, »sehen wir uns zu unserem großen Bedauern gezwungen, Sie nicht nur als Vorsitzende abzusetzen, sondern Sie aus unserem Verein auszuschließen.«

Clementine blickte höflich auf sie hinunter und sagte mit kalter Verachtung: »Sie müssen tun, was Sie für richtig halten, meine Damen, und ich ebenfalls. Wenn Sie mich jetzt bitte entschuldigen. Damit drehte sie den beiden Frauen den Rücken zu.

»Ich werde bestimmt nie zu einer ihrer Teegesellschaften oder zum Kirchenbasar eingeladen«, sagte Hannah mit einem schwachen Lächeln. Sie hatte auch Miss Luly Maine entdeckt, die mit einem Safrankuchen – einer kornischen Spezialität – in Hörweite stand und triumphierend zu ihnen herüberblickte. »Vielleicht wirst du jetzt meinetwegen auch nicht mehr eingeladen.«

»Das ist nur gut.« Clementine zupfte an ihrem Handschuh und zog ihn über den Knöcheln glatt. Eine leichte Röte überzog ihre sonst so kühlen Wangen. »Dann müssen wir uns auch keine höflichen Entschuldigungen mehr ausdenken, wenn wir absagen.« Sie zog an ihrem samtenen Byron-Kragen, um sich mehr Luft zu verschaffen. »Ich bin so nervös, daß ich schwitze wie ein Pferdedieb beim Hängen.«

Hannah mußte laut lachen, obwohl sie immer noch mit ihrer Niedergeschlagenheit kämpfte. »Clementine! Woher hast du denn diesen Ausdruck?«

»Von Nickel Annie! Wirklich, Hannah, ich sterbe vor Angst. Ich wäre diesem albernen Verein niemals beigetreten und bestimmt nicht Vorsitzende geworden, wenn ich gewußt hätte, daß ich mich da oben hinstellen und große Reden schwingen muß.«

Hannah tätschelte ihren Arm. »Es wird alles gutgehen«, sagte sie, obwohl sie Clementines Nervosität bestens verstand. Ehrbare, wohlerzogene Damen hielten einfach keine Reden oder veranstalteten Auktionen.

Clementine holte tief Luft und richtete sich mutig auf. »Nun ja, vielleicht ist es das beste, wenn ich einfach hinaufgehe und es hinter mich bringe.«

Hannahs Griff an ihrem Arm wurde fester. »Fang mit meinem Kuchen an.«

Clementines Blick glitt suchend über die Menge. »Aber Zach . . .«

»Ist nicht da. Ich weiß. Und ich rechne auch nicht damit, daß er kommt. Geh und nimm meinen Kuchen zuerst, bitte. Ich nehme an, wenn kein anderer Mann mutig genug ist zu bieten, wird dein Gus einspringen.«

Gus war gerade erst zu ihnen getreten. Er hielt den kleinen Charlie an der Hand. Als er seine Frau ansah, schienen sich Stolz, Sehnsucht und eine Spur Ehrfurcht in seinen Blick zu mischen, als könne er selbst nach vier Jahren noch nicht richtig glauben, daß er tatsächlich mit diesem Vorbild aller weiblichen Tugenden verheiratet war. »Nicht wahr, Gus?« sagte Hannah, und lächelte ihn strahlend an.

Er blinzelte und sah sie an, als habe er sie gerade erst bemerkt. »Äh, natürlich, Hannah, natürlich«, sagte er, obwohl sie wußte, daß er keine Ahnung hatte, was er damit versprach.

Hannah fürchtete ohnehin nicht, daß Gus einspringen mußte. Sie hatte

478

in diesem Augenblick Drew Scully entdeckt, der am Rand der Menge stand. Sie wußte, was er wollte. Wenn er einen schiefen, klumpigen Melassekuchen mit Rosinen kaufen mußte, um mit ihr einen Abend zu verbringen, dann würde er das tun.

Clementine nahm Hannah den Kuchen aus der Hand und stieg auf die Plattform. Sie stellte den Kuchen zu den anderen auf den Tisch, zupfte an ihrem Kragen und räusperte sich.

»Bildung«, begann Clementine mit etwas unsicherer Stimme, die aber mit jedem Wort fester und sicherer wurde, »ist eine Grundvoraussetzung unserer Zivilisation. Wir können es uns nicht leisten, daß unsere Kinder als Barbaren heranwachsen, nur weil die geeigneten Lehrmittel fehlen . . .«

Sie machte eine Pause und blickte auf Charlie hinunter.

»Will Mama die Kuchen ganz allein essen?« fragte Charlie laut.

»Sei still«, sagte Gus. »Sie wird diese Kuchen *verkaufen*, du kleiner Frechdachs.«

Charlie zog an der Hand seines Vaters und deutete auf den jämmerlichen Kuchen, den Hannah an diesem Morgen mit eigenen Händen gebacken hatte. »Ich will den haben. Kauf mir den Kuchen, Papa!«

Gus hielt den kleinen Jungen zurück, indem er ihm die schwieligen Hände auf die Schultern legte. Er sah Hannah an und lächelte. »Wenn es nach meinem Sohn geht, wirst du heute Abend das Feuerwerk zusammen mit ihm beobachten.«

Hannah biß sich auf die Lippe. Sie war unschlüssig, ob sie das Lächeln erwidern sollte. Aber sie spürte, daß sich die Grübchen in ihren Wangen von selbst vertieften. Sie und Gus hatten in den letzten Jahren einen ungezwungeneren Ton miteinander gefunden. Er akzeptierte sie immer noch nicht und würde es auch nie tun. Aber er hatte es aufgegeben, gegen ihr Vorhandensein Sturm zu laufen.

Clementine beendete ihre Rede und griff nach dem Hämmerchen. Sie lobte Hannahs Kuchen in den höchsten Tönen, bis man glauben konnte, er sei aus dem Ofen eines preisgekrönten französischen Kochs gekommen.

Hannah stieß Gus mit dem Ellbogen an. »Du sollst bieten.«

»Was?«

Sie stieß ihn noch einmal an. »Nun mach schon, Cowboy. Du hast es versprochen.«

Er sah sie verständnislos an. Plötzlich lächelte er. Er hob den Finger, als wolle er herausfinden, woher der Wind wehte. »Ein Dollar.«

»Zwanzig Dollar!« rief Drew Scully.

Drew war eben doch ein richtiger Draufgänger!

Hannah hätte beinahe laut gelacht. Sie wollte ihm die Arme um den Hals werfen. Sie hatte die Genugtuung zu erleben, daß den ehrbaren Damen von Rainbow Springs vor Verblüffung der Atem stockte, und sie sah, wie Miss Luly Maine enttäuscht das Gesicht verzog. *Ihr* Kuchen würde nicht annähernd zwanzig Dollar einbringen, und sie würde Drew Scully während des Feuerwerks auch keine schönen Augen machen.

»Zum dritten!« Clementine schlug mit dem Hammer so schnell und so heftig auf den Tisch, daß Miss Luly Maines Safrankuchen am anderen Ende beinahe heruntergefallen wäre.

Drew bahnte sich einen Weg zur Plattform, warf sein schwer verdientes Goldstück auf den Tisch, nahm den Kuchen und kam auf Hannah Yorke zu. Hannah ging ihm einen Schritt entgegen und schob die Hand unter seinen angewinkelten Arm.

»Willst du mir nicht sagen, was hier gespielt wird?« fragte Gus.

»Nein«, erwiderte sie über die Schulter und lachte.

Hannah sah den jungen Mann nicht an, bis sie die Menge an der Plattform hinter sich gelassen hatten, obwohl sie seinen Blick auf sich gerichtet spürte. »Wird Ihr Bruder nichts dagegen haben, daß Sie Ihre Siegesprämie für einen Melassekuchen ausgeben?«

»Ich werde ihm erklären, daß ich es für einen guten Zweck ausgegeben habe.«

Sie lachte. »Und für welchen, Mr. Scully?«

Er riß in gespielter Unschuld die Augen auf. »Ich dachte für Schulbücher und Schreibtafeln und so.«

»Wie edel von Ihnen. Und als Belohnung haben Sie meinen Melassekuchen und ein oder zwei Stunden meiner Gesellschaft.«

»Für den Anfang.«

Sie wollte sich ihm entziehen, aber er spannte die Armmuskeln an und hielt ihre Hand fest. »Werden Sie nicht gleich böse. Ich habe es nicht so gemeint. Ich wollte nur sagen, Sie können sich darauf verlassen, daß ich mich für den Anfang wie ein Gentleman benehme.«

»Und später?«

»Später werden wir weitersehen . . .«

Sie lachte. Plötzlich war ihr völlig egal, was die ehrbaren Damen von Rainbow Springs von ihr dachten. Sie war Hannah Yorke, die Besitzerin eines Saloons und eine gefallene Frau. Der verdammte Sockel, von dem sie gestürzt war, konnte ihretwegen zum Teufel gehen. Nun ja, sie hatte sich einmal gewünscht, es wäre anders, aber es war zu spät. Sie mußte nehmen, was sie bekommen konnte.

Und im Augenblick hatte sie einen Kavalier, der gerade zwanzig Dollar ausgegeben hatte, damit sie ihm ein oder zwei Stunden Gesellschaft leistete.

Er wählte einen Platz zwischen den Pappeln am Fluß. Dort zog er die Jacke aus und legte sie auf die Erde, damit sie sich darauf setzen konnte. Er legte sich neben sie ins Gras und stellte den Zwanzig-Dollar-Kuchen vorsichtig auf die Böschung. Dann rollte er die Hemdsärmel hoch und lockerte die Krawatte.

Es war sehr heiß. Die Sonne versank gerade hinter den Bergen im Westen und hinterließ rote Steifen am Himmel. Bald würde Wind aufkommen, aber die Erde würde noch eine Weile die aufgesaugte Wärme abgeben.

Vor ihnen strömte langsam und lautlos der Fluß. Hannah wurde plötzlich von der Sonne und der Luft müde. Der Geruch nach Pferden stieg ihr in die Nase. Am anderen Ufer waren etwa ein Dutzend an einem langen, quer gespannten Seil angebunden. Sie dösten in der Hitze und schlugen mit den Schweifen nach den Fliegen. Es fiel schwer zu glauben, daß diese folgsamen Tiere derselben Art angehörten wie die Mustangs, die durch die weite Prärie hinter dem Hügel steiften. Aber die Reitpferde waren gezähmt worden. Die Mustangs waren wild.

Drew gehörte zu den Mustangs. Wenn man einmal gesehen hatte, wie ein wildes Pferd durch das hohe Gras galoppierte, wußte man, was Freiheit bedeutete. Nur ein Mustang schien es wert zu sein, daß man ihn besaß. Doch man konnte ihn nicht behalten, wenn man ihn nicht zähmte. Wenn man ihn gezähmt hatte, wollte man ihn nicht länger haben, weil er nicht mehr wild war.

Hannah vermied es, den jungen Mann anzusehen, und hielt den Blick auf die Pferde gerichtet. Aber sie dachte an ihn, und dabei stieg ihr die Röte ins Gesicht.

»Woran denken Sie, Hannah?«

»Wie alt sind Sie? Aber lügen Sie nicht!«

»Ich hatte nicht vor zu lügen. Ich werde bald zwanzig.«

Sie öffnete ihren Fächer und fächelte sich in der drückenden Luft das Gesicht. »Allmächtiger, ein *Baby*.«

Er umfaßte ihr Gelenk und hielt die Hand still. Sein Lächeln war jungenhaft und gefährlich zugleich. »Wenn es darauf ankommt, bin ich kein Baby, Hannah. Sie können sich selbst davon überzeugen.«

Die Großspurigkeit, die seine Jugend verriet, brachte Hannah zum Lachen. Aber schließlich waren alle Männer zwischen acht und achtzig ungemein stolz auf das, was sie zwischen ihren Beinen hatten, und staunten immer von neuem darüber, was sie damit anfangen konnten.

Sie befreite sich aus seinem Griff. Doch das Gefühl seiner Finger an ihrem Handgelenk konnte sie nicht abschütteln. Es war warm und prickelte. »Sie sollten mich Mrs. Yorke nennen«, sagte sie. »Ich bin alt genug, Ihre Mutter zu sein.«

Er grinste. »Eine Mutter, die so aussieht wie Sie, habe ich noch nie kennengelernt. Außerdem sind Sie es nicht ... ich meine, alt genug, meine Mutter zu sein.«

»Beinahe.« Zwischen ihnen bestand ein Altersunterschied von dreizehn Jahren – in jeder Hinsicht war das ein ganzes Leben. Hannah wußte, was er von ihr wollte, was er sich nehmen würde, wenn sie es zuließ. Er würde mit ihr spielen, bis er alt genug war, eine Familie zu gründen. Dann würde er sich nach einem Mädchen der richtigen Sorte umsehen und es auch heiraten – ein junges, sanftes, reines Mädchen.

Jemand wie Miss Luly Maine würde von ihm den Ehering bekommen.

Nun ja, was sollte *sie* mit einem Ehering anfangen? Sie war nicht die Art Frau, die heiratete! Hatte sie das nicht schon unzählige Male überdacht? Es war zu spät. Vielleicht sollte sie doch nehmen, was sie bekommen konnte ...

Sie würde es schaffen, daß der Junge eine Weile zu ihr kam. Denn wenn sie etwas gut beherrschte, dann war es *das*. Bei dem Gedanken daran mußte sie lächeln, und sie schämte sich gewissermaßen. Es war beängstigend und beschämend zu erkennen, daß sie sich mehr als alles andere wünschte, geliebt zu werden.

Er zog ein Bein an, legte den Ellbogen auf das Knie und ließ die verletzte

Hand locker herunterhängen. Das Blut war durch den Verband gesik-
kert. Die andere, unverletzte Hand lag im Augenblick ruhig im Gras.
Auch sie hatte Narben von Felssplittern und Hämmern, die abgerutscht
waren. Ihr Vater hatte solche Hände gehabt.
Diese Hand bewegte sich plötzlich und näherte sich ihrem Gesicht. Sie
blieb bewegungslos sitzen, als er mit den Fingern durch die schweren
Locken fuhr, die ihr über die Schultern fielen. Er beugte sich zu ihr. Der
hefige Geruch des Biers, das er den ganzen Nachmittag getrunken
hatte, stieg ihr in den Kopf. Und seine Nähe . . .
»Darf ich Sie küssen?« fragte er.
Ihr Mund fühlte sich unter seinem Blick schwer an und brannte, als
hätte er es bereits getan. Sie befeuchtete sich die Lippen mit der
Zunge.
»Nein . . .«
»Ich glaube, Sie wollen, daß ich Sie küsse.«
Sie wandte mit einem Ruck den Kopf ab und atmete tief ein. Danach
konnte sie wieder klar denken. »Ich glaube, Sie wollen, daß ich Ihnen
eine Ohrfeige gebe.«
»Schaffe ich es nie, daß Sie aus Ihrer Rüstung heraussteigen, Mrs.
Yorke?«
»Sehr wahrscheinlich nicht, Mr. Scully.«
Irgendwie war seine Hand wieder in ihren Haaren, und plötzlich glitten
seine Finger über ihren Ausschnitt unter die cremefarbige belgische
Spitze ihres Oberteils. Sie schluckte schwer, und ihre Brust hob sich
unter seiner Berührung.
Er lächelte. »Eine Herausforderung reizt mich immer. Sie bringt mein
Blut in Wallung – mein Blut und andere Dinge.«
Sie schlug ihm mit dem Fächer so fest auf den Arm, daß sich die Haut
rötete. »Sie sind ein Draufgänger, Mr. Scully.«
»Und Sie, Mrs. Yorke, sind eine harte Nuß«, sagte er, warf den Kopf
zurück und lachte schallend. Es war ein tiefes, sinnliches Männerlachen. An seinem kräftigen Hals glänzte der Schweiß im Licht der
untergehenden Sonne, und die braunen Haare an seinen Armen schimmerten. Diese Arme waren stark genug, einen fünfzehn Pfund schweren Hammer zu schwingen, und stark genug, eine Frau in Leidenschaft
zu umschlingen.
Hannah holte tief Luft, und als das nicht genügte, noch einmal. Bei

Gott, wie dumm sie war. Sie sollte nicht hier sitzen, mit ihm lachen und lächeln und Scherze machen und wissen, daß es nur eine Frage der Zeit war, bis sie oben in ihrem großen weichen Bett lagen, und die Erinnerungen entstanden, die jahrelang schmerzen würden. Sie sollte vor diesem Jungen so schnell und so weit sie konnte davonlaufen.

Ja, diesmal, so schwor sie sich, würde sie vor diesem jungen Mann fliehen, in den sie sich von ganzem Herzen hätte verlieben können.

Eine Windhose tanzte die Straße entlang, wirbelte um die Ecke und verschwand im blassen Licht der untergehenden Sonne.

Gus folgte dem alten Indianer durch die Reihe der Saloons und Bordelle am Südende von Klein-Dublin. Es war seltsam, diesen Teil der Stadt so leer zu sehen. Aber an diesem Abend waren alle auf der großen Wiese und warteten auf das Feuerwerk.

Der Indianer blieb vor dem Grandy Dancer stehen und nickte. Der Saloon war wie die meisten Gebäude in Rainbow Springs neu, aber er wirkte alt und schäbig. Die Baumstämme waren verwittert, und der Lehm in den Fugen bröckelte ab. Das Schild schwankte an einer altersschwachen Befestigung im Wind und war von so vielen Kugeln durchlöchert, daß es eher wie ein Sieb aussah.

Gus trank kaum Alkohol und ging deshalb nie in die Saloons. Wenn er jetzt ein Bier oder eine Sarsaparilla gegen den Durst hätte trinken wollen, wäre seine Wahl bestimmt nicht auf das Grandy Dancer gefallen. Aber es war genau die Art Saloon, die sein Bruder besuchte. Zach und Hannah mußten sich gestritten haben, denn sie waren sich den ganzen Tag aus dem Weg gegangen. Hannah war mit diesem jungen Bergarbeiter verschwunden, der zwanzig Dollar für ihren Kuchen geboten hatte. Man konnte verstehen, daß sich Zach in der schlimmsten Spelunke von Rainbow Springs verkroch, um seine Wunden zu lecken.

Andererseits suchte Zach nie Gesellschaft, wenn er einen Grund zum Saufen hatte. Gus blickte mit einem unbehaglichen Gefühl die verlassene Straße entlang. Sein Bruder hätte sich bestimmt nicht die Mühe gemacht, einem alten Indianer fünfundzwanzig Cents zu bezahlen, damit der ihn aufspürte und hierher brachte, wenn es nicht wichtig gewesen wäre.

Gus stieß mit einem unguten Gefühl die Pendeltüren auf und kniff die Augen zusammen, weil ihm der Qualm der Zigarren entgegenschlug.

Der Saloon war so, wie er es erwartet hatte: Es stank nach Whiskey und Tabak, und der Fußboden war mit Sägemehl bestreut, das den verschütteten Alkohol aufsaugte. An den von Revolverkugeln durchlöcherten Wänden hingen Geweihe und Brauereikalender, deren Ecken sich bogen; von den Stühlen blätterte der Lack ab, und die Tischplatten hatten klebrige Ränder von überlaufenden Gläsern.

Gus sah sich suchend in dem überfüllten Raum um, und sein Blick verweilte flüchtig auf dem Ölbild über der Bartheke. Es zeigte zwei mehr oder weniger nackte Frauen. Er preßte angewidert die Lippen zusammen.

Schließlich entdeckte er seinen Bruder an einem Ende der Theke in der Nähe einer Gruppe Männer, die sich wie Kühe um einen Salzblock drängten und ein paar Pokerspielern zusahen. Zach nahm seine Anwesenheit zur Kenntnis, indem er das Glas hob. Seine Augen waren bereits glasig vom Whiskey.

»Ärger«, sagte er. »Wir bekommen wieder Ärger.«

Gus folgte dem Blick seines Bruders. Ja, es würde Ärger geben. Der Grund dafür saß in einem eleganten Anzug zwischen den Pokerspielern. Vor ihm lag ein Berg Silbermünzen und Scheine. Der einäugige Jack McQueen lehnte sich auf seinem Stuhl zurück und zündete sich eine Zigarre an, während ein anderer Spieler die Karten gab.

Das Lampenlicht glänzte auf seinen langen, geölten Haaren, die glatt zurückgekämmt waren. In den schneeweißen Falten seiner Halsbinde steckte eine Nadel mit einer Perle, die so groß war wie der Daumennagel eines Mannes. Eine schwere goldene Uhrkette lag auf der roten Satinweste. In der Brusttasche des schwarzen Gehrocks steckte ein feines Leinentuch, und über der Armlehne des Stuhls hing ein Spazierstock mit Ebenholzgriff.

»Wie zum Teufel hat er das geschafft? Hat er eine Bank ausgeraubt?«

Zach kippte den letzten Schluck Whiskey hinunter und verzog das Gesicht zu einer Grimasse, als der scharfe Alkohol durch seine Kehle rann.

»Ich glaube eher, er hat nur jemanden gewaltig übers Ohr gehauen.«

Gus unterdrückte den heftigen Drang, mit der Faust gegen die Wand zu schlagen. Er hatte wirklich geglaubt, sie seien den Alten los, und schon saß er wieder da.

Zwei Jahre lang hatten sie sich vor Freunden und Nachbarn geschämt, während Reverend Jack McQueen durch den Westen von Montana zog. Er veranstaltete Erweckungsversammlungen und Zeltmissionen und benutzte seine Gabe, wie ein Wasserfall reden zu können, um den Armen, den Kranken und den Hungrigen das Geld aus der Tasche zu ziehen.

Unglücklicherweise hatte ein Blitz, der während einer seiner Predigten in einen Baum einschlug, die Schafe des Landes nach diesem ›sichtbaren Beweis‹ der göttlichen Rache veranlaßt, ihre Taschen zu öffnen. Doch es dauerte nicht lange, bis Reverend Jack wieder in sein altes sündiges Leben zurückfiel und trank, raufte, hurte und spielte. Schließlich wurden auch die Einfältigsten seiner Gemeinde eines Besseren belehrt, und die Silbermünzen klingelten nicht länger im alten Zylinder. Eines Tages im Herbst 1881 war er spurlos verschwunden, und Gus hatte geglaubt, seine Gebete seien endlich erhört worden.

Nun war er wieder da – unverwüstlich und lästig wie die Flöhe im Sommer. Wie es aussah, spielte er nicht länger den Seelenretter, sondern hatte eine andere Methode gefunden, den Dummköpfen dieser Welt ihr sauer verdientes Geld abzunehmen.

Das Spiel war sehr schnell zu Ende. Der einäugige Jack bekam das Blatt, um zu geben. Gus beobachtete, wie die geübten Hände mit den langen Fingern die Karten mischten. Als Junge war es ihm vorgekommen, als würden die Karten in den Händen seines Vaters lebendig. Er konnte sie wie von Zauberhand verschwinden und auftauchen lassen; eine Zwei verwandelte sich in ein As, ein König fand den Weg von ganz unten im Stapel nach oben. Er hatte diese Tricks seinen beiden Söhnen beigebracht, aber nur Zach besaß das Talent dazu, das Können auch anzuwenden. Gus dachte mit Schaudern an die vielen Stunden, die er damit verbracht hatte, Zach zuzusehen, wie er Karten verschwinden ließ und zu betrügen lernte.

Erst jetzt warf Gus einen Blick auf die anderen Spieler: Doc Corbett, Jeremy, Pogey und Nash. Ihre Gesichter glühten vom Whiskey wie Lampen.

»Sie spielen eine Runde ohne Joker bei unbegrenztem Einsatz«, murmelte Zach. Er winkte dem Mann hinter der Theke, der ihm einen Whiskey eingoß und ein kleines Bier zapfte.

Zach nahm Zigarettenpapier und Tabak aus der Tasche seiner aufgeknöpften Weste. »Sie spielen um alles. Die Verlierer werden Grund haben zu weinen.«

»Um alles?« Jeremys Mietstall war eine Goldgrube, und wie es hieß, besaß der Arzt Geld von der Ostküste. Aber Nash und Pogey hatten nur ihr Einkommen von den ›Vier Buben‹. Das reichte für ihren Whiskey und Fünf-Dollar-Poker, aber nicht für hohe Einsätze. »Was setzen Pogey und Nash?«

»Der Alte hat ihnen Geld geliehen. Fünftausend Dollar gegen ihren Anteil an den ›Vier Buben‹. Das meiste Geld haben sie bereits wieder an ihn verloren.«

»Verloren?« Gus ballte die Fäuste. »Verloren? Mein Gott, du kennst ihn doch! Du weißt, wie er ist. Wie kannst du einfach dabeistehen und das zulassen?«

Zach zündete die Zigarette an, die in seinem Mundwinkel hing. »Ich bilde mir im Gegensatz zu dir nicht ein, der Hüter meines Vaters zu sein.«

Gus wollte wutschnaubend an seinem Bruder vorbei, aber Zach legte ihm die Hand auf den Arm und hielt ihn zurück. »Du kannst dich nicht einfach in das Spiel anderer einmischen«, sagte er.

»Das kann ich, wenn er betrügt.«

»Er betrügt nicht.«

»Wie ist das möglich? Du kennst ihn doch, er ist falsch und hinterlistig. Das war er schon immer.«

Zachs Hutkrempe hob sich etwas, als er Gus ansah. »Hast du vergessen? Ich habe hier gestanden und es gesehen. Er spielt ehrlich.«

Gus starrte auf seinen Vater und rieb sich den Nacken. Wahrscheinlich mußte man ein Halunke sein, um einen anderen Halunken zu erkennen, und wenn jemand sagen konnte, ob ihr Vater falsch spielte oder nicht, dann war es Zach.

Aber er traute seinem Bruder nicht über den Weg, wenn es um Recht und Gerechtigkeit ging. Er kniff die Augen zusammen, um das Geschehen am Tisch besser verfolgen zu können.

Reverend Jack zog kräftig an seiner Zigarre, und die Spitze glühte auf. Er nickte Pogey zu, der an der Reihe war, mitzugehen oder zu passen. Jeder Mann hatte eine Karte verdeckt und drei gesehen. »Sie sind wieder dran, alter Knabe. Gehen Sie mit?«

Pogey studierte seine Karten. Er fuhr sich mit den Fingern durch den

Bart, zupfte an seinem langen Ohrläppchen, rieb sich die glänzende
Glatze und spuckte Tabaksaft in Richtung Spucknapf. Dann betrachtete
er noch einmal seine Karten.

Nash streckte und reckte den langen Hals und kratzte sich die magere
Brust. »Gehst du mit oder paßt du, Pogey?«

»Ich denke . . .«

»Dann denk ein bißchen schneller, Kumpel. Du bist so langsam, daß du
deine eigene Beerdigung verpaßt.«

Pogey rieb sich die Nase. »Hat dir jemals ein Mensch gesagt, wie
schwierig es ist, den Fuß in den Mund zu stecken, wenn er geschlossen
ist?« Er klopfte mit dem schwieligen Fingerknöchel auf die Karten. »Ein
Hasenfuß hat noch nie einen Flush bekommen. Ich gehe mit.«

Alle gingen mit, und alle zeigten ein Paar, bis auf Pogey, der dreimal
Kreuz hatte. Nash hatte zwei Zehner und eine Königin, Jeremy zwei
Buben und eine Vier. Der Arzt hatte zwei Dreier und eine Sechs. Und
Reverend Jack hatte ein Paar Zweier und eine Acht.

Er begann, die fünfte Karte zu verteilen. »Hier kommt der Zug, um das
große Geld zu machen, Gentlemen. Eine Königin zur Königin, und wir
haben zwei Pärchen. Eine Fünf zu den Buben ist keine erkennbare
Hilfe. Ein Herz für Kreuz, und das gibt noch keinen Flush. Noch eine
Drei, und der Doc hat jetzt drei davon. Der Geber bekommt natürlich
eine . . . Zwei.« Er legte die restlichen Karten auf den Tisch und sah
Nash an. »Ihr Einsatz, Mister.«

Pogey zeigte seinen nicht zustandegekommenen Flush. »Ich bin am
Ende.«

»Amen«, sagte Jeremy und legte seine Karten auf den Tisch.

»Drei schäbige Dreier setzen nicht gern gegen zwei mögliche Stiche.
Aber ich gehe mit. Ich bin mit hundert dabei.«

Nash legte ein Bündel zerknitterter Geldscheine auf den Haufen in der
Mitte des Tischs. Sein Gesicht war so ausdruckslos wie das einer Eule
auf einem Zaun. Aber sein Einsatz verriet, was sein Gesicht nicht zu
erkennen gab: Er hatte full house – entweder mit den Zehnern oder mit
den Königinnen.

Reverend Jack blickte nachdenklich auf die Glut seiner Zigarre. Mit
dem, was sichtbar auf dem Tisch lag, konnte er Nash nicht schlagen, es
sei denn, eine vierte Zwei lag verdeckt.

»Ich halte mit und erhöhe auf fünfzehnhundert«, sagte er.

»Er blufft«, murmelte Gus aus dem Mundwinkel. »Er hat schon immer sehr überzeugend geblufft.«

Zach verzog den Mund. »Bruder, setze bei einem Bluff nie auf deine Überzeugung.«

Der Arzt verzog angewidert das Gesicht und warf eine Karte auf den Tisch. »Ich wußte, die Dreier sind soviel wert wie Gänsedreck. Ich bin draußen.«

Nash spähte mit großen wäßrigen Augen in seine Karten. »Was heißt das für mich?«

»Fünfzehnhundert«, sagte Reverend Jack.

Das Geld vor Nash sah nicht aus, als würde es reichen. Am Tisch herrschte Grabesstille. Pogey zählte sein Geld und schob alles bis auf ein paar jämmerliche Scheine Nash zu.

»Dann halte ich also mit«, sagte Nash, und der Rest ihres Anteils an der Silbermine wanderte in den Topf.

Jack McQueen blies eine Rauchwolke über den Tisch und drehte dann langsam und dramatisch seine Karte um. Es war die vierte Zwei, die er ordentlich neben die eine Acht legte.

Stühle schabten über den Boden, nachdem das Spiel beendet war und Spieler und Zuschauer sich um die Bar drängten. Gus hatte das Gefühl, sein Bruder trinke gerade seinen Whiskey aus, als er sah, daß Zach im Begriff war, durch die Tür zu verschwinden. Er mußte sich beeilen, um ihn noch einzuholen.

Er packte ihn an der Schulter. »Wohin willst du denn so schnell?«

Zach drehte sich um und sah ihn ausdruckslos an. »Ich habe mir gedacht, ich sehe mir das Feuerwerk an.«

»Du läßt mich hierherholen, damit ich mir diesen ... diesen Betrug ansehe, und jetzt willst du einfach verschwinden, als ob nichts geschehen wäre?«

»Was soll ich tun – einen Trauermarsch auf dem Klavier spielen? Ich habe dir gesagt, er hat nicht falsch gespielt. Die zwei alten Dummköpfe sind ihm wie reife Pfirsiche in den Schoß gefallen, und er hat sie bis auf die Steine geschluckt.«

»Warum gewinnst du nicht einfach das Geld zurück?«

»Wie um alles in der Welt soll ich das anstellen? Ich habe vielleicht zehn Dollar, die ich einsetzen könnte. Zehn Dollar und meinen Anteil an der Ranch.«

»Du könntest falsch spielen.« Gus lächelte verkniffen. »Ich habe gehört, du hast bei dem größten Betrüger gelernt.«

Zach zog spöttisch die dunklen Augenbrauen hoch. »Ich kann nicht glauben, daß ich so etwas aus dem Mund meines großen Bruders höre, der immer so ehrlich ist.«

»Verdammt, Zach, es geht darum, den Alten endgültig loszuwerden!«

»Wie du richtig gesagt hast, habe ich wie du bei dem größten Betrüger gelernt. Nur warst du nie besonders gut. Vielleicht habe ich ein paar Tricks aufgeschnappt, die er nicht kennt. Aber wer weiß, vielleicht benutzt er ein paar Tricks, die er mir nie gezeigt hat. Willst du wirklich die Ranch aufs Spiel setzen, um herauszufinden, wer von uns beiden der gerissenere Falschspieler ist?«

Zach sah ihn an, drehte sich um, stieß die Tür auf und verschwand in der Dämmerung.

»Es sieht so aus, als wären wir beide Partner bei einer Silbermine, mein Sohn. Möchtest du eine Zigarre?«

Gus starrte angewidert auf das offene silberne Zigarrenetui, auf die teuren Zigarren mit einem Seidenband und dann in das schlaue blaue Auge seines Vaters. »Hast du das Predigen aufgegeben und bist Berufsspieler geworden? Was ist los? Hast du die Kraft des Heiligen Geistes über Nacht verloren?«

Der Reverend schüttelte den Kopf und schnalzte mit der Zunge. »Gustavus, Gustavus. Trotz all deiner Träumereien hat dir immer die Vision gefehlt. ›Ich bin die Stimme des Rufers in der Wüste, der sagt: Bereitet den Weg des Herrn.‹ Allerdings gibt es keine Wildnis mehr. Sie ist von den Gemeindeältesten mit ihren Baufonds und Werbefeldzügen zerstört worden. Die organisierte Religion hat dem Wanderprediger den Spaß und das Geld geraubt. Deshalb bin ich der heiligen Eingebung unseres Herrn gefolgt und habe wieder zu den Karten gegriffen, diesmal allerdings im Ernst.« Er biß in die Zigarre, sah an sich hinunter, und sein Auge funkelte boshaft. »Ich würde sagen, daß ich in der zweiten Hälfte meines interessanten Lebens zu meiner wahren Berufung gefunden habe.«

Gus schüttelte den Kopf. Obwohl er an diesem Tag nicht besonders viel Bier getrunken hatte, fühlte er sich leicht betrunken. Sein Vater brachte es immer fertig, ihn so zu verwirren, daß er nicht wußte, was oben und unten war. »Soviel ich weiß, bist du immer nur *einer* Berufung gefolgt. Du hast dein ganzes Leben lang für Streit und Verwirrung gesorgt, weil du ein krankhaftes Vergnügen daran hast zu sehen, wie dadurch das Leben anderer Leute durcheinander gerät.«

»Ich nehme an, du würdest es lieber sehen, wenn ich auf meine alten Tage das häßliche Hinterteil eines Maultiers anstarren und hinter dem Pflug hergehen würde. Oder sollte ich vielleicht in einem kleinen Loch sitzen, mich über fremde Kassenbücher beugen, mir die Manschetten mit Tinte verschmieren und das eine mir verbliebene Auge überanstrengen? Wenn es nach dir ginge . . .«

Gus lachte bitter. »Wenn es nach mir ginge, würde ich dafür sorgen, daß du auf schnellstem Weg aus Rainbow Springs verschwindest.«

Jack legte die Hand aufs Herz. »Du verletzt mich, mein Sohn! Womit habe ich das verdient? Was habe ich euch, meinen beiden Söhnen, je getan? Ich habe euch nur erlaubt, den eigenen Weg zur Hölle zu finden.« Er lächelte verschlagen. »Wenn du durch die Gegend läufst und das Licht suchst, mein lieber Gustavus, mußt du auch bereit sein, dich der Dunkelheit zu stellen.«

Gus seufzte schwer. »Ich nehme an, es ist dir nie in den Sinn gekommen, dein Geld auf ehrliche Weise zu verdienen.«

»›Wer aufrecht geht, geht sicher.‹« Jack nahm die Zigarre aus dem Mund, betrachtete sie und warf sie in den mit Sägemehl gefüllten Spucknapf. »Vielleicht werde ich das jetzt tun, nachdem ich eine Silbermine besitze. Willst du deinen Anteil vielleicht loswerden? Wenn es so ist, ich kaufe ihn.«

Gus drückte den Hut auf seinen Kopf, legte die Hand auf die Tür und wollte gehen. »Pech für dich, denn ich verkaufe nicht!«

Aber Gus kam nicht weit. Er warf sich blitzschnell auf den Boden. Revolverschüsse hallten durch die Dunkelheit.

Es waren nur ein paar Bergarbeiter, die nach dem vielen Bier und der vielen Sonne auf die Idee gekommen waren, dem offiziellen Feuerwerk mit einem eigenen zuvorzukommen. Sie waren auf einen leeren Holzwagen geklettert, hatten die Bremsen gelöst und sausten schwankend und schaukelnd durch die Straße. Dabei versuchten sie, mit ihren Pistolen möglichst viele Fensterscheiben und Aushängeschilder zu treffen. Im Grandy Dancer gingen die Kugeln prasselnd wie ein Hagelschauer nieder. Sie zersplitterten Tische und Stühle, schlugen in die Wände ein und durchlöcherten drei Fässer unverdünnten Whiskey.

Nachdem die Schießerei zu Ende war, stand Gus wieder vom Boden auf, schüttelte sich Glasscherben, Holzsplitter und Whiskey aus den Haaren, wischte das Sägemehl von der Hose und blickte sich mit angehaltenem Atem um. Hatte es den Alten erwischt?

Aber verirrte Kugeln waren nicht für ihren Gerechtigkeitssinn bekannt. Nicht sein Vater, sondern Nash lag vor dem Fenster zur Straße auf dem Boden. Auf dem verblaßten roten Hemd breitete sich ein dunkelroter Fleck aus. Pogey kniete mit ungläubigem Gesicht neben ihm.

Gus ging durch Whiskeypfützen hinüber. Pogey ballte die Fäuste und rief verzweifelt: »Nash, Nash, sag etwas, verdammt noch mal! Allmächtiger, jetzt hältst du endlich mal die Klappe, und ich würde mein linkes Ohr dafür geben, nur um dich brummen zu hören.«

Nash regte sich und brummte laut. »Pogey?« Er wollte sich aufsetzen, sah aber, daß das Blut aus einer Wunde an seiner Brust quoll, und bekam große Augen. »Pogey, diese Hurenböcke haben mich umgebracht.«

Pogey saß auf seinen Fersen. Er fuhr sich über das Gesicht, das naß von Tränen und Whiskey war. »Du hast dir den falschen Zeitpunkt gewählt, Kumpel, weißt du das? Laß dich gefälligst umbringen, wenn es Läuse regnet.«

Inzwischen hatte sich Doc Corbett einen Weg durch die Männer gebahnt, die versuchten, den Whiskey zu trinken, bevor er vom Sägemehl aufgesaugt wurde oder in den Ritzen der Dielen versickerte. Er kauerte sich neben den Verwundeten und schob die gestreiften Hosenträger und das blutige Hemd beiseite. Er schüttelte den Kopf, und Pogey unterdrückte mühsam ein Schluchzen.

»Er wird nicht sterben«, murmelte der Arzt. »Sie werden bestimmt nicht sterben«, wiederholte er laut.

Nash hob mühsam den Kopf und sagte wütend: »Was verstehen Sie schon davon? Mein Blut schießt wie ein Geysir in Yellowstone in die Luft, und ich habe schreckliche Schmerzen. Wenn jemand weiß, ob ein Mann stirbt, dann wird es wohl doch der Sterbende sein . . .«

In diesem Augenblick mußte jemand begriffen haben, daß hochprozentiger Alkohol und brennendes Petroleum eine gefährliche Kombination waren, denn plötzlich gingen die Lampen aus.

Nashs Kopf sank zurück, und er stöhnte: »Es wird dunkel. Gib mir
deine Hand, Pogey.« Seine Hand tastete suchend über den whiskeyge-
tränkten Boden. »Ich werde schwächer, immer schwächer. Ich kann
kaum noch etwas sehen . . .« Er mußte husten und stöhnte wieder. »Das
Todesröcheln, Pogey . . . ich spüre es in meiner Brust. Es wird nicht
mehr lange dauern.«
Doc Corbett sagte zu Gus: »Die Kugel steckt im Schlüsselbein. Ich hole
meine Instrumente, dann habe ich sie im Handumdrehen raus.«
Eine Tenorstimme begann, vom Whiskey befeuert, von grünen irischen
Augen zu singen, und bald fielen ein Bariton und ein Baß ein.
»Ich höre die Engel singen!« rief Nash.
Pogey riß sich den Hut vom Kopf und schlug ihm damit aufs Bein. »Bist
du endlich still, du alter Schwachkopf! Der Doc sagt, du wirst nicht
sterben.«
Nash schloß in Erwartung der himmlischen Pforten bereits die Augen.
Aber bald darauf schlug er zuerst das eine und dann das andere wieder
auf. »Ich werde nicht sterben? Pogey, roll das Faß her! Das Leben ist
kostbar, und Whiskey darf man nicht verschwenden . . .«

Verzückte Gesichter blickten in den Himmel, und Münder öffneten sich
zu gehauchten ›Oohs‹ und ›Aahs‹, als sich die Raketen in der blauen
Tiefe der Nacht zu Regenbogenblüten entfalteten.
Gus suchte sich einen Weg durch die schattenhaften Gestalten im Gras.
Er roch nach Whiskey und überlegte, wie er das alles Clementine erklären sollte. Sie hatte ihn natürlich rechtzeitig zum Beginn des Feuerwerks zurückerwartet. Aber er fand, er sei es Nash zumindest schuldig,
ihm während der kleinen Operation beizustehen, die zur Entfernung
der Kugel aus seinem Schlüsselbein notwendig gewesen war. Er tat das
nicht nur, weil der Mann sein Freund war, sondern weil sein Vater ihm
wenige Minuten, bevor er verletzt worden war, den letzten Penny abgenommen hatte.
Clementine saß mit seinem Bruder auf einer Decke. Charlie lag zwischen ihnen. Der Nachmittag hatte den Kleinen offenbar so erschöpft,
daß er trotz des Lärms schlief. Zach lehnte mit dem Rücken am Stamm
einer Pappel. Clementine stützte sich mit den Armen rückwärts auf der
Erde ab und sah seinen Bruder an. Aber sie redeten nicht miteinander.
Sie schienen sich nur anzusehen.

»Da bist du ja, Gus«, sagte sie, als er zu ihnen trat. Sie lächelte ihn an, und ihr Gesicht wurde weich. Sie sah so schön aus. Ihre Haare glänzten, und ihre Augen leuchteten im farbigen Licht.

Gus setzte sich und legte ihr den Arm um die Taille. Erstaunlicherweise machte sie ihm keine Vorwürfe und verzichtete sogar auf eine Bemerkung über die Whiskeywolke, die an ihm hing. Ein Feuerball schoß über den Himmel und explodierte in einem Funkenhagel. Rote, weiße und blaue Lichtblitze zuckten über die Decke.

Gus kam ein Gedanke – eigentlich war es nur ein Gefühl, ein schmerzhaftes Ziehen in seiner Brust. Es war der Gedanke, daß zwischen seinem Bruder und seiner Frau etwas in der Luft gelegen hatte. In dem Augenblick aber, als er in den Kreis trat, den die Decke bildete, auf der sie saßen, hatte er es zerstört. Es war, als habe er mit einer Axt etwas Hauchdünnes, aber gleichzeitig auch übernatürlich Starkes zerschlagen.

Der unbestimmte Gedanke entglitt ihm und war bereits vergessen, als Clementine ihm die Hand auf das Knie legte und sich vorbeugte, so daß er die Wärme ihres Körpers fühlte.

»Sieh dir unseren Charlie an«, sagte sie. »Er schläft wie ein kleiner Engel, während es Feuer vom Himmel regnet.« Ihr Lachen war sanft und rein wie frisch gefallener Schnee.

Zweiundzwanzigstes Kapitel

Charlie starb an einem Tag Ende August. Die wilden Kirschen hingen prall und schwarz an den Bäumen. Der Himmel war tiefblau und die Luft wie Glas. Die Berge hoben sich klar am Horizont ab und schienen durchsichtig zu sein. Der Fluß fing das Sonnenlicht und warf es in die blaue Unendlichkeit zurück. Das lange, weiche Gras hatte die Farbe seiner Haare.

Charlie, ihr Sohn, lebte nicht mehr ...

In den Tagen danach klammerte sich Clementine an den Augenblick davor und durchlebte ihn immer wieder. Die Erinnerung daran war wie ein Lasso, das um ihrem Kopf kreiste und kreiste.

Für Clementine begann alles damit, daß sie am Küchenfenster stand und die Männer im Korral eine Stute beschälen ließen.

Die Küche roch nach der Hafergrütze, die sie an diesem Morgen zum Frühstück gekocht hatte. Es war ein warmer Tag, und die Pappeln drehten ihre Blätter der Sonne zu. Diebische Häher machten sich über das Hühnerfutter her, das im Hof verstreut lag. Charlie hockte hinter dem Verandageländer und tat, als schieße er mit seinem Holzgewehr auf die Vögel.

»Peng!« schrie er. »Du bist tot! Peng! Peng!«

Die Männer hatten den Hengst in den Korral gebracht. Die Stute stand mit gespreizten Hinterbeinen, hielt den Schweif hoch und wartete. Der Hengst tänzelte und wieherte leise, denn er wußte, was kam. Er näherte sich der Stute. Er besprang sie, biß ihr in den Nacken, und sie wieherte laut. Es klang wie ein Schrei.

Gefangen im Kreislauf des Alltags beobachtete Clementine manchmal, wie das geschah, aber nicht immer. Meist verließ sie das Küchenfenster, denn sie haßte es zu sehen, wie der Hengst hinterher davontänzelte und scheinbar geringschätzig schnaubte.

Aber an diesem Tag kam es nicht darauf an, ob sie aus dem Fenster
geblickt oder sich abgewandt hatte. Als nächstes hörte sie Charlies über-
mütiges Lachen, und sie wußte, daß er nicht länger auf der Veranda
spielte. Er rannte zum Korral, wo der Hengst stieg, wieherte und mit
den sichelförmigen Hufen in die Luft schlug. Charlie rannte und rief
etwas, und er lachte, lachte und lachte.

Dann rannte Clementine ebenfalls, obwohl es ihr in der Erinnerung
immer vorkam, als bewegten sich ihre Beine so langsam wie durch zähflüssigen Sirup. Schreie übertönten das wilde Wiehern. Roter Staub
wirbelte auf und verschleierte die Sonne.

Dann legte sich der Staub, und Gus kniete auf dem Boden. Ein zänki-
scher Häher flog von Zaunpfosten zu Zaunpfosten, der Wind heulte in
den Pappeln, und Charlie lachte nicht mehr.

Clementine rannte und rannte, bis sie außer Atem gegen die Brust von
Zach stieß. Seine Hände legten sich um ihre Arme und hielten sie fest.
Sein Gesicht war so grau wie kalter Nebel, der sich plötzlich über das Tal
zu senken schien.

»Laß mich zu ihm. Ich muß zu ihm!« rief sie erstickt, und in ihr breitete
sich unter der grauen Decke des Nichts, die alles Licht verschluckte, eine
große Kälte aus.

Zach versuchte, ihren Kopf an seine Brust zu drücken, um ihre Augen
an seinem Herzen vor dem Anblick zu schützen.

»Nein, es nützt nichts. Er ist tot.«

Ein Teil von ihr war schon tausend Jahre vorausgeeilt, in eine Zukunft,
in der es keinen Charlie gab, wo nichts war, außer diesem einen Augenblick . . . Wenn die Erinnerung an das Unglück damit beginnen mußte,
daß sie am Küchenfenster stand, so mußte sie auch ein Ende haben,
einen Laufknoten in der Schlinge. Clementine mußte den toten Charlie
sehen, um zu wissen, daß er wirklich nicht mehr am Leben war.

Deshalb befreite sie sich aus Zachs Griff und ging langsam in den Korral. Gus hielt Charlie in den Armen, schwankte wie ein Baum im Sturm
hin und her und klagte den Himmel an.

Bis auf einen kleinen Tropfen am Mundwinkel war kein Blut zu sehen.
Seine Augen standen offen, aber es war kein Licht mehr in ihnen. Auf
der ganzen Welt war kein Licht, denn seine Brust war eingetreten, und
er war tot.

Clementine saß in ihrem Schaukelstuhl und starrte aus dem Schlafzimmerfenster. Der geflochtene Sitz knisterte beim Schaukeln, und die Kufen knarrten über die rauhen Kiefernbretter. Die Welt draußen war in hartes Sonnenlicht getaucht, doch Clementine zog den hübschen, handgearbeiteten Quilt, den Hannah ihr geschenkt hatte, eng um sich. Für sie gab es auf der ganzen Welt kein Licht mehr, sie fror.

Es war ein Sommer mit viel Hitze und wenig Regen gewesen. Der Herbst war trocken und bitter. Die Tage waren kürzer geworden, und die Schatten der Berge fielen hart über das Büffelgras. Die Nadeln der Lärchen hatten sich verfärbt und rieselten auf die Erde. Aber wenn der Wind sie peitschte, hieben und schnitten sie durch die Luft wie winzige goldene Dolche. Die Wildgänse schrien auf ihrem Flug nach Süden, und ein Habicht zog Lassos der Erinnerung über dem Tal.

Sie dachte daran, daß Charlie niemals fliegen lernen würde, daß er nie groß werden würde, um all die Dinge zu haben, die sie sich für ihn gewünscht hatte.

So schaukelte sie vor sich hin. Abends erschien der Mond groß, weiß und streng am Himmel. Ihre Augen folgten ihm, während er durch die dicke Schwärze der Nacht schwebte, und die Kojoten heulten und klagten. Sie weinten für Clementine, denn sie konnte es nicht. Stunde um Stunde schaukelte sie und blickte durch das Fenster auf die grausamen Berge, auf das sonnenverbrannte, vom Wind flachgedrückte Gras und in den leeren, leeren Himmel.

Sie schaukelte, und von dem Fenster aus sah sie die alte Hütte, den Fluß, das flache silberne Band, und die Heuhaufen im Schatten der riesigen Pappeln. Und sie sah Charlies Grab. Es war zwei Monate her, daß sie ihn der Erde übergeben hatten. Am Tag, an dem sie ihn begruben, hatte sie in diesem Schaukelstuhl gesessen und den Tönen des Todes gelauscht: dem Kratzen der Säge, dem Klopfen des Hammers, als der Sarg gezimmert wurde, dem Klirren und Klingen der Schaufeln, als das Gras ausgehoben wurde ... und dem Schluchzen ihres Mannes.

Aber Clementine schluchzte nicht, weinte nicht. Sie weinte nie.

Sie schaukelte und blickte aus dem Fenster und drückte ein Photoalbum mit einem weißen Spitzeneinband an die Brust. Sie schlug es nicht auf, wollte die Bilder von Charlie nicht sehen, die aus Licht gemacht waren, wenn die ganze Welt im Dunkeln lag, wenn die Welt in einem Sarg in einem Loch in der Erde eingeschlossen war.

Sie schaukelte und sah zu, wie das Laub der Pappeln von den Bäumen in den Fluß fiel, sah zu, wie die Blätter davongetragen wurden. Sie war innerlich so tot wie diese Blätter, so trocken und brüchig. Sie wollte in den Fluß fallen und davongetragen werden – weit . . . weit weg von den Bergen und dem Wind und der endlosen, leeren Weite aus Gras.

Einmal holte sie den herzförmigen Beutel mit den Münzen aus dem Versteck hervor. Sie hielt ihn in der Hand, staunte über das Gewicht und über das Metall. Sie schüttete einen Teil der Münzen in ihren Schoß. Viele waren so silbern wie die Pappelblätter. Und sie überlegte, wenn sie die Münzen in den Fluß warf, würden sie ins Meer getragen werden? Könnte sie die Münzen dorthin begleiten?

Sie schaukelte, und das Kind trat gegen ihren Leib. Ihre Brüste fühlten sich schwer und voll an. Sie versuchte, an das Kind zu denken, das geboren werden wollte, an das schmerzlich süße Gefühl, wenn es trinken und die lebenspendende Milch aus ihren Brustwarzen saugen würde. Aber sie konnte nur daran denken, daß es starb, daß es neben Charlie und dem anderen Kind, das sie im achten Monat verloren hatte, in die Erde gelegt werden würde.

Sie schaukelte und schaukelte und blickte aus dem Fenster. Gus war im Hof und hackte Holz. Die Axt blitzte durch die Luft und landete mit einem dumpfen Geräusch auf dem Hackklotz; das Holz flog auseinander, Splitter schossen wie Schrapnelle über den Hof. Sie dachte daran, wie gefährlich das Holzhacken war, daß sie Charlie von seinem Vater während dieser Arbeit fernhalten mußte. Dann fiel ihr ein, daß Charlie tot war.

Sie lebten, sie und Gus – essen, schlafen und arbeiten. So füllten sie die Tage. Aber zwischen ihnen gab es nichts mehr. Manchmal sprachen sie, doch die Worte konnten den Abgrund nicht überbrücken, und sie konnte es nicht ertragen, daß Gus sie berührte.

Sie schaukelte und beobachtete ihren Mann, wie er Holz hackte. Dann hörte sie *seine* Sporen auf dem Boden hinter ihr. Sie wußte immer, wann Zach ihr Zimmer betrat; selbst jetzt wußte sie es. Er war ihr Geliebter. Er würde es immer sein. Aber sie sprach nie mit ihm und sah ihn auch nicht an, denn sie wollte aufhören, ihn zu lieben, auch wenn das unmöglich war.

Er kam zu ihr, trat so dicht an sie heran, daß sie sein Hosenbein und den schwarzen Stiefel sah. Doch sie hob den Blick nicht. »Ich habe mich gefragt, ob du vielleicht zum Büffelcanyon reiten möchtest. Das ist bestimmt nicht zu anstrengend«, sagte er.

Sie richtete den Blick auf die scharfe Axt und erwiderte nichts.

»Du mußt aus dem Haus gehen. Du mußt die Sonne auf deinem Gesicht spüren und den Wind in den Haaren. Wenn du es nicht deinetwegen tust, dann tu es für das Kind, das du erwartest.«

»In dem Loch, in das ihr Charlie gelegt habt, gibt es keine Sonne und keinen Wind, der ihm durch die Haare fährt. Dort gibt es nichts außer Kälte und Dunkelheit.«

Sie hörte, wie er heftig einatmete und das lange, traurige Seufzen, mit dem er die Luft ausstieß. Es hatte sie überrascht, daß die Worte aus ihrem Mund gekommen waren. Sie hatte sie nicht aussprechen wollen. Worte waren nutzlos, bedeutungslos. Wie sein Name – ›Charlie‹. Sie sprach seinen Namen immer und immer wieder aus, aber das Wort hatte keine Bedeutung mehr. Es hing nur in der leeren Luft.

»Clementine . . .«, er legte ihr die Hand auf die Schulter. Seine Finger drückten sie kraftvoll und drängend. »Du mußt es herauslassen. Du mußt weinen, fluchen oder schreien. Aber du mußt . . .«

Zorn stieg in ihr auf und brannte bitter in ihrer Kehle. Sie sprang mit solcher Kraft aus dem Stuhl, daß er über den Fußboden rutschte und das Photoalbum mit einem lauten Knall herunterfiel.

»Wie kannst du es wagen, mir zu sagen, wie ich trauern soll? Ich habe ihn neun Monate im Leib getragen und ihn an meiner Brust genährt. Er war mein Kind. *Mein Kind*!«

Er packte sie an den Armen und schüttelte sie heftig. »Verdammt! Hör endlich damit auf, du bringst Gus um.« Sie versuchte, sich seinem Griff zu entwinden, und er öffnete die Hände. Er ließ sie los und trat einen Schritt zurück. »Du bringst meinen Bruder um«, wiederholte er leise.

Sie spürte außer ihrer Qual nichts mehr. »Glaubst du, ich wünschte nicht, daß *er* in diesem Grab läge?« Sie wies zitternd aus dem Fenster. »Daß ihr beide, anstelle meines Sohnes, dort liegen würdet?«

Er schwieg und sah sie mit seinen beunruhigenden Messingaugen an. Dann schüttelte er den Kopf. »Das ist nicht dein Ernst.«

Sie sah es in seinen Augen. Ein Teil ihres Wesens sah die Verzweiflung, die so bitter und schrecklich war wie ihre eigene. Aber das war ihr jetzt alles gleichgültig. Er konnte zur Hölle fahren. Jawohl, sie wünschte ihn in der Hölle, in die sie verbannt worden war. Jeder sollte so leiden wie sie. Jeder sollte diesen Schmerz empfinden, der in ihren Knochen, in ihrem Körper und in ihrem Blut brannte – und die ungeheure Leere, in der sich alles Leben auflöste.

Sie verschloß die Augen vor dem Leid, das sie in seinem Gesicht sah, und stieß fast unhörbar einen Klagelaut aus. »Laß mich allein. Ich will allein gelassen werden.«

»Clementine . . .« Sie fühlte eine Berührung an ihrer Wange und wich vor ihm zurück.

»Faß mich nicht an! Ich kann es nicht ertragen!«

»Was willst du von uns?« Er wandte sich halb ab, ließ die Schultern hängen, und seine Hände umklammerten die Rückenlehne des Schaukelstuhls. »Wir haben ihn auch geliebt. Wir leiden auch. Was zum Teufel willst du eigentlich?«

Sie lachte. Es war ein hartes klirrendes Geräusch wie zerbrechendes Glas. »Was ich will? Ich will meinen Sohn. Ich will ihn wiederhaben! Ich will ihn wieder in den Armen halten und sehen, wie er zu einem Mann heranwächst. Ich will ihn lachen hören. Ich will sehen, wie er sich das Gesicht mit Kirschmarmelade verschmiert, bis sie ihm in den Haaren klebt. Ich will ihm abends einen Gutenachtkuß geben, mein Gesicht an ihn drücken und seinen Geruch einatmen.« Ihr versagte die Stimme, als das schreckliche, erstickende Leid in ihr aufstieg. »Ich will Charlie wieder hier bei mir haben, wohin er gehört.«

»Er ist tot, und wir können es nicht ändern. Das kann niemand.«

Sie versuchte zu lachen; aber das Lachen blieb an dem Schmerz hängen, der wie ein harter Kloß in ihrer Kehle steckte, und sie brachte nur ein klägliches Wimmern hervor.

»O nein, ihr könnt es nicht! Ihr Männer könnt es ganz bestimmt nicht ändern. Ihr Männer könnt *alles*, aber ihr könnt einen Hengst nicht daran hindern, daß er einen kleinen Jungen tötet.«

Sie drehte sich um und dachte, er werde gehen. Er blieb. Sie spannte alle Muskeln an und biß die Zähne zusammen, damit sie nicht schwach wurde.

Als er sie schließlich verließ, wollte sie ihn zurückrufen. Aber sie brachte kein Wort hervor. Der Schmerz schnürte ihr die Kehle zu.

Sie starrte durch das Fenster auf den Fluß, auf die Pappeln und die Heuhaufen und auf Charlies Grab.

Charlies Grab . . .

Plötzlich war sie draußen im Hof; ihre Schuhe knirschten auf dem Hühnerfutter, als sie über den Hof lief. Gus rief ihr etwas zu, aber sie sah ihn nicht, denn sie blickte nur auf Charlies Grab und ging darauf zu.

Es wehte ein heftiger Wind, und sie stolperte einmal. Doch sie ging weiter. Der Wind heulte und pfiff, und der Schmerz durchzuckte sie, zerriß sie tief in ihrem Innern, und die einzelnen Stücke bluteten und bluteten. Ströme von Blut rannen auf die Erde und flossen zu Charlies Grab. Dann erreichte sie den kleinen Erdhügel, verstreute die Wildblumen, die Gus an diesem Morgen hingestellt hatte, warf sie in ihrem Zorn und Haß und bitterem Leid durch die Luft und wühlte mit ihren Händen in der Erde. Der Schmerz traf sie wie eine Faust. Die Tränen strömten, flossen, rollten – große Fluten, ein ganzes Meer von Tränen. Es klang, als zerreiße Stoff, und dann stieß sie einen hohen, klagenden Schrei aus, den der Wind davontrug. Sie legte die Arme um ihren Leib und wiegte sich auf Charlies Grab hin und her, während ihr Schrei nicht endete und bis hinauf zu den schweigenden Bergen hallte.

Clementine war zur Seite gesunken. Sie hielt ihren Leib umklammert und wollte in der Erde versinken. Ihr Schluchzen klang leise und schwach. Gus zitterte am ganzen Körper, als sei er es, dem sich die Schluchzer entrangen.

Zach konnte diesen Anblick nicht ertragen. Er fragte sich, wie ein Mensch das überhaupt ertragen konnte.

»Sie gibt mir die Schuld daran«, murmelte Gus.

Zach nahm seinem Bruder die Axt aus der Hand und hieb sie in den Hackklotz. »Sie gibt jedem und allem die Schuld, einschließlich sich selbst und Gott.«

»Wenigstens weint sie jetzt.« Gus sah seinen Bruder verzweifelt an. Seine Augen waren rotgerändert und geschwollen. »Es ist doch ein gutes Zeichen, daß sie weint, oder nicht?«

Zach packte seinen Bruder an den Schultern und schob ihn in Richtung seiner Frau. Sie wälzte sich auf der staubigen Erde von Charlies Grab, und ihre Schreie klangen nicht mehr menschlich.

»Geh und nimm sie in den Arm. Mach schon und nimm sie in den Arm, selbst wenn sie sich wehrt, verdammt noch mal!«

Geh, Bruder, bevor ich es tu, denn dann bekommst du sie nie mehr zurück.

Gus ging zu ihr und kniete sich neben sie auf Charlies Grab. Er versuchte, sie an seine Brust zu ziehen, doch sie wehrte sich schreiend und schlug mit den Fäusten auf ihn ein. Irgendwie gelang es ihm trotzdem, die Arme um sie zu schlingen, und er drückte sie so fest an sich, als würden sie beide dort sterben.

Zach spürte, wie sich sein Magen zusammenkrampfte, und er wandte den Blick ab. Der Hof wirkte leer. Zach wußte, er würde immer leer aussehen, ohne Charlie, der lachend darin herumrannte. Er dachte an den Tag, an dem er dem Jungen beigebracht hatte, Hühner mit dem Lasso zu fangen. Tränen stiegen ihm in die Augen. Er blinzelte, um sie zu unterdrücken.

Sie weinte immer noch; aber Gus weinte jetzt auch, also taten sie wenigstens etwas gemeinsam.

Zach lief ziellos hinaus in die Prärie. Ein Hase sprang vor ihm über den Weg und verschwand in einem Erdloch. Das trockene Zirpen der Grashüpfer verstummte plötzlich, und eine schwarzweiße Elster flog pfeilschnell an ihm vorbei. Der Wind legte sich, wehte aber kurz darauf wieder um so heftiger. Er brachte den Geruch von brennendem Holz mit sich. Ein seltsam bedrohliches Gefühl überkam ihn, und er blieb stehen. Er kniff die Augen zusammen und blickte nach Süden, in die Richtung, aus der der Wind kam. Dort stiegen dicke schwarze Rauchwolken über den Hügeln auf.

Der Rauch überzog in Minutenschnelle den Himmel, und der Präriebrand raste geradewegs auf sie zu. Es wurde so dunkel, daß man die Lampen anzünden mußte. Fedrige Aschenflocken trieben wie Schnee an die Fenster. Wolken kamen auf. Doch sie brachten keinen Regen. Der Wind wehte so heiß und stickig, daß die Luft zu glühen und zu brennen schien.

Die Männer luden Bottiche voll Wasser und Stapel von Decken und Säcken, die vorher in den Fluß getaucht worden waren, auf einen Heuwagen und fuhren hinaus, um das Feuer zu bekämpfen. Innerhalb einer Stunde kamen sie zurück, um frisches Wasser zu holen. Ihre Gesichter waren verbrannt, die Haare angesengt, und sie wirkten besorgt. Als sie das dritte Mal zurückkamen, um die Bottiche zu füllen, schob Clementine sich an Gus vorbei, kletterte auf den Wagen und griff nach den Zügeln. Gus war zu erschöpft und verängstigt, um sie daran zu hindern.

Sie fuhr mit dem Wagen in einen brodelnden Hexenkessel aus Hitze und Rauch. Tiere flüchteten vor den Flammen. Große Vogelscharen flogen durch den heißen Wind, das Schlagen ihrer Flügel klang wie das Flattern unzähliger Fahnen. Hasen, Präriehühner und Wachteln rannten verstört im Kreis, als hätten sie den Kopf verloren. Herden von Hirschen und Rehen rasten verängstigt mit erhobenen weißen Schwänzen durch das trockene knisternde Gras. Und die Rinder rannten durch die mit Gestrüpp überwachsenen Schluchten und kleinen Täler. Die Zungen hingen ihnen aus den Mäulern, und man sah das Weiße in ihren Augen. Das Feuer stürmte mit dem Wind vorwärts und verbrannte alles, was ihm in den Weg kam.

Die Flammen leckten am hohen Gras wie hungrige, gierige Zungen. Dicke schwarze Rauchsäulen stiegen bis zu den Wolken empor und warfen die Hitze des Feuers zurück wie der Boden einer Kupferpfanne. Glühendes Gras und schwarze Zweige flogen durch die Luft. Asche regnete vom Himmel.

Viele der Männer im Regenbogenland kämpften an vorderster Front. Die ›Rocking R‹ war die erste bedrohte Ranch, aber sie wußten alle, daß das gefräßige Feuer sich nicht mit dem Land einer Familie begnügen würde. Sie sprachen davon, daß das Gras seit Wochen wie Zunder gewesen war und daß ein Funke von einem Lagerfeuer oder ein Gewehrschuß genügte, um alles in Flammen aufgehen zu lassen. Ein Mann sagte im Spaß, sie könnten jetzt gut ein paar Indianer brauchen, die einen Regentanz aufführten, aber niemand lachte. Ein paar der neu ins Tal gekommenen Farmer brachten ihre Pflüge und durchfurchten einen breiten Streifen, um eine Feuerschneise zu schaffen. Doch die Flammen breiteten sich zu schnell aus, der Wind wehte zu stark, und das Gras war zu trocken.

Gus befahl Clementine, zum Haus zurückzugehen, aber sie blieb. Ihre Kehle schmerzte, und ihre Augen brannten vom erstickenden schwarzen Rauch. Der scharfe Geruch des brennenden Grases stieg ihr in die Nase, und die glühende Asche verbrannte ihr die Haut, doch sie blieb. Sie kämpfte gegen das Feuer. Sie stand bei den Männern hinter der Feuerschneise und schlug mit einer nassen Satteldecke auf die überspringenden Funken. Sie haßte dieses Land zu sehr, um sich von ihm besiegen zu lassen, und sie liebte es zu sehr, um tatenlos zuzusehen, wie es vernichtet wurde.

Der heftige Wind trieb und wirbelte die Funken über die Feuerschneise, und dutzende kleine Feuer brachen aus. Sie rannten von einem zum anderen und versuchten, die Flammen mit den nassen Decken und Säcken zu löschen. Zach fing mit dem Lasso eine fliehende Kuh ein, schlitzte sie auf, zog sie über die Erde und tränkte den Boden mit dem Blut. Clementine fand, mit seinem rußigen Gesicht, den wilden gelben Augen und den schwarzen, zerzausten Haaren sehe er wirklich wie ein Teufel aus, der geradewegs aus der Hölle kam.

Man muß Feuer mit Feuer bekämpfen, sagten die Männer. Zach und Gus banden mit Petroleum getränkte Seile an den Sätteln fest, zündeten sie an, zogen sie durch das Gras der Wiese hinter sich her und opferten damit ihr eigenes Land zum Wohle aller. Aber der Wind wehte in heftigen Böen, und das Gras überall um sie herum wurde zu einer Flammenwolke, die über alle Hindernisse flog, die die Menschen ihr in den Weg zu stellen versuchten.

Am späten Nachmittag hatte das Feuer die Bäume erreicht. Mit einem gewaltigen Tosen erfaßte es die Wipfel der hohen Lärchen und Kiefern. Sie explodierten wie Schießpulver, und der Himmel wurde zu einem Vulkan brennender Zapfen und fallender, entflammter Äste.

»Wir können es nicht mehr aufhalten!« schrie Zach über das Brausen und Krachen der Flammen hinweg. In den schimmernden Hitzewellen ragte seine große Gestalt schwarz vor der Mauer aus rotem Licht auf. »Wir müssen fliehen!«

Die übrigen Männer waren bereits alle zu ihren Häusern und Farmen zurückgeeilt, um zu retten, was noch zu retten war.

Clementine schlug mit einer angekohlten Decke gegen ihren glimmenden Rock. »Nein! Wir dürfen uns nicht geschlagen geben!« Ein brennender Zweig landete auf ihrem Haar, und sie wischte ihn mit der Hand achtlos weg. Sie war schon so lange der Hitze der Flammen ausgesetzt, daß sie sich so leer und trocken wie eine aufgeplatzte Samenkapsel vorkam. »Ich werde mich nicht geschlagen geben!«

Zach packte sie am Arm und schleppte sie zum Wagen. Dabei schrie er ihr ins Ohr: »Fahr zum Haus zurück und lade alles auf, was du unbedingt retten willst! Dazu bleiben dir vielleicht noch zehn Minuten!«

Sie sah sich verstört um. »Wo ist Gus? Ich gehe nicht ohne euch!«
»Wir kommen sofort nach, Boston. Nun los!«
Er hob sie wie einen Mehlsack auf den Sitz des Wagens und schlug dem
Pferd auf die Hinterhand. Es hatte vor Angst glasige Augen und sprang
mit einem durchdringenden Wiehern vorwärts, so daß Clementine alle
Mühe hatte, die Zügel festzuhalten.
Sie lud als erstes ihre Photoausrüstung auf den Wagen. Ihre Augen
brannten, und sie keuchte in der erstickenden Hitze. Sie nahm Hannahs
Quilt an den vier Enden, rannte durch das Haus und warf überstürzt
alles mögliche hinein: ihre Bibel, die silberne Haarbürste mit ihren
Initialen, den Traumring, den eine junge Indianerin ihr einmal geschenkt hatte, ein Paar Kerzenleuchter aus Elchgeweih – das Hochzeitsgeschenk des Mannes, den sie liebte –, ein Photoalbum voller Bilder, die
sie nie mehr betrachten würde, weil sie es nicht ertragen konnte, und
einen schweren herzförmigen Beutel voller Münzen, die Mutter und
Tochter nicht vor den Hoffnungen und Ängsten, vor ihren Sehnsüchten
und Verlusten bewahrt hatten. In Charlies Zimmer blieb sie stehen.
Alles, was ihr von ihm geblieben war, befand sich hier. Und doch waren
es nur Dinge. Sie bedeuteten nichts, wenn er nicht da war, um sie mit
Leben zu erfüllen.
Draußen tobte der heiße Wind, als komme er aus einem Hochofen. Das
Pferd stieg angstvoll wiehernd im Geschirr. Sie zog Charlies alte Bon-
bondose mit den indianischen Pfeilspitzen unter dem Bett hervor und
floh aus dem Haus. Der schwere Quilt schlug ihr gegen die Beine, und
in ihrem Herzen gab es wieder nur die harte, unendliche Leere.
Clementine spürte den ersten krampfartigen Schmerz, als sie auf den
Wagen kletterte. Sie stieß den Atem so heftig aus, als habe sie jemand
getreten, krümmte sich zusammen und hielt sich den schweren Leib mit
beiden Händen. Sie drehte den Kopf und blickte über die Schulter auf
die näherkommenden Flammen, die in den Himmel sprangen, und auf
die beiden Männer, die vor ihnen her galoppierten.
»Nein!« schrie sie vor Zorn und Angst. Sie schrie ihr ›Nein‹ den
schrecklichen Schmerzen entgegen und der tosenden Flammenwand,
die ihre Männer verschlang, schrie das ›Nein‹ den dicken Rauchschwaden entgegen, die wie ein schwarzer Schleier vor ihren Augen wirbelten
und sie einhüllten.
Clementine schrie mit ihrem ›Nein‹ gegen ganz Montana an!

Dreiundzwanzigstes Kapitel

Lautes Klopfen hallte durch das ruhige Haus. Hannah eilte die Stufen hinunter und knotete dabei den Gürtel ihres wollenen Hausmantels zu. »Ich komme!« rief sie, aber die Tür erbebte noch einmal unter der Wucht der Schläge. »Mein Gott, ich bin ja schon da!«

Sie riß die Tür auf. Gus McQueen stand auf der Veranda. Seine breiten Schultern verdeckten die ersten Strahlen der aufgehenden Sonne. »Ich will zu meiner Frau!«

Hinter ihm kam Zach auf das Haus zu. Seine Stiefel knirschten auf dem Rauhreif. Ein kalter Wind kräuselte das Wasser des Flusses und ließ die zitronengelben Espenblätter erzittern. Zwei Sattelpferde und drei Pack-pferde waren an Hannahs Zaun festgebunden.

Hannah seufzte. »Gus . . . sie ist gerade erst eingeschlafen.«

Clementine schlief selten. Sie lag den ganzen Tag in Hannahs großem Bett und kämpfte um das Kind, das sich in ihrem Leib immer noch ans Leben klammerte. Und sie trauerte. Aber sie schlief nicht und sprach kaum.

»Ich nehme an, sie wird sich von mir verabschieden wollen«, erwiderte Gus. Die Anspannung hatte in seinem Gesicht Falten um den Mund und die Augen gegraben. Er wirkte noch härter. Ein erstickter Laut drang aus seiner Kehle, als habe er gerade etwas Bitteres geschluckt. »Aber vielleicht auch nicht! Schließlich hat sie mich die beiden letzten Monate doch nur zum Teufel gewünscht.«

Hannah öffnete den Mund, um zu widersprechen. Plötzlich wurde ihr die Bedeutung seiner Worte klar. »Du willst weg? Du kannst sie jetzt nicht verlassen, du Dummkopf! Verdammt noch mal, Gus, wohin willst du?« rief sie ihm nach, denn er stürmte ins Haus, ohne zu warten, bis sie beiseite trat, und nahm auf seinem Weg nach oben jeweils zwei Stufen.

»Wölfe jagen«, erwiderte Zach an seiner Stelle.

Hannah fuhr herum und machte ein entsetztes Gesicht. Er hatte den frischen Geruch und die Kälte der späten Oktoberluft mit ins Haus gebracht. Sie erschauerte und zog den Hausmantel enger.

Wölfe jagen . . .

Die Grauwölfe verbrachten den Sommer in Paaren in den bewaldeten Bergen. Dort warfen sie ihre Welpen in Höhlen oder im Schutz großer Felsen. Wenn es kalt wurde, schlossen sie sich zu großen Rudeln zusammen und zogen hinunter in die Ebenen, um gemeinsam Büffel zu jagen. Allerdings waren die meisten der großen Büffelherden inzwischen verschwunden. Deshalb stellten die Wölfe Schafen und Rindern nach, und es gab Männer, die sie erlegten. Die Männer vergifteten die Wölfe und häuteten sie, denn der Viehzüchterverband bezahlte für die Felle Prämien.

Neben der Arbeit in einem Bordell war das die niederste und schmutzigste Methode, einen Dollar zu machen, die Hannah kannte.

Zachs Blick war seinem Bruder die Treppe nach oben gefolgt. Einen Herzschlag lang trat der Ausdruck verzweifelter Sehnsucht auf sein Gesicht.

Hannah wandte sich ab und schloß die Augen vor tausend unvergossenen Tränen.

»Er läuft davon«, murmelte sie. »Er läuft vor Charlies Tod, der verbrannten Ranch und ihren Eheproblemen davon. Die Wolfsjagd ist nur ein Vorwand. Gus flieht, und du fliehst mit ihm.«

Zach seufzte und zog den Hut tiefer in die Stirn. In seinem langen schwarzen Mantel, dem schweren Revolver an der Hüfte, seinem Dreitage-Bart und den langen dunklen Haaren, die ihm auf die Schultern hingen, sah er bereits wild genug für einen Wolfsjäger aus. Wolfsjäger mußten brutal sein, um das zu tun, was sie taten und um den Winter in der Prärie und die Indianer zu überleben. Die Indianer haßten die Wolfsjäger, denn das Strychnin vergiftete ihre Hunde. Ein Indianer hätte lieber einen Wolfsjäger skalpiert, als ein Pferd gestohlen.

»Er tut es nur, um Geld zu verdienen, Hannah. Ein Mann muß für seine Familie sorgen, und er ist im Augenblick so pleite, daß er nahe daran ist, seinen Sattel zu verkaufen. Wenn wir bis zum Frühjahr nichts Bares vorweisen können, verlieren wir die Ranch oder das, was davon übriggeblieben ist. Ein Mann muß darum kämpfen, daß er behält, was ihm gehört.«

»Ein Mann sollte auch einen oder zwei Gedanken an seine schwangere
Frau verschwenden. Ihr Männer reitet davon, und sie darf das Kind
allein bekommen.«
In seinen Augen blitzte etwas auf – etwas Hartes und Gefährliches.
»Du kümmerst dich um sie, Hannah«, sagte er, und seine Stimme klang
rauh, als er ihren Namen aussprach. »Du und der Doc, ihr kümmert
euch um sie. Und außerdem ist Clementine . . . tapfer. Sie hat mehr
Kraft, als wir alle zusammen. In schwierigen Zeiten verläßt sie sich
lieber auf sich selbst, um die Sache durchzustehen. Glaub mir, sie tut es,
ohne mit der Wimper zu zucken.«
Hannah erwiderte nichts.
Zach schob die Hände tief in die Manteltaschen. Er stieß mit der Stiefelspitze vorsichtig gegen den Schirmständer. Sein ruheloser Blick
schweifte durch ihren Flur und verweilte auf einem goldgerahmten,
mehrfarbigen Landschaftsdruck. Er hütete sich davor, noch einmal die
Treppe hinaufzublicken. »Ich kann ihn nicht daran hindern zu gehen,
verdammt noch mal . . . Und ich kann ihn nicht allein gehen lassen . . .«
»Er läuft davon«, sagte Hannah. »Das könnt ihr Männer alle gut.«

»Es gibt für jedes Wolfsfell eine Prämie von fünf Dollar, Clem«, sagte
Gus. Er rieb sich die Hände und versuchte, mehr Begeisterung in seine
Stimme zu legen. »Wenn die Saison gut ist, können wir vielleicht zwei-
oder sogar dreitausend Dollar verdienen.«
Er ging im Zimmer hin und her. Seine Stiefel hinterließen tiefe Abdrücke in dem dicken Teppich. Von Zeit zu Zeit warf er seiner Frau
einen Blick zu, die an viele Kissen gelehnt in dem großen Himmelbett
lag. Ihre Haare waren beinahe so hell wie das gebleichte Leinen. Die
Haut wirkte vor dem gemaserten Kopfteil aus Nußbaumholz und der
blutroten Seidentapete beinahe durchsichtig. Er mußte unwillkürlich
an die Nächte denken, die sein Bruder jahrelang mit Hannah in diesem
Zimmer verbracht hatte. Beim Anblick seiner Frau im Bett einer Hure
wurde ihm beinahe übel. Selbst die Luft roch nach Sünde.
Er blieb neben dem Bett stehen und blickte auf sie hinunter. Ihre Augen
waren groß und still und so fern wie der Mond. »Du weißt, Clem, ich
würde dich nicht allein lassen, wenn es nicht sein müßte«, sagte er.
Die feinen Spitzen und Bänder des Nachthemds bewegten sich auf ihrer

Brust. »Natürlich würdest du das nicht tun, Gus.« Ihr Blick fiel auf ihre Hände, die sie kraftlos über dem vorgewölbten Leib gefaltet hatte.

Er blickte auf ihren gesenkten Kopf und ballte die Fäuste. Er wollte sie packen und schütteln, damit wieder Leben, damit wieder Liebe in sie kam. Er hatte Angst . . . Er hatte solche Angst und war von der blinden Panik erfaßt, sie verloren zu haben.

»Ich mache das nur für dich«, sagte er. Seine Stimme zitterte unter dem Gewicht der Niederlage und des Versagens, das auf ihm lastete. »Ich wollte dir so gerne all die Dinge geben . . . das große Haus und den Luxus, den ich dir genommen habe. Und das werde ich auch, Clem, du wirst schon sehen. Gewiß, das Feuer war ein Rückschlag, aber mit ein wenig Bargeld können wir im nächsten Jahr mit einer neuen Rinderherde anfangen. Diesmal werde ich mich von Zach nicht wieder davon abbringen lassen, das beste Zuchtmaterial zu kaufen. Und im nächsten Sommer . . . du wirst sehen, im nächsten Sommer baue ich dir ein neues Haus, ein noch größeres und schöneres als das alte.« Seine Worte verklangen und wurden von der Stille verschluckt.

Im Kamin fiel ein Holzscheit zur Seite, und die Funken stoben. Ein Windstoß ließ die Fensterscheiben klirren. Er würde nie mehr das Zischen und Knistern der Flammen oder das Pfeifen des Windes hören können, ohne an das große Feuer zu denken.

Der Brand hatte das Haus zerstört, das er im ersten Jahr ihrer Ehe für Clementine gebaut hatte. Er hatte beinahe alle ihrer Heuwiesen und das Weideland verbrannt, und über tausend Rinder und Pferde der ›Rocking R‹ waren in den Flammen umgekommen oder im dichten schwarzen Rauch erstickt.

Das Feuer hatte ihnen nahezu alles genommen, als es auf die Pappeln, den Fluß, die alte Hütte und Charlies Grab zuraste. Doch dann hatte sich der Wind gedreht, die Flammen schlugen zurück und verzehrten sich selbst.

An diesem Abend – zu spät – hatte es geregnet, und das Feuer war schließlich erloschen.

Gus setzte sich auf das Bett und griff nach ihrer Hand. Sie zog sie nicht zurück, aber er konnte spüren, wie sie sich von ihm entfernte und tief in sich selbst verkroch.

»Du wirst mir fehlen, Clem.«

Sie blickte durch das Zimmer zu den Fenstern, hinter denen die aufgehende Sonne den Himmel in ein honigfarbenes Licht tauchte. Auf den Bergen lag bereits Schnee. Es wurde Winter. In Montana kam der Winter immer, bevor man darauf vorbereitet war.

»Nimm dir genug warme Sachen mit«, sagte sie in diesem distanzierten, höflichen Ton, in dem sie seit Charlies Tod sprach und den Gus inzwischen mehr als alles andere haßte. »Iß nicht nur dicke Bohnen und Kekse. Und versuche, deinen Bruder vom Whiskey fernzuhalten.«

Er schluckte hart, um den Kloß der Angst und Verzweiflung loszuwerden, der seit Charlies Tod, seit dem Feuer und vielleicht schon lange vorher wie ein Geschwür in seiner Kehle gewachsen war. Vielleicht wucherte die Angst, seit er irgendwann im Laufe der vier Jahre begriffen hatte, daß diese Frau oder zumindest der Teil dieser Frau, der zählte, ihm niemals gehören würde.

»Clementine . . .« Er wollte sie in den Armen halten; er wollte ihren Mund küssen und sie berühren; er wollte neben ihr liegen, nur neben ihr liegen und sie an sich drücken. Und er wollte ihr sagen, wie sehr er sie brauchte, wie wichtig es für ihn war, daß sie an ihn glaubte. Daß er nichts war ohne ihren Glauben an ihn, ohne ihre Liebe. »Ich liebe dich«, sagte er und wartete.

Wenn er sie verloren hatte, dann würde er sich selbst verlieren. Denn er konnte den Gedanken nicht ertragen, ohne sie weiterzuleben.

Ihre Hand bewegte sich in seiner Hand. Sie umfaßte seine Finger, drückte sie, führte die Hand an ihr Gesicht und legte sie mit dem Rücken an ihre Wange. »Ich liebe dich auch, Gus.«

Der grüne Glasperlenvorhang in Hannah Yorkes Wohnzimmer bewegte sich langsam im Luftzug, und die Perlen klickten. Hannah saß starr und frierend auf dem goldenen Brokatsofa mit der Medaillon-Lehne.

Sie lauschte angestrengt, als könne sie die Unterhaltung im oberen Stockwerk hören. »Bestimmt versucht er, sie zu überreden, daß sie in mein Hotel zieht«, sagte Hannah. »Oder vielleicht zu einer der respektableren Familien der Stadt.«

Zach stand am Fenster und starrte hinaus. Die Dielen des Schlafzimmers über ihnen knarrten und ächzten unter schweren Tritten. »Als Gus sie bei dem Brand in seiner Panik hierhergebracht hat, weil er fürchtete, sie werde eine Fehlgeburt haben, da hat er nicht daran gedacht, daß das einen Skandal geben könnte.«

»Sie wird nicht gehen«, sagte Zach, ohne sich nach ihr umzudrehen, »wenn sie es nicht selbst will. Sie hätte ja auch keinen anderen Platz als die alte Hütte mit dem Grasdach mitten auf einer abgebrannten Ranch.«

Die Schritte über ihnen kamen zum Stillstand. Hannah blickte auf Zachs schweigenden Rücken. »Ich weiß, Charlies Tod hat deinen Bruder schwer getroffen. Jetzt fehlt nicht viel, und ihr werdet wegen des Feuers die Ranch verlieren. Großer Gott, selbst an den ›Vier Buben‹ kann er in letzter Zeit wenig Freude haben, nachdem euer Vater die Anteile übernommen und sich mit dem Konsortium darauf geeinigt hat, daß er den Laden allein führt. Er will sich wahrscheinlich zur größten Kröte in dem Loch Rainbow Springs machen . . .«

»Der einäugige Jack ist im Augenblick unsere geringste Sorge«, sagte Zach und unterbrach damit ihr nervöses Gerede.

Und was sind *deine* Sorgen, wollte sie fragen. Hannah kannte ihn seit vielen Jahre, hatte mit ihm das Bett geteilt und doch nie gewußt, was hinter diesen gelben Augen vorging. Er lehnte an der goldenen Tapete, sein Kopf streifte den dunkelbraunen Samtvorhang, und er starrte hinaus in die Weite von Montana. Selbst durch den dicken Mantel hindurch sah sie die Anspannung in seinen Nackenmuskeln und den Schultern.

»Zach?« Er hob den Kopf und drehte ihn zur Seite, sah sie aber nicht an. »Könnt ihr die Ranch retten?«

»Ja, sicher. Das ist so leicht, wie einen Bienenschwarm durch einen Schneesturm zu treiben.« Plötzlich verstummte er, und seine Hand an der Wand ballte sich zur Faust. Hannahs Magen verkrampfte sich in kalter, namenloser Panik. »Was macht denn der Kerl da draußen an deinem Gartenzaun?« fragte er. Seine Stimme klang ruhig, doch die Worte hatten eine Schärfe wie ein eisiger Wind.

Sie sprang erschrocken auf, ging zum anderen Fenster und blickte hinaus.

Drew Scully . . .

Er lehnte an ihrem Zaun und hatte die Hände in die Taschen gesteckt. Er war anscheinend auf dem Weg zur Arbeit, denn er trug eine grobe Drillichhose, eine dicke Leinenjacke und schwere Schuhe. Er machte ihr seit dem vierten Juli den Hof, und sie hatte es zugelassen. Dabei redete sie sich ein, es sei nicht so.

»Ich weiß nicht, was er da draußen macht«, murmelte Hannah und errötete schuldbewußt. Zach drehte sich blitzartig nach ihr um, und sie wich einen Schritt zurück. Dabei preßte sie in einer unbewußten, schützenden Geste die Hand vor die Brust.

Er verzog mit einem Anflug von Hohn die Lippen. »Wenigstens ist er mutig genug, mich im voraus wissen zu lassen, daß er auf meiner Seite des Bettes liegen wird, sobald ich weg bin.«

Sie schüttelte heftig den Kopf. »Nein, nein, du irrst dich.«

»Das ist doch so sicher wie das Amen in der Kirche, Hannah.« Er machte einen Schritt auf sie zu, und sie wich noch zwei Schritte zurück. Das Mißtrauen in seiner Stimme war nicht zu überhören. In dieser Stimmung war er so explosiv wie eine Stange Dynamit.

Sie stieß mit der Hüfte gegen einen Tisch und hätte beinahe eine Gipsbüste und einen Kerzenhalter heruntergeworfen. Sie wollte schnell um den Tisch herumgehen, aber sie stolperte über die Tatze des Bärenfells, und plötzlich war er bei ihr. Er packte sie mit der Hand am Hals. Mit dem Daumen drückte er ihr das Kinn hoch und den Kopf zurück, so daß er ihr in die Augen blicken konnte. »Hab ich recht, Hannah? Wirst du seinetwegen Schluß mit mir machen?«

»Nein!« schrie sie, als könnte sie die Lüge übertönen, die sie in ihrer Stimme hörte.

Sie befreite sich aus seinem Griff und hämmerte mit den Fäusten gegen seine Brust. »Verdammt, Zach, versuch nicht, *mir* alles zuzuschieben! *Ich* liebe *nicht* die Frau meines Bruders . . .«

Sie brach ab, aber nicht früh genug. Sein Kopf zuckte zurück, als habe sie ihn geschlagen. Sein Blick richtete sich auf den Glasperlenvorhang, und er wurde leichenblaß.

Heiße Tränen stiegen ihr in die Augen, und sie wischte sie schnell mit dem Handrücken ab. »Ach zum Teufel, Zach, warum bringst du mich dazu, es laut zu sagen?« Plötzlich mußte sie ihm nahe sein, wollte von ihm in den Armen gehalten werden. Sie schlang die Arme um ihn und drückte sich an ihn, vergrub das Gesicht an seinem Hals und atmete gegen seine rauhe Haut. »Es tut mir leid«, flüsterte sie, und ihre Lippen bewegten sich wie bei zärtlichen Küssen.

Er atmete langsam durch die zusammengebissenen Zähne aus und schwieg.

»Hannah . . .«

Sie spürte, daß er schwer schluckte. Auf seiner Wange zuckte ein Muskel. Sie strich ihm mit der Hand über den Nacken. Seine Haut war so kalt, und die Muskeln waren so angespannt, daß sie das Gefühl hatte, eine Marmorstatue zu berühren.

»Ach Zach . . . Üblicherweise gebe ich niemandem Ratschläge, der liebeskrank ist, denn mir ist selbst das Herz oft genug gebrochen worden.« Sie faßte die Aufschläge seines Mantels und schüttelte ihn. »Aber dieses eine Mal will ich dir sagen, was du tun mußt. Zuerst paßt du gut auf Gus auf, damit ihm in diesem Winter draußen in der Prärie nichts passiert. Du bringst ihn zu ihr zurück und dann verschwindest du. Du gehst, bevor der Tag kommt, an dem deine Gefühle dich überwältigen und du wirklich das tust, wovon du bisher nur geträumt hast. Du gehst, bevor Gus herausfindet, daß die Frau, die er liebt, dich liebt, bevor er versucht, dich deshalb umzubringen, und du ihn, deinen eigenen Bruder, tötest.« Sie schüttelte ihn noch einmal. »Verschwinde aus dem Regenbogenland, Zach, bevor du uns allen, einschließlich dir selbst, das Herz brichst.«

Ein Anflug von trauriger Zärtlichkeit ließ die harten Linien um seinen Mund weich werden. »Die kluge Hannah . . .« Er zog sie an sich, und seine Hand drückte ihren Kopf fest an seinen Hals. Er strich ihr über die Haare; seine Finger spannten sich flüchtig an und ließen sie dann los. »Wir hatten eine schöne Zeit miteinander, nicht wahr, Liebling?«

Das Herz schlug ihr bis zum Hals. Sie nickte, und ihr Kinn schabte über den rauhen Wollkragen seines schwarzen Mantels. »Ja . . . Wir hatten eine schöne Zeit miteinander.«

Gus kam polternd die Treppe herunter und schlug mit der Faust gegen den Glasperlenvorhang. »Gehen wir, Bruder!« rief er und stürmte durch die Tür hinaus.

Hannah und Zach lösten sich voneinander. »Willst du hinaufgehen und dich von ihr verabschieden? Gus wird sich nichts dabei denken.«

Er stand ganz still und ließ die Arme hängen. Aber er hielt den Kopf hoch, damit er nicht noch einmal in Richtung der Treppe blickte. Hannah hatte ihn niemals so geliebt wie in diesem Augenblick. »Wenn ich sie jetzt sehen würde«, sagte Zach, »könnte ich sie nicht mehr verlassen, nicht einmal Gus zuliebe.«

Drew Scully kam einen Monat später eines Morgens zu ihr.

Er erschien, als sie im Wohnzimmer stand und ihren Farn goß, und Clementine, die sich etwas besser fühlte, am Fluß spazierenging. Hannah sah ihn durch das Fenster am Zaun lehnen, so wie an dem Tag, an dem sie und Zach Abschied voneinander genommen hatten. Allerdings ging er diesmal nicht weiter den Hügel hinauf zur Mine.

Diesmal öffnete er das Gartentor und kam über den Weg zum Haus. Die Gießkanne fiel ihr mit lautem Geklapper aus der Hand. Das Wasser spritzte auf den Saum ihres roten Rocks und hinterließ auf dem Teppich mit dem Lebensbaum einen dunklen Fleck.

Die Wintersonne stand ausnahmsweise glänzend am Himmel. Ihre Strahlen fielen durch das Oberlicht der Tür mit dem bunten Glas, und sein langer Schatten auf ihrem Kiefernholzboden war mit winzigen roten, gelben, blauen und grünen Regenbogenfarben gestreift. Er schob den Glasperlenvorhang beiseite und machte einen Schritt in das Zimmer. Ihr Herz schlug laut, jeder Nerv in ihrem Körper war zum Zerreißen gespannt.

Er hatte ein scharf geschnittenes Raubvogelgesicht wie ein Falke. Sie beobachtete, wie sich sein Mund beim Sprechen bewegte.

»Die ganze Stadt redet davon«, sagte er. »Ihr Liebhaber läßt Sie den Winter über allein. Vielleicht hat er Sie endgültig verlassen.«

Sie warf mit einer Kopfbewegung ein paar Locken aus den Augen und zwang sich, ruhig zu antworten. »Das hat nichts mit Ihnen zu tun, Mr. Scully. Ich wäre Ihnen dankbar, wenn Sie sofort wieder gehen würden, bevor ich . . .«

»Er ist weg, Mrs. Yorke, und ich bin hier.« Der Hunger, den sie in seinen Augen sah, ließ seine Stimme rauh und heiser klingen. Er machte einen Schritt auf sie zu, und sie kreuzte die Arme vor der Brust, als könne sie das wilde Klopfen ihres Herzens damit beruhigen. »Ich warte nicht, bis Sie beschlossen haben, daß Sie ihn nicht mehr lieben«, fuhr er fort, während er näher kam. Ein Schauer überlief sie, als er ihr Gesicht berührte und ihr mit den Fingern über die Wange strich. Sein Mund lag leicht auf ihren Lippen. Sie erschauerte noch einmal, als ihr bewußt wurde, daß dieser *Junge* ihr das Herz brechen konnte, so wie noch kein Mann vor ihm. Der Gedanke nahm ihr den Atem. »Ich will dich jetzt, Hannah, solange du ihn noch auf deinen Lippen schmeckst.«

Dann küßte er sie.

Er küßte sie, als sei er nach Zärtlichkeit ausgehungert; er saugte an ihrem Mund, bis sie zu ersticken glaubte. Er neigte den Kopf, damit seine Lippen ihren Mund ganz bedeckten, und küßte sie tiefer, langsamer, aber leidenschaftlich und fordernd. Sein Atem roch nach Zahnpaste. Es war seltsam und rührend, daß bei all seiner Leidenschaft seinem Mund dieser Geruch nach Zahnpaste entströmte.

Seine Lippen bewegten sich heftig und zwangen sie, ihre Lippen zu öffnen. Sie überließ sich ihm. Sie seufzte, als seine Zunge ihren Mund liebkoste. Sie glaubte, in Flammen zu stehen, als er ihren Kopf zurückzog und seinen Körper an ihren preßte.

»Jetzt gehörst du mir!« keuchte er. Die Worte klangen undeutlich, weil seine Zunge sie erkundete.

»Ja«, flüsterte sie, doch dieses eine Wort besaß die Kraft eines Schreis«. Sie wollte ihn und wurde von ihm ebenso rückhaltlos und ungestüm gewollt.

Hannah packte Drew am Mantel, klammerte sich an ihn, und ihre Lippen suchten sehnsüchtig und wie eine Ertrinkende seinen Mund. Ohne die Lippen von seinen zu lösen, tastete sie mit den Händen hinter sich. Ihre Finger krallten sich in das Tuch mit dem persischen Muster, das auf dem Tisch lag. Sie zog es mit sich, als sie zu Boden sanken. Der Bronzeleuchter landete mit lautem Klappern auf dem vernickelten Ofen. Das dicke Bärenfell verhinderte, daß die Gipsbüste zerbrach. Ein kleines Perlmuttkästchen fiel neben sie, doch Hannah merkte es kaum.

Sie zerrte an seinen Kleidern. Er löste sich lange genug von ihren Lippen, um Jacke und Hemd auszuziehen und von sich zu werfen. Ihre Hand glitt über seinen Oberkörper, und sie spürte das wilde Trommeln seines Herzens. Seine Haut war heiß und glatt.

Sie blickte staunend in seine grauen Augen, küßte die gespannten Muskeln seines Unterkiefers und fuhr mit der Zunge über die harte Linie seines Mundes. Die Wildheit, die in ihr aufloderte, überwältigte sie. Sie hörte das Blut in ihrem Kopf, und ihr Atem ging schnell, immer schneller.

»Nimm mich!« stöhnte sie. »Nimm mich . . . jetzt.«

Er riß ihr das mohnrote Seidenkleid auf, sie ließ ihn gewähren und wußte nicht mehr, was er tat. Erst als er den Kopf senkte, seine Haare ihren Hals streichelten und er eine Brustwarze mit den Lippen berührte, schrie sie auf, klammerte sich an seinen Kopf, schlang die Beine um ihn und versuchte, ihn sich ganz zu nehmen – jetzt, jetzt, jetzt. Er richtete sich empor, riß seine Hose auf und schob sie nach unten. Sein Gesicht glühte. Sie lachte und fuhr mit den Nägeln über seine gespannten Bauchmuskeln. Sie zuckten, er bäumte sich auf, und dann war er in ihr. Sie stieß einen langen Schrei aus, als er sich bewegte. Sie hob sich ihm entgegen, warf den Kopf hin und her, und ihre Haare peitschten sein Gesicht. Sie vergrub die Finger im rauhen Bärenfell und überließ sich ihm, überließ sich seinem Hunger, seiner Gier und den jähen, überwältigenden Flammen der Lust, die sie immer und immer wieder durchzuckten – jetzt, jetzt, jetzt.

Als er auf sie sank, hörte sie die zärtlichen Worte. Sie glaubte ihm nicht, dazu war sie viel zu klug. Trotzdem klangen sie süß in ihren Ohren.

»Ich liebe dich, Hannah«, flüsterte er.

Vierundzwanzigstes Kapitel

Der Schlaf lehnte am Fenster, aber er ließ sich nicht einfangen, sondern hielt sich höhnisch außer Reichweite. Hinter ihm lauerten die Erinnerungen und drängten sich die Sünden der Vergangenheit. Sie sorgten für Unruhe und quälten die Gefühle, bis sie wie Schlangen die Beute ansprangen und das Gift den Frieden der Seele tötete. Eine Böe fuhr in den Kamin und trieb Rauch in das Zimmer. Der Nordwind aus den Bergen tobte um das Haus und verschluckte das leise Murmeln der Frauenstimmen, das vom Bett kam.

Hannah blickte plötzlich von Eifersucht gepackt auf die beiden Köpfe, die sich einträchtig über einen Versandhauskatalog beugten. Sie verabscheute sich, weil es ihr etwas ausmachte, daß Clementine und Saphronie in letzter Zeit so gute Freundinnen geworden waren. Immerhin hatten sie beide ein Kind verloren.

Und was ist mit meinem Kind, das ich verloren habe? Wer hat Mitgefühl mit mir?

Über ihren eigenen Verlust hatte sie nie mit Clementine gesprochen. Denn ihr verlorenes Kind zu erwähnen, wäre ein Eingeständnis der Sündhaftigkeit, der Schwäche und der Schande gewesen, und deshalb hatte sie es nie gewagt. Doch es lastete auf ihr, es quälte sie, und manchmal litt sie darunter, das alles für sich behalten zu müssen.

Hannah nahm den Glaszylinder von einer bauchigen Lampe, zündete sie mit einem Streichholz an, stellte den Zylinder zurück und drehte den Docht nach oben. Weiches gelbes Licht erhellte die dunklen Zimmerecken; es schimmerte auf der roten Seidentapete, dem Goldrahmen des Spiegels und dem lackierten Pfauenfederwandschirm.

Ein Zimmer wie in einem Puff, dachte Hannah und fuhr sich gereizt über das bleiche Gesicht, als wollte sie die lästigen Gedanken vertreiben. Aber es störte sie plötzlich, in dem ›Haus der Sünde‹ zu leben und eine Ausgestoßene zu sein.

Sie trat unruhig ans Fenster. Um den Schein der Lampe auszuschließen, legte sie die Hände zu beiden Seiten ihres Kopfs an die Scheibe und blickte hinaus. Der Sturm würde noch heftiger werden. Sie ging zum Kamin, schob ein Scheit weiter in die Flammen und zog einen Ofenschirm mit lackierten Rosen näher, um einen Teil der Wärme und des Rauchs abzuhalten.

Sie seufzte erleichtert, aber auch etwas schuldbewußt, als Saphronie eine Wärmflasche aus dem Bett nahm und das Zimmer verließ. Endlich war sie mit Clementine allein. »Draußen braut sich ein Sturm zusammen«, sagte sie und dachte dabei an ihre Gefühle.

Clementine schien ihre Unruhe zu spüren. Sie legte den Katalog auf die andere Seite des Bettes und forderte Hannah mit einer stummen Geste auf, sich zu ihr zu setzen.

»Ich glaube immer, der Winter wird mir nichts ausmachen, und wenn er dann da ist, stelle ich fest, daß ich ihn kaum ertragen kann.«

Hannahs steifer kleegrüner Satinrock knisterte, als sie sich neben Clementine auf das Bett setzte. Der Leib ihrer Freundin unter der Decke war unförmig; das Kind konnte jederzeit kommen.

»Der Winter in Montana stellt einen auf eine harte Probe«, sagte Hannah schuldbewußt, denn nicht sie, sondern ihre Freundin hatte allen Grund, verzweifelt zu sein. Deshalb gab sie sich einen Ruck und fügte so heiter wie möglich hinzu: »Aber ganz gleich, wie hart der Winter ist, der Frühling kommt bestimmt.«

»Ich werde nie meinen ersten Winter hier in Montana vergessen, in dem Charlie zur Welt kam ...«

Clementine sah Hannah an, und ihre Augen waren wie tiefe, dunkle Seen, die überflossen vor Trauer und Leid. Sie schlug die Hände vor das Gesicht. »Ach Hannah, ich hasse mich wegen all der Tränen. Ich konnte so lange nicht weinen, und jetzt kann ich nicht mehr aufhören.«

Der Kummer und das schlechte Gewissen, das sie niemals zur Ruhe kommen ließ, legte sich in diesem Augenblick wie ein enger Reif um Hannas Brust. Ihre Augen brannten, als sei sie es, die weinte. Nach kurzem Zögern beugte sie sich vor, legte die Arme um Clementine und drückte sie an sich. Sie seufzte tief und atmete den süßen Duft von Wildrosenseife ein.

»Ich hätte an seiner Stelle sterben sollen«, flüsterte Clementine an Hannahs Schulter. »Es hätte mich treffen sollen.«

Hannah strich ihr über den Kopf. »Nein, nein! Ach, weißt du, Clem, der Schmerz ist nie größer, als wenn man ein Kind verloren hat. Es ist eine Qual, die keine Frau durchmachen sollte.«

»Und doch hast du es auch erlebt.«

Hannah lachte gezwungen, aber es klang selbst in ihren Ohren hohl. »Mein Gott, Clementine, wie kommst du denn darauf? Ich habe nie...«

Die Worte stauten sich in ihrer Kehle und blieben vor Angst und Scham dort stecken. Sie hatte immer gewußt, daß dieser Tag kommen würde. Wie seltsam – sie hatte sich gerade selbst beglückwünscht, weil sie das Geheimnis so lange für sich behalten konnte, und schon war es heraus. Den Sünden der Vergangenheit konnte niemand entfliehen. Ganz gleich, wie schnell oder wie weit sie rannte, sie waren immer schon da und warteten sozusagen an der nächsten Straßenecke auf sie.

Hannah blinzelte, um die verräterischen Tränen in ihren Augen zu unterdrücken. »Wie... wie hast du es erfahren? Shiloh ist der einzige, der es weiß, und ich kann mir nicht denken, daß er es dir gesagt hat.«

Clementine sah sie mit ihren großen Augen an, die so vieles sahen. »Ich weiß es nicht von Shiloh. Ich habe es erraten. Du hast im Laufe der Jahre ein paar Dinge gesagt, und ich kenne dich so gut.«

Hannah hatte das Gefühl, am ganzen Körper zu erröten. Sie zwang sich, in die schönen kühlen Augen zu blicken, in die Augen einer *Dame*, doch gleichzeitig glaubte sie vor Niedergeschlagenheit zu sterben. Sie hatte Männer verloren und war darüber hinweggekommen. Aber sie glaubte, es nicht ertragen zu können, wenn sie Clementine verlieren würde.

»Oh, aber ich dachte...«, sie suchte krampfhaft nach einem Ausweg, um dem Geständnis noch einmal auszuweichen.

Die damenhaften Augen hatten sich eine Spur verengt und blickten ihr bis ins Herz. Hannah wand sich wie auf der Folter. »Ich... ich habe mein Kind, meinen kleinen Jungen verloren. Aber er ist nicht gestorben.« Hannah holte tief Luft und war bereit, endlich alles zu gestehen. Clementine war ihre Freundin, wenn überhaupt einem Menschen, dann konnte sie ihr vertrauen. »Aber ich war nicht verheiratet, als ich ihn bekam.«

Clementine legte ihr die Hand auf den Arm. »Ich weiß. Du hast mir vor langer Zeit einmal gesagt, daß du nie verheiratet warst.«

Hannah starrte auf die Hände, die sie im Schoß ineinander verschlungen hatte, als könnte sie dort die Antwort auf das ›Warum?‹ finden. Warum hatte er sie damals betrogen? Warum hatte er sie geliebt und dann verlassen?

Warum . . .

Sie zupfte an einem losen Faden im Satin. »Wahrscheinlich dachte ich, wenn du die Wahrheit über mich kennst, würdest du nicht mehr meine Freundin sein wollen.«

Clementine griff nach Hannahs Händen und drückte sie an ihre Brust. »Ach Hannah, weißt du das nicht? Du bist meine Freundin. Wie kannst du nicht begreifen, was es für mich bedeutet, eine Freundin zu haben? Mir ist gleichgültig, mit wie vielen Männern du für Geld oder aus Liebe geschlafen hast. Du warst mir immer die Schwester, die ich nie hatte, und daran wird sich auch nie etwas ändern.«

Hannah lachte unsicher, und es klang beinahe wie ein Schluchzen. »Ich hatte auch keine Schwester. Ich hatte wenig im Kohlenrevier in Kentucky, wo ich aufgewachsen bin. Mein Vater hat oft im Scherz gesagt, wir seien so arm, daß wir verhungern würden, wenn wir nicht zweimal in der Woche das Essen ausfallen ließen.« Sie lachte, und Clementine lächelte.

»Ich glaube nicht, daß mein Vater jemals in seinem Leben einen Scherz gemacht hat«, flüsterte Clementine und glaubte, die alten Narben auf ihren Händen wieder zu spüren.

»Na ja, wir waren vielleicht so arm wie Kirchenmäuse, aber es gab auch wunderbare Zeiten.« Hannah zupfte wieder an dem Webfehler. »Mein Vater ist in der Kohlengrube gestorben, als ich zehn war. Mama und ich lebten danach bei ihrer Schwester, die mit einem Bäcker verheiratet war. Also hatten wir danach genug zu essen, aber es war nicht mehr wie früher. Alles wurde wieder wunderbar, als ich . . . ihn . . . kennenlernte. Er war der Sohn des Bergwerksbesitzers und gerade von einer Studienreise zurückgekommen – stell dir vor, das hat er gesagt: ›von einer Studienreise‹. Ich glaube, ich habe im ganzen Leben, weder davor noch danach, jemanden kennengelernt, der so vornehm war.« Sie seufzte leise. »Er hat mir ständig Komplimente gemacht.«

»Das war der Vater deines Kindes?«

Hannah schämte sich. Um Zeit zu gewinnen, tätschelte sie behutsam Clementines gewölbten Leib und zwang sich zu einem Lächeln. »Hannah Yorke ist nicht dumm, Clem. Ich war damals noch Jungfrau, und er mußte mir schwören, mich zu heiraten, bevor ich etwas mit ihm anfing.«

Clementine lächelte wieder; es war ein langsames, liebevolles Lächeln, und Hannah wurde es warm ums Herz. Mein Gott, es war schwer, aber es tat auch gut, darüber zu reden. Sie hatte nie mit einer anderen Frau darüber gesprochen – nur mit Männern, aber bei Männern war es mehr so, daß sie ihnen etwas preisgab in der Hoffnung, dafür etwas zurückzubekommen.

»Meine Mutter hat mir ein Kleid genäht – sie hatte ihren Ehering versetzt, um die Spitze an meinem Hochzeitskleid bezahlen zu können, und meine Tante und mein Onkel haben die schönste Torte gebacken, die du dir vorstellen kannst.« Ihre Stimme erstarb, und sie schwieg. Nur mit Mühe überwand sie sich und sagte: »Ich glaube, es war der schlimmste Tag meines Lebens. Ich wartete vor der Kirche darauf, daß er kommen werde, und als die Minuten vergingen, wußte ich, daß auch ich nur eine von den vielen Dummen war, die sich von Männern haben betören lassen. Der Schuft hatte die Stadt mit dem Frühzug verlassen, und bei mir war etwas Kleines unterwegs.«

Clementine griff nach Hannas Hand und drückte sie.

»Selbstverständlich konnte ich meiner Mutter keine Schande machen. Deshalb bin ich davongelaufen und in die Großstadt, nach Franklin, gegangen. Dort habe ich mir Arbeit in einem Textilgeschäft gesucht und Handschuhe verkauft, bis man es mir ansah. Da habe ich meine Stelle und das Zimmer in der Pension verloren. Als ich fror und hungrig war und Angst hatte, da tauchte wieder so ein netter Mann auf. Er hat mich in sein großes, feines weißes Haus mitgenommen und gesagt, ich müsse mir nie mehr Sorgen machen.«

Clementine drückte ihr die Hand fester, und Hannah fand den starken Druck seltsam tröstlich.

»Wahrscheinlich kannst du dir denken, was für ein Haus das war, und was er von mir als Gegenleistung dafür wollte, daß er mir ein Dach über dem Kopf und etwas zu essen gab. Mein Junge kam in einem Bordell zur Welt, ohne einen Vater, der ihm einen Namen gegeben hätte. Dort habe ich dann die schwerste Sünde in meinem ganzen schlechten Leben begangen.« Sie konnte nicht weitersprechen. Noch immer schien das Entsetzen über die Tat sie zu ersticken. »Ich habe ihn verkauft.«

»O Hannah . . . « Clementine zog Hannahs Hand in ihren Schoß.

»Die Hebamme brachte einen Mann mit. Ihm gehörte eine Bank oder so etwas. Er sagte, in Kentucky gebe es ein Gesetz, das verbiete, Kinder unter zehn in einem Bordell zu lassen. Er und seine Frau könnten meinem Baby ein gutes Zuhause geben – eine Schulbildung, warme Kleider und genug zu essen. Er redete und redete auf mich ein. Ich war so schwach und erschöpft und verängstigt, und ich machte mir so große Sorgen, verstehst du, wie ich für ihn eine gute Mutter sein sollte. O Gott, Clementine, ich hatte einfach so schreckliche Angst . . . «

Clementine strich über Hannahs Handrücken. »Gewiß, du hättest mit deinem Kind weggehen können. Aber was für eine Arbeit hättest du gefunden? Sieh dir Saphronie an. Und in dem Bordell hätten sie dir das Kind bestimmt weggenommen. «

»Aber ich habe meinen Jungen *verkauft*! Der Bankier hat mir hundert Dollar geboten, und ich habe sie angenommen. «

»Du hast ihn aufgegeben, damit er ein gutes Leben hatte. «

»Du meinst, weil er mit Schuhen an den Füßen großgeworden ist und nie erfahren hat, daß er ein Bastard ist und daß seine Mutter eine Hure war?« Hannah stiegen die Tränen in die Augen. »Ich habe ihn so sehr geliebt, und ich wäre ihm eine gute Mutter gewesen, das weiß ich. Ich hätte irgendwie eine Möglichkeit finden müssen . . . «

»Du wärst eine wunderbare Mutter gewesen«, sagte Clementine leise. »Die beste Mutter der Welt. «

Ein lastendes Schweigen lag über dem Zimmer. Schließlich zuckte Hannah die Schultern, rieb sich die Augen und schniefte. Sie wollte es hinter sich bringen, und deshalb redete sie schnell weiter. Dazwischen lachte sie immer wieder übertrieben laut, um den Schmerz zu vertreiben.

»Nun ja, nach einer Weile hat es mir nichts mehr ausgemacht, in dem Bordell zu arbeiten. Ich glaube, ich habe mich immer gern amüsiert, und ich hatte hübsche Kleider zum Anziehen und reichlich zu essen. An einem guten Abend habe ich bis zu sechzig Dollar verdient. Sonntags haben wir unsere besten Kleider angezogen und sind im Wagen ausgefahren. Dann kam ich mir wie eine Königin vor. «

Sie lachte, aber dann ballte sie die Fäuste. Es dauerte eine Weile, bis sie ruhig genug war, um weiterzusprechen. Das ›Märchen‹ von der glücklichen Hure, es war eben doch alles eine einzige große Lüge . . .

»Eines Tages kam wieder ein netter Mann. Ich bin mit ihm davongelaufen. Er hatte einen billigen Wanderzirkus, und ich habe mich ihm angeschlossen. Hast du so einen Zirkus jemals gesehen? Ich glaube nicht. Es ist eine Art Zirkus mit Clowns, Akrobaten und Sing- und Tanznummern. Wir sind in die hinterste Provinz gefahren, wo ein großer Zirkus nie hinkam. Auf den Handzetteln, die verteilt wurden, war ich als Attraktion aufgeführt. Solange die Männer dafür bezahlten, habe ich meine Schleier abgelegt. Als Hure zu arbeiten brauchte ich allerdings nicht. Schließlich war der Herr Direktor mehr als zufrieden, daß ich *ihm* das Bett warmgehalten habe.«

»Als kleines Mädchen habe ich immer davon geträumt, mit einem Zirkus davonzulaufen«, warf Clementine unvermittelt ein.

Hannah sah ihre Freundin verblüfft an. Sie konnte sich nicht vorstellen, daß jemand, der Bettwäsche aus Satin hatte und bei dem das Essen aus sechs Gängen bestand, jemand mit Spitzenhemdchen und silbernen Haarkämmen und all dem Luxus, der zu tadellosen Manieren und dem vornehmen Getue gehörte, davonlaufen wollte. Und doch hatte Clementine etwas Ähnliches getan, sie war mit einem Cowboy nach Montana gekommen.

Hannah machte eine wegwerfende Handbewegung. »Na ja, den Zirkus hatte ich schnell satt. Danach bin ich mit einem Berufsspieler den Mississippi hinauf- und hinuntergefahren. Er sah ungeheuer gut aus, dieser Mann, und er war der größte Halunke, den die Welt gesehen hat, wenn es darum ging, Frauen zu quälen.« Sie lächelte wehmütig. »Clem, trau niemals einem Mann, der dir sagt, daß er dich liebt und dir dabei in die Augen sehen kann.«

»Männer lügen manchmal«, sagte Clementine. »Selbst wenn sie es eigentlich nicht wollen.«

Hannahs Augen wurden groß, und sie lachte verblüfft. »Woher weiß eine echte Dame aus Boston soviel über Männer?«

»Sie ist erwachsen geworden«, erwiderte Clementine leise.

Hannahs Lächeln erstarb, und sie wandte den Blick ab. »Ja, nun ja, manche von uns brauchen ganz schön lange dazu.«

O Gott, wie schön war ihr die Welt damals vorgekommen, als sie auf dem Fluß gefahren war und nur an Liebe gedacht hatte. So vieles war schön gewesen – die heißen Nächte, das Vergnügen, der Alkohol. Sie hatte damals die Grenze der Anständigkeit so weit hinter sich gelassen, daß sie das Verderben, dem sie entgegensteuerte, nicht mehr sah. Sie hatte sich frei gefühlt, so frei, während andere Frauen eingeengt wurden von dem Korsett der Ehe und den strikten gesellschaftlichen Vorschriften. In jener Zeit hatte sie Geschmack an der Freiheit gefunden, und die Sehnsucht danach war immer noch in ihrer Seele lebendig.

Durch das ungebundene Leben hatte sie jedoch schließlich hinter die verführerische Maske dieser sogenannten ›Freiheit‹ geblickt. Wenn man sie abnahm und genau untersuchte, stellte man fest, daß sie leer und hohl war.

»Aus der Zeit auf dem Mississippi-Dampfer stammt auch meine Rose.« Sie lächelte und sprang auf. »Ich will sie dir zeigen.«

Sie griff unter ihr grünes Satinkleid und zog die dünne Musselinhose herunter. Dann hob sie Kleid und Unterrock bis zu den Hüften hoch. Sie stellte einen Fuß auf das Bett und zeigte der erstaunten Clementine den nackten Oberschenkel. Die tätowierte Rose blühte dunkelblau auf der weißen Haut. Die gezackten Blätter verschwanden in den Schamhaaren.

Clementine legte die Hände an die Wangen. »Oh, wie . . .«

»Wie unanständig?«

»Wie wunderbar unanständig!«

Sie lachten beide, während Hannah die Unterhose hochzog, die Röcke fallen ließ und wieder auf das Bett sank.

»Ich hielt mich für eine ziemlich kluge Hure, Clementine – zumindest am Anfang. Ich habe mir eingeredet, ich sei glücklich. Aber bei diesem Spieler hatte ich buchstäblich nichts. Ich hatte keinen goldenen Ring, kein Zuhause und keinen Stolz. Das ist die andere Sache, wegen der ich mich schrecklich schäme. Ich habe diesen Mann so geliebt, daß ich ihm alles verzieh: die anderen Frauen, das übermäßige Trinken, das Betrügen beim Kartenspielen und seine Wutanfälle, wenn er sich einbildete, daß ich einen anderen Mann auch nur ansah. Er hat mich nie geschlagen, aber im Grunde hat er mich völlig fertiggemacht. Eines Tages beschloß er, sein Glück an den Spieltischen in Deadwood zu versuchen, und dort hat er mich dann sitzenlassen. Eines Morgens bin ich aufgewacht, und er war verschwunden. Ich hätte mir beinahe das Leben genommen.«

Hannah räusperte sich und blickte auf die ineinander verschlungenen

Finger. Sie waren wie ein starkes, festes Seil, das das Leben geflochten und haltbar gemacht hatte. »Danach wurde es wirklich schlimm. Bist du sicher, daß ich dir das erzählen soll?«

»Nur, wenn du willst.«

»Ich . . . ich habe angefangen, Opium zu rauchen, um unter dem Verlust nicht zu sehr zu leiden . . . und, ich vermute, darunter, daß ich mich selbst verloren hatte.«

Einen Augenblick lang stieg ihr der süßlich-faulige Geruch des Opiums wieder in die Nase, und der Geschmack füllte ihren Mund. Das alte Verlangen erwachte und war wieder so stark wie immer: das süße Verlangen zu träumen und in die Leere der Freiheit zu entfliehen . . .

Sie schüttelte sich, doch die unerfüllte Sehnsucht blieb.

»Um Geld für das Opium zu beschaffen und für den Whiskey, den ich wie Wasser trank, habe ich wieder mit den Männern angefangen. Allerdings wollte zu dieser Zeit kein ordentliches Bordell mit jemandem wie mir etwas zu tun haben, und so bin ich in einer schäbigen Absteige in den *Badlands* gelandet. Das ist etwa der Hölle so nahe, wie man ihr kommen kann, ohne zu sterben.«

»Du bist nicht mehr dort, Hannah. Du bist dem entronnen, und dazu gehörte bestimmt viel Mut.«

Hannah wischte sich mit der freien Hand eine Träne von der Wange.

»Nein. Ich hatte im Grunde nur unverschämtes Glück, daß ich da wieder rausgekommen bin. Ein Goldgräber, der an Fleckfieber gestorben war, hatte mir seinen ganzen Goldstaub vermacht, und Shiloh hatte sich damals schon mit mir angefreundet und half mir, vom Opium loszukommen. Ich weiß bis heute nicht, warum er das für mich getan hat.«

Sie schniefte, wischte sich noch eine Träne ab und lächelte kläglich.

»Shiloh ist der einzige Mann, der ehrlich zu mir ist und mir nicht schmeichelt.«

Sie schwieg und seufzte nach einer Weile. »Ich glaube, ich bin einfach verrückt nach Liebe, und man bezahlt teuer dafür, wenn man sein Herz an einen Menschen hängt, den man mit Sicherheit wieder verliert – entweder durch den Tod oder weil er dich verläßt oder du ihn. Das gilt für das Kind, das man an der Brust genährt hat ebenso wie für den Mann, den man ins Bett läßt. Und auch für den einen von all den vielen Schuften, die so gut reden können, daß man ihm im Kopf und in der Seele einen Platz eingeräumt hat. Für den gilt das am meisten.«

Clementine sagte nichts dazu. Erst nach einer langen Pause flüsterte sie: »Zach wird zu dir zurückkommen, Hannah. Er ist diesmal nur wegen Gus gegangen. Aber er kommt bestimmt wieder zurück.«

»Sicher, Clem, aber nicht meinetwegen.«

Clementine sah Hannah prüfend an. »Wie ... wie lange weißt du es schon?«

»Von Anfang an.« Hannah strich die Falte zwischen Clementines Augenbrauen glatt. »Mach dir meinetwegen keine Sorgen. Ich habe ihn eine Weile wie verrückt geliebt, und in mancher Hinsicht wird sich daran auch nie etwas ändern. Aber es ist nicht so, daß du dich zwischen uns gedrängt hättest, und ich habe es ihm niemals übelgenommen, daß er dich liebt.«

Sie sah, daß die verborgenen Strömungen in Clementines Augen tiefer und heftiger wurden. »Es hätte auch nichts geändert, Hannah. So viel du mir auch bedeutest, ich hätte nicht aufhören können, ihn zu lieben. Nicht deinetwegen, nicht wegen Gus und nicht wegen meiner unsterblichen Seele.« Auf ihrem Gesicht lag ein seltsames Leuchten, als gehe die Sonne in ihr auf. Sie schien bis zum Bersten von ihrer Liebe erfüllt zu sein. »Ich habe ihn mein Leben lang geliebt. Ich habe ihn schon geliebt, als ich ihn noch nicht kannte.«

Das Haus ächzte unter der Gewalt des Sturms. Hannah hörte es und seufzte.

»Trotzdem liebe ich Gus«, sagte Clementine gequält. »Ich liebe ihn, und er ist vor Gott mein Mann.« Sie schlug mit geballten Fäusten auf die Bettdecke. »O Gott, Hannah! Ich begehe jeden Tag, mit jedem Atemzug die schwerste aller Sünden ... ich liebe den Bruder meines Mannes. Deshalb hat mir Gott Charlie genommen. Er mußte mich für diese schreckliche Sünde bestrafen.«

»Nein!« Hannah faßte nach ihren Händen und hielt sie fest. »Das darfst du nicht sagen. Das darfst du nicht einmal denken. Niemals!« Clementine zuckte zusammen, und ihr Gesicht verzog sich vor Schmerz. Der Quilt, der sich über ihrem Leib spannte, geriet in Bewegung. »Clementine? Sag mal, haben die Wehen eingesetzt?«

Sie nickte und erwiderte mit Schweißtropfen auf der Stirn: »Schon seit einer Weile.«

»O Gott, warum hast du nichts gesagt?« Der Wind peitschte Hagelkörner gegen die Scheiben. Das Prasseln glich dem Geräusch von Füßen im trockenen Laub. Hannah lachte unsicher. »Du und Gus, ihr solltet euch für so etwas wirklich einen besseren Zeitpunkt aussuchen. Es ist einfach unvernünftig, bei dieser Art von Wetter ein Kind zur Welt zu bringen.«

Clementine lächelte matt und schloß die Augen. »Ich hätte an seiner Stelle sterben sollen. Ich hätte sterben sollen ...«

Hannah legte die Hand auf ihre Brust. Vor Angst war ihr die Kehle plötzlich wie zugeschnürt. Etwas hatte keiner von ihnen je in Erwägung gezogen, besonders nicht Zach mit seinem dummen Gerede davon, daß Clementine zäh und tapfer genug sei, um alles durchzustehen. Vielleicht *wollte* Clementine sterben.

Die Petroleumlampe warf ein trübes Licht über Sam Woos Laden. Erlan stand auf der letzten Sprosse der Leiter und streckte sich, um das oberste Regalbrett zu erreichen. Sie hängte ein Jagdmesser an einen Haken neben die Schlagringe aus Messing und wischte dann mit dem Kleiderärmel den Staub von einer Schachtel Patronen.

Vorsichtig stieg sie mit ihren winzigen Füßen die Leiter hinunter. Sie blickte noch einmal nach oben und stieß leise eine Verwünschung aus, als sie eine Kaffeemühle entdeckte, die zwischen ein paar Rollen Zündschnur lag. Sie benutzte die Greifstange, um sie herunterzuholen, denn sie fürchtete, es wäre für ihre Goldlilien an diesem Tag zuviel gewesen, noch einmal auf die Leiter zu steigen. Ihre Füße beschrieben zwar keine zierlichen Bogen mehr, aber Erlan hatte auf der Leiter immer noch Schwierigkeiten.

Sie stieß die Luft aus und blies dabei ein paar verirrte Haare aus der Stirn. Es war eine kalte Nacht, doch der bauchige Ofen verbreitete zuviel Hitze im Laden, und sie wischte sich mit dem Handrücken den Schweiß vom Nacken. Ihre Mutter hatte sich in dem vornehmen Haus niemals so angestrengt, daß sie ins Schwitzen geriet. Tao Hua wäre mit Sicherheit in Ohnmacht gefallen, wenn sie ihre Tochter mit sonnengebräunten Wangen, großen Füßen und schwieligen Händen gesehen hätte.

In Wahrheit gefiel Erlan jedoch die Arbeit, mit der sie jeden Tag einen amerikanischen Dollar verdiente. In Futschou waren regelmäßig Straßenhändler an die Küchentür gekommen, um ihre Waren zu verkaufen und zu feilschen. Erlan hatte oft die Hand vor den Mund gehalten, um ihr Lächeln zu verbergen, wenn sie hörte, wie die Dienstboten über die Preise stöhnten und über die Qualität spotteten, während die Händler jammerten, klagten und die Götter verwünschten, die sie zu so knausrigen Kunden führten. Erlan hatte sich sehr danach gesehnt, bei diesem Spiel dabei zu sein. Jetzt gab es viele Dinge, um deren Preis sie feilschen konnte, doch zu ihrer Enttäuschung verstanden die *Fon-kwei* nichts von der Kunst des Handelns. Es machte keinen Spaß, einen Preis zu nennen, der widerspruchslos hingenommen wurde.

Sie hörte Schritte vor dem Haus und ging in Richtung Tür. Ihr lagen bereits die Schimpfworte für Kaufmann Woo auf der Zunge, der endlich vom Abendessen nach Hause kam. Aber die Schritte wurden zu einem schwarzen Schatten, der den Lichtschein durchquerte, der durch das Fenster auf den Gehsteig fiel, bevor sie verhallten.

Erlan verwünschte die vier Ehegötter, die es für richtig gehalten hatten, ihr einen solchen Ehemann zu geben. In Futschou wäre er in die Teehäuser gegangen. Hier in Amerika waren es die Saloons. Anstatt sein Geld beim Go oder beim Schach zu verlieren, spielte er Poker. Er kam beinahe jeden Abend mit einem langen Gesicht nach Hause.

Doch alles in allem war Erlan mit ihrer Ehe und mit ihrer Abmachung zufrieden. Zumindest hatte sie im Haus das Sagen, denn es gab keine Schwiegermutter, die sie drangsalierte. Und da auch der beste Tee nur mit dem reinsten Wasser gekocht wurde, hatte sie versucht, sich an ihren Teil der Abmachung zu halten. Jetzt sah sie sich sehr zufrieden in dem Laden um. Endlich war es ihr gelungen, ein gewisses Maß an Harmonie und Ausgeglichenheit herzustellen, auch wenn es Monate gedauert hatte.

Nun lag das Ölzeug ordentlich neben den Gummistiefeln, die Overalls neben den Arbeitshemden. Wenn jemand nach roten Haarbändern suchte, fand er sie dort, wo sie hingehörten, nämlich neben den Spitzenkrägen. Hutnadeln lagen bei den Nadelkissen; Waschbottiche neben den zusammenklappbaren Wringmaschinen, Lampen und Laternen standen bei den Kisten mit Kerzen und den Zwanzig-Liter-Behältern mit Petroleum. Bonbons, Trockenobst und Kekse fand man vorne an der Theke neben dem Eingelegten und Gepökelten. Sie blickte auf die Kaffeemühle in ihrer Hand. Die Mühle gehörte natürlich zu den Kaffeebohnen. Wo waren die . . .?

Die Kuhglocken über der Ladentür bimmelten laut. Erlan zuckte so heftig zusammen, daß sie beinahe über die Strohbesen gefallen wäre. Sie holte erschrocken Luft, die nach Ölzeug und sauren Gurken roch.

»Sie!« rief Erlan, als sie sich von dem Schreck erholt hatte. »Wie können Sie es wagen, sich hier einfach so hereinzuschleichen?«

»Es ist schwierig hereinzuschleichen, wenn die Glocken bimmeln, als käme der Bischof persönlich in seine Kathedrale. Sie sollten Ihre Tür abends um diese Zeit abschließen. Es sind viele Männer auf dem Weg von den Saloons nach Hause. Und Sie sollten nicht allein sein. Wo ist denn Sam?«

»Der Taugenichts der Familie spielt Poker!« erwiderte sie und errötete, als sie Jere Scullys verblüfften Gesichtsausdruck sah. Wenn in China eine Ehefrau ihren Mann vor anderen einen ›Taugenichts‹ nannte, zeigte sie damit ihre Zuneigung, während es peinlich war, wenn sie ihn öffentlich lobte. Erlan vergaß immer wieder, daß die Barbaren diese Sitte nicht kannten.

Sie mußte den Kopf in den Nacken legen, um ihn anzusehen. Wieder staunte sie über seine Größe. Sie würde seine Gesichtszüge niemals harmonisch finden, aber sein bärtiges Barbarengesicht kam ihr inzwischen auch nicht mehr so häßlich vor. Vielleicht gewöhnte sie sich an die starken Wangenknochen und an eine große Nase.

Der Laden wirkte ohnehin vollgestopft, aber dieser junge Riese schien den letzten freien Platz mit seiner Größe und seinem Geruch nach feuchter Wolle und Leder auszufüllen.

Jere kam einen Schritt näher, und sie wich zurück. Ihr wurde plötzlich heiß, und sie glaubte, die Glut lasse sie schwellen und ihre Haut würde jeden Augenblick wie eine geröstete Kastanie platzen. Er machte noch einen Schritt auf sie zu, und sie wich weiter zurück. Sie benahm sich wie ein dummes Huhn und zwang sich, damit aufzuhören. Sie richtete verlegen den Blick auf den Saum ihres *Chang-fu* und schob die Hände tief in die Ärmel.

»Sie müssen keine Angst vor mir haben, Lily«, sagte er leise.

Sie hob schnell den Kopf. »Ich habe keine Angst. Und nennen Sie mich nicht so. Ich mag diesen Namen nicht.«

»Ihr Mann nennt Sie so.«

»Wenn Sie schon mit mir sprechen, dann sollten Sie mich Mrs. Woo nennen. Und selbst das ist nicht die chinesische Art.« Keine Frau nahm jemals den Namen ihres Mannes an, es sei denn, sie war eine Waise oder eine Konkubine. »In China bin ich Erlan, die Tochter des Hauses Po.«

»Ja, aber Sie sind hier nicht in China, oder, Mrs. Woo?« fragte er herausfordernd. Seine Regenwasseraugen funkelten im Lampenlicht, und er verzog den Mund zu einem unbekümmerten Lächeln. Er war nicht mehr näher gekommen, sondern lehnte an der Theke und hatte einen Fuß über den anderen gelegt.

Erlan sah sich unruhig im Laden um. Sie wußte nicht, was sie tun sollte. Gutes Benehmen verlangte, daß man einem Gast Tee anbot. Aber dieser Mann war kein Gast; er war ein Eindringling, der ihren Seelenfrieden störte.

Sie holte tief Luft und versuchte, sich zu konzentrieren und den inneren Aufruhr ihrer Gefühle zu besänftigen. Wieder einmal erinnerte sie sich daran, daß sie sich um tugendhafte Geduld bemühen mußte.

»Lily«, sagte er, und beim Klang seiner tiefen, volltönenden Stimme verlor sie die mühsam gewonnene Fassung wieder. »Sie hätten ihn nicht heiraten sollen.« Das sagte er jedesmal, wenn es ihm gelang, sie allein zu sehen, und es war ihr sehr unangenehm, es zu hören. Sie fürchtete, es eines Tages zu glauben. »Sie hätten sich nicht soweit bringen lassen dürfen.«

»In China hat eine Frau nie eine Wahl. Die Familie trifft die Entscheidung für sie. Und selbst wenn sie einen Mann gegen ihren Wunsch heiratet, ist es fürs Leben.«

»Wessen Leben, ihres oder seines? Heiraten Witwen in China denn nicht mehr?«

»Wenn eine Frau noch einmal heiratet, macht sie ihrem Stand als Witwe Unehre. Das Band der Ehe reicht über das Grab hinaus.«

Er ging inzwischen im Laden hin und her. Er griff nach einem Stereoskop und hielt es ans Lampenlicht, öffnete ein Glas mit Epsomsalz, roch daran, rümpfte die Nase und blätterte in einem Stapel Karten, auf denen die Wirkung verschiedener Medikamente beschrieben war. Seine Haare waren so dicht wie Fuchspelz und reichten ihm bis auf die Schultern.

»Ich habe Ihnen ein Geschenk mitgemacht«, sagte er schließlich und drehte sich plötzlich um. Er zog etwas aus seiner tiefen Manteltasche, und sie hielt überrascht die Luft an. Es war ein aus Holz geschnitzter

532

Tempel. Er war so wunderbar gearbeitet, daß sie jeden Stein und jeden Ziegel und selbst die winzigen Drachen an den Ecken des Dachs erkennen konnte. Vor der Doppeltür stand sogar ein Banyanbaum.

»Miss Luly Maine, die Lehrerin, hat ein Buch mit Bildern von China«, sagte er. »Ich habe darin auch ein Bild von einer Pagode gefunden, von der Sie am vierten Juli gesprochen haben. Ich habe es als Vorlage benutzt.«

Er hielt ihr die Schnitzerei hin, aber Erlan hatte Angst, sie zu berühren. Sie hatte Angst, sie würde anfangen zu weinen. Wenn das geschah, würde sie nicht mehr aufhören. Sie würde weinen und weinen, bis die Welt in ihren Tränen unterging.

»Sie haben damals von der Pagode gesprochen und gesagt, daß sie seit tausend Jahren dort steht. Ich werde auf Sie waren, Lily, ganz gleich, wie lange es dauert. Selbst wenn es tausend Jahre sind.«

»Nein!« Sie schob das schreckliche Geschenk beiseite und wich zurück.

»Nein, das dürfen Sie nicht tun. Ich werde von hier weggehen. Ich werde nach Hause fahren und dort das Ende meiner Tage erwarten.«

»Dann werde ich Ihnen folgen, und Sie können die Zeit bis dahin mit mir verbringen.«

»Ach, Sie sind so halsstarrig wie eine Reiskiste!«

Er legte den Kopf schief und kniff belustigt die Augen zusammen. »Eine Reiskiste? Wie kann eine Reiskiste ›halsstarrig‹ sein? Was kann eine Reiskiste anderes tun, als einfach dazustehen?«

»Das ist ein alter chinesischer Ausdruck.«

»Ein blöder, wenn Sie mich fragen.« Er stellte die Pagode behutsam auf die Ladentheke und kam auf sie zu. Er blickte ihr eindringlich in die Augen, und sein entschlossenes Gesicht war so wie der Granit, den er im Bergwerk sprengte. »Du hast einen schönen Mund, Lily«, sagte er, und seine Stimme war so schwer und betäubend wie Räucherwerk. »Selbst wenn du ihn so hartnäckig zusammenpreßt wie jetzt. Ich will deinen Mund . . .«

»Nein!« Sie wäre beinahe noch einmal über die Besen gestolpert. »Was Sie wollen ist schändlich und unehrenhaft. Wenn Sie sich weiterhin so verhalten, werde ich mir große Mühe geben und dafür sorgen, daß sich unsere Wege nie mehr kreuzen.«

»Das tun Sie bereits.«

»Ich werde noch besser aufpassen.« Sie meinte es ernst. Sie hob das Kinn, um ihm zu zeigen, daß sie es ernst meinte.

Er musterte sie aufmerksam und nickte dann kurz. »Also gut, dann werde ich nicht mehr davon sprechen, daß ich Sie küssen will«, sagte er, und sie hätte beinahe verächtlich geschnaubt. Welcher Dummkopf hätte auch nur einen einzigen Dollar gewettet, daß er sich daran halten würde?

Sie blickte auf seinen Mund. Seine Lippen waren zu voll und weich für einen Mann. Sie überlegte, wie es sein würde, sie zu küssen. Und war der Bart weich oder hart? .

Lautes Klopfen an der Tür erschreckte sie beide. Erlan eilte erleichtert an ihm vorbei, um zu öffnen. Einen Augenblick später, und sie hätte ihm bestimmt erlaubt, sie zu küssen.

»*Huan yin*!« rief sie mit gespielter Fröhlichkeit, als sie die Tür öffnete. Dann lächelte sie, und das Lächeln war echt. »Hannah! Willkommen. Bitte tritt ein. Ich werde Wasser für Tee aufsetzen.« Sie verstummte, als das Lampenlicht auf Hannahs Gesicht fiel. »Was ist los? Was ist passiert?«

Hannah schob die pelzgefütterte Kapuze ihres Umhangs zurück. Ihre Hände zitterten, und ihre Augen verrieten ihre Angst. »Bei Clementine ist es soweit, und dieser blöde Doktor ist bis zum nächsten Wochenende nicht in der Stadt.«

Erlan stieß einen unterdrückten Schrei aus, drehte sich um und eilte hinter die Ladentheke. »Ich habe Kräuter, die vielleicht helfen werden«, sagte sie und riß Schubladen auf. Sie füllte kleine Papiertüten und schob sie in ihre Taschen.

Sie blickte auf und stellte fest, daß der Riese sie ansah. Es war seltsam, daß sie spürte, wenn er sie anblickte. Sie spürte ein Brennen und Kribbeln, wie wenn sie Whiskey trank. »Mr. Scully ... wären Sie so nett und würden auf den Laden aufpassen, bis mein Mann zurückkommt?«

»Es ist mir ein Vergnügen, Lily«, sagte er leise, und sie verlor sich in seinem warmen, sanften Lächeln.

Sie hörte Hannahs Schritte, drehte den Kopf um, und der Bann war gebrochen. »Ich habe Estragonsalbe, Mutterkraut, echten Ginseng und sibirischen Ginseng«, sagte sie.

»Weißt du, was man damit anfängt?« fragte Hannah.

»O ja. Mein Vater hat viele jüngere Brüder, und jeder von ihnen hat mehrere Frauen und Konkubinen. Ich war bei vielen Geburten dabei.«

»Gott sei Dank«, sagte Hannah und seufzte erleichtert. »Ich habe es bei ein paar anderen Frauen versucht – bei Mrs. Martin, der Frau des Pfarrers, und bei Mrs. O'Flarraty, deren Mann Direktor bei den ›Vier Buben‹ war. Sie wollten nicht kommen, weil Clementine in meinem Haus ist.« Sie lachte bitter. »Sie glauben wohl, sie könnten sich anstecken, wenn sie auch nur einen Schritt über meine Schwelle tun.«

Der Hagel fiel vom nächtlichen Himmel und bedeckte die Straßen und Gehsteige. Der Wind trieb ihnen spitze Eiskristalle ins Gesicht, als sie sich einen Weg durch den vereisten Matsch suchten. Er preßte ihnen die Röcke an die Beine und klatschte ihnen die Haare gegen die Wangen. Er ließ die Aushängeschilder knarren und tanzen und übertönte die Klaviermusik und die Banjos, die aus den Saloons herausdrangen.

Ein letzter Windstoß trieb sie in das warme und friedliche Haus. Erlan hob den Rock und eilte hinter Hannah die Treppe nach oben in das Schlafzimmer, das nach Essigwasser roch.

Saphronie, die tätowierte Frau, beugte sich über das Bett und wusch mit dem Schwamm Clementines nackten Körper. Sie richtete sich auf und drehte sich nach ihnen um. Die Tränen liefen ihr über das Gesicht. »Ich habe warmes Wasser aus der Küche heraufgebracht«, flüsterte sie. »Und neues aufgestellt. Ich werde es gleich holen.«

Die Frau auf dem Bett lag in den Wehen. Ihr keuchender Atem war lauter als der Wind draußen. Der Schweiß rann ihr in Strömen über Gesicht und Körper. Die Wehen kamen schnell und heftig; ihr Leib bebte, und ihre Beine zitterten, doch es schien, als merke sie kaum etwas davon. Clementine war erschreckend still und wie losgelöst von dem Frauenkörper, der darum kämpfte, ein Kind zu gebären. Ihr Gesicht war bleich und wächsern.

»Barmherzige *Kwan Yin*«, murmelte Erlan. »Sie stirbt.«

Zu Erlans Entsetzen beugte sich Hannah über das Bett, packte Clementine an den Schultern und schüttelte sie so heftig, daß ihr Kopf hin und her fiel. »Clementine! Hörst du mich?! Bist du zu vornehm, um zu kämpfen? Du hast immer davon geredet, daß Montana wie ein Mann sei und daß wir nicht zulassen dürfen, daß er über uns siegt. Du willst ihn also gewinnen lassen, Clementine? Du willst zulassen, daß er dich besiegt?«

Clementine schlug die Augen auf. Sie waren leer und dunkel. »Laß mich in Ruhe, Hannah«, murmelte sie.

Hannah schüttelte sie noch einmal. »Du sollst kämpfen, verdammt noch mal, kämpfen!«

Der ausgeweidete Büffel entweihte den makellos weißen Schnee. Das blutige Fleisch glänzte von dem mit Strychnin gemischten Fett, das sie eine Woche zuvor darauf verteilt hatten. Um den Büffel lagen mehr ein halbes Dutzend toter Wölfe.

Gus stapfte wie ein schwerfälliger Bär auf dem Trampelpfad vor Zach her. Er trug einen Umhang aus dem Fell eines im Winter geschossenen Büffelkalbs und auf dem Kopf eine Otterfellmütze. Auf einem Schlitten, den er hinter sich zog, lag bereits ein hoher Stapel steifgefrorener Wolfsfelle. Sie arbeiteten sich durch den knietiefen verharschten und glitzernd weißen Pulverschnee, den man hier ›kalten Rauch‹ nannte.

Der Wind wirbelte den feinen scharfen Schnee durch die Luft, und Zach hatte das Gefühl, Glassplitter einzuatmen. Die schneidende Kälte trieb ihm das Wasser in die Augen und schmerzte in seiner Lunge. Gerade war die Sonne halbherzig aufgegangen. Der Wind hörte sich an wie eine Büffelherde auf der Flucht und roch nach Neuschnee. Er war kalt und metallisch.

»Es sind nicht so viele wie gestern«, sagte Gus mürrisch, und sein Atem verwandelte sich in eine weiße Wolke. »Wölfe sind nicht dumm. Vielleicht riechen sie den Braten.«

Vielleicht haben wir sie aber auch schon alle vergiftet, dachte Zach. Vielleicht haben wir es geschafft, jedem gottverdammten Wolf auf dieser Welt das Fell abzuziehen ...

Er band sein Pferd an einen verkrüppelten Wacholder, löste den Sattelgurt und legte einen Steigbügel über den Sattelknauf, um sich daran zu erinnern, daß der Sattel nicht fest saß. Er zog den Pelzhandschuh nicht aus, als er dem Tier den Reif vom Rücken wischte. Das Pferd schnaubte und stieß eine Dampfwolke aus. In seiner Mähne und im Schweif klirrte das Eis.

Sie hatten den Köder unter einem Felsvorsprung ausgelegt, um beim

Enthäuten der Kadaver vor dem Wind geschützt zu sein. Inzwischen
hatte der Felsen eine schwere weiße Krone aus vereistem Schnee. Er
ragte über ihnen wie der Kamm einer riesigen erstarrten Welle in den
Himmel.
Vor ihnen erstreckte sich die endlos weite Prärie. Ein Falke flog in den
tiefblauen Winterhimmel, und Zach dachte an Clementine. Der Gedanke
an sie war in seinem Kopf wie ein unablässiges leises Summen.
Clementine ...
Er formte lautlos den Namen mit den Lippen und erschauerte. Aber
daran war mehr seine Sehnsucht nach ihr als die Kälte schuld. Die
grausame und süße Sehnsucht nach Clementine war ihm inzwischen so
vertraut, war ebenso Teil von ihm wie das Atmen.
Zach ging hinüber zu einem Wolf; der Schnee knirschte unter seinen
Stiefeln. Er hielt angewidert die Luft an. Selbst in dieser grimmigen
Kälte stank der Büffelköder nach Verwesung. Sie waren zu Helfern des
Todes geworden. Alles Leben um sie herum schien sie zu meiden. Die
Einsamkeit kannte keine Grenzen. Nur die Toten kamen in den langen
Nächten, um ihnen Gesellschaft zu leisten. Zach hörte inzwischen sogar
in seinen Träumen die Wölfe heulen.
Er enthäutete drei Kadaver, indem er zuerst an den Bäuchen und Beinen
begann. Das Messer schnitt durch das gefrorene Fell. Das Geräusch, mit
dem er die Haut vom Fleisch losriß, nahm er nicht mehr mit Bewußt-
sein wahr. Seine Hände waren steif von der Kälte, die bis auf die
Knochen ging.
Als er das letzte Fell auf den Schlitten warf, blies der Wind einen
Schneeschleier vom Felshang. Die erstarrte Welle wirkte auf ihn wie ein
letzter Atemzug, wie die Erinnerung an Bewegung, die es in diesem
Totenreich nicht mehr gab. Zach zog eine Whiskeyflasche aus der Tasche und entkorkte sie. Er trank mehrere große Schlucke. Der starke
Fusel floß heiß in seinen Magen. Er senkte den Kopf und bemerkte aus
den Augenwinkeln, daß sein Bruder ihn anstarrte. Gus hatte mißbilli-
gend die Lippen nach unten gezogen.
Der Mund öffnete sich, und der Atem drang daraus hervor wie der
Rauch einer Pfeife. »Weiß du, was Clementine an dem Tag gesagt hat,
als wir losgeritten sind? Sie hat gesagt, ich soll versuchen, dich vom
Whiskey fernzuhalten. Aber ich könnte schwören, seit wir hier sind,
warst du jeden Tag mehr oder weniger blau. Warum tust du das?«

»Nur so zum Spaß, Bruder.« Zach hätte ihn in diesem Augenblick umbringen können. »Willst du herausfinden, ob du mich davon abhalten
kannst?« Wahrscheinlich würden sie kämpfen, sich womöglich töten.
War dann ihre Mission erfüllt?

Gus stand unter dem überhängenden verschneiten Felsvorsprung und
wirkte in seinem Büffelumhang wie ein großes haariges Tier. Aus
seinen Nasenlöchern kam stoßweise bei jedem Atemzug eine weiße
Dampfwolke. Sein Bruder und er umkreisten sich seit Tagen wie bissige
Hunde.

Gus wischte sich das Eis vom Schnurrbart. Vom Felsen über seinem
Kopf wurden lange, wehende Schneefahnen durch die Luft getrieben.
Wie hoch sollte die eiskalte Decke des Todes noch werden, und wie stark
mußte der Haß sein, um alles zu töten, was einmal Hoffnung gewesen
war?

»Die letzten Monate müssen für Clementine die reinste Hölle gewesen
sein, und du kannst an nichts anderes denken, als ihre Sorgen noch zu
vergrößern.«

Die Sonne auf dem Schnee blendete Zach, und er kniff die Augen zusammen. Er sah seinen Bruder an, als blicke er über den Lauf eines
Gewehrs. »Das kümmert mich einen Dreck. Schließlich bin ich nicht
mit ihr verheiratet.«

Der scharfe Wind wirbelte den Schnee in eisigen Wolken durch die Luft.
Zach blinzelte und glaubte zu sehen, daß sich die dicke Schneekappe auf
dem Felsen über Gus bewegte.

»Gus . . .«, begann er ganz ruhig.

»Und was ist mit Hannah?« schrie Gus, der immer mehr in Wut geriet,
und ließ ihn nicht zu Worte kommen. »Findest du, die Frau hat es
verdient, wie du sie behandelst?«

»Du hast nicht die leiseste Ahnung, was Hannah will.«

»Ich kann mir nicht denken, daß sie sich danach gesehnt hat, vier Jahre
von dir benutzt zu werden.«

»Allmächtiger! Kann man nicht mit einer Frau ins Bett gehen, ohne daß
du gleich Moralpredigten hältst?«

»Du bist genau wie er. Du bist durch und durch der Sohn unseres
Vaters. Whiskey und Weiber. Du bist nur eine neue, verbesserte Version von Jack McQueen.«

Zach knurrte, und sein Atem ging keuchend und schwer, als der mühsam gebändigte Zorn aus ihm herausbrach. »Verdammt!« schrie er und machte einen Satz vorwärts.

Gus wich zurück. Er glitt mit dem Stiefel auf einer gefrorenen Blutlache aus und riß die Arme hoch, um nicht das Gleichgewicht zu verlieren. Ein neuer Windstoß prallte mit voller Wucht gegen die erstarrte Schneewelle. Es gab einen Knall, der wie ein Gewehrschuß klang. Der vereiste Schnee geriet ins Rutschen und kam als Lawine von oben.

Die beiden Brüder kauerten sich erschrocken auf den Boden. Die weiße Flut landete mit einem lauten Donnern auf der Erde, und eine riesige Wolke stob in die Luft.

Zach war unter dem schweren Schnee begraben. Er stieß und strampelte mit Armen und Beinen, bis er die eisige Decke durchstoßen hatte. Er wischte sich den erstickenden Schnee aus Mund und Augen und kam mühsam wieder auf die Beine.

Näher am Felshang, dort wo Gus gewesen war, sah er nur weißen Schnee. Alles war still.

Ein Gedanke schoß ihm durch den Kopf: Laß ihn einfach da liegen. Setz dich aufs Pferd, reite zu ihr nach Hause, und dann hast du alles – alles, was du jemals haben wolltest . . .

Kaum war dieser Gedanken in seinem Bewußtsein aufgetaucht, sank Zach auch schon auf die Knie und begann mit seinen erstarrten Händen, wie ein Wahnsinniger im Schnee nach Gus zu graben.

Fünfundzwanzigstes Kapitel

»Hopp, hopp, hopp! Nun gehts schon im Galopp! Sei schön brav, du kleiner Wurm. Dann kommst du in den Turm. Dein Vater sitzt im Sattel und reitet zu der Pappel. Hopp, hopp, hopp ...«
Hannah Yorke wiegte das kleine Bündel in ihren Armen und versuchte, Clementines Tochter mit diesem Singsang zu beruhigen. Aber ihre rauchige Stimme verstummte, und sie blieb verblüfft stehen, weil die Frau im Schaukelstuhl lachte.
»Das«, sagte Clementine immer noch lachend, »ist das merkwürdigste Wiegenlied, das ich je gehört habe.«
Clementines Lachen, das in letzter Zeit so selten zu hören war, berührte Hannah tief, und sie lächelte zufrieden. »Aber ein passendes für das Kind von Ranchern in Montana, findest du nicht?«
Sie legte das Baby behutsam in eine leere Champagnerkiste, die mit einer weichen Steppdecke ausgeschlagen war. Saphronie und Erlan kamen zu der behelfsmäßigen Wiege und bestaunten das Kind. Die kleine Sarah McQueen beachtete sie allerdings nicht, sondern schlief sofort ein.
Beinahe hätte sie sich und ihre Mutter umgebracht, als sie zur Welt kam, dachte Hannah. Aber nachdem sie einmal hier ist, scheint sie fest entschlossen zu sein, auch zu bleiben.
Sarah trank viel und oft und war in den vergangenen vier Monaten rund und rosig geworden.
Bei drei Müttern – Clementine, Hannah und Saphronie –, die sich den ganzen Tag mit ihr beschäftigten, und Erlan, die regelmäßig morgens auf eine Tasse Kaffee herüberkam, entwickelte sie sich zu einem verwöhnten kleinen Ding. An diesem Tag, dem ersten Frühlingsmorgen, war Erlan kopfschüttelnd bei Hannah erschienen, hielt sich mit den Händen die Ohren zu und hatte behauptet, das Weinen des Babys im Laden gehört zu haben. Die kleine Sarah hatte die ganze Nacht nicht

geschlafen und mit lautem Geschrei dafür gesorgt, daß niemand in ihrer Umgebung an Schlaf denken konnte.

Hannah lehnte sich an ihren schwarzen Lackschreibtisch, griff nach der Tasse und blies über den Kaffee, um ihn abzukühlen. »Wir wollen hoffen, daß Sarah keinen Geschmack an Champagner entwickelt, weil ihre Wiege eine Champagnerkiste ist. Was hast du eigentlich bei deinem ersten Kind benutzt, Clementine – eine Zwieback-Kiste? Beim nächsten Mal solltest du wirklich . . .«

»Beim nächsten Mal!« rief Clementine. Sie saß in dem Schaukelstuhl, in dem sie Sarah üblicherweise stillte, und setzte ihn mit dem Fuß in Bewegung. »Ich hoffe, bis zum nächsten Mal wird es eine Weile dauern.«

»Wenn ein Mann auch nur ein einziges Kind zur Welt bringen müßte«, sagte Saphronie, »würde der Kongreß mit Sicherheit das Kinderkriegen mit großer Mehrheit abschaffen.«

Erlan hätte beinahe laut gelacht. »In China gilt der Geburtstag einer Tochter immer als Jahrestag der Leiden ihrer Mutter.«

»Pah!« schnaubte Hannah. Sie trank einen Schluck heißen, starken Kaffee. »›Leiden‹ die chinesischen Frauen etwa nicht, wenn sie einen Sohn bekommen?«

»Selbstverständlich. Aber Söhne sind erwünscht, Töchter nicht.«

Die drei Frauen schüttelten empört die Köpfe, und Erlan lachte.

Im Kamin entflammte knisternd ein Holzscheit, und der Geruch nach Pappeln verbreitete sich im Zimmer. Hannah sah sich glücklich um und empfand plötzlich ein so überwältigendes Gefühl der Zufriedenheit, daß ihr beinahe schwindlig davon wurde. Ihr Blick wanderte von einer Freundin zur anderen: Saphronie mit den tätowierten Tränen auf dem Kinn, wo alle Welt sie sehen und sich vor Abscheu schütteln konnte; Erlan in ihrem blauen, gesteppten chinesischen Kleid, den englischen Krokettsandalen und den heimwehkranken Augen; und natürlich Clementine. Sie sah in ihrem schlichten schwarzen Trauerkleid aus Musselin mit dem hohen Stehkragen ganz wie eine Dame aus Boston aus, und sie wirkte am traurigsten.

Wie verschieden wir sind, dachte Hannah. Und doch gleichen wir uns mit unseren Kümmernissen, Ängsten und Verletzlichkeiten, aber auch in unserer weiblichen Kraft, mit der wir alles ertragen.

Saphronie war ans Fenster getreten, um hinauszusehen. Sie drehte sich plötzlich um und legte schützend eine Hand auf die Tätowierung am Kinn. »Die Männer«, murmelte sie. »Die Männer sind zurück.«

Die Hufe der Pferde machten laute Geräusche, als sie durch den Schlamm näherkamen, der zu jedem Frühling gehörte. Die beiden Männer schienen nur aus Haaren zu bestehen – verklebte braune Büffelumhänge, dichte Bärte und Köpfe, die seit fünf Monaten keine Schere mehr gesehen hatten – und offenbar auch keinen Indianer.
Das Tor öffnete sich quietschend. Hannah verschränkte die Arme vor der Brust und beobachtete von der Veranda aus, wie sie auf das Haus zukamen.
Gus blieb vor den Stufen stehen und blickte zu ihr auf. Zach stand im Schatten seines Bruders. Sie konnte sein Gesicht nicht sehen.
»Guten Tag, Hannah«, sagte Gus. Er ließ den Kopf sinken, strich sich verlegen über den Schnurrbart und schluckte. »Wo... ist meine Frau?«
Hannah hätte beinahe geantwortet, seine Frau sei tot, denn sie fand, er habe es verdient, durch ihre Lüge ein paar Minuten zu leiden. Schließlich war ihm die Hölle jener Novembernacht erspart geblieben: der Arzt, der im Bezirk unterwegs war, eine schwierige Geburt und eine zähe kleine Frau, die, nachdem sie hatte sterben wollen, so hart um ihr Leben gekämpft hatte, daß es sie beinahe umgebracht hätte.
»Du hast eine kleine Tochter«, sagte sie, drehte sich um, ging ins Haus und überließ es ihnen, ihr zu folgen.
Sie brachten den scharfen Geruch von Schlamm und Büffelfell mit. Die Stiefel polterten, und die Sporen klirrten auf der Treppe. Gus rief nach Clementine. Seine dröhnende Stimme brach sich an den Wänden und erfüllte das Haus mit Lärm und mit Leben.
Als Hannah ins Schlafzimmer kam, hielt Gus seine Tochter bereits in den großen Händen. Er strahlte über das ganze Gesicht. »Ist sie nicht das hübscheste kleine Mädchen, das man je gesehen hat?« sagte er immer wieder, und sein glückliches Lachen wärmte das Zimmer wie Sonnenstrahlen.
Clementine saß im Schaukelstuhl und hatte die Hände im Schoß gefaltet. Sie blickte ihren Mann mit großen, ruhigen Augen an. Sie lächelte nicht, aber sie schien sich darüber zu freuen, daß er wieder zu Hause war. Sie wirkte erleichtert, als sei eine Last von ihr genommen.

»Ich habe sie Sarah genannt«, sagte Clementine. »Ich hoffe, du hast nichts dagegen.«

»Er hat nichts dagegen zu haben!« rief Hannah. »Erst war er so stolz darauf, sie zu machen, und dann hat er geschickterweise dafür gesorgt, bei der Geburt nicht dazusein.«

Hannah warf Zach einen ärgerlichen Blick zu. Er lehnte mit der Schulter am Türrahmen, und in seinem Mundwinkel hing eine Zigarette. Mit dem dunklen Bart und den langen Haaren wirkte er wie ein Verbündeter der unbezwungenen Natur.

Ihre Blicke trafen sich. Sie entdeckte Schatten in den harten Messingaugen, die sie nie zuvor gesehen hatte. Es lag ein gehetzter Ausdruck darin, als sei da draußen in der Prärie etwas geschehen, das ihn bis ins Innerste erschüttert hatte und ihn nicht mehr losließ.

Langsam wanderte sein Blick zu Clementine. Sie spürte die Berührung seiner Augen. Die Luft war plötzlich so spannungsgeladen wie vor einem Gewitter im Sommer.

»Ich sollte die Pferde versorgen«, murmelte er und verschwand.

Zach hinterließ ein drückendes Schweigen. Das Feuer knisterte, ein Holzscheit bewegte sich und brach mit einem dumpfen Knacken in zwei Teile. Aber dann wurde es so still, daß man eine Stecknadel hätte fallen hören.

»Also«, sagte Hannah, räusperte sich und unterbrach das Schweigen. »Ich glaube, ich gehe hinüber und mache den Saloon heute mal früher auf. Es sieht aus, als sei der Frühling wirklich gekommen, und da wollen bestimmt viele Männer einen darauf trinken.«

Ein Kloß saß ihr in der Kehle, und ihre Augen brannten, als sie sich wie eine Blinde am Geländer die Treppe nach unten tastete. Sie hatte das Gefühl, als sei jemand gestorben. Clementine würde nicht länger bleiben. Gus und Zach waren zurück, der Frühling kam, auf der Ranch wartete Arbeit, und Clementine mußte ihr Kind versorgen.

Hannah nahm den französischen Biberhut von der Kommode im Flur, setzte ihn auf die roten Haare und steckte ihn mit einer Jettnadel fest. Sie beugte sich vor, starrte in den Spiegel, strich die Augenwinkel glatt, kniff sich in die Wangen und rieb sich etwas Farbe auf die Lippen.

Sie nahm den pelzgefütterten Umhang vom Kleiderständer, warf ihn über die Schultern und trat hinaus in den ersten Frühlingstag.

Es gibt nichts Trostloseres, dachte Hannah, als einen Saloon im ersten Morgenlicht.

Die Sonne schien durch das große Fenster, das sie im Jahr zuvor hatte einbauen lassen, und beleuchtete jeden Fleck, jede Schramme und jede Sünde. Alles war zu sehen – die klebrigen Ringe und versengten Stellen auf dem grünen Filz der Spieltische. Der Sprung im diamantbestäubten Spiegelglas stammte von einer Faust, die im letzten Dezember das Gesicht verfehlt hatte, auf das sie zielte. Die fettigen Fingerabdrücke auf den Karaffen waren einfach ekelhaft; auch die Gläser, in denen die stinkenden Zigarren standen, widerten sie an. Es roch nach abgestandenem Bier und Whiskey und nach dem Schlamm und Schweiß eines ganzen Winters. Im Augenblick war der Saloon leer, aber bald würden die vertrauten Gesichter wieder um den bauchigen Ofen sitzen, trinken, rauchen, Tabak kauen, spucken und fluchen.

Durch das Fenster sah sie Zach, der vom Mietstall zurückkam. Als er die Straße überquert hatte und durch die Tür kam, stand sie bereits hinter der schützenden Theke. Er behielt den Mantel an, das bedeutete, er würde nicht lange bleiben. Er nahm den Hut nicht ab, so daß sie seine Augen nicht sah.

Hannah wischte die Holzplatte mit einem Handtuch trocken. »Du siehst ungefähr so fröhlich aus wie ein Pfarrer, der gerade über das Feuer in der Hölle predigt«, sagte sie spöttisch. Sie goß ihm einen doppelten Whiskey ein und schob das Glas zu ihm hinüber. »Hier, trink das, damit du dich besser fühlst.«

Er drehte das Glas in den Fingern und starrte in die braune Flüssigkeit wie in eine Kristallkugel, die ihm die Zukunft zeigte. Dann leerte er das Glas in zwei schnellen Schlucken.

»Komm her, Hannah«, sagte er, und seine Stimme klang rauh vom Alkohol.

Sie ging zu ihm, obwohl sie nicht wußte, warum.

Er drehte sich um, lehnte sich mit dem Rücken an die Theke und zog sie in seine Arme. Das Büffelfell unter ihrer Wange war weich und hatte einen scharfen Geruch. Sie legte den Kopf zurück, um ihm in die Augen sehen zu können. Seine Wangen waren leicht gerötet, er verzog den Mund zu einem angedeuteten Lächeln, und sie spürte einen Anflug des alten Verlangens. Sein Mund näherte sich ihren Lippen.

Sie schob ihn von sich.

»Du kannst nicht einfach hier hereinschneien, Zach, und so tun, als sei nichts geschehen.«

»Bisher konnte ich das immer. Was willst du mir also sagen, Hannah? Daß du dich nicht gut fühlst? Daß du deine Tage hast oder daß du gestern abend ein bißchen zu tief ins Glas geblickt hast? Ich glaube, es gibt nur noch eines, was wir beide bis jetzt nicht getan haben: Wir haben uns noch nicht gegenseitig belogen.«

»Du solltest mich besser kennen, Cowboy. Du weißt auch etwas anderes über mich. Außer in meiner Zeit als Hure habe ich immer nur mit *einem* Mann geschlafen.«

Er sah sie lange und prüfend an. »So ist das also.«

»So ist das.«

Hannah errötete unter seinem Blick und wollte sich abwenden. Er faßte sie mit zwei Fingern am Kinn und drehte ihren Kopf zurück. »Bist du glücklich, Hannah?«

Sie nickte und schüttelte dann den Kopf. Sie stieß ein kurzes, hohles Lachen aus und seufzte gleichzeitig. »Ich habe schreckliche Angst, Zach. Ich liebe ihn so sehr, viel zu sehr.«

Er ließ ihr Kinn los und griff nach dem leeren Whiskeyglas. Er hob es, wie um ihr zuzuprosten, und zog einen Mundwinkel in einem schiefen Lächeln nach oben, das gleichzeitig traurig und spöttisch war.

»Wahrscheinlich sind wir beide die gleichen Dummköpfe. Wir lieben die Falschen. Zu schade, daß wir uns nicht lieben können.« Er stellte das Glas wieder ab, und das Geräusch hallte zu laut in dem leeren Saloon.

Sie legte die Hand auf seine Hand. »In gewisser Weise haben wir es getan.«

»Ja.« Er drehte den Kopf um und nickte. »Ja, das haben wir.«

Sie beugte sich vor, um ihn auf die Wange zu küssen, fand statt dessen aber seinen Mund. Wieder spürte sie den Nachhall des alten Verlangens. Der Kuß wurde intensiver, köstlich zart, und das Gefühl haftete noch an ihren Lippen, als sie sich voneinander lösten.

»Also dann, Liebling«, sagte er und strich ihr mit den Fingerspitzen leicht über die Wange.

Hannah wußte, das war die Art eines Cowboys, Abschied zu nehmen.

An einem Tag Ende April ritten die Männer hinaus, um Mustangs einzufangen.

Clementine begleitete sie, ohne recht zu wissen, warum. Sie haßte die Ranch, und ihr war es mittlerweile gleichgültig, ob sie alles behielten oder verloren. Nachdem Charlie nicht mehr lebte, war ihr, abgesehen von Sarah, ohnehin beinahe alles gleichgültig. Und selbst bei Sarah blieb sie vorsichtig. Sie litt immer noch bittere Qualen. Sie hatte das Gefühl, das Leid habe sie wie ein schwerer Fels zerdrückt, bis nichts mehr von ihr übrig war.

An diesem Morgen trug sie Sarah nach Indianerart sicher eingepackt auf dem Rücken. Die Männer fingen die wilden Pferde, indem sie die Herde ständig in Bewegung hielten und den Tieren nicht erlaubten zu weiden oder an den Wasserstellen zu saufen, bis sie müde und gefügig genug waren, um sich lenken zu lassen. Gus war vorausgeritten, um die Mustangs auf ein Tal im Süden zuzutreiben. Clementine folgte ihm mit seinem Bruder.

Es war das erste Mal, daß sie und Zach nach so langer Zeit allein waren. Doch sie fand keine Worte. Ihr Herz war erfüllt von Liebe für ihn, aber sie empfand keine Zärtlichkeit mehr.

Sie ritten durch einen Wald mit Lärchen, Tannen und Gelbkiefern. Clementine spürte seinen Blick auf ihrem abgewandten Gesicht, so wie sie die Wärme der Sonne und die Liebkosung des duftenden Windes spürte. Sie vermutete, daß er enttäuscht von ihr war. Er hatte einmal gesagt, sie sei nutzlos, eine Last, ein Kalb, das es nicht wert sei, geschlachtet zu werden. Wie sich herausstellte, hatte er recht gehabt. Sie war nicht für dieses Land geschaffen. Sie hatte versucht, ihnen allen zu beweisen, daß sie sich in ihr täuschten, aber Montana hatte über sie gesiegt – hatte sie immer weiter getrieben und erschöpft, so wie sie es jetzt mit den Mustangs taten.

Es war früh am Morgen. Die Vögel lärmten und krächzten und zogen am Himmel ihre Kreise. Ein Bach, der nach dem Winter viel Wasser führte, stürzte mit lautem Tosen über ein paar Felsblöcke. Doch die Hufe ihrer Pferde machten auf dem feuchten, dick mit Nadeln bedeckten Waldboden kein Geräusch, und auch sie waren schweigsam.

Nach einer Weile lichtete sich der Wald, und sie erreichten einen Steilhang, an dessen Fuß sich ein enges, grasbewachsenes Tal erstreckte. Die Sonne glänzte und schimmerte auf dem Schnee der hohen Gipfel, die sie

umgaben, und die steilen, zerklüfteten Felsen sahen aus, als seien sie
mit Goldstaub gepudert.

Zach lenkte sein Pferd so dicht neben sie, daß sich ihre Steigbügel berührten. Moses kaute auf der Gebißstange und warf den Kopf hoch, so
daß die Ringe und Ketten des Zaumzeugs klirrten. Clementine hielt den
Blick starr auf die glänzenden Berge gerichtet.

»Die ersten Weißen, die nach Montana kamen, nannten es ›das Land der
leuchtenden Berge‹.«

Clementine schwieg. Das Land war schön, aber sie haßte es!

»Die Menschen, die dem Land seinen Namen gaben, hatten auch ein
Sprichwort: ›Manchmal muß man sich gegen den Wind neigen, um
gerade zu stehen.‹« Er brachte sein Pferd noch näher, bis ihre Knie sich
berührten.

»Clementine . . . Montana hat Charlie nicht umgebracht.«

Sie zuckte so heftig zusammen, daß er zurückfuhr. »Ich hasse dich! Ich
hasse alles an diesem Land, und am meisten hasse ich dich . . .«

Sie wollte ihr Pferd antreiben, doch er griff ihr in die Zügel. Ihr Pferd
schnaubte und brach mit der Hinterhand seitlich aus. »Warum haßt du
mich, Boston? Weil ich dir nicht Brief und Siegel darauf geben kann,
daß es keinen Schmerz und keinen Verlust mehr geben wird? Oder haßt
du mich, weil du nicht die ganze verdammte Welt aus deinem Herzen
ausschließen kannst, ganz gleich, wie sehr du dir das wünschst?«

Sie reagierte auf seinen herausfordernden Blick mit wortlosem Stolz. Er
ließ die Zügel los, sie riß den Kopf des Pferdes herum und trieb es mit
den Fersen in einen leichten Galopp.

Sie ritt nicht weit. Zwischen den letzten Bäumen hielt sie an und glitt
aus dem Sattel. Sie warf dem Pferd die Zügel über den Kopf und ließ sie
auf die Erde hängen. Sie nahm Sarah vom Rücken und legte sie zwischen die Wurzeln einer riesigen alten Lärche. Sie beugte sich hinunter
und küßte die runden Bäckchen, aber das Kind wachte nicht auf. Dann
ging sie zum Rand des Steilhangs und scheuchte mit ihrem langen Rock
ein paar Vögel auf.

Unter ihr lag der Dunst wie ein grauer Schleier über dem Tal mit seinen
Süßgraswiesen und den sanften Bodenwellen. Im Schatten der Berge
verschmolzen dunkelbraune, blaue und violette Töne zu einem unwirklichen Bild.

Ihr Pferd hob den Kopf und blähte die Nüstern. Dann sah Clementine die Mustangs im Tal: Eine Herde Wildpferde galoppierte scheuend und schnaubend in einer dichten Staubwolke im Halbkreis über das saftige Frühlingsgras. Sie waren klein und sehnig, und sie wirkten fleckig, weil das rauhe Winterfell stellenweise bereits ausgefallen war. Aber die Mähnen und Schweife waren lang und weich wie gesponnener Flachs. Sie hatten alle Farben des Sommers in Montana: Graubraun, Fahlgelb, Kastanienbraun, Rotbraun und Erdbraun.

Der Hengst an der Spitze der Herde hielt an und begann zu grasen; die anderen folgten seinem Beispiel. Gus hatte ihr einmal gesagt, daß es in jeder Wildpferdherde nur einen Hengst gab. Er beherrschte mit Unterstützung einer klugen alten Stute die Herde. Manchmal wurden entlaufene Wallache oder Maultiere in den Verband aufgenommen, niemals jedoch ein anderer Hengst.

Der Hengst warf den Kopf hoch, und obwohl er zu weit weg war, als daß Clementine es hätte sehen können, konnte sie sich vorstellen, wie er die Nüstern blähte. Am nördlichen Ende des Tals konnte sie die kleine Gestalt auf einem Pferd gerade noch erkennen. Gus näherte sich der Herde langsam, damit sie nicht in wilder Flucht davonstob. Der Hengst wieherte und fiel in Galopp. Seine Stuten folgten ihm, und innerhalb weniger Sekunden schien es, als seien sie nie dagewesen.

Aber die Flucht der Mustangs war vergebens. Am Ende würde der Mensch siegen. Die Wildpferde wurden zur Erschöpfung getrieben, eingefangen und an Sattel und Sporen gewöhnt ...

Eine tiefe Traurigkeit erfaßte Clementine. Die schöne Wildnis erschien ihr plötzlich endlos, einsam und unerträglich. Der Anblick des verlassenen Landes und des Himmels machte sie benommen. Sie versuchte zu atmen, und ihre Brust preßte sich gegen die Stäbe des Korsetts. Sie hatte das Bedürfnis, laut zu schreien.

Am blauen Baldachin des Himmels glitt ein Goldadler dahin und warf seinen Schatten auf die Erde. Der Adler schrie, und Clementine glaubte einen Augenblick, der Laut sei aus ihrer Brust gekommen.

Sie legte den Kopf zurück und blickte in den Himmel, badete im Licht und der Wärme der Sonne und ließ sich von ihr verführen. Ein Windstoß verschloß ihr den Mund wie ein Kuß und nahm ihr den Atem. Sie überließ sich dem Wind.

Es führte kein Weg zurück zu der Clementine, die sie vor dem Sommertag mit dem roten Staub, den schlagenden Hufen und dem Ende von

Charlies Lachen gewesen war. Charlie lebte nicht mehr, und sie fürchtete, mit dem Verlust das einzige verloren zu haben, zu dem sie wirklich fähig gewesen war: Charlie zu lieben und von ihm geliebt zu werden.

Doch sie spürte, wie sich in ihrem Innern etwas regte, wie ein zarter grüner Trieb, der gerade die fruchtbare Erde durchstieß. Sie spürte, wie sie in den Rhythmus des Lebens zurückfiel. Das gehaßte und geliebte Montana ergriff Besitz von ihr und würde es immer wieder tun.

»Clementine . . .«

Sie drehte sich um. Zach kam auf sie zu. Die Sonne schien ihm in die Augen, und er kniff sie zusammen. Sie leuchteten wie klare Bernsteinsplitter, und alles in ihr gab nach. Das Leid stieg als große schwere Masse in ihrer Brust nach oben und löste sich auf, fiel von ihr ab wie die Hülle von einem schlüpfenden Schmetterling.

Clementine wußte nicht, daß sie weinte, bis sie die Tränen auf ihrem Gesicht spürte.

Er berührte ihr Gesicht mit den Fingern.

Mehr hatte er nicht tun wollen.

Er hatte sie am Rand des Steilhangs stehen sehen. Manchmal geschah es, daß sein Herz einen Schlag lang aussetzte, wenn er sie ansah. So war es auch jetzt gewesen. Sie wirkte so stolz, wie sie würdevoll und gefaßt vor ihm stand. Und sie war so mutig. Ihr Mut kannte keine Grenzen. Er hatte einmal erlebt, daß ein Fuchs sich ein Bein abgebissen hatte, um einer Falle zu entkommen. Das war die Art von grimmigem Mut, den Clementine besaß.

Sie mußte ihn gehört oder sein Kommen gespürt haben, denn in diesem Augenblick drehte sie sich um. Beim Anblick ihrer Tränen schien sich ihm ein Messer ins Herz zu bohren.

Und so hatte er ihr Gesicht mit seinen Fingern berührt – vielleicht um die Tränen aufzufangen oder wegzuwischen. Mehr hatte er nicht tun wollen.

Aber irgendwie waren seine Arme plötzlich um sie, und er drückte sie fest an sich. Ihr Haar war seidig unter seinen Lippen. Ihre Haut und die Luft waren erfüllt von ihrem Wildrosenduft, der seine Sinne verwirrte.

Er wollte zurückweichen, sich von ihr lösen; aber er beging den Fehler, in ihr Gesicht zu blicken, und er sah das Verlangen in ihren Augen. Ihre Lippen öffneten sich unter seinem Mund, und sie stöhnte hilflos. Sie schmeckte warm, nach Tränen und Hingabe. Seine Hand glitt über ihre Hüfte. Er preßte sie eng an seinen Körper. Er küßte sie tief mit der Zunge. Das Glück schien vollkommen, als ...

Als Sarah laut und ungeduldig schrie.

Sie riß sich von ihm los, als habe jemand eiskaltes Wasser über sie geschüttet. Er konnte nicht atmen. Ein heftiger Schauer ließ seinen ganzen Körper erzittern, und er flüsterte: »Clementine.«

Mit einem Aufschrei drehte sie sich um und eilte zu Sarah, die inzwischen laut weinte.

Das Leder seines Sattels knarrte, als er den Fuß in den Steigbügel stellte und sich auf das Pferd schwang. Er ritt davon, ohne sich noch einmal umzusehen.

Clementine blickte auf den Kopf ihres Mannes. Silberfäden zogen sich durch das matte Gold, und es stimmte sie traurig, als sie daran dachte, wie die Zeit verging. Ihre Niedergeschlagenheit wuchs, als sie sich an die Tage erinnerte, die sie erlebt hatten und die sie nicht noch einmal erleben konnten.

Gus saß auf einem leeren Faß vor der Tür der Hütte. Er hatte die Hände zwischen die Knie geschoben und blickte düster auf die Erde.

»Ich habe Sarah schlafen gelegt«, sagte sie.

Er hob den Kopf und sah sie an. »Willst du mit ihm reden?« Clementine schwieg. »Du wirst es ihm nicht ausreden.«

»Ich werde nicht versuchen, es ihm auszureden.«

Als sie über den Hof ging, blickte sie sich einmal um, aber nicht nach Gus. Sie betrachtete die Hütte.

Auf dem Dach blühte wieder der Phlox, ein Versprechen, daß die Tage des Sommers nicht mehr fern waren. Die abgebrannten Wiesen hatten grüne Flecken, wo neues Gras, neues Leben wuchs.

Die Pflaumenbäume am Fluß standen in voller Blüte und erfüllten die Luft mit ihrem schweren süßen Duft. Die Weidenzweige hatten dicke, klebrige leuchtendrote Knospen. Die Lerchen sangen, Frösche quakten, und der Fluß machte seine eigene Musik, die tief und klangvoll war wie Männerlachen.

Sie bemerkte ein braunes Hemd zwischen den Bäumen. Er angelte.

Zumindest hielt er eine Angelrute in der Hand, und die Schnur hing im Wasser. Aber er machte einen unruhigen Eindruck, als warte er, als wisse er, daß sie kommen werde.

Clementine blieb mehr als eine Armlänge von ihm entfernt stehen, denn sie wagte es nicht, so nahe heranzugehen, daß sie sich berühren konnten. Sie hatte keine Angst vor ihm, sondern vor sich.

Er sah sie mit seinen kalten, beunruhigenden Augen an. »Ich nehme an, Gus hat dir gesagt, daß ich morgen früh weggehe.«

Sie versuchte, seinen Namen auszusprechen, aber es gelang ihr nicht.

»Diesmal komme ich nicht zurück.«

Sie hatte gewußt, daß dieser Tag unausweichlich sein würde. Seit sie nach dem Biß des tollwütigen Wolfs wieder zu sich gekommen war und das Verlangen in seinen Augen und den Ausdruck seiner Liebe auf dem Gesicht gesehen hatte . . . seit dieser Zeit wußte sie, daß er sie irgendwann verlassen mußte.

Er legte die Angel beiseite und stand auf. Sie erstarrte, doch er kam nicht näher. Er sah sie nur an, und das war beinahe mehr, als sie ertragen konnte.

»Ich werde es einmal sagen. Ich sollte es überhaupt nicht sagen. Aber ich bin nicht stark genug, um von hier wegzureiten und es unausgesprochen zu lassen. Ich liebe dich, Clementine. Aber meine Liebe ist nicht die edle, reine Art Liebe, die du offenbar von mir erwartest. Ich will dich haben, ich will dich zu meiner Frau machen. Ich will spüren, wie deine Haare über meinen nackten Bauch gleiten. Ich will wissen, wie deine Zunge in meinem Mund schmeckt. Ich will dich an mich pressen und mich lange und tief in dich ergießen.«

O Gott, ich verdiene all . . . all diese Leidenschaft nicht, dachte Clementine. Ich habe sie nie verdient, und du machst mir Angst. Du hast mir immer Angst gemacht.

»Clementine . . .« Er blickte mit zusammengekniffenen Augen auf den Fluß, dessen Wasser in der Sonne glitzerte. Dann sah er sie verzweifelt an. »Komm mit mir.«

Sie bewegte sich nicht. Selbst ihr Herz hörte auf zu schlagen. Es herrschte ein langes gespanntes Schweigen. Sie sah, wie sich sein Gesicht spannte und hart wurde. Sie sah in seinen Augen das kalte Gelb der Wintersonne.

»Ich liebe dich, Zach«, sagte sie. Es waren ihre ersten Worte, seit er sie geküßt hatte.

Er stieß den Atem aus und sagte tonlos: »Ich weiß.«

»Ich liebe dich«, sagte sie noch einmal. Und wie an dem Tag, als sie die Mustangs eingefangen hatten, fühlte sie sich befreit. Sie liebte ihn so sehr. Manchmal mußte man es wagen, nach dem Blitz zu greifen. Und manchmal mußte man es wagen, ihn loszulassen. »Wirst du schreiben?«

»Nein.«

»Gus. Du könntest Gus schreiben.«

Er schüttelte den Kopf. Dann brach sein Widerstand. Sie sah es zuerst an seinen Augen; dann zeigte sich die Qual in seinem Gesicht. Er wandte den Kopf ab, doch sie sah, wie sich seine Halsmuskeln spannten, als er versuchte, die Tränen zu unterdrücken.

»Du wirst an mich denken.« Das war wie ein Befehl. Er mußte an sie denken, denn sie gehörte ihm. Sie würde ihm immer gehören.

»Clementine«, stammelte er tonlos, »meine Liebe zu dir hört nicht auf, wenn ich gehe. Wenn du abends vor die Tür trittst und der Wind durch die Pappeln weht, dann bin ich es. Ich werde an dich denken, ich werde deinen Namen flüstern, und ich werde dich immer lieben.«

Sie blickte in seine Augen, nahm seinen Schmerz in sich auf und litt mit ihm. Sie wußte, es war das Letzte, was sie teilen würden.

Ohne den Blick von seinem Gesicht zu nehmen, löste sie langsam die Kamee von ihrem Hals. Sie legte sie ihm nicht in die Hände, denn sie konnte es nicht ertragen, ihm so nahe zu kommen. Sie legte die Brosche auf den Stein, wo er gesessen hatte, und ging davon, ohne sich noch einmal umzusehen.

Gus saß immer noch auf dem Faß und beobachtete, wie seine Frau aus dem Wald zurückkam. Sie ging ohne ein Wort und ohne einen Blick in die Hütte. Aber er hatte ihre Augen gesehen.

Ihm wurde flau im Magen, und die Muskeln in seinen Beinen spannten sich. Er wollte hinunter zum Fluß gehen und sehen, ob er in Zachs Augen die gleiche Sehnsucht und Hoffnungslosigkeit entdecken würde. Doch er blieb wie gelähmt sitzen und starrte blicklos in die untergehende Sonne.

Er saß die ganze Nacht dort. Als die Dunkelheit in die Dämmerung überging, kam Zach vom Fluß zurück. Er sah Gus an, und seine Augen waren verschlossen. Sie sprachen nicht miteinander. Zach ging in die Scheune.

Eine halbe Stunde später kam er mit seinem gesattelten Grauen am Zügel wieder heraus.

Gus stiegen die Tränen in die Augen. Er blinzelte, um sie zu vertreiben, bevor sein Bruder sie sah. Denn zu seiner Schande mußte er sich gestehen, daß es Tränen der Erleichterung waren.

Clementine schob die Vorhänge zurück, die sie vor langer Zeit aus gebleichten Mehlsäcken genäht und mit kleinen gelben Finken bestickt hatte. Zach war draußen im Hof. Er saß auf dem Pferd. Gus stand daneben, blickte zu ihm auf und verabschiedete sich.

Gus würde immer der Cowboy aus ihren Träumen sein, aber Zach war die große Liebe ihres Lebens. Sie war auf die Erde gekommen, um diesen Mann mit jedem Atemzug, jedem Herzschlag zu lieben.

Sie schloß die Augen. Sie stellte sich vor, sie gehe durch die Tür hinaus und mit ausgestreckten Armen über den Hof, damit er sie hinaufziehen und hinter sich in den Sattel setzen würde. Sie stellte sich vor, sie reite mit ihm davon, sei für immer bei ihm und liebe ihn für alle Zeit.

Sie stellte sich vor, sie gehe hinaus auf den Hof . . .

Aber als sie die Augen wieder aufschlug, war er nicht mehr da. Sie hörte nur noch den Hufschlag seines Pferdes, als er davonritt.

Teil 3

1886

Sechsundzwanzigstes Kapitel

Gus blickte in den stählernen Morgenhimmel, den die unerbittliche Sonne im Osten bereits mit weißer Glut überzog. Er wischte sich den Schweiß von der Stirn und schlug den Hut gegen das Bein. Sofort hüllte ihn eine rote Staubwolke ein.

»Verdammt!« Der Fluch brachte ihn zum Husten, aber er fluchte noch einmal, um sich von der Last seiner Hilflosigkeit zu befreien. »Zur Hölle mit dieser Hitze!«

Er kauerte am Fluß nieder, schöpfte mit der Hand Wasser und kühlte sich damit das Gesicht. Das Wasser schmeckte ekelhaft. Es war eine dicke Brühe, die man beinahe kauen konnte. Damit ließ sich der Durst nicht löschen.

Die sengende Glut lag seit Wochen über dem ganzen Land. Das Gras verdorrte, die Luft flimmerte, und sogar der Uferschlamm trocknete und wurde fleckig und rissig wie altes Papier. In all den Jahren, die Gus nun schon in dem Tal lebte, hatte der Fluß auch im heißen Sommer noch nie so wenig Wasser geführt. Eigentlich war er schon kein Fluß mehr, sondern nur noch ein Rinnsal. Wenn es nicht bald regnete, würde er völlig austrocknen. Dann verendeten seine Rinder. Bei den niedrigen Fleischpreisen lohnte sich nicht einmal der Transport zum Viehmarkt. Vermutlich war die Ranch so oder so erledigt, selbst wenn der Himmel plötzlich seine Schleusen öffnen und das Land mit dem lang ersehnten Regen überschwemmen würde.

Gus stand stöhnend auf. Seine Gelenke schmerzten, und er fühlte sich alt. Der Kirschbaum, unter dem seine Stute stand, hatte in diesem Jahr wegen der Dürre keine Früchte getragen. Er saß bedrückt auf und ritt zum Haus zurück. Die Stute ließ den Kopf hängen und ging langsam über den ausgedörrten Boden. Mensch und Tier litten gleichermaßen unter der Hitze.

Als er den Waldrand erreichte, stieß er auf eine Hirschkuh, die von dem dürren Gras neben der Salzlecke fraß. Sie hob den Kopf und sprang davon. Die Rippen unter dem struppigen Fell traten so deutlich hervor, daß man sie hätte zählen können.

Am Vortag hatte Gus eine weiße Eule auf dem Zaun sitzen sehen. Auch Wildgänse, Enten und Singvögel zogen bereits nach Süden. Nachts schimmerten und funkelten die Sterne heller als noch vor einer Woche, und sein Bart wuchs schneller. All das deutete auf einen langen, sehr kalten Winter hin. Wer hatte ihm das noch gesagt? Er konnte sich nicht erinnern, aber vermutlich war es Zach gewesen.

Zach . . .

Ein dumpfer Schmerz, gegen den er sich nicht wehren konnte, saß ihm in der Brust. Immer wenn Gus an seinen Bruder dachte, empfand er diese Mischung aus Bewunderung, Haß und Eifersucht, aber auch Sehnsucht.

Manchmal wachte er mitten in der Nacht auf, weil ihn Erinnerungen an Zach quälten: Zach saß auf einem wilden Mustang und griff nach den Sternen; Zach hielt ein neugeborenes Kalb in den Armen; Zach tanzte an einem Sommertag mit Hannah, und ihr Lachen erfüllte das ganze Tal. Zach stand allein in Natchez am Kai und hob stolz den Kopf, während das riesige Rad des Dampfers das Wasser aufwühlte. In solchen Nächten blickte Gus auf das Gesicht seiner Frau und wollte Trost bei ihr finden, aber er wagte nicht, sie zu berühren.

In den stillen Nächten, wenn er nur seinen eigenen Gedanken lauschte, konnte sich Gus nicht der Wahrheit verschließen. Im tiefsten Innern wußte er, daß er nie ein Mann wie sein Bruder sein würde.

Seine Augen verweilten nachdenklich auf dem großen Haus, das in der glühendheißen Luft wie eine Fata Morgana vor ihm auftauchte. Sie nannten es das ›große Haus‹, um es von der alten Hütte mit dem Grasdach und der abgebrannten Ranch zu unterscheiden, obwohl es eigentlich mit vier Schlafzimmern im ersten Stock eher ein normales Haus war. Allerdings hatte es eine Toilette mit Wasserspülung, grün gestrichene Fensterläden, unten und oben eine umlaufende Veranda mit Geländer und ein Giebeldach. Er hatte, wie versprochen, seiner Frau einige der Annehmlichkeiten des zivilisierten Lebens gegeben, auch wenn es jetzt so aussah, als könnten sie all das wieder verlieren.

Die neuen Dielen der Veranda knarrten unter seinen Schritten. Er betrat das Haus durch den Vordereingang und rümpfte unwillkürlich die

Nase, denn es roch nach verbranntem Salpeter und Ginseng. Er blieb stehen und lauschte. Keuchen und Röcheln würde bedeuten, daß der Junge wieder einen Anfall hatte. Gus atmete erleichtert auf, als alles still blieb.

Daniel, ihr kleiner Junge, der am letzten Neujahrstag geboren worden war, litt, wie der Arzt sagte, unter ›Lungenkrämpfen‹. Der Rauch von verbranntem Salpeterpapier half ein wenig. Erlan hatte ihnen ein chinesisches Rezept gegeben. Danach mußte der Junge den Dampf von Wasser einatmen, in dem Ginseng kochte. Das linderte manchmal die Krämpfe, aber nicht immer. Bei den Anfällen bekam das Baby blaue Lippen. Der kleine Körper krümmte sich und zuckte, während das Herz wie rasend klopfte. Der kleine Daniel schlug mit den Ärmchen um sich, als versuche er krampfhaft, mit den winzigen Händen nach der Luft zu greifen, die seinen Lungen fehlte. In solchen Augenblicken überkam sie beide in ihrer Hilflosigkeit eine lähmende Angst. Gus glaubte, Clementine würde es nicht ertragen, noch ein Kind zu begraben. Er würde das ebenfalls kaum überleben.

Gus nahm den Hut ab und wischte mit dem Finger den Schweiß vom ledernen Schweißband. Als er den Hut an den Kleiderständer hängte, hörte er Stimmen aus der Küche. Saphronie versuchte offenbar, seine zweijährige Tochter zu überreden, den Frühstücksbrei aufzuessen.

Wenn jemand Gus vor einem Jahr gesagt hätte, er werde ein leichtes Mädchen, auch wenn es sein Gewerbe aufgegeben hatte, in seinem Haus als Kindermädchen beschäftigen, dann wäre das eine Beleidigung gewesen. Aber Daniels Geburt hatte Clementine sehr zugesetzt. Sie war hier draußen völlig auf sich allein gestellt; sie mußte Sarah versorgen und dazu noch das kranke Neugeborene.

Eines Tages war Hannah mit der tätowierten Saphronie im Schlepptau erschienen und hatte ihm die Meinung gesagt.

»Du bist so stolz auf deine Kinder, Gus, daß du es kaum abwarten kannst, deiner Frau das nächste zu machen, bevor sie sich von dem letzten erholt hat! Deine Zuchtstuten behandelst du bestimmt rücksichtsvoller als Clementine.«

Gus hatte ihr eine wütende Antwort geben wollen, hatte aber beschämt geschwiegen, denn leider hatte Hannah irgendwie recht. Er war von Anfang an verrückt nach seiner Frau gewesen. Daran hatte sich nichts geändert. Er brachte es nicht über sich, enthaltsam zu bleiben. Wenn es ihn überkam, dann mußte er einfach mit ihr schlafen. Er gestand sich diese Schwäche zwar ein, versuchte aber trotzdem nicht, etwas daran zu ändern. In der rücksichtslosen Art, seine Bedürfnisse zu befriedigen, glich er seinem Bruder und seinem Vater.

»Du hast großes Glück, Gus«, fuhr Hannah fort, »daß Saphronie bereit ist, die schweren Arbeiten im Haushalt zu übernehmen, sich um deine Kinder zu kümmern, und das alles nur für Unterkunft und Verpflegung und einen Dollar die Woche. Du kannst dich also glücklich preisen, den Mund halten und dem Angebot zustimmen.«

Das hatte Gus getan.

Trotzdem fiel es ihm schwer, sich an das durch die Tätowierung entstellte Gesicht der Frau zu gewöhnen. Nie versiegende dunkelblaue Tränen schienen ihr stumm über das Kinn zu laufen. Sie war nicht nur körperlich, sondern auch in ihrem Wesen für immer von den grausamen Mißhandlungen gezeichnet.

Manchmal kam er dazu, wenn sich Saphronie mit Clementine lachend unterhielt; auch die Kindern liebten sie, aber in seiner Nähe verstummte Saphronie. Sie beobachtete ihn wachsam und vorsichtig und ging ihm möglichst aus dem Weg. Vielleicht erriet sie seine Gedanken, die – zugegeben – nicht besonders freundlich waren. Aber Gus vertrat den Standpunkt, Saphronie hätte es irgendwie verhindern müssen, daß die Indianer ihr Gewalt antaten. Wie sagte man doch? Eine anständige Frau spart die letzte Kugel für sich selbst auf.

Als Gus in die Küche kam, rief seine Tochter gerade mit durchdringender Stimme: »Sarah nicht mehr essen!« drehte den Teller um und legte ihn auf den Tisch. Der mit Milch verdünnte Haferbrei lief über das Wachstuch. Als Sarah sah, was sie angestellt hatte, lachte sie. Vermutlich trug Gus dadurch wenig zur Erziehung seiner Tochter bei, aber er mußte unwillkürlich auch lachen.

Er wurde jedoch schnell wieder ernst, und sein Blick richtete sich besorgt auf seinen Sohn. Der kleine Daniel hatte am Abend zuvor wieder einen Anfall gehabt, aber jetzt schien alles in Ordnung zu sein. Er saß auf Saphronies Schoß, brabbelte zufrieden und hielt einen Löffel in der Hand.

Als Gus eintrat, warf sie ihm einen verstohlenen Blick zu, drückte Daniel an sich und sagte verlegen zu Clementine: »Ich lege ihn jetzt schlafen.«

Clementine stand am Bügelbrett und besprengte die Rüschen eines Unterrocks mit Lavendelwasser.

»Sarah nicht schlafen!« rief seine Tochter.

Clementine hob nicht den Kopf, während sie das heiße Bügeleisen vom Herd nahm, und antwortete: »Du kannst Miss Saphronie helfen, die Eier zu suchen.«

Sarah kletterte ohne Hilfe vom Stuhl und verließ selbstbewußt die Küche. Gus mußte wieder lächeln. Seine Tochter verstand es bereits, ihren Willen durchzusetzen, und nahm die Dinge energisch selbst in die Hand.

Saphronie folgte ihr mit Daniel im Arm. Gus staunte wieder einmal über diese seltsame Frau. An diesem Tag trug sie gelbgestreifte Knickerbocker, die ihr über die geschnürten Stiefel fielen.

Würde Saphronie gehen, wenn Gus ihr erklärte, daß er ihr nicht länger einen Dollar pro Woche zahlen konnte? Vermutlich nicht. Außerdem stammte Saphronies Lohn von dem Geld, das Clementine mit Eiern und Butter verdiente. Clementine machte Butter, die sie für zwölf Cents das Pfund verkaufte. Inzwischen hatten sie auch Hühner. Ein Dutzend Eier brachten fünf Cents. Im Grunde hatte Clementine mit diesem Geld die Ranch über den Sommer gerettet. Gus gestand sich das nur ungern ein. Er als Mann hätte das nötige Geld für seine Familie verdienen sollen und nicht seine Frau.

Clementine stellte das Bügeleisen auf die Herdplatte und befestigte den Griff am zweiten, inzwischen wieder heißen Eisen. Sie hob es vorsichtig hoch, und sein Blick fiel unwillkürlich auf ihre zierlichen, von der Arbeit geröteten und rauhen Hände. Schweißtropfen standen ihr auf der Stirn. Aber wie bei allem, was Clementine tat, ging von ihr eine innere Ruhe aus, die ihn schon immer von dem, was sie tat und dachte, ausgeschlossen hatte. Manchmal reagierte er mit Wut und Haß auf diese Kraft in ihr. Dann hatte er das Gefühl, mit einer Frau verheiratet zu sein, die er nicht kannte und nicht mochte.

»Ist es für diese Arbeit nicht zu heiß?« fragte er so sachlich wie möglich, aber eine gewisse Gereiztheit schwang in seiner Frage mit.

»Die Arbeit kann nicht warten, bis sich das Wetter endlich ändert«, erwiderte Clementine. Er biß sich auf die Lippen. Es klang so, als sei er für die Hitze und die Trockenheit verantwortlich. In ihren Augen schien er schuld an der Misere der ganzen Welt zu sein.

Sie stellte das Bügeleisen auf einen Untersetzer und sah ihn an. »Was hast du, Gus?«

»Oh nichts, Mrs. McQueen«, erwiderte er und imitierte ihre Bostoner Höflichkeit, mit der sie jeden auf Distanz halten konnte. »Alles ist bestens. Draußen brechen die Rinder tot zusammen. Es sieht aus, als bekämen wir wieder einmal einen wunderschönen, glühendheißen Tag. Das wenige Gras verdorrt im Wind, der das restliche Wasser in den Brunnen austrocknen läßt. Im Fluß gibt es nur noch Schlamm... Ich finde, es ist uns schon lange nicht mehr so gutgegangen wie heute.«

Er holte Luft und starrte sie wütend an. »Also los, sag es doch! Verdammt noch mal, sag es endlich!«

»Was soll ich sagen, Gus?«

»Ich hätte den Preisverfall auf dem Rindermarkt voraussehen sollen! Ich hätte wissen müssen, daß uns eine verheerende Trockenheit bevorsteht, weil es im letzten Winter kaum geschneit hat. Ich hätte nicht so verrückt sein sollen, den Rinderbestand zu vergrößern, nur weil wir einmal ein gutes Jahr gehabt haben. Ich hätte kein Geld aufnehmen sollen, um den Wald an der Schlucht zu kaufen, nur weil ich ihn haben wollte und er mir gerade angeboten wurde. Natürlich hätte ich keine so hohe Hypothek aufnehmen dürfen, um für meine Frau aus dem Osten mitten im gottverlassenen Montana ein teures Haus zu bauen, wo alle wissen, daß es hier Dürre, lange Winter, Stürme und Präriefeuer gibt...«

Seine Frau sah ihn an und schwieg. Sie hatte ihre Gefühle unter Kontrolle und war so zugeknöpft wie ihr Stehkragen. Nur in seinen Armen erlebte er, daß Clementine sich gehenließ. Und dann war da das eine Mal an Charlies Grab gewesen, als sie vor Schmerz und Auflehnung geschrien und getobt hatte. Gus wünschte sich, daß sie ihn auch jetzt anschreien oder vielleicht weinen würde. Du meine Güte, was war das für eine Frau, bei der es nie Tränen gab? Wenn sie doch wenigstens Angst gezeigt hätte, dann hätte er den starken Mann spielen und sie trösten und beschützen können!

Sie kam auf ihn zu, und er wich zurück. Die plötzliche Intensität seiner Gefühle erschreckte ihn. *Er* wollte schreien und toben. *Er* wollte Tränen vergießen. *Er* wollte getröstet werden.

»Gus, was ist los? Was hast du?«

Er stieß gegen einen Stuhl und setzte sich. Er stemmte die Ellbogen auf den Tisch und schlug die Hände vor das Gesicht, ohne den Haferbrei zu bemerken.

»Ach, zum Teufel . . .«

Er wollte lachen, aber es klang eher wie ein Schluchzen. Betroffen drückte er die Faust an die Lippen. Als er die Tränen spürte, preßte er die Augen zusammen. Sie stand neben ihm, und er konnte den Kopf nicht heben. Sie sollte seine Verzweiflung nicht sehen. Aber als sie die Hand auf seine Faust legte, war es, als würde ein Zapfen aus einem Faß gezogen. Die Worte brachen rauh und ungestüm aus ihm hervor.

»O Gott, Clem . . . wir sind bankrott . . . die Steuern sind fällig, und die Ranch ist vom Keller bis zum Schornstein mit Hypotheken belastet. Die Rinder haben kein Wasser mehr zu saufen und nichts mehr zu fressen . . . sie verenden. Ich habe Kredite aufgenommen, um das Haus zu bauen. Jetzt bin ich bankrott . . .«

Und ich habe Angst . . .

Aber das konnte er ihr nicht sagen. Über seine grenzenlose Angst wollte er um keinen Preis sprechen. Er war der Mann. Er hatte die Pflicht, für sie zu sorgen. Er nahm immer den Mund so voll und versprach, ihr all das zurückzugeben, worauf sie verzichtet hatte, als sie mit ihm davongelaufen war. Er hatte den Kopf voller Pläne und hatte ihr geschworen, die ›Rocking R‹ zur größten Ranch in Montana zu machen.

Sie fuhr ihm durch die Haare wie eine verständnisvolle Mutter, die ihr Kind tröstet. Das tat so gut, aber er schämte sich. Er schämte sich, weil er sich genau danach sehnte.

»Was brauchst du?« fragte sie.

Im ersten Augenblick verstand er sie falsch und hätte beinahe geantwortet: ›Dich, Clementine. All das, was du mir die ganze Zeit vorenthältst . . .‹

Doch dann begriff er, daß sie von Geld sprach, und lachte laut. »Ungefähr soviel, wie sich in der Miner's Union Bank befindet, falls wir planen sollten, die Bank auszurauben.«

»Die Steuern? Wieviel brauchst du für die Steuern?«

Er rieb sich das Gesicht. Er zitterte, aber nur innerlich, und das konnte sie Gott sei Dank nicht sehen. »Etwa einhundert Dollar.«

Sie nahm die Hand von seinem Kopf, und beinahe hätte er sie festgehalten. Er hörte, wie sie durch die Küche ging. Die Absätze ihrer

Schuhe klapperten auf den Dielen. Dann klirrte Geschirr, sie kam zurück und legte etwas auf den Tisch. Es roch nach Mehl und klimperte.

Sie hatte das Geld in der Mehlkiste versteckt. Er spürte das Mehl an den Fingern, als er danach griff. Es war ein kleines herzförmiges Kissen mit einem glatten glänzenden Bezug. Das Kissen war schwer, denn . . .

Er hob den Kopf und blickte sie an. Sie erwiderte ruhig und gelassen seinen fragenden Blick.

»Woher kommt das?« flüsterte er und dachte: Wenn sie antwortet, von Zach, dann werde ich sie umbringen.

»Von meiner Mutter. Es war mehr, aber ich habe im Laufe der Zeit einiges ausgegeben . . . für meine Photoausrüstung, die du ablehnst. Deshalb fand ich es nicht richtig, dafür dein Geld zu nehmen. Und ich habe damit auch . . . auch andere Dinge gekauft.«

»Andere Dinge, die ich ablehne?«

Sie richtete sich auf und schwieg. Das tat sie meistens, statt sich mit ihm zu streiten. Er hätte sie am liebsten an den Schultern gepackt und geschüttelt. Sie sollte endlich einmal etwas *fühlen*.

Es war ihm nicht bewußt, daß er aufsprang. Sie wich vor ihm zurück, aber sie sah ihm mutig in die Augen. »Willst du mich schlagen, Gus?« fragte sie tonlos. »Willst du dein Wort brechen und mich noch einmal schlagen?«

Er ließ die Hand sinken, aber er ballte sie zur Faust. Dann drehte er sich um. »Nein, aber im Grunde sollte ich das.«

Er starrte auf das Geld. Es war plötzlich totenstill in der Küche. In all den Jahren hatte sie das Geld gehabt und es vor ihm versteckt. Sie hatte es bei dem Brand gehabt und auch später in dem Winter, als er und Zach auf Wolfsjagd gehen mußten. Er biß die Zähne zusammen, um nicht vor Wut und Zorn laut loszuschreien. Als er sich soweit unter Kontrolle hatte, daß er wieder ruhig atmen konnte, sagte er: »Etwas möchte ich von dir wissen. Wir hätten das Geld schon so oft brauchen können. Warum hast du es mir nicht schon früher gegeben?«

Als sie ihm keine Antwort gab, drehte er sich heftig um. »Warum nicht, verdammt noch mal?«

»Weil es mir gehörte. Es war *mein* Geld.«

Er sah, daß sie um ihre Fassung kämpfte, und es fiel ihr schwer, denn sie war eine Frau, die nie weinte, sich nie gehenließ und nie nachgab. »Und

weil Mama . . .« Sie holte zitternd Luft und suchte nach den richtigen
Worten. »Verstehst du, ich mußte ihr etwas versprechen, und dieses
Versprechen konnte ich nicht brechen. Sie hat gesagt, was für ein Mann
du meiner Meinung nach auch seist, ich solle das Geld vor dir geheimhalten, denn sonst würdest du denken, es sei rechtmäßig dein Geld, und
du würdest es dir nehmen. Und dann . . . falls ich dich jemals verlassen
müßte, wäre es mir nicht möglich.« Sie biß sich auf die Unterlippe, und
zu seinem Erstaunen wollte er plötzlich nichts anderes, als sie küssen.
Diese Macht besaß sie über ihn, und auch deshalb haßte er sie.
»Daran denkst du, Clementine? Willst du mich eines Tages verlassen?
Wenn du das vorhast, dann könntest du es tun, solange es sich noch
lohnt. Du erweist mir keinen großen Dienst damit, daß du bleibst. Ich
bin ohne dich durchgekommen, bevor ich dich kannte. Vermutlich
werde ich es auch überleben, wenn du beschließt, mich zu verlassen.«
Alles Blut wich aus ihrem Gesicht, als hätte er ihr das Herz aus dem
Leib gerissen. »Gus . . . wie kannst du so etwas sagen? Du verstehst
mich einfach nicht . . .«
»Da hast du recht. Ich verstehe dich nicht! Ich habe dir alles gegeben,
was ich besaß, alles! Du hast alles von mir bekommen, und ich habe es
dir bereitwillig gegeben. Aber, mein Gott, manchmal habe ich das Gefühl, du betrachtest mich von der anderen Seite des Zauns, als hättest
du nichts mit mir zu tun. Hast du überhaupt ein Herz? Gibt es unter
deinem zugeknöpften Wesen eigentlich auch Gefühle? Verstehst du,
was ich meine? Gefühle, die nichts mit Anstand und Sitte zu tun haben?«
Seine Worte trafen sie wie Faustschläge, aber sie weinte nicht. Sie
weinte nie.
»So will ich nicht sein . . . wirklich nicht.«
»Clementine . . .« Er nahm sie in die Arme und drückte sie fest an
sich.
Sie klammerte sich an ihn wie eine Ertrinkende. Sie preßte die Lippen
auf seinen Mund, als könnte sie von ihm die Luft zum Atmen bekommen, und drückte sich mit ihrem ganzen Körper an ihn. »Liebe mich,
Gus . . . bitte, liebe mich.«
Er umfaßte ihren Kopf zärtlich mit beiden Händen und sah sie erstaunt
an.

»Bitte . . .«, flüsterte sie.

»Gehen wir hinauf ins Schlafzimmer.«

Sie errötete leicht, nickte und löste sich von ihm. Sie verließ vor ihm die Küche und ging die Treppe hinauf.

Wegen der Hitze waren die grünen Fensterläden geschlossen. Von draußen hörten sie gedämpft Sarahs Lachen, das Gackern der Hühner und den Wind, der jeden Vormittag blies, als kündige er für den Nachmittag Regen an, der dann aber doch nie kam. Sie hatten in all den Jahren nie tagsüber miteinander geschlafen. So etwas konnte ein anständiger Mann von seiner wohlerzogenen, gottesfürchtigen Frau, der Tochter eines Pfarrers, die bei der Hochzeit noch eine Jungfrau und durch und durch eine Dame war, nicht verlangen. Als er jetzt das Zimmer betrat, wurde ihm plötzlich bewußt, daß sie im Grunde eine völlig andere Frau war. Clementine entsprach überhaupt nicht seinen Vorstellungen, dem Idealbild, das er sich von ihr gemacht hatte.

Sie wartete neben dem Bett auf ihn. Sie hob die Hände, vielleicht um die Haare zu lösen oder um das Kleid aufzuknöpfen, aber sie ließ sie wieder sinken. Sie wirkte so verletzlich, so zart und unschuldig wie das Mädchen, das er vor sieben Jahren geheiratet hatte.

»Es tut mir leid . . .«, murmelte er.

»Mir tut es nicht leid, Gus.« Sie schüttelte heftig den Kopf. »Es tut mir überhaupt nicht leid.« Die Heftigkeit lag auch in ihrer Stimme.

Sie meinten nicht dieselben Dinge, aber das war im Augenblick nicht wichtig. Er kam zu ihr und umarmte sie. Ihr Körper war ihm so vertraut, und er liebte sie. Sie war Clementine, und er hielt sie in den Armen.

Trotzdem . . . es war nicht genug.

Clementine zog den Bauch ein und hakte das Korsett zu. Die praktische Unterwäsche, die aus Wolle gemacht war, um den Schweiß aufzusaugen, klebte bereits feucht auf ihrer Haut. An das Korsett knöpfte sie eine Krinoline. Darüber band sie die mit Roßhaar gefüllte Tournüre. Dann setzte sie sich auf einen Stuhl und schnürte die halbhohen Stiefel zu, die noch immer schwach nach Schuhcreme rochen. Sie hatte das Leder bereits vor einer Woche damit poliert. Schließlich zog sie einen einfachen schwarzen Alpakarock an und die dazu passende taillierte Jacke. Die Haare band sie im Nacken mit einer Schleife zusammen und bedeckte sie mit einer glatten schwarzen Haube. Trotz der erdrückenden Hitze legte sie sich noch einen Leinenumhang um. Sie konnte ihre Sachen nicht dem aggressiven Staub aussetzen. Die langen Handschuhe schützten die Hände, deren Haut längst rauh und rot war.

Bevor sie das Zimmer verließ, blickte sie noch einmal auf das Bett. Durch die Spalten der Fensterläden fielen staubige Lichtstreifen auf die zerknitterten Laken. Der Geruch nach Sex hing schwer in der Luft.

Er hatte sie verzweifelt, beinahe brutal geliebt. Nun ja, sie waren beide in ihrer Leidenschaft wild wie Tiere gewesen. Vielleicht war Gus ihr nur im Bewußtsein seines Versagens ins Schlafzimmer gefolgt, um so seinen männlichen Stolz zurückzugewinnen. Aber Clementine wußte, daß sie ihn wieder einmal betrogen hatte. Sie betrog ihn immer.

Sie drehte sich entschlossen um und ließ die Gefühle der ungestillten Sehnsucht und ihrer Einsamkeit hinter sich zurück, die das Zimmer in ihr auslöste. Langsam ging sie die Treppe nach unten und hinaus in den Hof.

Saphronie hatte bereits die Pferde angeschirrt und den Wagen vorgefahren. Die Eier lagen gut verpackt im Stroh in den Körben, die Steinguttöpfe mit der Butter waren zum Schutz gegen die Fliegen mit einem Leinentuch zugebunden. Eine Winchester hing griffbereit neben dem Sitz, obwohl die Fahrt in die Stadt nicht mehr gefährlich war. Wölfe, Pumas und Bären hatten sich in die Berge zurückgezogen. Iron Nose schien mit seiner Sippe für immer verschwunden.

Clementines Blick richtete sich auf die Hütte. Sie sah sich wieder an dem alten einfachen Tisch stehen und Brotteig kneten. Gus lächelte ihr zu und sagte: ›Ich sollte dir eine Milchkuh kaufen und vielleicht auch ein paar Hühner.‹ Damals hatte sie nichts vom Melken einer Kuh gewußt und ebensowenig von Hühnern. Sie hatte als jungverheiratete Frau wie ein kleines Kind mit ihrer Enttäuschung kämpfen müssen, weil Montana und die Ranch keineswegs ihren Träumen entsprachen. Trotzdem war sie glücklich gewesen. Clementine zweifelte in diesem Augenblick nicht daran, daß sie damals glücklich war.

Ein plötzlicher Windstoß drohte, ihre die Haube herunterzureißen. Sie legte die Hand auf den Kopf und blickte mit zusammengekniffenen Augen zum Himmel hinauf. Hohe schleierartige Wolken verdeckten die Sonne. Nein, es würde auch heute nicht regnen.

Sie hörte in ihrem Rücken die Haustür und drehte sich verblüfft um, denn sie hatte geglaubt, Gus sei bereits davongeritten. Er hatte sich nicht einmal richtig angezogen. Die Hosenträger hingen ihm über die Hüfte, das Hemd stand offen, und er trug keinen Hut. Die Stirn, die meist unter dem Hutrand verschwand, war verblüffend weiß im Gegensatz zu dem sonnengebräunten Gesicht. Auch die Lachfalten um die Augen waren weiß. Seine Augen und sein Lachen hatte sie immer geliebt.

Sie sahen sich schweigend an. Seit dem letzten Regen hatte er nicht mehr gelacht, vielleicht nicht mehr, seit Charlie . . .

Bekümmert mußte Clementine feststellen, daß Gus nicht mehr als der strahlende, unbesiegbare Held vor ihr stand. Sie wollte ihn wieder dazu machen, aber sie wußte nicht, wie.

»Es ist schon zu spät, um in die Stadt zu fahren«, sagte er.

»Ich dachte, wir brauchen das Geld«, erwiderte sie und haßte sich wegen dieser vorwurfsvollen Antwort, denn er hatte recht, und sie hätte ihm eigentlich nicht widersprechen sollen.

Er wurde rot und sagte verkniffen: »Ich glaube, wir werden weder heute noch morgen verhungern.«

Clementine fuhr einmal wöchentlich in die Stadt, um Butter und Eier zu verkaufen. Sie hatte zwar an diesem Tag fahren wollen, konnte es jedoch ebensogut am nächsten tun. Doch ihre Gefühle ließen sie nicht zur Ruhe kommen. Die heftige Sehnsucht in ihrem Innern drohte sie um den Verstand zu bringen. Sie mußte weg. Sie mußte Gus und die Ranch hinter sich lassen. Sie wollte allein sein, dort, wo der Himmel in jeder Richtung unendlich war, wo Wolken über dem Meer aus Gras ihre Schatten jagten, dort, wo sie sich der Einsamkeit überlassen konnte.

Sie holte langsam und tief Luft, um das Zittern zu unterdrücken, das sie davonjagte.

Gus . . .

Sie wollte ihm von ihrer Unruhe, von ihrer Sehnsucht nach dem Unbekannten erzählen, die nichts mit ihm zu tun hatte. Es war ihre Schuld. Er hatte recht gehabt, als er sagte, sie beobachte alles, als stehe sie hinter einem hohen Zaun. Aber sie wollte ihm auch sagen, daß er ihr soviel gegeben hatte. Er hatte sie aus dem Gefängnis ihrer Kindheit befreit, er war der Cowboy ihrer Träume. Aber sie schwieg.

Clementine stieg auf den Wagen und griff nach den Zügeln.

Er legte ihr die Hand auf den Arm. »Clementine, du bist so abweisend. Wenn du wütend auf mich bist, weil ich . . .«

Sie blickte in seine blauen Augen, in denen sie Vorwürfe, Verletztheit und den Anflug von Zorn sah – und Fragen. Aber sie konnte diese Fragen nicht einmal sich selbst beantworten, geschweige denn ihm.

»Wenn ich jetzt in die Stadt fahre, dann hat das nichts damit zu tun, was . . . was vorhin geschehen ist«, erwiderte sie und wünschte zu wissen, was eigentlich geschehen war. Sie hatten sich gegenseitig Befriedigung verschafft, aber es war ihnen nicht gelungen, dem anderen die Last vom Herzen zu nehmen.

Ich liebe dich, Gus, dachte sie. Aber das ist nicht genug für mich. Und es ist auch nicht genug für dich.

Da es nicht genug für ihn war, und weil er seinen Stolz hatte, gelang es ihm ironischerweise, ihr das Gefühl zu vermitteln, sie könnte ihn genug lieben, wenn sie sich Mühe gab und es wirklich versuchte. Er verlangte von ihr, daß sie endlich aufhörte, auf den Wind in den Zweigen zu lauschen, und daran zu denken, was hätte sein können . . .

Clementine schnalzte mit der Zunge, und die Pferde setzten sich in Bewegung. Die Eisenreifen der Räder knirschten auf der harten Erde. Der Wind trieb ihr Staub ins Gesicht, und sie schloß den Mund, um den bitteren Geschmack nicht auf der Zunge zu empfinden. Als sie auf den Weg in die Stadt einbog, drehte sie sich noch einmal um. Der Staub, den der Wagen aufgewirbelt hatte, legte sich schnell, aber Gus war nicht mehr zu sehen.

Der Wind blies inzwischen wieder so stark, wie er es in Montana fast immer tat. Sie mußte sich vorbeugen, um gegen ihn anzukämpfen. Die Pferde hielten die Köpfe gesenkt und schlugen mit den Schweifen. Die Haut über ihrem Gesicht spannte sich. Der Staub brannte ihr in der Nase und klebte auf der schweißnassen Stirn. Die Sonne stand grell, metallisch hart und erbarmungslos am Himmel. Unter ihren heißen Strahlen verblaßten alle Farben.

Das Land . . .

Das Regenbogenland mit seiner Wildheit, seiner herzzerreißenden Leere und Einsamkeit verschloß sich wieder einmal dem Zugriff der Menschen. Es rief und lockte all das, was ebenso wild, einsam und endlos in ihr aufstieg. Vielleicht, so dachte sie, gab es in einer Seele Stellen, die wie dieses Land immer unberührt bleiben würden.

Sie hielt einen Augenblick an, als sie den Wald erreichte, den Gus gekauft hatte. Hier standen hohe alte Kiefern, schwarze Eschen und
Ahorn. Eine Schlucht lag zwischen den beiden höchsten Hügeln. Zwischen den roten Felsen wuchsen wilde Pflaumen und niedriges Gestrüpp.

Über der Schlucht stand am Hang eine alte, verfallene Lehmhütte. Im
Regenbogenland war sie allgemein als die Hütte der Verrückten be-
kannt, denn die arme Mrs. Weatherby, die noch vor wenigen Jahren
dort gelebt hatte, war verrückt geworden, weil sie den Wind nicht mehr
ertragen konnte. Im Tal gab es mehrere verlassene Hütten, die man
›Skelette der Hoffnung‹ nannte. Clementine überlegte, ob das neue
Haus, das Gus für sie gebaut hatte, auch einmal nur ein ›Skelett der
Hoffnung‹ sein würde. Sie fand den Gedanken unerträglich.

Plötzlich fühlte sie sich beobachtet und drehte sich auf dem Sitz um. Sie
hob die Hand, um ihre Augen vor der grellen Sonne zu schützen.

Zuerst glaubte sie, es sei eine Fata Morgana, eine Wahngebilde, das ihr
Bewußtsein aus dem Staub und der Hitze geschaffen hatte. Neben dem
Wegweiser nach Rainbow Springs saß auf einem großen grauen Pferd
ein Mann. Er trug einen staubigen schwarzen Hut.

Clementine ließ die Zügel los. Sie spürte, wie ihr Herz plötzlich schneller schlug. Im heißen Wind hörte sie ihren Namen. Sie hörte seine
Stimme.

Seine Stimme . . .

Der Mann auf dem grauen Pferd ritt auf sie zu. Sie wußte nicht genau,
wann ihre Hoffnung schwand. Aber er war es nicht. Sie sah es an der
Art, wie er auf dem Pferd saß, den Kopf hielt, und einfach daran, wer er
nicht war.

Trotzdem klammerte sie sich an die Hoffnung, bis der Fremde sie erreicht hatte, den Hut zog und eher beiläufig sagte: »Guten Tag,
Ma'am.«

»Guten Tag, Sir«, erwiderte sie mit kaum merklichem Nicken.

Clementine saß wie erstarrt auf dem Kutschbock, bis er an ihr und auch
an der Hütte der Verrückten vorbeigeritten war. Erst dann schlang sie
die Arme um den Leib. Sie beugte sich vor und rang schluchzend nach
Luft, aber die Tränen wollten nicht kommen, denn sie hielt sie wie
immer zurück.

Clementine zog schnell die Zügel an, um zu verhindern, daß sie einen Betrunkenen überfuhr, der aus dem Grandy Dancer heraustorkelte. Hinter ihr stauten sich sofort Wagen, sie hörte Flüche.

Rainbow Springs war nie eine schöne Stadt gewesen, aber jetzt war sie wirklich häßlich. Die Hügel waren stellenweise gerodet, weil man das Holz zum Abstützen der Stollen in der Mine brauchte. Die Gebäude sahen heruntergekommen und verwittert aus. Über allem erhob sich abschreckend kahl und von der Erosion zerfressen die abgeflachte Kuppe mit dem Förderturm. Die Straßen führten an Bergen von Erzabfällen und Schlacke vorbei. Und über allem hing scheinbar unbeweglich eine riesige braune Rauchwolke.

Das also ist der ›Elefant‹, dachte Clementine und hätte beinahe laut aufgelacht. In diesem Augenblick flog ein zweiter Betrunkener rücklings durch die halbhohe Pendeltür des Grandy Dancer.

Clementine verzog keine Miene. Sie war nicht mehr das in Wohlstand und erstickender Frömmigkeit großgewordene Mädchen aus dem Haus am Louisburg Square in Boston, das sich in seiner Unschuld nach dem großen Abenteuer sehnte. Inzwischen wußte sie nicht mehr, wer sie *eigentlich* war. Sie war sich selbst fremd geworden.

Lautes Hämmern drang an ihr Ohr. Im Südosten schimmerten zwei schmale silbrig glänzende Schienenstränge. Sie kamen aus der Prärie und führten in die Stadt. Ein Trupp Chinesen war dabei, die letzten Schienen der neuen Eisenbahnstrecke der *Utah and Northern Railroad* zu verlegen. Die Männer arbeiteten barfuß. Sie hatten die weiten blauen Hosen bis zu den Knien aufgekrempelt und ihre Zöpfe um den Kopf gelegt. Ein zweiter Arbeitstrupp von Chinesen errichtete einen Wassertank. Ein Mann bewegte langsam eine lange Rührstange durch den heißen Teer, der in einem großen Faß kochte. Das Faß stand über glühenden Kohlen. Der Teer verbreitete erstickende Dämpfe.

Eine schwere Arbeit in der glühenden Sonne, dachte Clementine voll Mitgefühl für den Chinesen.

In diesem Augenblick bemerkte sie Sam Woo, der über den Platz kam, wo bald der Bahnhof gebaut werden sollte. Über seinen Schultern lag eine Stange, an deren Enden jeweils ein großes geschlossenes Metallgefäß hing. Erlan hatte ihren Mann dazu gebracht, mit der Eisenbahngesellschaft einen Vertrag zu schließen, der ihm erlaubte, den chinesischen Arbeitern heißen Tee zu verkaufen. Das Geschäft blühte.

Sam Woo hatte Mühe, den Platz zu überqueren, weil sich dort eine Gruppe Männer um einen alten Karren drängte. Auf der Ladefläche stand ein rothaariger, bärtiger Mann und schüttelte drohend die Fäuste. Clementine wollte Sam warnen, aber der Mann auf dem Karren war lauter als sie.

»Die Chinesen müssen verschwinden!« brüllte er mit hochrotem Kopf.

Clementine staunte, denn sie hatte ihn für einen Redner der Abstinenzlerbewegung gehalten.

»Sie sind alle Heiden und Schmarotzer!« rief der Mann. Er trug eine grob gewebte Hose mit Lederflicken, hatte sehnige Arme und unterstrich seine Worte mit den großen Fäusten. »Der Chinese raucht Opium und betet Götzen an. Er bekommt einen Sklavenlohn und nimmt damit den ehrlichen Amerikanern ihre Arbeit. Wir müssen das Land von den gelben Horden samt ihren Zöpfen befreien! Wir werden sie nach China zurückjagen, wohin sie gehören!«

Die Menge ließ sich von dem Mann anstecken und stimmte in die Drohungen ein. Jemand bemerkte Sam Woo und deutete auf ihn. Ein paar Männer liefen hinüber und versetzten ihm einen Stoß, so daß die Blechgefäße schaukelten und der dampfende Tee überschwappte.

»Ein Chinese ist kein Mensch, er ist nicht viel besser als ein räudiger Kojote!« rief der Mann auf dem Karren. »Die Chinesen müssen raus!«

Die Menge nahm den Ruf begeistert auf und brüllte im Chor: »Chinesen raus!«

Clementine lenkte den Wagen auf die Versammlung zu, aber sie kam nicht weit, denn die Männer versperrten ihr den Weg. Sie wickelte die Zügel um den Bremsengriff und stand auf.

»Mr. Woo!« rief sie. »Wollen Sie mit mir zu Ihrem Laden fahren?«

Sam hörte sie und drehte sich nach ihr um. Er nickte eifrig, da er sich mit der Stange auf den Schultern nicht verbeugen konnte. Die dicken Brillengläser blitzten in der Sonne.

»Sehr freundlich von Ihnen, Mrs. McQueen!« rief er zurück. »Aber meine Wenigkeit hat Arbeit.«

»Mr. Woo, ich glaube, Sie sollten trotzdem mit mir fahren. Mrs. Woo würde es so wollen.«

»Nicht nötig! Nein, keine Sorge. Alles in Ordnung.«

Clementine löste die Zügel und trieb die Pferde an. Sie machte sich Sorgen, aber als sie einen Blick zurückwarf, sah sie, daß Sam es geschafft hatte, den Platz zu überqueren. Er näherte sich gerade dem Trupp bei den Schienen und bot wie immer seinen heißen Tee an.

Ihr Blick fiel auf einen glänzend schwarzen, offenen Einspänner, der im Schatten vor dem halbfertigen Wasserturm stand. Der Mann auf dem Wagen war so vornehm gekleidet, als sei er auf dem Weg in das eleganteste Hotel von New York City. Er trug eine schimmernde Goldbrokatweste. Die Manschettenknöpfe an dem weißen Hemd funkelten wie Diamanten.

Vermutlich sind es Diamanten, dachte Clementine, als der Mann sich umdrehte und sie die schwarze Augenklappe sah.

Es war der einäugige Jack McQueen, Spieler und Betrüger, inzwischen größter Teilhaber an der ›Vier Buben‹-Silbermine und an vielen anderen lukrativen Geschäften in der Stadt beteiligt.

Er zog den Zylinder und lächelte ihr zu. Es hätte sie nicht gewundert, wenn er hinter der aufrührerischen Versammlung steckte und den Mann auf dem Karren bezahlte, der die Männer gegen die Chinesen aufwiegeln sollte. Seit sie Jack McQueen kannte, stiftete er aus reiner Bosheit Unfrieden.

Als sie den Anbindepfosten vor Woos Laden erreichte, war sie schweißnaß und über und über mit rotem Staub bedeckt. Sie stand mit einem Fuß auf der Erde und hatte den anderen noch auf dem Trittbrett, als ihr übel wurde. Sie beugte sich vor, hielt die Hand vor den Mund und atmete tief ein, um sich nicht übergeben zu müssen.

Als das Würgen nachließ, richtete sich Clementine langsam auf. Kalte Schauer liefen ihr über den Rücken. Der Boden unter ihr schien zu schwanken, aber sie biß die Zähne zusammen. Sie holte noch einmal tief Luft, dann war der Anfall von Übelkeit vorüber.

Sie nahm den Leinenumhang ab und schüttelte ihn aus. Der feine Staub hüllte sie wie eine rote Wolke ein. Die Fliegen auf dem Pferdeäpfeln flogen summend auf und kreisten vor ihrem Gesicht. Ihr Magen rebellierte noch einmal.

Die Hitze drang durch die Sohlen der Schnürstiefel, als sie unsicher den Gehsteig entlangging. Sie mußte den Rock über den ausgespuckten Kautabak auf den Brettern heben. Der Gesellschaftsverein der Damen hatte die Stadtväter zwar dazu gebracht, ein Gesetz gegen das Spucken auf den öffentlichen Gehsteigen zu erlassen, aber bisher hielt sich niemand daran, und man tat auch nichts, um dem Gesetz Geltung zu verschaffen.

Als sie das weiße Tor von Hannahs Haus erreichte, mußte sie wieder stehenbleiben. Die nächste Welle der Übelkeit erfaßte sie. Sie umklammerte die Latten so fest, daß ein Splitter durch ihren Handschuh drang.

»Clementine!«

Hannah eilte die Stufen herunter. »Ich hatte schon geglaubt, du würdest diese Woche nicht mehr kommen . . . Du meine Güte! So wie du aussiehst, könnte man glauben, du fällst im nächsten Augenblick in Ohnmacht . . .«

»Es ist nur die schreckliche Hitze.«

»Ja, die Hitze ist wirklich unerträglich.« Hannah blickte zum Himmel auf. »Mein Gott, in diesen Wolken ist nicht einmal genug Regen, um eine Kerze zu löschen. Ich kann dir leider nicht versprechen, daß es im Haus kühler ist, aber dort kannst du wenigstens die Beine hochlegen.«

Clementine warf einen Blick auf ihren Wagen und den Laden. Wie jeden Tag saßen Pogey und Nash auf der Holzbank mit der gedrechselten Rückenlehne vor dem neuen großen Schaufenster von Sam Woos Laden. Neben der Eingangstür standen ordentlich aufgereiht wie Soldaten Kartoffelsäcke und Fässer mit Pökelfleisch und Makrelen. Seit Sam Woo geheiratet hatte, war sein Laden aufgeräumt und sauber. In diesem Augenblick kam die hochschwangere Erlan heraus. Der vorgewölbte Leib schien ihr den Weg zu weisen. Meine ›gute Hoffnung‹ nannte die Chinesin ihr ungeborenes Kind.

Clementine wurde bewußt, daß Hannah sie etwas gefragt hatte. »Wie bitte? . . . Oh, ich muß zuerst die Butter und die Eier ausladen. Leider habe ich heute wirklich kaum Zeit. Ich muß unbedingt vor dem Dunkelwerden zu Hause sein, sonst wird Gus mir böse sein.«

Trotzdem blieb sie unschlüssig stehen. Sie wollte Hannah unbedingt etwas sagen und fürchtete, daß sie später keine Gelegenheit mehr dazu finden würde. Die Röte stieg ihr in die Wangen, aber nicht nur wegen der Hitze. Selbst bei Hannah fiel es Clementine schwer, über körperliche Dinge zu sprechen. Sie würde nie die Worte ihrer Mutter vergessen: ›Stell niemals solche unschicklichen Fragen!‹

»Hannah . . . dein Verhütungsmittel . . . scheint nicht gewirkt zu haben. Ich bin wieder schwanger.«

»Ach du liebe Zeit . . .« Hannah legte ihr den Arm um die Taille, und Clementine lehnte sich trostsuchend an sie. »Dieser verfluchte Gus«, murmelte Hannah. »Wann wird er endlich lernen, daß er nicht jedesmal, wenn es ihn überkommt, seine Rechte einfordern kann?«

Clementine löste sich von ihr. »Das darfst du nicht sagen, Hannah.«

Hannah wurde rot, aber sie entschuldigte sich nicht. Sie und Gus gerieten sich ständig in die Haare. »Ich meine nur, daß er dich kaputtmacht, wenn er dich zwingt, ständig Kinder zu bekommen.«

»Es sind auch meine Kinder.« Clementine biß sich auf die Lippen und senkte den Kopf. »Nur . . . dieses Kind möchte ich nicht«, fügte sie tonlos hinzu, und es klang in ihren Ohren wie eine Todsünde. Aber es war die Wahrheit. Sie hatte Angst. Sie hatte Angst zu sterben, Angst, das Kind zu bekommen, nur um es zu verlieren und es unter den Pappeln neben Charlie zu begraben. »Sein Vater wird es auch nicht wollen, wenn er es erfährt. Zur Zeit lasten andere schwere Sorgen auf seinen Schultern . . . die Ranch, die Trockenheit, der kranke kleine Daniel und . . . und überhaupt alles.«

Clementine dachte an das, was sie im Schlafzimmer vor ihrer Abfahrt getan hatten und an das leere Gefühl danach. Sie dachte an das große Bett aus Nußbaumholz mit dem passenden Hutständer und der Frisierkommode. Das alles war sehr teuer gewesen. Gus hatte es ihr zuliebe mit geliehenem Geld gekauft, und sie hatte es zugelassen, weil es ihm Freude machte.

»Ihr werdet beide anders denken, wenn das Baby erst einmal da ist«, sagte Hannah. »Warten wir ab, bis der Winter vorbei ist und der Frühlingsregen kommt.«

»Wirklich?« Clementine sah in das besorgte Gesicht ihrer Freundin. »Werden wir im Frühling wirklich etwas anderes empfinden?«

Hannah verzog den Mund. Sie wirkte plötzlich alt, als sie erwiderte: »Vielleicht nicht.«

Wieder spürte Clementine die seltsame Spannung im Leib. Es war ein unruhiges Flattern, obwohl sie das neue Leben, ihre ›gute Hoffnung‹, dort noch nicht fühlen konnte.

›Gute Hoffnung‹ . . .

Sie erinnerte sich plötzlich an ihre Mutter, die vor Erleichterung gelacht und vor Schmerz geweint hatte, weil sie keine Kinder mehr bekommen durfte. Wie alt war ihre Mutter damals gewesen? Bestimmt nicht älter als sie heute. Clementine hatte ihrer Mutter damals so viele Fragen stellen wollen. Auf die meisten hatte sie noch immer keine Antworten. Das herzförmige Seidenkissen mit den Münzen . . . es war das einzige Erbe ihrer Mutter. Und heute hatte sie es Gus überlassen, ohne weiter darüber nachzudenken.

»Vielleicht bekommst du noch eine Tochter«, sagte Hannah.

Clementine legte die Hand auf den Leib. »Wenn es ein Mädchen ist, Hannah, dann werde ich dafür sorgen, daß es anders aufwächst als wir. Das schwöre ich dir: Meine Tochter soll genau wissen, wer sie ist und was sie will. Sie soll nie Angst haben.«

Erlan rollte das Faß mit dem Pökelfleisch über die Schwelle auf den Gehsteig. Es fiel ihr schwer, denn ihr unförmiger Leib behinderte sie. Die Goldlilien waren weiter verheilt, aber trotzdem konnte sie nur winzige Schritte machen.

Stöhnend richtete sie sich auf und preßte die Faust auf die schmerzende Brust. Wie konnte sie nur so töricht gewesen sein, Bohnen zu essen? Ein böser Geist mußte sie zu dieser Dummheit verleitet haben. Die Bohnen brachten schlechtes *Chi,* und das wiederum verursachte ein störendes Ungleichgewicht der inneren Organe, unter dem sie jetzt zu leiden hatte.

Außerdem war es so heiß und trocken, als verbrenne der Atem eines Drachen die Welt. Und der rote Staub! Stirnrunzelnd fiel ihr Blick auf die neue Glasscheibe. Sie hatte das Schaufenster am Morgen geputzt, und schon jetzt konnte man kaum noch die goldenen Buchstaben auf dem Glas sehen: ›Sam Woos Warenhaus‹.

Erlan konnte sich nicht daran erinnern, daß es in Futschou jemals so heiß und staubig gewesen war. In letzter Zeit träumte sie oft und lange von ihrer Heimat. Aber beim Aufwachen hatte sie den Eindruck, daß die Träume logen. Bestimmt konnte der Nebel nicht so weiß, die Reisfelder nicht so grün und die Sonne nicht so sanft und golden gewesen sein. Wie war es nur möglich, daß ihre Erinnerungen nicht mit der Schönheit der Träume übereinstimmten?

Aber bald würde sie weder auf Träume noch auf Erinnerungen angewiesen sein. Sie hatte die Schulden fast abgetragen und ihr Versprechen erfüllt. In einer Sandelholzkiste unter dem Bett lagen in Scheinen und Silbermünzen eintausendeinhundertsechzig amerikanische Dollar, und in ihrem Leib wuchs das Kind heran.

Nur . . . nur hatte sie nicht bedacht, als sie sich mit dem Kaufmann Woo einigte und ihm einen Sohn versprach, daß sein Sohn auch *ihr* Sohn sein würde. Das Kind war ein Teil ihres Körpers und ihres Blutes, sein Leben brauchte dieselbe Luft wie sie. Inzwischen zweifelte sie bereits daran, daß sie es über sich bringen würde, ein Kind, *ihr* Kind in diesem fremden Land zurückzulassen, wenn sie in die Heimat zurückkehrte.

Erlan schob diese Frage im Augenblick energisch beiseite, denn sie war ihr nicht gewachsen. Eine Schwangere sollte keine traurigen Gedanken haben, denn sonst drohte dem Kind ein unglückliches Leben. Eine Schwangerschaft bedeutete Glück, und die Götter bestraften oft jene, die vom Glück zu sehr begünstigt wurden.

Tabaksaft schoß durch die Luft und riß Erlan aus ihren Gedanken. Der Speichel landete zielsicher auf dem Geländer, aber es hätte nicht viel gefehlt, und er hätte sie getroffen.

Erlan stemmte die Fäuste in die Hüften und warf einen vorwurfsvollen Blick auf Mr. Pogey, der auf der Holzbank unter dem Fenster saß und Tabak kaute. Sie hatte die Bank vor dem Laden aufgestellt, um den Kunden Zeit zum Ausruhen und Nachdenken zu geben. Dann mochten sie auch bereit sein, mehr Geld auszugeben. Aber Pogey und Nash hatten sich sofort dort niedergelassen. Inzwischen verbrachten sie ihre Tage weniger mit der Suche nach Gold als mit Reden.

»Guten Tag, die Herren«, sagte Erlan und näherte sich ihnen mit zierlichen Schritten.

Die beiden alten Goldsucher erhoben sich umständlich und zogen die Hüte. »Wie geht es, Mrs. Woo?« fragte Nash und deutete auf die Bank neben sich. »Sie sollten sich setzen und sich etwas ausruhen. Sie wirken heute schwach auf den Beinen.« Er lachte, und sein Gebiß geriet dabei ins Rutschen. »Die schwere Last, die Sie tragen, zieht Sie nach unten.«

Pogey wollte sich gerade wieder setzen, blieb aber stehen und sagte kopfschüttelnd zu seinem Partner: »Das ist doch der Gipfel der Unverfrorenheit. Warum beleidigst du die arme Mrs. Woo? Keine Frau hört es gern, wenn man ihr sagt, wie häßlich sie ist. Auch eine Chinesin hat Gefühle, die man verletzten kann. «

»Ich habe nicht gesagt, daß sie häßlich ist, sondern eine schwere Last zu tragen hat, die sie wie ein Stein kopfüber in ein tiefes Loch ziehen kann. «

Erlan legte die Hand auf den Mund und unterdrückte ein Lachen.

Pogey schüttelte den Kopf. »Du bist ein hoffnungsloser Fall, Nash«, erwiderte er. »Wenn du den Mund aufmachst, dann bleibt er stundenlang offen. Wann lernst du endlich, die Klappe zu halten?«

»Was kann ich dafür, daß ich immer Schwierigkeiten im Umgang mit Frauen habe und sie angeblich ständig verletze!« Nash ließ sich schnaufend auf die Bank fallen. Er legte die Daumen unter die gestreiften Hosenträger, zog den Gummi in die Länge und ließ ihn laut klatschend auf das rotkarierte Hemd zurückschnellen. »Sieh mich an, Kumpel! Ich bin einer der echten und seltenen Pioniere. Als ich in dieses Land kam, gab es nur wenige Weiße hier, vor allem keine Frauen, die jedesmal beleidigt waren, wenn man den Mund aufgemacht hat. Jetzt haben wir den Damenclub, Lehrerinnen und Antialkoholiker, die einen Mann verurteilen, weil er ein Mann ist. «

Pogey nahm den gekauten Tabak aus dem Mund und schob frischen zwischen die Zähne. »Das war damals, aber heute ist heute. Dein Klagen ändert nichts daran. « Er lachte hämisch. »Du und ein ›Pionier‹ . . . du findest doch mit einem Kompaß in der Hand den Mist im Kuhstall nicht. Das ist doch alles nur leeres Gerede. «

Erlan drehte sich schnell um, damit die beiden nicht bemerkten, daß sie lachte. Dabei entdeckte sie einen großen Mann unter den Bergleuten, die zur Nachmittagsschicht zu den ›Vier Buben‹ gingen. Wenn Jere Scully sie ebenfalls sah, dann ließ er sich nichts anmerken. Er war seit Monaten nicht mehr im Laden erschienen. Sie war so grausam und abweisend zu ihm gewesen, daß er es schließlich aufgegeben hatte, um sie zu werben. Erlan bedauerte es nicht, denn er machte ihr Angst mit seinen verliebten Worten.

Clementine nahm die Buttertöpfe und Eierkörbe vom Wagen. Hannah half ihr dabei. Als Erlan es sah, freute sie sich, denn vielleicht würden sie sich später treffen. Es machte großen Spaß, wenn sie zusammensaßen, über ihre Männer, Kinder und über das Zuhause sprachen, das sie verlassen hatten, und über das Leben in der Wildnis von Montana.

Nash stieß einen lauten Pfiff aus und hielt die Hand über die Augen. »Ich möchte zu gern wissen, was das alte Stinktier vorhat?«
Das ›alte Stinktier‹ war Sheriff Dobbs. Der Dicke schien es eilig zu haben. Er ging so schnell, daß er den Staub aufwirbelte, und zog sich dabei den Gürtel höher über den Bauch, bevor er nach seinem Revolver griff. In der Luft lag plötzlich ein seltsames Brummen und Summen wie von aufgestörten Bienen . . .
Oder Ratten, dachte Erlan beklommen.
Pogey spuckte den Tabak aus und erhob sich langsam. Mit zusammengekniffenen Augen zog er an seinem langen Ohrläppchen. »Das klingt nach Ärger.«
Erlan verließ den Gehsteig; Pogey und Nash stellten sich neben sie. »Ich *sehe*, was da kommt«, murmelte Nash.
Vom anderen Ende des Platzes, wo die Schienen verlegt wurden, bog lärmend eine Schar Männer um die Ecke. Sie brüllten, und Erlan sah, daß einige mit Äxten, Schaufeln und Pickeln bewaffnet waren.
Vor ihnen lief ein seltsames Wesen, ein glänzend schwarzes, mit Federn bedecktes Ungeheuer. Die Männer trieben den Dämon mit einer langen schwarzen Stange vor sich her. Nash stieß plötzlich einen Fluch aus.
»Hölle, Tod und Teufel . . .«
Plötzlich schrie Erlan auf, denn es war Sam! Barmherzige *Kwan Yin*, was hatten diese unseligen Söhne einer Schildkröte ihm angetan? Er trug nur noch Strümpfe und die lange Unterhose. Sie hatten ihm eine schwarze, sirupartige Masse übergegossen, in der Hühnerfedern klebten. Seine zerbrochene Brille hing auf der schwarzen Nasenspitze. Ein Drahtbügel war verbogen und baumelte an der Seite. Mit aufgerissenem Mund, aus dem kein Laut drang, stolperte er vor den Männern her, die ihn mit der Stange in den Rücken stießen.
Erlan schrie noch einmal vor Entsetzen, als sie sah, daß man Sam den Zopf angeschnitten hatte. Wer einem Mann den Zopf abschnitt, verschloß ihm für immer das Land seiner Ahnen. Ohne Zopf konnte kein Chinese nach *Woo-pien* zurückkehren, denn der Zopf war das Zeichen seiner Achtung und seines Gehorsams vor dem Kaiser. Ohne Zopf war er der Schande preisgegeben und dem Tod geweiht.
Die Menge blieb vor dem Laden stehen. Das Geschrei verstummte einen Augenblick, dann brach es mit erneuter Heftigkeit wieder aus.

»Hängt ihn!« rief jemand, und andere nahmen den Ruf auf.

»Hängt den Chinesen! Hängt ihn auf!«

»Laßt ihn los, ihr Schweinehunde!« rief Nash angriffslustig. Aber einer der Männer verpaßte ihm einen Kinnhaken; sein Gebiß flog durch die Luft, und er landete auf dem Boden. Pogey stieß vor Wut einen Schrei aus, der aber schnell erstickte, weil sich eine Spitzhacke an seine Kehle drückte.

»Willst du wegen ein paar Chinesen ins Gras beißen, Alter?« fragte der Mann mit der Spitzhacke und lächelte höhnisch.

Jemand stieß Sam mit der Stange in den Rücken und rief: »Jetzt kannst du für uns krähen!« Es war der große Mann mit den roten Haaren, der den Aufstand angestiftet hatte. »Ki-ke-ri-ki! Ki-ke-ri-ki!«

Sam begann am ganzen Leib zu zittern, aber er gab keinen Laut von sich.

»Ihr weißen Teufel!« schrie Erlan, lief zu ihrem Mann und wollte ihn von seinen Quälgeistern wegzerren. Aber sie fuhr erschrocken zurück, als ihre Hände den klebrigen Teer berührten.

»Laßt uns den Chinesen eine Lektion erteilen, die sie nicht vergessen werden!« rief der Anführer. »Wir werden den Gelben zeigen, daß sie in Rainbow Springs nichts zu suchen haben.«

Steine und Pferdeäpfel flogen durch die Luft. Ein Stock traf die Fensterscheibe, die klirrend zerbrach. Ein junger Mann, der wie ein Irrer lachte, warf einen brennenden Feuerwerkskörper in den Laden.

Jemand packte Erlan grob an der Schulter und riß sie zurück. Sie verlor das Gleichgewicht und stürzte so heftig auf den Boden, daß ihr die Luft wegblieb.

»Lily!«

Zuerst dachte sie, Sam habe gerufen, aber sein Mund stand noch immer in einem lautlosen Schrei offen.

»Lily!«

Sie richtete sich mühsam auf und rang nach Luft. Durch die Tränen hindurch sah sie Jere Scully. Mit Fäusten und Tritten bahnte er sich einen Weg durch die Menge zu ihr, ohne auf die Schläge zu achten, die ihn von allen Seiten trafen.

Jere griff Erlan am Arm und wollte ihr beim Aufstehen helfen. Aber er wurde von Fäusten am Rücken und Kopf getroffen und schwankte.

»Retten Sie sich!« rief sie ihm zu. »Sie wollen uns umbringen!« Aber er schien sie nicht zu hören. Das Gebrüll und Geschrei der Menge schwoll zu einem Taifun an.

Als sie den Kopf hob, sah sie über sich den Mann mit den roten Haaren. Er lachte aus vollem Hals, holte mit der Stange aus und traf Jere mitten auf die Stirn. Jere ging wie von einer Axt gefällt zu Boden. Erlan versuchte, ihn mit ihrem Leib zu schützen, aber jemand packte sie an den Haaren und zog sie so brutal rückwärts, daß sie vor Schmerz aufschrie. Ein Stiefel traf sie an der Hüfte, und sie schrie noch einmal. Sie drehte sich zur Seite und krümmte sich zusammen, um ihren Leib zu schützen.

Jere erhob sich schwankend auf die Knie. Blut lief ihm über das Gesicht. Der Rothaarige lachte noch immer und hob schon wieder die Stange.

Ein Schuß hallte durch die Luft. Es wurde so plötzlich still, daß Erlan hörte, wie die leere Patronenhülse auf die Erde fiel.

»Zurück!« rief Clementine mit lauter Stimme. Sie hielt ein rauchendes Gewehr in der Hand.

Hannah trat neben sie und richtete ihren Derringer auf die Menge. »Ich rate euch allen das zu tun, was die Dame sagt. Meine kleine Pistole mag vielleicht harmlos aussehen, aber ich habe damit schon auf zwanzig Schritte das Herz in einem As getroffen.«

Niemand außer Sam Woo bemerkte den grauen Rauch, der aus dem zerbrochenen Fenster drang. Er sah ihn durch die Risse und Sprünge seiner Brillengläser. Er wollte den Mund öffnen und stellte fest, daß er bereits offen war. Er wollte schreien, aber nur ein leises Krächzen kam aus seiner Kehle. Er machte schwankend einen Schritt. Niemand hielt ihn auf. Er machte noch einen Schritt und sah Rauch und Flammen. Er spürte die Hitze.

Rauch und Flammen . . .

Noch einmal stieß er mühsam ein leises Krächzen aus.

Sheriff Dobbs tauchte im Hintergrund der Menge auf, wo er alles aus sicherer Entfernung mitangesehen hatte, und kam nach vorne. »Hannah Yorke, und auch Sie, Ma'am«, sagte er mit erhobenen Augenbrauen zu Clementine. »Sie sollten sich da nicht einmischen. Das ist Männersache.«

Der Pferdetrog neben dem Anbindepfosten hatte plötzlich ein Loch, und wieder hallte ein Schuß durch die Luft.

Der Rothaarige machte einen Satz rückwärts und ließ die Stange fallen.

»Wir haben es gerade zu einer Frauensache gemacht, Sheriff!« erwiderte Hannah. »Und als Frauen sind wir nun einmal, wie jeder richtige Mann wohl weiß, leicht erregbar. Deshalb rate ich jedem, sich nur langsam und vorsichtig zu bewegen.«

Sam Woo versuchte, auf den Rauch aufmerksam zu machen, der durch die zerbrochene Fensterscheibe quoll. Aber sein Arm bewegte sich nicht. Der Teer hatte ihn an seinen Körper geklebt. Sam machte einen Schritt, stieß gegen den Gehsteig und wäre beinahe gefallen.

Clementine lud ihre Winchester und entsicherte sie. Dann sah sie den Sheriff ungerührt an. »Mr. Dobbs, ich schlage vor, Sie machen sich zur Abwechslung einmal nützlich und verhaften diese Männer wegen Störung der öffentlichen Ordnung.«

Der Sheriff kratzte sich das bärtige Kinn. »Entschuldigen Sie, Ma'am, aber ich sollte Sie und Miss Hannah verhaften, weil Sie mit Ihren Waffen das Leben unschuldiger Bürger bedrohen. So, wie ich das sehe, sind die Chinesen an dem Ärger schuld.«

»Wie das?« rief Erlan und richtete sich auf Hände und Knie auf. Neben ihr saß Jere Scully im Staub. Er streckte die Hand nach ihr aus, aber sie wich vor ihm zurück. Sie hob den Kopf und schrie die Männer an, die mit ihren Äxten und Schaufeln verunsichert und stumm dastanden. »Was habt ihr dagegen, wenn wir in ein Land kommen, das so groß und leer ist, daß selbst die Wolken am Himmel verloren wirken?«

Ein seltsames Pfeifen und Krächzen war zu hören. Sam Woo stieg schwankend auf den Gehsteig und war mit drei Schritten an der Tür seines Ladens. »Großer Gott!« schrie er oder versuchte es zumindest. Aber auch diesmal kamen nur die seltsamen Laute aus seinem Mund.

Er erreichte die Schwelle, als der Baumwollballen bereits lichterloh brannte, auf dem der Feuerwerkskörper gelandet war. Die Flammen züngelten über den frisch gewachsten Boden zu den Regalen an der Rückseite, wo sich Gewehre, Revolver und Patronenkästen befanden. Darunter standen ordentlich aufgereiht fünfzehn Kanister Kerosin und fünf mit Terpentin. Das Feuer erreichte die Kannen, und Sam Woos Laden explodierte und schoß wie ein Geysir in den Himmel von Montana.

Siebenundzwanzigstes Kapitel

»Du mußt ruhig liegenbleiben, du halsstarriger Riese! Der Arzt sagt, du hast ein Loch im Kopf.«

Jere Scully zog die Schultern hoch und faßte mit beiden Händen an seinen Kopf. »Nur ein Loch? Mir kommt es vor, als hätte mir jemand den Kopf mit der Axt gespalten.«

Erlan wippte in ihrem Schaukelstuhl nach vorn und schob ihm die weichen Kissen in den Rücken. Dann legte sie ihm sanft die Hand auf die Schulter, damit er sich wieder hinlegte. Sie sah ihn zärtlich an. Seine großen Hände waren blutverkrustet, und das Gesicht wirkte weißer als der Verband um seinen Kopf. Die Brandblasen an seinen Armen waren dick mit Vaseline bestrichen. Die stammten von seinem Versuch, den leblosen Sam Woo aus dem brennenden Laden zu holen. Ja, er hatte sich wie ein wütender Drache auf die Männer gestürzt, um Erlan mit seinen Fäusten zu retten.

Wie hatte sie nur so dumm sein können, sich einzureden, es sei ihr unmöglich, ihn zu lieben?

Die Lampe warf einen sanften Lichtschein auf den Quilt und die Rosentapete in Hannah Yorkes Gästezimmer. Die Vorhänge am offenen Fenster bewegten sich in einer leichten Brise, die jetzt, nach Sonnenuntergang, etwas Kühlung brachte. Sie trug den Geruch von verbranntem Holz, von Staub und Haß herein.

»Lily . . .«

Er drehte sich um und sah sie ein paar langsame Herzschläge lang an, dann umfaßte er ihr Gesicht mit der schwieligen Hand. »Wie geht es dir?«

Sie ließ den Kopf sinken. Sie hatte Schmerzen, aber nicht nur körperliche. Wieder einmal war alles in ihrem Leben schlagartig zerstört worden.

»Ich habe Angst«, flüsterte sie.

Er strich ihr mit dem Daumen zart über das Kinn, seine Hand glitt langsam um ihren Hals zum Nacken und unter die Haare. »Hab keine Angst, von jetzt an werde ich für dich sorgen. Er ist tot, Lily. Du bist frei. «

Sie zuckte zusammen. »Das darfst du nicht sagen. «

»Es ist aber so. Es ist die Wahrheit. «

Die Wahrheit . . .

Erlan dachte an die vielen Wahrheiten, die einst ihr Leben beherrscht hatten. Eine Frau war ein niederes Wesen und sie war unvollkommen. Ihr Glück bestand darin zu heiraten und ihrem Mann Söhne zu schenken. Der Mann einer Frau war ihr Herr. Ihre einzige Aufgabe auf Erden bestand darin, ihm zu gehorchen, ihm zu dienen, ihm zu gefallen. Eine Frau mußte lernen, nachzugeben und ihre Wünsche zu unterdrücken. Eine Frau gehörte ihrem Vater und danach bis zu ihrem Tod dem Vater ihrer Söhne.

Aber Männer waren nicht unfehlbar. Sie waren keine Herren. Sie waren nur Männer.

Und eine Frau . . .

Wenn eine Frau zuviel dachte, dann begann sie, die Wahrheiten in Frage zu stellen. Und wenn sie an den Wahrheiten zweifelte, dann wurde sie eine *Ni*, eine Verräterin an ihren Ahnen. Dann verriet sie sich selbst.

Mein Schicksal ist immer noch ein halber Kreis, dachte Erlan. Tao Huas Geist war durch ihr Verbrechen dazu verurteilt, auf ewig zwischen der Schattenwelt und der Erde hin- und herzuwandern. Um sie zu retten, mußte Erlan nach China zurückkehren. Irgendwie mußte es ihr gelingen, die Schande ihrer Mutter zu tilgen und ihre Ehre wiederherzustellen. Sie mußte vor ihrem Vater niederknien und ihn im Namen ihrer Mutter um Vergebung bitten. Aber ihre Seele erzitterte, als Erlan die Gewißheit überkam, das Wissen . . . daß *sie* ihrem Vater niemals würde verzeihen können.

Jere bewegte sich. Seine Hand glitt über das Sternenmuster des Quilts zu ihrem Schoß. Er schob sie zwischen ihre gefalteten Hände und legte seine Hand um ihre Hand. Erlan schlug das Herz bis zum Hals, aber sie bewegte sich nicht. Er streichelte mit seinem Daumen ihr Handgelenk.

»Wir können uns vom Bezirksrichter trauen lassen, wenn er das nächste Mal hier ist. «

Ihr Schicksal war erst ein halber Kreis. Sie wußte, was sie tun mußte, aber es fehlte ihr die nötige Entschlossenheit. In einem anderen Leben, an einem anderen Ort würden sie bestimmt zusammenbleiben können.

»Ich werde dich niemals heiraten«, sagte sie schließlich.

In seinem Gesicht zeigten sich alle seine Gefühle: Liebe und Verzweiflung, aber auch ein Funke Hoffnung. »Wie kannst du von ›niemals‹ sprechen? Es gibt niemanden mehr, der ein Recht auf dich hat, und du hast keinen Grund, mich jetzt nicht zu heiraten.«

Erlan seufzte. »Das Gesetz verbietet Chinesinnen, *Fon-kwei* zu heiraten.«

Seine Finger schlossen sich fest um ihr Handgelenk. »Kein Gesetz wird mich daran hindern, dich vor Gott und den Menschen zu meiner Frau zu machen.«

Sie riß sich los. »Dein dummer Gott bedeutet mir nichts. Mein Schicksal ruft mich nicht zu dir und nicht an diesen Ort. Ich muß nach Hause zurück. Wenn das Kind in meinem Leib ein Junge ist, dann muß auch er zurückkehren, um sein Schicksal bei seinem Volk zu suchen. Er muß in der Nähe der Gräber seiner Ahnen aufwachsen. Ich bin bis zu *meinem* Tod an Sam Woo gebunden. Ich habe die Pflicht, seine Gebeine in die Heimat zurückzubringen, damit seine Seele Frieden findet. Aus all diesen Gründen und noch einigen anderen kann ich dich niemals heiraten.«

Er lächelte, aber in seinen Augen schimmerten Tränen. »Du hast nicht gesagt, daß du mich nicht liebst. Diesen Grund hast du nicht erwähnt.«

Bei einem ihrer Spaziergänge am Fluß hatte sie eines Tages eine Forelle gesehen. Sie lag zappelnd am Ufer und schnappte nach der Luft, die sie tötete. Erlan kam sich in diesem Augenblick wie die Forelle vor. Sie war gestrandet und wehrte sich gegen ihr Schicksal.

Er nahm wieder ihre Hand. Er streichelte sie und bat um ihre Liebe. »Willst du mich küssen, Lily?« fragte er. »Laß mich nicht noch tausend Jahre darauf warten.«

Seine Lippen waren weicher als es den Anschein hatte. Sie waren warm und schienen nur auf ihren Mund gewartet zu haben.

Hannah saß auf der Veranda im Schaukelstuhl und blickte zum Mond auf. Nach dem heißen und staubigen Tag hatte die Nacht etwas von prickelndem Champangner.

Von ihrem Platz sah sie den skelettartigen Förderturm der ›Vier Buben‹ und die brennenden Fackeln am Schachteinstieg. Bald würden die Männer in schlammverkrusteten Stiefeln und schmutzigen Hüten an ihrem Tor vorüberkommen, aber einer von ihnen würde bei ihr bleiben. Heute gab es daran keinen Zweifel. Wenn Drew erfuhr, daß sein Bruder verletzt in ihrem Haus lag, würde er kommen.

Er kam nicht jeden Abend, und in letzter Zeit war er überhaupt nicht mehr bei ihr gewesen. Seit drei Jahren liebte sie ihn, und jetzt zitterte sie vor Angst, ihn zu verlieren.

Hannah hatte sich mit besonderer Sorgfalt angezogen. Sie trug ein gestreiftes veilchenblaues indisches Seidenkleid, das an den Ärmeln mit purpurroter Kaschmirspitze besetzt war. Der plissierte Rock hatte eine Tournüre wie ein schimmernder Wasserfall. Das Oberteil war schlicht mit schneeweißem Musselin gerüscht. Es war das Kleid einer Dame, und wenn sie es trug, dann fühlte sich Hannah auch so.

Für alle Fälle hatte sie darunter jedoch hauchdünne Strümpfe angezogen und einen spitzenbesetzten scharlachroten Unterrock mit der passenden Unterwäsche aus reiner Seide.

Bestimmt würde er heute kommen. Und wenn er erschien, wollte sie ihm zu verstehen geben, daß sie sich nicht so fordernd und aufdringlich an ihn klammerte wie das letzte Mal. Die wirkliche Hannah lebte nach dem Motto: Nimm mich oder laß mich. Sie war eine Frau, die hübsch anzusehen war und keine Forderungen stellte und bei der zu bleiben einem Mann leichtfiel, weil er sie ebenso leicht auch wieder verlassen konnte.

Verlassen . . .

Jedesmal, wenn sie an den dummer Fehler dachte, zu dem sie sich beim letzten Mal hatte hinreißen lassen, zuckte sie schuldbewußt zusammen. Dieser Fehler hatte ihn vertrieben, und nun hielt er sich zu ihrem großen Kummer schon seit zwei Wochen von ihr fern.

Es war geschehen, nachdem sie miteinander im Bett gewesen waren.

Nach der Liebe blieb sie nie lange bei ihm liegen. Sie stand auf, goß sich einen Whiskey ein und rauchte eine Zigarette. Das waren frivole und wenig damenhafte Gewohnheiten aus der Vergangenheit. Hannah achtete stets darauf, daß er ihr Gesicht so lange nicht sah, bis sie sicher war, daß sie ihre Gefühle wieder unter Kontrolle hatte. Er sollte nicht sehen, was er für sie bedeutete. Sie wollte in seinem Gesicht nicht sehen, was sie ihm alles *nicht* bedeutete.

Aber beim letzten Mal hatte sie sich zu früh umgedreht und ihn unsicher gemustert. Sie bemerkte die Unruhe auf seinem Gesicht und sah die unzufriedenen Augen. Die Worte kamen ihr über die Lippen, ehe sie richtig darüber nachdenken konnte.

»Was hast du, Drew?«

»Diese verdammte, beschissene Mine geht mir auf den Geist«, antwortete er, und die trotzig vorgeschobene Unterlippe erinnerte sie wieder einmal daran, wie jung er in Wirklichkeit noch war.

»Warum hörst du dann nicht einfach auf?« fragte sie leichthin und froh darüber, daß seine Unzufriedenheit nichts mit ihr zu tun hatte, sondern mit der Silbermine.

Er lachte böse und erwiderte kalt: »Ganz richtig, Hannah! Ich höre einfach auf, und was dann?«

»Du könntest für mich arbeiten. Du könntest als mein Geschäftsführer das Hotel und den Saloon leiten. Ich denke daran, noch einen Mietstall aufzumachen. Der Schmied hat alle Hände voll zu tun. Wir könnten als Partner zusammenarbeiten.«

›Wir könnten heiraten‹, hätte sie beinahe gesagt.

Er sprang aus dem Bett und kam nackt auf sie zu. Sie sah entsetzt, daß seine Augen eiskalt waren. »Ich lasse mich nicht aushalten, Mrs. Yorke«, sagte er, und es klang wie das Knurren eines Tigers. »Wenn du dir einen Hahn kaufen willst, dann mußt du dir einen anderen suchen.« Er deutete mit dem Finger verletzt und verärgert auf seinen Körper. »Ich bin nicht käuflich!«

Dann hatte er sich angezogen und wortlos das Zimmer verlassen, ohne sich noch einmal umzudrehen. Nur ihr Stolz hinderte sie daran, in Tränen auszubrechen und hinter ihm herzulaufen, als sie hörte, wie das Tor ins Schloß fiel.

Du meine Güte, sie hatte ihn schon damit in die Flucht geschlagen, daß sie ihm eine Stelle anbot. Wer weiß, wie weit er erst gerannt wäre, wenn sie ihn gebeten hätte, sie zu heiraten.

In all ihren Jahren in dem Bordell in Franklin und dem erbärmlichen

Schuppen in Deadwood hatte sie sich niemals wie die anderen Mädchen
dem Traum überlassen, daß eines Abends ein Mann für fünfzehn Minuten bei ihr erschien und es damit endete, daß er um ihre Hand
anhielt. Nein, die gute alte Hannah hatte sich nie solchen Illusionen
hingeben. Wenn überhaupt, dann träumte sie davon, eines Tages eine
unabhängige Frau zu sein, die ihren Lebensunterhalt selbst verdiente,
ohne dafür ihren Körper verkaufen zu müssen. Sie wollte eine starke
Frau sein ohne falsche, romantische Liebe, die einem das Herz brechen
konnte.

Aber dann war dieser unverschämte junge Kerl gekommen, und jetzt
wollte sie sogar ein Kind von ihm. Sie wollte eine Familie und ein glückliches Leben mit ihm.

Großer Gott, sie war verrückt. In ihrem Alter – sie war bereits fünfunddreißig – noch ein Kind bekommen! Er war zweiundzwanzig und selbst
noch ein Kind. Wenn er fünfunddreißig war, würde sie fast fünfzig
sein. Man stelle sich einen Mann in der Blüte seiner Jahre vor! Was
sollte er dann noch bei einem alten Weib suchen? Und das wäre noch
nicht einmal das Schlimmste. Sie war eine Hure gewesen, und, verheiratet oder nicht, man würde in ihr immer die Hure sehen. Wie konnte
sie glauben, im Ehebett alle Männer zu vergessen, denen sie einmal zur
Verfügung gestanden hatte?

Sie mußte sich den Gedanken schnellstens aus dem Kopf schlagen. Ehe-
und Kinderglück waren ihr ganz gewiß nicht bestimmt. Außerdem war
er nicht an die Leine zu legen, und sie wollte ihn so unberechenbar. Ja,
sie wollte ihn so, wie er war.

Das quietschende Tor riß sie aus ihren Gedanken, und beinahe wäre sie
vor Schreck aufgesprungen. Er kam mit großen, jugendlichen Schritten
aus der Dunkelheit auf sie zu. Der Wind blies ihm durch die dunklen
Haare. Das Licht der Lampen fiel auf sein schweißnasses Gesicht.

Er sprang die Stufen hinauf und blieb wie angewurzelt stehen, als sie
aus dem Schatten trat. »Hannah! Wie ich höre, ist Jere bei einer Schlägerei verletzt worden und jetzt hier bei dir. Was ist eigentlich geschehen?«

Sie verschränkte die Hände auf dem Rücken, um sich daran zu hindern,
ihn anzufassen. Sie durfte ihm jetzt nicht die Arme um die Hüfte legen,
ihr Gesicht an seinen Hals drücken und sich an ihn pressen.

»Jemand hat die Männer gegen die Chinesen aufgehetzt. Die Sache geriet außer Kontrolle. Am Ende war Sam Woo tot und sein Laden abgebrannt. Dein Bruder wollte retten, was zu retten war, und hat dabei einen schweren Schlag auf den Kopf bekommen. Aber es geht ihm gut. Er liegt in meinem Gästezimmer. Sie ist bei ihm . . . Sams Frau . . . Sams Witwe. «

Drew schüttelte ungläubig den Kopf. »Am besten gehe ich zu ihm, wenn ich darf. «

Hannah wäre an dem Kloß in ihrem Hals beinahe erstickt. Er war plötzlich so verdammt höflich. Ein Mann war immer dann besonders höflich zu einer Frau, wenn er ihr sagen wollte, daß er kein Interesse an ihr hatte.

»Natürlich darfst du das«, sagte sie und zwang sich zu einem Lächeln. Sie wartete, bis er im ersten Stock war, bevor sie ihm ins Haus folgte und in ihr Zimmer ging.

Dort schraubte sie den Docht der Lampe herunter und entzündete Duftgras, um den Geruch zu verbessern. Sie ging im Zimmer hin und her. Die roten Sandalen und die Schleppe des Kleides strichen leise über den weichen Teppich. Sie berührte alle möglichen Dinge, die dort standen – auf dem Sekretär die passenden Schachteln für Handschuhe und Taschentücher, der Kleiderhaken und der Kleiderständer neben dem Bett. Das Rasiermesser, die Seifenschale und der Pinsel für ihn, wenn er die Nacht bei ihr verbrachte.

Aber um die Glasglocke mit den vergilbten Veilchen und den weißen Rosen machte sie einen Bogen. Sie hatte sich gelobt, diesmal keine verblassenden Erinnerungsstücke aufzubewahren, wenn ihr das Herz brechen würde.

Es dauerte nicht lange, bis er erschien. Sie hatte die Tür einen Spalt offenstehen lassen. Er drückte sie beim Anklopfen auf. Er verzog das verschwitzte, schmutzige Gesicht langsam zu einem Lächeln, und Hannah schmolz dahin.

Aber sie warf sich ihm nicht in die Arme, wie sie es am liebsten getan hätte. Sie mußte die nette fröhliche Hannah sein, die hübsch anzusehen war und keine Forderungen stellte.

Sie war und blieb die Hannah, die er leicht verlassen konnte.

»Ich glaube, Mrs. Woo hätte mir auch ein Loch in den Kopf geschlagen, wenn ich ihn aufgeweckt hätte«, sagte Drew. Er kam nicht ins Zimmer und schloß auch die Tür nicht hinter sich. »Es ist nett von dir, Hannah, ihn für die Nacht aufzunehmen. Aber morgen kann er wieder nach Hause.«

»Warum warten wir nicht erst ab und hören, was der Arzt dazu sagt?«

Er wollte gehen, und sie wäre beinahe durch das Zimmer gerannt und hätte die Tür zugeschlagen, damit er bei ihr blieb.

»Wohin willst du?« fragte sie, und es klang selbst in ihren Ohren schrill.

Er blickte über die Schulter zurück, aber sie konnte die Gedanken hinter seinen verschlossenen Augen nicht erraten. Er hatte immer etwas Gefährliches an sich, das er nur mühsam unter Kontrolle halten konnte. Und arrogant war er dazu. Aber Hannah fragte sich oft, ob sich unter der rauhen Schale der Überheblichkeit vielleicht ein weicher Kern befand, den er stets vorsichtig vor ihr hütete. War er dort vielleicht verletzlich und verwundet?

»Ich muß mich waschen«, sagte er. »Ich dufte nicht gerade nach Rosen.«

»Ich dachte, du würdest heute vielleicht bleiben wollen . . . wegen Jere, falls er dich braucht.« Sie deutete auf den Wandschirm mit den Pfauenfedern. Dahinter stand bereits eine Blechwanne mit heißem Wasser. »Ich habe ein Bad vorbereitet, und eines der Mädchen wird uns später aus dem Hotelrestaurant etwas zu essen bringen.«

Er zögerte und sagte dann achselzuckend: »Na ja, warum nicht?«

Hannah seufzte erleichtert. »Willst du zuerst etwas trinken?«

Er drehte sich um, schloß die Tür hinter sich und blieb stehen. »Na ja, warum nicht?«

Sie ging zu dem Tisch, wo zwei Gläser und die Karaffe mit dem guten Bourbon aus Kentucky standen. Der Tisch war bereits mit einer weißen Decke und Silberbesteck gedeckt. Es war ihr plötzlich peinlich, alles vorbereitet zu haben. Das war etwas zu deutlich.

Sie füllte die Gläser, und als sie sich umdrehte, wäre sie beinahe gegen ihn gestoßen. »Hast du mich erschreckt!«

Er nahm ihr das Glas aus der Hand. Ihre Finger berührten sich flüchtig. Er drückte ihr das Glas an die Wange und rieb es langsam hin und her. Es war warm und glatt. »Auf das Wohl der Frauen und Liebchen!« sagte er wie jedesmal. Das war ein alter Trinkspruch der Matrosen in Cornwall. Aber er trank nicht, er küßte sie.

Er küßte sie lange, zärtlich und genußvoll. Es tat ihr so gut, so unendlich gut.

Als er sie freigab, löste sie sich schnell von ihm. Sie griff nach ihrem Glas und trank einen großen Schluck. Der scharfe Whiskey brannte wie Feuer in der Kehle, und doch nicht so heiß wie sein Kuß.

»Ich habe gehört, daß du mit Miss Luly Maine ausgehst«, sagte sie und hätte sich am liebsten sofort auf die Lippen gebissen. Trotz aller guten Vorsätze redete sie wie eine eifersüchtige Ehefrau. Ja, wie eine dieser zänkischen, neidischen und ewig unzufriedenen Frauen, die früher die Männer zu ihr getrieben hatten, um etwas Spaß und Trost zu suchen.

Sie drehte sich um. Sein Gesicht und seine Augen verrieten nichts.

»Sie wollte mit mir zum Kirchenfest gehen«, sagte er, und sie hörte, wie er sich bemühte, unbeteiligt zu klingen. »Es wäre unhöflich gewesen, ihr einen Korb zu geben.«

Sie würde ihn verlieren. Wieder einmal hatte sie sich verliebt, und wieder einmal würde sie den Mann verlieren. Wie oft hatte sie sich gesagt, daß sie sich damit abfinden würde, wenn es soweit war. Aber jetzt geschah es zu schnell.

Sie versuchte, heiter zu klingen. »Du hast vielleicht Nerven, Drew! Wie kannst du es wagen, dich auch nur in der Nähe einer Kirche blicken zu lassen?«

»Da irrst du dich, Hannah«, erwiderte er mit einem anzüglichen Lächeln. »Als Junge wollte ich immer Pfarrer werden.«

Es gelang ihr sogar, einigermaßen glaubwürdig zu lachen. »Die Engel müssen geweint haben, als der Teufel dich soweit hatte, es dir anders zu überlegen.«

Mit zwei Schritten stand er neben ihr und sah sie nur an. Dann hob er langsam die Hand und legte sie ihr auf den Mund. Er fuhr mit den Fingern über ihre Lippen. Hannah spannte alle Muskeln an, um nicht zu zittern.

»Ich gehe mit Luly *nicht* aus«, sagte er.

Das soll er mir in Holz geschnitzt geben, dachte sie.

Aber es kam nicht darauf an, was er sagte. Ihre Konkurrentin würde draußen auf ihn warten, und wenn es nicht Luly Maine war, dann eben eine andere. Die andere war jung und hübsch und einfach unwiderstehlich. Er würde sich in diese Frau verlieben, sie heiraten, Kinder haben und bis ans Ende seiner Tage glücklich mit ihr zusammenleben. Und er würde so glücklich mit ihr sein, wie Männer mit einer jungen, hübschen Frau glücklich sein konnten.

Er stellte das Whiskeyglas auf den Tisch und zog sich aus. Er streckte sich und ließ dabei die Muskeln spielen. Die Lampe warf einen warmen Schein auf seine Haut. Er ging mit großen Schritten zu dem Wandschirm und verschwand dahinter.

Er war so jung und stark und so schön.

Und sie war verrückt!

Sie folgte ihm. Sie kniete sich neben die Wanne und nahm ihm die Seife aus den schwieligen Händen. Sie rieb ihm die Brust und die weichen dunklen Haare auf seinem straffen Bauch. Seine Haut war weich, aber die Muskeln darunter waren hart.

Es war ihr nicht bewußt, daß sie weinte, bis die Tränen in das seifige Wasser tropften. Sie flossen ohne Unterlaß, und Hannah konnte nichts dagegen tun.

Er berührte ihr Gesicht und hielt die Tränen mit den Fingern auf. »Warum die Tränen?«

Sie wandte das Gesicht ab. »Ach, nichts. Sie haben überhaupt nichts zu bedeuten.«

Er umfaßte ihren Nacken, drehte ihren Kopf herum und zwang sie, ihn anzusehen. Diesmal waren seine Augen nicht hart und ausdruckslos, sondern wie Brunnen, in die sie sich stürzen konnte, um darin zu ertrinken. Der letzte Rest ihrer Entschlossenheit und ihr ganzer Stolz wurden von den Tränen weggeschwemmt.

»Drew . . . du darfst mich nicht verlassen.«

»Ach Hannah, mein Schatz, ich werde dich nicht verlassen. Ich liebe dich.«

Sie schloß die Augen. In der Stille hörte sie das Ticken der Wanduhr. Die Zeit verging. Er würde sie verlassen, wenn nicht morgen, dann übermorgen oder am Tag danach. Aber eines Tages würde er sie verlassen, das wußte sie genau.

Am Ende des Sommers, als die Tage kürzer und die Nächte kälter wurden, erzählte man sich im Regenbogenland, daß die Biber als Wintervorrat große Mengen Weidenschößlinge zusammentrugen. Die Bisamratten bauten ihre Lagerplätze mit doppelt so dicken Wänden wie sonst.

Die Schneehasen hatten bereits Wochen vor der Zeit ihr weißes Fell. Man war sich darin einig, daß es einen langen und kalten Winter geben würde.

Der erste Schneesturm kam noch im September und wie üblich aus dem Norden.

Es hatte bereits zehn Stunden geschneit, als die Brüder Scully mit dem Aufzug zur Nachmittagsschicht in die ›Vier Buben‹ einfuhren. Drew betrat den Stollen und schüttelte sich. Aber das war nur die natürliche Reaktion seines Körpers auf die Hitze. Schon in den ersten Augenblicken wußte er, daß die schwarze Erde ihn an diesem Tag nicht besiegen würde. Er würde sich nicht übergeben, und sein Hemd war auch nicht schweißnaß gewesen, als sie aus dem Aufzug gestiegen waren.

Wie immer hatte er Angst, aber diesmal fühlte er nur den dumpfen Schmerz unter seinen Gedanken. Er konnte sie unter Kontrolle halten. Seit Hannah ihm die Kralle eines Grizzlybären als Amulett gegeben hatte, gelang es ihm meist, die Angst in Schach zu halten.

Er dachte während der Schicht fast nur an sie, obwohl er anschließend nicht immer zu ihr ging. Manchmal waren seine Gefühle für sie so intensiv, daß er sich von ihr fernhielt. In manchen Nächten wollte er mit ihr reden, er wollte von Heirat sprechen, aber er brachte die Worte nie über die Lippen. Er hatte ihr nichts zu bieten. Sie war eine reiche Frau, und er bekam nur drei Dollar am Tag dafür, daß er wie ein dummer Maulwurf Löcher in den Boden bohrte. Gewiß, sie war eine Frau mit Vergangenheit, aber er fand sie bewundernswert. Sie war großzügig, liebevoll, zuverlässig, und sie war anständig. Er hatte noch nie eine so mutige Frau gekannt. Er dagegen . . . er war noch nicht einmal ein richtiger Mann, sondern ein verdammter Feigling, der Angst vor der Dunkelheit hatte.

»Schneit es da oben noch?« fragte eine Stimme in der Nähe der Lampen. Es war einer der Arbeiter, deren Schicht zu Ende war. Der Mann warf seinen Stock in die Werkzeugkiste und streckte sich. Er holte tief Luft und ließ die Gelenke seiner Finger knacken.

»Der Schnee fällt dicht genug, um eine Gans zu stopfen«, erwiderte Jere lachend, und Drew lächelte mit. Sein Bruder war glücklich, seit das Schicksal den armen Sam Woo ins Jenseits befördert hatte. Jetzt lächelte ihn seine angebetete Lily immerhin von Zeit zu Zeit an und wechselte ein paar Worte mit ihm. Aber ihrem Bett war er immer noch so fern wie ein Kojote dem Mond, den er nachts anheulte. Sie hatte ihm allerdings einen Talisman aus Jade mit eingeritzten chinesischen Schriftzeichen gegeben.

»Verdammt, vielleicht sollte ich lieber hier unten bleiben«, sagte der Mann und stieg in den Aufzug. »Man bekommt eine Lungenentzündung, wenn man aus der kochenden Hitze in den Schneesturm kommt.«

Unter dem Klang des Läutwerks entschwand der Aufzug nach oben. Im Schacht hallte es laut vom Gestein, das durch die Schütten fiel, und dem Quietschen der Seilwinden. Der Qualm von den Sprengungen der Frühschicht war noch nicht abgezogen.

Sie liefen gebückt durch einen engen Gang, der nach etwa fünfzig Schritten in eine große Höhle mündete. Hier waren bereits ein halbes Dutzend Bergleute damit beschäftigt, das gesprengte Gestein in die Loren des kleinen Zugs zu schaufeln.

Drew hob grüßend die Hand, als sie an einem Iren vorbeigingen. Er hieß Collins und war ebenfalls Sprenger. Er saß auf einem Podest in der Höhle und bohrte ein Loch in die Decke. Der Schein seiner Stirnlampe leuchtete über ihnen wie die schmale Sichel des Neumonds in einer dunklen Nacht. In den meisten großen Minen benutzte man inzwischen Druckluftbohrer. Damit ließen sich Löcher sehr viel schneller bohren, als ein Sprengkommando es vermochte. Aber dieser technische Fortschritt hatte bei den ›Vier Buben‹ noch nicht Einzug gehalten. Wenn die Bohrer irgendwann auch hier eingesetzt werden sollten, dann würde Drew die Mine noch mehr hassen. Jetzt konnte man immerhin noch stolz darauf sein, ein Sprenger zu sein. Die einfachen Arbeiter, die das Gestein in die Wagen schaufelten oder die Wagen schoben, waren nichts als elende Sklaven.

Der Mann auf dem Podest rief ihnen etwas zu, aber Drew konnte ihn bei dem Lärm der Arbeiter nichts verstehen.

Sie verließen die Höhle durch einen neu gesprengten Gang. Die Wände waren naß und glitschig. Die Luft roch modrig wie ein seit langem leeres Grab. Drew trat kalter Schweiß auf die Stirn. Wieder verkrampfte sich ihm vor Angst der Magen, aber er kämpfte tapfer dagegen an.

Hannah, dachte er und beschwor ihr Gesicht. Er berührte flüchtig die Bärenkralle an seinem Hals.

Als sie eine Gabelung erreichten, bog Jere nach links ab und sagte: »Der Steiger hat uns aufgetragen, heute in dem neuen Querschlag im West-stollen zu sprengen.«

Drew legte seinem Bruder die Hand auf die Schulter. »Geh schon vor. Ich muß noch mal.«

Während Jere weiterging, trat Drew nach rechts unter die neuen Stütz-balken. Er tastete sich bis zum Eingang eines neu gesprengten Schachts vor und trat auf das Gestein, das noch abtransportiert werden mußte. Während er in ein Loch pinkelte, schlug ihm fauliger Gestank aus der Erde entgegen. Die Angst schnürte ihm die Kehle zu, und er mußte sich wieder beinahe übergeben. Es kostete ihn soviel Kraft, den Brechreiz zu unterdrücken, daß er schwankte. Das Licht der Karbidlampe traf dabei auf die glitzernden Quarzkristalle des freigelegten Gesteins.

Drew sah im Quarz einen großen blaßgrünen Fleck und hob langsam den Kopf. Der Felsen leuchtete im Schein seiner Lampe.

Er ging hinaus in den Stollen, holte sich eine Öllampe und ging zurück. Er hielt die Lampe dicht an das grün leuchtende Gestein und bewegte sie hin und her. Er beugte sich vor und trat mit dem Schuh gegen Geröll, das in den Schacht fiel.

Er stellte die Lampe auf einen Absatz und nahm Hammer und Bohrer aus dem Gürtel. Er setzte den Bohrer an das Gestein und schlug mit dem Hammer fest genug dagegen, um ein Stück abzubrechen. Der Stein war heiß, aber nicht so heiß, daß er ihm die Hand verbrannt hätte. Aber an der Stelle, wo er den Stein abgeschlagen hatte, rieselte damp-fendes Wasser.

Er hörte hinter sich Schritte und ließ die Probe schnell im Gummistiefel verschwinden. Es war Collins, der Ire. Wenn er Drew beobachtet hatte, dann ließ er sich nichts anmerken. Nicht wenige der Bergleute arbeite-ten in die eigene Tasche und brachten Tag für Tag im Eßgeschirr oder in den Stiefeln ein oder zwei Pfund Silbererz mit nach oben.

»Wo ist dein Bruder?« fragte Collins.

»Er bohrt in dem neuen Querschlag. Warum fragst du?«

Selbst in dem schwachen Licht sah Drew, wie der Mann erschrocken die Augen aufriß. »Habt ihr denn nicht gehört, was ich euch zugerufen habe? In der Wand steckt eine Sprengladung. In der vorigen Schicht haben sie ein Sprengloch vergessen, das wir zünden müssen.«

»Jere!«

Drew schrie und rannte los.

Er stolperte über die Steine. Seine warnenden Rufe hallten durch den Stollen. Sein Schatten eilte ihm voraus, während Collins ihm so dicht folgte, daß er den Atem des Mannes im Nacken spürte. Die Erde schloß sich wie eine eiserne Faust um ihn. Sie zermalmte und erdrückte ihn. Er wollte sich auf den Boden fallen lassen, sich zu einer Kugel zusammenkrümmen, um der erstickenden unerträglichen Dunkelheit zu entkommen, die alles Leben aus ihm herauspreßte. Aber er rannte weiter.

Endlich sah er Jere. Seine schweißnassen Rückenmuskeln glänzten im Licht der Lampe. Jere mußte ihn gehört haben, denn er drehte den Kopf, während er den Hammer hob, um auf den Bohrer zu schlagen. Er lächelte.

»Jere, *nicht*!« schrie Drew. Er sah mit Entsetzen, wie sein Bruder wieder auf die Felswand blickte und den Hammer schwang. Er schien sich merkwürdig langsam zu bewegen, als sei die Luft plötzlich dickflüssig und zäh. Der Hammer war so langsam, daß Drew glaubte, er könnte ihn noch aufhalten, wenn er seinen Bruder nur rechtzeitig erreichte. Er wollte mit einem Sprung den Abstand überwinden, aber er stolperte über das Geröll und stürzte so unglücklich, daß sein Arm brach.

Collins überholte ihn, und dann sah er, wie Jeres Hammer die Sprengladung zündete. Eine Stichflamme schoß aus dem Gestein, es folgte ein greller weißer Blitz. Aus dem Loch in der Erde flogen Steine. Eine glühende Hitzewelle traf seine Ohren wie ein Faustschlag.

Als er die Augen öffnete, war es völlig dunkel. Die Schwärze war endgültig und absolut wie auf der anderen Seite der Hölle. Er wollte schreien, aber ihm fehlte die Luft. Um sich herum spürte er Bewegung im losen Gestein, und dann vertrieben ein halbes Dutzend Karbidlampen die Dunkelheit. Rauchschwaden zogen durch den Stollen. Eine unwirkliche Stille umgab ihn. Er drehte den Kopf und sah den gesplitterten Knochen aus dem blutigen Arm ragen, aber seltsamerweise spürte er keinen Schmerz. Ihm war nur sein heftig schlagendes Herz bewußt und sein Schreien. Er *fühlte* das Schreien. Es legte sich auf ihn wie zähflüssiger Teer.

Drew rang nach Luft. Der undurchsichtige Schleier fiel von seinen Augen. Um ihn herum sah er rote blutige Fetzen und begriff im nächsten Augenblick, daß es die Überreste eines Menschen waren. Collins...?

Jemand beugte sich über ihn. Er blinzelte und sah verschwommen die Umrisse von Casey O'Brian, dem Steiger.

»Mein Bruder?« Drew keuchte und hustete, denn der Rauch lag ihm schwer auf der Brust.

Der Steiger sagte etwas, das Drew nicht verstand. Er zwang sich, zu der Stelle zu blicken, wo er Jere zuletzt gesehen hatte. Er war noch dort. Er war nicht in tausend Stücke zerfetzt, aber er war verwundet, denn Drew sah, daß sein Bruder wild mit den Beinen um sich trat.

Er lebt. Gott sei Dank, er lebt . . .

Eine Hand legte sich ihm auf die Stirn. Er sah, wie O'Brians Mund sich bewegte, aber er hörte nichts.

»Scheiß Mine«, krächzte Drew. Er hob den unverletzten Arm und hielt sich am Hemd des Mannes fest, der sie über die nicht gezündete Sprengladung hätte informieren müssen. Er zog O'Brian näher, bis er ihm in die Augen sehen konnte.

»Dafür wollen wir mindestens einen vollen Tageslohn!«

Achtundzwanzigstes Kapitel

Sam Woos Witwe schwankte, als sie das schwere Joch auf die Schultern nahm. Die Wäschekörbe baumelten an Ketten zu beiden Seiten der Tragstange, die ihr schmerzhaft auf die Schulter drückte.

Sie mußte gegen den Wind ankämpfen, als sie langsam die Straße entlangging. Die Schneeflocken trafen ihr Gesicht wie spitze Nadeln. Sie konnte die Augen nur einen Spalt öffnen. Die kurze wattierte Jacke und die weite Baumwollhose waren so weiß wie der Schnee und der Himmel.

Weiß ist die Farbe der Trauer. Ich werde drei Jahre lang nur noch in Weiß gehen ...

Ihr zwei Monate alter Sohn Samuel lag in der aus Stroh geflochtenen Tragschlinge, die ihr um den Hals hing, an ihrer Brust. Erlan kämpfte sich mühsam durch den gefrorenen Schlamm und den vereisten Schnee. Einmal rutschte sie aus; die Tragestange geriet aus dem Gleichgewicht und zwang sie beinahe in die Knie.

Langsam und unbeholfen suchte sie sich einen Weg durch die Hütten, in denen die Chinesen lebten. Es war eine Stadt in der Stadt. Als sie am Restaurant vorbeiging, roch es nach gebratenem Schweinefleisch. Aus dem *Mah-Jong*-Zimmer drang das Klappern der Steine. Am Teehaus stieg durch einen Spalt im Fenster weißer Wasserdampf in die Luft. Das rotgoldene Aushängeschild klapperte laut im Wind. Sie kam am Kräuterladen vorbei und grüßte Peter Ling mit einem respektvollen Nicken. Der Mann mit der goldenen Nadel stand am Fenster. Er hatte als letzter um ihre Hand angehalten.

Erlan war zwar Witwe, und ein Mann, der sie heiratete, würde die Götter erzürnen, aber in den vier Monaten seit Sam Woos Tod hatte sie viele Heiratsanträge bekommen. Nicht alle ihrer Verehrer waren Junggesellen. Die meisten hatten Frauen in China, aber das Einwanderungsgesetz verbot den Frauen und Geliebten, ihren Männern zu folgen.

Deshalb suchten die Männer Konkubinen, um sich das Leben im Exil erträglicher zu machen.

Erlan blieb vor den schwarz lackierten Türen des Tempels stehen. Die Wäsche war mit Segeltuch vor dem Schnee geschützt, aber vorsichtshalber setzte sie das Joch im Schutz des Dachüberstands ab. Dann schüttelte sie den Schnee von den Hosenbeinen, richtete den Strohhut gerade und betrat das Heiligtum.

Der kalte Luftzug ließ die Flammen in den runden blauen Seidenlaternen flackern. Schatten tanzten über die roten Schriftrollen an den Wänden. Mit ehrfurchtsvoll geneigtem Kopf näherte sie sich dem Altar mit den fünf Gottheiten. Sie waren aus Holz geschnitzt und trugen rote Seidengewänder und goldenen Kopfschmuck. Zu Füßen der Götter brannte Weihrauch zwischen den Schalen mit Opferreis.

Samuel weinte und strampelte. Sie streichelte ihm liebevoll und beruhigend den Kopf. Dann verneigte sie sich vor den Göttern und entzündete Weihrauch.

»Bitte«, betete sie. »Bitte, lindert das Leiden meines *Anjing-juren*. Lehrt ihn die Weisheit tugendhafter Geduld und bringt ihm Frieden.«

Die Götter starrten sie aus blicklosen Augen an. Nun ja, warum sollten chinesische Götter in das Leben eines *Fon-kwei* eingreifen? Sie sollte vielleicht in den Tempel seines Gottes gehen und dort für ihn beten. Aber der Gedanke, das weiß gestrichene Haus mit dem spitzen Giebeldach zu betreten, machte ihr Angst. Wer wußte, welche Dämonen an einem solchen Ort hausten?

Ein Wahrsager hatte seinen Tisch an der Tempeltür aufgestellt. Als sie auf dem Weg nach draußen an ihm vorüberkam, schüttelte er den Kasten mit den Stäbchen, um sie damit aufzufordern, sich von ihm die Zukunft voraussagen zu lassen. Aber Erlan kannte ihre Zukunft. Sie würde in die Heimat zurückkehren.

Sie kämpfte sich durch Wind und Schnee eine Straße weiter und blieb vor einem Haus stehen, neben dessen Tür Windglöckchen hingen. Sie bimmelten laut und fröhlich.

Das ist richtig so, dachte Erlan, denn hier wohnt ein Freudenmädchen.

Noch bevor sie anklopfen konnte, wurde die Tür aufgerissen. Ah Toy strich ihr liebevoll und in gespielter Überraschung über die Wange.

»*Aiya!* Wie schön ist es, Besuch zu bekommen, wo ich mich gerade so einsam fühle!«

Ah Toy kümmerte sich regelmäßig um Samuel, wenn Erlan die Wäsche austrug, besonders bei schlechtem Wetter. Aber es war unhöflich, eine Freundin um etwas zu bitten, was sie nicht ablehnen konnte. Deshalb ersparte ihr Ah Toy die Peinlichkeit und tat so, als mache ihr Erlan eine Freude.

»Wir freuen uns, dich besuchen zu dürfen«, erwiderte Erlan, wie es das Ritual der Höflichkeit verlangte. »Aber hast du heute nachmittag wirklich frei, ältere Schwester?«

»O ja, o ja!« erwiderte Ah Toy und führte Erlan mit einer Verbeugung in das Haus. »Dieser Ah Foock wollte heute kommen, aber ich habe ihm gesagt, er soll zu Hause bleiben. Ich muß mich bei ihm für die drei Dollar schrecklich abmühen.«

Ah Toy half ihrer Freundin, die Tragestange von den Schultern zu heben. Erlan nahm Samuel aus der Schlinge, und beide Frauen bewunderten ihn, bevor sie ihn in ein Weidenkörbchen neben dem Ofen legten. Das Körbchen wirkte seltsam zwischen den lackierten chinesischen Möbeln und den schweren Brokatstoffen.

Ah Toy zog unter einem rot lackierten Tisch einen rot lackierten Hocker hervor und forderte Erlan auf, sich zu setzen. »Ich habe so sehr auf deinen Besuch gewartet, daß ich den Tee schon eingeschenkt habe. Ich dumme Gans hoffe nur, daß er nicht schon kalt ist.«

Erlan trank einen Schluck und versicherte ihr, der Tee sei wunderbar.

Sie besuchte Ah Toy gerne. Das Haus war so kostbar ausgestattet wie ein Grab. Überall standen Bronzestatuen, Elfenbeinvasen, Jadefiguren, Cloisonné-Schatullen, und an den Wänden hingen Rollbilder. Es roch wundervoll nach Sandelholz und Weihrauch, hin und wieder aber auch nach Opium.

Ah Toy genoß großes Ansehen bei den Chinesen von Rainbow Springs, denn zu ihren Kunden gehörte auch der Einäugige Jack. Viele behaupteten, er sei der reichste Mann der Stadt. In China war der reichste und mächtigste Mann oft auch der Kriegsherr und wurde gefürchtet. Wen man fürchtete, dem brachte man auch Achtung entgegen. Diese Achtung erstreckte sich auf alle, die ihm dienten.

Ah Toy war keine besondere Schönheit, aber sie hatte ein feines Ge-

sicht, und sie lächelte immer. An diesem Tag sah sie wie eine Manda-
rinprinzessin aus. Sie trug ein mitternachtsblaues Gewand, das mit
Pfingstrosen bestickt war. In den kunstvoll frisierten Haaren steckten
Schildpattkämme.

Lachend beugte sie sich über das Weidenkörbchen und ließ vor Samuels
Augen eine Kette mit Jadeperlen baumeln. »Du hast mir also diesen
wertlosen kleinen Floh gebracht, damit ich den Nachmittag mit ihm
verbringe?« rief sie übertrieben laut, um anzudeuten, daß sie dem Kleinen Komplimente machte. Samuel krähte und versuchte, nach den
Perlen zu greifen. »Was bist du doch für ein häßlicher Wurm!«

Erlan lächelte. Die Chinesen gaben einem Jungen immer abwertende
Namen, schmückten ihn mit goldenen Ohrringen oder banden ihm
blaue Bänder in die Haare, um die eifersüchtigen Götter zu täuschen.
Sie sollten glauben, es sei ein Mädchen, damit sie ihn nicht zu sich in die
Geisterwelt holten.

Erlan trank ihren Tee und unterhielt sich eine Weile mit Ah Toy; dann
schob sie den Hocker zurück und stand auf. Dabei verzog sie vor
Schmerzen das Gesicht. Ihre Füße brannten, obwohl der Tag lange noch
nicht vorüber war.

»*Ching! Ching!*« rief Ah Toy. »Bitte iß etwas, bevor du gehst.« Sie
deutete auf den Ofen, wo ein dampfender Topf stand. Der Geruch nach
Reis war verlockend, aber Erlan lehnte höflich ab.

Es schneite heftiger, und es war inzwischen auch kälter geworden. Alles
verschwand unter den glitzernden Eiskristallen. Erlan mußte noch
mehr aufpassen, um nicht zu fallen. Sie stöhnte unter dem Joch. Nach
einem langen Tag hatte sie oft blaue Flecken an den Schultern. Alles tat
ihr weh, wenn sie sich stundenlang über den Waschzuber beugte oder
am Bügelbrett stand. Trotzdem waren die Schmerzen ihres Herzens
noch schlimmer. Sie hätte sich nie vorstellen können, daß sie eines
Tages den Kaufmann Woo so sehr vermissen würde. Sie dachte voll
Wehmut an sein sanftes Wesen, seine Liebenswürdigkeit und sogar an
sein seltsames Benehmen. Er hatte allen Ernstes geglaubt, er könnte
ein hundertprozentiger Amerikaner werden, ein richtiger Yankee-
doodle-Dandy.

Sie hatte drei Tage und drei Nächte lang laut an seinem Sarg geklagt,
wie es der Sitte entsprach. Obwohl sie kein Geld für sein Begräbnis
hatte, tat sie alles, was in ihrer Macht stand, um ihm Ehre zu erweisen.

Sie verbrannte rotes Papiergeld für seine Reise im Leben nach dem Tod und Weihrauch, um die Götter gütig zu stimmen. Zwei Monate später hatte das Schicksal ihnen einen Sohn geschenkt. Dieser Sohn würde leben, um den Geist seines Vaters in der Schattenwelt zu ernähren.
Aber die eintausendeinhundertsechzig Dollar, die sie unter dem Bett aufbewahrt hatte, waren verschwunden. Das Geld war entweder verbrannt oder von den weißen Teufeln gestohlen worden. Sie verfluchte die Ahnen dieser brutalen Kerle unzählige Male. Jetzt mußte Erlan wieder von vorne anfangen, um das Geld für die Rückfahrt zu sparen. Sie mußte hier leben, wo die Chinesen verachtet und gequält wurden. Das weite Land bot allen Platz, aber nicht ihnen, den Chinesen.
Eine Wäscherei gehörte zu den wenigen Geschäften, die Chinesen betreiben durften, und dazu war auch wenig Kapital erforderlich. Man brauchte nur Seife, Wannen, ein Waschbrett, Bügeleisen und ein Bügelbrett. Im letzten Jahr hatte der Stadtrat allerdings ein Gesetz verabschiedet, das allen Wäschereien eine Genehmigungsgebühr von fünfzehn Dollar im Vierteljahr auferlegte. Man sprach von der ›Chinesensteuer‹, denn nur wenige Weiße betrieben eine Wäscherei. Erlan mußte neunzig Hemden waschen und bügeln, nur um die Steuer zu bezahlen. Inzwischen verstand sie die abfällige amerikanische Redewendung: ›Leben wie ein Chinese.‹
Nachts lag Erlan wach und rechnete nach, wie lange es dauern würde, bis sie für sich und ihren Sohn die Heimfahrt bezahlen konnte. Immerhin mußte sie Sam Woo den Brautpreis nicht mehr zurückerstatten. Sie würde ihre Schuld begleichen, indem sie seine Gebeine mit nach China nahm, um sie in chinesischer Erde zu begraben, wo sie hingehörten.
Der böige Wind machte Erlan das Vorwärtskommen schwer. Es hatte in diesem Winter schon so viele Stürme gegeben, daß sie sich nicht mehr zählen ließen. Wenn der Schnee schmolz, kam kurz darauf wieder Frost, und alles war mit einer dicken Eiskruste überzogen.
Ein Schneeball traf sie im Nacken, und der Schnee fiel ihr in den Kragen. Sie schüttelte sich und wäre beinahe gefallen, als sie sich umdrehte. Hinter der Hütte eines Bergmanns hörte sie den Spottgesang eines Kindes: »Chinesen, Chinesen fliegen auf gelben Besen ...«
Erlan hatte das Chinesenviertel hinter sich gelassen und erreichte Klein-Dublin. Hier gab es andere Gerüche. Es roch nach dicken Bohnen

und Kaffee. Aber auch hier standen nur armselige Hütten aus alten Stützbalken und Schalbrettern der Mine.

Sie blieb vor einer Hütte stehen. Wieder ging die Tür auf, bevor sie anklopfen mußte.

Drew Scully stand auf der Schwelle. Er nickte ihr zu und forderte sie auf einzutreten. Den linken Arm hatte er in einer Schlinge, aber mit der rechten Hand half er ihr, die Tragestange von der Schulter zu nehmen. Er stellte das Joch vorsichtig auf den Boden.

»Wie geht es ihm?« flüsterte sie.

»Er ist betrunken.«

»Schon wieder?«

»Er ist seit dem Unglück nicht mehr nüchtern gewesen, Mrs. Woo. Aber man kann einem Mann nicht vorwerfen, daß er nicht gerade vor Glück tanzt, wenn er völlig blind geworden ist.« Drew fuhr sich mit der Hand über den Mund, als könnte er den bitteren Geschmack der Worte wegwischen. »Er wünscht sich den Untergang der Welt und seinen zuallererst.«

»Drew!«

Die Stimme aus dem rückwärtigen Zimmer klang wütend und vorwurfsvoll. »Sag ihr, sie soll gehen. Hast du mich verstanden, Bruder? Ich will sie nicht sehen ... ha, *sehen*!« Er lachte gequält und fluchte laut.

»Ich habe ihm gesagt, daß Sie kommen«, erklärte Drew leise. »Ich hielt es für das beste. Er ist unberechenbar, wenn man ihn überrascht. Der Arzt hat vor ein paar Wochen den Verband abgenommen ...« Er konnte nicht weitersprechen und mußte schlucken. »Es sieht nicht gut aus ...« Drew wandte sich ab, denn er mußte mit den Tränen kämpfen. »Sind Sie sicher, daß Sie mit ihm allein sein wollen?«

»Es war Ihre Idee, Mr. Scully.«

Er seufzte. »Ja, also, ich mache mich dann auf den Weg. Wenn er versucht, sie umzubringen ...«

»Das wird er nicht«, unterbrach ihn Erlan mit großer Überzeugung. Er war ihr *Anjing-juren*, ihr sanfter Riese. Er würde ihr nie etwas zuleide tun.

Sie hatte Jere nach dem Unfall nur einmal gesehen. Damals war er bewußtlos gewesen, und sein Kopf verschwand unter Binden. Später wollte er, daß sein Bruder sie nicht zu ihm ließ. Aber Drew und Erlan hatten sich diesen Besuch gemeinsam ausgedacht. Erlan hoffte inständig, daß es kein Fehler war, denn sie wollte ihm nicht noch mehr Schmerzen bereiten, nach all dem, was er bereits hatte ertragen müssen.

Erlan wartete, bis sich die Tür hinter Drew schloß. Dann begrüßte sie mit leiser Stimme den Mann im Hinterzimmer. Aber sie ging nicht sofort zu ihm. Sie hatte Kräutertee aus Jasmin, Kirschbaumrinde und Ulmenwurzeln mitgebracht und fing an, den Tee auf dem kleinen Herd zu brühen. Während sie darauf wartete, daß das Wasser kochte, sprach sie mit ihm. Sie erzählte ihm von Samuel, daß er sich inzwischen auf die Seite drehen konnte und daß er in der Woche zuvor laut gelacht hatte. Sie erzählte ihm auch von der Halskette aus roter Jade, die der einäugige Jack Ah Toy geschenkt hatte. Dann berichtete sie ihm von Pogey und Nash, die sich im Grandy Dancer betrunken und ihren Rausch auf dem Fußboden ausgeschlafen hatten.

Er sagte nichts. Aber jedesmal, wenn sie eine Pause machte, gab er seltsame Laute von sich.

Sie goß den Tee durch ein Sieb und füllte ihn in einen großen Becher. Dann konnte sie nicht länger warten.

Der Fensterladen war geschlossen. In dem Zimmer brannte kein Licht. Jere saß mit dem Rücken zur Tür in einem Schaukelstuhl. Die struppigen Haare fielen ihm bis auf die Schulter. Es roch nach Whiskey. Sein blaukariertes Hemd hatte Flecken. Als sich Erlan ihm näherte, hätte sie ihr Gesicht am liebsten hinter einer Maske verborgen. Dann fiel ihr ein, daß er sie nicht sehen konnte.

Früher hatte er gelächelt, aber das war vorbei. Früher war er so stark wie zehn Tiger gewesen, aber jetzt saß er den ganzen Tag im Schaukelstuhl. Seine Muskeln erschlafften. Früher war er mutig gewesen, aber jetzt floh er vor allem und trank nur noch Whiskey.

Als eine Diele unter ihren Schritten knarrte, drehte er sich um, und sie sah sein Gesicht.

Früher hatte er schöne blaue Augen wie der Himmel gehabt. Jetzt waren es nur noch häßliche Höhlen.

Sie wollte etwas sagen, aber sie brachte kein Wort über die Lippen. Sie glaubte zu sehen, wie das Herz in seiner Brust schlug. Sie hörte, wie er den Atem ausstieß und dann wieder Luft holte, und wußte, seine Verbitterung war grenzenlos. Sie richtete den Blick auf die zusammengepreßten Lippen, denn sie konnte es nicht ertragen, in die leeren Augenhöhlen zu sehen.

Sie machte vorsichtig einen Schritt auf ihn zu, dann noch einen. Sie hielt ihm den Becher hin und wartete darauf, daß er ihn in die Hand nahm. Da fiel ihr ein, daß er den Becher nicht sehen konnte. Beinahe hätte sie laut aufgeschluchzt.

Sie nahm die geballte Faust aus seinem Schoß. Die andere Hand umklammerte die Whiskeyflasche. Sie drückte den Becher gegen seine Fingerknöchel.

»Verschwinde!« brüllte er und schlug ihr den Becher aus der Hand. Er flog gegen die Wand, und der Tee floß über die weiß gestrichenen Dielen. »Verschwinde! Laß mich in Ruhe, verdammt noch mal!«

Drew preßte den linken Arm an den Oberkörper, als er die verschneite Straße entlanglief. Bei dieser Kälte schmerzte der Knochen wie ein fauler Zahn. Der Bruch war beim ersten Mal nicht richtig verheilt. Der Arm mußte deshalb noch einmal gebrochen und wieder gerichtet werden. Er wollte nicht daran denken, was geschehen würde, wenn er wieder nicht richtig verheilte. Nun ja, es war nur der linke Arm . . .

Aus dem Grandy Dancer fiel gelbes Licht. Er hörte gedämpft die lustigen Banjotöne und wäre am liebsten hineingegangen, um etwas zu trinken – zu trinken und zu trinken wie sein Bruder, der seinen Kummer in Alkohol ertränkte.

Als er an der Metzgerei vorüberkam, mußte er schnell den Kopf zur Seite drehen, um das blutige Fleisch nicht zu sehen, das an Eisenhaken im Schaufenster hing. Einer der Bergleute hatte ihm erzählt, daß der Stollen mit Kalk desinfiziert worden war, bevor dort die Arbeit wieder aufgenommen werden konnte.

Keine Macht der Erde würde Drew wieder in den Schacht bringen. Die Angst war jetzt so stark, daß er den Geschmack von Dynamit und Blut die ganze Zeit auf der Zunge spürte. Er sah das schwarze Loch im Boden Tag und Nacht vor sich.

Drew holte tief Luft und versuchte, die Selbstkontrolle wiederzufinden. Seine Selbstachtung und sein Stolz schienen in tausend Stücke zersplittert zu sein.

Er stapfte durch den fallenden Schnee zur Spitzkuppe hinauf. Als er den

Weg zum Büro des Minendirektors einschlug, kam er an einer langen Schlange von Männern vorbei, die auf Arbeit warteten. Bei den ›Vier Buben‹ wurden in letzter Zeit mehr Leute entlassen als eingestellt. Man sagte, die Silberadern seien erschöpft.

Das Büro der Minenleitung befand sich direkt neben dem Umkleideraum. Drew fragte den Sekretär, der an einem Schreibtisch aus leeren Dynamitkästen saß, ob er den Direktor sprechen könne. Er bekam zur Antwort, er müsse sich gedulden und warten.

Drew setzte sich und sah sich in dem Raum um. An den Wänden standen Akten in niedrigen Regalen. Auf dem Fußboden lagen Leinentaschen und Gesteinsproben. Sein Blick fiel auf eine stillstehende Uhr und eine Goldpresse. An den Wänden hingen Pläne der Stollen, geologische Zeichnungen und die gewagten Kalenderbilder der *Police Gazette* der letzten fünf Jahre. Es war kalt, trotzdem lief ihm der Schweiß über den Rücken.

Etwa nach einer halben Stunde stand der Sekretär auf und verließ das Zimmer durch die Eingangstür. Drew zögerte nicht lange und ging zu der zweiten Tür, die vermutlich zum Büro führte, in dem der Direktor saß. Er machte sich nicht die Mühe anzuklopfen.

Der Direktor saß in einem hohen Ledersessel an einem Mahagonischreibtisch. Hinter ihm hing an der Wand das Geweih eines Sechsenders. Eine große Standuhr, deren Zifferblatt von Monden, Sternen und Kometen umgeben war, tickte laut und gleichmäßig.

Es hieß, der Direktor sei der größte Anteilseigner an der Mine, die er für das Konsortium betrieb. Man sagte, er habe seine Anteile beim Poker gewonnen. Früher sei er ein Wanderprediger gewesen. Die schwarze Augenklappe gab ihm das Aussehen eines Piraten, aber wenn Drew ihn sah, mußte er immer an einen der schmierigen Kurpfuscher denken, die durch das Land zogen und Wunderpillen verkauften.

Der Mann wirkte aalglatt; er hatte ein scharf geschnittenes Gesicht und lange fettige Haare, die ihm bis auf die Schultern reichten. Sein Bauch wölbte sich unter einer teuren Seehundweste.

Die Standuhr schlug zweimal. Der Mann zog eine Taschenuhr von der Größe eines Dollars aus der Westentasche und überprüfte die Zeit. Dann hob er den Kopf und sah Drew.

»Wer zum Teufel sind Sie?«

»Drew Scully.«

»Scully?«

Jack McQueen spitzte den Mund und schien nachzudenken. Drew sah, daß er ihn mit dem Blick des Spielers unauffällig, aber eingehend musterte. Für jemanden wie diesen Einäugigen schien das Leben nichts anderes als ein Pokerspiel zu sein, bei dem man geschickt täuschte, etwas riskierte und gewann.

Er lächelte plötzlich liebenswürdig. »Ach, Sie sind der Bursche, der die Unverfrorenheit besaß, einen vollen Tageslohn zu verlangen, nachdem Sie sich kurz nach Schichtbeginn den Arm gebrochen hatten.« Auf dem Schreibtisch stand ein Miniaturgalgen aus Silber. Er fuhr beinahe liebevoll mit dem Finger darüber. »Wenn Sie Arbeit suchen, nachdem Sie diese Schlinge nicht mehr brauchen, können Sie beruhigt sein. Solange Sie einen Hammer in der Hand halten können, werden Sie bei den ›Vier Buben‹ einen Job haben.«

Drew setzte sich auf einen Stuhl und lächelte ungerührt. »Über das, was Sie mir geben, sprechen wir später. Zuerst sehen Sie sich das einmal an.« Er warf dem Einäugigen die Gesteinsprobe über den Schreibtisch zu. Er mußte sie auffangen, sonst hätte sie ihn im Gesicht getroffen.

Ohne mit der Wimper zu zucken, fing Jack McQueen den Stein mit einer Hand auf. Dann runzelte er die Stirn. »Was soll ich damit?«

»Das ist kein wertloses Quartz. Das ist rotes Metall.«

Der Einäugige sagte gelangweilt und etwas überheblich: »Kupfer? Und Sie glauben, ich werde deshalb vor Freude auf dem Tisch tanzen? Wenn Sie in meiner Mine Kupfer gefunden haben, dann ist das keine Neuigkeit, über die ich mich besonders freuen könnte.«

Kupfer galt in jeder Silbermine als Schreckgespenst, denn man mußte es von dem gewinnträchtigen Silber trennen.

Drew streckte die Beine aus, schlug die Füße übereinander und hakte die Daumen in seine Westentaschen. »Ja, dort unten ist Kupfer in großen rotgrünen Adern.«

Jack McQueen lächelte dünn. »Wundervoll . . .«

»Ich will Ihnen etwas sagen.« Der Einäugige hob angesichts dieser Unverfrorenheit mißbilligend eine Braue. Drew lächelte. »Im Augenblick verkauft man Kupfer für zwölf Cents das Pfund. Vielleicht gibt es dafür noch keinen großen Markt. Aber im Osten, dort, wo Sie herkommen, werden jetzt Elektroleitungen und Telefonkabel verlegt. Man spricht vom Zeitalter der Elektrizität. Die Telefone und Edisons Glühlampen brauchen endlose Mengen von diesem roten Metall. In ein oder zwei Jahren wird der Kupferpreis vermutlich auf zwanzig Cents oder mehr ansteigen.«

Jack McQueen hob den Deckel einer kleinen Sandelholzkiste und nahm eine Zigarre heraus. Er betrachtete sie, biß das Ende ab und spuckte es in einen Messingspucknapf. Dann zündete er die Zigarre an und rauchte mit Genuß. Erst dann brachte er aus einer der vielen Schreibtischschubladen eine Lupe zum Vorschein, stand auf und ging mit der Gesteinsprobe zu einem Fenster mit schmutzigen gesprungenen Scheiben.

Er setzte die Lupe ans Auge und fragte: »Woher stammt es?«

»Vom Weststollen, vierhundert Fuß tief. Ich habe es bereits in Butte überprüfen lassen, aber Sie können Ihre Leute ebenfalls befragen. Es ist reines Kupfer. Man kann es nach China zum Schmelzen schicken, zurückbringen lassen und immer noch Gewinn dabei machen. Der Hügel ist voller Kupfer, das können Sie mir glauben. Ich bin bereit, die Siegerprämie im nächsten Hammer-Doppel darauf zu wetten.«

»Ach ja? Aber Sie werden im Hammer-Doppel nicht mehr gewinnen. Schließlich ist Ihr Bruder so blind wie ein Maulwurf.«

»Verdammter Hund . . .« Drew sprang auf und wollte sich auf den Einäugigen stürzen.

»Ich weiß, Sie haben Mumm in den Knochen, Drew Scully.« Der Einäugige schüttelte spöttisch den Kopf, und Drew sah ein, daß er sich dummerweise hatte provozieren lassen. »Setzen Sie sich, bitte. Und nehmen Sie zur Kenntnis, daß ich Sie mit einem *Lächeln* dazu auffordere.«

Er trat wieder hinter seinen Mahagonischreibtisch, nahm umständlich Platz und stützte das Kinn in die gepflegte Hand. Dann sagte er so kalt wie ein Richter: »Wenn in ein paar Monaten hier in den ›Vier Buben‹ Kupfer gefunden wird, dann sind Sie so überrascht wie eine Nonne, die feststellt, daß sie schwanger ist. Das ist Ihr Beitrag zu diesem Spiel.«

»Und wie sieht Ihr Beitrag aus?«

»›Predige nicht tauben Ohren, wirf den Blinden keine Steine in den Weg, sondern fürchte deinen Gott, der da sagt: Ich bin dein Herr und Gott.‹ Fünf Dollar die Woche für Ihren Bruder – sagen wir, das ist eine

Pension, nicht wahr? Dann muß er nicht auf der Straße stehen und betteln. Er wird genug Geld für Whiskey haben und genug Stolz, um sich *nicht* eine Kugel in den Kopf zu jagen.«

Drew tat geflissentlich so, als habe er nicht gerade das erreicht, was er mit seinem Besuch hatte erreichen wollen. »Ganz schön und gut für den armen Jere«, sagte er langsam, »und was ist mit mir?« Er wollte nicht geldgierig sein, aber erst recht kein Narr. Wenn er eine Beteiligung an den Kupferfunden forderte, dann würde man ihn umlegen: Sie würden ihn von hinten erschießen und ihn in irgendeinem Loch verscharren. Aber er wollte nicht mehr in die Mine hinunter. So oder so, er brauchte einen anderen Job.

Der einäugige Jack stand auf. »Der Herr ist mit den Tugendhaften und bestraft die Sünder!«« sagte er mit seiner Predigerstimme, lächelte dabei aber spöttisch. »Zufällig ist einer meiner Aufseher, der Mann heißt O'Brian, vor ein paar Wochen von ein paar Unbekannten überfallen und niedergeschlagen worden. Sie haben ihn so übel zugerichtet, daß nicht mehr viel von seinem Mut übrig ist. Wie man sagt, schlottert er schon vor Angst, wenn er nur auf den Abtritt muß.«

Drew erhob sich ebenfalls. »Ja, Rainbow Springs ist eine gefährliche Stadt geworden«, erwiderte er ebenso spöttisch und sagte dann ernst: »Aufseher interessiert mich nicht.«

»Ich wollte Ihnen nicht diesen Job anbieten, Drew Scully.« McQueen lächelte verschlagen und amüsiert. »Was halten Sie davon, Sheriff in Rainbow Springs zu werden?«

Drew beugte sich über den Schreibtisch, hob den Deckel der Zigarrenkiste und nahm sich eine Zigarre. »Mr. Dobbs will wohl in den Ruhestand treten?«

Der Einäugige lachte. »Mir gefallen Leute, die mir folgen können und dann sogar versuchen, schneller zu sein als ich. Auf diese Weise werde ich nicht faul und bequem. Ja, Sie haben recht, Drew Scully. Der gute Sheriff möchte sich irgendwo ein hübsches Haus kaufen und Hühner halten. Ich und ein paar andere Geschäftsleute in der Stadt haben den berechtigten Eindruck, daß in letzter Zeit die Dinge in Rainbow Springs etwas zu lasch gehandhabt werden. Hier treiben sich zu viele Müßiggänger herum, und das führt dazu, daß Leute, die Geld investieren wollen, zu vorsichtig werden. Können Sie mir noch folgen? Wir brauchen in der Stadt einen Sheriff, der sich nicht fürchtet, das Gesetz mit

610

etwas mehr Nachdruck zu vertreten. Wir brauchen einen jungen und starken Mann, einen, der sich Respekt zu verschaffen weiß.«

Du brauchst einen, den du kaufen kannst, dachte Drew, aber er schwieg. Wenn er sich verkaufen mußte, um nicht mehr in die Grube zu müssen, und wenn er seinem Bruder eine Pension sichern konnte, dann würde er sich auch verkaufen.

Er lächelte, als McQueen ihm mit einem Streichholz die Zigarre anzündete. Er rauchte mit tiefen Zügen und hoffte, daß der teure Zigarrenrauch den bitteren Geschmack aus seinem Mund vertreiben würde.

In gewisser Weise tat er das auch.

Sie hatte den Tee auf dem Boden aufgewischt. Dann verließ sie das Zimmer, aber nicht das Haus. Er hörte Geschirr klappern und wie sie Selbstgespräche auf chinesisch führte. Vermutlich fluchte sie auf ihn.

»Zum Teufel mit dir!« brüllte er.

Sie antwortete, indem sie einen Topf mit lautem Knall auf den Ofen stellte.

Wenn sie noch einmal ins Zimmer kam, würde er den Nachttopf umstoßen. Dann würde sie wohl aufgeben. Vielleicht würde sie diesmal aber auch nicht aufwischen, und dann mußte er den Gestank aushalten, bis Drew zurückkam, denn er konnte beim besten Willen nichts tun. Er konnte kaum ohne Hilfe pinkeln.

Er war einfach nutzlos ...

Er hörte ihre Schritte. Sie kam auf ihn zu. Er richtete sich auf. Sie blieb vor ihm stehen, das heißt, er glaubte es. Wenn er die Hand hob und nach ihr griff, würde sie vielleicht davonlaufen und ihn in Ruhe lassen.

Er hielt die Hände im Schoß geballt und starrte in das undurchdringliche Meer der Dunkelheit. Mehr konnte er nicht sehen, und daran würde sich auch in der Zukunft nichts ändern.

Er hörte ein Rascheln und spürte einen Luftzug. Dann hatte er den Eindruck, daß sie neben seinem Stuhl kniete. Aus dem schwarzen Meer der Dunkelheit drang ihre zarte Stimme zu ihm; aber ihre Worte waren alles andere als zart.

»Du wirst dick und faul wie ein kaiserlicher Eunuch. Du störst den Frieden in diesem Haus. Ich sollte dir keinen Tee, sondern Schlangen-

suppe geben, um deine Eingeweide von den bösen Dämonen zu befreien.«

Sie drückte wie zuvor den heißen Becher an seine Hand. »Wenn du
vorhast, den Tee wieder auszukippen, dann laß dir sagen, daß auf dem
Herd ein ganzer Topf davon steht. Ich werde ihn dir über den Kopf
schütten. Du mußt dich ohnehin waschen. Du stinkst.«

»Ver . . . schwinde . . .«

Sie nahm seine Finger und legte sie um den dampfenden Becher. »Trink
das aus!«

Schweigen breitete sich im Raum aus. Er schmeckte den Zorn in seiner
Kehle. Er war gallebitter. Seine Hand zitterte. Er wollte den Becher in
die schwarze Nacht schleudern . . .

Jere wartete stumm darauf, daß sie ging. Er lauschte auf das leise
Rascheln, auf ihre Schritte. Er lauschte auf ein Seufzen von ihr, auf
ihren Herzschlag. Er zuckte zusammen, als sie plötzlich sagte: »Ich
weiß, was du denkst.«

»Na und?«

»Du heulst den Mond an, weil das Schicksal so ungerecht ist, weil es dir
deine Augen genommen hat. Aber welcher törichte Gott hat dir versprochen, daß das Leben gerecht sei? Frag den Bettler ohne Beine auf
dem Marktplatz, ob das Leben gerecht ist. Frag die kinderlose Frau, die
jeden Tag siebenmal Weihrauch brennt und die Götter um ein Kind
anfleht, aber trotzdem von ihrem Mann verstoßen wird, frag sie, ob das
Leben gerecht ist. Frag die hungernde Tochter des Bauern, die für eine
Handvoll Münzen als Sklavin verkauft wird, ob das Leben gerecht
ist.«

»Und das soll mir helfen?«

»Nein, aber so ist das Leben nun einmal. Du mußt dich damit abfinden:
Was geschehen ist, kann nicht ungeschehen gemacht werden.«

Er umklammerte den Becher so fest, daß der heiße Tee auf seine Hand
schwappte. »Und wenn ich mich nicht damit abfinde?«

»Das Geschehene kann trotzdem nicht ungeschehen gemacht werden.«

Seine Panik schien ihn zu ersticken. Er war blind und nutzlos.
Blind . . .

Nichts würde mehr so sein wie früher. Er würde nichts von dem tun
können, was er sich vorgenommen hatte, denn er war blind.

Blind, blind, blind . . .

Gott, er versank vor Entsetzen in dem Meer der Dunkelheit. Er wollte die Hände nach ihr ausstrecken und sich an sie klammern. Er konnte sie nie mehr zu seiner Frau machen. Er war nutzlos. Er war blind. Trotzdem wollte er sich an die Träume klammern, an ihr gemeinsames Leben.

Plötzlich wollte er mit ihr sprechen. Er wollte mit ihr sprechen, nur, um sie eine Weile bei sich haben.

»Hat man dich verkauft, Lily?« fragte er mit tonloser Stimme. »Bist du deshalb hier?«

»Ja.«

Er hob das Kinn, bewegte den Kopf und versuchte, die Spannung in seiner Kehle zu lockern. »Das tut mir leid.«

»Warum? Wenn mein Vater mich nicht verkauft hätte, dann wären wir uns in diesem Leben nie begegnet.«

Er trank einen Schluck Tee und verzog das Gesicht, weil er so bitter war. Er tastete mit dem Ellbogen nach dem Tisch neben ihm und stellte den Becher dort ab. »Wenn dich dein Vater nicht verkauft hätte, dann wärst du in China geblieben. Du hättest einen reichen Mann geheiratet. Aber hättest du trotzdem das Gefühl, daß etwas in deinem Leben fehlt? Würdest du in der Stille der Nacht aufwachen und dich fragen, warum deine Seele so unglücklich ist und dein Herz so traurig und schwer?« Er hielt die Luft an und wartete auf ihre Antwort.

»Ja«, sagte sie leise . . . so leise, daß er es kaum hörte.

»Hättest du dich damit abgefunden, daß es eine der Ungerechtigkeiten des Lebens wäre?«

Sie stieß ihm mit der Faust in die Seite. »Wie kannst du dich über mich lustig machen, du dummer Affe.«

Er lachte und erschrak darüber. Er fühlte ein Rauschen in den Ohren, einen Druck auf der Brust, als falle er kopfüber in einen Schacht.

Sie stieß ihm noch einmal die Faust in die Seite. Er griff nach ihrem Handgelenk und zog sie so heftig auf seinen Schoß, daß ihr die Luft wegblieb. Er griff nach ihrem Kopf und küßte sie auf den Mund. Aber auch das gelang ihm nicht richtig. Seine Zähne bissen in ihre Lippen. Sie zuckte zusammen und machte sich von ihm los. Aber sie ging nicht. Er spürte sie deutlich am Rand der Dunkelheit.

Plötzlich spürte er ihre Lippen auf seinem Mund. Sanft und zart. Er öffnete ihn und glaubte zu sterben, denn sie war so unglaublich süß. In diesem Augenblick wollte er sterben. Sie öffnete den Mund, und seine Zunge ertastete die Form ihrer Lippen. Er atmete erschauernd ihr Seufzen.

Dann wurde ihm bewußt, daß er sie nur mit den Lippen berührte. Das Blut klopfte in seinen Fingerspitzen. Seine Hand bebte, als er sie auf ihre Brust legte. Er spürte unter der dicken wattierten Jacke die weiche Rundung. Sie atmete, und seine Hand hob und senkte sich im selben Rhythmus.

Er löste seinen Mund von ihr. »Lily, ich will . . .«

»Ja!« flüsterte sie leidenschaftlich und fügte sanft hinzu: »Ja, mein *Anjing-juren.*«

Aber er fühlte sich wie gelähmt. Er glaubte, noch nicht einmal atmen zu dürfen, denn er wollte sie nicht verlieren. Er wollte ihr keine Angst machen. Wenn sie ihn jetzt verlassen würde, dann wäre das der Todesstoß.

Er blieb regungslos in dem Stuhl sitzen. Eine Hand umklammerte die Lehne, die andere lag immer noch auf ihrer Brust.

Sie nahm seine Hand, schob zärtlich ihre Finger zwischen seine Finger, stand auf und zog ihn sanft mit sich. Er bewegte sich langsam und unbeholfen wie ein alter Mann. Er stieß mit der Hüfte gegen das Bett und ließ sich fallen. Aber sie sank neben ihn, und er hielt sie in den Armen. Sie lag auf seinem Bett, und es war wirklich Lily.

Lily . . .

Er hatte sich so lange nach ihr gesehnt und verzweifelt um ihre Liebe gefleht. Ihr Atem traf seine Wange. Er drehte den Kopf und suchte ihren Mund. Das rauhe Kissen drückte sich in seinen Nacken.

Seide . . .

Sie sollte auf einem seidenen Bett liegen, auf einer Daunenmatratze, nicht einer, die mit Roßhaar und Stroh gefüllt war. Er wollte ihr sagen, daß es ihm leid tat, daß er ihr nicht Seide und Daunen bieten konnte. Es war ihm nicht einmal möglich, ihr Gesicht zu sehen und zu wissen, ob er ihr zumindest Freude schenkte.

Als er seine Lippen von ihr löste, suchte seine Zunge ihre Wange, folgte dem Pulsschlag an ihrem Hals. Ihr Puls schlug so heftig, daß seine Erregung wuchs.

Sie beugte sich über ihn und knöpfte ihm das Hemd auf. Ihre Haare fielen auf sein Gesicht. Sie waren so weich, wie er es sich in seinen Träumen vorgestellt hatte.

Die Matratze raschelte, als sie sich erhob. »Lily!« rief er voll Panik, als er nach ihr griff und sie nicht fand.

Sie legte ihm den Finger auf den Mund. Dann strich sie ihm über das Gesicht und streichelte seinen Bart. »Dein Bart ist so weich. Ich dachte, er wäre stachlig, aber er ist so weich wie Katzenfell. Ich ziehe mich nur aus, damit du mich spüren kannst. Ich möchte, daß du mich überall spüren kannst.«

Er lauschte auf die Geräusche, als sie sich auszog. Es waren leise, verführerische Geräusche. Er versuchte, sie sich nackt vorzustellen. Sie hatte kleine Brüste, schmale Hüften und einen flachen Bauch, der wie geschaffen dafür war, daß er seinen Kopf darauf legte, um Ruhe zu finden, wenn sie sich geliebt hatten.

Sie legte sich neben ihn, und er drückte seinen Mund an ihren weichen Hals. Er küßte sie und überließ sich dem wundervollen Geruch nach grünen Äpfeln, der von ihrer Haut ausging. Er berührte sie überall, und das Gefühl seiner Hände, seiner Lippen strömte durch seinen Körper.

Er zog seine Hose aus, und sie umfaßte ihn, streichelte ihn und brachte ihn in glühende Ekstase. Dann setzte sie sich auf ihn. Sie war feucht, heiß und so hungrig wie ihr Mund.

Er bäumte sich auf, als sie auf ihm lag. Ihre Hände liebkosten seinen gespannten Leib, ihre seidigen Haare peitschten seinen Oberkörper. O Gott, er wollte sie sehen.

Sehen . . .

Sie küßte ihn leidenschaftlich, gierig, erregt. Er fühlte, wie ihr Körper von stürmischen Wellen erschüttert wurde. Das Blut dröhnte in seinem Kopf. Alle Muskeln spannten sich bis zum Zerreißen, und dann kam er in ihr.

Erlan fiel auf ihn. Ihr heißer Atem traf sein Gesicht. Er küßte ihre schweißnassen Haare.

Er wartete geduldig, bis sie sich von ihm löste. Er glaubte, noch immer ihre Hände in seinen Haaren zu spüren.

Wenn er noch Augen gehabt hätte und noch ein Mann gewesen wäre, hätte er sie mit ihren eigenen Worten widerlegt. All das Gerede von der Ungerechtigkeit des Lebens und davon, er müsse sich mit dem Geschehenen abfinden, ergab keinen Sinn. Wenn sie wirklich daran glaubte, würde sie nicht mehr daran denken, in ihre verdammte Heimat zurück- zukehren. Sie würde begreifen, daß das Schicksal sie hierher geführt hatte, weil *er* hier war. Vom Anbeginn der Zeit waren sie füreinander bestimmt.

Neunundzwanzigstes Kapitel

Später nannte man das, was in jenem Winter geschah, das Große Sterben. Es wurde so schlimm, daß die Rinder auf dem tief verschneiten Land tot umfielen.

Die Wildpferde konnten einen schweren Winter überleben, weil sie die Rinde von den Baumstämmen fraßen. Aber die Rinder versuchten vergeblich, mit blutigen Mäulern durch den verkrusteten Schnee an das abgestorbene Gras zu gelangen. Wenn der Sturm aus Norden kam, ließen sie sich vom Wind und dem Schnee treiben, bis ihnen Steilhänge, Schluchten, Gräben und Zäune Einhalt geboten. Dort blieben sie dann in der Kälte stehen und verhungerten.

Der Winter schien diesmal ein einziger, nicht enden wollender Schneesturm zu sein. Auch an jenem Tag hatte es in der Nacht zuvor wieder heftig geschneit, und der peitschende Wind hatte den Schnee zu hohen Verwehungen zusammengetrieben. Gus war bei Tagesanbruch hinausgeritten und hatte an den Wasserlöchern das Eis aufgehackt und alle Rinder der Herde, die er finden konnte, zu den Stellen getrieben, wo der Schnee vom Sturm weggeweht worden war und die Tiere etwas Gras fanden.

Clementine stand auf der Veranda und sah ihm nach, als er den Hof verließ, und sie dachte, eine Ehe sei im Grunde wie das Wetter. Es gab Zeiten der Dürre und heftigen Stürme, und dann kamen auch wieder sonnige Tage mit Liebe und Lachen.

Sie erinnerte sich an den heißen trockenen Tag im letzten Sommer, als sie ihm das Geld ihrer Mutter gegeben hatte und schon vorher wußte, daß er sie deshalb hassen würde. Als sie damals aus Rainbow Springs zurückgekommen war, hätte es sie nicht überrascht, wenn er in ihrer Abwesenheit davongeritten wäre. Aber Gus gehörte nicht zu den Menschen, die ihre Träume aufgaben. Deshalb würde er sie nicht verlassen.

Er stand damals auf der Koppel und versuchte, einen Jährling an die Zügel zu gewöhnen, als sie auf den Hof fuhr. Sie stieg vom Wagen und ging geradewegs zu ihm an den Zaun. Er drehte sich nicht nach ihr um.

Eigentlich wollte sie ihm nur erzählen, was in der Stadt geschehen war, von den Gewalttätigkeiten der Männer, die den Laden in die Luft gesprengt und Sam Woo getötet hatten. Aber andere Worte kamen ihr über die Lippen, Worte der Verzweiflung, die sie empfand. Sie hatte Angst, ihn unwiderruflich verloren zu haben.

»Ich liebe dich, Gus«, sagte sie.

Er drehte sich um und sah sie mißtrauisch an. »Das sagst du immer wieder.«

Tränen standen ihr in den Augen, aber sie blinzelte, um nicht wirklich zu weinen. »Es tut mir leid . . .«

Er schwieg lange, aber dann kam er zu ihr an den Zaun. Er nahm den Hut ab und trocknete sich mit dem Halstuch die Stirn. »Darum geht es nicht, Clementine. Es geht nicht darum, wer sich entschuldigen muß oder wer von uns beiden etwas falsch gemacht hat. Vielleicht . . . vielleicht geht es nur darum, daß du dich entscheiden mußt, was du wirklich willst.«

Clementine wußte, was er sagen wollte. Gleichgültig, was er für sie tat, wie sehr er sie liebte, er konnte nicht mehr glauben, daß sie sich ihm dafür völlig und rückhaltlos hingeben würde.

Sie sah ihn an. Der Schnurrbart verbarg nicht die Bitterkeit um seinen Mund. Seine Augen wirkten hart und unnachgiebig. Sie wollte über den Zaun greifen und ihn berühren. Sie wollte ihm sagen, daß er sie zwar nicht ganz besaß, aber doch beinahe mehr, als sie ertragen konnte, ihm zu geben. Sie liebte ihn. Ja, sie liebte ihn so sehr, daß sie für ihn auf den einzigen Mann verzichtet hatte, den sie noch mehr liebte.

Er legte eine Hand um den Zaunpfosten und umklammerte das Holz so fest, daß die Sehnen und Adern am Handgelenk deutlich hervortraten. »Vielleicht möchtest du dein Geld zurück«, sagte er. »Dann könntest du weg, dann könntest du mich verlassen.«

Sie schüttelte den Kopf. »Gus . . . Du weißt, daß ich dich nie verlassen werde.«

Er sah sie durchdringend an, als wollte er ihr bis ins Herz, bis in die Seele blicken. »Ich bin nicht sicher, ob ich es weiß«, sagte er schließlich.

»Aber vermutlich muß ich es glauben, wenn ich nicht alles aufgeben will.«

Sie legte ihre Hand auf seine. Der Zaun trennte sie voneinander, aber sie berührten sich.

Eine Zeit der Dürre, dachte Clementine, endet nicht mit einem einzigen Regentropfen. Aber wenn zu dem einen Tropfen ein anderer kommt, dann noch einer und noch einer, dann wird daraus schließlich genug Wasser, damit das Land von neuem grün wird.

»Wir bekommen wieder ein Kind«, sagte sie.

Auf seinem Gesicht zeigte sich Überraschung und dann Vorsicht, aber schließlich strahlte er vor Freude.

Weil er sich freute, lächelte auch Clementine. Dann begriff sie, daß auch sie sich freute und deshalb lächelte.

Es wird gut sein, noch ein Kind zu haben, dachte sie. Ich werde keine Angst mehr haben. Ich werde mein Herz nicht mehr trauern lassen und an das Grab unter den Pappeln denken ...

Gus legte ihr die Hand an die Wange. Langsam beugte er sich über sie und gab ihr einen Kuß. Obwohl der Zaun sie immer noch trennte, war es für sie beide nicht mehr von Bedeutung.

Im letzten Sommer war kein Regen gefallen, um das Land von der Trockenheit zu erlösen, aber an jenem Tag endete in ihrer Ehe die Zeit der Dürre. Jede Berührung, jedes Wort, das sie danach miteinander sprachen, war wie ein Regentropfen, der ihr Leben nährte.

Daran mußte Clementine denken, als sie Gus nachblickte, der davonritt, um ein paar der ausgehungerten Rinder zu retten. Trotz des schlechten Winters und der Verluste der Ranch hatten sie beide in ihrem Zusammenleben schließlich Glück und Zufriedenheit gefunden.

Sie hatten gelernt, sich zu lieben.

Als Clementine später allein in der Küche stand und den Brotteig knetete, hörte sie das Läuten eines Schlittens. Sie hielt die Hand über die Augen und blickte nach draußen. Ein einspänniger Pferdeschlitten näherte sich dem Hof. Ein vornehm gekleideter Mann in einem Biberhut und einem dunklen Wollmantel lenkte den Schlitten. Er hob den Kopf und blickte zum Haus.

»Was will das alte Schlitzohr diesmal?« sagte sie laut zu sich selbst.

Gus war gerade erst zurückgekommen und stand noch im Hof. Clementine sah, wie die beiden Männer zusammen in der Scheune verschwanden. Sie klopfte sich das Mehl von den Händen und ging aus dem Haus, ohne einen Mantel überzuziehen.

Sie spürte den eisigen Wind sofort bis auf die Haut und schüttelte sich fröstelnd. Ihre Schuhe knirschten auf dem verharschten Schnee. In der Scheune roch es nach Pferdeschweiß, trockenem Heu und Pferdemist. Eine alte Stallampe hing an einem Haken neben dem Tor und verbreitete ein dämmriges Licht. Als Clementine eintrat, empfing sie ein düsteres Schweigen. Gus führte sein Pferd in den Stall. Er sah sie kurz an, aber sein Gesicht blieb ausdruckslos.

Der einäugige Jack McQueen begrüßte sie mit einem gewinnenden Lächeln. »Es ist mir jedesmal ein Vergnügen, meine hübsche Schwiegertochter zu sehen.« Er blickte lange und aufmerksam auf ihren Leib, dann sah er sie durchdringend an. »Und schon wieder ist ein Kind unterwegs. So ist es richtig: ›Seid fruchtbar und mehret euch.‹« Das eine Auge funkelte spöttisch. »Natürlich ist deine Frau hübsch und fruchtbar, aber natürlich auch treu und tugendhaft. ›Die Tugend einer Frau ist für den Mann die Krone seines Lebens.‹ Ist sie für dich eine Krone, Gustavus?«

Gus hängte das Zaumzeug über einen Balken und legte mit Schwung den Sattel auf die Tür einer leeren Box. »Was willst du?«

Clementine lächelte sehr damenhaft und sagte: »›Wer den Haß mit Lügen tarnt, und wer üble Nachrede verbreitet, ist ein Tor.‹«

Der einäugige Jack lachte erfreut und nickte, als gestehe er ihr einen Sieg bei dem kleinen Wortgefecht zu. Dann richtete er seine Aufmerksamkeit auf seinen Sohn. Er rieb sich die Hände und schüttelte sich frierend. »Ein sehr harter Winter, nicht wahr? Wenn die Sonne überhaupt erscheint, dann bleibt sie nur so lange, um sich sofort wieder zu verabschieden.«

Gus brachte seinem Pferd mit der Heugabel Futter. »Sagst du mir jetzt endlich, was du willst?«

»Du bist wirklich ein junger Hitzkopf, und das nach allem, was ich für dich getan habe. Vergiß nicht, ich habe dich liebevoll großgezogen, dich ernährt und dich gekleidet ...«

Gus schnaubte unwillig. »Wenn man einen Mann einmal skalpiert hat, dann fehlen ihm beim nächsten Mal die Haare.«

Sein Vater schüttelte den Kopf. »Diese Bitterkeit ist nicht gut für dich, mein Junge. Aber natürlich hast du auch ein bitteres Jahr hinter dir, und es wird noch schlimmer kommen. Du wirst im nächsten Frühling so arm sein wie eine Kirchenmaus. Ich hoffe, du rechnest nicht mit dem Geld aus deinem Anteil an den ›Vier Buben‹, um dich vor dem Schlimmsten zu bewahren.«

Gus holte mit der Gabel aus und stieß mit großer Wucht in das Heu. »Ich habe die Gerüchte gehört.«

»Es konnte nicht lange ein Geheimnis bleiben, und es kommt nicht zum ersten Mal vor, daß eine vielversprechende Silberader ausgebeutet ist. Wir fördern in letzter Zeit nur noch minderwertiges Erz mit einem hohen Zinkanteil. Die Transportkosten und das Schmelzen lassen die Gewinne schrumpfen, und der Markt wird immer kleiner. Mein lieber Gustavus, es ist traurig, aber wahr, das Konsortium der ›Vier Buben‹ hat beschlossen, den Pachtvertrag nicht zu erneuern.«

Die Erträge aus dem Anteil an den ›Vier Buben‹ hatten im Verlauf der Jahre mal zu-, mal abgenommen. Doch Clementine wußte, eine Stillegung der Mine wäre ein schwerer Schlag für Gus. Noch ein Traum war geplatzt.

»Wenn wir die Förderung einstellen und sich die Stollen mit Wasser füllen«, fuhr sein Vater fort, »ist dein Anteil noch weniger wert als das Papier, das ihn dir garantiert. Was hältst du davon, ihn mir zu verkaufen?«

Gus lachte. »Ich denke nicht im Traum daran.«

Der einäugige Jack seufzte übertrieben laut und lange. »Ich hätte wissen sollen, daß du unbelehrbar bist.« Er zog eine kleine Ledertasche unter dem Umhang hervor und nahm ein paar Papiere heraus. »Als die letzten Gesteinsproben so wenig Silber aufwiesen, habe ich einen Ingenieur aus Helena damit beauftragt, sich alle Stollen genau anzusehen. Gustavus, du kannst es mir glauben, das Silber *ist* erschöpft.«

Er reichte ihm den Bericht des Ingenieurs. Da Gus ihn nicht entgegennahm, legte er ihn auf einen Heuballen. Der Bericht war mit einer Schreibmaschine getippt und sogar mit einem amtlichen Siegel versehen.

»Ich frage mich, Mr. McQueen«, sagte Clementine und unterbrach das Schweigen zwischen Vater und Sohn, »weshalb ein so kluger Geschäftsmann wie Sie den Anteil von etwas Wertlosem erwerben will?«

Der einäugige Jack sah seinen Sohn mit einem belustigten Lächeln an. »Überläßt du das Denken immer deiner Frau?«

»Warum gibst du ihr keine Antwort?«

Jack McQueen fuhr sich mit der Hand durch die Haare. »Also gut, ich werde die Karten auf den Tisch legen. Ich habe mir gedacht, daß ich die ›Vier Buben‹ einem ahnungslosen Syndikat im Osten andrehe. Wenn die Trottel in New York das Wort ›Silbermine‹ hören, dann machen sie vor Aufregung beinahe in die Hose. So ein Geschäft läßt sich natürlich leichter abschließen, wenn ich hundert Prozent der Mine anzubieten habe.«

Gus kniff die Augen zusammen. »Und das wäre es also? Das sind *alle* deine Karten? Du sagst mir, du willst jemanden betrügen, und ich soll dir glauben, daß dieser ›jemand‹ nicht *ich* bin?« Er lachte. »So, und jetzt zeig mir die Karte, die du im Ärmel hast.«

Jack McQueen fragte vorwurfsvoll: »Und wieso glaubst du, daß ich eine Karte im Ärmel habe?«

»Weil es noch nie anders gewesen ist.«

Sein Vater verzog den Mund zu einem schiefen Lächeln. »Ich habe immer geglaubt, daß ein so braver Junge wie du nicht einmal den dümmsten Bauern übers Ohr hauen kann. Du beweist mir gerade, daß ich mich irre. Vielleicht steckt doch mehr von mir in dir, als ich wahrhaben wollte.« Er schwieg und schien nachzudenken. Schließlich strich er sich theatralisch das Kinn und zuckte mit den Schultern, als sei er zu einem Entschluß gekommen. »Also gut, diesmal lege ich *alle* meine Karten auf den Tisch.« Er zwinkerte Clementine zu. »Auch den Trumpf in meinem Ärmel . . . Tja, um die Wahrheit zu sagen, es gibt Kupfer in den ›Vier Buben‹.«

Clementine sah, wie Gus überlegte, welche Falle sein Vater ihm diesmal stellen wollte. »Ich dachte immer, Kupfer sei etwas Schlechtes«, erwiderte Gus.

»Wenn man Gold oder Silber abbaut schon, aber nicht, wenn man in erster Linie Kupfer haben will.« Er klopfte mit seinem langen schmalen Spielerfinger auf den Bericht. »Mit Silber ist vielleicht aus den ›Vier Buben‹ nichts mehr zu holen, Gustavus, aber der Hügel ist bis oben hin voll Kupfer. Jetzt sag mir nicht, daß man für Kupfer nur zwölf Cents das Pfund bekommt und damit kaum die Abbaukosten hat. Das ist der heutige Marktpreis, aber ich blicke in die Zukunft.«

»Dieses Gerede habe ich schon ein- oder zweimal von dir gehört. Du hast die Methode gefunden, die mich reich macht. Ich muß nur etwas Geld aufbringen, um die Sache in Gang zu bringen.«

»Wenn du mir nicht glauben willst, ist das dein gutes Recht. Am Ende wirst du es jedenfalls bereuen. Aber für dieses Unternehmen brauche ich Geldgeber, die wirklich groß einsteigen. Wenn du deinen Anteil an der ›Vier Buben‹-Kupfermine behalten willst, dann mußt du, sagen wir, zweitausend Dollar investieren. Wenn du glaubst, daß ich dich betrüge, dann möchte ich dir sagen, daß sich mein Anteil auf fünfzigtausend Dollar beläuft. Du siehst also, ich mache dir ein gutes Angebot.« Er lächelte verschlagen. »Schließlich bist du mein Sohn.«

Gus lachte schallend. »Du glaubst, ich werde dir zweitausend Dollar für eine Kupfermine geben, obwohl du selber nicht zu behaupten wagst, daß es eine sichere Sache ist. Du meine Güte, der Einsatz würde sich fast lohnen, um dich endgültig loszuwerden – wenn ich dann nicht auch mein schwer verdientes Geld los wäre.«

Jack McQueen bekam schmale Lippen. »Wenn dir der Einsatz zu hoch ist, mein Junge, dann laß dich auszahlen. Ich gebe dir auf der Stelle zweitausend für deinen Anteil.«

Noch immer lachend, griff Gus nach dem Bericht. Clementine holte die Laterne. Sie freute sich, als Gus ihr den Bericht gab, nachdem er ihn gelesen hatte.

»Meinst du, ich sollte verkaufen?« fragte er sie dann.

»Du mußt das tun, was du für das Beste hältst, Gus.«

Er schnaubte und lächelte dann. »Du sagst das nur, um mir die Schuld zuzuschieben, wenn es sich als Fehler herausgestellt hat.«

Clementine blickte in seine strahlenden Augen, und ihr wurde schlagartig bewußt, daß sie keine andere Möglichkeit hatten, ganz gleich, welches böse Spiel der einäugige Jack mit ihnen trieb. Sie besaßen keine zweitausend Dollar, um in die Kupfermine zu investieren. Aber sie konnten die zweitausend Dollar gut verwenden, die dieser Mann ihnen anbot. Gus brauchte das Geld, um die Ranch über Wasser zu halten. Das wollte auch sie, denn sie beide brauchten die Ranch. Hier war ihr Zuhause, hier hofften sie beide, ihre Träume zu verwirklichen, und sie würde an seiner Seite dafür kämpfen.

Jack McQueen holte noch mehr Papiere aus der Tasche. »Ich habe mir die Freiheit genommen, den Kaufvertrag von einem Anwalt aufsetzen zu lassen, in dem du mir deinen Anteil für zweitausend Dollar verkaufst. Ich habe sogar die Feder zum Unterschreiben mitgebracht.« Er schüttelte ein kleines Tintenfäßchen. »Ich hoffe, daß die Tinte auf dem langen Weg nicht gefroren ist.« Er zog den Korken mit den Zähnen aus dem Tintenfaß, tauchte die Schreibfeder hinein, ließ den ersten Tropfen in das Fäßchen fallen und hielt sie dann zusammen mit dem Vertrag seinem Sohn hin.

Gus blickte mit zusammengekniffenen Augen auf das Papier. »Du warst so sicher, daß ich verkaufen würde, daß du den Vertrag bereits aufgesetzt hast?«

Der einäugige Jack seufzte laut und melodramatisch. »Dein Mißtrauen muß dir wirklich das Leben zur Hölle machen, mein Sohn. Ich habe zwei verschiedene Verträge vorbereiten lassen, Gustavus. Der eine ist der Kaufvertrag, der andere die Partnerschaft an der neu gegründeten ›Vier Buben‹-Kupfermine. Du kannst es dir noch anders überlegen.«

»Aber ja doch. Ich gebe dir die zweitausend Dollar, die ich nicht habe und die ich dir unbedingt zukommen lassen möchte.« Gus nahm seinem Vater den Vertrag aus den Händen, las ihn dreimal, dann legte er ihn auf den Heuballen und unterschrieb.

»Ich habe das unangenehme Gefühl, daß du es eines Tages bereuen wirst«, sagte sein Vater. »Dann wirst du mich natürlich dafür verantwortlich machen. Du wirst in deinem rechtschaffenen Kopf alles verdrehen, bis ich der Bösewicht bin, nur damit du nicht als Dummkopf dastehst. Hier ist das Geld, alles Bankanweisungen, keine Noten. Vermutlich möchtest du sie zählen.«

»Natürlich.«

Gus betrachtete sorgfältig jede einzelne Bankanweisung. Eine hielt er sogar vor die Lampe, als vermute er, es handle sich um eine Fälschung. Sein Vater verabschiedete sich betont umständlich und langsam, als wollte er ihnen beweisen, daß er es nicht eilig hatte, sich davonzumachen.

»Ich kann ihm nichts nachweisen, Clem«, sagte Gus, als sie nebeneinander vor der Scheune standen und dem Schlitten nachblickten. »Aber ich weiß, er hat nicht nur uns das Fell über die Ohren gezogen, sondern auch mir den Todesstoß versetzt.«

»Wir haben wenigstens etwas Geld, und das brauchen wir jetzt dringend. Außerdem hast du nun nichts mehr mit ihm zu tun.«

Er legte ihr den Arm um die Hüfte, aber sein Gesicht war noch immer hart und bitter. In seinen Augen sah sie Angst, vielleicht auch Zorn. Er wirkte verzweifelt und irgendwie gehetzt.

»Gus?«

Er drückte sie an sich. »Ich weiß nicht, ob ich nie mehr etwas mit ihm zu tun haben werde. Er ist schließlich mein Vater.«

Am nächsten Tag zeigte ihr Gus eine Anzeige in der Zeitung, die der einäugige Jack zurückgelassen hatte. Ein Farmer in Deer Lodge verkaufte Heu zu einem viel zu hohen Preis. Aber, so sagte er, sie hatten jetzt Geld, und der Zustand der Rinder wurde Tag für Tag schlimmer. Sie hatten wie in anderen Jahren nur genug Heu gemacht, um die Reitpferde über die Wintermonate zu bringen. Aber in diesem harten Winter brauchten sie mehr Heu.

»Ich kann in zwei Tagen zurück sein, wenn ich mich ranhalte«, sagte er. »Die Rinder können von dem wenigen Gras nicht überleben. Wenn ich ihnen während der schlimmsten Schneestürme Heu füttere, werden es vielleicht genug schaffen, damit wir im nächsten Jahr wieder eine Herde haben.«

Clementine nahm ihm die Zeitung aus der Hand, um sich die Anzeige genauer anzusehen. »Das ist ja ein Skandal!« sagte sie naserümpfend.

»Was ist an Heu denn skandalös?«

»Nicht das Heu. Sieh dir das an!« Sie deutete mit gespielter Empörung auf die Zeitung und unterdrückte ein Lächeln. »Eine Anzeige für *rote* Damen-Wollunterwäsche direkt aus Paris. Stell dir das vor!«

Gus bekam große Augen und fuhr sich mit der Zunge über die Lippen. »Das kann ich mir gut vorstellen.«

Sie lachte und wollte die Hand auf ihren Mund legen, aber er war schneller und küßte sie.

Bevor er sich auf den Weg machte, vergewisserte sich Clementine, daß er sich wirklich warm genug anzog, als sei er eines ihrer Kinder. Er trug dicke Wollsachen und war in Pelze gehüllt. Aber sie bestand darauf, daß er drei Paar Wollsocken anzog, das besonders warme rotkarierte Hemd, eine wattierte Hose und eine Weste aus Schaffell. Darüber kam zum Schluß ein Umhang aus Büffelfell. Die Schnürstiefel waren gefüttert und reichten bis zu den Knien. Sie wurden mit Lederriemen und Messinghaken zugebunden. Außerdem trug er eine Pelzmütze und mit Wolle gefütterte Pelzhandschuhe.

Als er in die Küche kam, um sich zu verabschieden, war Saphronie gerade mit der Kochwäsche beschäftigt, und die Kinder spielten vor dem warmen Herd.

»Papi!« rief Sarah, als er sich über sie beugte und ihr einen Kuß gab. »Du siehst aus wie ein Bär!«

»Wenn er nicht aufpaßt«, sagte Clementine und zog ihren Fellmantel über, »wird er die Rinder in die Flucht jagen.«

Sarah rief empört: »Das glaub ich nicht, Mama!«

Clementine und Gus lachten, als sie zusammen die Küche verließen und hinaus in den Hof gingen. Gus hatte schon lange die Räder am Heuwagen gegen Kufen ausgetauscht, die an die Achsen geschraubt wurden, und ihn so in einen Schlitten verwandelt. Jetzt half sie ihm dabei, die Heuschleppe zu befestigen. Die Luft war eiskalt, und über den Bergen ballten sich dunkle Wolken. Der nächste Schneesturm drohte.

»Wenigstens schneit es noch nicht«, sagte sie, während er die beiden Pferde anschirrte und den Heuschlitten in den Hof hinausfuhr.

»Verhexe mir nicht das Wetter!« rief er lachend, und Clementine dachte staunend daran, daß er in letzter Zeit wieder oft und viel lachte. Und sie liebten sich. Sie liebten sich wie ein frisch verliebtes Paar.

Er stieg auf den Schlitten, nahm die Zügel in eine Hand und sah sie strahlend an. »Wenn ich in Deer Lodge bin«, rief er, »kaufe ich dir die skandalösen roten Unterhosen aus Paris ...« Er lachte und knallte mit der Peitsche.

Die Pferde setzten sich in Bewegung. Die Zugkette klirrte, und die Kufen glitten über den Schnee. Sie sah ihm frierend nach, bis er hinter der Anhöhe verschwunden war. Eine Elster flog über den Himmel. Ihr lief ein Schauer über den Rücken. Sie schüttelte unwillig den Kopf, aber plötzlich fühlte sie sich sehr unsicher und hatte Angst.

Gus war kaum eine Stunde unterwegs, als es anfing zu schneien.

Erst fielen nur vereinzelte Flocken vom wolkenverhangenen Himmel, aber bereits mittags wurde es so dunkel, daß sie im Haus die Lampen anzünden mußten.

Es wurde noch kälter. Saphronie meinte, es sei so kalt, daß sich selbst Eisbären nach einem zweiten Pelz sehnten.

Clementine rieb den Kindern den Hals mit Kampfer und Gänseschmalz ein, damit sie sich nicht erkälten würden. Sie zog ihnen so viele warme Sachen an, daß sie sich kaum bewegen konnten. Sarah fand das alles andere als schön. Sie fühlte sich in ihrer Bewegungsfreiheit eingeschränkt und stapfte wütend im Haus herum, um zu demonstrieren, daß ihr ein Schneesturm nichts anhaben konnte.

Clementine beobachtete ihre Tochter und staunte wie schon so oft. Sarah war selbstsicher, fordernd, neugierig und mutig. Sie war so unerschrocken und mit sich und der Welt zufrieden, daß sie versuchte, allem und jedem ihre Ansichten aufzudrängen. ›Ich will das nicht!‹ oder ›Ich hab keine Lust!‹ erwiderte sie wie aus der Pistole geschossen, wenn ihr etwas nicht paßte. Sie wurde dabei nicht trotzig oder ärgerlich, sondern stellte ihre Meinung ganz sachlich fest. Sarah McQueen war nur mit sich und ihren eigenen Ansichten völlig einverstanden, alles andere kümmerte sie in kindlicher Naivität nicht.

Sie ist all das, was ich hätte sein können, dachte Clementine, bevor mein Vater und das Leben mir meine Selbstsicherheit ausgetrieben haben.

Clementine machte sich Sorgen, wenn sie an die Zukunft ihrer Tochter dachte. Sie hätte Sarah am liebsten gegen allen Schmerz, der kommen würde, so gut verpackt wie gegen die Kälte. Es gab keinen Zweifel, das Leben würde auch ihrer Tochter die innere Sicherheit nehmen. Die Welt war grausam zu kleinen Mädchen, die sich nicht einschmeichelten, und noch mehr zu erwachsenen Frauen, die mutig ihre Gedanken aussprachen und ihrer eigenen Wege gingen.

Aber Clementine machte sich auch um Daniel Gedanken. Er hatte ein sanftes, verträumtes Wesen – ganz anders als Charlie, der vom ersten Augenblick an ein richtiger Cowboy gewesen war. Das Land forderte harte Männer, starke Muskeln und ein kaltes Herz. Männer zähmten Pferde mit Sporen und Peitschen, sie drückten den Kälbern glühende Brandeisen ins Fell. Männer hängten ohne Gerichtsverfahren andere Männer an einen Baum.

Wenn Clementine ihren Sohn ansah, konnte sie sich nicht vorstellen, daß er eines Tages zu so etwas fähig wäre. Seine zarte Gesundheit würde ihn hier im Westen zu einem Schwächling stempeln.

Wenigstens litt er in den kalten Monaten nicht unter Asthmaanfällen. Im Augenblick lag er wie ein Seidenwurm im Kokon zufrieden am

Herd. Er redete in seiner Kindersprache vor sich hin, aber hin und wieder verstand Clementine das Wort ›Bär‹. Außer ›Mama‹ und ›Dada‹ kannte er nur das Wort ›Bär‹. Sie wußte nicht, wie und warum er gerade dieses Wort gelernt hatte, da es seit seiner Geburt keine Bären in der Umgebung der Ranch mehr gab.

Am liebsten hätte sie sich auch in einen Kokon verkrochen. Sie würde Unterhosen brauchen, gleichgültig in welcher Farbe. Sie hatte bereits drei Paar an, was beim Gehen natürlich hinderlich war. Aber die kalte Luft stieg vom Fußboden auf, als atme die Erde Eis aus. Schließlich schob sie alle weiblichen Bedenken beiseite und folgte Saphronies Beispiel: Sie zog unter den Rock eine Männerhose. Mit der Hose, drei Unterhosen, zwei wollenen Unterröcken, einem Wollrock, den Socken von Gus, die so dick waren wie Satteldecken, und dem Kind im Leib watschelte sie nicht, sondern rollte wie ein Stamm im Wasser.

Sarah und Saphronie kamen die Treppe herunter. Selbst in der Küche sah man ihren Atem, obwohl es der wärmste Raum im ganzen Haus war. Clementine wußte nicht mehr, was sie tun sollten, falls es noch kälter werden würde. Das Feuer knisterte im Herd, aber es verbreitete nicht genug Hitze, um die eisige Kälte zu erwärmen, die durch die Holzwände drang. Sie legten ständig neues Holz nach, und alle standen vor dem offenen Herdtürchen. Saphronie war so nahe an das Feuer gegangen, daß ihr Rock angefangen hatte zu brennen. Sie lachten herzlich, aber erst, nachdem sie die Flammen gelöscht hatten.

Da es so früh dunkel geworden war, entschied sich Clementine für ein einfaches Essen: Eintopf aus Dosenfleisch und dicke Bohnen. Dazu gab es Bratkartoffeln, getrocknete Aprikosen und Brot. Sie stieß Pfanne und Topf laut klappernd aneinander und rief wie bei einem Picknick: »Essen fassen!« und sie taten so, als wären sie draußen in der Prärie beim Rindertrieb.

Als die Kinder unter Felldecken auf dem Häkelteppich vor dem Herd lagen, holte Clementine aus dem Arzneischrank die Flasche mit dem Whiskey, der eigentlich als Medizin galt, und ›wärmte‹ damit den Kaffee. Saphronie und sie hatten das Sofa aus dem Wohnzimmer in die Küche getragen. Sie setzten sich dicht nebeneinander unter einer dicken Wolldecke darauf, tranken den Kaffee mit Schuß und redeten leise über die guten und schlechten Winter der Vergangenheit.

»Als junges Mädchen war der Neujahrstag immer der schönste Feiertag im ganzen Winter«, erzählte Clementine. »Dann durfte ein junger Herr, ohne deshalb ins Gerede zu kommen, eine Dame besuchen, um die er ernsthaft warb. Er erschien zwischen zwei und vier Uhr nachmittags, nahm immer Hut und Mantel ab, ließ aber die Handschuhe an. Man servierte Tee und Gebäck. Es gab natürlich keine alkoholischen Getränke. Er durfte auch nur fünfzehn Minuten bleiben und keine Sekunde länger.«

Saphronie hob den Kopf von einem Socken, den sie im schwachen Feuerlicht zu stopfen versuchte, und runzelte die Stirn. »Weshalb besucht man jemanden, wenn man nur fünfzehn Minuten bleiben will? Und wie kann man einem Gast nur Tee und Gebäck anbieten? Ein richtiger Mann wird doch davon nicht satt.«

Clementine dachte darüber nach, wie sie die Anstandsregeln der feinen Bostoner Gesellschaft jemandem erklären sollte, der in einem Land lebte, wo man vielleicht zwei Stunden reiten mußte, wenn man den nächsten Nachbarn besuchen wollte. Hier in Montana stand die Haustür für Besucher immer weit offen, und man lud die Gäste zu einem richtigen Essen ein. Inzwischen schien selbst Clementine die festen und strengen Regeln der Etikette nicht mehr zu verstehen. »So war das eben in Boston«, sagte sie schließlich.

Saphronie rümpfte die Nase und stieß die Nadel in das wie ein Apfel geformte Nadelkissen. »Ich finde das reine Zeitverschwendung. Man muß sich für den Besuch anziehen, und dann bekommt man noch nicht einmal ein richtiges Essen.«

»Finde ich blöd«, sagte Sarah unter der Felldecke. Die beiden Frauen lächelten sich zu. Sie hatten geglaubt, Sarah sei schon lange eingeschlafen, aber sie hatte natürlich aufmerksam zugehört.

»Ich kann mich kaum noch an meine Mädchenzeit erinnern«, sagte Saphronie. »Aber etwas sehe ich noch ganz deutlich vor mir. Meine Mama liegt im Schnee und macht mit Armen und Beinen einen Engel, wie kleine Kinder es tun. Mein Daddy blickt auf sie hinunter und lacht . . .«

Ein dumpfer Schlag gegen das Küchenfenster ließ sie mitten im Satz verstummen.

»Vielleicht hat sich jemand im Schneesturm verirrt«, flüsterte Clementine, als sie sich vom ersten Schrecken erholt hatte.

»Dann würde er doch an die Tür klopfen!«

»Möglicherweise findet er die Tür nicht, sieht aber, daß Licht durch das Fenster fällt.«

Clementine stand langsam auf und ging mit angehaltenem Atem zum Fenster. Saphronie folgte ihr. Sie hatten als Schutz vor der Kälte eine Decke vor das Glas gehängt. Vorsichtig zog sie die Decke beiseite.

Zuerst sah sie nichts außer ihrem Spiegelbild und den Eisblumen auf der Scheibe. Dann bemerkte sie, daß sich vor dem Fenster etwas bewegte, und allmählich erkannte sie ein hellbraunes Fell, spitze Ohren und ein aufgerissenes Maul mit spitzen gelben Zähnen. Das Tier hob den Kopf und heulte laut.

Saphronie schrie vor Entsetzen und weckte damit Daniel, der sofort zu weinen begann. Sie rannte ins Wohnzimmer und holte das Gewehr, das dort an der Wand hing. Clementine hätte beinahe auch geschrien, aber sie war von frühester Kindheit an dazu erzogen worden, alle Gefühle zu unterdrücken – auch Angst.

Sarah hatte eine ganz andere Erziehung. Sie schob die Felldecke zurück, sprang auf und lief zum Fenster. Sie verschränkte die Arme über der Brust und hob das Kinn. »Mama, ich möchte, daß du ihn erschießt.«

Saphronie gab Clementine das Gewehr, ging zu Daniel und drückte ihn in ihrer Angst so fest an sich, daß er noch lauter zu weinen begann.

»Das Licht hat ihn angelockt, mein Schatz«, sagte Clementine über Daniels Protestgeschrei hinweg. »Vermutlich friert er und hat Hunger, aber er kann nicht ins Haus. Du mußt keine Angst haben.«

Sarah erwiderte stolz: »Ich habe keine Angst.« Sie starrte durch das Fenster auf die Stelle, wo der Wolf gewesen war. »Ich will, daß mein Papa zurückkommt.«

Clementine warf Saphronie einen Blick zu. Auch sie dachte an Gus. Sie hoffte, daß er in Sicherheit war. Sie hatte nicht nur den ausgehungerten Wolf gesehen, sondern auch den Schnee. Sie konnte nur hoffen, daß Gus in Deer Lodge warm und sicher in einem Bett lag. Morgen würde er das Heu kaufen und zurückfahren, aber nur, wenn das Wetter sich besserte. Bestimmt würde er vernünftig genug sein, nicht in einem Schneesturm aufzubrechen.

»Es sind minus dreißig Grad, und das Quecksilber fällt noch weiter«, sagte Mr. Lawrence, als er Gus half, eine Plane über die Heuballen zu legen und festzuzurren.

»Dann hört es bestimmt auf zu schneien«, erwiderte Gus, aber mehr, um sich Mut zu machen, als aus Überzeugung. »Wenn es so kalt wird, dann schneit es im allgemeinen nicht mehr.« Bei dieser Kälte würde die Heimfahrt alles andere als ein Vergnügen sein, aber ein Mann ließ sich von solchen Widrigkeiten nicht schrecken. »Warum sollte es diesmal anders sein?« fügte er hinzu und zog das spröde Seil straff.

Mr. Lawrence reichte Gus die Hand, um das Geschäft zu besiegeln. »Sie können gern bleiben, bis das Wetter besser wird.«

Die Kälte trieb Gus Tränen in die Augen. Er schüttelte die ausgestreckte Hand und bedankte sich mit einem Nicken. »Sehr großzügig von Ihnen, Mr. Lawrence, aber zu Hause warten meine schwangere Frau und zwei kleine Kinder. Und wenn ich bleiben will, bis das Wetter besser wird, dann haben Sie mich möglicherweise noch im Frühling hier.«

Der Mann lachte und trat zurück, als Gus den Schlitten bestieg. »Das ist eben Montana!« rief er.

Gus stimmte in das Lachen ein. Der Atem der beiden Männer verwandelte sich sofort in weiße Wolken. Gus griff nach den Zügeln und trieb die Pferde an, die sich langsam in Bewegung setzten. Er wollte unbedingt nach Rainbow Springs und zurück nach Hause.

Im Handumdrehen spürte er die Kälte bis ins Mark. Sein Gesicht schien zu erstarren, die Haut spannte sich und wurde um Mund und Nase gefühllos. Er schien nicht genug Luft zu bekommen. Die Kälte schmerzte in der Lunge, und es kam ihm vor, als sei sie mit Eis gefüllt. Sein Schnurrbart fror an den Lippen fest. Hände und Füße erstarrten zu Eisklumpen, die Gelenke waren steif wie das Leder eines neuen Sattels.

Es herrschte tiefe Stille, als seien seine Ohren mit Watte verstopft. Der fallende Schnee und die feuchte, bewegungslose Luft verschluckten alle Geräusche. Nur hin und wieder klirrte die Zugkette, knirschten die Schlittenkufen oder brach die Eiskruste unter den Hufen der Pferde. Einmal hörte er den Ruf einer Krähe über sich, aber er konnte den Vogel nicht sehen.

In gewisser Weise gab die Kälte Töne von sich, Schreie, die er nur in seinem Kopf hörte oder im Bauch, wo seine Ängste saßen.

Er starrte auf das vom Winter beherrschte Land. Der Fluß verschwand unter dem neu gefallenen Schnee. Weiden, Pappeln und Kiefern bogen sich unter seiner Last. Die Prärie schien unter einer Decke aus gehämmertem Silber begraben zu sein. Die ganze Welt war erstarrt und tot.

Gus kannte das Land wie sein Gesicht, das er jeden Tag rasierte. Aber Orientierungspunkte im Gelände konnten im Schneetreiben unsichtbar werden. Der Schnee fiel beinahe senkrecht vom Himmel, denn es wehte kein Wind. Aber die vorsichtige und vernünftige Seite seines Wesens, auf die er nicht hatte hören wollen, wußte, daß sich die Sicht jederzeit ändern konnte. In der Luft schien eine drohende Spannung zu liegen, die im Einklang mit der beängstigenden Stille stand.

›Das ist eben Montana!‹

Das Echo dieser Worte verfolgte ihn, während der Schnee immer dichter fiel. Er warf einen Blick zurück und blinzelte, um die Schneeflocken von den Wimpern zu entfernen. Er sah die Abdrücke der Hufe im Schnee und die parallelen Fahrspuren der Kufen, aber die Schneeflocken füllten sie schnell. Bei einem Schneesturm konnte man den Horizont manchmal nicht mehr sehen; dann verlor man jedes Gefühl für die Richtung und bewegte sich möglicherweise im Kreis.

Er starrte wieder geradeaus und versuchte, durch den weißen Vorhang aus Schnee zu blicken. Er sah Scheuklappen, Kummet, Zaumzeug und die Rücken der rotbraunen Pferde. Vor ihnen ahnte er mehr, als daß er es sah, die Reihe der Bäume am Flußufer, die sie nach Hause führen würden.

Etwa eine Stunde später brach der Sturm los. Die ersten heftigen, heulenden Böen wirbelten den Schnee auf. Der Wind drang durch seine Kleider wie ein scharfes Messer und schnitt ihm in die Lunge.

Er widerstand dem Drang, sich umzudrehen, solange er konnte, aber schließlich tat er es doch und sah . . . nichts. Nur die kalten Schneeflocken wirbelten um ihn herum. Er fuhr sich mit dem Ärmel über die Augen und rieb das Eis aus den Augenbrauen.

Nichts, keine Spuren, kein Horizont, keine Erde, kein Himmel. Nur Schnee.

Sogar auf dem Mond muß es schneien, dachte er und schüttelte sich.

Das Gefühl einer schrecklichen Einsamkeit erfaßte ihn. Langsam drehte er den Kopf und starrte nach vorne. Aber er sah nur die Zügel, die in einem weißen Wirbel im Nichts verschwanden.

Der Wind pfiff und heulte um das Haus, und Clementine erwachte. Im ersten Augenblick war sie so erschrocken, daß sie nicht wußte, wo sie war. Nur die Kälte lag schwer auf ihr. Dann traf der nächste Windstoß die Hauswand, die ächzte und bebte. Sie setzte sich auf. Eine dünne Eisschicht hatte sich auf der Wolldecke gebildet.
Saphronie drückte ihr einen Becher mit Kaffee und Whiskey in die Hand. Sie hatten die Nacht auf dem Sofa verbracht und abwechselnd Wache gehalten, um darauf zu achten, daß die Kinder zugedeckt blieben, damit ihnen nicht Nase und Finger erfroren.
Der Schneesturm hatte sich den ganzen Tag drohend am Himmel zusammengebraut und war in der Nacht mit voller Wucht losgebrochen. Die Hauswände knarrten und erzitterten unter dem heulenden Wind. Der Lärm weckte auch die Kinder. Daniel weinte, und Sarah wollte ein größeres Feuer. Sie ließ sich nicht davon überzeugen, daß es nicht wärmer werden würde, obwohl der Herd bereits glühte. Clementine gab den Kindern Maisbrei zum Frühstück. Das beruhigte sie etwas. Dann spielte Saphronie mit ihnen unter den Felldecken ›Bären in der Höhle‹.
Das Haus war zwar solide gebaut, aber der Schnee drang durch die Spalten an den Fenstern und Türen. Saphronie erinnerte sich an ein Zelt aus Leinwand, das sie im Keller hatten. Sie holten es und vernagelten damit alle Fenster und Türen. Aber gegen die Kälte half alles nichts. Das Wasser gefror in der Pumpe. Trotzdem würden sie nicht verdursten. Es gab draußen soviel Schnee. Wenn er schmolz, würde das Land in den Fluten versinken.
»Er wird doch nicht versuchen, heute zurückzukommen?« sagte sie laut, um ihre Angst zu beschwichtigen, die sie schon die ganze lange Nacht gequält hatte.
Saphronie schob nachdenklich die Unterlippe vor. »Er muß zuerst den Mann finden, der das Heu verkauft, sie müssen sich auf einen Preis einigen und das Heu aufladen . . . Ich glaube, bis er soweit war, hatte der Schneesturm schon begonnen. Er lebt lange genug hier, um nicht zu versuchen, mitten in einem Unwetter loszufahren.«
Clementine nickte, aber ihre Unsicherheit wollte nicht weichen. Bei

Gus bestand immer die Gefahr, daß er die unangenehme Gegenwart aus den Augen verlor, weil er nur noch an die schöne Zukunft dachte. In seiner Vorstellung saß er bereits zu Hause, wärmte sich die Füße am Feuer, und seine Rinder hatten genug Heu zu fressen, während er in Wirklichkeit vielleicht erst eine halbe Stunde unterwegs war.

Sie wich nicht mehr vom Fenster, als könnte Gus jeden Augenblick auftauchen, obwohl sie wußte, daß das unmöglich war. Sie löste das eine Ende der festgenagelten Decke, aber draußen war alles dunkel. Eine dicke Eisschicht überzog das Glas.

Und dann geriet sie in Panik, als sei sie lebendig begraben. In ihrer Verzweiflung machte sie das Bügeleisen heiß und hielt es an die Fensterscheibe, um das Eis zu schmelzen, damit wenigstens etwas Licht ins Zimmer fiel. Aber durch den aufgetauten ovalen Fleck im Glas sah sie nur Schnee.

Am Nachmittag ging das Brennholz allmählich zur Neige. Sie knüpften Lassos zusammen und überlegten dann, wer zuerst den Weg zur Scheune und zum Holzstoß wagen sollte. Schließlich warfen sie eine Münze. Es traf Clementine. Sie zog noch einen Umhang über, schlang sich das Seil um die Hüfte und wagte sich dann in den Sturm hinaus.

Selbst nach sieben Wintern in Montana hatte sie nicht gewußt, daß es so heftig schneien und stürmen und so kalt werden konnte. Der Wind schien die Schneeflocken durch sie hindurch zu peitschen, als sei sie körperlos.

Dieses Land, dachte sie verbissen, schafft es immer wieder, den Menschen zu beweisen, daß sie nur Zwerge sind . . .

Sie fütterte die Tiere in den Ställen. Es waren nur noch die Pferde da. Die Hühner waren alle schon beim ersten langen Frost verendet, und die Schweine hatten sie noch vor Einbruch des Winters geschlachtet. Die Pferde standen mit hängenden Köpfen in ihren Boxen, während der Wind durch die Spalten pfiff. Clementine machte sich Sorgen um die Wildpferde draußen auf der Weide und um die Rinder, die vermutlich hilflos an den Zäunen standen und zum sicheren Tod verurteilt waren.

Sie konnte kaum die Hände bewegen. Arme und Beine waren steif. Nur mit Mühe gelang es ihr, den Pferden Heu vorzuwerfen und das Eis in den Trögen aufzubrechen. Dann stapelte sie soviel Holz wie möglich auf den kleinen roten Schlitten. Die Kälte hatte den Holzscheiten alle Feuchtigkeit entzogen, und sie waren erfreulich leicht. Aber bei jedem Atemzug schmerzte ihr die Lunge, als bohre sich ihr ein Messer in die Brust.

Immer wieder fuhr sie mit dem Schlitten hin und her, und dann war Saphronie an der Reihe. Schließlich glaubten sie, genug Holz im Haus zu haben, um bis zum nächsten Morgen damit heizen zu können.

Gut eine Stunde nach Einbruch der Dunkelheit hörten sie ein Klopfen. Der Sturm tobte so heftig, daß er die Bäume hätte abbrechen können. Deshalb glaubte Clementine, am Haus habe sich ein Brett gelöst. Aber zwischen zwei Windstößen hörten sie es noch einmal.

Eindeutig stand jemand an der Tür und klopfte. Das Geräusch schien tatsächlich von einem Menschen zu stammen.

Clementine blickte erschrocken auf die schlafenden Kinder. Dann sah sie Saphronie an und flüsterte: »Vielleicht ist es Gus . . .« Aber sie wußte, daß es nicht Gus sein konnte. Gus hätte laut an die Tür gehämmert und nach ihr gerufen.

»Vielleicht wird er wieder weggehen, wer immer es sein mag«, flüsterte Saphronie.

»In einer solchen Nacht können wir niemanden abweisen . . .«, erwiderte Clementine.

Sie griff nach dem Gewehr und überzeugte sich, daß es geladen war. Saphronie nahm die Laterne vom Haken. Gemeinsam zogen sie an der Türklinke. Das Schloß war zugefroren.

Der Sturm riß ihnen die Tür aus der Hand, und sie schlug mit einem lauten Knall gegen die Wand. Schnee trieb über die Schwelle.

»Wer ist da?« rief Clementine, aber der Wind riß ihr die Worte von den Lippen.

Saphronie hob die Laterne, die einen schwachen Lichtschein auf die vereisten Stufen warf. Vor den Stufen sah sie Felle und Decken, eine zusammengekauerte Gestalt, zwei schmale Augen.

»Indianer«, flüsterte sie.

Gus klopfte sich mit den Fäusten auf die Arme. Er erreichte damit nur, daß der Schnee von dem Fellumhang fiel. Die Kälte war unerträglich.

Seine Hand war wie eine erstarrte Klaue, die sich um den Kummetbügel des Zugpferds krallte. Er war vom Schlitten gestiegen und lief neben den Pferden her. Er wollte sicher sein, daß sie dem gewundenen Flußlauf folgten, aber vermutlich wollte er in der heulenden weißen Unendlichkeit nur in der Nähe eines Lebewesens sein.

Außerdem ... hatte er seit langem nichts mehr vom Fluß gesehen.

Er hoffte, daß der schwer beladene Schlitten den unsichtbar gewordenen Spuren folgte, die ihn zur Ranch bringen würden. Und er konnte im dichten Schneetreiben noch nicht einmal den Schlitten sehen.

Die Pferde stampften durch die Schneewehen und schwankten wie betrunken. Auch sie atmeten so schwer wie er. Ihre Mäuler waren vereist, und weiße Wolken kamen daraus hervor. Gus konnte sein Gesicht nicht mehr spüren.

Obwohl es ihm vorkam, als laufe er schon eine Ewigkeit, spürte er den Einbruch der Dunkelheit. In der Nacht würde alles um ihn herum stockfinster sein. Dann war er verloren.

Gus stapfte unverdrossen weiter. Der Wind trieb ihm unbarmherzig den Schnee ins Gesicht. Er stolperte, fiel und versank bis zu den Knien in einer Schneewehe. Die Pferde sprangen mit einem Ruck vorwärts, seine erstarrte Hand löste sich, und sie liefen ohne ihn weiter und verschwanden.

Der Schnee wehte ihm in die Augen. Er sah nichts, hörte nichts außer dem gleichbleibenden Heulen des Winds. Er spürte seinen Atem und das langsame und mühsame Klopfen seines Herzens.

Er wollte ausruhen, wenigstens einen Augenblick lang in der Schneewehe warten, vielleicht etwas schlafen. Er war so müde ...

Aber er mußte nach Hause. Er durfte sie nicht im Stich lassen. Er durfte Clementine nicht mit der bankrotten Ranch und drei Kindern allein lassen. Er mußte das Haus mit dem warmen Feuer erreichen. Auf dem Herd stand ein Topf, der appetitlich duftete. Sie wartete mit dem Abendessen auf ihn. Er mußte zu seiner Frau mit den blonden Haaren und den stillen, klaren Augen.

Clementine ...

Sie brauchte ihn. Er durfte nicht sterben. Er mußte weiter.

Er befahl seinen Beinen, sich zu bewegen. Sie wollten ihm nicht gehorchen, aber schließlich setzte er seinen Willen durch. Er kämpfte sich aus der Schneewehe. Er schwankte vorwärts, stürzte, stand auf, quälte sich weiter. Er stieß gegen etwas ... der Schlitten.

O Gott, der Schlitten!

Die Pferde waren stehengeblieben. Er tastete sich bis zu ihren Köpfen und klammerte sich an das Zaumzeug. Er schluchzte vor Angst und Erleichterung. Dann erfaßte ihn wieder die Panik.

Der Fluß war nicht zu sehen. Er war verschwunden. Er befand sich im Nichts, er war verloren in einer Welt aus weißem Licht, weißer Kälte und eisigen Schmerzen.

Indianer ...

Clementine hätte am liebsten die Tür zugeschlagen und wäre in die Küche zurückgeflohen. Aber im zuckenden Licht der Laterne sah sie die ängstlichen Gesichter von zwei Kindern in einer Hängematte, die der wirbelnde Schnee sofort wieder verhüllte.

Die Gestalt mit den schmalen Augen machte einen Schritt auf sie zu, und hinter ihr tauchten zwei größere Gestalten auf. Eine hohe Stimme schrie klagend über den Wind.

»Mrs. McQueen ... erinnern Sie sich an mich? Ich bin Joe Proud Bears Frau!«

Hinter ihr rief Saphronie etwas, das Clementine nicht verstand. Sie mußte zweimal schlucken, bevor sie antworten konnte.

»Und die anderen? Wer ist noch bei Ihnen?«

»Meine Kinder und mein Mann ... und sein Vater, Iron Nose. Bitte! Wir brauchen Wärme und Schutz, sonst werden wir sterben.«

Clementine nahm Saphronie die Laterne aus der Hand und reichte ihr das Gewehr. »Geh damit zu den Kindern.«

Saphronie sah sie mit weit aufgerissenen Augen an, rührte sich aber nicht von der Stelle. Clementine schob sie vorwärts. »Du meine Güte, wir können sie nicht abweisen!«

Sie trat mit der Laterne vor die Tür und hob sie hoch, um den Indianern zu leuchten, während die Frau ihre Kinder aus der Trage nahm. Das Kleinere setzte sie sich auf die Hüfte, das Größere war das Mädchen, das Clementine vor Jahren neben dem Wigwam am Fluß gesehen hatte.

Joe Proud Bear nahm das Jüngste seiner Frau aus den Armen und stieg damit die Stufen hinauf. Iron Nose wich zurück in den Sturm und den Schnee.

»Was ist mit ... ihm?« rief Clementine und wollte plötzlich wissen, ob er wirklich eine eiserne Nase hatte. War er tatsächlich das Ungeheuer ihrer Alpträume?

Joe Proud Bears Frau sah ihm mit einem Schulterzucken nach. »Er klammert sich an seinen Stolz.«

Clementine kämpfte mit ihrer Angst, aber dann sagte sie: »Dort drüben am Fluß ist die alte Hütte . . .« Ihre Stimme versagte. Vermutlich wußte Iron Nose, wo sich die Hütte befand, denn der Büffeljäger, der dort einst gelebt hatte, war von den Tomahawks der Indianer in Stücke gehackt worden . . .

Sie folgten ihr in die Küche, und der Schnee, den sie mit hereinbrachten, verwandelte sich in der wärmeren Luft sofort in Pfützen. Clementine mußte sich mit aller Kraft gegen die Tür stemmen, um sie wieder zu schließen.

Saphronie saß auf dem Sofa und umklammerte das Gewehr. Der warm verpackte Daniel lag neben ihr. Sarah saß auf der anderen Seite. Sie hatte keine Angst, aber sie sah die Ankömmlinge mit großen Augen an. Ausnahmsweise verzichtete sie diesmal auf eine ihrer üblichen Bemerkungen.

Joe Proud Bear drehte sich langsam im Kreis und sah sich aufmerksam um. Sein Blick verweilte nur kurz auf Saphronie mit dem Gewehr. Dann verzog er die Lippen und fragte Clementine: »Wo ist dein Mann?«

Clementine sah sich hilfesuchend um, als könnte sie Gus mit einem Trupp Soldaten herbeizaubern. Dem Indianer entging nicht ihr ängstliches Gesicht, und er lachte höhnisch.

Seine Frau versicherte Clementine schnell: »Ich würde ihn mit eigenen Händen erwürgen, wenn er versuchen sollte, euch etwas zu tun.« Sie stellte sich energisch vor die beiden Frauen. Er senkte verlegen den Kopf und starrte auf den Boden. Clementine hatte den Eindruck, daß er schon lange nicht mehr versucht hatte, seine Frau zu fesseln und hinter seinem Pferd herlaufen zu lassen.

Sie schwiegen, keiner bewegte sich, bis Clementine den Gästen Teller mit dem Eintopf vorsetzte, der auf dem Herd stand. Die beiden Indianerkinder aßen gierig. Sie schienen halb verhungert. Joe Proud Bear setzte sich auf einen Stuhl und stellte die Füße auf die Messingstange, die um den Herd lief. Er ließ Clementine nicht aus den Augen, während er den Eintopf löffelte.

»Da draußen sind viele tote Rinder und Pferde«, sagte er. »Vielleicht ist dein Mann auch tot.«

Seine Frau nahm ihm die leere Schüssel ab und gab sie Clementine zusammen mit ihrer eigenen zurück. »Hören Sie nicht auf ihn. Er schämt sich wie ein räudiger Hund, der sich Fleisch stiehlt und knurrt, als habe er ein Recht darauf. Er verdankt Ihnen sein Leben, und jetzt steht er da und muß sich noch einmal von Ihnen helfen lassen.« Sie sagte etwas in ihrer gutturalen Sprache, dann sah sie Clementine an und lächelte. »Ich habe ihm gesagt, daß es unter den Weißen auch gute Menschen gibt, die vielleicht so gut sind wie Indianer.«

Clementine wollte das Lächeln erwidern, aber die Angst saß ihr noch zu sehr in den Gliedern.

Sie goß ihren Gästen zitternd heißen schwarzen Kaffee aus der Kanne ein und dachte erst zu spät an den Whiskey darin. Erschrocken zuckte sie zusammen und stieß sich am Küchentisch. Mit Schaudern dachte sie an die Geschichten über betrunkene Indianer.

Vermutlich hatten sie auch Waffen bei sich – Tomahawks und Messer, vielleicht auch Revolver. Sie überlegte, ob sie darauf bestehen sollte, daß sie die Waffen vor die Tür warfen. Aber es schien unhöflich, so etwas zu verlangen.

Beinahe hätte Clementine laut gelacht. Sie war wirklich hoffnungslos naiv. Wie konnte sie in dieser Lage an gutes Benehmen denken?

Alle erschraken, als das kleine Indianerkind plötzlich anfing, laut zu weinen und an seiner Fellmütze zog.

Zu Clementines Überraschung kniete Joe Proud Bear sofort neben dem Kind nieder, nahm ihm behutsam die Mütze ab und sagte mit besorgter Stimme: »Mein Sohn ... Der Frost hat seine Ohren gebissen ...«

»Ich ... ich habe in meinem Verbandskasten Glyzerin«, erwiderte sie.

Sie erhitzte das Glyzerin im Wasserbad auf dem Herd und pinselte die Ohren des Kindes mit einer Feder ein. Sie füllte warmes Wasser in eine Waschschüssel und bereitete ein Senfbad vor. Danach zogen Joe Proud Bears Frau und sie den kleinen Jungen und das Mädchen aus. Die Indianerkinder rochen nach Gänseschmalz wie Clementines Kinder und nach Rauch von Lagerfeuern. Ihre dunklen Augen glänzten, als sie schweigend zusahen, was mit ihnen geschah. Aber sie ließen sich widerstandslos waschen.

»Es ist ein Wunder«, sagte Clementine, als das Schweigen zu bedrükkend wurde, »daß ihr bei diesem Sturm noch am Leben seid.«

Joe Proud Bears Frau erwiderte: »Wir haben mit den Hunden geschlafen, aber dann sind die Hunde gestorben.«

Wo hatten sie mit den Hunden geschlafen? Wo hatten sie sich in all den Jahren versteckt?

Bestimmt irgendwo in den Bergen. Vermutlich hatten sie auch Rinder der ›Rocking R‹ gestohlen. Gus würde wütend sein. Der Gedanke brachte sie beinahe zum Lachen.

Es wurde eine seltsame Nacht. Clementine befand sich mit ihrer Familie auf der einen Seite der Küche, Joe Proud Bear mit seiner Familie auf der anderen. Im Herd knisterte das Feuer, und der Wind heulte und tobte um das Haus. Nur die Kinder schliefen.

Gegen Morgen legte sich der Wind. Clementine ging zum Fenster und schlug die Decke zurück. Die Wolken waren verschwunden, der Mond warf ein kaltes blaues Licht auf das erstarrte Land. In der Stille hörte sie, wie die Pappeln und Kiefern knackten. In der Ferne heulten Kojoten. Sie dachte an Iron Nose. War er noch in der Nähe? Lebte er oder war er in dem Schneesturm gestorben, weil ihm sein Stolz nicht erlaubte, bei einem Feind Schutz zu suchen?

Clementine dachte an ihr erstes Jahr in Montana. Sie hatte sich damals am meisten vor den Indianern gefürchtet, vor den Rothäuten und ihren Grausamkeiten. Inzwischen war die Angst verblaßt und verhallt wie ein Echo. Andere Schrecken waren an ihre Stelle getreten.

Sie hörte hinter sich eine Bewegung und drehte sich um. Joe Proud Bear durchbohrte sie mit seinen schwarzen Augen. Er hatte ein ausgeprägtes Kinn, scharf geschnittene Wangenknochen und eine große Hakennase. Sie hatte keine Angst vor ihm, obwohl sie sich fragte, ob er sie zu einer anderen Zeit und an einem anderen Ort töten könnte, auch wenn sie ihm zweimal das Leben gerettet hatte. War sein Haß auf die Weißen tatsächlich so groß?

Als könne er ihre Gedanken erraten, sagte er: »Ich staune, daß dein blondes Haar nicht schon längst die Keule eines tapferen Kriegers schmückt.«

Clementine hob stolz den Kopf. »Und ich frage mich, Mr. Joe Proud Bear, warum man Sie nicht schon längst als Rinderdieb aufgehängt hat.«

Er lächelte, aber seine nächsten Worte überraschten Clementine, und sie gefielen ihr. »Die Jahre haben dich verändert, weiße Frau. Früher dachte ich, du hättest ein Herz wie eine Strohpuppe, die man ins Maisfeld stellt, um die Bären zu erschrecken. Jetzt bist du selbst zu einem Bär geworden.«

Die Sonne erschien weiß und winterlich kalt über dem Horizont. Der Schnee funkelte, die Eiskristalle blitzten, die Kälte war nicht gewichen.

»Wir gehen«, sagte Joe Proud Bear.

Die Indianer verschwanden bald darauf in der weißen Wildnis, aus der sie gekommen waren. Clementine sah nicht, ob Iron Nose sich zu ihnen gesellte. Hatte sie ihn wirklich gesehen oder es nur geträumt?

Aber als sie in die Küche zurückkehrte, fand sie auf dem Tisch zwei weiße Fellhandschuhe, die nach Indianerart mit Perlen, bunten Glasstückchen und gefärbten Stachelschweinborsten geschmückt waren. Die Handschuhe unterschieden sich voneinander, aber trotzdem gehörten sie zusammen.

»Du meine Güte!« seufzte Saphronie und fuhr bewundernd mit dem Finger über die Perlen. »Langsam verstehe ich, was es mit den Anstandsregeln in Boston auf sich hat. Ich habe mir im ganzen Leben noch nie so sehr gewünscht, daß Besucher endlich aufbrechen und gehen.«

Clementine unterdrückte ein Lachen, aber Saphronie fing an zu kichern. Daraufhin prustete Clementine, und bald lachten sie beide so laut, daß die Kinder aufwachten.

»Ihr seid albern!« rief Sarah empört.

»Bär!« krähte Daniel. »Bär!«

Sie mußten noch mehr lachen und konnten nicht mehr aufhören.

Beinahe hätten sie das Knirschen der Kufen nicht gehört. Vermutlich hätten sie überhaupt nichts gehört, aber Clementine hatte die Haustür trotz der Kälte einen Spalt offenstehen lassen, damit frische Luft in die Küche kam.

Clementine sah zuerst die Pferde. Schnee überzog das dichte Fell, und an den Gebißstangen hingen lange Eiszapfen. Der Schlitten hinter ihnen schien ein Berg aus Schnee zu sein. Neben ihnen torkelte ein Wesen, das wie ein Eisbär wirkte, der sich schwankend auf den Hinterbeinen bewegte.

»Gus!« schrie sie und rannte hinaus. Die Sonnenstrahlen, die sich auf dem Weiß brachen, blendeten sie, und in den dicken Sachen war sie so unbeholfen, daß sie im tiefen Schnee beinahe über die eigenen Füße stolperte.

»Gus, du bist verrückt! Wie kannst du nur durch einen solchen Schneesturm fahren? Du hättest dich verirren können ... du hättest erfrieren können. Gus, du hättest sterben können ...«

Er blinzelte sie an. »Hätte nicht sterben können, Clem«, murmelte er. »Hätte dich nicht im Stich lassen können ...«

Er wollte lächeln, aber das Eis im Schnurrbart hinderte ihn daran. »Sterben ...«, flüsterte er, schwankte und fiel vornüber in den Schnee.

Gus kam wieder zu Bewußtsein, als ihm jemand eine glühendheiße Packung aus Senf und Leinsamen auf die nackte Brust legte.

Er schlug die Augen auf. Zwei Gesichter beugten sich über ihn. Das eine gehörte seiner Frau. Sie runzelte die Stirn. Das andere seiner Tochter. Sie blickte ihn aufmerksam an.

Seine Tochter öffnete den Mund, und er hörte ihre Stimme, aber sie klang, als dringe sie aus der Tiefe eines Brunnens zu ihm herauf.

»Papi, deine Nase sieht aber komisch aus.«

»Sarah, spiele bitte mit deinem Bruder ›Bären in der Höhle‹. Versuch, ihn zu einem Winterschlaf zu überreden. Er muß Ruhe geben, damit ich mich um deinen Vater kümmern kann.«

Das Gesicht seiner Tochter verschwand. Seine Frau hielt eine tropfende Feder in der Hand. Er versuchte zu sehen, was sie mit ihm tat. Er wollte sprechen, aber die Worte kamen nicht richtig über seine Lippen. Als es ihm schließlich gelang, etwas zu sagen, klang seine Stimme rauh und tonlos. »Was ist mit meiner Nase?«

»Sie ist erfroren, du dummer Mann«, sagte seine Frau, und er hätte beinahe gelächelt, denn Clementine schimpfte nur dann mit ihm, wenn sie sich Sorgen um ihn machte. »Ein gezielter Schlag, und die Nase würde wahrscheinlich abbrechen. Na ja, der Schmied könnte dir bestimmt eine neue aus Eisen machen.«

Er holte Luft und mußte husten. »Das klingt, als wolltest *du* sie mir abschlagen ... du mußt ja sehr froh sein, daß ich wieder zurück bin ...«

»O Gus . . .«

Ein neuer Hustenanfall schüttelte seinen ganzen Körper. Er rang nach Luft, hustete, und seine Lunge drohte zu platzen.

Er sank zurück und stellte fest, daß er nicht oben in seinem Bett lag, wie er geglaubt hatte, sondern in der Küche auf dem Wohnzimmersofa. Er wunderte sich über das Sofa in der Küche. Die ganze Küche sah so merkwürdig aus. An den Wänden hingen Bahnen aus Zeltleinwand, und an die Fenster waren Decken genagelt. Er krümmte sich unter dem nächsten Hustenanfall. Als er endlich wieder Luft bekam, keuchte er erschöpft.

Clementine beugte sich über ihn. Sie schob die schweißnassen Haare aus seiner Stirn und legte ihm ein mit Essig getränktes Tuch auf den Kopf. Zu seinem Erstaunen sah er Tränen in ihren Augen. »Verdammt noch mal, Gus, du hättest dort draußen sterben können.«

Er hob die Hand, aber sie war schwer wie Blei. Er berührte ihre Wange und tastete nach der einen Träne, die sie nicht zurückhalten konnte. »Aber ich bin nicht gestorben . . . Seid wann . . . fluchst du eigentlich?«

»Seit du so hohes Fieber hast, daß ich auf deiner Stirn ein Ei braten könnte. Ich habe Saphronie zum Arzt geschickt.«

»Ach, Clem, das ist nicht nötig. Es ist nur eine Grippe. In dieser Kälte wird Saphronie krank werden.«

Clementine verschwand einen Augenblick und kam mit einem dampfenden Becher zurück. »Trink das . . . es ist Zwiebeltee.«

Er richtete sich hustend und keuchend nur mühsam auf. »Aber die Pferde . . .«

»Saphronie hat sie versorgt, bevor sie losgefahren ist. Gus, *bitte*, trink das, oder ich muß es dir in den Mund gießen.«

Er verzog das Gesicht, als er den Tee trank. Dann mußte er wieder husten. »Teufel, Teufel . . .«, brummte er und versuchte, langsam zu atmen, um den Husten zu unterdrücken. Dann wollte er sich aufsetzen, sank aber kraftlos wieder zurück.

Seine Augen brannten. Das Gesicht fühlte sich merkwürdig eingefallen an, die Gelenke an Armen und Beinen wollten nicht mehr gehorchen. In dem Schneesturm draußen hatte er geglaubt, selbst im Feuer der Hölle nicht wieder warm zu werden. Jetzt war ihm so heiß, daß er am liebsten nackt in den Schnee hinausgelaufen wäre.

Der Schneesturm . . .

Ohne Gottes Hilfe hätte er es nicht bis zur Ranch geschafft. Er hatte den
Fluß nicht mehr gesehen. Er hatte nichts mehr gesehen, sondern war
nur mühsam durch die schwarze Nacht gestapft und hatte sich mit dem
Gespann vorwärts, immer weiter und weiter geschleppt. Aber plötzlich
hatte sich der Wind gelegt. Es hörte auf zu schneien, und die Sonne ging
auf. Er war tatsächlich am Fluß entlanggegangen und schon beinahe zu
Hause. Das konnte er nur Gott zu verdanken haben. Es war ein Wunder. Am liebsten hätte er gelacht. Ein Sohn von Reverend Jack
McQueen, dem einäugigen Betrüger, war durch ein Wunder gerettet
worden.

Aber das Wunder konnte sich als Schwindel erweisen, wie die ›Wunder‹
seines Vaters, wenn er nicht durchhielt. Er legte einen Arm um Clementine und wollte sich von ihr hochziehen lassen.

Sie schwankte und stieß gegen den Tisch. Etwas schwappte, und ein
Stuhl fiel um. »Gus, was machst du? Bleib liegen! Du hättest beinahe
das Essigwasser umgekippt.«

»Hilf mir aufstehen, Clem . . . ich muß die Rinder füttern . . . Stell
dir vor, ich kämpfe mich durch den Schneesturm . . . und dann verhungern sie . . . nur weil ich das Heu . . . nicht auf die Weide bringen
kann . . .«

Sie drückte ihn zurück. »Gut, gut«, beschwichtigte sie ihn wie Daniel
bei seinen Asthmaanfällen. »Ich werde den Kühen das Heu bringen,
Gus. Aber du mußt dich jetzt ausruhen und vor allem ganz still liegenbleiben.«

Er wollte lachen, mußte aber husten. »Wer ist jetzt verrückt? Clem, du
bist im fünften Monat schwanger . . .«

»Schwanger ja, aber ich habe dich ins Haus geschleppt, als du im Hof
das Bewußtsein verloren hattest.« Sie schüttelte ihn sanft. »Schwanger
ja, aber ich bin im Schneesturm zigmal mit dem Schlitten zum Holzstoß
gegangen, um Holz zu holen, damit wir nicht erfroren sind. Ich . . .«,
sie holte Luft und wurde rot. »Ich werde wohl auch noch in der Lage
sein, den paar hungrigen Kühen das bißchen Heu zu bringen.«

Es war nicht nur ein ›bißchen Heu‹, aber er schwieg. Er konnte nicht
aufstehen. Das wußte er, nachdem der nächste Hustenanfall vorüber
war. Er ließ den Kopf sinken und schloß die Augen. Seine Brust brannte
wie Feuer. Er hörte, wie Clementine Sarah auftrug, Daniel ein Lied

vorzusingen, wenn er aufwachte. Und sie sollte aufpassen, daß er nicht zu nah an den Herd krabbelte. Gus unterdrückte unter Aufbietung all seiner Willenskraft den Husten, damit sie sich nicht zu große Sorgen um ihn machte und ihn vielleicht doch nicht allein lassen würde.

Er schloß die Augen. Als er sie wieder aufschlug, beugte sich Clementine über ihn.

»Gus, geht es dir gut genug, um auf die Kinder aufzupassen? Ich kann nicht aus dem Haus, wenn . . .«

»Natürlich kann ich das, Ich muß nur ruhig liegen, wie du gesagt hast, Clem . . .« Er griff nach ihrer Hand und drückte sie. »Da draußen . . . in der langen Nacht, habe ich nachgedacht . . . Was sollte ich sonst tun, es war so kalt, und ich mußte weiter . . . immer weiter . . . Ich habe über uns . . . über dich nachgedacht.« Er schwieg und atmete flach und langsam, um nicht wieder husten zu müssen. »Ich hätte dich nicht von deiner Familie, von deinem Zuhause wegbringen dürfen. Du warst so jung, und ich habe dich in dieses harte Land geholt, obwohl du . . . für ein anderes, ein besseres Leben bestimmst warst . . . Ich wollte dir so viele Dinge geben, aber . . . das konnte ich nicht. Ich habe dich enttäuscht, Clem . . . Aber als ich dich sah, wollte ich dich . . . Ich konnte mir ein Leben ohne dich einfach nicht mehr vorstellen . . .«

Sie kniete neben ihm, führte seine Hand zu ihrem Mund und küßte seine Finger. »Du hast mich nicht enttäuscht, Gus. Du hast das Richtige getan. Wie kannst du glauben, ich hätte ohne dich leben wollen? Wenn ich noch einmal die Wahl hätte, dann würde ich *alles* genauso machen.« Sie lächelte ihn liebevoll an und berührte mit der anderen Hand seine Lippen. »Du bist der Cowboy meiner Träume.«

»Was bin ich? Was . . . was meinst du damit?«

Sie beugte sich vor und küßte ihn. »Ich meine, daß ich dich liebe.«

Sie ließ ihn los und stand auf. Selbst in dem langen Büffelfellmantel wirkte sie anmutig und elegant. Sie war eben schon immer eine richtige Dame gewesen.

Sie öffnete die Tür, und ein Schwall Kälte drang herein. Die eisige Luft kühlte ihm das heiße Gesicht, und er atmete erleichtert auf. Sie blieb noch einmal stehen und drehte sich nach ihm um. Dann schloß sie die Tür, und er sah sie nicht mehr.

Seine Gedanken entführten ihn, und er lächelte. Er hatte die roten Unterhosen in seiner Satteltasche . . . Er würde sie ihr geben. Wenn sie zurückkam, würde er sie ihr schenken, und Clementine würde sie für ihn anziehen ... nur die Unterhose, sonst nichts. Sie hatte schöne lange, schlanke Beine ...

Er sah sie noch einmal vor sich, wie sie lächelnd im hellen Winterlicht vor der Tür gestanden hatte. Sie lächelte nicht allzu oft, aber wenn, dann strahlte ihr ganzes Gesicht. Sie war so schön ... noch immer so schön wie damals in Boston, als er sie zum ersten Mal gesehen hatte.

Clementine stand auf dem hohen Heuschlitten und blickte auf das Haus zurück. Weißer Rauch stieg aus dem Schornstein. Die Eiszapfen am Dach glitzerten wie Dolche in der Sonne – eine blasse zitronengelbe Sonne stand ohne Wärme am stahlblauen Himmel.

Vereinzelte Schneeflocken tanzten glitzernd im Wind. Sie hörte ein leises Klirren wie von Gläsern, die sich berührten. Sie hätte gern gewußt, woher es kam. Vielleicht war es nur die gefrorene Erde ...

Da der Sturm aus dem Norden gekommen war, fuhr sie nach Süden zu den Gräben und Zäunen, wohin die Rinder sich in dem Unwetter hatten treiben lassen. Der Schnee knirschte laut unter den Schlittenkufen. Die Hufe der Pferde wirbelten den Schnee wie lockeren Sand auf. Das Regenbogenland lag unter einer Eisdecke und schimmerte wie ein einziger riesiger Kristall. Die Berge hoben sich deutlich und klar als weiße Zuckerhüte vor dem Himmel ab. Sie waren so rein, so kalt und so schön.

Ja, dachte sie, das Land ist schön. Es ist hart und grausam, es ist beängstigend und gefährlich, aber es ist so unglaublich schön.

Sie fand die Rinder dicht aneinandergedrängt am Zaun. Viele waren erfroren, aber andere lebten. Auf ihren Fellen lag Reif. Weißer Atemdampf stieg aus ihren Mäulern. Eiszapfen hingen an ihren Flanken und klirrten wie Kristall, als die Rinder vom Geruch des Heus angelockt langsam zu ihr kamen.

Ein Rudel Wölfe hatte sich über die toten Rinder hergemacht. Der Hunger ließ sie jede Scheu vergessen. Sie liefen nicht einmal davon, als Clementine mit dem Schlitten näher kam. Clementine erschoß einen der Wölfe mit der Winchester, und die anderen verschwanden zwischen den Bäumen. Sie sah den toten Wolf im Schnee liegen und war stolz. Sie hatte vor langer Zeit schießen gelernt und so lange geübt, bis sie auch treffen konnte.

Sie zerrte die Plane vom Wagen, durchschnitt die Seile und verteilte das Heu mit der Gabel. Es roch nach Sommer.

Sommer ...

Als sie im letzten nicht genug Geld gehabt hatten, um ein paar Männer anzuheuern, hatte sie Gus beim Heumachen geholfen. Jetzt dachte sie an das Gefühl der Sense, die durch das hohe Gras zischte. Die scharfe Klinge schnitt die Halme, und hinter ihren Schritten lagen sie in sauberen Reihen. Ihr Körper befand sich beim Mähen im rhythmischen Einklang mit ihrem Kopf, so daß sie sich vorkam wie eine Künstlerin bei der Arbeit und das Gefühl hatte, mit ihrem Körper ein Gedicht zu schreiben. Am Anfang hatte sie sich ungeschickt angestellt, aber schnell gelernt, worauf es ankam. Das war mit vielen Dingen so – Aufgaben, die Montana ihr stellte.

Ich bin jetzt der Bär, dachte sie und lachte. Sie hob den Kopf und rief laut: »Ich bin der Bär!«

Sie atmete langsam und tief die kalte Luft in ihre Lunge und starrte in den Himmel hinauf, in den großen endlosen Himmel von Montana. Heute wehte kein Wind, keine Wolken jagten über sie hinweg. Die Luft bewegte sich nicht, und auch die Sonne schien stillzustehen.

Eine Spannung lag in der Luft. Und dann spürte sie es. Von den Bergen kam warme Luft. Die Luft schmeckte nach Erde und nach dem Meer, das weit, so weit entfernt war. Sie blickte nach Südwesten, denn von dort kam diese Luft. Es war ein sanfter, warmer und trockener Wind – der *Chinook*.

Der warme Wind wehte von den Bergen herab und trieb das trockene Heu über den Schnee. Die Eiskruste glitzerte in allen Farben des Regenbogens in der Sonne.

Der *Chinook* ...

Der warme Atem der dunklen Mutter, sagten die Indianer. Die Erde schien zu weinen, aber aus Freude am Leben.

›Du nimmst mit deinen Augen und der Haut die ganze Schönheit und Wildheit in dich auf‹, hatte einmal der Mann, den sie liebte, zu ihr gesagt. Damals hatte sie seine Worte nicht richtig verstanden, aber jetzt wußte sie, was er damit gemeint hatte. Alles, was ihr fehlte, war die ganze Zeit hier gewesen, im Land, in der harten Arbeit, dem guten Leben, der Geburt der Kinder und ihrem Großwerden und in der Liebe der beiden Männer, die zu ihrem Schicksal geworden waren.

Am liebsten wäre sie über die ganze Ranch gefahren und hätte alle Rinder mit Heu versorgt, während ihr der warme Wind ins Gesicht wehte. Aber es war noch Winter, und die Tage waren kurz. Sie mußte sich um Gus kümmern und dafür sorgen, daß er den Zwiebeltee trank. Deshalb gab sie nur den Rindern Heu, die sie an dieser Stelle gefunden hatte, und kehrte nach Hause zurück.

Clementine lief lachend ins Haus und rief schon auf den Stufen: »Gus, spürst du den Wind? Er ist so warm wie im Sommer. Der *Chinook* läßt den Schnee schmelzen und . . . O Gott.«

Gus lag auf dem Boden. Seine Brust hob sich krampfhaft. Er röchelte. Sarah saß mit Daniel neben ihm. Daniel lutschte stumm an seinem Daumen. Sarah hatte gesungen, aber als Clementine eintrat, sagte sie: »Papi ist so komisch. Ich kann ihm nicht helfen.«

»Gus! Mein Gott, Gus . . .«

Clementine sank neben ihm auf die Knie. Mit zitternden Händen hob sie seinen Kopf und legte ihn in ihren Schoß. Sie schob ihm die Haare aus der Stirn und legte ihm die Lippen auf den Mund, als könnte sie ihm den Atem geben, um den er rang. Sie kühlte ihm die fiebrigen, aufgesprungenen Lippen mit ihren Lippen, damit er wieder lächeln konnte.

»Gus, bitte verlaß mich nicht.« Sie drückte ihn an ihre Brust und wiegte ihn wie ein kleines Kind in den Armen. »Bitte bleib bei mir, bitte, bitte . . .«

Sie hatte die Tür offengelassen. Der sanfte warme Wind ließ den Schnee schmelzen. Während sie ihn in den Armen hielt, glaubte sie beinahe zu sehen, wie das erstarrte Land zu neuem Leben erwachte. Sie hielt ihn fest und wollte ihm dieses neue Leben schenken. Aber es war seltsam, gerade eben war er noch bei ihr, und im nächsten Augenblick nicht mehr.

Teil 4

1891

Dreißigstes Kapitel

Sie ging mit einem Eimer frischer Milch über den Hof, als sie einen Mann auf einem hellbraunen Pferd über die Prärie kommen sah.

Der Mann schien es nicht eilig zu haben. Er war groß und schlank, saß lässig im Sattel und ließ seinen Braunen im Schritt gehen.

Clementine stellte die schäumende Milch zum Abkühlen auf die Veranda und goß eine Kanne saurer Sahne in ein Butterfaß. Dann legte sie Holz im Herd nach und stellte Kaffee auf, bevor sie mit einem Hocker zum Butterfaß auf die Veranda ging und sich setzte.

Der Mann ritt in Richtung der Ranch quer über eine Heuwiese. Es gefiel ihr, wie sicher er im Sattel saß, als sei er mit dem Pferd verwachsen. Sie hoffte, es sei ein umherziehender Cowboy, der Arbeit suchte, um etwas Geld zu verdienen. Für den Frühjahrsauftrieb brauchten sie noch ein paar Helfer.

Clementine hatte ihre Kühe im schlammigen Korral gemolken und am frühen Morgen einen Jährling am Zügel geführt. Man sah ihr die Arbeit an. Stiefel und Reitrock waren mit Schlamm bespritzt. Die Haare lösten sich aus dem Knoten. Früher wäre sie nach oben geeilt und hätte sich gewaschen und umgezogen, wenn jemand kam. Inzwischen schien das Buttermachen wichtiger.

Sie nahm das Faß zwischen die Beine und begann, die Kurbel ohne Pause langsam und gleichmäßig zu drehen.

Sie kniff die Augen zusammen, um den näherkommenden Reiter besser sehen zu können. Der dunkle Filzhut und die Lederhose wiesen ihn eindeutig als Cowboy aus. Die späte Nachmittagssonne stand noch groß in seinem Rücken. Am grauen Himmel ballten sich die Wolken zum nächsten Regenschauer. Bunt schillernde Erpel flogen dicht über dem Boden nach Norden.

Clementine empfand eine seltsame Unruhe, für die es eigentlich keinen Grund gab. Sie ließ die Hand an der Kurbel einen Augenblick ruhen und blickte auf den Reiter. Dann dachte sie mit einem Achselzucken, wenn er ihr gefiel und für dreißig Dollar im Monat zuzüglich Speck und Bohnen arbeiten wollte, wenn er einen Mustang mit dem Lasso fangen und einreiten konnte, dann würde sie ihn bestimmt für den Viehtrieb anheuern.

In den letzten vier Jahren hatten sie und Saphronie mit Hilfe von Pogey und Nash den Auftrieb allein bewältigt. Das lag aber zum größten Teil daran, daß es nur wenige Rinder gab, die zusammengetrieben werden mußten. Im ersten Frühjahr nach dem Winter des Großen Sterbens hatte es im Regenbogenland im wesentlichen nur noch Rinderkadaver gegeben, die stinkend in den Gräben und an den Zäunen lagen und von den Raubvögeln und Wölfen gefressen wurden. Die wenigen überlebenden Tiere sahen zottig und halb verhungert aus. Es lohnte nicht, sie zu schlachten. Da die Rancher für das Fleisch keinen vernünftigen Preis erzielen konnten, verkauften sie das Fell der Rinder. Man sagte, es sei ein Jahr zum Häuten. Seit Gus tot war, hatten sie meistens nur Jahre zum Häuten.

In diesem Frühling würde es jedoch anders sein, vor allem, wenn sie einen Mann fand, der ihnen beim Viehauftrieb half. Der Cowboy auf dem Braunen zum Beispiel. Er ritt inzwischen am Zaun entlang und würde bald den Hof erreichen.

Natürlich konnte es sein, daß er wie die meisten Männer nicht für eine Frau arbeiten wollte. Oder daß die Arbeit in der Kupfermine, die vier Dollar pro Tag zahlte, ihn mehr reizte.

Clementine nahm die Hand von der Kurbel, blickte durch das kleine Glasfenster in das Butterfaß und sah, daß sich die Butter bereits klumpte. Aber sie nahm nicht den Deckel ab, goß etwas kaltes Wasser hinein und rührte weiter, wie sie es eigentlich hätte tun sollen. Statt dessen stand sie auf, trocknete sich die Hände an der Schürze ab und ging in den Hof, um den Reiter zu begrüßen.

Er verschwand gerade in den langen Schatten der Pappeln, tauchte aber gleich wieder im fahlen wolkengrauen Licht auf. Er mußte sie ebenfalls gesehen haben, denn er riß seinen Braunen heftig zurück, als sei er überrascht oder erschrocken. Das Pferd stieg, und Clementine blieb unsicher stehen.

Seine Art zu reiten ... wie er den Kopf hält ... so wie er aussieht ...

Clementine legte die Hand auf die Brust. Ihr Herz schien plötzlich nicht mehr zu schlagen.

Der Braune verlor gerade das lange Winterfell, und auch der Mann sah irgendwie mitgenommen aus. Die dunkelbraunen Haare hingen über den Kragen der Wildlederjacke. Seine Stiefel waren alt und abgetragen. Er hatte den schäbigen Hut mit der ausgefransten Krempe tief über die Augen gezogen. Als er aus dem Sattel sprang und die Zügel über den Arm legte, sah sie, daß er den Revolver am Oberschenkel festgebunden hatte. Eine Winchester ragte aus dem Halfter am Sattel. Er kam breitbeinig wie ein Cowboy auf sie zu.

Clementine hielt die Luft an. Ihr wurde schwindlig. Sie wollte es nicht glauben. Wenn sie sich irrte, würde sie es einfach nicht ertragen können.

Er blieb mehrere Schritte von ihr entfernt stehen, schob den Hut hoch, und sie sah die gelben Augen.

»Cle-men-tine . . .«, murmelte er tonlos.

Sie brachte kein Wort über die Lippen, sie konnte ihn nur ansehen. Es tat weh, aber es war auch schön, ihn zu sehen.

Der Wind kam auf, fuhr ihm durch die langen Haare und zerrte an dem locker gebundenen Halstuch. Er drehte sich langsam um und fragte: »Wo ist mein großer Bruder? Ist er auf der Suche nach den Rindern?«

»Es war vor vier Jahren, im Winter des Großen Sterbens. Er kämpfte sich eine Nacht draußen durch einen Schneesturm. Danach hat er eine Lungenentzündung bekommen und ist . . . gestorben.«

Clementine hatte ihn unter den Pappeln neben ihrem Sohn begraben. Die Wölfe waren in jenem Winter so dreist, daß sie das Grab mit großen Steinen abdecken mußten. Die Steine lagen noch immer dort und waren inzwischen von Moos und Flechten überwachsen.

Zach stand mit gesenktem Kopf am Grab. Er hatte den Hut abgenommen und hielt ihn zwischen zwei Fingern der Hand, die im Patronengurt steckte. Sie betrachtete ihn. Er hatte noch immer das verwegene, scharfkantige Gesicht und die dunkle, sonnengebräunte straffe Haut. Sie würde dieses Gesicht nie vergessen, denn es war in ihre Seele eingebrannt, und trotzdem war es ein Gesicht, das ihr auch fremd war. Zach hatte schon immer seine Gefühle für sich behalten können. Was für ein Leben er in den letzten sieben Jahren auch geführt haben mochte, diese Fähigkeit hatte er nicht verlernt, sondern eher noch verfeinert.

Plötzlich hob er den Kopf und sah sie fragend an. »Du bist hier ganz allein?«

Sie mußte schlucken. Sie hatte so lange, so unendlich lange auf diesen Augenblick gewartet, auf den Tag, an dem er nach Hause kommen würde. Jetzt war er da und stand so dicht neben ihr, daß sie ihn hätte berühren können. Sie hätte seinen Kopf zu sich ziehen und ihn küssen können. Aber sie brachte es nicht über sich, denn er war wie ein Fremder.

»Saphronie lebt schon lange bei uns«, gelang es ihr schließlich zu antworten. »Und da sind natürlich auch die Kinder ...«

Er schien zu lächeln, aber seine Augen funkelten, und sie hatte Angst, weil sie diesen Blick kannte. Gleichzeitig lief ihr bei dem Gedanken daran, was sie nicht wußte, ein Schauer über den Rücken.

»Kinder?« fragte er. »Hast du nach Sarah noch mehr bekommen?«

»Noch zwei ... zwei Jungen.« Sie machte eine heftige ruckhafte Bewegung, als wollte sie sich von dem unsichtbaren Seil, das sich zwischen ihnen bis zum Zerreißen spannte, mit Gewalt losmachen. »Vermutlich möchtest du eine Weile allein sein, um Abschied von ihm zu nehmen. Wenn du dann willst ... auf dem Herd steht Kaffee.«

Sein Blick richtete sich wieder auf das Grab. Er schwieg eine Weile und sagte dann tonlos: »Ich habe mich bereits von ihm verabschiedet, als ich vor sieben Jahren davongeritten bin.«

Er ging neben ihr über den Hof, blieb stehen und blickte auf das Haus.

»Du hast es noch nicht gesehen«, sagte sie. »Gus hat es nicht lange vor seinem Tod für mich gebaut.«

»Er hat sich immer Sorgen gemacht, daß dir das vornehme Haus und alle die hübschen Dinge fehlen, die du in Boston zurückgelassen hast.«

»Er hat sich geirrt.«

»Ich weiß.«

Ein Studebaker-Planwagen stand mitten auf dem Hof. Über die ganze Länge der Plane stand in großen Buchstaben: ›Das Photo-Paradies‹ und darunter etwas kleiner: ›Photos aller Art, Familienbilder und Porträts,

Feste und Feiern mit Blitzlicht, entweder stereoskopisch oder einfach.‹

Er sah den Wagen an, dann sie und dann wieder den Wagen. Er schüttelte den Kopf. »Boston . . . Mein Gott, Boston.« Er lächelte, und seine Augen blitzten. Langsam hob er die Hand und strich ihr über die Wange. »Du bist schon immer ein Wunder gewesen.« Seine Stimme klang rauh. »Vermutlich hat sich daran nichts geändert.«

Er lehnte an der Tür, hatte ein Bein über das andere geschlagen, die Hände in den Taschen und den verdammten Hut immer noch tief über die Augen gezogen. Er sah sich in der Küche um und betrachtete aufmerksam den Küchenschrank mit dem blauweißen Porzellan, das große Spülbecken und den modernen vernickelten Küchenherd. Sie fragte sich, was er wohl sagen würde, wenn er erfuhr, was sie nach dem Tod von Gus mit dem Geld gekauft hatte, das sie mit dem Photographieren verdiente.

Ihre Photos konnte er kaum übersehen, denn damit waren buchstäblich die Wände tapeziert.

Jeden Sommer verwandelte sie den Planwagen in ein Photoatelier und fuhr über Land. Wie die fahrenden Händler zogen sie, Saphronie und die Kinder durch den Westen von Montana und verkauften Photos für fünfzig Cents das Stück. Clementine konnte ihm viele lustige Geschichten erzählen, wenn er sie hören wollte. So hatte sie zum Beispiel immer Wachs zur Hand, um die großen abstehenden Ohren der Männer ›anzukleben‹, oder Watte, die sie den Frauen der Farmer in die eingefallenen Wangen schob. Die Frauen waren von der Arbeit, dem Wetter und Hunger so ausgelaugt, daß man es ihnen ansah, aber ihre Verwandten sollten sie auf dem Photo in besserer Verfassung bewundern. Eine Neunzigjährige mit Falten wie ein vertrockneter Apfel hatte darauf bestanden, daß Clementine jede einzelne Falte retuschierte, bevor sie das Photo bezahlte.

Wenn er es wissen wollte, dann würde sie ihm sagen, daß ihre Porträts nur zum Verkauf bestimmt waren. Wenn ihre Kunden also schöne Photos wollten, dann bekamen sie auch ›schöne‹, selbst wenn die Bilder nicht der Wahrheit entsprachen. Aber manchmal wußte Clementine, daß sie mit dem Objektiv das wahre Wesen eines Menschen eingefangen hatte. Auf solche Aufnahmen war sie sehr stolz.

Ihre Porträts, die sie verkaufte, hatten ihnen den Lebensunterhalt gesichert. Die Aufnahmen an den Wänden hatte sie für sich gemacht.

Wenn er sie danach fragen sollte, dann würde sie ihm auch von diesen Bildern erzählen und davon, wie sie durch Licht und Schatten, Bewegungen und Strukturen die ›Wahrheit‹ entdeckt hatte.

Die Wahrheit . . .

Sie fand diese Wahrheit im sanften grauen Licht eines dunstigen Morgens, im grellen klaren Licht des Mittags und den kalten, schwachen Strahlen der Wintersonne, aber auch in den Schneeflocken um die Augen einer Kuh, in einer sturmgepeitschten Weide, in den sehnigen Händen einer alten Frau. Wenn er es wissen wollte, dann würde sie ihm gestehen, daß sie diese Wahrheit nicht ›außen‹, sondern ›innen‹, in sich selbst, suchte und fand.

Wenn er fragen sollte, würde sie ihm all das sagen . . . Aber er fragte sie nicht.

Er kam noch nicht einmal richtig in die Küche. Er schien die offene Tür im Rücken zu brauchen, um jederzeit schnell wieder auf und davon zu können, bevor sie ihn daran zu hindern vermochte.

Das Schweigen vergrößerte die Spannung zwischen ihnen. Der Kaffee brodelte auf dem Herd und verbreitete seinen starken aromatischen Duft. Sie stand mit dem Rücken zum Herd ihm gegenüber. Aber er lehnte nur unbeweglich am Türrahmen und schwieg. Ihre Sehnsucht nach ihm lag schon so lange, so unendlich lange auf ihren Tagen wie der Nebel über dem Tal. Jetzt stand er in ihrer Küche, und die Jahre hatten aus ihm einen Fremden gemacht.

Sie sah, wie er Luft holte. »Clementine«, sagte er, und der Schatten seines Bruders fiel über sie beide, noch bevor er den Satz zu Ende gesprochen hatte. »Es tut mir leid, das mit ihm . . . und daß du ihn verloren hast.«

»Du hast ihn auch verloren.«

Er zuckte mit den Schultern. »Ja, aber wie ich dir draußen gesagt habe, ist das schon lange her.«

Er versuchte, so ungerührt zu klingen, wie man es von einem Mann erwartete, aber ihr photographisches Auge blickte hinter die harte äußere Fassade seines gleichgültigen Gesichts. Sie sah bis in sein Herz und wußte, er hatte seinen Bruder so sehr geliebt, daß er sie verlassen hatte und sieben Jahre nicht zurückgekommen war.

Clementine nahm den Kaffee vom Herd und stellte ihn auf die Wärme-
platte. Sie ging ins Wohnzimmer und kam mit einem Photo in einem
silbernen Rahmen zurück. Sie hielt es ihm entgegen, und er nahm es,
aber seine Hand zitterte unmerklich.

»Das Bild habe ich im Sommer vor seinem Tod gemacht«, sagte sie. Es
war ein schlechter Sommer für Gus gewesen, für sie beide, aber davon
verriet das Photo nichts. Er lachte unbekümmert. Eine von der Sonne
gebleichte Haarsträhne fiel ihm in die Stirn. Er sah so unbeschwert und
jung aus, so wie sie ihn liebte. Sie hatte in diesem Bild seine Lebens-
freude eingefangen, die von der Sonne vergoldet wurde.

»Es sieht ihm wirklich sehr ähnlich«, sagte Zach und legte das Bild mit
der Rückseite nach oben auf die Fensterbank.

»Du bist wegen Gus zurückgekommen.« Ihre Worte klangen tonlos,
denn sie wußte, daß es die Wahrheit war. Aber sie wollte, daß er es
leugnete.

Er zuckte mit den Schultern. Seine Lippen wurden schmal. »Ich dachte,
ich könnte etwas von meinem Anteil an der Ranch haben.«

Sie schüttelte langsam den Kopf und versuchte, den Kloß in ihrer Kehle
loszuwerden. »Nun ja, wir kommen zurecht ... Aber wir haben nicht
soviel beiseite gelegt, um ...«

»Ich sehe, wie du hier zurechtkommst, Clementine.«

Er blickte aus dem Fenster. Die Zaunpfosten waren schon vor dem letzten Winter morsch gewesen und hätten längst erneuert werden müssen.
Das Dach der Scheune war eingesunken. Das Gebälk mußte dringend
repariert werden. Und wenn er über die Weiden ritt, würde er die wenigen Rinder sehen.

»Vermutlich möchtest du ... nach all der Zeit, ein eigenes Stück Land
haben«, sagte sie.

Ihre Blicke trafen sich nur kurz. Dann schwiegen sie wieder. »Ich bin
herumgezogen, aber irgendwann hat jeder keine Lust mehr dazu.«

Sie hätte ihm sagen können, daß die Ranch immer sein Zuhause gewesen war, daß auch seine lange Abwesenheit nichts daran geändert hatte.
Aber das Leben veränderte alles. Die Zeit verging und bewirkte das
gleiche, was im Winter mit dem Land geschah. Die Kälte tötete das
Leben, und die Schneestürme verwüsteten die Erde. Die kurzen grauen
Tage ließen die Wiesen und Felder veröden. Und wenn das Frühjahr
kam, war das Land nicht mehr so wie im Jahr zuvor.

»Ma! Ma!«

Die Rufe durchbrachen die Stille.

»Sieh doch, Ma!« Ihr Jüngster kam in die Küche gerannt. Er hatte
Forellen gefangen und kam freudestrahlend damit in die Küche.
»Saphro und ich haben so viele gefangen, daß sie für alle reichen.«
Clementine sah die Verblüffung auf seinem Gesicht, als er die dunklen
Haare des Jungen, seine gelbbraunen Augen und das Grübchen auf der
Wange sah. Ihr letztes Kind sah dem Mann, der hier in ihrer Küche
stand, so ähnlich, daß sie es anfangs kaum ertragen hatte, ihn anzuse-
hen. Jetzt liebte sie ihn so sehr, daß sie sich besondere Mühe gab, ihn
nicht zu verwöhnen und den beiden anderen vorzuziehen.

Clementine legte ihm die Hand auf den Kopf, um ihn zu beruhigen.
»Zach, das ist der Bruder deines Vaters, dein Onkel . . .«

»Sein Bruder? Ehrlich?« Der Junge sah staunend den Mann an. »Hast
du meinen Pa gekannt, als er noch klein war?«

Der große Zach kauerte sich auf den Boden, so daß er dem kleinen Zach
in die Augen blicken konnte. »Tag, Kleiner«, sagte er. »Natürlich habe
ich deinen Pa gekannt, als er noch klein war.« Er sah Clementine an,
aber sie konnte in seinem Blick nichts erkennen. Dann betrachtete er
wieder aufmerksam den Jungen. »Es sieht ganz so aus, als hätten die
Fische heute wirklich gut gebissen.«

»Nein, ich kann sie gut fangen.«

Der große Zach lachte und erhob sich, aber er sah sie nicht an.

»Gus war schon tot, bevor er auf die Welt kam«, sagte sie. »Aber Gus
hatte immer gesagt, unser nächstes Kind sollten wir nach dir benennen.
Ich weiß nicht, was ich getan hätte, wenn es ein Mädchen gewesen
wäre.« Es gelang ihr irgendwie, unbeschwert und sanft zu klingen. Sie
lächelte sogar. Ja, sie war inzwischen hart im Nehmen, so hart wie
Montana. »Also gibt es heute für dich Forellen zum Abendessen – das
heißt, wenn du bleiben willst.«

Er erwiderte das Lächeln. »Na ja, Boston, vielleicht sollte ich mir das
gut überlegen«, erwiderte er in dem anzüglichen Ton, mit dem er sie
schon immer geneckt hatte. »Bist du inzwischen eine bessere Köchin als
damals?«

Sie wurde rot und wußte, daß sie sich nie an seinen Spott gewöhnen
würde. Trotzdem erfüllte es sie auch mit Hoffnung. Das war der Zach,
den sie kannte und liebte.

Aber dann schwand sein Lächeln, die Augen wurden kalt und gleichgültig, und er war wieder ein Fremder. »Hast du einen Platz zum Schlafen für mich?« fragte er.

Sie trocknete die Hände an der Schürze, aber eher aus Verlegenheit, und plötzlich war sie so schüchtern wie als Siebzehnjährige mit Gus. »Wir hatten einige Zeit einen Cowboy, der uns geholfen hat, nachdem du nicht mehr da warst. Gus hat einen Teil der Scheune in ein Zimmer für ihn verwandelt. Du kannst dort schlafen.«

»Ich zeige es ihm, Ma!« rief der kleine Zach und rannte mit den Fischen zur Tür.

Clementine deutete energisch auf die Pumpe im Hof. »Du gehst dorthin, putzt die Fische, und bei der Gelegenheit wäschst du auch dich.«

Der kleine Zach verzog enttäuscht das Gesicht. »Verdammt, wie blöd . . .«

»Und hör auf zu fluchen, Zach McQueen, sonst werde ich dir den Mund mit Seife auswaschen.«

Der große Zach neben ihr stieß einen Laut aus, der Lachen oder Seufzen hätte sein können. Aber als sie ihn ansah, verzog er keine Miene.

»Ein hübscher Junge«, sagte er nach einer Weile.

»Er sieht dir ähnlich.«

Darauf erwiderte er nichts. Clementine redete weiter, als sie den Hof überquerten und zur Scheune gingen. »Die beiden anderen werden bald aus der Schule zurückkommen. Mein Zweitältester heißt Daniel . . . er ist fünf, und dann ist da natürlich Sarah. Du wirst staunen, wenn du sie siehst. Gus sagte immer, der Mann, dem sie keine Angst einjagen würde, sei noch nicht geboren. Sie wird einmal so groß werden wie ihr Vater . . . und du. Es ist kaum zu glauben, wie erwachsen sie schon ist. Du meine Güte, sie war noch ein Baby in jenem Frühling, als du uns . . . verlassen hast.«

Sie dachte an den ersten Sommer ihrer Ehe mit Gus. Auch damals hatte Zach in der Scheune in einer leeren Box geschlafen, um ihnen die alte Hütte zu überlassen. Am Anfang war er ihr aus dem Weg gegangen, und sie war darüber froh gewesen. Er machte ihr Angst, und sie glaubte, ihn zu hassen. In ihrer Unerfahrenheit hatte sie ihre wahren Gefühle nicht erkannt.

Auch jetzt ließ sie ihn wieder in der Scheune schlafen. Der Kreis schien sich zu schließen, und eine neue Runde begann. Natürlich war diesmal alles anders. Viele Jahre waren vergangen. Sie war eine erwachsene Frau mit drei Kindern. Sie hatte gelitten und gelacht und gelebt und geträumt. Und außerdem war Gus tot.

Clementine führte ihn in die Scheune. Das Zimmer befand sich an der Rückseite, wo früher Zaumzeug und das Pferdegeschirr aufbewahrt wurden. Es hatte nicht einmal eine Tür. In der Öffnung hing ein alter, mottenzerfressener Fellumhang. Sie schlug den Umhang zur Seite, er ging so dicht an ihr vorbei, daß sein Arm sie berührte.

»Hier hat schon lange niemand mehr gewohnt«, sagte sie. »Es ist leider ein bißchen staubig.« Der Raum war nicht nur staubig, sondern er wirkte ungastlich und trostlos.

Er sah sie flüchtig an und warf dann einen ebenso kurzen Blick auf den Raum. »Das reicht für mich.«

An einem Ende stand ein kleiner Ofen und am anderen ein einfaches Eisenbett. Davor lag ein Wolfsfell auf dem Boden; sonst gab es nichts. Das Bettzeug war schon lange abgezogen worden. Für die erste Nacht konnte er seinen Schlafsack auf die blanke Strohmatratze legen. Morgen würde sie ihm Bettzeug und Decken geben, wenn er bleiben wollte.

Er warf seine Bettrolle und die Satteltasche in das Zimmer. Dann schob er die Hände in die Taschen. Sein dunkles scharf geschnittenes Gesicht wirkte schön im dämmrigen Licht. Es war so still, daß sie ihr Herz schlagen hörte und das Rauschen der Pappeln. Die alten Bäume stöhnten, seufzten und flüsterten im Wind.

Ihr wurde plötzlich so flau im Magen, daß sie sich festhalten mußte. Sieben Jahre waren eine zu lange Zeit. Ein Mann konnte in dieser Zeit eine Frau vergessen, Gefühle konnten sterben. Sie hatte so viele Tage und so viele Nächte seine Stimme im Wind und in den rauschenden Pappeln gehört. Aber vielleicht hatte er schon lange aufgehört, ihren Namen zu flüstern.

»Also gut!« sagte sie, und es klang wie ein Aufschrei. »Ich nehme an, du hast Durst und willst Kaffee.«

Clementine floh aus dem kleinen, öden Raum und rannte beinahe in ihre geheiligte Küche zurück. Sie floh vor ihm und allen Gefühlen, die er in ihr auslöste.

»So war es noch nie hier«, sagte Hannah und füllte drei Gläser mit Whiskey. »In dem Jahr, als ich in das Regenbogenland kam, war die Luft so klar und rein wie das Wasser.«

Clementine saß in Hannahs Küche und blickte aus dem Fenster. Der Himmel war blaßbraun wie eine alte Photographie. Der kleine Zach und Samuel Woo spielten unter den Bäumen und schossen mit Steinschleudern auf die Hörnchen. Die Luft war drückend und schwer. Die silbrigen Blätter der Espen bewegten sich nicht. Die Welt draußen wirkte so verschwommen, als betrachte man sie durch einen zarten Schleier.

»Die verdammte Grube ist daran schuld«, sagte Clementine und erschrak über sich selbst. Sie fluchte nur sehr selten, aber die erstickende Schwüle machte auch sie gereizt. Außerdem war Zach zurückgekommen.

Sie öffnete die Tür, um die beiden Jungen besser im Auge behalten zu können, bevor sie sich zu Erlan an den Küchentisch setzte. Hannah hatte eine hübsche Spitzendecke aufgelegt und eine blaurote Glasschale in die Mitte gestellt. Hannah hatte immer hübsche Sachen.

»Ja«, sagte Erlan und rümpfte die Nase. »Es stinkt schlimmer als drei Tage alter Fisch.«

Hannah stellte einen Teller mit Kuchen und Sahne auf den Tisch. »Diese verdammte Grube«, schimpfte sie wie Clementine. Sie ließ sich in einen Sessel fallen, griff nach einem Streichholz und zündete sich eine Zigarette an. Clementine fand, daß sie wundervoll verrucht aussah. »Ich könnte schwören, daß es noch schlimmer geworden ist, seit die ›Vier Buben‹ in der letzten Woche die neue Grube in Betrieb genommen haben.«

Abgesehen von den großen Minen in Butte förderten die ›Vier Buben‹ inzwischen mehr Kupfer als jede andere Mine im ganzen Land. Die billigste und bequemste Methode, das rote Metall zu schmelzen, war das Rösten. Man füllte eine Grube lagenweise mit Holz und dem Kupfererz und ließ sie Tag und Nacht wie eine riesige offene Schmelze brennen. Leider stieg bei diesem Verfahren ständig beißender, brauner und arsenhaltiger Rauch in die Luft.

Clementine trank einen Schluck Whiskey. Er brannte ihr in der Kehle. Was wohl Zach über ihre Whiskey-Partys sagen würde? Er würde nie etwas davon erfahren, wenn er nicht blieb.

Sie sah Hannah und Erlan an und freute sich über die vertrauten Gesichter. Vermutlich erzählte Clementine ihren Freundinnen deshalb nicht, daß der Mann, den sie ihr ganzes Leben lang liebte, zu ihr zurückgekommen war, weil sie Angst hatte, er würde sie wieder verlassen. Es war merkwürdig, nicht darüber zu reden, und irgendwie so, als wollte sie vor sich selbst etwas geheimhalten.

Es war mitten am Tag so dunkel, daß Hannah die Lampe anzünden mußte. Die Flamme spiegelte sich auf den geprägten Blechtafeln der Decke und den grünen Ofenkacheln. Die Licht fiel auch auf die Valentinsgrüße, die Hannah gerahmt und an die Wand gehängt hatte. Es waren mit Bändern und Perlen geschmückte Valentinsgeschenke für jedes Jahr, seit Sheriff Scully ihr Liebhaber war.

»Der Rauch ist manchmal so schlimm, daß die Wäsche grau und rußig von der Leine kommt«, sagte Erlan. »Außerdem war Samuel durch die vergiftete Luft den ganzen Winter über verschleimt.«

»Wir sollten etwas gegen die Grube unternehmen«, murmelte Clementine.

Hannah bekam große Augen und drehte sich verstohlen um, als wollte sie sich vergewissern, daß niemand sonst in der Nähe war. »Wer . . .? Wir?«

»Es ist wirklich nicht einzusehen, daß die ›Vier Buben‹ nicht eine ordentliche Schmelzhütte bauen.«

»Geld ist der Grund dafür. Das liegt doch auf der Hand«, sagte Hannah.

»Aber der Rauch ist giftig«, erwiderte Erlan. »Er macht uns alle krank.«

Hannah leerte ihr Glas in einem Zug. »Das Kupfer hat Rainbow Springs reich gemacht. Die Leute nehmen den Rauch in Kauf, wenn sie an das Geld denken, vor allem die Männer, die hier die großen Geschäfte machen . . .« Sie sah Clementine an. »Zum Beispiel der einäugige Jack McQueen. Warum sprichst du nicht mit ihm und stellst selbst fest, was dabei herauskommt. Du bist schließlich mit ihm verwandt, obwohl ihr beiden seit dem Tod von Gus kein Wort mehr miteinander gesprochen habt.«

»Wir sollten mit den Minenarbeitern reden«, erwiderte Clementine. »Wenn sie sich weigern, Kupfer zu fördern, bis die Brenngrube wieder zugeschüttet und eine richtige Schmelzhütte gebaut ist, dann haben diese Herren keine andere Wahl. Wenn die Minenarbeiter nicht mitmachen wollen, dann können wir zu ihren Frauen gehen.«

Hannah schnaubte. »Als ob die ehrbaren Frauen von Rainbow Springs auf unseresgleichen hören würden . . . auf mich jedenfalls nicht.«

»Ihre Wäsche hängt auf der Leine und wird ebenfalls grau und rußig, wie Erlan gesagt hat. Ihre Kinder werden krank. Warum sollten sie *nicht* auf uns hören?«

Hannah seufzte. »Du meine Güte, warum lasse ich mich von dir immer in Schwierigkeiten bringen?« Sie schob den Sessel zurück und stand auf. »Aber wenn wir den Kampf gegen die ›Vier Buben‹ aufnehmen wollen, dann müssen wir uns wohl noch eine zweite Runde Whiskey genehmigen.«

Als sie stand, wurde sie plötzlich blaß, und die Beine gaben unter ihr nach. Sie griff haltsuchend nach der Tischdecke und riß Gläser, Teller und Tassen mit auf den Boden.«

»Hannah!«

Clementine und Erlan sprangen auf und knieten sich neben sie. Erlan hob Hannahs Hand und drückte sie. »Ich glaube, sie ist nur in Ohnmacht gefallen.«

»Ich hole Essigwasser«, sagte Clementine, aber Hannah bewegte sich schon wieder.

Ihre Lippen zuckten, und dann schlug sie die Augen auf. Sie sah ihre Freundinnen überrascht an und murmelte: »Ich glaube, der Rauch ist daran schuld, daß mir plötzlich schwarz vor den Augen geworden ist.« Sie setzte sich stöhnend auf und drückte die Hand auf den Leib. »O je, ist mir übel.«

»Wir müssen etwas gegen diese Grube unternehmen«, sagte Erlan.

Clementine saß mit gekreuzten Beinen neben dem leise muhenden Kalb im schlammigen Hof. Das Neugeborene dampfte noch.

Die Mutter leckte das Kalb. Das taten die Kühe manchmal stundenlang, bis die Kälber auf die Beine kamen und zum ersten Mal am Euter Milch saugten. Clementine überließ sich geruhsam der Freude, die sie dabei empfand mitanzusehen, wie sich das Kalb langsam mit der Welt vertraut machte.

Der Schlamm war kühl und dick genug, um ihn mit dem Löffel umzurühren. Es roch nach Blut und Kuhmist. Lächelnd beugte sich Clementine vor und klopfte der Kuh auf die Blesse. »Das hast du gut gemacht, wirklich gut.« Die Kuh leckte, schnaubte und blinzelte mit den weißen langen Lidern.

Ein Huhn lief laut gackernd über den Hof. Die Kuh ließ sich nicht stören, sondern leckte ruhig weiter. Clementine hob den Kopf und sah Zach über die Wiese reiten. Der Anblick versetzte ihr einen Stich in der Brust, wie jedesmal, wenn sie ihn sah.

In den drei Tagen seit seiner Rückkehr war er meistens für sich geblieben und hatte seine alten Gewohnheiten wiederaufgenommen. Sie wußte, er ritt über Wälder und Weiden, als wollte er sich davon überzeugen, wie sie die Ranch geführt hatte. Es ärgerte Clementine, von ihm auf diese Weise beurteilt zu werden.

Außerdem machte sie sich Sorgen, daß er möglicherweise den Wert seines Anteils abschätzte, weil er ihn verkaufen wollte – vielleicht an ein Ostküstensyndikat oder an einen englischen Baron, der im ›Wilden Westen‹ das große Abenteuer suchte.

Als Zach sie erreicht hatte, zügelte er das Pferd und sprang aus dem Sattel. Sie stand auf und klopfte sich den Schlamm vom Rock. Einen Augenblick lang sahen sie sich nur stumm an. Es fiel ihnen schwer, miteinander zu sprechen. Es schien noch zu früh, um über irgend etwas zu reden, das von Bedeutung war. Vielleicht würden sie nie in der Lage sein, über das zu sprechen, was wirklich von Bedeutung war.

Das Kalb schien nur auf den Mann gewartet zu haben, denn es erhob sich auf die dünnen Beine und drängte sich unter den roten Bauch der Mutter. Die Kuh hob zufrieden den großen Kopf und muhte laut.

»Was sie wohl dazu veranlaßt hat, die Weide zu verlassen, um hier im Hof zu kalben?« sagte Zach.

Clementine blickte auf das Kalb, das gierig am Euter saugte. »Vermutlich hält sie das für einen sicheren Platz, um zu kalben.«

»Es ist wirklich ein Winzling, aber die meisten Kälber, die ich draußen gesehen habe, sehen nicht viel besser aus.«

»Kühe, die auf den gerodeten Waldflächen weiden, fressen die Nadeln der gefällten Kiefern. Das führt zu schwächlichen Kälbern.«

»Seit wann wird denn hier gerodet?«

Clementine schob sich mit dem Handrücken die Haare aus den Augen und stellte fest, daß sie blutig war. Sie ging hinüber zur Pumpe, um sich zu waschen.

Er folgte ihr und führte sein Pferd am Zügel. »Clementine . . .«

»Du kannst hier nicht nach all der Zeit einfach zurückkommen, Zach, und glauben, es habe sich nichts geändert.«

»Mein Gott, das weiß ich.«

»Auch ich habe mich verändert.«

Sein Blick war fast eine Berührung, und sie vermied es, ihn anzusehen.

»Ich finde dich nicht verändert«, erwiderte er. »Du bist immer noch so stachlig, steif und kühl wie ein gestärktes Hemd.«

Das beweist, dachte sie, wie wenig du mich kennst. Aber auch Gus hatte sie nicht wirklich gekannt.

Er bewegte den Pumpenschwengel für sie, während sie sich das Blut von den Händen wusch. Es war noch nicht lange her, da hatte sie am Kopf eines Kalbs gezogen, das aus dem Bauch der Mutter kam, und glücklich gelacht, als es seinen ersten Atemzug tat. In einem Jahr würde sie es ohne Schuldgefühle oder einen einzigen Gedanken zum Schlachthaus schicken.

»Früher konnte ich nicht mitansehen, wie ein Kalb das Brandzeichen aufgedrückt bekam«, sagte sie und sprach ihren letzten Gedanken laut aus.

Um seine Lippen zuckte es, aber er lächelte nicht. »Ich habe nie behauptet, daß du keinen Mut hast.«

Sie sah ihn an. Sie wollte die schmalen Lippen mit den Fingerspitzen berühren und spüren, wie sie weich wurden und sich teilten. Sie wollte seinen Atem spüren . . .

Sie drehte sich schnell um, als sie Hufschlag hörte. Ein geschecktes Indianerpferd kam im gestreckten Galopp auf dem Weg zur Stadt näher. Sarah und Daniel saßen auf seinem Rücken.

Ihre Kinder ritten auf dem alten Gayfeather jeden Tag zur Schule. Clementine hatte nicht geahnt, daß der Hengst noch immer so schnell sein konnte. Sie stellte fest, daß ihre Tochter wieder einmal keine Haube auf dem Kopf hatte. Die Haare flattern ihr ungebunden um den Kopf. Dann sah Clementine das Blut auf Daniels Gesicht.

Sie lief den Kindern mit klopfendem Herzen entgegen. Sarah half ihrem Bruder gerade beim Absitzen und legte ihm die Hände auf die Schultern, damit er nicht fiel. Blut lief ihm an der einen Seite über die Wange und den Hals. Sein Hemd färbte sich schon rot.

»Es ist nur eine kleine Schramme«, sagte Sarah betont laut, und Clementine bemerkte ihren warnenden Blick. Daniel hatte noch immer Asthmaanfälle. Sie konnten von Angst oder Hysterie ausgelöst werden. Sarah sah ihren kleinen Bruder an und drückte ihm die Schulter: »Du hast doch keine Angst, Daniel, oder?«

»Nein ... nein«, murmelte Daniel. Seine Unterlippe zitterte leicht, aber er atmete ruhig und normal.

»Nein, natürlich hat er keine Angst. Es ist wirklich nur ein kleiner Kratzer«, stimmte Clementine ihrer Tochter zu. Sie griff vorsichtig nach seinem Kopf und betrachtete sich die Wunde. Das Blut ließ sie beinahe schwindlig werden. Es war nicht nur ein Kratzer. Die Wunde war lang und gezackt, aber Gott sei Dank nicht tief. Sie legte ihm den Arm um die Schulter, führte ihn zur Veranda und forderte ihn auf, sich auf den Hocker zu setzen, wo sie manchmal mit dem Butterfaß saß.

Der kleine Zach kam aus der Küche gerannt. Saphronie folgte ihm. Der Kleine hatte einen verschmierten Mund und hielt ein in Milch getauchtes Marmeladenbrot in der Hand. Vom Geruch der Marmelade wurde Clementine beinahe übel. Sie mußte schlucken und sagte dann leise: »Saphronie, hol mir bitte meinen Verbandskasten.«

»Um Himmels willen!« rief Saphronie und trocknete sich die Hände an der Schürze ab. »Um Himmels willen ...« Sie warf einen entsetzten Blick auf den großen Zach, hob den Rock und eilte ins Haus zurück.

»Mann, Danny, du blutest wie ein gestochenes Schwein!« rief sein kleiner Bruder.

»Halt den Mund, Zach«, sagte Clementine und sah, wie der Kleine sich an Zachs Beine drückte, als suche er Schutz bei ihm. Ihre Kinder akzeptierten den großen Zach, als hätten sie ihn schon immer gekannt. Und Saphronie versuchte nicht, vor ihm ihre Tätowierung zu verbergen.

Clementine zwang sich, die Wunde genauer zu untersuchen. Das Blut verdickte sich bereits, aber es floß noch immer.

»Sarah, kannst du mir sagen, wie es geschehen ist?«

Sarah blickte auf den großen Zach, als sei er der einzige, dem sie eine Antwort geben würde. Clementine hätte sie am liebsten mit beiden Händen geschüttelt.

»Sie fällen auf unserem Land wieder Bäume ... diese Männer von den ›Vier Buben‹. Wir sind etwas näher herangeritten, um zu sehen, was sie machen. Sie haben auf uns geschossen. Wir wollten uns nicht anschleichen ... wirklich nicht ... aber ich glaube, sie waren überrascht, als wir plötzlich hinter der Hütte der Verrückten aufgetaucht sind.«

Die Männer der ›Vier Buben‹ ...

Kalter Zorn stieg in Clementine auf. Die ›Vier Buben‹ verpesteten nicht nur die Luft, sondern fällten auf ihrem Land auch noch Bäume, und jetzt schossen sie sogar auf ihre Kinder.

Saphronie erschien mit dem Verbandskasten. »Gott sei Dank, daß Mr. Rafferty wieder da ist«, sagte sie leise. »Er wird sich um die Männer kümmern.«

Clementine gab keine Antwort. Sie säuberte die Wunde mit Zaubernußwasser. Ihre Hände zitterten bei dem Gedanken, wieviel schlimmer es hätte sein können.

Sie sagte streng zu ihrer Tochter: »Sarah McQueen, du hast wieder einmal nicht auf mich gehört. Du weißt genau, ihr sollt *ohne Umwege* nach Hause reiten.«

Sarah verzog trotzig den Mund und schwieg. Ihre Tochter hatte keine Angst. Sie war draufgängerisch und hatte mit Schwächeren kein Erbarmen.

»Sie fällen unsere Bäume«, sagte Sarah. »Jemand sollte sie daran hindern.«

Clementine betupfte die Wunde mit Aloe-Gel und Schmerzwurz. »Saphronie, du bringst wie besprochen die Kinder in die Stadt«, sagte sie. »Fahrt beim Arzt vorbei und fragt ihn, ob die Wunde genäht werden muß. Wir werden heute alle bei Hannah übernachten.«

Saphronie senkte die Stimme zu einem kaum hörbaren Flüstern: »Du willst es also wirklich tun ...?«

»Ich werde es tun, so wie ich es versprochen habe. Aber vorher werde ich einen kleinen Umweg machen.«

»Du meine Güte, nimm auf jeden Fall Mr. Rafferty mit«, sagte Saphronie, aber Clementine war bereits aufgestanden und ging ins Haus, um sich umzuziehen und die Winchester zu holen.

Der Mann, den sie liebte, konnte sie begleiten oder auch nicht.

Als sein Brauner sie einholte, setzte Clementine ihr Pferd in Galopp. Sie ritten auf dem Weg zur Stadt. Die Pferdehufe jagten über den dicken Schlamm. Clementine war außer sich vor Wut und galoppierte, als sei der Teufel hinter ihr her. Sie wollte nicht anhalten, bis dieser Anschlag auf das Leben ihrer Kinder gerächt war.

Nach ein paar Minuten verlangsamte sie das Tempo, weil sie feststellte, daß er sie begleiten würde. Sie sah ihn jedoch nicht an.

»Wollen wir jemanden umbringen?« rief er.

Sie keuchte. »Ich würde es gern tun, ja, bei Gott, ich wäre dazu in der Lage.«

»Willst du mir nicht sagen, worum es eigentlich geht?«

»Sarah hat es gesagt. Die Arbeiter der Kupfermine fällen die Bäume auf unserem Land, und jemand muß ihnen Einhalt gebieten.«

Die Baumfäller hatten ihr Lager am Westhang der kleinen Schlucht in der Nähe der verfallenen Hütte der Verrückten aufgeschlagen. Früher standen auf den umliegenden Hügeln hohe Kiefern, Erlen, Pappeln und Lärchen. Jetzt war der Wald zu einem großen Teil abgeholzt, und die Baumstümpfe ragten nackt aus der Erde. Im Sommer der großen Dürre war der Bach in der Schlucht ausgetrocknet gewesen, aber nach den letzten Regenfällen und der Schneeschmelze in den Bergen rauschte das Wasser über den Steilhang nach unten.

Ein Lastpferd wieherte und kündigte sie an, obwohl sie selbst genug Lärm machten, da die Hufe im Schlamm laut klatschten. Die Baumfäller waren alle am Hang bei der Arbeit. Nur zwei Männer waren im Lager zurückgeblieben und standen vor dem Kochfeuer.

Clementine erkannte zuerst Kyle, den Aufseher der Kupfermine. Wie üblich sah er aus wie aus einer Wildwest-Show. Er trug einen weißen Stetson, eine Lederjacke mit langen Fransen und darunter eine weiße Lederweste. Eine Kette aus geflochtenem Roßhaar, an der seine Taschenuhr hing, war an einem Hornknopf befestigt. Er war blond und wirkte mit seinem schmalen Schnurrbart und den wintergrauen Augen geleckt wie ein Dandy.

Clementine hatte ihn schon öfter gesehen. Zu seiner extravaganten Aufmachung gehörte meist noch ein silberbeschlagener Revolver mit Perlmuttgriff. An diesem Tag war er ausnahmsweise unbewaffnet. Die ›Vier Buben‹ legten großen Wert darauf, als friedliches, gesetzestreues Unternehmen zu gelten.

Aber ein Blick auf ›den Iren‹ genügte, um einen anderen Eindruck zu bekommen. Er hatte immer eine Baskenmütze auf dem großen roten Kopf; der Schnurrbart war kurzgeschnitten und spröde wie eine Zahnbürste. Die Knopfaugen in dem aufgedunsenen Gesicht gaben ihm einen verschlagenen Ausdruck. Clementine wußte nicht, wie er hieß. Man nannte ihn allgemein nur ›den Iren‹.

Als sie ins Lager ritten, blieb alles still, bis auf das Klicken der Gebißstangen der Pferde. Dann machte Kyle einen Schritt auf sie zu und zeigte beim Lächeln seine weißen Zähne.

»Mrs. McQueen. Ich wußte es, daß Sie der kleine Unfall früher oder später zu uns führen würde.« Er redete geschraubt durch die Nase und bewegte dabei kaum die schmalen rosa Lippen. »Bitte glauben Sie mir, wenn ich Ihnen sage, daß niemand mehr als ich es bedauert . . .«

»Wer von euch Gaunern hat auf meinen Sohn geschossen?«

Die beiden Männer schwiegen, aber die Antwort erübrigte sich, denn nur der Ire hatte einen Revolver. Trotzdem sah Kyle ihn an. Es fehlte nicht viel, und er hätte mit dem Finger auf ihn gedeutet.

Clementine zögerte nicht. Blitzschnell legte sie die Winchester an, zielte und drückte ab. Der Schuß hallte, gedämpft von den niedrig hängenden Wolken, durch die Luft.

Ihr Pferd brach bei der Explosion seitlich aus und legte die Ohren an, aber Clementine hatte es mit dem Druck ihrer Schenkel schnell wieder unter Kontrolle. Sie lud das Gewehr und zielte auf Kyle.

Hinter sich hörte sie Zachs Revolver klicken. »Laß das!« sagte er ruhig, und der Ire, der nach seinem Revolver greifen wollte, überlegte es sich anders.

Ein hellroter Fleck erschien auf seiner Wolljacke. Er griff an seinen Arm und starrte ungläubig auf die blutige Hand. »Verdammt, sie hat auf mich geschossen! Haben Sie das gesehen, Kyle? Sie hat auf mich geschossen!«

»Und ich werde wieder schießen, wenn Sie es noch einmal wagen sollten, einem meiner Kinder etwas anzutun.« Sie zielte mit der Winchester direkt zwischen die Augen des Dandys. »Man sagt, daß man den tödlichen Schuß nicht hört. Habe ich recht, Mr. Kyle?«

Kyle zog eine schmale, gewölbte Augenbraue hoch und hob die Hände, um zu zeigen, daß er unbewaffnet war. »Sie haben Ihren Standpunkt sehr deutlich vertreten, Mrs. McQueen. Aber wie ich Ihnen schon versucht habe zu erklären, das mit Ihrem Jungen war ein Unfall. Ich versichere Ihnen, so etwas wird sich nicht wiederholen. Die ›Vier Buben‹ führen keinen Krieg gegen unschuldige Frauen und Kinder.«

»Nein, nur gegen unschuldige Bäume.«

Der zweite Schuß hallte durch die Luft. Kyles blütenweißer Hut segelte mit einem großen Loch auf die Erde. Selbst Clementine staunte, wie haarscharf sie geschossen hatte. Es hätte wirklich nicht viel gefehlt, und der Mann hätte ein Loch im Kopf gehabt. »Verschwinden Sie von meinem Land!« rief sie.

Kyle hatte die Hände nicht sinken lassen, aber seine blassen Augen wurden schmal, und seine Lippen zuckten. Er antwortete jedoch noch immer ruhig: »Nun seien Sie aber vernünftig, Ma'am. Das Gericht hat erklärt, die Eigentumsrechte an diesem Stück Land seien zwischen den ›Vier Buben‹ und der ›Rocking R‹ strittig. Bis zur endgültigen Entscheidung haben wir das Recht, hier Bäume zu fällen.«

»Das hat *Ihr* Gericht unter dem Vorsitz *Ihres* Richters entschieden.«

»Gesetz ist Gesetz. Aber wir wissen beide, daß Sie nur das großzügige Angebot der ›Vier Buben‹ annehmen und Ihre Ansprüche auf dieses Land aufgeben müssen, damit jede juristische Lösung überflüssig wird.«

Kyle musterte wiederholt Zach. Jetzt fragte er rundheraus: »Wer zum Teufel ist *er* eigentlich?«

Zachs Sattel knarrte, als er sich vorbeugte. Er legte die linke Hand auf den Sattelknopf, zielte mit der anderen aber weiter auf den Iren. »Diesem Teufel gehört die ›Rocking R‹.«

Kyle blickte Clementine verblüfft an. »Ich dachte, die Ranch gehört Ihnen!«

»Das stimmt«, erwiderte sie, riß das Pferd herum und trabte davon.

Clementine wartete, bis sie die Schlucht hinter sich gelassen hatten, dann zügelte sie das Pferd und sah ihn an.

Aber sein Gesicht blieb verschlossen. Sie konnte nichts darin lesen ... nichts. »Mein Name steht noch immer auf der Besitzurkunde, Boston«, sagte er schließlich.

Nach den harten und einsamen Jahren, in denen sie völlig auf sich selbst angewiesen gewesen war, zweifelte sie daran, ob sie es über sich bringen würde, ihr Leben, ihr Herz noch einmal einem Mann anzuvertrauen – noch dazu einem Mann wie Zach, der so eigensinnig, so unverantwortlich und so bedrohlich war . . .

Sie mußte um jedes einzelne Wort kämpfen, als sie tonlos sagte: »Ich finde, du hast kein Recht mehr darauf . . . nicht nach sieben Jahren.«

Sie sah ihn an und wartete. Sie hoffte, er werde sagen, daß er nur ihretwegen zurückgekommen sei. Aber was war ihre Liebe anderes gewesen als starke Leidenschaft und wilde Sehnsucht? Viele Wildpferde waren unzähmbar. Wenn man versuchte, ihnen einen Sattel aufzulegen, riskierte man nur, verletzt zu werden.

Clementine wartete. Vermutlich wartete sie darauf, daß er ihr sagen würde, daß er sie liebte. Aber er erwiderte: »Seit wann kannst du so gut schießen?«

»Es gibt vieles, was du nicht weißt.«

»Ich weiß, daß du nicht aufgibst, Boston. Das weiß ich, seit ich in deinem ersten Jahr hier versucht habe, dich wegzujagen. Aber du hast dich wie eine Klette an das Land geklammert, bis zum ersten Schnee und noch länger. Erinnerst du dich?«

Einen Augenblick lang stand in ihren Augen der ganze Schmerz, der Stolz und ihre Hoffnung zu lesen. Dann biß sie sich auf die Lippen und verschloß ihm wieder ihr Herz, als sie antwortete: »Aber wir beide wissen doch auch, daß *du* aufgibst.«

Clementine rechnete mit keiner Antwort, und er gab ihr auch keine.

Unten in der Schlucht stand Sheriff Drew Scully hinter ein paar Kiefern und beobachtete die Begegnung zwischen Mrs. McQueen und den beiden Männern der ›Vier Buben‹. Er hatte die Hand am Revolver und war bereit einzugreifen, doch er sah mit Erleichterung, daß es nicht nötig sein würde.

Es war ihm lieber, wenn niemand wußte, daß er sich hier draußen aufhielt. Vor allem wollte er keine Zeugen bei dem, was er vorhatte.

Er vergewisserte sich, daß ihn niemand bemerkt hatte, und stieg dann zum Bach hinunter, der durch die Schlucht floß. Er hatte seine Satteltasche über der Schulter und betrachtete aufmerksam die Steine im Wasser und am Ufer. Das Gestein war vom Schmelzwasser von den umliegenden Hügeln und Hängen in die Schlucht getragen worden.

Von Zeit zu Zeit bückte er sich und hob einen kleinen Felsbrocken auf, ließ ihn aber nach einem kurzen prüfenden Blick wieder fallen. Schließlich fand er einen Stein, den er sich mit der Lupe, die an seinem Hals hing, sorgfältig ansah.

Er entfernte Schlamm und Sand von der Oberfläche und betrachtete ihn noch einmal. Dann lächelte er. Sein Daumen rieb immer noch über den Stein, als die Lupe längst wieder am Hals baumelte und er nicht mehr lächelte.

Sein Blick folgte dem Lauf des Wassers in der Schlucht nach oben. Dann begann er den Aufstieg.

Etwa auf halber Höhe des Steilhangs ragten aus der weichen nassen Erde vereinzelte Felsbrocken. An Drews Gürtel hingen Hammer und Pickel. Damit schlug er ein faustgroßes Stück von einem der Steine ab.

Er legte die Probe in die Satteltasche, stieg wieder hinunter in die Schlucht und ging zu den Kiefern zurück, wo sein Pferd auf ihn wartete.

Ein Sonnenstrahl brach für einen Augenblick durch die Wolken und fiel auf den Sheriffstern an seiner Brust.

Einunddreißigstes Kapitel

Das Messer zischte durch die Luft und prallte mit dem Griff an die Wand. Dann fiel es klirrend zu Boden.

»Verdammter Mist!«

Erlan schob noch einen Kamm in das schwarze Haar und schenkte weder dem Messer noch dem Fluch große Beachtung. Aber dann zuckte sie doch zusammen, als sie hörte, wie Holz unter seinem Stiefel splitterte.

Bei allen Göttern, dachte sie kopfschüttelnd, zuerst wirft er das Messer an die Wand und dann zerstört er das schöne Karussell, an dem er einen Monat lang gearbeitet hat.

Erlan holte tief Luft, schloß die Augen und erinnerte sich daran, daß eine Frau sich stets um tugendhafte Geduld bemühen sollte.

Sie drehte dem Spiegel den Rücken zu und blickte durch das kleine Zimmer auf den Mann, mit dem sie zusammenlebte. Meistens hatte er sich unter Kontrolle, war ihr sanfter, liebevoller *Anjing-juren*. An anderen Tagen schlug er jedoch um sich wie der Schweif eines feuerspeienden Drachen.

Sie liebte ihn wirklich und verstand seinen Schmerz. Er gab sich große Mühe, und sie wußte, er tat es ihr zuliebe. Seine Finger hatten bereits viele Narben, weil ihm immer wieder das Messer ausrutschte; und die Wand wies noch mehr Spuren auf, weil er oft die Geduld verlor. Aber er gab sich Mühe.

Er drehte den Kopf in ihre Richtung, obwohl sie keinen Laut von sich gegeben hatte. Er spürte meist, wenn sie ihn anblickte, denn er sah sie mit seinem Herzen. Sie waren nicht länger zwei, sondern eins.

»Ich vergesse alles«, murmelte er. »Lily, ich vergesse, wie die Dinge aussehen. Ich weiß auch nicht mehr, wie du aussiehst. Deine Stimme, deine Haare, dein frischer, sauberer Geruch, all das ist in mein Herz eingemeißelt, aber nicht dein Gesicht. Ich versuche, dein Gesicht in dem schwarzen Meer zu erkennen, aber ich sehe nur etwas Verschwommenes, als würde ich in einen beschlagenen Spiegel blicken.«

Erlan ging mit kleinen Schritten durch das Zimmer zu ihm. Sie lächelte ihn an. Sie lächelte nur für ihn, obwohl er ihr Lächeln niemals sah.

Sie kniete sich neben seinen Stuhl und hob eines der Holzpferdchen vom Boden auf, die zu dem Karussell gehörten, das er zerbrochen hatte. Ihr liebevoller Blick wanderte über die vernarbte Haut, wo einmal seine Augen gewesen waren, zu den breiten Wangenknochen, dem kräftigen starken Hals und dem offenen Hemd. Sie sah, daß er schluckte.

Sie legte ihm die blutigen Finger um das Holzpferd. »Spürst du, wie der Wind durch den Schweif weht, wie seine Hufe in die Luft schlagen. Weißt du nicht selbst, daß du es immer besser kannst?«

»Ich werde es nie mehr so gut können wie früher.«

»Du wirst es besser können.«

Er runzelte die Stirn und schwieg.

»In China feiert man heute das Fest der ungetrübten Klarheit. An diesem Tag gehen wir zu den Gräbern unserer Ahnen und bringen ihnen Opfergaben. Samuel und ich . . . wir möchten beide, daß du uns begleitest, wenn wir zum Grab seines Vaters gehen.«

Er bewegte sich nicht. Auf der Straße hörte man Wagenräder durch den Schlamm rollen. In der Ferne donnerte es. Das Schlafzimmer war nur ein einfacher Anbau der Hütte, in der sie ihre Wäscherei hatte. Es roch hier immer nur nach Seife, Stärke und Dampf.

Er suchte mit seinem Finger nach ihren Lippen und strich sanft darüber. »Weißt du, ich würde gern mit dir und Samuel zum Friedhof gehen, aber . . .«

Sie leckte über seinen Finger und flüsterte: »Ich weiß . . .«

Die Augenhöhlen waren vernarbt, und die Leute starrten auf ihn. Er sah es zwar nicht, aber er spürte es. Noch mehr erniedrigte es ihn, an der Hand geführt zu werden. ›Ich komme mir vor wie ein Hund an der Leine‹, sagte er dann.

Sie blieb noch einen Augenblick bei ihm, dann erhob sie sich und holte ihren Sohn. Sie wusch ihm das Gesicht und zog ihm die guten amerikanischen Sachen an, die seinem Vater gefallen würden. Dann legte sie den goldenen Armreif einer verheirateten Frau um, denn sie würde immer mit Sam Woo verheiratet sein.

Schließlich stand sie mit Samuel an der Hand vor der Tür. »Wir gehen jetzt«, sagte sie zu ihm.

Er drehte den Kopf nach ihr um und nickte. Sie sah, daß er fragen wollte, wie lange sie weg sein würde. Er brauchte eine Art Bestätigung, daß sie zurückkommen werde. Aber sein Stolz hinderte ihn daran zu fragen.

Erlan ließ die Hand ihres Sohnes los und verschränkte die Arme vor der Brust, als wollte sie ihr Herz schützen. Er machte Fortschritte mit dem Schnitzen. Wenn er es wieder richtig konnte, so wie früher, dann würde er außer ihr noch etwas haben, das seinem Leben einen Sinn gab. Dann bestand für sie kein Grund mehr zu bleiben. Sie würde ihn verlassen. Und er würde sie gehen lassen, ohne den Versuch, es zu verhindern, denn er glaubte, er sei ihrer nicht mehr würdig.

Mein Schicksal ist immer noch ein halber Kreis . . .

Sie würde ihn verlassen.

Draußen lag der beißende Rauch der Kupferschmelze in der Luft. Sie stapfte mit ihrem Sohn mühsam durch den Schlamm, als sie die Stadt verließen und zum chinesischen Friedhof gingen.

»Die Straßen hier sind so schlammig wie Reisfelder«, sagte sie zu Samuel, der noch nie ein Reisfeld gesehen hatte. Auch sie konnte sich kaum noch an die Reisfelder erinnern, die sie nur von weitem gesehen hatte, wenn sie früher auf der hohen Gartenmauer ihres *Lao-chia* stand und über das Land blickte.

Die Bürger von Rainbow Springs erlaubten den Chinesen nicht, ihre Toten auf dem städtischen Friedhof zu begraben. Deshalb hatten sie einen eigenen Friedhof auf einem Stück Land am Fuß des Hügels, das niemand haben wollte. Die Gräber befanden sich inmitten von Geröll und gefördertem Gestein. Es sah aus, als habe ein Drache mit feurigem Atem die Erde hier erstarren lassen. Noch nicht einmal Unkraut wuchs aus dem Boden.

Erlan gab Samuel einen Weidenzweig in die Hand und zeigte ihm, wie er das Grab seines Vaters fegen mußte, um die bösen Geister zu vertreiben, die in der Nähe sein mochten. Dann legten sie zusammen Tofuschnitten, Reisklöße und eine der teuren Orangen auf das Grab. Erlan stellte brennenden Weihrauch und kleine Wachskerzen vor die Holztafel mit dem Namen und erzählte Samuel, was sein Vater, Kaufmann Woo, für ein starker und ehrenhafter Mann gewesen war. Jetzt, so sagte sie ernst, sei es die Pflicht seines Sohnes, dem Geist des Vaters in der Schattenwelt Nahrung zu bringen.

In diesem Jahr war Samuel alt genug für den Drachen aus roter Seide und dünnem Holz. Man ließ zu Ehren der verstorbenen Ahnen am Fest der ungetrübten Klarheit Drachen steigen. Erlan beobachtete den Drachen, der wie ein schwerer Vogel langsam in den rauchigen Himmel stieg. Sie überlegte, wie es wohl sein mochte, so fliegen zu können, ohne an ein Schicksal gebunden zu sein.

Wie mochte ein Leben in Freiheit sein?

Der Drachen flog mit dem Wind, war aber durch die Schnur in den Händen ihres Sohnes trotzdem an die Erde gefesselt. Seine Freiheit war nur eine Illusion. Wenn jemand die Schnur durchtrennen würde, dann konnte sich der befreite Drachen hoch in die Lüfte erheben und im weiten, leeren Himmel von Montana verschwinden.

Auf der Straße, die durch das Tal zur Stadt führte, bewegte sich etwas und zog ihre Aufmerksamkeit auf sich. Es waren zwei Reiter, ein Mann und eine Frau. Den Mann konnte sie auf die Entfernung hinweg nicht erkennen, aber sie sah die blonden Haare der Frau und wußte, daß es Clementine war. Sie erwartete ihre Freundin bereits.

Ihr Blick richtete sich wieder auf den großen Förderturm mit dem Namen der Mine, dann auf den Sand, wo über der neuen Kupferschmelze der giftige Rauch in die Luft stieg.

Sie nahm ihrem Sohn die Schnur aus der Hand und holte den Drachen ein. »Wir müssen uns beeilen, Samuel. Wir müssen zu Tante Hannah.«

Zach musterte die Frau, die neben ihm ritt. Er überließ sich ganz dem Gefühl sie anzusehen und den Gedanken, die das in ihm weckte.

Gus war tot.

Der Beweis dafür und die nackte Wirklichkeit war das mit Steinen beschwerte Grab. Das Wissen schmerzte, und er konnte sich noch nicht damit abfinden, daß sein Bruder gestorben war. Vor vier Jahren ... hatte sie gesagt. Seit vier Jahren gab es das Grab mit den Steinen unter den Pappeln. Die ganze Zeit war sie allein gewesen, allein und ...

Er konnte den Gedanken an die nutzlos verstrichenen Jahre nicht ertragen. Er konnte es nicht ertragen, daß er für sie zu spät gekommen war, zu spät vielleicht auch für ihn.

Die Versuchung zurückzukommen war in all dieser Zeit mit jedem Atemzug, jedem Herzschlag dagewesen. Manchmal hatte es ihm fast körperliche Schmerzen bereitet, wenn er sich vorzustellen versuchte, was sie gerade tun mochte. In seinem Kopf bewahrte er tausend Erinnerungen, die er immer und immer wieder beschwor. Er sah Clementine mit der Angel auf der kleinen Insel, Clementine, die mit schwingendem Rock Sahne schlug, Clementine, die lächelnd auf das Kind an ihrer Brust blickte. Seine geliebte und angebetete Clementine tat in seiner Vorstellung auch Dinge, die sie nie in seiner Gegenwart getan hatte. Sie ließ ihre Haare auf die Schulter fallen und bürstete sie langsam mit einer silbernen Haarbürste, wobei sich ihre Brüste hoben und senkten; Clementine zog die dünnen Strümpfe über die kleinen Füße, über die Knie bis zu den schlanken weißen Schenkeln.

Clementine . . .

Aber Clementine lebte nicht bei ihm, und sie tat nichts von alledem für ihn.

Jeder Augenblick, jede Stunde und jeder Tag hatte die Zahl der Dinge, an denen sie keinen Anteil hatte, gnadenlos vergrößert, bis die Meilen und Jahre, die sie trennten, einfach unerträglich geworden waren. Manchmal hatte er sich so nach ihr gesehnt, daß er am ganzen Leib zu zittern begann wie ein Alkoholiker, dem die Betäubung schon zu lange fehlte.

Jetzt war er da, und sie war da . . . und Gus war tot.

Er blickte auf ihr Gesicht, das ihm solche Qualen bereitete. Aber es war so kalt und so fern wie die Sterne am nächtlichen Himmel. Er war sich ihrer Liebe nie sicher gewesen, hatte nie daran geglaubt, daß ihr Bleiben in Montana von Dauer sein würde. Als er sie einmal, ein einziges Mal aufgefordert hatte, mit ihm davonzureiten, hatte sie sich dafür entschieden, bei seinem Bruder zu bleiben.

Er wollte sie noch immer, Gott, wie sehr wollte er sie. Eine Frau im Bett war nicht dasselbe, wie sie ein ganzes Leben lang zu haben, mit ihr das Leben zu teilen und sie mit den Kindern, einer heruntergewirtschafteten Ranch und dem Traum eines anderen, dem Traum seines Bruders, zum Lebensinhalt zu machen.

Er blickte auf das verschlossene Gesicht und dachte daran, daß die Hölle auf Erden meist selbst geschaffen ist.

Als sie schließlich die letzte Steigung vor der Stadt erreichten und Zach eine Flammengrube sah, glaubte er tatsächlich, einen Blick in die Hölle zu werfen. Dann dachte er, es sei möglicherweise ein Präriefeuer, aber das konnte bei diesem Schlamm nicht sein. Die Erde war durchnäßt und aufgeweicht. Beim Näherkommen sah er ein riesiges Loch in der Erde mit glühenden Kohlen und brennendem Holz.

»Großer Gott, was ist denn das . . . ?« murmelte er.

Aus der Grube stieg Rauch auf, der nach frisch gegerbtem Leder roch. Die braunen Schwaden verdeckten den Himmel. Das Land im weiten Umkreis war so kahl und öde wie eine Mondlandschaft. Die Hügel in der Umgebung der Stadt, die früher bewaldet waren, ragten als Schlammkuppen in die Luft. Das Gras war braun und wie verbrannt. Der Regenbogenfluß, der nach den schweren Regenfällen viel Wasser führte, schäumte und stank wie abgestandene Seifenlauge.

»So wird das Kupfer geröstet.«

Sie drehte sich ihm Sattel um und sah ihn mit zusammengekniffenen Augen an. »So macht die Mine, die deinem Vater gehört, mit dem Kupfer schnelles Geld. Sie verbrennen in dieser Grube Baumstämme und rösten das abgebaute Kupfererz. Das hier ist eine neue und verbesserte Schmelze, die sie erst letzte Woche in Betrieb genommen haben. Sie ist zweimal so groß wie die letzte. Der Rauch enthält Schwefel und Arsen. An heißen Sommertagen treibt der Wind den Rauch bis zur Ranch. Das ganze Land weit und breit wird von den Giften zerstört.«

Er blickte zum Förderturm hinauf und sah, wie aus der Mine das Geröll gleichsam herausquoll. Der ganze Berg bestand nur noch aus Erosionsgräben, Gesteinshalden und grauen Baumstümpfen. Um den Förderturm auf der Kuppe türmten sich riesige Holzberge. Zahlreiche häßliche Gebäude waren aus dem Boden geschossen.

»In dieser Grube werden unvorstellbare Mengen Holz verbrannt«, sagte Clementine. »Auch die Mine braucht Holz für die endlosen Stollen unter Tage. Wenn die ›Vier Buben‹ so weitermachen, wird im ganzen Regenbogenland bald kein einziger Baum mehr stehen.«

Unter der Rauchwolke verschwand auch die Stadt. Man sah kaum noch die Fassaden der Häuser. Die Lampen brannten am hellichten Tag. Schattenhaft bewegten sich hinter den Fenstern der Saloons und Tanzhallen Gestalten. Quäkende, schrille Musik drang aus den Türen.

»Zach.«

Er sah ihr blasses Gesicht und erschrak.

»Du warst hier, als die Stadt entstanden ist«, flüsterte sie. »Sag mir, tut es nicht weh, Rainbow Springs jetzt so wiederzusehen?«

Er hätte ihr gerne ins Herz geblickt, aber auch das hätte nichts geändert. Sie würde ihm nie sagen, was er wissen wollte.

»Es tut weh«, erwiderte er.

Hannah kniete fast den ganzen Morgen auf dem Teppich in ihrem Schlafzimmer und übergab sich in den Nachttopf.

Der Brechreiz kam, legte sich und kam nach einer Weile wieder. Sie mußte daran denken, wie schnell sie in letzter Zeit müde wurde und daß sie bei der letzten Whiskey-Party ohnmächtig geworden war. Sie dachte auch daran, daß die letzte Monatsblutung ausgeblieben war, obwohl sich dieser Fluch bei ihr normalerweise auf den Tag genau einstellte.

Sie wischte sich das Gesicht mit einem nassen Handtuch ab, ihre Lippen zitterten. Sie preßte die Knöchel auf den Mund und wußte nicht so recht, ob sie lachen oder weinen sollte.

Langsam richtete sie sich auf. Ihr war schwindlig. In dem großen goldgerahmten Spiegel sah sie eine Bewegung. Sie sah ihr eigenes Spiegelbild, aber es schien eine Fremde zu sein, die ihr dort erschrocken entgegenblickte.

Ein Baby . . .

Sie bekam ein Baby und konnte es einfach nicht glauben.

Offenbar gehöre ich doch noch nicht zum alten Eisen, dachte sie und hätte fast hysterisch gekichert.

Die Frau im Spiegel hob die Hand und schob sich die schweißnassen Haare aus dem Gesicht.

An anderen Tagen wußte Hannah zwar, daß sie mit vierzig immer noch jung aussah, nicht wie die Frauen der Schafhirten und Rancher. Sie hatte ihre Haut nie zu lange der Sonne ausgesetzt und auch selten zuviel getrunken, und sie hatte noch immer eine gute Figur.

Das wird sich bald ändern, dachte sie und musterte die feinen Falten um den Mund und die Krähenfüße um die Augen, die keine Schönheitscreme mehr verdecken konnte.

Mit vierzig würde sie ein Kind bekommen, von einem Mann, der jung genug war, um ihr Sohn zu sein. Das war lächerlich und skandalös. Die ganze Stadt würde bei dem Gedanken entsetzt die Köpfe schütteln. Die meisten ehrbaren Frauen wandten ohnedies den Blick ab oder wechselten rechtzeitig die Straßenseite, wenn sie ihr begegneten. Hannah konnte sich vorstellen, wie diese Frauen sich erst benehmen würden, wenn ihr Bauch so dick wurde wie ein Luftballon.

Es gab gewisse Mittel . . .

Doch so etwas kam nicht in Frage. Sie legte schützend die Hände auf den Leib, als ob bereits ein flüchtiger Gedanke dem Kind schaden könnte. Sie hatte sich nie verziehen, ihr erstes Kind einer anderen Frau gegeben zu haben. Dieses Kind wollte sie behalten, und wenn sie deshalb sterben mußte. Hannah *wollte* das Kind. Sie wollte es mehr als alles, was sie je in ihrem Leben gewollt hatte.

Hannah versuchte sich vorzustellen, was der stolze Vater sagen würde, wenn er die Neuigkeit erfuhr. Sie würde es ihm nicht sagen. Aber wie konnte sie so etwas geheimhalten? Er würde es bald mit eigenen Augen *sehen*.

Bestimmt würde er sie nicht sitzenlassen. Daran bestand kein Zweifel. Wenn man sieben Jahre mit einem Mann geschlafen hatte, dann wußte man einiges über ihn. Drew Scully gehörte nicht zu den Männern, die ein Kind zeugten und sich dann der Verantwortung entzogen . . .

Hannah begann wieder zu würgen. Sie sank auf die Knie und griff nach dem Nachttopf. Das erste Mal war ihr nicht so oft übel gewesen. Es hieß, das sei ein gutes Zeichen.

Wenn ich das richtig sehe, dachte Hannah und lachte unsicher, dann bin ich wirklich schwanger.

Drew, du meine Güte, was sollte sie nur mit Drew machen?

Abgesehen davon, daß sie zu alt für ihn war, sie war als Frau auch nicht gut genug für ihn. Der Sheriff war in der Stadt angesehen und geachtet. Er machte seinen Weg in der Welt. Hannah wußte, wie abschätzig die anderen auf einen Mann herabsahen, der dumm genug war, eine Hure zu heiraten, und sei es auch nur eine ehemalige. Dabei spielte der Stolz eine entscheidende Rolle: Wer wollte sich mit dem zufriedengeben, was andere Männer gehabt und verworfen hatten? Wenn Drew an ihrer Seite vor den Friedensrichter trat, dann würde er sofort alles verlieren, was er sich in den letzten Jahren aufgebaut hatte.

Wenn er sie aus eigenem Entschluß hätte heiraten wollen, wenn er sie wirklich hätte zur Frau haben wollen, ohne Rücksicht auf die Stadt und

alles andere, dann hätte er bestimmt schon längst um ihre Hand angehalten . . .

Also mußte Hannah für sich selbst sorgen, und das bedeutete, sie würde
Rainbow Springs verlassen. Sie konnte ihr uneheliches Kind nicht
in einer Stadt aufwachsen lassen, in der man ihre Vergangenheit
kannte.

Am Nachmittag ging es Hannah wieder gut genug, daß sie das Haus
verlassen konnte.

Sie wählte ein schlichtes rosenholzfarbiges Leinenkleid und setzte einen
großen Hut mit dunkelroten Seidenlilien auf, der einen dichten Schleier
hatte. Dann trat sie ans Fenster und versuchte, durch den Rauch hindurch den Himmel zu sehen, denn sie wollte wissen, ob es wieder
regnen würde. Vorsichtshalber entschied sie sich für einen wasserfesten
schwarzen Spitzenschirm. Über die Schultern legte sie ein violett gestreiftes Seidentuch mit schwarzen Fransen.

Auf dem Weg nach unten wurde ihr wieder übel. Sie klammerte sich an
das Treppengeländer und atmete flach und stoßweise. Nach einer Weile
beruhigte sich ihr Magen. Sie seufzte erleichtert auf und holte tief
Luft.

Als sie das Tor erreichte, sah sie Erlan auf der Straße. Ihre Freundin
rannte beinahe. Sie trug ihren kleinen Jungen auf dem Arm; er hielt
einen Drachen in der Hand. Es war ein seltsamer Anblick. Ein großer
Vogel mit roten Flügeln schien sich unbeholfen in die Lüfte erheben zu
wollen.

»Sie ist da!« rief Erlan atemlos. Das Gehen mit ihren winzigen Füßen
fiel ihr sichtlich schwer. »Sie wird es tun . . .«

Hannah lächelte und fühlte, wie ihr Herz zu klopfen begann. Eine
Schlammschlacht war genau das Richtige, um ihre eigenen Sorgen zu
vergessen. »Dann wird sie sich freuen, wenn ihre Freundinnen an ihrer
Seite stehen«, erwiderte Hannah. »Kommst du mit?«

Erlan blickte auf den verunstalteten häßlichen Hügel und dann in den
schmutziggelben Himmel. Die Rauchschwaden über der Stadt waren im
Laufe des Tages noch dichter geworden. Die neue Grube war beinahe
doppelt so groß wie die letzte, aber sie schien viermal soviel giftige
Dämpfe auszustoßen.

In diesem Augenblick schrillte die Sirene, die den Schichtwechsel ankündigte, und Erlan zuckte zusammen. Dann richtete sie sich auf und schob ihren Sohn etwas höher auf der Hüfte. Sie sah Hannah ernst und etwas besorgt an, nickte aber entschlossen. »Ich komme mit«, sagte sie. »Wir sollten uns beeilen.«

Clementine stand bereits unter dem Förderturm, als sie bei den ›Vier Buben‹ eintrafen. Die Morgenschicht kam in den Aufzugskörben nach oben, die Nachmittagsschicht wartete darauf, in die Stollen hinunterzufahren. Sie mußte einen der Handlanger gebeten haben, die Männer anzusprechen, denn ein blonder Junge lief von einem Bergarbeiter zum nächsten, und jedesmal, wenn er seinen Spruch aufsagte, drehten sich die Köpfe, und die Männer blickten Clementine an. Auf dem Platz, wo die Stämme und die Kabeltrommeln lagerten, wo die Pickel und Äxte bereitstanden und die Loren be- und entladen wurden, drängten sich bereits die Männer.

Als sich unter dem Förderturm mehr und mehr schwitzende Bergarbeiter versammelten, begann es zu stinken wie in der Nähe einer Meute nasser Hunde. Die Karbidlampen der Männer erhellten das rauchige Dämmerlicht. Hannah überlegte, wie es Clementine gelingen sollte, sich bei dem Geläute und Geratter der Aufzugskörbe, dem Klirren der Loren, dem rhythmischen Schlagen der Pumpengestänge und dem zischenden Dampf aus den Kesseln Gehör zu verschaffen.

Clementine stieg auf eine leere Kabelrolle. Sie hielt sich aufrecht und stand ruhig und gelassen wie eine Königin da, die zu ihren Untertanen sprechen will. Hannah, die Clementine gut kannte, wußte sehr wohl, daß ihre Freundin nur dann die Dame spielte, wenn sie wirklich Angst hatte. Aber andere nahmen Anstoß daran und hielten ihre Zurückhaltung und Distanziertheit für Überheblichkeit – vielleicht, weil sie selbst unsicher waren. Wenigstens sah Clementine heute nicht wie eine vornehme Dame aus Boston aus, sondern war mit Schlamm bespritzt und in Arbeitskleidung, als komme sie direkt aus der Scheuer.

Als sich Hannah und Erlan dem improvisierten Podest näherten, bemerkte Clementine ihre Freundinnen und strahlte über das ganze Gesicht. Dadurch verlor sie etwas von ihrer Steifheit. Auch die Männer entdeckten die beiden anderen Frauen, und das Gemurmel wurde lauter. Beim Schichtwechsel ließ sich niemals eines der halbseidenen Mädchen am Förderturm blicken.

»Die Männer stehen unter Dampf wie ein Wasserkessel und werden nicht hören wollen, was Clementine ihnen zu sagen hat«, flüsterte Hannah der Chinesin zu.

Erlan stellte Samuel auf den Boden und hielt ihn fest an der Hand. Die Besorgnis war ihr deutlich anzusehen. »Vielleicht hätten wir es ihr ausreden sollen.«

»Ich kenne keinen Menschen, der eigensinniger wäre als Clementine McQueen, wenn sie sich etwas in den Kopf gesetzt hat! Ich mache mir nur Gedanken, daß unsere Anwesenheit ihr mehr schaden als helfen wird. Wir haben beide nicht gerade das beste Ansehen hier in der Stadt.«

Erlan stöhnte, griff sich an den hochgeknöpften Kragen und bewegte den Kopf hin und her. »Ich habe das Gefühl, ich ersticke. Aber Clementine hat gesagt, daß der Schlachtruf von uns Frauen kommen muß. Bis jetzt sind nur wir drei bereit, Lärm zu schlagen.«

»Wahrscheinlich hast du recht, aber . . . ach du meine Güte. Siehst du, wer da drüben steht?«

Erlan folgte Hannahs Blick zu einem Mann, der an einem der Eisenpfähle lehnte und den alten zerbeulten Stetson tief ins Gesicht gezogen hatte. »Ist das nicht der Bruder von Clementines Mann?« Erlan runzelte die Stirn. »Ist das gut?«

Beim Anblick des sonnengebräunten Gesichts wurden Hannahs Augen feucht, und eine bittersüße Wehmut überkam sie, wie das ist, wenn eine Frau plötzlich einen Mann wiedersieht, den sie vor langer Zeit einmal geliebt hat. Selbst über die Entfernung hinweg sah er mitgenommen aus und noch verwegener als früher, wenn das überhaupt möglich war.

»Es kann gut sein«, murmelte Hannah und räusperte sich, »aber auch schlecht. Bei einem Kerl wie Zach Rafferty weiß man das nie.«

Wenn Clementine wußte, daß er dort stand, dann ließ sie es sich nicht anmerken. Sie nickte dem blonden Jungen zu, und er blies einmal kurz mit der Trillerpfeife, worauf die Bergarbeiter still wurden.

»Meine Herren«, begann sie in ihrer gepflegten Aussprache. »Ich möchte mit Ihnen darüber sprechen, wie die Grube Tag für Tag unser Leben vergiftet . . .«

»Na los, Kleine«, murmelte Hannah. »Geh ran!«

Hannahs Blick streifte über die Menge. Sie sah Drew, den Sheriff, im Hintergrund. Er wirkte ruhig, aber wachsam. Bei seinem Anblick wurde ihr warm ums Herz. War es denkbar, daß einmal der Moment kam, wo sein Anblick sie ungerührt lassen würde?

Drew entdeckte in diesem Augenblick Zach. Die beiden Männer musterten sich feindselig. Die Spannung war unverkennbar, als Drew danach sie ansah. Hannah lächelte ihm zu, aber er reagierte nicht.

Ein wütender Zwischenruf riß Hannah aus ihren Gedanken, und sie fuhr schuldbewußt zusammen, weil sie überhaupt nicht gehört hatte, was Clementine sagte.

»Wir wissen doch alle, daß die Mine den Wald zu einem guten Preis kaufen will, aber Sie lehnen es ab zu verkaufen!« rief einer der Bergarbeiter. »Wenn Sie mich fragen, all das Gerede von Gift ist doch nur fauler Zauber.«

Die Kumpel lachten und grölten und schlugen gegen ihr blechernes Eßgeschirr. Aus einer Ecke warf jemand die kalten Reste seines Mittagessens auf Clementine. Ein feuchter, fettiger Klumpen traf sie an der Brust.

Sie schwankte und verzog angewidert das Gesicht. Aber ehe Hannah reagieren konnte, sprang Erlan neben Clementine.

»Wie könnt ihr vergessen, daß auch ihr eine Mutter habt, ihr Schweine!« rief sie empört. »Wie könnt ihr es wagen, eine Frau so zu mißachten? Ihr benehmt euch wie Tiere! Ist das richtig?«

Hannah mußte nervös lachen. »Männer, da hört ihr auf chinesisch, was ihr wert seid!« rief sie mit ihrer tiefen rauchigen Stimme.

Zumindest die Bergarbeiter in ihrer Nähe waren verlegen. Ein paar drehten sich um und warfen dem Übeltäter finstere Blicke zu. Aber einer trat ein paar Schritte vor. Es war ein rothaariger Kerl mit einem kantigen Unterkiefer und einem großen Mund, der schon oft in ihrem Saloon Streit angefangen hatte.

»Warum zum Teufel hören wir uns diese Frauen überhaupt an?« rief er den Kumpels zu. »Hannah Yorke, das weiß jeder, hat andere Meriten, die kleine Chinesin ist eine einfache Wäscherin, und die dritte ist eine Witwe, die offenbar einen Mann braucht, um nicht hysterisch zu werden.«

Hannah hob den Regenschirm hoch und ging auf den Mann los. »Und Sie sind ein Maulheld, Mister ...«

»Schon gut, Hannah«, sagte Clementine mit leicht zitternder Stimme und zupfte am Umschlag ihrer Jacke. Sie richtete sich auf und rief den

Männern zu: »Ihr könnt mich mit Abfällen bewerfen und mich beschimpfen, aber die Wahrheit könnt ihr nicht ändern!«

»Sie schaffen Unruhe, Lady«, sagte einer der Männer, aber es klang eher besorgt als ärgerlich. »Wollen Sie dafür verantwortlich sein, daß zweihundert Männer arbeitslos werden? Wir können es uns nicht leisten, daß die Mine geschlossen wird, auch wenn das Land darunter leidet.«

»Wen kümmern schon das bißchen Weideland und die paar Bäume?« rief der Rothaarige. »Ich glaube, uns geht der Saft noch lange nicht aus.« Die Männer lachten.

»Ich möchte nicht, daß die Mine geschlossen wird!« rief Clementine. »Aber die Grube muß zugeschüttet werden. Es gibt andere Methoden, um das Kupfer zu rösten. Es gibt Schmelzhütten mit Kaminen. Aber hier wird sich so lange nichts ändern, bis eure Gewerkschaftsführer darüber mit den ›Vier Buben‹ reden.«

Sie machte eine kleine Pause und fuhr dann freundlicher und um ihr Verständnis werbend fort: »Als ich vor zwölf Jahren hierhergekommen bin, habe ich Aufnahmen von der Gegend gemacht, bevor man Silber und Kupfer gefunden hatte. Ein paar davon habe ich mitgebracht . . .«

Sie reichte dem Mann, der ihr am nächsten stand, die Photos. Der Mann warf kopfschüttelnd einen Blick darauf und reichte sie weiter. »Gute Frau«, sagte er, »für die anderen Methoden, von denen Sie reden, braucht man Geld. Wenn Sie nicht wissen, was Löhne und der ganze Abbau kosten, dann wissen Sie auch nicht, was Sie da verlangen. Ich habe eine Frau und sechs Kinder. Wenn wir uns nicht mit dem Rauch und den paar gefällten Bäumen abfinden, dann müssen wir verhungern.«

»Richtig!« rief der Mann neben ihm, und andere stimmten ihm zu.

Ganz unrecht haben sie nicht, dachte Hannah mit einem Anflug von schlechtem Gewissen. Sie war in einer Stadt aufgewachsen, in der Kohle gefördert wurde. Alles war dort schwarz und rußig gewesen. Jedes Bergwerk machte die Umgebung häßlich. Das war selbstverständlich, aber ein Mann brauchte Arbeit, um seine Familie ernähren zu können.

Clementine ließ sich jedoch nicht beeindrucken. Sie hatte mit dem Widerstand und der Gleichgültigkeit der Bergleute gerechnet. Sie nickte dem blonden Jungen zu, der zu ihr trat. Sie gab ihm einen Sack. Er griff hinein und zog ein totes grauhaariges Tier heraus.

»Diesen Präriehasen«, rief Clementine, »habe ich erst vor kurzem draußen vor der Stadt tot gefunden.«

Einer der Männer stieß einen Schrei aus, als der Junge ihm den Kadaver reichte. Er wurde vor Verlegenheit rot, und die Umstehenden lachten. Dann hielt der Junge einen toten Eichelhäher hoch. Die Männer grinsten und blickten betroffen zur Seite.

»Und diese Forelle!« rief Clementine, als der Junge einen toten Fisch aus dem Sack holte, »habe ich am Ufer gefunden, wo der Fluß durch die Stadt kommt. Der Fisch ist keines natürlichen Todes gestorben, sondern durch das Gift.«

»Und hier . . .!« Sie warf etwas in die Menge, das ein Mann instinktiv auffing, »habe ich das Gebiß aus dem Schädel eines meiner Rinder. Die Zähne haben einen Belag aus Grünspan, weil die Rinder das vergiftete Gras fressen und das vergiftete Wasser saufen müssen. Glaubt ihr wirklich, nur die *Tiere* in der Gegend müssen sterben, weil Arsen und Schwefel die Luft verpesten, und nicht auch wir *Menschen*? Ihr und eure Familien trinkt dasselbe Wasser und atmet dieselbe Luft. Wie lange glaubt ihr, wird es dauern, bis eure Frauen und Kinder durch den Rauch der neuen und größeren Grube krank werden?«

Sie machte eine Pause und schien jeden einzelnen Mann mit ihren klaren offenen Augen anzusehen. »Ihr Männer behauptet, für eure Familien zu sorgen. Aber ich sage euch, ihr beteiligt euch daran, sie umzubringen! Das wollte ich euch sagen.«

Mit der ihr selbstverständlichen Anmut stieg sie von der Kabelrolle und verließ den Platz, ohne sich noch einmal umzudrehen. Die Bergleute sahen ihr stumm nach, keiner blickte den anderen an.

Drew bahnte sich einen Weg durch die Männer und hatte Hannah fast schon erreicht, als sich ihm eine Hand auf die Schulter legte.

»Ich weiß nicht, ob es eine gute Idee war, dieser Frau zu erlauben, hier Reden zu halten, Sheriff, als seien wir auf einer Kirchenveranstaltung.«

Drew blickte in das glatte einäugige Gesicht von Jack McQueen. Er lächelte den Mann unbeschwert an. »Kein Gesetz verbietet es, die Wahrheit zu sagen, Jack.«

Der Mann wollte das Lächeln erwidern, aber er verzog nur leicht die Lippen. Man nannte ihn in der Stadt allgemein ›Mr. McQueen‹. Einige, die ihn schon lange kannten und sich an seine Errettungspredigten erinnerten, nannten ihn ›Reverend‹. Hinter seinem Rücken hieß er jedoch nur ›der einäugige Jack‹. Kein Mensch hatte es bisher gewagt, einfach ›Jack‹ zu ihm zu sagen, wie Drew es soeben vorsätzlich getan hatte. Aber Drew wußte, es war nur ein Versuch, so zu tun, als sei er ein freier Mann. Genau das war er nämlich nicht mehr.

»›Meine Freude ist groß‹, sagt der Herr«, psalmodierte Jack McQueen, »›wenn meine Kinder mit der Wahrheit leben.‹ Aber, mein lieber Drew Scully, uns Menschen beschäftigt schon immer die Frage: Was ist die Wahrheit?«

»Männer!« rief Kyle der auseinandergehenden Menge zu. »Kommt mit hinunter in die Stadt. Ihr seid alle zu einem Krug Bier eingeladen. Ihr könnt in jedem Saloon, außer im ›Best in the West‹, auf Kosten der ›Vier Buben‹ einen trinken.«

Drew sah aus dem Augenwinkel Hannahs rosenholzfarbenes Kleid und hörte, wie sie mit ihrer rauchigen Stimme sagte: »Du warst großartig, Clementine!«

Clementine lachte und flüsterte ihr zu: »Sieh dir meine Hände an. Ich glaube, sie zittern immer noch. Aber das ist nur äußerlich. Im Grund geht es mir jetzt prächtig.«

Drew wollte unbedingt zu Hannah und mit ihr sprechen, aber Jack McQueen versperrte ihm zum zweiten Mal den Weg. »Ich möchte, daß Sie dafür sorgen, daß unser lieber Freund, der Richter, ihr mit einer einstweiligen Verfügung den Mund verbietet«, sagte er und lächelte verschlagen.

»Einer Ihrer Laufburschen kann das für Sie tun, Jack.«

Jack McQueen lächelte noch immer, aber das glatte Gesicht nahm einen merklich kühleren Ausdruck an. Er beugte sich vor, so daß der junge Mann die teuren Zigarren und das Haaröl riechen konnte.

»Darf ich Ihrem Gedächtnis etwas nachhelfen, Drew Scully? Zuerst einmal werden Sie sich erinnern, daß Sie geschwiegen haben, als ich das Konsortium der Silbermine, als der Pachtvertrag zur Erneuerung anstand, *nicht* davon in Kenntnis setzte, daß in den ›Vier Buben‹ jede Menge Kupfer liegt. Und dann, vergessen Sie nicht, ein Wort von mir genügt, und die Rente Ihres Bruders, die seinen Stolz und sein Leben rettet, wird *nicht* mehr bezahlt. Wenn Sie die Trümpfe in der Hand halten, Drew Scully, *dann* können Sie die Regeln bestimmen. Rainbow Springs war vor meiner Zeit nur ein verschlafenes Nest, und Sie waren nur ein kleiner Arbeiter.« Er klopfte auf den Sheriffstern an Drews Brust. »Hier gehört jetzt alles mir, verstanden?«

Drew kniff die Augen zusammen. »Warum lassen Sie die Grube nicht zuschütten, Jack? Es stimmt, was diese Frau gesagt hat, es gibt saubere Methoden, um Kupfer zu schmelzen. Sie wissen, daß die Gewinne groß genug sind, um eine richtige Schmelzhütte zu bauen.«

»Wenn ich Ihre Meinung zu meinen Geschäften hören möchte, Drew Scully, dann werde ich Sie danach fragen. Aber Sie werden dafür bezahlt, daß Sie in dieser Stadt für Recht und Ordnung sorgen. Eine Möglichkeit, das zu tun, besteht darin, bei dem Richter um die einstweilige Verfügung nachzusuchen.«

Nachdem Jack McQueen seine Anweisung gegeben hatte, drehte er sich auf dem Absatz seiner teuren Lacklederschuhe um und ging davon. Eine zarte Hand legte sich auf Drews Arm, und er hörte eine vertraute Stimme an seinem Ohr. Ihre Worte hatten einen vorwurfsvollen Unterton, der ihm nicht entging. »So, und du konntest dich nie mit dem Gedanken anfreunden, für mich zu arbeiten. Aber du hast nichts dagegen, vor diesem widerlichen Schwein zu kriechen.«

Drews Gesicht wurde kalt und verschlossen, als er erwiderte: »Rainbow Springs bezahlt meinen Lohn, nicht die ›Vier Buben‹. Und daß ich für dich arbeiten soll, meine liebe Hannah . . . das Thema ist doch erledigt, oder?«

Ihr blasses Gesicht wurde noch eine Spur blasser. »Vergiß, was ich gesagt habe.«

»Du sagst es immer wieder.«

»Ja, und ich bedaure es hinterher auch immer wieder.«

Sie legte sich den Sonnenschirm auf die Schulter, hob den Kopf und ging auf den schwankenden Planken, die über dem Schlamm lagen, hinunter zur Stadt. Nach wenigen Schritten blieb sie noch einmal stehen und drehte sich so heftig herum, daß die Tournüre verrutschte. »Ach übrigens, Sheriff, auch ein blindes Huhn findet manchmal ein Korn.«

»Ach . . .« Er schob die Hände in die Hosentaschen. »Und was soll das heißen?«

»Denk darüber nach. Vielleicht verstehst du es dann.«

Sie ging weiter. Drew sah ihr nach und verstand nicht, was er getan hatte. Die Frau war heute offensichtlich sehr gereizt. Dabei hatten sie sich in der vergangenen Nacht so wundervoll geliebt wie schon lange nicht mehr. Er fand, daß sie sich noch nie so nahe gewesen waren, und jetzt stritten sie sich, obwohl er wirklich nicht wußte, warum.

Seine Hand schloß sich um den Stein in seiner Tasche. Die Finger betasteten die scharfen Kanten. Er blickte nachdenklich ins Weite. Dann richteten sich seine Augen auf das Büro von Jack McQueen, wo hinter dem schmutzigen Fenster, wie er wußte, die alte Goldwaage stand.

Als er den Hügel hinunterging, sah er Pogey und Nash. Man sah die beiden Alten selten um diese Zeit auf den Beinen. Meist saßen sie bis zum Sonnenuntergang auf ihrer Lieblingsbank vor der Veranda von Hannahs Haus. Irgendwie mußten sie Wind davon bekommen haben, daß die ›Vier Buben‹ den Männern Bier spendieren wollten.

Drew zog die Hand aus der Tasche und winkte die beiden zu sich. »He, Pogey, Nash . . . kann ich euch kurz sprechen?«

Sie blieben unwillig stehen, Pogey griff sich an den Bart. »Hat das nicht noch Zeit, Sheriff? Ich habe schrecklichen Durst.«

»Es dauert bestimmt nur einen Augenblick, aber ich glaube, ich könnte eure Hilfe brauchen.«

Nash blinzelte verwundert und nickte dann geschmeichelt. »Sie wollen uns zu Hilfssheriffs machen? Bestimmt haben Sie davon gehört, daß ich einmal bei Wild Bill Hickok war. Wir beide haben Abilene im Handumdrehen von allen Gangstern befreit.«

Pogey schüttelte fassungslos den Kopf. »Ach du liebe Zeit! Du hast Wild Bill Hickok nie gesehen, sondern höchstens die Kugel, die ihn getötet hat. Und auch das nur, weil du diesem Kerl, der ein paar Jahre später hier durchgekommen ist, einen Nickel dafür bezahlt hast, die Kugel zu sehen.«

Drew unterdrückte ein Lächeln. »Ich muß euch nicht zu Hilfssheriffs machen. Aber ich möchte, daß ihr das, was ich euch sage, für euch behaltet.«

Nash legte die Hand aufs Herz. »Wir schweigen wie ein Grab, Sheriff.«

»Also gut . . .«, Drew zog den Stein aus der Tasche und zeigte ihn den beiden. »Wißt ihr vielleicht, was das ist?«

Pogey rieb sich das Ohrläppchen. »Glänzt wie ein Stück Kupfererz.« Er deutete mit dem Kinn in Richtung Stollen. »Davon gibt es dort unten jede Menge.«

Drew schloß die Hand um den Stein. »Nein, das ist etwas anderes. Es ist ein Stück der Wahrheit. Und damit halte *ich* die Trümpfe in der Hand.«

Das ›Best in the West‹ war an diesem Abend so verlassen wie ein Friedhof mitten im Winter. Hannah blickte in den Spiegel hinter der Bar und sah die leeren Tische und Stühle. Keine Billardkugel rollte, nur zwei ihrer Mädchen lehnten an der Wand und gähnten vor Langeweile.

»Du kannst dir einen freien Abend machen, Shiloh«, sagte sie. »Ich glaube, wir werden heute abend nicht mehr viele Gäste haben.«

Der Barmann sah sie an, als wollte er ihr etwas Wichtiges erzählen. Aber dann nahm er mit einem Achselzucken die Lederschürze ab und warf sie über die Bar. Mit blitzenden Zähnen erwiderte er schließlich: »Bei Rosalie ist eine Neue. Sie hat eine Haut wie Milchschokolade und Lippen, die man verbieten müßte. Ich glaube, ich sollte sie mal besuchen.«

Hannah zwinkerte ihm zu. »Dann amüsier dich gut, Shiloh.«

»Das werde ich, Chefin. Das können Sie mir glauben.«

Lachend verließ er den Saloon. Hannah entließ mit einer Geste auch die beiden Mädchen, die froh dem Barmann folgten. Als sie allein in dem leeren Saloon stand, stellten sich tausend Erinnerungen ein. Sie hörte das Klatschen der Spielkarten, das schrille Lachen der Frauen und roch den Tabakrauch und den scharfen Whiskey.

Mußte sie etwas bedauern? O ja, bestimmt gab es genug, aber im Augenblick fiel ihr beim besten Willen nicht ein, was.

Sie wollte gerade in ihr winziges Büro hinter der Bar gehen, als sie einen Schatten im Spielzimmer sah, der sich im Lampenschein bewegte.

Er saß an einem der mit Filz bespannten Spieltische, an die ihre Gäste – wenn sie entsprechend betucht waren – sich zu richtigem Poker oder Doppelbock zurückzogen. Aber er war allein; er stützte die Ellbogen auf die Knie, drehte den verbeulten Hut in den Händen und starrte auf den Boden. Es war nicht mehr derselbe Hut wie früher. Schließlich waren viele Jahre vergangen, seit sie ihn oder seinen Hut zum letzten Mal gesehen hatte. Genaugenommen waren es sieben Jahre.

Hannah lehnte sich an den Türrahmen und verschränkte die Arme vor der Brust. Sie betrachtete ihn genau und sah die Falten um die Augen und den Mund. Er wirkte noch härter als früher. Er hatte sich eine Flasche von ihrem besseren Whiskey genommen und bereits die Hälfte getrunken.

»Sieh an ...«, flötete Hannah, »was hat der Wind denn da ins Haus geweht?!«

Er hob den Kopf, und ihre Blicke trafen sich. Aber dann lächelte er, lehnte sich zurück und legte die Stiefel über die Stuhllehne. Er warf den Hut auf den Tisch und verschränkte die Hände hinter dem Kopf. »Du bist wie eine alte Fährte, Hannah. Ich würde nie hier vorbeikommen, ohne hereinzuschauen und guten Tag zu sagen.«

Sie ging zu dem Grammophon, das auf einem kleinen Tisch vor der Wand stand. Sie drehte die Kurbel und legte eine Walze auf. »Wir sind uns in letzter Zeit nicht oft begegnet«, sagte sie.

›Vorbeikommen‹, hatte er gesagt, als wolle er nicht bleiben.

Das Grammophon spielte blechern ›Der Mann auf dem fliegenden Trapez‹. Sie ließ die Musik eine Weile auf sich wirken, dann sah sie ihn von der Seite an und sagte lächelnd: »Ich finde, nichts macht einen wehmütiger als Musik in einem leeren Tanzschuppen.«

»Die Nacht ist noch nicht vorüber. Sie werden wieder an dich denken, wenn das Freibier nicht mehr fließt.«

»Das mag schon sein.« Hannah lachte. Sie hatte vergessen, wie unbeschwert man mit ihm reden konnte und wie ähnlich sie sich waren.

Sie holte die Karten aus der Schachtel und mischte. Er trank in aller Gemütsruhe seinen Whiskey und gab sich den Anschein, als sei ihm die ganze Welt gleichgültig. Trotzdem sah sie die Spannung um seine Lippen und die verkniffenen Falten um seine Augen.

Sie begann ihr Solitär zu legen. »Da wir gerade von deinem Vater reden... der Kerl ist gerissener als ein Falschspieler. Weißt du, daß er deinen Bruder um seinen Anteil an den ›Vier Buben‹ gebracht hat? Er hat ihm zweitausend Dollar dafür gegeben, und ein halbes Jahr später wurde Kupfer in der Mine gefunden, und alle Geldgeber von der Ostküste standen Schlange, um Anteile an der neuen Gesellschaft zu erwerben. Inzwischen war dein Bruder natürlich tot, und Clementine hatte genug damit zu tun, sich notdürftig über Wasser zu halten. Jetzt läßt der einäugige Jack die Bäume in ihrem Wald fällen und versucht, sie zu erpressen, damit sie ihm das Land verkauft.«

Hannah legte eine Herz-Dame auf einen Pik-König und machte eine bedeutungsvolle Pause. Das Grammophon hörte auf zu spielen, und es wurde still. Sie beobachtete ihn unter halb geschlossenen Augenlidern.

»Du glaubst wohl, wenn du jetzt wieder in ihrem Leben auftauchst, wärst du so willkommen wie der Frühling nach einem harten Winter?« fragte Hannah. »Was glaubst du, wieso Clementine nicht außer sich vor Freude über deine Rückkehr ist?«

»Du kennst sie jetzt schon so lange, Hannah. Kannst du mir diese Frage nicht beantworten?«

Sie lächelte und nahm die nächste Karte. »Man muß kein Hellseher sein, um zu erraten, daß du entweder etwas Dummes gesagt hast, oder unterlassen hast, etwas Wichtiges zu sagen.« Sie hielt eine Herz-Drei in der Hand, als ihr ein Gedanke kam. Ihr Lächeln verschwand. »Sag mal, Zach, willst du etwa andeuten, daß du eine andere geheiratet hast?«

Die Röte stieg ihm ins Gesicht. »Für mich hat es immer nur Clementine gegeben.«

Das war hübsch gesagt und in gewisser Weise typisch für ihn. Im Gegensatz zu anderen Männern hatte Zach nie gezögert, es offen auszusprechen, wenn er eine Frau mochte. Hannah lächelte wieder, aber etwas in seinen Augen ließ sie aufmerksam werden. Er war schon immer leicht reizbar gewesen, aber an diesem Abend ging eine Spannung von ihm aus, die man beinahe riechen konnte – scharf und metallisch wie Blut.

»Ja, ja, Zach, das weiß ich«, sagte sie so unbeschwert wie möglich. Sie legte die Herz-Drei auf eine Pik-Vier. Die nächste Karte war eine Kreuz-Zehn, die sie nicht brauchte. »Aber es ist einsam in der Prärie und ... ach, was rede ich da? Es gibt Frauen, die haben nichts dagegen, die zweite Wahl zu sein, und manche Männer schlagen dann irgendwo Wurzeln. Aber zu denen gehörst du nicht.« Ihre Hände lagen auf den Karten, als ein anderer Gedanke sie durchzuckte. Sie hielt die Luft an.

»Sag mal, Zach, du hast doch keine Schwierigkeiten mit dem Gesetz?«

Er griff nach der Whiskeyflasche und füllte sich das Glas. Dann lachte er leise. Die Vorstellung schien ihn zu belustigen, obwohl seine Worte leicht gepreßt klangen.

»Ich werde nicht per Anschlag gesucht, wenn du das meinst, obwohl es sicher genug Leute gibt, die mir gerne etwas anhängen würden, wenn sie es könnten. Ich weiß eben, wie man gewisse Dinge macht, allerdings sind die meisten nicht empfehlenswert, wie zum Beispiel Rinder stehlen, Prämien kassieren und . . .«, er sah sie spöttisch an, »und eben im Mist wühlen. Zum Teufel noch mal, du kannst dir ausrechnen, was ich in den vergangenen sieben Jahren getan habe. Währenddessen hat mein guter und anständiger Bruder auf der Ranch gearbeitet, eine Familie gegründet und sich um die Frau gekümmert, die ich . . . liebe.«

Er umklammerte das Glas und leerte es in einem Zug. »Ich verstehe einfach nicht, weshalb ich nicht auf die Ranch reite und sein Leben zu meinem Leben mache. Warum ich sie nicht übernehme wie das Land und alles, was darauf ist.«

Hannah warf die Karten so heftig auf den Tisch, daß er schwankte. »Du denkst wohl, sie wird so tun, als hätte es all die Jahre nicht gegeben, als hätte es Gus nie gegeben? Sie war mit ihm verheiratet und hat ihm fünf Kinder geboren . . . und zwei davon begraben. Bei Gott, es ist doch typisch Mann, darauf zu beharren, sie hätte zwischen euch beiden gewählt, nachdem das jetzt völlig überflüssig ist. Du könntest doch beispielsweise auch dankbar dafür sein, daß Gott es so eingerichtet hat, daß ihr beide sie haben könnt.«

Sie berührte seine Hand, die noch immer das Glas umklammerte. »Gus ist tot . . . aber du lebst.«

Er stellte das Glas auf den Tisch und vergrub seinen Kopf in den Händen. »Ach, verdammt . . .«

Diese Männer . . .

Hannah seufzte. Man mußte die Männer eben lieben, sonst waren sie nicht zu ertragen. Aber diesmal konnte sie seine Gefühle nachempfinden, denn es ging ihr irgendwie ähnlich, wenn sie an Drew und das Baby dachte. Auch sie schlug sich mit Fragen herum wie: Kann man sich wirklich ändern? Will man sich überhaupt ändern? Werden nicht die alten Gewohnheiten wieder zum Vorschein kommen? Wird man den Geliebten enttäuschen? Wird man sich selbst untreu? Ist der andere nicht besser dran, wenn man sich *nicht* in sein Leben drängt?

Zach hatte die Frau, die er liebte, lange Jahre nicht gesehen. Er hatte seine Gefühle für sie geleugnet und sein Verlangen unterdrückt. Und wenn man etwas in diesem wirren Leben lernte, dann das eine: Von den vielen Wegen, die es gab, führten nur wenige nach Hause.

Hannah hatte die Karten schlecht gemischt. Sie schob sie ärgerlich zusammen und stand auf. Sie blickte auf seinen gebeugten Kopf und stellte fest, daß sie ihn noch immer liebte – und nicht wenig.

Sie legte ihm leicht die Hand auf die Haare. »Ach, Zach, du warst schon immer ein schwieriger Fall.« Innerlich aufgewühlt ließ sie ihn am Tisch sitzen.

Vor zwei Jahren hatte sie ein Melodium für den Saloon vorne gekauft und das alte Klavier hier in das Hinterzimmer gestellt. Einer der vielen, die im Laufe der Zeit für sie gespielt hatten, war so nett gewesen, ihr zu zeigen, wie man ein Lied klimpert. Jetzt trat sie an das Klavier und spielte mit einem Finger. Die Töne zerrissen die Stille, und sie klangen aufreizend.

»Hannah!«

Er stand neben ihr und hatte den Hut auf dem Kopf. Sein Gesicht war wieder verschlossen. »Es muß schwer für sie gewesen sein, nachdem Gus tot war«, sagte er. »Ich nehme an, du hast dich um sie gekümmert. Also, wenn ich nicht . . . ich meine, wenn wir uns nicht irgendwie einigen können . . .«

Sein Anblick schnitt ihr ins Herz. Sie liebte ihn, sie liebte auch Clementine. Aber sie dachte auch an sich, an ihre großen Probleme.

»Du kennst sie«, erwiderte sie mit rauher Stimme. »Clementine war schon immer in der Lage, für sich selbst zu sorgen.«

Sie drückte auf die Klaviertasten und summte den Text zu der Melodie: »»Mein Liebster ist ein Cowboy . . .‹«

Mit den Fingern noch auf den Tasten sah sie ihn an. »Hör zu, Zach! Du wirst jetzt mit den Dummheiten aufhören. Du wirst um ihre Hand anhalten, auch wenn du dazu vor ihr niederknien mußt. Vielleicht glaubst du, du wärst nicht gut genug für sie. Aber eine gute Frau kann etwas aus einem Mann machen.«

Sie schluckte schwer und legte ihm lächelnd die Hände auf die Schultern. »Vergiß nicht, wie gut ich dich kenne, Cowboy. Etwas in dir möchte gezähmt werden.« Sie stellte sich auf die Fußspitzen und küßte ihn auf die Lippen.

Die Tür ging auf, und sie wich erschrocken zurück.

»Drew!«

Zach drehte sich blitzschnell um und griff nach seinem Revolver, als sei er gewohnt, erst zu schießen, und dann nachzusehen, wer es war. Hannah griff nach seinem Arm, aber er ließ den Revolver bereits sinken, als er den Sheriff erkannte.

Drew beachtete ihn nicht, sondern starrte nur auf Hannah. Sie hielt den Atem an. Zach trat beiseite, legte die Hand flüchtig an den Hut und sagte: »Bis dann, Hannah.«

Er ging zur Tür, ohne den Sheriff zu beachten. Drew rührte sich nicht von der Stelle. Da keiner von beiden auswich, stießen sie mit den Schultern zusammen, als Zach hinausging.

Hannah hörte seine Schritte verhallen; die Eingangstür schlug zu, und sie flüsterte mit einem leisen Seufzen noch einmal seinen Namen.

Drew war mit wenigen Schritten bei ihr. Sie räusperte sich. »Wir haben uns nur unterhalten . . .«

»Ach, und was hast du ihm mit dem Kuß gesagt, Hannah?«

»Nichts. Wir haben über alte Zeiten gesprochen, mehr nicht . . .«

Sie sah, wie Zorn und Eifersucht in seinen Augen aufflammten, und sie ließ sich davon anstecken. Ihr Herz schlug schneller. Das Blut pochte in ihren Adern. Er bebte, sein Gesicht verriet ihr, daß sie diesmal zu weit gegangen war. Er wollte auf sie losgehen.

Sie zog den kleinen Revolver aus der Tasche und zielte auf ihn. Aber diesmal zitterte ihre Hand, und ihre Stimme bebte noch mehr.

»Wenn du es wagst, einen Finger zu heben, um mich zu schlagen, Drew, dann werde ich dich töten, so wahr mir Gott helfe.«

Er kam noch näher. Er senkte den Kopf, dann flüsterte er: »Also los, erschieß mich. Warum auch nicht, wenn du zu ihm zurück willst . . .«

Der Revolver fiel ihr aus der Hand und knallte auf den Holzboden. »Ich will dich nicht verlassen, Drew. Ich liebe dich . . .«

Er schob sie zurück. Sie stieß gegen das Klavier. Zu einem dissonanten Crescendo wiederholte sie heiser: »Ich liebe dich . . .« Zu mehr kam sie nicht, denn er verschloß ihr den Mund mit seinen Lippen.

Er nahm sie auf dem Spieltisch inmitten der Karten und dem verschütteten Whiskey.

Später dachte Hannah: Eigentlich habe ich ihn mir genommen.

Die Mündung des Colts drückte sich fest auf die Narbe des fehlenden Ohrs. Der einäugige Jack zuckte zusammen und stieß das Tintenfaß um. Seine Knie schlugen gegen den großen Mahagonischreibtisch des Arbeitszimmers. Er befand sich in dem Fünfzehn- Zimmer-Haus, das er sich mit dem Geld aus der Mine am Rand von Rainbow Springs gebaut hatte.

Er sah, wie die Tinte von dem grünen Tintenlöscher aufgesaugt wurde. Obwohl ihm der Revolver auf das fehlende Ohr gedrückt wurde, hörte Jack das Klicken beim Entsichern.

»Allmächtiger Gott«, flüsterte er.

»Amen! Reverend.«

Er drehte den Kopf und blickte in zwei gelbe Augen. Selbst als der Junge noch in den Windeln lag, hatten seine Augen etwas Unmenschliches gehabt. Jack McQueen glaubte nicht an Gott, auch wenn er sich oft seiner bediente. Aber als er jetzt in die Augen seines Sohnes sah, fiel es ihm nicht schwer, an den Teufel zu glauben.

»Du meine Güte, Zacharias«, sagte er. »Warum kannst du nicht wie jeder andere durch die Tür kommen?« Sein Sohn gab keine Antwort. Etwas in seinem Rücken bewegte sich, und Jack wagte, den Kopf noch etwas weiter zu drehen. Sein Blick fiel auf das offene Fenster und den roten Schlamm auf dem blaugeblümten Wandteppich. »Warum mußt du alles schmutzig machen? Hast du keine Achtung vor dem Eigentum eines anderen?«

»Nein.«

Vater und Sohn sahen sich mit einem wissenden Lächeln an. Jack hoffte, daß der Revolver von seinem Gesicht genommen würde, aber er täuschte sich. Sein Sohn zielte auf die Nase. Seine Augen funkelten gefährlich wie die einer Raubkatze. »Du bist dick geworden, Alter«, bemerkte er spöttisch.

Jack stieß einen seltsam gepreßten Laut aus. Es klang fast wie das Grunzen eines Schweins. »Du siehst mitgenommen aus, mein lieber Junge. Es ist dir in den letzten Jahren offenbar nicht besonders gutgegangen.«

»Aber du hast fette Jahre gehabt.«

Zach sah sich in dem achteckigen Zimmer um und gab sich beeindruckt von dem Kristalleuchter, den Ölbildern in den schweren Goldrahmen und dem venezianischen Spiegel. In den Bücherschränken standen in

Leder gebundene Folianten. Die Scheiben der Fenster hatten als besonderen Schmuck Ornamente aus Buntglas.

»Ich kann mich nur an ein Bordell in St. Louis erinnern, das so schwülstig und überladen war wie dein Haus hier. Sieh dich nur an«, sagte er abfällig, »von Kopf bis Fuß ein Dandy. Du allein bist jetzt so aufgeputzt wie eine ganze Errettungsshow.«

Die Anspielung saß, aber Jack war zu klug, um sich etwas anmerken zu lassen. Er lachte freundlich. »Ich beklage mich nicht . . . Also, was gibt es, daß du wie ein Einbrecher hier durch das Fenster steigst und mir eine Pistole an den Kopf setzt?«

Zach lächelte immer noch, aber seine Stimme klang ernst: »Ich habe dir schon einmal gesagt, wenn du dich an ihr vergreifst, dann werde ich dich umbringen.«

Jack stieß langsam den Atem aus und versuchte, die Angst zu unterdrücken, die in ihm aufstieg. Er haßte solche Konfrontationen. Es gab nur einen einzigen Abend, an dem es ihm nicht gelungen war, sich doch noch herauszureden.

»Die ›Vier Buben‹ haben einen guten Preis für den Wald geboten, obwohl nicht ganz eindeutig ist, wer sich als Besitzer bezeichnen darf. Und was den bedauerlichen Unfall angeht, so habe ich den Mann, der dafür verantwortlich ist, bestraft. Du meine Güte, Zacharias!« Er wollte sich umdrehen, stieß aber mit der Nase gegen den Revolver. »Glaubst du wirklich, ich möchte, daß auf meinen Enkel, mein eigen Fleisch und Blut, geschossen wird?«

Er schwieg und mußte schlucken, denn der verfluchte Revolverlauf brachte ihn dazu, mit seinem einen Auge zu schielen. »Ich habe ihr für das Land einen guten Preis angeboten. Du kannst jeden fragen, auch sie!«

»Einen ebenso guten Preis wie du ihn Gus für seinen Anteil an den ›Vier Buben‹ bezahlt hast?«

Jack seufzte theatralisch. »Ich wußte, daß man mir die Schuld an seiner Dummheit geben würde. Ich habe es ihm schon damals gesagt.« Er biß sich auf die Unterlippe. In seiner Schreibtischschublade lag eine Pistole, aber er würde nicht versuchen, danach zu greifen. Er zweifelte nicht daran, daß Zach ihn kaltblütig erschießen würde. Schließlich hatte er den Jungen erzogen, und Zach hatte von ihm gelernt, sich niemals Gefühle zu erlauben.

»Ich habe ihm angeboten, in die neue Gesellschaft zu investieren«, sagte er mißmutig, »aber er wollte unbedingt verkaufen. Na gut, vielleicht habe ich mir nicht genug Mühe gegeben, ihn zu überzeugen, und ich gebe zu, ich wollte weder ihn noch seinen Anteil in meinem Spiel haben. Verdammt noch mal, Junge, du weißt doch auch, wenn es um hohe Einsätze geht, dann war dein ehrlicher Bruder völlig nutzlos, obwohl ich mich sehr bemüht habe, auch ihm etwas Vernünftiges beizubringen.«

»Er war nicht nutzlos. Er besaß nur nicht deine Bosheit. Und nichts, was du ihm beibringen wolltest, hat das Gute in ihm ins Böse verwandelt.« Zachs Stimme wurde sehr leise, aber es klang gefährlich, als er fortfuhr: »Bei mir ist das völlig anders. Ich bin durch und durch dein Sohn. Und einem richtigen Sohn von dir ist alles zuzutrauen.« Er drückte Jack den Revolverlauf an die Wange. »Laß die Finger von ihr, Alter, sonst bleibt nicht mehr viel von dir übrig, wenn ich es dir heimgezahlt habe.«

Der einäugige Jack wurde blaß. Das nervöse Zucken unter der Augenklappe wurde ihm fast schmerzlich bewußt. »Glaub ja nicht, daß deine Sünde ungestraft bleibt. Wenn du mich umbringst, dann kommst du an den Galgen.«

Der Revolverlauf stieß wieder an Jacks Nasenrücken und richtete sich auf das eine gute Auge. Jack blinzelte.

»Es gibt Dinge, für die es sich lohnt zu sterben«, sagte sein Sohn mit sanfter Stimme. »Dich in die Hölle zu schicken, gehört bestimmt dazu.«

Blutige Erinnerungen setzten Jack plötzlich zu. Er sah wieder, wie ein blitzendes Messer nach ihm stieß. Ein Junge schrie und dann ein Mann. Es roch nach Blut, als ein Feuerstrahl durch seinen Kopf zuckte. Jahre später hörte er seinen Sohn die Worte aussprechen: ›Sag das dem, der dir das Auge ausgestochen hat.‹ Der zuckende Nerv unter der Augenklappe wurde zu einem unerträglichen Stechen.

»Drohst du mir, Junge?«

Der Abzug klickte, aber die Patronenkammer war leer. Jack zuckte zusammen und stieß laut die Luft aus.

Sein Sohn lächelte. »Laß sie in Ruhe«, wiederholte er, »oder die Hölle muß nicht mehr lange auf dich warten.«

Jack McQueen wartete, bis sein Sohn wieder durch das Fenster verschwand, dann machte er sich auf die Suche nach seinem Aufseher Kyle. Aber er fand ihn nicht dort, wo er ihn erwartet hatte – bei dem Butler im rückwärtigen Teil des Hauses.

Er konnte mit dem Abend ohnehin nichts mehr anfangen; deshalb ging er zum Grandy Dancer, trank zwei Whiskeys und hörte zu, was die Männer so redeten. Sie redeten viel, aber das lag am Freibier. Der Alkohol löste immer die Zungen, aber an diesem Abend lohnte sich das Zuhören.

Deshalb wuchs bei Jack das Bedürfnis, mit Kyle zu sprechen. Er machte sich schließlich die Mühe, ihn in Rosalies Bordell zu suchen. Dort fand er ihn und holte den Mann aus dem Bett.

»Schreiben Sie folgende Namen auf«, sagte er zu Kyle, der verwirrt versuchte, sich die Hose zuzuknöpfen. »›Zach Rafferty‹ und ›Zacharias McQueen‹. Morgen schicken Sie Telegramme ab und erkundigen sich, ob er gesucht wird, und sei es auch nur, weil er in der Kirche furzt. Dann möchte ich, daß Sie herausfinden, was die beiden Alten, ich meine Pogey und Nash, in Helena überprüfen lassen und woher es stammt.«

Er richtete das eine Auge boshaft auf seinen Aufseher. »Dank meiner Schwiegertochter und ihrem Kreuzzug für die Natur und für alle Lebewesen müssen wir die Stadt von der Grube ablenken. Haben Sie einen Vorschlag, womit?«

Kyle zwirbelte seinen Schnurrbart und verzog die Lippen zu einem wenig erfreulichen Lächeln. Jack nickte langsam, als Kyle antwortete: »Die Chinesen sind immer gut, um Salz in alte Wunden zu reiben.«

Zweiunddreißigstes Kapitel

Der Junge keuchte und schlug um sich. Seine Brust hob und senkte sich, er zuckte, und sein Gesicht wurde dunkelrot. Eine unerträgliche Spannung breitete sich im Raum aus, während sie darauf warteten und warteten, daß er wieder Luft bekommen würde. Sein ganzer Körper bäumte sich auf und rang nach der Luft, die er nicht einatmen konnte.

Er stieß einen heiseren, gurgelnden Laut aus, japste, und seine Lungen füllten sich wieder. Hannah seufzte erleichtert auf.

»Clem . . . vielleicht sollten wir doch den Arzt rufen«, flüsterte sie.

Clementine entzündete ein neues, mit Salpeter getränktes Löschpapier und hielt es über das gerötete und schweißnasse Gesicht ihres Sohnes.

»Der Arzt kann ihm nicht helfen. Wir müssen nur dafür sorgen, daß Daniel den Anfall übersteht, und hoffen, daß . . .« Ihre Stimme versagte.

Hannah dachte: Und hoffen, daß er nicht stirbt . . .

Sie staunte über Clementines Ruhe. Wenn Daniel ihr Sohn wäre, hätte sie schon längst einen hysterischen Anfall bekommen und selbst brennenden Salpeter gebraucht. Aber Daniel litt schon von klein auf an Asthmaanfällen. Vermutlich hatte Clementine gelernt, Ruhe zu bewahren, um ihre Angst nicht auf den Kleinen zu übertragen.

»Es liegt an der neuen Grube«, sagte Hannah. Sie war wütend auf die ›Vier Buben‹ und die Engstirnigkeit der Männer, die nur an Gewinne und ›Fortschritt‹ dachten. »Diese Grube verpestet die Luft. Es ist ein Wunder, daß wir nicht alle solche Anfälle bekommen.«

Selbst bei geschlossenen Fenstern rochen sie den beißenden Rauch. Ihre Kehlen waren entzündet, und die Nasenschleimhäute brannten. Hannah mußte nur die Vorhänge zurückziehen, um die schwelende Glut der riesigen Grube in der Nacht leuchten zu sehen.

Clementine zündete noch ein Blatt an und bewegte es langsam über dem Gesicht ihres Sohns. Der Anfall schien so schnell vorüber zu sein, wie er gekommen war. Jetzt fiel Daniel in einen erschöpften Schlaf.

Hannah sah zu, wie das Papier sich rollte, aufglimmte und schwarz wurde. »Ich habe gehört«, sagte sie nachdenklich, »daß Leute, die an solchen Anfällen leiden, Bisamfell tragen.«

»Ich habe es mit Bisamfell versucht. Es hat überhaupt nicht geholfen. Außerdem juckte es ihn, und er fand es schrecklich, denn die anderen Kinder haben ihn unbarmherzig verspottet, wenn sie seine ›Fellbrust‹ sahen. Kinder können sehr grausam sein.«

Erwachsene können noch grausamer sein, dachte Hannah.

Plötzlich hatte sie Angst um das werdende Leben in ihr. Würde das Kind gesund sein? Würde es auch alle Finger und Zehen haben? Würde es geistig gesund sein? In ihrer Heimat in Kentucky lebte ein Junge, der einen ›Dachschaden‹ hatte, wie alle sagten. Eines Tages übergossen ihn ein paar größere Jungen mit Petroleum und steckten ihn in Brand. Später bedauerten sie es und sagten, sie hätten nur einen Spaß machen wollen, aber der arme Junge war gestorben. Die Leute sagten damals, der Junge sei nicht normal, weil er eine Mutter hatte, die alt genug war, um seine Großmutter zu sein.

Hannahs erstes Kind war inzwischen vermutlich zu einem erwachsenen Mann herangewachsen, und er hatte womöglich selbst ein Kind. Du liebe Zeit, sie war vielleicht schon Großmutter, ohne es zu wissen! Hannah stellte sich vor, wie der junge Mann mit einem kleinen Mädchen auf den Knien in seinem Wohnzimmer saß und ›Alle meine Entchen . . .‹ sang, so wie ihr Vater früher. Dachte ihr Sohn manchmal an sie? Nein, er wußte bestimmt nichts von ihr. Er glaubte, die Frau des Bankiers sei seine Mutter. Seine Kinder würden *sie* für ihre Großmutter halten.

Für ihn war das auch das beste. Was für eine Mutter wäre Hannah Yorke damals gewesen? Und was für eine Mutter würde sie diesmal sein? Ihr zweiter Sohn würde von seinen Spielkameraden bestimmt verspottet werden, weil seine Ma einen Saloon besaß. Sie würden ihn auslachen, weil ihre Väter Hannah noch aus Deadwood kannten.

Und wenn es ein Mädchen sein würde . . . Wenn die Kleine hübsch war und in das Alter kam, wo die Verehrer sich um sie scharten, dann würde man sagen: ›Der Apfel fällt nicht weit vom Stamm.‹

Und was würde mit Drew werden?

Hannah legte die Hand auf das eng geschnürte Korsett. Noch war ihr Bauch flach, aber das würde sich bald ändern.

»Hannah, geht es dir nicht gut?«

Hannah zuckte zusammen. »Doch«, erwiderte sie, »mir geht es gut.« Aber dann brach es aus ihr heraus, und sie schluchzte: »Nein, mir geht es nicht gut. Ich bekomme ein Kind.«

»Hannah, wirklich? Ich bin so glücklich für dich!«

Clementine legte das verkohlte Papier auf einen Teller, drehte sich um und schloß Hannah in die Arme. »Du bist doch auch glücklich, oder?«

Hannah brachte kein Wort hervor. Sie nickte nur und drückte ihre Wange an Clementine. Einen Augenblick lang umarmten sie sich stumm. Sie hatte gewußt, daß Clementine sie verstehen und in dem Kind etwas Gutes sehen würde, auch wenn es ein uneheliches Kind war.

Hannah stieß unter Tränen hervor: »Weißt du, es ist wie eine zweite Chance, damit ich wiedergutmachen kann, was ich beim letzten Mal falsch gemacht habe, als ich meinen Jungen verkaufte.« Sie löste sich von Clementine und trocknete sich die Augen. »Aber ich habe schreckliche Angst. Stell dir vor, ein Kind in meinem Alter! Und dann ist da das Problem mit Drew. Wie soll ich es ihm nur sagen? Er hat schließlich auch einen Anteil daran, obwohl er vielleicht mit dem Ergebnis nichts zu tun haben will.«

»Du hast es ihm noch nicht gesagt? Hannah, das mußt du unbedingt tun. Ich bin sicher, er wird dich heiraten und dem Kind ein guter Vater sein. Er wird mit dir eine Familie gründen wollen. Wenn du ihn liebst, und daran besteht doch kein Zweifel, dann mußt du ihm die Möglichkeit geben, seine Liebe unter Beweis zu stellen.«

Hannah schüttelte den Kopf. »Er hätte in den vergangenen sieben Jahren längst um meine Hand anhalten können. Er hat es nicht getan, und ich finde, das ist deutlich genug.«

»Vielleicht hat er dich nicht gefragt, weil er nicht sicher ist, wie du darauf reagieren wirst. Wie oft habe ich aus deinem eigenen Mund gehört, daß niemand es erleben wird, daß sich Hannah Yorke an einen Mann ketten läßt!« Sie konnte die Aussprache ihrer Freundin gut imitieren. Als Hannah es hörte, mußte sie unwillkürlich lächeln. »Du kannst Sheriff Scully nicht vorwerfen, daß er deine Lüge nicht durchschaut und ernst genommen hat, was du immer wieder behauptest. Wir Frauen fürchten ständig, von den Männern belogen zu werden, aber ein Mann glaubt lieber den Lügen einer Frau, als sich dem Risiko auszusetzen, die Wahrheit zu hören.« Clementine errötete und schüttelte verwirrt den Kopf. Dann sagte sie leise: »Wenn du verstehst, was ich gerade gesagt habe, dann geht es dir besser als mir.«

Hannah lächelte unter Tränen, fuhr sich mit der Hand über das Gesicht und sah Clementine aufmerksam an. Trotz der eigenen Probleme war ihr nicht entgangen, in welchem Ton Clementine von Lügen, von Männern und Frauen im allgemeinen gesprochen hatte. Vielleicht wäre jetzt der richtige Zeitpunkt, über das heikle Thema Zach zu sprechen. Aber Hannah kannte Clementine. Sie redete nie über etwas, wenn sie nicht dazu bereit war, und selbst dann bestand sie noch auf gewissen Schranken.

»Ich weiß nicht mehr, was mit mir los ist«, sagte Hannah statt dessen mit einem Seufzer. »Vielleicht liegt es an dem Wetter und an dieser schrecklichen Grube. Drei Tage hängen die Wolken jetzt schon über der Stadt. Wenn es doch nur endlich regnen würde.«

»Oder wenn Wind aufkäme, um die Wolken zu vertreiben.«

Hannah lachte. »Du meine Güte, wer hätte das gedacht? Eine Frau in Montana sehnt sich nach *Wind*!«

Als der Tag anbrach, blieb es dunkel. Die Wolken hingen schwarz über dem Tal und hielten den Rauch aus der Grube wie eine Decke über dem Land.

»In dieser Dunkelheit könnte sich selbst eine Fledermaus verirren«, sagte Hannah beim Frühstück kopfschüttelnd zu Clementine. Und es war kaum übertrieben.

Die Luft im Haus schien zum Schneiden dick. Braungelbe Rauchwolken trieben langsam wie dichter Nebel durch die Straßen. Jeder Atemzug war eine Qual.

»Eine alte Frau ist in der Nacht gestorben. Sie hat einen Hustenanfall bekommen, sagen ihre Verwandten, und ihr Herz ist stehengeblieben.«

Auf dem Küchentisch standen Becher und Tassen. Saphronie hatte die Kinder zum Frühstück nach unten gebracht und saß jetzt zwischen Daniel und dem kleinen Zach. Die beiden stritten sich und schnitten Gesichter. Sarah löffelte stillvergnügt Maisbrei aus Hannahs bestem Porzellan.

»Die Bäckersfrau hat es mir erzählt . . . Es war ihre Mutter«, fuhr Hannah fort, ohne auf die Kinder zu achten. »Der Arzt sagt, daß viele Leute mit Halsentzündungen und Schmerzen in der Brust im Bett liegen.« Sie schenkte Clementine Kaffe ein. »Ich weiß, wir hatten vor, eine Weile zu warten, um den Männern die Möglichkeit zu geben, das zu verdauen, was du ihnen gestern vorgesetzt hast. Aber ich glaube, niemand hätte damit gerechnet, daß die Grube so unerträglich wird. Ich finde, deshalb sollten wir sofort zur Tat schreiten.«

Sarahs Löffel klirrte, als sie ihre Schüssel zur Seite schob. »Ich komme mit.«

Clementine blickte in das sonnengebräunte Gesicht ihrer Tochter, die sich mit Erfolg weigerte, eine Haube zu tragen. Sie ist und bleibt so störrisch wie ein Esel, hätte ihr Vater gesagt. »Du mußt hier bei Daniel und Zach bleiben.«

»Wir nehmen sie auch mit«, erwiderte Sarah ungerührt. »Daniel muß unbedingt mitkommen.«

Hannah griff nach Clementines Hand und drückte sie. Die beiden Frauen blieben einen Augenblick stumm sitzen. Dann schob Hannah den Stuhl zurück und stand auf. »Wir werden uns aufteilen, dann können wir die Frauen in der Stadt schneller informieren. Ich gehe zuerst zu Erlan. Sie kann die anderen Chinesinnen herbeitrommeln.«

Mit den vier Frauen fing alles an. Clementine, Hannah, Saphronie und Erlan gingen von Tür zu Tür. Aber es dauerte nicht lange, bis sich ihnen die anderen Frauen anschlossen. Wie aus einem Schneeball, der den Berg hinunterrollt, wurde aus der Sache eine Lawine. Die Frauen berichteten vom Tod der Bäckersfrau und von anderen, die in der Nacht krank geworden waren. Doch im Grunde brauchten sie nicht viel zu sagen. Die Rauchwolken über der Stadt sah jeder; Vögel fielen tot vom Himmel, allen brannten die Augen, und kaum jemand klagte nicht über Halsentzündung. Es mußte niemand erst davon überzeugt werden, daß die Grube das Leben der Menschen in Rainbow Springs bedrohte.

Einige Frauen waren sich völlig im klaren darüber, daß es durchaus zu Tätlichkeiten oder tätlichen Auseinandersetzungen kommen konnte, und sie brachten klugerweise die Gewehre und Revolver ihrer Männer mit. Alle kamen mit Schaufeln und Pickeln. Viele hatten ihre Kinder dabei.

Pogey und Nash saßen auf ihrer Bank vor Hannahs Haus und beobachteten das Treiben.

»Heute morgen sind viele Frauen unterwegs«, stellte Nash schließlich fest. »Sie sind so geschäftig wie einarmige Affen in einem Flohzirkus.«

»Sie rennen durch den Schlamm wie Büffel auf der Flucht«, stimmte ihm Pogey zu und rieb sich das Ohr. »Kannst du dir vorstellen, was sie mit den Schaufeln und Pickeln wollen?«

Nash kaute nachdenklich auf seinem Priem herum und studierte eingehend die Lage. »Vermutlich wollen sie jemanden begraben«, erklärte er schließlich.

Pogey dachte darüber nach und nickte. »Hoffentlich ist der, den sie begraben wollen, schon tot.«

»Vielleicht ist es keine Leiche, sondern ein Ding.«

»Muß aber ein großes Ding sein, wenn sie so viele Schaufeln dazu brauchen.«

»Größer als eine Scheune.«

»Größer als ein Wagen mit zwanzig Mauleseln.«

»Größer als die Lüge eines Politikers.«

»Größer als . . .«

Pogey konnte das beliebte Spiel der beiden nicht weiterspielen, weil auf dem Förderturm eine Sirene zu heulen begann, die normalerweise nur bei Schichtwechsel und bei einem Unglück in einem der Stollen heulte.

»Was hier auch los ist«, sagte Pogey, als die Sirene verklang, »wenn so viele Frauen zusammenkommen, dann gibt es Ärger, und kein Mann sollte so dumm sein, sich den Schaufeln in den Weg zu stellen.«

Nash sah zu, wie sein Partner neuen Kautabak aus dem Stiefel zog. »Ein kluger Mann hält sich zurück und läßt sich anschließend berichten, was geschehen ist.«

»Gut gesagt, Compadre, zum ersten Mal in deinem Leben ist etwas Vernünftiges über deine Lippen gekommen.«

Die Frauen zogen durch die Stadt hinaus zur Grube, von der der giftige Rauch in die Luft stieg, der unter den tief hängenden Wolken nicht weichen wollte.

Wir ›marschieren‹ wie Soldaten in den Kampf, dachte Clementine. Leider haben wir als Waffen mehr Schaufeln als Gewehre . . .

Sie blickte von Gesicht zu Gesicht. Manche der Frauen waren jung und hübsch, andere abgearbeitet und alt. Die Gesichter von Erlan, Hannah und Saphronie waren ihr so vertraut wie die von Schwestern, die sie nie hatte. Aus allen Gesichtern sprachen Kraft und eine Entschlossenheit, die sie mit Ehrfurcht erfüllte. Clementine blickte voll Stolz auf ihre Tochter, die mit hoch erhobenem Kopf und leuchtenden Augen neben ihr ging.

Als sie sich dem Mietstall näherten, sah sie, wie ein Mann einen zottigen Braunen sattelte. Es war Zach. Clementine drehte den Kopf schnell zur Seite. Als sie sich aber wieder umdrehte, kam er mit seinem breitbeinigen Cowboygang auf sie zu. Den Hut hatte er tief ins Gesicht gezogen, aber sein Gesicht hätte ihr vermutlich ohnehin nicht viel verraten. Wenn er versuchen sollte, sie aufzuhalten, würde sie ihm das nie verzeihen.

Er ging neben ihr her. Sie sah ihn nicht an, aber sie sah seine langen Beine.

Ihr Hals schmerzte, und es war anstrengend zu reden, aber als er stumm blieb, konnte sie das Schweigen nicht länger ertragen.

»Ich dachte, du hättest die Stadt verlassen.« Sie räusperte sich. »Als ich dich gestern abend nicht gesehen habe, als . . . Ich dachte jedenfalls, du wärst weggeritten.«

»Hätte ich mir diesen Spaß entgehen lassen sollen?«

Der Rauch trieb auch ihm Tränen in die Augen. Seine Worte klangen kalt wie immer und machten ihr Angst.

Die über zweihundert Frauen, die mit Gewehren und Schaufeln bewaffnet die Stadt verließen, waren nicht unbemerkt geblieben. Die Männer, die nicht in die Grube eingefahren waren, folgten ihnen zu zweit und zu dritt. Sie wirkten unsicher und nervös. Clementine hätte gelacht, wenn sie nicht auch Sheriff Drew Scully unter ihnen entdeckt hätte. Hannah bekam einen hochroten Kopf, als sie ihn sah.

Wir würden es am liebsten ohne die Männer tun, dachte Clementine. Wir könnten es sogar versuchen, aber wir würden es nicht schaffen. Sie haben uns so oft im Stich gelassen. Sie verlassen uns, wenn sie sterben, sie verlassen uns mit ihrer Gleichgültigkeit, und sie verlassen uns wegen einer anderen, oder . . .

Sie warf einen schnellen Blick auf Zach. Er ging immer noch an ihrer Seite, aber sein Brauner wartete gesattelt an der Schmiede.

Oder sie verlassen uns, weil ihre Seele nicht zu zähmen ist . . .

Die Frauen hoben erschrocken die Köpfe, als die Sirene der ›Vier Buben‹ durch das Tal hallte. Ein paar blieben unsicher stehen, aber Mrs. Pratt, eine alte Bergarbeitersfrau, feuerte mit der Pistole in die Luft. »Komm nur herunter und hol dir deine Strafe, Jack McQueen, du einäugiger Kojote!« rief sie. Das laute Gelächter entspannte die Lage.

Mrs. Pratts Wunsch sollte bald in Erfüllung gehen. Der Minenbesitzer tauchte in seinem offenen Einspänner auf. Kyle und der Ire ritten rechts und links neben ihm.

»Ich glaube, hier wird es bald lauter zugehen als in einem Korral beim Brennen der Kälber!« rief Hannah. Sie kümmerte sich nicht mehr um den Sheriff, sondern schien wie alle anderen Frauen zum Kampf entschlossen.

Ohne es vorher abgesprochen zu haben, bildeten sie vor der Grube eine lebende Mauer. Ein Gedanke und ein Herz schien sie zu beseelen. All die vielen Auseinandersetzungen in ihren Leben, alle ihre Tragödien und Siege als Frauen gipfelten in diesem einen spannungsgeladenen Augenblick.

Die Frauen aus dem Regenbogenland standen Schulter an Schulter; die Kinder hatten sie zwischen sich genommen. Die ganze Welt schien zu verstummen und mit angehaltenem Atem zu warten. Der Rauch brannte ihnen in den Augen und schmerzte in den Kehlen, aber sie hoben angriffslustig und stolz die Köpfe.

Die Männer hielten einen gebührenden Abstand von den Frauen. Sie blickten staunend auf die Schaufeln und die Waffen in ihren Händen. Aber zu Clementines Überraschung wollte niemand wissen, was sie vorhatten, und niemand wagte es, sie aufzufordern, in die Stadt zurückzukehren. Vermutlich ahnten die Männer, daß ihnen zum ersten Mal die Frauen nicht gehorchen würden.

Jack McQueen hielt den Einspänner etwa zwanzig Schritte von der Grube und den Frauen entfernt an. Er machte sich ein Bild der Lage und verzog dann spöttisch und belustigt die Lippen.

»Meine Damen!« rief er anzüglich. »Haben Sie sich heute morgen nicht etwas zu weit von Ihren Küchen entfernt?« Der Ire und Kyle lachten hämisch, wie es ihr Gönner nicht anders von ihnen erwartete. »Darf ich fragen, wer heute am Herd steht und die Arbeit im Haus erledigt?«

»Hört nicht auf diesen einäugigen Teufel!« rief Erlan so laut, daß er es verstehen konnte.

Jack McQueen reagierte auf die Beschimpfung mit einem kurzen Lachen. Er deutete mit dem Peitschenstiel auf Clementine. »Ich muß wohl nicht lange raten, sondern nehme an, daß Sie, meine liebe Schwiegertochter, für den ganzen Ärger verantwortlich sind. Allmählich entwickeln Sie sich wirklich zu einem Stachel in meinem Fleisch. Darf ich mir die Frage erlauben, was Sie mit dieser neuen Versammlung im Sinn haben?«

Clementine trat ein paar Schritte vor. »Wir werden die Grube zuschütten!«

Jack McQueen schüttelte langsam den Kopf und sah sich übertrieben staunend um. »Ach wirklich? Wollen Sie nicht gleich auch die Mine zuschütten, wenn Sie schon einmal dabei sind?«

Die Arbeiter murmelten drohend. Die Hand des Iren legte sich auf den Revolver. Nur Kyle gab sich noch immer den Anschein von gepflegter Langeweile, obwohl es ihm nicht so recht gelang, weil ihm von dem beißenden Rauch rußige Tränen über die glatt rasierten Wangen liefen.

Jack McQueen deutete mit der Peitsche auf den leeren Sitz neben sich. »Mrs. McQueen, warum steigen Sie nicht ein? Ich bringe Sie in die Stadt zurück, und wir sprechen vernünftig über alles.«

Clementine traute ihm nicht. Er gab sich leutselig, lächelte und sprach von ›Vernunft‹, aber alle seine honigsüßen Worte würden sich in Gift verwandeln, wenn er sie erst einmal hier weggelockt hatte. Sie spürte die Kraft der Frauen in ihrem Rücken, ihre Entschlossenheit und ihren Mut. Sie hob die Schaufel wie ein Banner und rief: »Wir schütten diese Grube *jetzt* zu!«

Jack McQueen griff nach den Zügeln und beugte sich vor. »Das glaube ich nicht . . .«

Ein Peitsche knallte.

Das Gespann mit den zwanzig Maultieren tauchte wie eine gespenstische Erscheinung aus der rauchigen Prärie auf. Nickel Annie stand auf dem Frachtwagen, und die lange Peitsche knallte noch einmal durch die Luft. »He da, ihr Hurensöhne und elenden Bastarde! Aufgepaßt!«

Sie hielt das Gespann in der Höhe der Grube an und rief laut lachend:
»Guten Morgen, einäugiger Jack!« Es wurde plötzlich unheimlich still.
»Ich wollte, ich könnte sagen, es sei ein schöner Morgen, aber es ist
keiner, nicht mit dieser stinkenden Grube, die alles Leben verpestet.«

Jack McQueen kniff das eine Auge zusammen, erwiderte dann aber
lächelnd: »Meine liebste Annie, ich dachte, Sie stünden auf meiner
Seite. Wie viele Jahren fahren Sie nun schon Fracht für die ›Vier Buben‹?«

»Zu viele, verdammt noch mal! Heute habe ich hundert Pfund Dynamit
geladen und sie mit dieser Zündschnur verbunden.« Sie spie in großem
Bogen den Tabaksaft aus dem Mund. Dann fuhr sie fort: »Ich werde die
Zündschnur anstecken und das Gespann geradewegs auf Sie und Ihre
Cowboys zufahren, mein lieber Jack. Meiner Meinung nach haben Sie
zwei Möglichkeiten: Entweder Sie bleiben, wo Sie sind, und fahren zur
Hölle, oder Sie verschwinden schleunigst mit Ihren Leuten und lassen
uns Frauen das tun, was wir beschlossen haben. Das heißt, wir werden
die verdammte Grube zuschütten!«

Nickel Annie lachte und zündete ein Streichholz an ihrer Lederhose
an.

Hannah umklammerte Clementines Arm und flüsterte: »Allmächtiger,
das hatten wir nicht geplant.«

Clementine schüttelte den Kopf. »Sie kann ihren Wagen und Mr.
McQueen nicht in die Luft jagen, ohne gleichzeitig ihre Maultiere zu
töten. Das bringt sie niemals übers Herz. Die Maultiere sind ihre Kinder.«

»Aber das weiß Jack hoffentlich nicht, oder?« Sie hörte Zach plötzlich
neben sich und zuckte vor Überraschung zusammen. Sie hatte geglaubt,
er werde bei den Männern stehen, aber er war hier bei ihr und lachte
leise und gefährlich.

Jack McQueen blickte nachdenklich auf das Gespann. Dann rief er: »Es
haben schon Bessere als Sie versucht, mich zu bluffen, und es ist ihnen
nicht gelungen. Zeigen Sie mal, was an Ihren Worten dran ist.«

Nickel Annie lachte schallend. »Ich hatte gehofft, daß Sie das sagen
würden.«

Sie hielt das brennende Streichholz an die Zündschnur, die knisternd
Feuer fing und brannte.

Der Ire riß den Revolver aus dem Halfter. »He, Boß . . .«

»Also, ab in die Hölle mit euch, ihr Zuhälter und Hurensöhne!« schrie Annie, und der Wagen setzte sich in Bewegung.

Sie fuhr mit dem Gespann in einem weiten Bogen nach links, und der Wagen rollte immer schneller. Das rechte Rad sackte in ein Loch, der Wagen schwankte und wäre beinahe umgefallen.

Hannah schlug die Hände vor das Gesicht. »O Gott, ich glaube . . . ich werde ohnmächtig.«

Annies Peitsche knallte, und ihre Flüche hallten durch die rauchige Luft. Die Dynamitkisten polterten gefährlich auf der Ladefläche. Der Schlamm spritzte unter den großen Eisenrädern hervor. Annie lenkte das Gespann direkt auf Jack McQueen und seine Männer zu. Sie hielt die Hand fest um die Zügel und lachte wie eine Verrückte.

Jack McQueen lächelte schon lange nicht mehr, sondern wurde bleicher und bleicher. »Bei allen Teufeln, Annie . . . also gut . . . verdammt noch mal, ANHALTEN!«

Sein Entsetzensschrei wurde vom Rauch verschluckt. Annie zog die Zügel an. Die Wagenräder rutschten über den Schlamm.

Sie blickte lachend auf den Mann, während die Zündschnur immer weiter brannte. Dann spuckte sie zweimal treffsicher auf die Flammen, die laut zischten und erloschen.

Jack McQueen stand der Schweiß auf der Stirn, er rang keuchend nach Luft. Er hatte sich halb erhoben, als wollte er in Panik aus dem Einspänner springen. Der Ire saß wie erstarrt und mit offenem Mund im Sattel, aber Kyle galoppierte in Richtung Rainbow Springs davon und war bald nicht mehr zu sehen.

Nickel Annie hob den Kopf und rief: »Na, Reverend, haben Sie sich in die Hosen gemacht? Es blieben noch genau fünf Sekunden, als Sie um Ihr Leben gefleht haben. Ein richtiger Mann hätte mich auf die Probe gestellt und es drauf ankommen lassen, mir in der Hölle zu begegnen.«

Jack McQueen sank auf den Sitz zurück. »Schon gut, Sie hatten jetzt Ihren Spaß, Annie. Warum kehren Sie nicht in die Stadt zurück? Alle anderen Frauen sollten das ebenfalls tun und uns Männern das weitere hier überlassen.«

Hannahs rauchiges Lachen ließ Clementine zusammenfahren. »Sie sind ein Lügner, wie er im Buch steht, Jack McQueen!« rief sie. »Eines Tages werden Sie Ihren Kopf nicht mehr aus der Schlinge ziehen können, darauf wette ich!« Sie stieß die Schaufel auf den Boden, stellte einen Fuß darauf und füllte sie mit Schlamm. »Also los! Worauf warten wir noch? Vor uns liegt viel Arbeit!« Mit Schwung warf sie den Schlamm in die rauchende Grube.

Clementine wollte es ihr gerade nachtun, als sich Zach neben ihr blitzschnell umdrehte. Zwei Schüsse hallten fast gleichzeitig durch die Luft. Sie richtete sich entsetzt auf und sah gerade noch, wie der Ire die Hände hochriß und mit einem roten Fleck an der Brust vom Pferd stürzte. Er umklammerte seinen rauchenden Revolver.

Niemand bewegte sich; Zach hielt den Colt auf die Brust seines Vaters gerichtet.

»Zwing mich nicht, auch dich zu töten«, sagte er so leise, daß Clementine nicht wußte, ob Jack ihn hörte. Es war nicht weiter wichtig, denn überall klickten Gewehre und richteten sich auf den einäugigen Jack McQueen.

Er stieß den Atem aus, zog langsam die Hand aus der Tasche und hielt ein besticktes weißes Tuch zwischen den Fingern. »›Wer anderen eine Grube gräbt, fällt selbst hinein‹«, sagte er und versuchte, sorglos zu wirken. »Ich habe nur nach meinem Taschentuch gegriffen, werte Damen.«

Die Frauen von Rainbow Springs zielten ungerührt weiter auf den Minenbesitzer. Aber als deutlich wurde, daß die Gefahr vorüber war, sicherten sie die Gewehre. Die Frauen, die keine Waffen hatten, begannen, Schlamm und Steine in die Grube zu schaufeln. Sie arbeiteten stumm und entschlossen.

Hannah legte Zach die Hand auf den Rücken. »Ich weiß nicht, wen von uns der Ire erschießen wollte«, sagte sie noch etwas zitternd, »aber wenn er es auf mich abgesehen hatte, dann bin ich dir zu großem Dank verpflichtet.«

Zach erwiderte nichts, sondern blickte auf Clementine. Er hatte blitzschnell reagiert, sich zielsicher und todbringend bewegt, aber jetzt stand er wieder ruhig da und hielt den Revolver in der Hand, als sei er ein Teil von ihm. Nur seine Augen glühten, und seine Lippen zeigten deutlich, was er dachte. Clementine wollte den harten Mund küssen, bis er unter ihrer Zärtlichkeit wieder weich und sanft wurde.

Jemand berührte sie am Arm. Ihre Tochter deutete auf die Schaufel.

Ohne ein Wort nahm Sarah die Schaufel, die beinahe so groß wie sie war, und begann Schlamm zu schaufeln.

Zach fragte: »Hast du auch eine für mich?«

Er lächelte nicht, der Braune wartete noch immer gesattelt hinter der Schmiede. »Willst du eine Schaufel, Zach?«

»Ja, eine Schaufel reicht ... fürs erste«, erwiderte er, und alles um sie herum schien plötzlich von Staunen und dem beängstigenden Gefühl der Hoffnung erfüllt zu sein.

Drew Scully und Doc Corbett gingen zu dem Iren, der auf dem Boden lag. »Du meine Güte, der Arme starrt in den Himmel und sieht nichts«, sagte Drew und schüttelte langsam den Kopf.

Der Arzt seufzte. »Er braucht kein Frühstück mehr ...«

Trotzdem untersuchte er ihn und vergewisserte sich, daß der Mann wirklich tot war. Dann ging er zu seiner jungen Frau, der ehemaligen Lehrerin Miss Luly Maine, jetzt Mrs. Corbett. Ohne ein Wort zu verlieren, nahm er ihr die Schaufel aus den Händen und begann, Schlamm in die Grube zu werfen. Die anderen Männer von Rainbow Springs sahen ebenfalls nicht lange untätig zu, wie ihre Frauen arbeiteten. Einer nach dem anderen kam über den roten Schlamm, der sie trennte. Man hörte Gemurmel, Flüstern und Lachen, und bald ging es am Rand der Grube so fröhlich zu wie beim Picknick am vierten Juli.

»Warum verhaften Sie die Leute nicht, Sheriff?«

Drew warf einen Blick auf den Mann, der allein in seinem eleganten Einspänner saß. Sein Gesicht war von Ruß verschmiert und schweißüberströmt. Die Stimme klang heiser und verdrießlich.

Drew mußte lachen. »Wofür verhaften, Jack? Wenn es ein Gesetz gibt, das verbietet, ein Loch zuzuschütten, dann gibt es sicher auch eines für den, der dieses unsägliche Loch hat graben lassen.«

Clementine und Zach hielten die Pferde an, als sie die Anhöhe über dem Tal erreichten. Von dort hatte man einen weiten Blick über das Weideland der ›Rocking R‹. Das junge Gras wuchs grün und saftig nach dem nassen Frühling. Es würde in diesem Jahr viel Heu geben.

Am Horizont erhoben sich dunkel die Berge. Montana ...

Das wilde, weite Land schien schon immer die Macht zu haben, sie aufzunehmen oder sie abzuweisen, aber es ließ ihr nie die Möglichkeit zu einer eigenen Entscheidung.

Wie er . . .

Ihr Blick wanderte zu dem Pferdewagen. Saphronie fuhr mit den Kindern den Abhang hinunter und bog zur Ranch ab. Auf dem ganzen langen Weg hatte sie darauf gewartet, daß er etwas sagen würde. Schließlich wurde das Warten zu einem lautlosen Schrei, den sie kaum noch ertragen konnte.

Es hatte drei Tage gedauert, die Grube mit Steinen und Schlamm zuzuschütten. Am Morgen danach war Wind aufgekommen und hatte den Rauch vertrieben. Die Luft war wieder frisch und sauber. Dicke dunkle Wolken trieben über den Himmel und kündigten Regen an.

»Es ist vorbei«, sagte sie, ohne genau zu wissen, ob sie den Kampf mit den ›Vier Buben‹ meinte oder die schreckliche Gewißheit, daß zwischen ihnen alles vorbei war – endgültig.

Er bewegte sich neben ihr und atmete tief ein. Sie glaubte zu spüren, wie sein Herz versuchte, mit ihrem im Gleichklang zu schlagen.

Er legte die Hände an den Sattelknauf, streckte die Arme aus und bewegte die Schultern. »Du scheinst sehr zufrieden mit dir zu sein«, erwiderte er. »Wie ein Huhn nach dem Eierlegen.«

Es waren spöttische, aber harmlose Worte. Er hätte statt dessen sagen können, daß er sie liebte, daß er bei ihr bleiben und sie das ganze Leben lieben werde. Der Wind in den Pappeln klang wie das Seufzen und Stöhnen ihrer Sehnsucht.

»Die Grube ist geschlossen.« Sie kämpfte um ihren Stolz. Wenn er nichts sagte, würde sie auch stumm bleiben. »Das Feuer ist erloschen. Mehr wollten wir nicht. Ich bin nicht mit mir zufrieden . . . nur müde.«

»Ich würde dir raten, schnell wieder munter zu werden. Der Reverend hat noch genug andere Scharfschützen. Man muß kein Prophet sein, um zu wissen, daß er sie schnellsten hierherschicken wird, um dich umzulegen.«

Seine Worte mochten gefühllos sein, aber sein Blick richtete sich mit dieser seltsamen Intensität auf Clementine, die sie gelernt hatte zu lieben . . . und zu fürchten.

»Was soll ich deiner Meinung nach tun, Zach? Du hast mich vor dem Iren beschützt. Vielleicht sollte ich dich dafür bezahlen, daß du auch Mr. Kyle und andere, die er mir auf den Hals schickt, umlegst.«

»Ich habe den Eindruck, daß du inzwischen ohne weiteres selbst auf dich aufpassen kannst.« Er wies mit dem Kinn auf das Gewehr hinter ihrem Sattel und auf den Revolver um ihre Hüfte. Seine Stimme klang kalt und streng. »Aber solltest du nicht treffen, hast du keine Chance mehr. Das Reden über blitzschnelles Reagieren hilft wenig. Es gibt nur einen sicheren Weg, um einen Mann in die Hölle zu schicken. Du mußt *ihm* auflauern.«

Seine Augen waren so gelb wie Messing und erinnerten sie an das, was sie schon immer über ihn wußte. Er war grausam, verschlagen und, wenn es sein mußte, auch gefühllos.

Die Kehle wurde ihr plötzlich trocken. »Du meinst also, ich soll mich in einen Hinterhalt legen und deinen Vater umbringen? Dieser Mann mag noch so korrupt sein, aber er ist trotz allem der Großvater meiner Kinder. Blut läßt sich nicht mit Blut sühnen.«

»Hör mir mit den Bibelsprüchen auf, Boston. Ich will dich nur warnen, damit du vorsichtig bist. Der einäugige Jack hat sich noch nie an Regeln gehalten. Vielleicht bin ich gerade nicht da, um . . .«

Er verstummte, wandte den Kopf ab und blickte über die windgepeitschte Prärie.

»Um mich zu beschützen«, beendete sie den Satz für ihn. Sehnsucht, Hoffnung und Zorn, die ihr die Brust einschnürten, seit er zurückgekommen war, wurden zu einem gefährlichen Gemisch. »Weil du nicht bleibst.«

Sie wollte weiterreiten, aber er beugte sich vor, griff ihr in die Zügel und hinderte sie daran. Sein Gesicht näherte sich dabei ihrem, und sie spürte seinen Atem auf ihrer Haut. Das Feuer seiner stummen, unheimlichen Augen schien sie zu verbrennen.

Sie sah, wie seine Lippen sich bewegten, und hörte die Worte kaum. »Ich habe nicht gesagt, daß ich nicht bleibe.«

»Du hast auch nicht gesagt, daß du bleibst.«

»Verflucht, vielleicht warte ich nur darauf, daß du . . .« Er biß sich auf die Lippen und schüttelte unwillig den Kopf. »Du mußt immer gegen etwas kämpfen, Boston. Am Anfang waren es mein Bruder und Montana. Jetzt sind deine Feinde der Reverend und die ›Vier Buben‹ . . . und ich. Vor allem kämpfst du gegen mich.«

Sie wurde blaß und hätte ihm am liebsten mit der Faust auf den Mund geschlagen. Sie wollte aber auch die Hände um sein Gesicht legen, es an sich ziehen und ihn küssen. Er sollte leiden, und erst dann würde sie ihm zeigen, daß sie für ihn da war, ihn liebte und er nie mehr leiden müßte.

Noch immer beschäftigte sie die eine Frage: Wenn sie nicht zuerst Gus, sondern ihm begegnet wäre, würde es auch dann noch diese Spannung und die Kämpfe zwischen ihnen geben? Würde sie die Sehnsucht nach ihm noch immer um den Verstand bringen?

»Entweder muß man kämpfen oder sich ergeben«, erwiderte sie tonlos. »Das ist bei euch Männern immer so. Alles läuft immer auf Kampf oder Kapitulation hinaus.«

Er verzog die Lippen, aber er lächelte nicht. Sie würde nie vergessen, wie diese Lippen sich anfühlten.

»Du hältst dich wohl für ziemlich hart, wie«, sagte er mit seiner typischen Bosheit in der Stimme.

Sie lachte kurz auf. »Darauf kannst du Gift nehmen. Ihr Männer müßt euch immer messen, um euch zu beweisen, wer der Härteste ist. Ihr müßt Mustangs einreiten, Lassos werfen, ihr schlagt Bohrer um die Wette in den Felsen oder wollt beim Saufen der Beste sein. Aber ich kann dir verraten, wir Frauen wissen, wer härter im Nehmen ist: eine Mutter, die ihr Kind begräbt und trotzdem die Kraft hat, am nächsten Morgen wieder aufzustehen, Frühstück zu machen, die Kuh zu melken und ihrem Mann die Hemden zu waschen; die Frau des Farmers, die alle Stürme, Sommer und Winter, Schnee, Eis und Präriefeuer übersteht, um ihre Familie zu versorgen, obwohl ihr niemand sagen kann, warum sie überhaupt hier ist; die Frau des Bergmanns, die ihrem Mann von einer Mine zur anderen folgt, während er das große Glück sucht, das er niemals finden wird. Sie alle, Zach Rafferty, sie sind hart.«

Als sie ihm ihre Worte entgegengeschleudert hatte, fühlte sie sich plötzlich leer. Seine Augen blitzten flüchtig auf, aber dann schob er den Hut ins Gesicht, und sie sah nur noch seinen Mund. Er schwieg, und sie wußte, er würde ihr keine Antwort geben.

Clementine hob den Kopf und sagte wütend: »Wenn du willst, kannst du auf der Stelle davonreiten. Ich brauche dich nicht. Ich brauche keinen Mann.«

Sie gab ihrem Pferd die Sporen und trabte den Abhang hinunter, ohne sich noch einmal umzudrehen.

Der Regen setzte ein. Große Tropfen klatschten in den Schlamm. Sie ritt geradewegs zur Scheune.

Sie nahm den Sattel vom Pferd und achtete nicht auf ihn.

»Ich möchte nicht mehr in diesem Stall schlafen«, sagte er.

Clementine legte die Zügel über den Balken und drehte sich um. Er lehnte am Tor, hatte die Arme über der Brust verschränkt und die Beine übereinandergeschlagen. Seine Augen waren dunkel. Er hielt sie halb geschlossen, aber um seine Lippen zuckte es. Ihr Herz schlug heftig.

»Clementine«, sagte er leise. »Ich habe mein ganzes Leben lang nur dich gewollt.«

Es regnete heftiger. Die dicken Tropfen trommelten auf das Dach. Der Wind trieb den Regen durch das Tor. Es roch nach Schlamm und nassem Gras.

Sie wußte, er wartete darauf, daß sie etwas sagte, aber die Worte schienen in ihrer Brust gefangen zu sein. Sie legte die Arme um ihren Oberkörper und beugte sich vor, als könnte sie all das, was in ihr festsaß, mit dem Atem ausstoßen.

Er nahm den Hut vom Kopf und fuhr sich mit den Fingern durch die Haare. Das erinnerte sie so sehr an Gus, daß sie beinahe gelächelt hätte. Auch der Schmerz verschwand fast.

»Du bist wie dein Bruder«, sagte sie.

»Und natürlich steht er noch immer zwischen uns, Boston.« Er verließ das Tor, große Verletzlichkeit zeigte sich in seinem Gesicht. Er kam auf sie zu, und sie blieb stehen, obwohl sie vor Angst am liebsten davongelaufen wäre. Er besaß die Macht, ihr das Herz zu brechen, ihr Leben zu zerstören. »Er wird dich nie loslassen.«

Sie wollte ihm sagen, daß er sich irrte. Sie wollte ihm gestehen, daß er mehr Macht über sie besaß und daß er so vieles nicht verstand. Aber es war ihr noch nie möglich gewesen, über solche Dinge zu sprechen und ihre Gefühle in Worte zu fassen.

»Warum?« fragte sie leise. »Warum gibt es diesen Zorn zwischen uns? Liegt es daran, daß ich damals nicht mit dir davongeritten bin? Liegt es daran, daß du glaubst, daß ich dich nicht genug geliebt habe, weil ich Gus dir vorzog?«

Er blieb dicht vor ihr stehen. »Wenn ich gewollt hätte, Boston . . . wirklich gewollt, dann hätte ich dich meinem Bruder wegnehmen können, und du hättest auf alles, auch auf ihn verzichtet.«

Der Regen klatschte mit Wucht gegen die Scheune. Die alten Holzwände knarrten unter den Sturmböen. »Warum bist du dann zurückgekommen?«

Sie dachte, er werde antworten: ›Deinetwegen.‹

Aber er schwieg. Der heulende Wind übertönte das Schweigen. Da er
keine Antwort gab, drehte sie sich um und ging davon. Als sie das Haus
erreichte, war sie naß bis auf die Haut.

In den folgenden Tagen regnete es ununterbrochen; manchmal ließ der
Regen etwas nach, aber meist schienen sich die Wolken über ihnen zu
entleeren. Der Himmel weinte ohne Unterlaß und konnte die Tränen-
flut nicht mehr bändigen.

Die Frauen von Rainbow Springs hatten mit Hilfe ihrer Männer die
Grube mit einer dicken Schlammschicht zugeschüttet, und so würde es
auch bleiben. Der Direktor der ›Vier Buben‹-Kupfermine führte Gespräche mit den Stadträten, und man einigte sich darauf, das Kupfer in
Zukunft nicht mehr in offenen Gruben zu rösten.

Clementine, Hannah und Erlan trafen sich zu einer Whiskey-Party. Sie
sprachen über Babys und betrachteten sich die neueste Mode im *Ladies
Home Journal*, aber sie sprachen nicht über ihre Männer. Zwei von
ihnen dachten bekümmert daran, daß dies sehr wohl das letzte Treffen
sein mochte.

An dem Tag, als die Frauen vor die Stadt zogen, um dem Feuer in der
Grube ein Ende zu setzen, gaben Pogey und Nash ihren Platz auf der
Bank vor Hannahs Veranda auf. Das führte zu Spekulationen. Man
munkelte, daß die beiden einen neuen Fund gemacht hatten. Das Ge-
rücht bekam Nahrung, als jemand behauptete, er habe die beiden in
Helena gesehen, wo sie eine Gesteinsprobe untersuchen ließen.

Die ›Vier Buben‹ räumten das Holzfällerlager auf dem strittigen Gebiet
in der Nähe der Hütte der Verrückten nicht. Man staunte darüber, denn
meist hielt sich jemand im Lager auf, aber es wurden keine Bäume mehr
gefällt. Doch bei diesem Regenwetter, so dachte man, war das nicht
weiter verwunderlich. Die Lage würde sich bestimmt ändern, wenn der
Regen aufhörte.

Andere Dinge erregten die Gemüter in der Stadt weit mehr. Die Stadträte trafen sich zu mehreren Sitzungen, um über die ›Gelbe Gefahr‹ zu
beraten. Man wußte natürlich, daß die Politiker nicht dazu neigten,

schnelle Entscheidungen zu treffen. Es wurden viele Reden geschwungen und alles von allen Seiten beleuchtet, denn man konnte sich nicht so recht darüber einigen, worin die ›Gefahr‹ eigentlich bestand, die von den Chinesen angeblich ausging. Aber dann kam es zu dem Mord.

Ein Bergmann mit Namen Paddy O'Rourke hatte eines Abends seinen Kumpeln im Grandy Dancer gesagt, er werde der Chinesin Ah Toy einen Besuch abstatten. Am nächsten Morgen fand man ihn nicht weit entfernt von dem Freudenhaus mit einem Messer im Rücken im Schlamm liegen. Ah Foock, der Gemüsehändler, wurde verhaftet und des Mordes angeklagt. Die Stadträte hatten endlich etwas Handgreifliches, um die ›Gefahr‹ zu beschwören, und man traf sich zu einer außerordentlichen Sitzung.

Ja, die Chinesen eigneten sich gut dazu, Salz in alte Wunden zu reiben . . .

Erlan glaubte, auf das Klopfen an der Tür vorbereitet zu sein, als es schließlich soweit war. In gewisser Weise hatte sie sogar auf diesen Augenblick gewartet. Der Weg ihres Schicksals, der sich in letzter Zeit wand und krümmte, lag endlich wieder gerade vor ihr, ein Ende schien abzusehen.

Trotzdem zuckte sie heftig zusammen, als jemand laut an die Tür schlug. »*Hoy-man!*« rief ein Mann. »Aufmachen!«

Vor der Tür stand Peter Ling, der Mann mit den goldenen Nadeln. Regen lief ihm über den Kopf. Der dünne, weiße Bart hob und senkte sich bei jedem Atemzug. Hinter ihm auf der Straße drängten und schoben sich viele Chinesen. Einige saßen auf kleinen Eselswagen oder schoben Karren, die meisten jedoch hatten ihre Habseligkeiten in Strohmatten gewickelt, die sie auf den Köpfen oder unter den Armen trugen.

»Wohin laufen die Verrückten?« fragte sie den ehrbaren Peter Ling. Sie kreuzte die Arme über der Brust und schämte sich. Wenn man die Chinesen davonjagte, dann sollten sie wenigstens den Mut aufbringen, mit Würde zu gehen.

Peter Ling gab ihr keine Antwort, sondern reichte ihr ein Blatt mit chinesischen Schriftzeichen. Erlan fragte sich, welcher Verräter es für den Stadtrat von Rainbow Springs wohl geschrieben hatte.

»Ich kann nicht lesen«, erwiderte sie und hätte beinahe gelacht. Es erschien ihr plötzlich verrückt, daß sie die Sprache der Fremden lesen konnte, aber nicht ihre Muttersprache. In China lernte ein Mädchen nicht lesen, denn man hielt das für unnötig, weil sie heiraten und Söhne zur Welt bringen würde. In China konnte ein Vater seine Tochter als Sklavin verkaufen, und niemand fragte nach ihren Wünschen.

Peter Ling räusperte sich. »Oh, Verzeihung«, murmelte er und nahm ihr das Blatt aus der Hand. Er räusperte sich noch einmal und las: »›Hiermit wird jeder, der asiatischer Abstammung ist und in Rainbow Springs und Umgebung wohnt, aufgefordert, heute, am 25. April, die Stadt bis Mitternacht zu verlassen. Wer dieser Aufforderung nicht nachkommt, wird mit Waffengewalt entfernt.‹« Peter Ling hob die dünnen Schultern und ließ sie wieder fallen. »Das ist alles.«

»Ist es nicht genug?« Man mußte kein *Hanlin*-Gelehrter sein, um zu wissen, wer das durchgesetzt hatte – der einäugige Jack und die Kupfermine. Sie hätten an das chinesische Sprichwort denken sollen: ›Nichts ist gefährlicher, als ein in die Enge getriebener Feind.‹

»Sie können vermutlich bleiben«, sagte Peter Ling. »Ihr Sohn ist hier in der Stadt geboren. Damit ist er amerikanischer Staatsbürger, ein Yankee-doodle-Dandy.«

Yankee-doodle-Dandy . . .

Erlan drehte sich um und blickte auf das winzige Fenster mit den weißen Spitzenvorhängen, auf den leuchtend roten gehäkelten Läufer vor dem Herd, auf den runden Tisch mit der weißen Wachstuchdecke. Es roch in der Hütte wie üblich nach Stärke und Seife, aber auch nach den Forellen, die sie mit Maismehl paniert und gebraten hatte. Nur wenig verriet, daß hier eine Chinesin wohnte.

Wann habe ich das verloren, was ich eigentlich bin, fragte sie sich stumm.

»Was ist los, Lily? Was hat der Lärm da draußen zu bedeuten?«

Jere stand plötzlich in der Tür des Schlafzimmers. Manchmal lief er durch die Hütte, als könnte er sehen. Das war möglich, weil sie und Samuel darauf achteten, daß alles immer an seinem Platz stand.

Erlan verabschiedete Peter Ling und schloß die Haustür. »Ach, es wird wieder ein Frühlingsfest gefeiert«, erwiderte sie so fröhlich wie möglich. »Die Leute rufen und schreien und sind alle auf den Straßen. Es ist das Reis-Fest. Die Chinesen feiern damit den Tag, an dem die Bauern den Reis auf den Feldern pflanzen.«

Sie fand, ihre Stimme klang unsicher, aber er schien ihre Lüge zu glauben, auch wenn dieses Fest in Rainbow Springs noch nie gefeiert worden war. Wer sollte in Montana Reis anbauen?

Er blickte sie an – das jedenfalls glaubte sie immer, wenn er ihr das Gesicht zuwandte und sich mit all seinen Sinnen auf sie konzentrierte. Er zog die Stirn in Falten, um die Lippen zuckte ein Nerv. Er lächelte kurz.

»Ich ... ich wollte mit Samuel auf die Straße und die Festlichkeiten ansehen«, sagte sie. »Hast du etwas dagegen?«

»Nein, natürlich nicht, Liebste. Wenn es wieder die kleinen Mondkuchen gibt, dann bring mir ein paar mit ...«

»Ja, ja, das werde ich. Ich werde dir viele Mondkuchen mitbringen.« Sie kämpfte mit den Tränen.

Liebster Jere, ich würde dir den Mond bringen, wenn ich könnte. Ich würde dir alle deine Wünsche erfüllen, denn ich weiß, dein größter Wunsch ist es, daß ich bei dir bleibe. Damit würde sich dein und mein Herzenswunsch erfüllen ...

»Samuel!« rief sie so laut, daß der Junge erschrak, der am Tisch saß und mit einem Puzzle spielte. »Wenn du deinen Drachen am Reis-Fest fliegen lassen willst, dann müssen wir uns beeilen. Ich muß später noch Hemden bügeln. Ich habe versprochen, sie vor Sonnenuntergang abzuliefern.«

Sie eilte im Zimmer hin und her, redete auf Samuel ein, setzte ihm den Strohhut auf und zog ihm die Holzpantinen an, während Jere stumm in der Tür stand.

Da er nicht von der Stelle wich, konnte sie nicht ins Schlafzimmer gehen, um ihre persönlichen Dinge holen. Aber darauf kam es jetzt nicht an, denn sie brauchte im Grunde nur den Wachstuchbeutel mit den amerikanischen Dollars, den sie unter der Tonne mit der Wäschestärke versteckt hatte. Jetzt war sie froh, daß sie ihr sauer verdientes Geld nicht der Miner's Union Bank gegeben hatte, wie Hannah ihr immer wieder riet. Diese aufgeblasenen Kerle würden vermutlich jetzt einen Grund finden, ihr das Geld nicht zu geben.

Sie hob ihr *Chang-fu* und band sich den Wachstuchbeutel mit einer Schnur um die Taille. In diesem Augenblick war sie sogar über seine Blindheit erleichtert, denn wenigstens sah er nicht, was sie tat. Aber er würde sie nicht am Gehen hindern, denn er hielt sich ihrer nicht mehr für würdig. Er irrte sich, denn ein Mann wie er hätte die Tochter des Kaisers heiraten können.

Sie zwang sich, zu ihm zu gehen; sie zog seinen Kopf zu sich herunter und küßte ihn. Es war kein Kuß, wie sie ihn sich gewünscht hätte, denn sie küßte ihn wie eine zufriedene Frau, die kurz zum Einkaufen geht und in ein oder zwei Stunden zu ihrem Mann zurückkehren wird.

Seine großen Hände legten sich um sie. Er zog sie an sich.

»Lily . . .?«

Sie wartete mit angehaltenem Atem auf seine Frage.

»Habe ich dir heute schon gesagt, daß ich dich liebe?«

Sie lachte vor Erleichterung etwas zu laut. »Ja, schon zweimal. Habe ich es dir schon gesagt?«

Er berührte mit der Fingerspitze ihre Lippen, um ihr Lächeln zu spüren. »Nur einmal.«

»Dann sage ich es jetzt noch einmal. Ich liebe dich, Jere.«

Diesmal küßte sie ihn leidenschaftlich, als wollte sie sich den Kuß in ihre Seele, in ihr Herz einbrennen. Samuel spürte, daß etwas nicht stimmte. Er umklammerte Jeres Beine und fing an zu weinen. Jere bückte sich und nahm ihn auf den Arm. Mit Lachen und Kitzeln vertrieb er die Angst des Jungen. Erlan glaubte, ihr Herz werde zerreißen, als sie es sah und daran dachte, daß sie ihrem Sohn den Vater nahm: Samuel betrachtete Jere als seinen Vater – Kaufmann Woo hatte er nie gekannt.

Aber dann erinnerte sie sich, daß sich sein Schicksal so wie ihr Schicksal nicht hier erfüllen konnte. Samuel war kein Yankee-doodle-Dandy. Er war der Sohn von Sam Woo, der Enkel von Lung-Kwong, dem Patriarchen des mächtigen Hauses Po. Ihr Sohn hatte die Pflicht, in das Land seiner Ahnen zurückzukehren, um sie dort zu ehren, wie es die Tradition verlangte.

Sie nahm Jere den Jungen vom Arm. »Komm jetzt, Samuel. Wir müssen uns beeilen. Je schneller wir gehen, desto schneller sind wir wieder zurück.« Sie berührte Jere noch einmal sanft an der Wange. »Vielleicht bist du so nett und schälst Kartoffeln für das Abendessen.« Er nickte lächelnd und küßte zart ihre Hände. Sie gab ihm öfter kleine Aufgaben, denn er freute sich, wenn er sich nützlich machen konnte.

An der Tür blieb sie stehen. »Auf Wiedersehen, Liebster!« rief sie fröhlich. »Bis bald . . .«

Aber nicht in diesem Leben . . . nein, nicht in diesem Leben, mein *An-jing-juren* . . .

Als die Tür zufiel, blieb Jere stehen, wo er war, und lauschte. Der Regen trommelte auf das Blechdach, aber er hörte auch die anderen Geräusche von der Straße. Sie wurden lauter und klangen bedrohlich wie eine Flutwelle. Es waren ängstliche und klagende Rufe; Räder quietschten, Wagen polterten klatschend durch den Schlamm. Ein Esel schrie, und ein Pferd wieherte.

Wie eine schwarze Wolke legte sich die Angst um sein Herz. Er tastete sich durch das Zimmer, ohne auf seine Schritte zu achten. Er stieß einen Stuhl um und prallte gegen den Tisch. Er suchte den Riegel, fand ihn und stieß die Haustür so fest auf, daß sie mit einem Knall gegen die Wand schlug. Das Geschrei und der Lärm der Chinesen brandeten ihm entgegen. Peitschen knallten, die Menschen jammerten, und die Wagen schienen seltsamerweise alle in eine Richtung zu fahren.

Wohin?

Er trat unter dem Vordach heraus. Der Regen schlug ihm ins Gesicht. Sein Schuh stieß gegen ein Blatt Papier. Er bückte sich und tastete auf den nassen Planken danach, bis er es fand. Aber natürlich konnte er nicht lesen . . .

»He!« Verzweifelt machte er einen Schritt auf die Straße und hielt das Blatt in die Luft. Jemand stieß gegen ihn. Er griff blindlings zu und spürte den wollenen Ärmel eines Mantels. Ein kleiner Junge wollte sich erschrocken losreißen, aber er hielt ihn fest.

»Wer bist du?« rief er und dachte daran, daß seine vernarbtes Gesicht dem Kind vermutlich Angst machte. Aber seine Panik war noch größer. Er fühlte sich wie im schwarzen Schlund eines Ungeheuers.

In der Dunkelheit hörte er die zitternde Stimme: »R-Ross Treno-with . . .«

»Kannst du lesen, Kleiner? Kannst du mir sagen, was da steht?« Er legte dem Jungen die Hand auf die Schulter und hielt das Blatt Papier dorthin, wo er sein Gesicht vermutete.

Der Junge nahm ihm ängstlich das Blatt ab. »Es sind chinesische Schriftzeichen . . . alles komische Linien und Punkte. Aber ich glaube, ich weiß, was da steht. Der Stadtrat hat gestern getagt, nachdem Paddy O'Rourke von dem Chinesen ermordet worden ist. Sie haben beschlossen, daß alle Chinesen noch heute die Stadt verlassen müssen. Das tun sie jetzt. Sie ziehen alle davon.«

Jeres Panik stieg. »Wie? Wie ziehen sie davon?«

»Sie laufen. Die nächste Postkutsche kommt erst am Freitag, und der Zug ist bereits abgefahren. Es bleibt ihnen keine andere Wahl. Wer kein Pferd oder einen Esel hat, der muß eben zu Fuß gehen.«

Der Junge riß sich von ihm los.

»Warte doch!« rief Jere, aber der Junge war schon weg.

Jere stand allein in der schrecklichen Dunkelheit. Er hob den Kopf und rief so laut er konnte: »LILY!«

Ich muß sie finden . . . Ich werde sie finden . . .

Ein heftiger Stoß warf ihn gegen einen Wagen. Er schwankte, trat in etwas Weiches . . . es stank nach . . . Pferdeäpfeln.

Er hielt sich vor Schmerz die Hand an die Rippen und ging weiter, aber er torkelte unsicher wie ein Betrunkener. Er trat mit dem Schuh an einen Pfosten, stieß mit dem Kopf dagegen und sank auf den Gehweg.

Dort saß er benommen. Sein verzweifelter Ruf übertönte den Lärm der Wagen, Pferde und Menschen um ihn herum.

»Lily . . . mein Gott, Lily . . .«

Er schlug die Hände vor das Gesicht. Wenn er doch nur sehen würde . . .

Sie konnte ihn nicht verlassen. Sie durfte ihn nicht verlassen. Wenn sie nicht mehr da war, dann gab es für ihn nur noch die Dunkelheit.

Er stand zitternd auf, hielt die Hände ausgestreckt vor sich und tastete sich an der Wand einer Hütte entlang. So kam er langsam vorwärts, von einer Hütte zur anderen. Vor ihm lag die endlose drohende Schwärze, die in seiner Angst noch bedrohlicher, noch schwärzer zu sein schien.

Plötzlich hörte er die Trillerpfeife. Der 12 Uhr-sieben-Zug verließ den Bahnhof von Rainbow Springs.

Der Junge hatte sich geirrt. Der Zug war noch nicht abgefahren gewesen. Er rollte gerade aus der Stadt.

Großer Gott, war sie im Zug? Dann würde er sie nie mehr wiederfinden.

»LILY!«

Hannah zog die Jalousie des Abteilfensters herunter und verzichtete darauf, einen letzten Blick auf Rainbow Springs zu werfen, während der Zug dampfend und mit einem lauten Pfiff aus dem Bahnhof fuhr.

In ihren Augen standen Tränen, aber sie wollte unter keinen Umständen weinen. Es war ihre Entscheidung gewesen, ihr letztes Geschenk an ihn. Trotz allem, was sie ihm an dem Abend versprochen hatte, als sie sich auf dem grünen Spieltisch in ihrem Hinterzimmer geliebt hatten ... Trotz ihres Versprechens und trotz aller Liebesnächte verließ sie Drew.

Sie saß hoch aufgerichtet auf der unbequemen Holzbank des Abteils und trug das schwarze Kleid einer Witwe. Das düstere Schwarz ließ ihre Haut bleich wirken, aber ihr Gesicht würde ohnedies niemand unter dem dichten schwarzen Schleier sehen. Sie fand, die Stadt wie eine Witwe zu verlassen, sei angemessen, auch wenn man behaupten konnte, das sei ein etwas makaberer Sinn für Humor. Schließlich trauerte sie um ein ganzes Leben und hoffte, bald ein neues beginnen zu können.

Hannah hatte sich eine Fahrkarte bis zur Endstation gekauft, aber sie würde früher aussteigen. Wo, das wußte sie noch nicht. Nach dem Aussteigen wollte sie an dem betreffenden Ort auch nur lange genug bleiben, um die nächste Postkutsche zu nehmen, wohin sie auch fahren mochte, solange es nicht nach Osten war. Hannah wußte nicht, wie die Stadt aussehen sollte, die sie suchte. Aber sie würde es wissen, wenn sie den Ort fand.

Sie hatte immer gewußt, daß sie traurig sein würde, wenn dieser Augenblick gekommen war. Und sie war sehr traurig. Die bedrückende Schwermut ließ sie in unerbittlicher Klarheit erkennen, wie leer und einsam die Welt sein konnte. Aber trotz ihres Kummers empfand sie auch eine gewisse Erregung. Das eine, wonach sie sich ihr Leben lang gesehnt hatte, ohne es je in Worte fassen zu können, lag jetzt in Reichweite vor ihr.

Eine Familie ...

Sie und das Kind würden eine Familie sein. Nun ja, eine kleine Familie, aber darauf kam es nicht an.

Hannah konnte sich gut vorstellen, in einer Stadt wie San Francisco zu leben. Andererseits war sie nach all den Jahren in Montana zu sehr an weites, offenes Land gewöhnt, um sich in einer großen Stadt wohl fühlen zu können. Sie würde nach einer Kleinstadt Ausschau halten. Die Leute dort würden bestimmt vermuten, daß sie eine ›Strohwitwe‹ sei. Schließlich konnte sich jede Frau ein schwarzes Kleid und einen goldenen Ehering kaufen. Am Anfang mochte man ihr mit Mißtrauen begegnen, aber die ehrbaren Leute in einer kleinen Stadt wären zu höflich, um ihre Vermutungen laut in Hannahs Gegenwart zu äußern. Wenn der Anwalt ihren Besitz in Rainbow Springs erst verkauft hatte, besaß sie genug Geld, um sich alle Ehrbarkeit zu kaufen, die sie zum Leben brauchte. Sie würde für sich und das Kind eine Geschichte wie aus einem Roman erfinden. Es brauchte nie zu erfahren, daß seine Mutter früher einmal ein anderes Leben geführt oder daß die Familie keinen Stammbaum hatte.

Hannah schloß die Augen und überließ sich dem schaukelnden Rattern des Zugs. Ihre Gedanken eilten ihr voraus in die Zukunft.

Hannah sah sich wie auf einem der Wohnzimmerphotos, die Clementine in ihrem fahrbaren Photostudio machte. Sie, Mrs. Hannah Yorke, saß auf einem grün gepolsterten Samtsessel in einem Wohnzimmer, das all die vornehmen und schönen Dinge hatte, die man in einem Katalog bestellen konnte. Ihr kleiner Junge – sie wußte nicht warum, aber in ihrer Vorstellung hatte sie immer einen Sohn – saß auf einem Schaukelpferd mit einem rotem Sattel, dessen Mähne und Schweif aus echtem Roßhaar waren. Der Junge lachte. In ihrer Vorstellung lachte er immer. Er hatte dunkle Haare und graue Augen. Sie würde dafür sorgen, daß er ein mutiger, starker Mann würde wie . . .

Plötzlich sah sie *sein* Gesicht. Er überraschte sie im Wohnzimmer ihrer Träume, und sein Schatten fiel über sie. Hannah schnitt ihn aus dem Bild, auch wenn sie damit das Photo ihrer Zukunft entzweischneiden mußte. Sie wußte allzu gut und aus bitterer Erfahrung, sie mußte Drew ein für allemal vergessen.

Hannah war entschlossen, ihn zu vergessen.

Sie umklammerte die lederne Reisetasche auf ihrem Schoß und dachte an das Baby. Hannah Yorke, die immer gute Laune hatte, für jeden Mann und keinen da war, diese Hannah Yorke würde einen Menschen haben, der wirklich zu ihr gehörte, der ihre Schmerzen und ihren Kummer teilte und auch ihr Glück.

Hannah Yorke würde ein Kind haben, und nur ihm würde ihre Liebe gelten.

Sie beugte sich vor, schob die Jalousie nach oben und sah das Land: Montana – Gras, Berge und Himmel. Das Gras war vom Regen plattgedrückt, die Berge verschwanden hinter dicken grauen Wolken. Es war ein nasser, trüber Tag. Der Himmel weinte, aber Hannah lächelte. Sie würde bald einen goldenen Ring am Finger tragen, auch wenn sie ihn sich selbst kaufen mußte . . .

Erlan kam in dem Menschengewühl nur sehr langsam vorwärts. Samuel war zu groß und zu schwer, um ihn lange zu tragen. Aber der Troß der fliehenden Chinesen mit seinen Pferden, Wagen und Karren war zu gefährlich für einen Jungen, der nicht größer als ein Wagenrad war. Samuel schluchzte, als ahne er, daß Erlan ihm sein Zuhause und seine Heimat nahm.
Sie blieb wieder stehen. Es regnete heftiger. Die kalten Tropfen schlugen ihr ins Gesicht und rannen über den Strohhut. Sie kämpfte sich ein paar Schritte weiter durch den zähen Schlamm. Ihre Füße schmerzten, als wüßten auch sie, welche neuen Qualen auf sie warteten. Die Straße verlief kerzengerade und scheinbar ohne Ende aus der Stadt hinaus in die Prärie und weiter zu den hohen gezackten schwarzen Bergen in der Ferne.
In China sagten die Gelehrten, es gebe heilige Berge, die wie Pfeiler den Himmel stützten. Auch hier schienen die Berge diese Aufgabe zu haben, denn sie waren ehrfurchtgebietend und majestätisch, wild und erschreckend schön.
Die Gelehrten sagten auch, die Ordnung und Harmonie des Himmels sei in allen Dingen. Erlan blickte zum Himmel hinauf und dachte über diesen Satz nach. Ihre Gedanken kreisten um eine Erkenntnis, um die sie sich schon lange bemühte, und plötzlich wußte sie mit einer Sicherheit, die dem Verstand weit überlegen war: Für eine friedliebende Seele war kein Ort auf der Welt unerreichbar, und kein besonderer Platz sollte für sich in Anspruch nehmen können, die alleinige Heimat dieser Seele zu sein.
Ihre Schritte wurden noch langsamer.
Hannah hatte einmal während ihrer Whiskey-Partys gesagt: ›Die schlimmsten Lügen sind die eigenen Lügen, an die man glaubt . . .‹
Erlan nickte. Sie wußte, am Mondtor ihres *Lao-chia* hingen keine roten Fahnen in Erwartung ihrer Heimkehr. Dort gab es nichts mehr für sie.

Das war schon lange Zeit so, und daran würde sich auch in Zukunft nichts ändern.

Die Strafe ihres Vaters war schlimmer als das, was ihre Mutter ihm angetan hatte. Welchen Wert besaß es also für sie, wenn er ihr verzieh? Das Geschehene war geschehen und konnte nicht rückgängig gemacht werden – nicht in diesem Leben. Das Leben konnte verräterisch und grausam sein, aber auch unerwartetes Glück bringen. Zu den schwierigsten Lektionen gehörte es zu lernen, das Vergangene loszulassen.

Und manchmal . . . manchmal war es noch schwieriger zu wissen, wann man den Mut haben sollte, den Wünschen des Herzens zu folgen.

Erlan blieb wie angewurzelt mitten auf der Straße stehen. Sie blickte nach Westen, zu den Bergen . . . nach China. Dann drehte sie sich langsam um und blickte nach Osten, wo jeden Tag die Sonne aufging und das Leben immer wieder aufs neue begann.

»LILY!«

Ein großer Mann stolperte vom Gehweg und wäre beinahe von einem Fuhrwerk überfahren worden.

»Passen Sie doch auf, wohin Sie gehen, Mann!« rief der Kutscher. »Sind Sie blind?«

Erlan begann zu rennen. Ihre entstellten Füße rutschten im roten Schlamm. Sie holte Luft, um nach ihm zu rufen, aber ihre Lunge schmerzte, und sie glaubte zu ersticken. Einen Augenblick lang schien sie durch das Nichts zu laufen, aber dann befreiten sich ihre Füße von der Erde, und sie schwebte auf ihn zu. Sie flog mit ihm vereint hinauf in den endlosen Himmel von Montana . . .

Als sie ihn endlich erreichte und den plötzlich still gewordenen Samuel auf die Erde stellte, fehlte ihr die Luft, um etwas zu sagen. Aber ihre Lippen formten seinen Namen, und sein Anblick war für sie die ganze Welt.

Er sah sie mit seinem Herzen, denn er hob den Kopf und lächelte.

»Lily . . .«

Mein Schicksal ist immer noch ein halber Kreis . . .

Seine Arme legten sich glücklich um sie, der Kreis war geschlossen.

Dreiunddreißigstes Kapitel

Clementine trat auf die Veranda. Die Dielen waren kalt unter den nackten Füßen. Der Wind zerrte an ihrem Nachthemd und zerzauste ihr die Haare. Sie wußte nicht mehr, wann sie aufgehört hatte, den Wind zu hassen. Jetzt fand sie ihn jedenfalls wundervoll.

In den Gewitterwolken am Himmel rollte dumpf der Donner, und der Regen fiel noch dichter. Ein greller Blitz ließ sie erschrocken die Hände vor die Augen legen. Der Donner hallte weithin über die Berge und fand sein Echo in ihren Gefühlen. Die Pappeln rauschten und raschelten, und es klang so stürmisch wie in einer Liebesnacht.

Beim nächsten Blitz sah sie ihn durch den Regen hindurch unter den Pappeln. Er starrte auf das Grab seines Bruders.

Ihr Herz schlug laut und fordernd. Sie wollte zu ihm gehen und sich zurückholen, was sie einmal besessen, aber aus Liebe zu seinem Bruder, aus Liebe zu ihm aufgegeben hatte ... aus Angst vor ihm.

Dachte er vielleicht, das Grab sei vernachlässigt? Zog er die falschen Schlüsse aus den mit Moos und Flechten überwachsenen Steinen, dem fehlenden Grabstein? Zog er auch einen anderen, einen richtigen Schluß? Sie hatte Gus geliebt, aber nicht mit ihrem ganzen Herzen, mit ihrer ganzen Seele, denn in dieser Liebe hatte es zwar immer eine gewisse Sicherheit gegeben, aber auch totes Land. So war in ihr dort eine erschreckende Leere entstanden, wo die Quelle ihres Lebens hätte fließen müssen. Deshalb war sie Gus keine gute Frau gewesen. Deshalb brachte sie es kaum über sich, zu dem Grab zu gehen, denn es befand sich so dicht neben dem Grab von Charlie.

Der alte Schmerz, der nie versiegende Schmerz von Charlies Tod überschattete ihre Trauer für Gus. Er hatte seither ihr ganzes Leben überschattet. Der Schmerz über den Verlust war noch immer unerträglich, und daran würde sich vermutlich nie etwas ändern. Charlie wäre letzte Weihnachten elf geworden. Wie fehlten ihr die Tage, in denen er heranwuchs, sie würde nie erfahren, was für ein Mann aus ihm geworden wäre. Mit Charlies Tod hatte sie einen Teil von sich verloren. Irgendwie hatte sie gehofft, Zach könnte ihr diesen Teil zurückgeben, wenn er den Mut dazu aufbrachte. Wenn sie den Mut dazu aufbrachte ...

Zach besaß die Kraft, das Zerbrochene zusammenzufügen, aber dafür ging anderes in Brüche.

Clementine lief zögernd die Stufen hinunter und hinaus in den Hof.

Sie hätte es nicht für möglich gehalten, daß er ihre Schritte im Heulen und Toben des Sturms hören würde. Aber als sie sich näherte, drehte er sich plötzlich um. Der Mantel öffnete sich, und sie sah sein weißes Hemd. In der Schwärze der Nacht wirkte er gefährlicher als je zuvor.

Wie ein Raubtier war er mit einem Satz bei ihr. Er packte sie an den Schultern, riß sie an sich und küßte sie leidenschaftlich. Seine Küsse waren nie zärtlich oder sanft gewesen, sondern hart, zornig und fordernd. Auch diesmal war es so.

Sie schlug mit den Fäusten auf seine Brust und riß sich von ihm los. »Nein ...«

»Sag das nicht mehr, Clementine. Sag nie mehr ›nein‹ zu mir.«

Er wollte sie wieder küssen, aber sie drehte den Kopf zur Seite. »Nicht hier ...«

Ein Blitz zeigte ihr seine Augen. Sie durchbohrten und verschlangen sie.

»Hier, verdammt noch mal!«

Ihr Widerstand schwand unter dem Ansturm seiner Lippen. Seine Zunge eroberte ihren Mund, und ihr Stolz, ihre Abwehr brachen zusammen. Sie überließ sich seiner Gier und ihrer eigenen.

Er zog sie wieder an sich. Ihre Lippen lösten sich nicht mehr voneinander. Der Wind schien aus allen Richtungen gleichzeitig zu kommen. Er heulte und brauste. Die Wolken ließen den Regen wie Wasserfälle auf sie prasseln.

»Nein«, flüsterte er ihr in den offenen Mund. »Nein, verdammt ...«

Seine Lippen glitten über ihre Wange, ihre Augen. »Nicht weinen ...«

»Ich weine nicht, bestimmt nicht ...« Aber sie wußte es nicht genau,

denn sie fühlte sich von den Gewalten, die sie umtosten, ebenso davongerissen wie von ihm, von seiner Nähe, seinem Verlangen.

Sie griff nach seinem Kopf, zog ihn zu sich herunter, tastete über seine
Stirn, legte ihm die Finger auf die Augen. »Du weinst auch . . .« Ihre
Lippen küßten seinen Hals. Sie spürte seinen Puls.

»Ich habe um dich getrauert, Clementine. Ich habe zwölf Jahre um dich
getrauert, seit dem ersten Tag, als ich dich sah, wie du so schön und so
stolz von dem Wagen auf mich herabgeblickt hast. Ich habe mich so
lange nach dir gesehnt, daß ich glaubte, an meiner Sehnsucht zu sterben. Manchmal habe ich darum gefleht, tot zu sein . . .«

»Das mußt du nicht, nicht mehr.«

Er verschloß ihr den Mund mit seinen Lippen. Sein Atem füllte ihre
Lungen, und dann flüsterte er die Worte, auf die so lange gewartet
hatte: »Ich liebe dich, Clementine.«

Er hob sie hoch, ging mit ihr auf den Armen über den Hof zur Scheune.
Er brachte sie zu seinem Bett, so wie sie es wollte.

Die Lampe warf einen gelben Lichtschein auf sein Lager. Die Strohmatratze raschelte unter ihr. Er küßte sie so heftig, daß ihr Herzschlag
fast den Donner übertönte. Seine Lippen schmeckten nach der Nässe
draußen und dem Feuer in ihm.

Als er den Kopf hob, blickte sie in seine metallisch schimmernden
Augen, die ihr auch jetzt wieder Angst machten.

»Clementine . . . ich dachte, wir würden uns nie lieben können . . . nie.«
Verzweiflung und Unsicherheit sprachen aus seinen geflüsterten Worten.

Sie schlang ihm die Arme um den Hals und zog seinen Mund zu sich.
»Liebe mich jetzt«, erwiderte sie mutig. »Liebe mich . . .«

Ihr Kuß war zart und fast nur ein Hauch. Seine dunklen Haare dufteten
wie die Nacht. Ein kalter Schauer überlief sie.

»Du frierst«, sagte er. »Warte, gleich wird dir warm . . .«

»Nein!« rief sie, als er sich von ihr löste. »Verlaß mich nicht . . . Bitte
verlaß mich nicht, auch nicht für einen Augenblick.«

Er blickte auf sie hinunter, und die Leidenschaft brannte wieder in seinen Augen. Sie wollte ihn so, wie er wirklich war, mit seiner entfesselten Wildheit, die weder Himmel noch Hölle scheute.

Er warf die Jacke auf den Boden. Aber das nasse Hemd zog er nicht aus.

Es schien an seinem Oberkörper zu kleben. Ihre Hände strichen darüber. Sie knöpfte es auf, denn sie wollte seine warme Haut spüren. Bei ihm gab es keine Scheu oder Scham. Er forderte alles und gab ihr alles.

Mit gespreizten Beinen saß er auf ihr. Seine Knie drückten sich tief zu beiden Seiten ihrer Hüfte in die Matratze. Die nasse Hose spannte sich über den Schenkeln. So saß er auch im Sattel – im Vollbesitz seiner Kraft und im Ringen mit der Natur ... Der Cowboy ihrer Träume.

Er zog ihr das Nachthemd von den Schultern. Der dünne Batist zerriß unter seinen schwieligen Händen wie ein Spinnennetz. Als er sie zum ersten Mal nackt sah, waren alle seine Selbstzweifel wie weggefegt. Seine Hände umfaßten ihre Brüste, mit seinen Daumen strich er über die Spitzen. Sie bäumte sich auf und wollte sich ihm überlassen, ganz überlassen.

»Du bist so ... zart«, murmelte er, und es klang fast erstaunt. »Wenn ich dich ansah, dann habe ich mir immer vorgestellt, wie es sein würde, dich zu berühren ...«

Dem Spiel seiner Hände ausgeliefert, erwiderte sie fast zornig: »Ich konnte es nie ertragen, dich anzusehen. Es tat so weh ...«

Ihr Schmerz und ihre Lust nahmen ihm den Atem. Endlich, endlich würde sie sich ihm anvertrauen. Endlich würde sie mit ihm den Sprung wagen – in den Abgrund ihrer wahren Gefühle und in die Wildheit des eigenen Wesens.

»Clementine, ich möchte ...«

»Ja«, stöhnte sie. »Jetzt ...«

Er legte sich auf sie, sein Mund berührte ihre Brustwarze. Sie schrie, sie klammerte sich an ihn, krallte sich in seine Schultermuskeln, drückte das Gesicht gegen das nasse Hemd. Seine Haare fielen auf sie, streichelten ihr den Hals, und schon diese leichte Berührung war wie der Sturm, der draußen heulte.

Er ließ sich Zeit, liebkoste ihre Brüste lange mit den Lippen und der Zunge. Die zarte Haut wurde wund unter seinem harten Bart. Seine Hand glitt unter das Nachthemd. Er erkundete ihren Körper fordernd und fast ehrfürchtig. Ihre Haut begann zu glühen; aber als seine Finger die Haare zwischen ihren Beinen berührten, schwand die Angst gänzlich, und sie überließ sich ihm.

Er lachte zärtlich, und sie spürte seinen Atem im Nacken. »Gefällt es dir, Boston?«

»Ja . . .«, ihre Antwort klang eher wie ein Stöhnen.

»Gut . . . sehr gut, es soll dir noch besser gefallen, als du dir vorstellen kannst.«

Er schob ihr das Nachthemd bis zur Hüfte hoch. Die Luft war kalt auf der Haut, aber sie glühte wie im Fieber.

Als sie die Augen aufschlug, sah sie seinen Blick auf sich gerichtet. Er kniete zwischen ihren Beinen, schob die Hände unter ihre Hüfte und hob sie hoch. Langsam sank sein Kopf auf ihren Körper. Er küßte ihren Bauch. Seine Lippen glitten tiefer. Sie vergrub die Finger in seinen Haaren, um ihn festzuhalten. Mit angehaltenem Atem wartete sie . . . wartete, bis sein Mund sie dort küßte, denn sie wußte, wenn er es tat, würde die Welt für sie explodieren.

Sie spürte die Wellen, und ein tiefer, lauter Schrei entrang sich ihr, ein Schrei, der vom Sturm draußen verschlungen und mitgerissen wurde.

»Faß mich an«, forderte er rauh. »Ich möchte, daß du mich anfaßt.«

Er nahm ihre Hand und legte sie dorthin, wo er sie spüren wollte. Er beugte sich zurück, damit sie die Hose aufknöpfen konnte. Dann hielt sie ihn in der Hand, und er sank auf sie, spreizte ihr die Beine und drang in sie ein.

Als er sich in ihr bewegte, begannen die Wellen von neuem, wurden zu einem Rauschen wie der Regen draußen, zu dem rollenden Donner und den zuckenden Blitzen. Sie umklammerte seine Hüfte mit den Beinen. Seine Finger fesselten ihre Hände, und gemeinsam fanden sie den steilen Weg zur Ekstase, in der die Zeit stillsteht.

Er blieb lange in ihr, denn sie war warm und so sanft, und sie bot ihm die Sicherheit, die er immer gesucht hatte. Er wollte immer dort bleiben. Er umarmte sie, wollte sie nicht loslassen, nie mehr. Tränen waren in seinen Augen, Tränen der Freude und quälender Schmerzen. Er konnte sie nicht zurückhalten und verbarg sie in ihren seidigen duftenden Haaren.

Alles wirklich Schöne und Gute, dachte er, ist nicht von Dauer. Immer kommt das Ende, und es bringt neue Wunden.

Und so zog er sich schließlich zurück, zündete sich eine Zigarette an und spülte den beißenden Rauch mit einem Schluck Whiskey herunter.

Dann zwang er sich, sie anzusehen. Clementine blickte ihn ruhig und klar mit ihren großen Augen an, in denen ein Mann versinken konnte. Sie hatte sich ihm hingegeben, aber er wußte, um eine Frau zu besitzen, genügte es nicht, mit ihr zu schlafen.

»Ich sollte gehen«, flüsterte sie, als das Schweigen zu lange dauerte. »Daniel hat manchmal schlechte Träume«, fuhr sie fort, als er nichts erwiderte. »Wenn er aufwacht, hat er Angst und ruft nach mir.«

Und wenn *ich* aufwache und Angst habe? Wenn *ich* nach dir rufe?

»Dann gehst du wohl besser zurück ins Haus«, erwiderte er.

Er hörte ihre Schritte, als sie ihn verließ. Die Tür quietschte in den Angeln und fiel mit einem dumpfen Knall wieder zu. Er schloß die Augen und lauschte auf die Geräusche, denn er war wieder allein.

Langsam rauchte er die Zigarette zu Ende und leerte die Flasche. Er legte sich auf die Seite und drückte das Gesicht in die Matratze. Sie roch nach ihrem Haar, nach ihrem Körper und nach wilden Rosen.

Seit er in der Scheune schlief, war er jeden Morgen zum Frühstück in die Küche gekommen. Sie hatte ihn versorgt, als sei er ihr Mann.

Und jeden Morgen dachte sie, das kann nicht so weitergehen.

Etwas mußte geschehen, so daß sie entweder zusammenfanden oder für immer auseinandergehen würden.

In der letzten Nacht hatten sie beide gegeben und genommen, hatten ihre Getrenntheit zerbrochen und waren dabei zerbrochen worden. In dieser Nacht waren sie endlich zusammengekommen. Ihre Liebe war wundervoll und vollkommen gewesen, bis auf das Ende, als sie ihn stumm verlassen hatte.

An diesem Morgen würden sie sich am Tisch gegenübersitzen, und sie wollte die Worte aussprechen, die notwendig waren, damit alles richtig war und blieb.

Sie würde all das sagen, was sie bei Gus nie über die Lippen gebracht hatte, obwohl es richtig gewesen wäre. Sie würde all das aussprechen, was sie Zach immer hatte sagen wollen, ohne es jemals zu wagen.

Aber an diesem Morgen kam er nicht in die Küche.

Sie zog die Stiefel an und ging zur Scheune. Es regnete noch immer. Sie schob den Fellvorhang zur Seite und trat über die Schwelle. Einen

Augenblick lang blieb sie ruhig stehen und stellte einfach fest, daß er nicht mehr da war. Es war, als habe sich in ihrer Welt ein großes Loch aufgetan und alles Licht verschluckt.

Ihre Schritte hallten auf dem nackten Boden. Sie sank auf das Bett. Eine Kamee lag auf dem Matratzenbezug, als habe er sie nachlässig dort fallen lassen. Sie hatte sie ihm vor langer Zeit gegeben, damit er sie nie vergessen würde, damit er ihre Liebe nie vergessen würde.

Ihre Finger schlossen sich um die Brosche.

Ich werde nicht weinen, sagte sie sich, preßte die Brosche an sich und krümmte sich zusammen, als müsse sie eine Wunde schützen.

Drew sah den Mann, der in dem weißen Schaukelstuhl auf Hannahs Veranda saß. Regenwasser schoß über die Dachrinnen und platschte in den schlammigen Hof. Shiloh sah den Sheriff, hob grüßend eine Flasche Sarsaparilla und lachte.

»Wenn Sie Miss Hannah suchen, sie hat die Stadt verlassen.«

»Verlassen?«

Im ersten Augenblick verstand Drew nicht, was Shiloh damit meinte, aber dann wich ihm das Blut aus dem Gesicht.

Er hatte seit Jahren damit gerechnet, aber jetzt war ihm so, als habe ihm jemand mit einer Keule auf den Kopf geschlagen. Vielleicht hatte er sich verhört oder Shiloh falsch verstanden. Drew hatte sich so lange eingeredet, es sei alles in bester Ordnung. Vielleicht würde es auch diesmal helfen, so zu tun, als sei alles in bester Ordnung.

Er zwang sich zu einem Lächeln. »Hat sie gesagt, wie lange sie weg sein wird?«

»Sie hat nichts gesagt, aber ich glaube, mehr oder weniger für immer.«

Drew stieg die Verandastufen hinauf. Seine Stiefel schienen schwer wie Blei zu sein, nicht nur wegen des Schlamms. Unter dem Vordach war es trocken und kühl. Er setzte sich neben dem Schaukelstuhl auf den Boden und legte die Hände auf die Knie. Mit dem Rücken lehnte er sich an die weiße Holzwand.

Hannah war nicht mehr da.

Es dauerte eine Weile, bis er den Kopf hob und den Barkeeper wieder ansah. »Vermutlich hat sie Ihnen das Versprechen abgenommen, mir nicht zu sagen, wohin sie geht.«

»Sie sucht einen Platz, wo sie ihr Kind bekommen kann, wo niemand weiß, daß es unehelich ist, und auch niemand ihre Vergangenheit kennt.«

Ihr Kind . . .

Shiloh wippte in dem Schaukelstuhl, der leise knarrte. »Wollen Sie nicht wissen, ob es Ihr Kind ist, Sheriff?«

»Ich weiß sehr gut, daß es mein Kind ist.« Drew schlug mit der Faust auf sein Knie. Am liebsten hätte er gegen die Wand geschlagen oder noch besser in sein Gesicht. »Warum hat sie mir nichts gesagt?«

»Miss Hannah hat vermutlich gedacht, Sie würden versuchen, es ihr auszureden. Miss Hannah wollte nicht riskieren, daß es Ihnen gelingen würde.«

»Da hat sie recht! Ich hätte es ihr verdammt noch mal ausgeredet!« Er schob den Hut aus dem Gesicht. »Shiloh . . . sagen Sie mir, wohin sie gefahren ist.«

Shiloh blickte ihn mit seinen braunen Augen treuherzig an. »Sie hat mir nicht gesagt, wohin sie will, Sheriff. Das ist die reine Wahrheit. Ich glaube, damit hat sie erreicht, daß Sie ihr nicht folgen können.«

»Ich hätte sie geheiratet, auch ohne das Kind. Ich wollte sie fragen, ob sie meine Frau werden will . . .«

Der Schaukelstuhl knarrte. »Ja, ja, wie schade, daß es beim ›Wollen‹ geblieben ist.«

Drew starrte auf den Boden.

Natürlich wollte ich sie fragen . . . an jenem fernen Tag, an dem ich reicher aufwachen würde als sie. Ich wollte sie an dem Tag fragen, an dem ich mich im Spiegel ansehen würde, ohne mir ins Gesicht spucken zu müssen . . .

»Sie hat so viel Geld. Deshalb habe ich es nie getan . . . Sie ist einfach so verdammt reich.«

Shiloh lachte leise. »Ja, Geld hat sie genug. In dieser Stadt gehört ihr inzwischen ziemlich viel.«

Drew holte tief Luft. Seine Rippen schmerzten, als habe man ihn mit Fäusten geprügelt. »Ich konnte den Gedanken einfach nicht ertragen, von ihr zu leben, von einer Frau abhängig zu sein.«

»Tja, da unterscheiden wir zwei uns gewaltig, Sheriff. Ich suche schon lange nach einer reichen Frau. Wenn ich sie finde, dann werde ich mich zur Ruhe setzen, den ganzen Tag angeln und faulenzen . . .« Er lachte und hob die Flasche an die Lippen. Er trank genußvoll und leckte sich den Mund. ». . . Und vielleicht auch ein wenig trinken.«

Er blickte auf die leere Flasche in seiner Hand und nickte. Shiloh zog die Stirn in Falten, als denke er nach. »Man kann sich auf viele Weisen zum Narren halten lassen«, sagte er dann. »Ich glaube, ein Mann ist nicht gegen alle Dummheiten gefeit, denn es gibt einfach zu viele. Aber wenn einer seine Dummheiten immer wiederholt, dann ist ihm nicht zu helfen.«

»Ich habe ihr oft gesagt, daß ich sie liebe. Zum Schluß hatte ich einfach keine Worte mehr, um es ihr noch deutlicher zu sagen. Wenn ich sie das nächste Mal sehe, werde ich mir die Worte ersparen. Ich werde ihr sagen, sie soll gefälligst die Klappe halten und mich heiraten.«

»Worte . . . nichts als Worte.«

»Wenn ich sie wiedersehe, dann sind es nicht nur Worte. Aber das bedeutet, ich muß sie erst einmal finden.«

Drew hatte noch nie eine Frau um ihre Liebe angefleht. Dazu war er zu stolz und zu sehr von sich selbst überzeugt. Er wußte aber auch, daß er ein Schwächling war, denn er hatte oft genug den Beweis dafür gehabt – jedesmal, wenn er in den Stollen hinunter mußte. Vielleicht hatte sie ihn deshalb verlassen. Sie hatte ihn durchschaut und wußte, was für ein Waschlappen er in Wirklichkeit war.

Er dachte an den Abend im Hinterzimmer, als sie die Pistole auf ihn gerichtet und er sie aufgefordert hatte, ihn zu erschießen, wenn sie ihn verlassen wollte. Er hörte sie wieder mit ihrer rauchigen Stimme sagen: ›Ich werde dich nicht verlassen, Drew . . . ich liebe dich.‹

Soviel also waren ihre Worte wert. Vielleicht sollte er sie wirklich gehen lassen – jawohl, im Grunde hatte sie es nicht besser verdient. Vielleicht sollte er ihr doch folgen, und sie würde ihm mit ihrer rauchigen Stimme ein paar ehrliche Worte sagen, die er vermutlich nicht gerne hören würde.

Drew starrte in den Regen und wußte nicht, wie ein Leben ohne Hannah aussehen sollte. Es konnte Monate, vielleicht sogar Jahre dauern, bis er sie aufgespürt hatte. Er würde seinen Posten aufgeben müssen, und Jere würde für sich selbst sorgen müssen . . .

Verdammt, er benutzte seinen Bruder nur als Vorwand. Jere hatte schließlich Lily.

Leider war die Welt außerhalb von Rainbow Springs groß. Jenseits der

Stadt wartete ein endloses Land. Dort hatte ein Mann keine andere Wahl, als sich der Wahrheit zu stellen. Dort würde er herausfinden, was er wirklich taugte. Er würde dem feigen Drew Scully begegnen, dem mit der Angst vor der Dunkelheit; und auch dem Drew, der dem Minenbesitzer der ›Vier Buben‹ die Stiefel leckte und sich trotzdem einredete, er sei ein freier, unabhängiger Mann. Und am Ende würde er vielleicht eine Hannah finden, die ihn wirklich nicht haben wollte.

Drew erhob sich und schob den Hut wieder in die Stirn. Es regnete noch immer. Er konnte sich mittlerweile an keinen Tag mehr erinnern, an dem es nicht geregnet hatte.

»Danke, Shiloh«, sagte er und räusperte sich. Wie gut, daß er der ach so große Sheriff war mit dem Revolvergurt um die Hüfte und einem Stern an der Brust, sonst hätte er womöglich angefangen zu heulen.

Er ging zu den Stufen und drehte sich noch einmal um. »Hat sie Ihnen das Haus überlassen?«

Der Barkeeper lachte. »Ja, Sir. Sie hat schon vor langer Zeit gesagt, wenn sie einmal gehen würde, und sei es mit den Füßen zuerst, dann würde das Haus mir gehören.«

Drew nickte. »Sie ist eine verdammt gute Frau.«

»Stimmt, Sir. Sie ist die Beste.«

Drew blieb noch einen Augenblick stehen und blickte auf das Haus, auf das Schlafzimmerfenster. In dem Zimmer hatten sie so viele Nächte miteinander verbracht ...

Schließlich ging er hinaus in den Regen.

Die Straße zog sich kerzengerade in die weite, leere Prärie. Hinter dem Gras ragten die Berge in den noch weiteren, noch leereren Himmel. Er seufzte und wußte, nichts war so groß und so weit wie die Einsamkeit eines Lebens ohne die Frau mit der rauchigen Stimme und den roten Haaren.

Aber wo sollte er sie suchen?

Clementine blickte auf die Gesteinsprobe in ihrer Hand. »Bitte erklären Sie es mir noch mal.«

Pogey stieß seinem Partner den Ellbogen in die Seite. »Laß mich mal reden, du Umstandskrämer. Du hast ihren Kopf mit so vielen rätselhaften Wörtern gefüllt, daß sie natürlich keinen vernünftigen Schluß daraus ziehen kann.« Er sah Clementine treuherzig an. »Ich fasse mich

kurz und sage nur ein Wort«, rief er und warf sich stolz in die Brust:
»Das Erzader-Gesetz.«

»Das sind drei Wörter«, brummte Nash.

»Halt den Mund!« rief Pogey und stieß ihm noch einmal den Ellbogen
in die Seite.

Die beiden alten Goldsucher standen sichtlich mit sich und der Welt
zufrieden in der Küche. Zu ihren Füßen sammelte sich das Regenwasser. Clementine betastete die Gesteinsprobe. Ein Sachverständiger in
Helena hatte den beiden bestätigt, daß es sich um beinahe reines Kupfererz handelte.

Sie hatte von dem Gesetz gehört und wußte ungefähr, worum es dabei
ging. Der Besitz einer Erzader wurde dem zugesprochen, auf dessen
Land die Ader an die Oberfläche trat. Dabei kam es nicht darauf an, wie
tief oder wie weit die Ader reichte. Manchmal, wie im Fall der ›Vier
Buben‹-Kupfermine, fand man die Stelle nicht, an der die Ader aus dem
Erdreich auftauchte. Und manchmal fand man die Stelle auf dem Land
von jemandem, dem die Mine nicht gehörte. Wenn das geschah,
dann ...

»Ihr sagt, diese Probe habt ihr bei der Hütte der Verrückten gefunden?«

»Wir haben sie nicht gefunden ...«

»Halt doch endlich den Mund, Nash. Warum glaubt dieser Esel immer,
er sei so klug wie ein Pferd?« Er stieß dem armen Nash zum dritten Mal
den Ellbogen in die Seite. »Ja, Mrs. McQueen, der Stein in Ihrer Hand
gehört zu der Kupferader, die von den ›Vier Buben‹ abgebaut wird und
die in Ihrem Wald aus dem Erdreich tritt. Das erklärt, warum der einäugige Jack da draußen ein Lager hat und so tut, als würden dort Bäume
gefällt. In Wirklichkeit will er nur verhindern, daß jemand die Ader
findet.«

Und das war natürlich auch der Grund dafür, daß Jack McQueen sie so
nachdrücklich zwingen wollte, dieses Land zu verkaufen. Seine Männer
hatten sogar auf ihre Kinder geschossen, um sie einzuschüchtern.
Wenn die Kupferader auf ihrem Land an die Oberfläche trat, dann gehörte ihr rechtmäßig die ganze Mine ...

»Ein anderer hat sie also gefunden«, sagte Clementine nachdenklich.

»Wer hat euch die Probe gegeben und geraten, sie überprüfen zu lassen?«

Der alte Pogey verzog das Gesicht, rieb sich das Ohrläppchen und starrte auf seine Stiefelspitzen. Draußen schlug der Regen weiter gegen die Fensterscheiben. »Das ist ein Geheimnis, Madam, sozusagen eine Information von jemandem, der nicht genannt werden will.«

»Das ist im Augenblick auch nicht weiter wichtig«, sagte Clementine, ging zur Tür und nahm Hut und Ölzeug vom Haken. »Ich muß mir das selbst ansehen.«

»Augenblick mal!« rief Pogey. »Seien Sie nicht so unvorsichtig.«

»Wenn man sich in die Nähe dieser Kerle wagt, kann die Luft bleihaltig werden«, fügte Nash hinzu. Aber ihre guten Ratschläge hörte in der leeren Küche niemand mehr.

Zach saß völlig durchnäßt im Sattel. Das alte Ölzeug hatte Risse und hielt den Regen kaum noch ab. Der Wind bewegte die Hutkrempe, und eiskaltes Wasser lief ihm über den Nacken den Rücken hinunter.

Er blickte durch die tropfenden Kiefern auf den grauen Himmel und die regenschwarzen Berge. Er schüttelte sich heftig, und das Wasser sprühte in alle Richtungen, aber seine Gedanken ließen sich nicht so einfach abschütteln.

Er ritt den Hang hinauf. Von dort sah er die verfallene Hütte der Verrückten und Clementines Wald. Eine große Fläche war dank der Holzfäller bereits kahl bis auf die Baumstümpfe.

Zach hatte sich an diesem Morgen den Wald genau angesehen. Im Augenblick wurden keine Bäume mehr gefällt. Trotzdem wußte er, daß sich immer mindestens ein Mann der ›Vier Buben‹ als eine Art Aufpasser in der Gegend aufhielt. Der einäugige Jack führte bestimmt etwas Ungutes im Schild. Aber was, das konnte Zach beim besten Willen nicht erkennen.

Er streckte die Beine in den Steigbügeln und holte tief Luft. Das Regenbogenland hatte sich sehr verändert, seit er das erste Mal hierhergekommen war. Die Rinderherden grasten das Land ab, die Bäume wurden gefällt, und das Bergwerk unterhöhlte den Boden. Städte und Menschen hatten die endlose Weite erobert. Manche hätten gesagt, das Land sei erschlossen, kultiviert worden.

Aber die schneebedeckten Berggipfel bohrten noch immer Löcher in den Himmel. In ihrem Umkreis gab es genug dichte Wälder, in die kein Sonnenstrahl fiel. Im nächsten Sommer würde das Büffelgras wieder so hoch wachsen, daß es einem Mann bis zur Hüfte reichte. Auch die Äste der wilden Kirschen am Fluß würden sich dann wieder unter der schweren süßen Last ihrer Früchte neigen.

Er liebte das Land, obwohl es einen traurig und einsam machte und manchmal auch ein wenig wild. In diesem Land konnte man tatsächlich glauben, alles sei möglich. Es schmerzte ihn, daß er *seine* Möglichkeiten alle verspielte.

Seine Liebe für Clementine war inzwischen so stark geworden, daß er das Gefühl hatte, er habe die Verpflichtung, zu dem Mann zu werden, den sie brauchte, den sie verdiente.

Er wollte gerade sein Pferd wenden, als er den Schuß hörte.

Das Wasser schäumte und brauste durch die Schlucht. Es war durch den Regen so tief, daß ein Mann samt seinem Pferd darin versinken konnte. Die Fluten trugen Geröll, Erde und Äste, ja sogar junge Bäume mit sich davon. Und der Regen ließ nicht nach. Der Sturm peitschte Wasserwände über das Land und riß alles um, was diesen Gewalten nicht gewachsen war.

Nash hatte gesagt, die Gesteinsprobe stamme von dem Hang hinter der alten Hütte. Clementine band ihr Pferd fest und ging zu Fuß weiter. Sie nahm die geladene Winchester mit, auch wenn das Gewehr sie auf dem schlammigen und steinigen Boden behinderte. Im Grunde wußte sie nicht genau, was sie tun wollte, wenn sie die Kupferader fand. Vermutlich würde sie sich nur freuen, auch für Gus. Welch eine Ironie des Schicksals: Sie waren von Anfang an die rechtmäßigen Besitzer der Kupfermine gewesen!

Etwa auf halber Höhe des Hangs tauchten hinter den schwarzen Felsen zwei Männer wie Gespenster aus einem Grab auf – Kyle und der einäugige Jack. Sie sah den Revolver in Kyles Hand, sah, wie er ihn hob und auf sie zielte.

Sie drückte zuerst ab.

Der Schuß hallte durch die Schlucht. Kyle drehte sich einmal um sich selbst, breitete die Arme aus und stürzte den Abhang herunter. Schlamm, Steine und Äste folgten ihm.

Clementine beobachtete, wie der Mann auf dem Rücken in den rötlichen Fluten trieb und schnell davongerissen wurde. Aber sie drehte sich sofort wieder um und zielte auf ihren Schwiegervater.

Jack McQueen schüttelte den Kopf. Er warf nicht einmal einen Blick in die Schlucht, wo sein Aufseher in den Fluten verschwand.

»Verdammt! Junge Frau, Sie sind eine echte Offenbarung. Ja, wahrhaftig, Sie haben Verstand und auch den Mut, etwas damit anzufangen. Wirklich eine Offenbarung.« Er verzog spöttisch die Lippen. »Ich überlege fast, ob ich Sie zu meiner Partnerin machen soll . . . das heißt, wenn ich sicher wäre, daß ich Ihnen vertrauen könnte.«

Er durchbohrte sie mit seinem einen Auge und machte einen Schritt auf sie zu.

Clementine umklammerte die Winchester fester. Ihr Magen revoltierte, und die Beine begannen zu zittern. Ihr war kalt . . . so entsetzlich kalt. Sie dachte an den toten Mann im Wasser und wollte noch einmal nach ihm sehen. Sie wollte sich überzeugen, daß er wirklich tot war. Aber sie wagte es nicht. Sie konnte es nicht wagen.

Jack McQueen kam vorsichtig noch etwas näher. Er versank beinahe im Schlamm und mußte sich auf einen Stein stützen.

»Meine liebe Schwiegertochter, Sie haben die Kupferader entdeckt, nicht wahr. Das hatte ich befürchtet.«

Das Gewehr zitterte in Clementines Händen. »Bleiben Sie stehen!« rief sie.

»Und was wollen Sie jetzt tun?« fragte er und machte noch einen Schritt.

Es krachte so laut, daß Clementine dachte, es sei ein Kanonenschuß und nicht ein Gewehr. Aber sie hatte nicht geschossen. Der Boden gab unter ihren Füßen nach, und es donnerte dumpf, als würde sich die Erde auftun. Eine Schlammlawine wälzte sich den Abhang herunter.

Vierunddreißigstes Kapitel

Als der erste Schuß über dem Kopf des Kutschers verhallte, hätte Hannah am liebsten selbst einen Raubüberfall begangen, nur um aus der holpernden, schwankenden Kutsche herauszukommen.
Im Zug hatte sie sich schon ständig übergeben müssen, und heute in der Kutsche war die Übelkeit beinahe unerträglich geworden. Vor einer Stunde hatte es aufgehört zu regnen. Die Sonne brannte vom Himmel, und die modrigen, mit Roßhaar gepolsterten Sitze und die Ledervorhänge dampften. Hannah beugte sich vor und erbrach den öligen Kaffee in den Blechnapf, den sie zwischen den Knien hielt. Sie hatten gerade erst die Poststation verlassen, wo sie den bitteren Kaffee getrunken hatte.
Hannah würgte noch immer, als die nächsten Schüsse fielen.
»Gott steh uns bei, wir werden alle sterben!« schrie die Frau neben ihr, und Hannah seufzte erleichtert, denn sie wünschte sich im Augenblick nichts sehnlicher. Die Frau roch nach Mottenkugeln und Ölsardinen. Allein diese Geruchsmischung würde sie nicht mehr lange überleben.
Obwohl neben dem Kutscher ein bewaffneter Begleiter saß, hielt er nach der ersten Salve die Pferde an. Benebelt von der nächsten Welle der Übelkeit hörte Hannah nur undeutlich laute Männerstimmen. Der Wagen neigte sich zur Seite, als der Kutscher vom Bock abstieg, und kurz darauf wurde die Wagentür aufgerissen.
Hannah schob den Witwenschleier aus dem verschwitzten Gesicht und sah mit Tränen in den Augen einen schnauzbärtigen, hochroten Kopf.
»Da draußen ist der Sheriff von Rainbow Springs, Madam«, sagte der Mann und musterte sie mißtrauisch. »Er sagt, er hat einen Haftbefehl für Sie.«
»Ich wußte gleich, daß sie so eine ist«, flüsterte die dicke Frau ihrem

Mann laut genug ins Ohr, daß alle es hörten. »Sie ist keine Witwe, sondern ein Flittchen!«

Hannah hätte sich jedem x-beliebigen Banditen ergeben, nur um wieder festen Boden unter den Füßen zu haben und frische Luft zu atmen. Sie ließ sich von dem Kutscher beim Aussteigen helfen, blieb schwankend stehen und hielt sich an der Postkutsche fest. Am Straßenrand saß ein Mann auf einem Rotschimmel. Das Pferd hatte Schaum vor dem Maul und war schweißnaß, als sei es lange und schnell gelaufen.

Hannah hob blinzelnd den Kopf, und seine blitzenden Augen ließen sie zusammenzucken.

Sheriff Drew Scully zügelte sein Pferd und schwieg beharrlich, während der Kutscher Hannah die Reisetasche reichte, auf den Kutschbock kletterte und unter Peitschengeknall die Fahrt in den Westen ohne sie fortsetzte. Die Kutsche entschwand holpernd und schwankend langsam ihren Blicken, aber er schwieg wie ein Grab.

Schließlich hob er sich halb aus dem Sattel und blickte sich um, als wollte er sich das Land betrachten. »Es war doch nicht so schwer, dich zu finden, wie ich gedacht hatte«, sagte er schließlich.

Hannah legte den Kopf so weit zurück, daß die Sonne sie blendete, und erwiderte: »Nun hast du mich gefunden und kannst nach Rainbow Springs zurückreiten.«

Als er ausatmete, klang es fast wie ein Seufzen. Er rieb sich das unrasierte Kinn. »Na ja, Hannah, ich hatte mich darauf eingestellt, die nächsten Jahre damit zuzubringen, dich zu suchen.«

»Ach wirklich?« Sie schluckte und versuchte, ein leichtes inneres Beben zu unterdrücken. Sie wollte sich keine Hoffnungen machen, aber sie wußte bereits, die Hoffnung ließ sich nicht mehr verdrängen, und sie fühlte, daß sie schwach wurde. »Drew, bevor du etwas sagst, was du bereuen wirst, möchte ich dich warnen. Ich bin schwanger.«

Seine Augen blitzten, als wollte er lächeln. »Schön, ich wollte schon immer Vater werden. Ein kleines Mädchen wäre mir am liebsten, wenn du das vielleicht in Erwägung ziehen könntest, Hannah, mit einem rotblonden Köpfchen und zwei Grübchen.«

Ein Windstoß fegte über die Prärie und ließ den schwarzen Witwenschleier flattern.

»Drew, ich bin vierzig. Wenn du vierzig bist, bin ich dreiundfünfzig.«

»Ja, und unsere Tochter wird dreizehn sein und schon fast eine Frau.«
Er zog die Augenbrauen zusammen, als denke er über etwas nach. »Du
meine Güte! Ich werde bis dahin üben müssen, schneller zu ziehen,
damit ich jeden umlegen kann, der meinem kleinen Mädchen nachstei-
gen will.«
Sie ließ sich beinahe von ihrer Hoffnung mitreißen. Aber sie wollte ihn
hier und jetzt mit der Wahrheit, der ganzen Wahrheit konfrontieren.
»Ich habe mit Dutzenden von Männern geschlafen, Drew ... vielleicht
sogar mit Hunderten.«
»Das hat man mir schon oft gesagt. Aber mit wie vielen Männern hast
du in den letzten sieben Jahren geschlafen?«
»Du Schuft! Du weißt genau, seit dem Tag, an dem du ... und ohne
vorher zu fragen ... seit damals hat es keinen außer dir gegeben.«
Er lachte. »Na also, was habe ich gesagt?«
»Drew, hör mir zu. Das ist noch nicht alles. Es hat einmal eine Zeit
gegeben, auf die ich heute nicht gerade stolz bin. Um die Wahrheit zu
sagen, ich schäme mich. Aber es gab eine Zeit, da habe ich getrunken
und ...«, sie holte tief Luft und gab sich eine Ruck, »Opium geraucht.«
»Ach ja? Du stehst mir in nichts nach, Hannah. Da wir gerade dabei
sind, unsere Sünden zu beichten, will auch ich dir die Wahrheit sagen.
Ich bin vielleicht der erbärmlichste Cowboy, den es je in Montana gegeben hat. Ich habe mich beinahe jeden Tag vor Angst übergeben und
literweise Schweiß vergossen, wenn ich in die Grube eingefahren bin.
Hannah, ich bin ein Schwächling.«
Vor Staunen blieb ihr der Mund offenstehen. »In all den Jahren ... als
du in der Mine gearbeitet hast?«
Er preßte die Lippen aufeinander. »Ich wußte, daß du mich verachten
würdest, wenn du es erfährst ...«
Die Kehle war ihr wie zugeschnürt. Ihre Freude und Erleichterung ließen sie fast schweben.
»Gott, ihr Männer! Ihr glaubt immer, daß ihr mutig und stark sein
müßt. Die Menschheit würde aussterben, wenn wir Frauen euch nicht
trotz eurer Torheiten lieben könnten.«
Er drehte sich um und sah sie fragend an. »Liebst du mich, Hannah?«

Sie brachte es noch nicht über die Lippen. Sie zögerte den Moment hinaus und überließ sich ihrer Hoffnung. Aber sie lächelte ihn an.

»Du hast dem Kutscher gesagt, daß du einen Haftbefehl für mich hast, Sheriff. Was habe ich denn verbrochen?«

»Wie konntest du mich einfach so verlassen?«

Sie glaubte, an dem Kloß in der Kehle zu ersticken, und konnte nur mit größter Mühe antworten. »Ich bin nur weg, weil ich dich liebe. Und jetzt wirst du es teuer bezahlen müssen, daß du mich gefunden hast, denn ich glaube, du wirst mich nicht mehr los.« Sie griff nach dem Steigbügel und zog daran. »Komm endlich runter. Wenn ich deinen Heiratsantrag annehmen soll, dann möchte ich nicht gerade *dir* zu Füßen liegen.«

Er sprang so schnell vom Pferd, wie es nur ein Cowboy konnte. Dann nahm er den Hut mit einer Hand vom Kopf, griff mit der anderen nach ihrer Hand und kniete mitten in der Prärie von Montana vor ihr nieder.

»Hannah Yorke«, sagte er sehr ernst, aber seine grauen Augen strahlten, »würdest du mir die Ehre erweisen, meine rechtmäßig angetraute Frau zu werden?«

Sie glaubte, weinen zu müssen, wenn sie sich nicht zusammennahm. »Bei Gott . . . Ja, das will ich«, flüsterte sie.

Er ließ ihre Hand nicht los, als er aufstand, sich die Erde von den Knien schlug, den Hut aufsetzte und etwas aus der Jackentasche nahm.

»Nimm das, damit alles ist, wie es sich gehört, bis wir einen Pfarrer auftreiben«, sagte er. »Ich möchte jedenfalls, daß du nicht vergißt, daß ich um deine Hand angehalten habe und daß du ›ja‹ gesagt hast.«

Hannah blickte auf ihre zitternde Hand, die er festhielt. Sie mußte blinzeln, denn der Goldring, den er ihr auf den Ringfinger schob, blitzte im Sonnenlicht.

Der rote Schlamm füllte ihren Mund und begrub sie unter sich. Er wälzte sich mit ihr in die Schlucht hinunter.

Clementine wurde wie in einem riesigen Faß herumgeschleudert. Um sie herum gab es nur noch Schlamm. Eine erstickende Dunkelheit hielt sie gefangen. Der Schlamm zermalmte sie.

Sie schlug um sich, stieß mit den Händen dagegen und kämpfte sich nach oben. Endlich kam ihr Kopf wieder an die Luft. Der Schlamm saß ihr in Mund, Nase, Augen und Ohren. Sie würgte und konnte nichts sehen. Sie zog einen Arm aus dem Schlamm und rieb sich das Gesicht, um wieder atmen zu können.

Während sie keuchend um sich schlug, wurde sie unbarmherzig weiter nach unten gezogen. Sie hörte das Wasser rauschen und wußte, wenn sie erst von den schäumenden Fluten erfaßt würde, dann war es um sie geschehen. Eine junge Kiefer erschien vor ihrem Gesicht. Sie klammerte sich daran fest. Nadeln und Zweige glitten durch ihre glitschigen Hände, als der Schlamm sie weiter nach unten riß. Aber sie klammerte sich mit aller Kraft fest.

Der Baum war zu schwach . . . sie spürte, wie sich seine Wurzeln langsam lösten. Voll Entsetzen streckte sie den Arm nach einem anderen, etwas größeren Baum aus, der aber außerhalb ihrer Reichweite war. Da sah sie, wie aus dem regennassen Himmel ein Lasso durch die Luft flog. Sie richtete sich mit einem Ruck auf und hob die Arme. Der kleine Baum gab nach. Sie konnte nur noch auf das Seil und den Cowboy hoffen, der es warf.

Das Lasso glitt über ihren Kopf und ihre Schultern. Sie stieß einen Schrei aus, als es sich fest um sie legte und ihr in den Oberkörper schnitt. Langsam wurde sie aus dem tödlichen Schlamm gezogen.

Als sie wieder festen Boden unter sich spürte, half ihr ein starker Arm, sich aufzurichten. Sie würgte und spuckte hustend den Schlamm aus. Sie glaubte immer noch zu ersticken.

»Warum bist du hier, Boston?« Er riß sie an seine Brust und drückte sie so fest, daß sie wieder keine Luft bekam.

Sie klammerte sich an seine Jacke und legte das Gesicht an seinen Oberkörper. »Du hast mich verlassen«, stieß sie keuchend hervor. »Du hast mich wieder verlassen!«

»Hölle, Tod und Teufel, ich dachte, du seist tot . . .«

Sie schob ihn so heftig von sich, daß er schwankte. »Du hast mich verlassen, ohne dich von mir zu verabschieden!«

Der Regen mischte sich mit dem roten Schlamm. Er hatte seinen Hut verloren. Die Haare klebten ihm am Kopf. Er war wie sie über und über mit Matsch bedeckt.

»Mist«, sagte er, »weit bin ich nicht gekommen.«

Sie spuckte noch immer Schlamm. »Und wenn ich dich jetzt nicht mehr haben will?«

»Du willst mich.«

Clementine wollte sich mit der Hand die nassen Haare aus dem Gesicht schieben, aber er tat es für sie. Und diesmal war er zärtlich und sanft.

»Wir müssen aufhören ... wir müssen damit aufhören. Das ist so, als wollten wir Gott versuchen.«

Plötzlich begann sie am ganzen Leib zu zittern. Der Abhang, wo sie noch vor kurzem gestanden hatte, war zu einer riesigen, tiefen Schneise geworden, die bis hinunter zur Schlucht reichte. Dort bildete das weggespülte Erdreich und das Geröll einen Damm, an dem sich das Wasser staute. Es wurde zu einem See, der unter sich alles begrub: die Baumstümpfe, die Stämme, das Holzfällerlager, die Hütte der Verrückten. Nur die Erzader ragte über dem gurgelnden roten Wasser aus dem ausgespülten Hang.

Vom einäugigen Jack McQueen war weit und breit nichts zu sehen.

»Zach ... dein Vater stand vor mir, als der Erdrutsch kam.«

Er wischte sich mit dem Halstuch Wasser und Schlamm aus dem Gesicht. »Ich habe ihn gesehen ... Aber ich hatte nur *ein* Lasso.«

Clementine berührte mit einem Finger seinen harten Mund. Man sah ihm nur selten seine Gefühle an. Ein Mann zeigte seine Gefühle nicht. Aber sie war nun schon lange genug hier, um das Gesetz zu kennen, nach dem er lebte. Sein Vater war von dem Land getötet worden, das er so kaltblütig ausgebeutet und mißhandelt hatte. Wer für seine Untaten zahlen mußte, wehrte sich nicht, wenn er wirklich ein Mann war.

Zach ließ das Halstuch fallen und griff nach ihrem Handgelenk. Er hob ihre Hand und küßte sanft ihre Finger.

»Ich habe Angst«, flüsterte sie beim erneuten Ansturm ihrer Gefühle. »Du machst mir Angst, Zach. Ich liebe dich so sehr, daß es mir weh tut.«

Er lächelte, aber diesmal war es ein anderes Lächeln. Es war traurig und sehr sanft. »Ich werde dir nicht sagen, daß du keine Angst haben sollst oder daß ich dich nie wieder verletzen werde.« Er drückte ihre Hand. »Ich weiß nicht, warum ich heute morgen das Pferd gesattelt habe und losgeritten bin. Vielleicht habe ich wirklich versucht zu gehen, aber nur, um verstehen zu können, warum ich bleiben muß.«

Tränen standen in ihren Augen. Alles um sie herum verschwamm und schien so unwirklich wie ein Traum.

Ich liebe ihn, dachte sie, und er verliert die Freiheit seiner Seele . . .

Clementine brachte kaum ein Wort hervor. »Es . . . es sollte nicht so schwer sein . . .«

Er ließ ihre Hand los und legte ihr den Finger auf den Mund. »Es ist schwer, Clementine. Es ist schwer für einen Mann, in die Augen einer Frau zu blicken und die Liebe zu ertragen, die er dort entdeckt. Denn er weiß, wenn sie ihn ansieht, dann sieht sie nicht, was er ist, sondern was er sein sollte.«

»Du bist für mich schon alles.«

Er lachte heiser. »Und du behauptest, Angst zu haben.« Er umfaßte mit beiden Händen ihr Gesicht. »Ich werde nicht wie mein Bruder sein. Ich werde nicht gut oder verantwortungsvoll wie er sein, oder all das, was ein guter Mann für seine Frau ist. Aber ich hoffe, daß auch das in mir steckt, wenn ich den Mut habe, danach zu suchen. Ein solcher Mann möchte ich werden, Clementine, sei es auch nur um meinetwillen.«

Sein Herz und sein Stolz lagen offen vor ihr. Sie dachte daran, wie lange sie selbst nach dieser Offenheit gesucht hatte und wieviel Mut sie hatte aufbringen müssen, um den Weg zu gehen, der sie zu diesem Ziel bringen konnte.

»Ich bin der Bär«, flüsterte sie.

»Was bist du?« fragte er verblüfft.

Clementine schüttelte den Kopf und lächelte unter Tränen –, aber diesmal weinte sie vor Glück und Hoffnung.

»Nichts . . . Ich liebe dich nur.«

Er küßte sie, und der Kuß dauerte eine Ewigkeit. Sie legte die Arme um seine Hüfte und ließ ihn nicht mehr los.

Als seine Hände schließlich von ihren Schultern sanken und er sie von sich schob, wußte sie, daß er es tat, damit sie in seine Augen sehen konnte und die Wahrheit seiner Worte verstand.

»Ich liebe dich, Clementine«, sagte er. »Ich liebe dich so sehr wie dieses Land und noch mehr . . .«

Epilog

Am 1. Juli 1905 erschien im *Rainbow Springs Observer* folgender Leitartikel:

BRINGT DER VIERTE JULI EINEN AUSWEG AUS DER KRISE?

Stiftungshaus wird eingeweiht. Bürgermeister Drew Scully: »Die Stadt erwartet mit Spannung die Rede von Senator McQueen.«

Wie soeben gemeldet wird, kann das neue Stiftungshaus auf dem ehemaligen Gelände der *Offenen Schmelze*, das zu gleichen Teilen aus öffentlichen und privaten Mitteln finanziert wurde, rechtzeitig zu den diesjährigen Feiern des vierten Juli seiner Bestimmung übergeben werden.
Bürgermeister Scully wird am Vortag des vierten Juli in einer Feierstunde der neuen Vorsitzenden der Stiftung ›Frauen und Familien in Not‹, Miss Sarah McQueen, den Schlüssel zu dem dringend benötigten neuen Gebäude überreichen. Die scheidende Vorsitzende, Mrs. Clementine Rafferty, die das Amt ihrer Tochter übergibt, will mit einer Ausstellung eigener Photographien aus den vergangenen Jahrzehnten in den neuen Räumen der Stiftung an die Entwicklung im Regenbogenland erinnern.
»In dieser politisch und wirtschaftlich schwierigen Zeit müssen wir all jenen helfen, die von der Krise am schlimmsten betroffen sind«, erklärte Mrs. Hannah Scully, die Vorsitzende des Gesellschaftsvereins für Damen, die den Basar zum vierten Juli mit der alljährlichen ›Kuchenversteigerung‹ eröffnen wird. Auf ihre Anregung hin finden die diesjährigen Feiern ihren Höhepunkt in einem Wohltätigkeitsball im ›Best of the West‹-Hotel unter der Schirmherrschaft von Senator Daniel McQueen und seiner Gattin. Der Erlös soll der Stiftung zugute kommen.
Der junge Senator, ein Sohn unserer Stadt, den man eigens zu diesem Anlaß aus Washington zurückerwartet, wird die Festrede halten.

Rancher und Farmer, aber auch die Gewerkschaft, hoffen bei dieser Gelegenheit auf ein Vermittlungsangebot der Regierung in den festgefahrenen Auseinandersetzungen um Löhne und Preise.

Die ›Rocking R‹, die größte Ranch in Montana, und die ›Vier Buben‹, die wirtschaftlich stärkste Kupfermine im Land, »werden nur dann an den Verhandlungstisch zurückkehren, wenn Washington ein deutliches Zeichen setzt und auf die angekündigte Lohn- und Gewerbesteuer-Erhöhung verzichtet«, so Mr. Zach Rafferty.

Angesichts all dieser Prominenz in unserer Stadt rechnen die Verantwortlichen damit, daß die diesjährigen Feiern zum vierten Juli Besucher aus dem ganzen Regenbogenland anlocken werden. Es wäre Montana zu wünschen, daß an einem Tag, an dem ganz Amerika seine Unabhängigkeit und Freiheit feiert, die Vernunft siegt und die Krise beigelegt werden kann.

(Das gesamte Programm der Feiern zum vierten Juli, siehe Seite 6.)

Zu den ›Besuchern‹, die nicht von den Journalisten und Politikern, dafür aber von Clementine mit besonderer Ungeduld erwartet wurden, gehörten die verwitwete Julia Kennicutt und ihre Schwester Etta McDonald aus Boston.